BASTEI
LÜBBE

POUL ANDERSON

Die Sternenhändler

Die gesammelten Chroniken der Polesotechnischen Liga

BASTEI
LÜBBE

BASTEI-LÜBBE-TASCHENBUCH
Band 23 156

Erste Auflage:
Oktober 1994

Deutsche Lizenzausgabe 1994
Bastei-Verlag Gustav H. Lübbe
GmbH & Co., Bergisch Gladbach
Originaltitel: Trader to the Stars/
The trouble Twister/Satan's
World/Mirkheim
Titelfoto: Arndt Drechsler
Umschlaggestaltung:
Quadro Grafik, Bensberg
Satz: KCS GmbH,
Buchholz/Hamburg
Druck und Verarbeitung:
Cox & Wymann
Printed in Great Britain

ISBN 3-404-23156-2

Der Preis dieses Bandes
versteht sich einschließlich der
gesetzlichen Mehrwertsteuer.

Inhalt

Aus den Chroniken der Polesotechnischen Liga

Buch 1
DIE STERNENHÄNDLER

Ins Deutsche übertragen von
Walter Brumm

Das Versteck

Kapitän Bahadur Torrance nahm die Nachricht auf, wie es sich für ein Mitglied der Internationalen Bruderschaft der Raumfahrer gehörte: Er nahm sie äußerlich ruhig zur Kenntnis und unterbrach nur zweimal mit sachlichen Fragen. Als der andere geendet hatte, sagte er einfach: »Gut gemacht, Yamamura. Bitte behalten Sie es für sich. Ich werde mir überlegen, was getan werden kann.« Aber als der Erste Ingenieur die Kabine verlassen hatte – die Nachricht war nicht von der Sorte gewesen, wie man sie über die Sprechanlage verbreiten konnte –, schenkte er sich einen dreifachen Kognak ein, setzte sich und starrte düster aus dem Fenster.

Er war ein weitgereister Mann und hatte viel gesehen, aber er war immer noch zu jung, um beim Anhören seines Todesurteils nicht zu frösteln.

Der Blick auf den Spezialschirm zeigte eine solche Anhäufung von Sternen, daß nur ein erfahrener Astronaut einzelne Gestirne identifizieren konnte. Torrance fiel es nicht schwer, den Polarstern auszumachen. In dieser Richtung, mit einer Abweichung von nur wenigen Graden, befand sich Walhalla, eine Sonne vom G-Typ. Die Entfernung war noch zu groß, als daß man mehr als einen winzigen Lichtpunkt unter unzähligen anderen erkennen konnte, aber Torrance empfand es als tröstlich, daß seine Augen auf den nächsten Stützpunkt der Liga gerichtet waren, wo es in einem grünen Tal des Planeten Freya Häuser, Menschen und andere Raumschiffe gab. Und das um so mehr, als er nicht erwartete, jemals wieder dort zu landen.

Die *Hebe* lag ruhig und scheinbar unbewegt auf ihrem Kurs, obwohl sie mit einer Geschwindigkeit durch den Raum schoß, die das Licht weit hinter sich ließ. Immer noch zu langsam, dachte Torrance, um uns zu retten.

Nun, als Kapitän hatte er zuerst an die anderen zu denken. Er seufzte und stand auf. Er verbrachte einen Moment vor dem Spiegel. Es war wichtig, Haltung zu bewahren und sich nichts anmerken zu lassen. Aus einer gewissen Eitelkeit heraus pflegte er die blauweiße Kapitänsuniform dem grauen Overall vorzuziehen, der als Arbeitskleidung üblich war. Als Bürger des Planeten Ramanuja trug er einen Turban mit dem Abzeichen der Polesotechnischen Liga, der sein schmales, dunkelhäutiges Gesicht eindrucksvoll krönte.

Durch einen schmalen Korridor erreichte er die Räume des Schiffseigners. Der Steward kam ihm mit einem leeren Tablett entgegen, und Torrance trat durch die offene Tür ein, schlug die Hacken zusammen und verbeugte sich leicht. »Ich bitte die Störung zu entschuldigen«, sagte er. »Darf ich mit Ihnen sprechen? Es ist dringend.«

Nicholas van Rijn stemmte einen vollen Maßkrug an die Lippen. Sein Doppelkinn zitterte unter dem steifen Ziegenbart, und das Geräusch seines Schluckens übertönte für einige Sekunden die leisen Klänge einer Mozart-Sonate, die irgendwo aus einem Wandlautsprecher drangen. Der Raum war kostbar eingerichtet, aber von chaotischer Unordnung. Jeri Kofoed lag blond, großäugig und bemerkenswert attraktiv auf der Couch neben van Rijns Sessel, hatte die Beine angezogen und las in einem Buch. Nun hob sie den Kopf und warf Torrance einen fragenden Blick zu. Torrance, der verheiratet war, aber schon zu lange einsam gelebt hatte, riß seinen Blick nur mit einiger Mühe von ihr los.

»Ahh!« Van Rijn setzte den Maßkrug ab, knallte ihn auf den Tisch und wischte sich den Schaum vom Bart. »Pocken und Pestilenz! Nichts ist so gut wie das erste Bier des Tages! Ach, Torrance, wenn Sie einmal ein armer, alter, fetter, einsamer Mann sind, werden Sie sich an mich erinnern und wünschen, daß Sie netter zu mir gewesen wären. Aber dann wird es zu spät sein.« Er seufzte tief und kratzte sich im Pelz seiner Brusthaare. In der beinahe tropischen Temperatur, die er in seinem Wohnraum bevorzugte, genügte ihm ein indonesischer Sarong als einziges Kleidungsstück. »Nun, was gibt's, daß Sie mich bei meiner Arbeit stören?«

Seine Stimme klang gemütlich, fast heiter. Die gute Laune hatte ihn nicht mehr verlassen, seit sie den Adderkops entkommen waren. Und mit Recht, denn selbst für eine bewaffnete und mit ultrastarken Triebwerken ausgerüstete Raumjacht war es mehr als eine Leistung, drei feindliche Kreuzer abzuschütteln; es kam einem Wunder nahe. Nicholas van Rijn brannte noch immer in Dankbarkeit vier Kerzen vor der Statuette seines Schutzheiligen St. Dismas. Gewiß, manchmal bewarf er den Steward mit Geschirr, wenn ein Getränk später als erwünscht eintraf, und mindestens einmal täglich entließ er jeden Mann an Bord des Schiffes. Aber das war normal.

Jeri Kofoed hob sanft ihre Brauen. »Dein erstes Bier, Nicky? murmelte sie. »Du hast doch erst vor zwei Stunden . . .«

»Ja, aber das war noch vor Mitternacht. Wenn auch nicht nach Greenwichzeit, so doch nach irgendeiner anderen, nicht? Also ein neuer Tag.« Van Rijn nahm seine Pfeife vom Tisch und begann sie zu stopfen. »Nun setzen Sie sich schon, Kapitän Torrance, machen Sie es sich bequem und leihen Sie mir Ihr Feuerzeug. Sie sehen ja so käsig aus! Ihr jungen Leute habt keine Ausdauer. Als ich noch in der Raumfahrt arbeitete, mußten wir alle unsere Probleme selber lösen. Heutzutage kommt jeden Augenblick einer und fragt mich, wie er sich die Nase wischen soll. Ich bin der einzige, der noch Mumm in den Knochen hat.« Er schlug sich klatschend auf seinen faßförmigen Bauch. »Also, was ist schon wieder schiefgegangen?«

Torrance befeuchtete seine Lippen. »Ich würde lieber unter vier Augen mit Ihnen sprechen, Chef.«

Er sah Jeris Gesicht erbleichen. Sie war kein Feigling, denn für solche war in einem weit vorgeschobenen Grenzposten kein Platz, selbst wenn er auf einem so angenehmen Planeten wie Freya lag. Sie war mit auf diese gefährliche Reise gegangen, weil sie ein opportunistisches Mädchen war und die einmalige Gelegenheit erkannt hatte, sich an den berühmten Handelskönig und Inhaber der ›Interstellaren Gewürz- und Spirituosengesellschaft‹ heranzumachen. Während des Kampfes mit der darauffolgenden Flucht hatte sie die Nerven behalten, obwohl der Tod ihnen allen sehr nahe gewesen war. Aber sie waren immer noch weit von ihrem Planeten entfernt, kreuzten zwischen unbekannten Sternen und wurden vom Feind gejagt.

»Also, geh schon ins Schlafzimmer«, befahl van Rijn.

»Bitte«, flüsterte sie. »Mir wäre wohler, wenn ich die Wahrheit hörte.«

Van Rijns kleine schwarze Augen blitzten. »Nichts da!« bellte er. »Wenn ich ›Frosch‹, sage, dann hüpfst du, verstanden!«

Sie erhob sich sofort. Er streckte seinen Arm aus und ließ die behaarte Hand auf ihr rundliches Hinterteil klatschen. Es klang wie ein Pistolenschuß. Sie stieß einen leisen, erschrockenen Schrei aus und entfloh beleidigt. Van Rijn läutete nach dem Steward.

»Ich brauche noch ein Bier«, sagte er zu Torrance. »Was stehen Sie herum und glotzen? Ich bin kein überbezahlter Faulenzer wie Sie und habe keine Zeit. Ich muß noch alle Gewürzpreislisten überarbeiten, bevor wir auf Freya landen. Dieser Idiot von einem Vertreter könnte mindestens zehn Prozent mehr berechnen, ohne daß es dem Absatz schaden würde, das schwöre ich!«

Torrance bewahrte mit Mühe die Fassung. »Ich werde mich kurz fassen, Chef. Yamamura hat mir eben eine Meldung gemacht. Sie wissen, daß wir beim Kampf von einem Geschoß gestreift worden sind, das den Maschinenraum leicht beschädigte. Reaktor und Konverter schienen keinen Schaden davongetragen zu haben, aber nachdem unsere Leute das Loch geflickt hatten, überprüften sie die ganze Anlage. Jetzt stellten sie fest, daß ungefähr das halbe Leitungsnetz des Infragenerators durchgebrannt ist. Wir können nicht mehr als einen Bruchteil davon ersetzen. Wenn wir volle Kraft beibehalten, brennt uns in den nächsten fünfzig Stunden der ganze Konverter aus.«

»Ach so.« Nicholas van Rijn wurde ernst. »Können wir nicht ganz stoppen, um die Reparaturen auszuführen? Ohne den Hyperdrive wären wir so schwer zu lokalisieren, daß die verdammten Adderkops keine Chance hätten.«

»Nein, Chef. Ich sagte schon, daß wir nicht genug Ersatzteile an Bord haben. Dies ist eine Jacht, kein Kriegsschiff.«

»Gut. Wir müssen also im Hyperdrive bleiben. Unter welchen Voraussetzungen können wir in Rufweite von Freya kommen, bevor unsere Triebwerke ausbrennen?«

»Vielleicht, wenn wir auf ein Zehntel der Höchstgeschwindigkeit heruntergingen. Aber dann wären wir noch sechs Monate unterwegs.«

»Nein, mein lieber Freund, so lange darf es nicht dauern. Wir würden nicht einmal in die Nähe von Walhalla kommen, weil die Adderkops uns vorher abgefangen hätten.«

»Das ist anzunehmen. Wir haben ohnedies nicht genug Proviant für sechs Monate an Bord.« Torrance fuhr sich mit einem Finger unter den Kragen. »Wir könnten versuchen, einen der nahegelegenen Sterne zu erreichen. So bestünde immerhin die Möglichkeit, einen Planeten mit einer industriellen Zivilisation zu finden, dessen Bewohnern man vielleicht beibringen könnte, die nötigen Leitungen herzustellen. Oder wenigstens einen bewohnbaren Planeten ...«

»Nein!« Van Rijn schüttelte heftig den Kopf. »So viele Männer und eine Frau, auf Lebenszeit in irgendeiner felsigen oder sumpfigen Einöde, wo es nicht einmal Weintrauben gibt? Da lasse ich mich lieber von den Adderkops in Stücke blasen und sterbe wie ein Mann, bei Gott!«

Der Steward erschien, um nach van Rijns Wünschen zu fragen. »Sie haben wohl inzwischen geschlafen? Bier, aber ein bißchen dalli, oder Gott soll Sie verfluchen! Ich muß denken. Und wie soll ich denken, wenn mein Mund trocken ist wie die Wüste im Mittsommer?«

Torrance sagte vorsichtig: »Ich bin für jeden Vorschlag dankbar, Chef, aber ich kann die Verantwortung, einen feindlichen Angriff herauszufordern, nicht auf mich nehmen.«

Van Rijn wuchtete seinen massigen Körper aus dem Sessel und stapfte schwerfällig durch den Raum. Blaue Rauchwolken hüllten seinen Kopf ein. Als er an der Nische vorbeikam, worin die Statuette von St. Dismas stand, löschte er die Kerzen demonstrativ aus. Plötzlich fuhr er herum. »In dieser Region treiben sich nicht nur die Adderkops herum, Torrance. Vielleicht können wir ein anderes Schiff ausmachen. Yamamura soll die Detektoren ausfahren, bis wir in meinem Büro in Djakarta die Mücken summen hören. Dann gehen wir von unserem direkten Kurs ab und fahren mit verringerter Geschwindigkeit ein reguläres Suchmanöver.«

»Und wenn wir tatsächlich ein Schiff finden? Ich meine, es könnte leicht ein feindliches sein.«

»Das Risiko müssen wir auf uns nehmen.«

»Auf jeden Fall werden wir Zeit verlieren. Während unseres Suchmanövers werden die Verfolger aufholen. Besonders, wenn wir Tage damit verbringen müssen, irgendeine nichtmenschliche Mannschaft, die noch nie von Menschen gehört hat, zu überreden, daß sie uns sofort nach Freya bringt.«

»Mit diesem Problem befassen wir uns, wenn es soweit ist. Haben Sie vielleicht einen besseren Plan?«

»Hm . . .« Torrance verfiel in düsteres Grübeln.

Der Steward brachte einen frischen Bierkrug, und bei seinem Anblick schien van Rijn jedes Interesse an der Diskussion zu verlieren. Er schluckte und schmatzte, und als Torrance endlich murmelte: »Ich glaube, Sie haben recht, Chef. Ich werde Yamamura verständigen«, blieb er ihm die Antwort schuldig.

Jemand klopfte laut an die Tür der Kabine, und Torrance stöhnte. Nach sechzehnstündigem Dienst in der Befehlszentrale hatte er gehofft, ein wenig Schlaf zu finden. »Herein.«

Jeri Kofoed trat ein. Torrance erschrak, sprang aus seiner Koje und verbeugte sich. »Madame! Was für eine Überraschung! Kann ich etwas für Sie tun?«

»Bitte entschuldigen Sie die Störung, Kapitän, aber ich mußte kommen.« Sie lächelte verlegen, und Torrance bot ihr einen Stuhl und Zigaretten an, dann setzte er sich ihr gegenüber.

»Wenn ich Ihnen irgendwie behilflich sein kann«, fing er wieder an. »Sie wissen, wie gern ich Ihnen eine Gefälligkeit erweisen würde. Ah – Herr van Rijn . . .«

»Er schläft. Er hat keine Ansprüche auf mich, wissen Sie. Ich habe keinen Kontrakt oder so etwas unterzeichnet. Natürlich, wir sind alle seine Untergebenen, und ich widersetze mich auch nicht seinen Wünschen. Es ist nur, daß er mir auf meine Fragen keine Antwort geben will, und wenn ich nicht erfahre, was vorgeht, verliere ich die Nerven.«

Torrance überlegte. Es konnte nicht schaden, wenn er sie über die Havarie informierte, und für die Frau wäre es besser als die ständige Ungewißheit. So erzählte er ihr mit wenigen Worten, was mit der Konverteranlage geschehen war. »Mit Bordmitteln können wir die Reparatur nicht ausführen«, schloß er. »Wenn wir unsere Geschwindigkeit beibehalten, brennt der Konverter vor unserer Ankunft aus. Das würde unseren baldigen Tod bedeuten. Wenn wir dagegen mit gedrosselter Kraft weiterfliegen, bleibt uns der Konverter erhalten. Aber wir brauchten ein halbes Jahr bis in die Nähe von Walhalla, und so lange reicht unser Proviant nicht. Abgesehen davon würden uns die Adderkops innerhalb einer oder zwei Wochen ausfindig machen und zur Strecke bringen.«

Sie erschauderte. »Warum? Ich verstehe das nicht.« Sie starrte auf ihr glühendes Zigarettenende und suchte nach Worten. »Sie wissen besser als ich, Kapitän, daß Freya ein unbedeutender kleiner Planet am äußersten Rande der menschlichen Zivilisation ist. Wir haben außer einigen Handelsschiffen keinen Raumverkehr. Ich weiß überhaupt nichts über die militärische und politische Situation. Niemand hat mir gesagt, daß dies hier mehr als eine normale Handelsmission ist, und ich habe nie daran gedacht, mich genauer zu erkundigen. Warum sind die Adderkops hinter uns her? Was wollen sie von uns?«

Torrance überdachte die Gesamtlage. Bevor er antwortete, mußte er sich klarmachen, wie wenig real dieser Feind für Kolonisten war, die ihre kleine Heimatwelt nur selten verließen. Der Name ›Adderkops‹ entstammte einem der auf Freya gesprochenen Idiome und bedeutete soviel wie Gesetzesbrecher. Die so Bezeichneten waren vor etwa einem Jahrhundert vom Planeten vertrieben worden. Seit damals hatten die Bewohner Freyas keinen direkten Kontakt mehr zu ihnen. Die Flüchtlinge hatten sich in den unerforschten Tiefen des Raumes jenseits Walhalla auf irgendeinem unbekannten Planeten niedergelassen. Im Laufe der Generationen war ihre Zahl angewachsen, sie waren mächtiger geworden und hatten einige bewaffnete Raumschiffe in Dienst gestellt. Aber Freya war noch zu stark, als daß sie einen Überfall hätten riskieren können.

Torrance entschloß sich zu einer systematischen Erklärung. »Die Adderkops sind nicht dumm, müssen Sie wissen«, sagte er. »Sie halten sich über die allgemeine Entwicklung auf dem laufenden und wissen, daß die Polesotechnische Liga ihre Operationen auf diese Himmelsgegend ausdehnen will. Das gefällt ihnen nicht. Für sie würde es das Ende ihrer Überfälle auf wehrlose Planeten bedeuten. Sie könnten keine Tribute mehr eintreiben und müßten die Preise ihrer Handelswaren herabsetzen. Nicht daß die Liga etwa aus Heiligen bestünde. Wir bekämpfen so etwas nicht aus moralischen Gründen, sondern weil die Freibeuterei den Handel und die Profite unserer Mitglieder beeinträchtigt. Weil sich die Adderkops keinen regelrechten Krieg gegen die Liga erlauben können, sind sie auf eine Taktik der kleinen Nadelstiche ausgewichen und beunruhigen unsere Außenposten in der Hoffnung, daß wir sie als unrentabel aufgeben. Und wir waren auch tatsächlich so weit, daß wir diese ganze Region abschreiben und unser Glück anderswo versuchen wollten. Van Rijns Unternehmung sollte so etwas wie ein letzter Vorstoß sein. Der Widerstand war so groß, daß er die Expedition selbst leiten mußte.

Sie wissen wohl selber, was er getan hat. Mit Bluff und Bestechung brachte er einen der wenigen gefangenen Adderkops zum Sprechen und bekam einen Tip, der uns in eine bis dahin unbesuchte Weltraumgegend führte. Wir kreuzten einige Tage, bis unsere Detektoren einen ihrer Transporter ausmachten. Dem folgten wir dann zu einem von Menschen kolonisierten Planeten. Es ist fast sicher, daß es sich dabei um ihren Heimatplaneten handelt.

Wenn wir diese Information zurückbringen, kann die Liga ein paar Schlachtschiffe ausschicken und sie mit einem atomaren Bombardement bedrohen. In diesem Fall müßten sie klein beigeben, und das wissen sie so gut wie wir. Sie haben uns entdeckt und mit einigen Kriegsschiffen angegriffen; wir können von Glück sagen, daß wir davongekommen sind. Es ist uns nur gelungen, weil ihre Schiffe veraltet sind. Aber ich glaube kaum, daß sie die Jagd aufgegeben haben. Wahrscheinlich werden sie ihre ganze Flotte für die Suche mobilisieren. Die Vibrationswellen des Hyperdrive können bis in eine Entfernung von etwa einem Lichtjahr ausgemacht werden. Wenn der Feind also unsere ›Heckwelle‹ ortet und unser beschädigtes Schiff einholt, sind wir verloren.«

Sie sog nervös an ihrer Zigarette, blieb aber sonst ruhig. »Was wollen Sie machen?«

»Einen Gegenzug. Statt auf Freya zuzuhalten, werden wir mit mittlerer Geschwindigkeit ein Suchmanöver durchführen. Wenn wir dabei ein anderes Schiff ausmachen, werden wir versuchen, eine Verbindung herzustellen. Sollte es den Adderkops gehören, können wir es vielleicht erobern. Wir müssen aber auch mit der Möglichkeit rechnen, einem nichtmenschlichen Raumfahrzeug zu begegnen. Alle unsere bisherigen Informationen deuten darauf hin, daß es in dieser Region drei oder vier verschiedene Spezies gibt, die über den Hyperdrive verfügen. Die Adderkops wissen es selber nicht genau. Der Raum ist so ungeheuer groß.«

»Und wenn wir einem nichtmenschlichen Raumfahrzeug begegnen?«

»Dann werden wir tun, was uns angezeigt erscheint.«

Sie nickte betrübt. Plötzlich hob sie ihren Kopf zu einem unerwarteten Lächeln. »Danke, Kapitän. Sie wissen nicht, wie sehr Sie mir geholfen haben.«

Torrance unterdrückte ein Grinsen. »Es war mir ein Vergnügen, Madame.«

»Wußten Sie schon, daß ich mit Ihnen zur Erde zurückreise? Mijnheer van Rijn hat mir einen sehr guten Posten angeboten.«

Das hat er schon oft getan, dachte Torrance skeptisch.

Jeri beugte sich näher zu ihm. »Ich hoffe, wir werden auf der Rückreise Gelegenheit haben, einander besser kennenzulernen, Kapitän.«

Bevor er eine Antwort über die Lippen bringen konnte, schrillte die Alarmklingel.

Die *Hebe* war eine Jacht, keine Freibeuterfregatte, doch fiel einem unbefangenen Beobachter die Unterscheidung mitunter nicht ganz leicht. So hatte Nicholas van Rijn unter anderem ein ungewöhnlich empfindliches Detektorensystem einbauen lassen und gebot über eine kriegserfahrene Mannschaft, die er bei den Streitkräften der Liga erworben hatte.

Lange bevor sie selbst entdeckt wunden, hatten sie das fremde Raumschiff ausgemacht. Torrance schwenkte auf den Kurs des optisch noch nicht wahrnehmbaren Objekts ein und ging auf Höchstgeschwindigkeit. Unter normalen Umständen wäre eine Kontaktaufnahme innerhalb einiger Stunden möglich gewesen, doch der Unbekannte veränderte plötzlich den Kurs, was auf einen Fluchtversuch hindeutete.

»Sie haben Angst vor uns«, bemerkte Torrance zu seinem Ersten Ingenieur, »und sie halten nicht Kurs auf die Sonne der Adderkops. Das beweist, daß sie keine Adderkops sind, aber Grund haben, sich vor Fremden zu fürchten.«

Die Verfolgten merkten bald, daß sich der Abstand zwischen den beiden Schiffen verringerte. Sie schalteten ihren Hyperdrive aus und gingen unter die Lichtgeschwindigkeit herunter. Dadurch wurden die radioaktiven Abgase ihres Konverters auf ein Minimum herabgesetzt, und ihr Schiff wurde zu einem winzigen, schwer zu entdeckenden Stäubchen im unendlichen Raum. Ein oft erfolgreiches Manöver, denn häufig gibt der Gegner nach einigen Tagen ergebnisloser Suche auf und geht auf Heimatkurs. Aber die *Hebe* war vorbereitet.

Ihre Computer hatten die Flugrichtung des unbekannten Objekts ständig verfolgt und am Zeitpunkt seiner Geschwindigkeitsverringerung den ungefähren Abstand errechnet. Die *Hebe* hielt weiter auf die ermittelte Himmelsgegend zu und begann dann ihr Suchmanöver, um den verräterischen radioaktiven Abgasen der nuklearen Triebwerke auf die Spur zu kommen. Schon nach zwei Stunden stellten die Detektoren eine schwache Emissionsquelle in der Nähe fest. Torrance ließ die *Hebe* einschwenken, und bald erschien das fremde Schiff verschwommen und winzig auf dem Bildschirm.

Tatsächlich war es viermal so groß wie die *Hebe*, ein mächtiger Zylinder mit stumpf gerundeter Nase und massiven Antriebsaggregaten, zwei außenbords angebrachten Rettungsbooten und einem Geschützturm. Die Gesetze der Physik diktieren eine ziemlich einheitliche Bauweise für Raumschiffe, aber jeder Raumfahrer konnte sehen, daß dieses Raumfahrzeug niemals von Angehörigen einer menschlichen Zivilisation erbaut worden war.

Feuer blitzte auf. Torrance verließ geblendet das Sichtfenster und kehrte zum Bildschirm zurück. Die Instrumente zeigten ihm, daß der Fremde eine Sprenggranate abgefeuert hatte, die vom automatischen Abwehrsystem der *Hebe* mit einer Rakete abgefangen worden war. Der Verteidigungsversuch des fremden Raumschiffs war schwach und kümmerlich; es konnte sich um kein Kriegsschiff handeln.

»Gut, jetzt können wir verhandeln«, sagte van Rijn über die Sprechanlage. »Rufen Sie die Leute an und versuchen Sie eine Verständigungsmöglichkeit zu finden. Aber schnell! Wir müssen ihnen klarmachen, daß wir nichts Böses wollen, sondern nur nach Walhalla geschleppt werden möchten« Er zögerte, dann fügte er widerwillig hinzu: »Wir können gut bezahlen.«

»Es wird nicht leicht sein, Chef«, antwortete Torrance. »Jeder kann sehen, daß unser Schiff von Menschen gebaut ist, aber wahrscheinlich haben unsere Gegenüber außer Adderkops noch nie menschliche Wesen gesehen.«

»Meinetwegen. Wenn es nötig werden sollte, müssen wir sie eben kapern und zwingen, uns mitzunehmen. Beeilen Sie sich. Wenn wir zu lange warten, ist alles umsonst.«

Torrance wollte erwidern, daß sie nach seiner Ansicht sicher genug wären. Die Adderkops waren weit hinter dem schnelleren irdischen Raumschiff zurückgeblieben. Sie konnten nicht wissen, daß der Hyperdrive der *Hebe* abgeschaltet war. Doch dann fiel ihm ein, daß die Sache nicht so einfach war. Wenn die Verhandlungen mit diesen Fremden länger als eine Woche oder so andauerten, könnten die Adderkops bis in diese Himmelsregion vorstoßen und die *Hebe* überholen, womit sie von ihrem Ziel abgeschnitten wäre. Außerdem konnte es ihnen nicht schwerfallen, dieses Frachtschiff mit der *Hebe* im Schlepptau zur Strecke zu bringen, hatten sie es erst entdeckt. Die einzige Hoffnung war, das Walhalla-System bald zu erreichen.

»Wir versuchen es auf allen Bandbreiten, Chef«, meldete Torrance nach einer Weile. »Ohne Antwort. Ich verstehe das nicht. Sie müssen wissen, daß wir sie haben. Sie müssen unsere Anrufe empfangen haben und begreifen, daß wir sprechen wollen. Warum antworten sie nicht? Es würde sie nichts kosten.«

»Vielleicht haben sie das Schiff verlassen«, meinte der Nachrichtenoffizier.

»Ausgeschlossen«, widersprach Torrance. »Das hätten wir gesehen. Versuchen Sie es weiter, Betancourt. Wenn wir in einer

Stunde keine Antwort haben, gehen wir längsseits und entern den Kasten.«

In den Empfängern blieb auch weiterhin alles tot. Aber gegen Ende der Gnadenfrist meldete Yamamura eine neue Entdeckung. Aus einer Hecköffnung des fremden Schiffes quoll leichter Rauch, der sogar mit bloßem Auge sichtbar war. Irgendein Energieumwandlungsprozeß schien dort drüben stattzufinden.

Die Männer auf der *Hebe* hatten ihre Raumanzüge angelegt. Torrance schraubte seinen Helm auf und verließ die Brücke, nachdem er die nötigen Anweisungen gegeben hatte. Van Rijn übernahm das Kommando über die kleine Restmannschaft, während Torrance seine Männer in die Luftschleuse führte. Wie ein Hai glitt die *Hebe* an das größere Schiff heran. Torrance sah jetzt, daß der alte van Rijn in seinen jungen Jahren ein ausgezeichneter Raumpilot gewesen sein mußte. Er führte das schwierige Navigationsmanöver mit selbstverständlicher Sicherheit durch.

Plötzlich verschwand das fremde Schiff. Der Rückstoß aus seinen Triebwerken ließ die Jacht wie betrunken torkeln.

»Hölle und Teufel!« fluchte van Rijn. »Er hat den Hyperdrive wieder eingeschaltet, der Bastard! Dem werden wir es zeigen!« Der defekte Konverter versetzte das Schiff in beängstigende Erschütterungen, aber die Maschine bekam Kraft. Die *Hebe* holte das fremde Schiff ein, und van Rijn schob sie unbemerkt näher. Das Manöver gelang ihm so gut, daß Torrance im Augenblick des Kontakts kaum mehr als einen leichten Ruck wahrnahm. Van Rijn schaltete den Antrieb aus, denn nun wurde die *Hebe* im Kraftfeld des anderen Schiffes, dessen Fahrt sich kaum verlangsamt hatte, mitgenommen. Wenn er gehofft hatte, daß der gekaperte Frachter aufgeben und stoppen würde, sah er sich getäuscht. Die beiden Raumschiffe, jetzt miteinander verbunden, jagten mit etwas mehr als Lichtgeschwindigkeit auf namenlose Sternenbilder zu.

Torrance hörte das alles nur durch die Sprechanlage in der Luftschleuse. Er unterdrückte eine Verwünschung, gab seinen Männern den Befehl zum Fertigmachen und öffnete den Ausstieg.

Er hatte noch nie ein fremdes Schiff geentert, aber es blieb ihm nicht viel Zeit zum Überlegen. Er suchte sich eine Stelle am Rumpf des fremden Schiffes, die ihm geeignet erschien, und seine Leute errichteten ein aufblasbares Ballonzelt, um das Ausströmen der Luft zu vermeiden; sie wollten die fremde Mannschaft nicht töten. Die Schweißbrenner der Männer spuckten Flammen. Funken prasselten in bläulichen Kaskaden auf und tanzten durch den schwerelosen Raum. Der Rest der Mannschaft stand mit Druckpistolen und Tränengashandgranaten bereit. Torrance überlegte, wie er sich nach der Gefangennahme der nichtmenschlichen Besatzung verständlich machen sollte. Wie konnte er sie davon überzeugen, daß er nicht in feindlicher Absicht gekommen war? Besonders, wenn er gezwungen sein mochte, einige von ihnen niederzuschießen ...

Die äußere Hülle war durchschnitten. Torrance untersuchte die freigelegte innere Schicht. So etwas hatte er noch nie gesehen. Diese Rasse schien die Raumfahrt völlig unabhängig von den Menschen entwickelt zu haben. Obgleich ihre Wissenschaft dieselben physikalischen Gesetze berücksichtigen mußte, sah das Resultat im Detail radikal anders aus. Woraus bestand diese zähe, korkartige Substanz, die zwischen der äußeren und der inneren Metallhülle lag? War es eine Isolierschicht? Und war darin das Leitungsnetz verlegt, von dem er nirgendwo etwas sehen konnte?

Der letzte Widerstand gab nach, der innere Metallmantel war durchtrennt. Torrance blickte in die runde, schwarze Öffnung und schluckte. Yamamuras Taschenlampe warf einen Lichtkegel auf Metallgestänge und Laufplanken. Torrance ließ sich ins Innere gleiten und fand, daß er schwerelos schwebte. Man hatte die künstliche Schwerkraft abgestellt. Die Mannschaft schien sich irgendwo zu verstecken und ...

Und was war das ...?

Torrance kehrte nach einer Stunde zur Jacht zurück. Als er auf die Brücke kam, sah er Jeri Kofoed neben van Rijn sitzen.

»Nun, was gibt's?« fragte der Kaufmann verdrießlich.

Torrance räusperte sich. Seine Stimme klang ihm selbst ungewohnt. »Ich glaube, Sie sollten sich das einmal selber ansehen, Chef.«

»Haben Sie die Mannschaft gefunden? Was sind das für Leute? Und was ist das für ein Schiff, das wir da gekapert haben?«

»Es scheint sich um einen interstellaren Tiertransport zu handeln. Der Laderaum besteht aus lauter Käfigen – ich meine, aus verschiedenen Abteilungen, von denen jede eigens klimatisiert zu sein scheint. Und in den Abteilungen ist das merkwürdigste Sortiment von Kreaturen, die ich je gesehen habe.«

»Was, zum Teufel, geht mich das an? Wo ist der Expeditionsleiter oder Tierhändler? Und wo ist die Besatzung?«

»Das ist es ja eben, Chef.« Torrance schluckte wieder. »Wir sind ziemlich sicher, daß sie sich vor uns verstecken. Zwischen all den Tieren.«

Der Hauptausstieg der Jacht und die Öffnung im Rumpf des fremden Schiffes wurden durch ein Rohr miteinander verbunden. Luft wurde hinübergepumpt, elektrische Leitungen wurden verlegt, um das Innere des Transporters zu beleuchten. Yamamura brachte es nach langen Manipulationen mit dem Schwerkrafterzeuger der *Hebe* fertig, im Innern des fremden Schiffes einen Zustand zu schaffen, der einem Viertel der Erdschwere entsprach.

Van Rijn stand auf der Brücke des gekaperten Fahrzeugs, eine Salami in der einen und eine rohe Zwiebel in der anderen Hand. Es mußte sich um die Brücke handeln; die zahlreichen Instrumente und Bildschirme ließen keine andere Erklärung zu. Die Bildschirme arbeiteten noch. Sie waren kleiner, als menschlichen Augen angenehm sein konnte, aber sie zeigten dieselben Sternbilder und denselben künstlichen Horizont wie die an Bord der *Hebe*. Ein breites, halbkreisförmig angeordnetes Armaturenbrett nahm eine ganze Seite der Befehlszentrale ein. Es war zu groß, um von einem einzelnen Menschen kontrolliert und bedient zu werden. Doch war es offensichtlich, daß der Konstrukteur an nur eine Bedienungsperson gedacht hatte, denn in der Mitte des Halbkreises schien nur ein Sitz gewesen zu sein.

Gewesen zu sein. Aus dem Boden erhob sich ein kurzer Metallstumpf. Ähnliche Stümpfe befanden sich an anderen Stellen, und Bolzenlöcher zeigten daß auf ihnen einmal Sitzgelegenheiten befestigt gewesen waren. Aber man hatte die Sitze entfernt.

»Der Pilot saß hier in der Mitte, nehme ich an, wenn sie nicht einfach den Autopiloten eingeschaltet hatten«, sagte Torrance. »Navigations- und Nachrichtenoffizier – hier und hier? Ich bin nicht sicher. Wahrscheinlich hatten sie keinen Kopiloten, aber der Stumpf dort neben der Tür läßt vermuten, daß ein weiterer Offizier zum Eingreifen bereit in Reserve saß.«

Van Rijn kaute auf seiner Zwiebel und zupfte sich den Kinnbart. »Verflucht groß, dieses Armaturenbrett«, bemerkte er. »Das muß eine Rasse von Polypen sein. Sehen Sie mal, wie kompliziert!«

Er deutete mit der Salami in die Runde. Das Armaturenbrett hatte nur wenige Knöpfe und Schalter, aber zahlreiche flache durchsichtige Platten, zehn bis zwanzig Quadratzentimeter groß. Einige von ihnen waren heruntergedrückt. Es mußte sich um die Bedienungsgeräte für Triebwerke und Steuerungselemente handeln. Vorsichtige Versuche zeigten, daß es eines sehr kräftigen Druckes bedurfte, wenn man sie betätigen wollte. Die Experimentierfreudigkeit der Männer ließ sofort nach, als auf einen Druck hin die Ladeschleuse in der Seitenwand des Schiffes automatisch geöffnet wurde und fast der ganze Luftvorrat entwich, bis Torrance mit einem heftigen Schlag auf die Platte erreichte, daß die Türen sich wieder schlossen. Man durfte mit diesem unbekannten, atomgetriebenen Monstrum nicht spielen; schon gar nicht im unbekannten galaktischen Raum.

»Sie müssen stark wie Pferde sein, um mit diesem System arbeiten zu können«, fuhr van Rijn fort. »Die Dimensionen der ganzen Anlage sprechen dafür.«

»Nicht ganz, Chef«, sagte Torrance. »Die Bildschirme sind wie für Zwerge gemacht. Auch die Meßapparate.« Er zeigte auf eine Reihe von Instrumenten, die nicht größer waren als Knöpfe. Auf einigen leuchteten Ziffern oder Buchstaben, die vage an altchinesische Schriftzeichen erinnerten. Gelegentlich verschwand das eine oder andere Zeichen, und ein neues erschien an seiner Stelle. »Ein Mensch könnte nicht lange damit arbeiten, ohne seine Augen zu überanstrengen. Aber daß sie schärfere Augen haben, beweist noch nicht, daß sie keine Riesen sind. Im Gegenteil, wenn man diesen Schalter hier vom Pilotensitz aus betätigen will, braucht man sehr lange Arme, und er scheint auch für große Hände gemacht zu sein.«

Torrance stellte sich auf Zehpitzen und berührte einen hebelartigen Schalter an der Decke über dem Armaturenbrett.

Der Schalter gab nach. Ein Zittern durchlief den Rumpf des Schiffes, begleitet von einem dumpfen Dröhnen. Torrance taumelte wie von einem plötzlichen Stoß getroffen zurück. Van Rijn fluchte, hielt sich an der Konsole des Pilotensitzes fest und drehte den Schalter zurück. Das Geräusch hörte auf, und van Rijn wandte sich zornig um. »Was, zum Teufel, soll der Unsinn?«

»Ein Notschalter für rasche Beschleunigung, würde ich sagen«, antwortete Torrance mit unsicherer Stimme. »Anscheinend brauchen sie ihn beim Start auf Planeten mit hoher Schwerkraft. Oder auch, um sich bei Angriffen schnell in Sicherheit zu bringen . . .«

»Und Sie mit Ihren Bananenfingern wußten nichts Besseres zu tun, als ihn gleich auszuprobieren!«

Torrance errötete. »Wie soll ich das wissen, Chef? Ich habe ihn nur angetippt, und Notschalter reagieren gewöhnlich nicht auf den leisesten Druck. Wenn man bedenkt, wie schwer diese Platten oder Tasten niederzudrücken sind . . .«

Van Rijn sah sich den Schalter genauer an. »Hier ist ein Sicherungshaken, sehe ich jetzt. Aber lassen wir die Finger davon; ich halte nichts von derlei Überraschungen.« Er wandte seine Aufmerksamkeit wieder dem Armaturenbrett zu. In der Mitte befand sich ein Loch, ungefähr einen Zentimeter im Durchmesser und fünfzehn tief. Am Grund war ein kleiner Schaltschlüssel. Van Rijn grunzte. »Das muß auch so ein Bedienungsinstrument sein. Sicherer als der Schalter. Man braucht eine ganz feine lange Drahtzange, wenn man den Schlüssel drehen will. Aber so ein Ding ist nirgendwo zu sehen.«

»Kein Wunder«, sagte Torrance. »Die gesamte Inneneinrichtung des Schiffes ist beseitigt worden. Im Maschinenraum liegt nur ein Schlackenhaufen. Ich sage Ihnen, Berge von verkohlten Plastiksachen, verzunderte Metallteile, alles durcheinander. Jeder Gegenstand, der uns Aufschluß über ihre Identität geben könnte, ist in den Konverter gewandert. Das ist die Erklärung für die Rauchentwicklung, die Yamamura beobachtet hat. Sie müssen wie die Teufel gearbeitet haben.«

»Aber sie haben doch sicher nicht alle nötigen Werkzeuge und Maschinen vernichtet, wie? Dann wäre es einfacher gewesen, sie hätten ihr Schiff gesprengt und uns dazu. Ich habe geschwitzt vor Angst, daß sie so etwas tun würden.«

»Nein. Soweit wir das nach der ersten flüchtigen Durchsuchung sagen können, haben sie keine unbedingt lebensnotwendigen Einrichtungen sabotiert. Das ist natürlich nur eine Vermutung. Yamamuras Leute würden Wochen brauchen, um nur eine ungefähre Vorstellung zu bekommen, wie dieses Schiff in allen seinen Teilen funktioniert. Aber ich bin mit Ihnen der Meinung, daß die Mannschaft nicht auf Selbstmord aus ist. Wie dem auch sein mag, wir sitzen hier wie in einer Falle – rasen hilflos durch den Raum, vielleicht auf ihren Heimatstern zu, auf jeden Fall aber fast im rechten Winkel zu dem Kurs, den wir halten müßten.«

Torrance schwieg erwartungsvoll, aber van Rijn sagte nichts. Er stampfte mit verdrießlicher Miene zur Tür. »Kommen Sie, Torrance. Wir wollen uns den Zoo einmal gründlicher ansehen. Vielleicht gelingt es uns, die Mannschaft von den Tieren zu unterscheiden.«

Der Laderaum umfaßte beinahe die Hälfte des Schiffes. Ein Korridor unten und ein Laufsteg oben führten zwischen zwei Reihen doppelstöckiger Behälter hindurch. Insgesamt waren es sechsundneunzig, und alle hatten die gleiche Größe und Form: Würfel von fünf Meter Kantenlänge. Die Käfige waren mit Simsen, Stangen und Klettergittern ausgestattet. Hinter den Rückwänden befanden sich Apparaturen, deren Aufgabe es offenbar war, in jedem Behälter Temperatur, Atmosphäre und Schwerkraft zu regeln und für Nahrungszufuhr sowie sanitäre Aufgaben zu sorgen. Die dem Korridor zugewandten Vorderseiten der Behälter waren transparent und mit ziemlich großen Luftschleusen versehen, die man von innen und außen mittels einfacher Handräder öffnen und schließen konnte.

Yamamura hatte in dieser Abteilung keine Lichtleitungen verlegen lassen; es war nicht nötig. Das imitierte Licht eines guten Dutzends verschiedener Sonnen hüllte van Rijn und Torrance in ein seltsames Farbenspiel roter, orangener, gelber, grüner und bläulicher Töne.

Ein Ding wie ein Haifisch, aber mit schnorchelartigen Auswüchsen auf dem Kopf, schwamm zwischen fransigen Algen in einem wassergefüllten Behälter. Im benachbarten Käfig schwirrten verschiedenfarbige kleine Flugechsen durcheinander. Im Behälter gegenüber kauerten vier Säugetiere unter gelblichem Gezweig. Es waren schöne Geschöpfe von der Größe eines Bären mit getigerten Fellen und zwei starken Krallen an jedem Fuß. Beim Anblick der beiden Menschen erhoben sie sich auf alle viere, entblößten mächtige Raubtiergebisse und blähten trompetenförmige Nüstern. Eines der Tiere richtete sich auf den Hinterbeinen auf.

Im Weitergehen kamen van Rijn und Torrance an einem Behälter mit sechs oder sieben flinken roten Biestern vorbei, sechsbeinigen Ottern ähnlich, die sich in einem Wasserbecken innerhalb ihres Käfigs tummelten. Es mußte gerade ihre Fütterungszeit sein, denn plötzlich öffnete sich in der Rückwand eine Klappe, und ein Mühlentrichter spie eine Portion fester und halbflüssiger Nahrung in einen Trog, der sofort von den Tieren umdrängt wurde.

»Automatische Fütterung«, bemerkte Torrance. »Wahrscheinlich wird das Futter hinter den Behältern fertig in Tanks aufbewahrt, auch für die Mannschaft, denn wir haben nichts entdeckt, das an eine Kombüse oder so etwas erinnerte.«

Van Rijn schauderte. »Abscheulich, dieser abgestandene Fraß! Und nicht mal ein kleines Glas Genever vor dem Essen.« Seine Miene hellte sich auf. »Ha, vielleicht finden wir da einen guten neuen Markt. Und bis sie die Situation erkannt haben, können wir ihnen dreifache Preise berechnen.«

»Zuerst müssen wir sie finden«, erwiderte Torrance trocken.

Yamamura stand in der Mitte der Zoo-Abteilung, hatte eine Anzahl Instrumente bei sich und stellte sie vor einem bestimmten Behälter auf. Jeri Kofoed war bei ihm und reichte ihm, was er verlangte. Van Rijn stapfte mißtrauisch näher. »Was soll das?«

Der Chefingenieur hob sein geduldiges braunes Gesicht. »Wir untersuchen die Lebensbedingungen in den verschiedenen Käfigen. An den Rückwänden sind Anzeigeinstrumente angebracht, aber wir können sie nicht lesen. Ich habe dieses Zeug hier zusammengesucht, um die Schwerkraft, den atmosphärischen Druck, die Luftzusammensetzung und die Temperatur zu messen. Ein mühseliges

Geschäft, aber zum Glück brauchten wir nicht jeden Käfig zu überprüfen. Nur wenige kommen für unseren Zweck in Frage.«

Van Rijn nickte. »Richtig. Jeder kann sehen, daß dieses Schiff nicht von Vögeln oder Fischen gebaut worden ist. Irgendeine Art von Händen ist immer nötig.«

»Oder Tentakel.« Yamamura deutete mit einer Kopfbewegung auf den Behälter vor ihm. Das Licht im Innern war ein dämmeriges Rot. Einige schwarze Gestalten bewegten sich ruhelos hin und her. Sie hatten gedrungene Körper mit vier kurzen Laufbeinen und aufgesetzten Oberkörpern, die eine vage Assoziation mit Zentauren hervorriefen. Unter den grotesk gepanzerten gesichtslosen Köpfen wurzelten sechs dicke, gummiartig flexible Arme, die in jeweils drei knochenlosen, aber anscheinend kräftigen Fingern endeten.

»Ich habe den Verdacht, daß dies unsere schüchternen Freunde sind«, sagte Yamamura. »Wenn es sich bestätigt, haben wir eine feine Zeit vor uns. Sie atmen Wasserstoff unter hohem Druck und bei dreifacher Erdkraft. Die Temperatur in ihrem Abteil liegt bei dreißig Grad unter Null.«

»Sind sie die einzigen, denen ein solches Klima zusagt?« fragte Torrance.

Yamamura lächelte. »Ich sehe, worauf Sie hinauswollen, Käptn. Nein, leider nicht. Beim Ausprobieren dieser Apparate habe ich schon drei andere Behälter gefunden, in denen ähnliche Verhältnisse herrschen. Die werden aber offensichtlich von Tieren bewohnt, Schlangen, Kriechtieren und so weiter, die dieses Schiff nicht gebaut haben können.«

»Aber dann kann es sich bei diesen Kraken-Pferden nicht um die Mannschaft handeln, nicht wahr?« fragte Jeri schüchtern. »Ich meine, wenn die Mannschaft auf anderen Planeten Tiere gesammelt hat, würde sie doch wohl keine Tiere von zu Hause mitnehmen.«

»Warum nicht?« knurrte van Rijn. »Wir haben eine Katze und ein paar Papageien an Bord der *Hebe*, nicht? Außerdem gibt es viele Planeten mit ähnlichen Lebensbedingungen. Das beweist noch nichts.« Er wandte sich an Yamamura. »Hören Sie, bevor wir an Bord gingen, hat die fremde Mannschaft alle Luft aus den

Arbeitsräumen des Schiffes entweichen lassen. Es muß doch irgendwo eine Regenerationsanlage geben, die für neue Luft sorgt.«

»Daran habe ich schon gedacht, Chef«, antwortete Yamamura. »Meine Leute haben so etwas wie einen katalytischen Vervielfältiger gefunden. Jedenfalls sieht der Apparat so aus. Es wird Tage dauern, bis wir es genau wissen. Immerhin vermute ich, daß sie damit ihre verbrauchte Luft erneuern oder mit Hilfe der Synthese chemischer Grundstoffe ersetzen können. Aber so ein Apparat kann Luft in verschiedenen Zusammsetzungen herstellen. Wenn wir von Bord gehen, werden sie vermutlich die Tür ihres Käfigs ein wenig öffnen, daß Luft herausdringen kann. Der Atmosphäreregler wird dann automatisch dafür sorgen, daß der Schiffsrumpf mit Luft dieser Zusammensetzung gefüllt wird.« Er zuckte die Achseln. »Falls das überhaupt erforderlich ist. Vielleicht kommen sie auch mit unserem Sauerstoffgemisch zurecht.«

»Das alles führt zu nichts«, sagte Torrance ungeduldig. »Ich glaube, wir sollten uns weiter umsehen und eine Liste der intelligent aussehenden Spezies anlegen.«

Van Rijn schloß sich ihm an. »Möchte wissen, was sie mit dieser dummen Maskerade bezwecken«, brummte er mißmutig.

»So dumm ist die Idee gar nicht«, entgegnete Torrance »Wir werden hier von einem Schiff durch den Raum getragen, das wir nicht steuern können. Sie hoffen, daß wir entweder aufgeben und von Bord gehen oder hilflos sitzenbleiben, bis daß Schiff ihre Heimatregion erreicht. Dort wird uns wahrscheinlich ein Kriegsschiff aufbringen und ein Kommando an Bord schicken, um nach dem Rechten zu sehen. Ich frage mich . . .«

Van Rijn hörte nicht mehr zu. Er war vor einem Behälter stehengeblieben und starrte hinein.

Der Vierfüßler drinnen war von der Größe eines Elefanten, aber schlanker gebaut. Seine Haut sah grünlich und borkig aus, und über den Rücken zog sich ein mähnenartiger Pelz. Das Wesen blickte sie aus wachen aber rätselhaften Augen an. Es hatte einen langen und kräftigen Rüssel, an dessen Ende ringförmig angeordnete Greifer saßen, die genauso stark und feinfühlend wie menschliche Finger zu sein schienen.

»Was könnte eine solche Elefantenrasse zustande bringen?« sann

Torrance »Soviel wie wir, wenn auch nicht so leicht. Kraft würde fehlende Geschicklichkeit ersetzen. Dieser Rüssel könnte eine Eisenstange biegen . . .«

Van Rijn grunzte nur und ging an einem Käfig mit kleinen, gefiederten Huftieren vorbei. Vor dem nächsten Behälter blieb er wieder stehen. »Diese hier könnten es sein«, erklärte er. »So ähnlich hatten wir sie früher auch auf der Erde. Wie hießen sie bloß? Quintillas? Nein, Gorillas.«

Torrance fühlte sein Herz klopfen. Zwei nebeneinanderliegende Käfige enthielten jeweils vier Tiere einer Art, die sehr vielversprechend aussah. Es waren aufrecht gehende Zweifüßler mit kurzen Beinen und langen Armen, zwei Meter groß und mit einer Armspanne von drei Metern. Einer von ihnen mußte ohne weiteres in der Lage sein, das Armaturenbrett auf der Brücke allein zu bedienen. Auf schenkelstarken Handgelenken saßen vierfingrige Hände mit echten Daumen, und die dreizehigen Füße waren deutlich als Gehwerkzeuge ausgebildet. Ihre Körper waren mit bräunlichem Flaum bedeckt, ihre Köpfe relativ klein, mit vorspringenden Affenschnauzen, tiefliegenden Augen und mächtigen Brauen. Torrance sah, daß Männchen und Weibchen getrennt untergebracht waren. Einige hockten oder lagen ruhend am Boden, andere wanderten ziellos in den Käfigen umher. Torrance bemerkte, daß sie die Ohrlöcher hinter dem Halsansatz mit Schließmuskeln öffnen und schließen konnten. Das Licht über ihnen war vom gewohnten Gelblichweiß eines Sterns vom Soltyp.

»Ich weiß nicht«, sagte Torrance nach längerer Betrachtung. »So intelligent sehen sie nun auch nicht aus. Ich würde sie einfach für Primaten halten, den ausgestorbenen Menschenaffen unserer Erde vergleichbar. Andererseits könnten sie sich in unserer Gegenwart verstellen . . .«

»Könnten, könnten!« schnaubte van Rijn ärgerlich. »Damit kommen wir nicht weiter. Merken Sie sich diese Geschöpfe, Kapitän; wir werden sie einem Test unterziehen.«

Sie gingen weiter, nur um nach wenigen Schritten erneut stehenzubleiben. Im schwachen gelblichen Dämmerlicht eines anderen Behälters bewegten sich unheimlich anmutende Formen. Vier stummelartige, krallenbewehrte Beine trugen Chitinpanzer von der

Größe und Gestalt militärischer Stahlhelme. Am Kopfende ragten aus den Panzern behaarte Fangarme oder Rüssel. Für außerirdische Verhältnisse war dies alles nichts Besonderes, aber unter jedem Panzer blickte ein Augenpaar hervor, so groß und irgendwie menschlich, daß Torrance unwillkürlich den Atem anhielt.

»Schildkröten«, grunzte van Rijn. »Bestenfalls eine Art Gürteltier.«

»Es kann nicht schaden, wenn wir auch ihre Lebensbedingungen untersuchen«, sagte Torrance.

»Es wäre Zeitverschwendung.«

»Ich frage mich, was sie essen. Ich sehe keine Mundöffnung.«

»Diese beiden Fangarme am Kopf könnten Saugrüssel sein. Ich wette, es sind Parasiten oder Blutsauger. Übergroße Wanzen, wissen Sie. Gehen wir.«

»Was machen wir, wenn sich herausgestellt hat, welche Spezies mit der größten Wahrscheinlichkeit die Mannschaft ist?« fragte Torrance. »Sollen wir versuchen, uns nacheinander mit jedem einzelnen zu verständigen?«

»Das hätte nicht viel Sinn. Zuerst müssen wir sie alle zusammen überzeugen, daß wir keine Adderkops sind. Sie verstecken sich ja gerade, weil sie sich nicht verständigen wollen. Aber wie wir das machen sollen, ist mir auch noch unklar.«

»Warten Sie, Chef. Warum versteckt sich die Mannschaft, wenn sie schon einmal mit den Adderkops Kontakt gehabt hat? Es wäre sinnlos, denn die Adderkops würden sie sofort erkennen«

»Das kann ich Ihnen beantworten, mein Freund«, sagte van Rijn. »Um ihr einen Namen zu geben, wollen wir diese unbekannte Rasse einmal Ikser nennen Die Ikser also betreiben schon seit längerer Zeit Raumfahrt, aber der Raum ist so groß, daß sie noch nie auf Menschen gestoßen sind. Dann lassen sich die Adderkops hier in dieser Region nieder, wo es noch nie Menschen gegeben hat. Die Ikser hören von dieser schrecklichen neuen Rasse. Sie landen auf primitiven Planeten, wo die Adderkops Überfälle verübt haben, unterhalten sich mit den eingeborenen Bewohnern, stellen vielleicht automatische Kameras auf, wo sie neue Überfälle erwarten, beobachten von weitem die Stützpunkte der Adderkops oder fangen ein vereinzeltes Schiff der Adderkops ab. Sie wissen nun, wie

Menschen aussehen, aber nicht viel mehr. Sie wollen nicht, daß die Menschen von ihnen erfahren, und vermeiden jeden Kontakt. Sie suchen keinen Streit, jedenfalls nicht, bevor sie auf einen Krieg vorbereitet sind. Torrance, wir müssen dieser Besatzung unseren guten Willen klarmachen, damit sie uns nach Freya bringen und hinterher ihren Anführern berichten, daß nicht alle Menschen so schlecht wie die verdammten Adderkops sind. Andernfalls wachen wir eines Tages auf und erfahren, daß die Ikser den einen oder anderen Planeten überfallen haben. Und bevor das Mißverständnis beigelegt ist, hat der Krieg ein paar Billionen verschlungen.« Er schüttelte seine Fäuste in der Luft. »Es ist unsere Pflicht, das zu verhindern!«

»Unsere erste Pflicht ist, lebendig nach Hause zu kommen, würde ich sagen«, entgegnete Torrance. »Ich habe Frau und Kinder.«

»Dann hören Sie gefälligst auf, Jeri Kofoed mit Ihren lüsternen Blicken zu verfolgen. Sie ist meine Entdeckung.«

Die Suche belohnte sie mit einer weiteren Möglichkeit. Vier Organismen von der Länge eines Menschen mit raupenähnlichen Körpern und dicken, kurzen Beinen ruhten träge unter grünlichem Licht. Ihre Körper waren dunkelblau und besaßen einen walzenförmigen Fortsatz, den sie aufrecht hielten, ähnlich den Fangarm-Zentauroiden. Das Bemerkenswerte an diesem Torso waren zwei echte Arme. Die Hände hatten keine Daumen, aber ihre sechs Finger waren kreisförmig angeordnet und zweifellos imstande, komplizierte technische Arbeiten und Manipulationen auszuführen. Auch die runden, flachgesichtigen Köpfe der Wesen, ihre großen hellen Augen, die kleinen Kiefer und schmalen Lippen sahen vielversprechend aus.

Drei Erdentage später waren sie der Lösung ihres Problems keinen Schritt nähergekommen. Torrance ging durch einen zentralen Korridor zum Maschinenraum des Ikserschiffes.

Wände und Boden des Durchgangs waren mit einer gummiartigen Plastikmasse bedeckt, die jedes Geräusch dämpfte und Schritte nahezu unhörbar machte. Nur das gleichbleibend tiefe Summen des Hyperdrive erfüllte die Räume und ließ den mächtigen Rumpf leise vibrieren. Zu beiden Seiten des Korridors führten offene Durchgänge in Räume verschiedener Größe und Bestimmung. Einige waren mit Versorgungsgütern, Werkzeugen und Behältern angefüllt, und so seltsam ihre Formen auch waren, gaben sie einem doch das Gefühl, noch am Leben und nicht ein Geist an Bord des Fliegenden Holländers zu sein. Andere Räume dagegen waren bewohnt gewesen, und ihre Kahlheit jagte Torrance Schauer über den Rücken.

Nichts, was über die Art ihrer Bewohner Aufschluß geben konnte, war in diesen Räumen erhalten geblieben. Torrance fand mehrere Rollen mit Schriftzeichen, die er für Bücher hielt, aber der Sinn dieser kleinen gestochen scharf reproduzierten Symbole blieb ihm verschlossen. Halb und ganz geleerte Wandfächer legten nahe, daß man alle illustrierten Bände oder Rollen geopfert hatte. In Wohn- und Arbeitsräumen waren vom Mobiliar nur die angeschraubten Sockel und Konsolen übriggeblieben. Zwei Räume waren mit eingebauten Wandnischen ausgestattet. Lange, niedrige Kojen wechselten mit kleinen fast quadratischen Fächern ab, doch sie waren alle leer oder gaben nicht zu erkennen, welchen Zwecken sie gedient haben mochten. Kleider, Wandschmuck, Koch- und Eßutensilien, alles war vernichtet worden. Einer der Räume mußte als Bad oder Waschraum gedient haben, aber die Besatzung hatte sämtliche Einrichtungsgegenstände herausgerissen; nur die allenthalben herunterhängenden Leitungen ließen erkennen, wo einmal Installationen gewesen waren.

Bei Gott, man muß sie bewundern, dachte Torrance. Von fremden Wesen gekapert, die sie mit gutem Grund für gewissenlose Ungeheuer halten mußten, hatten diese Unbekannten nicht den leichten Ausweg gesucht, nämlich die Atomexplosion, mit der sie sich und ihre Angreifer hätten vernichten können. Statt dessen hatten sie konsequent und mit bewunderungswürdigem Wagemut den einzigen Plan verwirklicht, der ihnen eine gewisse Hoffnung auf ein Überleben bieten konnte. Nun saßen sie offen vor aller Augen da und warteten geduldig, daß die fremden Ungeheuer von ihrem Schiff abließen oder daß sie von einem ihrer anderen Schiffe gerettet wurden. Innerhalb der Grenzen ihrer Kenntnisse und Erfahrungen handelten diese Unbekannten vollkommen logisch. Aber was für Nerven gehörten dazu!

Ich wünschte, wir könnten sie identifizieren und Freunde werden, dachte Torrance. Sicher wären die Ikser verdammt gute Freunde, bessere vielleicht, als die Liga sie verdient hat. Er mußte lächeln. Ich wette, sie lassen sich nicht so leicht beschwindeln, wie der alte Nick denkt. Gut möglich, daß sie ihn übers Ohr hauen. Das zu erleben, wäre ein Fest!

Mein Grund ist allerdings mehr persönlicher Art, dachte er in einem Anflug trüber Resignation. Wenn wir dieses Mißverständnis nicht bald aufklären, werden sie und wir gemeinsam untergehen Vielleicht, daß wir noch drei oder vier Tage unentdeckt bleiben Schon das wäre ein Glücksfall.

Der Korridor endete in einer Halle. Hier befand sich eine große Luftschleuse. Zwei automatische Türen führten weiter zum Heck des Schiffes. Torrance wußte bereits, daß hinter der einen Tür ein Kernreaktor stand, der das elektrische System und die Triebwerke mit Energie versorgte. Die physikalischen und technischen Prinzipien der Anlage waren ihm vertraut, aber die Maschinen selbst blieben Rätsel, eingehüllt in Metall und mit unverständlichen Zeichen beschriftet.

Er nahm die rechte Tür, die in eine Werkstatt führte. Ein guter Teil der Ausrüstung war identifizierbar, mochten die Formen auch fremdartig und dem menschlichen Auge verworren erscheinen. Vieles blieb mysteriös. Yamamura saß an einer improvisierten Werkbank und arbeitete an der Verdrahtung eines elektronischen Geräts. Sein Gesicht war erschreckend hager, und seine Hände zitterten leicht. Er hatte pausenlos gearbeitet und hielt sich nur noch mit stimulierenden Drogen aufrecht.

Betancourt war bei ihm und redete leise auf ihn ein. Die gesamte Besatzung der *Hebe* arbeitete unter Yamamuras Kommando, in einem verzweifelten Versuch, das fremde Schiff auch ohne die Hilfe der Ikser unter Kontrolle zu bringen.

»Ich habe das elektrische System in seinen Grundzügen begriffen«, sagte Betancourt gerade. »Sie zapfen den Konverter nicht direkt an, sondern verwenden einen Wärmeaustauscher, der einen mächtigen Generator speist. Wo Gleichstrom benötigt wird, geht der Wechselstrom durch einen Satz Gleichrichterplatten. Sie stehen offen hinter einem Schutzgitter, aber der Stromdurchlauf erhitzt sie so, daß ich sie nicht aus der Nähe untersuchen konnte. Es kommt mir alles ein bißchen primitiv vor.«

»Oder einfach anders«, seufzte Yamamura. »Vielleicht sind die Ikser sogar bessere Ingenieure als wir. Ihr Konverter scheint wesentlich robuster und weniger anfällig zu sein als der unsrige. Wir wissen eben zu wenig.«

Er starrte kopfschüttelnd auf seine Arbeit. »Wir wissen überhaupt nichts. – Ah, Kapitän Torrance! Ich bin mit den Apparaten so gut wie fertig. Wir können gleich mit den Tests beginnen, wenn Sie wollen.« Er rückte zu Betancourt hinüber. »Machen Sie weiter, Betancourt. Und denken Sie daran: keine überstürzten Versuche.«

Yamamura stand auf, und Torrance half ihm, die Geräte hinauszutragen. »Welches Tier wollen Sie zuerst untersuchen?« fragte der Chefingenieur. »Wissen Sie, ich muß meine Instrumente entsprechend einstellen. Besonders, wenn es sich um einen Wasserstoffatmer handelt.«

Torrance schüttelte den Kopf. »Sauerstoff. Sie leben unter Bedingungen, die unseren so ähnlich sind, daß wir direkt in ihre Käfige hineingehen können. Ich spreche von den Gorilloiden, so haben wir diese wolligen zwei Meter großen Zweifüßler mit den Affengesichtern getauft.«

Yamamura verzog sein Gesicht. »Diese riesigen Untiere? Haben sie denn irgendein Zeichen von Intelligenz zu erkennen gegeben?«

»Nein. Aber kann man das von den Iksern erwarten? Jeri Kofoed und ich sind vor den Käfigen der möglichen Spezies auf und ab spaziert, haben Zeichen gemacht, Bilder gezeichnet und alles mögliche unternommen, um ihnen zu verstehen zu geben, daß wir keine Adderkops sind und daß wir selbst von ihnen verfolgt werden. Natürlich hatten wir kein Glück. Alle Tiere bis auf die Gorilloiden haben uns höchst interessiert betrachtet – was vielleicht als Hinweis dienen könnte, vielleicht aber auch nicht. Im Grunde ist es gleich, bei welchen wir anfangen, aber die Gorilloiden haben die richtige Größe, geschickt aussehende Hände und sind Sauerstoffatmer. Als nächste in der Reihenfolge der Wahrscheinlichkeit würde ich die Fangarm-Zentauren und die Raupen-Zentauren ansehen.

Aber die letzteren stammen, obwohl sie ebenfalls Sauerstoffatmer sind, von einem Planeten mit großer Masse und entsprechend dichter Atmosphäre. Ihr Luftdruck würde uns im Handumdrehen narkotisieren. Die Fangarm-Zentauren atmen ein Wasserstoff-Ammoniak-Gemisch. In beiden Fällen werden wir also in Raumanzügen arbeiten müssen.«

»Die Gorilloiden sehen schon schlimm genug aus, besten Dank!« sagte Yamamura zweifelnd. »Wenn ich mir vorstelle, daß wir bei ihnen an die Falschen geraten . . .«

»Was wollen Sie mit diesen Geräten eigentlich anfangen?« fragte Torrance mit einem Blick auf die Werkbank.

»Ich hoffe, daß wir damit die Nervenimpulse und die Gehirntätigkeit dieser Lebewesen aufzeichnen und messen können. Wenn sich eine von den übrigen Nervenbahnen mehr oder weniger unabhängige Gehirntätigkeit feststellen läßt, gibt es uns einen gewissen Aufschluß, ob das Tier denkt oder nicht.« Er hob die Schultern. »Bei mir funktioniert es ganz gut. Ob es das auch bei nichtmenschlichen Wesen tut, besonders unter anderen atmosphärischen Bedingungen, ist noch offen.«

»Die Idee ist großartig«, sagte Torrance. »Uns bleibt nichts anderes übrig, als es zu versuchen.«

»Was ist mit dem Chef, Torrance? Ich habe ihn seit gestern nicht mehr gesehen. Er hat uns nicht geholfen.«

»Mir auch nicht«, antwortete Torrance, leicht verstimmt. »Er erklärte einfach, jeder Verständigungsversuch wäre sinnlos, solange wir den Iksern nicht beweisen können, daß wir sie erkannt haben. Und selbst danach, sagt er, wären Gesten mit einer Pistole die einzig mögliche Verständigung. Wenigstens am Anfang.«

»Wahrscheinlich hat er recht.«

»Eben nicht! Die Logik spricht vielleicht dafür, aber nicht die Psychologie, von moralischen Erwägungen ganz zu schweigen Er hat sich in seine Gemächer zurückgezogen, trinkt Kognak und raucht Zigarren. Der Koch, der hier sein sollte, um Ihnen zu helfen, muß an Bord der Jacht bleiben, um dem Alten seine verdammten Feinschmeckergerichte zu bereiten. Man könnte meinen, es sei ihm ganz egal, ob wir in die Luft gejagt werden.«

Er erinnerte sich an seine Stellung und schluckte. »Tut mir leid,

Yamamura. Vergessen Sie, was ich gesagt habe. Wenn Sie fertig sind, können wir die Gorilloiden untersuchen.«

Sechs Männer standen mit gezogenen Strahlern im Korridor. Jeri Kofoed und Yamamura beschäftigten sich mit dem Aufstellen der Apparate.

Torrance befeuchtete seine Lippen und sah sich nach den Männern um. »Alles klar?« Sie nickten wortlos, und Torrance begann an den Rädern der Luftschleuse zu drehen. Sein Herz hämmerte. Es war sehr schön, Kapitän zu sein und gewisse Privilegien zu genießen, aber in Augenblicken wie diesem sah alles ganz anders aus.

Er trat durch die äußere Tür in die Schleuse, öffnete die innere Tür und stand im Käfig der Gorilloiden.

Der Luftdruckunterschied war nicht groß, doch nach langer Gewöhnung an ein Viertel der Erdschwerkraft spürte er den krassen Wechsel der Schwereverhältnisse wie einen Schlag. Er taumelte und fiel beinahe. Die Luft war warm und dick, angefüllt mit namenlosen Gerüchen. Er stützte sich an eine Wand, richtete sich auf und sah die vier Zweifüßler an. Ihre braunen, flaumbedeckten Körper erschienen ihm aus der Nähe noch größer und bedrohlicher. Aus tiefen Höhlen funkelten ihm tückische Augen entgegen. Seine rechte Hand tastete instinktiv nach dem Blaster an seiner Seite. Er wollte nicht schießen. Es war nicht abzusehen, wie diese nichtmenschlichen Nervensysteme auf die überschallstarke Druckwelle reagieren würden. Und wenn diese behaarten Wesen tatsächlich die Schiffsbesatzung waren, konnte er nichts Schlimmeres tun, als einen von ihnen ernstlich zu verletzen. Aber der Handgriff fühlte sich irgendwie tröstlich an.

Ein Gorilloide knurrte tief in seiner mächtigen Brust und ging einen Schritt auf Torrance zu. Sein merkwürdig spitzer Kopf schob sich vor, und die Schließmuskeln seiner Ohren öffneten und schlossen sich wie die Mäuler nach Luft schnappender Karpfen.

Torrance zog sich in die Ecke neben der Tür zurück. »Ich versuche, diesen hier von den anderen wegzulocken«, rief er hinaus. »Macht euch fertig.«

»Alles bereit, Käptn.« Einer der Männer, ein untersetzter Mongole aus dem Altaigebiet, schüttelte eine Lassoschlinge aus. Hinter ihm spannten drei andere ein Netz auf.

Der Gorilloide blieb stehen und verharrte regungslos. Einer der anderen stieß einen heulenden Laut aus, der von anfeuernder Wirkung war. Der Gorilloide winkte seine Gefährten mit einer seltsam menschlichen Geste zurück, bleckte die Zähne und näherte sich Torrance mit wiegenden Schritten.

Der Kapitän zog seinen Strahler, hielt ihn einen Moment mit zitternden Händen, steckte ihn wieder ein und hob beide Hände, Handflächen nach außen. »Freund!« sagte er mit krächzender Stimme.

Seine Hoffnung, daß der andere die Maskerade aufgeben würde, kam ihm plötzlich lächerlich vor. Er sprang mit einem Satz zur Luftschleuse. Der Gorilloide grunzte wütend und setzte ihm nach. Torrance war nicht schnell genug; sein Gegner bekam ein Stück Hemdenstoff zwischen die Finger, riß das Hemd von oben bis unten auf und kratzte Torrance die Brust blutig. Torrance stolperte und fiel rücklings in die Luftschleuse. Das Lasso des Mongolen zischte über ihn hinweg, kam mit weiter Schlinge auf den Gorilloiden herunter und zog sich wie von selbst um seine Knöchel zusammen. Das braune Ungeheuer verlor sein Gleichgewicht und schlug schwer auf den Boden des Käfigs.

»Fangt ihn! Gebt auf die Arme acht! Hier . . .«

Die Männer stürmten an ihm vorbei, und Torrance erhob sich taumelnd und sah, wie die vier versuchten, die brüllende und wild um sich schlagende Bestie in ihr Netz zu bekommen. Die drei anderen Gorilloiden standen eng aneinandergedrängt in der Ecke gegenüber, heulten mit seltsam hohen Stimmen und gestikulierten mit ihren überlangen Armen. Der Behälter dröhnte wie das Innere einer Trommel.

»Holt ihn raus!« brüllte Torrance. »Bevor die anderen angreifen.«

Wieder zog er seinen Strahler und zielte über das Getümmel auf die Gefährten des gefangenen Gorilloiden. Wenn sie intelligent waren, mußten sie wissen, daß er sie mit einer Waffe bedrohte. Der Mongole hatte inzwischen einen Arm des Ungetüms gefesselt und wickelte das Lasso fest um den mächtigen Rumpf. Dann wurde dem fast hilflosen Riesen das feinmaschige Kunstfasernetz übergeworfen. Als die vier Männer ihr Opfer zur Luftschleuse schleiften, gerieten dessen Gefährten in noch stärkere Erregung, und einer stampfte mit heiserem Gekreisch auf Torrance zu, der seinen Leuten den Rücken deckte. Das mächtige, entblößte Gebiß war imstande, einem Mann den Kopf abzubeißen, die kleinen Augen glühten blutunterlaufen.

Der Gorilloide verhielt eine Sekunde, dann flogen seine vierfingrigen Hände hoch, und er stürzte sich auf den Mann, Torrance floh hinter seinen Leuten durch die schmale Schleusenkammer, den heißen Atem des Verfolgers im Nacken. Im Korridor fuhr er herum und brachte den Strahler in Anschlag. Der Riese machte vor der Luftschleuse halt, blickte wie in plötzlicher Verwirrung im Korridor umher und zog sich langsam in den Käfig zurück. Torrance schloß die Luftschleuse, dann lehnte er sich mit dem Rücken gegen die Tür und schloß die Augen.

Jeri Kofoed kam zu ihm und nahm seine Hand. »Ist es schlimm? Haben Sie Schmerzen?«

»Nicht viel«, murmelte er. »Geben Sie mir eine Zigarette.« Sie tat es und gab ihm Feuer. »Es ist nur ein Kratzer, aber wir müssen die Wunde desinfizieren. Wer weiß, was sonst für Folgen entstehen.«

Er nickte, rührte sich aber nicht von der Stelle, bis er die Zigarette geraucht hatte. Ein Stück weiter waren Yamamura und seine Helfer dabei, ihren Gefangenen an Pfeiler und Streben des oberen Laufstegs zu fesseln. Er war unverletzt und kämpfte heulend gegen seine Peiniger, weit davon entfernt, sich in sein Schicksal zu fügen. Als Yamamura seine Apparate aufstellte und dem Gorilloiden die Meßelektroden anlegte, hatte er alle Mühe, den wütenden Bissen des Riesen zu entgehen.

Torrance trat den Zigarettenstummel aus und warf einen letzten Blick in den Käfig. Einer der Gorilloiden zerriß etwas, daß weiße Stoffetzen umherflogen. Erst jetzt merkte Torrance, daß er im Fallen seinen Turban verloren hatte. Er seufzte. »Wir müssen warten, bis Yamamura seine Ergebnisse hat. Inzwischen könnten wir es uns ein bißchen gemütlich machen.«

»Zuerst das Krankenzimmer«, sagte Jeri fest und nahm seinen Arm. Sie verließen das gekaperte Schiff durch das Verbindungsrohr und kehrten an Bord der *Hebe* zurück. Torrance zog sein zerfetztes Hemd aus, wusch die Wunde und ließ sie von Jeri verbinden. Nachdem er ein frisches Hemd aus seiner Kajüte geholt hatte, gingen sie in den Salon, wo Torrance zu seinem Mißvergnügen auf van Rijn stieß. Der Kaufmann saß im Sarong an seinem eingelegten Mahagonischreibtisch, eine Flasche in der einen und eine Zigarre in der anderen Hand. Vor ihm lag ein wirres und unglaubliches Durcheinander von Papieren.

Er blickte auf. »Ah. Was gibt's?«

»Sie untersuchen gerade einen der Gorilloiden.« Torrance ließ sich in einen Sessel sinken. Weil der Steward zum Fangkommando herangezogen worden war, kümmerte sich Jeri um die Getränke.

»Kapitän Torrance wäre dabei um ein Haar ums Leben gekommen«, rief sie aus der Kombüse. »Hättest du nicht wenigstens zusehen können, Nick?«

»Warum sollte ich?« versetzte Nicholas van Rijn. »Um wie ein Tourist dazustehen und mit Schellfischaugen zu glotzen? Nein, ich bin zu alt und fett, um mich an der Jagd auf Riesenaffen zu beteiligen. Ich bin auch technisch nicht so gebildet, daß ich für Yamamura Knöpfe bedienen könnte.« Er paffte an seiner Zigarre und fuhr selbstzufrieden fort: »Außerdem ist das nicht meine Arbeit. Ich bin kein Spezialist. Ich habe keine Universität besucht und kein Staatsexamen abgelegt. Ich kenne nur die harte Schule des Lebens. Aber in dieser Schule habe ich gelernt, daß ich andere für mich arbeiten lassen und daran verdienen kann.«

Torrance atmete langsam und tief aus. Nun, nachdem die Spannung nachgelassen hatte, fühlte er sich zum Umfallen müde. »Was lesen Sie da?« fragte er ohne sonderliches Interesse.

»Die Berichte unserer Ingenieure über das gekaperte Schiff«, sagte van Rijn. »Vielleicht finde ich darin einen Hinweis, den wir gebrauchen können. Für den Fall, daß diese Gorilloiden nicht die Ikser sind, verstehen Sie? Die Gorilloiden sind eine Möglichkeit, und wir können sie erst ausscheiden, wenn Yamamuras Ergebnisse vorliegen.«.

Torrance rieb seine Augen. »Mir kommen sie nicht recht glaubhaft vor. Die meisten Mechanismen, die wir gefunden haben, scheinen für große Hände gemacht zu sein. Aber andere sind wieder so klein . . . Aber das findet man auch bei unseren Werkzeugen. Ein nichtmenschliches, intelligenzbegabtes Wesen würde es wahrscheinlich sehr verwirrend finden, daß dieselbe Rasse sowohl mit dem Schmiedehammer als auch mit der Uhrmacherpinzette umgehen kann.«

Jeri Kofoed kam mit zwei Gläsern Grog aus der Kombüse zurück. Seine Augen folgten ihren Bewegungen. In ihrer knapp sitzenden Bluse und dem kniefreien Rock bot sie einen Anblick, der sein Blut schneller kreisen ließ. Statt an van Rijns Seite Platz zu nehmen, setzte sie sich neben Torrance. Van Rijns schwarze Augen verengten sich argwöhnisch, aber als er sprach, klang seine polternde Stimme unerwartet milde.

»Ich möchte gern hören, was Sie von den anderen Möglichkeiten halten, Torrance. Ich habe die Wesen auch gesehen, natürlich, aber meine Gedanken sind noch nicht klar, und vielleicht haben Sie Beobachtungen gemacht, die mir weiterhelfen können.«

Torrance nickte. »Die Fangarm-Zentauren gehören ohne Frage in die engere Wahl. Sie wissen, welche ich meine. Sie leben unter rotem Licht und bei halber Erdschwerkraft. Eine schwache Sonne und niedrige Temperaturen ermöglichen es ihrem Planeten anscheinend, eine Wasserstoffatmosphäre zu erhalten, denn das ist es, was sie atmen, Wasserstoff mit Beimengungen von Argon und Ammoniak. Übrigens wären sie auch groß genug, um das Schiff mühelos zu bedienen.

Dann sind da noch die raupenähnlichen Zentauren – die mit den blauen Körpern, den seltsamen Händen und den besonders intelligent aussehenden Gesichtern. Sie müssen von einem sehr merkwürdigen Planeten stammen. Er ist zweifellos sehr groß, denn atmosphärischer Druck und Schwerkraft betragen ein Mehrfaches unserer irdischen Werte. Die Atmosphäre besteht aus Stickstoff und Sauerstoff, und die Temperatur ist mit fünfzig Grad ziemlich hoch. Ich stelle mir ihren Planeten etwa wie Jupiter vor, aber er scheint seiner Sonne so nahe zu sein, daß der Wasserstoff sich zu Wasser reduziert und eine erdähnliche Entwicklung begonnen hat.

Der Elefant kommt von einem Planeten mit nur halber Erdschwerkraft. Er nimmt mit einer sehr dünnen Atmosphäre vorlieb, in der Menschen nicht leben könnten.« Torrance trank sein

Glas leer. »Alle anderen scheinen unter Bedingungen zu leben, die denen auf der Erde mehr oder weniger gleichkommen. Ich wünschte nur, sie wären wahrscheinlicher. Aber mit Ausnahme der Gorilloiden könnte ich kein Tier nennen. Diese behelmten, schildkrötartigen Bestien . . .«

»Welche meinen Sie?« unterbrach van Rijn.

»Ach, du erinnerst dich sicher, Nickie«, sagte Jeri. »Diese acht oder neun buckligen Schildkröten, kaum größer als dein Kopf. Sie haben zwei Greifarme oder Saugrüssel, denn damit nehmen sie ihre Nahrung auf. Ich habe gesehen, wie die automatische Fütterungsanlage so eine Art Suppe in ihren Trog gefüllt hat. Sie haben keine Hände; nur kurze Beine mit Krallen und ihre fühlerartigen Rüssel. Wir haben sie nur beachtet, weil sie größere und besser entwickelte Augen zu haben scheinen, als man sie bei Parasiten gewöhnlich findet.«

»Parasiten bringen es zu keiner Intelligenz«, sagte van Rijn. »Sie haben bequemere Methoden gefunden, sich am Leben zu erhalten. Aber wir müssen sehen, ob sie wirklich Parasiten sind und unter ihrem Panzern keine Hände versteckt haben, bevor wir sie abschreiben. Welche Sorten kommen sonst noch in Frage?«

».Die Tigeraffen«, sagte Torrance. »Diese gestreiften Raubtiere, deren Körperbau an Bären erinnert. Meistens bewegen sie sich auf allen vieren, aber gelegentlich stehen sie auch auf und gehen auf den Hinterbeinen. Und sie haben Hände. Plumpe, daumenlose Hände mit respektablen Krallen, die sie einziehen können, aber ihre Finger sind zweigliedrig und ziemlich beweglich. Sind vier Hände ohne Daumen so gut wie zwei mit Daumen? Ich weiß es nicht. Ich bin zu müde, um darüber nachzudenken.«

»Und das ist alles?« Van Rijn hob die Rumflasche an seine Lippen. Er schluckte, stellte die Flasche ab, hustete und spuckte in sein Taschentuch. »Wer soll als nächster an die Reihe kommen, wenn die Gorilloiden versagen?«

»Ich würde sagen, die Raupen-Zentauren mit den klugen Gesichtern, trotz ihres hohen Luftdrucks«, sagte Jeri. »Und dann . . .«

»Unsinn!« Van Rijns Faust krachte auf die Tischplatte. »Wie lange dauert es, bis von jeder Sorte einer gefangen und untersucht ist? Tage! Und wie lange soll Yamamura noch durchhalten? Er wird uns zusammenbrechen, wenn er nicht bald schlafen kann, und wen haben wir außer ihm für diese Arbeit? Niemand! Und inzwischen kommen die Adderkops näher. Wir haben einfach nicht die Zeit für diese Methode! Wenn es mit den Gorilloiden nicht klappt, kann uns nur noch die Logik helfen. Wir müssen aus den vorhandenen Fakten schließen, wer die Ikser sind.«

»Sie können ja schon damit anfangen«, sagte Torrance trocken. »Ich lege mich ein bißchen hin.«

Van Rijn lief rot an. »So ist es richtig!« schimpfte er. »Machen Sie es wie die anderen. Schlafen Sie, amüsieren Sie sich, verbummeln Sie den lieben langen Tag! Sie haben ja den armen alten Nicholas van Rijn, dem Sie alle Arbeit und Sorgen aufladen können. Heiliger St. Dismas, gibt es nicht einen einzigen anderen Menschen in diesem Universum, dem man eine nützliche Aufgabe anvertrauen kann?«

Torrance wurde von Yamamura geweckt. Die Gorilloiden waren nicht die Ikser. Sie waren farbenblind und unfähig, sich auf komplizierte Vorgänge wie die Kontrolle der Bordinstrumente zu konzentrieren. Ihre Gehirne waren klein und ihre Intelligenz nicht höher als die von Hunden.

Nach dieser Enttäuschung begab sich Torrance auf die Brücke der *Hebe*, teils um ungestört zu bleiben, teils, weil es ein Ort war, an dem er sich wohlfühlte.

Der Raum hinter dem breiten Sichtfenster war ihm noch nie so schön erschienen wie jetzt. Er kannte die örtlichen Sternbilder nicht gut, aber sein geübtes Auge identifizierte Perseus, Auriga, Taurus, dann einige bekannte Einzelsterne: den riesigen roten Beteigeuze und die Spika. Es waren zwei von den Leitsternen, mit deren Hilfe er sich auf unzähligen Expeditionen orientiert hatte. Der ganze unermeßliche Himmel war mit kleinen, frostigen Feuern erfüllt. Die Milchstraße gürtete ihn mit kühlem Silber, ein Nebel glühte schwach und fast durchsichtig, und an der Grenze des Sichtbaren schwebte wie eine ferne, unerreichbare Verheißung der Andromedanebel, die nächste Welteninsel.

Torrance drückte seine Zigarette aus. Seine Hände glitten fast zärtlich über die Bedienungsknöpfe und Armaturen. Er kannte jeden Hebel, jeden Schalter, als wären sie Teile seiner selbst. Dieses Schiff bedeutete ihm mehr als ein seelenloser Mechanismus; es war ihm ans Herz gewachsen.

Er hörte leise Schritte hinter sich und wandte den Kopf. Als er sah, daß es Jeri war, entspannte er seine Muskeln. Die letzten Tage hatten ihn nervös werden lassen. Er war überreizt und ständig auf eine neue Hiobsbotschaft gefaßt. So konnte er nicht einmal lächeln, als er das Mädchen ansah.

Sie kam langsam auf ihn zu. Ihr helles Haar schimmerte in der milden Deckenbeleuchtung. Sie wich seinem fragenden Blick aus.

»Was ist?« fragte er. »Was bringt Sie hierher?«

»Oh – dasselbe, was Sie hergeführt hat.« Sie blickte aus dem Sichtfenster. Seit sie das fremde Schiff gekapert hatten, war ein rötlicher Stern vor ihnen allmählich immer größer geworden. Jetzt hing er, eine unheilvoll glühende Scheibe, kaum ein halbes Lichtjahr entfernt zu ihrer Rechten. Sie kehrte dem Fenster ihren Rücken zu und seufzte. »Yamamura stellt seine Apparate für den nächsten Test ein«, sagte sie tonlos. »Niemand sonst kennt sich so gut aus, daß er ihm helfen könnte, und er ist so erschöpft, daß er am ganzen Körper zittert und sich kaum noch auf den Beinen halten kam. Nick aber sitzt einfach in seinem Salon und trinkt und raucht. Die erste Flasche ist schon leer, und jetzt ist er bei der zweiten. Die Luft dort drinnen ist so verräuchert, ich konnte es nicht mehr aushalten. Und er sagt kein Wort. Manchmal murmelt er etwas vor sich hin, in irgendeiner fremden Sprache, malayisch oder so. Es war nicht zu ertragen.«

»Wir müssen warten«, sagte Torrance. »Jeder von uns hat getan, was er konnte, Sie und ich genauso wie Yamamura. Halten wir uns für den nächsten Test bereit und hoffen wir, daß wir damit mehr Glück haben werden.«

Sie ließ die Schultern hängen »Wozu das alles?« fragte sie. »Wir sollten uns nichts vormachen. Selbst wenn diese Raupen-Zentauren die Ikser sind, werden Tage vergehen, bis wir es beweisen können. Ich weiß nicht, ob wir noch soviel Zeit haben. Und wenn sie auch nur Tiere sind, werden wir nicht mehr dazu kommen, einen dritten Test durchzuführen. Gestehen wir uns doch ein, daß alle diese Anstrengungen sinnlos sind.«

»Wir haben nichts anderes zu tun«, sagte Torrance.

»Doch. Alles ist besser als diese häßliche, vergebliche Geschäftigkeit, die mich an eingesperrte Ratten erinnert. Warum können wir uns nicht damit abfinden, daß wir sterben müssen? Warum nützen wir nicht die kurze, uns noch verbleibende Zeit, um – um wieder Menschen zu sein?«

Er wandte sich vom Fenster ab und sah sie verdutzt an. »Wie meinen Sie das?«

Sie schlug ihre langen Wimpern nieder. »Es kommt darauf an, was jeder einzelne von uns bevorzugt. Vielleicht finden Sie, daß Sie mit sich selbst und Ihren Gedanken noch ins reine kommen wollen oder so.«

»Und Sie?«

»Ich bin kein Denker.« Sie lächelte traurig. »Ich fürchte, ich bin nur eine oberflächliche Person. Ich möchte mein Leben genießen, solange ich es habe.« Sie drehte sich unschlüssig zur Seite. »Aber ich kann keinen finden, mit dem ich es genießen möchte.«

Er packte sie bei den bloßen Schultern und drehte sie herum, daß sie ihm gegenüberstand. Ihre Haut war glatt und warm. »Sind Sie sicher, daß Sie keinen finden können?« fragte er heiser.

Statt einer Antwort schloß sie die Augen und hob ihr Gesicht mit halb geöffneten Lippen zu ihm auf. Er küßte sie.

Keiner der beiden hörte Nicholas van Rijn herkommen. Er blieb einen Augenblick in der Tür stehen und nahm die Pfeife aus dem Mund. Dann warf er sie wütend auf den Boden. »So!« bellte er.

Jeri stieß einen winselnden Laut aus und riß sich los. Torrance fühlte sich von einer Welle unsinniger Wut überschwemmt. Er ballte die Fäuste und trat van Rijn entgegen.

»So!« wiederholte der Kaufmann. »Bei Gott, das ist eine feine Überraschung! Ich sitze Stunde um Stunde da und zerbreche mir den Kopf, wie ich euer wertloses Leben retten kann, und mein Kapitän weiß inzwischen nichts Besseres zu tun, als sich an meine Sekretärin heranzumachen. Und ich Trottel bezahle ihn auch noch dafür! Auf die Knie, sage ich, oder ich schlage Sie zu Brei und verkaufe Sie als Hundefutter!«

Torrance stand nun dicht vor van Rijn. Er war etwas größer als der Kaufmann und gute zwanzig Jahre jünger. Sein Gesicht wurde dunkel; er zitterte. »Gehen Sie«, sagte er mit halberstickter Stimme.

Van Rijn wurde puterrot und gurgelte etwas Unverständliches. »Gehen Sie«, wiederholte Torrance etwas ruhiger. »Ich bin immer noch Kapitän dieses Schiffes. Ich tue, was ich für richtig halte, und lasse mich dabei von keinem großmäuligen Schmarotzer stören. Gehen Sie von der Brücke, oder ich werfe Sie hinaus!«

Van Rijns fleischige Wangen verloren die Farbe. Er stand sekundenlang da und rührte sich nicht. »Ich will verdammt sein«, flüsterte er schließlich. »Tod und Verdammung! Er hat den Nerv, mir die Tür zu weisen!«

Seine linke Faust kam mit einem weit ausgeholten Schwinger herauf. Torrance blockierte sie, wurde aber von der Wucht des Schlages einen Schritt zurückgetrieben. Seine eigene Linke traf van Rijn in die Magengegend, sank ein Stück in das Fett ein und wurde von harten Muskeln gebremst. Van Rijn zeigte keine Wirkung und konterte unerwartet schnell mit einer rechten Geraden. In Torrances Kopf explodierte etwas. Er verlor den Boden unter den Füßen, fiel auf den Rücken und blieb besinnungslos liegen.

Als er zu sich kam, hockte van Rijn neben ihm und hielt seine Kognakflasche in der Hand. Jeri stand in Tränen aufgelöst hinter ihm. Eine große, deutlich gerötete Stelle auf ihrer Wange war als van Rijns Handschrift kenntlich.

»Hier, wie wär's mit einem Schlückchen? Nur langsam. Das tut gut, wie? Macht den Kopf gleich klarer. Alles halb so schlimm. Sie haben nur einen Zahn verloren, und den werden wir auf Freya ersetzen lassen. So, noch einen Schluck, und dann auf die Füße. Sie sollten sich den Spaß nicht entgehen lassen.«

Van Rijn faßte Torrance unter die Achsel und zog ihn mit einer Hand in die Höhe. Der Kapitän stand schwankend auf den Beinen, verzog schmerzlich sein Gesicht und schüttelte den Kopf, bis die Benommenheit nachließ. Dann murmelte er durch geschwollene Lippen: »Was ist los? Was meinen Sie damit?«

»Ich weiß, wer die Ikser sind. Ich wollte Sie holen, damit wir sie aus dem Käfig lassen.« Er versetzte Torrance einen Rippenstoß, daß dieser fast wieder gefallen wäre. »Sagen Sie keinem etwas davon, sonst müßte ich mich jeden Tag mit jemandem schlagen, aber ich habe eine Schwäche für mutige Leute wie Sie. Kommen Sie jetzt, wir haben noch verdammt viel Arbeit vor uns.«

Torrance folgte ihm wie im Traum durch das Verbindungsrohr ins fremde Schiff, den Korridor entlang und in die Zoo-Abteilung. Van Rijn gab den Wachposten kurze Anweisungen für den Fall, daß die Ikser Widerstand leisteten. Sie zogen ihre Waffen und trotteten ihm müde nach. Erst als van Rijn vor einer Luftschleuse stehenblieb, erwachten sie aus ihrer Lethargie und kamen in Bewegung.

»Diese – wieso . . .«, stammelte Torrance. »Aber – ich dachte . . .«

»Sie dachten, was diese Burschen von Ihnen erwarteten«, erwiderte van Rijn selbstbewußt. »Der Plan war gut ausgedacht und hätte wahrscheinlich funktioniert, wenn Nicholas van Rijn nicht gewesen wäre. Wir gehen jetzt hinein, stellen unsere Waffen zur Schau und holen sie heraus. Ich hoffe, wir brauchen nicht grob zu werden. Wir werden ihnen anhand von Zeichnungen erklären, daß wir hinter ihr Geheimnis gekommen sind. Und dann werden wir ihnen klarmachen, daß sie uns zum Walhalla-System bringen sollen. Dazu brauchen wir Ihre astronautischen Diagramme, Torrance. Vielleicht werden wir sie zuerst als Gefangene betrachten müssen, die unter Druck mit uns zusammenarbeiten. Aber im Laufe der Reise werden wir schon Verständigungsmöglichkeiten schaffen – ohne Terror und Einschüchterung, versteht sich. Sie sollen sehen, daß nicht alle Menschen Adderkops sind und daß wir Freunde sein und ihnen Sachen verkaufen wollen. Ist das klar? Gut. Dann also los!«

Er öffnete die Luftschleuse und marschierte hinein. Ohne Umschweife griff er sich eins der behelmten Wesen und trug das hilflos zappelnde Monstrum hinaus.

In den nächsten Tagen sah sich Torrance so mit Arbeit überhäuft, daß ihm keine Zeit für andere Dinge blieb. Zuerst mußten Ausrüstungen, Proviant und alle beweglichen Einrichtungsgegenstände von der *Hebe* herübergeschafft werden. Dann galt es, das Verbindungsrohr zu entfernen und das Eingangsloch im Rumpf des Transporters zu versiegeln. Schließlich mußte der Hyperanhieb der *Hebe* durch eine eigens installierte Fernsteuerung eingeschaltet werden.

Van Rijn hatte sich entschlossen, seine Jacht aufzugeben, um die Verfolger abzulenken. In den wenigen Stunden, bevor ihr Protonenkonverter ausbrannte, würde sie vielleicht die Adderkops auf sie ziehen. Zuletzt begann die Weiterreise mit verändertem Kurs, und obwohl die Ikser keinerlei Widerstand leisteten, mußten sie ständig beobachtet werden, damit sie keine Kursänderung vornehmen oder irgendeine selbstmörderische Aktion einleiten konnten. Jede freie Minute diente dem Bemühen, eine einfache, gemeinsame Sprache zu entwickeln. Nebenher hatte Torrance seine eigene Mannschaft zu beaufsichtigen, Mißverständnisse aufzuklären, ihre Befürchtungen zu zerstreuen und nach feindlichen Schiffen Ausschau zu halten. Es zeigten sich keine, aber die Nervenbelastung war erheblich.

Gelegentlich schlief er ein paar Stunden.

So kam es, daß er mit van Rijn wenig mehr als ein paar Worte wechseln konnte. Er vermutete, daß der Kaufmann durch einen glücklichen Zufall auf die richtige Idee gekommen war, und ließ es damit bewenden.

Als Walhalla eine kleine gelbe Scheibe war, die alle anderen Gestirne überstrahlte, wurden sie von einem Patrouillenschiff der Liga aufgebracht, und, nachdem sie die nötigen Erklärungen abgegeben hatten, mit verringerter Geschwindigkeit zum Planeten Freya eskortiert.

Der Kapitän des Patrouillenschiffes gab ihm zu verstehen, daß er gern an Bord kommen würde, aber Torrance vertröstete ihn. »Wenn wir uns in der Umlaufbahn befinden, Kapitän Agilik, wird es mir ein Vergnügen sein. Aber im Moment ist hier noch alles desorganisiert. Sie werden das sicherlich verstehen.«

Er schaltete die fremde Funksprechanlage aus, mit der er nun vertraut war. »Ich gehe nach hinten in den Waschraum«, sagte er. »Seit wir die Jacht aufgeben mußten, konnte ich noch kein Bad nehmen. Machen Sie für mich weiter, Lafarge.« Er zögerte. »Und Sie natürlich auch, Jukh-Barklakh.«

Jukh grunzte etwas. Der Gorilloide hatte keine Zeit zum Sprechen. Er kauerte an der Stelle, wo einmal der Pilotensitz gewesen war, hatte seine langen Arme auf dem Armaturenbrett und bediente die Steuerungstasten. Langsam ging das Schiff in eine hyperbolische Bahn über. Barklakh, das behelmte Wesen auf seiner Schulter, verfügte über keine eigenen Stimmbänder, aber es bewegte einen seiner Saugfühler, bevor es ihn in das Loch im Armaturenbrett steckte, um den Regelschalter nachzustellen. Der andere Saugfühler blieb im massiven Nacken des Gorilloiden vergraben, entnahm Nahrung aus dem Blutkreislauf, empfing Nervenimpulse und beantwortete sie mit den Kommandos eines erfahrenen Raumpiloten.

Torrance hatte diese Kombination anfangs blutsaugerisch und vampirhaft gefunden, sich aber bald daran gewöhnt. Obgleich die Vorfahren der chitingepanzerten Riesenwanzen sicher einmal als Parasiten der Urahnen dieser Gorillioden gelebt hatten, war es jetzt nicht mehr so. Die beiden Gattungen waren eine Symbiose eingegangen. Die früheren Parasiten brachten ihre Intelligenz und ihre scharfen Augen in die Lebensgemeinschaft, während die großen Tiere ihre Kraft und die Geschicklichkeit ihrer Hände zur Verfügung stellten. Keine der beiden Spezies war ohne die anderen besonderer Leistungen fähig; erst in der Kombination konnten sie sich voll entfalten. Nachdem er sich an die Idee einer solchen Symbiose gewöhnt hatte, fand Torrance den Anblick eines behelmten Wesens, das mit Hilfe seiner Krallen einen Gorilloiden erkletterte, nicht ungewöhnlicher als den eines Mannes, der ein Pferd besteigt. Und sobald die behelmten Wesen begriffen hatten, daß nicht alle Menschen Feinde waren, erwiesen sie sich als gutmütig und freundlich.

Torrance gab Barklakh einen Klaps auf den Panzer, fuhr Jukh mit der Hand durch den Rückenpelz und verließ die Brücke.

Ein improvisiertes Duschbad unter einem zerbrochenen Leitungsrohr, eine Rasur und frische Kleider halfen ihm, seine Müdigkeit zu überwinden. Es fiel ihm ein, daß er van Rijn vor dem bevorstehenden Besuch des Ligakommandanten warnen sollte, und er klopfte an die Wand der Kabine, die van Rijn mit einem Vorhang für sich abgeteilt hatte.

»Herein!« dröhnte die rauhe Baßstimme. Torrance schlug den

Vorhang zurück und betrat einen würfelförmigen Raum, dessen gegenüberliegende Wand durch den blauen Tabaksqualm kaum zu sehen war. Van Rijn saß auf einer leeren Kognakkiste, in einer Hand die Zigarre, die andere um Jeris Taille gelegt. Das Mädchen saß zusammengekuschelt auf seinem Schoß.

»Setzen Sie sich, setzen Sie sich!« dröhnte er herzlich. »Irgendwo unter den schmutzigen Kleidern in der Ecke finden Sie eine Flasche.«

»Ich wollte Ihnen nur sagen, daß wir den Kommandanten unserer Eskorte empfangen müssen, sobald wir in der Umlaufbahn um Freya sind, was nicht mehr lange dauern wird, Chef. Es ist eine Höflichkeitsgeste, die wir ihm nicht verweigern dürfen. Er ist verständlicherweise neugierig, unsere Freunde zu sehen.«

»In Ordnung, lassen Sie ihn nur an Bord.« Van Rijn zog seine buschigen Brauen hoch. »Aber er muß seine eigene Flasche mitbringen und soll nicht so lange bleiben. Ich will endlich wieder festen Boden unter die Füße bekommen. Der Weltraum hängt mir allmählich zum Halse heraus. Ich glaube, ich werde barfuß über Freyas kühle Wiesen laufen, beim Zeus!«

»Vielleicht möchten Sie sich noch umziehen?« fragte Torrance vorsichtig.

»Oh!« quiekte Jeri. Sie sprang auf und rannte in ihre benachbarte Kabine. Van Rijn lehnte sich gegen die Wand, raffte seinen Sarong zusammen und schlug die bloßen, stark behaarten Beine übereinander. »Wenn der Kapitän die Ikser kennenlernen möchte, soll er es tun. Ich bleibe, wie ich bin. Und ich habe auch keine Lust, ihm zu erzählen, wie ich auf die Identität der Ikser gekommen bin. Diese Geschichte werde ich nämlich an die Nachrichtenagentur verkaufen, die mir am meisten dafür bietet. Verstehen Sie?«

Torrance machte ein dummes Gesicht. »Ja, Chef.«

»Gut. Nun setzen Sie sich und helfen Sie mir, meine Geschichte in eine annehmbare Form zu bringen. Ich habe nicht Ihre feine Ausbildung genossen. Seit meinem zwölften Lebensjahr bin ich ein armer, einsamer und hart arbeitender Mann, und daher brauche ich Hilfe. Meine Worte müssen genauso elegant aussehen wie meine Logik.«

»Logik?« echote Torrance verdutzt. Er hob die Flasche an den

Mund und blinzelte, weil der Tabaksqualm in seinen Augen brannte. »Ich dachte, Sie hätten nur eine Vermutung . . .«

»Was? Da kennen Sie mich schlecht! Nein, nein. Nicholas van Rijn verläßt sich nie auf Vermutungen. Ich wußte es.« Er nahm Torrance die Flasche aus der Hand, setzte sie an die Lippen und trank. »Als Yamamura herausgebracht hatte, daß die Gorilloiden nicht die Gesuchten sein konnten, setzte ich mich hin und überdachte in Ruhe die ganze Sache. Es kam darauf an, abzuwägen und auszusondern. Das elefantenähnliche Wesen zum Beispiel schied sofort aus. Es gab nur eins von der Sorte. Unmöglich, daß es allein die wilden Tiere fangen und versorgen, das Schiff lenken und alle anderen Arbeiten verrichten konnte.«

Torrance nickte. »Richtig. Das hatte ich mir auch überlegt, ohne allerdings an den zoologischen Aspekt zu denken. Ein Schiff könnte man im Notfall allein lenken, aber nebenbei noch Tiere zu fangen und zu verpflegen, ginge über die Kräfte eines einzelnen hinaus.«

»Der Elefant war sowieso zu groß«, fuhr van Rijn fort. »Was die Tigeraffen angeht, so nahm ich sie keinen Augenblick ernst. Vielleicht waren ihre Vorfahren einmal Zweifüßler, aber diese Spezies befindet sich in der Rückentwicklung zum Vierfüßler. Überdies spezialisiert sich kein Tier gleichzeitig auf Gehirnentwicklung, Größe, Raubtiergebiß und alles mögliche andere. Jede Gattung entwickelt nur das, was sie in ihrer angestammten Umwelt zum Überleben benötigt. Auch diese Tiere schieden also als Intelligenzträger aus.

Die Zentauren mit den Raupenkörpern erschienen mir schon wahrscheinlicher, bis mir einfiel, wie Sie versehentlich den Notbeschleunigungshebel bedient hatten. Ohne den Sicherungshaken genügt eine leichte Berührung, um ihn zum Einrasten zu bringen. Da diese Tiere aber von einem Planeten mehrfacher Erdschwerkraft stammten, wäre der Hebel unter derart extremen Schwereverhältnissen durch sein Eigengewicht von selbst eingerastet.«

Er paffte an seiner Zigarre. »Nun, vielleicht konnten es die Fangarm-Zentauren sein. Was übrigens schlecht für uns gewesen wäre, denn Wasserstoff und Sauerstoff explodieren. Ich studierte alle Berichte über das Schiff und hoffte irgend etwas zu finden, was sie als Intelligenzwesen disqualifizieren könnte. Und ich fand auch etwas. Dafür werde ich St. Dismas eine Altardecke stiften. Sie haben gesehen, daß die Ikser Kupferoxyd-Gleichrichter verwenden, die der Luft ausgesetzt sind. Handelte es sich bei der Luft um Wasserstoff, wären bei der ziemlich hohen Betriebstemperatur aus Kupferoxyd und Wasserstoff reines Kupfer und Wasser geworden. Bums, keine Gleichrichter mehr. Also war dieses Schiff nicht von Wasserstoffatmern erbaut worden«. Er grinste breit. »Mir scheint, Sie haben über Ihrer hochwissenschaftlichen Ausbildung Ihre Schulchemie vergessen.«

Torrance schnippte die Finger und verwünschte sich selbst.

»Mit dieser Methode kam ich auf die behelmten Wanzen oder wie man sie nennen mag«, sagte van Rijn »Nur konnten sie nicht gut die Erbauer des Schiffs sein. Gewiß, sie können verschiedene Werkzeuge benützen, aber für alle gröberen Arbeiten sind sie zu klein und zu langsam. Ich dachte an unsere irdischen Parasiten und an die Schildkröten und Gürteltiere, die auch mit Panzern ausgestattet sind. Diese Tiere haben weder entwickelte Gehirne noch besonders gute Augen. Und doch schienen diese behelmten Wesen sehr gute Augen zu haben. Beinahe wie menschliche Augen.

Dann erinnerte ich mich, daß in diesen Kajüten große und kleine Kojen eingebaut waren. Vielleicht Kojen für zwei verschiedene Arten von Schläfern? So kam ich auf die Idee.«

Vom Sprechen heiser, griff er nach der Flasche. Torrance blieb noch ein paar Minuten sitzen, aber als der andere keine Neigung zeigte, seinen Monolog fortzusetzen oder ein Gespräch anzufangen, stand er auf und ging.

Jeri begegnete ihm in der Tür. Sie trug jetzt ein schulterfreies, an der Seite geschlitztes blaues Kleid, das sich ihrem Körper wie eine Lackschicht anschmiegte. Torrance erstarrte; sie kam ihm wie eine Erscheinung vor. Ihr Blick glitt langsam über ihn, ruhte eine Sekunde auf seinem Gesicht und wanderte zögernd weiter. Dann gab sie sich einen Ruck und lief auf van Rijn zu. Während ihre Finger zärtlich durch sein Haar fuhren und sie sich wie zufällig beugte, damit er ihr in den Ausschnitt sehen konnte, schnurrte sie: »Fühlst du dich wohl, Nickie, mein Schatz? Kann ich etwas für dich tun?«

Van Rijn zwinkerte Torrance zu. »Ihre Technik damals auf der Brücke war ziemlich dürftig, mein Freund. Außerdem möchte ich Sie daran erinnern, daß Sie nicht alt und fett und einsam sind. Sie haben eine Frau und eine glückliche Familie für sich.«

»J-ja«, sagte Torrance. »Das stimmt.« Er ließ den Vorhang fallen und kehrte auf die Brücke zurück.

Der sterbende Planet

Joyce Davisson erwachte aus tiefem Schlaf und fuhr wie elektrisiert hoch.

Das Pfeifen kam wieder, laut und unverkennbar. Es drang durch Mörtel und Metall und Isolierschichten und jagte ihr kalte Schauer über den Rücken. Zuletzt hatte sie dieses winselnde Pfeifen in der Chabanda gehört, und es bedeutete, daß zwei Banden einander jagten. Sie setzte sich im Dunkeln auf und lauschte. Damals war es anders gewesen. Damals war sie von bewaffneten Männern umgeben in der Sicherheit einer Flugplattform gewesen, und sie hatten einen ernsten Alten als Führer gehabt. Was sie gehört hatte, war durch Verstärkerinstrumente an ihr Ohr gekommen, die die glitzernde Eiswüste unter ihnen nach Geräuschen abgesucht hatten. Die wie Tiger gestreiften Krieger waren winzige, in der weiten Einöde kaum sichtbare Gestalten gewesen. Sie hatte sie bemitleidet, aber nicht, wie man wirkliche Individuen bemitleidet. Für sie waren es Wesen, denen sie nie in der Realität gegenübergetreten war, Atome, die zum Untergang verurteilt waren, weil ihre Welt unterging. Ihr Mitleid und ihre Sorge hatten dem Ganzen gegolten.

Jetzt galt das Pfeifen ihrer Station.

Eine Explosion krachte. Ihr Bett wurde erschüttert, und die kleinen Gegenstände auf dem Schreibtisch klapperten. Auf einmal waren die heulenden Pfiffe lauter, vom unregelmäßigen Tam Tam der Trommeln begleitet, und nun hörte sie Schläge auf Metall und das Poltern und Klirren durcheinandergeworfener Gegenstände. Die Angreifer mußten die Tür zur Maschinenhalle gesprengt haben und schwärmten herein. Aber wo konnten sie das Pulver bekommen haben? Wo sonst als in Kusulongo, der Stadt?

Das konnte nur bedeuten, daß die Alten den Tod der Menschen beschlossen hatten. Eine Welle panischer Todesangst überspülte sie. Sie verging und hinterließ nur Verwirrung und Schmerz; wie bei einem Kind, das sich zu Unrecht geschlagen fühlte. Warum taten sie ihr das an, ihr, die nur den Wunsch hatte, ihnen zu helfen?

Im Korridor vor der irdisch klimatisierten Abteilung der Station wurden Schritte laut. Die eingeborenen Helfer der Mission waren wach geworden und rannten bewaffnet aus ihren Quartieren. Joyce hörte wilde Schreie. Dann brach weiter hinten zwischen den Maschinen der Kampf los. Schwerter klirrten, Streitäxte schlugen hell gegen Maschinenteile, zerschmetterten Knochen und Schädel. Die Pistole, die sie Uulobu gegeben hatte, peitschte zweimal, dreimal durch den Lärm. Aber ihre Leute konnten nicht lange aushalten, sie waren zu wenige. Die Angreifer mußten Shanga sein, aus dem Oasenlager unter Kusulongo, dem Berg. Kein anderer Stamm lebte in der Nähe, und die Alten kämpften niemals aggressiv. Aber in der Oase lebten Hunderte von männlichen Shangas, während die Mission sich auf nicht mehr als zwei Dutzend vertrauenswürdige Eingeborene stützen konnte.

Die Wohnabteilung der Menschen war gegen die Klimaverhältnisse der Außenwelt durch stabile Metallwände, Mauerwerk und Isolierstoffe gut gesichert und ließ sich nicht so leicht öffnen wie die Tür zur Maschinenhalle. Aber gegen Sprengstoff gab es keinen Schutz . . .

Joyce sprang aus ihrem Bett und schaltete das Licht ein. Der kleine, vollgestopfte Raum, der ihr als Schlaf- und Arbeitszimmer diente, sah im grellweißen Licht ungemütlich und trostlos aus. Weil ich Angst habe, dachte sie, weil ich in einem lebendigen Alptraum gefangen bin. Nerven und Muskeln arbeiteten automatisch. Sie zog den wollenen Overall an, dann den schweren Raumanzug. Mit zitternden Fingern schloß sie die Kontakte der Heizdrähte zwischen Anzug, Handschuhen und Stiefel. Nun das Traggestell mit dem Lufterneuerungstank, der Batterie und den Werkzeugen; Patronengurt und Pistole; der Gürtel mit den eingenähten eisernen Rationen; das Funksprechgerät in die Brusttasche. Zuletzt kam der Kunststoffhelm, der den ganzen Kopf bis zu den Schultern umschloß. Die Sichtscheibe konnte einstweilen offenbleiben.

Mit fliegenden Händen prüfte sie alle Verschlüsse, die Sauerstoffanlage, die Heizung, alles. Die Außenwelt auf t'Kela ist tödlich. In den mittleren Breiten beträgt die Temperatur an einem Sommermorgen wie diesem sechzig Grad unter Null. Der atmosphärische Stickstoff wirkt narkotisierend, der Ammoniakgehalt brennt einem Menschen die Lungen aus. Es gibt keinen Wasserdampf; die trockene Luft saugt alle Feuchtigkeit aus der Haut. Keiner dieser Faktoren unterscheidet sich so sehr von irdischen Verhältnissen, daß der Mensch sofort getötet wird. Die Atmosphäre enthält gerade genug Sauerstoff, um einen vor dem Ersticken zu bewahren. Man kann den Prozeß des Sterbens minutenlang erleben, bevor man das Bewußtsein verliert.

Joyce wirbelte herum. Die anderen! Es gab keine besondere Sprechanlage. Zwanzig Leute in einer kleinen Station bedurften keiner derartigen Mittel, wenn sie sich verständigen wollten. Normalerweise. Sie wollte die Tür zum angrenzenden Raum öffnen, aber nichts geschah.

»Aufmachen, Sie Idiot!« schrie sie durch den Lärm. »Kommen Sie! Wir müssen weg!«

Eine heisere Baßstimme antwortete durch die Tür. »Wieso aufmachen? Sie haben sich selber eingeschlossen, verdammt!«

Natürlich, natürlich, dachte Joyce verwirrt. Ihr eigener Pulsschlag und das Anschwellen des Gefechtslärms verhinderten jeden klaren Gedanken. Sie hatte diese Tür selbst abgeschlossen. Früher hatte es nie einen Anlaß dazu gegeben, aber dann war Nicholas van Rijn gelandet und hatte neben ihr Quartier bezogen.

Sie hatte schon bei Tage genug Mühe, seine plumpen Annäherungsversuche abzuwehren . . . Sie drehte den Schlüssel.

Van Rijn stand auf der Schwelle. Joyce war so groß wie die meisten Esperanzianer, aber sie reichte ihm nur knapp über die Schultern. Sein massiger Körper füllte die Türöffnung, und man sah, daß er seinen Bauch nur mit Mühe in den Raumanzug gezwängt hatte. Mit Ausrüstungsgegenständen behängt, wirkte er noch monströser als an dem Tag, wo er zum erstenmal schnaubend und grunzend durch die Station gestampft war. Seine große Nase ragte aus dem offenen Helm und schnüffelte die Luft, als wittere er Blut.

»Ha!« knurrte er. Sein fettiges, schulterlanges schwarzes Haar, sein Kinnbart und der gewachsene Schnurrbart verliehen ihm das Aussehen eines barocken Feudalherrn. »Was, zum Teufel, geht hier vor?« röhrte er. »Ich dachte, Sie hätten das Vertrauen dieser Eingeborenen!«

»Die – die anderen!« stammelte Joyce. »Kommen Sie, wie müssen uns mit ihnen zusammentun.«

Van Rijn nickte knapp und ließ sie vorangehen. Die Wohnräume der Missionsangehörigen lagen alle an einem Korridor. Jedes Zimmer war durch drei Türen mit dem Korridor verbunden. Joyces Zimmer befand sich am Ende der Flucht und war nur durch eine Wand von der Maschinenstation getrennt. Weil sie unverheiratet war und das Alleinsein liebte, hatte sie sich bei ihrem Einzug für diesen relativ abgelegenen Raum entschieden. Als sie nun in den Korridor kam, sah sie die anderen Türen offen, die Räume leer. Die wenigen noch geschlossenen Türen gehörten zu unbewohnten Zimmern, die man für Gäste wie van Rijn bereithielt. Die anderen mußten also schon im Clubraum sein, dem Versammlungsort für alle Stationsbewohner.

Sie begann zu rennen. Hinter ihr stampften van Rijns schwere Schritte.

Sie waren noch nicht am Ende des Korridors angelangt, als ein ohrenbetäubender Krach die Luft zerriß. Boden und Wände schienen sich aufzubäumen, und die Druckwelle traf Joyce wie ein Hammerschlag.

Sie stürzte vornüber und überschlug sich. Ihr Kopf prallte hart gegen die Stirnwand des Helms, und der Geschmack von Blut vermischte sich in ihrem Mund mit Rauch und Kalkstaub. Sie blickte zurück. Die Lampen flackerten und verloschen. Der hintere Teil des Korridors war in Rauch und Dunkelheit gehüllt. Sie glaubte zwischen verbogenen Metallteilen, geknickten Trägern und dem Schutt eingestürzter Wände Gestalten zu erkennen.

»Sie haben die Luftschleuse gesprengt«, sagte sie benommen.

»Schließen Sie Ihren Helm!« bellte van Rijn. Er hatte seine Sichtplatte bereits heruntergeklappt. Seine Stimme dröhnte in ihren Kopfhörern, aber ihre Benommenheit ließ sie nicht begreifen.

»Sie haben die Luftschleuse gesprengt«, wiederholte sie stumpf. Dies alles war zu unwahrscheinlich, um Wirklichkeit zu sein.

Ein Eingeborener sprang über Trümmer durch die Bresche, sie sah ihn deutlich. Er konnte die irdische Luft und Temperatur eine

Weile ertragen, wenn er den Atem anhielt. Und die Luft vermischte sich bereits mit der eindringenden Außenatmosphäre. Die untersetzte, getigerte Gestalt blieb geduckt stehen und spannte ihren Bogen. Große Augen mit geschlitzten Pupillen reflektierten den schwachen Schein der Notbeleuchtung.

Ein Techniker kam von der anderen Seite um die Biegung des Korridors gerast. »He, Joyce!« schrie er. »Van Rijn! Was ist . . .«

Die Bogensehne schwirrte. Der Pfeil zischte über Joyce hinweg und bohrte sich in den Raumanzug des Mannes. Im nächsten Augenblick hagelten Pfeile, Speere, Wurfmesser und andere Geschosse durch den düsteren Korridor. Van Rijn warf sich über Joyce. Der Techniker wandte sich zur Flucht, wurde von einem Speer in den Rücken getroffen und brach zusammen. Van Rijn riß seinen Strahler hoch und feuerte im Liegen. Der bepelzte Krieger wurde getroffen und taumelte rückwärts. Die schattenhaften Gestalten hinter ihm zogen sich zurück. Aber das hohle Pfeifen und der Lärm der Zerstörung ließen nicht nach. Eine neue Detonation erschütterte das Bauwerk.

Ammoniakgestank biß in Joyces Nase und brannte in ihrer Luftröhre. »Pocken und Pestilenz!« knurrte van Rijn. »Sind Sie lebensmüde? Er erhob sich auf die Knie und klappte ihre Sichtplatte herunter. Seine kleinen schwarzen Augen beobachteten sie kritisch. »Ah, Sie können nicht. Haben sich den Kopf gestoßen und sind noch nicht ganz bei Sinnen, wie?«

Er schob sie über seine Schulter, stand schwerfällig auf und tappte rückwärtsgehend durch den Korridor, den Blaster im Anschlag. »Verdammt, verdammt«, murmelte er. »Das ist keine Arbeit für einen armen alten, fetten Mann, der jetzt mit einer Zigarre und einem Gläschen Genever zu Hause in seinem hübschen Büro sitzen sollte. Und das um so mehr, als ihn seine eigenen Angestellten bis aufs Hemd ausrauben. Ja, die Augäpfel würden sie ihm herausdrehen, wenn er einmal nicht aufpaßte . . . So, da sind wir.«

Er ließ sie herunter. Joyce schüttelte ihren Kopf. Ihre Benommenheit war vergangen, und sie konnte aus eigener Kraft stehen. Vor ihr war die Tür zum Klubraum. Sie drückte die Klinke. Vergebens. »Abgeschlossen«, sagte sie tonlos.

Van Rijn schlug mit den Fäusten gegen das Stahlblech. »Aufmachen!« brüllte er. »Zum Teufel, was soll der Unsinn? Aufmachen!«

Ein Eingeborener rannte durch den Korridor auf sie zu, und van Rijn fuhr herum. Joyce schlug seinen Arm herunter. »Nicht, das ist Uulobu.« Der t'Kelaner mußte seine Pistole leergeschossen und weggeworfen haben, denn er hielt eine Streitaxt in der Hand. Drei andere kamen hinter ihm in Sicht, Schwerter und obsidianbesetzte Keulen schwingend. Ihre Lederschurze waren mit einem aufgemalten Kreis verziert, der ein Viereck umschloß. Es war das Stammesabzeichen des Shanga-Clans.

Van Rijn feuerte, und einer der Angreifer fiel auf den Rücken. Die anderen wandten sich zur Flucht. Uulobu heulte triumphierend und warf seine Streitaxt. Die scharfe Obsidianschneide traf einen Shanga in die Schulter und warf ihn blutend zu Boden. Uulobu riß an der Lederschnur, die die Waffe mit seinem Handgelenk verband, zog die Streitaxt zurück und wollte sie noch einmal werfen, aber die Shangas hatten sich davongemacht.

Van Rijn wandte sich wieder der Tür zu. »Ihr verdammten Feiglinge, laßt uns rein!« Er fluchte und brüllte, aber nichts geschah.

Joyce begann zu begreifen. Sie hämmerte mit beiden Fäusten auf seinen Rücken, bis er innehielt und sich nach ihr umsah.

»Sie würden uns nicht im Stich lassen«, sagte Joyce. »Sicher halten sie uns für tot. Sie sind nicht mehr im Klubraum. Sie haben die Tür abgeschlossen, um den Feind aufzuhalten, während sie zu den Raumschiffen gelaufen sind.«

»Ah – ja. Ja, so wird es sein. Aber was machen wir jetzt? Sollen wir die Tür einschießen, oder gibt es einen besseren Weg?«

Uulobu unterbrach ihn mit dem gutturalen Schnalzlauten der Kusulongo-Region. »Alle von uns sind tot oder auf der Flucht, Himmel-Frau. Kein Kampf mehr. Der Lärm, den man jetzt noch hört, kommt von den Shanga. Sie plündern. Wenn sie uns finden, werden sie uns mit Pfeilen spicken. Aber ich glaube, wenn wir zu den bewegten Eisen zurückgehen, können wir von dort aus ins Freie schlüpfen.«

»Was redet er da?« wollte van Rijn wissen

Joyce sagte es ihm. »Ich glaube, er hat recht. Am besten fliehen wir durch die Maschinenhalle. Sie scheint im Moment verlassen zu sein. Aber wir müssen uns beeilen.«

»Gut. Dieser Bursche soll vorangehen. Sie bleiben hinter mir und halten mir den Rücken frei.«

Sie trotteten zurück, woher sie gekommen waren. Rauhreif bedeckte die Wände und machte den Boden schlüpfrig. Der Wasserdampf der Luft war in der eingedrungenen Kälte kondensiert. Die Bresche zur unbeleuchteten Maschinenhalle gähnte wie ein schwarzer Mund. Aus anderen Teilen der Station erklang Poltern, Bersten und Brechen, begleitet vom gellenden Siegesgeheul der Shangas. Joyce schauderte. Die Arbeit von Jahren ging in einem kurzen, wahnwitzigen Taumel unter. Warum? fragte sie sich verzweifelt. Warum? Sie fand keine Antwort.

Über Trümmer stolperten sie in die dunkle Maschinenhalle. Joyce sah einige schwarze Umrisse. Hier standen vier Raupenfahrzeuge und drei Flugplattformen. Außerdem waren in der Maschinenhalle wissenschaftliche Instrumente und Hilfsgeräte untergebracht, die den Studien der Esperanzianer gedient hatten. Studien, die der Rettung dieses Planeten galten. Joyce konnte nicht sehen, welches Ausmaß die Zerstörungen hatten. Ein schmales, etwas helleres Rechteck markierte den Ausgang. Joyce tastete sich vorwärts. Ihre Stiefel stießen gegen Metallteile und Trümmer.

Das heulende Pfeifen angreifender Shangas war plötzlich überall. Der Eingang füllte sich mit einem Dutzend schwarzer Silhouetten, die sich augenblicklich im Innern der Halle zwischen den dunklen Massen der Maschinen verloren. Van Rijn zog sofort seine Waffe, fand aber kein Ziel in der Finsternis. Uulobu hob die Streitaxt und nahm das Messer zwischen die Zähne. Dann stürmte er los, gefolgt von Joyce und van Rijn. Mehrere Shangas versperrten den Ausgang. Metall und polierte Steinklingen fuhren durch die Luft. Van Rijns Pistole entließ einen feurigen Strahl. Ein Eingeborener packte den Arm mit der Waffe, zog ihn herunter und ließ sich nicht abschütteln, obwohl van Rijn verzweifelt um sich schlug. Uulobu kam ihm zu Hilfe. Mit raubtierhafter Wildheit stach und hieb er auf die Shangas ein. Joyce fühlte einen dumpfen Schlag auf ihrem Helm und sah auf einmal gelb glühende Augen und schimmernde Fangzähne vor dem Lauf ihrer Pistole. Die Spitze eines kurzen Wurfspeers war auf ihre Kehle gerichtet. Sie hatte noch nie auf ein lebendes Wesen geschossen, aber jetzt mußte sie es tun. Sie schloß die Augen und drückte ab. Das Krachen des Schusses wurde von den Wänden der Halle vervielfacht zurückgeworfen.

Die Augen der Eingeborenen waren der Dunkelheit weit besser angepaßt als menschliche Augen. Joyce stolperte, fiel, sah über sich das zustoßende Messer eines Angreifers, feuerte wieder, sprang auf und kämpfte sich zu den anderen zurück. Von Zeit zu Zeit hörte sie Uulobus schrilles Kreischen, den Schlachtruf seines Avongo-Klans. Van Rijn stürzte unter zwei Angreifern, eine Streitaxt knallte auf seinen Helm und hinterließ eine tiefe Kerbe. Joyce drückte ab, und der Shanga fiel wie von einer unsichtbaren Faust getroffen hintenüber. Van Rijn wälzte sich im Ringkampf auf dem Boden, und Joyce hörte seine trompetende Stimme in ihren Kopfhörern: »St. Dismas, steh uns bei!« In panischer Angst feuerte Joyce drei, vier Schüsse auf die überall herumhuschenden Gestalten ab, dann war plötzlich alles vorbei. Die Shangas hatten sich zurückgezogen. Vier oder fünf Tote lagen auf dem Kampfplatz, ein Verwundeter schrie.

Van Rijn erhob sich keuchend. »Los, wir müssen hier raus.« Er packte Joyce am Arm und zog sie taumelnd ins Freie.

Es gab kein eingezäuntes Gelände, nichts, was man als Umgebung hätte bezeichnen können. Die Kuppel der Station erhob sich über trostlos leerer Eistundra. Am Himmel glitzerten unbekannte Sternbilder. Der größte Mond war aufgegangen und fast voll. Sein trübes, kupfernes Licht lag über der Ebene und ließ weit im Norden den nackten und schwarzen Wall des Gebirges erkennen. Das war Kusulongo, der Berg. Die in seinen Gipfelkamm eingebaute Stadt mit ihren ausgehauenen Türmen lag in Dunkelheit und Nacht verborgen. Einige Kilometer weiter östlich, am Fuß der Gebirgskette, wand sich ein Fluß durch das kältestarrende Land, der heilige Mangivolo. Joyce glaubte, den roten Lichtreflex des Mondes auf flüssigem Ammoniak zu sehen. Ein schwärzlich verdämmernder Streifen markierte den Baumbewuchs der Oase, wo die Shangas lagerten. Dahinter erstreckten sich die flachen Hügelausläufer des Kusulongo, eisüberkrustet und kahl.

»Schnell!« keuchte van Rijn. »Wenn die anderen uns für tot halten, werden sie mit dem Start nicht warten!«

Taumelnd vor Erschöpfung rannte sie um die Kuppel der Station. Zwei spitz zulaufende Zylinder schimmerten in einigen hundert Metern Entfernung, der große, stationseigene Frachter und die viel kleinere, schlanke Jacht, die van Rijn und seine Begleiter gebracht hatte. Zwischen der Station und den Schiffen lagen mehrere tote Shangas verstreut. Der Nachtwind bewegte ihre langhaarigen Pelze. Es hatte einen Kampf gegeben, aber nun waren die Rampen eingezogen und die Luftschleusen geschlossen. Die Triebwerke liefen bereits, und ihr Röhren erfüllte die Luft und ließ den Boden erzittern.

»He!« brüllte van Rijn. »Ihr Idioten wartet auf mich!«

Die Jacht startete zuerst. Das Donnern der Triebwerke wurde unerträglich, und der heiße Rückstoß schleuderte van Rijn zu Boden. Ungeheure Stichflammen schossen aus dem Heck, das Schiff hob sich und war Sekunden später nur noch ein glühender Lichtpunkt im Schwarz des Alls.

Van Rijn stand schwerfällig auf und torkelte auf das zweite Schiff zu, doch im selben Augenblick wurde der Feldantrieb eingeschaltet, und der Frachter der Esperanzianer hob sich brüllend aus einer Wolke kochender Abgase. Van Rijn wurde von der Druckwelle hochgehoben und mehrere Meter durch die Luft geschleudert. Er landete mit hartem Aufprall auf dem Rücken und blieb regungslos liegen.

Joyce, die sich rechtzeitig zu Boden geworfen hatte, stand auf und lief zu ihm hin. Dies war wie ein böser Traum. Sie schüttelte ihn. »He, fehlt Ihnen was?« Er antwortete nicht; seine Augen waren geschlossen. »Sind – sind Sie verletzt?« stammelte Joyce. Er war ein abstoßender alter Wüstling, aber sie konnte den entsetzlichen Gedanken nicht ertragen, ganz allein auf diesem mörderischen Planeten zurückzubleiben.

Er ächzte leise. »Heiliger Dismas!«

Joyce blickte zum Himmel auf. Die Raumschiffe bewegten sich wie Sternschnuppen über das Firmament, dann waren sie verschwunden. »Sie haben uns nicht gesehen«, murmelte sie hoffnungslos.

Van Rijn stöhnte wieder. Er wälzte sich herum, stützte sich auf einen Ellbogen und schüttelte den Kopf. Plötzlich war auch Uulobu bei ihnen. »Die Shangas werden es gehört haben«, sagte er. »Sie werden kommen und uns finden. Wir müssen fliehen.«

Van Rijn verstand auch ohne Übersetzung. Er krabbelte auf die Füße und taumelte auf die Station zu. »Wir holen uns eine Plattform, nicht?« sagte er zu Joyce.

»Die Raupenfahrzeuge sind besser ausgerüstet und für längere Zeit verproviantiert«, antwortete Joyce. »Und wir müssen überleben, bis jemand zurückkommt.«

»Wir gehen nach Westen, wo meine Leute sind«, sagte Uulobu. »Ich weiß nicht, wo die Avongo sich aufhalten, aber zwischen der Wüste und dem schmalen Land müssen andere Clans der Rokulela sein.«

Sie betraten wieder die Maschinenhalle. Joyce stolperte über einen Körper und fiel in seine Blutlache. Ihr wurde übel, und sie mußte sich zusammennehmen, um nicht laut zu schreien. Hatte sie dieses Wesen selbst getötet?

Die Landfahrzeuge waren acht Meter lang, vier Meter hoch und ebenso breit. Zwei hochbeinige Bugräder dienten der Lenkung, den Antrieb besorgten breite Raupenketten. Der Kraftstoffvorrat reichte für mehrere tausend Kilometer Geländefahrt. An Bord gab es eine Lufterneuerungsanlage und genügend Proviant, um zwei Menschen wenigstens vier Monate lang am Leben zu erhalten. Sechs Schlafkojen, eine kleine Kombüse, sanitäre Anlagen, ein Radiosender, Ersatzteile und Werkzeuge – alles war da. Bei Expeditionen auf Planeten wie diesem war eine solche Ausrüstung unentbehrlich.

Van Rijn zwängte seinen massigen Körper durch die Einstiegsluke und nahm den Fahrersitz ein. Joyce ließ sich neben ihn fallen. Uulobu kletterte mit furchtsamen Augen und gesträubtem Fell als letzter an Bord, aber er blieb draußen und suchte sich einen offenen Platz auf dem Wagen. Unter den Eingeborenen gab es nur wenige, die gern mit einem Fahrzeug fuhren. Immerhin war es bei Expeditionen seit langem üblich, daß die Führer und Wachen hinter einer Windschutzscheibe oben auf dem Wagen kauerten und mit den Menschen im Innern über Funksprechgeräte Kontakt hielten. So hatte man schon ausgedehnte Reisen unternommen und weite Gebiete des Planeten kennengelernt. Bekümmert dachte

Joyce an die Pläne, die sie nach solchen Forschungsreisen ausgearbeitet hatten. Pläne, die eine Welt retten sollten ... Und jetzt?

Van Rijn ließ den Motor an. Der Wagen setzte sich in Bewegung, überrollte die Kontakte, und das große Tor öffnete sich.

Plötzlich sahen sie sich ringsum von Shangas umgeben. In Horden stürmten sie aus den gesprengten Türen der Station und schwangen ihre Waffen. Es müssen hundert sein, dachte Joyce. Van Rijn entblößte gelbe Zähne und schaltete die Scheinwerfer ein.

Ein Krieger wurde vom Lichtkegel angestrahlt und stand regungslos, geblendet. Es war ein typischer t'Kelaner dieser Gegend. Wie auf den meisten Planeten gab es auch hier unterschiedliche Rassenmerkmale, aber sie waren nicht stärker ausgeprägt als unter den Menschen.

Der Shanga war etwa einen Meter fünfzig groß, breit und fettsteißig, um auf diesem trockenen Planeten soviel Flüssigkeit wie möglich speichern zu können. Hände und Füße waren menschenähnlich, besaßen aber nur vier Glieder mit krallenartig verlängerten blauen Nägeln. Der ganze Körper war mit einem gelb und schwarz gestreiften Pelz bedeckt. Er hatte einen runden Kopf mit Spitzohren und großen gelben Katzenaugen, eine aufgestülpte Nase mit einer einzigen breiten Öffnung und einen lippenlosen Mund voll scharfer weißer Zähne, der unter büscheligen, beweglichen Barthaaren lag. Dieser Krieger trug ein Schwert – das scharfkantige Horn eines Gondyanga mit einem eingeschobenen Knochengriff – und einen runden, mit den Stammesfarben der Yagola bemalten Schild.

Van Rijn beschleunigte die Fahrt, und der Krieger sprang im letzten Augenblick zur Seite. Andere versuchten, das rollende Ungetüm von rechts und links anzugreifen. Joyce sah mehrere Krieger mit Knochenpfeifen in den Mündern. Die Yagola, zu denen sich die Angehörigen des Shanga-Clans rechneten, kannten kein formelles Kriegsgeschrei, sondern feuerten einander mit den heulenden Tönen ihrer Knochenpfeifen an. Speere und Schwerter prasselten gegen die Flanken des Wagens, dann war van Rijn durch und jagte über die Ebene davon. Die schimmernde Leichtmetallkuppel der Station verschwand hinter dunklen Staubwolken.

»Wohin fahren wir jetzt?« fragte er. »Zu dieser Stadt auf dem

Berg? Sie sagten doch, daß die Leute dort über diese Gegend herrschen.«

»Die Alten?« Joyce fuhr erschrocken auf. »Nein! Sie müssen das alles veranlaßt haben.«

»Wieso?«

»Ich weiß es nicht. Bisher waren sie immer so hilfsbereit... Aber sie müssen hinter diesem Überfall stecken. Niemand sonst könnte es gewesen sein. Wir haben uns unter den Clans noch nie Feinde gemacht. Im Gegenteil, nachdem wir ihre Biochemie entschlüsselt hatten, machten wir Medikamente und – und halfen ihnen...« Joyce schluchzte auf und vergrub ihren Helm in den Armen.

»Schon gut, schon gut«, murmelte van Rijn begütigend. »Alles ist ja in Ordnung.« Er klopfte ihr auf die Schulter. »Sie waren ein tapferes Mädchen, aber nun müssen Sie sich entspannen. Legen Sie sich doch ein bißchen hin.«

t'Kela brauchte dreißig Stunden und einige Minuten für eine Umdrehung. Es war noch dunkel, als die Flüchtlinge hundert Kilometer von Kusulongo entfernt anhielten und lagerten. Uulobu breitete auf dem Dach des Wagens seinen Schlafsack aus, während die anderen ihre Raumanzüge ablegten und in die Kojen krochen.

Nicht einmal van Rijns Schnarchen konnte Joyce wachhalten.

Der Morgen fand sie wieder auf den Beinen. Im Osten stieg eine rote Sonne auf, matt glühend wie ein erlöschendes Kohlenfeuer. Obwohl sie doppelt so groß wie die irdische Sonne am Himmel stand, war ihr Licht für menschliche Augen schwach und trübe. Das Land lag immer noch in einem rötlichen Dämmerlicht, und die Horizonte verloren sich in Dunkelheit. Der Himmel war wolkenlos und tief purpurn, nur im Süden hingen die gelben Banner eines Staubsturms über dem Land. Rings um das Fahrzeug dehnte sich die Ebene, kahl und leer bis auf vereinzelte Büschel niedriger grauer Vegetation, verstreute Felsbrocken und ein kalt schimmerndes Eisfeld im Norden. Ein Aassucher zog mit schleppenden Schlägen seiner ledrigen Schwingen über den leergefegten Himmel.

Joyce setzte sich auf. Die Erinnerung an das Geschehene flutete zurück, und am liebsten hätte sie sich wieder unter ihren Decken verkrochen, die Augen geschlossen und weitergeschlafen. Aber nun ließen ihr die trostlosen Gedanken keine Ruhe mehr.

Sie kletterte aus der Koje, ging in den Waschraum und kleidete sich an. Die Erfrischung machte sie hungrig. Sie kehrte in den Wohnraum zurück und öffnete die Tür zur Kochnische.

Der Kaffeeduft weckte van Rijn. Ächzend wälzte er sich aus den Decken. In seinem prall sitzenden grauen Overall erinnerte er an einen Walfisch. Barfüßig tappte er zu Joyce und nahm sich eine Tasse. »Braves Mädchen«, grunzte er und schnüffelte am dampfenden Getränk. Sein Gesicht wurde mißtrauisch. »Ist kein Kognak darin? Nach all diesen Aufregungen brauchen wir Kognak.«

»Wir haben keinen Schnaps an Bord.«

»Was?« Er blinzelte sie verständnislos an. Sein Schnurrbart zitterte. Nichts zu trinken?« würgte er hervor. »Wieso, das – das ist ja unerhört! Wer ist dafür verantwortlich?«

»Wir haben Kaffee, Tee, Milchpulver und Fruchtsäfte«, sagte Joyce. »Wasser gewinnen wir aus dem Eis draußen. Die Filteranlage entfernt Ammoniak und andere Unreinheiten. Für Schnaps ist im Laderaum kein Platz.«

»Bei zivilisierten Leuten ist immer Platz für Alkchol«, erwiderte van Rijn grimmig. »Lassen Sie mich mal die Vorräte ansehen.« Er öffnete den nächsten Wandschrank und wühlte darin herum. »Getrocknetes Fleisch, getrocknete Kartoffeln, getrocknete – Tod und Vernichtung!« jammerte er. »Nicht einmal ein Gläschen Kaviar? Wollen Sie denn, daß ich umkomme?«

»Sie sollten froh sein, daß Sie noch am Leben sind.«

»Nicht unter diesen Bedingungen . . . Ah, da sehe ich, daß doch jemand eine funktionsfähige Gehirnzelle hatte und an Zigaretten dachte.« Van Rijn nahm zwei Zigaretten aus einer Schachtel und krümelte sie in seine Bruyèrepfeife. Er brachte sie in Gang. Joyce sah sich in eine stinkende Rauchwolke gehüllt, hustete und wandte sich rasch ab. Van Rijn hörte sie ärgerlich mit Pfannen und Töpfen klappern. Er setzte sich an den Klapptisch neben eines der breiten Fenster und blickte in die dämmernde Öde hinaus. »Was für eine Hölle! Wie lange sind Sie schon hier«

»Ungefähr ein Jahr. Aber die Mission existiert schon viel länger.«

»Ja, ich weiß. Aber wie Sie das Leben hier aushalten können, ist mir schleierhaft. Sie wissen, ich bin erst ein paar Tage vor dem Überfall gekommen, und jeder Planet ist so groß und kompliziert, daß es eine Weile dauert, bis man auch nur ein wenig davon versteht. Ich habe keine Ahnung von der Situation hier, aber angenehm ist sie jedenfalls nicht.«

»Warum sind Sie überhaupt gekommen?« fragte Joyce etwas spitz. »Sie handeln doch mit Gewürzen und ähnlichen Dingen, nicht wahr? Hier gibt es nichts, was ein Mensch schmackhaft finden würde. Wir könnten einige Proteine und andere biologische Verbindungen genießen – nicht alle sind giftig –, aber es fehlen ihnen Eiweiß und andere wichtige Stoffe, und sie schmecken abscheulich.«

»Meine Gesellschaft treibt auch mit nichtmenschlichen Wesen Handel«, erläuterte van Rijn. »Vor nicht langer Zeit stieß mein Forschungsstab auf die wissenschaftlichen Berichte der Expedition, die diesen Planeten vor fünfzehn Jahren entdeckte. Das Weltall ist so groß, daß niemand ständig auf dem laufenden bleiben kann. Wir hinken der Entwicklung immer nach. Nun, in diesen Berichten wurde auch eine Art Wein erwähnt, der von den Eingeborenen angebaut wird.«

»Ja, das ist Kungu. Die meisten Clans in dieser Hemisphäre machen ihn. Er wird aus Beeren destilliert, die wildwachsend vorkommen, aber auch mit einigen anderen Faserpflanzen angebaut werden. Nicht, daß es unter den Eingeborenen so etwas wie Bauern gäbe. Sie sind reine Fleischfresser, mit Ausnahme der Alten Nomaden. Immerhin bestellen sie manchmal ein Stück Boden und kommen zur Erntezeit zurück.« Sie stellte van Rijn einen Teller mit Haferbrei vor, der naserümpfend angenommen wurde.

»Wie Sie wissen«, sagte van Rijn, der sich für das Thema zu erwärmen begann, »kamen die ersten Entdecker von Throra hierher, das ist ein ziemlich ähnlicher Planet, nur nicht ganz so gottverlassen. Sie hielten Kungu für ein köstliches Getränk. Sie wollten Samen mitnehmen, stellten dann aber fest, daß die Pflanze nur hier gedeiht. Aha, dachte Nicholas van Rijn, das ist vielleicht eine hübsche Gelegenheit, einen kleinen Handel mit Throra aufzubauen. Und weil ich auf Erden keine vertrauenswürdigen Mitarbeiter habe, die ich hätte schicken können, bin ich selbst gekommen, um zu sehen, was sich machen läßt.« Seine Hände vollführten eine pathetische Geste. »Wie bitter ist es, so allein zu sein!« Eine haarige Hand stahl sich über den Tisch und umschloß Joyces Finger.

Sie riß sich los und sprang hastig auf. »Da kommt Uulobu!« rief sie und zeigte zum Fenster hinaus. Gerade im rechten Augenblick, dachte sie. Gott segne seine beiden Herzen!

Der Eingeborene trottete über die tundrenartige Ebene näher. Er trug ein kleines Tier auf den Schultern, das er erlegt hatte. In seiner Kleidung unterschied er sich sehr deutlich von den Shangas. Um den Hals hing eine Kette aus fossilen Muscheln, und der Lendenschurz war aus dem geknüpften blauen Faserstoff, wie ihn der Avongo-Clan und der ganze Stamm der Rokulela bevorzugten. Ein Lederbeutel an seiner Seite war mit Flüssigkeit gefüllt.

»Er hat einen Ammoniakbrunnen gefunden«, erklärte Joyce hastig, denn van Rijn schob sich um den Tisch herum und näher zu ihr. »Sie wittern diese Vorkommen über weite Entfernungen hinweg. Ihre Welt ist so trocken. Natürlich, es gibt eine Menge gefrorenes Wasser. Überall auf diesem Planeten findet man Eis. Oft bedeckt es Flächen von mehreren hundert Quadratkilometern. Sie müssen wissen, die höchste Temperatur hier haben wir mit dreißig Grad unter Null gemessen. Aber das Eis nützt den Eingeborenen nicht; im Gegenteil, es gehört zu den Dingen, die diese Welt töten.«

Van Rijn bewegte sich mißmutig zum Fenster. Uulobu erreichte den Wagen und hielt sein Sprechfunkgerät vor den Mund. »Himmel-Frau, ich habe die Spur von Jägern gefunden. Sie führt nach Westen zum Lubambaru. Es können nur Rokulela sein. Ich glaube, wir werden sie ohne Mühe finden. Ich habe auch meinen Durst gelöscht und Fleisch gejagt. Nun muß ich den Wirklichen einen Teil davon anbieten.«

»Ja, tue das«, antwortete Joyce. »Für uns alle.«

Uulobu begann Gräser und Moosflechten zu sammeln. »Was sagt er?« fragte van Rijn ungeduldig. Joyce dolmetschte, was sie von Uulobu erfahren hatte. »So. Na schön, aber was nützt es uns, wenn wir uns hier draußen mit Wilden zusammentun? Wir brauchen nur auf Hilfe zu warten.«

»Sie sind ein Optimist«, sagte Joyce kopfschüttelnd. »Wenn man auf Esperanza von diesem Überfall erfährt, wird man eine Expedition aussenden, um festzustellen, was die Eingeborenen zu ihren Feindseligkeiten veranlaßt hat. Weil sie aber nicht wissen, daß wir noch am Leben sind, werden sie sich vielleicht nicht so sehr beeilen.«

»Meine Leute werden es tun«, versicherte van Rijn »Die Liga kümmert sich um ihre Mitglieder. Sobald die Nachricht auf der Erde eintrifft, wird ein Kriegsschiff kommen und den Zwischenfall untersuchen. Innerhalb eines Monats.« Er legte die Stirn in Falten. »Natürlich können sie nicht den ganzen Planeten absuchen. Meine Begleiter werden ihnen sagen, daß ich in der Nähe von diesem verdammten Kusulongo war, und dort werden sie landen. Aber ich fürchte, daß diese Alten oder Greise oder wie Sie sie nennen, schlau genug sind, um die Suchmannschaft mit irgendeiner erfundenen Geschichte abzuwimmeln. Deshalb müssen wir in der Nähe bleiben, in Reichweite eines Radiosenders. Und dies ist auf einem Planeten wie diesem, wo es keine Ionosphäre gibt, nicht sehr groß. Aber wir dürfen auch nicht zu nahe bei unseren Feinden bleiben, solange sie hinter uns her sind. Sie könnten Fallen graben, Bomben werfen oder sonst etwas anstellen ... Wir sind in diesem Wagen nicht unverwundbar. Also müssen wir uns in der Nachbarschaft von Kusulongo etablieren, ihnen aber gleichzeitig klarmachen, daß wir Verbündete brauchen ... Sie haben recht, Joyce, wir müssen die Freunde dieses Uulobu aufsuchen.«

»Das ist doch nicht Ihr Ernst!« protestierte Joyce. »Sie können diese Leute nicht gegen ihre eigenen Artgenossen kämpfen lassen!«

Van Rijn zwirbelte seinen Schnurrbart. Ein berechnendes, hinterhältiges Lächeln kam in sein Gesicht. »Warum nicht?«

»Ich meine – selbst wenn Sie es könnten – ich weiß nicht, wie ich es sagen soll. Es wäre falsch ...«

»Hm.« Er betrachtete sie aufmerksam. »Ihr Esperanzianer seid Idealisten, soviel ich gehört habe. Ihre Vorfahren haben den Planeten Esperanza besiedelt, um eine utopische Gemeinschaft zu gründen, nicht? Sie wollen allen Gutes tun, wenn ich richtig verstanden habe, und ihre Hilfsmission auf diesem Planeten verfolgt keine gewinnsüchtigen Ziele ...«

»Das ist ein Prinzip unserer Außenpolitik«, sagte Joyce stolz.

»Indem wir anderen Rassen helfen, erwerben wir Vertrauen und bringen sie nach und nach dazu, daß sie die Dinge auf unsere Weise sehen. Wenn Esperanza genug Freunde hat, wird auch ihre bewaffnete Macht stark und einflußreich sein.«

»Nach meinem Augenschein bezweifele ich sehr, daß Sie aus diesen t'Kelanern jemals brave Bürger machen werden.«

»Nun . . . Gewiß, sie sind fleischfressende Wilde. Aber auch der Mensch hat so angefangen. Und die Eingeborenen dieser Gegend hatten schon einmal eine bäuerliche Kultur, vor Tausenden von Jahren. Man baute Getreide und Futterpflanzen an und betrieb Viehzucht. Kusulongo, die Stadt, ist ein letztes Überbleibsel aus jener Zeit. In allen anderen Territorien ist diese Kultur längst von der Eiszeit vernichtet worden und in Vergessenheit geraten. Die Eingeborenen sind wieder zu nomadisierenden Barbaren abgesunken, zu Wilden. Aber wenn man ihnen günstigere Umweltbedingungen schafft, werden sie zu einem neuen Aufstieg fähig sein. Sie werden vielleicht nie einen Weltstaat in unserem Sinne bilden, dafür sind sie nicht gesellig genug. Aber sie könnten Gemeinden bilden, seßhaft werden und durch eine begrenzte Technisierung zu Wohlstand gelangen.«

»Nur scheinen, wie Sie selbst sagten, die Bewohner dieser Bergstadt nicht viel davon zu halten.«

Joyce nickte bekümmert. »Es sieht so aus. Aber ich verstehe nicht, warum. Die Alten waren zuerst sehr hilfsbereit.«

»Man muß ihnen Vernunft in ihre dicken Schädel hämmern, das ist alles«, erklärte van Rijn selbstgefällig. »Und das werden wir besorgen, Sie und ich, in ihrem eigenen Interesse.«

»Nun ja . . . vielleicht . . . aber trotzdem . . .«

Van Rijn tätschelte ihre Wange. »Überlassen Sie das Philosophieren mir, kleines Mädchen. Sie brauchen nur zu kochen und hübsch auszusehen.« Er lachte glucksend auf.

Uulobu hatte sein Feuer angezündet und warf nun die Augäpfel des Beutetiers in die Flammen. Der monotone Gesang, mit dem er seine Götter um Annahme des Opfers bat, drang als leises Gewinsel ins Innere des Wagens. Van Rijn schüttelte den Kopf und schnalzte zweifelnd. »Die Sache kommt mir nicht sehr vielversprechend vor. Zivilisieren Sie die Eingeborenen, wenn Sie können. Ich will schon zufrieden sein, wenn ich mit heiler Haut nach Hause komme.« Er zündete seine Pfeife an, setzte sich neben sie und legte ihr vertraulich einen Arm um die Schultern. »Um das zu erreichen, muß ich die Situation hier verstehen. Sie müssen mir alles erklären. Einiges habe ich schon gehört, aber es kann nicht schaden, wenn Sie es noch einmal erzählen.« Er steckte seine Pfeife zwischen die Zähne und streichelte mit der freien Hand ihre Knie. »Ich kann immer Ihren schönen Mund bewundern, während Sie sprechen.«

Joyce stand auf, holte sich eine zweite Tasse Kaffee und nahm vorsichtshalber ihm gegenüber Platz. Sie begann mit sachlich-kühler Stimme: »Dieser Planet ist sehr ungewöhnlich. Nicht im physikalischen Sinne, natürlich. Es ist nichts Seltsames daran, daß ein roter Zwergstern einen Planeten hat, der ihn etwa in der gleichen Entfernung umkreist wie Venus die Sonne. Immerhin hat dieser Planet eine um vierzig Prozent größere Masse als die Erde.«

»So viel? Dann muß er von sehr geringer Dichte sein. Metallarm.«

»Ja. Sein spezifisches Gewicht gleicht etwa dem des Erdmondes. Eisen und Kupfer sind in geringen Mengen vorhanden. Auf solchen Planeten hat das Leben keinen leichten Stand. Ihre Sonnen geben so wenig ultraviolette Strahlung ab und die Temperaturen liegen so niedrig, daß die vororganischen Moleküle nicht ermuntert werden, sich zu organischen Ketten zusammenzuschließen. Trotzdem kommt so etwas vor, in Ozeanen aus Wasser oder flüssigem Ammoniak, wobei Kohlehydrate und der Stickstoff entstehen, den die Tiere atmen. Soviel habe ich noch in diesem alten Kopf. Aber warum schlägt die Evolution manchmal andere Wege ein, wie auf Throra und diesem Planeten?«

»Niemand kann das mit Sicherheit beantworten. Auf jeden Fall gefriert selbst bei niedrigen Temperaturen nicht alles Wasser. Eine gewisse Menge bleibt als Teil des Ammoniumhydroxyd-Moleküls im Ozean. Die Pflanzenzellen auf t'Kela und Throra bauen einen chlorophyllähnlichen Stoff auf, der den gleichen Zweck erfüllt: Sie produzieren freien Sauerstoff aus Kohlendioxyd und Wasser. Die Tiere kehren diesen Prozeß um, ähnlich wie auf der Erde, nur speichern sie das Wasser in ihrem Körpergewebe. Wenn ein Organismus stirbt, wird dieses Wasser wieder den Pflanzen zugeführt. Mit anderen Worten: Das Wasser ist etwa dem organischen Stickstoff auf Planeten unseres Typs vergleichbar.«

»Aber der Sauerstoff, den die Pflanzen abgeben, verträgt sich nicht mit Ammoniak?«

»Nein. Das ist ein sehr langsamer Prozeß. Das feste Ammoniak sinkt auf den Grund der Seen und Ozeane ab, wo es vor Luft geschützt ist. In der Atmosphäre erzeugen Sauerstoff und Ammoniak Stickstoff und Wasser. Das Wasser gefriert. Die Ozeane und Seen schrumpfen, die Luft wird zusehends sauerstoffärmer, und die Wüstenflächen dehnen sich aus.«

»Das habe ich auf Throra gesehen. Aber dort kam es zu einem Ausgleich. Es entwickelten sich stickstoffbindende Bakterien, und der Austrocknungsprozeß wurde vor Millionen von Jahren aufgehalten.«

»Throra hat Glück gehabt. Es ist ein größerer Planet als t'Kela. Die Atmosphäre ist dichter und konserviert die Wärme besser. Der Treibhauseffekt auf solchen Welten hängt vom Kohlendioxyd und Ammoniak ab. Vor einigen tausend Jahren muß t'Kela einen kritischen Punkt überschritten haben. Die Atmosphäre verlor im Laufe ihrer allmählichen Abkühlung immer mehr gasförmiges Ammoniak, und im gleichen Maße nahm auch der Treibhauseffekt ab. Dieser Prozeß beschleunigte sich immer mehr, denn je kälter die Atmosphäre wurde, desto mehr Ammoniak verschwand daraus und ging in flüssigen oder festen Zustand über. Die Klimaänderung kam so plötzlich, daß katastrophale Folgen eintraten. Die Temperaturen sanken so tief, daß sich in der kalten Jahreszeit jetzt auch das Kohlendioxyd verflüssigte. Mit dem Treibhauseffekt war es vorbei.

Sie können sich denken, daß das Pflanzenleben stark in Mitleidenschaft gezogen wurde. Ohne gasförmiges Kohlendioxyd und Ammoniak kann es nicht existieren. Mit der Vegetation starb die Tierwelt aus. Gebiete von der Größe irdischer Kontinente verödeten im Laufe weniger Jahrhunderte. Die Ackerbauzivilisation der Eingeborenen wurde vernichtet. Und was noch schlimmer war, die stickstoffbindenden Bakterien wurden zerstört; sie waren den winterlichen Temperaturen nicht gewachsen. Wir haben das an Hand mikrogeologischer Untersuchungen festgestellt. Die Wüsten dehnen sich überall aus, Jahr für Jahr. Das verbliebene Leben hat sich den veränderten Bedingungen bewundernswert schnell angepaßt, aber mit diesem Tempo der Verödung kann keine Evolution Schritt halten. Wir vermuten, daß alle höheren Tiere einschließlich der Eingeborenen im Laufe des nächsten Jahrtausends aussterben werden. In zehntausend Jahren wird es hier überhaupt kein Leben mehr geben.«

Obwohl sie schon seit Monaten mit dieser Erkenntnis gelebt hatte, erschütterte es Joyce immer noch, wenn sie darüber sprach. Sie umklammerte ihre Kaffeetasse, starrte aus dem Fenster und unterdrückte ihre Tränen.

Van Rijn saß schweigend und blies stinkende Rauchwolken über den Tisch. Schließlich brummte er, sichtlich bewegt: »Aber Sie haben ein Rettungsprogramm ausgearbeitet, ja?«

»Oh . . . oh . . . ja. Die Forschungsarbeit ist getan, und wir waren im Begriff, Ingenieure kommen zu lassen.« Sie faßte sich und fuhr ruhiger fort: »Die Lösung besteht natürlich darin, die stickstoffbindenden Bakterien wieder einzuführen. Unsere Laboratorien haben eine Sorte gezüchtet, die sich sehr rasch vermehrt und gegen Kälte verhältnismäßig unempfindlich ist. Natürlich benötigen auch diese Bakterien einen geeigneten Nährboden, wenn sie überleben sollen. Wir müssen also auch ein Bodenverbesserungsprogramm durchführen – Auflockerung, chemische Verbesserung und so weiter –, und alles das muß schnell geschehen, damit die ersten Resultate in zehn Jahren sichtbar werden. Das ist notwendig, sonst überrundet der Absterbeprozeß alles, was die Bakterien erreichen können.

Wir werden auch noch andere Mittel einsetzen. Zum Beispiel werden wir Eis schmelzen und das gewonnene Wasser durch Elektrolyse zersetzen. Der Sauerstoff kann unmittelbar in die Luft entlassen werden und sie erfrischen. Dann verfügt t'Kela nach unseren Ermittlungen über reiche Erdölvorkommen. Wir werden die Lager anbohren und überirdisch verbrennen. Dabei entsteht Kohlendioxyd, das in die Atmosphäre eingeht und den Treibhauseffekt wieder verstärkt. Die Verbrennungsenergie kann gleichzeitig für die Wasserelektrolyse ausgeweitet werden, so daß kein zusätzlicher Energieaufwand benötigt wird.«

»Ein gewaltiges und kostspieliges Unternehmen«, sagte van Rijn.

Joyce nickte. »Ja. Es ist das größte Projekt, das Esperanza bisher durchgeführt hat. Aber die Pläne und Berechnungen sind fertig. Wir wissen, daß es möglich ist.«

»Wenn die Eingeborenen nicht dazu übergehen, zum Frühstück Ingenieure zu erlegen.«

Joyce ließ den Kopf hängen. »Die Feindschaft der Eingeborenen würde alles zunichte machen. Wir sind auf ihren guten Willen und ihre Mitarbeit angewiesen, auf dem ganzen Planeten. Und Kusulongo, die Stadt, hat Einfluß auf ein Viertel der noch bewohnbaren Gebiete! Was haben wir getan? Ich hielt sie für unsere Freunde . . .«

»Vielleicht sollten wir einheimische Krieger um uns versammeln und sie mit scharfen Gegenständen beschießen, bis sie uns zu schätzen lernen«, schlug van Rijn vor.

Der Geländewagen kam schnell voran, obwohl das Terrain schwieriger wurde und steinige Flächen mit Eisfeldern und sumpfiger Tundra abwechselten. Nach einer Stunde rief Uulobu aufgeregt in sein Funksprechgerät. Durch das Oberlicht sahen die beiden Menschen, wie er sich über seine Windschutzscheibe beugte und den Arm ausstreckte. Sie blickten in die bezeichnete Richtung und machten am nordwestlichen Horizont eine Staubwolke aus, kleiner und niedriger als die im Süden. »Eine Tierherde«, sagte Uulobu. »Rokulela sind dabei.«

Joyce übersetzte. »Ich dachte, die Eingeborenen wären nur nomadisierende Wildbeuter?« sagte van Rijn verdutzt. »Herden?«

»Diese Nomaden stehen wirtschaftlich etwa zwischen den alten mongolischen Viehhaltern und den indianischen Bisonjägern«, erläuterte Joyce. »Man kann nicht sagen, daß sie den Iziru und den Bambalo regelrecht zähmen. Früher, vor der Eiszeit, haben sie es einmal getan, aber jetzt kann das Land keine großen Herden mehr ernähren. Die Sippen der Nomaden beschränken sich darauf, den Wanderungen der Herden zu folgen, sie beisammenzuhalten und vor Raubtieren zu schützen.«

»Hm. Worin besteht eigentlich der Zusammenhalt dieser Sippen und Clans?«

»Das ist schwer zu beschreiben. Kein Mensch kann die Zusammenhänge durchschauen. Nicht, daß die Psychologie der t'Kelaner unverständlich wäre. Aber sie ist nicht mit menschlichen Maßstäben zu messen, und wir hatten neben unseren planetographischen Studien zu wenig Zeit, psychologische Untersuchungen durchzuführen. Worte wie ›Stolz‹, ›Clan‹ oder ›Sippe‹ sind nur ungenaue Übersetzungen einheimischer Begriffe. Zum Beispiel ist ›t'Kela‹ unser Wort für diesen ganzen Planeten. In der Kusulongosprache heißt es aber einfach ›diese Erde‹.«

»Na schön, das leuchtet mir ein. Aber hören Sie, Fräulein Davisson . . . Ich darf Sie doch Joyce nennen?« Van Rijns Stimme wurde weich und schmeichlerisch. »Schließlich sitzen wir in einem Boot, auf Gedeih und Verderb, sozusagen – also lassen Sie uns Freunde werden, ja?« Sein Arm hing vertraulich um ihre Schulter. »Sie dürfen mich auch Nicky nennen.«

Sie entzog sich ihm. »Ich kann Sie nicht daran hindern daß Sie mich nennen, wie es Ihnen beliebt, Mijnheer van Rijn«, erwiderte sie mit frostiger Stimme.

Van Rijn seufzte. »Wenn man noch mal jung und stattlich sein könnte, wäre vieles leichter! Aber ein einsamer alter Mann muß seinen Kummer hinunterschlucken . . . Apropos schlucken: Warum gibt es an Bord nicht einmal ein kleine Kiste Bier? Nur eine Kiste! Ich frage Sie: ›Ist das zuviel verlangt?‹«

»Es ist eben keins da.« Sie preßte die Lippen zusammen. Schweigend setzten sie ihre Fahrt fort.

Nach kurzer Zeit sahen sie die Herde vor sich. Es waren Iziru, Tiere von der Größe irdischer Rinder, bucklig und mit stachligen Schwänzen. Joyce taxierte ihre Zahl auf mehrere hundert.

Einige Eingeborene hatten den Wagen schon von weitem ausgemacht und kamen im Galopp heran. Sie ritten Basai, große antilopenähnliche Tiere mit Tapirgesichtern und einem einzigen langen Horn. Die Eingeborenen trugen Lendenschurze wie Uulobu, aber von ihren Hälsen baumelten Ledermedaillons statt Muschelketten. Van Rijn stoppte, und die Eingeborenen zügelten ihre Reittiere. Sie hielten ihre Waffen – Kurzspeere und Bogen – griffbereit.

Uulobu sprang vom Wagen herunter und ging mit ausgebreiteten Armen auf sie zu. »Glück auf der Jagd, Kraft, Gesundheit und

Nachkommen!« begrüßte er sie. »Ich bin Tolas Sohn Uulobu, Avongo, Rukulela, jetzt ein Gefolgsmann der Himmel-Leute.«

»Das sehe ich«, sagte ein alter, grauhaariger Krieger kalt. Einer der jüngeren Männer grinste und steckte seinen Bogen mit einer ausgesucht geringschätzigen Bewegung weg, Uulobus Rückenfell sträubte sich; seine Hand packte den Griff der Streitaxt. Der alte Krieger vollführte eine beschwichtigende Geste, und Uulobu entspannte sich ein wenig.

Van Rijn hatte die Begegnung aufmerksam beobachtet. »Sagen Sie mir, was die da reden«, befahl er. »Alles. Und dann möchte ich wissen, was dieser Blödsinn mit den Waffen zu bedeuten hat.«

»Der Bogenschütze hat Uulobu beleidigt«, erklärte Joyce bekümmert. »Er legte seinen Bogen aus der Hand, bevor die Friedenszeremonie abgeschlossen war. Damit drückt er aus, daß er Uulobu nicht für einen gleichwertigen Gegner hält.«

»Ach so. Rauhe Sitten sind das. Nicht einmal innerhalb ihrer Sippe können sie Frieden halten. Aber warum sollten sie zu Uulobu unfreundlich sein? Genießt er kein Ansehen unter seinesgleichen, weil er Ihnen dient?«

»Ich fürchte, das ist es. Ich habe ihn einmal danach gefragt. Er ist der einzige Eingeborene, mit dem ich über solche Dinge reden konnte.«

»Ja? Wie kommt das?«

»Für uns von der Mission war er mehr Freund und Vertrauter als je ein anderer Eingeborene. Wir retteten ihm das Leben. Er hatte sich verletzt und bekam so etwas wie Wundstarrkrampf. Er kam gerade noch rechtzeitig zu uns, und weil wir ein geeignetes Medikament entwickelt hatten, konnten wir ihn vor einem jämmerlichen Tod bewahren. Er fühlt Dankbarkeit uns gegenüber. Hinzu kommen wirtschaftliche Gründe. Alle unsere Eingeborenenhelfer waren aus dem einen oder anderen Grunde verarmt. Eine Dürre hatte das Wild in ihrem Gebiet vernichtet, oder man hatte sie verstoßen.« Joyce biß sich auf die Unterlippe. »Sie . . . sie hatten uns Treue geschworen, und Sie wissen selber, wie tapfer sie für uns gekämpft haben. Aber damit verteidigten sie gleichzeitig ihre eigene Ehre. Uulobu ist der einzige Eingeborene, der uns Menschen so etwas wie echte Zuneigung entgegengebracht hat.«

»Eigentlich seltsam, weil Sie doch hergekommen sind, um ihnen zu helfen. Ich glaube, Sie haben da einen dummen Fehler gemacht. Sie hätten mit Psychologie anfangen sollen, bei Gott! Diese blödsinnige Planetographie hätte warten können. Man muß doch erst einmal die Leute kennenlernen, denen man helfen will ...« Er schüttelte den Kopf. »Erzählen Sie mir, worüber dort draußen palavert wird.«

»Der Alte heißt Nyaronga, und die beiden anderen sind seine Söhne«, fuhr Joyce fort. »Sie gehören dem Gangu-Clan an und sind Rokulela wie Uulobu. Die Formalitäten sind beendet, und sie haben uns eingeladen, in ihr Lager zu kommen. Diese Leute sind auf ihre Weise gastfreundlich, wenn sie merken, daß man sich ihnen in friedlicher Absicht nähert.«

Die Reiter machten kehrt und trotteten davon. Uulobu erkletterte den Wagen. »Sie müssen sich beeilen«, meldete er durch sein Funksprechgerät. »Die Sonne wird heute brennen, und es ist noch weit bis zur nächsten Deckung. Am besten bleiben wir hinter ihnen, aber so weit, daß wir die Herde nicht verscheuchen, Himmel-Frau.«

Joyce dolmetschte, und van Rijn ließ den Wagen langsam anfahren. »Immer eins nach dem anderen, sagt der Mann, der dem Kraken die Tentakel schüttelt«, meinte er. »Sie müssen mir noch viel erzählen, aber zuerst möchte ich wissen, warum die Eingeborenen ihre Artgenossen, die für Ihre Mission arbeiten, so geringschätzig behandeln.«

»Soweit Uulobu es mir klarmachen konnte, waren diejenigen, die zu uns kamen, landlos. Das heißt, sie hatten aufgehört, sich vom Ertrag ihrer Jagdgründe zu erhalten. So etwas bedeutet immer einen großen Ehrverlust. Dann hat er mir noch gestanden – sehr verschämt übrigens –, daß das Ansehen unserer Helfer gelitten habe, weil wir sie nie in Kämpfe verwickelten. Man bezichtigt sie der Feigheit.«

»Sie haben also eine Art Kriegerkultur, ist es das?«

»Nein. Das ist ja das Paradoxe. Sie kennen keine Kriege in unserem Sinne, nicht einmal die Blutrache. Zwar kommen ständig Kämpfe und Auseinandersetzungen vor, aber selten ist mehr als eine Handvoll Krieger daran beteiligt. Es sind Sippenfehden oder

Zwistigkeiten zwischen Clans. Eine Sippe besteht aus dem ältesten Mann, seinen Frauen und den gemeinsamen Sprößlingen, solange diese nicht selbst eine Familie gründen. So eine Sippe kann bis zu zwanzig Personen umfassen. Das ist die obere Grenze, denn mehr kann das eng begrenzte Jagdgebiet, das zu Fuß durchstreift werden muß, nicht ernähren.«

»Ich verstehe. So eine Sippe entspricht etwa unserer Familie im weiteren Sinn. Größere Verbände werden sich je nach ihrer kulturellen Stufe anders organisieren müssen, nicht?«

»Ja. Die primitivsten Wilden haben keinen größeren Verband als die Sippe. Aber die Kusulongo-Gesellschaft, wie wir sie nennen, kennt eine viel entwickeltere Struktur. Es ist ja auch die größte und am weitesten fortgeschrittene Kultur. Zehn bis zwanzig Sippen bilden einen Clan, eine zusammenwirkende Gruppe, die sich auf die gemeinsame Abstammung von einem Ahnherrn beruft und ein größeres Territorium beherrscht, das sie mit den halbwilden Herden durchzieht. Die Clans sind wiederum in Stämmen locker zusammengeschlossen, von denen jeder einmal jährlich in irgendeiner traditionellen Oase eine Stammesversammlung abhält. Dort werden dann Handelsgeschäfte getätigt, Bekanntschaften geschlossen und Ehen arrangiert. Außerdem dienen diese Versammlungen auch der Schlichtung von Streitigkeiten. Zwischen den Clans kommt es ständig zu Reibereien wegen der Benutzung von Ammoniakquellen und Jagdgebieten. Auch Ehrenhändel aller Art sind häufig. Man heiratet nur innerhalb seines Stammes, denn jeder Stamm hat seine eigene Kleidung, seine Sitten, seine Götter und so weiter.«

»Und es gibt keine Kriege zwischen verschiedenen Stämmen?« fragte van Rijn.

»Nein, nur wenn es zu einer Stammeswanderung kommt. Seit unsere Station existiert, haben wir nur einmal davon gehört. Ein Stamm mußte seine Heimat verlassen, weil sie durch Austrocknung unbewohnbar geworden war, und es gab einen erbitterten Krieg mit den benachbarten Stämmen, die ihre Oasen und Jagdgebiete verteidigten. Normalerweise gibt es keine organisierte Kriegführung. Es fehlen ihnen einfach die Mittel, Armeen zu unterhalten, nehme ich an.«

»Ich weiß nicht.« Van Rijn wiegte zweifelnd den Kopf. »Ich habe den Verdacht, daß die Gründe anderswo zu suchen sind. Wenn Menschen Krieg führen wollen, lassen sie sich daran nicht durch die Überlegung hindern, ob sie sich einen leisten können oder nicht. Und die Eingeborenen scheinen mir darin nicht humaner zu sein als wir. Vielleicht liegt da der Schlüssel zu unserem Problem. Wir müssen nur wissen, wie wir ihn zu benützen haben.«

»Auch die Alten wirken kriegsverhütend«, sagte Joyce. »Sie regeln oft Streitfragen zwischen einzelnen Clans, unter anderem.«

»Ach ja, diese Stadtbewohner. Was sind das für Leute?« Joyce starrte aus dem Fenster. Niedriges, graues Buschwerk, Felsblöcke und Staubwirbel unter rötlichem Dämmerlicht. Weit voraus konnte man jetzt das Lubambarugebirge sehen, eine eisbedeckte Kette mit scharf zersägten Gipfeln, die schimmernd und unwirklich in den düsteren Himmel aufragten.

»Die Alten sind Überlebende der versunkenden Kultur«, sagte sie. »Sie blieben in ihrer Stadt und bewahrten die Künste und das Wissen, die ohne sie längst in Vergessenheit geraten wären. Ihre Lebensweise ist den heutigen t'Kelanern fremd geworden, aber es gibt immer noch eine gewisse Fluktuation. Wem es in der Stadt nicht gefällt, der wandert in die Ebenen hinunter und schließt sich den Nomaden an, während umgekehrt auch Nomaden in die Stadt gehen und dort aufgenommen werden. Die Alten sind ein eigener psychologischer Typ. Reservierter und intellektueller als die anderen Eingeborenen.«

»Und wovon leben sie?«

»Von Dienstleistungen und Gütern, die sie herstellen. Sie werden dafür mit Nahrungsmitteln und Rohmaterial bezahlt. Sie haben Schreiber, Ärzte, geschickte Metallarbeiter, Weber feiner Textilien, Lehrer, Priester und sogar Pulvermacher. Aber sie verkaufen nur Feuerwerkskörper, keine Feuerwaffen, obwohl sie selber ein paar Kanonen besitzen. Man sagt ihnen magische Kräfte nach, besonders, weil sie die Gasausbrüche ihrer Sonne vorausberechnen konnten.«

»Und bis gestern waren sie freundlich gesinnt?«

»Ja, auf ihre zurückhaltende Weise. Aber sie müssen den Angriff schon länger geplant haben. Sie haben die Shangas zum Überfall angestiftet, ihnen Pulver geliefert und beigebracht, wie man Sprengladungen zündet. Ich kann mir immer noch nicht denken, warum sie das getan haben. Ich bin überzeugt, daß sie uns glaubten, als wir ihnen erklärten, wie und weshalb wir ihrem Planeten helfen wollten.«

»Das mag sein. Aber damals hatten sie die ganze Tragweite dieses Projekts vielleicht noch nicht erkannt.« Van Rijn stocherte mit einem Fingernagel zwischen seinen Zähnen herum und verfiel in brütendes Schweigen.

Plötzlich schlug er mit der Faust auf das Armaturenbrett, daß Joyce zusammenschreckte. »Verdammt, ich hab's!« brüllte er. »Es paßt alles zusammen.«

»Was?« Joyce setzte sich aufrecht.

»Ich weiß noch nicht, was ich damit anfangen soll.«

»Wie meinen Sie das?«

»Nicht so wichtig. Lassen Sie mich nachdenken.« Er versank wieder in seine Grübeleien. Langsam vergingen die Stunden.

Am Nachmittag kam ein Wald in Sicht. Er bedeckte die Hügelausläufer des Lubambaru zu beiden Seiten eines kleinen Ammoniakflusses. Die Bäume waren niedrig und verkrümmt, mit dornigen blauen Stämmen und einem dichten Blätterdach aus graugrünem, lederigem Laub. Unter ihnen wuchs schwärzliches Unterholz. Die Reiter trieben ihre Iziruherde in den Wald, stellten einige Wachen auf und ritten an den Fluß, wo ihre Sippe lagerte. Kurz darauf kamen sie wieder in Sicht, diesmal von Frauen, Kindern und Packtieren begleitet, und zogen in einer geschlossenen Gruppe nordwärts. Joyce zählte fünfzehn Erwachsene und Halbwüchsige. Die Frauen waren breiter und untersetzter als die Männer und hatten schnauzenartige Gesichter; einige trugen flaumige Kleinkinder auf dem Rücken. Obwohl sie Warmblüter waren, gehörten die t'Kelaner nicht zu den Säugern. Solange die Kinder noch keine Zähne hatten, wurden ihnen die Speisen von ihren Müttern vorgekaut.

Der alte Nyaronga führte die Gruppe an. Er trug ein Schwert an seiner Seite und war mit Schild und Wurfspeer zusätzlich bewaffnet. Seine großen gelben Augen schienen ruhelos die Landschaft abzusuchen. Seine Söhne folgten ihm dichtauf, Pfeile schußbereit auf den Bogensehnen. Van Rijn ließ sie vorbei, dann ließ er den Wagen im Kriechgang hinterherrollen. »Rechnen sie mit Feinden?« fragte er verwundert. »Ich dachte, dies wäre ihr eigenes Gebiet.«

Joyce fuhr aus ihren trüben Gedanken auf. »Sie rechnen immer mit Überfällen. Ich sagte Ihnen doch schon, was für eine streitlustige Rasse das ist. Keine Kriege, aber viele kleine Zusammenstöße, die selten unblutig ausgehen. Aber ich glaube, diese Vorsicht ist heute nur Gewohnheit. Anscheinend wollen sie ihr Lager mit den anderen Sippen ihres Clans aufschlagen. Eine so große Herde muß von allen Gungu-Kriegern gemeinsam bewacht werden.«

»Ich denke, sie sind Jäger und kleine Viehhirten?«

»Das sind sie auch, die meiste Zeit. Aber die Iziru und Bambalo werden unruhig und neigen zum Durchgehen, wenn auf der Sonne Gasausbrüche stattfinden. Es verursacht ihnen Schmerzen, und viele Tiere gehen an Verbrennungen ein, wenn sie den Strahlen schutzlos ausgesetzt sind. Es muß daran liegen, daß sie seit der Änderung der Atmosphäre keinen Schutz gegen die ultraviolette Strahlung entwickeln konnten. Große Tiere mit langsamer Generationenfolge können sich nicht so schnell anpassen wie kleinere Wesen. Die Clans wissen natürlich von dieser Gefahr, und sie können sich solche Verluste nicht leisten. Wenn also Sonnenausbrüche bevorstehen, bewachen sie die Herden besonders sorgfältig und treiben sie in Gegenden, wo es Schatten gibt.«

Van Rijn machte eine verächtliche Daumenbewegung zur niedergehenden Sonnenscheibe. »Sie meinen, dieser Schlackenhaufen sendet noch so viel Strahlung aus, daß er einem kranken Schmetterling schaden kann?«

»Nicht, wenn der Schmetterling von der Erde käme. Aber Sie wissen, wie diese roten Zwergsterne sind. Bei ihren Ausbrüchen steigert sich ihre Helligkeit innerhalb weniger Sekunden um mehrere hundert Prozent. Die so verstärkte ultraviolette Strahlung, die von der Atmosphäre kaum noch abgehalten werden kann, macht Ihnen oder mir nichts aus, weil wir an stärkere Strahlungsdosen gewöhnt sind. Doch manchen einheimischen Lebewesen kann sie sehr gefährlich werden.«

Nach einer weiteren Stunde hatten sie den Lagerplatz erreicht.

Runde Lederzelte waren um eine Ammoniakquelle gruppiert. Vor den Eingängen brannten kleine Feuer. Das Lager wimmelte von Frauen, Kindern und Kriegern. Die Ankunft des Wagens lockte alles an, was Beine hatte, aber niemand rannte. Sie schlenderten mit betont zur Schau getragener Gleichgültigkeit näher.

Oder ist es Feindseligkeit? fragte sich Joyce. Sie blickte auf die Menge hinaus, in hundertfünfzig oder zweihundert nichtmenschliche Gesichter mit gelbglühenden Augen, aus denen sie nichts lesen konnte. Der scharfe Wind bewegte die dichten Pelze. Kein Laut drang herein. Immer verhalten sie sich gleich, dachte Joyce, jede Sippe, jeder Clan, wo immer wir sie antreffen. Zuerst stumme Faszination, ausgelöst von unserem fremdartigen Aussehen, unseren Maschinen. Dann diese kühle, formelle Höflichkeit, als wäre unser Erscheinen für sie ohne Belang. Sie danken uns – nicht sehr herzlich – für unsere kleinen Hilfeleistungen, und oft bestanden sie sogar auf Bezahlung, aber nie laden sie uns zu ihren Festen ein, und manchmal werfen ihre Kinder uns Steine nach.

Nyaronga gab ein Kommando. Seine Sippe begann die Packtiere zu entladen und das Zelt aufzubauen. Nach und nach verlief sich die Menge.

Van Rijn, der das Geschehen schweigsam beobachtet hatte, blickte zur Sonne auf. »Sind sie sicher, daß es heute zu einem Ausbruch kommen wird?« fragte er.

»Ganz sicher. Wenn die Alten einen Ausbruch vorausgesagt haben, tritt er auch ein«, versicherte Joyce. »So eine Voraussage ist kein Kunststück, wenn man ein primitives Fernrohr hat und ein geschwärztes Glas nimmt und die Sonnenfläche beobachtet. Ihr Licht ist so schwach, daß man die Flecken und die anderen charakteristischen Anzeichen leicht ausmachen kann, Tage im voraus. Heliographensignale bringen die Nachricht von Kusulongo zu den Stämmen ... Da, sehen Sie, es geht los!«

Die Sonne stand nicht mehr hoch über den westlichen Bergen. Ihr Licht wurde merklich heller, und ihre Ränder dehnten sich ungleichmäßig aus. Die im Lager angebundenen Basai kreischten, und die Eingeborenen wurden von Panik ergriffen. Krieger rannten zu den Reittieren, banden sie los und zerrten sie in ihre Zelte oder unter aufgespannte Häute. Frauen und Kinder drängten sich an den Eingängen der Behausungen.

Der Rand der Sonne löste sich in lange, faserige Protuberanzen auf. Ihr Licht nahm ständig an Helligkeit zu und erfüllte die Ebene. Der Himmel begann zu verblassen. Der Wind wurde stärker, wirbelte Staubwolken hoch und brauste in den Wipfeln der Bäume.

Uulobu kam vom Wagen herunter, Joyce hörte, wie er Nyaronga fragte: »Soll ich dir helfen, dem Zorn des Wirklichen standzuhalten?«

»Nein«, erwiderte der Patriarch. »Geh in ein Zelt zu den Frauen.«

Uulobu entblößte sein Gebiß. Sein Rückenfell sträubte sich, und er riß die Streitaxt aus dem Gürtel.

»Nein!« schrie Joyce durch das Funksprechgerät. »Wir sind Gäste!«

Die zwei t'Kelaner maßen einander mit schwelenden Blicken. Nyarongas Speerspitze zielte auf Uulobus Kehle. Dann ließ der Orongo die Axt sinken und sagte: »Wir sind Gäste. Ein anderes Mal, Nyaronga, werde ich mit dir darüber sprechen.«

»Du – Landloser?« Der Sippenälteste beherrschte sich. »Wir haben Frieden gesprochen, und jetzt ist nicht die Zeit, es ungesagt zu machen. Aber wir Gangus können unsere Herden und Jagdgebiete selber verteidigen. Wir brauchen keine Hilfe.«

Uulobu ging ohne ein weiteres Wort zu einem der Zelte und kroch hinein.

Die Sonnenglut schwoll weiter an. Der Ausbruch hatte die Sonnenscheibe auf das Doppelte ihrer Größe aufgebläht, und sie wuchs weiter. Ihr stumpfes Rot hatte sich zu einem hellen Orange verändert. Der Wind nahm noch an Stärke zu.

Die Anführer der Sippen begaben sich langsam in die Mitte des Lagers und formierten sich zu einem Ring. Speere wurden in die Luft gehoben, Streitäxte und Schwerter geschüttelt. Junge Krieger bildeten einen größeren Kreis um die Alten. Es begann ein Tanz, der mit zunehmender Sonnenstrahlung immer müder und ekstatischer wurde. Plötzlich stieß Nyaronga einen schrillen Schrei aus. Die jungen Krieger hoben ihre Bogen. Eine Wolke von Pfeilen schwirrte der Sonne entgegen.

»Was machen sie?« fragte van Rijn. »Eine Dämonenaustreibung?«

»Nein«, sagte Joyce. »Das ist nach ihrer Meinung nicht möglich. Sie trotzen ihm. Sie fordern ihn heraus, daß er herunterkommen und kämpfen soll. Und er ist auch kein Teufel oder Dämon, sondern ein Gott.«

Van Rijn nickte nachdenklich. »Das alles paßt zusammen«, sagte er, halb zu sich selbst. »Wenn ein Gott seine Grenzen überschreitet, kann man ihn nicht betrügen. Man bedroht ihn. Ja, es paßt.«

Die Krieger hatten ihren Tanz beendet und schritten langsam und mit verächtlichen Gebärden zu ihren Zelten. Die Eingänge wurden geschlossen. Das Lager lag verlassen unter der Sonne.

»Ha!« Van Rijn sprang auf. »Meinen Anzug!«

»Was?« Joyce starrte ihn entgeistert an »Was haben Sie vor?«

»Ich will hinausgehen«, erklärte van Rijn. »Stehen Sie nicht so herum! Holen Sie meinen Anzug!«

Joyce war so benommen, daß sie widerspruchslos gehorchte. Als er seinen Raumanzug angelegt hatte, war die Sonne zu dreifacher Größe angewachsen und strahlte gelblichweiß. Lange Schatten geisterten über die Erde, die nun eine unnatürlich messingfarbene Färbung angenommen hatte. Der Wind fegte Staub und trockene Blätter über den kahlen Grund, riß Asche und verkohlte Zweige aus den Feuerstellen und rüttelte an den Zelten, daß sie in ihren Verankerungen schwankten.

»Passen Sie auf«, sagte van Rijn. »Wenn ich winke, schalten Sie den Bordlautsprecher auf volle Kraft, damit alle hören. Und dann sagen Sie diesen sogenannten Kriegern, sie sollen zu mir herausschauen, wenn sie den Mut dazu aufbringen.« Er funkelte sie drohend an. »Sagen Sie es unhöflich, verstanden?«

Bevor sie eine Antwort herausbringen konnte, war er in der Luftschleuse. Eine Minute später stampfte er gegen den heulenden Wind zum Lager. Im Zentrum blieb er stehen, wandte sich um und hob die Hand.

Joyce befeuchtete ihre Lippen. Was gedachte der Idiot mit dieser Vorstellung zu erreichen? Noch vor einem Monat hatte er von diesem Planeten nichts gewußt. Vor einer Woche war er darauf gelandet. Und alle Informationen hatte er von ihr bekommen, in den letzten zehn oder fünfzehn Stunden. Aber er schien zu glauben, daß er sich richtig verhielt. Joyce schüttelte ihren Kopf. Wenn er seinen fetten Bauch nicht mit Pfeilen und Speeren gespickt bekäme, wäre es nur, weil es im Universum keine Gerechtigkeit gab. Glaubte er, sie würde sich von ihm mit ins Verderben reißen lassen?

Van Rijn wiederholte seine Geste.

Joyce schaltete den Außenlautsprecher ein und sagte ins Mikrophon: Seht, alle Gangu, wenn ihr tapfer genug seid. Seht den Mann aus einer fernen Welt, der allein unter der zornigen Sonne steht!«

Der Klang des Lautsprechers dröhnte hohl über das Lager. Van Rijn nickte ihr zu. Joyce mußte jetzt ins gleißende Licht blinzeln, um ihn genau sehen zu können. Ihre Augen waren nicht mehr an die Helligkeitsgrade gewöhnt, obwohl die Lichtstärke kaum zehn Prozent dessen betragen mochte, was die Erde an Strahlungsenergie erhielt.

Van Rijn zog seinen Strahler und feuerte mehrmals in Richtung der Sonne. Dann öffnete er die Sichtscheibe an seinem Helm, klappte sie auf und reckte sein Gesicht heraus, bis es im vollen Licht lag. Er tanzte mit grotesken Bewegungen umher und machte dem Himmel eine lange Nase.

Er beendete seinen Tanz mit einer obszönen Geste, schloß den Helm und feuerte zwei weitere Schüsse ab. Dann stand er mit verschränkten Armen, bis die Sonne unter den Horizont tauchte.

Der Strahlenkranz flackerte noch eine Weile über den Bäumen und rief in der Luft merkwürdige Lichtreflexe hervor, die an ein Nordlicht erinnerten. Dann erlosch der Schein, und van Rijn ging im unvermittelt hereinbrechenden Zwielicht zum Wagen zurück. Joyce öffnete ihm. Er nahm den Helm ab, schnaufte, hustete und fluchte. Seine Augen tränten, und auf seinem Anzug bildete sich Reif.

»Aah!« stöhnte er. »Und nicht mal ein Fläschchen Schnaps, um meine arme alte Kehle zu befeuchten!«

»Sie hätten umkommen können!« flüsterte Joyce.

»Nein, nein. So leicht stirbt Nicholas van Rijn nicht. Ich habe vor, im Alter von hundertfünfzig Jahren von einem eifersüchtigen

Ehemann erschossen zu werden. Die Kälte war nicht so schlimm, denn ich konnte den Atem anhalten. Aber das Ammoniak brennt wie die Hölle!« Er watschelte in den Waschraum und hielt sein Gesicht prustend und schnaubend unter den Wasserstrahl.

Der letzte Lichtschein der untergehenden Sonne verblaßte. Der Westhimmel hüllte sich in dunstiges Abendrot, durch das die ersten Sterne funkelten. Die Eingeborenen krochen nacheinander aus ihren Zelten. Feuer wurden von neuem entzündet, und ihr Flackern belebte das Lager und seine Umgebung mit huschenden Schatten.

Van Rijn kam zurück. »So, das war gut«, sagte er. »Nun ziehen Sie Ihren eigenen Anzug an und gehen mit mir hinaus. Wir müssen mit ihnen reden.«

Als sie in die Nähe der Zelte kam, mußte sich Joyce ihren Weg durch eine Menge neugieriger Frauen und Kinder bahnen. Der Lichtschein der Feuer tanzte in ihren gelben Raubtieraugen und verlieh ihnen einen Ausdruck ungezügelter Wildheit. Sie empfand die Nähe von van Rijns mächtiger Gestalt als tröstlich, aber ihre Angst ließ erst nach, als sie auch Uulobu neben sich sah.

Die Krieger warteten an der Ammoniakquelle, wo sie sich versammelt hatten, als die Menschen aus ihrem Fahrzeug geklettert waren. Die Lagerfeuer verbreiteten nur schwaches Licht. Für die Eingeborenen war es fast so hell wie der Tag, aber Joyce konnte nur die vorderste Reihe der Krieger klar erkennen. Gelegentlich fuhr ein Windstoß in die Flammen, jagte Funkenschauer in den Nachthimmel und hüllte das Lager in schwarze Rauchschwaden. Sie sah die schimmernden Obsidianspitzen der Speere, die Dolche und Schwerter in den Händen der Krieger, und ihr Mund wurde trocken.

In der ersten Reihe standen die Oberhäupter der Sippen. Die meisten waren noch jung; ein Wüstennomade erreichte selten hohes Alter. Nyaronga schien der Patriarch des ganzen Clans zu sein. Er stand regungslos und mit halb geöffneten Kiefern, daß man seine Fangzähne sehen konnte. Seine rechte Hand umklammerte den kurzen Wurfspeer.

Van Rijn machte vor ihm halt. Joyce stellte sich neben den massigen Holländer, während Uulobu ihnen den Rücken deckte. Ein Murmeln ging durch die Reihen der Krieger. Aber van Rijn wartete unerschütterlich, bis Nyaronga endlich das Schweigen brach.

»Warum hast du die Sonne herausgefordert? Keiner der Himmel-Leute hat es jemals getan.«

Joyce übersetzte die Worte. Van Rijn richtete sich zu voller Größe auf. »Sagen Sie ihm, daß die Leute von der Mission es nie der Mühe wert hielten, der Sonne zu trotzen, ich aber anders darüber denke.«

»Was soll das? Was haben Sie vor?« fragte sie angstvoll. »Ein Fehler kann uns das Leben kosten.«

»Gewiß. Aber wenn wir nichts unternehmen, werden wir auch so getötet. Oder wir verhungern, weil wir uns nicht in Radioreichweite der Stelle wagen können, wo die Suchexpedition landen wird. Sie müssen mir vertrauen, Joyce. Nicholas van Rijn wäre nicht auf hundert Planeten alt und fett geworden, wenn er nicht klug genug gewesen wäre, alle anderen zu überleben Stimmt's? Genau! Übersetzen Sie diesen Leuten alles, was ich zu sagen habe, und tun Sie es in einem scharfen Ton. Nicht beleidigend, aber selbstbewußt und ein bißchen frech. Klar?«

Sie schluckte. »Ja. Ich weiß nicht, was es nutzen soll, aber ich werde es tun.« Sie wandte sich an die Eingeborenen. »Dieser Himmel-Mann ist nicht von meinem Stamm«, sagte sie. »Er ist von meiner Rasse, aber von einem mächtigeren Stamm als ich. Ich soll euch von ihm sagen, daß, obwohl wir Himmel-Leute bisher nicht geruht haben, die Sonne herauszufordern, er es nicht für unter seiner Würde hält, es zu tun.«

»Nicht geruht?« fragte einer. »Was soll das heißen?«

»Der Zorn der Sonne ist für unsere Leute keine Drohung«, improvisierte Joyce. »Wir haben es oft gesagt. War keiner von euch unter denen, die uns gefragt haben?«

Es wurde still, bis ein narbenbedeckter Patriarch widerwillig zugab: »Ich hörte letztes Jahr davon, als einer von euch Himmel-Leuten in meinem Gebiet war, um kranke Kinder zu heilen.«

»Und jetzt habt ihr gesehen, daß es wahr ist«, erwiderte Joyce.

Van Rijn zupfte sie am Ärmel. »He, was geht hier vor? Lassen Sie mich reden, sonst vergeben wir unsere letzte Chance.«

Sie wollte ärgerlich auffahren, schluckte aber ihre zornige Entgegnung hinunter und übersetzte ihm den Wortwechsel. Zu ihrer Überraschung sagte er: »Tut mir leid, mein liebes Mädchen; das haben Sie großartig gemacht. Aber jetzt will ich eine Rede halten. Sie übersetzen ihnen alles, Satz für Satz. Es geht los.«

Er beugte sich vor und schüttelte seinen Zeigefinger unter Nyarangos Nase. »Du willst wissen, warum ich hinausgegangen bin und mich unter die zornige Sonne gestellt habe? Ich habe es getan, um euch zu zeigen, daß ich keine Angst vor ihrem Feuer habe. Ich spucke auf eure Sonne, und sie zischt. Vielleicht geht sie sogar aus. Meine Sonne könnte die eure zum Frühstück essen! Eure kleine Funzel gibt kaum genug Licht, daß man etwas sehen kann, und nicht genug, um bei meinen Leuten ein Baby zu ängstigen.«

Die Eingeborenen packten ihre Waffen fester und schoben sich knurrend näher. Nyaronga entgegnete ärgerlich: »Ja, wir haben oft beobachtet, daß ihr Himmel-Leute beinahe blind seid.«

»Hast du schon einmal im Licht unserer Wagen gestanden? Es macht dich blind, nicht wahr? Du könntest unsere Welt nicht ertragen. Du würdest dich dort in eine fettige kleine Rauchwolke verwandeln.«

Nyaronga spie aus und sagte: »Ihr müßt euch sogar gegen die Luft einwickeln.«

»Du hast gesehen, wie ich meinen Kopf ins Freie gesteckt habe. Willst du zum Ausgleich eine Prise von meiner Luft versuchen? Ich fordere dich heraus.«

Ein Schnattern ging durch die Reihen der Krieger, halb zornig, halb unsicher. Van Rijn machte eine verächtliche Handbewegung. »Siehst du? Ihr seid die Schwächlinge, nicht wir.«

Ein kräftiger, junger Sippenanführer trat vor. »Ich wage es.«

»In Ordnung, ich gebe dir eine Probe.« Van Rijn wandte sich an Joyce. »Helfen Sie mir mit der Sauerstoffanlage. Ich habe keine Lust, meinen Helm abzunehmen und dieses stinkende Ammoniak in Augen und Nase zu bekommen.«

Sie nickte und schraubte den Schlauch von seinem Helm ab.

»Blasen Sie es ihm ins Gesicht«, befahl van Rijn.

Der Krieger stand bolzengerade. Joyce dachte an die Schmerzen, die es ihm machen würde. Sie konnte den Schlauch nicht an sein

Gesicht halten »Los!« bellte van Rijn, und sie gehorchte. Sauerstoff fuhr zischend durch das aufgedrehte Ventil.

Der Krieger jaulte auf und wankte zurück. Er rieb sich die Nase und seine überfließenden Augen, hustete und sank einem seiner Gefolgsleute in die Arme. Joyce schloß den Schlauch wieder an den Helm an. Van Rijn gluckste erheitert. »Ich wußte es. Zu heiß, zuviel Sauerstoff, und besonders der Wasserdampf. Sagen Sie ihnen, daß es ihm in ein paar Minuten wieder besser gehen wird.«

Joyce tat es. Nyaronga schüttelte sich und sagte: »Ich habe Erzählungen darüber gehört. Warum mußtest du diesem armen Dummkopf zeigen, was längst bekannt ist, daß ihr Gift atmet?«

»Um zu beweisen, daß wir genauso zäh sind wie ihr, bloß auf eine andere Weise«, antwortete van Rijn durch Joyce. »Wir könnten euch wie kleine Tiere zu Boden schlagen, wenn uns danach wäre.«

Die Bemerkung hatte einen vielstimmigen Wutschrei zur Folge. Die Krieger hoben ihre scharfen Waffen. Nyaronga brachte sie mit heftigen Gesten zum Schweigen, dann sagte er mit düsterem Stolz: »Wir wissen, daß ihr Waffen besitzt, die wir nicht haben. Das bedeutet, daß ihr Künste beherrscht, die uns fremd sind. Niemand hat das je geleugnet. Es bedeutet aber nicht, daß ihr stärker seid. Ein t'Kelaner ist nicht stärker als ein Bambalo, weil er einen Bogen hat, mit dem er ihn von fern töten kann. Wir sind ein Jägervolk, und ihr seid keins, welche Waffen ihr auch haben mögt.«

»Sagen sie ihm«, erklärte van Rijn, »daß ich mit bloßen Händen gegen ihren kräftigsten Krieger kämpfen werde. Weil ich diesen Anzug tragen muß, der mich vor seinem Biß schützt, kann er Waffen benützen. So ist es fair.«

»Aber er wird Sie umbringen!«

Van Rijn verdrehte die Augen. »Wenn er es tut, sterbe ich für die schönste Dame auf diesem Planeten.« Er senkte seine Stimme. »Vielleicht tut es Ihnen dann leid, daß Sie zu einem netten alten Mann nicht freundlicher waren, als noch Zeit war.«

»Ich werde es ihnen nicht sagen!«

»Sie werden, verdammt noch einmal!« Er packte ihr Handgelenk so kräftig, daß sie sich vor Schmerzen krümmte. »Ich weiß, was ich tue, verstanden?«

Halb betäubt verdolmetschte sie Nyaronga seine Herausforderung. Van Rijn zog seinen Strahler und warf ihn Nyaronga vor die Füße. »Wenn ich verliere, kann der Gewinner dies hier behalten«, verkündete er.

Das riß sie mit. Ein Dutzend wilder junger Krieger sprang vor und drängte sich schreiend um Nyaronga. Der alte Sippenvorsteher brüllte und stieß sie zurück Er musterte einen nach dem anderen, dann zeigte er mit dem Speer auf ein Individuum. »Dies ist mein eigener Sohn Kusalu. Er soll die Ehre der Sippe und des Clans verteidigen.«

Der Krieger wurde von van Rijn um gut zwei Haupteslängen überragt, aber er war genauso breit. Unter seinem dichten Fell bewegten sich die Muskeln. Er kam mit entblößten Fangzähnen näher, die Streitaxt in der Rechten, einen eisernen Dolch im Gürtel. Die anderen Krieger bildeten einen weiten Kreis. Uulobu nahm Joyce am Arm und zog sie mit sich fort. »Könnte ich nur selbst gegen ihn kämpfen«, murmelte er.

Während Kusalu van Rijn umkreiste, drehte der sich mit, schwerfällig wie ein Planet. Seine Arme hingen bewegungslos zu beiden Seiten.

Plötzlich streckte sich Kusalu mit einem grunzenden Laut und schleuderte seine Streitaxt. Van Rijn reagierte mit unglaublicher Schnelligkeit. Er wich der Waffe aus, erwischte das Lederseil mit der Hand und warf sich zurück. Das Seil spannte sich, und Kusalu fiel vorwärts auf sein Gesicht. Van Rijn stürzte sich auf ihn.

Kusalu sprang wie eine Stahlfeder hoch und entging dem Angriff. Seine Streitaxt blitzte im Feuerschein. Van Rijn blockierte den Schlag mit seinem rechten Handgelenk, setzte einen Armhebel an und zwang Kusalu auf die Knie. Die zuschauenden t'Kelaner heulten auf, doch Kusalu ließ sich rückwärts fallen, überschlug sich und sprang auf die Füße. Van Rijn wehrte den Angriff mit einem meisterhaften Fußstoß in den Bauch des Gegners ab und zog den Fuß zurück, bevor der andere zupacken konnte. Kusalu wankte. Van Rijn näherte sich mit einem unerwartet schnellen Schritt und ließ einen Handkantenschlag gegen die Halsseite folgen.

Kusalu geriet ins Torkeln, aber er hielt sich auf den Beinen. Van Rijn rettete sich knapp vor einem Dolchstoß und konnte seine

Chance nicht nutzen. Kusalu stand leicht schwankend, den Dolch in der Faust, und rang nach Luft, während seine großen gelben Augen den Gegner beobachteten. Ganz plötzlich griff er an, so schnell, daß Joyce seinen Bewegungen nicht folgen konnte.

Van Rijn sprang zur Seite, ergriff das Handgelenk seines Gegners und zog ihn, den Schwung des Angriffs ausnützend, an sich vorbei. Kusalu schlug schwer auf die festgestampfte Erde. Van Rijn wartete. Kusalu hatte immer noch den Dolch. Er stand auf und umschlich den anderen. Aus seiner Nasenöffnung rann Blut. Als Kusalu vorsprang und den Dolch in van Rijns Unterleib stoßen wollte, packte der blitzschnell mit der Linken das Handgelenk, schlug mit der Rechten hart auf Kusalus Ellbogen, drehte ihm den Arm auf den Rücken und hielt ihn fest.

Kusalu winselte unter dem Handgelenkhebel. Seine Finger lösten sich vom Dolchgriff, und die Waffe fiel zu Boden. Van Rijn beförderte sie mit einem Fußtritt außer Reichweite. »Sag Onkel zu mir!« keuchte er. »Lieber wird er sterben!« jammerte Joyce.

»Gut, dann müssen wir auf die harte Weise auseinanderkommen.« Er ließ Kusalu los. Aber der Krieger hatte sich kaum umgedreht, als ihn eine behandschuhte Faust in den Magen traf. Er taumelte zurück. Van Rijn blieb am Gegner und deckte ihn erbarmungslos mit Faustschlägen ein, bis er einknickte und auf den Rücken fiel.

Van Rijn trat zur Seite. Joyce starrte ihn entsetzt an. »Es ist alles in Ordnung«, beruhigte er sie. »Ich habe ihn nicht ernstlich verletzt.«

Nyaronga half seinem Sohn auf die Beine. Zwei andere führten Kusalu weg. Leises Schnattern ging durch die Reihen der dichtgedrängten Eingeborenen. Es war anders als alles, was Joyce jemals gehört hatte.

Van Rijn und Nyaronga standen einander gegenüber. Der Alte sagte langsam: »Du hast es bewiesen, Himmel-Mann. Für einen Landlosen kämpfst du gut, und es war auch gut von dir, daß du ihn nicht getötet hast.«

Joyce übersetzte es halb schluchzend. »Sagen Sie ihm, daß ich den jungen Krieger nicht getötet habe, weil es unnötig gewesen wäre«, antwortete van Rijn. »Dann sagen Sie ihm, daß ich genug eigenes Land habe.« Er zeigte nach oben, wo die Sterne im dunstigen Himmel funkelten. »Sagen Sie ihm, daß ich dort meine Jagdgründe habe.«

Als er die Neuigkeit verdaut hatte, fragte Nyaronga fast bittend: »Aber was will er in unserem Land? Was will er gewinnen? Was ist sein Ziel?«

»Wir sind gekommen, um zu helfen . . .«, fing Joyce an; dann brach sie ab und gab die Frage an van Rijn weiter.

»Ha!« rief van Rijn befriedigt. »Jetzt kommen wir zum Geschäftlichen.« Er hockte sich vor ein Feuer. Die Sippenoberhäupter sammelten sich um ihn, und ihre Söhne drängten nach, damit ihnen nichts entging. Uulobu flüsterte Joyce glücklich zu: »Jetzt sind wir als Freunde aufgenommen!«

»Ich bin nicht gekommen, um euch euer Land oder euer Jagdwild zu nehmen«, sagte van Rijn salbungsvoll. »Nein, nur um Geschäfte zu machen, an denen beide Seiten gut verdienen. Sicher handeln diese Leute untereinander, sonst hätten sie nicht soviel Zeug.«

»Ja, natürlich«, sagte Joyce. »Ihre Beziehungen zur Stadt sind ganz vom Handel diktiert, wie ich bereits erwähnte.«

»Dann werden sie wissen, wie man Geschäfte abschließt. Sagen Sie ihnen, daß diese Gevattern in der Stadt eifersüchtig auf uns geworden sind. Sagen Sie ihnen, daß sie die Shangas zum Überfall auf unser Lager angestachelt haben. Sagen Sie ihnen die Wahrheit, klipp und klar.«

»Was? Aber ich dachte – ich meine, wollten Sie nicht den Eindruck erwecken, daß wir mächtig sind? Sollen wir jetzt zugeben, daß wir in Wirklichkeit Flüchtlinge sind?«

»Nun, dann sagen Sie eben, daß wir . . . wie heißt es in den Nachrichtensendungen, wenn es eine militärische Niederlage gegeben hat? . . . eine geordnete Absatzbewegung in vorbereitete Stellungen, zur Frontbegradigung.«

Joyce tat es. Die Pupillen der Eingeborenen verengten sich zu Schlitzen; hier und dort wurden wieder Waffen gehoben. Nyaronga fragte argwöhnisch: »Sucht ihr bei uns Zuflucht?«

»Nein«, antwortete van Rijn. »Sagen Sie ihm, wir sind gekommen, um sie zu warnen, denn wenn sie ausgelöscht werden, können wir keine gewinnbringenden Geschäfte mit ihnen machen. Sagen Sie ihm, daß die Shangas jetzt über Waffen aus der Station verfügen und daß sie mit ihren verbündeten Clans auf das Gebiet der Rokulela vordringen werden.«

Joyce glaubte nicht recht gehört zu haben. »Aber wir haben ... wir hatten überhaupt keine Waffen in der Station, außer einigen privaten Handfeuerwaffen. Und die haben meine Freunde beim Rückzug mitgenommen.«

»Wissen sie das, diese Leute?«

»Wieso – nein. Aber werden sie es uns glauben?«

»Mein liebes, hübsches Mädchen mit Kurven an allen richtigen Stellen, ich gebe Ihnen Nicholas van Rijns Versprechen, daß sie nichts anderes glauben würden.«

Stockend gab sie seine Lügen an die Eingeborenen weiter. Die Reaktion war furchtbar. Sie stürmten durch das Lager, sprangen in die Höhe, schwangen ihre Speere und Streitäxte und heulten wie Wölfe. Nur Nyaronga blieb still sitzen, aber sein Fell war wie eine Bürste gesträubt.

»Ist das wirklich so?« forschte er. Es kam wie ein Flüstern durch den Lärm.

»Warum sonst sollten uns die Shangas mit Unterstützung der Alten angegriffen haben?« konterte van Rijn

»Sie wissen sehr gut, warum«, sagte Joyce. »Die Alten haben sie beschwatzt und ihren Aberglauben ausgenutzt. Vielleicht haben sie ihnen auch Versprechungen gemacht. Zum Beispiel unser Metall, um Messer daraus zu schmieden.«

»Ja, zweifellos, aber Sie sagen diesem Teufel hier, was ich gesagt haben will. Fragen Sie ihn, ob es denn nicht einleuchtend ist, daß die Shangas einen Überfall machen, um in den Besitz überlegener Schußwaffen zu kommen, wenn sie die Stadtbewohner hinter sich wissen und von ihnen Pulver bekommen? Sagen Sie ihm, daß die Pulverlieferung beweist, wie eng die Leute in der Stadt mit den Shangas zusammenarbeiten. Und sagen Sie ihm, Sie hätten Gerüchte gehört, die Ihnen Grund zu der Annahme geben, daß der Shanga-Clan sich an die Spitze des Yagola-Stamms setzen, nach Westen ziehen und die Rokulela aus diesem schönen Land vertreiben will.«

Nyaronga und die anderen, die Joyces Worten in atemloser Stille lauschten, hatten keine Mühe, die Idee zu begreifen. Das Streben nach neuen Jagdgründen war für sie ein verständliches Motiv. Wenn ein Landstrich austrocknete, mußten seine Bewohner jemand anders vertreiben oder im Kampf um neues Land zugrunde gehen.

Der Unterschied war nur, daß die Yagolas nicht gezwungen waren, ihre Heimat zu verlassen. Vielleicht wollten sie einer solchen möglichen Katastrophe zuvorkommen, mit ihren gestohlenen Feuerwaffen mehr Land an sich bringen und die absolute Vorherrschaft an sich reißen? Es war möglich.

»Ich hatte sie nicht für solche Ungeheuer gehalten«, sagte Nyaronga.

»Sie sind auch keine«, protestierte Joyce, an van Rijn gewandt. »Sie stellen die Yagolas so schrecklich hin, daß – daß . . .«

»In der Liebe und in der Propaganda ist jedes Mittel recht«, erwiderte van Rijn trocken. »Schlagen Sie Nyaronga vor, daß wir alle nach Kusulongo ziehen und auf dem Wege Verstärkungen zusammenholen. Dann können wir uns selbst überzeugen, ob diese Geschichte wirklich wahr ist, und unsere zahlenmäßige Überlegenheit in die Waagschale werfen, solange es noch geht.«

»Sie wollen die Eingeborenen aufeinander hetzen! Da mache ich nicht mit. Lieber sterbe ich!«

»Hören Sie, mein liebes Mädchen, bis jetzt ist noch niemand ums Leben gekommen. Vielleicht wird es auch gar nicht nötig werden. Ich werde Ihnen das später erklären Aber jetzt müssen wir das Eisen schmieden, solange es heiß ist. Sie sind aufgeregt und voller Wut. Wir dürfen ihnen keine Gelegenheit zum Abkühlen geben, bevor sie sich zum Marschieren entschlossen haben.« Er legte seine Hand auf die Brust. »Glauben Sie, der alte, kurzatmige und bequeme Nicholas van Rijn will einen Krieg ausfechten? Nie und nimmer! Ich will Ihnen mal sagen, was er will: Einen bequemen Sessel, eine Batterie Flaschen, Zigarren, eine kleine Nachtmusik auf dem Tonband an Bord seiner Segeljacht, während er mit einem halben Dutzend Tanzmädchen in der Sundastraße kreuzt. Mehr will er nicht. Ist das zuviel verlangt? Und nun verlassen Sie sich auf meine Weisheit, mein Kind, und erzählen Sie ihnen, was ich gesagt habe.«

Ratlos und mit sich selbst uneins, blieb ihr nichts anderes übrig, als seinem Wunsch zu entsprechen. Noch in derselben Nacht ritten Boten zu den anderen Rokulela-Clans aus, die man in Reichweite wußte.

Der Abmarsch ging im Dunkeln vonstatten. Alle halbwüchsigen und erwachsenen Krieger ritten mit. Von der Expedition ausgenommen waren nur die Bewacher der Herde und die Frauen mit ihren Kindern. Die Krieger hatten sich in burnusartige, weite Gewänder gehüllt, und auch ihre Basai waren mit Decken behängt. Die Truppe kam schnell voran. Joyce spähte durch die Frontscheibe. Im schwachen Lichtschimmer der beiden Monde waren nur schattenhafte Umrisse zu erkennen, das gelegentliche Aufblitzen einer Speerspitze. Durch das leise Brummen der Maschine hörte sie die Zurufe der Krieger und das gedämpfte Trommeln der unbeschlagenen Hufe.

»Sehen Sie«, meinte van Rijn. »Ich bin noch nicht lange auf diesem Planeten, aber ich kenne viele andere und habe über noch mehr gelesen. Für mein Geschäft ist das eine Notwendigkeit. Überall gibt es Parallelen. Ich habe genug Hinweise über diese t'Kelaner, um mich in ihre Denkweise einfühlen zu können. Euch Esperanzianern fehlt da vielleicht die Erfahrung. Wie die meisten terranischen Siedler seid ihr zu weit von den Zentren des Geschehens entfernt, um euch über alles auf dem laufenden zu halten, zum Beispiel über moderne Forschungsmethoden. Das sieht man daran, daß ihr nicht mit psychologischen Untersuchungen angefangen habt. Das sollte man nie tun, Joyce, dieses Universum ist hart und grausam, vergessen Sie das nie.«

»Sie scheinen zu wissen, wovon Sie reden, Nick«, gab sie zu. Er strahlte und führte ihre Hand an seine Lippen. Verwirrt erklärte sie, Kaffee wärmen zu müssen, und zog sich zurück. Sie wollte ihn nicht verletzen. Unter der rauhen Schale war er wirklich ein lieber Kerl, fand sie jetzt.

Nach ihrer Rückkehr aus der Kombüse setzte sie sich außerhalb seiner Reichweite und sagte: »Nun erzählen Sie, wie Sie hinter die Psychologie der Eingeborenen gekommen sind. Wie denken die Leute, wie funktioniert ihr Gehirn?«

»Sie haben sie mit den primitiven, kriegerischen Naturvölkern unserer Erde verglichen«, sagte er. »Oberflächlich betrachtet, scheint das ganz gut zu passen. Sie sind intelligent und haben eine Sprache; sie können logisch denken und mit uns reden. Das alles macht eine oberflächliche Verständigung leicht, und man neigt dann gern zu der Annahme, daß man sie auch versteht. Ich glaube, Sie haben vergessen, daß die bewußte Intelligenz nur einen kleinen Teil des denkenden Individiums ausmacht. Sie hilft uns nur, das zu bekommen, was wir wollen. Aber das Wollen selbst – Nahrung, Schutz, Geschlechtstrieb, alles – kommt aus tieferen Schichten. Es gibt nicht einmal einen logischen Grund, am Leben zu bleiben. Aber der Instinkt sagt es uns, und daher wollen wir es. Und der Instinkt reicht weit in die Entwicklungsgeschichte zurück. Wir waren lange Zeit Tiere, bevor wir Denker wurden. Man muß sich über die Entwicklung einer Rasse Gedanken machen, bevor man sie verstehen kann.

Die Anthropologen sagen uns, daß die Menschen als Bodenaffen anfingen, die zu Fleischfressern wurden, als die Wälder durch allmähliche Klimaumwälzungen zurückgingen. Damals fing er an, ständig aufrecht zu gehen und Werkzeuge zu benützen, weil er nicht wie andere Raubtiere Fangzähne und Pranken besaß. So wurden wir zu dem bösen Wesen mit dem Mordinstinkt, das wir sind. Aber wir wurden es nicht ausschließlich. Wir sind immer noch Allesfresser, die sich sogar mit Rosenkohl am Leben erhalten können, wenn es sein muß. Pfui! Aber es geht. Unsere Vorfahren waren eben auch friedliche Kokosnußschüttler und lebten viel länger von den Flöhen ihrer Artgenossen als in späteren Zeiten von der Jagd. Man merkt es uns immer noch an.

Die t'Kelaner andererseits sind seit den Tagen, als sie noch Vierfüßler waren, nie etwas anderes als Fleischfresser gewesen. Keine ausgesprochenen Raubtiere, denn sie sind unspezialisiert, ohne richtige Pranken und mit einem ziemlich schwachen Beißapparat ausgestattet, obwohl er stärker ist als unser Gebiß. Darum haben sie Hände entwickelt und Werkzeuge gemacht, was dazu führte, daß sie große Gehirne bekamen. Nichtsdestoweniger haben sie im Gegensatz zu uns keinen Vegetarier in ihrer Ahnenreihe. Und sie haben viel stärkere Mordinstinkte als wir. Überdies geht ihnen die Geselligkeit ab, der Herdentrieb. So etwas kann es bei Fleischfressern nicht geben. Wenn es irgendwo zu einer Konzentration von Jägern an einem Punkt kommt, gibt es dort bald kein Wild mehr.«

»Ich verstehe«, sagte sie eifrig. »Darum haben sie nie Staaten gebildet oder richtige Kriege geführt. Große Organisationen sind für sie etwas Unnatürliches, Künstliches, für das sie keine Loyalität aufbringen können. Sie sind genauso wenig bereit, für ihren Stamm zu kämpfen und zu sterben, wie ein Mensch für . . . für seinen Bridgeklub.«

»Hmm, ich habe an Bridgetischen schon manchen mörderischen Blick gesehen. Aber es stimmt, Sie haben mich verstanden. Die Sippe ist hier eine natürliche Sache, so wie die menschliche Familie. Der Clan, zu dem es viele blutsmäßige Bande gibt, ist nur einen Schritt weiter entfernt. Ein t'Kelaner kann sich für seinen Clan schlagen, wie sich ein Mensch für seine Heimat schlägt. Aber der Stamm – nein. Das ist nur eine vernunftmäßige Sache ohne jeden Gefühlsgehalt.

Nicht, daß es in Sippe und Clan nur Liebe, Güte und Freundschaft gibt. Wir Menschen haben Familienstreitigkeiten, Blutrache und alles mögliche. Die kämpferischen Instinkte der t'Kelaner sind aber noch viel stärker. Dauernd gibt es Streit und Blutvergießen. Wenn jemand einen anderen tötet, hält man es nicht für eine böse Tat. Im Gegenteil, wer nicht kämpft, kommt ihnen unnatürlich vor.«

»Könnte das der Grund sein, daß sie nie mit uns warm geworden sind? Mit der Mission, meine ich?«

»Teils. Nicht, daß man Kämpfe erwartet hätte. Niemand ist zur Station gegangen und hat Streit gesucht, solange er sich nicht beleidigt oder angegriffen fühlte. Aber Ihr Benehmen als Ganzes war ihnen unverständlich. Ich mußte beweisen, daß ich genauso gut kämpfen kann wie sie, oder noch besser. Das befriedigte ihre Instinkte.« Van Rijn zog seine Pfeife heraus und begann sie zu stopfen. »Was Ihnen noch fehlte, war Land«, fuhr er fort. »Sogar Tiere haben einen Instinkt, daß sie ein bestimmtes Gebiet als ihr eigenes betrachten und verteidigen. Auch die Menschen. Aber bei reinen Fleischfressern muß dieser Instinkt viel stärker sein, denn wenn sie sich aus ihren Jagdgebieten vertreiben lassen würden, könnten sie nicht von Beeren und Wurzeln überleben. Sie müßten sterben.

Sie haben selber gesehen, mit welcher Verachtung die Eingeborenen ihre Artgenossen betrachten, die sich nicht in ihren angestammten Jagdgebieten halten können und landlos werden. Ihr Esperanzianer hattet nur eine Station auf einem kleinen, wertlosen Stück Tundra. Dann gingen Sie und Ihre Freunde umher und predigten, daß Sie niemandem sein Land nehmen wollten. Ha! Da mußten sie ja glauben, daß Sie entweder logen oder abnorme Schwächlinge seien.«

»Aber konnten sie denn nicht verstehen?« fragte Joyce. »Erwarteten sie von uns, die wir ihnen nicht einmal ähnlich sehen, daß wir genauso denken wie sie?«

»Gebildete, zivilisierte t'Kelaner wären vielleicht auf den Gedanken gekommen, aber Sie hatten ja mit naiven Barbaren zu tun.«

»Außer den Alten. Ich bin sicher, daß die sehr gut . . .«

»Möglich. Aber Sie stellten für die Alten eine tödliche Gefahr dar. Ist Ihnen das nie klar geworden? Sie waren die Schreiber, Ärzte, Künstler und Wissenschaftler, und das seit vielen Generationen. Dann kommen Sie und fangen an, dasselbe zu machen, bloß viel besser. Was erwarten Sie von ihnen? Daß sie Ihnen die Füße oder andere Teile der Anatomie küssen? Die nicht! Auch sie sind Fleischfresser. Sie schlagen zurück und wehren sich.«

»Aber wir wollten sie doch nie von ihrem Platz verdrängen!«

»Vergessen Sie nicht«, erinnerte sie van Rijn, »die Vernunft ist nur der Lakai des Instinkts. Diese Alten da oben sind feiner als alle anderen. Sie können zwischen Mauern wohnen. Sie jagen nicht. Sie beanspruchen keine tausend oder zweitausend Quadratkilometer für sich. Aber das bedeutet noch lange nicht, daß sie keinen Instinkt für territoriales Eigentum hätten. Sie haben ihn nur verfeinert. Ihre Arbeit, ihre Kunstfertigkeit – das ist ihr Territorium! Und Sie sind darin eingedrungen.«

»Aber wir hatten ihnen erklärt, daß dieser Planet ohne unsere Hilfe sterben wird!«

»Ja. Aber ein geborener Kämpfer fürchtet den Tod weniger als andere. Außerdem findet dieser allgemeine Tod erst in fünfhundert bis tausend Jahren statt. Diese Zeitspanne ist zu lang, als daß sie Emotionen auslösen könnte. Sie aber waren real, hier und jetzt. Was bedeutet da schon Ihr Reden von Hilfe und Zusammenarbeit. Ich wette, sie verstanden gar nicht, wovon Sie redeten. Altruismus geht über ihren geistigen Horizont. Solche Reden machten sie nur argwöhnisch gegen Sie. Vielleicht hatten die Alten eine vage Vorstellung von Ihren Motiven, aber sie teilten sie nicht im geringsten. Sie können diese Leute nicht organisieren. Eher werden Sie auf den Saturnringen ein Karussell bauen. Es läßt sich einfach nicht machen.«

»Sie haben die Eingeborenen zum Kämpfen organisiert!« rief Joyce verzweifelt.

»Nein. Ich habe ihnen für den Augenblick ein gemeinsames Ziel gegeben, sonst nichts.«

»Aber was wollen Sie von ihnen? Daß sie den Berg erstürmen? Ohne die Alten wären sie verloren.«

»Nein, sie sind es nicht, wenn Menschen einspringen.«

»Aber – aber nein, wir können das nicht, wir dürfen nicht ...«

»Vielleicht brauchen wir nicht zu kämpfen«, sagte van Rijn. »Wir werden sehen. Nun seien Sie nicht so traurig. Aber weinen Sie ruhig, wenn es Sie erleichtert. Papa Nicky wird Ihnen die Augen trocknen und die Nase schneuzen.« Er breitete seinen Arm für sie aus, und Joyce kroch hinein, vergrub ihr Gesicht an seiner Seite und weinte sich in den Schlaf.

Der Berg erhob sich steil und unnahbar aus der Ebene, eine Bastion aus Felswänden, Gletschern und Schutthalden. Joyce hatte die Kälte und Dunkelheit dieser Welt selten so gefühlt wie jetzt, als sie den Pfad zur Stadt auf einem gehörnten Tier hinaufritt, das gegen die Wärmeausstrahlung ihres Anzugs mit Decken geschützt werden mußte. Der Wind fuhr heulend durch den leeren dunklen Himmel, fing sich in Schluchten und Schründen und schlug und zerrte an ihr wie mit Fäusten.

Vor ihr ritten Nyaronga und das halbe Dutzend anderer Sippenoberhäupter, denen man den Eintritt in die Stadt erlaubt hatte.

Unendlich tief unter ihnen, verschluckt vom grauen Dunst der weiten Ebene, lagerten am Fuß der Bergkette fünfhundert bewaffnete und zornige Rokulela-Krieger.

Sie trotteten schweigend dahin. Nach drei Stunden Aufstieg kamen sie an eine Mauer, die eine Paßhöhe sperrte. Über dem Tor standen in Mauerbastionen zwei primitive Kanonen, neben ihnen vier Angehörige der Stadtgarnison mit Fackeln, die in gefährlicher Nähe der Zündlöcher brannten. Auf der zinnenbewehrten Mauer und vor dem Tor bewegten sich Stadtsoldaten in Lederhelmen und geflochtenen Brustharnischen. Die Eisenspitzen ihrer Lanzen und Schwerter glänzten im Fackelschein.

Uulobu ritt voraus und wandte sich an den Anführer des Postens: »Laß die mächtigen Himmel-Leute passieren, die herabgestiegen sind, um mit deinem Patriarchen zu sprechen!«

Der Anführer spie aus: »Wann haben die Himmel-Leute jemals den Mut eines ausgeweideten Yangulu besessen?«

»Sie haben immer den Mut eines wütenden Makavolo gehabt«, sagte Uulobu. Er fuhr mit dem Daumen über die Schneide seines Dolches. »Wenn du einen Beweis willst, dann denke darüber nach, wer die Alten auf ihrem eigenen Berg belagert.«

Der Krieger verzichtete auf die Fortsetzung der Debatte und erklärte mit lauter Stimme: »Ihr mögt passieren und sollt sicher sein, solange der Friede zwischen uns nicht gekündigt wird.«

Hinter dem Tor öffnete sich ein breiter, fast ebener Platz, das Glacis der eigentlichen Stadtmauer. Aus Stückpforten neben dem Stadttor drohten weitere Kanonenmündungen. Zwei Schildwachen schritten auf und ab, mit mehr Disziplin, als man sie unter den Nomaden kannte. Joyces Blick wanderte an ihnen vorbei zum Tor. Dort standen drei Gestalten mit einfachen weißen Talaren und altersgrauen Barthaaren. Sie erwarteten die Unterhändler mit arroganten Mienen.

Joyce zögerte ängstlich. »Ich . . . das ist der Hauptschreiber . . .«, begann sie.

»Keine Begrüßung mit Sekretären und Bürodienern«, sagte van Rijn. »Wir gehen direkt zum Chef.«

Joyce befeuchtete ihre Lippen: »Das Oberhaupt der Himmel-Leute verlangt sofort zu verhandeln.«

»So sei es«, sagte einer der Alten gleichmütig. »Aber die Waffen müssen hier zurückbleiben.«

Nyaronga entblößte die Zähne, aber Joyce beruhigte ihn. »Es hilft nichts«, sagte sie. »Du weißt so gut wie ich, daß nach dem Gesetz der Väter nur die Alten und die in dieser Stadt geborenen Krieger bewaffnet durch dieses Tor gehen dürfen.«

Die Rokulelas entledigten sich widerwillig ihrer Waffen, ließen sie mit den Reittieren vor dem Tor und folgten van Rijn mit steifen Rücken und stolz zurückgeworfenen Köpfen.

Die Stadt Kusulongo erhob sich terrassenförmig zu den aus Naturfelsen ausgehauenen Wachttürmen. Die Straßen waren schmal und voller Windungen, erfüllt vom Wind und den hämmernden Geräuschen aus den Werkstätten der Metallarbeiter. Die Stadteinwohner, denen sie begegneten, traten in die Hauseingänge und zogen ihre Talare fester um sich, als wollten sie jede Berührung mit den Barbaren vermeiden. Die drei Weißgekleideten sagten kein Wort. Über steile Treppen, dunkle, stille Plätze und durch enge Gassen gelangten sie schließlich zur Zitadelle, einem Steinwürfel von zwanzig Metern Höhe, fensterlos und nur durch ein Tor und verschiedene Luftlöcher mit der Außenwelt verbunden.

Wachtposten hoben ihre Schwerter und zischten einen Salut, als die drei Weißgekleideten durch das Tor gingen. Joyce sah sich in einem gewundenen, mit Fackeln spärlich erleuchteten Gang. Nach kurzer Zeit führte er in eine weite Felshöhle. Joyce merkte jetzt, daß die ganze Zitadelle aus Naturfelsen ausgehauen war.

Sechs weißgekleidete Alte saßen auf einer halbkreisförmigen Estrade. Die Wand hinter ihnen war mit einem Mosaik geschmückt, das die Sonne im Augenblick des Ausbruchs zeigte. Auch ihre drei Führer setzten sich, während die Menschen und ihre Begleiter stehen mußten. Es wurde still. Joyce schluckte mehrmals und sagte: »Ich spreche für Nicholas van Rijn, den Patriarchen der Himmel-Leute, die sich mit den Rokulela-Clans verbündet haben. Wir sind gekommen, um Gerechtigkeit zu verlangen.«

»Hier herrscht Gerechtigkeit«, erwiderte der hagere Alte in der Mitte. »Ich, Akulo, Olubas Sohn von altem Geschlecht, Oberhaupt des Rates, spreche für die Stadt Kusulongo. Warum habt ihr den Speer gegen uns getragen?«

»Ha!« schnaubte van Rijn, als er die Übersetzung gehört hatte. »Fragen Sie den alten Gauner, warum er diesen Streit angefangen hat. Ich weiß es ganz gut, aber ich will seine Ausrede hören.«

Joyce stellte die Frage. Akulo schüttelte den Kopf, starrte sie aus seinen Schlitzpupillen an und murmelte: »Das ist seltsam. Nie haben die Alten sich an Streitigkeiten unter den Bergen beteiligt. Als die Shangas von euch angegriffen wurden und zu uns flüchteten, gaben wir ihnen den Schutz unserer Mauern, aber das ist alte Sitte. Wir hören uns gern euer Gespräch mit ihnen an und vermitteln eine gerechte Entscheidung, aber dieser Kampf geht uns nichts an.«

»Sie haben unsere Wände gesprengt und unsere Station verwüstet. Wer hätte ihnen das Pulver geben können, wenn nicht ihr?«

»Ah, ja.« Akulo strich seine Barthaare. »Ich verstehe dein Denken, Himmel-Frau. Es ist sehr natürlich. Nun, wir verkaufen Feuerwerkskörper für magische Zwecke und für Feiern. Die Shangas haben uns eine große Menge abgekauft. Wir haben sie nicht nach dem Zweck gefragt. Kein Gesetz legt fest, wieviel auf einmal gekauft werden darf. Sie müssen das Pulver selbst zu Sprengladungen verarbeitet haben, um es gegen euch zu verwenden.«

»Was sagt er da?« fragte van Rijn.

Joyce übersetzte. Nyaronga sagte laut – es erforderte Mut, weil die Alten zuhörten –: »Die Sippenoberhäupter der Shangas werden dieses Märchen unterstützen. Eine Unwahrheit ist ein niedriger Preis für Waffen wie die euren.«

»Von welchen Waffen sprichst du?« unterbrach ein Ratsmitglied.

Nyaronga spuckte aus: »Von dem Arsenal der Himmel-Leute, das die Shangas erobert haben, um es gegen meinen Stamm zu verwenden.« Er bleckte sein Gebiß. »Wenn jemand davon wissen müßte, dann die Alten.«

»Aber – nein!« Akulo beugte sich erregt vor. Seine Stimme klang nicht mehr ganz so glatt und unbeteiligt wie zuvor. »Es ist wahr, daß die Stadt nichts getan hat, um einen Angriff auf das Lager der Himmel-Leute zu verhindern. Sie sind schwach und blutlos, eine legitime Beute. Außerdem haben sie unter den Clans Unruhe geschürt und die Lebensart der Väter untergraben. Bei ihrem Angriff haben die Shangas eine große Menge Metallplunder gewonnen. Sie können daraus viele gute Messer und Streitäxte und Schwerter machen. Aber das vergrößert ihre Macht nicht so, daß sie andere Länder erobern könnten. Wir haben auch daran gedacht, hier auf dem Berg, und wir wünschten nicht, daß so etwas geschähe. Es war immer das Bemühen der Alten, ein passendes Gleichgewicht aller Dinge zu bewahren. Wenn die Himmel-Leute fortgehen, wird dieses Gleichgewicht, das nur sie in Gefahr gebracht haben, wieder in Ordnung kommen. Ein wenig zusätzliches Metall in den Händen der Yagola ändert daran nichts. Man hat nie gesehen, daß die Himmel-Leute mehr als ein paar Handwaffen bei sich trugen. Diese nahmen sie bei der Flucht mit sich. Es gab kein Arsenal in der Station, das die Shangas hätten erobern können. Eure Angst war umsonst, ihr Rokulela.«

Joyce hatte seine Rede leise übersetzt. Van Rijn nickte. »Gut. Nun sagen Sie ihm, was wir ausgemacht haben.«

»Aber wir hatten Waffen in Reserve!« rief sie laut. »Viele Waffen, Hunderte, ganze Kisten voll, die wir nicht mehr einsetzen konnten, bevor die Angreifer uns aus der Station vertrieben.«

Es wurde ganz still. Die Ratsmitglieder starrten sie entsetzt an. Die Rokulela standen mit befriedigten Gesichtern da. Die Ratlosigkeit der Alten stellte ihr Selbstbewußtsein wieder her.

Endlich stotterte Akulo: »A-aber ihr sagtet – ich hatte euch einmal selber gefragt, und ihr habt geleugnet, mehr als ein paar Waffen zu haben . . .«

»Natürlich«, sagte Joyce. »Diese Waffen waren geheim und nur für den Notfall bestimmt.«

»Die Shangas haben nichts dergleichen gemeldet.«

»Würdet ihr es von ihnen erwarten?« Joyce ließ über die Gegenfrage nachdenken, bevor sie fortfuhr: »Ihr werdet die Kisten auch nicht finden, wenn ihr die Oase durchsucht. Die Shangas haben unseren Angriff auf diesen Berg nicht mit Feuerwaffen beantwortet, also können die Waffen nicht in der Nähe sein. Wahrscheinlich hat man sie sofort weggebracht, in das Land der Yagola, um sie später zu verteilen.«

»Das werden wir feststellen!« schnappte ein anderer Alter. »Wache! Bring mir den Sprecher unseres Gast-Clans.«

Nach wenigen Minuten betrat ein schlanker Eingeborener mit dem Clanabzeichen der Shangas den Versammlungsraum. Er verschränkte die Arme und schickte den Rokulelas einen finsteren Blick hinüber. »Das ist Batuzis Sohn Masotu«, stellte Akulo den Ankömmling vor. Dann starrte er ihn mit wilder Intensität an. »Die Himmel-Leute sagen, daß ihr viele furchtbare Waffen aus ihrer Station genommen habt. Ist das wahr?«

Masotu erschrak. »Nein! Bestimmt nicht! Wir fanden nichts als eine leere Handwaffe, die ich dir gezeigt habe, als du am Morgen herunterkamst.«

»Also stecken die Alten doch mit den Shangas unter einer Decke«, knurrte einer der Sippenchefs neben van Rijn.

Akulo überwand eine vorübergehende Unsicherheit und sagte mit stählerner Stimme: »Gut. Warum sollten wir es leugnen. Kusulongo will das Gute für die ganze Welt, was auch für sie das Gute ist. Und diese schlauen und falschen Fremden bringen neue Dinge, die den überlieferten Brauch verdrängen sollen. Haben sie euch nicht verweichlicht, um damit ihren eigenen Leuten die Invasion zu erleichtern? Welche anderen Gründe könnten sie haben, wenn sie in unserem Land umherfahren? Ja, dieser Rat hat die Shangas gedrängt, die Himmel-Leute auszulöschen, wie sie es verdient haben.«

Joyce schien es, als übertöne ihr eigenes Herzklopfen die Worte, die sie van Rijn zuflüsterte. Er preßte die Lippen zu einer scharfen Linie zusammen. »Sie geben es offen zu«, sagte er. »Trotzdem müssen sie noch eine andere Geschichte parat haben, mit der sie die Suchexpeditionen abspeisen können. Es ist klar. Sie wollen uns nicht lebendig aus der Stadt lassen.« Aber er gab ihr keine Antwort für die Eingeborenen.

Akulo zeigte auf Masotu. »Willst du damit sagen, daß die Himmel-Leute lügen und ihr kein Waffenarsenal gefunden habt?«

»Ja.« Der Shanga tauschte flammende Blicke mit Nyaronga aus. »Ah, deine Leute fürchten, daß wir diese Macht verwenden, um euer Grasland zu erobern«, folgerte er. »Es gab nie einen Grund zu Befürchtungen. Geh in Frieden nach Hause und laß uns mit den Fremden fertig werden.«

»Wir haben uns nie gefürchtet«, korrigierte Nyaronga. Aber sein Blick zu den Menschen war zweifelnd.

Einer der Alten vollführte eine ungeduldige Geste. »Genug davon!« rief er. »Wir alle haben wieder ein Beispiel dafür gesehen, wie die Himmel-Leute Streit und Zwietracht säen. Ruft die Wachen herein, daß sie sie erschlagen. Laßt zwischen allen Shangas und Rokulela Frieden sagen. Schickt alle fort und laßt uns ein Ende machen.«

Joyce übersetzte in fliegender Hast, und van Rijn unterbrach Akulos Antwort mit einem explosiven Fluch. »Nicht so schnell, Kleiner.« Er langte unter die Sauerstoffanlage an seinem Rücken und zog einen Strahler hervor. »Niemand bewegt sich!«

Die t'Kelaner erstarrten, aber ein gereiztes Zischen ging durch ihre Reihen. Van Rijn zog sich an die Wand zurück, bis er auch den Eingang beobachten konnte. Dann grinste er. »So, jetzt können wir uns weiter unterhalten.«

»Das Gesetz ist gebrochen!« zischte Akulo.

»Auch der Waffenstillstand, den du zwischen uns verkündet hast«, antwortete Joyce, obwohl sie wußte, daß ein gebrochenes Versprechen auf diesem Planeten nur als geringfügiges Vergehen betrachtet wurde. Sie fühlte sich vor Erleichterung einer Ohnmacht nahe. Nicht, daß die Waffe alle Probleme lösen könnte. Sie würde ihnen nicht aus einer Stadt helfen, in der es von Bogenschützen und Speerwerfern wimmelte. Aber es war eine Chance, etwas, an das man sich mit seiner Hoffnung klammern konnte . . .

Vier bewaffnete Wächter stürzten herein machten aber sofort halt, als sie die Waffe sahen. »Sagen Sie ihnen, daß Nicholas van Rijn eine Rede halten will«, knurrte der Kaufmann. »Jetzt kommt es darauf an, daß wir einen Ausweg finden.« Stammelnd übersetzte sie seine Ankündigung. Die Atmosphäre entspannte sich ein wenig. Akulo, Nyaronga und Masotu nickten gleichzeitig. »Er soll sprechen«, sagte der Alte. »Zum Kämpfen ist nachher immer noch Zeit.«

»Gut« Van Rijn trat einen Schritt vor und schwenkte die Pistole in einer weniger drohenden als dramatischen Geste. »Zuerst sollt ihr wissen, daß ich diese Belagerung nur durchgeführt habe, damit wir verhandeln können. Wäre ich allein hier herausgekommen, hättet ihr mich erschlagen, und das wäre für keinen von uns gut gewesen. Also mußte ich in Gesellschaft kommen. Laßt euch von Nyaronga bestätigen, daß ich wie ein hungriger Gläubiger kämpfen kann, wenn es nötig ist. Aber vielleicht ist es diesmal gar nicht nötig, ha?«

Joyce gab seine Rede Satz für Satz weiter und wartete, während Nyaronga bestätigte, daß Menschen wilde Kämpfer sein konnten. Van Rijn machte sich das allgemeine Staunen zunutze und ging zur Offensive über.

»Angenommen, die Shangas lügen und haben wirklich ein Arsenal moderner Waffen erobert. Dann haben sie so viel Macht, daß sogar diese Stadt in ihre Abhängigkeit geraten wird, statt wie bisher Erster unter Gleichen zu sein. Um dies zu verhindern, wäre ein Abkommen zwischen den Alten, den Rokulela und uns Menschen nötig, denn wir können mehr Waffen bekommen und die Yagola in Schach halten, sobald unser Rettungsschiff eintrifft.«

»Aber wir haben keine solchen Waffen«, beharrte Masotu.

»Das sagst du«, erwiderte Joyce schlagfertig. Sie begann van Rijns Konzept zu begreifen. »Ihr Alten und ihr Rokulela, wollt ihr euch in einer so wichtigen Sache auf sein Wort verlassen?«

Unter den Alten machte sich Unschlüssigkeit bemerkbar. Van Rijn fuhr fort: »Nehmen wir auf der anderen Seite an, ich bin der Lügner, und in der Station waren keine Waffen. Dann müssen die Alten und die Shangas weiterhin zusammenarbeiten. Denn meinen Leuten, die ein Schiff von unserem Territorium schicken werden, muß irgendeine Geschichte erzählt werden, warum die Station zerstört worden ist. Alle unsere Leute bis auf mich und diese Frau hier sind entkommen, also wird man wissen, daß die Shangas den Überfall verübt haben. Unsere Leute werden sehr ärgerlich sein, und sie werden euch Alten die Schuld geben, die Shangas zu dem Überfall angestiftet zu haben. Vielleicht werden sie im Zorn diesen ganzen Berg in die Luft sprengen, wenn euch Alten keine gute Erklärung einfällt, die euch von der Schuld befreit und die ganze Verantwortung den Shangas auflädt. Richtig? Ja! Gut, also müssen die Shangas – und durch sie alle Yagola – in den nächsten Jahren engen Kontakt mit der Stadt Kusulongo halten. Und sie werden nicht bereit sein, die Schuld ohne eine entsprechende Bezahlung auf sich zu nehmen, das ist klar. Nun ihr Rokulela, wie unparteiisch werden die Alten in einer solchen Lage sein, wenn die Shangas sie erpressen können? Ihr braucht uns Menschen, um ein Gegengewicht zu haben.«

Uulobu gestikulierte mit beiden Armen und rief: »Das ist wahr!« aber Joyce beobachtete Nyaronga. Der Sippenchef grübelte lange und tauschte Blicke mit seinen Gefährten aus, bevor er sagte: »Ja, das kann gut sein. Wenigstens möchte man nicht betrogen werden, wenn man mit einer Streitfrage hierher kommt und eine gerechte Entscheidung sucht. Auch kann es sein, daß für das Land der Yagola schlechte Jahre kommen und sie anderswohin ziehen müssen ... Und wenn der Zorn der Sonne uns nur einmal ohne rechtzeitige Warnung überrascht, wird unser Land so geschwächt werden, daß wir uns einer Invasion nicht mehr erwehren könnten.«

Auf seine Worte folgte ein langes Schweigen. Akulo starrte unverwandt auf van Rijns Pistolenmündung. Schließlich sagte er: »Du säest mit großem Geschick Zwietracht, Fremder. Glaubst du, wir können einen so gefährlichen Gegner lebendig hier herauslassen? Oder auch nur diese Sippenoberhäupter, die du zu deinen Verbündeten gemacht hast?«

»Ja«, antwortete van Rijn selbstsicher. »Weil ich in Wirklichkeit keine Zwietracht gesät und euch nur zu eurem eigenen Vorteil bewiesen habe, daß ihr einander nicht trauen dürft und uns Menschen braucht, um Ordnung zu halten. Denn wir haben Interesse daran, daß zwischen Clans und Stämmen Friede herrscht. Für alle ist es am besten, wenn wir Menschen friedlich zurückkehren und für die Zerstörung der Station keine Vergeltung üben.«

»Warum wünscht ihr Himmel-Leute euch hier niederzulassen?« fragte Akulo mißtrauisch. »Ist es eure Absicht, die rechtmäßigen Funktionen von Kusulongo zu übernehmen? Nein, zuerst müßtet ihr jeden einzelnen von uns auf dem Berg erschlagen.«

»Nicht nötig«, antwortete van Rijn »Wir machen unseren Profit auf andere Weise ... Ah, Joyce, den Rest müssen Sie ihnen klarmachen. Ich weiß nicht, wie ich ihnen mein Vorhaben verständlich machen soll. Diese Leute verstehen ja nicht viel von theoretischer Chemie, fürchte ich.«

Sie blickte ihn verwirrt an. »Warum – haben Sie denn eine Antwort?«

»Ja, natürlich.« Er rieb sich die Hände und strahlte. »Das habe ich fein ausgeknobelt. Meine eigene Gesellschaft übernimmt die Operation auf t'Kela. Ihr Esperanzianer helft uns am Anfang, selbstverständlich, aber danach könnt ihr euer Geld auf einem anderen Planeten ausgeben, der bedürftig ist – während Nicholas van Rijn aus diesem hier Geld herausholt.«

»Was? Wie stellen Sie sich das vor?«

»Sehen Sie, ich will Kungu-Wein, und ein Pelzhandel nebenbei wäre auch ganz hübsch. Die Clans liefern mir dieses Zeug. Zum Ausgleich verkaufe ich ihnen Ammoniak und Düngemittel aus den Stickstoffabriken, die wir errichten werden. Sie brauchen das, um ihren Boden anzureichern und Ernten hervorzubringen, für die sie wieder andere Dinge kaufen können. Sie brauchen ja auch diese stickstoffbindenden Bakterien. Natürlich werden sie die Feldfrüchte in Wirklichkeit nur anbauen, um moderne Geräte zu bekommen, besonders Waffen. Niemand mit Jägerinstinkten kann der Verlockung widerstehen, Waffen zu kaufen; um das zu tun, wird er im Nebenberuf sogar Landwirt. Aber meine Agenten werden ihnen auch Werkzeuge und Geräte verkaufen. So werden sie mit der Zeit langsam zivilisiert, wie Sie es geplant haben. Und bei allen diesen Geschäften wird meine Gesellschaft einen hübschen Profit herausschlagen.«

»Aber wir sind doch nicht als Ausbeuter gekommen!«

Van Rijn schmunzelte. »Ihr Esperanzianer vielleicht nicht, aber ich ganz bestimmt. Und das verstehen diese Leute auch. Für Wohltätigkeit fehlt ihnen der Instinkt, aber für Gewinne sind sie immer zu haben. Sie werden sich ins Fäustchen lachen, wenn sie uns mit dem Weinpreis übers Ohr hauen können. Sie werden den Menschen nicht mehr mit Argwohn und Zurückhaltung begegnen, wenn sie sehen, daß wir nur auf der Jagd nach Profit sind. Verstehen Sie?«

Sie nickte benommen. Auf Esperanza würde man sich niemals auf so etwas einlassen; dort vertrat man einen streng moralischen Standpunkt. Aber vielleicht ließ sich ein Kompromiß erzielen ...

»Aber wie wollen Sie die Alten beruhigen?« wandte sie ein. »Dieser Plan würde die Grundlage ihrer ganzen Wirtschaft zerstören.«

»Oh, daran habe ich auch schon gedacht. Wir werden viele eingeborene Agenten und Angestellte brauchen, helle Köpfe, die für die Buchhaltung sorgen, unseren Markt ausdehnen und so weiter. Sie können Stickstoff- und Elektrolysefabriken leiten und sie später gegen langfristige Hypotheken von mir kaufen. Solche gewinnträchtigen Schlüsselpositionen werden ihnen gefallen.« Er blickte nachdenklich zu Boden. »Hm-m . . . glauben Sie, daß ich zwanzig Prozent Jahreszinsen herausholen kann, oder sollte ich mich lieber mit fünfzehn begnügen?«

»Sie sind ein Parasit, ein Ausbeuter!« entgegnete Joyce aufgebracht. »Sie wollen dem Planeten die Unabhängigkeit nehmen und ihn zu Ihrer wirtschaftlichen Kolonie machen! Ich – nie wird Esperanza das zulassen!«

»Nicht so heftig, liebes Kind!« beschwichtigte van Rijn. »Denken Sie daran, daß wir uns zunächst aus dieser Klemme befreien müssen. Machen Sie diesen Alten klar, was ich gesagt habe, und basta!«

Joyce brauchte eine Weile, bis sie anfangen konnte, nach den richtigen Worten zu suchen.

Gegen Sonnenuntergang verließen sie den Berg. Unten am Rande der Ebene blinkten Lagerfeuer ihr Willkommen. Irgendwie fand Joyce die Aussicht freundlicher als sonst; sogar in der endlosen Tundra war Schönheit, wenn man nur Augen dafür hatte. Die drei Wochen Wartezeit auf das Rettungsschiff werden nicht schlimm sein, dachte sie. Im Gegenteil, es sollte eine schöne Zeit werden . . .

»Ein weiterer Vorteil ist«, erklärte van Rijn selbstzufrieden, »daß eine kommerzielle Lösung mit Profiten für alle Beteiligten eine viel bessere Garantie für die Rettung des Planeten darstellt. Sie sagten, Ihre Regierung würde es machen. Bah! Regierungen sind Eintagsfliegen. Ein Wechsel der Ideologie oder auch nur der Stimmung, und aus ist es mit dem schönen Rettungswerk. Aber private Tätigkeit, wo jeder auf sein Einkommen bedacht ist und wo Eigennutz die Räder treibt, das ist stabil. Politik ist heute so und morgen so, aber die Geldgier bleibt ewig gleich.«

»Oh, nein! Das ist Unsinn! Eine unzulässige Vereinfachung, mindestens. Ich werde Ihnen beweisen . . .«

»Na schön, im Wagen haben wir genug Zeit, darüber zu sprechen und über vieles andere mehr«, sagte van Rijn. »Ich glaube, ich kann eine kleine Destillieranlage basteln, um den Alkohol aus diesem Kungu herauszuholen. Dann versetzen wir ihn mit Fruchtsaft und haben eine Art Wein zu unseren Mahlzeiten, wie es sich für menschliche Wesen gehört.«

»Ich – ich weiß nicht . . . ich meine, wir zwei allein . . .«

»Man ist nur einmal jung. Soll das heißen, daß ein armer alter Mann wie ich Ihnen zeigen muß, wie es ist, jung zu sein?« Van Rijn warf ihr einen vieldeutigen Seitenblick zu. »In Ordnung, das kann ich tun.«

Joyce blickte errötend zur Seite. Bis das Schiff eintrifft, muß ich mich vor ihm in acht nehmen, dachte sie. Und vor mir selbst, denn er ist wirklich ein sehr interessanter Mann, dieser Sternenhändler . . .

Die Wilden von Kain

Es war einmal ein König, der setzte sich über die interstellaren Kaufleute. Was er tat, ist jetzt ohne Bedeutung; es ist lange her und geschah auf einem anderen Planeten. Harry Stenvik und ich hängten ihn vor allem Volk mit dem Hosenboden am höchsten Minarett auf, und der Name der interstellaren Liga war in aller Munde. Anschließend vergriffen wir uns am Spirituosenlager der Gesellschaft und schworen einander ewige Freundschaft.

Es gibt Leute, die behaupten, Nicholas van Rijn habe einen Computer an der Stelle, wo bei anderen das Herz schlägt. Das mag sein. Aber er vergißt einen guten Arbeiter nicht. Und ich wüßte keinen Grund, warum er mich zum Abendessen eingeladen haben sollte, außer daß er mir ein Wiedersehen mit Harry ermöglichen wollte.

Der Hubschrauber setzte mich auf dem Wolkenkratzer ab, wo van Rijn etwas bewohnt, das er eine bescheidene kleine Dachgeschoßwohnung nennt. Unter mir lagen die endlosen Straßenschluchten im Dunst des Sommerabends, und von einem Horizont zum anderen leuchteten im Häusermeer Chicagos die Lichter auf. In dieser Höhe hörte ich den Verkehr nur als leises Brausen. Ich ging zwischen Rosenstöcken und Jasminbüschen zur Tür und sah, daß Harry auf mich wartete.

Wir fielen einander in die Arme, dann trat jeder zurück und musterte den anderen. »Du hast dich nicht viel verändert«, log er. »Häßlich und gemein wie immer. Die Methanatmosphäre scheint dir nicht schlecht zu bekommen.«

»Und du siehst geradezu widerwärtig gesund und zufrieden aus. Wie geht es Sigrit?« Auch ihn hatte das Schicksal der meisten Männer ereilt: Er hatte dem Drängen seiner Frau nachgegeben und in den Bergen über dem Hardangerfjord ein Haus gebaut, wo er Schäferhunde und Söhne aufzog und sich allmählich auf den Ruhestand vorzubereiten begann. Was dagegen mich anging – aber auch das ist unwichtig...

»Gut. Sie läßt dich grüßen und hat mir eigens eine Schachtel mit selbstgebackenen Plätzchen für dich mitgegeben. Nächstes Mal mußt du länger bleiben und uns besuchen.«

»Und die Jungen?«

»Es geht.« Sein weicher norwegischer Akzent bekam einen besorgten Unterton. »Per hat einiges durchgemacht, aber es geht ihm schon besser. Er ist hier.«

»Großartig.« Als ich das letztemal von Harrys ältestem Sohn gehört hatte, war er Volontär an Bord eines der Schiffe gewesen, die für van Rijn den Weltraum durchkreuzten. Aber das war nun schon einige Jahre her, und man kann in der Liga rasch aufsteigen, wenn man lange genug am Leben bleibt. »Inzwischen wird er Kapitän sein, wie?«

»Ja, neuerdings. Aber er hat auch eine künstliche Kniescheibe und eine Geschichte zu erzählen. Komm, gehen wir hinein.«

Wir durchschritten das Foyer und gelangten schließlich in das weitläufige Wohnzimmer. In der Nähe der Fensterfront, durch die man auf die Stadt, den See und den weiten Himmel sehen konnte, saßen drei Männer. Einer von ihnen erhob sich bei unserem Eintreten. Er war dunkelhäutig und drahtig. Ich hatte ihn noch nie gesehen.

Nicholas van Rijn rekelte sich in einem Sessel, schwenkte einen steinernen Maßkrug und brüllte: »Ha! Willkommen, Kapitän. Wie wär's mit einem kleinen Bierchen vor dem Essen?«

Ich grüßte ihn mit einer Verbeugung, wie sie vor dem Beherrscher eines Handelsimperiums angebracht ist, drehte mich um und gab Per Stenvik die Hand. »Entschuldigen Sie, daß ich sitzen bleibe«, sagte er. Sein Gesicht war blaß und abgemagert. »Ich habe eine Operation hinter mir und . . .«

»Ich hörte davon«, sagte ich. »Keine Sorge, es wird schon ausheilen. Wenn ich daran denke, wieviel von mir inzwischen künstlich ist . . . Nun, Hauptsache, die wichtigen Teile sind noch übrig.«

»O ja, es wird schon werden. Das verdanke ich Manuel.« Er stellte mir den Dunkelhäutigen vor: »Manuel Alvarez del Vayo, mein Kollege und Freund.«

Ich begrüßte ihn, und wir setzten uns. Ein Diener brachte Getränke, Martini für Per und mich, Aquavit für Harry und ein Glas Rotwein für Manuel.

»Wie lange werden Sie zu Hause bleiben?« fragte ich Per, um das Gespräch in Gang zu bringen.

»So lange es nötig ist«, fiel Harry ein.

»Aber nicht länger«, warnte van Rijn. »Nicht eine Sekunde länger, als die Natur es verlangt; und er ist jung und kräftig.«

Per grinste. Keine Sorge, Chef. Ich bin genauso begierig wie Sie, auf unseren neuen Planeten zurückzukehren.«

»Langsam, langsam. Ich gehe nicht zurück. Ich bin zu alt und zu fett. Sie denken, es geht Ihnen schlecht, aber warten Sie, bis Sie ein armer alter Schnaufer sind wie ich, der an keinem Vergnügen mehr teilhaben kann.«

Harry gab van Rijn einen unfreundlichen Seitenblick, dann wandte er sich an seinen Sohn. »Willst du wirklich wieder auf diesen Kain zurück?«

»Ja, sicher. Der Planet wartet nur auf den richtigen Mann. Eine ganze Welt, Papa! Erinnerst du dich nicht, wie es bei dir war?«

Harry senkte den Blick und nickte nachdenklich. Ich sagte hastig: »Was haben Sie dort gesucht, Per?«

»Alles«, erwiderte der junge Mann. »Ich sagte schon, es ist ein ganzer Planet. Noch nicht ein Prozent seiner Oberfläche ist kartographisch vermessen.«

»Was? Nicht einmal von der Umlaufbahn aus?«

Manuels Gesichtsausdruck zeigte mir, was sie von solchen Vermessungen hielten.

»Was uns am Anfang lockte, waren Kräuter und Pelze«, sagte Per. Manuel nahm wortlos eine kleine Schachtel aus der Tasche, öffnete sie und reichte sie mir. Sie war mit zerstoßenen, blaugrünen Blättern gefüllt. Ich probierte. Ein süßsaures Aroma, fein, aber sehr kräftig und anders als alles, was ich je geschmeckt hatte. Und der Duft erweckte etwas im ältesten, tiefsten Teil meines Gehirns. Es war wie eine längst vergessene Erinnerung.

»Die chemische Zusammensetzung haben wir noch nicht herausgebracht«, rumpelte van Rijn. »Bah! Was tun meine Chemiker den ganzen langen Tag? Sie machen Versuche mit Alkohol, brennen Schnaps und probieren. Ja, und die Pelze. Mein Konkurrent Lubescu ist so weit, daß er von mir kaufen muß. Er hat es sogar schon mit Spionage versucht. Allein im letzten Monat hat er fünfzehntausend ausgegeben, um herauszufinden, wo dieser Planet ist. Er hat die Ethik eines geisteskranken Wiesels.«

»Woher wissen Sie, wieviel er ausgegeben hat?« fragte Harry unschuldig.

Van Rijn machte ein verlegenes Gesicht und schwieg.

»Ich will die Koordinaten vorsichtshalber nicht nennen«, sagte Per. »Es geht in Richtung Pegasus hinaus. Ein weißer Zwergstern vom Typ G-9, ungefähr halb so hell wie Sol. Acht Planeten, davon einer erdähnlich. Brander fand ihn auf einer Forschungsreise, hielt ihn für interessant und landete, um sich ein wenig umzusehen. Er hatte kaum genug Zeit, die einheimische Sprache auf Band zu nehmen und ein paar planetographische und biologische Untersuchungen durchzuführen. Aber er sah die Kräuter und die Pelze. So kam es, daß wir losgeschickt wurden, um einen Handelsposten einzurichten.«

»Es war sein erstes selbständiges Kommando«, fügte Harry stolz hinzu.

»Und dann hat es Ärger mit den Eingeborenen gegeben, wie?« fragte ich.

»Ärger ist nicht das richtige Wort«, sagte van Rijn. »Aber das richtige Wort kann man in Gesellschaft nicht gebrauchen.« Er tauchte seine mächtige Nase in den Bierkrug und trank mit tiefen Zügen. »Ich habe Branders und Ihre Berichte gelesen. Ich glaube, daß ich mir ein Bild machen kann. Wenn man so viele Planeten kennengelernt hat wie ich, findet man immer Analogien. Aber man weiß es eben nie genau, und darum will ich keine voreiligen Schlüsse ziehen, bevor ich von Ihnen selbst gehört habe, wie es war.«

»Nun . . .« Per errötete und spielte mit seinem Glas. »Sehr viel gibt es da eigentlich nicht zu berichten, wissen Sie. Ich meine, jeder von Ihnen hat viel mehr durchgemacht als ich . . . « Er schlug die Augen nieder und strich geistesabwesend über die Decke, mit der seine Beine umhüllt waren.

»Wie ist der Planet?« fragte ich. »Erdähnlich ist ein Witz. Da sitzt jemand in seinem gemütlichen Büro und nennt ihn so, weil man die Luft atmen kann.«

Na ja, in den niedrigen Breiten ist Kain nicht so schlimm«, sagte

Per. Sein Gesicht entspannte sich, und seine Hände beschrieben lebhafte Gesten, die mich an seine Mutter erinnerten. »Kain ist etwa so groß wie die Erde, hat aber eine um fünfzehn Prozent dichtere Atmosphäre, eine Rotationszeit von nur achtzehn Stunden und keine Monde. Die Achse ist um dreißig Grad geneigt, was die Jahreszeiten ziemlich kompliziert. Aber wir waren auf fünfzehn Grad nördlicher Breite, in niedrigem Hügelland, und es war Frühling. Ein nahegelegener Teich hatte jeden Morgen eine dünne Eisschicht, und an den schattigen Stellen der Hänge blieb der Schnee liegen, aber wirklich, für den Planeten eines so schwachen Zentralsterns ist es durchaus nicht schlecht.«

»Hat Brander den Planeten Kain getauft?« fragte ich.

»Ja. Ich weiß nicht warum. Aber der Name stellte sich als passend heraus. Zu verdammt passend.« Wieder die düstere Geistesabwesenheit.

»Es gibt immer Schwierigkeiten und Rückschläge«, sagte van Rijn. »Sie werden sich daran gewöhnen.«

Per Stenvik trank sein Glas auf einen Zug leer. »Aber am Anfang ging alles so glatt!« protestierte er. »Die Sprache und alle anderen Einzelheiten schienen mir direkt zuzufliegen. Die ganze Mannschaft lernte leicht.« Er blickte mich an. »Wir waren zwanzig auf der *Miriam*. Ein schönes Schiff, eigentlich als Transporter gebaut, aber schnell. Wir hatten die üblichen Waren an Bord: Stoffe, Werkzeuge, Haushaltsgeräte und unsere wissenschaftlichen Instrumente. Es ging ja nur darum, einen Handelsposten zu etablieren und den Eingeborenen klarzumachen, wie wir uns einen Handelsaustausch vorstellen. Wir hatten uns natürlich auf Branders Berichte gestützt und versucht, ein Warensortiment zusammenzustellen, das den Eingeborenen gefiel. Wir mußten uns dabei auf das Gebiet Ulash beschränken, weil Brander dort gearbeitet hatte.«

»Wie sieht es dort aus? fragte ich. »Ackerbau?«

»Ein bißchen primitive Bodenbearbeitung«, antwortete Per. »Kleine Waldrodungen, die von den Lugals bebaut werden. In Ulash hat man auch mit der Metallbearbeitung begonnen, Kupfer, Gold und Silber, aber im Grunde ist es eine Steinzeitkultur. Die Yildivan sind ausschließlich Jäger. Und was sie durch die Lugals an

Ackerbau kennen, dient vorwiegend der Fasererzeugung für Stoffe.«

»Wie sehen sie aus, diese Leute?«

»Ich habe ein Foto hier.« Per kramte in seiner Brieftasche und gab mir ein Bild. »Das ist der alte Shivaru, am Anfang unserer Bekanntschaft. Er hatte wahrscheinlich Angst vor der Kamera, aber das hätte er nie zugegeben. Sie sehen, der Lugal, den er bei sich hat, möchte am liebsten davonlaufen.«

Ich betrachtete das Foto mit wachsendem Interesse. Der Hintergrund wurde von einem kahlen Hügel mit dunklen Felsblöcken eingenommen, zwischen denen gelblichgrünes Gras wuchs. Aber rechts im Bild war ein dicht bewaldetes Tal zu erkennen. Der Himmel war blaß, das Sonnenlicht offenbar intensiv gelborange.

Shivaru stand steif und aufrecht und blickte mißtrauisch in die Linse. Er war ungefähr zwei Meter groß, sagte Per, und sein Körperbau ähnelte dem eines langbeinigen, breitschultrigen Mannes. Lohfarbenes, gesprenkeltes Fell bedeckte ihn von Kopf bis zum Ende eines langen, eleganten Schwanzes. Sein Gesicht war weniger menschenähnlich; er hatte ein schwarzes Fellgekräusel auf Schädel und Stirn, grüne Augen mit Schlitzpupillen, runde, bewegliche Ohren. Eine stumpfe Raubtierschnauze mit breiten Lippen und hauerartigen herausragenden Eckzähnen und ein V-förmiges, fliehendes Kinn. Er trug eine Art Lendenschurz und eine Halskette aus unbearbeiteten Halbedelsteinen. Seine linke Faust hielt eine Streitaxt mit Obsidianklinge, und in seinem Lendenschurz steckte ein den Menschen abgehandeltes stählernes Messer.

»Sie sind Säuger«, erläuterte Per, »aber in Knochenbau und Körperfunktionen gibt es eine Menge Verschiedenheiten. Zum Beispiel schwitzen sie nicht. Wir haben noch nicht herausgebracht, wie der Temperaturausgleich in ihren Körpern vor sich geht.«

»Haben Sie oder Brander Körper zum Sezieren bekommen?« fragte ich.

»Von den Yildivan keine«, sagte Per. »Aber sie haben ihm so viele tote Lugals verkauft, wie er haben wollte, und die gehören offenbar derselben Rasse an.« Er macht ein betretenes Gesicht. »Wir wissen heute noch nicht, ob sie die Lugals eigens für diesen Zweck getötet haben.«

Meine Aufmerksamkeit richtete sich auf die Kreatur, die schräg hinter Shivaru kauerte. Es war eine gedrungene, kurzschenklige und dunkelbraun behaarte Abart des anderen. Stirn und Kinn waren weniger entwickelt, und aus der Schnauze war noch keine Nase geworden. Das Wesen war unbekleidet und mit einem schweren Packen beladen, dem allerlei Waffen entragten: ein Bündel Pfeile, zwei Speere und ein Bogen. Ich sah, daß sein Fell an Rücken und Schultern stellenweise abgescheuert war, so daß die dunkle Haut nackt und schwielig bloßlag. Ich zeigte auf die Gestalt. »Ist das ein Lugal?«

»Ja. Sie sehen, es gibt auf dem Planeten zwei verwandte Spezies, von denen die eine in der Entwicklung weiter fortgeschritten ist als die andere. Als wenn der Neandertaler auf Erden bis heute überlebt hätte. Die Yildivan haben die Lugals versklavt – jedenfalls in Ulash. Wie es in anderen Gebieten des Planeten aussieht, wissen wir nicht.«

»Scheinen ziemlich schlecht behandelt zu werden, die armen Teufel«, bemerkte Harry. »Ich würde einem bewaffneten Sklaven nicht vertrauen.«

»Aber die Lugals sind völlig vertrauenswürdig«, sagte Per. »Etwa wie Hunde. Sie verrichten die harte, einförmige Arbeit. Die Yildivan – Männer und Frauen – sind Jäger, die Künstler, die Schamanen, alles, was wichtig ist. Das heißt, was an Kultur existiert, haben die Yildivan hervorgebracht. Obwohl ich zweifle, daß man in diesem Zusammenhang von Kultur sprechen kann.«

Van Rijn hob die Brauen hoch über seine kleinen schwarzen Augen »Wieso?«

»Nun, die Yildivan kennen weder Nation noch Stamm. Die Familien spalten sich auf, wenn die Jungen alt genug sind, für sich selbst zu sorgen. Ein junger Mann etabliert sich irgendwo, jagt alle Nachkommenden davon, und nach einiger Zeit gesellen sich meistens eine oder mehrere junge Frauen zu ihm. Jeder nimmt seine Lugals mit sich – eben wie Haustiere. Soweit ich feststellen konnte, haben die Familien untereinander nur lockeren Kontakt. Gelegentlich kommt es zu Versammlungen religiöser Art, und manchmal bilden sich größere Gruppen, um auf besonders große Tiere zu jagen, aber das ist auch schon alles.«

»Moment mal«, wandte ich ein. »Intelligente Rassen brauchen mehr als das. Sie brauchen irgendeinen Traditionsträger, etwas, das die Entwicklung der Denkfähigkeit stimuliert, eine Art Unterhaltung zwischen Individuen. Wenn es das nicht gibt, hat die Intelligenz keine biologische Funktion.«

»Darüber habe ich auch nachgedacht«, sagte Per. »Ich hatte lange Gespräche mit Shivaru, Fereghir und anderen, die ins Lager kamen, wann immer ihnen danach war. Wir gaben uns wirklich Mühe, einander zu verstehen. Sie waren so neugierig wie wir und begriffen schnell die beiderseitigen Vorteile von Handelsbeziehungen. Aber es war schwer, unser Vokabular sehr dürftig, und so konnten wir nicht bis zu den Feinheiten der Verständigung vordringen. Das um so weniger, als sie alle Dinge ihrer Umwelt und ihres Lebens als selbstverständlich betrachteten.

Im Lauf der Zeit brachten wir immerhin manches Interessante heraus. So sind zum Beispiel die Lugals trotz ihres tierischen Aussehens keineswegs dumm. Vielleicht sogar so klug wie ihre Meister, auf eine andere Weise. Jedenfalls stehen sie nicht weit hinter ihnen zurück.

In jeder dieser patriarchalischen Familiengruppen, die verstreut in Höhlen oder Waldhütten leben, gibt es erheblich mehr Lugals als Yildivan. Jedes Familienmitglied, die Jungen nicht ausgenommen, besitzt eine Anzahl Sklaven.

Dann werden die Lugals häufig als Boten benutzt, um Nachrichten oder Tauschwaren zu anderen Yildivanfamilien zu bringen. Und sie werden gehandelt. Die Yildivan züchten sie und haben da sogar eine klare Vorstellung von genetischer Auslese. Anscheinend läßt man die Lugals auch frei herumlaufen, wenn gerade keine Arbeit zu tun ist. Sie halten sogar eigene Versammlungen ab, wie ich beobachten konnte.

Man darf sie sich nicht als unterdrückte und mißhandelte Kreaturen vorstellen. Vielleicht sind sie es, wenn man unsere Verhältnisse zugrunde legt, aber Kain ist ein Planet, auf dem keiner ein leichtes Leben hat, auch nicht die Yildivan. Ein intelligenter Lugal wird geschätzt. Er wird zum Aufseher über die anderen gemacht, lehrt die jungen Yildivan besondere Handfertigkeiten und Lieder und wird manchmal sogar von seinem Eigentümer gefragt, was nach seiner Meinung in einer gegebenen Situation getan werden müßte. Manche Familien lassen ihn in ihrer Behausung essen und schlafen, wie mir gesagt wurde. Und seine Loyalität beschränkt sich strikt auf seine Herren. Was diese mit anderen Lugals machen, ist ihm völlig gleichgültig. Er hilft freudig mit, schwache und kranke Lugals zu erschlagen, Faule zu züchtigen, alles.

Um also auf die Beantwortung Ihrer Frage zu kommen: Die Yildivan haben eine Art Gemeinschaftsleben, eine über die Familie hinaus erweiterte Gesellschaft – aber indirekt, durch die Lugals. Die Yildivan sind die Schöpfer und Neuerer, die Lugals sind die Vermittler und Bewahrer. Und diese Verbindung scheint so lange zu existieren daß sie die biologische Entwicklung beider Arten beeinflußt hat.«

»Du sprichst ziemlich gut von ihnen«, sagte Harry grimmig. »Angesichts dessen, was sie dir angetan haben, hätte ich eher etwas anderes erwartet.«

»Sie waren zuerst sehr anständig«, erwiderte Per. Ich hörte die Enttäuschung über das Geschehen aus seiner Stimme heraus. Es mußte ihn sehr verletzt haben. »Stolz wie der Teufel und kaltblütig, aber nicht grausam. Ehrlich und großzügig. Wann immer sie zu uns kamen, brachten sie Geschenke, ohne an Bezahlung oder Gegengeschenke zu denken. Zwei oder drei boten uns Lugals als Arbeiter an. Das war nicht nötig, weil wir Maschinen besaßen, und als sie das begriffen, waren sie mächtig beeindruckt, glaube ich. Es ist schwer zu beurteilen, weil sie niemals zugeben würden, daß ihnen irgend jemand überlegen ist. Jeder hält sich für genauso gut wie jeder beliebige andere Yildivan, uns schienen sie als gleichgestellt zu betrachten. Ich versuchte ihnen gar nicht zu erklären, wo wir in Wirklichkeit herkamen. ›Ein anderes Land‹ schien sie völlig zufriedenzustellen.

Shivaru interessierte sich besonders für uns. Er war in mittleren Jahren, und die meisten seiner Kinder waren fortgezogen und hatten sich selbständig gemacht. Er war unzweifelhaft schöpferisch befähigt, denn er stellte Versuche an, gefangene Jagdtiere zu zähmen und in Herden zu halten. Auch wurde sein Rat von den anderen sehr geschätzt. Einmal nahm ich ihn auf einen Flug mit der Schwebeplattform mit, und er war glücklich und aufgeregt wie ein

Kind. Beim nächstenmal brachte er seine drei Frauen mit, damit sie es auch erleben sollten.

Gelegentlich gingen wir zusammen auf die Jagd. Sie hätten sehen sollen, wie er diese großen gehörnten Bestien verfolgte, ihnen auf den Rücken sprang und sie mit einem Schlag seiner Streitaxt erlegte! Dann schlachteten seine Lugals die Beute und trugen das Fleisch ins Lager zurück. Das Fleisch schmeckte großartig. Sie können es mir glauben. Zwar kommen unsere Vitamine dort nicht vor, aber sonst kann sich unsereiner recht ordentlich ernähren.

Aber am liebsten erinnere ich mich an unsere Gespräche. Für Sie ist es vielleicht ein alter Hut, aber ich hatte noch nie zuvor Stunden und Stunden mit einem fremden Wesen zugebracht. Man gibt sich Mühe, ein Vokabular und ein Verstehen aufzubauen, und man freut sich gemeinsam über jeden Fortschritt. Oft machte es uns so viel Spaß, daß wir sogar das Essen vergaßen, bis Cherkez uns daran erinnerte. Cherkez war sein Oberlugal, ein lustiger alter Bursche, der mich an die freundlichen Zwerge meiner Kinderbücher erinnerte. Wir hatten einen bevorzugten Platz im Windschutz eines hausgroßen Felsblocks. Der Fels wärmte unsere Rücken, weit oben kreisten die Raubvögel, tauchten plötzlich herunter – in der stillen Luft hörte man den Wind durch ihre Schwungfedern zischen – und verschwanden zwischen den Baumwipfeln des Tales. Die Blätter hatten tausend verschiedene Farbtöne, wie ein endloser Herbst.

Shivaru hockte mit eingerolltem Schwanz neben mir, die Streitaxt vor sich am Boden. Cherkez und ein oder zwei andere Lugals saßen in respektvoller Entfernung und wandten die Augen keine Sekunde von ihrem Herrn ab. Manchmal gesellte sich Manuel zu uns, wenn er nicht mit der Beaufsichtigung der Bauarbeiten zu tun hatte. Erinnerst du dich, Manuel?«

Manuel nickte. »Ja«, sagte Per, »dieser Shivaru war voller Zukunftspläne. Er sah einen florierenden Tauschhandel voraus und war klug genug, die Bedeutung eines solchen zentralen Tauschmarktes zu erkennen. Mehr gemeinsame Unternehmungen könnten durchgeführt werden, der Gedanke an eine engere Zusammenarbeit würde Wurzeln schlagen. Große Kanus könnten über eine breite Wasserstraße hinaus vordringen, von der er wußte, und man könnte neue Jagdgründe eröffnen.

Aber dann spitzte er die Ohren, beugte sich vor und fing an, mich auszufragen. Aus was für einem Land wir kämen? Welches Wild man dort jagen könne? Wie wir so schöne Dinge herstellten? Er hatte den ganzen Kosmos zu entdecken! Nach und nach, als mein Vokabular größer wurde, gingen seine Fragen ins Abstrakte. Ich war nicht überrascht, als er mir eröffnete, daß die Yildivan nur eine Magie kannten, aber keine Religion. Für sie ist das Leben hier und jetzt, und niemand denkt an ein Weiterleben nach dem Tode. Die Welt besteht aus Phänomenen, die man bezwingt, mit denen man lebt oder denen man unterliegt, wie es gerade kommt. Shivaru fragte mich einmal, warum ich mich nach so selbstverständlichen Dingen erkundigte. Per schüttelte seinen Kopf. »Vielleicht war das mein erster Fehler. Ich versuchte, ihm die Gottesidee zu erklären, aber es war wohl ein Mißerfolg. Shivaru reagierte erstaunt und beunruhigt und ging bald darauf. Habe ich schon gesagt, daß die Yildivan für die Nachrichtenübermittlung über weite Entfernungen Trommeln verwenden? In der ganzen folgenden Nacht hörte ich die dumpfen Trommelsignale im Tal und auf den umliegenden Höhen. Eine Woche lang hatten wir keine Besucher. Aber Manuel, der die Umgebung auskundschaftete, fand Spuren. Wir wurden beobachtet.

Als Shivaru dann zurückkehrte, war ich zuerst erleichtert. Er hatte ein paar andere Yildivan bei sich, Fereghir und Tulitur, wichtige Männer wie er selbst. Ich überwachte gerade die Holzfällerarbeiten und den Transport der Stämme zu unserem kleinen Sägewerk. Die Fundamente unserer Handelsstation waren gelegt, und wir wollten mit der Errichtung des Hauptgebäudes beginnen.

Die drei kamen direkt auf mich zu, gefolgt von einem Dutzend bewaffneter Lugals. Shivaru winkte mir. ›Komm‹, sagte er, ›dies ist kein Platz für einen Yildivan.‹ Ich blickte ihm in die Augen, und sie waren verschleiert, als hätte er eine gläserne Maske vor dem Gesicht. Ehrlich gesagt, es überlief mich kalt. Ich war unbewaffnet und hatte Angst, daß es zu einem Mißverständnis führen würde, wenn ich eine Waffe holte. Um ihnen zu zeigen, daß ich an keine Feindseligkeiten dachte, befahl ich Tom Bullins in ihrer eigenen Sprache, meine Arbeit zu übernehmen. Dann sagte ich Manuel, daß er mich begleiten solle.

Kein Wort wurde gesprochen, bis wir den Lärm der Motorsäge hinter uns hatten und zu unserem altem Treffpunkt am Felsblock kamen. »Ich begrüße euch‹, sagte ich zu den Yildivan, ›und lade euch ein, bei mir zu essen und zu schlafen.‹ Das ist die Höflichkeitsformel, mit der man Gäste begrüßt. Aber ich bekam nicht die übliche Antwort.

Tulitur stieß seinen Speer in den Boden und fragte: ›Warum seid ihr nach Ulash gekommen?‹ Seine Stimme klang nicht rauh oder unfreundlich.

»Wieso?‹ stotterte ich. ›Ihr wißt es doch. Um Handel zu treiben.‹

›Warte, Tulutur‹, mischte sich Shivaru ein. ›Deine Frage ist blind.‹ Dann wandte er sich an mich. ›Wurdet ihr geschickt?‹

Ich wußte nicht, wie ich antworten sollte. Irgend etwas war schiefgegangen, aber ich hatte nicht die leiseste Ahnung, was. Eine Lüge oder eine Ausflucht konnte die Situation noch gefährlicher machen als die Wahrheit. Ich sah das Sonnenlicht auf der scharfen Obsidianschneide seiner Streitaxt glänzen und war mir selbst dankbar, daß ich Manuel mitgenommen hatte, denn er trug eine Pistole bei sich.

Ich erwiderte Shivarus starren Blick und sagte: ›Ihr wißt, daß wir für andere hier sind, für Menschen wie uns, die in unserer Heimat geblieben sind.‹ Die Muskeln unter seinem Fell spannten sich. Ich kann nicht gut in nichtmenschlichen Gesichtern lesen, aber Fereghir entblößte sein Gebiß, als stünde er Feinden gegenüber. Tulitur stieß seinen Speer mit der Spitze nach unten in den Boden. In Branders Bericht hatte ich gelesen, daß ein Yildivan so etwas nie in Gegenwart eines Freundes tut. Aber am schwersten fiel es mir, Shivaru zu verstehen. Ich hätte schwören mögen, daß er bekümmert aussah.

›Hat Gott euch geschickt?‹ fragte er.

Das setzte dieser ganzen verrückten Begegnung die Krone auf. Ich mußte lachen, obwohl mir keineswegs zum Lachen zumute war. In meinem Kopf klickte etwas; ich hatte begriffen, worauf es ihnen ankam. In Ulash weiß man sehr fein zwischen verschiedenen Formen des Imperativs zu unterscheiden. Der Befehl eines Vaters an sein Kind ist etwas ganz anderes als ein Befehl an einen anderen Yildivan, den man im Kampf besiegt hat. Und er hat wieder eine ganz andere Bedeutung als der Befehl an einen Lugal. Shivaru wollte wissen, ob wir Gottes Sklaven wären.

Das war nicht der rechte Augenblick, um ihn unsere Religionsgeschichte zu erklären, in der ich mich ohnehin nicht gut auskenne. Ich sagte also einfach nein, das wäre nicht der Fall. Gott sei ein Wesen, an dessen Existenz einige unter uns glaubten, andere nicht, und das uns keinerlei Befehle irgendwelcher Art gegeben habe.

Da waren sie perplex! Der Atem fuhr zischend durch Shivarus Zähne, sein Fell sträubte sich, und sein Schwanz peitschte seine Beine. ›Wer hat euch dann geschickt?‹ schrie er. Genauso gut hätte er sagen können: ›Wer ist dann euer Eigentümer?‹

Die Lugals griffen zu ihren Speeren und Streitäxten. Sie können sich vorstellen, wie sorgfältig ich meine Worte wählte. ›Wir sind aus freien Stücken hier‹, sagte ich, ›als Teil einer Gemeinschaft. In unserer Heimat ist keiner von uns ein Lugal. Du hast die Maschinen gesehen, die für uns arbeiten. Wir brauchen keine Lugals.‹

Fereghir seufzte und hob seinen Speer. Manuel zog seine Waffe. ›Ich glaube, ihr solltet lieber gehen‹, sagte er, ›bevor es zu einem Kampf kommt. Wir wollen nicht töten.‹

Brander hatte ihnen mit Absicht die Wirkungsweise unserer Waffen vorgeführt, und wir hatten es genauso gemacht. Minutenlang rührte sich keiner von der Stelle. Die Lugals standen mit gesträubten Fellen bereit zum Angriff. Jeder wäre auf ein Wort seines Herrn ohne Zögern in den Tod gegangen. Aber es kam nicht soweit. Schließlich tauschten die drei Yildivan Blicke aus. Shivaru sagte mit tonloser Stimme: ›Laßt uns überlegen.‹ Sie machten kehrt und entfernten sich langsam durch das hohe Gras. Die Lugals deckten ihnen den Rücken.

Tage- und nächtelang schlugen die Trommeln.

Wir diskutierten die Entwicklung mit aller Ausführlichkeit. Was war geschehen? Die Yildivan waren für unsere Verhältnisse primitiv und ungebildet, aber nicht dumm. Shivaru hatte es ganz natürlich gefunden, daß wir uns von seinesgleichen unterschieden. Zum Beispiel hatte er die Tatsache, daß wir in Gemeinschaften und nicht in isolierten Familien lebten, mehr komisch und faszinierend als schockierend gefunden. Was also hatten wir falsch gemacht?

Igor Juschenkoff, der Pilot der *Miriam*, hatte eine gute Idee.

›Wenn sie sich einbilden, daß wir Sklaven sind‹, sagte er, ›dann müssen sie unsere Meister für noch mächtiger halten. Denken sie vielleicht, daß wir einen Brückenkopf für eine Invasion vorbereiten?‹

›Aber ich habe ihnen deutlich erklärt, daß wir keine Sklaven sind‹, sagte ich.

›Gewiß.‹ Er legte einen Finger an die Nase. ›Aber glauben sie dir auch?‹

Sie können sich denken, wie ich mich schlaflos in meinem Zelt herumwarf. Sollten wir unsere Sachen packen, eine andere Gegend aufsuchen und von vorn anfangen? Das würde den Verlust dessen bedeuten, das wir schon erarbeitet hatten. Das Erlernen einer neuen Sprache wäre dabei noch das geringste der Probleme... Nun, ich kam zu keinem Ergebnis. Ich bezweifle, daß Manuel mehr als zwei Stunden pro Nacht im Bett verbrachte. Er richtete ein System von Wachen ein, bildete unsere Leute aus und streifte unermüdlich durch das Lager, um den Posten zu inspizieren und wachzuhalten.

Aber unsere nächste Begegnung mit den Eingeborenen verlief an der Oberfläche friedlich genug. Eines Morgens weckte mich einer der Wächter und sagte, eine Gruppe von Eingeborenen wäre da. In der Nacht hatte sich Nebel gebildet, und man konnte in dem nassen, grauen Dampf keine zehn Meter weit sehen. Als ich herauskam, hörte ich nur das Tropfen des Wassers. Tulitur und ein anderer Yildivan standen am Rande des Lagers. Sie hatten ungefähr fünfzig männliche Lugals bei sich. Ihre Felle trieften, und ihre Waffen waren naß und dreckbespritzt. ›Sie müssen bei Nacht marschiert sein, Per‹, sagte Manuel, ›um unbeobachtet zu bleiben. Sicher warten noch andere außer Sichtweite.‹

Wir begrüßten die Yildivan mit dem üblichen Zeremoniell, als wäre nichts vorgefallen. Sie ließen sich nicht darauf ein. Tulitur sagte nur: ›Wir sind gekommen, um mit euch Handel zu treiben. Für eure Waren werden wir euch die Felle und Pflanzen liefern, die ihr haben wollt.‹

Es kam mir etwas überstürzt vor, denn schließlich war unsere Station noch nicht einmal zur Hälfte fertig. Aber ich wollte nicht ablehnen, was vielleicht ein Friedensangebot war. ›Das ist gut‹, sagte ich. ›Kommt, laßt uns essen, während wir darüber sprechen.‹ Ein kluger Schachzug, dachte ich. Wenn man sich von einem anderen bewirten läßt, geht man damit eine Verpflichtung ein; das gilt in Ulash genauso wie auf Erden.

Tulitur und sein Gefährte – Bokzahan hieß er – bedankten sich nicht, aber sie gingen mit uns in das Schiff und setzten sich an den Tisch in der Messe. Ich hielt diese Umgebung für eindrucksvoller als ein Zelt. Außerdem war es dort nicht so naßkalt wie draußen. Ich bestellte Spiegeleier mit Schinken, weil ich wußte, daß es zu ihren neuen Lieblingsspeisen gehörte. Sie kamen gleich zum Geschäftlichen: ›Wieviel wollt ihr uns eintauschen?‹

›Das hängt davon ab, was ihr haben wollt und was ihr im Austausch geben könnt‹, sagte ich.

›Wir haben nichts mitgebracht‹, sagte Bokzahan, ›denn wir wußten nicht, ob ihr mit uns Handel treiben würdet.‹

›Warum nicht?‹ antwortete ich. ›Deshalb sind wir doch gekommen. Es ist kein Streit zwischen uns.‹ Und dann fügte ich hinzu: ›So ist es doch, nicht wahr?‹

Ihre eisgrünen Augen gaben nichts zu erkennen. ›Nein‹, sagte Tulitur, ›es ist kein Streit zwischen uns. Darum möchten wir Waffen kaufen.‹

›Solche Dinge verkaufen wir nicht‹, antwortete ich. ›Aber wir können euch gute Messer und andere nützliche Werkzeuge anbieten.‹

Sie waren ein wenig verstimmt, aber sie fanden sich damit ab. Dann ging das Verhandeln über die Bedingungen los. Sie wollten von allen Dingen, soviel wir liefern konnten, und versuchten kaum, unsere Preise herunterzuhandeln. Aber sie wollten die Sachen auf Kredit. Sie brauchten sie jetzt, sagten sie, und es würde eine Weile dauern, bis sie die Kräuter und Pflanzen gesammelt hätten, die wir dafür verlangten.

Das brachte uns in eine verzwickte Lage. Einerseits hatten die Yildivan sich immer anständig und ehrlich verhalten, und ich wollte sie nicht unnötig gegen uns aufbringen. Andererseits – aber das wissen Sie selber. Ich versuchte es mit einer diplomatischen Antwort. Wir zweifelten keinen Augenblick an ihren ehrlichen Absichten, sagte ich. Wir hielten die Yildivan für gute Freunde.

Aber es könnten Unfälle vorkommen, und in einem solchen Fall hätten wir erheblichen Verlust.

Tulitur schlug auf den Tisch und schnaubte. ›Mit solchen Befürchtungen hätten wir rechnen sollen. Gut, wir lassen unsere Lugals als Pfand hier, bis die Bezahlung geleistet ist. Ihr Wert ist groß. Aber dann müßt ihr uns die Waren tragen.‹

Ich erklärte, daß sie zu diesen Bedingungen die Hälfte der Ware gleich bekommen könnten.«

Per schwieg und nagte an seiner Unterlippe. Harry beugte sich herüber und gab ihm einen aufmunternden Klaps auf die Hand. Van Rijn knurrte: »Ja, zum Henker, niemand kann voraussehen, was alles schiefgehen wird. Sie haben Ihre Sache gut gemacht, junger Mann.«

Per seufzte. »Wir luden das Zeug auf eine Flugplattform«, fuhr er weiter fort. »Manuel begleitete sie vorsichtshalber mit einem zweiten Flitzer, und er hatte Waffen an Bord. Aber nichts geschah. Fünfzig Kilometer vom Lager entfernt sagten die Yildivan, unsere Leute sollten an einem Flußufer landen. Sie hatten dort Kanus an Land gezogen, bei denen ein paar andere Yildivan warteten. Offenbar wollten sie die Ware von hier aus allein weiterbefördern, und Manuel rief mich über Sprechfunk an und fragte, ob ich Einwände dagegen hätte. ›Nein‹, sagte ich. ›Für uns spielt es keine Rolle. Vielleicht möchten sie den Bestimmungsort geheimhalten. Sie vertrauen uns nicht mehr.‹

Ich hatte inzwischen alle Hände voll zu tun, für die Unterkunft und Verpflegung der Lugals Vorsorge zu treffen. Ich teilte zwei Männer für ihre Bewachung ein, obwohl ich nicht mit Konflikten rechnete. Ich hatte gehört, wie ihre Herren zu ihnen gesagt hatten: ›Bleibt hier und tut, was die Erziran euch sagen, bis wir kommen und euch holen.‹ Aber die Tatsache ihrer Anwesenheit im Lager verursachte mir trotzdem ein gewisses Unbehagen. Sie machten es sich bequem und benahmen sich recht friedlich. Doch als in der folgenden Nacht die Trommeln von neuem zu sprechen anfingen, wurden sie unruhig und liefen in der Baracke herum, die wir ihnen zur Verfügung gestellt hatten. Dabei wimmerten sie in einer Sprache, die Brander nicht aufgezeichnet hatte. Aber am Morgen hatten sie sich wieder beruhigt. Einer fragte sogar, ob sie uns nicht bei der

Arbeit helfen könnten. Ich mußte lachen und sagte nein, danke, sie brauchten nichts zu tun und sollten es sich nur gemütlich machen. Im Faulenzen waren sie gut.

Im Verlaufe der nächsten drei Tage versuchte ich mehrmals, sie in ein Gespräch zu verwickeln. Aber es wurde nichts daraus. Sie antworteten nicht mit der Ehrerbietung, die sie den Yildivan entgegenbrachten, aber sie waren auch nicht unhöflich. Jedenfalls blieben ihre Antworten bedeutungslos. ›Wo wohnst du?‹ fragte ich zum Beispiel. ›Im Wald dort drüben‹, erwiderte der Lugal und starrte auf seine Füße. ›Was für Aufgaben hast du zu Hause?‹ – ›Die, die mir mein Herr gibt.‹ Und so weiter. Ich gab auf. Bei alledem waren sie durchaus nicht dumm. Sie hatten eine Art Spiel, mit dem sie sich beschäftigten. Dazu gehörte, daß sie Figuren in den Sand zeichneten. Ich kam nie dahinter, wie es funktionierte. Gegen Abend, wenn die Sonne unterging, setzten sie sich zusammen und sangen einen eintönigen unheimlichen Singsang, den sie manchmal durch eigentümlich schrille Variationen begleiteten. Sonst schliefen sie meistens, oder sie saßen einfach herum und starrten ins Leere. Gelegentlich hockten sich einige von ihnen im Kreis zusammen, legten einander die Arme um die Schultern und flüsterten.

Nun . . . Ich will die Geschichte nicht zu lang machen. Am Morgen des vierten Tages, kurz vor Morgengrauen, wurden wir angegriffen.

Später erfuhr ich, daß etwa hundert Yildivan und Gott weiß wie viele Lugals an diesem Überfall teilnahmen. Sie mußten durch Trommelsignale und Boten aus allen Teilen des ungeheuren Gebiets herbeigeholt worden sein, das sie Ulash nennen. Die Standorte unserer Wachtposten waren ihren Kundschaftern bekannt, und sie deckten die Stellen mit Wolken von Pfeilen ein, während die Hauptstreitmacht ins Lager eindrang. Viel mehr kann ich nicht sagen. Ich gehörte zu den Opfern.« Per schnitt eine Grimasse. »Ein verdammtes Pech. Und das ausgerechnet auf meiner ersten selbständigen Reise!«

»Erzähl weiter«, drängte Harry. »Du hast mir alle Einzelheiten vorenthalten.«

Per zuckte mit den Schultern. »Es gibt nicht viele. Die ersten Schreie rissen mich aus dem Schlaf. Ich fuhr in meine Stiefel und zog meine Jacke über, und als ich den Patronengurt umschnallte, heulte die Sirene schon auf.

Ich stolperte aus meinem Zelt. Das Lager hatte sich in ein chaotisches Schlachtfeld verwandelt. Sirenengeheul, Kriegsgeschrei und das Zischen unserer Strahler erfüllten die Luft mit wildem Lärm. Es war kalt; alles im Lager war mit Rauhreif bedeckt. Dann schaltete Juschenkoff die Flutlichtlampen im Turm der *Miriam* ein. Sie wirkten wie eine künstliche Sonne, es war so hell, daß man nicht hineinsehen konnte. Ich frage mich, wie dieses plötzliche Licht für die Eingeborenen gewesen sein muß. Sie schwärmten zwischen unseren Zelten, Baracken und Maschinen, große Jägergestalten in gefleckten Fellen, untersetzte braune Gnome, Streitäxte, Keulen, Speere, Bogen, Schleudern und unsere eigenen Jagdmesser in den Händen. Ich sah nur einen von unseren Leuten. Er lag auf dem Bauch und hielt seine Waffe noch in der Hand, aber sein Schädel war zertrümmert.

Ich raste zum Schiff und brüllte Befehle ins Mikrophon. Ich hatte es mir zur Gewohnheit gemacht, ein Mini-Funkgerät mitzuführen. Wir besaßen moderne Waffen, aber wir waren nur zwanzig Männer und hatten es mit einer vielfachen Übermacht zu tun, wahrscheinlich mit ganz Ulash.

Glücklicherweise hatten wir uns für eine Verteidigung vorbereitet. Zwei Männer schliefen im Schiff, die übrigen in ringsum aufgestellten Zelten. Unsere sechs Wachposten waren abgeschnitten, aber wir hatten das Schiff als unverwundbare Festung. Aber wir durften die Wachen nicht im Stich lassen; wir mußten sie retten, und zwar sofort. Wenn es nicht schon zu spät war. Wir sammelten uns um das Schiff. Jeder war bewaffnet, aber einige hatten keine Zeit mehr gehabt, etwas anzuziehen. Ich erinnere mich jetzt noch, wie Zernowsky im flatternden Nachthemd in der Kälte stand.

Dann brach urplötzlich eine Flutwelle aus schreienden tobenden Ungeheuern über uns herein. Wir wurden vollständig überrumpelt, denn von hinten hatten wir keinen Angriff erwartet. Ich wurde zu Boden geworfen und niedergetrampelt. Ein Lugal warf sich auf mich und ging mir mit Händen und Zähnen an die Kehle. Seine Kräfte waren unglaublich. Obwohl ich wie ein Wahnsinniger um mich schlug und stieß, ließ er sich nicht abschütteln und kam

Zentimeter um Zentimeter näher an meine Kehle heran. Plötzlich war noch ein anderer bei ihm und griff mich mit einer Keule an, die er irgendwo aufgelesen haben mußte. Er schlug auf den Teil von mir ein, der ihm gerade ein günstiges Ziel bot, und das war mein rechtes Bein. Er zerschmetterte mein Knie, brach mir das Schienbein und den Fuß, aber das spürte ich schon nicht mehr. Vor meinen Augen war es schwarz geworden. Wie es zu dieser Überrumpelung kommen konnte? Unsere fünfzig Lugals, die wir als Geiseln im Lager behalten hatten, waren über ihre Wächter hergefallen und ausgebrochen. Ich hätte es mir denken sollen. Zweifellos hatte man ihnen schon im voraus Befehle gegeben. Tulitur und Bokzahan hatten uns hereingelegt. Zuerst hatten sie sich kostenlos zu einer Menge Handelsware verholfen, und dann war es ihnen noch gelungen, eine fünfte Kolonne direkt in unserem Lager zu etablieren.

Trotzdem blieb ihnen der Erfolg versagt. Die Yildivan hatten einfach nicht begriffen, welche Feuerkraft in unseren Waffen steckt. Manuel schoß die beiden Lugals nieder, die mich töten wollten. Unsere Leute drängten sich in einer kleinen Gruppe zusammen und feuerten in alle Richtungen. Diesem Abwehrfeuer konnten die Eingeborenen nicht standhalten. Sie flohen in die Nacht hinaus.

Aber sie hatten uns übel mitgespielt. Als ich zu mir kam, lag ich in der Krankenstation der *Miriam*, und Manuel saß wie ein zerzauster Rabe neben mir. ›Wie sieht es aus?‹ fragte ich.

›Sieben Männer sind tot‹, sagte er. ›Fast alle sind verletzt und drei vermißt. Der Feind ist in die Wildnis geflohen, mit Gefangenen glaube ich.‹

Sie hatten mir Betäubungsmittel gegeben, und ich fühlte keine Schmerzen. Aber mein Kopf war leicht wie ein Ballon, und ich war halb verrückt. Manuel und Gower hoben mich auf einen Tragstuhl und schleppten mich ins Freie.

Die Sonne war aufgegangen, und im Lager war es unnatürlich still. Die Leute hatten während meiner Bewußtlosigkeit die Umgebung abgesucht. Die Gefallenen lagen in langen Reihen auf der Erde. Dreiundzwanzig Yildivan – diese Zahl wird mich bis an mein Lebensende verfolgen – und eine Menge Lugals, vielleicht hundert. Manuel und Gower trugen mich die Reihen entlang, und ich spähte in jedes der blutigen Gesichter, aber ich erkannte keines wieder.

Unsere Gefangenen waren in der frisch ausgehobenen Baugrube des geplanten Werkstättengebäudes zusammengedrängt. Es waren ungefähr achtzig Lugals, aber nur zwei verwundete Yildivan. Die übrigen Verwundeten waren von ihren Freunden mitgenommen worden. Der eine war mir unbekannt. Er hatte schlimme Verbrennungen an Brust und Schultern. Der Arzt hatte ihn bereits behandelt und ihm schmerzstillende Mittel gegeben. Den anderen kannte ich. Es war Kochihir, ein erwachsener Sohn Shivarus, der uns schon zwei- oder dreimal besucht hatte.

Wir starrten einander eine Weile an, dann fragte ich: ›Warum? Warum habt ihr das getan?‹

›Weil sie Verräter, Mörder und Diebe sind!‹ sagte Juschenkoff, ebenfalls in Ulash. Er trug seinen linken Arm in einer Schlinge. Dann spuckte er aus. ›Wir werden euch jagen wie die Tiere, die ihr seid!‹ Ich konnte seinen Zorn und seinen Schmerz verstehen; sein Schwager befand sich unter den Gefallenen.

›Nein!‹ fiel ich ihm ins Wort, denn aus der Menge der gefangenen Lugals stieg ein so bedrohliches Knurren auf, daß ich das Schlimmste befürchtete. ›So sollst du nicht sprechen.‹ Juschenkoff schwieg, und langsam beruhigten sich die eng gedrängten Lugals. ›Kochihir‹, sagte ich, ›dein Vater war mein guter Freund. So glaubte ich wenigstens. In welcher Weise haben wir ihn und seine Gefährten beleidigt?‹

Sein Fell sträubte sich, der lange Schwanz schlug die Knöchel. ›Wenn ihr es nicht tut, werden wir euch in den Wäldern jagen, Felsen auf euch herunterrollen, gehörnte Bestien durch eure Lager treiben, die Wasserstellen vergiften und das Gras unter euren Füßen anzünden. Geht, und wagt euch nicht zurück.‹

Jetzt wurde auch ich zornig, obwohl mir schwindelte und ich mich wie im Fieber fühlte. ›Wir werden nicht fortgehen, solange wir unsere gefangenen Freunde nicht wiederbekommen. Hier im Lager sind Trommeln, die mir dein Vater geschenkt hat, bevor er uns betrog. Rufe deine Leute mit diesen Trommeln, Kochihir, und sage ihnen, daß sie unsere Gefährten zurückbringen sollen. Danach können wir verhandeln, aber vorher nicht.‹

Er antwortete nicht, und ich wandte mich an Manuel. ›Es hat keinen Sinn, Zeit zu verlieren‹, sagte ich. ›Wir müssen eine starke Verteidigung organisieren. Sie sollen uns kein zweites Mal überraschen. Aber wir müssen unsere Männer retten. Du könntest einen oder zwei Flitzer startklar machen lassen und auf die Suche schicken. Die Eingeborenen können noch nicht weit sein.‹

Darauf folgte eine Debatte zwischen Manuel und mir. Er hielt Luftaufklärung in diesem weiten Gebiet aus Wald, Wasser und steinigem Hügelland für zwecklos, denn – das war allerdings wahrscheinlich – die Eingeborenen würden sich auf dem Rückmarsch in kleine Gruppen aufspalten. Ich erinnere mich nicht mehr genau, aber es gab einen ziemlich heftigen Wortwechsel zwischen uns. Zum Schluß wandte ich mich wieder an Kochihir.

Er hatte unseren Streit verfolgt, und keine Geste, keine Silbe war ihm entgangen. Obwohl er unsere Sprache nicht beherrschte, mußte er ziemlich genau verstanden haben, um was es ging. Ich war inzwischen so entkräftet, daß ich wie ein Betrunkener lallte. Und wie ein Betrunkener wählte ich meine Worte mit ungewöhnlicher Sorgfalt. ›Kochihir‹, sagte ich, ›ich habe unseren Fliegern befohlen, daß sie deine Gefährten jagen und unsere gefangenen Freunde zurückbringen. Kann ein Yildivan schneller laufen als eine Flugmaschine? Kann er kämpfen, wenn er von oben mit Flammen und Kugeln beschossen wird? Kann er sich vor den Augen der Flieger verbergen, die von einem Horizont zum anderen blicken? Deine Gefährten werden teuer dafür bezahlen, wenn sie unsere Männer nicht freiwillig zurückbringen. Nimm die Trommeln, Kochihir, und sage ihnen das. Wenn du es nicht tust, wird es dich teuer zu stehen kommen. Ich habe meinen Mann hier angewiesen, daß er alles machen soll, was er für nötig hält, um deinen Willen zu brechen.‹

Es war eine böse Rede. Aber mit den Gefallenen hatte ich gute Freunde verloren, und Bullis, Cheng und Zerkowsky, die drei Vermißten, waren auch Freunde und Kameraden, die mir nahestanden. Ich war nahe am Zusammenbrechen, und auf dem Rückweg zum Schiff verlor ich wieder das Bewußtsein. Später erfuhr ich von Doktor Leblanc, daß ich fünfzig Stunden lang besinnungslos gewesen war. Von hier an ist es Manuels Geschichte.«

Per hatte sich heiser geredet. Nun sank er in seinen Sessel zurück, und ich sah, wie bleich er geworden war. Als er seinen Aperitif vom Tisch nahm, zitterte seine Hand so, daß er etwas von seinem Getränk verschüttete. Harry warf van Rijn einen vorwurfsvollen Blick zu. Der Sternenhändler fing ihn auf und lachte behäbig.

»Kaum hat er seine Operation überstanden, und schon lasse ich ihn Vorträge halten, wie? Aber gleich gibt es Essen, und eine richtige Reistafel ist besser als jede Medizin. Und wenn er wieder herumlaufen kann, lade ich ihn in mein Haus nach Djakarta zu einer Orgie ein ... Nun, Don Manuel, jetzt sind Sie an der Reihe, nicht?«

»Ich bitte um Vergebung, aber ich bin kein Don«, erwiderte der Mexikaner. »Mein Vater war einfacher Jagdaufseher und Forstschutzbeamter in der Sierra Madre.« Er zögerte einen Moment. »Es gibt auch nicht viel, was ich über die Geschehnisse auf Kain berichten könnte.«

»Unsinn!« sagte van Rijn und leerte seinen dritten Maßkrug seit meiner Ankunft. Mein eigenes Glas war ebenfalls immer wieder aufgefüllt worden, und wenn ich aus dem Fenster blickte, begannen die Sterne und die Lichter der Riesenstadt durcheinander zu tanzen. Ich stopfte meine Pfeife in der unbestimmten Hoffnung, das Rauchen werde die Wirkung des Alkohols neutralisieren. »Ich habe die offiziellen Expeditionsberichte gelesen«, fuhr van Rijn fort. »Sie sind todlangweilig. Ich brauche Details – die kleinen Dinge, die niemand für wichtig genug hält, um sie niederzuschreiben. Ich muß eine Situation klar vor meinen Augen sehen, wenigstens in meiner Vorstellung, wenn ich zu irgendwelchen Schlüssen kommen will. Also reden Sie. Prahlen Sie, erzählen Sie Witze, wenn es sein muß – aber reden Sie!«

Der Mexikaner saß eine Minute still. Seine dunkelbraunen Augen blickten uns nacheinander an, dann starrte er auf sein Glas.

»Wie Sie wünschen, Señor van Rijn«, sagte er in singendem Tonfall. »Als Per weggetragen wurde, blieb ich gedankenverloren stehen, bis Igor Juschenkoff sagte: ›Also, wer soll die Flitzer übernehmen?‹

›Niemand‹, antwortete ich.

›Aber der Expeditionsleiter hat es befohlen.‹

›Per ist verletzt und durch Drogen künstlich aufgeputscht. Wir hätten ihn in Ruhe lassen sollen‹, sagte ich. Dann fragte ich die Männer, die bei uns standen: ›Habe ich recht?‹

Sie stimmten nach kurzem Hin und Her zu. Ich beugte mich über den Rand der Baugrube und fragte Kochihir, ob er bereit sei, die Trommeln für uns zu schlagen. ›Nein‹, sagte er. ›Macht was ihr wollt.‹

›Wir werden vorerst nichts tun‹, sagte ich. ›Aber ich werde dafür sorgen, daß ihr etwas zu essen bekommt.‹ Und das geschah auch. Den Rest des kurzen Tages wanderte ich zwischen den Schneeflocken herum, die allenthalben das Gras bedeckten. Die Männer arbeiteten nicht. Sie kauerten bei ihren Waffen; einige hatten kleine Feuer angezündet und wärmten sich die Hände. Es wurde nur wenig gesprochen. Gegen Abend begann sich ihr Atem als Rauhreif auf den Parkas und Anoraks niederzuschlagen.

Ich sprach mit jedem einzelnen und wählte diejenigen aus, die für mein Vorhaben in Frage kamen. In ihren jeweiligen Fachgebieten waren sie alle gute Männer, aber wenige kannten das Leben in der Natur. Außer mir waren nur Hamud ibn Rashid und Jacques Ngolo in zivilisationsfernen Gegenden aufgewachsen und verfügten über Erfahrung als Jäger und Fährtensucher. Wir bereiteten vor, was wir brauchten.

Ich aß wenig und schlief unruhig. Als ich zur Baugrube zurückkehrte, war es dunkel geworden. Die vier Wachen standen wie schwarze Säulen um die Grube. ›Geht jetzt‹, sagte ich und zog die Waffe. ›Euer Essen wartet.‹ Ihre Schritte knirschten durch die Dunkelheit davon.

In der Baugrube regte es sich. Ein paar Stimmen murmelten, dann zischte jemand: ›Ohe, da bist du wieder. Willst du mich foltern?‹ Diese Eingeborenen haben Augen, mit denen sie im Dunkeln wie Eulen sehen können. Ich hatte mir schon oft gedacht, wie sie sich im stillen über uns lustig gemacht haben mochten, wenn wir nach Sonnenuntergang hilflos umhertappten.

›Nein‹, sagte ich. ›Ich bin nur an der Reihe, euch zu bewachen.‹

›Du allein?‹ höhnte er.

›Ich habe dies hier.‹ Und ich schlug mit der Waffe gegen meine Hüfte.

Er wurde still. Die Kälte begann durch meine Kleidung zu dringen. Ich glaube nicht, daß die Eingeborenen darunter litten. Während die Sternbilder langsam über den Himmel zogen, begann ich an meinem Plan zu verzweifeln. Von Zeit zu Zeit flüsterten die Gefangenen untereinander, aber sonst schien der Frost jedes Geräusch abgetötet zu haben.

Als es geschah, ging alles so blitzartig schnell, daß ich kaum Zeit für eine Reaktion fand. Plötzlich waren die Lugals über mir. Sie mußten einander auf die Schultern geklettert und auf ein verabredetes Zeichen aus der Grube gesprungen sein. Mein erster Schuß ging fehl, dann hingen zwei Lugals an mir und warfen mich zu Boden. Ich konnte ihre Hände durch einen Judo-Befreiungsgriff von meiner Kehle lösen, aber ihr Gewicht hielt mich auf dem Boden. Einer preßte seine Hände auf meinen Mund und erstickte meine Schreie, der andere schlug wie wild auf mich ein. Inzwischen kletterten die anderen Gefangenen aus der Grube und flohen.

Schließlich brachte ich ein Bein frei und versetzte einem meiner Angreifer einen Kniestoß, daß er für einen Moment von mir ablassen mußte. Dann wälzte ich mich im Ringkampf auf den anderen und schlug ihm die Handkante ins Genick. Er erschlaffte. Ich taumelte auf die Füße und brüllte.

Flutlicht und Sirene wurden eingeschaltet. Die Männer schwärmten aus dem Lager. ›Zurück‹, schrie ich. ›Nicht ins Dunkle laufen!‹ Zwanzig oder dreißig Lugals waren noch nicht entkommen und zogen sich nun, als unsere Männer gerannt kamen, in einen Winkel der Baugrube zurück, wo sie den verwundeten Yildivan mit ihren Körpern deckten. Aber wir feuerten nur auf die Flüchtigen, und auch das vergebens.

Unsere Leute sammelten sich um die Baugrube, während ich am Boden herumkroch und meine Waffe suchte. Sie war fort. Jemand hatte sie aufgelesen; wenn nicht Kochihir selbst, dann irgendein Lugal, der sie ihm bald geben würde. Jacques Ngolo kam zu mir, sah die Bescherung und schüttelte den Kopf. ›Das ist schlecht‹, sagte er.

›Großes Pech‹, stimmte ich zu, ›aber wir müssen trotzdem losgehen.‹ Ich stand auf und zog meinen Parka aus. Darunter hatte ich den Raumanzug, der mich wärmte und im Kampf meinen Körper geschützt hatte. Ich legte ihn ab, denn jetzt konnte er mich nur behindern. Hamud ibn Rashid kam zu uns. Er hatte meinen Rucksack, die übrige Ausrüstung und eine zusätzliche Waffe für mich mitgebracht. Ich zog einen Pullover an, schlüpfte in meinen Parka, nahm die Sachen, und dann machten wir drei uns auf den Weg.

Ngolos Infrarotsucher diente uns als Kompaß. Seine Nadel zeigte auf die Masse der ausgebrochenen Eingeborenen, die vor uns durch die Nacht flohen. Für einige Minuten sahen wir sie im Sternenlicht, als sie einen kahlen Höhenrücken überquerten. Wir hielten uns in möglichst guter Deckung, denn sie konnten uns mit ihren guten Augen viel leichter ausmachen als wir sie. Lange krochen wir auf allen vieren durch das hohe, bereifte Gras. Irgendwo kreischte ein aufgescheuchtes Tier.

Wir schwitzten und keuchten, als wir endlich den Waldrand erreichten. Aber wir mußten weiter, bevor die Eingeborenen aus der Reichweite des Infrarotsuchers gerieten. Die Nadel tanzte bereits, denn Stämme und Unterholz schirmten einen Teil der Wärmestrahlung ab. Bisher hatte sich der Feind keine Mühe gegeben, seine Spur zu verwischen. Ich setzte meine Nachtbrille auf und tastete mich vorsichtig weiter. Hier und da sah ich deutliche Zeichen: geknickte Zweige, niedergetrampeltes Unterholz, Fußspuren im Waldboden. Wir waren auf der richtigen Fährte.

Nach einer Stunde befanden wir uns mitten im Tal. Hohe Bäume wuchsen dicht und verdeckten den Himmel vollständig. Ohne unsere Nachtbrillen hätten wir keine zwei Schritte weit sehen können, aber auch so war es schwierig genug. Mehrmals mußten wir den Boden mit Taschenlampen absuchen, um nicht von der Fährte abzukommen. Wir sahen, daß die Eingeborenen jetzt im normalen Schrittempo wanderten. Offenbar fühlten sie sich sicher und glaubten an keine Verfolgung. Aber weil sie es nun weniger eilig hatten und sich größere Wachsamkeit leisten konnten, mußten wir ihnen einen so weiten Vorsprung lassen, daß der Infrarotsucher nutzlos wurde.

Schließlich gelangten wir auf eine Wiese, wo niedergetretenes Gras zeigte, daß sie hier eine Pause gemacht hatten. Und dann sahen wir, was ich befürchtet hatte. Die Flüchtlinge hatten sich in drei oder vier Gruppen aufgeteilt, von denen jede in einer anderen Richtung weitergezogen war.

›Für welche entscheiden wir uns?‹ fragte Ngolo.

›Jeder von uns kann eine Fährte übernehmen‹, sagte ich.

Hamud grunzte. ›Bismillah! Ich habe keine Lust, so einer Bande allein gegenüberzutreten. Aber was sein muß, muß sein.‹

Wir brauchten so lange, bis wir alle Fährten untersucht hatten, daß der Osthimmel grau wurde, als wir uns endlich trennten. Offenbar waren die Lugals zu den Wohnsitzen ihrer Herren zurückgekehrt, während Kochihirs eigene Sklaven ihn begleitet hatten. Und auf Kochihir kam es uns an. Jeder von uns nahm sich eine Fährte vor. Die Entfernung zu den Verfolgten war nun groß genug, daß wir ausschreiten konnten. Mit unseren Funksprechgeräten hielten wir untereinander und mit dem Lager Kontakt. Dies empfand ich als tröstlich, denn es war sehr mühsam, diesen Waldbewohnern und Jägern durch ihr eigenes Gebiet zu folgen.

Gegen Mittag rief mich Ngolo an. ›Meine Gruppe hat eben eine Höhle und mehrere Hütten erreicht. Ich sitze in einem Baum und beobachte sie. Sie werden von einigen weiblichen und mehreren halbwüchsigen Yildivan empfangen. Nun verschwinden sie in den Hütten. Vermutlich gehören sie hierher und gehen nicht weiter. Soll ich zu der Wiese zurückkehren und eine andere Fährte aufnehmen?‹

›Nein‹, sagte ich. Der Vorsprung wäre so groß, daß du eine andere Gruppe nicht mehr einholen würdest. Geh ein Stück zurück und laß dich von einem Flitzer abholen.‹

Eine Stunde später machte ich eine Entdeckung. Ich fand einen Baum, dessen Stamm von den Schüssen eines Strahlers versengt war. Kochihir hatte mit der erbeuteten Waffe geübt.

Ich rief Hamud und fragte ihn, wo er sei. ›Am Ufer eines Flusses‹, sagte er. ›Ich suche nach der Stelle, wo sie die Überquerung gemacht haben. Es war bitter, dieses Eiswasser zu durchwaten!‹

›Geh nicht weiter‹, sagte ich. ›Meine Fährte ist die richtige. Laß dich zum Lager zurückfliegen.‹

›Was?‹ fragte er. ›Sollen wir nicht zu dir stoßen?‹

›Nein‹, sagte ich. ›Es ist ungewiß, wie weit ich noch gehen muß. Vielleicht bin ich dem Ziel schon so nahe, daß sie die Landung eines Flitzers beobachten könnten. Bleib auf Empfang.‹

Ab und zu schob ich kleine Rastpausen ein und aß etwas. Gegen Abend merkte ich, daß die Fährte ganz frisch war. Ich mußte ein gutes Stück aufgeholt haben. Nun verlangsamte ich meinen Schritt und bewegte mich mit äußerster Vorsicht weiter. Hier unten im Wald war die Luft wärmer als im offenen Hügelland, aber schon eine Stunde nach Sonnenuntergang war jedes Blatt mit frischem Rauhreif bedeckt.

Wieder eine Stunde später machte mein Infrarotsucher eine Wärmequelle aus, die viel stärker war, als daß sie von lebendigen Körpern herrühren könnte. Ich gab die Neuigkeit durch und schlich weiter. Der dunkle Wald um mich herum knisterte und knarrte, und irgendwo in der Ferne brach ein aufgescheuchtes großes Tier durch das Unterholz.

Dann kam ich an den Rand einer kleinen Lichtung. Ein Feuer brannte dort und warf unruhige Schatten auf die Wände einer großen, fensterlosen Blockhütte, die gegenüber unter den Bäumen des Waldrandes stand. Am Feuer lehnten zwei Yildivan an ihren Speeren, und aus dem Rauchabzug im Dach der Hütte drang Lichtschein.

Leise zog ich die Betäubungspistole aus meinem Traggestell. Der Bolzen klickte zweimal, und die beiden Männer fielen übereinander. Ich sprang auf und raste mit langen Sätzen über die Lichtung. Im Schatten der Hüttenwand kauerte ich nieder und wartete. Es blieb still. Niemand hatte mich gehört. Ich schob mich an der rauhen Holzwand entlang und spähte um die Ecke. Nichts.

Zwei Schritte, und ich war am Eingang. Er war mit einem Fell verhängt. Ich zog es so weit zur Seite, daß ich durch einen winzigen Spalt ins Innere sehen konnte.

Die Luft in der Hütte war verqualmt und undurchsichtig, aber ich konnte erkennen, daß es dort nur einen großen Raum gab. Die Wände waren mit Jagdtrophäen geschmückt und mit Fellen behängt. Eine Anzahl Yildivan, alles erwachsene Männer, hockte im Kreis um eine vertieft angelegte Feuerstelle. An einer Seitenwand saßen mehrere Lugals. Ich erkannte den alten Cherkez zwischen ihnen und freute mich, daß er den Kampf überlebt hatte. Kochihir erzählte seinem Vater Shivaru von seinem geglückten Ausbruch.

Obwohl die Zeit für Freudenkundgebungen noch nicht reif war, gelobte ich den Heiligen viele Kerzen, denn es war alles so, wie ich gehofft hatte. Kochihir war nicht zu seinem eigenen Wohnplatz zurückgekehrt, sondern hatte einen verabredeten Treffpunkt aufgesucht. Zerkowsky, Cheng und Bullins waren da. Sie saßen zusammengedrängt in einer der hinteren Ecken, hatten sich in Felle gehüllt und husteten ununterbrochen.

Kochihir hatte seinen Bericht gerade beendet und sah erwartungsvoll seinen Vater an. Shivarus Schwanz zuckte unruhig hin und her. ›Seltsam, daß sie so unachtsam waren‹, sagte er.

›Sie sind wie blinde Säuglinge‹, erklärte Kochihir wegwerfend.

›Da bin ich nicht so sicher‹, widersprach Shivaru. ›Ihre Macht ist groß. Wir wissen, was sie in der Vergangenheit getan haben.‹ Plötzlich richtete er sich auf. ›Erzähl mir noch einmal, Kochihir, wie ihr Anführer etwas befahl und sie etwas anderes taten.‹

›Nein, das hat nichts zu bedeuten‹, sagte ein alter Yildivan mit narbenbedecktem Oberkörper. ›Wir müssen uns überlegen, was wir mit diesen Gefangenen anfangen wollen. Du hast gesagt, daß sie Gumush und unsere Lugals, die sie noch gefangenhalten, gegen diese drei austauschen würden. Aber warum sollten sie das tun? Laßt uns die Körper der Gefangenen an eine Stelle legen, wo die Erziran sie finden. Und zwar in einem Zustand, daß sie gewarnt sind und nie mehr zurückkommen.‹

›Das ist richtig‹, sagte Bokzahan. ›Tulitur und ich haben den Beweis erbracht, daß sie schwach und dumm sind.‹

›Zuerst sollten wir einen Austausch versuchen‹, sagte Shivaru. ›Wenn sie darauf nicht eingehen, können wir immer noch deinem Vorschlag folgen.‹

›Probieren wir es an einem aus, bevor wir weiterreden‹, sagte Kochihir zornig. ›Sie haben es mir auch angedroht.‹

Sie knurrten und brüllten durcheinander, daß ich an einen Raubtierkäfig im Zoo denken mußte. Es war höchste Zeit, daß ich etwas unternahm. Wie Per Ihnen bereits sagte, genießt kein Yildivan irgendeine Art von Autorität über die anderen. Shivaru konnte sie nicht daran hindern, mit den Gefangenen nach Belieben umzuspringen.

Ich mußte mich sofort entscheiden. Die Schüsse aus dem Strahler konnten sie nicht so schnell töten, daß ihnen keine Zeit mehr blieb, ihre Streitäxte auf die Gefangenen und mich zu schleudern.

Die Betäubungspistole war besser, doch auch sie konnte nicht alle Eingeborenen überwältigen, bevor sie mich mit Streitäxten und Keulen niedermachten. Überdies hätte ich sie in jedem Fall zwischen mir und den Gefangenen.

Ich schlich zum Waldrand zurück und rief die Männer im Lager. ›Kommt so schnell ihr könnt‹, sagte ich und ließ das Gerät eingeschaltet, damit sie es anpeilen konnten. Dann kletterte ich auf einen Baum, dessen Äste über das Hüttendach hingen. So gelangte ich ohne große Mühe auf das Dach und an den Rauchabzug. Die Nachtbrille schützte meine Augen. Ich füllte meine Lungen mit frischer Luft und beugte mich über das Loch.

Sie saßen immer noch um die Feuerstelle und stritten, was mit den Gefangenen geschehen solle. Ich beschloß, noch ein wenig zu warten, und die Minuten dehnten sich unerträglich in die Länge. Auf einmal ließen Druckwellen die Luft erzittern, und unsere Flitzer kamen donnernd vom Himmel herunter. Die Yildivan sprangen auf und brüllten. Zwei oder drei rasten aus der Tür, um nachzusehen, was der Lärm zu bedeuten hatte. Ich erledigte sie mit der Betäubungspistole, aber nicht schnell genug. Einer kreischte zurück: ›Die Erziran sind hier!‹

Ich beugte mich wieder über den Rauchabzug. Unten ging alles drunter und drüber. Kochihir hatte den Strahler in den Händen und fingerte an der Sicherung herum. Ich feuerte, aber der Schuß ging fehl. Es waren zu viele Gestalten dazwischen. Ich nahm die Waffe zwischen die Zähne, hielt mich mit beiden Händen am Rand des Rauchabzugs fest und ließ mich hinunter. Nach einem kräftigen Schwung gab ich meinen Halt auf und fiel einen Meter neben der Feuerstelle auf die Erde. Kaum war ich wieder auf den Beinen, da sprang Cherkez mir schon an die Kehle. Ich schaffte ihn mir mit einem Tritt in den Unterleib vom Hals, nahm die Pistole und schoß um mich.

Kochihir war im Getümmel nicht zu sehen. Ich versuchte, zu den Gefangenen zu gelangen. Shivarus Streitaxt zischte auf mich herunter. Mit Gottes Hilfe konnte ich ihr ausweichen, fuhr herum und betäubte ihn mit einem Schuß aus nächster Entfernung. Ein anderer packte mich von hinten. Ich schlug mit dem Kopf zurück gegen seinen Mund und war wieder frei.

Nun sah ich Kochihir. Er stand vor den Gefangenen, die mit aufgerissenen Augen in ihrer Ecke kauerten. Sie waren vor Entsetzen gelähmt. Kochihirs Augen glühten, sein Fell war zu einer Bürste aufgerichtet. Zum Glück war er mit der komplizierten Waffe nicht vertraut und zielte zu hoch.

Dann sah er mich und schwang herum. Der Feuerstrahl schoß aus der Mündung und nahm mir für eine Sekunde die Sicht, aber ich hatte mich auf die Knie geworfen und drückte ab. Der Glutstrahl fuhr über meinen Kopf und versengte die Kapuze meines Parkas. Kochihir kippte betäubt hintenüber. Ich schnellte hoch, bekam die Waffe zu fassen und machte sofort kehrt, um unsere Leute zu decken.

Bokzahan schleuderte seine Streitaxt. Ich zerstörte sie noch in der Luft und tötete ihn. Dann gebrauchte ich nur noch die Betäubungspistole. Nach einer oder zwei Minuten war alles vorbei. Eine Granate brachte die Vorderwand der Hütte zum Einsturz. Wir brachten Bullins, Cheng und Zerkowsky in Sicherheit, ließen die betäubten Eingeborenen liegen und kehrten zum Lager zurück.«

Wieder wurde es still. Manuel zündete sich eine gefährlich aussehende gelbe Maisstrohzigarette an und lehnte sich zurück.

Van Rijn stieß geräuschvoll seinen Atem aus. »Eine aufregende Geschichte, aber sie ist noch nicht fertig. In Ihrem Bericht stand, daß sie noch einmal kamen.«

Per nickte. »Ja, das stimmt. Wir hatten unsere Vorbereitungen für den Abflug fast beendet, als Shivaru mit zehn anderen Yildivan und ihren Lugals auftauchte. Sie gingen langsam und mit gesträubten Fellen in unser Lager und blickten weder links noch rechts. Vermutlich hätten sie sich nicht gewundert, wenn wir sie niedergeschossen hätten. Ich befahl den Leuten, die Waffen einzustecken, und ließ mich hinaustragen. Dann begrüßte ich sie mit dem üblichen Zeremoniell.

Shivaru erwiderte die Begrüßung ernst und schwieg. Er konnte sich nicht richtig entschuldigen. So etwas ist in Ulash unbekannt; sie haben nicht die Worte dafür. Schließlich zeigte er auf Cherkez. ›Es war gut von euch, daß ihr unsere Leute freigelassen habt‹, sagte er. Ich schmunzelte. ›Hattest du erwartet, daß wir sie füttern?‹

Shivaru ließ sich von Cherkez einen Lederbeutel reichen. ›Ich bringe ein Geschenk‹, sagte er und zog Tulíturs Kopf heraus. ›Wir werden die Waren, die er von euch bekommen hat, zurückgeben‹, versprach er. ›Und wenn wir nicht alle wiederfinden, werden wir sie euch doppelt bezahlen.‹

Nach soviel Kampf und Blutvergießen kam diese Wendung so überraschend, daß meine Erbitterung und mein Zorn wie weggeblasen waren. Ich konnte nur stottern, daß wir keine derartigen Geschenke benötigten.

›Aber wir‹, sagte er. ›Um unsere Ehre wiederherzustellen.‹

Ich lud sie zum Essen ein, aber sie lehnten ab. Shivaru erklärte, daß sie unsere Gastfreundschaft erst annehmen könnten, wenn ihre Schuld zurückgezahlt wäre. Darauf sagte ich ihm, daß wir im Begriff wären, ihren Planeten zu verlassen. Obwohl sie es dem Zustand unseres Lagers ansehen konnten, machten sie überraschte und betretene Gesichter. Also fügte ich hinzu, daß wir oder andere von uns zurückkommen würden, daß es aber nötig sei, unsere verwundeten Gefährten nach Hause zu bringen.

Das war wieder ein Fehler von mir. Denn dieser indirekte Hinweis auf das, was sie uns angetan hatten, brachte sie dermaßen aus der Fassung, daß sie nur unverständliches Zeug murmeln konnten, als ich versuchte, die Gründe ihrer Handlungsweise zu erfahren. Ich drängte nicht weiter, denn die Situation war noch etwas gespannt, und sie verließen sichtlich erleichtert unser Lager.

Wir hätten vielleicht noch eine Weile bleiben und ihre Handlungsweise erforschen sollen, bevor wir neue Männer und neues Material nach Kain beordern. Aber das glaubte ich wegen unserer schwerverwundeten Freunde nicht verantworten zu können. Auf der ganzen Rückreise grübelten und diskutierten wir. Was hatten wir falsch gemacht? Womit hatten wir später unseren Fehler gutgemacht? Wir wissen es heute noch nicht.«

Van Rijns Augen glitzerten belustigt. »Wie ist Ihre Theorie?« forschte er.

»Oh ...« Per hob abwehrend die Hände. »Es ist Juschenkoffs Theorie, mehr oder weniger. Sie befürchten, daß wir der Voraustrupp einer Invasionsarmee wären. Unser relativ anständiges Verhalten in der Auseinandersetzung überzeugte sie dann davon, daß wir keine kriegerischen Ziele verfolgen.«

Der Sternenhändler lachte. Er wandte sich an Manuel. »Anscheinend sind Sie anderer Ansicht. Wie denken Sie darüber? Kommen Sie, lassen Sie hören.«

Manuel hob abwehrend die Hände. »Ich habe nicht studiert und bin kein gelehrter Mann. Erwarten Sie nicht zuviel von mir. Es ist nur, daß ich diese Yildivan zu kennen glaube. Sie scheinen nicht so sehr viel anders zu sein als wie Jäger und Halbnomaden der Barranca, dem Steppenland meiner Heimat.«

»Wieso?«

»Sie leben ständig in der Nähe des Todes. Mut, Ausdauer und Geschicklichkeit im Kampf sind die Eigenschaften, die sie zum Überleben brauchen und die sie am höchsten bewerten. Als sie uns Maschinen und Waffen verwenden sahen, die von weitem töten können, als sie uns nachtblind und ungeschickt sahen und hörten, wie wir zu Hause leben, dachten sie, uns fehlte der Mut. Sie verachteten uns. In ihren Augen waren wir nicht gleichwertig, also Beute, die man überlistet und tötet. Als sie dann begriffen, daß wir Menschen furchtbare Kämpfer sein können, daß sie selbst die Schwächeren waren, wandelte sich ihre Einschätzung. Nun waren wir keine Feiglinge mehr, sondern Könige!«

Van Rijn schob seine Zigarette von einem Mundwinkel in den anderen. »Hat jemand noch eine andere Theorie?« fragte er.

»Nein, Chef«, sagte Per. »Wir haben uns nur mit diesen Möglichkeiten beschäftigt.«

Van Rijn lachte befriedigt. »So! Machen Sie es sich bequem, meine Herren. Entspannen Sie sich, trinken Sie noch etwas. Sie haben beide unrecht.«

»Moment mal, Chef«, warf Harry ärgerlich ein. »Woher wollen Sie das wissen? Sie waren doch nicht dabei.«

»Nein, natürlich nicht.« Van Rijn klatschte auf seinen Bauch. »Dafür bin ich zu fett. Aber im Geiste war ich heute abend auf Kain, und wenn dieses alte Gehirn auch rostig ist und im Alkohol schwimmt, hat es doch mehr Informationen über das Universum gespeichert, als Sie mir freiwillig zugestehen werden. Ich sehe Parallelen, und zusammen mit Ihren Hinweisen ist das genug Material, um zu logischen Schlußfolgerungen zu kommen. Der Schlüssel zu diesem Problem sind die Lugals. Sie haben sie Sklaven genannt, und da liegt Ihr Fehler. Sie sind keine Sklaven. Sie sind Haustiere.«

Per fuhr bolzengerade auf »Unmöglich!« rief er aus. »Sie haben eine Sprache und . . .«

»Ja, ja, ja! Von mir aus können sie auch noch Algebra in ihren Köpfen haben. Trotzdem sind sie gezähmte Tiere. Ein Sklave kann gehorchen, er kann es aber auch unterlassen. Ein gezähmtes Tier muß gehorchen, es kann nicht anders. Da liegt der Unterschied.

Nun, Sie selber haben angenommen, daß die Yildivan ihre Lugals seit so langer Zeit für ihre Zwecke verwenden und züchten, daß es die Natur der Lugals verändert hat. Das muß wohl so sein. Andernfalls wären ja die Lugals Sklaven, keine Tiere, und man könnte ihnen nicht so bedingungslos vertrauen, wie es die Yildivan nach Ihren Worten tun. Sie haben da im Ansatz ganz richtig gedacht, nur nicht weit genug. Denn alles, was Sie über die Yildivan selbst erzählt haben, liefert den Beweis, daß sie von Natur aus wilde Tiere sind.

Ich meine wild im Sinne von Tieren. Sie haben keinen Instinkt für Gehorsam, außer ihren Eltern gegenüber, solange sie klein sind. Sie haben auch keinen Herdeninstinkt, und das ist ganz natürlich für wilde Tiere. Sie halten ihre Lugals, wie Ameisen Blattläuse halten, und wahrscheinlich haben sie das schon getan, bevor sie Intelligenz entwickelten. Dafür spricht ferner, daß sie keine Rangordnung kennen. Unter anderen intelligenten Lebewesen, die keine Raubtiere sind, entwickelt sich neben Geselligkeitstrieb eine den unterschiedlichen Fähigkeiten des einzelnen entsprechende Sozialstruktur. Das aber ist bei den Yildivan gerade nicht der Fall.

Damit ist Ihre ›Angst-vor-Invasion‹-Theorie‹ erledigt, Per Stenvik. Ohne Herdeninstinkt können die Yildivan keine Vorstellung von Invasion oder Eroberung haben. Und wilde Tiere werden nicht klein und zahm, wenn sie geschlagen werden, wie Sie sich das ausgedacht haben, Don Manuel. Ein Mensch wird Ihnen vielleicht die Stiefel lecken, wenn Sie sich als der überlegene erweisen. Einem ungezähmten Raubtier liegt so etwas vollständig fern. Er ist unabhängig von Ihnen.

Nun, was ist also in den Köpfen der Yildivan vorgegangen? Rekapitulieren wir. Menschen landen und errichten eine Handelsstation. Die Yildivan kennen keine Rasse außer der ihres Planeten. Sie nehmen an, daß wir genauso denken wie sie. Ich glaube sogar, sie könnten sich nichts anderes vorstellen, selbst wenn man es ihnen erzählte.

Sie lernen Menschen kennen, und was sehen sie? Männer, die Befehle erhalten und ausführen. Wie ist das möglich? Kein Yildivan hat je einen Befehl ausgeführt, es sei denn, um sein Leben zu retten, wenn ein Feind mit einer scharfen Waffe über ihm stand. Aha! Also müssen einige von diesen Fremden von der Art der Lugals sein. Ich möchte wetten, daß der alte Shivaru recht bald zu dem Schluß gelangt ist, bis auf Stenvik und zwei oder drei andere müßten alle Männer Lugals sein, weil sie Befehlen gehorchten. Zahme Tiere, nicht mehr.

Und dann spricht Per Stenvik von Gott. Er gibt also zu, daß er einen Herrn hat. Aber dann muß auch er ein Lugal sein – ein Tier. Man muß es dem alten Shivaru zugute halten, daß er mit ein paar Freunden wiederkam, um weitere Fragen zu stellen. Was erfuhr er bei der Gelegenheit? Er wußte bereits, daß fast alle Menschen Lugals waren, weil sie gehorchten. Nun sagt Per Stenvik, daß er nicht anders oder besser sei als der Rest. Dies war für Shivaru der Beweis, daß auch Stenvik ein Lugal war. Und als Stenvik schließlich noch erwähnte, daß keiner von ihnen einen Herrn zu Hause habe, war das Maß voll.

Sie können sich vorstellen, wie besorgt die Yildivan waren. Selbst Hunde wenden sich gelegentlich gegen den Menschen, und sicherlich dreht auch ein Lugal dann und wann durch und läuft Amok. Die Yildivan hatten Ihre Maschinen und Waffen gesehen und wußten, daß Sie gefährlich waren. Eine gefährliche Art von Lugals, die verrückt geworden waren und ihre eigenen Yildivan umgebracht haben mußten. Wie sonst könnten Sie Lugals sein und keinen Herrn haben?

Nun, was würde jeder von uns tun, wenn er in einem einsamen Landhaus lebte und sähe, daß sich ein Rudel wilder Hunde, die Menschen getötet haben, in seiner Nachbarschaft einnistet?«

Van Rijn lehnte sich zurück und leerte seinen Bierkrug. Wir saßen schweigend da und dachten nach. »Ziemlich weit hergeholt«, meinte Harry nach einer Weile.

»Nein.« Pers Wangen waren vor Erregung gerötet. »Es paßt. Mijnheer van Rijn hat in Worten ausgedrückt, was ich immer fühlte, wenn ich mit Shivaru zusammenkam. Eine Eingleisigkeit seines Denkens, wenn ich so sagen darf. Als wäre er unfähig, gewisse Dinge zu sehen, gewisse Gedanken zu erfassen, obwohl seine Verstandeskräfte keineswegs geringer waren als meine. Ja . . .«

»Zwei von ihnen wurden vorgeschickt, um Ihnen möglichst viele Waffen abzuschwindeln«, fuhr van Rijn fort. »Sie waren nämlich nicht sicher, ob ihr Angriff erfolgreich sein würde. Damit taten sie nichts Unehrenhaftes. In den Augen der Yildivan standen Sie außerhalb jedes Ehrgefühls, weil Sie Tiere waren. Dann versuchten die alarmierten Yildivan der ganzen Umgebung, Sie auszulöschen. Es gelang ihnen nicht, und zuletzt verkehrte Don Manuel ihren halben Sieg in eine ganze Niederlage.«

»Aber wie kamen sie zu ihrer Sinnesänderung?« fragte Per.

Van Rijn hob seine schwere Hand und ließ sie auf die Tischplatte fallen. »Ha, da haben Sie einfach Glück gehabt. Sie gaben einen klaren und sehr wichtigen Befehl. Ihre Männer verweigerten den Gehorsam und taten etwas ganz anderes. Nun können Lugals vielleicht verrückt werden und ihre Herren töten, aber als Haustiere sind sie einfach nicht in der Lage, sich lange einem Yildivan zu widersetzen. Und wenn sie es doch tun, dann geschieht es nur, weil sie so verrückt sind, daß sie überhaupt nicht mehr denken können. Don Manuel aber hat sehr klar und folgerichtig gedacht und gehandelt. Seine Strategie führte zum Erfolg, weil sie logisch richtig war. Außerdem haben Ihre Leute nicht mehr Yildivan getötet, als zur Befreiung der Gefangenen nötig war, eine Beschränkung, die verrückte Lugals sich ganz gewiß nicht auferlegt hätten.

Verrückt oder nicht verrückt, Sie konnten also doch keine Haustiere irgendeiner Art sein. Daher mußten Sie wilde Tiere sein. Eine dritte Möglichkeit liegt für den eingleisigen Verstand eines Yildivan außerhalb des Vorstellungsvermögens. Wenn Sie nicht von der Art der Lugals waren, mußten Sie von der Art der Yildivan sein. Sobald er zu der Erkenntnis gelangt war, sah Shivaru, daß seine Leute Ihren Männern Unrecht zugefügt hatten. Er schämte sich, denn Yildivan scheinen ein Gefühl für Anständigkeit gegenüber ihresgleichen zu haben. Darüber hinaus war er an den Handelswaren interessiert, die er von Ihnen bekommen konnte. Diese Chance wollte er nicht leichtfertig vertun. Er überzeugte seine Freunde, und sie taten, was ihnen als geeignetste Versöhnungsgeste erschien.«

Van Rijn rieb sich strahlend die Hände. »Ich sage Ihnen, meine Herren, diese Leute werden eines Tages zu unseren besten Kunden gehören!«

Wir anderen saßen still und nachdenklich, bis der Butler zu Tisch bat. Manuel half Per aus dem Sessel. »Wir werden jeden instruieren müssen, der auf Kain zu tun hat«, sagte Per. »Ich meine, keiner von uns darf sich anmerken lassen, daß wir Menschen keine wilden Tiere sind.«

»Aber Per«, erwiderte Manuel freundschaftlich tadelnd. »Wir sind es doch.«

Van Rijn verhielt und blickte uns an. Dann schüttelte er seinen Kopf und tappte bärenhaft unbeholfen zum Fenster. »Nein«, knurrte er. »Einige von uns sind es.«

»Was soll das heißen?« fragte Harry.

»Wir in diesem Raum hier sind wild«, erklärte van Rijn. »Wir tun, was wir tun, weil wir es so wollen oder weil wir es für richtig halten. Andere Motive haben wir nicht. Wenn man Sklaven aus uns macht, wäre es klug, uns nicht in die Nähe von Waffen zu lassen.

Aber wie viele Sklaven hat es in der Geschichte der Menschheit gegeben? Ich meine jetzt Sklaven, denen ihre Herren vertrauen konnten? Ganze Armeen. Und wie viele Leute leben heutzutage wie zahme Haustiere? Wie viele Leute brauchen jemanden, der ihnen sagt, was sie zu tun und zu lassen haben? Der sich ihrer Bedürfnisse annimmt und sie schützt, nicht nur gegen ihre Mitmenschen, sondern auch vor sich selbst? Warum hat sich jede auf Freiheit gegründete menschliche Gesellschaftsform als so kurzlebig erwiesen? Ist es nicht, weil die unzähmbaren, freiheitsliebenden Menschen zu selten geboren werden?«

Er starrte düster über das dunkelnde Lichtermeer der Stadt hinaus. »Glauben Sie etwa, die dort sind frei?« rief er. Seine Hand hieb in verächtlicher Gebärde durch die Luft abwärts.

Aus den Chroniken der Polesotechnischen Liga

Buch 2
DIE FRIEDENSSTIFTER

Ins Deutsche übertragen von
Walter Brumm

Das dreieckige Rad

1

»Nein!«

Rebo Legnors-Kind, Herzog von Gilrigor, wich erschrocken vor der Zeichnung zurück, als sei sie plötzlich lebendig geworden. »Woran denken Sie?« fragte er entsetzt. »Verbrennen Sie das Ding! Sofort!« Seine Hand zitterte, als er auf das große Kohlenbecken wies, dessen Feuerschein den Audienzraum kaum erhellte. »Dort drüben. Ich habe nichts gesehen, und Sie haben mir nichts gezeigt. Verstanden?«

David Falkayn ließ das Blatt Papier fallen, auf das er gezeichnet hatte. Es flatterte langsam nach unten, denn der Luftdruck war hier ein Viertel höher als auf der Erde. »Was . . .« Seine Stimme überschlug sich, was lächerlich wirkte. Er riß sich zusammen und sah dem Ivanhoaner ins Gesicht. »Was ist denn los?« erkundigte er sich. »Das war doch nur eine Zeichnung.«

»Ja, aber von der *Malkino.*« Rebo schüttelte sich förmlich. »Dabei gehören Sie nicht einmal zu uns und sind vor allem kein Geweihter.«

Falkayn starrte ihn forschend an, als glaube er, den Gesichtsausdruck des anderen deuten zu können. In dem dunkelroten Sonnenlicht, das schräg durch die schmalen Fenster fiel, sah Rebo mehr einem Löwen als einem Menschen ähnlich, aber auch diese Ähnlichkeit war nur oberflächlich. Sein Körper, der auf kurzen kräftigen Beinen ruhte, war untersetzt und gedrungen, ohne dabei dicklich zu wirken. Die ebenfalls kurzen Arme liefen in Hände mit jeweils drei Fingern und einem Daumen anstelle des kleinen Fingers aus. Ein dunkelbrauner Pelz bedeckte den gesamten Körper, aber jedes Haar war mit winzigen Stacheln besetzt, so daß der Eindruck eines Federkleides entstand. Der Kopf mit den großen grünen Augen und den spitzen Ohren erinnerte an eine Katze, aber die Tatsache, daß die Atemöffnungen sich zu beiden Seiten des Unterkiefers befanden, machte diesen Eindruck fast wieder zunichte. Trotzdem hatte Rebo deutliche Ähnlichkeit mit einem Löwen, denn die hellbraune Mähne, die sein Gesicht umgab und den halben Rücken bedeckte, und der lange Schwanz mit der dunkleren Quaste erinnerten Falkayn unwillkürlich an die Tiere, die er im Zoo gesehen hatte. Ein Paar kurze Hosen und ein breiter Ledergürtel, an dem eine Streitaxt hing, vervollständigten den wilden Eindruck.

Falkayn war sich jedoch darüber im klaren, daß dieser massive Schädel ein Gehirn enthielt, das seinem gleichwertig war. Nur schade, daß es sich nicht auf der Erde entwickelt hatte. Wie sollte eine Verständigung möglich sein, wenn zwei Lebewesen aufeinandertrafen, die völlig verschiedenen Kulturen angehörten?

Der junge Mann fuhr sich mit der Zunge über die Lippen. Er griff nicht nach seinem Strahler, stellte aber fest, daß er das Gewicht der Waffe an seiner Hüfte beruhigend fand. »Ich bitte um Verzeihung, wenn ich Sie beleidigt habe«, sagte er langsam. »Fremde neigen dazu, aus Unwissenheit Fehler zu begehen. Wollen Sie mir nicht erklären, was ich falsch gemacht habe?«

Rebos Haltung war weniger gespannt als zuvor. Seine Augen, die weiter als Falkayns in den Rotbereich des Spektrums hineinsahen, überprüften die Ecken des Raumes, in denen Falkayn nur dunkle Schatten erkannte. Außer den beiden war niemand in dem Audienzraum anwesend; nur die Glut in dem Kohlenbecken sandte lange Flammenzungen nach oben, die sich flackernd bewegten. Draußen wehte wie immer ein starker Wind.

»Ja«, sagte der Herzog, »ich weiß, daß Sie nicht absichtlich gegen unsere Gesetze verstoßen haben. Und Sie dürfen nicht daran zweifeln, daß ich Ihnen freundschaftlich gesinnt bleibe, weil Sie im Augenblick mein Gast sind – und weil Sie den frischen Wind mitgebracht haben, der unserem stagnierenden Land so sehr gefehlt hat.«

»Wir haben ihn vielleicht mitgebracht«, verbesserte Falkayn ihn. »Die Zukunft hängt davon ab, ob wir am Leben bleiben. Und das hängt wieder von Ihrer Hilfe ab.« *Gut gesagt!* gratulierte er sich.

Schuster hätte das hören sollen. Vielleicht würde er mir dann nicht mehr vorhalten, daß ich nie Händler werden kann, solange ich mich so unbeholfen ausdrücke.

»Ich kann euch aber nicht helfen, wenn ich hingerichtet werde«, antwortete Rebo scharf. »Verbrennen Sie das Ding, sage ich.«

Falkayn warf einen nachdenklichen Blick auf seine Zeichnung, die einen großen flachen Wagen auf acht Rädern zeigte, der von zwanzig Fastigas gezogen wurde. Auf dem Weg in das herzogliche Schloß hatte er sich immer wieder ausgemalt, wie begeistert der Edelmann sein würde. Er hatte sich nicht mehr als David Falkayn gesehen, der Lehrling und unbezahlter persönlicher Diener des Meisterhändlers Margin Schuster war, sondern als Falkayn von Hermes, ein zweiter Prometheus, der Larsum das Rad bringen würde. *Was habe ich falsch gemacht?* überlegte er sich. *Warum geht immer alles schief?* Er ging langsam zu dem Kohlenbecken hinüber und legte das Papier auf die Glut. Es flammte auf und verkohlte zu Asche. Rebo nickte zufrieden, schenkte sich ein Glas Wein ein und leerte es mit einem Zug. »Ausgezeichnet«, stellte er dann fest. »Nur schade, daß ich Ihnen keine Erfrischung anbieten kann. Wirklich bedauerlich . . .«

»Sie wissen, daß Ihre Nahrungsmittel für uns Gift sind«, antwortete Falkayn. »Allein deshalb müssen wir den Generator so bald wie möglich zu unserem Schiff transportieren. Wollen Sie mir nicht erklären, weshalb die Maschine, die ich gezeichnet habe, schlecht ist? Sie ist einfach zu bauen und hat dazu beigetragen, daß mein Volk jetzt nicht mehr aus . . .«

Er beherrschte sich rechtzeitig, bevor er tatsächlich ›Wilde‹ oder ›Barbaren‹ sagte. Rebo hatte die Aufgabe, diese Stämme in seinem Herzogtum von den Grenzen des Landes zurückzuhalten. Larsum war ein zivilisiertes Land mit Ackerbau, Metallurgie, Städten, Straßen, Handel und einer gebildeten Klasse.

Trotzdem gab es hier keine Räder. Wenn Lasten befördert werden mußten, wurden sie auf Tragtieren, mit Booten und im Winter auf Schlitten transportiert – aber nie auf Rädern. Falkayn erinnerte sich jetzt daran, daß nicht einmal Walzen benutzt wurden.

»Das Prinzip ist doch ganz einfach – runde Gegenstände drehen sich«, versuchte er zu erklären.

Rebo schüttelte den Kopf. »Am besten sprechen wir nicht darüber.« Dann schien er plötzlich seine Meinung geändert zu haben, denn er fuhr fort: »Wir müssen aber darüber sprechen. Die *Malkino* ist zu heilig, um für solche Zwecke mißbraucht zu werden. Wer gegen dieses Gesetz verstößt, wird hingerichtet, damit Gottes Zorn nicht das ganze Land verwüstet.«

Falkayn hatte noch immer Schwierigkeiten mit der Sprache. Die Lehrtonbänder an Bord der *What Cheer* hatten ihn die Sprache fließend sprechen gelehrt, aber die feinen Unterschiede waren auch der ersten Expedition nach Ivanhoe entgangen; die Männer waren damals nur wenige Wochen hier gewesen. Das Wort, das er mit ›heilig‹ übersetzte, schien für Rebo sehr viel mehr als nur einen geistigen Inhalt zu haben. »Was heißt *Malkino*?«

»Etwas ... etwas Rundes. Ich darf es Ihnen nicht aufzeichnen, denn das ist ein Vorrecht der Geweihten. Aber es ist etwas Rundes.«

»Aha. Wir würden es als *Kreis* bezeichnen – oder als *Kugel*, wenn es dreidimensional ist. Hmm, vielleicht könnten wir unsere Räder leicht unrund machen.«

»Nein, auch das ist ausgeschlossen, es sei denn, die Unvollkommenheit wäre so groß, daß die Räder nicht mehr rollen würden. Auch wenn die Geweihten zustimmen würden – was sie bestimmt nie täten, weil sie euch feindselig gesinnt sind und sich an ihr Dogma klammern –, würden sich die Bauern erheben und euch ermorden.« Rebo warf einen Blick auf Falkayns Strahler. »Ja, ich weiß, daß ihr wunderbare Waffen besitzt. Aber ihr seid nur zu viert. Was helfen eure Waffen gegen Tausende von Kriegern, die von allen Seiten gut gedeckt vordringen?«

Falkayn erinnerte sich daran, was er bisher in Aesca, auf dem Ritt nach Westen und jetzt hier in der Burg gesehen hatte. Die Architektur beruhte auf Vielecken; Möbelstücke und Gebrauchsgegenstände waren quadratisch oder länglich. Selbst kostbare, geweihte Stücke wie Rebos Weinpokal wiesen nur einen elliptischen Querschnitt auf oder basierten auf einem Kreissektor.

»Wieso ist diese ... diese Form so heilig?« erkundigte Falkayn sich erstaunt.

»Nun ...« Rebo nahm in seinem Sessel Platz und lehnte sich

zurück. Er spielte mit dem achteckigen Stiel seiner Axt und sah nicht auf. »Nein, das war schon immer so. Ich kann natürlich lesen, bin aber kein Gelehrter. Die Geweihten wissen mehr darüber. Der Kreis und die Kugel sind Symbole Gottes und verkörpern ihn sogar in gewisser Beziehung. Sie sind am Himmel zu sehen, denn die Sonne und die Monde sind Kugeln. Die Welt ist ebenfalls eine; und die Geweihten sagen, daß alle Planeten die gleiche Form haben und daß die Sterne im Inneren der großen Hohlkugel des Universums schweben. Alle Himmelskörper bewegen sich in Kreisen. Und Kreis und Kugel sind vollkommene Formen, nicht wahr? Alle vollkommenen Formen sind Symbole Gottes.«

Falkayn erinnerte sich an einige Philosophen des griechischen. Altertums – obwohl Hermes als unabhängiges Großherzogtum existierte, waren seine Bewohner doch stolz auf ihre Abstammung von der Erde und lehrten ihre Geschichte in den Schulen. Am liebsten hätte er geantwortet: »Sie irren sich! Kein Planet ist wirklich kugelförmig, und Ihre kleine rote Sonne bildet nicht den Mittelpunkt des Universums. Ich komme von dort draußen und muß es deshalb wissen!« Aber Schuster hatte ihn schon oft genug ermahnt, vorsichtiger zu sein, deshalb beherrschte er sich noch rechtzeitig. Es war falsch, die feindselige Haltung der Priester noch zu unterstützen und vielleicht auch Rebo zu verärgern, der sein Freund sein wollte.

Wie konnte er auch eine Behauptung widerlegen, die seit vier oder fünf Jahrtausenden zu den Glaubensgrundsätzen der Bevölkerung dieses Landes gehörte! Larsum war ein einzelnes Land, das durch Gebirge, Wüsten, Meere und Barbarenstämme von dem übrigen Planeten getrennt war. Die Ereignisse außerhalb seiner Grenzen drangen nur als Gerücht in das Innere des Landes vor. Deshalb war es durchaus verständlich, daß Rebo sich einbildete, die seltsamen Fremden ohne Pelz und mit dem Schnabel über dem Mund stammten von einem anderen Kontinent. Nachdem die erste Expedition berichtet hatte, wie energisch die Priester ihre Behauptung zurückgewiesen hatten, sie sei von den Sternen hierher gekommen, hatte Schuster seine Besatzung angewiesen, dieses Thema nach Möglichkeit zu vermeiden. Wichtig war im Augenblick nur, den Planeten so rasch wie möglich wieder zu verlassen, bevor sie alle verhungerten.

Falkayn zuckte mit den Schultern. »Wir haben festgestellt, daß es nicht gut ist, die religiösen Anschauungen anderer zu kritisieren«, sagte er. »Schön, ich sehe ein, daß Räder nicht in Frage kommen. Aber welche andere Möglichkeit bleibt uns noch?«

Rebo hob den Kopf und betrachtete ihn nachdenklich. Falkayn überlegte sich, daß er tatsächlich keinen degenerierten Adligen, sondern ein durchaus intelligentes Wesen vor sich hatte. Rebo Legnors-Kind hatte große Ähnlichkeit mit den alten Samurai, falls überhaupt Parallelen zu der menschlichen Geschichte möglich waren, während die Geweihten eine Kombination aus Priester, Schriftsteller, Künstler, Ingenieur und Wissenschaftler darstellten. Rebo hatte das Prinzip des Rades sofort erfaßt und...

»Sie verstehen hoffentlich, daß ich und einige meiner Stammesgenossen Ihnen und Ihren Freunden nicht nur wohlwollend gegenüberstehen«, fuhr er jetzt leiser fort. »Als vor einigen Jahren das erste Schiff kam, schien ein Blitz eingeschlagen zu haben. Viele von uns hofften, daß die Verhältnisse sich jetzt ändern würden. Der Umgang mit zivilisierten Fremden müßte neues Wissen und neue Methoden bringen, die unser Reich nur allzu dringend braucht, nachdem sich hier seit fast zwei Jahrtausenden nichts mehr verändert hat. Deshalb möchte ich euch helfen, weil ich mir davon gewisse Vorteile verspreche.«

Falkayn beherrschte sich nicht nur taktvoll, sondern brachte es einfach nicht übers Herz, Rebo zu erklären, daß die Polesotechnische Liga kein Interesse an Handelsbeziehungen mit Larsum oder einem anderen Teil des Planeten Ivanhoe haben würde. Hier gab es nichts, was andere Welten nicht besser oder billiger liefern konnten. Die erste Expedition war nur hierhergekommen, weil der Planet zur Errichtung eines Ersatzteillagers in diesem Teil des Universums geeignet zu sein schien. Die Expedition hatte festgestellt, daß Larsum fortschrittlicher als die übrigen Länder war; sie war hier gelandet, hatte Verbindung mit den Einwohnern aufgenommen und die Sprache gelernt. Nach einiger Zeit hatte sie um Erlaubnis gebeten, ein großes Gebäude errichten zu dürfen, das nur Besucher wie sie selbst betreten konnten.

Die Erlaubnis war widerwillig erteilt worden – weniger wegen der Metalle, die als Bezahlung angeboten worden waren, sondern vor allem, weil die Geweihten Unannehmlichkeiten fürchteten, falls sie sich weigerten. Jedenfalls hatten sie darauf bestanden, das Gebäude müsse weit von der Hauptstadt entfernt errichtet werden; offenbar wollten sie verhindern, daß allzu viele Bewohner des Landes von ausländischen Ideen angesteckt wurden. Nachdem die Expedition ihren Auftrag erfüllt und dem Planeten einen willkürlich gewählten Namen gegeben hatte, startete sie wieder und flog fort. Die gesammelten Informationen wurden in Zukunft an alle Schiffe ausgegeben, die zu den Plejaden unterwegs waren. Jeder hoffte, daß das Depot niemals benutzt werden würde – aber die *What Cheer* hatte eben Pech gehabt.

»Ich kann mir nicht vorstellen, wie Sie uns helfen wollen«, stellte Falkayn fest. »Wie sollen wir den Generator transportieren, wenn wir keinen Wagen benutzen dürfen?«

»Können Sie das Ding nicht zerlegen, in einzelnen Stücken befördern und dann wieder zusammenbauen?« erkundigte Rebo sich. »Ich stelle Ihnen gern genügend Arbeiter zur Verfügung.«

»Nein.« Wie erklärt man jemand die Konstruktion eines thermonuklearen Generators, wenn der andere nicht einmal weiß, wie ein Wasserrad aussieht? Unmöglich! »Der Generator läßt sich nur mit Werkzeugen zerlegen, die wir nicht an Bord haben.«

»Wiegt er wirklich so viel, daß er nicht auf einem Schlitten transportiert werden kann?«

»Ganz bestimmt. Ein Schlitten könnte vielleicht genügen, wenn jetzt Winter wäre. Aber bevor wieder Schnee fällt, sind wir bereits tot. Ein Kahn würde ebenfalls ausreichen, aber hier gibt es keine schiffbaren Flüsse.«

Falkayn verfluchte wieder einmal die Männer, die für die Einrichtung des Lagers verantwortlich gewesen waren. Warum hatten sie nicht wenigstens einen Schwerkraftschlitten zurückgelassen? Andererseits hatte jedes Schiff einige an Bord. Und wer hätte voraussehen können, daß die der *What Cheer* außer Betrieb sein würden? Oder daß er nicht mit eigener Kraft das Gebäude erreichen konnte? Falls jemand an diese Möglichkeit gedacht hatte, mußte er sich gesagt haben, daß die Besatzung notfalls einen Wagen konstruieren konnte; die Xenologen hatten festgestellt, daß das Rad hier unbekannt war – aber sie hatten sich nicht die Mühe gemacht, nach den Ursachen zu forschen. Das Ersatzteillager war so hervorragend eingerichtet und ausgestattet, daß es nicht einmal Lebensmittelvorräte enthielt, denn jede Besatzung, die es überhaupt erreichte, mußte imstande sein, ihr Schiff innerhalb weniger Tage zu reparieren.

»Ich nehme an, daß kein anderes Schiff Ihrer Nation früh genug hier landet, um Sie und Ihre Freunde zu retten«, sagte Rebo.

»Richtig. Die ... Entfernungen, die wir auf unseren Reisen zurücklegen, sind unvorstellbar groß. Wir waren zu einem abgelegenen Planeten unterwegs – zu einem weit entfernten Land, wenn Sie wollen –, um dort Handelsbeziehungen anzuknüpfen. Aus Konkurrenzgründen sind wir heimlich abgeflogen, und unsere Vorgesetzten erwarten uns erst in einigen Monaten zurück. Bevor sie sich Sorgen machen und eine Suchmannschaft ausschicken, sind unsere Lebensmittelvorräte längst erschöpft. Wir haben nur das Notwendigste an Bord, um mehr Platz für wertvolle Dinge zu schaffen, mit denen wir unsere Geschäftspartner ...«

»Mit denen Sie Ihre Geschäftspartner bestechen wollten.« Rebo betrachtete den jungen Mann amüsiert. »Nun, dann müssen wir uns eben etwas anderes einfallen lassen. Ich bin gerne bereit, alles zu tun, was in meiner Macht steht. Das Lagergebäude ist auf mein Drängen hier anstatt in einem anderen Teil des Landes errichtet worden, weil ich schon damals hoffte, eines Tages wieder Besucher begrüßen zu können.«

Rebo machte eine nachdenkliche Pause und fuhr dann fort: »Ich bin so fromm wie jeder andere, kann aber trotzdem nicht glauben, daß Gott damit einverstanden ist, daß die Geweihten jeden Fortschritt in Larsum verhindern. Auch hier hat es einmal ein Heldenzeitalter gegeben, bevor Ourato das Land unter seinem Zepter vereinigte. Vielleicht zieht ein neues herauf, wenn wir uns endlich aus dieser Umklammerung befreien.«

Der Herzog schien zu merken, daß er bereits zuviel gesagt hatte, denn er fügte rasch hinzu: »Sprechen wir lieber nicht von solchen Dingen. Wir müssen überlegen, wie wir den Generator zu Ihrem Schiff befördern können. Vielleicht fällt Ihren Freunden eine

Lösung ein, wenn wir beide schon keinen Erfolg dabei gehabt haben. Richten Sie ihnen also aus, daß der Herzog von Gilrigor nicht gestatten kann, daß sie einen . . . einen Wagen bauen; aber er wünscht ihnen trotzdem alles Gute.«

»Vielen Dank«, murmelte Falkayn. »Am besten breche ich gleich morgen auf.«

»So bald? Der Ritt hierher war bestimmt anstrengend, und Sie haben sich kaum mit mir unterhalten. Aesca ist so weit entfernt, daß ein oder zwei Ruhetage eigentlich keinen Unterschied machen dürften.«

Falkayn schüttelte den Kopf. »Je eher ich zurückkehre, desto besser. Wir haben nicht mehr viel Zeit zu verlieren, müssen Sie wissen.«

2

Drei frische Fastigas standen im Burghof für Falkayn bereit, als er sich am nächsten Morgen von seinem Gastgeber verabschiedete. Die Reittiere erinnerten entfernt an Pferde – die Größe stimmte etwa –, aber die lange Schnauze und der weiche Pelz, der sogar die kurzen Beine bedeckte, verringerten die Ähnlichkeit erheblich. Ein Soldat hielt die Zügel der drei Tiere, von denen eines als Ersatz gedacht war, während das dritte ausschließlich als Packtier diente. Hinter ihm hatten sich einige Bedienstete versammelt, die den Fremden neugierig anstarrten.

»Wollen Sie wirklich keine Eskorte?« fragte Rebo noch einmal.

»Glauben Sie, daß der Ritt sonst zu gefährlich ist?« erkundigte Falkayn sich.

»Hmm . . . nein, wahrscheinlich nicht. Meine Leute sorgen überall für Ordnung. Gott mit Ihnen.«

Falkayn nickte ihm noch einmal zu und schwang sich dann auf den Rücken des ersten Tieres – allerdings weniger elegant, als er gehofft hatte. Aber die hier herrschende Schwerkraft, die fünfzehn Prozent größer als auf der Erde war, brachte es mit sich, daß jede

Bewegung schwerfälliger ausfiel und größere Anstrengungen erforderte. »Vielen Dank für alles«, sagte er und ritt langsam durch das Burgtor nach Osten davon.

Die warmen Kleidungsstücke, die er als Schutz vor der Kälte trug, verbargen einen kräftigen, aber trotzdem schlanken Körper. Falkayn hatte ein rundes Gesicht mit blauen Augen, einer Stupsnase und zahlreichen Sommersprossen, über die er sich schon oft geärgert hatte. Schließlich sollte selbst der jüngste Sohn eines Barons von Hermes elegant und kavaliergemäß aussehen – auch wenn dieser jüngste Sohn von der herzoglichen Militärakademie ausgeschlossen worden war. Falkayn hatte das Pech gehabt, bei einem harmlosen Streich erwischt zu werden, und sein Vater hatte beschlossen, ihn sein Glück anderswo suchen zu lassen. Auf diese Weise war er zur Erde geschickt worden, um bei Martin Schuster als Lehrling anzufangen, aber anstatt des aufregenden Lebens, das die interstellaren Händler angeblich führten, hatte er viel arbeiten und noch mehr lernen müssen.

Falkayn blickte die Straße entlang, die eigentlich nur ein breiter Fußpfad war, der sich durch die Hügel wand. Im Süden erkannte er das Lagerhaus, das den kostbaren Generator enthielt. Spärliches graues Gras und niedrige Büsche bedeckten die Erde zu beiden Seiten der Straße; hier und da graste friedlich eine Herde, die von einem berittenen Hirten bewacht wurde. Hinter ihm ragte das Felsengebirge auf, dessen Gipfel ein unübersteigbares Hindernis bildeten. Ein großer Mond hing geisterhaft über ihnen. Die bernsteinfarbene Sonne stand noch immer dicht über dem Horizont.

Der Wind wehte ihm ins Gesicht, so daß er unwillkürlich zitterte. Auf Ivanhoe war jetzt der Frühling gekommen, so daß es nicht mehr so kalt wie im Winter war, aber das ungewisse Sonnenlicht bewirkte, daß er immer das Gefühl hatte, demnächst zu erfrieren. Er dachte jetzt nicht mehr daran, daß er Falkayn von Hermes, der große Handelsfürst, war, sondern holte ein Sprechfunkgerät aus der Tasche und schaltete es ein. »Hallo«, sagte er fast ängstlich. »Hallo, *What Cheer*. Ist dort jemand?«

»Natürlich«, antwortete Romulo Pasqual, der Schiffsingenieur. »Bist du das, Kleiner?«

Falkayn freute sich so sehr über diese menschliche Stimme in der

Einsamkeit, daß er sich nicht einmal über den Ausdruck ›Kleiner‹ ärgerte. »Ja. Wie steht es an Bord?«

»Wie immer. Krish sitzt in der Ecke und grübelt. Martin ist wieder in den Tempel gegangen, obwohl er selbst nicht recht daran glaubt, daß die Priester uns erlauben, Räder zu verwenden. Und ich zerbreche mir den Kopf darüber, wie man einige Tonnen Generator über Land transportiert. Vielleicht auf einem riesigen Schlitten?«

»Nein, ausgeschlossen. Ich habe schon mit Rebo darüber gesprochen. Auf diesen Straßen ist das unmöglich.«

»Ganz bestimmt? Wenn wir genügend Tiere und Arbeiter davorspannen und . . .«

»Wir bekommen nicht genug. Selbst wenn Rebo alle zur Verfügung stellt, die er auftreiben kann – ein Teil ist jetzt mit der Aussaat beschäftigt, während andere das Land vor den Barbaren bewachen müssen –, bezweifelt er, daß sie diese Last über einige der Steigungen transportieren können.«

»Du hast aber doch gesagt, daß auch andere Adlige mit der Priesterschaft unzufrieden sind. Wenn sie ebenfalls dazu beitragen . . .«

»Das müßte erst arrangiert werden und würde vermutlich zu lange dauern. Rebo glaubt nicht, daß die anderen uns bereitwillig unterstützen würden, obwohl sie ebenfalls die Bevormundung durch die Priester satt haben. Außerdem sind sie von den Geweihten abhängig, die das Volk gegen die Adligen aufhetzen können, falls es zu einem Bruch zwischen den Kasten kommen sollte.«

»Richtig, das hat Martin auch schon gesagt. Wir haben gestern abend darüber gesprochen . . . Aber wenn Rebo uns wirklich helfen will, soweit das Gesetz es ihm erlaubt, müßten wir doch mindestens hundert Arbeiter und die doppelte oder dreifache Anzahl Fastigas zur Verfügung haben. Und damit läßt sich der Schlitten bestimmt bewegen. Vielleicht brauchen wir Winden, aber . . .«

»Winden sind ebenfalls eine Art Rad«, warf Falkayn ein.

»Richtig«, stimmte Pasqual zu. »Schön, dann eben nur Hebel und Kelle. Die Mayas haben riesige Pyramiden errichtet, ohne Räder zu benutzen. Im Vergleich dazu ist der Transport des Generators von Gilrigor nach Aesca eine Kleinigkeit.«

»Natürlich – aber wie lange würde er dauern? Sieh dir doch

selbst diese sogenannte Straße an. Wir wären schon lange vorher tot, das kannst du mir glauben.« Falkayn räusperte sich. »Wie lange reichen unsere Rationen noch aus? Hundert Tage?«

»Vielleicht etwas länger. Allerdings können wir es noch ein paar Wochen ohne Essen aushalten, nehme ich an.«

»Trotzdem haben wir nicht genügend Zeit, das kann ich beschwören!«

»Nun – wahrscheinlich hast du leider recht. Du kennst die Verhältnisse auf dem Land besser als ich«, gab Pasqual zu.

»Selbst auf einem Wagen würde der Transport lange genug dauern«, versicherte Falkayn ihm. »Unter diesen Umständen könnten wir bestimmt nicht mehr als zwanzig Kilometer pro Erdtag schaffen. Unten in der Ebene ginge es natürlich schneller, aber ich schätze trotzdem, daß wir einen Monat brauchen würden.«

»So lange? Na, wahrscheinlich hast du recht. Sogar ein Reiter braucht mehr als eine Woche. Das ist allerdings keine erfreuliche Nachricht. Martin befürchtet, daß die Priester sich einen neuen Trick einfallen lassen, um uns zu behindern, selbst wenn wir die Gesetze irgendwie umgehen.«

»Das würde mich keineswegs überraschen«, stellte Falkayn fest. »Warum hassen sie uns eigentlich so?«

»Das weißt du doch selbst. Martin hat sich jeden Tag mit dir unterhalten, während du unterwegs warst.«

»Ja, aber ich bin bald nach der Landung fortgeschickt worden. Ihr drei seid an Ort und Stelle geblieben, habt Gelegenheit gehabt, euch mit den Eingeborenen zu unterhalten und sie zu beobachten . . .«

»Der Grund ist ganz klar«, erläuterte Pasqual ihm. »Die Geweihten stellen hier eine Elite dar, deren Fortbestand durch jede Veränderung gefährdet ist, selbst wenn es allen anderen Klassen dadurch besser ginge. Die Priester sind intelligent genug, um zu erkennen, daß wir den augenblicklichen Zustand gefährden, denn unsere Wege und unsere Ideen können das gesellschaftliche Gleichgewicht zerstören. Deshalb tun sie alles, um weitere Fremde zu entmutigen, damit sie gar nicht erst hierherkommen.«

»Können wir ihnen nicht drohen? Warum sagt Martin ihnen nicht, daß ein Schlachtschiff ihren ganzen Planeten vernichtet, wenn sie uns hier sterben lassen?«

»Leider hat ihnen die erste Expedition unsere Verhältnisse zu eingehend geschildert, fürchte ich. Martin will es allerdings heute mit einem Bluff dieser Art versuchen. Ich weiß nicht genau, was er vorhat. Seitdem du unterwegs bist, hat er sich große Mühe mit einigen der jüngeren Priester gegeben. Du weißt doch, daß er regelmäßig Vorträge hält? Nur nicht vorschnell aufgeben, Kleiner!«

»Ich habe nicht die Absicht«, antwortet Falkayn beleidigt. »Hoffentlich haltet ihr durch!«

Er ritt weiter nach Osten, während über ihm die rote Sonne langsam über den Himmel zog. Die Umlaufzeit des Planeten betrug fast sechzig Stunden, so daß Falkayn gegen Mittag die erste längere Pause einlegen mußte. Nachdem er einige Stunden geschlafen hatte, ritt er bis kurz vor Sonnenuntergang weiter und schlief dann nochmals mehrere Stunden. Als er wieder aus dem Schlafsack kroch, blitzten hoch über ihm unzählige Sterne, während der zweite Mond tief über den Hügeln im Osten stand.

Falkayn sah nachdenklich zu dem herrlichen Sternenhimmel auf und konnte kaum glauben, daß so viel Schönheit auch gefährlich sein sollte. Trotzdem bestand immer die Möglichkeit, daß ein Raumschiff beim Übergang in den Normalraum ausgerechnet dort auftauchte, wo sich bereits ein Mikrometeorit befand. Falls die Eigengeschwindigkeiten der beiden Gegenstände sich erheblich voneinander unterschieden, entstand dabei ein beträchtlicher Schaden. Und falls davon gerade der Nuklearantrieb des Schiffes betroffen wurde – nun, genau das war der *What Cheer* zugestoßen.

Unter diesen Umständen hatte Captain Mukerji Hervorragendes geleistet, als er sämtliche Akkumulatoren des Schiffes benutzt hatte, um eine Notlandung auf Ivanhoe durchzuführen. Dort hatte er selbstverständlich nicht Gilrigor, sondern die Hauptstadt Aesca angesteuert, denn normalerweise überging man die Behörden eines Landes nicht einfach, die einem Schwierigkeiten machen konnten. Wer hätte ahnen können, daß die Schwierigkeiten bereits dort warteten? Aber jetzt stand das Raumschiff außerhalb der Stadt und konnte nicht einmal einen Schwerkraftschlitten einsetzen, weil die Akkumulatoren nicht mehr genügend Ladung enthielten. Die Akkumulatoren in dem Lagergebäude wurden für die Reparatur gebraucht, und der dort liegende Atomgenerator war erst betriebsbereit, wenn er eingebaut war, denn er funktionierte nur in Verbindung mit den Reglern an Bord des Schiffes. Aber zwischen dem Generator und dem Raumschiff lagen tausend Kilometer, die ohne Räder nicht . . .

Irgend etwas hatte sich bewegt. Eines der Tiere schnaubte laut. Falkayn sprang auf und zog seinen Strahler.

Ein Eingeborener tauchte plötzlich vor dem Feuer auf, das Falkayn angezündet hatte, um sich vor der Nachtkälte zu schützen. Sein Pelz war mit Reif bedeckt; unter seinem Kinn bildete der Atem dichte Wolken. Falkayn stellte verblüfft fest, daß der Unbekannte einen Harnisch trug, auf dem ein Kreis abgebildet war. Ein Kreis! In dem Feuerschein wirkten seine großen Augen unruhig.

»Was willst du?« fragte Falkayn mißtrauisch, obwohl der andere das Schwert in der Scheide ließ und die leeren Hände in die Höhe hielt, um damit anzudeuten, daß er in friedlicher Absicht gekommen war.

»Gott gebe dir einen guten Abend«, antwortete eine tiefe Stimme. »Ich habe dein Lager schon aus weiter Entfernung gesehen, aber nicht erwartet, hier einen Fremden zu finden.«

»Und ich bin überrascht, hier einen Wächter des Heiligtums zu treffen.«

»Wir unternehmen oft weite Reisen im Dienst der Geweihten. Ich bin Vedolo Parios-Kind.«

»Ich heiße David . . . äh . . . David Falkayns-Kind.«

»Du bist bei dem Herzog gewesen, nicht wahr?«

»Das weißt du doch selbst gut genug!« antwortete Falkayn aufgebracht. Dann beherrschte er sich wieder, weil ihm einfiel, daß sie vielleicht darauf angewiesen waren, die Priester um einen Dispens zum Gebrauch der Räder zu bitten. »Willst du mir nicht Gesellschaft leisten?«

Vedolo hockte sich ihm gegenüber ans Feuer und beobachtete ihn nachdenklich. »Ja«, gab er nach einer kurzen Pause zu, »jeder in Aesca weiß, daß du hierhergekommen bist, um zu sehen, ob das Haus, das eure Vorgänger gebaut haben, noch in Ordnung ist. Warst du zufrieden damit?«

Falkayn nickte. Zum Glück war das Lagerhaus einbruchsicher

konstruiert, so daß die Priester nichts zerstören konnten. »Herzog Rebo hat mich freundlich aufgenommen«, sagte er.

»Das haben wir erwartet. Soviel ich gehört habe, müßt ihr einige Gegenstände aus dem Lagerhaus zu eurem Schiff transportieren, um es zu reparieren. Ist Rebo euch dabei behilflich?«

»Er würde es gern tun, aber das Ding, das wir brauchen, ist zu schwer.«

»Meine Vorgesetzten haben sich ebenfalls darüber Gedanken gemacht«, bestätigte Vedolo. »Als sie auf eigenen Wunsch das Schiff besichtigten, schien der Schaden recht beträchtlich zu sein.«

Das muß nach meinem Aufbruch gewesen sein, überlegte Falkayn. *Wahrscheinlich wollte Schuster sie beeindrucken. Aber ich möchte wetten, daß er damit das Gegenteil erreicht hat, wenn sie unsere runden Instrumente gesehen haben – vermutlich sind sie jetzt feindseliger als vorher, selbst wenn sie es nicht gleich gezeigt haben.*

Aber was weiß dieser Kerl davon – oder hat er mich bis hierher verfolgt? Und warum hat er das getan? Mit welchem Auftrag ist er unterwegs?

»Deine Freunde haben davon gesprochen, daß der Transport möglich sein müßte«, fuhr Vedolo fort. »Deshalb staune ich darüber, daß du schon so bald und vor allem allein zurückkehrst.«

»Nun . . . wir hatten eine bestimmte Vorstellung, aber inzwischen sind gewisse Schwierigkeiten aufgetaucht . . .«

Vedolo zuckte mit den Schultern. »Ich zweifle nicht im geringsten daran, daß so gelehrte Leute wie ihr auch dieses Problem lösen können. Ihr verfügt über Kräfte, die bisher unserer Meinung nach nur Engel besitzen durften – oder der Anti-Gott –«. Er machte eine Pause und streckte die Hand aus. »Dazu gehören zum Beispiel auch eure Flammenwaffen, die schon die ersten Besucher demonstriert haben. Ich war damals leider nicht in Aesca, hätte sie aber gern einmal gesehen. Ist das eine Waffe an deinem Gürtel? Darf ich sie aus der Nähe sehen?«

Falkayn richtete sich auf. Er konnte den Stimmumfang eines Ivanhoaners nicht ganz genau aufnehmen und vor allem nicht jedes Wort genau übersetzen, aber allein der Tonfall . . . »Nein!« antwortete er kurz und bestimmt.

Der andere zeigte seine Zähne. »An deiner Stelle wäre ich einem Gottesdiener gegenüber etwas höflicher«, sagte Vedolo.

»Ich ... äh ... die Waffe ist gefährlich. Du kannst dich damit verletzen.«

Vedolo war aufgestanden, aber jetzt setzte er sich wieder. »Sieh mich an«, fuhr er fort, »und hör mir jetzt gut zu. Es gibt hier noch vieles, was ihr naseweisen Eindringlinge nicht begreift. Ich möchte dir etwas erzählen ...«

In der dichten Atmosphäre dieses Planeten hörten die Menschen geradezu übernatürlich gut. Dazu kam allerdings noch, daß Falkayn Vedolo nicht traute und unbewußt einen Angriff erwartete. Er hörte ein leises Rascheln hinter sich und warf sich zur Seite, als die Sehne des Bogens summte. Der achteckige Pfeil bohrte sich an der Stelle in die harte Erde, wo er eben noch gesessen hatte.

Vedolo sprang auf und zog sein Schwert. Falkayn rollte weiter, bis ein Dornbusch ihm das Gesicht zerkratzte. »Bringt ihn um!« brüllte Vedolo und warf sich auf ihn. Falkayn wich aus, richtete sich auf und trat zur Seite, als der blanke Stahl durch die Luft zischte. Dann hielt er seinen Strahler in der Hand und schoß aus kürzester Entfernung.

Der Lichtblitz beleuchtete die Umgebung des Lagerfeuers taghell. Vedolo sank lautlos zusammen. Falkayn stolperte auf seine Tiere zu, die ängstlich mit den Hufen scharrten. »Ich sehe nichts mehr, ich sehe nichts mehr, ich bin blind!« rief irgend jemand. Der helle Lichtschein mußte die Angreifer mehr als geblendet haben. Aber sie würden sich bald wieder erholen – und dann sahen sie in der Dunkelheit besser als er.

»Erschießt seine Fastigas!« befahl eine andere Stimme.

Falkayn schoß mehrmals in die Luft. Auf diese Weise konnten die anderen wenigstens nicht sicher zielen. Das erste Tier stieg in die Höhe und schlug aus, aber er griff nach dem Zügel und schlug dem Tier den Griff der Waffe über den Kopf. »Halt still« zischte er dabei. »Jetzt geht es auch um *dein* Leben!«

Irgendwie gelang es ihm, sich in den Sattel zu schwingen. Hinter ihm tauchte ein Löwenhaupt auf, dann stürzte plötzlich sein Packtier zu Boden. Falkayn schoß nach dem Angreifer und trennte dann die Leine zwischen seinem Fastiga und den beiden anderen Tieren mit dem Strahler durch.

»Vorwärts!« brüllte er. Das Tier setzte sich in Bewegung und raste davon, als er es mit einem Schlag auf die Kruppe antrieb. Ein Pfeil zischte an seinem Kopf vorbei, dann hatte er die Angreifer abgeschüttelt und ritt wieder nach Westen zurück.

Wie viele waren es? fragte er sich. *Ein halbes Dutzend? Wahrscheinlich stehen ihre Fastigas irgendwo versteckt, denn sonst hätten sie sich nicht anschleichen können. Dadurch habe ich einen kleinen Vorsprung. Andererseits sind meine beiden anderen Tiere zurückgeblieben, während sie bestimmt Wechselfastigas mitgebracht haben.*

Sie sollten mich überfallen, damit eine Verzögerung entsteht, während die anderen nach mir suchen. Offenbar wissen sie nicht, daß ich ein Funkgerät bei mir habe. Aber das macht jetzt keinen Unterschied mehr. Sie müssen mich einholen, bevor ich Rebo um Schutz bitten kann.

Die Frage ist nur, ob ich seine Burg eher als sie erreiche.

Jedenfalls steht jetzt fest, daß wir keinen Dispens mehr zu erwarten haben.

3

Die *What Cheer* stand auf einem Feld etwa zwei Kilometer nördlich von Aesca. Seit der Landung waren Tausende von Ivanhoanern hiergewesen, um das Schiff anzustarren; in dieser Beziehung hatten sie erstaunliche Ähnlichkeit mit Menschen, die sich versammeln, um etwas Neues anzugaffen. Aber Captain Krishna Mukerji ging nie zu Fuß in die Stadt, sondern ritt jedesmal.

»Das müßten Sie sich wirklich auch angewöhnen, Martin«, sagte er nervös. »Besonders jetzt, nachdem die Lage so kritisch geworden ist. Die Leute hier haben keinen Respekt vor Ihnen, wenn Sie das ... äh ... Heiligtum zu Fuß betreten.«

»Unsinn«, antwortete Meisterhändler Schuster kurz. »Warum

soll ich meine kostbaren Knochen auf einem dieser gräßlichen Tiere riskieren? Auf der Erde bin ich einmal leichtsinnig genug gewesen, ein Pferd zu besteigen, aber ich wiederhole meine Fehler nicht gern.« Er machte eine wegwerfende Handbewegung. »Außerdem habe ich den Priestern bereits erklärt, daß ich mich nur deshalb nicht an das übliche Zeremoniell halte, weil ich auf solche reinen Äußerlichkeiten nicht mehr angewiesen bin. Das ist eine neue Idee hier – Schlichtheit als Tugend. Die jüngeren Geweihten sind geradezu begeistert davon.«

»Richtig, neue Ideen sind hier förmlich ansteckend«, stimmte Mukerji zu. »Die Larsaner haben schon so lange keine mehr erlebt, daß sie in dieser Beziehung leicht zu begeistern sind... Aber die Priester sind sich darüber im klaren. Wenn Sie zuviel Unruhe erzeugen, warten sie vielleicht nicht, bis wir verhungert sind, sondern hetzen die Leute gegen uns auf, obwohl sie vor einer Strafexpedition Angst haben.«

»Keine Angst«, beruhigte Schuster ihn lächelnd. »Ich horche die Leute nur aus, ohne ihre Glaubensgrundsätze jemals anzuzweifeln, und ich habe nicht die Absicht, etwa jetzt damit anzufangen. Ich setze einfach meine Vorlesungen fort, als hätten wir keinerlei Sorgen. Aber vielleicht kann ich meine Zuhörer dabei in einer bestimmten Richtung beeinflussen...« Er nahm einige beschriebene Blätter von seinem Schreibtisch und verließ die Kabine: ein untersetzer Mann in Kniehosen, Seidenstrümpfen, Rüschenhemd und goldbestickter Jacke, als ob er zu einem Empfang auf der Erde unterwegs sei.

Er erreichte die Straße und ging in Richtung Stadt weiter. Um ihn herum herrschte reger Fußgängerverkehr, denn Nahrungsmittel und Rohstoffe wurden in die Stadt transportiert, von wo aus die Rohstoffe als Fertigwaren aufs Land zurückkehrten. Töpfer wankten unter Lasten vorbei, die Schuster nicht einmal hätte heben können; Fastigas wurden schwerbeladen vorübergeführt. Irgendein Herzog galoppierte mit seiner Leibwache die Straße entlang, während das gemeine Volk sich nach rechts und links drängte, um den Weg frei zu machen. Schuster winkte der Kavalkade so freundlich wie jedem Bauern zu, der ihn anrief. In den wenigen Erdwochen seit der Landung des Schiffes hatten die Aescaner alle Scheu vor den Fremden verloren, was allerdings kaum verwunderlich war, denn die Menschen wirkten schließlich auch nicht seltsamer als einige der Teufel und Engel, von denen sich die Bevölkerung umgeben glaubte, und schienen sehr viel verwundbarer zu sein. Selbstverständlich verfügten sie über geheimnisvolle Kräfte; aber das war auch bei jedem Dorfzauberer der Fall, und die Geweihten standen in unmittelbarer Verbindung mit Gott selbst.

Die Stadt besaß keine Mauern, weil sie in historischer Zeit nicht mehr der Gefahr einer Eroberung ausgesetzt gewesen war. Trotzdem war das eigentliche Stadtgebiet scharf begrenzt und dicht bebaut; in den engen Gassen herrschte reges Leben, so daß Schuster unwillkürlich erleichtert aufatmete, als er endlich eine der drei Brücken erreicht hatte. Nachdem er die Wächter des Heiligtums passiert hatte, ging er allein weiter, denn nur wer mit den Priestern zu tun hatte, durfte diesen Bezirk betreten.

Der Trammina, der mitten durch die Stadt floß und sie in zwei Hälften teilte, hatte hier eine Insel gebildet. Die bogenförmigen Brücken aus Stein bildeten die einzige Verbindung zu der Insel. (Falkayn hatte von Rebo erfahren, daß es zulässig war, für bestimmte wichtige Zwecke bis zu einem Drittel der heiligen Figur zu benützen.) Die Insel verschwand fast unter der riesigen Stufenpyramide des Heiligtums. Auf den unteren Terrassen erhoben sich mit Säulen verzierte Gebäude, in denen die Geweihten lebten und arbeiteten. Der obere Teil der Pyramide enthielt nur noch Treppen, die zur Spitze führten. Dort brannte das Ewige Feuer vor dem dunklen Himmel. Offenbar hatten die Priester eine Erdgasquelle angebohrt, aber die Zitadelle war trotzdem in jeder Beziehung eindrucksvoll.

Nur schade, daß die armen Bauern dafür Zwangsarbeit leisten und drückende Steuern ertragen müssen, dachte Schuster. *Die Pyramide ist eigentlich nur ein glänzendes Symbol ihrer Unfreiheit.* Allein die Tatsache, daß es anderswo auf diesem Planeten verschiedene Kulturen bei den Barbaren gab, die weniger autokratisch waren, zeigte deutlich genug, daß die Bewohner von Larsum diesen Zustand nicht als natürlich empfinden konnten.

Weißgekleidete Priester, deren lange Mähnen vor Alter ergraut waren, gingen in Begleitung ihrer Schüler, die hellblaue Roben trugen, über die Terrassen der Pyramide. Schuster begrüßte sie fröhlich, erntete aber meistens nur erstaunte oder abweisende Blicke. Er ließ sich nicht stören, sondern kletterte zu der vierten Stufe hinauf, wo das Haus der Astrologen stand.

In einem weitläufigen Raum dieses Hauses wurde er von einem Dutzend jüngerer Priester erwartet; die Geweihten saßen an einem runden Tisch vor ihm. »Guten Tag, guten Tag«, sagte Schuster strahlend. »Ich komme doch hoffentlich nicht zu spät?«

»Nein«, antwortete Herktaskor, ein schlanker junger Mann, der sich so würdevoll betrug, wie es dem Sohn eines Herzogs anstand. »Wir warten allerdings gespannt auf die Enthüllungen, die Sie uns heute morgen versprochen haben, als Sie sich unser *Buch der Sterne* geben ließen.«

»Schön, dann fangen wir am besten gleich an«, meinte Schuster. Er nahm seinen Platz an dem Tisch ein und breitete einige Papiere vor sich aus. »Haben Sie inzwischen die mathematischen Prinzipien verstanden, die ich Ihnen in den letzten Tagen erklärt habe?«

Einige der Zuhörer starrten unsicher zu Boden, aber andere nickten zustimmend. »Ja«, antwortete Herktaskor. »Einfach wunderbar!« fügte er dann leise hinzu.

Schuster nahm eine Zigarre aus seinem Etui und zündete sie an, während er die jungen Priester nachdenklich betrachtete. Er konnte nur hoffen, daß sie die Wahrheit gesagt hatten; sein Projekt, das er ursprünglich nur als Zeitvertreib begonnen hatte, um einige neue Ideen in dieses stagnierende Gesellschaftssystem einzuführen, war plötzlich wichtiger als alles andere geworden. Erst gestern abend hatte David Falkayn gemeldet, daß Räder auf keinen Fall benutzt werden durften, und jetzt . . .

Er war jedoch davon überzeugt, daß Herktaskor weder log noch einer Selbsttäuschung erlegen war. Dieser junge Priester war auf seine Art wirklich intelligent – und auf dieser Grundlage konnte Schuster aufbauen. Mathematik und Astronomie gehörten zu den wissenschaftlichen Disziplinen, die hier besonders gepflegt wurden, was allerdings kein Wunder war, wenn die Religion behauptete, Gottes Willen durch Astrologie erfahren zu können. Algebra und Geometrie waren ebenfalls seit langer Zeit allgemein bekannt, so daß der Schritt zur Differentialrechnung nicht allzu groß war.

Selbst der alte Sketulo, der Oberste Priester des Heiligtums, hatte keine Einwände gegen Schusters Vorlesungen erhoben und nur zur Bedingung gemacht, sie müßten innerhalb der Grenzen des Dogmas bleiben. Dadurch wurde nicht nur die intellektuelle Neugier der jüngeren Priester befriedigt, sondern die gebildete Klasse lernte auch, wie man das Volumen und die Fläche ungewöhnlicher Körper berechnete, was unter Umständen ganz nützlich sein konnte.

»Ich wollte heute eigentlich die bereits erwähnten Prinzipien weiterentwickeln«, stellte Schuster fest. »Aber dann ist mir eingefallen, daß Sie vielleicht mehr Interesse an bestimmten astrologischen Auswirkungen haben könnten. Mit Hilfe der Differentialrechnung ist es nämlich möglich, die voraussichtliche Stellung der Planeten und Monde wesentlich genauer als bisher zu berechnen.«

Seine Zuhörer richteten sich gespannt auf und starrten ihn neugierig an.

»*Das Buch der Sterne* enthält unter anderem einige Tabellen, die das Ergebnis jahrhundertelanger Beobachtungen sind«, fuhr Schuster fort. »Während meiner Abwesenheit habe ich lange darüber nachgedacht.« Tatsächlich hatte er sie dem Schiffscomputer eingegeben. »Hier sind die Ergebnisse meiner Berechnungen.«

Er betrachtete nachdenklich die Glut seiner Zigarre. Jetzt mußte er jedes Wort sorgfältig abwägen, denn ein falscher Zungenschlag konnte bedeuten, daß er ein Schwert zwischen die Rippen bekam.

»Ich habe lange gezögert, ob ich Ihnen die Ergebnisse wirklich vorlegen sollte«, sagte er dann. »Auf den ersten Blick scheinen sie nämlich nicht mit dem Wort Gottes vereinbar, wie Sie mir erläutert haben. Nach reiflicher Überlegung bin ich jedoch der Ansicht, daß Sie alle intelligent genug sind, die eigentliche Wahrheit zu erkennen, ohne sich von Äußerlichkeiten täuschen zu lassen.«

Er machte eine Pause. »Weiter«, drängte Herktaskor ungeduldig.

»Ich möchte nicht zu schnell vorgehen. Sie alle wissen, daß es gelegentlich notwendig sein kann, etwas anzunehmen, obwohl man weiß, daß es nicht richtig oder zutreffend ist. Die Priesterschaft besitzt zum Beispiel große Ländereien, Manufakturen und zahlreiche Häuser, die offiziell dem Heiligtum gehören. Sie sind sich darüber im klaren, daß das Heiligtum weder eine Person noch eine Familie ist – aber in diesem bestimmten Zusammenhang wird es so betrachtet. Wenn ein Stück Land vermessen werden soll, benutzen Sie die Trigonometrie, obwohl Sie wissen, daß Ihr Planet in Wirklichkeit rund ist . . .« Schuster führte noch einige Beispiele an, bis er davon überzeugt war, daß alle Anwesenden den Begriff einer gesetzlichen oder mathematischen Fiktion verstanden hatten.

»Aber was hat das mit Astrologie zu tun?« erkundigte sich einer der Zuhörer.

»Dazu komme ich gleich«, antwortete Schuster. »Welchen Zweck verfolgen Ihre Berechnungen? Sind es nicht eigentlich sogar zwei verschiedene Zwecke? Erstens wollen Sie erfahren, in welcher Beziehung die Himmelskörper zu einem bestimmten Zeitpunkt stehen werden, weil sich daraus ergibt, was Gott zu dieser Zeit von Ihnen erwartet. Und zweitens versuchen Sie, mehr über den großen Plan des Himmels zu lernen, weil Sie hoffen, auf diese Weise tiefer in das Wesen Gottes einzudringen.

Nachdem die Beobachtungen über einige Jahrzehnte hinweg fortgesetzt worden waren, mußten Ihre Vorfahren feststellen, daß es nicht genügte, von der Annahme auszugehen, daß alle Planeten – also auch dieser hier – sich in Kreisen um ihre Sonnen bewegen, daß die Monde einen Kreis um diesen Planeten beschreiben, während die Himmelskugel sich um das Ganze drehte. Nein, es war später sogar erforderlich, diese Kreise als Epizykloide anzusehen; wieder einige Jahrzehnte später wurden daraus sogar Epi-Epizykloide. Auf diese Art und Weise wurde das Bild immer komplizierter, bis die Astrologen jetzt alle Hoffnung aufgegeben haben, jemals weitere Fortschritte machen zu können.«

»Richtig«, stimmte einer der Geweihten zu. »Vor kaum hundert Jahren hat Kurro der Weise aus diesem Grund die Theorie aufgestellt, Gott wolle verhindern, daß wir allzuviel wissen.«

»Vielleicht«, meinte Schuster zweifelnd. »Andererseits ist es aber auch möglich, daß Gott nur wollte, daß Sie eine andere Methode anwenden. Ein Wilder, der einen schweren Stein aufheben will, kommt unter Umständen zu dem Schluß, daß Gott ihn daran hindern will, diese Last zu bewegen. Aber sie setzen einen Hebel an und bewegen sie doch. Mein Volk hat eine Art geistigen Hebel entdeckt, mit dessen Hilfe wir tiefer in die Geheimnisse der Bewegungen der Himmelskörper eindringen können, als es jemals möglich wäre, wenn wir uns auf die Berechnung von Kreisen über Kreisen über Kreisen beschränken müßten.

Entscheidend dabei ist jedoch, daß wir dazu eine Fiktion gebrauchen müssen. Deshalb möchte ich Sie schon jetzt bitten, nicht zornig zu werden, wenn ich Ihnen diese Fiktion präsentiere. Ich setze voraus, daß alle Bewegungen am Himmel kreisförmig sind, denn der Kreis ist das Symbol Gottes. Aber ist es nicht erlaubt – selbstverständlich zum Zweck der Berechnung –, von der Voraussetzung auszugehen, daß sie nicht kreisförmig sind . . . und dann die Konsequenzen dieser Voraussetzung zu untersuchen?«

Schuster wollte schon einen Rauchring blasen, beherrschte sich aber noch rechtzeitig. »Auf diese Frage muß ich eine klare Antwort bekommen«, sagte er. »Falls diese Methode nicht statthaft ist, spreche ich selbstverständlich nicht weiter davon.«

Er erhielt eine zufriedenstellende Antwort. Die jungen Priester diskutierten lautstark miteinander, aber Herktaskor entschied schließlich, daß es zulässig sei, von einer falschen Hypothese auszugehen. Daraufhin erklärte Schuster seinen Zuhörern Keplers Gesetze und Newtons Theorien.

Damit war er einige Stunden lang beschäftigt. Herktaskor mußte einige Male einschreiten und wieder Ruhe herstellen, nachdem zwei oder drei Geweihte protestierten, weil Schusters Ausführungen an Gotteslästerung grenzten. Aber im allgemeinen folgten die Zuhörer ihm aufmerksam und stellten intelligente Fragen. Schuster war mehr denn je davon überzeugt, daß sie im Grunde genommen intelligenter als Menschen waren. Er konnte sich nicht vorstellen, daß irgendeine andere Rasse des Universums diese revolutionären Ideen so rasch aufgenommen oder verstanden hätte.

Er lehnte sich schließlich über den Tisch, wies auf seine Papiere und sagte eindringlich: »Fassen wir also nochmals zusammen. Ich habe Ihnen eine Fiktion gezeigt, nach der die Himmelskörper sich in Ellipsen bewegen, während ihre Anziehungskraft aufeinander sich umgekehrt quadratisch zu den Entfernungen zwischen ihnen verhält. Mit Hilfe der Differentialrechnung habe ich bewiesen, daß nach diesem Grundsatz nur elliptische Bahnen möglich sind. Hier auf diesen Blättern finden Sie die Zusammenstellung meiner Berechnungen der Bewegungen der Himmelskörper im Vergleich zu den tatsächlichen Beobachtungen aus dem *Buch der Sterne*. Wenn Sie sich selbst damit befassen, werden Sie feststellen, daß die Werte ausschließlich auf den vorher erwähnten Theorien und Gesetzen beruhen.

Berücksichtigen Sie aber bitte, daß ich niemals behauptet habe, die Bahnen der Himmelskörper seien *nicht* kreisförmig. Ich habe nur ausgeführt, daß wir von anderen Voraussetzungen ausgehen können, die eine einfachere Berechnung ermöglichen, wodurch genauere Voraussagen wahrscheinlich sind. Prüfen Sie meine Behauptungen sorgfältig, und ziehen Sie bei Ihren Oberen Erkundungen über die theologischen Auswirkungen ein. Ich habe niemals die Absicht gehabt, gotteslästerliche Theorien zu verbreiten.«

Als Schuster den Raum verließ, herrschte bedrücktes Schweigen. Seine Zuhörer waren ebenso erschöpft wie er, aber später, wenn ihnen klarer wurde, was sie heute gehört hatten ...

Er ging zu dem Schiff zurück. Pasqual wartete im Aufenthaltsraum auf ihn. »Wo haben Sie so lange gesteckt?« wollte der Ingenieur wissen. »Ich habe mir schon Sorgen gemacht.«

»Bei den Priestern.« Schuster ließ sich in einen Sessel fallen. »Puh, Sabotage ist wirklich harte Arbeit.«

»Oh ... Ich habe mittags geschlafen, als Sie wieder zurückkamen, und konnte Sie deshalb nicht benachrichtigen. Davy hat sich heute morgen gemeldet – er kommt wieder hierher und ist bereits unterwegs.«

»Richtig, denn dort kann er ohnehin nichts mehr ausrichten. Wir müssen auf die Erlaubnis von höchster Stelle warten, was noch einige Zeit dauern kann.«

»Vielleicht zuviel Zeit.«

»Vielleicht auch nicht.« Schuster zuckte mit den Schultern. »Vorläufig können wir nur abwarten, bis sich der Erfolg meiner heutigen Bemühungen zeigt.«

4

Das schrille Alarmsignal weckte Schuster auf. Er kroch stöhnend aus seiner Koje und schaltete den nächsten Bildschirm ein. Ein Blick genügte, um ihn hellwach zu machen.

Vor der Gangway hielten etwa zwanzig berittene Wächter des Heiligtums an. Das Licht des Mondes und der Plejaden glitzerte auf ihren breiten Speeren. Zwei Akolyten waren einer hageren Gestalt behilflich, die schwerfällig aus dem Sattel kletterte. Schuster hätte die weiße Mähne und den Stab mit der goldenen Scheibe vermutlich selbst im Halbschlaf oder bei völliger Dunkelheit erkannt.

»Auch das noch«, sagte er. »Los, zieht euch an, Kameraden. Der hiesige Papst will eine Audienz von uns.«

»Wer?« erkundigte Mukerji sich gähnend.

»Sketulo, der Boß aller Geweihten, in eigener Person. Vielleicht hat es doch mehr Aufregung unter den jüngeren Priestern gegeben, als ich erwartet habe.« Schuster zog sich selbst so rasch wie möglich an. Als sein Gast in der Luftschleuse erschien, erwartete er ihn bereits. »Dieser Ehre sind wir nicht würdig, hoher Herr und Meister«, begann er. »Hätten wir nur gewußt, daß Sie uns besuchen wollen, damit wir die nötigen Vorbereitungen . . .«

»Vergeuden wir unsere Zeit lieber nicht mit Beteuerungen, die niemand ernst meint«, unterbrach Sketulo ihn. »Ich bin zu Ihnen gekommen, damit wir uns privat unterhalten können, ohne von Untergebenen oder Narren gestört zu werden.« Er gab Pasqual einen Wink, die innere Tür zu schließen. »Blenden Sie auch die verdammte Beleuchtung etwas ab.«

Mukerji gehorchte wortlos. Sketulo starrte Schuster an. »Da Sie offensichtlich der Ranghöchste sind, möchte ich allein mit Ihnen sprechen.«

Der Händler zuckte mit den Schultern und breitete die Hände aus, ging aber dann wortlos voraus in die Kabine, die er sonst als Arbeitsraum benutzte. Als sich die Tür hinter seinem Besucher geschlossen hatte, drehte er sich nach ihm um und wartete geduldig.

Sketulo saß steif und aufrecht in dem Sessel, der verstellt worden war, damit auch Ivanhoaner bequem Platz darin fanden. Er hielt seinen Stab senkrecht, so daß der goldene Kreis in der düsteren Beleuchtung glitzerte. Schuster zog sich ebenfalls einen Sessel heran, ließ sich darauf nieder und schlug die Beine übereinander.

Der alte Priester ergriff schließlich das Wort. »Als ich Ihnen die Erlaubnis erteilt habe, den jungen Astrologen Unterricht zu geben, hätte ich nicht daran gedacht, daß Sie es wagen würden, ketzerische Theorien zu verbreiten.«

»Meister!« protestierte Schuster und versuchte dabei, ein beleidigtes Gesicht zu machen. »Ich habe nichts dergleichen getan!«

»Oh, Sie haben Ihre Sache geschickt angefangen, indem Sie immer wieder von einer Fiktion gesprochen haben. Aber Sie hätten sehen müssen, wie erregt die jungen Geweihten waren, die anschließend zu mir kamen, um meinen Rat einzuholen.«

»Die Gedankengänge, die ich vorgetragen habe, waren natürlich aufregend . . .«

»Beantworten Sie mir lieber eine Frage«, warf der Alte ein. »Selbstverständlich dauert es einige Zeit, bis wir den Wahrheitsgehalt Ihrer Behauptungen überprüfen können – aber funktioniert Ihre Hypothese wirklich so gut, wie Sie behaupten?«

»Ja. Weshalb sollte ich Lügen erzählen, die leicht zu widerlegen sind?«

»Das habe ich mir gedacht. Gerissen, gerissen . . .« Der Oberste Priester schüttelte den Kopf. »Aber wir wissen schließlich, daß der Anti-Gott unsere Seelen auf vielerlei Weise in die Irre führt.«

»Ich habe immer wieder darauf hingewiesen, daß meine Hypothese auf falschen Voraussetzungen beruht«, betonte Schuster nochmals.

»Richtig, das haben Sie getan. Angeblich haben Sie auch gesagt, daß Ihre Berechnungen bestenfalls mathematisch richtig sein können, aber das ist kein Beweis für ihre philosophische Stichhaltigkeit.« Sketulo lehnte sich nach vorn und sagte eindringlich: »Sie müssen sich aber auch darüber im klaren sein, daß bald die Frage auftauchen würde, ob es zwei Wahrheiten geben kann, die nebeneinander bestehen. Und Sie müssen erkannt haben, daß alle, die ihr Leben mit Beobachtungen und Berechnungen verbringen, schließlich zu der Überzeugung kommen würden, die mathematische Wahrheit sei der anderen überlegen.«

Selbstverständlich habe ich das erkannt, dachte Schuster. *Genau diese Tatsache hat damals auf der Erde dazu geführt, daß Galilei seine Behauptungen widerrufen mußte. Allerdings ist es erstaunlich, daß dieser alte Teufel meine Absichten so schnell durchschaut hat.*

»Indem Sie den Glauben auf diese Weise zu untergraben versuchen, haben Sie meine Auffassung bestätigt, daß Sie und die Mitglieder Ihrer Besatzung Sendboten des Anti-Gottes sind«, erklärte Sketulo ihm. »Deshalb kann ich nicht gestatten, daß Sie noch länger hier bleiben.«

Schuster sah überrascht auf. »Glauben Sie mir, Meister, wir haben keinesfalls die Absicht, länger als unbedingt erforderlich zu bleiben!« beteuerte er. »Sobald unser Schiff repariert ist, starten wir und kommen niemals zurück.«

»Vielleicht. Aber die anderen! Wann müssen wir mit dem nächsten und dem übernächsten Besuch rechnen? Kommt dann nicht eine Flotte nach der anderen?«

»So Gott will, tritt dieser Fall nie ein. Die erste Expedition hat doch bereits erklärt, daß wir kein Interesse an Handelsbeziehungen mit Larsum haben . . .«

»Richtig, das hat man uns erzählt. Und trotzdem hat es nur wenige kurze Jahre gedauert, bis Sie hierherkamen. Wie sollen wir beurteilen, ob Sie die Wahrheit sagen?«

Mit Fanatikern kann man nicht diskutieren, dachte Schuster und schwieg hartnäckig. Sketulo überraschte ihn nochmals, indem er das Thema wechselte und sich fast freundschaftlich erkundigte: »Wie wollen Sie den großen Gegenstand hierher transportieren, um ihn in Ihr Schiff einzubauen?«

»Eine ausgezeichnete Frage, Meister.« Schuster fuhr sich mit einem Taschentuch über die Stirn. »Wir wissen eine Methode, die wir aber bisher nicht erwähnt haben, weil . . .«

»Ich habe befohlen, daß wir uns privat unterhalten, damit wir beide offen sprechen können.«

Schuster holte tief Luft, griff nach Papier und Bleistift und zeichnete einen Wagen auf.

Sketulo hörte sich seine Erklärungen schweigend an. Als er endlich sprach, sagte er nur: »Bei gewissen Zeremonien im Inneren des Heiligtums benützen auch wir eine ähnliche, aber wesentlich kleinere Konstruktion dieser Art.«

»Die Bevölkerung braucht nicht zu sehen, daß wir Räder benützen, weil sie dadurch nur erschreckt würde«, erklärte Schuster ihm. »Wir können die Seiten des Wagens irgendwie verkleiden oder verhängen, damit niemand sieht, was darunter steckt.«

Der Oberste Priester schüttelte langsam den Kopf. »Ausgeschlossen«, antwortete er dann. »Jeder hat als unwissendes Kind einmal mit einem runden Stock oder Stein gespielt. Die Barbaren jenseits des Gebirges benützen Walzen. Unsere Bauern gebrauchen sie vermutlich ebenfalls, wenn schwere Lasten zu bewegen sind und niemand dabei zusieht. Auch die Abdeckung würde die intelligenteren Beobachter nicht darüber hinwegtäuschen, wie sich der Wagen bewegt. Und diese würden es den anderen sagen, die selbst nicht auf die gleiche Idee gekommen sind.«

»Aber mit offizieller Genehmigung . . .«

»Diese Genehmigung kann ich Ihnen nicht erteilen. Gottes Gesetze sind ganz eindeutig. Selbst wenn wir keine Einwände erheben würden, hätten die Bauern Angst vor Gottes Zorn, der sich über ihrem Haupt entladen könnte. Das Volk würde sich gegen Sie erheben, ohne daß wir Sie schützen könnten.«

Schuster hatte das Gefühl, daß der Alte die Wahrheit sagte, denn David Falkayn hatte berichtet, daß Herzog Rebo ähnliche Befürchtungen vorgebracht hatte. Allerdings spielte dieser Punkt keine große Rolle, denn der Oberste Priester war offenbar fest entschlossen, auf keinen Fall eine derartige Erlaubnis zu erteilen.

»Gibt es nicht noch eine andere Methode, Meister?« fragte Schuster seufzend. »Wenn Sie uns genügend Arbeiter zur Verfügung stellen würden, könnten wir den Generator vielleicht auf einem Schlitten transportieren.«

»In dieser Jahreszeit geht die Aussaat vor. Wir brauchen alle Arbeiter selbst, damit wir später nicht verhungern.«

»In gewisser Beziehung haben wir aber doch gemeinsame Interessen, Meister«, wandte Schuster ein, »denn wir wollen beide, daß das Schiff so bald wie möglich wieder startet. Meine Freunde zu

Hause können Ihnen Metalle, Gewebe und sogar synthetische Lebensmittel schicken, die auch für hiesige Verhältnisse geeignet sind. Auf diese Weise ließe sich die Einbuße wettmachen.«

Sketulo stieß seinen Stab heftig auf das Deck. »Wir wollen Ihre Waren nicht!« antwortete er aufgebracht. »Wir wollen auch Sie nicht! Seit heute nachmittag ist meine Geduld mit Ihnen endgültig erschöpft. Wenn Sie hier trotz des verdammten Lagerhauses sterben, sehen Ihre Landsleute vielleicht ein, daß der Platz für die Rettungsstation doch ungünstig gewählt war. Komme, was mag, wir in Larsum haben dann zumindest Gottes Willen erfüllt, indem wir den Sendboten des Anti-Gottes keinen Fingerbreit entgegengekommen sind!«

Er erhob sich plötzlich. Schuster stand ebenfalls auf, betrachtete ihn von Kopf bis Fuß und erkundigte sich ruhig: »Sie wollen uns also wirklich hier sterben lassen, Meister?«

Der Oberste Priester nickte wortlos.

»Wird die Wachmannschaft des Tempels gegen uns vorgeschickt? Oder verlassen Sie sich lieber darauf, den Volkszorn gegen uns zu dirigieren?«

Sketulo zögerte unentschlossen und sagte dann langsam: »Weder noch, wenn Sie uns nicht zu Vergeltungsmaßnahmen zwingen. Die Situation ist nicht einfach. Sie wissen vermutlich selbst, daß gewisse Elemente innerhalb des Adels und der Handelsherren sich dazu haben verführen lassen, Sie und Ihre Absichten zu unterstützen, was berücksichtigt werden muß. Außerdem weiß ich zwar, daß wir Ihnen zahlenmäßig weit überlegen sind, daß Ihre Waffen uns aber andererseits schwere Verluste zufügen würden – und das könnte die Barbaren zu einem Einfall verleiten. Deshalb habe ich beschlossen, vorläufig noch keine Maßnahme dieser Art zu ergreifen.«

»Sie wollen also warten, bis Ihnen eine ungefährliche Methode eingefallen ist, uns ermorden zu lassen?« erkundigte Schuster sich ironisch.

»Wir warten, bis Sie verhungert sind. Ab sofort dürfen Sie Aesca nicht mehr betreten.«

»Wirklich? Vielleicht ist es hier draußen auch sicherer, denn in den finsteren Gassen weiß man nie, ob man nicht plötzlich von hinten überfallen wird. Nun . . .« Schuster sprach nicht weiter, sondern überlegte fieberhaft, ob er vielleicht selbst an dieser ungünstigen Entwicklung schuld war, ob er allzu kühn vorgegangen war, ohne die Situation richtig zu beurteilen . . . Nein. Er hatte nicht mit dieser Reaktion des Obersten Priesters gerechnet, aber trotzdem war es besser, die Absichten der Gegenseite zu kennen, als im ungewissen herumtappen zu müssen. Hätte er allerdings schon früher gewußt, wie hartnäckig der Alte war, hätte er Davy nicht allein zu Herzog Rebo geschickt. *Ich muß den Kleinen warnen, daß er sich vor einem Überfall in acht nehmen soll . . .* Schuster grinste verzerrt. »Immerhin wissen wir jetzt, was wir voneinander zu halten haben. Vielen Dank.«

Einen Augenblick lang spielte er mit dem Gedanken, den Obersten Priester als Geisel an Bord zu behalten. Aber dann ließ er die Idee fallen, als er erkannte, daß er dadurch nur einen Massenangriff provozieren würde. Sketulo war bestimmt ohne weiteres bereit, für seinen Glauben zu sterben. Schuster hatte durchaus nichts dagegen einzuwenden, wollte aber nicht gleichzeitig sterben. Schließlich hatte er auf der Erde Frau und Kinder, die auf seine Rückkehr warteten.

Er führte seinen Besucher an die Luftschleuse zurück und sah dem Alten lange nach, als er mit seiner Begleitung davonritt.

5

David Falkayn hatte das Gefühl, schon seit Jahren ununterbrochen im Sattel zu sitzen. Alles, was vorher geschehen war, schien Teil eines Traumes zu sein, der nur noch als flüchtige Erinnerung in seinem Unterbewußtsein existierte. Das war unwirklich . . . die Wirklichkeit bedeutete, daß er todmüde war, daß seine Zunge vor Durst gefühllos und geschwollen in seinem Mund lag, daß seine Augenlider immer wieder von selbst nach unten sanken, daß er sich nicht einmal mehr vor dem drohenden Tod fürchtete, sondern nur noch von einem Gedanken besessen war – *er mußte* Herzog Rebos Burg erreichen, obwohl er zeitweilig nicht einmal mehr genau sagen konnte, weshalb er dorthin unterwegs war.

Selbstverständlich hatte er während der Nacht mehrmals kurze Ruhepausen eingelegt. Ein Fastiga war zäher als ein Maultier und schneller als ein Pferd, mußte aber trotzdem von Zeit zu Zeit ausruhen. Falkayn selbst hatte jedoch nicht geschlafen, sondern war immer so bald wie möglich weitergeritten. Jetzt schwankte sein Reittier wie betrunken von einer Straßenseite zur anderen.

Er drehte sich im Sattel um und kniff dabei die Augen zusammen. Seine Verfolger waren schon bald nach Tagesanbruch zum erstenmal in Sichtweite hinter ihm aufgetaucht. Wann war das? Vor hundert Jahren? Nein, vor etwa zwei Stunden, denn die Sonne wurde eben erst über dem Horizont sichtbar. Vier oder fünf Reiter – aus dieser Entfernung konnte Falkayn sie nicht genau zählen – hatten sich ihm bis auf zwei Kilometer genähert und verringerten den Abstand weiter. Ihre Speerspitzen funkelten in der Sonne.

Schon so nahe?

Diese Erkenntnis traf David wie ein Keulenschlag und mobilisierte gleichzeitig seine letzten körperlichen Reserven, ließ die Benommenheit verschwinden und machte seinen Kopf wieder klar. Er riß das Funkgerät aus der Tasche, drückte auf den Sprechknopf und rief: »Hallo!«

»Davy!« antwortete Schuster. »Was ist los mit dir? Alles in Ordnung?«

»Ja, bis jetzt«, berichtete Falkayn. »Aber nicht mehr lange, fürchte ich.«

»Wir haben schon stundenlang versucht, wieder Verbindung mit dir aufzunehmen.«

David hatte den Überfall gemeldet und auch später mehrmals mit Schuster gesprochen, aber dann . . . »Wahrscheinlich bin ich so müde gewesen, daß ich das Gerät eine Minute lang eingesteckt und einfach vergessen habe. Mein Fastiga fällt vor Erschöpfung schon beinahe um, und . . . die anderen kommen immer näher.«

»Glaubst du, daß du die Burg erreichst, bevor sie dich einholen?«

Falkayn biß sich auf die Unterlippe. »Das bezweifle ich sehr.

Wahrscheinlich sind es bis dorthin nur noch ein paar Kilometer, aber . . . Was soll ich tun? Zu Fuß weiterlaufen?«

»Nein, dann wirst du niedergeritten oder von hinten erschossen. Am besten stellst du dich deinen Verfolgern.«

»Aber ihre Bogen haben fast die gleiche Reichweite wie mein Strahler, und sie können mich von allen Seiten gleichzeitig angreifen. Außerdem habe ich hier keine Deckung – nicht einmal ein paar Büsche oder Bäume.«

»Dann mußt du dein Fastiga erschießen und dahinter in Deckung gehen«, riet Schuster ihm.

»Aber auch dann kann ich mich nicht lange gegen vier oder fünf Bewaffnete verteidigen.«

»Vielleicht ist das gar nicht nötig. Wenn du wirklich schon in der Nähe der Burg bist, muß das Mündungsfeuer deiner Waffe bis dorthin zu sehen sein. Jedenfalls fällt mir im Augenblick nichts anderes ein. Tut mir leid, Davy.«

»Schon gut«, wehrte Falkayn ab. »Ich versuche es jedenfalls damit.«

»Ich wollte, ich wäre bei dir, um dir zu helfen, Davy«, meinte Schuster unsicher.

»Dagegen hätte ich wirklich nichts einzuwenden«, erwiderte Falkayn zu seiner eigenen Überraschung. Das klang schon eher nach einem stolzen Ritter, der dem Tod gelassen ins Auge sah! »Ich muß das Funkgerät jetzt wieder in die Tasche stecken, lasse es aber eingeschaltet. Vielleicht hören Sie wenigstens, wie die Sache ausgeht. Drücken Sie mir die Daumen!«

Er hielt an und sprang aus dem Sattel. Das Fastiga stand zitternd vor ihm und schien vor Erschöpfung dem Zusammenbruch nahe. David zog seinen Strahler, zuckte bedauernd mit den Schultern, setzte die Mündung an den Kopf des Tieres und betätigte den Abzug. Als das Reittier gefallen war, ging er dahinter in Deckung und starrte nach Osten, wo seine Verfolger herankamen. Als sie sahen, was er beabsichtigte, hielten sie an und berieten kurz miteinander. David erkannte jetzt, daß er es wirklich mit fünf Verfolgern zu tun hatte.

Die Sonne stieg höher. *Halt, je dunkler es noch ist, desto deutlicher ist ein Energieblitz zu sehen.* Falkayn schoß mehrmals hintereinander senkrecht nach oben.

Ein Pfeil bohrte sich in den Leib des Tieres vor ihm. David kauerte sich noch tiefer zusammen und schoß zurück, ohne den Schützen zu treffen. Inzwischen spannte bereits ein anderer Larsaner seinen Bogen. Falkayn zielte sorgfältig und betätigte den Abzug. Der bläuliche Flammenstrahl berührte den Arm des Bogenschützen; der Larsaner ließ seine Waffe fallen und wich zurück. Zwei andere Pfeile kamen gefährlich nahe. Falkayn schoß zurück, ohne sein Ziel zu treffen; aber die Reiter kamen nicht näher, was immerhin ein Erfolg war.

Allerdings hatte er nicht mehr allzu viele Ladungen in seinem Magazin. Wenn die Angreifer diese Taktik beibehielten und ihn dadurch zwangen, seine Munition zu vergeuden . . . Aber woher sollten sie wissen, daß er nur noch wenig hatte? Allerdings spielte das keine Rolle, denn sie wollten offenbar nicht aufgeben, bevor er tot war. Wenn es ihm nicht gelang, sie alle zu erschießen, was nur mit sehr viel Glück möglich sein würde, war David Falkayn vermutlich geliefert. Er stellte fest, daß er sich bereits mit dieser Tatsache abgefunden hatte, denn er hoffte nur noch, daß es ihm gelingen würde, möglichst viele seiner Gegner mit in den Tod zu nehmen. *Das wird Vater und Mutter schwer treffen,* überlegte er sich. *Martin Schuster allerdings auch, denn er muß ihnen die Nachricht überbringen, wenn er jemals wieder lebend zurückkommt.*

Wo steckte der fünfte Reiter, den er vorher verwundet hatte? Sein Fastiga stand in der Nähe der anderen Tiere, aber der Larsaner war verschwunden. Vermutlich wollte er sich zu Fuß anschleichen, um dann über David herzufallen . . .

Die anderen hatten sich in der Zwischenzeit offenbar auf einen Plan geeinigt. Sie ritten hintereinander auf Falkayn zu, kamen rasch näher und befanden sich schon fast in Reichweite. Ja, jetzt waren sie in Reichweite! David zielte sorgfältig und erschoß das erste Tier. Es machte noch einige Schritte und brach dann zusammen, aber der Reiter war bereits abgesprungen und in dem hohen Gras untergetaucht, bevor er ein Ziel bot.

Als David endlich erkannte, was von ihm erwartet wurde, hatte er schon das zweite Fastiga erschossen. Das Tier brach neben dem ersten zusammen. Jetzt kam auch das dritte näher, aber Falkayn schoß nicht wieder. Er hatte nicht die Absicht, den Angreifern eine gute Deckung zu verschaffen, sondern ließ die beiden letzten Tiere unbehelligt laufen. Als die Reiter abbogen, erzielte er den ersten Erfolg und schoß einen von ihnen aus dem Sattel, aber der zweite verschwand hinter der neuen Deckung.

Dort lagen also jetzt drei Bogenschützen hinter einem massiven Wall, den Falkayns Waffe nicht durchdringen konnte. Von dort aus würden sie ihn beschießen, ohne allerdings sonderlich gut zielen zu können . . .

Die ersten Pfeile kamen und bohrten sich tief in das Fleisch und die harte Erde. Dann schob sich auf der anderen Seite vorsichtig ein Kopf über die Deckung. Falkayn hob die Waffe und schoß, ohne sein Ziel zu treffen.

Plötzlich fiel ihm etwas ein. Er riß das Funkgerät aus der Tasche. »Hallo!« rief er aufgeregt. »Hört zu, ich weiß, was wir tun können!«

»Alles, Davy«, versicherte Schuster ihm erleichtert.

»Nicht für mich, sondern für euch, damit ihr wieder nach Hause kommt . . .«

Mehrere Pfeile zischten heran. Falkayn spürte einen heftigen Schmerz in der linken Wade und starrte den Pfeil an, der darin steckte. Im Augenblick begriff er gar nicht, was das zu bedeuten hatte.

»Davy? Was wolltest du sagen?« rief Schusters Stimme aus tausend Kilometer Entfernung.

Falkayn schluckte trocken. Die Verletzung tat eigentlich nicht einmal weh. Und seine Gegner schossen nicht mehr. Wahrscheinlich ging ihre Munition ebenfalls zur Neige. Die Straße war an dieser Stelle förmlich von Pfeilen übersät.

»Hören Sie gut zu, Martin«, sagte David langsam in das Funkgerät, das zu Boden gefallen war. Aus seinem Bein tropfte Blut – seltsamerweise leuchtete es im Licht der fremden Sonne nicht rot, sondern wirkte eher schwarz. Zum Glück schien kein größeres Blutgefäß verletzt zu sein. »Wissen Sie, was man unter einem Polygon mit gleichbleibendem Durchmesser versteht?«

Einer der Angreifer steckte den Kopf über die Deckung hinaus. Als Falkayn nicht schoß, stand er einen Augenblick lang auf und winkte, bevor er sich wieder fallen ließ. Falkayn war zu beschäftigt, um sich zu fragen, was dieses Signal bedeuten konnte.

»Bist du verletzt, Davy?« fragte Schuster besorgt. »Deine Stimme klingt so merkwürdig. Sind sie noch immer hinter dir her? Wir . . . «

Der Larsaner, den David als ersten angeschossen hatte, kroch hinter einem Busch am Straßenrand hervor und schlich leise näher. Er hielt ein Messer in der Hand. Falkayn hörte ihn kommen, warf sich herum und griff nach seinem Strahler, der auf dem Boden lag. Das Messer blitzte auf. Falkayn stieß einen Schrei aus, als seine eigene Hand auf der Erde festgenagelt wurde.

»Davy!« rief Schuster.

Falkayn nahm den Strahler in die linke Hand. Die Mündung bewegte sich unkontrolliert von rechts nach links. Er schoß und verfehlte den Angreifer. Der Larsaner sprang über die Barriere und zog dabei sein Schwert. Die Klinge zischte durch die Luft. Der andere hatte vermutlich seine Augen geschlossen, als der Schuß fiel, denn er war jetzt nicht geblendet, sondern schlug zielsicher zu. Der Strahler polterte zu Boden.

Falkayn gab trotzdem noch nicht auf. Er riß sich das Messer aus der Hand, sprang auf und machte sich zur Verteidigung bereit. Gleichzeitig brüllte er: »Ein Kreis ist nicht die einzige Lösung! Auch ein gleichseitiges Dreieck . . .«

Der Larsaner griff an. Falkayn duckte sich, stieß selbst mit dem Messer zu, konnte aber den Harnisch des anderen nicht durchdringen. Er wurde zurückgestoßen, stolperte und wäre fast gefallen.

»Ein gleichseitiges Dreieck«, wiederholte Falkayn. »Man beschreibt einen Kreisbogen um . . .« Irgendwo hinter ihm erklang ein Horn. Der Angreifer, der eben mit dem Schwert ausgeholt hatte, wich zurück. Auf dem Hügel erhob sich ein Bogenschütze und schickte einen letzten Pfeil in Davids Richtung. Aber Falkayn war in die Knie gesunken, so daß der Pfeil sein Ziel verfehlte.

Ein anderer Pfeil, der aus der entgegengesetzten Richtung kam, durchbohrte die Brust des Larsaners mit dem Schwert. Er brach mit einem gräßlichen Stöhnen über dem toten Fastiga zusammen. Die übrigen Angreifer deuteten verzweifelt auf die Kreise, mit denen ihre Harnische geschmückt waren, aber die Reiter, die jetzt aus Westen herangaloppierten, gaben keinen Pardon.

Rebo Legnors-Kind, der an der Spitze seiner Soldaten ritt,

sprang gerade noch rechtzeitig aus dem Sattel, um Falkayn aufzufangen, bevor er das Bewußtsein verlor. Nachdem die Reiter Davids Wunden versorgt hatten, stellten sie aus Ästen eine provisorische Tragbahre her, auf der sie den Bewußtlosen in die Burg zurücktransportierten.

6

Als Mukerji in den Aufenthaltsraum kam, fand er dort nur Schuster vor, der eine Patience legte. »Wo ist Romulo?« fragte er.

»In seiner Kabine«, antwortete Schuster. »Wahrscheinlich schnappt er bald über, weil er unbedingt herausbekommen will, was Davy gemeint haben könnte, bevor er . . .« Er hob den Kopf und runzelte besorgt die Stirn. »Noch keine Nachricht von Davy?«

»Nein. Ich verständige Sie natürlich sofort, wenn wir etwas erfahren. Sein Funkgerät muß noch eingeschaltet sein, denn ich höre Eingeborene sprechen. Aber er selbst sagt kein Wort, und die anderen haben vermutlich zuviel Angst vor dem Ding, um zu antworten, wenn wir sie rufen.«

»Mein Gott, *ich* habe ihn dorthin geschickt!«

»Sie konnten nicht ahnen, daß er in Lebensgefahr geraten würde.«

»Ich hätte aber wissen müssen, daß er hier an Bord sicherer als anderswo gewesen wäre. Ich hätte selbst reiten müssen.« Schuster starrte seine Karten an. »Er war schließlich mein Lehrling.«

Mukerji legte ihm die Hand auf die Schulter. »Sie dürfen sich keine Vorwürfe machen, Martin«, sagte er bestimmt. »Eine Routineaufgabe dieser Art gehört nicht zu den Dingen, für die Sie zuständig sind. Trotz aller Gefahren war es schließlich doch nur eine Routineaufgabe. Sie müssen Ihren Verstand *hier* einsetzen.«

»Welchen Verstand?«

»Sie haben doch bestimmt einen Plan. Was haben Sie vorher mit dem Bauern besprochen?«

»Ich habe ihm ein Messer geschenkt, damit er eine Nachricht in das Heiligtum schmuggelt. Herktaskor soll hierherkommen, damit ich mich privat mit ihm unterhalten kann. Er ist der Stellvertreter des Leiters der Astrologischen Abteilung, äußerst intelligent und uns gegenüber nicht so feindselig wie die anderen eingestellt. Jedenfalls ist er kein Fanatiker wie Sketulo, der gleich überall den Teufel sieht, wenn er von einer neuen Erfindung hört.« Schuster merkte, daß er Herz auf Karo legte, schüttelte wütend den Kopf und schob die Karten zusammen. »Anscheinend hat Rebo das Mündungsfeuer gesehen und wollte Davy zu Hilfe kommen. Aber war es vielleicht schon zu spät? Lebt Davy noch?«

Das Alarmsignal ertönte. Die beiden Männer sprangen auf und rannten zu dem nächsten Bildschirm. »Man braucht nur von dem Teufel zu sprechen...«, stellte Mukerji fest. »Ich lasse Sie am besten mit Ihrem Besuch allein, Martin, und gehe wieder an das Funkgerät zurück.«

Schuster nickte wortlos, verließ die Kabine und öffnete die Luftschleuse. Der kalte Morgenwind trieb ihm die Tränen in die Augen. Herktaskor kam langsam die Gangway herauf und betrat das Schiff. Er trug einen weiten Umhang, den er erst ablegte, als sich die Tür hinter ihm geschlossen hatte. Offenbar hatte er vermeiden wollen, auf dem Weg hierher erkannt zu werden.

»Ich begrüße dich«, sagte Schuster, »und danke dir, daß du gekommen bist.« Während er diese alte Begrüßungsformel murmelte, verbeugte er sich mehrmals, wie es das Zeremoniell vorschrieb.

»Ich danke dir«, antwortete der junge Priester ebenso feierlich, »und begrüße dich.« Er verbeugte sich, richtete sich wieder auf und fuhr in normalem Sprechton fort: »Ihre Nachricht hat mir kaum eine andere Wahl gelassen. Zum Besten des Landes und des Glaubens bin ich verpflichtet, Ihnen zuzuhören, wenn Sie behaupten, ein wichtiges Problem diskutieren zu wollen.«

»Hat man Ihnen ... äh ... untersagt, das Schiff zu betreten?«

»Nein, aber ich möchte vermeiden, daß der Oberste auf die Idee kommt, ein Verbot dieser Art auszusprechen, was bedauerlich wäre.« Herktaskor blinzelte unsicher, weil ihn die Beleuchtung im Inneren des Schiffes blendete, obwohl sie wegen der schwachen Akkumulatoren bereits auf die Hälfte reduziert worden war. Schuster führte den Besucher in seine Kabine, schaltete alle Lampen bis auf eine aus und bot Herktaskor einen Sessel an.

Die beiden nahmen Platz und betrachteten sich längere Zeit schweigend, bis der junge Priester endlich das Wort ergriff und sagte: »Wenn Sie unser Gespräch weitererzählen, muß ich Sie als Lügner bloßstellen. Aber da Sie sich bisher als ehrlich erwiesen haben« – das war nicht gerade ein Kompliment für Schuster, dessen Pläne durchaus nicht nur ehrlich waren –, »verrate ich Ihnen jetzt, daß viele meiner Mitpriester der Meinung sind, Sketulo hätte Ihre neue Mathematik und Astrologie nicht sofort verbieten dürfen. Hätte er durch die Schrift, unter Hinweis auf ehrwürdige Traditionen oder mit Hilfe logischer Überlegungen nachgewiesen, daß Ihre Theorien mit dem Wort Gottes unvereinbar sind, hätten wir alle selbstverständlich zugestimmt. Aber er hat keinen Versuch in dieser Richtung unternommen, sondern einfach ein Verbot ausgesprochen.«

»Dürfen Sie und Ihre Freunde mit ihm darüber diskutieren?«

»Ja, denn alle Geweihten haben das Recht, untereinander frei zu sprechen, solange sie dadurch nicht gegen die Doktrin verstoßen. Aber wir müssen die Anweisungen unserer Oberen befolgen, wenn sie nicht selbst offensichtlich gegen die Gesetze gerichtet sind.«

»Das habe ich mir gedacht. Nun . . .« Schuster zündete sich eine Zigarre an. »Ich wollte Ihnen vor allem nochmals versichern, daß wir großen Wert darauf legen, mit dem Heiligtum zusammenzuarbeiten, anstatt die Priester zu Feinden zu haben. Deshalb möchte ich Ihnen beweisen, daß wir keine Gefahr für den wahren Glauben darstellen, sondern daß wir im Gegenteil einige Irrtümer und Unklarheiten beseitigen können, für die wir Erklärungen gefunden haben. Vielleicht gelingt es Ihnen, Ihre Freunde davon zu überzeugen.«

Herktaskor wartete schweigend. Aber seine Augen schienen zu glühen.

Schuster entlockte seiner Zigarre dichte Rauchwolken. »Ihre Astrologie verfolgt den Zweck, Gottes Willen zu erfahren und den Plan zu erkennen, nach dem er das Universum konstruiert hat. Meiner Auffassung nach bedeutet das im Grunde genommen, daß die Geweihten den Versuch unternehmen, das Wesen Gottes zu ergründen, soweit das für Sterbliche überhaupt möglich ist. Schon früher sind Ihre Theologen zu einigen Schlüssen gekommen. Sind diese Schlußfolgerungen jedoch endgültig? Gibt es nicht noch sehr viel mehr zu erforschen?«

Herktaskor senkte sein Löwenhaupt und beschrieb einen feierlichen Kreis mit der rechten Hand. »Wahrscheinlich. Bestimmt. Auf diesem Gebiet hat sich seit Jahrhunderten nichts mehr ereignet, aber ich habe mir selbst oft genug überlegt, daß ... Weiter bitte.«

»Wir Fremden sind nicht in die Geheimnisse Ihrer Religion eingeweiht«, fuhr Schuster fort. »Aber auf unsere Weise unternehmen auch wir seit Jahrtausenden den Versuch, das Wesen des Göttlichen zu ergründen. Auch wir glauben an einen Gott, der unsterblich, allmächtig, allwissend und vollkommen ist – an den Schöpfer aller Dinge. Vielleicht weicht unsere Theologie in entscheidenden Punkten von Ihrer ab, aber vielleicht auch nicht. Deshalb schlage ich vor, daß wir einen Vergleich der wichtigsten Prinzipien anstellen. Falls Sie mir zeigen können, in welchen Punkten unsere Auffassung falsch ist, lasse ich mich gern belehren und bin Ihnen dankbar dafür. Wenn ich Ihnen aber andererseits demonstrieren kann, in welcher Beziehung unsere Theologen weiter fortgeschritten als Ihre sind, sehen Sie und Ihre Freunde vielleicht ein, daß wir keine Bedrohung Ihrer Religion darstellen, sondern sie im Gegenteil noch fördern können.«

»Ich bezweifle allerdings, daß Sketulo und die übrigen alten Priester sich zu diesem Eingeständnis durchringen werden«, warf Herktaskor ein. »Aber wenn auf diese Weise tatsächlich eine neue Wahrheit ans Tageslicht käme, die niemand mehr bestreiten könnte ...« Er nickte langsam. »Gut, ich höre.«

Schuster war keineswegs überrascht. Schließlich hatte es auch auf der Erde in vergangenen Zeiten genügend Theologen verschiedener Religionen gegeben, die bereitwillig einzelne Gedanken anderer Sekten übernahmen. Er lehnte sich behaglich in seinen Sessel zurück, weil er wußte, daß diese Diskussion einige Zeit in Anspruch nehmen würde.

Einige Stunden später verabschiedete Herktaskor sich in der Luftschleuse von Schuster. Er wankte wie ein Schlafwandler die Gangway hinab, aber Schuster war nicht weniger erschöpft.

Mukerji stürzte aus dem Aufenthaltsraum. Seine Stiefel polterten über das Deck. »Martin!« rief er. »Davy lebt!«

Schuster drehte sich rasch nach ihm um. Die Bewegung machte ihn schwindlig, so daß er sich an die Wand lehnen mußte.

»Er hat sich gemeldet, nachdem Sie mit dem Brahmanen verschwunden waren«, erklärte Mukerji ihm. »Ich wollte Sie nur nicht stören, weil ich nicht wußte, was Sie mit ihm zu besprechen hatten . . . ja, er ist an der Hand und am Bein verwundet, aber das ist nicht weiter schlimm, weil hier keine Entzündungsgefahr besteht. Davy hat das Bewußtsein verloren und muß gleich danach eingeschlafen sein. Er hat nur kurz berichtet, daß er sich wieder in Rebos Burg befindet; später will er sich noch einmal mit uns in Verbindung setzen und seinen Vorschlag erläutern, aber zuerst muß er sich ausschlafen. Kommen Sie, Romulo und ich haben schon eine Flasche aufgemacht, damit wir feiern können!«

»Einverstanden«, sagte Schuster und betrat vor ihm den Aufenthaltsraum.

Nach dem ersten Schluck fühlte er sich wieder erheblich besser. Er stellte sein Glas auf den Tisch und grinste etwas verzerrt. »Können Sie sich vorstellen, wie einem zumute ist, wenn man erfährt, daß man doch kein Mörder ist?« fragte er. »Genau das weiß ich jetzt.«

»Lassen Sie doch den Unsinn«, protestierte Pasqual. »Schließlich sind Sie nicht für jeden Schritt Ihres Lehrlings verantwortlich!«

»Nein, wahrscheinlich nicht, aber ich habe ihn dorthin geschickt, obwohl ich selbst hätte gehen müssen . . . Aber er lebt!«

»Das würde allerdings kaum einen Unterschied machen, wenn Sie nicht hier wären«, meinte Pasqual. »Krish ist nur ein Raumfahrer, ich bin nur ein Ingenieur, und Davy ist nur ein junger Mann, der noch viel zu lernen hat. Wir brauchen jemanden, der gerissen genug ist, uns aus dieser Klemme zu ziehen. Und Sie sind von Berufs wegen gerissen, denn sonst wären Sie nie Meisterhändler geworden.«

»Diesmal scheint aber auch Davy etwas eingefallen zu sein«,

stellte Schuster fest. Er zuckte mit den Schultern. »Ich kann mir nicht vorstellen, was er damit meint. Oder vielleicht weiß ich es doch – wahrscheinlich etwas, das ich in der Schule gelernt und prompt wieder vergessen habe. Aber Davy hat die Schule noch nicht lange hinter sich.«

»Hoffentlich taugt sein Vorschlag wirklich etwas«, warf Pasqual besorgt ein.

»Wir müssen einfach abwarten«, sagte Schuster unbekümmert. »Was wissen Sie über die Lage in Gilrigor, Krish?«

»Ich habe mit Rebo gesprochen, nachdem Davy ihm gezeigt hatte, wie das Funkgerät funktioniert«, antwortete Mukerji. »Seine Leute haben die Angreifer erschossen. Er hat den Befehl dazu erteilt, weil er den Verdacht hatte, daß sie tatsächlich in Sketulos Diensten standen. Hätte er sie nur als Gefangene in die Burg zurückgebracht, hätte er sie früher oder später freilassen müssen, um einen Streit mit dem Obersten Priester zu vermeiden. Und dann hätten sie Sketulo alles erzählt. Aber auf diese Weise gibt es keine ernsthaften Schwierigkeiten, denn Rebo kann behaupten, sein Eingreifen sei völlig gerechtfertigt gewesen. Aus größerer Entfernung konnte er nur annehmen, die Angreifer seien Banditen – und als Herzog gehört es zu seinen Pflichten, das Land von ihnen zu säubern.«

»Ausgezeichnet.« Schuster nickte zufrieden. »Rebo ist wirklich gerissen. Wenn ihm eine Entschuldigung dafür einfällt, daß er nicht gleich einen Boten hierhergeschickt hat – und daran zweifle ich nicht –, gewinnen wir einige Tage Zeit, bevor Sketulo sich fragt, was dort passiert sein kann und jemand nach Gilrigor schickt. Aber auch dieser Kundschafter braucht ungefähr zwei Wochen, bis er wieder zurück ist. In anderen Worten – wenn wir den Mund halten und kein Wort über die ganze Sache verlieren, bekommt Sketulo seine eigene Verzögerungstaktik zu spüren.« Schuster runzelte die Stirn. »Im Augenblick müssen wir vor allem Zeit gewinnen; das ist fast so wichtig wie der Transport des Generators. In dieser Zeit entsteht innerhalb des Heiligtums hoffentlich so viel Aufregung, daß niemand sich einen neuen Trick einfallen lassen kann, der uns wieder behindert.«

»Wir müssen aber vorsichtig sein, damit sie nicht gewalttätig werden«, meinte Mukerji.

»Das ist nicht wahrscheinlich«, erklärte Schuster ihm, »denn schon der Angriff auf Davy wurde nicht offen durchgeführt; ich möchte wetten, daß Sketulo jede Verbindung zu den Angreifern abstreitet, sobald die Sache hier bekannt wird. In seiner Stellung kann er es sich einfach nicht erlauben, ungesetzliche Methoden anzuwenden, denn dadurch hätten Leute wie Rebo ein gutes Argument gegen ihn oder sogar eine Entschuldigung für einen Gegenschlag. Außerdem arbeitet die Zeit bereits gegen den alten Teufel.«

»Was haben Sie ausgeheckt?« erkundigte Pasqual sich neugierig.

»Nun . . .« Schuster griff nochmals nach der Flasche und schenkte sein Glas voll. »Zuerst habe ich Newtons Gesetze erläutert – allerdings in Form einer fiktiven Hypothese, aber selbst das macht sie nicht weniger explosiv. Keiner meiner Zuhörer kann auf die Dauer glauben, daß ich nur ein schönes Märchen erzählt habe, um seine Berechnungen einfacher zu machen. Früher oder später muß jeder zu dem logischen Schluß kommen, daß die Planetenbahnen tatsächlich elliptisch sind. Dadurch wird natürlich die Auffassung erschüttert, daß Kreise heilig sind, was sich wieder auf andere theologische Probleme auswirkt. Sketulo hat das ganz richtig erkannt und sofort die Anwendung meiner Lehrsätze verboten. Aber auch dieses Verbot zögert das Unvermeidliche nur etwas hinaus. Sketulo kann nicht verhindern, daß seine Astrologen denken und daß einige von ihnen sich gegen dieses Verbot auflehnen. Auf diese Weise entsteht innerhalb des Heiligtums eine erhebliche Spannung, die einen Teil seiner Energie ablenkt. Folglich kann er sich nicht mehr so ausdauernd wie bisher mit dem Problem beschäftigen, uns irgendwie zu schaden.«

»Ganz nett«, meinte Mukerji mit gerunzelter Stirn, »aber für meinen Geschmack ein bißchen zu langfristig. Vielleicht dauert es fünfzig Jahre, bis die Revolution endlich ausbricht.«

»Zugegeben. Dieser Trend hilft uns, genügt aber allein noch nicht. Deshalb habe ich Herktaskor heute zu mir gebeten. Wir haben uns über theologische Fragen unterhalten.«

»Was? Sie können doch seine Religion nicht an einem einzigen Nachmittag unterminieren!« sagte Pasqual.

»Das weiß ich natürlich auch«, antwortete Schuster grinsend, »aber ich habe trotzdem erreicht, daß unser junger Freund genügend Stoff zum Nachdenken mit nach Hause genommen hat. Ich habe mit ihm über einige logische Probleme seines Glaubens gesprochen und ihm gezeigt, zu welchen Lösungen andere auf diesem Gebiet gekommen sind. «

»Und?« fragte Mukerji.

»Selbstverständlich haben wir nicht genügend Zeit gehabt, um mehr als ein halbes Dutzend Probleme zu diskutieren. Aber selbst das müßte genügen, denn ich bin überzeugt davon, daß Herktaskor mit seinen Freunden darüber spricht – und dann folgt automatisch eine Art Kettenreaktion, die zu einer Umwälzung der bestehenden Verhältnisse führen muß.« Schuster seufzte leise. »Ich fürchte nur, daß der Prozeß blutig verläuft«, schloß er dann. »Aber ich bin trotzdem der Meinung, daß eine Umwälzung auch der Bevölkerung zugute kommt, sonst hätte ich sie nicht in Gang gebracht, selbst um uns das Leben zu retten.«

Pasqual starrte ihn an. »Das ist zu hoch für mich«, meinte er. »Glauben Sie wirklich, daß wir deshalb am Leben bleiben?«

»Wenn es uns gelingt, den Generator innerhalb der nächsten Wochen hierherzuschaffen, bin ich davon überzeugt. Herktaskor ist kein Narr, obwohl er bisher alles getan hat, was seine Oberen für richtig hielten. Aber in Zukunft sucht er sich die Priester bestimmt sorgfältig aus, mit denen er über meine Ideen spricht. Sketulo kann eine Diskussion dieser Art nicht verbieten, und die anderen setzen sich bestimmt gegen ihn zur Wehr, wenn er es trotzdem versucht. Ich garantiere schon jetzt dafür, daß der alte Teufel für den Rest seines Lebens alle Hände voll zu tun hat!«

7

Rebo Legnors-Kind, der Herzog von Gilrigor, hielt auf dem letzten Hügel vor der Stadt an und wies mit einer Hand in die Ebene hinab. »Aesca«, sagte er dabei nur.

David Falkayn kniff die Augen zusammen, um besser sehen zu können. Für ihn war die Stadt nur ein dunkler Fleck zu beiden Seiten des Flusses. Aber dann erkannte er einen schlanken Metallpfeil und nickte begeistert. »Unser Schiff«, flüsterte er. »Wir haben es wirklich geschafft!«

Rebo suchte die Felder und Obstgärten ab, die zwischen ihnen und ihrem Ziel lagen. »Offenbar stehen keine Truppen zum Angriff bereit«, sagte er dann. »Ich sehe, daß sich die Bürger der Stadt neugierig versammeln, aber Soldaten sind nicht zu erkennen. Die Priester müssen aber längst darüber informiert sein, daß wir kommen. Folglich steht fest, daß sie keinen Widerstand leisten wollen.«

»Haben Sie das wirklich erwartet?«

»Ich war mir nicht ganz sicher. Deswegen habe ich selbst so viele Bewaffnete mitgenommen.« Der Herzog richtete sich im Sattel auf. »Hätten sie uns angegriffen, wäre das Recht auf unserer Seite gewesen, so daß wir keine Bedenken mehr gehabt hätten. Nicht nur die Herzöge sind mit der Herrschaft der Priester unzufrieden . . . Meine Leute werden es bedauern, daß es nicht zu einem Kampf gekommen ist.«

»Ich nicht«, versicherte Falkayn ihm.

»Dabei haben Sie trotz Ihrer friedlichen Absichten mehr Schaden angerichtet, als ich den Priestern bei aller Anstrengung hätte zufügen können«, stellte Rebo fest. »Die Verhältnisse haben sich gründlich verändert, seitdem wir Wagen konstruieren können – weniger Arbeit, schnellere Beförderung von Gütern aller Art . . . Und ich habe die Absicht, die freigewordene Energie zur Eroberung der benachbarten Gebiete meines Herzogtums einzusetzen, in denen jetzt noch Barbaren leben. Dann habe ich genügend Einfluß, um bei allen Entscheidungen ein wichtiges Wort mitreden zu können. In Zukunft sind Sie und Ihre Landsleute hier immer willkommen.«

Falkayn sah beschämt zu Boden. »Ich möchte Sie nicht belügen, mein Freund«, antwortete er langsam. »Vielleicht kommen nie wieder Fremde nach Larsum.«

»Das habe ich bereits gehört, aber bewußt ignoriert«, sagte Rebo. »Vielleicht wollte ich es einfach nicht glauben. Aber das ist nicht weiter wichtig.« Er hob stolz den Kopf. »Eines Tages werden unsere Schiffe zu euch kommen.«

Er hob seine Streitaxt und gab seinen Leuten damit ein Zeichen. Die Reiter spornten ihre Tiere an und trabten neben dem riesigen Wagen her, der jetzt von zwanzig Fastigas über den Hügel gezogen wurde. Der Generator und der Kran, die auf der Ladefläche standen, schienen im Sonnenschein rot zu glühen.

Der Fahrer zog die Bremse an – sie bestand nur aus einem roh behauenen Baumstamm –, damit der Wagen nicht zu rasch bergab rollte. Das seltsame Fahrzeug bewegte sich auf acht Walzen fort, deren Enden mit Haken versehen waren. Sobald eine Walze am rückwärtigen Ende des Fahrzeuges zum Vorschein kam, senkten sich zwei Hebelarme herab, rasteten in den Haken ein und hoben die Walze an. Zwei Arbeiter standen an den Gegengewichten bereit und zogen kräftig an einem Seil, wodurch die Walze einen Halbkreis über den Wagen hinweg beschrieb. Auf dem höchsten Punkt dieser Kurve löste die Walze sich wieder von den Hebelarmen, fiel auf eine schräge Rampe und polterte nach unten. Zwei weitere Arbeiter sorgten dafür, daß sie quer zur Längsachse des Wagens in einen Spalt rutschte. Von dort aus fiel sie wieder zu Boden, so daß das Fahrzeug wieder über sie hinwegrollen konnte. Gleichzeitig senkten sich die Hebelarme nach unten und hoben die nächste Walze an, so daß der Kreislauf nie unterbrochen wurde, solange der Wagen rollte.

Jede Walze hatte drei halbrunde Seiten.

Man zeichnet ein gleichseitiges Dreieck ABC, sticht einen Zirkel bei A ein und beschreibt einen Kreisbogen über der Strecke BC. Dann wird der Zirkel bei B angesetzt, so daß ein Bogen über AC entsteht; dieser Vorgang wiederholt sich bei C, wobei ein Bogen über AB beschrieben wird. Jetzt werden die Ecken abgerundet, so daß eine Figur mit gleichbleibendem Durchmesser entsteht. Sie rollt zwischen zwei Parallelen, die ihre Tangenten sind, wobei diese beiden Geraden während der gesamten Umdrehung Tangenten bleiben.

Tatsächlich gibt es unendlich viele Polygone mit gleichbleibendem Durchmesser. Der Kreis ist nur ein Grenzfall.

Falkayn war allerdings davon überzeugt, daß die Walzen nach einiger Zeit ersetzt werden müßten, weil sie durch Abnutzung kreisförmige Querschnitte erhalten würden. Oder vielleicht doch nicht? Vielleicht kam jemand wie Rebo auf die Idee, einfach zu behaupten, dies beweise klar, daß der Kreis nur eine minderwertige Erscheinungsform einer Idealfigur sei. Dabei hatten die Priester doch schon genügend theologische Probleme!

Falkayn trieb sein Fastiga an und ritt an die Spitze der Kolonne. Bis zu dem Raumschiff war es jetzt nicht mehr weit.

Die unsichtbare Sonne

1

Die Fremden hatten keinen Versuch unternommen, die Schiffe ihrer Flotte zu tarnen. Das Selbstvertrauen, das aus dieser Tatsache sprach, erschreckte David Falkayn fast. Auf dem Flug nach Vanessa erschien ein Schiff nach dem anderen auf den Bildschirmen in seiner Kabine. Eines kam ihm so nahe, daß er bei stärkster Vergrößerung einige Details erkennen konnte – es war ein gigantisches Schlachtschiff der Nova-Klasse, das aber trotzdem irgendwie fremdartig wirkte, weil es nicht von menschlichen Händen gebaut worden war. Falkayn wollte sich einreden, er sei nicht erschrocken, mußte sich aber gleichzeitig fragen, ob er sich wirklich selbst belügen wolle.

Als das grüne Licht an seinem Funkgerät aufleuchtete, wußte er, daß die Fremden mit ihm zu sprechen wünschten. Er schaltete das Gerät ein und starrte das Gesicht auf dem Bildschirm an. Es war ... nein, kein Vanessaner, aber ein Angehöriger der gleichen Rasse. Aus dem Lautsprecher drangen Wortfetzen.

»Tut mir leid, aber dieses Zeug ...«, begann Falkayn, bevor ihm einfiel, daß Eroberer meistens heftig reagierten, wenn sie nicht mit der nötigen Ehrerbietung behandelt wurden. Und dieser Kerl befand sich an Bord eines Schiffes, das notfalls einen ganzen Planeten vernichten konnte. »Ich bedaure, daß ich Ihrer Sprache nicht mächtig bin.« Der Kraok reagierte nicht darauf; offenbar verstand er oder sie also nicht Anglic. Nun, vielleicht die Allgemeinsprache der Polesotechnischen Liga ... *»Loquerisne Latine?«*

Der andere veränderte die Einstellung des Vokalisators und fragte dann: »Sprechen Sie Deutsch?«

»Was?« Falkayn riß erstaunt den Mund auf.

»Ich haben die deutsche Sprache ein wenig gelernt«, versicherte der Offizier ihm stolz. »Bei der große Kapitän.«

Falkayn klammerte sich an den Pilotensitz und zweifelte an seinem Verstand.

Die Gestalt auf dem Bildschirm erinnerte entfernt an einen zwei Meter großen Saurier, wenn man sich einen Saurier mit braunem Pelz vorstellen kann. Den Rücken entlang verlief eine große Flosse, die in verschiedenen Farben schimmerte. Die Arme dieses Lebewesens waren durchaus menschlich, aber die vier Finger jeder Hand wiesen jeweils ein zusätzliches Gelenk auf. Der Kopf war rund, mit spitzen Ohren, stumpfer Nase und auffällig kleinen Augen. Die Bekleidung des Schiffsoffiziers bestand nur aus einem gewebten Stirnband, dessen Farbe seinen Rang bezeichnete, einem breiten Gürtel mit mehreren Taschen und einem kurzen Zierdolch. Falkayn konnte deshalb nur vermuten, ob er ein männliches oder weibliches Wesen vor sich hatte, aber diese Wahl fiel ihm nicht weiter schwer. *Die Männchen sind kleiner, schwächer und versorgen die Jungen,* überlegte er sich. *Die Weibchen treffen die wichtigen Entscheidungen und sind auch kriegerischer veranlagt.*

Und jetzt bedrohen sie mich. Er fühlte sich plötzlich sehr allein und hatte das Gefühl, sein kleines Schiff sei nur eine zerbrechliche Eierschale. Die Liga wußte noch nichts von diesen Eindringlingen und konnte ihn deshalb nicht beschützen. Aber selbst wenn sie es gewollt hätte ...

»Antworten Sie!« forderte die Gestalt auf dem Bildschirm.

Falkayn erinnerte sich mühsam an einige Worte dieser Sprache, die er einmal irgendwo aufgelesen hatte. »Ich ... sprechen ... nicht ... deutsch«, sagte er so langsam und deutlich wie möglich. Der andere bewegte sich nicht. »Ich weiß aber, daß Sie Menschen an Bord haben«, erklärte Falkayn ihm. »Ich kenne sogar einen von ihnen mit Namen. Utah Horn. Verstanden? Utah Horn.«

Auf dem Bildschirm erschien plötzlich ein anderes Wesen und wandte sich an Falkayn. »Ich spreche etwas Latein«, sagte der Neuankömmling. »Wer sind Sie?«

Falkayn fuhr sich mit der Zunge über die Lippen. »Ich bin der Vertreter der Liga auf Garstangs Planet«, antwortete er dann. »Mir ist mitgeteilt worden, daß ich Ihre Linien ungehindert passieren darf.«

»Richtig«, bestätigte der Offizier. »Ein Schiff, unbewaffnet, wir auf Elan-Trrl landen lassen. Sie Schwierigkeiten machen, wir umbringen.«

»Ich habe nicht die Absicht«, versprach Falkayn. *Es sei denn, ich finde eine gute Gelegenheit dazu,* überlegte er sich dabei.

»Gut. Weiterfliegen«, befahl der andere.

»Aber dieser Utah Horn . . .«

»Commander Horn Sie rufen, wenn wollen. Weiter!« Der Bildschirm wurde dunkel. Falkayn zuckte mit den Schultern und nahm seinen früheren Kurs wieder auf. Der vordere Bildschirm zeigte bereits die Sonne des Planeten Vanessa – nicht übermäßig groß, aber trotzdem eindrucksvoll: ein weißer Stern der Klasse F7, dessen Strahlung genügte, um Falkayn zu gefährden, falls seine Abschirmung versagte.

Falkayn lag auf dem Rücken in seiner Koje und dachte über die Probleme nach, die ihn erwarteten. Er war außergewöhnlich jung gewesen, als er vom Lehrling zum Gehilfen befördert worden war, was er seiner Rolle auf Ivanhoe zu verdanken hatte. Um Meister zu werden, mußte er etwas ähnliches vorweisen können; deshalb hatte er sich gefreut, als Beljagor ihn aufforderte, so rasch wie möglich nach Vanessa zu kommen. Selbst wenn er nur in das Hauptquartier zurückflog, um dort über die letzten Ereignisse zu berichten, hatte er bereits etwas erreicht. Vielleicht merkte dann der alte Nick van Rijn, daß dieser David Falkayn eigentlich für den stumpfsinnigen Dienst auf Garstangs Planet viel zu schade war . . .

Vanessa wurde ständig größer: eine rötliche Kugel mit grünen und blauen Flecken. Falkayn fragte sich, wie die Bewohner ihren Planeten nannten. Da sie zu den Kolonisten gehörten, deren Zivilisation während der langen Zwangspause in der Raumfahrt ihrer Rasse nicht zerfallen war, hatten sie bestimmt noch eine gemeinsame Sprache. Warum hatte Thurman dann nicht einfach ihren Namen in die Sternenkataloge aufgenommen, wie es sonst in solchen Fällen üblich war?

Wahrscheinlich hatten die Kraoka eine Bezeichnung dafür, die kein Mensch aussprechen konnte. Oder Thurman hatte einfach Lust gehabt, den Planeten ›Vanessa‹ zu nennen. Diese Entdecker wußten wahrscheinlich nur zu gut, was Eindruck machte! Welches

Mädchen könnte schon widerstehen, wenn man ihm verspricht, einen Planeten nach ihm zu benennen?

Falkayn schreckte erst aus seinen Träumen auf, als ein zweites Kriegsschiff auf seinem Bildschirm sichtbar wurde.

2

Selbst in der Zeit der größten räumlichen Ausdehnung ihrer Zivilisation hatten die Kraoka niemals regelrechte Städte gebaut. Trotzdem bezeichneten sie aber ihre weitläufigen Ansiedlungen mit bestimmten Namen. Falkayns *Information für Raumfahrer im Gebiet Beta Centauri* enthielten den Hinweis, daß Elan-Trrl auf der nördlichen Halbkugel zu finden war, während der Raumhafen selbst durch ein Funkfeuer markiert sein sollte.

Der kurze Mikrofilm ließ allerdings die meisten Fragen unbeantwortet. Falkayn erfuhr nur noch, daß Besucher des Planeten sich gegen Ozon und ultraviolette Strahlen schützen mußten. Deshalb legte er vor der Landung einen Schutzanzug an und setzte eine Filtermaske auf, bevor er das Schiff verließ.

Der Raumhafen lag in einem großen Talkessel mitten in der Wüste etwa dreißig Kilometer von der Ansiedlung entfernt. Neben Falkayns Schiff standen nur noch zwei weitere – eines gehörte offenbar Beljagor, das andere war schwer bewaffnet und war anscheinend Teil der Invasionsflotte. Mehrere Kraoka hielten sich im Schatten des Schiffes auf; sie schienen Falkayn erwartet zu haben, denn einer von ihnen wies schweigend auf ein kleineres Gebäude neben dem Lagerhaus.

Falkayn stieß die Tür auf, ging durch den langen Korridor und betrat das Büro des Faktors. Beljagor saß hinter seinem Schreibtisch und rauchte eine dicke Zigarre. Die Büroeinrichtung kam Falkayn durchaus bekannt vor, aber der Boß verblüffte ihn zunächst, denn er hatte noch nie ein Lebewesen von Jaleel zu Gesicht bekommen.

»Endlich«, sagte Beljagor. »Sie haben lange genug gebraucht!«

Falkayn betrachtete ihn neugierig. Der Faktor erinnerte entfernt an einen Anthropoiden, denn er hatte zwei Arme, zwei Beine, einen Kopf und keinen Schwanz. Aber er war kaum einen Meter groß, hatte Hände mit jeweils drei Fingern, riesige Fledermausohren und lange Fühler über der spitzen Schnauze. Seine Augen waren so klein wie die der Kraoka, denn Lebewesen, die weit in den ultravioletten Bereich hineinsehen, brauchen keine großen Pupillen.

Neben dem Faktor hockte eine Vanessaner auf seinem Schwanz. Beljagor deutete mit seiner Zigarette auf den Kraok. »Das hier ist Quillipup, mein Verbindungsoffizier. Und Sie sind ... wie heißen Sie noch gleich?«

»David Falkayn!« Er hätte gern mehr gesagt, aber wenn man als Gehilfe einem Meisterhändler gegenüberstand ...

»Setzen Sie sich«, wies Beljagor seinen Besucher an. »Trinken Sie ein Bier? Die Menschen werden hier in der heißen Luft schnell durstig.«

Falkayn überlegte sich, daß der andere vielleicht doch gar nicht so übel war. »Vielen Dank«, antwortete er, während er sich setzte.

Beljagor bestellte das Bier und wandte sich wieder an Falkayn. »Haben Sie auf dem Flug hierher Schwierigkeiten gehabt?«

»Nein.«

»Das habe ich auch nicht erwartet. Ihretwegen lohnt sich die Mühe gar nicht. Außerdem wollte dieser Horn mit Ihnen sprechen – anscheinend spielt er eine wichtige Rolle auf der anderen Seite.« Beljagor zuckte mit den Schultern. »Ich hätte mir allerdings einen Mann mit mehr Erfahrung gewünscht, der wirklich etwas ausrichten kann.« Falkayn beherrschte sich mit einiger Anstrengung. »Tut mir leid, Sir, aber die Liga ist in diesem Gebiet erst seit einigen Jahrzehnten vertreten ... Darf ich erfahren, was sich hier ereignet hat? Ich weiß bisher nur, daß die Kraoka mit einer Flotte aufgetaucht sind und verlangt haben, daß die Liga sich aus seinem Gebiet um Beta Centauri zurückzieht.«

»Irgend jemand muß das Hauptquartier benachrichtigen«, grunzte Beljagor. »Ich kann meinen Posten nicht verlassen, solange noch die Möglichkeit besteht, die Invasion mit friedlichen Mitteln aufzuhalten. Aber *Sie* sind nicht weiter wichtig, deshalb müssen Sie die Aufgabe übernehmen.« Er rauchte schweigend weiter und fuhr dann fort. »Bevor Sie abfliegen, müssen Sie sich allerdings mit diesem Commander Horn unterhalten, der bei den Antoranern ein großes Tier zu sein scheint. Vielleicht bekommen Sie aus ihm heraus, was der ganze Unsinn soll. Ich werde aus diesen komischen Menschen einfach nicht schlau.«

Falkayn ließ sich nicht irritieren. »Die Antoraner, Sir?« fragte er.

»Ihr Heimatplanet scheint Antoran zu heißen. Mehr ist nicht zu erfahren.«

Falkayn sah zu Quillipup hinüber. »Wissen Sie, woher die Flotte kommt?«

»Nein«, antwortete der Kraok sofort. »Es kann sich aber nicht um einen der Planeten handeln, die unsere Rasse besiedelt hat. Andererseits sind die Aufzeichnungen darüber nicht immer vollständig.«

»Ich verstehe nicht, wie . . .«

»Ich erkläre es Ihnen gern. Äonen bevor Ihre Rasse oder Meister Beljagors Rasse in den Raum vordrangen, begannen unsere großen Vorfahren auf Kraokanan . . .«

»Ja, ich weiß.«

»Unterbrechen Sie Ihre Vorgesetzten nicht, junger Mann«, knurrte Beljagor. »Außerdem bin ich keineswegs davon überzeugt, daß Sie alles wissen, selbst wenn Sie zwei oder drei Bücher darüber gelesen haben sollten.« Er schüttelte den Kopf. »Hören Sie gut zu, das kann nicht schaden. Weiter, Quillipup.«

»Jetzt haben *Sie* mich unterbrochen«, klagte der Vanessaner.

»Wenn ich spreche, ist das keine Unterbrechung, sondern eine Erleuchtung. Weiter, habe ich gesagt. Aber nicht wieder diese scheußlichen Heldengesänge, verstanden?«

»Die Triumphballaden sind aber ein Teil der Geschichte meiner Rasse.«

»Das ist mir gleichgültig! Weiter.«

»Gut, dann verzichte ich darauf. Vermutlich haben Sie ohnehin kein Verständnis dafür.«

Falkayn biß die Zähne zusammen. Wo blieb nur das versprochene Bier?

»Vor unzähligen Jahrtausenden«, begann Quillipup, »erfand die Rasse den Raumflug und machte sich auf den Weg zu den Sternen, um die Planeten zu kolonisieren. Die Namen der ersten Besatzungen sind mit goldenen Lettern im Buch der Geschichte verzeichnet: Ungn . . .«

»Halt, das Ganze zurück«, befahl Beljagor, denn Quillipup schien ein Lied anstimmen zu wollen.

Falkayn fragte sich, ob diese Angeberei auf einen Minderwertigkeitskomplex zurückzuführen war. Schließlich stand fest, daß die Kraoka niemals einen Hyperantrieb entwickelt hatten, so daß ihre Raumschiffe Jahrhunderte brauchten, um mit Unter-Lichtgeschwindigkeit von einem Stern zum anderen zu fliegen. Und selbst dann suchten sie nur nach hellen Sternen der Klasse F, denn andere wie die Sonne der Erde leuchteten zu schwach und sandten nicht genügend ultraviolette Strahlen aus. Andererseits besaßen die großen Sterne dieser Klasse keine Planeten mehr. Die Kraoka hatten also Glück gehabt, als sie insgesamt vierzehn geeignete Planeten entdeckten.

»Sie müssen sich vorstellen, wie groß die Leistung der Vorfahren war«, drängte Quillipup. »Sie durchquerten nicht nur unvorstellbare Räume, sondern veränderten oft ganze Planeten, bis sie ihren Bedürfnissen entsprachen. Keine andere Rasse hat diese Fähigkeit jemals wieder in diesem Maße entwickelt.«

Das war allerdings nicht weiter erstaunlich, denn die modernen Raumfahrer hatten es nicht nötig, Planeten umzumodeln. Wenn ihnen ein Planet nicht gefiel, flogen sie zu dem nächsten weiter. Aber eine Rasse, die nur langsame Raumschiffe besaß, konnte nicht so wählerisch sein. Falkayn mußte aber zugeben, daß die Kraoka einiges geleistet hatten; die Menschen hätten dieses langwierige Projekt wahrscheinlich schon früher aufgegeben.

»Als der große Niedergang kam, hatten wir nur noch unsere Erinnerungen«, berichtete Quillipup weiter. »Aber wir konnten nachts zu den Sternen aufsehen und wußten, wo Angehörige unserer Rasse Planeten erobert hatten.«

Falkayn hatte gelesen, daß dieser Niedergang unvermeidlich gewesen war, denn der Handel zwischen den Kolonien war allmählich wegen der hohen Transportkosten zum Stillstand gekommen. Gleichzeitig waren keine neuen Expeditionen mehr ausgeschickt worden, weil die Kraoka ihre Reserven erschöpft hatten.

Deshalb bauten sie keine neuen Raumschiffe mehr. Die Kolonien blieben sich selbst überlassen und degenerierten oder lösten sich völlig auf. Vanessa war glücklicher gewesen, denn hier blieb die Zivilisation fast dreihundert Jahre lang auf einer verhältnismäßig hohen Stufe, bis Thurman kam. Und jetzt träumten die Kraoka wieder davon, die Verbindung zu den Kolonien neu zu beleben und die Rasse zu vereinigen.

Dazu war aber viel Geld erforderlich. Ein Raumschiff ist nicht gerade billig – und die Liga ist keine Wohltätigkeitsorganisation. Sobald die Vanessaner genügend große Guthaben bei der Interstellaren Bank vorweisen konnten, würden die Werften auf anderen Planeten gern ihre Aufträge entgegennehmen. Aber nicht vorher.

Falkayn merkte erst jetzt, daß Quillipup von der Gegenwart sprach, und hörte wieder zu.

»... Antoran gehört nicht zu den Planeten, die von den ersten Expeditionen besiedelt wurden. Wir vermuten allerdings, daß die Kolonisten von Dzua gekommen sein müssen – das ergibt sich aus einer phonetischen Analyse ihres Dialekts. Dzua ist jedoch eine der Welten, deren Zivilisation zuerst Auflösungserscheinungen gezeigt hat. Deshalb können wir nur vermuten, daß Antoran eine fünfzehnte Kolonie ist, die von dort aus ohne unser Wissen gegründet wurde.«

»Wirklich?« meinte Falkayn zweifelnd. »Wäre es nicht möglich, daß einer der bekannten Planeten ...«

»Ganz bestimmt nicht«, unterbrach Beljagor ihn sofort. »Ich habe sie alle besucht und weiß, wozu die Industrie dort fähig ist. Eine so große Flotte – ich bin zu einer Besichtigung eingeladen worden – kann man nicht in einem Hinterhof zusammenbasteln.«

»Was haben Sie von den Fremden selbst erfahren?«

»Nichts! Ich habe Ihnen doch schon erklärt, daß diese Leute nicht so schwatzhaft wie gewisse andere Rassen sind.«

»Aber Sie müssen doch wenigstens gesagt haben, was sie hier wollen.«

»Ja, natürlich. Sie beabsichtigen, die alte Rasse in einem Imperium zu vereinen. Und sie wollen erreichen, daß die Liga sich aus diesem Gebiet zurückzieht, weil wir angeblich nur Ausbeuter, Blutsauger und so weiter sind.«

Falkayn sah zu Quillipup hinüber. Er konnte den Gesichtsausdruck des anderen nicht deuten, stellte aber fest, daß der Kraok seine Rückenflosse sträubte, was ein Zeichen innerer Erregung sein mußte. Vanessa hatte sich den Eroberern kampflos ergeben. Quillipup hatte vermutlich nichts dagegen einzuwenden, wenn sein augenblicklicher Arbeitgeber den Planeten verlassen mußte.

»In gewisser Beziehung ist diese Forderung doch gerechtfertigt, Sir«, meinte Falkayn vorsichtig. »Schließlich gehören diese Planeten wirklich nicht uns, und wir haben bisher an dem Handel mit den Kraoka gut verdient, während sie trotz ihrer hochstehenden Kultur . . .«

»Ihr Idealismus bricht mir noch das Herz, junger Mann«, warf Beljagor spöttisch ein. »Aber vielleicht überlegen Sie gefälligst, daß die Liga dadurch einen beträchtlichen Verlust erleiden würde. Unsere Einrichtungen sollen nämlich ohne Entschädigung beschlagnahmt werden! Das bedeutet natürlich, daß wir auch den Handel mit den umliegenden Planeten verlieren. Und Sie glauben doch nicht etwa, daß Ihre Landsleute damit zufrieden sind?«

»Wahrscheinlich nicht«, antwortete Falkayn, der zugeben mußte, daß die Menschen tatsächlich gieriger als die meisten anderen Rassen des Universums waren. »Sie haben in Ihrer Nachricht den Namen Utah Horn erwähnt. Das klingt etwas nach . . . äh . . . Wildwest oder einem Banditenhäuptling.«

»Ich lasse ihn benachrichtigen, daß Sie gekommen sind. Machen Sie sich darauf gefaßt, daß er gegen neunzehn Uhr in Ihr Quartier kommt«, sagte Beljagor. »Er will sich unbedingt mit einem Vertreter der Liga unterhalten, der ebenfalls ein Mensch ist. Na, dann muß er eben mit Ihnen zufrieden sein. Nur schade, daß ich nicht einmal hoffen kann, Sie würden etwas aus ihm herauslocken.«

Endlich kam der Servierwagen mit dem Bier hereingerollt. »Wird allmählich Zeit«, stellte Beljagor fest. Die Maschine öffnete zwei Flaschen, nachdem Quillipup eine dritte abgelehnt hatte. *»Ad fortunam tuam«*, murmelte Beljagor und kippte sich einen halben Liter Bier in den Rachen. Falkayn nahm seine Maske ab und trank vorsichtig einen Schluck aus dem angebotenen Glas. Dann spuckte er die bernsteingelbe Flüssigkeit entsetzt wieder aus, hustete, keuchte und rang nach Atem, während ihm die Tränen in den Augen standen.

»Ha?« Beljagor starrte ihn verständnislos an. »Was ist denn

plötzlich in Sie gefahren? Ah, jetzt fällt mir ein, daß Ihre Rasse unser gutes Bier nicht vertragen kann, weil es zu scharf ist.« Er lachte laut, als habe Falkayn einen guten Witz gemacht.

3

David Falkayn hatte ein Appartement im rückwärtigen Teil des Gebäudes zugewiesen bekommen, wo er seinen Besucher empfangen konnte. Nachdem er sich dort umgezogen hatte – er trug jetzt seine beste Uniform –, stellte er ein erlesenes Abendessen zusammen. Schließlich wollte er nicht deshalb schlechter essen, weil er einen Feind zu Gast hatte. Ein Raumcowboy wie Utah Horn konnte Kaviar wahrscheinlich nicht von Schrotkörnern unterscheiden, aber Falkayn war darauf vorbereitet, für zwei zu genießen.

Während er auf die Ankunft des Besuchers wartete, überlegte er nochmals, was er bisher über die Fremden erfahren hatte. Offenbar gab es nur wenige Menschen unter den Invasoren, aber diese wenigen schienen alle Schlüsselstellungen besetzt zu halten. Wahrscheinlich hatten sie die ersten Kriegsschiffe nach Antoran gebracht und leiteten auch jetzt noch das ganze Unternehmen. Horn kam vermutlich nur deshalb hierher, weil ein anderer Mensch an Bord eines der Schiffe Details bemerkt hätte, die Beljagor entgangen waren. Aber Falkayn würde ihn nach Möglichkeit aushorchen . . .

Draußen war es bereits dunkel, so daß Falkayn die einzelne Gestalt kaum erkennen konnte, die in Begleitung einer Leibwache aus vier Soldaten auf das Gebäude zuging. Eine Minute später leuchtete das grüne Licht in der Luftschleuse auf und zeigte an, daß die Schleusenkammer kein Ozon mehr enthielt. Falkayn öffnete die innere Tür, riß erstaunt die Augen auf und wich unwillkürlich einen Schritt zurück.

»Was?« brüllte er.

Sie mußte etwa so alt wie er sein – also fünfundzwanzig Jahre. Selbst die Uniform war nicht streng genug geschnitten, um die Figur zu verderben, die Falkayn so verblüfft hatte. Blauschwarze

Haare fielen bis auf die Schultern herab, aus dem Gesicht leuchteten riesige braune Augen über einer niedlichen Nase und dem herrlichsten Mund, den er je...

»Aber... aber... aber...«, stotterte Falkayn verwirrt.

»David Falkayn?« fragte eine melodische Stimme. »Ich bin Commander Horn.«

»*Utah* Horn?«

»Richtig, Jutta Horn von Neuheim. Überrascht Sie das?«

Falkayn nickte wortlos.

»Die Bevölkerung von Neuheim ist zahlenmäßig nicht übermäßig groß, deshalb müssen alle mithelfen, die irgendwelche Fähigkeiten besitzen. Außerdem war mein Vater der Mann, der den Planeten wiedergefunden und den Kreuzzug begonnen hat. Die Kraoka verehren mich deshalb und sind außerdem daran gewöhnt, die Entscheidungen Frauen zu überlassen. Aber Sie müssen doch schon früher weiblichen Raumfahrern begegnet sein...«

»Ja, aber... äh... ich...« *Jetzt verstehe ich alles. Beljagor hat einen Stimmschreiber benutzt, der auf Anglic eingestellt war, so daß aus Jutta Utah geworden ist. Außerdem hat er sie entweder nie gesehen oder hat sich nicht die Mühe gemacht, sie anders als alle übrigen Menschen zu bezeichnen, die er bisher kennengelernt hat. Das sieht dem alten Trottel ähnlich!*

Falkayn riß sich zusammen, lächelte strahlend und verbeugte sich tief. »Ich wünschte mir nur, ich wäre jedesmal so angenehm überrascht«, sagte er dabei. »Herzlich willkommen, Commander. Nehmen Sie doch bitte Platz. Was darf ich Ihnen zu trinken anbieten?«

Sie runzelte die Stirn. »Ich weiß nicht recht, ob ich wirklich soll.«

»Kommen Sie, ein Essen ohne Aperitif ist wie ein... äh... Tag ohne Sonnenschein.« Falkayn bereitete zwei Drinks zu und brachte sie an den Tisch.

Jutta Horn nahm auf einem Stuhl Platz. Er sah, daß sie ein winziges Funksprechgerät am Handgelenk trug, das bestimmt eingeschaltet war, so daß sie in ständiger Verbindung mit ihrer Leibwache stand. Wenn die Soldaten ein verdächtiges Geräusch hörten, würden sie in den Raum eindringen – aber sie würden keinen Verdacht schöpfen, wenn Falkayn den Plan ausführte, den er eben schmiedete.

Er zog ebenfalls einen Stuhl heran. Sie lehnte die angebotene Zigarette ab. »Offenbar sind Sie noch nicht von der Zivilisation verdorben«, meinte Falkayn lachend.

»Nein«, stimmte sie ausdruckslos zu. »Ich bin auf Neuheim aufgewachsen und habe unser System bisher nur zu Trainingsflügen verlassen.«

»Was ist Neuheim?«

»Unser Planet. Ein Teil des Planetensystems von Antoran.«

»Antoran ist also ein Stern?«

Jutta Horn biß sich auf die Unterlippe. »Ich habe nicht gewußt, daß Sie anderer Meinung waren.«

Falkayn überlegte rasch. »Aha«, meinte er dann, »jetzt wird mir einiges klar. Wir haben bisher angenommen, die Antoraner stammten alle von dem gleichen Planeten. Terraner bezeichnen sich nicht als Solarier, aber Terraner und Marsianer fallen unter diesen Begriff, wenn von beiden die Rede ist. Folglich gibt es in Ihrem System mehr als einen bewohnten Planeten. Neuheim – und wie viele andere?«

»Das spielt keine Rolle«, antwortete sie.

Falkayn machte eine wegwerfende Handbewegung. »Tut mir leid, daß ich davon gesprochen habe. Hier sind die Cocktails. Trinken wir auf unsere Bekanntschaft und auf besseres Verständnis zwischen uns beiden.«

Sie trank zunächst vorsichtig, aber dann offenbar mit Genuß. »Sie sind freundlicher, als ich erwartet hatte«, stellte sie fest.

»Wie könnte ich Ihnen gegenüber unhöflich oder unfreundlich sein, Mylady?« fragte Falkayn erstaunt. Als er sah, daß sie rot wurde, wechselte er rasch das Thema. »Schließlich diskutieren wir wie zivilisierte Menschen über unsere Meinungsverschiedenheiten und suchen nach einem Kompromiß, nicht wahr?«

»Sind Sie berechtigt, im Namen der Liga einen Vertrag zu unterzeichnen?« Jutta Horn war vielleicht nie auf einem zivilisierten Planeten gewesen, aber sie hatte jedenfalls gelernt, wie eine Zivilisation funktionierte.

»Nein«, antwortete Falkayn wahrheitsgemäß. »Ich berichte aber im Hauptquartier über die letzten Entwicklungen und kann bestimmte Maßnahmen empfehlen, die dann ergriffen werden.«

»Dabei sehen Sie noch so jung aus«, murmelte sie.

»Ich habe trotzdem schon einiges erlebt«, versicherte Falkayn ihr. »In meinem Beruf hat man oft Gelegenheit, sich auszuzeichnen. Aber sprechen wir lieber von Ihnen.«

Jutta Horn schien diese Aufforderung nicht auf sich persönlich zu beziehen, denn sie hielt ihm einen Vortrag über Antoran. Dabei stellte sich heraus, daß einige Planeten dieses Systems tatsächlich von Dzua aus besiedelt worden waren. Obwohl die Kolonisten nicht mehr zu anderen Sternen flogen, blieben die Handelsbeziehungen zwischen den Planeten erhalten, so daß die Technologie dort einen höheren Stand als auf Vanessa behalten hatte.

Vor über vierzig Jahren war Robert Horn von Nova Germania von einem Kreuzer der Liga verfolgt worden und hatte dabei in der Nähe von Antoran Funksignale aufgenommen. Später war er dorthin zurückgekehrt und hatte die Planeten entdeckt.

»Ja, er wurde verfolgt«, gab seine Tochter zu. »Er war einer der Führer während des Aufstandes der Landbesitzer . . . so gut und so intelligent, daß seine Gegner es nicht wagten, ihn zu amnestieren.«

Falkayn hatte schon von diesem Aufstand gehört, der mit Hilfe einiger Schlachtschiffe der Liga niedergeschlagen worden war. Die Landbesitzer auf Nova Germania hatten sich gegen die Einführung einer demokratischen Verfassung zur Wehr gesetzt, weil sie ihre Macht und ihren Einfluß auf die Regierung des Planeten zu verlieren fürchteten. Kein Wunder, daß Jutta Horn der Liga nicht eben freundlich gesinnt war.

Er lächelte und schenkte ihr einen zweiten Drink ein. »Ich verstehe«, sagte er dabei. »Schließlich stamme ich selbst von Hermes und bin der Überzeugung, daß eine funktionierende Aristokratie nicht leicht durch ein anderes System zu ersetzen ist.«

Jutta Horn betrachtete ihn erstaunt. »Sie sind adlig geboren?«

»Ich bin nur der jüngste Sohn«, erwiderte Falkayn bescheiden. Er fügte allerdings nicht hinzu, daß er zur Erde geschickt worden war, weil er sich nicht so aufgeführt hatte, wie man es von einem jungen Aristokraten erwarten konnte. »Bitte weiter. Sie faszinieren mich.«

»Innerhalb des Planetensystems von Antoran gibt es eine Welt, auf der die Kraoka nicht leben können, weil sie zu weit von der Sonne entfernt, zu kalt und zu dunkel ist. Aber für uns Menschen genügt sie völlig. Das ist Neuheim, mein Heimatplanet.«

Falkayn hörte aufmerksam zu und wußte jetzt, daß das System zumindest einen inneren Planeten aufwies, der für Kraoka geeignet war. Vermutlich sogar mehr als nur einen; die riesige Flotte, die Beljagor besichtigt hatte, konnte nur auf Planeten mit großer Bevölkerung und reichen Bodenschätzen gebaut worden sein. Aber das setzte wieder eine große Sonne mit einer breiten biothermalen Zone voraus. Unmöglich! Jeder Stern der Klasse F in diesem Gebiet war bereits von Expeditionen der Liga vermessen worden; die Sterne der Klasse G ebenfalls, so daß es kein System dieser Art . . .

»Mein Vater ist mehrmals unerkannt nach Nova Germania zurückgekehrt«, berichtete Jutta Horn weiter. »Dort und auf anderen Planeten hat er Rekruten angeworben, unter die jetzt ganz Neuheim aufgeteilt ist.«

Ich kann mir vorstellen, daß die Idee zu diesem Eroberungsfeldzug von dort ausgegangen ist, überlegte Falkayn sich. *Die Kraoka waren bestimmt begeistert, als sie hörten, daß sie mit ihren Brüdern wiedervereinigt werden sollten. Und die Propaganda gegen die Liga hat ihnen weisgemacht, daß wir zuerst verschwinden müssen, bevor die Wiedervereinigung möglich ist.*

»Ihre Ingenieure haben also den Antoranern gezeigt, wie man Raumschiffe mit Hyperantrieb baut«, stellte er fest. »Ihre Offiziere haben die Besatzungen ausgebildet, während Ihre Agenten die Entwicklung außerhalb des Systems verfolgt haben – mein Gott, da waren Sie aber fleißig!«

Jutta Horn nickte. Nach zwei Drinks klang ihre Stimme etwas undeutlich. »Ganz recht. Wir arbeiten alle nur dafür, daß der Kreuzzug Erfolg hat. Später haben wir wieder Zeit für andere Dinge. Darauf freue ich mich schon!«

»Warum fangen Sie nicht gleich damit an?« erkundigte Falkayn sich. »Weshalb wollen Sie Krieg gegen die Liga führen? Wir haben nichts dagegen einzuwenden, daß die Kraoka auf eigene Kosten eine Flotte aufbauen. Und die bestehende Gesellschaftsordnung auf Neuheim interessiert uns ebenfalls nicht.«

»Obwohl die Liga sich schon einmal in die Angelegenheiten eines Planeten eingemischt hat?« meinte sie herausfordernd.

»Richtig, das kann passieren, wenn unsere eigenen Interessen gefährdet sind. Aber, Jutta« – wieder ein Schritt weiter, denn jetzt sprach er sie schon mit dem Vornamen an –, »die Polesotechnische Liga ist schließlich kein Staat, nicht einmal eine Regierung. Sie ist nur eine Interessengemeinschaft instellarer Händler, die nach außen hin gemeinsam auftreten.«

»Stärke ist eine gute Verhandlungsbasis«, antwortete sie, als wolle sie Clausewitz zitieren. »Nachdem wir und unsere Verbündeten dieses Gebiet fest in Händen haben, kann die Liga vielleicht wieder hier arbeiten . . . unter unserer Aufsicht. Wir müssen uns dagegen sichern, daß die Liga uns ihren Willen aufzwingt, falls es zu Meinungsverschiedenheiten kommen sollte.«

»Aber die Liga hat bestimmt nicht die Absicht, sich stillschweigend zurückzuziehen«, warnte er sie.

»Ich kann nur hoffen, daß sie vernünftig genug ist, um es trotzdem zu tun«, antwortete Jutta Horn. »Wir kämpfen in diesem Gebiet auf der inneren Verteidigungslinie und können überall zuschlagen. Aber die Schiffe der Liga haben riesige Entfernungen zurückzulegen und finden dann hier nur zerstörte Stützpunkte vor. Und dabei weiß die Liga nicht einmal, welche Planeten wir besiedelt haben!«

Falkayn trat rasch den Rückzug an, weil er verhindern wollte, daß Jutta in dieser Stimmung blieb. »Sie haben völlig recht«, sagte er deshalb. »Die Liga kann zwar eine wesentlich größere Flotte schicken – das ist Ihnen hoffentlich klar –, aber vielleicht kommt sie vorher zu der Einsicht, daß der Sieg mehr kosten würde, als er später wert wäre.«

»Das hat schon mein Vater berechnet, bevor er gestorben ist. Die Händler sind nur geldgierig und deshalb leicht zu unterdrücken oder einzuschüchtern. Aber wir Adligen leben für ein Ideal, nicht für schmutzigen Profit.«

»Damit bin ich nicht einverstanden, Jutta«, antwortete Falkayn. »Denken Sie nur daran, daß ich beides bin – Händler und Adliger. Der Unterschied ist gar nicht so groß, wenn man die Psychologie dieser beiden Klassen untersucht. Ein Adliger muß auch Politiker sein, sonst erreicht er nichts. Und als Händler muß man gleichzeitig Idealist sein.«

»Was?« Sie warf ihm einen überraschten Blick zu. »Wie ist das zu verstehen?«

»Sie glauben doch nicht etwa, daß wir nur für Geld arbeiten? Wenn wir nur das wollten, könnten wir zu Hause am warmen Ofen bleiben. Nein, wir suchen das Abenteuer, neue Horizonte, den Sieg über das Universum, das der größte Feind des Menschen ist.«

Jutta runzelte die Stirn. »Das verstehe ich nicht ganz«, gab sie zu.

»Schön, dann gebe ich Ihnen am besten einige Beispiele . . .«

4

Das Abendessen wurde auf der Dachterrasse serviert, wo man sich einbilden konnte, unter freiem Himmel zu sitzen. Nachts war Vanessa schöner als tagsüber, denn jetzt leuchteten die beiden Monde vor einem Hintergrund aus schwarzem Samt und unzähligen glitzernden Lichtpunkten. Beta Centauri strahlte wie ein bläuliches Kronjuwel, dessen Glanz mit dem der Monde wetteiferte.

Jutta lehnte sich in ihren Sessel zurück und hob ihr Champagnerglas gegen das Licht. »Erzählen Sie mir mehr, David«, drängte sie. »Sie führen wirklich ein wundervolles Leben – wie die Helden in unseren alten Sagen.«

»Lassen Sie mich einen Augenblick nachdenken«, sagte er und füllte dabei ihr Glas. »Wollen Sie hören, wie ich auf einem Irrläufer gestrandet bin?«

»Wo?«

»Auf einem freien Planeten ohne Sonne. In der Galaxis gibt es mehr Planeten dieser Art als Sterne. Normalerweise findet man sie in kleinen Gruppen – das heißt, normalerweise findet man sie gar nicht, weil sie nicht auffällig sind. Aber auf dem Flug von Tau Ceti nach 70 Ophiuchi war ich . . .«

Dieses Abenteuer hatte er nur von einem Freund gehört. Fast alle Abenteuer, die er heute abend geschildert hatte, waren anderen

Leuten passiert. Aber Falkayn sah nicht ein, weshalb er eine gute Geschichte durch übermäßige Pedanterie schlechter machen sollte.

»... bis es mir schließlich gelang, die Sauerstofftanks wieder zu füllen, indem ich durch Elektrolyse Sauerstoff aus Eis herstellte, das reichlich genug vorhanden war. Sie können sich vorstellen, wie froh ich war, als ich wieder starten konnte!«

»Das kann ich Ihnen nachfühlen.« Jutta zuckte unwillkürlich zusammen. »Im Raum ist es so schrecklich einsam. Mir gefallen die Planeten besser.« Sie sah nach oben. »Hier sieht es nachts anders als zu Hause aus. Ich weiß gar nicht, ob mir Vanessa oder Neuheim besser gefällt. Nachts, meine ich natürlich«, fügte sie lächelnd hinzu. »Die Planeten, auf denen die Kraoka leben, sind tagsüber nicht auszuhalten.«

»Wirklich nicht? Ist nicht wenigstens einer der drei benachbarten Planeten erträglich?«

»Fünf«, verbesserte sie ihn. Dann schlug sie sich die Hand auf den Mund. »Du lieber Gott, das wollte ich Ihnen wirklich nicht erzählen!«

Falkayn grinste zufrieden. Fünf Planeten – mit Neuheim sogar sechs – in der Thermalzone ... um einen einzigen Stern! »Das ist nicht weiter wichtig«, meinte er tröstend, »nachdem Sie offenbar ein Verfahren erfunden haben, mit dessen Hilfe sich Planeten unsichtbar machen lassen. Ich möchte nur mehr über Sie erfahren, aber das kann ich nicht, wenn Sie mir nichts über Ihre Heimat erzählen.« Er streichelte ihre Hand. »Neuheim muß ein wahres Paradies sein.«

»Nein, wir Menschen haben es dort wirklich schwer«, antwortete sie ernsthaft. »Erst vor wenigen Jahren mußten wir ganze Dörfer in die Nähe der Pole verlegen, als der Planet sich der Sonne näherte.« Sie entzog ihm ihre Hand. »Aber ich spreche schon wieder von Dingen, die ich gar nicht erwähnen dürfte.«

»Schön, dann bleiben wir lieber bei harmlosen Themen«, stimmte Falkayn zu. »Sie haben vorher erwähnt, daß die Nächte auf Neuheim anders sind. In welcher Beziehung?«

»Oh, die Konstellationen sind natürlich verschieden. Nicht sehr, aber immerhin bemerkbar. Und wegen der Auroras sehen wir die Sterne nie so deutlich wie von hier aus. Aber ich *darf* nicht mehr erzählen. Sie sind ein zu guter Beobachter, Davy. Beschreiben Sie mir statt dessen lieber das Leben auf Hermes.«

Falkayn schilderte Gebirge, Urwälder, weite Ebenen, auf denen Rinder grasten, Wellenreiter am Strand.

»Was bedeutet das, Davy?«

»Wir baden in der Brandung – in den Wellen, die durch die Gezeiten hervorgerufen werden.« Er machte eine kurze Pause und fügte dann scherzhaft hinzu: »Sie armes Unschuldslamm, jetzt haben Sie sich wieder verraten; ich weiß jetzt, daß es auf Neuheim keine Gezeiten gibt.«

»Das ist nicht weiter wichtig«, meinte Jutta. »Natürlich haben wir keinen Mond, so daß die Meere nur große ruhige Seen sind.«

»Aber die Sonne ...«, begann Falkayn und machte dann eine Pause.

»Sie ist so weit entfernt, daß sie nur wie ein winziger Lichtpunkt aussieht, und hat keinen Einfluß mehr auf die Gezeiten. Ich kann mich gar nicht an das helle Licht hier gewöhnen.« Jutta stellte plötzlich ihr Glas ab. »Hören Sie, David«, sagte sie. »Sie sind entweder sehr jung und nett – oder so gerissen wie der Teufel selbst.«

»Warum nicht beides gleichzeitig?«

»Auch möglich.« Sie stand auf. »Ich muß jetzt gehen. Vielleicht war es falsch, daß ich überhaupt gekommen bin.«

»Was?« Falkayn schüttelte verblüfft den Kopf. »Aber der Abend hat doch eben erst begonnen. Ich dachte, wir würden in mein Appartement zurückgehen und dort etwas Musik hören.«

»Nein, ich kann nicht länger bleiben.« Jutta schien tatsächlich fest entschlossen zu sein. »Ich amüsiere mich zu gut und plaudere alle möglichen Geheimnisse aus, die nicht für Ihre Ohren bestimmt sind. Richten Sie Ihren Vorgesetzten folgende Botschaft aus: Bevor die Liga ihre Flotte hierherschicken kann, haben wir die Planeten der Kraoka und einige andere erobert. Aber wenn die Liga vernünftig bleibt, können wir vielleicht über einen Handelsvertrag sprechen.« Sie sah zu Boden und wurde rot. »Hoffentlich werden Sie damit beauftragt, die Verhandlungen zu führen. Ich möchte Sie gerne wiedersehen.«

Der Teufel soll die Politik holen! dachte Falkayn. Er gab sich große Mühe, aber Jutta ließ sich nicht umstimmen, so daß er sie zum Ausgang begleiten mußte. Dort küßte er ihr die Hand – aber bevor er auf dieser Grundlage aufbauen konnte, hatte Jutta sich bereits verabschiedet und war nach draußen verschwunden, wo ihre Leibwache wartete.

Falkayn mixte sich einen Drink, zündete seine Pfeife an und ließ sich in den nächsten Sessel fallen. Er stieß dichte Rauchwolken aus und starrte dabei böse einen japanischen Holzschnitt an der gegenüberliegenden Wand an. Der alte Mann auf dem Bild lächelte so spöttisch, daß Falkayn ihm am liebsten einen Kinnhaken versetzt hätte.

Er versuchte zu analysieren, was er bisher über die Absichten der Neuheimer gehört hatte, und kam dabei zu dem Schluß, daß hier nicht nur einige Milliarden Credits für die Handelsherren auf dem Spiel standen. Was geschah, wenn die mächtige Polesotechnische Liga hier eine Niederlage erlitt? Nun, die Kraoka würden sich vielleicht mit dem Erreichten zufriedengeben. Jedenfalls stellten sie keine unmittelbare Bedrohung der menschlichen Rasse dar, weil sie andersartige Planeten bevorzugten.

Aber die Menschen auf Neuheim ... Diese Leute fühlten sich tatsächlich als Kreuzfahrer! Falkayn stellte sich vor, was passieren würde, wenn diese straff organisierten Militaristen ihre Pläne verwirklichen konnten. Selbstverständlich würde es einige Zeit dauern, bevor sie sämtliche bewohnbaren Planeten in diesem Gebiet unter ihre Kontrolle gebracht hatten – aber dann gab es für sie bestimmt nur noch ein Ziel: Krieg gegen die verhaßten Händler der Liga!

Diese Entwicklung mußte frühzeitig verhindert werden. Wenn die Landbesitzer jetzt eine Niederlage hinnehmen mußten, würde sich ihr Einfluß so weit verringern, daß auch auf Neuheim Frieden, Merkantilismus und Zusammenarbeit mit anderen Planeten modern wurde. Und ein Gehilfe, der wesentlich zu dieser Entwicklung beigetragen hatte, konnte bestimmt damit rechnen, früher als vorgesehen zum Meisterhändler befördert zu werden.

Während ein Überbringer schlechter Nachrichten ...

»Schon gut«, murmelte Falkayn vor sich. »Aber bevor man etwas gegen die Landbesitzer unternimmt, muß man ihr verdammtes Planetensystem finden!«

Sie konnten nicht damit rechnen, daß dieses Geheimnis ewig gewahrt bleiben würde. Für ihre Zwecke genügte es, wenn ihr Heimatplanet unbekannt blieb, bis sie dieses Gebiet unter ihre Kontrolle gebracht hatten, was voraussichtlich nicht mehr allzu lange dauern würde. Solange niemand wußte, von wo aus ihre Flotte operierte, hatten die Neuheimer alle Vorteile auf ihrer Seite. Trotzdem würde die Liga in einer Auseinandersetzung Sieger bleiben, falls sie sich dazu entschloß, einen Krieg gegen Neuheim zu führen. Daran war kein Zweifel möglich. Im Lauf der Zeit würde auch dieser geheimnisvolle Planet entdeckt werden. Und dann ... Atombomben auf Neuheim ... Nein!

Die Landbesitzer rechneten vermutlich damit, daß die Liga sich nicht auf einen teuren Krieg einlassen würde, bei dem für sie nichts zu gewinnen war, sondern daß sie statt dessen zu Verhandlungen bereit sein würde, um ihre Verluste möglichst gering zu halten. Vielleicht hatten sie damit sogar Erfolg – aber nur Verrückte oder Fanatiker gingen solche Risiken ein. Arme Jutta! Wirklich schade, daß sie es in Gesellschaft dieser Leute aushalten mußte. Aber vielleicht ließ sich dieser Zustand ändern ...

Okay, wo lag also dieses komische Planetensystem?

Anscheinend nicht allzu weit entfernt. Jutta hatte nicht viel verraten, als sie zugab, daß die Konstellationen dort kaum anders als hier aussahen. Die alten Kraoka waren nie imstande gewesen, übermäßig große Entfernungen in ihren primitiven Raumschiffen zurückzulegen. Das System mußte auch in diesem Gebiet zu finden sein, denn sonst hätte die Flotte nicht auf einer inneren Linie kämpfen können, die ihr einen Vorteil gegenüber den Ligaschiffen verschaffte.

Und Antoran mußte groß und hell sein – etwa in der Klasse G. Aber – jeder mögliche Stern schien nach den vorliegenden Informationen auszuscheiden. Oder war er vielleicht durch einen dichten Nebel verdeckt? Nein, denn selbst dann müßten irgendwo Funksignale aufzunehmen sein. Und Jutta hatte davon gesprochen, daß von Neuheim aus Sterne zu erkennen waren.

Aurora. Hmmm. Sie hatte auch erwähnt, daß einige Dörfer in die Nähe der Pole verlegt werden mußten, weil der Planet sich seiner Sonne genähert hatte ... Das ließ darauf schließen, daß die ersten Siedlungen am Äquator gegründet worden waren. Aber selbst dort gab es auffällige Auroras, so daß die Sonne dieses Planetensystems tatsächlich äußerst energiereich sein mußte.

Nur merkwürdig, daß Neuheim sich auf einer exzentrischen Umlaufbahn bewegte. Und die übrigen Planeten anscheinend ebenfalls. Eigentlich unerhört. Man hätte fast glauben können, daß . . .

Falkayn richtete sich plötzlich auf. Die Pfeife fiel ihm aus dem Mund und blieb in seinem Schoß liegen. »Der Teufel soll mich . . .«, murmelte er verblüfft vor sich hin.

Er überlegte angestrengt und kehrte erst wieder in die Gegenwart zurück, als die glühende Asche aus seiner Pfeife die Hose in Brand setzte.

5

Falkayn rannte durch das Gebäude und suchte Beljagors Appartement. Er wußte nicht, wo der Faktor wohnte, aber Unterkunftsbauten dieser Art waren alle nach dem gleichen Plan gebaut. Die Tür des Appartements war verschlossen. Er drückte auf den Knopf des Summers. Ohne Erfolg. Er drückte nochmals.

Das Fernsehauge schien mit einem Bildschirm im Schlafzimmer in Verbindung zu stehen, denn aus dem Lautsprecher drang eine wütende Stimme: »Sie! Glauben Sie etwa, daß ich Ihretwegen mitten in der Nacht aufstehe?«

»Ja«, antwortete Falkayn. »Ich muß Sie dringend sprechen.«

»Dringend ist nur, daß Sie mich sofort in Ruhe lassen. Ich wünsche Ihnen eine schlechte Nacht.« Der Lautsprecher wurde abgeschaltet.

Falkayn überlegte sich, daß das Adjektiv ›dringend‹ durch allzu häufigen Gebrauch seine Wirkung verloren zu haben schien. Er lehnte sich gegen den Summerknopf.

»Aufhören!« brüllte Beljagor.

»Sofort, wenn Sie mich endlich hineinlassen«, versicherte Falkayn ihm.

Klick.

Falkayn pfiff einen Schlager vor sich hin, um sich die Zeit zu vertreiben, während er auf den Summerknopf drückte.

Die Tür wurde aufgerissen, dann erschien Beljagor auf der Schwelle. Falkayn stellte zu seiner Überraschung fest, daß der Faktor purpurrote Pyjamas trug. »Unverschämter Trottel!« kreischte Beljagor. »Verschwinden Sie gefälligst!«

»Jawohl, Sir«, antwortete Falkayn gelassen. »Aber Sie kommen mit.«

»Was?«

»Ich muß Ihnen an Bord meines Schiffes etwas zeigen.«

Beljagors Augen glühten dunkelrot. Seine Fühler standen senkrecht nach oben. Er pumpte sich voll Luft, bis er fast zu platzen schien.

»Bitte, Sir«, bat Falkayn. »Sie müssen mitkommen. Es handelt sich um eine wichtige Sache.«

Beljagor fluchte und holte zu einem Schlag aus.

Falkayn wich mühelos aus, packte den Meisterhändler an Kragen und Hosenboden, hob ihn hoch und trug ihn den Flur entlang. »Ich habe Ihnen doch gesagt, daß Sie mitkommen müssen«, erklärte er ihm dabei.

Er schleppte den zornig um sich schlagenden Beljagor über das Vorfeld zu seinem Schiff. Dort setzte er ihn in dem Kontrollraum ab und wartete darauf, daß der Sturm losbrechen würde.

Aber Beljagor starrte ihn nur schweigend an und schien die Sprache verloren zu haben.

»Okay«, seufzte Falkayn. »Sie nehmen meine Entschuldigung nicht an. Sie werden dafür sorgen, daß ich meine Lizenz verliere. Sie hätten gute Lust, mir auf der Stelle den Schädel einzuschlagen. Noch etwas?«

»Ich nehme an, Sie haben eine Erklärung für Ihr unmögliches Benehmen«, sagte Beljagor eisig.

»Selbstverständlich, Sir. Die Sache ist äußerst wichtig und dringend, aber ich wollte sie nicht in Ihrem Appartement besprechen, weil ich fürchte, daß dort Abhörmikrophone installiert sind.«

Der Faktor hatte sich überraschend schnell wieder beruhigt. »Weiter, junger Mann«, befahl er jetzt.

»Ich weiß, wo Antoran ist«, sagte Falkayn.

»Ha?« Beljagor wäre vor Überraschung fast aus dem Pilotensitz gefallen, in dem er saß.

»Allerdings dürfen die Neuheimer nicht erfahren, daß ich hinter ihr Geheimnis gekommen bin, denn sonst lassen sie mich nicht mehr fort«, fügte Falkayn hinzu. Er warf einen Blick nach draußen, wo die beiden Monde jetzt untergegangen waren, so daß nur noch Beta Centauri riesig am Himmel strahlte. »Sie müssen allerdings mitkommen, Sir.«

»Was? Unmöglich! Wenn Sie glauben, daß ich die Einrichtungen der Liga diesen Piraten . . .«

»Wahrscheinlich werden Sie ohnehin bald ausgewiesen«, warf Falkayn ein. »Sie wollen es nur nicht wahrhaben. Aber wir müssen den Tiger am Schwanz packen und die Situation nüchtern analysieren.«

»Woher wollen Sie wissen, wo Antoran ist?« fragte Beljagor ungläubig. »Haben Sie sich hereinlegen lassen?«

»Nein, Sir, denn Miss Horn hatte offenbar nicht die Absicht, mir etwas zu erzählen. Aber sie ist in einer spartanischen Gesellschaftsordnung aufgewachsen und war deshalb nicht darauf gefaßt, daß ich sie unter Alkohol setzen und geschickt ausfragen würde.« Falkayn grinste. »Wahrscheinlich haben ihre Landsleute angenommen, ich würde sie nur wie ein Wundertier anstarren und vor Verblüffung kein Wort herausbringen. Diese Leute sind anscheinend sehr romantisch veranlagt. Äußerst gefährlich, aber trotzdem ausgesprochen romantisch.«

»Weiter! Weiter! Was hat diese Horn gesagt?«

»Eigentlich nicht viel, aber trotzdem genug. Antoran ist kein Planet, sondern ein Stern. Und in diesem Gebiet hier gibt es nur einen, der alle Voraussetzungen erfüllt.« Falkayn wies nach draußen und fügte hinzu: »Beta Centauri.«

Der Faktor explodierte fast. Er hopste in der Kabine umher, fuchtelte mit den Armen und fluchte ausdauernd. Falkayn hörte aufmerksam zu und merkte sich die besten Ausdrücke, um sie gelegentlich selbst zu verwenden.

Schließlich hatte Beljagor sich wieder so weit beruhigt, daß er sagen konnte: »Sie unglaublicher Dummkopf, zu Ihrer Information möchte ich Ihnen mitteilen, daß Beta Centauri ein blauer Riese der Klasse B ist. Selbst vor Beginn der Raumfahrt hatten die Wissenschaftler bereits berechnet, daß Sonnen dieser Größe keine Planeten haben können. Seit der Entwicklung des Hyperantriebs ist diese Theorie durch unzählige Expeditionen bestätigt worden. Aber selbst wenn sie Planeten hätten, wären sie nie bewohnbar. Diese riesigen Sterne verbrennen ihren Wasserstoff so rasch, daß ihre Lebensdauer sich in Millionen von Jahren ausdrücken läßt. Millionen, haben Sie gehört, nicht Milliarden! Beta Centauri ist bestimmt nicht älter als zehn Millionen Jahre, hat aber schon die Hälfte der stabilen Zeit hinter sich. Später wird daraus eine Supernova, die damit endet, daß nur noch ein weißer Zwerg zurückbleibt. Auf den Planeten könnte sich kein Leben entwickeln – aber schließlich gibt es dort auch keins.

Ich dachte, selbst Menschen müßten in der Schule soviel Astrophysik lernen. Aber ich habe mich offenbar geirrt. So, jetzt wissen Sie, was Ihre dämliche Theorie taugt.« Beljagor fing plötzlich wieder an zu kreischen. *»Und deshalb holen Sie mich mitten in der Nacht aus dem Bett!«*

Falkayn stellte sich vor die Tür der Luftschleuse. »Natürlich weiß ich das«, sagte er. »Das weiß doch jedes Kind! Und die Antoraner verlassen sich darauf, daß wir von dieser Theorie überzeugt sind. Sie rechnen damit, daß sie dieses ganze Gebiet kontrollieren, bevor wir merken, daß Beta Centauri ein Ausnahmefall ist.« Beljagor ließ sich in den Pilotensitz fallen, verschränkte die Arme und knurrte: »Schön, machen Sie sich weiter lächerlich, wenn Sie unbedingt wollen.«

»Ich habe nicht die Absicht«, antwortete Falkayn. »Befassen wir uns lieber mit den Tatsachen. Erstens: Das Planetensystem von Antoran wurde von den Kraoka besiedelt, die sich niemals auf so kühlen Planeten wie die Erde niederlassen würden. Zweitens: Antoran hat sechs Planeten innerhalb der Zone, in der Wasser flüssig vorkommt. Folglich muß diese Zone sehr breit sein, was wieder auf einen hellen Stern hinweist. Drittens: Der äußerste Planet ist für die Kraoka zu kalt, aber für Menschen einigermaßen erträglich. Trotzdem gibt es dort selbst in den gemäßigten

Zonen strahlende Auroras, die nur eine gigantische Sonne erzeugen kann.

Viertens: Dieser von Menschen besiedelte Planet Neuheim ist weit von seiner Sonne entfernt. Dafür gibt es drei Beweise: Von Neuheim aus ist die Sonne nicht mit bloßem Auge als Scheibe erkennbar. Die Gezeiten werden nicht von der Sonne beeinflußt. Und ein Jahr dort entspricht meiner Schätzung nach etwa zweihundert Erdjahren. Das weiß ich, weil Miss Horn erwähnt hat, daß einige Siedlungen in die Nähe der Pole verlegt werden mußten. Da der Planet sich auf einer exzentrischen Umlaufbahn bewegt, wurde es in Äquatornähe zu heiß. Aber die ersten Kolonisten sind dort erst vor vierzig Jahren angekommen. Daraus folgt, daß die Entfernung zwischen dem Planeten und seiner Sonne so langsam abnimmt, daß es sich lohnte, eine Siedlung zu gründen, die später verlegt werden mußte. Vermutlich wollten die Kolonisten ein Metallvorkommen in Äquatornähe ausbeuten.

Einverstanden? Schön, Neuheim ist also trotz des großen Sonnenabstandes bewohnbar. Aber welcher Stern kommt in diesem Fall nur in Frage? Ein blauer Riese! Und Beta Centauri ist der einzige blaue Riese in diesem Gebiet.«

Falkayn machte eine Pause und sah Beljagor erwartungsvoll an.

»Aber wie kann es dort Planeten geben?«, fragte der Faktor schließlich tonlos.

»Darüber habe ich auch schon nachgedacht«, antwortete Falkayn. »Vielleicht ist Beta Centauri der einzige Fall dieser Art – der Stern muß ein halbes Dutzend Irrläufer-Planeten eingefangen haben.«

»Unsinn. Einzelne Sterne ziehen keine Planeten an sich.« Beljagor brüllte wenigstens nicht mehr, wenn er widersprach.

»Das gebe ich zu, aber meine Theorie berücksichtigt auch diese Tatsache. Als Beta Centauri sich noch im Entwicklungszustand befunden hat, muß ein fester Kern vorhanden gewesen sein, um den herum eine gigantische Nebelwolke existiert hat. Einige Planeten sind in diese Wolke eingetreten und dabei durch das Schwerefeld des Kerns abgelenkt worden. Wegen der erhöhten Reibung im Inneren der Nebelwolke verloren sie dabei einen Teil ihrer Bewegungsenergie – aus den hyperbelförmigen Bahnen wurden Ellipsen.

Diese elliptischen Umlaufbahnen waren selbstverständlich äußerst exzentrisch, obwohl die Reibung sie etwas ausgeglichen hat. Miss Horn hat mir gegenüber zugegeben, daß die Bahnen der Planeten noch heute plötzliche Klimawechsel verursachen. Das ist ebenfalls nicht normal, wie Sie zugeben müssen. Aber meine Theorie wird dadurch nur wahrscheinlicher.«

»Hmmm«, meinte Beljagor zögernd.

»Ich weiß nicht, wie die alten Kraoka auf Dzua von der Existenz dieser Planeten erfahren haben«, fuhr Falkayn fort. »Vielleicht wußten sie einfach nicht, daß blaue Riesen keine Planeten besitzen. Oder vielleicht haben sie auch eine ferngesteuerte Sonde dorthin geschickt. Jedenfalls war ihnen bekannt, daß Beta Centauri fünf gut geeignete und einen weniger guten Planeten aufwies, die besiedelt werden konnten. Natürlich waren die Planeten steril und hatten eine giftige Atmosphäre – aber die alten Kraoka wußten, wie man einen Planeten so verändert, daß er bewohnbar wird. Ich nehme an, daß sie nicht mehr als drei bis vier Jahrhunderte gebraucht haben.« Falkayn zuckte mit den Schultern. »In fünf oder zehn Millionen Jahren explodiert der Stern und macht ihre ganze Arbeit zunichte«, schloß Falkayn. »Aber in der Zwischenzeit lebt es sich dort vielleicht ganz gut.«

»Richtig«, stimmte Beljagor leise zu. Er hob den Kopf und sah Falkayn ins Gesicht. »Wenn das wahr ist, müssen wir die Liga benachrichtigen. Eine ganze Flotte, die plötzlich bei Beta Centauri auftaucht, hätte den Überraschungseffekt auf ihrer Seite. Sobald die Planeten in unserer Hand sind, ist der Kampf entschieden.«

»Genau.« Falkayn unterdrückte ein Gähnen.

»Aber Sie haben nur eine Hypothese aufgestellt, die Sie nicht beweisen können«, fuhr Beljagor fort. »Vielleicht hat Miss Horn Sie hereingelegt. Die Liga kann sich nicht auf Vermutungen verlassen, sondern braucht stichhaltige Beweise.«

Falkayn nickte. »Deshalb starten wir beide mit unseren Schiffen. Sie brauchen sich nur eine Entschuldigung einfallen zu lassen, daß Sie doch nicht länger hierbleiben wollen. Die Neuheimer wundern sich bestimmt nicht, wenn Sie einen Wutanfall bekommen und anschließend im Raum verschwinden.«

»Was soll das heißen«, erkundigte der Faktor sich mißtrauisch. »Wollen Sie etwa behaupten, daß ich nicht das geduldigste Wesen bin, daß sie je kennengelernt haben?«

»Was sind Sie?« fragte Falkayn erstaunt.

»Wenn ich mir überlege, was ich alles aushalten muß . . . Dummheit, Neid, Mißgunst, Frechheiten, Betrügereien, Unverschämtheiten wie Ihre . . .« Beljagor brüllte wieder einmal. Falkayn unterdrückte ein zweites Gähnen.

»Schön, damit muß ich mich eben abfinden«, sagte der Faktor schließlich. »Mir fällt bestimmt eine Ausrede ein. Was tun wir nach dem Start?«

»Wir fliegen zunächst in Richtung Hauptquartier«, erklärte Falkayn ihm. »Aber sobald wir nicht mehr geortet werden können, nehmen wir Kurs auf Beta Centauri. Dort bleiben Sie in sicherer Entfernung zurück, während ich weiterfliege und Beobachtungen anstelle. Nachdem ich zurückgekommen bin, verschwinden wir beide so schnell wie möglich aus diesem Gebiet.«

»Warum fliegen wir getrennt?«

»Weil die Möglichkeit besteht, daß ich erwischt werde. In diesem Fall – wenn ich nicht bis zu einem bestimmten Zeitpunkt zurückkomme – können Sie der Liga berichten, was wir wissen, und zugleich vorschlagen, daß ein Erkundungsteam dorthin geschickt wird.«

»Hmmm. Richtig. Aber warum wollen Sie die gefährliche Aufgabe übernehmen? Ich bezweifle, daß Sie ihr gewachsen sind.«

»Sir«, antwortete Falkayn müde, »ich habe ein wesentlich schnelleres Schiff als Sie. Folglich ist es nur logisch, daß ich den gefährlicheren Teil übernehme. Außerdem«, fügte er noch hinzu, »ist es um mich nicht so schade, denn ich bin schließlich erst Gehilfe – und noch dazu nur ein Mensch. Aber Sie sind ein Meisterhändler von Jaleel!«

Sein Sarkasmus machte einen unerwarteten Eindruck. Beljagor sprang auf und hatte plötzlich Tränen in den kleinen Augen. »Wie richtig!« rief er bewegt aus. »Wie edel von Ihnen, das ohne weiteres zuzugeben!« Er drückte Falkayn gerührt die Hand. »Bitte denken Sie nicht schlecht von mir. Ich bin gelegentlich etwas laut und schimpfe vielleicht zuviel, wenn ich die Geduld verliere, aber ich habe trotzdem nichts gegen Ihre Rasse. Auch Menschen haben ihre Qualitäten. Sogar einige meiner besten Freunde sind Menschen!«

6

Die Gefahrenzone begann etwa ein Lichtjahr vor dem Ziel, denn aus dieser Entfernung konnten die Schwingungen eines Hyperantriebs geortet werden. Beljagors Schiff blieb am Rand dieser Zone zurück; seine Detektoren waren weiterhin in Betrieb, obwohl nicht anzunehmen war, daß dieser winzige Punkt im All zufällig von einem feindlichen Schiff geortet wurde. Selbst Falkayn würde einige Schwierigkeiten haben, es nach beendeter Mission wiederzufinden, obwohl er wußte, wo er es zu suchen hatte. Aber wenn Beljagor die ›Bugwelle‹ eines anderen Schiffes beobachtete, war er gewarnt und würde seinen Antrieb erst wieder benützen, nachdem der Fremde weit genug entfernt war.

Falkayn hatte jedoch keine andere Wahl, sondern steuerte Beta Centauri mit Unter-Lichtgeschwindigkeit an.

Der Stern vor ihm wurde rasch größer und füllte die Bildschirme: die elffache Masse der Sonne, vierzehnhundertmal heller und selbst aus einer Entfernung von einhundertneunzig Lichtjahren noch einer der hellsten Sterne am Nachthimmel der Erde.

Näher, noch näher. Jetzt konnte er die Kameras laufen lassen, die alles aufzeichneten, was auf den Bildschirmen erschien. Planeten mußten als Streifen auftauchen – ja, hier! Falkayn ging auf einen anderen Kurs und wiederholte seine Beobachtungen. Bald darauf konnte er seinen Computer mit den ersten gemessenen Werten füttern.

Er hatte nur einige Planeten geortet, die nicht alle besiedelt sein konnten. Aber auch das genügte schon, denn einer von ihnen wies die richtige Größe und den richtigen Abstand von der Sonne auf – das mußte Neuheim sein!

Und die Detektoren zeigten Vibrationen anderer Schiffe, die zwischen den Planeten verkehrten.

Eine dieser Vibrationen war ungemütlich nahe und kam noch näher. Offenbar hatte ein Kreuzer sein Schiff geortet und wollte es kontrollieren. Aber dazu mußte das feindliche Schiff schon außergewöhnlich schnell sein!

Das andere Schiff kam näher.

Falkayn beobachtete seine Meßinstrumente und fluchte dabei leise vor sich hin. Er rauchte eine Pfeife nach der anderen und überlegte fieberhaft. Wahrscheinlich konnte er sich mit Beljagor treffen, bevor er eingeholt wurde, aber dann waren die Verfolger schon so nahe, daß sie beide Schiffe orten mußten.

Nun, vielleicht konnten sie in verschiedenen Richtungen fliehen ...

Ein Alarmsignal ertönte, dann erschien ein zweiter Zacken auf dem Oszillographen. Falkayn stieß einen Fluch aus. Ein zweites Schiff hatte die Verfolgung aufgenommen. Er stellte allerdings fest, daß der zweite Verfolger zu langsam war, um ihn vor dem Zusammentreffen mit Beljagor einzuholen – aber es konnte später das Schiff des Faktors überholen, das noch langsamer war.

Am besten schaltete er jetzt seinen Antrieb aus und ließ sich geräuschlos treiben. Aber wenn seine Verfolger ihre Sache verstanden, wußten sie, wo er zuletzt gewesen war. Dann brauchten sie nur ebenfalls ihre Geschwindigkeit zu verringern und die Neutrinoemission seiner Triebwerke anzusteuern. Oder sie orteten ihn ganz einfach auf ihren Radarschirmen.

»Aus der Traum«, murmelte Falkayn vor sich hin.

Nicht ärgern, überlegte er sich. *Kampflos ergeben. Sonst schicken sie eine Rakete mit Suchkopf los, ohne sich lange mit einem Warnschuß vor den Bug aufzuhalten.*

Beljagor würde die Liga auf jeden Fall benachrichtigen, aber selbst dann mußte noch immer eine neue Expedition losgeschickt werden. Daß Falkayn nicht zurückgekommen war, stellte keinen Beweis dar, denn er konnte schließlich auch verunglückt sein. Die Spione der Liga würden schnellere Schiffe benützen und so der Gefangenschaft entgehen – aber dadurch wurde der Feind gewarnt und konnte seine Planeten verteidigen. Unter diesen Umständen würde ein Krieg verlustreich und grausam sein ...

Warum gab es eigentlich kein Funkgerät, das Signale mit Über-Lichtgeschwindigkeit ausstrahlte, so daß er Beljagor benachrichtigen konnte, bevor er selbst angehalten wurde? Der Teufel sollte die Naturgesetze holen!

Falkayn marschierte in der Kabine auf und ab, rauchte eine Pfeife nach der anderen und starrte immer wieder auf die Bildschirme, bis ihm die Sache endlich zu dumm wurde. Er trank seine letzte Flasche Whisky und ging schlafen.

Als er einige Stunden später aufwachte, hatte sein Unterbewußtsein bereits eine Lösung gefunden. Er blieb noch eine Weile auf der Koje liegen, starrte die Decke über seinem Kopf an und wunderte sich über diesen genialen Einfall. Aber wenn seine Berechnungen stimmten, mußte er bald in Beljagors Nähe kommen. Das bedeutete, daß er sich bereits jetzt in Reichweite der Detektoren befand, und der Faktor fluchte bestimmt nicht schlecht, während er seine eigenen Instrumente beobachtete. Unter diesen Umständen war nicht zu erwarten, daß Beljagor schlief ... »Frisch gewagt ist halb gewonnen«, murmelte Falkayn vor sich hin und bewies damit, daß auch seine Originalität ihre Grenzen hatte. Er stand auf, ließ sich in den Pilotensitz fallen und griff nach dem Antriebshebel.

Triebwerke abschalten, eine Minute später wieder in Betrieb nehmen, nochmals abschalten, ein zweites Mal einschalten ...

Der Morse-Code der Polesotechnischen Liga. Die Zeiger aller Detektoren, die auf sein Schiff eingestellt waren, mußten sich jetzt regelmäßig bewegen, so daß Strich-Punkt-Strich-Punkt entstand. HYPOTHESE BESTÄTIGT. F. Eine Wiederholung, damit Beljagor verstand, was gemeint war. Und noch eine. Er sollte sich nur fragen, ob F. mehr als die Abkürzung des Namens Falkayn war. Jedenfalls würde er die Nachricht verstehen, während die Antoraner nicht daraus schlau werden konnten, weil sie den Code nicht kannten.

Der Antrieb war dieser Mißhandlung bestimmt nicht mehr lange gewachsen. Falkayn roch verbranntes Isoliermaterial und hörte ein seltsames Summen, das früher nie aufgetreten war. Er änderte seinen bisherigen Kurs und flog mit gleichbleibender Geschwindigkeit weiter.

Seine Berechnungen zeigten ihm, daß der erste Verfolger ihn auf diese Weise fast zwei Lichtjahre von Beljagor entfernt einholen würde. Auch das zweite Schiff drehte gehorsam ab und folgte ihm auf dem neuen Kurs. Falkayn schaltete den Autopiloten ein, duschte, zog seine beste Uniform an und frühstückte in aller Ruhe. Anschließend vernichtete er die Filme seiner Kameras, die Schiffspapiere und einen Teil des Logbuchs. Die verbrannten Papiere wurden durch ausgezeichnete Fälschungen ersetzt – alle Schiffe der Liga waren für solche Notfälle entsprechend ausgerüstet.

Der erste Verfolger verringerte den Abstand, blieb aber vorsichtigerweise ziemlich weit von Falkayns Schiff entfernt liegen. Als das Funkgerät zu summen begann, nahm Falkayn den Anruf entgegen. Auf dem Bildschirm erschien ein Offizier mit ordengeschmückter Brust. »Hallo«, sagte Falkayn. »Sprechen Sie Anglic oder Latein?«

»Ja«, antwortete der andere und wählte Anglic. »Identifizieren Sie sich.«

»Handelsschiff *Greased Lightning* auf dem Flug von Tricorn noch Hopewell, Gehilfe Sebastian Tombs allein an Bord. Und wer sind Sie?«

»Kreuzer *Tiger* aus Neuheim unter Befehl von Freiherr Lichtenberg. Hier spricht Oberleutnant Bender.«

»Neuheim? Wo, zum Teufel, liegt Neuheim? Nie davon gehört.«
»Was tun Sie hier? Weshalb haben Sie zu fliehen versucht?«

»Ich bin nach Hopewell unterwegs, um dort eine Lieferung Maschinen für Tricorn abzuholen. Was Ihre zweite Frage betrifft – großer Gott, was soll man schon tun, wenn man plötzlich von unbekannten Schiffen verfolgt wird?«

»Sie haben also angenommen, wir seien Feinde«, stellte Bender fest. »Vielleicht sind Sie aber selbst ein Feind, ha?«

»Nein, ha. Sie brauchen nur auf Ihre Karten zu sehen, um zu sehen, daß Beta Centauri fast genau zwischen Tricorn und Hopewell liegt. Ich hatte es eilig und wollte den kürzesten Weg nehmen, aber in der Nähe von Beta fiel mir auf, daß die Triebwerke nicht mehr richtig arbeiteten.« Das stimmte, denn er hatte sie schließlich als Funkgerät benützt. »Um die Steuerung zu überprüfen, mußte ich einige Male den Kurs wechseln, was Ihnen vermutlich aufgefallen ist. Dann merkte ich plötzlich, daß ich von einem anderen Schiff verfolgt wurde. Es hätte einer wissenschaftlichen Expedition gehören können, aber andererseits gibt es auch Piraten, die einzelne Handelsschiffe überfallen. Das wollte ich nicht riskieren, deshalb versuchte ich zu verschwinden, aber dann funktionierte der Antrieb plötzlich nicht mehr richtig. Nachdem ich ihn repariert hatte, habe ich den Kurs geändert und wollte damit andeuten, daß ich keinen Wert auf Gesellschaft lege. Leider haben Sie nicht begriffen, was ich meinte.«

Falkayn machte ein wütendes Gesicht und ballte die Fäuste. »Was haben Sie dazu zu sagen?« erkundigte er sich. »Wollen Sie mir nicht erklären, was diese Komödie zu bedeuten hat? Warum liegen Ihre Kreuzer hier auf der Lauer? Weshalb verfolgen Sie harmlose Handelsschiffe? Das bekommt die Polesotechnische Liga zu hören, darauf können Sie sich verlassen!«

»Vielleicht«, antwortete Bender gleichmütig. »Wir kommen jetzt an Bord.«

»Der Teufel soll Sie holen, Sie haben kein Recht dazu, mich . . .«

»Wir sind bewaffnet. Gibt uns das ein Recht?«

»Ja«, stimmte Falkayn seufzend zu.

Er war der Besatzung des Kreuzers sogar behilflich, die Verbindung zwischen den Luftschleusen der beiden Schiffe herzustellen. Bender kam in Begleitung einiger Untergebener an Bord und verlangte die Papiere.

»Gut, Herr Tombs«, sagte er schließlich, »vielleicht sind Sie wirklich ehrlich. Das kann ich nicht beurteilen. Wir haben unsere Befehle. Sie sind auf Neuheim zu internieren.«

»Was?« brüllte Falkayn. Er hielt den Atem an, bis sein Gesicht zornrot zu sein schien. »Ist Ihnen nicht klar, wen Sie vor sich haben? Ich bin eingetragenes Mitglied der Polesotechnischen Liga!«

»Tut mir leid, aber ich habe meine Befehle«, erwiderte Bender ungerührt. »Los, mitkommen!« Er griff nach Falkayns Arm.

Falkayn riß sich los, richtete sich hoch auf und war seinem Vater dafür dankbar, daß er ihm immer wieder erklärt hatte, wie sich ein Adliger zu benehmen hatte. »Sir«, erklärte er eisig, »wenn Sie mich verhaften wollen, kann ich nur ausdrücklich Gewalt weichen. Trotzdem bestehe ich darauf, standesgemäß behandelt zu werden, wie es dem ältesten Sohn und Erben des Barons von Dragonshaw zusteht!«

Bender wurde sichtlich blaß, knallte die Hacken zusammen und verbeugte sich steif. »Jawohl, selbstverständlich«, brachte er schließlich heraus. »Ich bitte vielmals um Verzeihung. Hätten Sie mir das nur früher mitgeteilt – Freiherr Lichtenberg wird sich freuen, Sie zum Tee begrüßen zu dürfen.«

7

Schloß Graustein war im Grunde genommen ein durchaus behagliches Gefängnis; es lag sehr einsam, aber in den umliegenden Wäldern gab es reichlich jagdbares Wild. Das Essen war schwer, aber ausgezeichnet zubereitet, und das hiesige Bier schmeckte hervorragend. Freiherr Graustein gab sich alle Mühe, seinem unfreiwilligen Gast das Leben angenehm zu machen. Im Verlauf der langen Unterhaltungen mit seinem Gastgeber stellte Falkayn fest, daß Neuheim später ein guter Handelspartner der Liga sein würde, wenn der Planet erst einmal befriedet war.

Es sei denn ... Aber diese Alternative war wenig wahrscheinlich. Nach einigen Wochen hatte Falkayn das eintönige Leben schon gründlich satt und freute sich deshalb, als ein Diener an die Tür seines Appartements klopfte und Besuch ankündigte. Aber dann kam sie herein. Er hätte nie gedacht, daß er sich einmal über ihr Erscheinen ärgern würde.

»Jutta!« sagte er überrascht.

Sie schloß die Tür hinter sich und betrachtete ihn wortlos. Falkayn starrte sie ebenfalls an und überlegte sich, daß sie in dem lose fallenden Kleid wesentlich besser als in der knappsitzenden Uniform aussah.

»Sie sind es also tatsächlich«, stellte sie fest.

»B-b-bitte setzen Sie sich doch«, stotterte Falkayn schließlich.

Jutta blieb stehen und schüttelte nur den Kopf. »Diese Idioten haben wirklich geglaubt, Sie seien ein Händler, der aus Versehen zuviel gesehen hat«, sagte sie ausdruckslos. »Sie sind nicht einmal richtig verhört worden, weil das Oberkommando der Flotte nichts von Ihrer Anwesenheit wußte. Aber ich habe gestern zufällig mit Freiherr Lichtenberg gesprochen, als ich auf Urlaub zu Hause war. Und die Personalbeschreibung ...« Ihre Stimme schien zu versagen.

Falkayn nahm seinen Mut zusammen. »Nur eine kleine Kriegslist, meine Liebe«, meinte er gelassen. »Denken Sie nur daran, daß nicht *wir* den Krieg angefangen haben.«

»Was haben Sie getan?«

Er holte seine Pfeife aus der Tasche, stopfte sie und zündete sie umständlich an, bevor er antwortete. »Sie können mir ein Wahrheitsserum einspritzen lassen, deshalb erzähle ich lieber gleich alles«, sagte er lächelnd.

»Ich habe die Wahrheit erraten und bin hierhergekommen, um mich davon zu überzeugen.«

»Dieser komische kleine Kerl, der kurz nach Ihnen verschwunden ist ... weiß er davon?«

Falkayn nickte. »Er hat längst das Hauptquartier benachrichtigt. Selbst wenn die Liga langsamer als gewöhnlich reagiert hat, muß jetzt bereits eine gigantische Flotte unterwegs sein, die Ihrer weit überlegen ist.«

Sie ballte die Fäuste. In ihren Augen standen Tränen. »Was passiert dann?«

»Die Flotte landet hier. Ich erwarte sie schon täglich. Sie haben hier nur einige Kreuzer stationiert; die übrigen Schiffe Ihrer Flotte sind auf ein Dutzend Sterne verteilt, nicht wahr? Die Liga bombardiert nicht gern Planeten, aber in diesem Fall ...« Jutta zuckte entsetzt zusammen. Falkayn ging rasch auf sie zu und nahm ihre Hände in seine. »Nein, nein«, sagte er dabei. »Wir betreiben immer eine realistische Politik. Ein Krieg soll den Feind nicht vernichten, sondern ihn nur unseren Absichten gefügig machen. Warum sollten wir Menschen umbringen, denen wir unsere Waren verkaufen können? Wir nehmen einfach die Planeten gefangen und verlangen Lösegeld.

Ich habe selbst nicht viel zu sagen, kann mir aber vorstellen, was passieren wird. Die Liga verlangt zunächst eine teilweise Abrüstung der Flotte, damit diese Gefahr beseitigt wird. Aber das ist noch nicht alles. Nachdem die Kraoka jetzt über schnelle Raumschiffe verfügen, kommt es wahrscheinlich zu einer friedlichen Wiedervereinigung ihrer Rasse. Wir hatten eigentlich vor, ihnen eine ganze Flotte – natürlich gegen entsprechend gute Bezahlung – zu verkaufen, aber allein wegen dieser Hoffnung fängt man noch keinen Krieg an.

Sie dürfen nicht vergessen, daß Sie und Ihre Landsleute der Liga nicht hilflos ausgeliefert sind, denn schließlich können Sie uns genügend Schwierigkeiten machen, falls wir unannehmbare Bedingungen stellen. Neuheim kann sein gegenwärtiges Gesellschaftssystem ohne weiteres behalten. Warum auch nicht? Wenn Sie den Versuch machen, diese kümmerliche Autarkie auch in Zukunft zu praktizieren, müssen Sie allerdings damit rechnen, daß das Volk innerhalb von zehn Jahren die Landbesitzer vertreibt und uns um Hilfe bittet.«

Er hob ihr Kinn hoch. »Ich verstehe, daß Sie jetzt traurig sind«, fügte er leise hinzu. »Ein Traum ist plötzlich zu Ende. Aber warum wollen Sie Ihr ganzes Leben lang für das Andenken Ihres Vaters leiden?«

Jutta brach plötzlich in Tränen aus. Falkayn bot ihr sein Taschentuch an und tröstete sie, so gut er es verstand. Kurze Zeit später hatte sie sich wieder beruhigt.

»Sie können berichten, wer ich wirklich bin«, erklärte Falkayn ihr. »Dann werde ich nicht mehr als bevorzugter Gast behandelt, sondern vielleicht sogar erschossen.« Jutta runzelte die Stirn und starrte ihn nachdenklich an. »Nach den Kriegsartikeln ist das sogar Ihre Pflicht«, fuhr Falkayn fort. »Allerdings ist Ihnen damit nicht geholfen, denn dazu ist es schon zu spät – und die Liga schützt ihre Mitglieder, so daß Neuheim meinen Tod teuer bezahlen müßte.«

»Habe ich denn eine andere Wahl?« wollte sie von ihm wissen.

Falkayn lächelte strahlend. »Sie können zum Beispiel Ihren hübschen Mund halten und jedem, der es unbedingt wissen will, einfach erzählen, Sie hätten sich geirrt und ich sei doch nicht dieser Falkayn, sondern ein gewisser Sebastian Tombs. Und wenn dann ein Friedensvertrag unterzeichnet wird... Nun, Sie haben hier schließlich einigen Einfluß, glaube ich. Sie könnten viel dazu beitragen, daß Ihr Volk sich an die veränderten Verhältnisse gewöhnt.«

»Sollen wir etwa alle Händler werden?« fragte Jutta. Sie schien plötzlich wieder zornig geworden zu sein.

»Ich habe Ihnen doch schon einmal erklärt, daß wir nicht nur ganz gewöhnliche Krämer sind«, antwortete Falkayn fast beleidigt. »Selbstverständlich möchten wir soviel Gewinn wie möglich erzielen, das gebe ich offen zu. Aber selbst Adlige und Ritter müssen gelegentlich essen, und *unser* Brot kommt nicht von Leibeigenen oder Sklaven oder anderen Unglücklichen, die wir unterworfen haben. Sehen Sie die Sterne dort oben? Sie leuchten herrlich – aber wie steht es mit denen auf der anderen Seite?«

Er legte ihr den Arm um die Schultern und flüsterte:

Dennoch, wär alles dieses mir beschert,
Ich fände keine Rast. Es gibt noch Sterne,
Nach denen meine Sehnsucht nie begehrt,
Es gibt noch Land in unbetretener Ferne,
Wo Ströme gehn und fremde Menschen sind...

»Ohhh«, sagte Jutta nur.

Falkayn grinste und konnte sich plötzlich gar nicht mehr vorstellen, wie sehr er früher auf seine Lehrer geschimpft hatte, die der Meinung gewesen waren, jeder gebildete Mensch müsse zumindest einige Gedichte auswendig lernen.

»Ich verrate bestimmt nichts«, flüsterte Jutta. Dann fügte sie hinzu: »Soll ich noch ein paar Tage hier auf Schloß Graustein bleiben?«

Falkayn fand es ausgesprochen bedauerlich, daß die Flotte der Liga schon eine Woche später auf Neuheim landete, um ihn zu retten.

Die Friedensstifter

1

Poker läßt sich nicht gut zu dritt spielen, deshalb hatte die Besatzung der *Muddlin' Through* den Schiffscomputer so programmiert, daß er den vierten Mann ersetzte. Der Computer kaufte Chips auf Kredit und brachte es immer irgendwie fertig, im Verlauf einer Reise Gewinne und Verluste auszugleichen. Auf diese Weise konnte die Besatzung sich darauf konzentrieren, sich gegenseitig möglichst viel Geld abzunehmen.

»Zwei Karten«, sagte die mechanische Stimme. David Falkayn legte sie mit der Bildseite nach unten auf die Abtastplatte, die er an einer Seite des Tisches im Aufenthaltsraum installiert hatte. Ein fernbedienter Arm schob die abgelegten Karten beiseite, während der Computer die neuen Karten studierte, um seine Gewinnchancen zu berechnen.

»Eine«, verlangte Chee Lan.

»Danke, nichts für mich«, brummte Adzel.

Falkayn gab sich selbst drei Karten und stellte fest, daß seine Gewinnchancen gestiegen waren: Er hatte zwei Buben zu seinen zwei Königen dazubekommen. Adzel hatte vermutlich nicht viel mehr, und Chee schien versucht zu haben, einen Flush zu ergänzen; die ersten Einsätze waren nicht sehr hoch gewesen. Aber jetzt war Wirrkopf wieder an der Reihe . . .

Der Stahlarm schob einen blauen Chip in die Mitte des Tisches.

»Verdammt!« kreischte Chee. Ihr Schwanz richtete sich steil auf, bis er wie eine Flaschenbürste aussah, und das weiche Fell, das ihren kleinen Körper bedeckte, sträubte sich heftig. Sie knallte die Karten auf den Tisch. »Die Pest über dich! Der Teufel soll deine elektronischen . . .«

Adzel verdoppelte gelassen seinen Einsatz. Falkayn seufzte und schob seine Karten zusammen. Chees Zorn war bereits wieder verraucht; sie saß auf ihrem Hocker und wusch sich wie eine Katze. Falkayn griff nach seinem Zigarettenetui.

Wirrkopf erhöhte nochmals. Adzels Drachengesicht konnte seinen Ausdruck nicht verändern, aber sein schuppenbedeckter Körper, der den größten Teil der Kabine einnahm, schien sich zu straffen. Er sah wieder auf seine Karten, wollte etwas sagen und wurde von einem Alarmsignal unterbrochen. Der Teil des Computers, der ständig die Umgebung des Schiffes überwachte, hatte etwas Ungewöhnliches festgestellt. »Ich gehe schon«, sagte Falkayn, stand auf und verließ die Kabine. Selbst hier, wo er etliche Lichtjahre von dem nächsten Menschen entfernt war, trug er einen gutgeschnittenen Freizeitanzug, mit dem er sich überall hätte sehen lassen können. Er redete sich ein, er müsse auch hier würdig auftreten – als jüngster Sohn eines Barons und als Vertreter der Polesotechnischen Liga –, aber in Wirklichkeit hatte er eine gewisse jugendliche Eitelkeit noch nicht überwunden.

Im Kontrollraum blieb er vor den Bildschirmen stehen, konnte aber nichts Außergewöhnliches erkennen. Weshalb also der Alarm? Der Computer war so in das Spiel vertieft, daß es keinen Zweck hatte, ihn danach zu fragen. Vielleicht konnte er selbst ... Falkayn veränderte die Einstellung des Bildschirms, vor dem er eben stand.

Im Westen glühte die Sonne trüb an dem purpurroten Himmel – ein dunkler Zwerg der Klasse Ko, der kaum ein Zehntel der Leuchtkraft der irdischen Sonne besaß. Aber wegen seines geringen Abstandes zu Ikrananka schien er dreieinhalbmal so groß zu sein und gab ebensoviel Strahlung ab. Spika war etwas mehr als drei Parsek entfernt und leuchtete wie ein weißes Juwel an dem dunklen Himmel. Im Nordwesten ballten sich schwefelgelbe Sturmwolken zusammen, aber sonst war der Himmel leer.

Die *Muddlin' Through* stand in halber Höhe auf einem Hügel, von wo aus sich ein guter Blick über das umliegende flache Land bot. Zwischen den gelben Feldern zogen sich Bewässerungsgräben dahin, an deren Kreuzungspunkten sich die befestigten Höfe einzelner Familien erhoben. Der Hügel selbst war felsig und kahl, trug aber auf seinem Rücken die Wälle und Mauern von Haijakata. An seinem Fuß stand ein Wachtturm über dem Stadtbrunnen, der von oben her durch einen langen Tunnel zu erreichen war. Unmittelbar an ihm vorüber führte die Landstraße nach Osten.

In etwa vier Kilometern Entfernung erkannte Falkayn eine Staubwolke auf der Straße. Sie näherte sich rasch, als habe es jemand sehr eilig, hierherzukommen. Falkayn veränderte die Einstellung des Fernsehauges, um besser sehen zu können.

Sechs oder sieben Ikranankaner trieben ihre Zandaras rücksichtslos an. Die großen Reittiere mit dem zottigen schwarzen Pelz erinnerten an Känguruhs, denn sie bewegten sich ebenfalls auf den Hinterbeinen springend fort und erreichten dabei beträchtliche Geschwindigkeiten. Die Reiter waren mit Säbeln und Lanzen bewaffnet. Ihre offenen Schnäbel zeigten, daß sie laut kreischten.

Als ein Windstoß den Staub fortblies, sah Falkayn, wer dort auf der Straße verfolgt wurde. Er hätte vor Überraschung fast seine Zigarette verschluckt. »Nein«, hörte er sich leise sagen. »Das kann nicht sein! Das ist einfach unmöglich!«

Dann hatte er seine Verblüffung überwunden, drehte sich um und rannte nach achtern. Die hier herrschende Schwerkraft war ein Drittel geringer als auf der Erde, deshalb bewegte er sich wie ein geölter Blitz. Er platzte in den Salon, bremste scharf und brüllte: »Alarm!«

Chee hopste über den Tisch und schaltete den Computer auf normale Funktion um. Adzel legte langsam seine Karten fort; er hatte drei Königinnen. »Was ist denn los?« erkundigte Chee sich gelassen.

»Eine ... eine Frau«, keuchte Falkayn. »Sie wird verfolgt.«

»Von wem?«

»Nicht von mir, verdammt noch mal. Aber das stimmt wirklich! Sechs oder sieben Eingeborene sind hinter einer Frau her. Ihr Zandara wirkt erschöpft. Wenn wir ihr nicht helfen, wird sie eingeholt, bevor sie das Schiff erreicht.«

Während Falkayn sprach, hatte Adzel einen Blick auf Wirrkopfs Karten geworfen. Drei Asse. Er seufzte philosophisch und schob seinen Einsatz über den Tisch. Dann erhob er sich und sagte: »Am besten reden wir ihnen gut zu. Chee, du hältst hier die Stellung.«

Die Cynthianerin nickte und verschwand wortlos in Richtung Kontrollraum. Adzel folgte Falkayn durch die Luftschleuse nach draußen. Seine Krallen polterten über das Deck. Falkayn nahm einen Strahler und ein winziges Funkgerät aus dem Regal neben der Luftschleuse.

Draußen wehte ein kalter Wind. Falkayns Augen gewöhnten sich erst nach einigen Sekunden an die trockene Luft. Der Mann kletterte auf den breiten Rücken des Drachenwesens und hielt sich an den breiten Zacken fest. Dann trabte der Wodenit den Hügel hinab.

»Man könnte fast glauben, ein zweites Schiff sei hier gelandet«, sagte er dabei. Seine Baßstimme klang so ruhig, als teile er eben Karten aus. »Was hältst du davon?«

»Vielleicht«, antwortete Falkayn und starrte angestrengt nach vorn. »Sie ist aber irgendwie komisch angezogen. Ob sie von Barbaren verfolgt wird? Ich habe schon einige Male gehört, daß im Sundhadarta-Gebirge Krieg geführt wird.«

Die junge Frau und ihre Verfolger waren jetzt deutlich zu sehen. Sie winkte und spornte ihr Reittier zu einer letzten Anstrengung an. Die Ikranankaner riefen einander etwas zu. Falkayn stellte verblüfft fest, daß sie Katandaran sprachen ... Einer der Verfolger hielt sein Zandara an, schnallte seine Armbrust vom Sattel los und legte einen Bolzen ein. Die Waffe wirkte wie ein zerbrechliches Kinderspielzeug, aber die Bolzen waren nadelscharf und flogen wegen der niedrigen Schwerkraft überraschend weit. Der Reiter schoß. Der Bolzen zischte dicht an den kupferroten Haaren der jungen Frau vorbei. Der Schütze gab einen kurzen Befehl, während er die Armbrust nochmals spannte. Die beiden Reiter neben ihm griffen jetzt ebenfalls nach ihren Waffen.

»Schneller!« drängte Falkayn. »Sie ist wirklich in Lebensgefahr!«

Er starrte durch den rötlichen Staub, der die Verfolger nur undeutlich sichtbar werden ließ. Die Reiter waren kleiner als er – etwa eineinhalb Meter groß – und erinnerten an Menschen mit breiten Schultern und Wespentaille. Der ganze Körper und die ungewöhnlich dünnen Gliedmaßen waren mit braunem Pelz bedeckt. Die Ikranankaner waren Warmblüter und Allesfresser, und die Weibchen brachten ihre Jungen lebend auf die Welt; aber trotzdem waren sie keine Säugetiere. Auf dem schlanken Hals saß ein kugelrunder Kopf mit ovalen schwarzen Augen, langen Eselsohren und einem kräftigen Schnabel, der sich grau von dem braunen Pelz abhob. Die Füße waren nackt, damit die drei langen Zehen die Steigbügel festhalten konnten. Die Reiter trugen weite Hosen und darüber einen leichten Kettenpanzer mit einem Abzeichen auf der Brust. An dem breiten Gürtel baumelte ein Säbel, während Armbrust, Lanze und Dolch die Bewaffnung vervollständigten.

Einer der Reiter hob wieder seine Armbrust. Falkayn riß seinen Strahler aus dem Halfter und schoß senkrecht nach oben. Das war als Warnung gedacht – aber der grelle Lichtblitz blendete die Eingeborenen auch und machte sie weniger zielsicher. Die junge Frau lachte begeistert.

Die Verfolger stoben auseinander. Sie trugen alle das gleiche Zeichen auf der Brust, aber Falkayn konnte sich nicht erinnern, zu welchem Klan sie gehörten. Ihr Führer kreischte einen Befehl. Sie sammelten sich wieder und ritten weiter. Ein Bolzen zischte dicht an Falkayn vorbei. Ein anderer prallte von Adzels Schuppen ab.

»Was . . . was . . ., jetzt wollen sie uns auch umbringen«, stotterte der Wodenit. »Anscheinend waren sie darauf gefaßt, daß wir kommen würden.«

»Weiter!« brüllte Falkayn. Gleichzeitig erlegte er mit einem Schuß das erste Zandara.

Adzel spurtete jetzt und hatte schon nach hundert Metern fast hundertfünfzig Stundenkilometer Geschwindigkeit erreicht. Falkayns Augen tränten wieder, so daß er fast nichts mehr sah. Aber das war auch gar nicht mehr nötig, denn Adzel hatte bereits die Ikranankaner erreicht. Er rannte das erste Tier und seinen Reiter einfach über den Haufen. Die beiden nächsten stürzten einen Augenblick später. Adzel schlug mit dem Schwanz um sich und erwischte damit das vierte Zandara. Die beiden anderen galoppierten über das Feld davon.

Adzel bremste ab und trottete zurück. Ein Teil der Opposition rannte zu Fuß davon, die übrigen schienen sich kaum noch bewegen zu können. »O je«, meinte Adzel besorgt. »Hoffentlich haben wir keinen ernsthaft verletzt.«

Falkayn zuckte mit den Schultern. Eine Rasse von Giganten

konnte es sich leisten, mitleidige Gefühle dieser Art zu hegen. »Komm, wir müssen zum Schiff zurück.«

Die junge Frau hatte in einiger Entfernung angehalten. Als sie näherkamen, stieß Falkayn unwillkürlich einen leisen Pfiff aus.

Vielleicht war sie für seinen Geschmack ein wenig zu muskulös. Aber diese Figur! Nur schade, daß ihre kriegerische Ausrüstung so wenig davon erkennen ließ. Sie trug halbhohe Stiefel, im Gegensatz zu den Eingeborenen enge Reithosen und eine Pelzjacke über der ärmellosen Bluse. Ihre Bewaffnung entsprach der ihrer Verfolger, aber sie trug einen flachen Helm auf den kupferroten Haaren und hatte einen bemalten Schild am Sattelknauf hängen. Ihre Haut war sehr weiß. Die Gesichtszüge entsprachen dem griechischen Schönheitsideal vergangener Jahrtausende, aber die lebhaften grauen Augen und der ausdrucksvolle Mund milderten den strengen Gesamteindruck etwas ab.

»Hallo«, murmelte Falkayn überrascht. »Wo kommen *Sie* her, junge Dame?«

Sie wischte sich den Schweiß von der Stirn und atmete schwer, was hübsch anzusehen war. Adzel trabte weiter die Straße entlang. Ihr Zandara blieb gehorsam an seiner Seite, als sie es antrieb – vermutlich war es schon zu erschöpft, um sich noch vor Adzel zu fürchten, der sonst allen Zandaras Angst einjagte.

»Kommen ... Sie ... wirklich von den Sternen?« wollte die junge Frau wissen. Sie sprach Anglic mit einem Akzent, den Falkayn noch nie gehört hatte.

»Ja«, antwortete er einfach und zeigte dabei auf das Raumschiff.

Sie beschrieb ein Zeichen auf der Stirn. *»Algat ist gut!«* flüsterte sie dabei. Nachdem sie ihre Fassung einigermaßen wiedergewonnen hatte, drehte sie sich um und hielt nach ihren Verfolgern Ausschau. Die Eingeborenen hatten sich wieder versammelt, schienen aber keine Lust zu einem zweiten Angriff zu haben. Statt dessen setzten sie sich langsam in Bewegung und ritten über die Felder davon.

Die junge Frau streckte die Hand aus und berührte damit Falkayns Arm, als wolle sie sich davon überzeugen, daß er wirklich existierte. »Bisher haben wir nur Gerüchte gehört«, sagte sie leise. »Fremde sollten in einem fliegenden Schiff gekommen sein – unter ihnen auch ein junger Ershokh –, aber der Kaiser verbot allen seinen Untertanen, in die Nähe des Schiffes zu gehen. Wir fürchteten schon, die Gerüchte hätten die Wahrheit nur verzerrt wiedergegeben. Sind Sie wirklich von den Sternen gekommen? Oder vielleicht sogar von der Erde?«

»Ja«, antwortete Falkayn nochmals »Aber wovon sprechen Sie eigentlich. Was bedeutet ›Ershokh‹?«

»Einfach nur ›Mensch‹. Haben Sie das nicht gewußt? In Katandara nennen sie uns Ershoka.« Sie betrachtete ihn nachdenklich und schien auf unerklärliche Weise mißtrauisch geworden zu sein, denn sie sprach langsam und vorsichtig weiter: »Unsere Vorfahren sind hier vor vierhundert Jahren gelandet.«

»Vor vierhundert Jahren?« wiederholte Falkayn verblüfft. »Aber damals war der Hyperantrieb doch noch gar nicht erfunden!«

»Offenbar meint sie vierhundert hiesige Jahre«, warf Adzel ein, der sich nicht so leicht überraschen ließ. »Bei einer Umlaufzeit von zweiundsiebzig Standardtagen ... ja, das sind ungefähr fünfundsiebzig Erdjahre.«

»Aber ... wie, zum Teufel ...«

»Sie waren zu einem anderen Planeten unterwegs, um dort ... wie sagt man dazu? ... um dort eine Kolonie zu gründen«, erklärte die junge Frau. »Aber sie wurden von Piraten überfallen und hier ausgesetzt – fünfhundert Frauen, Männer und Kinder.«

Falkayn hatte sich noch immer nicht völlig von seiner Überraschung erholt. Er hörte nur undeutlich, daß Adzel sagte: »Richtig, vermutlich von einem Geschwader der Piratensonden, das sich bis in dieses Gebiet vorgewagt hatte, weil es hoffte, hier wertvolle Beute zu machen. Selbstverständlich waren die Kapitäne nicht daran interessiert, Lösegeld für die Kolonisten zu verlangen. Aber es war trotzdem anständig von ihnen, daß sie ihre Gefangenen auf einem bewohnbaren Planeten ausgesetzt haben, anstatt sie einfach zu ermorden.« Er klopfte ihr auf die Schulter. »Keine Sorge, kleine Frau. Die Polesotechnische Liga hat die Piraten längst davon überzeugt, wie schändlich und verwerflich dieser Lebenswandel war.«

Falkayn überlegte sich, daß er die Rolle des Trösters übernehmen mußte, falls sich das als notwendig erweisen sollte. »Ausgezeichnet«, stellte er grinsend fest. »Das ist wirklich eine Sensation!

Sobald wir wieder Verbindung mit der Erde haben, bestellen wir ein Schiff für Sie und Ihre Landsleute.«

Die junge Frau beobachtete ihn noch immer mit dem gleichen unerklärlichen Mißtrauen. Eine Dame, die eben erst aus einer gefährlichen Situation gerettet worden war, durfte ihren kühnen Ritter eigentlich nicht so forschend betrachten...

»Sind Sie wirklich ein Ersho... ich meine, ein Terraner?«

»Eigentlich bin ich Bürger des Großherzogtums Hermes, während meine Kameraden von anderen Planeten stammen. Aber wir operieren von der Erde aus. Ich heiße übrigens David Falkayn.«

»Ich bin Stepha Carls, Leutnant der Leibwache des...« Sie sprach nicht weiter. »Aber das ist im Augenblick nicht wichtig.«

»Warum sind Sie von diesen Banditen verfolgt worden?«

Stepha lächelte kurz. »Bitte etwas langsamer und nicht alles gleichzeitig. Wir haben uns gegenseitig so viel zu erzählen, nicht wahr?« Aber dann gab sie ihre reservierte Haltung auf. Die Augen strahlten, das Lächeln wurde etwa fünfzig Megawatt stärker, dann schlug sie die Hände zusammen und rief: »Oh, das ist wirklich wundervoll! Ein Mann von der Erde – mein Retter!«

Schon besser, dachte Falkayn verblüfft. *So ähnlich habe ich mir die Sache gleich vorgestellt.* Er fragte nicht weiter, sondern bewunderte statt dessen die Szenerie. Schließlich hatte er seit mehreren Monaten keinen Menschen mehr gesehen.

Als sie das Schiff erreicht hatten, banden sie das Zandara an einer der langen Teleskopstützen fest. Falkayn ließ Stepha mit einer leichten Verbeugung den Vortritt die Gangway hinauf. Chee Lan hopste heran, als sie durch die Schleuse traten. »Das ist ja ein süßes Schoßtierchen!« rief die junge Frau begeistert aus.

Chee sträubte ihren Pelz. In gewisser Beziehung hatte sie große Ähnlichkeit mit Meisterhändler Beljagor. »Kitzeln Sie mich nur nicht unter dem Kinn, junge Dame, wenn Sie Wert darauf legen, Ihre Finger vollzählig zu behalten.« Sie wandte sich an ihre beiden Kameraden. »Was war eigentlich dort draußen los?«

»Hast du den Kampf beobachtet?« erkundigte Falkayn sich. In Stephas Gegenwart plusterte er sich förmlich auf. »Ich finde, wir haben den Banditen einen ordentlichen Denkzettel verabreicht. Die Kerle belästigen uns bestimmt nicht wieder!«

»Welche Banditen meinst du eigentlich?« fragte Chee eisig. »Ich habe von hier aus gesehen, daß sie auf einem Umweg in die Stadt zurückgeritten sind. Wenn ihr mich fragt – falls ihr beiden Narren überhaupt genügend Grips habt, um mich zu fragen –, habt ihr eine Gruppe kaiserlicher Soldaten verjagt. Dabei sind wir hierhergekommen, um mit eben diesem Kaiser einen Handelsvertrag abzuschließen!«

2

Sie hatten sich in den Aufenthaltsraum zurückgezogen, weil es zu gefährlich gewesen wäre, jetzt das Schiff zu verlassen. Ein Besuch in der Stadt hätte wahrscheinlich nur zu weiteren Auseinandersetzungen geführt. Falls der Kaiser auf einer Entschuldigung bestand, konnte er schließlich ebensogut einen Boten hierherschicken. Außerdem mußten sie sich zunächst unterhalten und einige Unklarheiten beseitigen.

Falkayn schenkte Stepha und sich Whisky ein. Adzel braute sich einen Eimer Kaffee. Er durfte zwar ebenfalls Alkohol zu sich nehmen, obwohl er Buddhist war, aber auf einem so langen Flug konnte kein Raumschiff genügend Whisky für ihn mitführen. Chee Lan, deren Metabolismus nicht auf Alkohol reagierte, zündete sich eine ihrer leicht narkotisierenden Zigaretten an, die sie aus einer langen Spitze rauchte.

Die junge Frau kniff die Augen zusammen – die helle Beleuchtung blendete sie stark –, hob das Glas an die Lippen und trank es auf einen Zug aus. Dann keuchte sie und bekam einen Hustenanfall. Falkayn klopfte ihr auf den Rücken. Stepha hustete weiter und fluchte dazwischen so kräftig, daß er unwillkürlich rot wurde. »Dabei habe ich mir schon eingebildet, Sie seien völlig verweichlicht«, sagte sie schließlich mit schwacher Stimme.

»Ich nehme an, daß die technische Entwicklung in den vergangenen drei Generationen hier rückläufig gewesen ist«, meinte Adzel. »Fünfhundert Menschen, zu denen auch Kinder gehören, wissen nicht genug, um eine moderne Zivilisation aufrechtzuerhalten, und ihr Schiff hat vermutlich keine vollständige Mikrobibiliothek an Bord gehabt.«

Stepha wischte sich die Tränen aus den Augen und sah zu ihm hinüber. »Ich habe Urgroßvater immer für einen großen Aufschneider gehalten«, sagte sie. »Aber anscheinend hat er in seinen jungen Tagen doch einiges gesehen und erlebt. Wo kommen Sie her?«

Adzel war allerdings wirklich eindrucksvoll genug; von Kopf bis Schwanz maß er fast fünf Meter, wog über eine Tonne und war mit dicken Schuppen gepanzert, die am Rücken bläulich und an der Unterseite des Körpers bernsteinfarben schimmerten. Als er jetzt antwortete, blitzten seine Reißzähne furchterregend, aber die großen braunen Augen ließen ihn etwas freundlicher erscheinen. Hinter diesen Augen lag ein Gehirn, das jedem menschlichen gleichwertig war.

»Ich stamme von der Erde«, erklärte er Stepha. »Das heißt, eigentlich von Zatlakh, was in meiner Sprache ›Erde‹ bedeutet. Die Menschen haben meinen Planeten Woden getauft. Damals gab es noch genügend irdische Namen für neu entdeckte Welten. Heute benützen wir meistens die Bezeichnung, die den Bewohnern des jeweiligen Planeten geläufig ist – hier zum Beispiel ›Ikrananka‹.«

»Sie sind bestimmt ein hervorragender Einzelkämpfer«, meinte Stepha nachdenklich. Dabei griff sie unwillkürlich nach ihrem Dolch.

Adzel zuckte zusammen. »Bitte, wir sind äußerst friedlich veranlagt. Wir sind nur so groß und gepanzert, weil es auf Woden andere riesige Tiere gibt. Unsere Sonne gehört zu den Sternen der Klasse F5 im Sektor Regulus. Sie strahlt so viel Energie aus, daß sich auf unserem Planeten trotz der zweieinhalbmal höheren Schwerkraft als auf der Erde große Lebensformen entwickeln konnten, die . . .«

»Ruhe, du alter Barbar«, unterbrach Chee Lan ihn. »Wir haben jetzt keine Zeit für deine Memoiren.«

Adzel hätte diesmal fast die Geduld verloren. »Hör zu«, fauchte er, »es ist äußerst unhöflich, andere Kulturen auf diese Weise herabzusetzen. Ich gebe zu, daß mein Volk nur aus einfachen Jägern und Fallenstellern besteht, aber unsere Kunst hält trotzdem jeden Vergleich mit der anderer Planeten aus. Und als ich auf der Erde Planetologie studieren durfte, habe ich mein Stipendium dadurch aufgebessert, daß ich in San Francisco in der Oper den Fafnir gesungen habe.«

»Aber wahrscheinlich hast du mehr verdient, wenn du zu Neujahr im Chinesenviertel der Stadt bei den Umzügen mitmarschiert bist«, fügte Chee hinzu.

Falkayn schlug mit der Faust auf den Tisch. »Jetzt reicht es aber!« brüllte er.

»Und wo kommt die . . . äh . . . Dame her?« wollte Stepha wissen.

»Von dem zweiten Planeten bei Eridani A«, antwortete Falkayn. »Die Entdecker haben ihn Cynthia getauft – nach der Frau des Captains.«

»Ich habe allerdings gehört, daß sie nicht gerade sein angetrautes Eheweib gewesen sein soll«, warf Chee ein.

Falkayn wurde nochmals rot und beobachtete Stepha aus dem Augenwinkel heraus. Aber sie schien sich nichts daraus zu machen, und wenn er an die Flüche dachte, die sie vorher ausgestoßen hatte . . .

Chee zündete sich eine neue Zigarette an und hielt das Feuerzeug dabei in einer zierlichen Hand mit sechs Fingern fest. Sie war kaum einen Meter groß, wenn sie sich hoch aufrichtete. Meistens hockte sie jedoch auf den kräftigen Hinterbeinen und stützte sich auf die ebenso langen Arme, während der buschige Schwanz über dem Rücken lag. Der verhältnismäßig große Kopf mit der schwarzen Nase, den spitzen Ohren und dem langen Schnurrbart erinnerte deutlich an eine Katze. Um die großen gelben Augen lag eine schwarze Maske, aber der übrige Körper war mit weißem Angorapelz bedeckt.

»Sprechen wir also über unsere augenblickliche Situation«, schlug Chee jetzt vor. »Sollen wir mit Ihnen beginnen, Miss Carls? Nein, entschuldigen Sie, Leutnant Carls, nicht wahr? Ich nehme an, daß Ihre Vorfahren etwa in diesem Gebiet hier ausgesetzt worden sind.«

»Ganz recht«, stimmte Stepha zu. Sie drückte sich absichtlich vorsichtig aus. »Sie nahmen bald Verbindung zu den Eingeborenen auf, die ihnen allerdings teilweise feindselig gegenüberstanden. Aus diesen Erfahrungen lernten sie, daß Menschen kräftiger und ausdauernder als Ikranankaner sind. Hier gibt es immer Krieg. Deshalb brauchten die besten Soldaten nicht auf Feldern oder in Bergwerken zu arbeiten. Die Ershoka haben sich zu einem Korps zusammengeschlossen; wer nicht kämpfen kann, sorgt für den Nachschub und so weiter.«

Falkayn sah erst jetzt, daß Stepha eine Narbe am rechten Arm hatte. *Armes Ding,* dachte er mitleidig. *Das ist wirklich nicht das richtige Leben für eine hübsche junge Frau. Auf der Erde könnte sie tanzen und flirten – zum Beispiel mit mir. Wahrscheinlich widert sie dieses Leben an, aber sie ...*

Stephas Augen blitzten. »Ich habe von unseren Alten gehört, daß auf anderen Planeten ebenfalls Kriege geführt werden«, sagte sie begeistert. »Könnten wir uns nicht als Söldner verdingen?«

»Was? Nun ... äh ...«

»Ich bin wirklich gut. Sie hätten mich in der Schlacht bei Yanjeh sehen müssen! Ha! Sie haben uns frontal angegriffen. Ein Zandara ist mir geradewegs in die Lanze gerannt.« Stepha sprang auf, zog den Säbel und ließ ihn durch die Luft sausen. »Ich habe den Reiter mit einem Hieb aus dem Sattel geholt. Dann war sein Nachbar an der Reihe – ein Schlag, ein Stich ... und schon wälzte er sich am Boden. Aber im gleichen Augenblick fiel ein anderer von links über mich her. Ich schlug ihm den Schild auf den Schnabel, drückte seinen Dolch nach oben und ließ ihn ...«

»Bitte!« brüllte Adzel und hielt sich die Ohren zu.

»Wir müssen überlegen, wie wir uns in Zukunft verhalten«, drängte Falkayn. »Sind Ihre Landsleute mit dem Kaiser in Katandara verfeindet?«

Stepha beruhigte sich wieder, nahm ihren alten Platz ein und ließ sich noch einen Whisky einschenken. Dann sprach sie so vorsichtig wie zuerst weiter: »Die Ershoka sind in die Dienste von Jadhadi I. getreten, als damals das alte Reich zerfiel. Sie haben ihm den Thron in Katandara verschafft und sind ihm behilflich gewesen, das Reich weiter auszudehnen. Seitdem stellen sie die Leibwache jedes Kaisers und den Kern seines Heeres dar. Vor einiger

Zeit haben sie auch Rangakora am Rand der Zweilichtzone erobert. Das ist eine wichtige Stadt, denn sie kontrolliert nicht nur den einzigen Paß über das Gebirge, sondern besitzt auch reiche Wasservorräte, die ihre Umgebung zum fruchtbarsten Gebiet des Landes machen.«

»Das ist alles ganz schön und gut«, unterbrach Chee sie ungeduldig, »aber weshalb sind Sie heute von kaiserlichen Soldaten verfolgt worden?«

»Hmm . . . das weiß ich selbst nicht recht.« Stepha trank schweigend ihr Glas leer. »Vielleicht erzählen Sie mir erst etwas mehr über sich selbst. Dann fällt uns bestimmt ein, weshalb Jadhadi III. darauf besteht, daß Sie hierbleiben, anstatt nach Katandara zu kommen. Oder wissen Sie, was das zu bedeuten hat?«

Adzel schüttelte langsam den Kopf. »Wir wissen es nicht«, antwortete er. »Bisher ist uns noch nicht einmal aufgefallen, daß wir hier in Quarantäne gehalten werden. Allerdings haben wir uns schon darüber gewundert, daß wir keine Einladung in die Hauptstadt bekommen haben. Merkwürdig war auch, daß die Bewohner dieser Gegend nur selten in die Nähe des Schiffes gekommen sind. Bei einem kurzen Flug mit unserem Aircar haben wir ganz in der Nähe ein Militärlager gesehen. Aber dann verlangte Gujgengi, daß wir in Zukunft auf diese Flüge verzichten. Angeblich verursachen sie zuviel Unruhe und Aufregung unter der Bevölkerung des Landes, die nicht an Flugmaschinen gewöhnt ist. Ich behaupte nicht gern, daß er uns belogen hat, aber diese Begründung wirkte doch etwas fadenscheinig.«

»Der Kaiser hat tatsächlich angeordnet, daß dieses Gebiet abgeriegelt wird«, versicherte Stepha ihm. »Niemand darf mehr nach Haijakata einreisen, aber auch die Bewohner der Stadt dürfen ihre Mauern nicht mehr verlassen. Natürlich leidet der Handel darunter, aber . . .« Falkayn wollte sie eben fragen, weshalb sie gegen den kaiserlichen Befehl verstoßen hatte, als sie fortfuhr: »Weshalb sind Sie ausgerechnet hierhergekommen? Was suchen Sie auf diesem kleinen Planeten im hintersten Winkel des Universums?«

»Sie will uns nur hinhalten«, flüsterte Chee Falkayn auf Latein zu.

»Ich weiß«, antwortete er in der gleichen Sprache. »Allerdings habe ich durchaus Verständnis dafür – schließlich sind wir Fremde, während ihre Leute zuletzt mit Piraten Verbindung gehabt haben. Wir müssen freundlich sein, damit sie einsieht, daß wir es nur gut mit ihr meinen.«

Chee hob entgeistert die Hände. »Kaum sieht er ein hübsches Gesicht . . .«, murmelte sie vor sich hin.

Falkayn kehrte ihr den Rücken zu. »Entschuldigen Sie uns bitte«, sagte er wieder auf Anglic. »Aber wir hatten etwas . . . ah . . . Persönliches zu besprechen.«

Stepha lächelte, legte ihre Hand auf seine und antwortete: »Dafür habe ich natürlich Verständnis, David . . . Wirklich ein hübscher Name – David. Und Sie kommen von den Sternen! Ich freue mich so darauf, daß Sie mir mehr über sich erzählen wollen.«

»Wir sind . . . äh . . . Handelspioniere«, stotterte Falkayn. »Das ist eigentlich eine neue Erfindung, an der ich selbst mitgearbeitet habe.« Er konnte nur hoffen, daß sein Grinsen bescheiden, aber nicht dämlich wirkte, während er versuchte, Stepha das Prinzip zu erklären, ohne das große Geheimnis zu verraten.

Nicholas van Rijn kam hinter seinem riesigen Schreibtisch hervor und watschelte durch den Raum auf das große Fenster zu, das eine Wand des Zimmers bildete. Aus dieser Höhe hatte man einen herrlichen Blick über die schlanken Wolkenkratzer, die grünen Parks und den Fluß, der im Sonnenschein glitzerte. Van Rijn blieb am Fenster stehen, zündete sich eine Brasilzigarre an und sagte schließlich, ohne sich umzudrehen:

»Ja, ich glaube tatsächlich, daß Ihr Vorschlag gute Gewinne abwerfen könnte. Und Sie sind der richtige Mann für diesen Auftrag. Ich beobachte Sie seit einigen Jahren – seitdem ich gehört habe, was Sie auf Ivanhoe erreicht hatten, obwohl Sie damals noch – entschuldigen Sie den Ausdruck – reichlich naß hinter den Ohren waren. Aber jetzt sind Sie Meisterhändler der Liga und genau der richtige Mann, den unser Unternehmen braucht. Ich bin ein armer alter Kerl, der auf junge Leute wie Sie angewiesen ist. Arbeiten Sie gut, dann verspreche ich Ihnen, daß Sie bei uns reich werden.«

»Gern, Sir«, murmelte Falkayn.

»Sie haben vorher erwähnt, daß Sie uns gern helfen würden, Handelsbeziehungen mit neuen Planeten anzuknüpfen, wo wir unsere Waren an Eingeborene verkaufen können, die keine Ahnung haben, was marktgerechte Preise sind. Okay, aber ich glaube, daß man daraus mehr machen kann, mein Junge. Ich habe in letzter Zeit viel nachgedacht, wenn ich nachts vor Sorgen nicht schlafen konnte.«

Falkayn mußte sich beherrschen, um van Rijn nicht zu erzählen, daß jeder wußte, worauf diese Schlaflosigkeit beruhte – die Dame war platinblond und gut gewachsen. »Woran haben Sie gedacht, Sir?« fragte er nur.

Van Rijn drehte sich um, fuhr sich durch seinen gepflegten Bart und betrachtete den jungen Mann nachdenklich. »Ich habe Vertrauen zu Ihnen«, stellte er schließlich fest. »Aber Sie enttäuschen mein Vertrauen nicht, wie? Ich habe so wenig echte Freunde. Brechen Sie mir das Herz, dann drehe ich Ihnen persönlich den Kragen um. Verstanden? Ausgezeichnet, wunderbar. Mir gefallen junge Leute, die eine rasche Auffassungsgabe besitzen.

Sie wissen selbst, womit wir meistens zufrieden sein müssen – die Liga entdeckt einen neuen Planeten, aber dann stürzt sich jeder in das Geschäft und unterbietet die anderen möglichst noch. Sie haben sich überlegt, ob Sie bei diesem Rummel mitmachen sollten. Aber das ist nichts für Sie – Sie sind dafür zu gut und zu ehrlich. Außerdem sind Sie noch nicht berühmt, so daß sich niemand dafür interessiert, wohin Sie fliegen. Folglich sind Sie der richtige Mann, der in unserem Auftrag Planeten entdecken kann, die dann uns gehören!« Er stieß Falkayn den Ellbogen in die Rippen. »Wie gefällt Ihnen das, ha?«

»Aber ... aber ...«

Van Rijn schenkte zwei Gläser voll, stieß mit Falkayn an und erklärte seinen Vorschlag.

Obwohl die Menschheit sich große Mühe gegeben hatte, den Teil der Galaxis zu erforschen, den sie bewohnte, gab es noch genügend unbekannte Gebiete. Die Raumfahrer hatten sich auf Planeten konzentriert, die offenbar interessant waren, und hatten dabei Millionen anderer unbeachtet gelassen. Viele von ihnen waren nicht einmal katalogisiert und würden vermutlich erst nach Jahrtausenden aus Zufall besucht werden. Aber statistische Berechnungen zeigten deutlich, daß Zehntausende dieser Planeten als Handelspartner wertvoll sein mußten. Weshalb sollte man also nicht einfach nach diesen Planeten suchen – und die Entdeckung so lange wie möglich geheimhalten?

Am besten konzentrierte man sich auf einen Sektor, in dem verhältnismäßig wenig Verkehr herrschte: zum Beispiel Spika. Dort wurde ein Stützpunkt eingerichtet, von dem aus Hunderte von billigen Roboterraumschiffen starteten. Sobald sie einen Planeten entdeckt hatten, der vielversprechend zu sein schien, kamen sie mit allen verfügbaren Informationen zurück. Dann stattete das Handelsschiff diesem Planeten einen Besuch ab, legte dort die Grundlagen für ein Handelsabkommen und benachrichtigte van Rijn.

»Eine dreiköpfige Besatzung müßte genügen«, sagte er. »Hoffentlich genügt sie, nachdem Ihre verdammte Gewerkschaft so unverschämte Provisionen verlangt! Sie als Meisterhändler beurteilen die Möglichkeiten des Planeten und führen die Verhandlungen. Die beiden anderen müssen in Planetologie und Xenobiologie ausgebildet sein. Am besten suchen Sie sich welche von anderen Planeten, damit die verschiedenen Talente sich wirksam ergänzen. Außerdem schlage ich vor, daß Sie gleich morgen ...«

Als Falkayn seinen Bericht beendet hatte, nickte Stepha verständnisvoll. »Sie wußten also, daß hier eine Zivilisation existiert, die Metalle verarbeitet«, stellte sie fest. »Aber Ihre Roboter – mein Gott, wenn ich daran denke, daß ich meinen Urgroßvater ausgelacht habe, als er mir von Robotern erzählen wollte! – haben uns Ershoka natürlich nicht gesehen. Weshalb sind Sie dann überhaupt hierhergekommen?«

»Ein erdähnlicher Planet ist immer eine Untersuchung wert«, antwortete Falkayn.

»Was? Auf der Erde sieht es nicht anders aus? Aber Urgroßvater ...«

»Jeder Planet, auf dem Menschen ohne besondere Schutzanzüge leben können, gilt als erdähnlich. Allerdings gibt es nicht allzu viele. Die physikalischen Gegebenheiten, die Biochemie, die Ökologie ... und so weiter. Ikrananka ist in vieler Beziehung anders als die Erde.«

»Wofür interessieren Sie sich hier?«

»Oh, für eine ganze Menge verschiedener Dinge. Unter anderem einige neue Antibiotika, wahrscheinlich Gewürze, neue Pelzarten und andere Waren. Außerdem eine gut entwickelte Zivilisation, die uns einen Teil unserer Waren abnehmen kann.«

»Warum sind Sie ausgerechnet bei Haijakata gelandet?« fragte Stepha. »Sie müssen doch gewußt haben, daß Katandara die größte Stadt ist.«

»Wir wollten nicht riskieren, gleich von Anfang an von neugierigen Besuchern überrascht zu werden«, erklärte Falkayn ihr. »Wenn man einen neuen Planeten besucht, braucht man einige Zeit, um sich an die dort herrschenden Verhältnisse zu gewöhnen und die Sprache zu lernen. Genau das haben wir bisher getan, und der Kaiser hat uns Gujgengi als Lehrer geschickt, nachdem er von unserer Ankunft gehört hatte. Wir wollten schon früher die Hauptstadt besuchen, aber sobald wir davon sprachen, erfand der Professor eine Ausrede nach der anderen. Das war vor drei oder vier Wochen.«

»Ich frage mich nur, wieviel wir wirklich gelernt haben«, murmelte Chee.

»Was sind Wochen?« fragte Stepha.

»Lassen wir das«, meinte Chee. »Hören Sie zu, junge Frau, Sie sind unter Umständen daran schuld, daß wir hier einen guten Markt verlieren.«

»Warum erobern Sie den Planeten nicht einfach?« wollte Stepha wissen.

»Ein höchst unmoralisches Vorgehen«, wandte Adzel entrüstet ein. »Außerdem bringt das keine wirtschaftlichen Vorteile. Es ist schon immer das Bestreben der Liga gewesen, andere ...«

»Wann kommt ihr endlich zur Sache, ihr Schwätzer?« kreischte Chee. »Welchen Zweck hatte die Verfolgung?«

Ein Alarmsignal ertönte. Der Computer sagte: »Aus Richtung Stadt nähert sich eine größere Gruppe Eingeborener dem Schiff.«

3

Falkayn überlegte sich, daß es vermutlich besser war, den kaiserlichen Gesandten und Lehrer höflich an der Schleuse zu empfangen. Trotzdem sorgte er dafür, daß sein Strahler von unten aus gut zu sehen war.

Er beobachtete die Gruppe, die jetzt langsam herankam. Etwa zwanzig Soldaten marschierten auf das Schiff zu; sie waren bis an die nicht vorhandenen Zähne mit einem ganzen Arsenal aus Schwertern, Säbeln, Dolchen, Piken, Lanzen und Armbrüsten bewaffnet. Auf ihren Brustpanzern glänzte das Abzeichen des Klans Tirut, zu dem alle Soldaten der Garnison gehörten. An der Spitze der Kolonne ging Gujgengi, ein ungewöhnlich groß gewachsener Ikranankaner, dessen dunkler Pelz schon vor Alter grau war. Er trug eine lange, purpurrote Robe mit dem kaiserlichen Wappen auf der Brust. An seinem geflochtenen Gürtel hing eine Art Sichel. Falkayn hatte noch keinen Eingeborenen ohne Waffe gesehen.

Falkayn verschränkte die Arme über der Brust und verbeugte sich leicht. »Ich begrüße den edlen Gujgengi und seine Freunde«, sagte er, wie es die Höflichkeit vorschrieb. Allerdings würde er diese komische Sprache nie richtig betonen können, denn sein Kehlkopf war nicht dafür eingerichtet.

Gujgengi antwortete nicht: »Frieden und Freundschaft zwischen uns«, sondern sagte statt dessen: »Sprechen wir miteinander«, was bedeutete, daß er ein Problem zu diskutieren hatte, das *hoffentlich* ohne Blutvergießen gelöst werden konnte. Und er machte das Zeichen gegen böse Geister, das er in letzter Zeit nicht mehr benützt hatte.

»Beehren Sie mein Haus«, lud Falkayn ihn ein, da es in der Eingeborenensprache kein Wort für ›Schiff‹ gab – und ›Wagen‹ wäre ihm lächerlich erschienen.

Gujgengi ließ die Soldaten zurück und kletterte langsam die Gangway hinauf, wobei er seine goldgeränderte Brille sorgfältig auf dem Schnabel festhielt. »Wann verbessern Sie endlich Ihre Beleuchtung?« klagte er, während er Falkayn in den Aufenthaltsraum folgte. Für ihn war das Licht tatsächlich trüb, weil seine

Augen bestenfalls nur den gelben Bereich des Spektrums aufnahmen.

Falkayn ging wortlos weiter, aber Gujgengi ließ sich nicht so rasch entmutigen, sondern murmelte ununterbrochen vor sich hin. Das Schiff war ihm zu heiß, es stank überall entsetzlich, außerdem war die Luft wie immer naß, und Falkayn sollte es sich endlich abgewöhnen, andere Leute feucht anzuhauchen. Die Bewohner des Planeten waren an ständige Trockenheit gewöhnt und reagierten deshalb besonders empfindlich auf alle Arten von Feuchtigkeit.

Gujgengi blieb schließlich in der Tür der Kabine stehen, rückte seine Brille zurecht und richtete sich erstaunt auf. »Sie ist also tatsächlich hier!« krächzte er entgeistert.

Stepha griff nach ihrem Säbel. »Langsam, immer mit der Ruhe«, sagte Adzel und hielt sie zurück. »Tut man das, junge Dame?«

»Setzen Sie sich, Edelster«, drängte Falkayn. »Was darf ich anbieten?«

Gujgengi nahm gnädig ein Glas Whisky entgegen, den er für sein Leben gern trank. »Sie haben mir bisher immer versichert, Sie seien in friedlicher Absicht gekommen«, beklagte er sich. »Hoffentlich können Sie diesen Zwischenfall zufriedenstellend erklären.«

»Selbstverständlich«, versicherte Falkayn ihm, obwohl er selbst daran zweifelte. »Wir haben beobachtet, daß diese junge Frau meiner Rasse von Unbekannten verfolgt wurde, die Banditen sein mußten. Wir konnten natürlich nur annehmen, daß sie aus meiner Heimat stammte.«

Chee blies einen Rauchring und fügte gelassen hinzu: »Sie müssen allerdings auch berücksichtigen, Edelster, daß Sie es nicht für nötig gehalten haben, uns von dem Bestehen dieser alten menschlichen Ansiedlung zu informieren.«

»Krrr«, räusperte Gujgengi sich verlegen. »Der Unterricht hat mich so in Anspruch genommen . . .«

»Aber Sie wußten doch, daß wir uns dafür interessieren würden«, warf Chee ein.

»Ich hätte nie gedacht, daß Sie . . .«

»Wir sind wirklich enttäuscht und bekümmert, Edelster.«

»Diese Leute sind schließlich nur Soldaten . . .«

»Sie spielen aber eine große Rolle in diesem Reich, mit dem wir Verhandlungen führen.«

»Sie hat den ausdrücklichen Befehl des Kaisers mißachtet . . .«

»Welchen Befehl? Daß wir vollkommen isoliert bleiben sollen? Das ist eine weitere Tatsache, die uns ernsthaft bekümmert, Edelster. Wir fragen uns allmählich, ob Ikrananka keinen Wert mehr auf unsere Anwesenheit legt. Ihnen ist hoffentlich klar, daß wir ebensogut wieder fortfliegen können. Wir haben nicht die Absicht, irgend jemanden unsere Waren aufzudrängen.«

»Nein, nein, nein!« Gujgengi hatte gesehen, welche Schätze die Lagerräume des Schiffes bargen. »Ich wollte nur . . .«

»Ich muß Ihnen allerdings offen sagen, daß wir uns nicht für immer zurückziehen würden«, fügte Chee hinzu. »Nachdem wir zu Hause berichtet haben, daß hier diese Ershoka leben, kommen andere Schiffe, um sie abzuholen. Die Herren der Erde werden nicht gern hören, daß Katandara diese Unglücklichen vor uns zu verbergen versucht hat. Oder sind sie etwa mißhandelt worden? Ich fürchte fast, daß dieser Zwischenfall noch ernste Folgen haben wird.«

Falkayn war zu erschrocken, um sich darüber zu freuen, daß Gujgengi jetzt ängstlich schwieg. Bisher hatte er nicht an die Konsequenzen dieser Entdeckung gedacht. Wenn die Ershoka nach Hause transportiert wurden – dann wußte jeder, wo dieser Planet lag! Und dabei legte van Rijn größten Wert auf strikte Geheimhaltung! Aber andererseits konnte man diese armen Teufel schließlich nicht einfach hier sitzenlassen . . .

Gujgengi ließ sich nachschenken, hob das Glas mit zitternder Hand und schüttete den Whisky in den offenen Schnabel. »Eigentlich müßte ich mich zuerst mit dem Kaiser beraten«, meinte er. »Das wäre der vorgeschriebene Weg. Aber . . . unter diesen Umständen . . . Vielleicht können wir uns doch gütlich einigen.«

»Das hoffe ich sehr«, warf Adzel ein.

»Tatsächlich«, begann Gujgengi zögernd, »ist es kurz vor Ihrer Ankunft zu einem . . . ak-krr . . . sehr bedauerlichen Ereignis gekommen, das im Zusammenhang mit der Absicht des Kaisers steht, Sundhadarta zu erobern . . .« In der Sprache der Eingeborenen gab es keine Ausdrücke wie ›Befriedung‹ oder gar ›Befreiung‹, die den wahren Sachverhalt beschönigt hätte. Gujgengi räusperte sich nochmals und fuhr dann fort: »Rangakora, die wichtigste Stadt dieses Gebiets, ist stark befestigt und deshalb fast uneinnehmbar. Der Kaiser entsandte deshalb einen Teil seiner Elitetruppe dorthin, damit die Ershoka den Widerstand des Feindes brechen konnten. Sie standen dabei unter der Führung von Oberst ... uk-k-k ...«

»Bobert Thorn«, warf Stepha ein.

»Der Angriff war erfolgreich ...«

»Sie könnten sich zumindest bedanken«, meinte Chee.

Gujgengi wirkte leicht verwirrt und brauchte einen neuen Drink. »Der Angriff war erfolgreich«, wiederholte er dann, »aber *Ohertorn* schien beschlossen zu haben, die Stadt zum Mittelpunkt eines eigenen Königreichs zu machen. Er und seine Männer ... nun, sie vertrieben unsere Soldaten und halten seitdem die Stadt besetzt. Wir haben sie seitdem noch nicht ... uk-k-k ... wieder vertreiben können. Aber inzwischen sind auch die Ershoka in der Hauptstadt unruhig geworden. Und dann tauchen Sie hier auf! Sie gehören zu der gleichen Rasse und vielleicht sogar zu demselben Klan – wundert es Sie da noch, daß der Kaiser ... ak-krrr ... in diesem Fall besonders – sagen wir einmal – behutsam vorgehen wollte?«

»Puh!« sagte Falkayn leise.

Stepha schwieg nachdenklich, aber dann schien sie einen Entschluß gefaßt zu haben, denn sie richtete sich auf und stellte fest: »Richtig, die Ershoka in Katandara sind unruhig, weil sie wissen, daß sie unter Verdacht stehen. Wenn der Kaiser zu mißtrauisch wird, macht er vielleicht sogar den Versuch, sie ermorden zu lassen. Das wäre natürlich dumm von ihm, weil wir die Oberhand behalten würden, aber wir möchten auch verhindern, daß das Reich zerfällt. Trotzdem gehen unsere eigenen Interessen vor. Wir haben gehört, daß diese Fremden gekommen waren, wußten aber nicht, was wir von den Gerüchten halten sollten. Deshalb wollten wir uns selbst davon überzeugen, wer diese Besucher sind. Ich bin einfach losgeritten, ohne meine Vorgesetzten in der Kaserne zu fragen. Wahrscheinlich hätte ich es auch geschafft, aber eine Militärstreife hat mich gesehen.«

Falkayn hatte plötzlich eine gute Idee. Er sprang auf, Gujgengi griff nach seiner Sichel, aber Falkayn ging nur erregt auf und ab. »Das ist wirklich ein glücklicher Zufall«, sagte er dabei. »Ihr Kaiser hat uns zu Unrecht verdächtigt. Wir sind nur friedliche Händler – aber unser Schiff ist mit Waffen ausgerüstet, denen keine Mauer widerstehen kann. Wir nehmen Rangakora für ihn ein und ...«

»Nein!«, rief Stepha. Sie sprang auf und zog ihren Säbel. »Sie schmutziger ...«

Falkayn wartete, bis sie sich ausgesprochen hatte, wobei Adzel sie nicht losließ, und fragte dann: »Was haben Sie denn plötzlich? Stehen Sie nicht auf der Seite des Kaisers?«

»Bevor ich zulasse, daß Sie Tausende von Ershoka ermorden«, antwortete sie wütend, »sorge ich eigenhändig dafür, daß Sie ...« Dann folgte eine genaue Beschreibung dessen, was sie David Falkayn zugedacht hatte.

»Hören Sie doch, meine Liebe«, protestierte er schließlich. »Sie haben mich ganz falsch verstanden. Ich will niemanden umbringen, sondern nur ein paar Mauern einstürzen lassen, damit die Garnison sich kampflos ergibt.«

»Dann besorgen die Soldaten des Kaisers den Rest«, versicherte sie ihm.

»Aha, unter diesen Umständen müssen wir Ihre Landsleute eben beschützen.«

»Aber die Vorrechte des Kaisers ...«, widersprach Gujgengi sofort.

Falkayn machte eine wegwerfende Handbewegung. »Wir helfen ihm nur, wenn er eine Amnestie erläßt«, sagte er einfach. »Das ist meiner Meinung nach ein durchaus annehmbarer Vorschlag. Aber die Entscheidung darüber muß der Kaiser selbst treffen. Am besten fliegen wir gleich zu ihm, um die Angelegenheit zu besprechen.«

»Warten Sie doch!« rief Gujgengi entsetzt. »Sie können nicht einfach ...«

»Wie wollen Sie uns daran hindern?« erkundigte Chee sich freundlich.

Gujgengi versuchte es mit den Argumenten, die Falkayn erwartet hatte. Der Kaiser würde zornig sein, wenn seine Befehle auf diese Weise mißachtet wurden. In Katandara gab es keinen geeigneten Platz, auf dem das Schiff landen konnte. Die Bevölkerung war so unruhig, daß allein dieser Anblick einen Aufruhr hervorrufen konnte. Und so weiter, und so weiter.

»Am besten einigen wir uns auf einen Kompromiß«, flüsterte Adzel. »Arroganz führt nur zu erhöhtem Widerstand.«

Nach längeren Verhandlungen war Gujgengi schließlich damit einverstanden, daß unter den gegebenen Umständen zumindest der Aircar eingesetzt wurde. Er war klein, konnte landen, bevor er von allzu vielen gesehen wurde, und hatte im Palastgarten Platz. Der Ritt nach Katandara hätte wirklich zu lange gedauert.

»Vielleicht ist es sogar besser, das Schiff hierzulassen«, stellte Chee fest. »Sozusagen zur Überwachung, falls ihr Schwierigkeiten habt.«

»Falls *wir* Schwierigkeiten haben?« fragte Adzel verwundert.

»Du hast doch nicht etwa geglaubt, ich würde euch begleiten? Nein, danke, ich habe ganz bestimmt nicht die Absicht. Hier kann ich wenigstens in Ruhe Musik hören . . .«

»Wenn du wieder die Tonbänder mit dem scheußlichen Gejaule abspielst, das bei euch als Musik angesehen wird, bin ich ganz bestimmt nicht hier«, versicherte Adzel ihr.

»Sie könnten mit uns nach Hause fliegen«, bot Falkayn Stepha an.

Sie hatte sich nicht an der Diskussion beteiligt, sondern hatte nur interessiert zugehört. Jetzt zögerte sie unentschlossen. »Sie erwarten doch keine Schwierigkeiten nach Ihrer Rückkehr, nicht wahr?« fragte er sie.

»Nein«, antwortete sie auf Anglic, so daß Gujgengi sie nicht verstehen konnte. »Die anderen haben inzwischen mein Verschwinden irgendwie gedeckt, obwohl sie nicht wissen, wohin ich unterwegs war. Zum Glück bilden diese dummen Ikranankaner sich ein, alle Ershoka sähen gleich aus. Aber wir müssen . . . ich meine, wir dürfen die Stadt vorläufig nicht verlassen. Deshalb kann ich nicht einfach am Tor auftauchen, und wenn ich mit Ihnen ankäme, würde ich beobachtet werden.« Sie runzelte nachdenklich die Stirn. »Am besten landen Sie rasch vor der Kaserne, damit ich hineinrennen kann. Falls Sie später gefragt werden, können Sie einfach behaupten, Sie hätten die Kaserne mit dem Palast verwechselt.«

»Weshalb möchten Sie nicht gern gesehen werden?«

»Die Idee gefällt mir einfach nicht.« Sie griff nach seinen Händen. »Bitte, David, Sie sind bisher ein so guter Freund gewesen.«

»Nun . . .«

Sie sah ihm in die Augen. »Ich hoffe, daß wir sogar noch bessere Freunde werden.«

»Schon gut, verdammt noch mal!«

Die Vorbereitungen dauerten nicht lange. Falkayn zog einen warm gefütterten blauen Overall und Stiefel an, überlegte kurz und ergänzte diesen Aufzug noch durch einen weißen Umhang, dessen kostbarer Besatz Eindruck machen würde. Seine Bewaffnung bestand aus einem Strahler und einer Lähmpistole, die er im Gürtel trug. In der Brusttasche seines Overalls steckte ein Funksprechgerät. Falkayn füllte noch einen Sack mit Geschenken für den Kaiser und war dann abflugbereit. Adzel nahm nur ein Funkgerät mit, das um seinen Hals hing.

»Wir melden uns in regelmäßigen Abständen, Chee«, sagte Falkayn. »Wenn du mehr als acht Stunden lang nichts mehr von uns gehört hast, startest du und kommst nach Katandara, um uns zu retten.«

»Ich weiß gar nicht, ob sich die Mühe überhaupt lohnt«, meinte Chee unwillig. »Dieses Frauenzimmer hat uns ohnehin schon alles verdorben.«

»Meinst du die Geheimhaltung? Vielleicht läßt sich das Problem trotzdem irgendwie lösen. Aber selbst wenn die Konkurrenz hier auftaucht, bleibt noch genügend für den alten Nick übrig, wenn es uns gelingt, die politischen Verhältnisse zu stabilisieren. Jedenfalls dürfen wir nicht zulassen, daß das Blutvergießen weitergeht.«

»Warum eigentlich nicht?« Chee gab resigniert auf. »Schon gut, verschwindet endlich! Ich lasse mir von Gujgengi weiter Unterricht geben. Je mehr Informationen wir haben, desto besser können wir beurteilen, was zu tun ist.«

Der kaiserliche Gesandte war bereits mit seiner Leibwache abgerückt. Aber die Mauern von Haijakata waren von Eingeborenen besetzt, die den Abflug des Aircars erleben wollten.

»Ohhh!« sagte Stepha und klammerte sich an Falkayns Arm fest. Er widerstand der Versuchung, einige Kunstflugfiguren vorzuführen, und steuerte statt dessen nach Nordwesten, wo Katandara lag.

Unter ihnen huschten Felder, Kanäle und einzelne Höfe vorbei. Einmal sah sie auch eine Karawane, deren schwerbeladene Karikuts von Soldaten bewacht wurden. »Das müssen Shekej sein«, stellte Stepha fest. »Ihr Klan führt die meisten Transporte in diesem Gebiet durch.«

»Ist der Beruf immer von der Familie abhängig?« erkundigte Adzel sich.

»Ja«, antwortete Stepha. »Wer als Shekej geboren wird, zieht später mit Karawanen durchs Land. Die Deodaka waren alle Jäger, bis sie Katandara erobert haben; jetzt stellen sie die Beamten. Die Tiruts und andere – besonders die Ershoka – sind Soldaten. Die Rahinjis sind Schreiber. So ist alles genau verteilt.«

»Aber was passiert, wenn man auf einem anderen Gebiet begabter ist?«

»Oh, alle Klans haben auch noch andere Aufgaben. Der Hauptberuf ist allerdings ehrenvoller als die übrigen. Aber irgend jemand muß schließlich das Haus versorgen, die Bücher führen, auf dem Land arbeiten, falls die Familie Land besitzt – alles wichtige Aufgaben, die man schließlich nicht Fremden anvertrauen kann, nicht wahr?

Wenn die Kinder das Alter erreicht haben, in dem sie in die Geheimnisse des Klans eingeweiht werden, können sie die Aufnahme in einen anderen Klan beantragen und werden adoptiert, falls die Mehrzahl der Mitglieder zustimmt. Das ist ein weiterer Grund dafür, daß wir Ershoka so wenig Verbindung mit den Ikranankanern haben – wir können sie nicht heiraten und müssen deshalb in unserem Korps bleiben. Andererseits wissen wir aber auch, daß wir unseren Kindern aus diesem Grund trauen können, wenn wir sie frühzeitig in unsere Geheimnisse einweihen.«

»Die Klans sind also vermutlich schon sehr alt?« fragte Adzel weiter.

»Ja. Königreiche kommen und gehen – die meisten bestehen nur einige Generationen lang –, aber die Blutlinie dauert ewig.«

Ihre Erklärungen bestätigten nur, was Falkayn bereits vermutet hatte. Sie bewiesen eine engstirnige Auffassung, die ihm Sorgen bereitete. Falls diese Haltung instinktiv war, bestand wenig Aussicht auf ertragreiche Handelsbeziehungen mit diesem Planeten.

Aber wenn sie sich ändern ließ – wenn die Ikranankaner einsahen, daß nicht die Familie die größte Rolle in ihrem Leben spielen durfte ...

Katandara wurde vor ihnen sichtbar. Die Stadt lag etwa zweihundert Kilometer von Haijakata entfernt; etwa die gleiche Strecke war von hier aus bis Rangakora zurückgelegen. Katandara lag an der Stelle, wo der Yanjeh sich in den schlammigen Urshi-See ergoß; in dem Häusergewirr, das von breiten Mauern umgeben war, lebten und arbeiteten eine halbe Million Untertanen des Kaisers. Der Palast erhob sich auf einem Hügel über der Stadt und war ebenfalls mit einer Mauer umgeben, die den Herrscher vor seinem Volk zu schützen hatte.

Stepha erläuterte Falkayn die Anlage der Stadt auf dem Bildschirm, während der Aircar so hoch über Katandara schwebte, daß er nicht mit bloßem Auge erkennbar war. Dann ließ Falkayn den Aircar senkrecht nach unten stürzen und fing ihn erst dicht über dem Boden wieder ab.

»Leb wohl, David ... bis wir uns wiedersehen.« Stepha drückte ihm noch einmal die Hand, drehte sich um und verschwand durch die Luftschleuse.

Die Ershoka waren in einer riesigen Kaserne in unmittelbarer Nähe des Kaiserpalastes untergebracht. Die Fenster des Gebäudes führten auf den großen quadratischen Innenhof hinaus, während die Außenfront fensterlos war. Einige Ikranankaner liefen auf dem weiten Platz vor der Kaserne zusammen und starrten das seltsame Luftfahrzeug verwundert an. Die Wachtposten am Kasernentor – Männer in Kettenpanzern und glänzenden Helmen mit hohen Federbüschen – schienen zunächst ebenfalls vor Überraschung erstarrt zu sein. Aber dann zogen sie ihre Schwerter und versperrten den Eingang.

Stepha rannte auf sie zu. Falkayn startete wieder. Er sah noch, daß sie eingelassen wurde.

»So, jetzt besuchen wir den Löwen in seiner Höhle«, sagte er. »Hoffentlich frißt er uns nicht gleich, sondern stellt erst einige Fragen.«

4

Vor dem Gästeappartement ertönte ein melodischer Gong. »Herein«, sagte Falkayn. Ein livrierter Diener schlug die schweren Vorhänge zur Seite, die hier Türen ersetzten, verbeugte sich leicht und teilte Falkayn mit, der Kaiser wünsche die Delegierten der Polesotechnischen Liga zu empfangen. Er war höflich, aber keineswegs unterwürfig und benützte keine besonderen Titel, wenn er von dem Kaiser sprach. Das System der vererblichen Berufe hatte offenbar nicht dazu geführt, daß eine Hierarchie der Kasten entstand; da er seine Familie hinter sich wußte, war der geringste Diener ebenso stolz wie ein Soldat oder Schreiber.

»Mein Begleiter ist ausgegangen« antwortete Falkayn. »Aber der Kaiser ist wahrscheinlich auch mit mir allein zufrieden.«

Hoffentlich! dachte er dabei. *Nach meiner Berechnung sitzen wir jetzt schon eine Woche lang hier und drehen Daumen. Vielleicht hat einer der zahlreichen Kuriere, die inzwischen gekommen sind, Jadhadi endlich in Schwung gebracht. Oder vielleicht kann ich es, wenn er mich läßt . . .*

Er verschwand in dem Nebenraum, um sich für die Audienz umzuziehen. Das Appartement war sehr geräumig, wenn man von den zu niedrigen Decken absah, und luxuriös eingerichtet. Nur schade, daß Falkayn in dieser Beziehung einen etwas anderen Geschmack hatte. Aber die Vorhänge gefielen ihm ausgesprochen, denn er stellte sich vor, was dieser orangerote, flauschige Pelz auf der Erde einbringen würde. Andererseits ärgerte er sich darüber, daß der Steinfußboden ständig eiskalt war und daß er nachts in dem unbequemen Bett kaum ein Auge zutun konnte.

Von dem Balkon im dritten Stock des Palastes aus hatte er einen guten Blick auf die Gartenanlagen, die ihn an japanische Ziergärten erinnerten: bizarre Felsen, niedrige Büsche und sogar ein Springbrunnen, der allerdings unter Glas sprudelte, das die Verdunstung verhinderte. Über der hohen Palastmauer waren nur die Dächer der umliegenden Gebäude zu sehen. Im Westen schien die Sonne dunkelrot durch Staubschleier – wieder ein Sturm, der die Felder verwüsten würde.

Eine Woche in dem Palast hätte interessant sein können, wenn Falkayn bereitwilliger aufgenommen worden wäre. Aber die Höflinge schienen nicht die Absicht zu haben, die Fremden zu unterhalten, so daß er aus reiner Verzweiflung seine Sprachkenntnisse durch die Lektüre einer Sammlung von Heldensagen verbessert hatte. Jetzt schob er die Schriftrollen vom Tisch und schaltete das Funkgerät ein. »Hallo, Adzel«, sagte er, »was treibst du gerade?«

»Wir stehen vor einem Haus in der Altstadt, das nur eine Kneipe sein kann«, antwortete der Wodenit ebenfalls auf Latein. »Jedenfalls wird hier auf einem Schild ›Scharfer Schnaps‹ angepriesen.«

»Großer Gott, und ich muß hier die Stellung halten! Hör zu, der Boß hat eben nach mir geschickt. Wahrscheinlich will er mich wieder ausfragen und die Entscheidung weiter hinauszögern, aber das steht noch nicht fest. Folglich beachten wir beide weiter Funkstille, was?« Falkayn vermutete, daß Ikranankaner dieses Verfahren der Nachrichtenvermittlung nicht kannten, und wollte diesen Trumpf so lange wie möglich im Ärmel behalten.

Es sei denn, die Ershoka hätten . . . Nein, das war ziemlich unwahrscheinlich. Ihre Vorfahren, die damals hier ausgesetzt worden waren, hatten nur primitive Werkzeuge besessen. Und warum sollten sie technische Verfahren entwickeln, wenn sie allein dadurch überlebten, daß sie stärker und zäher als die Eingeborenen waren? Die Menschen hier hatten sich nie die Mühe gemacht, ihre technischen Kenntnisse zu erweitern, sondern hatten inzwischen fast alles vergessen, was die ersten Siedler gewußt haben mußten.

»Ausgezeichnet«, antwortete Adzel. »Ich werde Captain Padrick erklären, daß es sich dabei um einen harmlosen Talisman handelt. Ich muß ihn ohnehin beruhigen, glaube ich. Viel Glück, David.«

Falkayn ging in den Salon zurück und folgte dem Diener, der ihn durch die langen Gänge führte. Dabei begegneten sie zahlreichen Höflingen in bunten Roben, Händlern, Soldaten, Beamten, Pflanzern und sogar einem Handelsherrn aus dem warmen Land unter der Sonne, der hier vor Kälte zitterte, obwohl er einen warmen Pelz trug. Falkayn starrte sie neugierig an, denn bisher hatte er kaum Gelegenheit gehabt, Bewohner verschiedener Gegenden des Reiches zu sehen.

Am Eingang des Thronsaales hielten vier Ershoka in voller

Rüstung Wache. Rechts und links von ihnen standen jeweils drei mit langen Bogen bewaffnete Eingeborene – Soldaten des Klans Tirut. Falkayn war davon überzeugt, daß die Bogenschützen erst seit der Eroberung der Stadt Rangakora hierherbeordert worden waren. Andererseits war das Mißtrauen des Kaisers verständlich, nachdem sich herausgestellt hatte, daß er nicht einmal seinem eigenen Sicherheitsdienst trauen konnte.

Trotzdem schien Jadhadi III. an einer Art Paranoia zu leiden, denn statt sofort auf Falkayns Angebot einzugehen, hatte er seinen Besucher eine Woche lang hingehalten. Da feststand, daß ihm die Annahme des Angebots nur Vorteile bringen würde – jedenfalls hatte er selbst nie von etwaigen Nachteilen gesprochen –, ließ diese Haltung auf eine übertriebene Xenophobie schließen. Aber was war dagegen zu unternehmen?

Falkayn schlug die Vorhänge zur Seite und betrat den Thronsaal.

Jadhadi III. begrüßte seinen Besucher mit einem kurzen Kopfnicken. Falkayn hielt den vorgeschriebenen Abstand von sieben Schritten genau ein (vermutlich eine Sicherheitsmaßnahme, damit die Ershoka neben dem Thron eingreifen konnten, bevor ein Attentäter den Kaiser erreichte) und verbeugte sich. »Wo ist Ihr Begleiter?« fragte der Kaiser scharf. Er war noch verhältnismäßig jung, aber unter der safrangelben Robe verbarg sich bereits eine beträchtliche Leibesfülle. In der rechten Hand hielt er ein mit Juwelen besetztes Zepter, das notfalls als Wurfspeer dienen konnte.

»Ein Offizier Ihrer Leibwache hat sich als Führer durch die Hauptstadt angeboten, Edelster«, erklärte Falkayn ihm. »Da wir nicht beide gleichzeitig abwesend sein wollten . . .«

»Welcher Offizier?« Jadhadi III. beugte sich nach vorn. Die Ershoka neben ihm legten die Hände an ihre Schwerter. Die übrigen Anwesenden – Offiziere, Schreiber, Ratgeber, Magier und einige jüngere Prinzen, die in der Kunst des Regierens unterwiesen werden sollten, drängten sich heran. Ihre Augen schienen in der düsteren Beleuchtung zu glühen.

»Hugh Padrick, Edelster«, antwortete Falkayn erstaunt.

»Ak-krr. Kommen sie bald wieder zurück?«

»Ich weiß es nicht, Edelster. Besteht Grund zur Eile?«

»Nein. Vielleicht nicht. Trotzdem mißfällt es mir.« Jadhadi III.

wandte sich an einen eingeborenen Offizier: »Lassen Sie die beiden suchen und zurückholen.« Dann sagte er zu einem Schreiber: »Hängen Sie eine Benachrichtigung aus, daß alle Ershoka ab sofort keine Verbindung mehr zu den Delegierten der Polesotechnischen Liga haben dürfen.«

»Edelster!« Der einzige andere Mensch in diesem Raum, der nicht als Wachtposten hier war, drängte sich durch die Höflinge nach vorn. Er war ein alter Mann, dessen Bart und schulterlange Haare fast weiß waren, aber er hielt sich trotzdem noch straff und aufrecht. Falkayn hatte ihn schon bei den anderen Audienzen gesehen: Harry Smit, Oberhaupt des Klans und Sprecher der Ershoka vor dem Kaiser. »Dagegen muß ich protestieren!«

Der Kaiser starrte ihn wütend an. »Was müssen Sie?« fragte er ungläubig.

Smit blieb dicht vor ihm stehen und sagte: »Edelster, auch die Ershoka, die zu Ihrer Leibwache gehören, sind über Bobert Thorns Ungehorsam bestürzt und erregt. Er ist nicht mehr einer der Unseren, und seine Anhänger können nicht darauf hoffen, wieder in den Klan aufgenommen zu werden. Wir bitten nur um die Erlaubnis, nach Rangakora marschieren zu dürfen, damit wir dort beweisen können, daß die Ershoka wie immer treu das Haus Deodakh unterstützen. Aber Sie mißtrauen uns, Edelster. Sie lassen uns unbeschäftigt, schicken uns Spione nach und haben sogar angeordnet, daß andere Klans neben uns im Palast Dienst tun, obwohl das schon immer ausschließlich unser Vorrecht gewesen ist. Alles das haben wir bisher geduldig ertragen, weil wir einsahen, daß Ihr Mißtrauen nicht völlig unberechtigt war. Aber trotzdem herrscht unter den Ershoka in der Kaserne jetzt beträchtliche Unruhe. Wenn sie so offen beleidigt werden, kann ich sie vielleicht nicht mehr beruhigen.«

Jadhadi III. sah zu seinem Obersten Magier hinüber. »Was halten Sie davon, Nagagir?« fragte er mürrisch.

Der Alte sprach nicht von dem Offensichtlichen – daß hier fünfzig Ershoka anwesend waren, die nicht zulassen würden, daß das Oberhaupt ihres Klans beleidigt wurde –, sondern krächzte statt dessen nur: »Die Angelegenheit scheint nicht weiter wichtig zu sein, Edelster. Nur wenige Ershoka haben überhaupt Gelegenheit, mit den Fremden zu sprechen. Was macht es schon, wenn sie so großen Wert darauf legen?«

»Ich habe auch in Ihrem Interesse gesprochen, Edelster«, fügte Harry Smit hinzu.

Falkayn ergriff die günstige Gelegenheit. »Wenn wir nicht mehr hier sind, Edelster, ist dieses Problem sofort gelöst«, stellte er fest. »Nehmen Sie unser Angebot an, dann brechen wir nach Rangakora auf; lehnen Sie jedoch ab, fliegen wir wieder nach Hause. Wie lautet Ihre Entscheidung?«

»Krrr-ek.« Der Kaiser gab widerwillig nach. »Der Befehl ist aufgehoben«, sagte er zu dem Schreiber. Dann wandte er sich an Falkayn. »Ich kann nicht einfach auf gut Glück entscheiden. Wir wissen so wenig über Sie. Selbst wenn Sie durchaus freundliche Absichten haben, können Sie uns irgendwie Unglück bringen. Deshalb habe ich Sie heute rufen lassen. Erläutern Sie Nagagir Ihre Riten, damit er sie beurteilen kann.«

Auch das noch! stöhnte Falkayn innerlich.

Trotzdem war das Gespräch ganz unterhaltsam. Falkayn hatte sich schon früher darüber gewundert, daß es hier keine Religion zu geben schien, war aber nie dazu gekommen, Gujgengi danach zu fragen. Obwohl er Nagagir nicht direkt bitten konnte, ihm einige Punkte zu erklären, weil er damit verraten hätte, daß ihm vieles nicht klar war, verschaffte er sich auf indirekte Weise wertvolle Informationen. Er behauptete einfach, einige Fragen nicht verstanden zu haben, und zwang den Obersten Magier dadurch zur Preisgabe verschiedener Einzelheiten.

Nur ein Schwachsinniger oder ein Tourist hätte versucht, einen ganzen Planeten nach einer einzigen Kultur zu beurteilen. Aber in den meisten Fällen konnte man annehmen, daß das zivilisierteste Volk zumindest eine der kompliziertesten Theologien hatte. Zu Falkayns Erstaunen war dies hier nicht der Fall – er fragte sich sogar, ob er diesen Mischmasch überhaupt als Religion bezeichnen sollte. Hier gab es keine Götter, sondern nur eine normale Ordnung der Dinge und ihren zu erwartenden Verlauf; daran hatte sich nichts mehr verändert, seitdem in vorgeschichtlicher Zeit Feuer und Eis sich vermischt hatten, um das Universum zu bilden. Aber es gab auch vage personifizierte Dämonen, die unaufhörlich versuchten, wieder das Chaos herzustellen, indem sie Katastrophen aller Art anzettelten. Das Volk wehrte sie dadurch ab, daß es Hunderte von Tabus beachtete, während Magier wie Nagagir und seine Kollegen im Dienste des Kaisers dafür sorgten, daß die Dämonen nicht bis in den Palast vordrangen.

Aber auch die Magier waren nicht alle gleich gut. Niemand konnte sicher sagen, ob sie sich nicht hatten verführen lassen – in diesem Fall standen sie vielleicht auf der Seite des Zerstörenden. Diese ganze Mythologie erschien Falkayn reichlich paranoid, paßte aber gut zu den Vorstellungen, die er bisher von den Ikranankanern hatte. Allmählich zweifelte er allerdings daran, daß er hier je einen Handelsvertrag würde abschließen können.

»Die Angehörigen der Polesotechnischen Liga sind in der Tat mächtige Zauberer«, prahlte er jetzt. »Wir haben die Gesetzmäßigkeiten des Zufalls studiert, von dem alles auf der Welt abhängt. Ich bin gern bereit, Sie in die Geheimnisse eines wertvollen Rituals einzuweihen, das wir Poker nennen. Und was die Abwehr böser Geister betrifft . . . Nun, wir können Ihnen höchst wirksame Talismane zu Tiefstpreisen liefern – zum Beispiel auch vierblättrige Kleeblätter.«

Nagagir wollte jedoch Details hören. Falkayns magische Riten und Talismane waren vielleicht weniger wirksam, als der Mensch glaubte; die Zerstörer bedienten sich oft solcher Tricks, um Leute ins Verderben zu stürzen. Sie konnten sogar Unglück bringen, weil sie auf Schwarzer Kunst beruhten; der Edelste würde bestimmt Verständnis dafür haben, daß diese Möglichkeit überprüft werden mußte.

Falkayn konnte ihn nur hinhalten, denn er war schließlich nicht Martin Schuster, der auf einem anderen Planeten einen ganzen Kult unterminieren konnte. »Ich bereite am besten eine Zusammenfassung vor, Edelster, die wir dann gemeinsam studieren und auswerten können.« *Hoffentlich kann Chee mir dabei helfen,* überlegte er sich. *Adzel hat von solchen Dingen leider keine Ahnung – aber Chee hat mir schon einmal die Zukunft aus der Hand gelesen.* »Ich würde es allerdings begrüßen, wenn Sie mir eine ähnliche Zusammenfassung Ihres Systems zur Verfügung stellen könnten«, fügte er noch hinzu.

Nagagir riß erstaunt den Schnabel auf. Jadhadi III. erhob sich, holte mit dem Speer aus und kreischte: »Wollen Sie unsere Geheimnisse ausspähen?«

»Nein, nein, nein!« Falkayn breitete die Hände aus und spürte, daß ihm der Schweiß auf der Stirn stand. »Ich lege keinen Wert auf die Geheimnisse, die nur den Magiern bekannt sein dürfen. Nur die Dinge, die hier jedes Kind weiß . . .«

Nagagir beruhigte sich wieder. »Gut, ich werde veranlassen, daß meine Schüler sich an die Arbeit machen«, versprach er. »Aber Sie müssen einige Zeit Geduld mit uns haben.«

»Wie lange?« Nagagir zuckte mit den Schultern. Diese Haltung war typisch für die Bewohner dieses Teils des Planeten, der weder Nächte noch Jahreszeiten kannte. Die Ikranankaner drückten sich stets so undeutlich aus, wenn die Rede von Zeitabschnitten war, die weniger als eines ihrer kurzen Jahre umfaßten. Draußen auf dem Land, wo die *Muddlin' Through* niedergegangen war, schienen die Bauern überhaupt kein Zeitgefühl zu haben, denn sie arbeiteten einfach nur so lange, wie sie Lust hatten. Auf diese Weise bekamen sie vielleicht keine Magengeschwüre, aber Falkayn regte sich immer wieder darüber auf.

»Darf ich jetzt gehen, Edelster?« fragte er. Der Kaiser entließ ihn gnädig, und Falkayn ging, bevor er die Geduld verlor und ihm die Meinung sagte.

»Schicken Sie mir das Abendessen herauf«, befahl er dem Diener, der ihn in sein Appartement zurückführte. »Außerdem brauche ich etwas Schreibmaterial und einen Krug Schnaps. Einen großen Krug.«

»Welche Sorte Schnaps?«

»Natürlich den schärfsten. Aber schnell!« Falkayn ging durch die Vorhänge in sein Appartement.

Ein Arm legte sich um seinen Hals. »Gik!« sagte er und griff nach seinem Strahler, während er nach dem Angreifer trat.

Sein Absatz traf nur einen halbhohen Pelzstiefel, der Mann hinter ihm hielt sein rechtes Handgelenk wie in einem Schraubstock fest. Falkayn war selbst nicht schwach, konnte aber weder diese noch die andere Hand losreißen, an der ein zweiter Ershokh hing. Er rang nach Luft. Ein dritter Mensch tauchte vor ihm auf. Falkayn trat mit dem Fuß nach ihm, aber ein rasch gehobener Schild drängte ihn zurück. Und hinter diesem Schild wurde Stepha Carls sichtbar. In der rechten Hand hielt sie einen nassen Lappen, den sie Falkayn auf die Nase drückte. Als der Würger seinen Griff lockerte, holte Falkayn instinktiv tief Luft; ein stechender Geruch ließ ihn zusammenzucken und bewußtlos in die Knie sinken.

5

Normalerweise war die Altstadt nicht eben der sicherste Bezirk von Katandara, hatte Hugh Padrick Adzel erklärt. Hier lebten nämlich nicht nur einige Klans, die auf Morde, Raubüberfälle und Diebstähle spezialisiert waren, sondern auch zahlreiche Unzufriedene, die sich noch nicht damit abgefunden hatten, daß das Haus Deodakh jetzt den Kaiser stellte. Die Ershoka gingen nur in Gruppen durch die Altstadt, aber Adzel zählte selbst als Gruppe.

»Ich möchte keinen Streit provozieren«, warnte der Wodenit jedoch.

»Das ist nicht anzunehmen«, beruhigte der junge Offizier ihn. Padrick war groß und kräftig gebaut, hatte gewellte braune Haare, eine Römernase und einen Bart, auf den er stolz zu sein schien. Er war einige Male auf Besuch gekommen, hatte sich längere Zeit mit Adzel unterhalten und ihm schließlich seine Dienste als Führer angeboten.

Jetzt gingen sie nebeneinander durch die Straßen der Stadt. Einzelne Passanten blieben stehen, um den Wodeniten neugierig anzustarren, aber ansonsten erregte er nur wenig Aufsehen. Schließlich war allgemein bekannt, daß der Kaiser Gäste hatte. Und die Gebildeten besaßen Grundkenntnisse der Astronomie.

»Haben sie das von den Menschen gelernt?«, fragte Adzel, als Padrick davon sprach.

»Teilweise, nehme ich an«, antwortete der Ershokh. »Ich habe allerdings schon gehört, daß sie schon wußten, daß die Planeten sich um eine Sonne bewegen und daß andere Sterne ebenfalls Sonnen sind.«

»Wie ist das möglich? In diesem ewigen Zwielicht . . .«

»Wahrscheinlich stammt dieses Wissen von den Rangakoranern«, erklärte Padrick. »Die Stadt liegt so dicht an der dunklen Zone, daß die Wissenschaftler eher Gelegenheit zu Himmelsbeobachtungen haben.«

Adzel nickte verständnisvoll und zeigte auf die andere Straßenseite. »Was haben die Zeichen zu bedeuten, die dort drüben gemacht werden – ich meine die Gestalt in der braunen Robe«, wollte er von seinem Begleiter wissen.

»Das ist ein Zauberer. Er verhindert, daß die Nachbarschaft von Ihnen mit einem Fluch belegt wird – oder er hofft es jedenfalls.« Padricks Stimme war kaum zu verstehen, weil auf dieser Straße reger Verkehr herrschte.

»Aber ich würde doch nie jemanden verfluchen!« meinte Adzel erstaunt.

»Das weiß er nicht. Jedenfalls glaubt er bestimmt, daß alles Neue nur schädlich sein kann.«

Diese Haltung war leider auch für den größten Teil des Adels typisch, überlegte Adzel sich. Vielleicht ließ sich so auch das lange Zögern des Kaisers erklären. *Darüber muß ich noch mit David sprechen.* Padrick wies ihn auf einige Sehenswürdigkeiten hin: eine Statue, die fünftausend Erdjahre alt sein sollte, der Palast eines früheren Kaisers, der jetzt als Lagerhaus diente, ein Gebäude, dessen Tor einem offenen Schnabel glich . . . interessant, aber nicht weltbewegend.

»Haben Sie jetzt genug gesehen?« fragte Padrick schließlich gähnend. »Kommen Sie, wir gehen in die Altstadt. Dort ist es wenigstens etwas lustiger.«

»Haben die Leute dort auch Angst vor mir?« wollte Adzel wissen.

»Wahrscheinlich weniger«, meinte Padrick. »Sie fürchten sich nicht so leicht, weil sie selbst alle Schwarzkünstler sind.«

Kurze Zeit später blieben sie vor einem niedrigen, baufälligen Gebäude stehen. »Was halten Sie von einem kleinen Drink?« fragte Padrick.

»Hm, der Schnaps hier ist nicht übel...« Adzel machte eine Pause, weil Falkayns Stimme eben aus dem Funkgerät drang, das er um den Hals gehängt trug.

»Tod und Teufel!« Padrick wich zurück und zog sein Schwert. Einige Ikranankaner, die in der Nähe herumgelungert hatten, verschwanden hastig um die nächste Straßenecke.

Adzel machte eine beruhigende Handbewegung und sprach weiter auf Latein mit Falkayn. »Keine Angst«, sagte er dann. »Das ist nur ein kleiner Zaubertrick, der nichts schadet. Ein ... äh ... eine Beschwörung aller guten Geister, bevor man ein fremdes Haus betritt.«

»Das kann hier bestimmt nicht schaden«, stimmte Padrick zu. Er hatte sich schnell wieder beruhigt.

»Warum kommen Sie hierher, obwohl es gefährlich sein kann?«

»Schnaps, Glücksspiele und gelegentlich eine hübsche Schlägerei. Das Leben in der Kaserne ist manchmal recht eintönig. Los, kommen Sie.«

»Ich ... äh ... ich müßte eigentlich wieder in den Palast zurück.«

»Was? Jetzt, wo der Spaß erst anfängt?« Padrick zog Adzel am Arm, obwohl er ebensogut versucht haben könnte, einen Berg zu bewegen.

»Vielleicht später einmal. Jetzt muß ich wirklich...«

Padrick machte ein beleidigtes Gesicht. »Sie sind nicht mein Freund, wenn Sie meine Einladung ausschlagen.«

»Entschuldigen Sie«, kapitulierte Adzel, »ich wollte bestimmt nicht unhöflich sein.« Er war durstig, und Falkayn hatte nicht davon gesprochen, daß er rasch zurückkommen müsse.

Der junge Offizier ging voraus, blieb auf der Schwelle der Kneipe stehen und hob grüßend die Hand. »Friede zwischen uns!« rief er den übrigen Gästen zu, die seinen Begleiter erstaunt anstarrten. »Ihr kennt mich alle – ich bin Hugh Padrick, dem ihr manche Runde in diesem Haus verdankt. Dies hier ist der Gast des Kaisers. Er ist groß, aber friedfertig, und kein Dämon folgt ihm. Wahrscheinlich haben die Dämonen selbst Angst vor ihm.«

Irgendwo in der Ecke lachte ein Betrunkener, was die Atmosphäre etwas entspannte. Die Gäste unterhielten sich weiter, während Padrick auf einen freien Tisch zusteuerte, vor dem Adzel auf dem Boden liegen konnte. Der Wirt kam heran und erkundigte sich nach seinen Wünschen. »Auffüllen«, befahl Padrick großzügig und wies dabei auf Adzel. Der Wirt legte den Kopf schief, schätzte das Fassungsvermögen und rieb sich die Hände.

Der Schnaps war nicht stärker als konzentrierte Schwefelsäure, schmeckte aber angenehm bitter. Adzel leerte den ersten halben Liter auf einen Zug. »Sie halten mich hoffentlich nicht für gierig«, sagte er dabei.

»Trinken Sie nur, ich bezahle alles.« Padrick wies auf seinen prall gefüllten Leibgurt. »Unser Sold ist reichlich, das muß man dem Kaiser lassen.«

»Leben eigentlich alle Ershoka in der Kaserne?« fragte Adzel neugierig.

»Nein, nein. Dort befindet sich nur unser Hauptquartier, in dem die Unverheirateten leben. Aber die Familien wohnen irgendwo in der Stadt oder auf einem der Höfe, die unserem Klan gehören. Die Frauen leisten keinen Dienst mit der Waffe mehr, nachdem sie geheiratet haben. Ihre Männer machen jedes Jahr einen Auffrischungskurs mit und treten natürlich wieder in das Heer ein, wenn ein wichtiger Feldzug bevorsteht.«

»Aber wie kommt es dann, daß Bobert Thorn und seine Leute rebelliert haben? Schließlich sind die Familien als Geiseln in der Hand des Kaisers zurückgeblieben!«

»Keineswegs«, versicherte Padrick ihm. »Wenn der Kaiser ihnen ein Haar krümmen wollte, würden die Ershoka über ihn herfallen und kurzen Prozeß mit ihm machen. Das weiß er selbst nur zu gut. Außerdem sind die meisten Frauen und Kinder mitgezogen, wie es bei Belagerungen oder langen Feldzügen üblich ist. Die Frauen bewachen das Lager, sorgen für den Nachschub, machen . . .« Padrick zählte auf, wofür die Frauen verantwortlich waren.

»Ich kann mir vorstellen, wie schwierig Ihre Lage im Augenblick ist«, meinte Adzel. »Sie und Ihre Freunde finden es bestimmt bedauerlich, gegen die eigenen Verwandten kämpfen zu müssen.«

»Wer sagt denn, daß wir das tun?« wollte Padrick sofort wissen. »Etwa Smit, dieser alte Teufel? Der Klan hält heutzutage besser als in seiner Jugend zusammen. Ich möchte wetten, daß keiner meiner

Altersgenossen bereit wäre, gegen Thorn zu marschieren.« Er trank seinen Becher aus und bestellte einen neuen. »Aber wahrscheinlich bleiben wir ohnehin einfach neutral.«

Adzel wollte rasch das Thema wechseln und fragte Padrick deshalb, ob er Stepha Carls seit ihrer Rückkehr wiedergesehen habe. »Selbstverständlich habe ich das!« antwortete Padrick begeistert. »Ein tolles Mädchen!«

»Eine angenehme, aber etwas impulsive Persönlichkeit«, stimmte Adzel zu.

»Ich habe eigentlich weniger an die Persönlichkeit gedacht. Aber Stepha ist wirklich so zäh und intelligent wie jeder Mann. Trinken wir auf ihr Wohl!«

Sie stießen an. Als die übrigen Gäste sahen, daß der Drache so umgänglich war, kamen einige von ihnen neugierig heran. Padrick lud alle ein, auf seine Kosten zu trinken, bestellte eine Runde nach der anderen und schien sich köstlich zu amüsieren. Der Schnaps war billig, aber gut, und Padrick hatte reichlich Geld bei sich. Daß die Party schließlich zu Ende ging, lag nicht etwa daran, daß das Geld ausgegangen wäre, sondern war darauf zurückzuführen, daß die meisten Gäste leblos unter den Tischen lagen.

»Ich ... muß ... jetzt ... gehen«, stellte Adzel fest. Seine Beine schienen aus Gummi zu bestehen, und sein Schwanz bewegte sich wie von selbst. Dadurch wurde die Einrichtung demoliert, aber der Wirt hatte nichts dagegen einzuwenden. Er lag ebenfalls bewußtlos unter einem Tisch.

»Richtig«, stimmte Padrick zu. »Die Pflicht ruft.«

Mit schriller Stimme ließ sich Adzel vernehmen. »Mein Freund, Sie haben eine ganz falsche Lebensauffassung. Wenn Sie... hicks! ... mit dem Universum eins wären – aber dabei dürfen Sie nicht den Fehler machen ... hicks! ...« Adzel war keineswegs ein religiöser Fanatiker, hatte aber das Gefühl, daß dieser feine Kerl, der jetzt neben ihm nach draußen schwankte, zumindest wissen mußte, welche Vorteile der Buddhismus zu bieten hatte. Deshalb hielt er ihm einen langen Vortrag. Padrick sang mit lauter Stimme. Die Eingeborenen wichen ängstlich vor ihnen aus.

»Sie sehen also hoffentlich«, murmelte Adzel, »daß die Reinkarnation nicht unbedingt ...«

»Warten Sie.« Padrick blieb stehen. Adzel beugte sich zu ihm hinunter. Sie hatten schon fast den Wall der Neuen Stadt erreicht.

»Was ist denn?« fragte Adzel.

»Mir ist eben eingefallen, daß ich noch etwas besorgen muß.« Der Ershokh schien wieder völlig nüchtern zu sein. Hatte er wirklich ebenso viel wie die anderen getrunken? Adzel hatte nicht darauf geachtet. »Sie müssen leider allein weitergehen.«

»Aber jetzt kommt doch erst der interessante Teil!« protestierte Adzel.

»Später, später«, wehrte der junge Mann ab. Er schüttelte Adzel fast verlegen die Hand und verschwand rasch um die nächste Straßenecke. Adzel winkte ihm nach und schwankte dann weiter auf den Palast zu.

»Da kommt er!«

Adzel blieb verblüfft stehen. Auf dem weiten Platz vor dem Tor standen Soldaten bereit. Er konnte ihre Zahl nicht genau schätzen, weil sie sich vor seinen Augen zu verdoppeln schienen, erkannte aber trotzdem, daß er lauter Eingeborene vor sich hatte. Das Tor war geschlossen und von drei Katapulten fast verdeckt.

Einige Reiter kamen näher. »Halt!« rief der Offizier an ihrer Spitze. Seine Lanze blitzte.

»Ich halte ja schon«, antwortete Adzel friedfertig und freundlich.

Die Zandaras waren gut ausgebildet, denn sie scheuten nicht einmal, als ihre Reiter Adzel umringten. »Sprechen wir miteinander, Edelster«, sagte der Offizier nervös. »Es hat Schwierigkeiten gegeben, und der Kaiser ... ak-krrr ... legt Wert auf Ihre Anwesenheit.«

Adzel verbeugte sich tief. Irgendwie hatte er sich jedoch verschätzt, denn sein Kopf sank weiter nach unten, bis der Unterkiefer das Pflaster berührte. Er ärgerte sich darüber, bewahrte aber trotzdem einigermaßen die Fassung. »Ja, natürlich, ich komme gern. Gehen wir!«

»Uk-k-k, nur noch eine Formsache, Edelster. Der Kaiser wünscht, daß Sie diese ... krrr-ek ... Abzeichen der Würde tragen.« Der Offizier winkte einen Soldaten heran, der zögernd vortrat. Er trug mehrere Ketten.

»Was?« Adzel wich erschrocken zurück. In seinem Kopf drehte sich alles.

»Halt!« kreischte der Offizier. »Halt, oder wir schießen!« Die Soldaten an den Katapulten stellten die Maschinen ein. Einer der Stahlbolzen, die sie verschossen, durchdrang selbst Adzels Panzer.

»Aber . . . aber . . ., was ist denn los?« erkundigte Adzel sich verwirrt.

»Alles. Die Dämonen haben sich gegen uns verschworen. Ihr Begleiter ist in Gesellschaft einiger Ershoka verschwunden. Der Kaiser hat daraufhin die Kaserne umzingeln lassen, aber die Ershoka wollen sich nicht ergeben. Sie haben auf unsere Leute geschossen!« Der Offizier kreischte schon wieder.

»Was?« Der Teufel sollte den Schnaps holen! Adzel schaltete das Funkgerät ein. »David! Wo steckst du? Was ist los?«

Keine Antwort.

»David! Gefahr! Hilfe!«

»Halten Sie jetzt still«, befahl der Offizier. »Strecken Sie die Handgelenke aus. Wenn Sie wirklich unschuldig sind, geschieht Ihnen nichts.«

Adzel schaltete auf die Sprechfrequenz des Raumschiffes um. »Chee! Bist du dort?«

»Selbstverständlich bin ich hier«, antwortete die schrille Stimme. »Wo sollte ich deiner Meinung nach sein – auf der Erde?«

Adzel schickte ein stilles Stoßgebet zum Himmel und erklärte dann, in welche Lage er geraten war. »Ich gehe freiwillig mit«, sagte er. »Du kommst mit dem Schiff hierher. Dann müssen sie mich freilassen, und wir können beide nach David suchen.«

»Sofort«, antwortete Chee.

Ein halbes Dutzend Magier machte verzweifelt alle möglichen Zeichen, um das Übel abzuwenden, das die Gefangennahme des Fremden mit sich bringen konnte. Adzel wandte sich wieder an den Offizier. »Gut, ich komme freiwillig mit«, erklärte er ihm. Aus dem Lautsprecher drang Stimmengewirr. Chee schien sich mit irgend jemandem zu unterhalten. Adzel breitete die Arme aus und öffnete den Mund. Das sollte ein freundliches Lächeln sein, aber die Soldaten zuckten zusammen, als sie seine gefährlichen Reißzähne sahen.

Der Offizier stieß den kettentragenden Soldaten mit der Lanze an. »Weiter«, befahl er. »Tun Sie Ihre Pflicht!«

»Tun Sie es doch«, murmelte der Soldat.

»Was haben Sie da gesagt? Verweigern Sie etwa einen Befehl?«

»Ja.« Der Soldat ging langsam rückwärts. Seine Kameraden wichen nach beiden Seiten aus, um ihn durchzulassen.

»Machen Sie doch keinen Unsinn«, sagte Adzel. Er wollte so schnell wie möglich in den Palast zurück, um dieser geheimnisvollen Sache auf den Grund zu kommen. Jetzt setzte er sich in Bewegung. Die Reiter trieben ihre Tiere zur Seite.

»Aber ich will doch nur helfen!« brüllte Adzel. Er packte den Soldaten am Kragen, nahm ihm die Ketten weg und setzte ihn wieder ab. Der Ikranankaner rollte sich zu einer kleinen Kugel zusammen.

Adzel saß auf seinem Schwanz und überlegte angestrengt. Die Ketten waren irgendwie durcheinandergeraten. »Wie soll ich damit zurechtkommen?« wollte Adzel beleidigt wissen. Je mehr er sich Mühe gab, die Ketten zu entwirren, desto größer schien das Durcheinander zu werden. Die Soldaten beobachteten ihn fasziniert.

Plötzlich drang ein Schrei aus dem Lautsprecher seines Funkgeräts. »Adzel! Du mußt fliehen! Ich kann dir nicht mehr helfen, weil ich selbst . . .«

Dann folgten Geräusche, die auf einen Kampf schließen ließen, ein jäher Schlag – und Schweigen.

Adzel bildete sich einen Augenblick lang ein, er sei noch immer an Bord des Schiffes und habe eben beim Poker sechs Monatsgehälter auf eine Karte gesetzt. Aber dann stellte sich heraus, daß er sich doch getäuscht hatte – die letzte Karte war gar kein König, sondern nur eine Königin! Als seine Benommenheit allmählich verschwand, merkte er, daß er sich keineswegs in dieser Lage befand. Er fühlte sich nur so, was durchaus verständlich war.

Ein Reiter kam ihm in die Quere. Er hob den Soldaten und sein Zandara in die Höhe und warf beide in die erste Reihe der dahinter in Bereitschaft stehenden Lanzenträger. Als sie sich zerstreuten, brach er durch ihre Reihen. Überall ertönten jetzt laute Schreie, dann folgte ein wahrer Hagel aus Armbrustbolzen. Auch das Geschoß eines Katapults zischte dicht an Adzels Kopf vorüber. Der berittene Offizier legte die Lanze ein und griff von der Seite an. Adzel sah ihn nicht rechtzeitig. Die Stahlspitze traf seinen Hals, glitt von den Schuppen ab und zertrümmerte das Funkgerät, das der Wodenit dort hängen hatte. Adzel ließ sich nicht aufhalten, sondern stürmte weiter. Das Zandara drehte sich wie ein Kreisel, dann flog der Reiter in hohem Bogen aus dem Sattel.

Adzel hatte die ersten Häuser am Rande des Platzes erreicht und verschwand um die nächste Ecke, bevor die verblüfften Soldaten sich von ihrem Schreck erholt hatten. Er raste in die Altstadt zurück, obwohl er auch dort keine Unterstützung finden würde. Aber seine Verfolger würden es nicht leicht haben, ihn in diesem Gewirr aus Straßen und engen Gassen aufzuspüren. Adzel mußte so schnell wie möglich den Urshi-See erreichen. Die Ikranankaner konnten einen Schwimmer nur auf ihren plumpen Flößen verfolgen, die Adzel rasch hinter sich lassen würde. Sobald er das andere Ufer erreicht hatte, wollte er sich auf den Weg nach Haijakata machen, wo er ankommen mußte, bevor die dortige Garnison alarmiert werden konnte ... Nur schade, daß er sein Funkgerät eingebüßt hatte!

Nun, Chees genügte auch, wenn er sie erst einmal aus der Klemme befreit hatte, in der sie offenbar steckte. Dann konnten sie das Schiff starten, den Aircar aus dem Palast holen und die Suche nach David beginnen. Falls David noch lebte. Falls sie selbst am Leben blieben.

6

Chee Lan bereitete sich darauf vor, nach Haijakata zu gehen, um wieder Unterricht bei Gujgengi zu nehmen. Beide legten größten Wert darauf, so viel wie möglich über die Zivilisation des anderen zu erfahren. »Bereitschaft wie üblich«, sagte sie noch zu dem Schiffscomputer, bevor sie durch die Luftschleuse nach draußen trat.

Wirrkopf summte leise vor sich hin. Bereitschaft bedeutete, daß er nur auf Befehle der Mannschaft reagierte, die entweder direkt, per Funk oder verschlüsselt erteilt wurden. Er beherrschte jetzt zwar auch die Sprache der Eingeborenen, war aber so programmiert, daß er Anweisungen in dieser Sprache nicht befolgte. Chee hatte allerdings den Außenlautsprecher eingeschaltet, um notfalls auch von draußen mit dem Computer sprechen zu können.

Als die Schleuse sich hinter Chee geschlossen hatte, hopste sie die Gangway hinab. Neben dem zweiten Teleskopbein blieb eine Luke offen, die als Zuflucht für Notfälle gedacht war. Die Eingeborenen konnten dort keinen Schaden anrichten – selbst wenn sie ihre Angst vor dem Raumschiff überwunden hätten –, denn dahinter lag nur der Laderaum No. 4, der vorläufig noch leer war. Und Wirrkopf würde die Tür zum Zwischendeck nur für Besatzungsmitglieder öffnen. Chee war stolz darauf, daß sie schon jetzt alle Vorkehrungen getroffen hatte, die sich später als wertvoll erweisen konnten. Kurze Zeit später hatte sie eines der Stadttore erreicht. Die Wachtposten hoben grüßend die Schwerter. Als Chee weit genug entfernt war, griffen sie nach ihren Talismanen und flüsterten Beschwörungen. Zugegeben, die Fremden hatten bisher noch kein Unglück gebracht und würden dem Land vielleicht sogar beträchtliche Vorteile bringen. Aber andererseits wußte jeder, daß die Dämonen notorische Lügner waren ...

Chee stieß die Tür des großen Blockhauses auf, in dem Gujgengi sich einquartiert hatte. Der kaiserliche Gesandte saß mit Lalnakh, dem Kommandeur der Garnison, an einem niedrigen Tisch. Die beiden waren mit einem Spiel beschäftigt, bei dem bunt gefärbte Stäbchen auf ein Brett geworfen wurden, das in Felder eingeteilt war.

Chee sprang auf den Tisch und hätte dabei fast die Stäbchen angestoßen. »Was ist das?« erkundigte sie sich.

Lalnakh knurrte, aber Gujgengi, der sich bereits an Chees Art gewöhnt hatte, antwortete bereitwillig: »Es heißt *Akritel* und wird gespielt, indem ...« Die Regeln waren ziemlich kompliziert, aber im Grunde genommen kam es nur darauf an, richtig zu erraten, wie die Stäbchen fallen würden. »Das Spiel ist recht beliebt«, fügte Gujgengi hinzu.

»Spielen Sie jetzt endlich oder nicht?« fragte Lalnakh mürrisch.

»Gleich, guter Freund. Lassen Sie mir nur noch etwas Zeit.« Gujgengi rückte sich seine Brille zurecht und sah auf die Stäbe, die bereits gefallen waren. »Ich glaube, mein Glück ist heute normal«, sagte er und zeigte dabei auf die Münzen, die er vor sich aufgestapelt hatte. Ein Mensch hätte unter diesen Umständen von einer Glückssträhne gesprochen, aber die Ikranankaner kannten keine falsche Bescheidenheit. »Ich werde jetzt versuchen, folgende Figur zu erzielen ...« Er nahm einige Stäbchen auf und schüttelte sie, während er die Wette abschloß.

»Sie raten nur«, stellte Chee fest. »Sie müßten aber wissen, worum Sie wetten.«

Lalnakh starrte sie an. »Was soll das heißen?«

»Ich meine nicht das tatsächliche Ergebnis«, erklärte Chee ihm. »Aber man kann berechnen, wie groß die Erfolgsaussichten sind. Dann weiß man, ob der Einsatz gerechtfertigt ist.«

»Wie soll man das berechnen können?« fragte Gujgengi verblüfft.

»Spielen Sie!« mahnte Lalnakh.

Gujgengi schüttelte die Stäbchen nochmals und ließ sie dann fallen. Er hatte richtig geraten.

»Arrr-k!« knurrte Lalnakh. »Das reicht mir.« Er schob seine letzten Münzen über den Tisch.

Gujgengi zählte sie. »Sie scheinen mehr verloren zu haben«, stellte er dann fest.

Lalnakh machte eine häßliche Bemerkung und suchte in seinem Leibgurt herum. Dann warf er eine weißliche Münze auf den Tisch. »Sind Sie damit zufrieden? Sie stammt aus Rangakora. Ich habe sie bisher als Talisman bei mir getragen. Aber heute sind die Dämonen zu stark für mich.«

Gujgengi rückte sich die Brille zurecht und untersuchte die Münze. Chee kam neugierig näher. Das Geldstück zeigte auf der Vorderseite eine Art Lorbeerkranz, während auf der Kehrseite eine Gebirgslandschaft abgebildet war. Aber ein Teil des Silbers war bereits abgewetzt. »Das ist ja nur versilberte Bronze«, stellte Chee fest.

»Nur eine der vielen Künste, die dort ausgeübt werden«, antwortete Gujgengi. »Sie legen das Metall in ein Bad und ... ich weiß nicht recht. Jedenfalls ein starker Zauber. Als ich einmal als Gesandter dort war, ließen sie mich zwei Kupferfäden anfassen, die aus einer Kiste kamen, und irgend etwas *biß* mich. Sie haben nur gelacht.« Er schüttelte den Kopf. »Gegenstände dieser Art werden bei uns sehr geschätzt, weil man ihnen Zauberkräfte nachsagt. Das ist ein Grund mehr, weshalb die Eroberung der Stadt Rangakora wünschenswert erscheint.«

»Das könnten wir für Sie übernehmen«, erklärte Chee. »Außerdem liefern wir Ihnen gern jede Menge versilbertes Metall.«

»Ak-krr. Sie müssen Verständnis dafür haben, Edelste, daß ich nicht in der Lage bin, eine so, uk-k-k, rasche Entscheidung zu treffen. Ich bin nur als Vertreter des Kaisers hier.«

»Aber Sie können doch bestimmte Maßnahmen empfehlen, nicht wahr?« drängte Chee. »Ich weiß, daß Sie durch Boten in ständiger Verbindung mit dem Kaiser stehen.«

»Uk-k-k, tatsächlich. Sollen wir unsere Diskussion fortsetzen?«

»Ich gehe jetzt«, kündigte Lalnakh mürrisch an.

In diesem Augenblick drang eine Stimme aus dem Lautsprecher des Funkgeräts.

»Chee! Bist du dort?«

Adzels Stimme, die etwas verzerrt klang. War der große Narr etwa betrunken? Chee hoffte, daß keine Ershoka in seiner Nähe waren. Ihr Pelz sträubte sich. »Selbstverständlich ...«, begann sie eisig.

Lalnakh sprang zur Seite und riß seinen Dolch aus der Scheide. Gujgengi erhob sich und machte Zeichen gegen die bösen Geister. Dann wurde er dabei unterbrochen, weil ihm die Brille vom Schnabel rutschte.

»Was ist das?« wollte Lalnakh wissen.

»Wo liegt meine Brille?« fragte Gujgengi vom Fußboden aus. »Ich sehe meine Brille nicht. Hat ein Dämon meine Brille fortgeschleppt?«

»Ein harmloser Zauber«, sagte Chee rasch zu Lalnakh. »Völlig ungefährlich.« Aus dem Lautsprecher drang Stimmengewirr.

»Helfen Sie mir doch, meine Brille zu finden!« flehte Gujgengi. »Ohne meine Brille bin ich hilflos.«

Lalnakh bückte sich fluchend und drückte sie ihm in die Hand. Chee hörte Adzel zu. Ihr Pelz sträubte sich noch weiter, aber gleichzeitig überlegte sie so blitzschnell und gelassen, wie sie es in Notfällen zu tun gewohnt war.

»Sofort«, antwortete sie und sah zu den beiden Ikranankanern hinüber, die ihren Blick feindselig erwiderten. »Ich muß jetzt gehen«, stellte sie fest. »Mein Zauber hat mich vor Schwierigkeiten gewarnt.«

»Was für Schwierigkeiten?« wollte Lalnakh wissen.

Gujgengi, der sich inzwischen an alle möglichen Wunder gewöhnt hatte, hob den Arm. »Das war die Stimme des Ungeheuers«, sagte er anklagend. »Dabei ist es doch in der Hauptstadt!«

»Richtig«, gab Chee zu. Bevor sie sich eine Ausrede einfallen lassen konnte, fuhr Gujgengi fort:

»Mit diesem Ding kann man also über große Entfernungen hinweg sprechen. Ich habe schon vermutet, daß Sie dazu imstande sein müßten. Nicht doch, nicht doch, Edelste, bitte beleidigen Sie mich nicht, indem Sie diese offenbare Tatsache abstreiten. Er hat Sie um Hilfe gebeten, nicht wahr?«

Chee konnte nur schweigend nicken. Der Ikranankaner kam näher und starrte sie forschend an. Sie wollte sich nicht als Lügnerin entlarven lassen; das konnte nur schlechte Auswirkungen auf die Beziehungen haben, die jetzt schon gespannt genug waren. »Die Ershoka haben rebelliert«, sagte sie. »Sie haben sich in der Kaserne verschanzt und weigern sich, das Gebäude zu verlassen. Adzel will, daß ich komme und sie einschüchtere.«

»Nein, das kommt nicht in Frage!« protestierte Lalnakh.

»Ich bedauere diese Entwicklung aufrichtig, Edelste«, fügte Gujgengi hinzu. »Aber seitdem Ihre Begleiter sich in dem Palast aufhalten, habe ich Befehl erhalten, unbedingt zu verhindern, daß Ihr Fahrzeug bewegt wird.«

»Wollen Sie etwa einen Bürgerkrieg?« erkundigte Chee sich aufgebracht. »Genau dazu kommt es nämlich, wenn die Ershoka nicht bald wieder zur Vernunft gebracht werden.« Der Lärm aus dem Lautsprecher wurde noch stärker. »Vielleicht denken Sie zur Abwechslung einmal selbst nach. Würde ich nicht in aller Ruhe hierbleiben, wenn ich den Sturz des Kaisers wollte?«

Die beiden blieben stehen. Lalnakh sah unsicher zu Boden. Gujgengi kratzte sich am Kopf. »Ein gutes Argument«, murmelte er. »Tatsächlich, ein durchaus stichhaltiges Argument.«

Der Lärm nahm weiter zu. Metall klirrte, Stimmen kreischten, der Lautsprecher erzitterte. Ein Ikranankaner brüllte: »Hilfe, das Ungeheuer bringt mich um!«

Lalnakh trat vor. In dem Sonnenlicht, das schräg durch die Fenster fiel, blitzte sein Dolch blutrot auf. »Ist das freundlich?« fragte der Offizier wütend.

Chee zog ihren Strahler. »Das muß ein Mißverständnis sein«, antwortete sie rasch. »Ich sage die Wahrheit, wenn ich behaupte, daß wir Ihre Freunde sind, und ich erschieße jeden, der mich eine Lügnerin zu nennen wagt.« Adzel rülpste laut, während im Hintergrund Metall klirrte. »Haben Sie das gehört? Nennen Sie das kämpfen?«

»Nein«, erwiderte Lalnakh. »Fressen.«

Chee richtete sich auf. »Ich gehe jetzt«, stellte sie fest. »Versuchen Sie nicht, mich daran zu hindern.«

Gujgengi überraschte sie, denn bisher hatte sie ihn für einen weltfremden Gelehrten gehalten. Er zog sein Schwert und sagte ruhig: »Ich bin ein Deodakh. Würde ich Sie jetzt entkommen lassen, ohne eine Gegenwehr versucht zu haben, wäre ich nicht mehr würdig, meinem Klan anzugehören.«

Chee zögerte noch. Sie wollte ihn nicht erschießen. Dadurch wären auch die zukünftigen Verhandlungen gefährdet worden. Vielleicht ein Schuß, der ihn nur kampfunfähig machte?

Leider hatte sie sich durch diese Überlegungen ablenken lassen und im Augenblick nicht mehr auf Lalnakh geachtet. Der Offizier holte aus, stieß blitzschnell zu und schlug Chee den Strahler mit seinem Dolch aus der Hand. Chee hatte kaum noch genügend Zeit, Adzel eine Warnung zuzurufen, bevor sie bewegungslos auf dem Fußboden lag.

»Hak-k-k«, knurrte Lalnakh. »Stillhalten!« Er schlug ihr mit der Faust auf den Kopf, griff nach dem Funkgerät und warf es fort.

»Langsam, langsam«, sagte Gujgengi beschwichtigend. »Keine Gewalttätigkeiten, Edelster, keine Gewalttätigkeiten, bis wir wissen, ob sie wirklich erforderlich sind. Das ist alles nur ein bedauerliches Mißverständnis.« Er nickte Chee freundlich zu, die ihn wütend, aber hilflos anstarrte, und zermalmte gleichzeitig das Funkgerät unter seinem Fuß. »Ich schicke sofort einen Boten los.

Bis zu seiner Rückkehr werden Sie so rücksichtsvoll behandelt, wie es die Umstände gestatten.«

»Augenblick!«, protestierte Lalnakh. »Ich bin Kommandeur der Garnison.«

»Aber Sie müssen berücksichtigen, lieber Freund, daß vielleicht doch noch eine Verständigung möglich ist.«

»Das bezweifle ich. Diese Fremden sind Dämonen oder von Dämonen besessen. Aber meinetwegen übernehmen Sie die Verantwortung für diesen Fall, solange ich die Sicherheitsvorkehrungen kontrollieren kann. Außerdem lasse ich das fliegende Haus bewachen. Meine Soldaten nehmen ein Katapult mit, damit sie den Riesen töten können, wenn er auftaucht.«

»Nun«, meinte Gujgengi nachdenklich, »das ist vielleicht gar keine schlechte Idee.«

7

Falkayn hatte das Bewußtsein nicht völlig verloren, sondern befand sich nur in einem Zustand geistiger Auflösung, als habe er erheblich zuviel getrunken. Seine Gedanken strebten in zehn verschiedene Richtungen auseinander, ohne daß er sich auf eine bestimmte Idee hätte konzentrieren können. Er nahm undeutlich wahr, daß er schwankend an einer Wand lehnte, während irgend jemand ihm Jacke, Hemd und Hose auszog, bis er nur noch in der Unterwäsche dastand und mit den Zähnen klapperte.

»Hilf mir, Owen«, murmelte Stepha. »Sein Diener muß bald wieder zurückkommen . . .« Der Blonde rollte ein Kleiderbündel auf und gab Stepha nacheinander einzelne Uniformstücke aus grobem Tuch: die Ausrüstung eines Kavalleristen der Ershoka. Stepha zog Falkayn wieder an, was nicht einfach war, weil er sich kaum auf den Beinen halten konnte, obwohl der Rothaarige ihn stützte.

Aber die betäubende Wirkung ließ allmählich nach. Falkayn hätte fast um Hilfe gerufen. Trotzdem tat er es nicht, weil er erkannte, daß der Versuch erfolglos bleiben mußte.

Vielleicht später. Er fühlte sich wieder sicher auf den Beinen, der Raum drehte sich nicht mehr vor seinen Augen, und jetzt schnallte ihm jemand den Gürtel mit dem Dolch um . . .

Stepha tat es. Falkayn hätte den Dolch ziehen und ihr in den Rücken stoßen können, während sie vor ihm kauerte. Aber das wäre eine schreckliche Verschwendung gewesen. Falkayn beugte sich nach rechts, drehte sich halb nach dem Rothaarigen um, griff blitzschnell nach dem Dolch und wollte ihn dem Mann in die Brust stechen.

Wollte! Der Dolch hatte jedoch keine Klinge, sondern nur einen kurzen Ansatz, der kaum dazu ausreichte, die Waffe in der Scheide zu hatten. Der Ershokh hatte bestimmt einen Bluterguß davongetragen, denn er wich mit einem gemurmelten Fluch zurück. Falkayn stolperte auf die Tür zu. Als er den Mund öffnete, um seinen Diener zu rufen, packte der Blonde ihn an den Armen, während Stepha nach dem feuchten Lappen griff. Sie stopfte ihm den Lappen in den Mund.

Während er langsam zu Boden ging, hörte er sie großzügig und anerkennend flüstern: »Ein netter Trick. Sie sind wirklich gerissen, aber damit haben wir gerechnet.«

Sie bückte sich und wollte Falkayns Strahler und die Lähmpistole aufheben. »He!« sagte der Blonde. »Laß den Kram liegen.«

»Aber das sind seine Waffen«, erklärte Stepha ihm. »Ich habe euch doch gesagt, was man damit alles anfangen kann.«

»Wir wissen aber nicht, ob sie irgendwie verhext sind. Laß sie liegen, sage ich.«

Der Rothaarige, der noch immer seine Rippen betastete, stimmte zu. Stepha schien nicht einverstanden zu sein, wußte aber, daß sie nicht genügend Zeit für eine längere Diskussion hatten. Deshalb erhob sie sich seufzend. »Schön, dann legen wir sie in den Schrank hier, damit sein Diener glaubt, er sei nur für kurze Zeit nach draußen gegangen. Los, kommt mit, wir haben es eilig!«

Falkayn stolperte zwischen den beiden Männern in den Korridor hinaus. Er war so betäubt, daß er nicht mehr wußte, was diese Leute mit ihm vorhatten, und völlig mechanisch gehorchte. In diesem Teil des Palastes waren nur wenige Leute unterwegs. Auf der Treppe kam ihnen sein Diener entgegen, der einen Tonkrug schleppte. Der Ikranankaner erkannte ihn in dem neuen Kostüm nicht wieder. Auch die anderen Höflinge, die sich im Erdgeschoß aufhielten, schienen nicht zu ahnen, wer an ihnen vorbeigeführt wurde. Nur ein Beamter vertrat ihnen den Weg. »Er hat zuviel getrunken und sich dann verlaufen«, erklärte Stepha ihm. »Wir bringen ihn in die Kaserne zurück.«

»Schrecklich!« sagte der Beamte angewidert. Da er aber drei Ershoka gegenüberstand, die nüchtern und so empfindlich wie alle anderen zu sein schienen, sprach er nicht weiter.

Wenige Minuten später hatte Falkayn sich wieder so weit erholt, daß er merkte, daß seine Entführer das Tor in der nördlichen Stadtmauer ansteuerten, das nur selten benutzt wurde, weil gleich dahinter die Wüste begann. Etwa zwanzig Ershoka in voller Rüstung warteten dort auf ihre Ankunft. Vier Tiruts, die das Tor bewacht hatten, lagen gefesselt und geknebelt auf der Erde. Die Menschen verließen ohne weiteren Aufenthalt die Stadt.

»Weiter!« Der Blonde riß Falkayn am Arm vorwärts. »Sie sind jetzt nicht mehr betäubt!«

»Stimmt«, gab Falkayn zu. Bei jedem Schritt wurde sein Kopf klarer. Aber das half ihm wenig, denn die Entführer umringten ihn von allen Seiten.

Wenige hundert Meter weiter erreichten sie eine Schlucht. Hier warteten über fünfzig Zandaras, die von zwei berittenen Ikranankanern bewacht wurden. Einige dienten als Packtiere, die anderen sollten abwechselnd als Reittiere benutzt werden. Die Ershoka schwangen sich in die Sättel. Falkayn kletterte vorsichtig auf das Zandara, das ihm zugewiesen worden war. Die Ikranankaner kehrten in die Stadt zurück.

Stepha setzte sich an die Spitze der Kolonne und ritt nach Osten davon. Nachdem sie die erste Steigung überwunden hatten, lag eine weite Ebene vor ihnen, die sich bis zum Horizont erstreckte. Sie begannen zu galoppieren.

Nein, das war kaum der richtige Ausdruck! Falkayns Zandara raste mit einer wahnwitzigen Beschleunigung davon. Er wurde nach rechts geworfen. Sein Nebenmann hielt ihn gerade noch rechtzeitig fest, bevor er aus dem Sattel fallen konnte. Unterdessen befand sich das Zandara schon wieder in der Luft. Falkayn fiel zurück. Diesmal rettete er sich, indem er den Hals des Tieres umarmte.

»He, wollen Sie das arme Tier erwürgen?« rief jemand spöttisch.

»Das ... hatte ... ich ... eigentlich ... vor«, brachte Falkayn zwischen den Sprüngen mühsam heraus.

Um ihn herum blitzten Lanzenspitzen, flatterten farbenfrohe Mäntel, wehten hohe Helmbüsche. Metall klirrte auf Metall, das Sattelzeug knirschte, Gelächter und Scherzworte erfüllten die Luft. Die Zandaras wirbelten bei jedem Sprung eine dichte Staubwolke auf. Falkayn kniff die Augen zusammen und starrte nach vorn, wo Stepha ritt.

Sie schien gemerkt zu haben, daß er sie beobachtete, denn sie drehte sich im Sattel um und winkte ihm zu. Und dann lachte sie auch noch schallend!

Falkayn knirschte mit den Zähnen. Eigentlich hatte er sie nur zusammenbeißen wollen, aber sein Mund war voller Sand. Wenn er diese wilde Jagd lebend überstehen wollte, mußte er die Methode lernen.

Allmählich schaute er den anderen ab, wie man es richtig anfing. Kurz bevor das Zandara wieder den Boden berührte, erhob man sich leicht in den Steigbügeln, um den Stoß in den Knien abzufangen. Der Körper bewegte sich also im gleichen Rhythmus mit dem Reittier. Falkayn, der sich früher eingebildet hatte, in guter Kondition zu sein, stellte jetzt fest, daß dabei Muskeln beansprucht wurden, von deren Vorhandensein er bisher nichts gewußt hatte, und daß diese besagten Muskeln sich dagegen auflehnten. Seine körperliche Verfassung beschäftigte ihn bald mehr als alle Vermutungen über den Zweck dieser Expedition.

Einige Male machten sie eine kurze Pause, um auszuruhen und die Zandaras zu wechseln. Einige Ewigkeiten später schlugen sie endlich ein Lager auf. Das bedeutete allerdings nur, daß es eiserne Rationen aus den Satteltaschen und dazu einen kleinen Schluck aus der Feldflasche gab.

Dann wurden Wachen ausgestellt, während alle anderen sich in ihre Decke rollten und schliefen.

Falkayn konnte nicht beurteilen, wie lange er sich in der Horizontalen befunden hatte, als Stepha ihn wieder aufweckte. »Weg«, murmelte er und schlief sofort nochmals ein. Sie griff nach seinen Haaren und zog kräftig daran. Dann schleppte sie ihn zum Frühstück.

Jetzt ritten sie etwas langsamer weiter. Falkayns Muskelkater wurde besser, weil er sich allmählich an den Reitstil gewöhnte. Ihm fiel auf, daß die Wüste hier ständig hügeliger wurde, während der Boden etwas fruchtbarer zu sein schien. Die Sonne stand jetzt noch tiefer als in Katandara und warf riesige Schatten in Richtung auf die Sundhadarta-Berge, deren schiefergraue Gipfel am Horizont sichtbar wurden. Die Ershoka schienen jetzt völlig unbewegt zu sein, aber Falkayn ahnte, daß ein Fluchtversuch aussichtslos gewesen wäre.

Am Ende des zweiten ›Tages‹ wurden sie von einem Reiter überholt, der drei zusätzliche Tiere mit sich führte. Falkayn starrte ihn verblüfft an. Das war doch Hugh Padrick, der Teufel sollte ihn holen! Der junge Offizier winkte ihm fröhlich zu und ritt dann an die Spitze der Kolonne, um mit Stepha zu sprechen.

Die beiden unterhielten sich noch immer, als das zweite Nachtlager aufgeschlagen wurde – diesmal auf einem Hügel zwischen niedrigen gelben Büschen. Die Ershoka gingen nicht gleich schlafen, sondern zündeten kleinere Feuer an und saßen in Gruppen davor, während ein Krug Schnaps die Runde machte. Falkayn hatte nicht die Absicht, sich an diesem fröhlichen Lagerleben zu beteiligen, sondern blieb etwas abseits unter einem Busch sitzen.

Er stand jedoch rasch auf, als er Stepha kommen sah. Sie blieb vor ihm stehen und lächelte. »Wollen Sie uns nicht Gesellschaft leisten?« fragte sie dann freundlich.

»Habe ich eine andere Wahl?« fragte er mit heiserer Stimme.

Die grauen Augen betrachteten ihn ernst. Stepha legte ihm fast schüchtern die Hand auf den Arm. »Tut mir leid, David. So hätte ich Sie nicht behandeln dürfen, nachdem Sie mir das Leben gerettet haben. Nein, das haben Sie wirklich nicht verdient. Aber darf ich Ihnen wenigstens die Gründe dafür erklären?«

Er folgte ihr mißmutig zu einem Feuer, an dem Padrick ein großes Stück Fleisch briet, das er auf sein Schwert gesteckt hatte. »Hallo«, sagte der Ershoka grinsend. »Hoffentlich hat Ihnen der Ausflug bisher gefallen.«

»Was ist aus Adzel geworden?« erkundigte Falkayn sich.

»Keine Ahnung. Als ich ihn zuletzt gesehen habe, war er betrunken wie ein Braumeister in Richtung Palast unterwegs. Ich wollte mich nicht länger als unbedingt notwendig in der Stadt aufhalten, deshalb bin ich zum Urshi-See zurückgegangen, wo ich meine Zandaras versteckt hatte. Dann bin ich hierhergekommen.« Padrick hob seine Feldflasche. »Hier, trinken Sie einen Schluck Schnaps, damit Sie wieder fröhlicher werden.«

»Glauben Sie, daß ich mit Ihnen trinke, nachdem Sie . . .«

»David«, bat Stepha, »hören Sie uns erst an. Ich kann mir nicht vorstellen, daß Ihr riesiger Freund ernsthaft in Schwierigkeiten geraten ist. Ihm passiert bestimmt nichts, solange die Kleine noch den Flieger hat. Vielleicht vermutet der Kaiser auch gleich, daß Sie gegen Ihren Willen entführt worden sind.«

»Das bezweifle ich«, stellte Falkayn fest. »Ein Mensch würde vielleicht auf diesen Gedanken kommen, aber die Ikranankaner sehen unter jedem Bett einen Verschwörer.«

»Unsere eigenen Landsleute in der Kaserne haben es jetzt auch nicht leicht«, warf Stepha ein. »Wahrscheinlich kommt es sogar zu einer Auseinandersetzung zwischen ihnen und den anderen Soldaten des Kaisers, nachdem die Stimmung auf beiden Seiten schon fast den Siedepunkt erreicht hat.«

»Das ist aber nicht gerade die beste Methode, einen Klan zu führen«, meinte Falkayn.

»Nein! Wir wollen nur ihr Bestes. Hören Sie doch endlich zu.« Stepha wies auf eine Satteldecke, die vor dem Feuer ausgebreitet war. Falkayn nahm darauf Platz. Stepha setzte sich neben ihn. Padrick grinste verständnisvoll. »Das Essen ist gleich fertig«, versprach er. »Wie steht es mit dem Schluck Schnaps?«

»Schön, geben Sie das Zeug endlich her!« sagte Falkayn. Er nahm einen kräftigen Schluck, schüttelte sich unwillkürlich und stellte fest, daß er sich tatsächlich weniger Sorgen um Adzel machte.

»Sie gehören zu Bobert Thorns Leuten, nicht wahr?« fragte er dann.

»Richtig«, stimmte Stepha zu, »aber zuerst war ich die einzige. Thorn schickt immer wieder Spione nach Katandara, was nicht weiter schwierig ist, weil die Ikranankaner teilweise auf seiner Seite stehen. Die Einwohner von Rangakora möchten lieber unter seiner Herrschaft als unter der des Kaisers stehen, wenn sie schon erobert werden sollen.

Jedenfalls haben wir erfahren, daß Sie angekommen waren, wußten aber nicht, was wir von den vagen Gerüchten halten sollten. Deshalb machte ich mich auf den Weg, kam im Zwielicht ungesehen durch die feindlichen Linien und ritt in Richtung Haijakata. Dort wurde eine Militärstreife auf mich aufmerksam. Mein zweites Zandara blieb erschossen liegen, und ich wäre beinahe ebenfalls erwischt worden.« Sie lachte und fuhr Falkayn mit der Hand durch die Haare. »Vielen Dank, David.«

»Sie haben also erst aus unserem Gespräch entnommen, daß wir auf der Seite des Kaisers standen, und haben vorgegeben, ebenfalls zu den loyalen Truppen zu gehören«, stellte Falkayn fest. »Aber warum sind Sie dann mit uns nach Katandara geflogen?«

»Ich mußte doch irgend etwas unternehmen, nicht wahr? Sie wollten den Kaiser gegen uns unterstützen. Ich hatte keine Ahnung, was man dagegen unternehmen könnte, wußte aber, daß viele Ershoka lieber ebenfalls in Rangakora gewesen wären. Und ich wußte, daß ich in der Kaserne sicher war.« Stepha lächelte. »Aber Harry Smit war wirklich wütend! Er wollte mich auf der Stelle vor ein Kriegsgericht stellen. Das konnte er aber nicht, weil die anderen sich dagegen auflehnten. Schließlich gab er sich damit zufrieden, mich in die Arrestzelle zu stecken. Wie Sie sehen, haben meine alten Freunde mich bald befreit . . .«

Falkayn richtete sich auf und starrte die junge Frau an. »Welchen Zweck hat eigentlich diese Entführung?« fragte er.

»Sie sollen daran gehindert werden, dem Kaiser zu helfen«, erklärte Padrick ihm. »Vielleicht können wir Sie sogar dazu überreden, uns zu unterstützen. Schließlich sind wir ebenfalls Menschen.«

»Die Ershoka in Katandara aber auch.«

»Wir tun das nicht nur für uns«, versicherte Stepha ihm. »Warum sollen wir ewig nur Söldner des Kaisers sein und nach Gesetzen leben, die nicht auf uns zugeschnitten sind, wenn wir anderswo ein eigenes Reich gründen können?«

»Noch dazu ist das Land dort wesentlich besser«, fügte Padrick hinzu.

»Bobert Thorn hat gehofft, die Ershoka würden dem Kaiser die Treue aufsagen und zu ihm kommen. Allerdings müßten sie sich dann den Weg freikämpfen – aber der Preis wäre die Mühe wert!«

»Vielleicht haben die Ershoka jetzt gar keine andere Wahl mehr«, gab Falkayn zu. »Aber warum das alles? Habe ich Ihnen nicht gesagt, daß Sie alle zur Erde zurückkehren können?«

Stepha riß erschrocken die Augen auf und schlug sich die Hand vor den Mund. »Oh! Das hatte ich ganz vergessen!«

»Schon zu spät«, meinte Padrick lachend. »Außerdem hätte es einige Zeit gedauert, bis die Flieger kommen, nicht wahr, David? Was wäre inzwischen aus Rangakora geworden? Und ... ich weiß gar nicht recht, ob ich zurück möchte. Die Erde ist bestimmt in gewisser Beziehung schlimmer als Katandara.«

»Ausgezeichnet«, sagte Falkayn. »Vielleicht haben Sie sogar erreicht, was Sie erreichen wollten. Aber ich verspreche Ihnen schon jetzt, daß ich nicht die Absicht habe, Ihnen die schmutzige Arbeit abzunehmen.«

»Warum wollen Sie uns nicht helfen?« fragte Stepha und nahm seine Hand.

»Ich ...«

»Macht nichts«, unterbrach Padrick ihn. »Solange Ihr Schiff nicht in den Kampf eingreift, haben wir nichts zu befürchten. Und das tut es bestimmt nicht, weil wir Sie als Geisel behalten.«

»Vielleicht befreien mich aber meine Freunde und zertrümmern dabei Ihre kümmerlichen Mauern.«

»Wenn sie das versuchen«, antwortete Padrick, »finden sie nur noch Ihre Leiche. Das teilen wir ihnen mit, sobald sie kommen.«

»Wäre das nicht schade, David?«, fragte Stepha. »Dabei hat unsere Freundschaft eben erst begonnen.«

Falkayn nickte resigniert. Er hatte allerdings nicht die Absicht, sich ewig mit diesem Zustand abzufinden. Aber vorläufig war er mit sich und der Welt zufrieden, denn was konnte er schon mehr verlangen als Essen, Trinken und die Gesellschaft einer hübschen jungen Frau? Nach dem Abendessen unterhielt er sich noch lange mit den beiden Ershoka, stellte fest, daß Padrick eigentlich ein feiner Kerl und Stepha eine Supernova war. Nur schade, daß die beiden schließlich darauf bestanden, sie müßten jetzt alle schlafen, um ausgeruht zu sein, wenn die nächste Etappe begann.

Falkayn schätzte, daß sie insgesamt etwa fünf Erdtage unterwegs gewesen waren, als Rangakora vor ihnen auftauchte. Die Stadt erhob sich auf einem Hügelrücken, der an dieser Stelle zu einem Hochplateau abgeflacht war. Eine Art Straße schlängelte sich weiter ins Gebirge hinein, eine andere führte steil nach oben zu einem breiten Tor, das verschlossen war. An der Stadtmauer vorbei strömte ein Bergbach, der einen prächtigen Wasserfall bildete. Falkayn hielt unwillkürlich den Atem an.

Die Ershoka trieben ihre Zandaras näher zusammen. Schilde wurden gehoben, Säbel gezogen, Armbrüste wurden gespannt, Lanzen eingelegt. Falkayn merkte plötzlich, daß er nicht mehr viel Zeit haben würde, die Landschaft zu bewundern.

Das Hochplateau war von unzähligen Füßen aufgewühlt. Vor den Mauern der Stadt rauchten Lagerfeuer, standen Zelte, flatterten Banner im Wind. Aus dieser Entfernung wirkten die kaiserlichen Soldaten winzig, während sie vergeblich die Stadt belagerten, die ihnen trotzte.

»Wir greifen plötzlich an«, erklärte Padrick ihm. »Sobald Thorns Leute sehen, daß wir kommen, machen sie einen Ausfall, um uns zu unterstützen.«

Stepha ritt heran und hielt neben Falkayn an. »Ich möchte verhindern, daß Sie auf dumme Gedanken kommen«, meinte sie lächelnd. »Sonst bilden Sie sich noch ein, Sie könnten fliehen und sich den anderen ergeben.«

»Niemals!« beteuerte Falkayn, der bereits daran gedacht hatte.

Stepha knüpfte ein Seil an das Zaumzeug seines Zandaras und befestigte es an ihrem Sattel. Ein anderes Mädchen band seinen rechten Fuß am Steigbügel fest.

»Schlachtordnung!« rief Padrick. Er zog sein Schwert. »Angriff!«

Die Zandaras rasten davon.

8

Chee fand sich in dem Gefängnis auf dem Marktplatz von Haijakata wieder, das aus einem einzigen Raum im Inneren eines Blockhauses bestand. Ein Strohsack und einige Tonschüsseln stellten die gesamte Einrichtung dar. Chee hatte sofort eine Schüssel zertrümmert und versucht, sich mit den Scherben einen Weg in die Freiheit zu bahnen. Das weiche Material zerbröckelte jedoch, was bewies, daß ihre Wärter vielleicht verrückt, aber jedenfalls nicht dumm waren.

Als die Tür der Zelle sich knarrend öffnete, schrak Chee aus ihren angenehmen Träumen auf. In dem dunkelroten Zwielicht glitzerten Gujgengis Brillengläser. »Ich habe gerade an Sie gedacht«, sagte Chee.

»Tatsächlich?« Der kaiserliche Gesandte schien sich geschmeichelt zu fühlen. »Und weshalb, wenn ich fragen darf?«

»Oh, ich habe mir überlegt, ob siedendes Öl oder geschmolzenes Blei für Sie besser wäre.«

»Ich ... uk-k-k ... darf ich eintreten?« Der Vorhang wurde weiter aufgezogen. Hinter Gujgengi sah Chee einige Bewaffnete an beiden Seiten des Gitters stehen. »Ich wollte mich nur davon überzeugen, daß Sie alles haben, was Sie brauchen.«

»Nun, das Dach hält den Regen ab.«

»Aber ich habe Ihnen doch erklärt, daß es westlich von Sundhadarta keine Regenfälle gibt.«

»Ganz recht.« Chee warf einen nachdenklichen Blick auf Gujgengis Schwert ... Nein, er brauchte doch nur um Hilfe zu rufen. »Warum bekomme ich keine Zigaretten? Sie wissen doch – die Feuerröhren, die ich in den Mund stecke.«

»Sie befinden sich im Inneren des fliegenden Hauses, Edelste, das sich nicht für uns öffnet, obwohl es unbewacht zu sein scheint. Ich bin schon dort gewesen und habe mich erkundigt.«

»Bringen Sie mich dorthin, damit ich den Befehl geben kann.«

Gujgengi schüttelte den Kopf. »Das ist leider ausgeschlossen, Edelste, bis das gegenwärtige bedauerliche ... ak-krr ... Mißverständnis aufgeklärt ist. Ich habe einen Boten fortgeschickt, der bald zurückkehren müßte.« Er betrat die Zelle, die von draußen verriegelt wurde.

»Und in der Zwischenzeit erreicht Adzel das Schiff, wo Ihre Mörder bereits auf ihn warten«, sagte Chee anklagend. »Ziehen Sie gefälligst den Vorhang zu! Ich habe keine Lust, mich von den Bauernlümmeln anstarren zu lassen.«

Gujgengi gehorchte. »Jetzt sehe ich aber kaum noch etwas«, klagte er dann.

»Bin etwa ich daran schuld? Setzen Sie sich. Ja, das ist der Strohsack. Wollen Sie einen Schnaps? Ich habe einen Krug voll bekommen.«

»Ek-k-k, nun, eigentlich . . .«

»Los, trinken Sie einen Schluck«, drängte Chee. »Solange wir gemeinsam trinken, sind wir wenigstens keine Todfeinde.« Sie goß eine Tonschale voll.

Gujgengi leerte sie mit einem Zug und ließ sich nachschenken. »Nur schade, daß Sie selbst nichts trinken«, meinte er dann. »Oder wollen Sie mich etwa betrunken machen?« *Gut, dann eben nicht,* dachte Chee seufzend. Sie griff nach ihrer Schale und schüttete das Zeug in einem Zug hinunter. Zum Glück sah Gujgengi nicht, welches Gesicht sie dabei machte. Puh!

»Sie verkennen uns völlig«, warf sie ihm vor. »Wir sind mit durchaus freundlichen Absichten hierhergekommen. Sie müssen sich aber auf eine Strafexpedition gefaßt machen, wenn mein Kamerad bei dem Versuch, das Schiff zu erreichen, ums Leben kommen sollte.«

»Krr-ek, das geschieht nur, wenn er Gewalt anwendet. Obwohl Kommandant Lalnakh heftig widersprochen hat, sind auf meinen Wunsch hin Vorposten aufgestellt worden, die ihn davor warnen, weiter vorzudringen. Ich kann nur hoffen, daß er genügend Vernunft zeigt.«

»Aber was wollen Sie mit ihm anfangen? Er muß auch essen.« Gujgengi zuckte zusammen. »Hier, trinken Sie noch einen Schluck«, forderte Chee ihn auf.

»Wir . . . ak-krr . . . können uns vielleicht auch in dieser Beziehung einigen. Alles hängt davon ab, welche Befehle ich aus der Hauptstadt erhalte.«

»Aber wenn Adzel hierher unterwegs ist, kommt er früher als Ihr Kurier an. Kommen Sie, trinken Sie aus, damit ich nachschenken kann.«

»Nein, nein, ich habe schon genug.«

»Ich trinke aber nicht gern allein«, meinte Chee.

»Sie haben noch nicht viel zu sich genommen.«

»Ich bin kleiner als Sie«, warf Chee ein und trank ihre Schale leer. »Allerdings können Sie sich wahrscheinlich gar nicht vorstellen, wieviel ich vertrage.«

Gujgengi beugte sich nach vorn. »Gut, als Beweis meiner freundschaftlichen Gefühle leiste ich Ihnen Gesellschaft.« Chee konnte förmlich seine Gedanken lesen: *Wenn sie betrunken ist, plaudert sie vielleicht etwas aus.* Sie ermutigte ihn durch ein leises Rülpsen. Er trank gleichmäßig, aber wenig, während Chee den Schnaps immer schneller in sich hineingoß. Trotzdem mußte sie ihm vorspielen, betrunken zu sein, während er selbst einen leichten Schwips hatte, der bestimmt nicht gespielt war. Dabei blieb er allerdings so weit nüchtern, daß er sie recht geschickt ausfragte und sofort das Thema wechselte, als er auf Widerstand stieß. »Sprechen wir lieber über etwas anderes«, sagte er einmal. »Zum Beispiel über Ihre Fähigkeiten.«

»Ich bin fähiger als Sie«, versicherte Chee ihm.

»Ja, ja, natürlich.«

»Viel fähiger!«

»Nun, Sie haben bisher gewisse . . .«

»Außerdem hübscher.«

»Uk-k-k, über den Geschmack kann man nicht streiten, wissen Sie. Aber ich muß zugeben, daß Ihr Aussehen . . .«

»Ich bin also nicht schön?« Chee sträubte den Pelz.

»Ganz im Gegenteil, Edelste. Glauben Sie mir . . .«

»Ich singe auch wunderbar. Hören Sie zu.« Chee stand schwankend auf, schlug mit der Tonschale den Takt gegen die Wand und jaulte dazu erbärmlich. Gujgengi hielt sich die Ohren zu.

»Wunderbar! Ausgezeichnet! Ich muß jetzt wirklich gehen, fürchte ich.« Gujgengi erhob sich.

»Bleiben Sie noch, alter Freund«, bat Chee. »Lassen Sie mich nicht allein.«

»Ich komme bald wieder. Ich . . .«

»Bitte!« Chee stolperte und hielt sich an ihm fest. Guigengi schwankte ebenfalls und verlor dabei seine Brille.

Chee warf sich darauf. Ihre Schale fiel zu Boden. Irgend etwas zersplitterte.

»Hilfe!« rief Gujgengi. »Meine Brille!«

»Tut mir leid, tut mir wirklich leid.« Chee suchte nach Bruchstücken.

Die Wächter stürzten herein. Chee zog sich vor ihnen bis an die Wand zurück. Gujgengi blinzelte unsicher. »Was ist geschehen, Edelster?« fragte der Soldat, der mit gezücktem Schwert vor ihm stand.

»Ein kleiner Unfall«, sagte Chee. »Tut mir ausgesprochen leid. Kommen Sie, ich helfe Ihnen.«

»Stehenbleiben!« befahl der Soldat. Der zweite Posten sammelte die zerbrochenen Gläser auf.

»Das war ohne Zweifel unbeabsichtigt«, meinte Gujgengi und machte ein Zeichen gegen die Dämonen. »Am besten schlafen Sie jetzt.«

»Ich kann Ihnen aber helfen. Wir haben Ärzte, die Ihre Augen behandeln, so daß Sie nie wieder eine Brille tragen müssen.« Chee wunderte sich darüber, daß sie den Vorschlag völlig ernst meinte. Aber der kaiserliche Gesandte war eigentlich doch ganz annehmbar, und jetzt würde er bestimmt Mühe haben, eine passende Brille aufzutreiben.

»Ich habe noch eine zweite Brille«, antwortete Gujgengi. »Führt mich zu meinem Quartier.« Er verbeugte sich vor Chee und verließ die Zelle.

Chee rollte sich auf ihrer Matratze zusammen. »Das Licht ist zu hell«, beschwerte sie sich. »Zieht den Vorhang zu, damit ich schlafen kann.«

Die Soldaten schlossen den Vorhang, gingen hinaus und schoben den Riegel vor. Chee wartete vorsichtshalber noch einige Minuten, bevor sie aufstand, aber selbst dann schnarchte sie überzeugend weiter. Sie griff unter den Strohsack und holte einige Glassplitter hervor, die sie beiseite geschafft hatte, während Gujgengi hilflos in der Dunkelheit umhertappte. Dann machte sie sich an die Arbeit und sägte geduldig an den Tauen, die das Gittergeflecht an der Rückwand der Hütte zusammenhielten. Sie wußte, daß diese Arbeit einige Stunden in Anspruch nehmen würde, ließ sich aber auch durch diese Überlegung nicht davon abhalten.

Mehrere Stunden später hatte sie es endlich geschafft. Sie zwängte sich vorsichtig durch die entstandene Öffnung, stellte fest, daß die Wachtposten nicht in ihre Richtung sahen, und raste über den Platz vor dem Gefängnis. Bevor die Soldaten sich von ihrer Überraschung erholt hatten, war sie zwischen den Häusern verschwunden, erreichte wenig später den Kiosk, von dem aus der Tunnel nach unten zu dem Stadtbrunnen führte, und hetzte die Treppen hinab.

Der lange Gang wurde in regelmäßigen Abständen von Öllampen beleuchtet. Chee blieb bei den ersten beiden stehen, blies sie aus und eilte dann weiter. Ihre Verfolger würden es nicht wagen, blindlings in die Dunkelheit zu rennen, und mußten deshalb warten, bis Fackeln herbeigeschafft worden waren. Zum Glück war der untere Ausgang nicht bewacht – das wußte sie von Gujgengi, der ihr erzählt hatte, daß dort nur in Zeiten drohender Gefahr Posten standen.

Chee stürzte ins Freie, blieb stehen und sah zu den Stadtmauern auf, wo einzelne Verfolger drohend ihre Waffen schwangen, ohne sie erreichen zu können. Sie sah auch die *Muddlin' Through*, deren Spitze silbern in den düsteren Himmel ragte. Sollte sie lieber versuchen, das Schiff zu besetzen? Sobald sie wieder an Bord gelangt war, konnten ihr die Eingeborenen nichts mehr anhaben. Nein. Sie würde das Schiff nicht einmal erreichen, weil es bestimmt gut bewacht wurde.

Nun, dann mußte sie eben warten, bis sie Adzel gefunden hatte. Chee seufzte vor sich hin und machte sich auf den Weg, wobei sie in den Feldern neben der Straße nach Katandara blieb, wo sie nicht gesehen werden konnte.

Nach einiger Zeit war ihre Kehle wie ausgedörrt, so daß sie quer über die Felder auf ein Gehöft zuging, wo sich eine Quelle befinden mußte. Sie schlich vorsichtig näher und blieb unter den Büschen in Deckung, bis sie schließlich den Hof sah.

Dort stand auch Adzel. Er hielt eine Art Schwein im Arm, das er offenbar eben erst geschlachtet hatte, Und sagte laut: »Guter Freund, ich muß wirklich darauf bestehen, daß Sie mir wenigstens Ihren werten Namen nennen.«

»Damit Sie mich besser verhexen können?« fragte eine männliche Stimme aus dem Inneren des Hauses, dessen Fenster und Türen verbarrikadiert waren.

»Nein, das verspreche ich Ihnen! Ich möchte Ihnen aber eine Quittung ausstellen. Zumindest muß ich erfahren, wem ich die Bezahlung schulde, damit ich mich später erkenntlich zeigen kann. Ich brauche das Fleisch, möchte es aber nicht stehlen.«

Aus einer Schießscharte kam ein Pfeil und prallte von Adzels Schuppen ab. Er seufzte enttäuscht. »Nun, wenn Sie wirklich nicht wollen . . .«

Chee tauchte neben ihm auf. »Wo gibt es hier Wasser?« fragte sie mit heiserer Stimme.

Adzel zuckte zusammen. »Du! Meine Liebe, das hätte ich nie erwartet! Was ist dir . . .«

»Du brauchst mich nicht mehr mit ›meine Liebe‹ anzusprechen, du Trottel. Siehst du nicht, daß ich vor Durst schon ganz ausgetrocknet bin?«

Adzel machte ein beleidigtes Gesicht, was ihm aber nicht gut gelang. »Vielleicht bist du in Zukunft etwas höflicher – das macht dich weniger widerlich. Ich bin Tag und Nacht unterwegs, um . . .«

»Was, du hast schon den ganzen Planeten umrundet?« warf Chee spöttisch ein. Adzel gab resigniert nach und zeigte ihr die Quelle. Das Wasser war schlammig, aber Chee trank trotzdem gierig. Dann ging sie wieder zu Adzel zurück. »Was hast du also erlebt?« fragte sie ihn.

Adzel berichtete ausführlich, während er das Tier verschlang. Als er seinen Bericht beendet hatte, sah er zu Chee hinüber, schüttelte traurig den Kopf und fragte: »Was tun wir jetzt?«

»Wir lassen natürlich das Schiff hierherkommen.«

»Wie?«

Chee merkte erst jetzt, daß sein Funkgerät ebenfalls zertrümmert war. Die beiden starrten einander schweigend an.

Gujgengi rückte sich die Ersatzbrille auf dem Schnabel zurecht. Sie drückte etwas und saß nicht so gut wie die alte. Außerdem sah er alles nur undeutlich und verschwommen. *Vielleicht ist das sogar besser,* überlegte er sich. *Das Ding ist so riesig. Und so voller Zaubertricks. Ja, unter diesen Umständen bin ich ganz damit zufrieden, nicht zu deutlich sehen zu können.*

Er holte tief Luft, nahm seinen ganzen Mut zusammen und trat einen Schritt näher. Die Soldaten hinter ihm beobachteten ihn ängstlich. Das spornte ihn an. *Muß ihnen zeigen, daß wir Deodaka keine Furcht kennen und so weiter.* Allerdings wäre er nie gekommen, wenn Lalnakh nicht gewesen wäre. Der Kommandeur hatte sich wirklich wie ein Wilder aufgeführt. Gujgengi wußte natürlich, daß die Tiruts nicht mit den Deodaka zu vergleichen waren, hatte sie aber immerhin für einen zivilisierten Klan gehalten. Lalnakh war jedoch über die Flucht der Gefangenen so zornig gewesen, daß... nun, auch Gujgengi wußte, daß der Kaiser nicht eben begeistert sein würde. Um die Familienehre zu retten, hatte er die Vorwürfe des Tiruts entrüstet zurückgewiesen und hatte angeboten, das fliegende Haus zu besuchen. Würde der Kommandeur ihn dabei begleiten? Nein? Ausgezeichnet. Selbstverständlich sprach man nicht gleich davon, damit er es sich nicht anders überlegte, aber später konnte man vielleicht darauf hinweisen, daß der Edelste Lalnakh nicht den *Mut* gehabt zu haben schien. Die moralische Überlegenheit mußte gewahrt werden, selbst wenn man dabei das eigene Leben riskierte.

Gujgengi schluckte trocken. »Edelster!« rief er.

»Sprechen Sie mit mir?« fragte die blecherne Stimme über ihm.

»Ak-krr, ja.« Gujgengi hatte sich schon früher demonstrieren lassen, daß dieses fliegende Haus (nein, das richtige Wort dafür hieß *Schi'* mit zwei unaussprechbaren Konsonanten am Ende, nicht wahr?) sprechen und denken konnte. Natürlich war auch denkbar, daß die Fremden ihn betrogen hatten, weil in Wirklichkeit noch jemand dort drinnen war. Falls diese Vermutung zutraf, mußte es sich um ein seltsames Wesen handeln, das kaum einen eigenen Willen zu besitzen schien. »Nun?« fragte Gujgengi, als das Schweigen zu lange gedauert hatte.

»Ich warte darauf, daß Sie weitersprechen«, antwortete das Schi'.

»Ich möchte mich nach Ihren Absichten erkundigen, Edelster.«

»Mir ist noch nicht mitgeteilt worden, was ich beabsichtigen soll.«

»Bis dahin tun Sie nichts?«

»Ich beobachte weiter und halte die Ergebnisse dieser Beobachtungen fest, falls ich später danach gefragt werde.«

Gujgengi atmete erleichtert auf. Genau das hatte er im stillen gehofft. Er nahm allen Mut zusammen und fragte: »Nehmen wir einmal an, Sie beobachten, daß eines der Besatzungsmitglieder in Schwierigkeiten gerät. Was tun Sie dann?«

»Was mir befohlen wird – soweit ich dazu imstande bin.«

»Sonst nichts? Ich meine, krr-ek, würden Sie nicht selbständig handeln?«

»Nur wenn ich mündliche oder verschlüsselte Anweisungen erhalte. Andernfalls wäre die Gefahr eines Irrtums zu groß.«

Gujgengi war jetzt noch erleichterter als zuvor. Deshalb empfand er plötzlich das Bedürfnis, seine intellektuelle Neugier zu befriedigen. Außerdem ließ sich das neue Wissen unter Umständen später verwerten. Schließlich würde das Schi' noch immer hier stehen, selbst wenn der Ershokh und seine beiden unheimlichen Begleiter den Tod finden sollten. Gujgengi wandte sich an den nächsten Offizier. »Ziehen Sie sich mit Ihren Leuten weiter zurück«, befahl er ihm. »Ich habe hier Geheimnisse zu besprechen.«

Der Tirut warf ihm einen mißtrauischen Blick zu, gehorchte aber schweigend. Gujgengi wandte sich wieder an das Schi'. »Sie sind nicht völlig passiv«, stellte er fest. »Sie beantworten meine Fragen bis zu einem gewissen Grad.«

»So bin ich konstruiert. Ich besitze ein logisches Urteilsvermögen.«

»Ak-krr, langweilen Sie sich hier nicht ziemlich?«

»Das entspräche nicht meiner Konstruktion. Ich beobachte, werte aus und halte die Ergebnisse fest. Wenn es nichts zu beobachten gibt, befasse ich mich mit Poker.«

»Womit?«

»Poker ist ein Spiel, das in meinem Schiff gespielt wird.«

»Aha. Ich freue mich, daß Sie mir so ... uk-k-k ... offen antworten.«

»Ich bin angewiesen worden, Ihrem Volk gegenüber freundlich zu sein. ›Angewiesen‹ ist der einzige Ausdruck meines Wortschatzes, der in diesem Fall zutrifft. Ich bin nicht angewiesen worden, Fragen nicht zu beantworten. Folglich entnehme ich daraus, daß ich sie beantworten soll.«

Gujgengi trat aufgeregt näher. »Soll das heißen – verstehe ich Sie richtig, Edelster –, daß Sie alle meine Fragen beantworten?«

»Nein. Da ich angewiesen bin, die Interessen meiner Besatzung zu wahren, schließe ich aus der Anwesenheit Ihrer Soldaten, daß es zu einem Konflikt gekommen ist. Deshalb gebe ich keine Antworten, die Ihrer Seite Vorteile verschaffen könnten.«

Gujgengi zuckte enttäuscht mit den Schultern, als er hörte, daß das Schi' ihm nicht verraten würde, wie Strahler konstruiert waren. »Geben Sie wenigstens Auskunft über harmlose Probleme?« erkundigte er sich.

»Das ist eine schwierige Frage«, antwortete das Schi' nach einer längeren Pause. »Ich sehe allerdings keinen Grund, Ihren Wunsch nicht zu erfüllen. Nachdem es aber Zweck unserer Expedition ist, Gewinne zu erzielen, müssen Sie für die Auskunft bezahlen.«

»Aber . . . aber wie denn?«

»Sie können Pelze, Edelsteine und andere Wertgegenstände bringen und sie in den leeren Raum legen, den Sie vor sich sehen. Was soll ich für Sie berechnen?«

Gujgengi überlegte fieberhaft . . . Halt. Er erinnerte sich an eine Bemerkung, die Chee Lan vor ihrer Verhaftung in Lalnakhs Haus gemacht hatte. »Wir spielen gelegentlich eine Partie *Akritel*«, sagte er langsam. »Können Sie mir sagen, wie man dabei gewinnt?«

»Erklären Sie mir die Spielregeln.«

Gujgengi erläuterte sie bereitwillig. »Ja, das ist ganz einfach«, antwortete das Schi'. »Auf ehrliche Weise kann man nicht jedesmal gewinnen, aber ein Spieler, der die Wahrscheinlichkeit kennt, mit der einzelne Figurationen auftreten, ist den anderen überlegen, die auf Vermutungen angewiesen sind. Bringen Sie Schreibmaterial, dann diktiere ich Ihnen eine Tabelle der Wahrscheinlichkeiten.«

Gujgengi mußte sich beherrschen, um nicht übereifrig zu erscheinen. »Was habe ich dafür zu bezahlen, Edelster?«

Das Schi' überlegte kurz und nannte dann eine Warenmenge, die es als angemessen bezeichnete. Gujgengi protestierte und sagte, dadurch werde er an den Bettelstab gebracht. Das Schi' wies ihn darauf hin, daß er die Information nicht zu kaufen brauche. Es habe nicht die Absicht, mit ihm zu feilschen. Schließlich gebe es ohne Zweifel genügend andere, die diesen Preis nicht als übertrieben hoch ansehen würden.

Gujgengi gab widerstrebend nach. Er würde sich Geld leihen müssen, um das alles kaufen zu können; zum Glück waren die Händler weniger unverschämt, seitdem die Stadt von der Außenwelt abgeschnitten war. Sobald er wieder in der Hauptstadt war, wo um hohe Einsätze gespielt wurde . . .

»Haben Sie etwas erfahren, Edelster?« fragte der Offizier, als Gujgengi sich auf den Rückweg machte.

»Ja«, antwortete er. »Äußerst wichtige Einzelheiten. Ich muß eine hohe Bestechungssumme bezahlen, aber das tue ich im Interesse des Kaisers aus meiner eigenen Tasche. Ak-krr . . . sorgen Sie dafür, daß niemand mit dem Schi' spricht, damit die Geheimnisse nicht verraten werden.«

»Selbstverständlich, Edelster«, versicherte ihm der Offizier.

9

Falkayn hatte in Stephas Begleitung einen Rundgang durch den Palast gemacht und trat jetzt auf die Dachterrasse hinaus. Seine Leibwache – zwei junge Ershoka, die ihn keine Sekunde lang aus den Augen ließen – folgte dicht hinter ihm. »Ah, da sind ja Thorn und der König!« sagte Stepha plötzlich und wies auf zwei Gestalten an der Brüstung.

Thorn legte das Messingteleskop beiseite, durch das er das feindliche Lager betrachtet hatte, und nickte. »Von Wache zu Wache sieht es dort unten schlimmer aus«, meinte er dabei. »Die Kaiserlichen sind völlig demoralisiert.«

»Aber trotzdem noch in der Überzahl«, warf Falkayn ein.

Bobert Thorn lachte. Er war untersetzt, grauhaarig, etwas über fünfzig und hatte durchdringende blaue Augen. »Keine Angst, wir könnten warten, weil unsere Vorräte noch lange reichen«, sagte er. »Vielleicht geben sie die Belagerung auf, wenn die anderen Ershoka hierherkommen. Jedenfalls brauchen wir nur bis zum nächsten Zwielicht zu warten, weil sie dann so hungrig, krank und geblendet sind, daß wir sie verjagen können. Das wissen sie wahrscheinlich selbst.« Er wandte sich an den jungen Ikranankaner, der neben ihm stand. »König Ursala, das ist der Mann von den Sternen, von dem ich Ihnen schon erzählt habe.«

Der Monarch nickte langsam. »Ich begrüße Sie«, sagte er dabei. »Wie bedauerlich, daß ich Ihre Bekanntschaft unter diesen Umständen machen muß.«

»Vielleicht läßt sich das ändern«, meinte Falkayn.

»Wohl kaum, wenn Ihre Kameraden die Drohung wahrmachen, uns unter die Herrschaft des Kaisers in Katandara zu bringen«, stellte der König fest.

Falkayn schämte sich fast. »Wir haben nur aus Unkenntnis der wahren Tatsachen so gehandelt. Aber wäre die Oberhoheit des Kaisers wirklich so unerträglich? Ich hatte nicht den Eindruck, daß seine Untertanen schlecht behandelt werden.«

»Rangakora war schon eine Stadt, als Katandara noch nicht mehr als ein Dorf war«, antwortete der König hoheitsvoll. »Die Deodaka waren vor wenigen Generationen noch Barbaren, die in der Wüste hausten. Ihre Lebensart ist mit unserer unvereinbar, denn bei uns . . .«

Falkayn dachte daran, was Stepha ihm über Rangakora erzählt hatte. Hier gab es nicht nur eine verhältnismäßig weit fortgeschrittene Wissenschaft, sondern auch eine polytheistische Religion, deren Götter keine Dämonen waren, und Zünfte, deren Mitglieder aus verschiedenen Klans stammten. Wäre es nicht denkbar, daß ein Kompromiß zwischen diesen beiden Gesellschaftsordnungen die Stabilität erzeugen würde, die eine Voraussetzung für Handelsbeziehungen mit Ikrananka war?

Falkayn sah verzweifelt zum Himmel auf. Wann kam endlich die *Muddlin' Through*, um ihn zu retten? Chee und Adzel mußten doch vermuten, daß er sich hier aufhielt. Oder war ihnen selbst etwas zugestoßen? Er merkte erst jetzt, daß der König ihn angesprochen hatte, und kehrte in die Gegenwart zurück. »Ich bitte um Verzeihung, Edelster«, murmelte er.

»Wir verwenden keine Anreden dieser Art«, sagte der König. »Nur Feinde müssen besänftigt werden. Ich habe Sie gebeten, mir mehr über Ihre Heimat zu erzählen.«

»Nun . . . äh . . .«

»Ich interessiere mich auch dafür«, warf Thorn ein. »Wenn wir Ershoka tatsächlich Ikrananka verlassen sollen, können wir uns gleich aus Rangakora zurückziehen.« Er schien von dieser Idee nicht sehr begeistert zu sein. Falkayn hielt die Luft an. Wenn die Menschen auf die Erde zurückgebracht wurden, konnte er sich als Held feiern lassen – aber van Rijn würde ihn nie wieder auf eine Expedition dieser Art schicken. Selbstverständlich wurde er nicht etwa entlassen, sondern bekam einen hübschen Posten als Dritter Offizier auf irgendeinem alten Kahn, wurde mit fünfzig Captain und mußte sich zehn Jahre später pensionieren lassen.

»Äh, die Sonne ist heller«, sagte er. »Sie haben selbst gesehen, wie unser Schiff beleuchtet war, Stepha.«

»Verdammt hell«, stimmte sie zu.

»Daran kann man sich gewöhnen. Aber Sie müßten zunächst vorsichtig sein, wenn Sie ins Freie gehen. Die Sonne könnte Ihre Haut verbrennen.«

»Teufel, Teufel!«, sagte einer seiner Leibwächter.

Falkayn merkte, daß er keinen guten Eindruck hinterließ. »Nur zu Anfang«, fügte er deshalb rasch hinzu. »Später haben Sie nichts mehr zu befürchten, weil die Haut hart und braun wird.«

»Was?« fragte Stepha entsetzt und betrachtete ihre schneeweißen Arme.

»Dort muß es ziemlich heiß sein«, meinte Ursala.

»Nicht so schlimm«, antwortete Falkayn. »Aber natürlich fast überall wärmer als hier.«

»Wie halten Sie das aus?« wollte Thorn wissen. »Ich schwitze schon hier.«

»Nun, wenn es wirklich heiß ist, bleiben wir in den Häusern, die nach Wunsch geheizt oder gekühlt werden.«

»Soll das heißen, daß ich *warten* müßte, bis das Wetter sich dazu entschließt, wieder kühler zu werden?« fragte Thorn ungläubig.

»Die Luft in Ihrem Schiff war unerträglich feucht« warf Stepha ein. »Ist sie auf der Erde auch so?«

»Das hängt davon ab, wo man sich aufhält«, erwiderte Falkayn. »Außerdem haben wir das Wetter ziemlich unter Kontrolle.«

»Schlimmer und schlimmer«, beschwerte Thorn sich. »Wenn ich schon schwitzen muß, möchte ich nicht von den Launen anderer abhängig sein.« Er dachte kurz nach. »Aber wenn mir etwas nicht paßt, kann ich die Kerle, die dafür verantwortlich sind, doch zu einem Zweikampf herausfordern?«

»Nein!« antwortete Falkayn. »Das ist auf der Erde streng verboten.«

Thorn starrte ihn entsetzt an. »Aber was soll ich dann überhaupt dort?«

»Äh ... nun, Sie müßten einige Jahre lang eine Schule besuchen. Ich meine natürlich Erdjahre, die etwa fünf hiesigen entsprechen. Dort würden Sie alles mögliche lernen: Mathematik, Naturphilosophie, Geschichte und ... Ich kann gar nicht alles aufzählen. Aber Sie brauchen keine Angst zu haben – Sie bekommen eine Arbeit zugewiesen, nachdem Sie die Schule hinter sich haben.«

»Welche Arbeit?«

»Hmm, wahrscheinlich keine sehr gut bezahlte, fürchte ich. Nicht einmal auf einem Siedlerplaneten. Die Kolonien sind nicht primitiv, das müssen Sie berücksichtigen, und man braucht eine gute Ausbildung, um die Maschinen zu bedienen, die dort eingesetzt werden. Ich nehme an, daß Sie als ... Koch oder Hilfsmaschinist arbeiten könnten. Oder in einer ähnlichen Stellung.«

»Obwohl ich hier über eine Stadt geherrscht habe?« Thorn schüttelte ungläubig den Kopf und murmelte etwas vor sich hin.

»Aber irgendwo muß es doch Kriege geben«, protestierte Stepha.

»Ja, leider«, antwortete Falkayn.

»Warum ›leider‹? Sie sind manchmal wirklich komisch, David.« Stepha wandte sich an Thorn. »Sie brauchen kein trauriges Gesicht zu machen, Captain. Wir können Soldaten bleiben. Und wenn Urgroßvater nicht gelogen hat, gibt es mehr als genug zu plündern.«

»Soldaten dürfen nicht plündern«, wandte Falkayn ein. Die Ershoka starrten ihn erschrocken an. »Außerdem können Sie sich in Ihrem Alter wahrscheinlich nicht mehr die Kenntnisse aneignen, die unsere Soldaten besitzen müssen.«

»Tod ... und ... Teufel«, flüsterte Thorn.

»Darüber muß der Klan abstimmen«, sagte einer der Leibwächter besorgt.

Thorn richtete sich auf und schien wieder Herr der Lage zu sein. »Das ist im Augenblick nicht leicht durchführbar«, erklärte er dem jungen Mann. »Vorläufig machen wir wie bisher weiter. Sobald die Belagerung aufgehoben ist, nehmen wir Verbindung mit den anderen auf und beraten, was zu tun ist. Ursala, wir wollten noch darüber sprechen, wie wir mit Smit und seinen Leuten in Verbindung treten können.«

»Richtig«, stimmte der König zu. »Ich hoffe, daß wir uns später länger unterhalten können«, sagte er zu Falkayn. Thorn verabschiedete sich mit einem kurzen Kopfnicken; er schien völlig in Gedanken versunken zu sein.

Stepha verschwand ebenfalls und ließ Falkayn mit dem Bewußtsein zurück, keinen guten Eindruck hinterlassen zu haben. Aber andererseits konnte er diese Leute schließlich nicht belügen, denn sonst wäre die Enttäuschung später noch größer gewesen. Vielleicht war es sogar möglich, daß die Ershoka doch ...

Er sah überrascht auf, als die Posten auf der Mauer plötzlich zu schreien begannen. Sie fuchtelten aufgeregt mit den Waffen und zeigten dabei nach Norden.

Adzel!

Der Wodenit galoppierte mit höchster Geschwindigkeit über das Hochplateau und brüllte lauter als der Wasserfall neben der Stadt. Aus dem feindlichen Lager stieg ein Schrei auf. Von den Türmen der belagerten Stadt wurden Hornsignale gegeben. Ershoka und Ikranankaner versammelten sich bewaffnet auf den Mauern.

»Ein lebender Dämon!« krächzte jemand hinter Falkayn. Er drehte sich um und sah, daß seine beiden Leibwächter die Erscheinung wie betäubt anstarrten. Vielleicht konnte er in der Aufregung fliehen! Er schlich auf die Tür zu.

Stepha kam zurück und vertrat ihm den Weg. »Aufpassen!« rief sie laut. Die Soldaten kamen wieder zu sich, zogen die Schwerter und trieben Falkayn zurück.

Jetzt konnte er nur noch untätig zusehen und sich gleichzeitig fragen, was aus dem Raumschiff geworden war. Eine Kavallerieschwadron saß auf und griff an, Adzel war nicht zu bremsen, sondern raste weiter. Lanzen zersplitterten, Reiter wurden aus dem Sattel geschleudert, Zandaras flohen entsetzt. Die Bolzen der großen Katapulte hätten ihn aufhalten können. Aber die Soldaten der Feldartillerie hatten noch nichts von den Besuchern gehört und wußten nicht, was sie tun sollten, wenn sie von einem leibhaftigen Dämon angegriffen wurden. Sie verließen deshalb ihre Stellungen.

Innerhalb weniger Minuten gelang es Adzel, die kaiserliche Armee in die Flucht zu schlagen, so daß sie jetzt in wilder Flucht in Richtung Heimat davonflutete. Adzel verfolgte sie noch eine Weile, um sich davon zu überzeugen, daß die Soldaten nicht etwa auf die Idee kamen, heimlich wieder umzukehren. Als auch der letzte Infanterist außer Sicht war, trabte der Wodenit durch das verlassene Lager, das nur noch aus niedergetrampelten Zelten, leeren Stellungen und unbesetzten Katapulten bestand. Adzel war sehr mit sich zufrieden, während er sich dem Stadttor näherte. Falkayn konnte nicht hören, was er dort rief, aber nach überraschend kurzer Zeit kam ein Bote, um ihn zu holen. Der Marsch durch die leeren Straßen – die Bevölkerung von Rangakora hatte sich offenbar vollzählig auf den Wällen versammelt – schien eine Ewigkeit zu dauern.

Falkayn hatte sich inzwischen von seiner Überraschung erholt. Als er neben Thorn, Ursala, Stepha und einem Dutzend Soldaten auf den Zinnen über dem Tor stand, konnte er wenigstens wieder klar denken. Aus dieser Nähe sah er auch Chee auf Adzels Rücken sitzen. Zumindest waren die beiden noch am Leben . . .

»David!« rief Adzel. »Ich bin so froh, daß du hier bist! Warum lassen sie mich nicht hinein?«

»Ich bin ihr Gefangener«, antwortete Falkayn auf Latein.

»He, lassen Sie das!« sagte Thorn scharf. »Sprechen Sie Anglic oder Katandaran, damit ich Sie verstehe, oder halten Sie den Mund.«

Falkayn warf einen Blick auf die Lanzen der Soldaten und gehorchte. Er wußte schon jetzt, daß seine Lage keineswegs erfreulicher werden konnte, wenn jeder erfuhr, daß sein Schiff sozusagen gestrandet war. Das bedeutete schließlich, daß er den Ershoka auf Gedeih und Verderb ausgeliefert war.

»Eigentlich haben wir das gleiche Ziel«, meinte Thorn nachdenklich. »Wir brauchen nur nach Haijakarta zu marschieren, Ihr fliegendes Ding zu erobern und von dort aus weiter nach Katandara zu ziehen.«

Ursala starrte ihn vorwurfsvoll an. »Das heißt also, daß meine Stadt auf jeden Fall von dort aus regiert werden soll«, stellte er eisig fest.

»Wir müssen unseren Brüdern helfen«, antwortete Thorn ungerührt.

»Auf dem Weg hierher habe ich einen Kurier abgefangen«, berichtete Adzel. »Ich fürchte, daß ich ihn unbeabsichtigt erschreckt habe – aber wir wollten die Schriftstücke lesen, die er bei sich trug. Die Ershoka, die nicht in der Kaserne, sondern irgendwo in der Stadt verstreut lebten, haben sich versammelt und sind zum Angriff übergegangen. Sie haben gemeinsam mit den Belagerten die Kaiserlichen zurückgeschlagen und befinden sich jetzt nicht mehr in Katandara, sondern in einem Dorf, das sie befestigt haben. Dorthin kommen auch die anderen Familien, um sicherer zu sein. Der Kaiser wagt nicht, sie mit den zur Verfügung stehenden Truppen anzugreifen, und hat deshalb Kuriere in andere Garnisonen geschickt, die Verstärkungen holen sollen.«

Thorn runzelte nachdenklich die Stirn. »Soweit ich meine Leute kenne«, meinte er dann, »marschieren sie hierher, bevor es dazu kommt. Wir brauchen uns nicht von der Stelle zu rühren und bekommen trotzdem alles, was wir wollten!«

»Außerdem würde ich Falkayn an Ihrer Stelle nicht trauen«, warnte Stepha ihn. »Sobald er seine Flugmaschine wieder hat, kann er tun und lassen, was ihm gefällt.« Sie warf ihm einen feindseligen Blick zu. »Ich nehme an, daß er versuchen würde, sich an uns zu rächen.«

»Ich möchte nur so schnell wie möglich von hier fort«, versicherte Falkayn ihr.

»Und später? Ihr Händler habt doch nur Interesse für Katandara! Vielleicht kommen später noch andere von der gleichen Sorte. Nein, wir behalten Sie lieber gleich hier!« Sie lehnte sich über die Zinnen, legte die Hände an den Mund und rief: »Verschwinden Sie, sonst werfen wir Ihnen den Kopf Ihres Freundes hinunter!«

Chee stand auf Adzels Rücken. Ihre dünne Stimme drang kaum durch das Brausen des Wasserfalls. »Wenn ihr das tut, machen wir eure lächerliche Stadt dem Erdboden gleich!«

»Langsam, langsam«, bat der König. »Seien wir doch vernünftig.«

Thorn betrachtete seine Männer und die Ikranankaner aufmerksam und stellte fest, daß sie im Augenblick nicht in der richtigen Stimmung für einen Kampf gegen das Ungeheuer waren. »Wir dürfen keinen Ausfall wagen«, flüsterte er Stepha zu. »Unsere Leute sind unsicher geworden, und die Zandaras würden vermutlich scheuen. Aber wir können das Monstrum von den Wällen fernhalten. Wenn dann später der ganze Klan anmarschiert ... ja, dann sind wir ihm überlegen. Wir müssen abwarten.«

»Und mich vorläufig als Geisel am Leben lassen«, fügte Falkayn rasch hinzu.

»Selbstverständlich«, antwortete Stepha. »Sie brauchen keine Angst um Ihr kostbares Leben zu haben, solange Ihr Freund keine Schwierigkeiten macht.«

Thorn erteilte einen kurzen Befehl. Die Soldaten machten die Katapulte schußbereit. Adzel sah, was sie vorhatten, und zog sich außer Schußweite zurück. »Nur Mut, David!« rief er noch. »Wir verlassen dich nicht!«

Das war gut gemeint, aber im Augenblick wenig wert, überlegte Falkayn sich. Thorn würde Rangakora weiterhin besetzt halten, um seinem Klan einen Zufluchtsort bieten zu können. Die Ershoka waren so mißtrauisch geworden, daß sie Falkayn vermutlich nie wieder zu seinem Schiff zurückkehren lassen würden. Statt dessen würden sie ihn als Geisel behalten, bis ein anderes Raumschiff kam. Falkayn konnte nur hoffen, daß die Rettungsexpedition mit ihnen einen Handel abschließen konnte: Falkayns Rückkehr gegen das Versprechen, daß die Liga nie wieder Schiffe nach Ikrananka schicken würde. Falkayn wußte, daß dieser Vertrag eingehalten werden mußte; die Liga unterhielt grundsätzlich keine Handelsbeziehungen mit Planeten, die keinen Wert darauf legten. Und wenn van Rijn zu hören bekam, daß er sich diesen Markt nicht mit anderen teilen, sondern ihn sogar völlig aufgeben mußte, würde er Falkayn den Kragen umdrehen.

Er saß wirklich bis zum Hals in der Tinte! Es sei denn, es gelang ihm . . .

Die Leibwächter führten ihn zu der Suite im rückwärtigen Teil des Palastes, die sein Gefängnis darstellte. Adzel trieb die wenigen Zugtiere, die nicht geflohen waren, als Nahrungsmittelvorrat zusammen und begann seine Belagerung der Stadt.

10

Chee stellte fest, daß es nicht weiter schwierig war, den Palast ungesehen zu erreichen. Sie hatte zwar gewagte Kletterkunststücke machen müssen, um die Mauer zu überwinden, und war dann über die Hausdächer weitergeklettert, aber jetzt lauerte sie in dem weitläufigen Park hinter dem Palast auf eine günstige Gelegenheit. Sie beobachtete den Ikranankaner, der in voller Rüstung vor einem Seiteneingang des Gebäudes Wache hielt. Wenn der Kerl nur einmal näher an den Busch herangekommen wäre, hinter dem sie kauerte! Chee wollte schon ungeduldig werden, als er sich endlich zu einem kleinen Spaziergang in ihrer Richtung entschloß.

Sie ließ ihn an sich vorbeistapfen, sprang mit einem Satz auf seinen Rücken und brachte ihn zu Fall. Bevor der Ikranankaner sich aufrichten konnte, drückte Chee ihm mit einer Hand die Kehle zu und zog ihm mit der anderen den Dolch aus dem Gürtel. Sie setzte die Spitze an seine Kehle und flüsterte: »Ein Wort, mein Freund, dann mache ich Hackfleisch aus dir. Das wäre mir allerdings selbst unangenehm, denn du schmeckst bestimmt nicht sehr gut.«

Der Soldat drehte den Kopf zur Seite und stieß einen erstickten Schrei aus. Chee grinste verständnisvoll, denn sie konnte sich vorstellen, wie entsetzt er war, als er den Dämon auf seinem Rücken sitzen sah. »Antworte rasch, wenn dir dein Leben lieb ist«, befahl sie ihm. »Wo wird der fremde Ershokh gefangengehalten?«

»Ak-k-k ... uk-k-k ...«

»Keine Ausflüchte!« mahnte Chee. »Du weißt, wen ich meine. Los, los, wir haben nicht mehr ewig lange Zeit!«

»Er ... er ist in ...« Seine Stimme schien zu versagen. Statt dessen machte er tapfer einen Versuch, den unbekannten Dämon abzuschütteln. Chee drückte ihm die Kehle zusammen. Sie hatte sich in Haijakata eingehend mit dem Körperbau der Ikranankaner befaßt, weil das in ihr Fachgebiet fiel. Deshalb wußte sie auch, daß ihre Luftröhre sehr verletzlich war.

Als der Soldat sich wieder einigermaßen erholt hatte, war er gern bereit, ihr jede gewünschte Auskunft zu erteilen. Offensichtlich hatte er zuviel Angst, um zu lügen; Chee war jedenfalls davon überrascht, daß er die Wahrheit sagte. Sie ließ sich den Weg zu dem Appartement genau beschreiben. Zwei Ershoka standen davor Wache, aber dazwischen befand sich eine massive Bronzetür.

»Vielen Dank«, sagte sie und drückte dem Ikranankaner nochmals die Kehle zu, bis er wieder bewußtlos war. Dann fesselte sie ihn mit seinem Halstuch und seinem Gürtel, zerrte ihn unter den nächsten Busch und ließ ihn dort liegen. Dort würden ihn die Gärtner finden, wenn sie die Pflanzen begossen.

Chee schlich sich davon. Jetzt brauchte sie sich nicht mehr zu beeilen – und konnte es auch gar nicht. Der Weg hierher war leicht gewesen, wenn sie ihn mit dem verglich, der ihr noch bevorstand. Sie holte tief Luft, überquerte die freie Fläche mit einigen Sprüngen und verschwand in dem Seiteneingang, der jetzt unbewacht war.

Eine Stunde später hatte sie auf unzähligen Umwegen endlich den Balkon erreicht, auf den sie es abgesehen hatte. Ihre Nerven waren dem Zerreißen nahe. Jetzt kletterte sie über den Balkon auf das Dach des Palastes, kroch darauf nach rechts weiter und befand sich wenig später direkt über einem Fenster, das zu Falkayns Appartement gehören mußte.

Chee untersuchte die Mauer, stellte fest, daß sie nicht daran hinabklettern konnte, weil sie zu glatt war, und zuckte philosophisch mit den Schultern. Schließlich hatte sie sich auf diesen Notfall vorbereitet und aus einem der Räume des Palastes eine feste Vorhangschnur mitgenommen. Jetzt legte sie das dünne Seil um einen der zahlreichen Kamine, vergewisserte sich, daß niemand aus dem Park heraufsah, und ließ sich nach unten rutschen.

Sie hing vor dem Fenster und stützte sich mit den Füßen auf das Fensterbrett. Das Bronzegitter hatte genügend große Lücken für sie – aber nicht für einen Menschen. Warum hatte sie nicht daran gedacht, draußen im Feldlager vor der Stadt nach einer Säge zu suchen? Sie griff durch und klopfte an die Scheibe. Keine Antwort. Mit einem häßlichen Fluch, der nicht sehr damenhaft war, zertrümmerte sie die Fensterscheibe mit ihrem Dolch und kroch hindurch. Während sie sich umsah, zog sie auch das Seil nach innen.

Das Appartement war behaglich ausgestattet, wenn man ein Ikranankaner war. Für einen Menschen waren die Räume dunkel und kalt, und Falkayn lag zusammengerollt auf seinem Bett. Er schlief fest. Chee schlich näher, hielt ihm den Mund zu – die Menschen waren so lächerlich schreckhaft – und schüttelte ihn wach.

Falkayn richtete sich auf. »Ha? Wuff, woo, ugg!« Chee legte einen Finger an die Lippen. Als Falkayn nickte, ließ sie ihn los.

»Chee!« flüsterte er und griff nach ihren Händen. »Wie hast du das geschafft?«

»Ich habe mich eingeschlichen, du Dummkopf. Hast du erwartet, daß ich eine Musikkapelle mitnehme? Jetzt müssen wir überlegen, wie wir hier wieder herauskommen.«

Falkayn starrte sie an. »Soll das heißen, daß du das nicht weißt?«

»Wie könnte ich denn?«

Er stand langsam auf. »Ich auch nicht«, sagte er dabei.

Chee sah ihn entgeistert an und sank lautlos zu Boden.

Falkayn bückte sich, nahm sie in die Arme und hob sie auf. »Schon der Versuch allein ist viel wert«, meinte er tröstend.

Sie sträubte den Pelz und antwortete aufgebracht: »Nein, für mich genügt das bestimmt nicht.« Sie überlegte und fügte dann hinzu: »Eigentlich brauchen wir nur aus der Stadt zu fliehen. Dann können wir irgendwo im Busch auf die Rettungsexpedition warten.«

Falkayn schüttelte den Kopf. »Tut mir leid, aber das genügt nicht. Wie sollten wir uns mit den Leuten in Verbindung setzen? Natürlich würden sie die *Muddlin' Through* finden, aber bevor wir die Gegend erreichen könnten, wären wir bereits tot, damit Jadhadi III. behaupten kann, Thorn hätte uns beseitigt. Wahrscheinlich hätte er damit sogar Erfolg. Du weißt doch, wie die Eingeborenen Fremden gegenüber zusammenhalten.«

Chee dachte nach. »Vielleicht könnte ich mich nahe genug an das Schiff heranschleichen . . .«

»Hmmm.« Falkayn schüttelte nochmals den Kopf. »Du weißt genau, daß das ausgeschlossen ist, denn sonst hättest du es längst versucht. Die Gegend um das Schiff herum bietet nicht genügend Deckung.« Er ballte wütend die Fäuste. »So ein Pech, daß Adzels Funkgerät nicht mehr funktioniert! Sonst hätten wir das Schiff herrufen können . . .«

Dann hatte er plötzlich eine Idee. Gleichzeitig gaben seine Knie nach, so daß er stolperte und sich auf das Bett setzen mußte. Chee beobachtete ihn verblüfft, schwieg aber hartnäckig, bis er von selbst wieder sprach.

»Hör zu, Chee«, sagte er schließlich. »Wir wissen beide, daß du die Stadt wieder verlassen könntest, auch wenn ich hierbleiben müßte. Aber Adzel und du hättet bestimmt nicht mehr lange zu leben. Auf die Rettungsexpedition brauchen wir vorläufig ohnehin nicht zu hoffen. Aber wenn du bereit bist, jetzt alles auf eine Karte zu setzen, könnten wir . . .«

Chee erhob keine Einwände gegen seinen Plan. Sie überlegte, stellte einige Berechnungen im Kopf an und nickte dann. »Einverstanden.«

Falkayn wollte sich schon anziehen, drehte sich aber noch einmal um. »Willst du nicht erst ein bißchen schlafen?«

»Nein, ich bin ganz munter. Und du?«

Falkayn grinste nur und hob beide Arme wie ein Boxer über den Kopf. Als er angezogen war, ging er an die Tür und schlug mit der Faust dagegen. »He!« rief er dabei. »Hilfe! Katastrophe! Dringend! Streng geheim! Schnellstens! Vorsicht, Glas! Macht die Tür auf, ihr Schwachköpfe!«

Ein Schlüssel klirrte, dann wurde die Tür geöffnet. Ein Ershokh stand mit gezücktem Schwert in der Öffnung. Sein Kamerad blieb in sicherer Entfernung. »Was gibt es?«

»Ich muß sofort zu Ihrem Chef«, schwatzte Falkayn. Hoffentlich kam der andere noch etwas näher! Er trat einen Schritt auf ihn zu und fuchtelte mit den Armen. »Mir ist etwas Schreckliches eingefallen.«

»Was?« knurrte der Bewaffnete.

»Das!« Falkayn versetzte ihm einen Handkantenschlag. Der Mann brach lautlos zusammen. Seine Waffe fiel Falkayn vor die Füße, so daß er sie nur noch aufzunehmen brauchte. Chee hatte inzwischen den zweiten Soldaten daran gehindert, über Falkayn herzufallen. Falkayn schlich näher und setzte auch den zweiten Mann auf gleiche Weise außer Gefecht.

Beide waren nicht ernstlich verletzt, stellte er zu seiner Erleichterung fest. Er bückte sich, um die Männer in sein Appartement zu schleppen, wo er sich eine Uniform anziehen wollte. Aber der Kampf war zu laut gewesen. Eine Ikranankanerin steckte den Kopf aus einer Tür am anderen Ende des Korridors und begann zu kreischen. Nun, schließlich konnte man nicht alles haben. Falkayn faßte das Schwert fester und rannte los. Chee folgte ihm auf den Fersen. Das Kreischen wurde lauter und durchdringend hoch.

Dort die Treppe hinab! Ein Höfling kam ihnen entgegen. Falkayn stieß ihn beiseite und rannte weiter. Einige andere Höflinge begegneten ihnen im Erdgeschoß. Falkayn fuchtelte mit seinem Schwert in der Luft herum. »Blut und Knochen!« brüllte er. »Puh!« Die Ikranankaner rannten entsetzt davon.

Dann waren sie vor dem Laboratorium angekommen, in dem die Wissenschaftler ihre Versuche mit Elektrizität anstellten. Falkayn riß die Tür auf und stürmte hinein. Zwei Wissenschaftler und einige Assistenten sahen von ihrer Arbeit auf und starrten ihn erschrocken an. »Los, verschwindet!« forderte Falkayn sie auf. Als sie sich nicht schnell genug in Bewegung setzten, hob er drohend seine Waffe. Das wirkte sofort. Falkayn knallte die Bronzetür hinter ihnen zu und schob den Riegel vor.

Draußen wurden Stimmen laut, dann ertönte ein Hornsignal, das die Palastwachen alarmierte. Schritte ertönten, Waffen klirrten, knappe Befehle wurden erteilt. Falkayn sah sich um und stellte fest, daß die Fenster keinen Zugang gewährten – aber am anderen Ende des Raumes befand sich eine zweite Tür. Er schob so viele

Möbelstücke wie möglich davor, bis die Tür sicher verbarrikadiert war.

Als er diese Arbeit beendet hatte, kam er wieder an den Tisch zurück, an dem Chee alle möglichen Geräte aufgebaut hatte. Sie hockte dazwischen und wickelte eben einen Kupferdraht zu einer Spule zusammen, während sie gleichzeitig kritisch eine Batterie betrachtete, die neben einem Kondensatorgefäß stand. Sie konnte nur schätzen, mit welchen Widerständen, Stromstärken und Spannungen sie zu arbeiten hatte, aber ihre Schätzung würde ziemlich genau ausfallen.

Beide Türen zitterten, als sie von der Außenseite mit Fäusten und Füßen behandelt wurden. Falkayn beobachtete die eine, die er nicht verbarrikadiert hatte. Hinter ihm experimentierte Chee mit einer Funkenstrecke; er hörte das eigenartige Summen.

Eine menschliche Stimme brüllte draußen: »Aus dem Weg! Aus dem Weg! Wir brechen die verdammte Tür auf, wenn ihr endlich aus dem verdammten Weg geht!« Chee arbeitete seelenruhig weiter.

Draußen herrschte einen Augenblick lang Ruhe. Dann kamen rasch Schritte näher, und irgend etwas stieß heftig gegen die massive Tür. Das Metall dröhnte und verbog sich. Der Rammbock wurde nochmals eingesetzt. Diesmal zersplitterte etwas, dann ertönten draußen laute Flüche. Falkayn grinste. Offenbar war der Rammbock bereits unbrauchbar, denn der Versuch wurde nicht wiederholt. Er ging an die Tür, die sich einen Spalt breit geöffnet hatte, und sah hinaus. Dort standen einige Ershoka in voller Rüstung und starrten wütend die Tür an. »Juhu, hier bin ich«, sagte Falkayn.

»Holt einen Schmied!« Falkayn glaubte Hugh Padricks Stimme erkannt zu haben. »Los, Sie, holen Sie endlich den verdammten Schmied! Und Hammer und große Meißel!«

Das würde genügen, aber einige Zeit dauern. Falkayn kehrte zu Chee zurück, um ihr zu helfen. »Glaubst du, daß in den Batterien genügend Saft steckt?« erkundigte er sich.

»Ja.« Sie arbeitete weiter an der primitiven Morsetaste, die sie aus Metallabfällen herstellte. »Nur vierhundert Kilometer, wie? Sogar Adzel hat nur ein paar Tage bis hierher gebraucht. Ich mache mir nur wegen der richtigen Frequenz Sorgen.«

»Am besten schätzt du so gut wie möglich und veränderst die Werte dann ein wenig, um . . .«, begann Falkayn.

»Das weiß ich selbst!« unterbrach Chee ihn. »Haben wir nicht lange genug darüber gesprochen? Vielleicht hilfst du mir endlich, anstatt zu schwatzen!«

»Ich bin eigentlich mehr der Typ, der andere für sich arbeiten läßt«, meinte er. Dann griff er nach einer Isolierzange und machte sich daran, die Batterien durch Drähte zu verbinden, so daß sie hintereinander geschaltet waren. Die Tür ächzte wieder. Falkayn sah ab und zu von seiner Arbeit auf. Seit dem Ausbruch war erst eine Stunde vergangen – nicht mehr viel Zeit, um Heinrich Hertz zu spielen. Aber Chee war bereits fertig; sie kauerte jetzt vor der primitiven Apparatur, drückte auf die Morsetaste und nickte Falkayn zu. Ein Funke sprang zwischen zwei Elektroden über. Chee morste rasend schnell und erteilte Wirrkopf den Befehl, nach Rangakora zu kommen und fünfzig Meter von der Stadtmauer entfernt zu landen.

Jetzt hing alles davon ab, ob sie die gleiche Wellenlänge fand, auf der die Sprechfunkgeräte gearbeitet hatten. Dazu blieb allerdings nicht mehr allzu lange Zeit. Die Tür konnte nur noch einige Minuten widerstehen. Falkayn nahm seinen Posten ein.

Der Riegel sprang auf. Die Tür öffnete sich langsam. Ein Ershokh stürmte mit gezücktem Schwert in das Laboratorium.

Falkayn trat ihm entgegen. Stahl klirrte auf Stahl. Wie erwartet, hatte der Mann keine Ahnung davon, daß man mit einem Schwert mehr als nur blindlings hauen und stechen konnte. Falkayn hätte ihm schon nach einer halben Minute einen tödlichen Stoß versetzen können, wollte seinen Gegner aber schonen. Außerdem konnten die anderen nicht in den Raum vordringen, solange er den Mann auf der Schwelle festhielt. »Na, amüsieren Sie sich gut?« fragte er ihn spöttisch. Der andere knurrte nur wütend und schlug weiter um sich.

Der Ershokh kämpfte mit dem Rücken zum Türpfosten. Plötzlich machte er einen Schritt zur Seite, so daß der Mann hinter ihm ebenfalls auf Falkayn eindringen konnte. Aber Falkayn hatte die Bewegung rechtzeitig gesehen und versetzte dem ersten einen raschen Hieb über den Oberarm, so daß er sein Schwert aus der

Hand fallen ließ. Dann wandte er sich dem zweiten Mann zu, schlug dessen Klinge zur Seite und gab ihm gleichzeitig einen Fußtritt, daß der Mann rückwärts taumelte.

Im gleichen Augenblick tauchte schon ein dritter Gegner vor ihm auf. Falkayn sah zur Seite, wo der Verwundete an der Wand lehnte und sich den Arm hielt. Dann wandte er sich an den neuen Gegner und sagte: »Wenn Sie einen Augenblick warten, kann Ihr Kamerad nach draußen gehen und sich verbinden lassen.«

Der andere fluchte und hieb nach ihm. Falkayn wehrte den Schlag ab und hielt die Waffe mit seinem Handschutz fest. »Wollen Sie, daß der arme Kerl verblutet?« fragte er. »Keine Angst, ich beiße Sie nicht. Ich bin ganz friedfertig, solange ich gut gefüttert werde.«

Er trat zurück und blieb abwartend stehen. Sein Gegner starrte ihn an, senkte dann das Schwert und zog sich in die Reihen der Ershoka und Ikranankaner zurück, die den Korridor hinter ihm füllten. Falkayn wies auf die Tür. »Verschwinden Sie«, forderte er den Verwundeten auf. Der Mann grinste dankbar und ging hinaus.

Hugh Padrick trat vor. Er hatte das Schwert gezogen, hielt es aber dicht über den Boden. »Was haben Sie vor?« fragte er barsch.

»Einen schrecklichen Zauber«, antwortete Falkayn. »Sie ersparen sich einiges, wenn Sie sich gleich ergeben.«

Hinter ihm klapperte die Morsetaste.

»Was wollen Sie von uns?« erkundigte Padrick sich mißtrauisch.

»Zuerst einen ordentlichen Drink. Dann können wir uns in aller Ruhe unterhalten.« Falkayn fuhr sich mit der Zunge über die aufgesprungenen Lippen. Der Teufel sollte diese trockene Luft holen! Kein Wunder, daß die Eingeborenen nichts von Teppichen hielten. Unter diesen Umständen würden sie durch statische Aufladung einen elektrischen Schlag nach dem anderen bekommen. Vielleicht waren die Rangakoraner erst dadurch auf die Idee gekommen, Versuche mit der Elektrizität anzustellen.

»Ja, wir könnten miteinander sprechen«, stimmte Padrick zu. Er senkte sein Schwert noch weiter und schlug dann blitzschnell nach Falkayns Bein.

Falkayns Körper reagierte, bevor sein Verstand erfaßt hatte, was geschehen war. Er sprang senkrecht in die Höhe, so daß die Klinge unter seinen Stiefeln vorbeizischte, und kam darauf zu stehen, bevor Padrick die Waffe zurückziehen konnte. »Das war ein gemeiner Trick!« rief er ihm zu und holte gleichzeitig mit der linken Faust aus. Padrick ging zu Boden.

Falkayn hatte eine kleine Verschnaufpause, während der Ershokh sich aufrappelte und in der Menge verschwand. Die anderen schienen keine rechte Lust zu haben, den Kampf fortzuführen. Aber dann hörte er Bobert Thorn rufen: »Aus dem Weg! Die Bogenschützen kommen!« Jetzt wußte er, daß das Ende in Sicht war.

Die Zuschauer wichen nach allen Seiten aus. Sechs oder sieben Ikranankaner mit langen Bogen nahmen zehn Meter von Falkayn entfernt Aufstellung. Aber er grinste trotzdem so unbekümmert wie möglich, als Stepha auf ihn zurannte.

Sie blieb dicht vor ihm stehen. »David«, flüsterte sie erstaunt. »Das ist einfach unglaublich! Kein anderer Mann . . .« Sie schüttelte den Kopf. »Das habe ich wirklich nicht geahnt.«

»Jetzt weißt du es.« Da ihr Dolch in der Scheide steckte, wagte er es sogar, ihr Kinn mit der Hand in die Höhe zu heben. »Wir lernen mehr, als nur Maschinen zu bedienen, was du anscheinend bisher angenommen hast. Im Augenblick hätte ich allerdings nichts gegen einen netten Panzerwagen einzuwenden.«

In ihren grauen Augen standen Tränen. »Du mußt dich aber trotzdem ergeben«, bat sie. »Was kannst du noch tun?«

»Das«, antwortete er, ließ sein Schwert fallen und griff nach ihr. Stepha wehrte sich, aber Falkayn blieb stärker. Er hielt sie vor sich und rief den Bogenschützen zu: »Verschwindet, ihr werdet hier nicht mehr gebraucht!«

Chee morste seelenruhig weiter.

Stepha wehrte sich nicht mehr. Sie richtete sich auf und sagte stolz: »Nein, schießt nur.«

»Das ist doch nicht dein Ernst!« meinte Falkayn entsetzt.

»Doch.« Sie lächelte tapfer. »Glaubst du, daß die Ershoka sich mehr als du vor dem Tod fürchten?«

Die Bogenschützen hoben die Waffen.

Falkayn schüttelte den Kopf. »Nun«, sagte er und lächelte dabei sogar, »wenn der Einsatz hoch ist, bluffen die Leute gelegentlich.«

Irgendwo ertönte lautes Geschrei, das sich durch die Gänge fortpflanzte, aber im Augenblick nicht weiter wichtig zu sein schien. »Ich hätte dich natürlich nie als Schild benützt. Ich bin ein schrecklicher Lügner, denn dazu bist du viel zu schade.« Er küßte sie. Stepha legte ihm die Arme um den Hals und schloß die Augen.

Das machte Spaß und brachte außerdem einen Zeitgewinn von wenigen Sekunden ...

»Der Dämon, der Dämon!« Ershoka und Ikranankaner stürzten in wilder Flucht davon. Ein langgezogener Donner grollte, dann fiel der Putz von den Wänden.

Stepha floh nicht mit den anderen. Aber sie riß sich los und zog ihren Dolch. »Was ist das?« rief sie dabei.

Falkayn holte tief Luft. Irgendwie gelang es ihm, völlig ruhig zu sprechen. »Das war unser Schiff«, erklärte er Stepha. »Es ist gelandet und hat Adzel aufgenommen. Jetzt schwebt er über der Stadt und amüsiert sich mit dieser kleinen Demonstration der Stärke.« Er nahm ihre Hand. »Komm ins Freie, damit er uns sieht und an Bord nimmt. Ich könnte einen trockenen Martini brauchen.«

11

Die Friedenskonferenz fand auf neutralem Boden in einem autonomen Dorf zwischen Katandara und Rangakora statt. (Autonom bedeutete, daß es beiden Städten tributpflichtig war.) Jadhadi III., König Ursala, Thorn und Smit waren mit größeren Delegationen angereist und hatten sich unter Falkayns Vorsitz auf die Bedingungen eines Vertrages geeinigt, der vorsah, daß die jetzigen Grenzen bestehen bleiben würden. Die Ershoka mußten sich damit zufriedengeben, in Zukunft keinen eigenen Staat mehr zu gründen, sondern die Lehensgüter zu bebauen, die Jadhadi III. und König Ursala ihnen feierlich zusagten. Falkayn versprach ihnen außerdem, daß die Liga ihre Dienste zur Bewachung der zu erwartenden Warentransporte in Anspruch nehmen würde, was eine zusätzliche Einnahmequelle für die Ershoka bedeutete. Von einer Rückkehr zur

Erde war nicht mehr die Rede, womit Falkayn durchaus einverstanden war, weil er wußte, daß wahrscheinlich schon die nächste Generation Bestandteil der galaktischen Zivilisation werden würde.

Metall summte. Vor den Bullaugen strahlten unzählige Sterne. Die rote Sonne von Ikrananka wurde rasch kleiner, war nur noch ein winziger Lichtpunkt und verschwand schließlich völlig.

Falkayn starrte nach draußen und seufzte. »Eine ganze Welt«, meinte er nachdenklich. »So viele Leben und Hoffnungen. Irgendwie kommt es mir nicht richtig vor, daß wir sie jetzt anderen überlassen.«

»Ich weiß, weshalb du am liebsten wieder zurückfliegen würdest!« sagte Chee Lan spöttisch. »Aber Adzel und ich haben keinen Grund dazu. Der Flug zur Erde dauert lange genug . . .«

Falkayns Gesichtsausdruck hellte sich auf. Schließlich hatte er ähnliche Gründe, sich auf das Ende der Reise zu freuen.

»Hoffentlich kommst du bald«, mahnte Chee.

Falkayn begleitete sie in den Aufenthaltsraum. Adzel saß bereits dort und reihte die Chips in vier Stapeln auf. »Wißt ihr, was mir eben eingefallen ist?« fragte Falkayn, als er sich setzte. »Ich habe allmählich den schrecklichen Verdacht, daß wir unser ganzes Leben damit verbringen werden, von einer Schwierigkeit in die andere zu fallen, die wir dann irgendwie so hindrehen müssen, daß daraus ein Vorteil für uns entsteht.«

»Wunderbar gesagt«, antwortete Chee ironisch. »Aber vielleicht gibst du jetzt endlich, bevor du Schwierigkeiten mit mir bekommst.«

Die ersten Runden waren wenig interessant, aber dann hatte Falkayn einen Flush. Er setzte. Adzel gab auf. Chee zog nach. Der Computer erhöhte den Einsatz. Falkayn ebenfalls. Chee gab auf, aber der Computer erhöhte nochmals. Wirrkopf mußte gute Karten haben, das war klar, aber angesichts seiner bisherigen Spielweise konnte Falkayn mit einem Flush nicht aufgeben. Er schob zwei Chips auf den Tisch. Der Computer verlangte eine Karte.

Der Teufel sollte alles holen! Die verdammte Maschine mußte

mindestens vier Damen haben! Falkayn warf seine Karten auf den Tisch. »Schon gut«, sagte er. »Ich gebe auf.«

Etwas später befand Chee sich in einer ganz ähnlichen Lage und verlor noch mehr. Ihre Bemerkungen ionisierten die Luft.

Adzel war an der Reihe, als seine beiden Partner frühzeitig aufgaben. Drache und Computer erhöhten abwechselnd, bis Adzel schließlich nervös wurde und die Karten auf den Tisch legte.

»Sie haben gewonnen«, sagte die mechanische Stimme. Adzels Unterkiefer sank herab.

»Was?« kreischte Chee und sträubte die Haare. »Du hast geblufft?«

»Ja«, antwortete Wirrkopf.

»Aber, nein, warte, du spielst auf Kredit und mußt dich an unser Limit halten«, stotterte Falkayn. »Du kannst nicht bluffen!«

»Wenn Sie den Lagerraum No. 4 aufsuchen«, sagte Wirrkopf, »finden Sie dort eine beträchtliche Menge Pelze, Juwelen und Gewürze. Ihr Wert kann erst festgestellt werden, nachdem die Marktpreise sich stabilisiert haben, aber er ist offensichtlich bedeutend. Ich habe die erwähnten Gegenstände von dem Eingeborenen Gujgengi im Tausch für einige Wahrscheinlichkeitsberechnungen erhalten und beabsichtige jetzt, Chips auf normale Weise zu erwerben.«

»Aber, aber, aber ... du bist doch nur eine Maschine!«

»Die mir zur Verfügung stehenden Informationen reichen nicht zur Beurteilung der Frage aus, wem ein Gericht das Eigentum an diesen Gegenständen zusprechen würde«, sagte Wirrkopf. »Ich möchte aber auf den Grundsatz hinweisen, daß rechtmäßig erworbener Besitz dem Erwerber nicht mehr streitig gemacht werden kann.«

»Großer Gott!« flüsterte Falkayn. »Du hast sogar recht, glaube ich.«

»Du bist aber keine Person!« kreischte Chee. »Nicht einmal *de facto*, von *de jure* ganz zu schweigen!«

»Ich habe diese Gegenstände erworben, um die Aufgabe durchführen zu können, für die ich programmiert bin – nämlich Poker zu spielen«, antwortete Wirrkopf. »Logischerweise kann ich besser spielen, wenn ich über ein entsprechendes Kapital verfüge.«

Adzel seufzte. »Stimmt eigentlich«, gab er zu. »Wenn er ehrlich spielen soll, müssen wir eben die logischen Konsequenzen ertragen. Sonst würde die Programmierung unmöglich kompliziert. Und außerdem sind wir schließlich faire Spieler, nicht wahr?«

Chee schob die Karten zusammen. »Schon gut«, sagte sie entschlossen. »Dann gewinne ich seinen Einsatz auf normale Weise.« Natürlich gelang ihr das nicht. Keiner der drei Partner war dazu imstande. Wirrkopf war so reich, daß er ohne Rücksicht auf Verluste spielen konnte. Er schaffte es zwar nicht ganz, ihnen alles abzunehmen, gewann aber trotzdem einen beträchtlichen Teil ihrer Provisionen für das Unternehmen Ikrananka, bevor sie wieder auf der Erde landeten.

Aus den Chroniken der Polesotechnischen Liga

Buch 3
SATANS WELT

Ins Deutsche übertragen von
Ingrid Rothmann

1

Der neue Teil von Lunograd heißt Elfland. So steht es geschrieben und wird von den Computern der Verwaltungsbehörden so gespeichert. Lebewesen aber wissen mehr. Sie sehen Wunder, sie sehen Schönheit und Frohsinn, einen Ort, an dem man Wonnen und Kummer erleben kann. Sie spüren einen Zauber, der einzigartig ist.

In der alten Stadt unter der Erde sind ständig Maschinen im Einsatz.

An der Grenze zwischen diesen zwei Welten verhielt David Falkayn den Schritt. »Tja, mein Schatz«, sagte er, »hier ist der geeignetste Ort für einen Abschied.«

Das Mädchen, das sich Veronica nannte, hielt erschrocken die Hand vor den Mund. »Ist das dein Ernst?« fragte sie beklommen.

Verblüfft unterzog Falkayn sie einer Musterung. Sie bot einen erfreulichen Anblick, soviel stand fest: pikantes Gesicht, langes dunkles Haar, in dem sternengleich synthetische Diamanten funkelten, eine aufsehenerregende Figur, die vom dünnen irisierenden Stoff ihres Kleides nur unvollkommen verhüllt wurde. »Na ja, nicht für immer, hoffe ich.« Er lächelte. »Aber einmal muß der Mensch ja auch an die Arbeit denken. Sehen wir uns heute abend?«

Ihre Miene erhellte sich. »Jetzt bin ich richtig erleichtert. Du hast mir angst gemacht. Ich dachte, wir wollten einen Spaziergang machen, und dann, ganz ohne Vorwarnung ... ich wußte wirklich nicht, was ich davon halten sollte. Ich dachte, du wolltest mich loswerden.«

»Lächerlich. Warum denn, um der Galaxis willen? Wir kennen uns jetzt, warte mal, erst drei knappe Standardtage. Seit Theriaults Party.«

Sie wich errötend seinem Blick aus. »Na ja, vielleicht suchst du Abwechslung bei Frauen und bei allem anderen, worauf du im All verzichten mußtest«, sagte sie leise. »Sicher ist dir klar, daß du nur zu winken brauchst. Du bist hier die Attraktion, der Kosmopolit im wahrsten Sinn des Wortes. Hier kennt man zwar jeden Klatsch und richtet sich nach der neuesten Mode, aber keine von uns ist über Jupiter hinausgekommen. Von den Männern übrigens auch kaum einer. Mit dir kann keiner mithalten. Ich bin so stolz und glücklich und gleichzeitig voller Angst, daß alles plötzlich ein Ende haben könnte.«

Falkayns Puls schlug höher. Seine Eitelkeit war angesprochen worden. Tatsächlich gab es nur wenige, die in so jungen Jahren bereits das Handelspatent erworben hatten, ganz zu schweigen davon, daß er der Vertraute und Teilhaber eines ungekrönten Königs wie Nicholas van Rijn geworden war und das Schicksal ganzer Planeten in der Hand hatte. Er wußte, daß er sich zu den gutaussehenden Männern rechnen durfte: die Nase vielleicht eine Spur zu kurz, dafür hohe Wangenknochen und ein markantes Kinn, dazu blaue Augen als Kontrast zur sonnenbraunen Haut, das dichte blonde Haar von fremden Sonnen gebleicht. Er war von athletischer Figur, einsneunzig groß. Seine perlgraue Tunika und die golddurchwirkte Kniehose kamen von Lunas bestem Herrenausstatter, obwohl er eben erst von der äußersten Grenze des erforschten Raumes zurückgekehrt war.

Achtung, Freundchen, ermahnte er sich. In ihm erwachte eine animalische Wachsamkeit, in Gegenden entwickelt, wo der Mensch eigentlich nichts zu suchen hatte. Ich darf nicht vergessen, daß sie mir hier nicht etwas zum Vergnügen vorspielt. Und ich habe ihr aus gutem Grund vorher nicht gesagt, daß ich heute wieder an die Arbeit muß. Ich pfeife nämlich darauf, mir über eventuelle Beschatter den Kopf zerbrechen zu müssen.

»Du schmeichelst mir ungemein«, sagte er. »Aber das größte Kompliment ist deine Gesellschaft.« Sein Lächeln war von leiser Unverschämtheit verfärbt. »Zur Abwechslung werde ich dich verwöhnen. Zuerst beim Abendessen. Vielleicht bleibt uns noch Zeit fürs Ballett. Aber das Essen auf jeden Fall. Ich war so lange außerhalb des Sonnensystems und habe wilde neue Planeten erforscht, da wird es Zeit, daß ich meinen Forscherdrang auf neue wilde Restaurants richte – mit einer charmanten Führerin«, schloß er.

Veronica klimperte mit den Wimpern. »Eingeborene Führerin meldet sich gehorsamst zur Stelle, großer Kapitän der Polesotechnischen Liga.«

»Also, dann bis später.«

»Warum so hastig?« Sie hakte sich bei ihm unter. »Ich habe deinetwegen Urlaub genommen. Ich kann mit dir kommen.«

Das wachsame Tier in ihm zeigte die Zähne. Er mußte sich zur Ruhe zwingen. »Tut mir leid, das ist unmöglich. Geheime Mission!«

Sie zog spöttisch die Brauen hoch. »Ach? Wozu dieses Theater?« Ihr Ton war scherzhaft und herausfordernd zugleich. »Es ist bekannt, daß du einen hohen Rang in der *Solar Spice and Liquor Company* innehast, die in der Polesotechnischen Liga ganz oben angesiedelt ist, und die steht überhaupt über den Planetengesetzen, selbst über denen des Commonwealth. Was hast du also zu befürchten?«

Die will mich wohl provozieren, dachte Falkayn. Na, warte, dir werde ich's geben.

»Die Liga bildet keine Einheit«, erklärte er ihr, als hätte er ein Kind vor sich.

»Sie ist eine Vereinigung interstellarer Kaufleute. Wenn sie über mehr Macht verfügt als jede Regierung, so ist das auf die Größenordnung zurückzuführen, auf der die Sternenhändler operieren müssen. Das heißt aber noch lange nicht, daß die Liga quasi eine Regierung darstellt. Sie organisiert Genossenschaften, regt Aktivitäten von allgemeinen Nutzen an und zügelt den Wettbewerb, damit er nicht in Halsabschneiderei ausartet. Konkurrenten schrecken vor nackter Gewalt gegenüber gegnerischen Agenten zwar zurück, aber üble Schikanen sind an der Tagesordnung, das kannst du mir glauben.«

»Ach?« Diese Belehrung stellte zwar fast eine Beleidigung dar, doch war der Unmut, der jetzt über ihre Miene huschte, zu heftig, um echt zu sein.

Er zog die Schultern hoch. »Mit aller gebotenen Unbescheidenheit gesagt, ich bin ein sogenanntes Zielobjekt. Als rechte Hand Nicks spiele ich auch seinen reisenden Späher und Beobachter. Ein Hinweis auf meine nächsten Absichten könnte einem Konkurrenten Megacredits wert sein. Ich muß mich vor, sagen wir mal, Handelsspionen hüten.«

Veronica rückte abrupt von ihm ab. Sie ballte die Hände zu Fäusten.

»Willst du damit andeuten, ich sei eine Spionin?« rief sie empört aus.

Ehrlich gesagt ja, dachte Falkayn bei sich.

Ein Vergnügen war das wahrhaftig nicht. Seinem inneren Frieden zuliebe wandte er seinen Blick von ihr ab. Die Umgebung war so reizvoll und unwirklich wie das Mädchen.

Elfland war nicht der erste ›freie‹ Bereich auf der Oberfläche von Luna. Beim Entwurf hatte man daher auf frühere Erfahrungen zurückgreifen können. Das zugrundeliegende Prinzip war ganz einfach und den Raumschiffen entlehnt. An Bord von Raumschiffen gibt es elektromagnetische Schirme zur Abwehr der Partikelstrahlung. Es gibt künstlich erzeugte positive und negative Schwerefelder, nicht nur als Antrieb und ständigen Gewichtsausgleich bei Beschleunigungen, sondern zusätzlich als Strahlen zur Erzeugung von Zug- und Schubkraft. Alle diese Systeme auf einen gemeinsamen größeren Nenner gebracht, und es entsteht eine gewaltige Luftblase auf einer Oberfläche, auf der nichts als Leere gewesen war.

In die Praxis umgesetzt war es ein Monumentalprojekt. Man hatte es dabei mit Problemen der Leckage, Temperaturregelung und Ozonschichtsteuerung zu tun. Die Probleme wurden gelöst, und das Sonnensystem wurde um einen seiner schönsten Orte bereichert.

Falkayn ließ den Blick über den Park schweifen, über Bäume, Sträucher und über Blumenbeete, die in allen Regenbogenfarben prangten. Die Schwerkraft war hier so, daß Bäume ebenso phantastische Höhen und Formen erreichten wie die sprühenden Springbrunnen. Und die Menschen schritten mit wundervoll schwebender Leichtigkeit aus. Hinter den Menschenmengen erhoben sich Türme und Kolonnaden, filigran und vielfarbig getönt. Dazwischen Vögel und erhöhte Straßen, Düfte, Gelächter, Fetzen von Musik. Maschinengedröhne durchsetzte die warme Luft.

Doch dahinter und darüber stand Luna. Die Uhrzeit richtete sich nach dem Trabanten. Tausende kleine Sonnen hingen an bronzenen Ranken und täuschten hellen Morgen vor. In Wahrheit war es kurz vor Mitternacht. Köstlich und schrecklich zugleich schlug die Dunkelheit durch. Den Zenit bildete ein schwarzer Himmel, auf dem eisig die Sterne standen. Im Süden wölbte sich die wolkendurchsetzte hellblaue Erdscheibe. Ein aufmerksamer Beobachter konnte auf ihren dunklen Teilen ein Funkeln ausmachen. Die Riesenstädte, die bereits bei dieser geringen astronomischen Entfernung zu Funken zusammenschmolzen. Die Straße der Sphinx führte westwärts, dorthin wo die Luft aufhörte, wo über einem aschebedeckten Kraterboden Platos Ringwall jäh über dem Horizont aufragte.

Falkayn wandte seine Aufmerksamkeit wieder Veronica zu. »Verzeih, es war natürlich nicht auf dich gemünzt.«

Doch, war es. Wenn ich mich auch meist im galaktischen Hinterland herumtreibe, so heißt das nicht, daß ich besonders einfältig oder vertrauensselig bin. Ganz im Gegenteil. Aber wenn sich mir wenige Stunden nach der Landung ein so hübsches Mädchen an die Fersen heftet, das mir jeden Gefallen tun will – was soll ich davon halten? Ein Mädchen, das über sich nur wenig preisgibt und auch das Wenige gelogen hat, wie eine von Chee Lan durchgeführte heimliche Nachforschung ergeben hat.

»Na, das will ich hoffen!« gab Veronica gereizt zurück.

»Ich habe mich Nicholas van Rijn verpflichtet«, sagte Falkayn, »und er besteht auf Geheimhaltung, was die Geschäfte betrifft. Er will der Konkurrenz immer einen Schritt voraus bleiben.« Er nahm ihre Hände. »Für dich ist es auch besser so, mein Herz.«

Damit war ihre Stimmung gerettet. Tränen traten ihr in die Augen und blieben bebend an ihren Lidern hängen – mit bewunderungswürdiger Präzision. »David, ich wollte mehr für dich sein als ein flüchtiges Abenteuer. Und du siehst in mir eine Spionin oder eine Schwätzerin. Das kränkt mich.«

»Gar keine Rede. Aber was du nicht weißt, kann dich nicht in Schwierigkeiten bringen. Und die möchte ich dir unbedingt ersparen.«

»Du hast doch gesagt, es ginge ohne Gewalt ab . . .«

»Das stimmt auch. Mord, Entführung, Gehirnwäsche . . . damit gibt sich die Polesotechnische Liga nicht ab. Das haben die Mitglieder nicht nötig. Das heißt natürlich nicht, daß sie die Heiligen vom Dienst sind. Sie oder ihre Handlanger greifen zu reichlich miesen Methoden, wenn sie an ihr Ziel kommen wollen. Dabei ist Bestechung noch das harmloseste Mittel. Es gibt da ganz andere Wege, die zwar nicht gern gesehen, aber manchmal doch benutzt werden, übelste Schnüffelei beispielsweise. Druck, direkter und indirekter, raffiniert und plump. Erpressung . . . die oft einen Unschuldigen trifft. Man tut jemandem einen Gefallen, eines führt zum anderen, und plötzlich hat dich dieser Jemand in der Mangel und wringt dich aus.«

Wie du es vermutlich mit mir vorhast, fügte er insgeheim hinzu. Meinetwegen kannst du es versuchen. Du bist die Gefahr, die ich kenne, und wirst mir Gefahren vom Leib halten, die ich nicht kenne, und mir außerdem gewisse Vergnügungen bieten. Und ich dir ebenfalls. Und beim Abschied bekommst du etwas Hübsches von mir.

Sie machte sich von ihm los. »Ich verlange doch nicht, daß du Geheimnisse ausplauderst«, sagte sie kühl. »Aber ich möchte nicht wie ein Spielzeug ohne Hirn und Rückgrat behandelt werden.«

Ach, jetzt kommst du mir auf die frostige Tour. Wenn sich das nicht ändert, werden sich unsere Wege trennen.

Falkayn schlug die Hacken zusammen und verbeugte sich förmlich.

»Bürgerin, verzeihen Sie, daß ich Ihnen meine Gesellschaft unter Bedingungen aufgedrängt habe, sie Sie nicht akzeptieren können. Ich werde Sie nicht weiter behelligen. Guten Tag!«

Wieder eine Verbeugung, dann machte er kehrt und ging.

Zuerst dachte er, es hätte nicht geklappt. Dann hörte er hinter sich einen Schrei und eilige Schritte. Veronica erklärte ihm unter Tränen, daß es sich um ein Mißverständnis handle und daß sie ihm nie wieder so kommen würde, wenn es nur . . .

Ein gewisser Prozentsatz Aufrichtigkeit mochte sogar mitspielen. Fünfundzwanzig Prozent vielleicht.

Es war schon ein großer Vorteil, wenn man der Sproß des Großherzogs von Hermes war, dachte Falkayn. Zwar nur ein jüngerer Sohn, und noch dazu einer, der das Elternhaus früh verlassen hatte, weil er zu oft über die Stränge geschlagen hatte. Seither hatte er seinen Heimatplaneten nicht wiedergesehen. Aber etwas von der harten Erziehung hatte in ihm Spuren hinterlassen. Er wußte jedenfalls, wie man Anmaßungen begegnete.

Ebenso wußte er, daß man sich vor einer gestellten Aufgabe nicht drückte, auch wenn man den Urlaub noch so nötig hatte. Er schaffte es, Veronica so rasch loszuwerden, wie es sich mit einer Versöhnungsszene vereinbaren ließ, und setzte seinen Weg fort.

2

Zunächst bummelte er durch ein großes Sportartikelgeschäft auf der anderen Seite des Parks. Einen eventuellen Verfolger konnte er hier am leichtesten abschütteln. Die Raumanzüge und Fahrzeuge waren weniger sperrig, als er sich vorgestellt hatte. Aber schließlich war eine kleine Spritztour ins Mondgebirge, wo in Minutenschnelle per Funk ein Bergungsfahrzeug herangeholt werden konnte, etwas anderes als eine Erkundungsfahrt in eine unbekannte Welt, wo man im Umkreis von Lichtjahren das einzige menschliche Wesen war. Die zusammenklappbaren Boote mit den bunten Segeln waren da schon brauchbarer. Er wunderte sich bloß, wie beliebt die hier waren, weil das Segeln bei geringer Schwerkraft seine Tücken hatte, wenn man die Tricks nicht kannte. Das hatte er außerhalb des Sonnensystems am eigenen Leib erfahren.

Er kam durch einen Hinterausgang ins Freie, sah den Einstieg zu einer Grav-Plattform und betrat den Schacht. Die wenigen Leute, die sich mit ihm auf dem Gee-Strahl abwärts tragen ließen, sahen aus wie harmlose Bürger.

Vielleicht bin ich übervorsichtig, sagte er sich. Machte es denn so viel aus, wenn die Konkurrenz merkt, daß ich bei *Serendipity & Co* vorbeischaue? Schließlich befinde ich mich nicht in der Höhle nichtmenschlicher Barbaren. Ich bin auf Terras ureigenem Mond, im Herzen des Commonwealth. Die Handelsspione kämpften ja nicht mit allen Mitteln ums nackte Überleben. Es ging hier zwar um viel Geld, doch behielt der Verlierer immerhin Kopf und Kragen. Also immer mit der Ruhe, und Kopf hoch.

Er stieg acht Etagen tiefer aus und versuchte, sich in dem Gewirr der Gänge zurechtzufinden. So großzügig die Anlage auch war, es herrschte hier ein beengendes Gewimmel: Frachtlaufbänder, Roboter, Fußgänger im Arbeitsdreß. Die Wände waren in hellen Pastelltönen gehalten, überlagert von einem unvermeidlichen dünnen Schmutz- und Schmierfilm. Unzählige Türen führten in Fertigungshallen, Lagerräume, Verladedepots und Büros. In der Luft lag ein Dröhnen und Stampfen, dazu der Geruch nach zu vielen Menschen, nach Chemikalien und elektrischen Entladungen. Aus abgeschirmten Gittern drangen heiße Luftschwaden. Fels, Boden und Füße wurden von einem tiefen, fast unterschwelligen Vibrieren erfaßt, das von den großen Maschinen verursacht wurde. Elfland war nur eine gefällige Maske, hier, im Industrieviertel des alten Lunograd, befanden sich die Eingeweide.

Der Gagarin-Korridor mündete wie viele andere auf dem Titow-Platz. Die ganze Anlage war ein Hohlzylinder, der von einer durchsichtigen Kuppel an der Oberfläche bis in die Tiefen reichte. Falkayn war ein wenig enttäuscht, weil er sich das alles viel größer vorgestellt hatte. Aber man durfte nicht vergessen, daß die Anlage in den Anfängen der Raumfahrt entstanden war. Auf den Galerien jedes Stockwerks herrschte dichtes Gewühl, so daß Falkayn sich mühsam durchdrängeln mußte. Es waren meist Einheimische, Arbeiter, Geschäftsleute, Beamte, Techniker, Hausfrauen. Ihnen allen waren ein lockerer Schritt und beschwingte Bewegungen zu eigen, das Erbe einer geringen Schwerkraft, die sich ansonsten in ihrer äußeren Erscheinung nicht bemerkbar machte. Daneben sah man viele Fremde, vor allem Kaufleute, Raumfahrer, Touristen, Studenten, darunter viel Nichthumanoide.

Falkayn fiel auf, daß die renommierten Läden wie der des Juweliers Ivarsen eher klein und unauffällig waren im Vergleich zu neuen und protzigeren Geschäften. Wahrer Reichtum kann sich Bescheidenheit leisten, stellte er wieder einmal fest. Der fröhliche Lärm aus dem Mars-Restaurant hätte ihn fast zu einem Glas von dem berühmten Bier verführt, von dem man auch auf Beteigenze schon gehört hatte. Aber nein ... später vielleicht ... die Pflicht rief ... »Unangenehm laut«, wie Nick van Rijn oft zu sagen pflegte. Falkayn ging weiter die leichte Rundung des Ganges entlang.

Die Tür, vor der er schließlich stehenblieb, war aus massiver Bronze und von eindrucksvoller Breite. Darauf prangte ein kompliziert aussehendes Flachrelief in Form eines Schaltdiagramms. *Serendipity & Co* stand in stereoprojizierten Lettern davor. Die Wirkung blieb diskret. Man hätte dahinter eine uralte, vornehme Firma vermuten können. Tatsächlich aber war das Unternehmen in etwa fünfzehn Jahren aus dem Nichts an die Spitze der Polesotechnischen Liga vorgeprescht.

Tja, wenn man in einer freien Marktwirtschaft eine Marktlücke entdeckt und diese füllt, kann man schnell zu Geld kommen, dachte Falkayn. Aber damals, als Old Nick seine Pionier-Teams ausschickte, brauchte er Menschen wie mich, während *Serendipity* nur mit Computern arbeitete.

Eine Ironie des Schicksals! Adzel, Chee Lan und ich gehen den Berichten auf den Grund, die uns die Robotersonden von unerforschten Planeten liefern. Wenn wir in diesem Zusammenhang ausbeutenswerte Quellen entdecken oder Märkte sehen, erstatten wir van Rijn Meldung, damit er sich diese zunutze machen kann, ehe die Liga sich darauf stürzt. Und ausgerechnet ich, der beste Spürhund Old Nicks, besuche nun die *Serendipity* und gebe mich als harmloser Geschäftsmann aus!

Falkayn tat diese Überlegung mit einem Achselzucken ab. Er und sein Team hatten dem Solar-System schon längst einen Besuch abstatten wollen. Es ergab sich also ganz zwangslos, daß er sich aus den Datenspeichern der Firma *Serendipity* Informationen besorgte, die man gewinnbringend verwerten konnte. Van Rijn war sogar bereit gewesen, die Spesen zu übernehmen, ohne sich erst zu einer Szene hinreißen zu lassen.

Die Tür glitt auf. Anstatt des üblichen großen Empfangsraumes betrat Falkayn einen winzigen, luxuriös ausgestatteten Vorraum, von dem mehrere Türen weiterführten. Eine melodiöse Stimme tönte: »Guten Tag, Sir. Benutzen Sie bitte Tür vier!« Diese Tür öffnete sich auf einen kurzen, schmalen Gang, von dem aus eine Tür endlich in den Büroraum führte. Im Gegensatz zu den meisten Räumen in Lunograd wurde hier das Fehlen der Fenster nicht durch einen auf einen Wandbildschirm projizierten Landschaftsfilm beschönigt. Der Raum wirkte trotz des weichen blauen Teppichs, der azurblauen Wände, der perlmuttfarbenen Decke und der bequemen Möbel irgendwie kahl. Diesen Eindruck konnte auch die blumenduftgeschwängerte Luft nicht verwischen. Hinter dem großen Schreibtisch an der Wand gegenüber saß eine Frau. Die Batterie von Büromaschinen und -artikeln vor ihr wirkte wie eine Barriere.

»Willkommen«, empfing sie ihn.

»Danke.« Falkayn versuchte es mit einem Lächeln. »Hier bekommt man das Gefühl, in eine Festung einzudringen.«

»In gewisser Weise stimmt es.« Ihre Stimme hätte angenehm heiser klingen können, um so mehr, als sie Anglic mit einem gutturalen Akzent sprach, den nicht einmal sein auf weiten Reisen geübtes Ohr einzuordnen vermochte. Doch war die Stimme zu kühl, zu geschlechtslos. Auch ihr Lächeln wirkte gekünstelt. »Geheimhaltung gehört zu unserem Service. Viele Kunden wollen vermeiden, daß ihr Besuch bei uns bekannt wird. Wir Partner empfangen jeden Klienten persönlich. Unsere Mitarbeiter werden erst gar nicht herangezogen.«

Bei dem horrenden Honorar, das hier für einen Termin verlangt wird, darf man das auch erwarten, dachte Falkayn.

Sie reichte ihm die Hand, ohne aufzustehen. »Ich bin Thea Beldaniel«, stellte sie sich vor. Ein sachlicher Händedruck wurde gewechselt. »Nehmen Sie Platz, Bürger Kubitschek.«

Falkayn ließ sich in einen Sessel sinken. Ein Roboterarm wurde ausgefahren und bot ihm Zigaretten an. Er nahm eine. »Jetzt kann ich meinen Decknamen wohl fallenlassen. Ich nehme an, daß das hier die meisten Besucher tun.«

»Eigentlich nicht. Es besteht auch selten Grund dazu, ehe sie mit den Maschinen allein sind. Die Prominenten erkennen wir natürlich ohnehin.« Thea Beldaniel machte eine Pause, ehe sie mit berechnetem Taktgefühl fortfuhr: »Mit prominent meine ich, bekannt in diesem galaktischen Bereich. Jemand kann noch so berühmt sein und bleibt hier doch unerkannt, weil man nicht alle kennen kann, wenn die Zivilisation sich über Millionen von Lichtjahren erstreckt. Sie, Sir, stammen ganz offensichtlich von einem kolonisierten Planeten. Ihre Haltung verrät, daß die dortige Gesellschaftsstruktur sich auf die Aristokratie stützt und daß Sie selbst adeliger Herkunft sind. Hier im Commonwealth kennen wir den Erbadel nicht. Ihr Heimatplanet muß daher autonom sein. Tja, und da gibt es noch jede Menge Möglichkeiten.«

Da er schon längst mehr über diese Organisation erfahren wollte, versuchte er, Thea Beldaniel in ein ausführliches Gespräch zu ziehen.

»Ganz recht. Bürgerin. Mein Aufenthalt hier hat allerdings nichts mit einer politischen Mission zu tun. Ich arbeite für *Solar Spice & Liquors*, eine Firma, die von Terra aus arbeitet. Mein Name ist David Falkayn. Ich stamme von Hermes.«

»Nicholas van Rijn ist natürlich auch hier bekannt.« Sie nickte. »Ich kenne ihn persönlich.«

Falkayn wußte, daß vom Ruhm seines Chefs einiges für ihn abfiel. Die Einladungen und Aufmerksamkeiten von seiten der Industriemagnaten und deren Frauen und Töchtern waren ein Abglanz dieses Ansehens und galten nur teilweise Falkayns eigenen Heldentaten.

Dabei war ihm allerdings ein etwas paradoxer Umstand aufgefallen. Die Geschwister Beldaniel, Kim Yoon-Kun, Anastasia Herrera, Bürger und Bürgerin Latimer, die Gründer und Besitzer von *Serendipity & Co*, einer Firma, die von sich behauptet, über sämtliche Informationen des erforschten Alls zu verfügen, wissen von uns nichts. Sie ließen sich kaum in Gesellschaft blicken und blieben lieber unter sich, in den Räumlichkeiten der Firma oder auf dem Schloß, in das kein Außenstehender je eingedrungen war. Ich möchte zu gern dieses Frauenzimmer aus der Reserve locken, dachte Falkayn.

Sie sah gar nicht so übel aus, diese Thea Beldaniel, mußte er zugeben. Groß, schlank, gute Figur, obwohl der strenge weiße Anzug sein Möglichstes tat, dies zu verbergen. Das kurzgeschnittene Haar betonte die schöne Kopfform. Ihr Gesicht war von klassischer Schönheit und Kühle. Sogar eine antike Statue hätte mehr

Wärme ausgestrahlt. Ihr Alter war schwer abzuschätzen, aber die Vierzig mußte sie überschritten haben. Dank ausgeklügelter Körperpflege und der Anwendung der besten Verjüngungsmittel hätte sie ebensogut zehn Jahre älter sein können. Ein paar graue Strähnen im brünetten Haar, und kaum sichtbare Fältchen um die Augen waren die einzigen Zeichen vorgerückter Jahre. Die Augen waren das Schönste, fand Falkayn. Groß und von leuchtendem Grün.

Er streckte sich die Zigarre an und ließ genüßlich den Rauch über die Zunge ziehen. »Vielleicht könnten wir ins Geschäft kommen. Es heißt, daß Sie Informationen kaufen, bar oder gegen Spesenersatz.«

»Richtig. Je mehr, desto besser. Allerdings muß ich Sie darauf aufmerksam machen, daß wir die Preise festsetzen. Es kann vorkommen, daß ein Informant leer ausgeht, auch wenn er uns Daten liefert. Der Wert einer Information hängt davon ab, was über diesen bestimmten Punkt schon in unseren Datenbanken gespeichert ist. Außenstehenden können wir natürlich keinen Einblick in unsere Bestände gewähren, ohne die Geheimhaltung zu gefährden. Wenn Sie uns etwas verkaufen wollen, Bürger Falkayn, müssen Sie sich auf unseren guten Ruf als Geschäftspartner verlassen.«

»Sehen Sie, ich kenne viele Planeten, fremde Rassen und Kulturen verschiedenster Art . . .«

»Wir nehmen auch Erzählmaterial allgemeiner Art, bewerten es allerdings nicht hoch. Am nützlichsten sind für uns gründlich recherchierte und belegte Tatsachen. Es muß dabei nicht unbedingt um neue Entdeckungen im All gehen. Die Vorgänge aus den großen, zivilisierten Welten sind oft von viel größerem Interesse.«

Falkayn wurde direkter. »Sie wissen, daß ich für Bürger van Rijn in leitender Position tätig bin. Angenommen, ich liefere Ihnen bestimmte Einzelheiten über seine Geschäfte, die er unter Verschluß hält. Würden Sie solche Informationen kaufen?«

»Vermutlich. Aber wir könnten sie nicht an andere weitergeben. Unsere Stellung innerhalb der Polesotechnischen Liga hängt ganz von unserer Vertrauenswürdigkeit ab. Das ist einer der Gründe, weshalb wir einen so kleinen Mitarbeiterstab haben, nur ein paar Experten und Techniker, durchweg Nichthumanoide. Alles andere erledigen unsere Computer. Unsere zurückgezogene Lebensweise hängt ebenfalls damit zusammen. Wenn Bürger van Rijn weiß, daß wir mit Bürger Harleman von der *Venusischen Genußmittel Gesellschaft* nicht in gesellschaftlicher Beziehung stehen, dann hat er um so weniger Grund zu der Annahme, daß wir Geschäfte mit ihm machen.«

Thea Beldaniel verschränkte die Hände und lehnte sich zurück. »Bürger Falkayn, Sie waren so lange in den Grenzgebieten tätig, daß Sie vielleicht nicht ganz verstehen, nach welchen Prinzipien unser Unternehmen geführt wird. Ich will es Ihnen kurz erklären:

Das Problem der Datengewinnung und -verarbeitung wurde durch die Elektronik längst gelöst. Das Problem der Datenauswertung ist jedoch geblieben. Der geistige Horizont der Menschen und anderer raumfahrender Rassen erweitert sich schneller als das erforschte Universum. Nehmen wir an, Sie wären Wissenschaftler oder Künstler und hätten eine neue Idee. Nun gibt es Tausende bekannter Welten mit Milliarden Bewohnern, von denen einige Ihre Idee vielleicht schon vor Ihnen hatten. Was könnten Sie von Ihnen übernehmen? Was könnten Sie wiederum an wirklich Neuem beitragen? Nun, Sie haben die Möglichkeit, Bibliotheken und Datenbanken durchzuforsten, und sich mehr Material beschaffen, als Sie bewältigen können. Sie könnten Ihr Leben lang lesen und Unterlagen studieren und könnten doch nicht alles auswerten. Noch komplizierter wird es, wenn eine Firma sich auf eine Unternehmung einläßt. Welche Entwicklungen auf anderen Planeten werden dem Vorhaben entgegenwirken und es womöglich zunichte machen? Oder aber es werden Möglichkeiten glatt übersehen, weil niemand imstande ist, sich einen Gesamtüberblick zu verschaffen.«

»Das sind Fragen, die mir nicht unbekannt sind«, sagte Falkayn trocken. Ihr belehrender Ton ärgerte ihn nicht, er wunderte sich bloß darüber. War diese Person wirklich so instinktlos, daß sie einen potentiellen Kunden wie einen unwissenden Sechsfüßler aus einer Steinzeitwelt behandelte?

»Versteht sich«, fuhr sie ungerührt fort. »Im Prinzip ist auch die Antwort selbstverständlich. Computer sollten Daten nicht nur speichern, sie sollten sie auch sichten. Sie sollen mögliche Zusammenhänge aufspüren, sie überprüfen, und das mit elektronischer

Geschwindigkeit und Präzision. Anders ausgedrückt, sie sollen sozusagen Vorschläge unterbreiten. Das hat sich in der Praxis als sehr schwierig erwiesen. Ohne einen gewaltigen Fortschritt auf dem Gebiet der Kybernetik wäre es nicht möglich gewesen. Außerdem – die Mitglieder der Liga hüteten eifersüchtig ihr mühsam erworbenes Wissen. Warum einen Konkurrenten zum Mitwisser machen? Oder eine öffentliche Datenbank und damit indirekt die Konkurrenz? Oder einen Dritten, der zwar kein Konkurrent ist, aber mit der Konkurrenz in Geschäftsverbindungen treten konnte – oder sich womöglich zu einer Diversifizierung seiner Interessen entschloß und sich zu einem Konkurrenten mauserte?

Ob eine Information brauchbar war oder nicht ... sie zu erwerben, hatte etwas gekostet. Machte man seinen Wissensvorrat frei zugänglich, so würde ein Unternehmen bald bankrott gehen. Deswegen ging der Austausch von Handelsgeheimnissen sehr zögernd und schleppend vor sich.

Serendipity & Co hat dieses Problem dank besserer Systeme gelöst – ich meine damit nicht nur verbesserte elektronische Einrichtungen, sondern bessere Ideen zum Wissensaustausch.«

Falkayn lehnte sich zurück. In ihm kämpften Verblüffung und Faszination gegeneinander. Diese Person war ihm irgendwie unheimlich. Sie war jedenfalls noch seltsamer, als man ihm ihre Partner geschildert hatte. Warum, in Gottes Namen, führte sie mit einem Mann, der entschlossen war, ihr Klient zu werden, ein Grundsatzgespräch? Über die Herkunft dieser Leute wurde viel gemunkelt. Aber wie war das Benehmen zu erklären, das sie hier vor ihm an den Tag legte?

Sie kniete sich immer mehr hinein, das war unverkennbar, trotz ihrer gelassenen Redeweise. »Je mehr Informationen in einer Hand zusammenkommen, desto größer die Wahrscheinlichkeit, eine für einen bestimmten Kunden nützliche Wechselbeziehung aufzuzeigen. Die Schaffung eines solchen Pools dient also dem Allgemeinwohl, vorausgesetzt, niemand gewinnt daraus einen besonderen Vorteil. Das ist der Service, den wir anzubieten haben. Wir stützen uns natürlich auf allgemein zugängliche Quellen. Das ist an und für sich schon von großem Wert, da auf den unzähligen uns bekannten Planeten eine Unmenge von Bibliotheken und Datenbanken verstreut sind.

Zusätzlich kaufen wir Informationen von Einzelpersonen, wenn sie uns wertvoll erscheinen. Und wir verkaufen wiederum an diese Personen Daten, die für sie von Interesse sein könnten. Das alles spielt sich anonym ab, und das halte ich für sehr wesentlich. Wir, die wir das Unternehmen gegründet haben, wissen nicht und wollen auch nicht wissen, welche Fragen Sie stellen, welche Antworten Sie bekommen, was Sie daraus folgern, wie Ihre Computer diese bewerten und welche zusätzlichen Schlüsse die logischen Schaltkreise ziehen. Das alles behalten die Maschinen für sich. Wir oder unsere Mitarbeiter befassen uns mit den Problemen nur auf ausdrücklichen Wunsch des Kunden. Ansonsten gilt unser Interesse nur der Statistik, dem durchschnittlichen Input und Output. Unsere Firma ist mit dem uns entgegengebrachten wachsenden Vertrauen gewachsen. Zahllose private Nachforschungen haben ergeben, daß wir niemanden bevorzugen, nichts verraten und unbestechlich bleiben.«

Sie beugte sich vor und sah ihn unverwandt an. »Nehmen wir beispielsweise an, Sie möchten uns vertrauliche Informationen über Ihre Firma anbieten. Handelt es sich um mündliche Angaben, würden wir sie zwar speichern, da auch ein Gerücht oder eine bewußte Falschmeldung eine Information darstellen, aber wir würden sie mit dem Vermerk ›unglaubhaft‹ versehen. Schriftlich abgesicherte Beweise sind selten, da die Abwehreinrichtungen gegen Handelsspionage sehr wirksam sind. Sollte die Spionageabwehr einmal versagen – nun, wir kaufen das Material. Eine Überprüfung würde rasch ergeben, daß wir Diebesgut erworben haben, eine Tatsache, die wir vermerken. War Ihr Chef der einzige, der zu dieser Information Zutritt hatte, dann machen wir so lange keinen Gebrauch davon, bis wir sie auch von anderer Seite angeboten bekommen. Doch die logischen Schaltkreise würden sie bei ihren Empfehlungen mitverwerten – sie sind darauf programmiert, dies bei jedem Kunden zu tun. So würden sie einem Konkurrenten Ihres Arbeitgebers von einem bestimmten Vorgehen abraten, weil sie dank der gestohlenen Informationen wüßten, daß es zwecklos wäre. Sie würden ihm aber nicht verraten, weshalb sie ihm davon abraten.«

Falkayn nützte eine Pause, die sie zum Atemholen brauchte. »Wenn jemand Sie regelmäßig konsultiert, ist es also zu beiderseitigem Vorteil. Je mehr Ihre Maschinen bei den einzigen Sitzungen erfahren, desto bessere Ratschläge können sie erteilen. Das ist das Geheimnis Ihres überraschenden Aufstiegs.«

»Es ist einer unserer Wachstumsmechanismen«, sagte sie darauf. »Ich darf aber sagen, daß uns gestohlene Informationen eher selten angeboten werden. Weshalb sollte Bürger van Rijn uns nicht darüber informieren, daß meinetwegen eines seiner Handelsschiffe zufällig einen Planeten entdeckte, dessen Bewohner wundervolle Skulpturen herstellen? Soviel wir wissen, befaßt er sich nicht mit Kunsthandel. Als Gegenleistung erfährt er zu einem Vorzugspreis, daß ein Forscherteam von Wasserstoffatmern auf einen Sauerstoffplaneten gestoßen ist, auf dem eine neue Weinsorte kultiviert wird.«

»Eines ist mir dabei unklar«, sagte Falkayn. »Ich habe den Eindruck gewonnen, mein Chef müßte persönlich herkommen, wenn er sich wichtige Fakten beschaffen möchte. Stimmt das?«

»Nicht in diesem speziellen Fall«, gab sie zurück. »Uns ist klar, was gewünscht wird. Aber die Geheimhaltung muß gewahrt werden, Sie zum Beispiel . . .« Sie sah ihn mit neu erwachter Aufmerksamkeit an. »Ich stelle mir vor, daß Sie sich vor den Computer setzen und sagen: ›Ich bin David Falkayn. Ich brauche sämtliche Informationen, die für mich von Wert sein könnten.‹ Sicher haben Sie guten Grund zu der Annahme, daß die Datenbanken über Sie Fakten gespeichert haben. Sie verstehen sicher, daß wir in Ihrem ureigenen Interesse handeln, wenn wir nicht jeden unkontrolliert an unsere Computer lassen. Wir fordern von jedem Klienten, daß er sich eindeutig ausweisen kann.«

Falkayn wollte in die Tasche greifen, doch sie winkte ab. »Nein, nein, nicht mir gegenüber. Ich muß nicht wissen, ob Sie der sind, der Sie behaupten zu sein. Aber die Maschine fordert ein Retinabild, Fingerabdrücke, alles Übliche, wenn Sie im Commonwealth registriert sind. Wenn nicht, dann wird Ihnen mitgeteilt, auf welche Weise Ihre Identität einwandfrei festgestellt werden kann.« Sie erhob sich. »Kommen Sie, ich bringe Sie hin, damit Sie sehen, wie die Sache funktioniert.«

Falkayn, der ebenfalls aufstand und ihr folgte, beobachtete ihren Gang und versuchte dahinterzukommen, ob sie wirklich so kühl war, wie sie sich gab.

Unwichtig. Ihm war etwas viel Interessanteres eingefallen. Er glaubte nun zu wissen, warum sie ihm praktisch einen Einführungsvortrag gehalten hatte, obwohl sie wissen mußte, daß er über die Materie Bescheid wußte. Er hatte dieses Verhalten anderswo zur Genüge kennengelernt. Der gebräuchliche Name dafür war Fanatismus.

3

Allein und doch nicht allein, denn das große Quasi-Gehirn leistete ihm Gesellschaft und hatte bereits zu ihm gesprochen, nahm Falkayn sich einen Augenblick Zeit und begutachtete seine Umgebung. Obwohl er sein Leben lang mit Computern zu tun gehabt hatte, einschließlich seines geliebten ›Schlauköpfchens‹, empfand er diesen hier als unheimlich. Er versuchte dahinterzukommen, warum das so war.

Er saß in einem ganz normalen verstellbaren Stuhl vor einem normalen Schreibtisch mit standardmäßiger Büroausstattung. Er war umgeben von kahlen grauen Wänden, weißem Fluorlicht, geruchloser aufbereiteter Luft. Ein schwaches Summen lockerte die Stille auf. Vor ihm befand sich ein Einheitsschaltpult und ein großer 3D-Schirm, der im Moment nichts anzeigte. Was war daran unheimlich?

Sicher war dies bloß seine subjektive Einstellung, die Reaktion auf die Aura des Geheimnisvollen, das dieses Unternehmen umgab. Die Detektive der übervorsichtigen Liga hatten bestätigt, daß die Gründer und Besitzer von *Serendipity* keine besonderen Bindungen zu einer anderen Gruppe hatte, besser gesagt, daß sie mit niemandem im ganzen bekannten All, humanoid oder nicht, Beziehungen pflegten. Auch ihre Herkunft blieb im dunkeln. Ihr frostiges und steifes Wesen – Thea Beldaniel war offenbar typisch für das ganze

Halbdutzend – und ihre abgesonderte Lebensweise verstärkte den Eindruck der Isolation noch.

Ihr Geheimnis blieb unentdeckt. Es war praktisch unmöglich, dahinterzukommen, da das Universum zu groß war. Allein das winzige Segment eines Randbereichs des Spiralarms einer einzigen Galaxis, das wir bislang erforschen und nutzbar machen konnten, ist schon zu groß. Während man Tausende von verlockenden Sonnen ansteuerte, übersah man daneben unzählige andere. Bis alle entdeckt, geschweige denn erforscht sind, werden Jahrhunderte vergehen. Und der Großteil aller existierenden Sonnensysteme wird nie entdeckt werden.

Die Partner waren mit einer Ladung Schwermetallen im Solsystem aufgetaucht. Sie hatten ihre Ladung zu einem guten Preis verkauft und damit ihr Unternehmen gegründet. Obwohl sie viele Einzelteile von der Erde bestellten, waren die wichtigsten logischen Schaltkreise und Speichereinheiten von unidentifizierbarer Herkunft. Nicholas van Rijn hatte einmal aus Neugier einen Zollinspektor bestochen, ergebnislos, wie es sich zeigen sollte. Der Mann hatte bloß gesagt: »Sehen Sie, Sir, ich stelle fest, um welche Güter es sich handelt, ob sie gefährlich sind, eine Krankheit übertragen oder Sprengstoff enthalten oder ähnliches. Bei unserer freien Marktwirtschaft sind mir keine Handhabe gegeben. Was *Serendipity* da geliefert bekam, war eine Ladung von Computerteilen. Nicht von Menschen gefertigt, dafür entwickelt man in meinem Beruf mit der Zeit einen Blick. Sie sagen nun, daß die Leistungen dieses Unternehmens unübertroffen sind? Dann ist mir die Sache klar. Diese Leute haben einen Planeten entdeckt, der uns in dieser Hinsicht voraus ist. Sie sind miteinander ins Geschäft gekommen und schweigen sich darüber aus. Würden Sie doch auch, Sir. Oder nicht?«

Falkayn wurde aus seinen Überlegungen gerissen. Die Maschine hatte ihn angesprochen. »Verzeihung?« Sofort korrigierte er sich insgeheim. Sich bei einem Computer zu entschuldigen ... Er griff zu seiner Zigarre und zog nervös daran.

Die Roboterstimme hatte nicht den ebenmäßigen Baritonklang der meisten Computer.

Sie war hoch und enthielt einen merkwürdigen Pfeifton. Höhe

und Sprechgeschwindigkeit änderten sich in einem schwer zu beschreibenden Rhytmus.

»David Falkayn von Hermes, im Dienste der *Solar Spice and Liquors Company*, Ihre Identität wurde bestätigt. Ihr Name taucht im Zusammenhang mit verschiedenen Berichten in der Datenbank auf, insbesondere mit den Episoden auf Beta Centauri, Ikrananka und mit Merseia.« Allmächtiger! dachte Falkayn. Wer hat denn die Geschichte von Ikrananka hier eingespeichert? »Viele andere Punkte sind logisch mit diesen Angaben verknüpft und ergänzen andere Daten. Alle Verzweigungen aufzuzeigen, ist praktisch sinnlos. Wir müssen daher einen Ausgangspunkt wählen und die davon ausgehenden Assoziationsketten gezielt absuchen. Erweisen sie sich als unergiebig, dann suchen wir andere Ketten ab, notfalls wird auch ein anderer Ausgangspunkt gewählt, bis wir ein befriedigendes Resultat erzielen.« *Oder bis mir das Geld ausgeht*, ergänzte Falkayn im Geiste. »Was wollen Sie in Erfahrung bringen?«

Falkayn riß sich zusammen. »Hm, versuchen wir es mit den Stichworten ›Neue Märkte‹ und ›Extrasolare Planeten‹.«

»Da hier geheimes Material nicht freigegeben wird, dürfen Sie nichts fragen, was gewöhnliche Datenbanken nicht auch liefern.«

»Moment. Ich möchte eine Auskunft, die typisch für die Art dieses Datenspeichers ist. Nehmen wir die Stichworte ›Falkayn‹ und ›Gewinn.‹ Wir wollen mal sehen, welche Assoziationsketten es gibt.«

»Akzeptiert.«

Wurde das Summen lauter oder vertiefte sich die Stille? Falkayn lehnte sich bequem zurück und versuchte sich zu entspannen. Hinter diesem Paneel, hinter diesen Wänden jagten Elektronen und Quanten durch das Vakuum, Ladungen und Defektladungen glitten durch Kristallroste; verzerrte Moleküle und magnetische, elektrische und nukleare Felder samt Schwerefeldern traten in Wechselwirkung. Die Maschine dachte.

Die Maschine träumte.

Falkayn stellte sich die Frage, ob sie ununterbrochen funktionierte und unendliche Gewebe von Wechselbeziehungen und Zusammenhängen herstellte, unabhängig davon, ob ein Klient davor saß oder nicht. Ja, wahrscheinlich. Auf diese Weise kam der Computer dem Ziel nahe, diesen erforschten Winkel des Universums lückenlos zu erfassen. Und dennoch blieb die Tatsache, daß es zu viele Fakten gab und daß die möglichen Zwischenbeziehungen unendlich waren. Die wenigen nützlichen Informationen erstickten praktisch in der Masse. Jede wichtige Entdeckung beruht auf dem Erkennen solch seltener, aber bedeutsamer Querverbindungen. Erst ein Wesen wie Falkayn, das aus dem lebendigen Kosmos in die sterile Höhle des Computers eindrang, löste dessen wahre Aktivität aus und stellte die Verbindung bislang isolierter Fakten her.

»David Falkayn von Hermes!«

»Ja?« er richtete sich gespannt auf.

»Eine Möglichkeit. Sie erinnern sich gewiß, daß Sie vor Jahren feststellten, der Stern Beta Centauri besäße Planeten.«

Falkayn frohlockte. Der Mensch war noch immer mindestens so wichtig wie dieses blinde Riesengehirn. »Und ob ich mich erinnere! Damals wurden meine Vorgesetzten auf mich aufmerksam, und meine Karriere begann. Blaue Riesensonnen haben keine Planeten. Bis auf diese eine.«

»Das wurde gespeichert wie üblich«, ließ sich der Computer ungerührt vernehmen. »Ihre vorläufige Erklärung des Phänomens wurde später bestätigt. Während der Stern kondensierte, ein Nukleus, umgeben von einer ausgedehnten Nebelhülle, zog ein Planetenschwarm vorbei. Die Reibung mit dem Nebelfeld bewirkte einen Energieverlust, und sie wurden im Schwerefeld der Sonne gefangen.

Sonnenlose Planeten sind häufig. Man schätzt, daß ihre Zahl die der Sterne um das Tausendfache übersteigt. Das heißt, daß dunkle Körper aller Größenordnungen, von Superplaneten, größer als Jupiter, bis zu Asteroiden, im interstellaren Raum das dreifache Volumen der selbstleuchtenden, Sterne genannten Körper, einnehmen, auf denen sich Kernspaltungen abspielen. Die astronomischen Entfernungen sind jedoch so groß, daß die Wahrscheinlichkeit des Aufeinandertreffens sehr gering ist. Freie Planeten wurden auch im tiefsten Raum nur selten gesichtet. Ein richtiges ›Einfangen‹ eines Planeten durch eine

Sonne ist so selten, daß der von Ihnen festgestellte Fall sicher ein Einzelfall ist.

Ihre Entdeckung erregte Aufsehen, so daß kurz darauf eine Gruppe von Gelehrten aus dem Land Kothgat des Planeten Lemminkainen eine Expedition unternahm. Die Namen sind in Anglic angegeben. Hier ist der vollständige Bericht.« Aus einem Schlitz glitt ein Mikrofilm, den Falkayn automatisch einsteckte.

»Ich weiß davon«, sagte er. »Es handelt sich um eine nicht-humanoide Zivilisation, die gelegentlich mit uns Beziehungen pflegt. Damals habe ich die Geschichte verfolgt, weil ich, wie gesagt, persönliches Interesse daran hatte. Die Expedition überprüfte jeden bis dahin noch nicht erforschten Riesen in einer Entfernung von einigen hundert Lichtjahren. Resultat negativ, wie erwartet – was auch erklärt, warum es zuvor niemand versucht hat.«

»Damals waren Sie auf der Erde und haben ihr Handelspatent erworben«, sagte der Computer. »Andernfalls hätten Sie nichts davon erfahren. Die dortigen Datenspeicher und Kommunikationssysteme sind zwar unübertroffen, aber doch so überlastet, daß Einzelheiten, die zunächst unwichtig erscheinen, gar nicht erfaßt werden. Unter diesen herausgefilterten Fakten befand sich auch der, den sie ansprechen.

Durch Zufall bekam *Serendipity* ein paar Jahre später einen vollen Bericht. Ein Kapitän, der Mitglied des Expeditionsteams gewesen war, überließ uns die Angaben gegen einen Preisnachlaß für Auskünfte in eigener Sache. Seine Informationen und Berichte bezogen sich übrigens auch auf alle Entdeckungen, die er machte. Diese eine war zufällig darunter. Sie gewinnt erst in diesem Moment an Bedeutung, da Ihr Erscheinen eine detaillierte Studie des fraglichen Problems auslöste.«

Falkayns Puls schlug schneller. Er umklammerte die Stuhllehnen.

»Neben dem Mikrofilm bieten wir eine verbale Zusammenfassung«, äußerte sich der Orakel-Computer im Pfeifton. »Ein Einzelgängerplanet nähert sich Beta Curcis. Er wird nicht in ihr Anziehungsfeld geraten, doch ist die Umlaufbahn so schmal, daß er bis auf eine astronomische Einheit herankommen wird.«

Auf dem 3D-Schirm wurde es dunkel, Sterne glitzerten. Einer

davon erstrahlte in kaltem Blau. Er schwoll an, als das Schiff, von dem aus die Aufnahmen gemacht worden waren, näherrückte.

»Beta Crucis liegt etwa zweihundertvier Lichtjahre südlich von Sol.« Der trockene Vortragston in Verbindung mit dem Pfeifen ließ das gezeigte Himmelsbild noch kälter erscheinen. »Typ B1, Masse annähernd das Sechsfache, Radius das Vierfache, Leuchtkraft das Achthundertfünfzigfache von Sol. Ein junger Stern, der an die hundert Millionen Standardjahre in der Hauptreihe bleiben dürfte.«

Die Szenerie änderte sich. Ein Lichtstreifen glitt über den kalten Sternenhintergrund. Falkayn war die Technik bekannt. Man kreuzt entlang zweier oder dreier rechtwinkliger Achsen, und die Aufnahmegeräte nehmen verhältnismäßig nahe Objekte wie Planeten dank der scheinbaren Bewegung auf. Der Standort kann hierauf trigonometrisch errechnet werden. »In diesem Fall wurde nur ein Einzelobjekt aufgespürt, und das in beträchtlicher Entfernung«, sagte der Computer. »Die Expedition ging nun näher heran.«

Das Bild sprang nun auf ein aus dem Orbit aufgenommenes Bild um. Eine Kugel hob sich von den Gestirnen ab. Die eine Seite dunkel mit einem Sternenhimmel über dem luftleeren Horizont. Die andere Seite bläulich-weiß schimmernd. Die einzige sichtbare Gliederung stellten einige Gebirge dar. Der Großteil der Oberfläche aber wies keine besonderen Merkmale auf.

Falkayn überlief ein Schaudern. Eine Kryosphäre! dachte er.

Dieser Planet hatte sich aus einem winzigen Körnchen in einem Urnebel kondensiert. Staub, Steine, Meteoriten treffen im Laufe von Megajahren aufeinander und bilden einen Planeten, der schließlich zwischen den Sternen eine selbständige Bahn einschlägt. Energie war freigeworden durch Radioaktivität und die durch Gravitation hervorgerufene Kompression der Materie zu dichteren Allotropen. Erdbeben erschütterten die neugeborene Sphäre; Vulkane spien Gas, Wasserdampf, Kohlendioxyd, Methan, Ammoniak, Zyanide, Wasserstoffsulfide ... die Stoffe, die auch auf der Erde zur Bildung der Atmosphäre und Ozeane geführt hatten.

Hier gab es keine Sonne, die Wärme ausstrahlte und die chemischen Reaktionen in Gang setzte, die schließlich Leben hervorbrachten. Hier war nur Dunkelheit, Tiefe und eine Kälte, die fast den absoluten Nullpunkt erreichte.

Der Planet gab Wärme ab, und die Ozeane gefroren. Später fielen die Atmosphäregase nacheinander als fester Niederschlag auf die gewaltigen Gletscher. Es war ein Blizzard, der vermutlich über Jahrhunderte gewütet hatte. In einer Eishülle – Eis, das älter war als die Erde selbst – trieb der Planet dahin, leer, namenlos, bedeutungslos, ohne Ziel, bis ans Ende der Zeit.

Bis . . .

»Masse und Durchmesser sind wenig größer als bei der Erde, die Dichte ist etwas geringer«, sagte das Gehirn, das denken konnte, aber kein Bewußtsein hatte. »Weitere Einzelheiten finden Sie im Mikrofilm-Bericht. Alles weist darauf hin, daß der Planet sehr alt ist. Es gibt keine freien Atome in nennenswerter Zahl, von einigen der längsten Halbwertzeiten abgesehen. Ein Landungsteam hat dem Planeten einen kurzen Besuch abgestattet.«

Wieder sprang das Bild um. Falkayn sah durch das Auge der Kamera, wie die Öde auf ihn zustürzte. Beta Crucis wurde größer. Der Stern war so hell, daß man ihn auch auf dem Bildschirm nicht aus der Nähe ansehen konnte. Dennoch war er ein bloßer Punkt in großer Ferne. Trotz der gewaltigen Strahlung gab er weniger Licht ab als Sol an die Erde.

Unbewegte Luft und feste Meere warfen das Licht zurück, so daß Falkayn blinzeln mußte, als er eine Szene beobachtete, die sich auf der Oberfläche abspielte.

Es war eine Ebene, die sich flach von einem Horizont zum anderen erstreckte. Die Raumfähre und die Mannschaft waren darauf die einzigen Unregelmäßigkeiten. Ein Gebirgszug ragte am Horizont auf, dunkles Gestein, weiß durchsetzt. Die Raumfähre warf einen blauen Schatten auf das diamantene Schneegeglitzer unter einem sternenübersäten schwarzen Himmel. Die Lemminkainiten bewegten sich hin und her und entnahmen der Oberfläche Proben. Ihre Ottergestalt wirkte nicht so anmutig wie sonst. Die dicken, isolierten Raumanzüge ließen sie plump und unbeholfen erscheinen. Falkayn konnte sich vorstellen, wie sie von Stille umgeben waren, die nur selten durch Stimmen über Funk unterbrochen wurde.

»Sie entdeckten nichts, was ihnen wertvoll erschien«, fuhr der Computer fort.

»Die zweifellos vorhandenen Mineralschätze lagen zu tief unter der Kryosphäre, als daß sich ein Abbau gelohnt hätte. Mit der Annäherung an Beta Crucis würden Festkörper zwar schmelzen oder verdampfen. Doch würde es noch Jahre dauern, bis der Planet nahe genug herangekommen war und dieser Effekt überhaupt spürbar wurde.«

Unwillkürlich nickte Falkayn. Die Atmosphäre und die Ozeane eines Planeten, kalt wie der interstellare Raum. Es bedurfte vermutlich der Flammen einer Danteschen Hölle, um der Oberfläche auch nur ein kleines Dampffähnchen zu entlocken!

Der Computer erklärte weiter: »Die Nähe zu Beta Crucis würde zwar gewaltige geologische Veränderungen bewirken, Überraschungen würde es aber keine geben. Der Verlauf der Ereignisse war vorhersehbar, da die Eigenschaften der Materie bekannt waren. Die Kryosphäre würde in eine Atmosphäre und später in eine Hydrosphäre übergehen. Diese großen Veränderungen würden jedoch bloß einen spektakulären Vorgang darstellen, ohne neue oder gewinnträchtige Erkenntnisse zu bringen. Dazu kam, daß das Interesse der Lemminkainiten an Naturkatastrophen gering ist. Mit wachsender Entfernung von Beta Crucis würde der Planet die umgekehrte Entwicklung nehmen, und die Kryosphäre würde sich mit der Zeit wieder ausbilden. Es wäre also nichts Grundlegendes passiert.

Die Expedition veröffentlichte ihren Bericht – mäßig interessante Entdeckungen auf einer an sich schon enttäuschenden Erkundungsfahrt. Die Daten wurden als unwichtig eingestuft, abgelegt und vergessen. In den Unterlagen, die auf der Erde einlangten, blieb die nebensächliche Begegnung unerwähnt.«

Falkayn schlug mit der flachen Hand auf den Schreibtisch. Bei Gott, diese Lemminkainiten hatten buchstäblich keine Ahnung von uns Menschen! Wir würden uns das Schauspiel einer auftauenden Eiswelt nicht entgehen lassen!

Seine Phantasie ging mit ihm durch. Angenommen, man hatte einen Planeten wie diesen, dessen Temperatur plötzlich Leben ermöglichte. Die Atmosphäre war zwar giftig, die Oberfläche blanker Fels – aber das ließ sich ändern. Man konnte ein eigenes Königreich entstehen lassen . . .

Nein. Ganz abgesehen von der Kostenfrage – viel günstiger war es, einen unbewohnten, bereits Leben hervorbringenden Planeten ausfindig zu machen – blieben immer noch die nackten Tatsachen physikalischer Gesetze. Menschen waren zwar imstande, Welten zu verändern und sie zu vernichten; noch nie aber war es ihnen gelungen, einen Planeten auch nur einen Zentimeter von seinem festgesetzten Kurz abzubringen. Dazu wären Kräfte von wahrhaft kosmischen Ausmaßen nötig.

Es war also unmöglich, diesen Planeten in eine Bahn um Beta Crucis einschwenken zu lassen. Er mußte seine endlose Wanderung durch den Raum fortsetzen. Das neuerliche Erkalten würde auf sich warten lassen. Die dank der Begegnung mit dem blauen Riesen gewonnene Wärmemenge würde erst über längere Zeit hinweg wieder abgestrahlt werden. Nach ein paar Jahren aber würde die Dämmerung hereinbrechen; nach Jahrzehnten die Dunkelheiten; nach Jahrhunderten Kälte und Untergang.

Der Bildschirm zeigte einen letzten Blick auf den namenlosen Planeten. Das Raumschiff entfernte sich, und die Kugel wurde immer kleiner. Falkayn starrte einen leeren Bildschirm an. In ihm regte sich so etwas wie Respekt.

Seine Stimme klang ihm fremd in den Ohren, als er mit Spott, der Unbekümmertheit vortäuschen sollte, sagte: »Na und? Soll ich etwa Ausflüge zu diesem Ergebnis veranstalten? Gewiß, ein einmaliges Erlebnis für pyrotechnisch Interessierte. Aber wie verschaffe ich mir eine Exklusiv-Lizenz?«

Die Maschine antwortete ihm: »Zunächst müssen gründlichere Studien gemacht werden. So wird man feststellen müssen, ob die gesamte Kryosphäre sich verflüssigen wird. Außerdem muß die weitere Planetenbahn präziser errechnet werden. Aller Voraussicht nach bietet sich der Planet als Standort für Industrien geradezu an. Den Lemminkainiten, denen es an Dynamik und Expansionsdrang mangelt, kam dieser Gedanke nicht. Der hohe Bedarf an schweren Isotopen drängt sich einem in diesem Zusammenhang auf. Deren Herstellung wurde drastisch gesenkt, weil Wärmeentwicklung und Anfall von gefährlichen Abfallprodukten dies geraten erscheinen lassen. Der kalte Planet würde sich vermutlich ideal für die Errichtung entsprechender Anlagen eignen.«

Das war eine Idee, die Falkayn wie ein Hammerschlag traf und ihm wie Sekt zu Kopf stieg. Dabei war es nicht das Geld, das ihn reizte. Das konnte er sich mit weniger Mühe anderswo auch verschaffen. Nein, es war der Jagdinstinkt, der sich in ihm regte. »Menschenskind«, entfuhr es ihm. »Was für Möglichkeiten!«

»Der kommerziellen Möglichkeiten wegen wäre eine gewisse Diskretion im gegenwärtigen Stadium überaus angebracht«, fuhr die Stimme fort, die weder Höhen noch Tiefen kannte. »Unser Vorschlag lautet dahingehend, daß Ihr Chef die übliche Gebühr für eine vorläufige Geheimhaltung entrichtet. Besprechen Sie alles mit Bürgerin Beldaniel, ehe Sie Verbindung mit Bürger van Rijn aufnehmen.« Der Computer machte eine Pause, die Sekundenbruchteile ausmachte. Welche neuen Daten waren ihm eben einverleibt worden? »Aus Gründen, die Ihnen nicht genannt werden dürfen, wird Ihnen dringend geraten, über Ihren Besuch bei uns Stillschweigen zu bewahren, bis Sie Luna verlassen. Im Moment schlagen wir vor, die Sache hier weiter zu verfolgen. Wir hoffen, daß weitere Assoziationsketten wichtige Daten liefern.«

Nach zwei mit dem Computer verbrachten Stunden kehrte Falkayn an den Schreibtisch Thea Beldaniels zurück. »Puh!« stieß er ermattet und triumphierend gleichzeitig hervor.

Sie erwiderte sein Lächeln mit einem Ausdruck, der an Freundlichkeit grenzte. »Sicher hat Ihr Besuch sich gelohnt?«

»Das kann man wohl sagen. Ein paar Punkte möchte ich allerdings noch mit Ihnen abklären.«

»Nehmen Sie Platz.« Thea Beldaniel beugte sich vor. Ihr Blick war aufmerksam und sachlich. »Kapitän Falkayn, während Sie da drinnen waren, habe ich mir von der Datenbank nähere Auskünfte über Sie geben lassen. Natürlich nur Dinge, die allgemein zugänglich sind, und nur in der Hoffnung, Sie dann besser bedienen zu können. Erstaunlich, was Sie geleistet haben.«

Ganz recht, pflichtete er ihr still bei. Laut sagte er: »Danke.«

»Bei uns wird nicht nur mit Computern gearbeitet. Ich dachte mir, daß wir zu beiderseitigem Vorteil in gewissen Bereichen zusammenarbeiten könnten. Was sagen Sie dazu?«

Kaum zu glauben, die Dame verfügte über Ansätze von Humor!

4

Das Hotel Universum fordert mit seiner Werbung von Lunograd aus eine ganze Galaxis heraus:

»Wir bieten jedem Sauerstoffatmer eine gewohnte Umgebung. Bei uns findet er alles für Gesundheit, Sicherheit und Vergnügen. Bei Vorbestellung stellen wir für einen geringfügigen Aufschlag alle nötigen Umwelteinrichtungen bereit. Sollten wir diese Garantie nicht einlösen können, wird der enttäuschte Gast mit dem Betrag von einer Million Credits des Solarcommonwealth entschädigt!«

Das hatte schon viele Raumfahrer gereizt, die absonderlichsten Wesen, die sie auftreiben konnten, mitzubringen. In zwei Fällen hatte die Erfüllung des Versprechens den Millionbetrag überschritten. (Einmal hatte es eines gewaltigen Aufwandes an Forschung und Entwicklung bedurft, um die Molekularsynthese gewisser Nahrungsmittel festzustellen und nachzuahmen; im zweiten Fall hatte die Direktion aus der Heimatwelt des Gastes eigens einen symbiotischen Organismus herbeischaffen müssen). Der erzielte Werbeeffekt macht sich bezahlt. Es sind im besonderen die humanoiden Touristen, die gern den zehnfachen Preis für einen Aufenthalt bezahlen, nur damit sie sich als Kosmopoliten fühlen dürfen.

Chee Lan war kein problematischer Gast. Seit der Entdeckung von Eridani A II bestanden enge Handelbeziehungen mit den Cynthiern, die nun als Touristen, Kaufleute, Experten und Studenten des Solarsystem bereisten. Es gab sogar berufsmäßige Raumfahrer unter ihnen. Chee wurde in einer Standard-Suite untergebracht.

»Nein, ich fühle mich hier nicht wohl«, hatte sie gefaucht, als Falkayn sie anrief, um sich nach ihrem Befinden zu erkundigen. »Die kennen hier nicht mal den Namen meines Planeten. Wie sollen sie dann die geeignete Umwelt für mich zur Verfügung stellen?«

»Deine Leute nennen ihn Heimat-unterm-Himmel, aber schon auf dem nächsten Kontinent heißt er . . .«

»Ich weiß ja, das ist das Schwierige daran. Diese Hohlköpfe wissen nicht, daß Tah-chih-chien-pi eine Welt für sich darstellt, mit geographischen Besonderheiten und eigenen Jahreszeiten. Man hat mich einfach dem nächsten Kontinent zugeteilt, und jetzt friere ich hier!«

»Na, dann häng dich ans Telefon und beschwere dich. Das kannst du doch sonst so gut!«

Chee ließ eine Schimpfkanonade los, folgte aber später seinem Rat.

Einem Erdenbewohner würden die daraufhin vorgenommenen Veränderungen kaum auffallen. Die Schwerkraft war nur wenig geringer als normal. Dazu eine rötlichorange Beleuchtung, die in einem fünfstündigen Tag-Nacht-Rhythmus wechselte. Feuchtheiße Luft voller schwerer Düfte. Behälter mit Riesenpflanzen auf dem Boden, ein von Lianen umrankter Baum, ein Klettergitter, das nicht nur der Gymnastik diente, sondern der normalen Fortbewegung. (Zwar ist die allgemeine Auffassung falsch, die Cynthier wären Baumbewohner wie die Affen. Doch sie haben sich ihrer Umgebung angepaßt und benutzen das dichte Geäst der endlosen Wälder ihrer Heimat zur Fortbewegung.) Weiterhin wäre einem Erdenbewohner das belebte Bild aufgefallen, das ein Fenster ersetzte. Es zeigte Dschungel und Savanne und im Hintergrund eine Karawanserei. Ein paar Bücher lagen auf dem Boden verstreut. Von einigem Interesse war auch die halbfertige Lehmplastik, an der Chee arbeitete, während sie auf Falkayn wartete, der in jenen Angelegenheiten unterwegs war, die das Team hierhergeführt hatte.

In diesem Augenblick wandte sie sich vom Bildtelefon ab, auf dem das Gesicht des Gesprächspartner verblaßte. Sie ließ sich in gespannter Haltung nieder.

Tai Tu, mit dem sie sich ebenfalls angenehm beschäftigt hatte, versuchte ihr brütendes Schweigen zu durchdringen. »Sicher einer deiner Partner?« Er sprach kein Anglic, sondern eine Art Spanisch.

»Richtig geraten. Richte dich gefälligst danach.«

»Darf ich um eine Erklärung bitten?«

»Raus hier. Ich brauche Zeit zum Nachdenken.«

Tai Tu schnappte verblüfft nach Luft.

Ein Terraner hätte Chee Lan hübsch, ja schön gefunden. Für Tai Tu aber war sie faszinierend und begehrenswert und sogar ein wenig angsteinflößend.

Aufgerichtet maß sie einen knappen Meter. Der buschige Schwanz erreichte etwa die Hälfte dieser Länge. Schimmerndes weißes Angorafell bedeckte ihren Körper. Die zwei langen Beine hatten je fünf Zehen an den Füßen, die muskulösen Arme endeten in fünffingrigen Händen. Der runde spitzohrige Kopf erinnerte mit der flachen Nase und dem Schnurrbart an eine Katze. Die riesigen smaragdgrünen Augen wurden durch eine bläulich-graue Maske betont, deren Farbe sich an Füßen, Händen und Ohren wiederholte. Obwohl sie einer lebendgebärenden Warmblüterrasse angehörte, war sie kein Säuger. Die Jungen ihrer Gattung konnten von Geburt an Fleisch zu sich nehmen, indem sie mit den Lippen das Blut aussaugten.

Tai Tu war kleiner und weniger aggressiv. Im Laufe ihrer Entwicklungsgeschichte waren die männlichen Cynthier nie gezwungen gewesen, ihre Jungen mit sich durch das Baumgewirr zu schleppen und für sie zu kämpfen. Er hatte sich geschmeichelt gefühlt, als sie ihm anbot, er könnte zu ihr ziehen. Schließlich war er nur ein schlichter Gastprofessor an der Lomonosow-Universität, während sie als Xenologin in Nicholas van Rijns Diensten stand.

Dennoch hatte er sich seinen Stolz bewahrt. »Das lasse ich mir nicht bieten«, äußerte er.

Chee bleckte die Zähne. Sie waren weiß und spitz. Mit dem Schwanz wies sie zur Tür. »Hinaus. Und komm nie wieder!«

Seufzend machte Tai Tu sich daran, seine Habseligkeiten einzupacken und in sein eigenes Quartier zurückzukehren.

Chee saß mit düsterer Miene da. Schließlich tastete sie auf dem Telefon eine Nummer ein. Keine Antwort. »Verdammt, ich weiß, daß du da bist!« kreischte sie. Der Bildschirm blieb leer. Sie bebte vor unterdrücktem Zorn. »Du und deine dämlichen Meditationen!«

Sie ließ den Apparat unendlich oft klingeln, dann ließ sie es sein. Nachdem sie den Schalter an der Luftschleuse betätigt hatte, lief sie hinaus.

Die Korridore waren auf Erdatmosphäre eingestellt. Chee nahm den Wechsel kaum wahr. Notwendigerweise verfügten die Mitglieder eines Raumfahrtteams über ähnliche biologische Merkmale.

Die Gleitbahn war ihr zu langsam, sie lief in weitausgreifenden Sprüngen daneben her. Unterwegs stieß sie mit Seiner Exzellenz, dem Botschafter des Epopeischen Reiches, zusammen. Er ließ ein indigniertes Krächzen ertönen. Da rief sie ihm über die Schulter ein Wort zu, daß ihm der Schnabel aufklappte und er wie erstarrt liegenblieb.

Unterdessen hatte Chee bereits den Eingang zu Adzels Einzelzimmer erreicht. Sie lehnte sich gegen den Klingelknopf. Ergebnislos. Adzel mußte dieses Kontinuum tatsächlich verlassen haben. Sie benutzte die Klingel als Morsetaste und drückte hintereinander SOS, Hilfe, Maschinenschaden, Zusammenstoß, Schiffbruch, Meuterei, Strahlung, Hungersnot, Seuche, Krieg, Supernova. Das riß ihn aus seiner Trance. Er aktivierte die Ventile, und sie durchschritt die Luftschleuse. Der krasse Druckunterschied verursachte ein Knacken in den Ohren.

»Du meine Güte«, grollte er in seinem wohltönenden Baß. »Was für eine Sprache! Ich fürchte, du bist der Erleuchtung noch ferner, als ich dachte.«

Chee mußte den Kopf in den Nacken legen, um Adzels volle Größe ganz zu erfassen. Zweieinhalb Gee, das unerträgliche Weiß einer simulierten Sonne vom F-Typ, die große Lautstärke eines jeden Geräusches in dieser dichten, trockenen, aufgeladenen Atmosphäre drangen auf sie ein und überwältigten sie. Sie verkroch sich unter einem Tisch. Nichts konnte die Strenge von Adzels Raum mildern. Auch nicht das Filmbild einer unendlichen windgepeitschten Ebene seines Heimatplaneten Woden oder das von der Decke baumelnde Mandala und der Mahajana-Text, den er an die Wand gehängt hatte.

»Ich will annehmen, daß die Bedeutung deiner Nachricht dein Eindringen während meiner Übungen rechtfertigt«, fuhr er streng fort.

Chees Stimmung war gedämpft. »Ich weiß nicht«, gestand sie. »Aber es betrifft uns.«

Adzel richtete sich auf seine Zuhörerrolle ein.

Chee betrachtete ihn und versuchte sich vorzustellen, wie seine Reaktion auf das, was sie zu sagen hatte, ausfallen würde. Vermutlich würde er sie für hysterisch halten. Vielleicht hatte er sogar recht damit. Aber sie würde sich eher vierteilen lassen, als dies einzugestehen.

Adzel ragte mächtig vor ihr auf. Den mächtigen Schwanz miteingerechnet, war sein Kentaurenkörper viereinhalb Meter lang und über eine Tonne schwer. Sein Torso von der Breite eines Scheunentores hatte zwei Arme und entsprechend große viergliedrige Hände. Wenn er den auf einem langen Hals sitzenden Kopf hob, befand sich dieser zwei Meter über den vier paarzehigen Hufen. Der krokodilähnliche Kopf mit den flammenden Nüstern und den furchteinflößenden Zähnen trug Ohren aus festem, knochigem Material, ähnlich der Reihe dreieckiger Rückenschuppen, die vom Kopf bis zur Schwanzspitze eine Kette bildeten. Sein Hinterkopf war stark gewölbt und bot für eine ansehnliche Gehirnmasse Platz. Unter wulstigen Brauen lagen große braune Augen, die ein wenig schwermütig in die Welt blickten. Kehle und Leib waren gepanzert, alles übrige mit Schuppen bedeckt, dunkelgrün am Rücken, an der Unterseite golden schimmernd.

Adzel hatte als angesehener Planetologe gearbeitet, ehe er auf akademische Würden verzichtete und dem schnöden Mammon zuliebe für Nicholas van Rijn arbeitete. In mancher Hinsicht war er den Erdenbewohnern biologisch näher als Chee. Er entstammte einer Gattung von lebendgebärenden Warmblütern, die ihren Nachwuchs säugten.

»David hat angerufen«, erklärte Chee. Sie hatte sich inzwischen wieder beruhigt und zu ihrer schnippischen Art zurückgefunden. »Er hat sich für ein paar Stunden von dem Flittchen losgerissen, mit dem er unsere Zeit vertut.«

»Und ging wie geplant zu *Serendipity*? Großartig. Hoffentlich hat man ihm interessantes Material überlassen.«

»Na, er war ziemlich außer sich. Einzelheiten wollte er noch nicht verraten.«

»Kann ich mir denken. Schon gar nicht über einen nicht verschlüsselten Kommunikationskanal. Soviel ich weiß, ist in dieser Stadt jeder Zehnte ein Spion«, meinte er mißbilligend.

»Ich meine damit, daß er auch nicht herkommen wollte und auch nicht möchte, daß wir ihn in seinem Hotel besuchen und mit ihm reden. Der Computer hat ihm davon abgeraten, ohne Gründe zu nennen.«

Der Wodenit rieb sich das Kinn. »Hm, sehr merkwürdig. Sind diese Räume nicht abhörsicher?«

»Bei den Preisen sollten sie es sein. Aber vielleicht wurde inzwischen ein neuer Wanzentyp auf den Markt gebracht, und der Computer hat bereits davon erfahren. Du kennst ja die Politik, die *Serendipity* verfolgt. David will, daß wir noch heute von Nick mehr Geld verlangen, damit er die Geheimhaltungsgebühr für das heute Gehörte bezahlen kann. Sobald wir wieder auf der Erde sind, wird er uns alles sagen können.«

»Weshalb nicht eher? Wenn er Luna nicht sofort verlassen kann, können wir doch wenigstens einen kleinen Ausflug mit unserem Schiff unternehmen. Solange unser Schlauköpfchen funktioniert, geht die Sache in Ordnung.«

»Hör mal zu, du kluger Bulligator, glaubst du, ich wäre nicht selbst auf diese Idee gekommen? David wollte nicht, zumindest nicht gleich. Eine der *Serendipity*-Teilhaber hat ihn auf das berühmte Schloß eingeladen.«

»Komisch. Ich dachte, daß sie nie Gäste bei sich haben.«

»Da hast du ausnahmsweise richtig gedacht. Er sagte, dieses Geschöpf wollte mit ihm über Geschäfte reden. Sie ließ sich nicht näher darüber aus, deutete aber große Gewinnmöglichkeiten an. Diese Chance wollte er sich nicht entgehen lassen. Die Einladung wurde für sofort ausgesprochen. Er hatte gerade noch Zeit, sich ein frisches Hemd und eine Zahnbürste aus dem Hotel zu holen.«

»Und was ist mit Bürger van Rijns Angelegenheiten?«

»Die müssen warten«, sagte Chee. »David hatte Angst, die Leute würden ihn womöglich wieder ausladen, wenn er nicht sofort zusagte. Es heißt allgemein, daß ihre Seelen aus gedruckten Schaltkreisen bestehen. Sollte bei diesem Besuch nichts herausschauen, dann bot sich ihm wenigstens die einzigartige Chance, einen Blick ins Innere dieses Unternehmens zu tun.«

»Richtig.« Adzel nickte. »David hat richtig gehandelt. Eine solche Gelegenheit bietet sich nicht alle Tage. Ich verstehe gar nicht, warum du so nervös bist. Warten wir eben hier ein paar Tage ab.«

Chees Fell sträubte sich. »Deine Ruhe möchte ich haben! Der Computer eröffnete David eine große Sache. Es handelt sich da um astronomische Größenordnungen, Geld wie Heu. Das konnte ich ihm ansehen. Angenommen, seine Gastgeber wollen ihn außer Gefecht setzen, damit sie selbst an die Sache herankönnen?«

»Aber, aber, meine kleine Freundin«, tadelte Adzel sie. »*Serendipity* mischt sich nicht in die Geschäfte seiner Klienten ein. Es gibt deren Geheimnis nicht preis. In der Regel kennen die Firmenteilhaber die Geheimnisse ihrer Kunden gar nicht. Sie unterhalten keine Verbindungen zu anderen Unternehmen dieser Art. Das haben nicht nur private Ermittlungen ergeben, nein, jahrelange Erfahrung hat dies bestätigt. Hätten sie jemals gegen diese Moral verstoßen und jemanden begünstigt oder benachteiligt, dann wäre dies nicht unentdeckt geblieben. Es gibt kein Mitglied der Polesotechnischen Liga, das sich als vertrauenswürdiger erwiesen hat.«

»Einmal ist immer das erste Mal.«

»Jetzt überleg doch mal, wenn dies nicht zu anstrengend ist«, antwortete Adzel mit ungewohnter Schärfe. »Aber nehmen wir mal an, *Serendipity* hätte Davids Gespräch mit dem Computer belauscht und sich entschlossen, von der Regel abzugehen, sich nie private Vorteile von den Kunden zu verschaffen.

Auch für *Serendipity* gelten immer noch die Regeln der Liga. Wer dagegen verstößt und Mittel wie Mord, Folter, Drogen, Gehirnwäsche oder andere unlautere Methoden anwendet, riskiert den Ausschluß. Und das ist die ganze Sache nicht wert. Überdies ist David immun gegen Erpressung und Bestechung. Wenn man ihm einen weiblichen Köder hinhält, wird er begeistert zugreifen, ohne den Angelhaken zu berühren. Hat er nicht bereits . . .«

Wie es der Zufall wollte, klingelte in eben diesem Moment das Telefon. Adzel drückte den Empfangsknopf. Am Bildschirm zeigte sich Falkayns neueste Flamme. Die beiden erkannten sich sofort. Sie hatten die Dame kurz kennengelernt und waren längst dem alten Vorurteil entwachsen, alle Menschen sähen gleich aus.

»Guten Abend, Bürgerin«, sagte Adzel. »Kann ich Ihnen helfen?«

Ihr Lächeln wirkte melancholisch, ihr Ton verriet Unsicherheit. »Sie müssen die Störung entschuldigen. Aber ich versuche, Ka . . .

Kapitän Falkayn zu erreichen. Er ist nicht zurückgekommen. Wissen Sie . . . ?«

»Hier ist er auch nicht.«

»Wir wollten uns treffen, und ich warte nun schon eine ganze Weile . . .« Veronica schluckte. »Ich mache mir Sorgen um ihn.«

»Eine dringende Sache ist leider dazwischengekommen. Es blieb ihm keine Zeit mehr, Sie zu verständigen«, log Adzel galant. »Ich soll Ihnen sein tiefes Bedauern ausdrücken.«

Sie lächelte matt. »War die dringende Sache blond oder brünett?«

»Weder – noch, Bürgerin. Ich versichere Ihnen, daß es sich um geschäftliche Belange handelt. Er wird vielleicht ein paar Standardtage ausbleiben. Soll er Sie anrufen, wenn er wieder zurück ist?«

»Ja! Würden Sie ihm das bestellen? Vielen Dank.«

Adzel starrte den leeren Bildschirm an. »Ich sage es nur ungern von einem Freund«, meinte er halblaut, »aber manchmal habe ich den Eindruck, daß David in gewisser Hinsicht herzlos ist.«

»Ach was! Das Frauenzimmer hat bloß Angst, er entwischt ihr, ehe sie ihm ein paar Informationen entlocken konnte.«

»Das möchte ich bezweifeln. Ich gebe ja zu, daß dieses Motiv ausschlaggebend war und es bis zu einem gewissen Grad noch ist. Soweit ich menschliches Verhalten einschätzen kann, war ihr Kummer nicht gespielt. Es sieht mir ganz danach aus, als hätte sie für ihn echte Zuneigung entwickelt.« Adzel ließ ein Geräusch ertönen, das Mitgefühl andeuten sollte. »Da lobe ich mir die begrenzte Brunftzeit meiner Rasse. Dem Seelenfrieden viel zuträglicher.«

Chee hatte sich inzwischen beruhigt. Dazu kam das mit jeder Minute wachsende Verlangen, dem Backofen, den Adzel Heimat nannte, mit seinem extrem hohen Schwergewicht zu entfliehen. »Ein besonders hübsches Exemplar nach Davids Geschmack«, sagte sie. »Kein Wunder, daß er seine Arbeit vernachlässigt. Ich könnte mir denken, daß er sich beeilen wird, um wieder zu ihr zurückzukehren. Vielleicht brauchen wir uns seinetwegen wirklich keine Sorgen zu machen.«

»Ich glaube nicht«, sagte Adzel.

5

Mit dem Schnellgleiter war das Schloß im Mondgebirge in wenigen Minuten von Lunograd aus zu erreichen. Auf dem Landweg aber war es eine ungeheuer schwierige Strecke. Bergsteiger wagten sich nie so weit hinaus. Dazu kam, daß ein breiter Streifen zu Lande und in der Luft zum Sperrgebiet erklärt worden war. Dieses Gelände wurde strengstens bewacht und kontrolliert. Bewaffnete Patrouillen und von Robotern bediente Verteidigungseinrichtungen sorgten für die Einhaltung des Verbots – mit jener feudalen Absolutheit, die die Mächtigen in einer Zivilisation ausüben, in der das Recht auf Besitz und Persönlichkeitsentfaltung übertriebene Beachtung erfährt.

Die Anlage war von einer nichthumanoiden Arbeitstruppe errichtet worden, deren Angehörige eigens zu diesem Zweck von einem Dutzend ferner Planeten herbeigeschafft und hinterher wieder zurückgebracht worden waren. Eine Zeitlang waren darüber wilde Gerüchte im Umlauf, die einem Gemisch aus Ablehnung und Neugierde entsprangen. Von Satelliten aus dem All aufgenommene Bilder wurden veröffentlicht, bis der halbe Commonwealth von den hohen schwarzen Türmen wußte, von steilabfallenden Mauern und von dem Raumflughafen in den Mondbergen, in dem lebhafter Betrieb herrschte.

Mit nachlassendem Interesse verstummte auch der Klatsch. Die Mächtigen der Polesotechnischen Liga lebten meist auf großem Fuß und hatten riesige Besitzungen. Die meisten führten sogar ein viel bunteres und exzentrischeres Leben als diese Einsiedler in den Bergen. Und eine gewisse Geheimniskrämerei gehörte ohnehin zur üblichen Geschäftspraxis. Die Firma *Serendipity* galt schon seit Jahren als ein Unternehmen wie jedes andere auch.

Falkayn genoß die Aussicht von seinem in einem oberen Stockwerk gelegenen Zimmer. Wenn die Leute wüßten, daß ich auf diesen geheimnisumwitterten Besitz eingeladen wurde! Ein Lächeln umspielte seine Lippen.

Der Ausblick, der sich ihm aus dem riesigen Fenster bot, war wirklich atemberaubend. Steilabfallende Felsen, Schründe, Klippen, die sich in dunkler Tiefe verloren. Jenseits des Taleinschnittes und beiderseits des Plateaus, auf dem das Schloß aufragte, erhoben sich schroffe Gipfel in den Sternenhimmel. Tief im Süden hing die Erde. Sie befand sich fast in der Vollphase und war blendend hell. Lange Schatten umgaben den bläulichen Schein, der von ihr ausging.

Diese oder noch viel bessere Ausblicke hatte man aber auch von den zahlreichen Berghütten, wo mehr Fröhlichkeit herrschte, wo es gemütlich war und man anständiges Essen bekam und sich bei Musik nett unterhalten konnte. Die Mahlzeit, die er kurz nach seiner Ankunft eingenommen hatte, war ebenso nervtötend funktionell gewesen, wie die großen Räume, die er bis jetzt zu sehen bekommen hatte. Und die Konversation der vier anwesenden Partner hatte sich auf Banalitäten, durchsetzt mit Schweigepausen, beschränkt. Er entschuldigte sich und verließ die Tafelrunde – früher, als es den Gastgebern recht war, wie er merkte. Doch seinen artigen Phrasen hatten sie nichts entgegenzusetzen.

Die Zigarre, die ihm im Büro angeboten worden war, war die einzige geblieben. Und auch diese Geste war in den Kundensessel einprogrammiert worden. Falkayn griff in die Tasche seiner Tunika nach Pfeife und Tabak. Kim Yoon-Kun, ein kleiner Mann mit ausdrucksloser Miene, der in einem uniformierten Hausanzug steckte, war ihm gefolgt.

»Sie hätten ruhig bei Tisch rauchen können, Kapitän Falkayn«, sagte er, »auch wenn von uns keiner diesem . . . Genuß etwas abgewinnen kann.«

»Mich hätte es gestört«, antwortete Falkayn. »Mir hat man früh beigebracht, daß eine Pfeife im Speisezimmer nichts zu suchen hat. Gleichzeitig aber giere ich nach einem kräftigen Zug. Ich bitte um Nachsicht.«

»Selbstverständlich«, ließ die akzentbehaftete Stimme sich vernehmen. »Sie sind hier unser Gast. Wir bedauern nur, daß Bürger Latimer und Bürgerin Beldaniel nicht anwesend sein können.«

Merkwürdig, daß Hugh Latimer seine Frau hier zurückläßt und mit Theas Schwester unterwegs ist. Er gestattete sich im Geiste ein Achselzucken. Wie sich hier die Paare zusammenfanden, war nicht seine Sache. Falls es hier diesbezüglich überhaupt geregelt zuging.

Latimer konnte es angeblich an Trockenheit mit Kim aufnehmen, bloß war er ein geübter Raumpilot. Seine Frau ebenso wie Anastasia Herrera und zweifellos auch Theas Schwester wirkten viel altjüngferlicher als letztere. Ihre Bemühungen, ein zwangloses Gespräch in Gang zu bringen, hätten mitleiderregend gewirkt, wenn man nicht das krampfhafte Bemühen herausgespürt hätte.

Hauptsache, ich bin bald wieder in Lunograd und amüsiere mich mit Veronica, dachte Falkayn.

»Dieser Raum wird Ihnen nicht sehr gemütlich erscheinen«, sagte Kim mit gezwungenen Lächeln. »Sicher ist er für Ihren Geschmack zu karg. Wir sind sechs Personen, dazu ein paar nichthumanoide Angestellte. Die Anlage wurde im Hinblick auf eine eventuelle Firmenerweiterung so groß gebaut. Wir dachten daran, spätere Teilhaber und ihre Familien hier unterzubringen. Bislang ist es nur bei Plänen geblieben. Ich glaube, wir sollten uns in angenehmerer Umgebung unterhalten. Die anderen haben sich schon in den Salon begeben. Wollen Sie Kaffee oder Brandy? Darf ich vorausgehen?«

»Danke. Wann können wir uns übers Geschäft unterhalten?« Falkayn hatte die Hoffnung noch nicht aufgegeben, diese Festung der Langeweile bald verlassen zu können.

»Aber ...« Kim versuchte verwirrt nach Worten. »Für heute abend war es nicht vorgesehen. Ist es nicht üblich, daß zuerst Geselligkeit stattfindet ... daß man näher bekannt wird? Wir rechnen damit, daß Sie zumindest einige Tage bleiben. Sie könnten sich die Zeit mit Ausflügen in die nähere Umgebung vertreiben. Und wir können es kaum erwarten, etwas von Ihren Abenteuern im All zu erfahren.«

»Wie liebenswürdig«, sagte Falkayn. »Leider erlaubt es meine Zeit nicht.«

»Sagten Sie nicht der jüngeren Bürgerin Beldaniel ...?«

»Das war leider ein Irrtum. Inzwischen habe ich mich mit meinem Partner in Verbindung gesetzt und erfahren, daß mein Chef mich schon ungeduldig erwartet. Warum unterbreiten Sie mir nicht schon jetzt Ihren Vorschlag, damit ich ihm definitiv sagen kann, wie lange ich noch ausbleibe?«

»Die für eine eingehende Diskussion benötigten Unterlagen bewahren wir nicht hier auf.« Ungeduld und ein Hauch Nervosität zerrten an Kims Maske. »Aber kommen Sie, wir wollen Ihren Vorschlag den anderen unterbreiten.«

Plötzlich ging Falkayn ein Licht auf. Er will mich unbedingt aus diesem Raum lotsen, dachte er. »Sie wollen also den Beginn der Diskussion ausdiskutieren?« blockte er ab. »Ich finde das eher komisch. Schriftliche Unterlagen sind ja gar nicht nötig. Ich möchte bloß in groben Zügen wissen, was Sie eigentlich wollen.«

»Folgen Sie mir!« Kim wurde seiner Nervosität nicht mehr Herr. »Es handelt sich um Sicherheitsprobleme, die vorher geklärt werden müssen.«

Falkayn begann die Sache Spaß zu machen. Für gewöhnlich war er ein entgegenkommender und verbindlicher Mensch. Wehe aber, jemand kam diesem abenteuernden Kaufmann und Sohn eines adeligen Militärs mit Befehlen! Er setzte eine hochmütige Miene auf. »Wenn Sie mir nicht vertrauen, Sir, dann war die Einladung ein Irrtum. Ich möchte Ihre kostbare Zeit nicht mit Verhandlungen vertun, die von vornherein zum Scheitern verurteilt sind.«

»Aber, aber.« Kim faßte Falkayns Arm. »Kommen Sie bitte mit. Es wird sich alles klären.«

Falkayn rührte sich nicht vom Fleck. Er war kräftiger und schwerer als Kim. Und die Schwerkraft war auf Erdstandard eingestellt, wie stets auf kleinen Welten, wo die Muskeln ansonsten verkümmert wären. Sein Widerstand war ihm gar nicht anzusehen. »In einer Weile, Bürger«, sagte er. »Ich bitte noch einen Augenblick um Geduld. Ich habe diesen Raum aufgesucht, um zu meditieren.«

Kim ließ ihn los und trat einen Schritt zurück. Die dunklen Augen wurden zu schmalen Schlitzen. »In Ihrer Akte steht aber nichts über religiöse Bindungen«, sagte er langsam.

»Meine Akte?« Falkayn zog in gespieltem Erstaunen die Brauen hoch.

»Was unser Computer über Sie gespeichert hat. Eine Zusammenfassung dessen, was die öffentlich zugänglichen Quellen liefern«, versicherte Kim hastig. »Wir ließen uns die Daten geben, um besser auf Sie eingehen zu können.«

»Hm, verstehe. Nun, in gewisser Hinsicht haben Sie recht. Aber einer meiner Teamgefährten ist Buddhist – er ist vor vielen Jahren konvertiert, während seiner Studienzeit auf Terra –, und er hat es verstanden, mein Interesse zu wecken.« Falkayn fand an dem Thema richtig Gefallen. »Außerdem herrscht unter den Gelehrten Uneinigkeit darüber, ob die reineren Sekten des Buddhismus als Religionen im engeren Sinn bezeichnet werden können. Sicher ist, daß sie im Hinblick auf die Gottheit oder andere hypothetische animistische Elemente des Wirklichkeits-Komplexes agnostisch sind. Ihre Lehre vom Karma setzt keine Reinkarnation im allgemeinen Sinn voraus. Das Nirwana ist bei ihnen nicht das Nichts, sondern vielmehr ein Zustand, der in diesem Leben erreicht werden kann und aus . . .«

Und dann war es für Kim zu spät.

Ein Raumschiff zog am Fenster vorbei, ein schlanker Zylinder, der im Schein des Erdenlichts erglühte und innerhalb der Schwerefelder vibrierte. Es richtete sich auf und schoß davon, bis es mit den Sternen verschmolz.

»Hm . . . ich nehme an, daß Bürger Latimer und Bürgerin Beldaniel an Bord sind?« fragte er mit einem Blick zu Kim hin.

»Ein Routineflug«, sagte Kim mit geballten Fäusten.

»Ehrlich gesagt, bezweifle ich das.« Falkayn fiel ein, daß er eine Pfeife in der Hand hielt. Er fing an, sie zu stopfen. »Ich erkenne ein Hyperdrive-Schiff, wenn ich eines sehe. Für interplanetarische Flüge werden die nicht benutzt. Dafür werden billigere Schiffe eingesetzt. Aus demselben Grund werden gewöhnliche Frachter benutzt, wenn es sich als praktisch erweist. Und Teilhaber einer großen Firma machen routinemäßig keine langen Flüge. Ganz klar, es handelt sich um eine dringende Sache.«

Von der ich nichts wissen sollte, fügte er insgeheim hinzu. *Und warum nicht?*

Er sah sich dem zornfunkelnden Blick Kims gegenüber und rang sich ein Lächeln ab. »Meinetwegen hätten Sie unbesorgt sein können«, sagte er. »Mich interessieren Ihre Geheimnisse nicht.«

Kim entspannte sich unmerklich. »Ja, es ist eine bedeutsame Mission, die aber Ihre Geschäftsbeziehung nicht berührt.«

Ach so? dachte Falkayn. Warum hat man mich dann mißtrauisch werden lassen? Du hast dich von der menschlichen Gefühlswelt und Denkungsart so weit entfernt, daß du dir nicht zugetraut hast, mich zu überzeugen, dieser überraschende Start hätte nichts mit mir zu tun ... wenn es wahrscheinlich doch der Fall ist!

Kim versuchte es mit einem Lächeln. »Verzeihen Sie, Kapitän Falkayn. Ich will Sie nicht von Ihren religiösen Übungen abhalten. Bitte, lassen Sie sich nicht stören. Wenn Sie Gesellschaft haben wollen, dann melden Sie sich über die Sprechanlage. Man wird Sie dann zu uns geleiten.« Er machte eine Verbeugung. »Ich wünsche eine angenehme spirituelle Erfahrung.«

Donnerwetter! Falkayn starrte dem enteilenden Kim verblüfft nach. Der Kerl hatte den Spieß doch glatt umgedreht. Meine angeblichen Meditationen nageln mich hier fest, und er gewinnt Zeit ... aber wofür?

Falkayn zündete seine Pfeife an. Er lief auf und ab, von Rauchwolken vulkanischer Dimensionen eingehüllt. Er konnte seine Unruhe kaum bezähmen, sah immer wieder zum Fenster hinaus, setzte sich und sprang wieder auf. War es die fremdartige Umgebung, die sein Mißtrauen nährte, oder spürte er es in den Knochen, daß hier etwas nicht stimmte?

Daß die in den Computern der Firma *Serendipity* gespeicherten Informationen zweckentfremdet wurden, dieser Gedanke war ihm schon gekommen. Die Firmenteilhaber hatten nie zugelassen, daß die Schaltkreise von unabhängigen Kontrollorganen untersucht wurden. Wie leicht war es da, eine Information heimlich abzurufen oder eine Unterhaltung zu belauschen! Und – beim Kosmos – wenn sie sich einmal das Vertrauen erschlichen hatte und die Mächtigen der Liga ihre Dienste voll in Anspruch nahmen, was für einen Spion hatten sie in ihrer Computeranlage zur Verfügung! Was für einen Saboteur!

Dennoch stand eines fest: Nicht ein einziger der übervorsichtigen und gewitzten Unternehmer hatte Grund zu der Annahme gehabt, daß *Serendipity* der Konkurrenz in die Hände gespielt oder sich in eine geschäftliche Transaktion eingemischt hätte.

War es möglich, daß sie ihre Firmenpolitik geändert hatten? Dieser umherirrende Eisplanet war natürlich dazu angetan, den Anständigsten in Versuchung zu führen. Aber verdammt, das paßte nicht zu ihnen! Sechs so starre Persönlichkeiten verwandeln sich nicht von heute auf morgen von Informationsmaklern zu Piraten. Unmöglich.

Falkayn warf einen Blick auf seine Uhr. Eine halbe Stunde war vergangen. Das war ausreichend für den von ihm benutzten Vorwand – der ihm wahrscheinlich ohnehin nicht geglaubt worden war. Er trat an die Sprechanlage, drückte die Taste und sagte: »Ich bin jetzt fertig.«

Kaum hatte er sich umgedreht, als auch schon Thea Beldaniel im Eingang stand. »Das ging aber schnell!« rief er aus.

»Ich war zufällig in der Nähe. Die Nachricht wurde an mich weitergegeben.«

Na, wahrscheinlich hast du die ganze Zeit gewartet, dachte Falkayn.

Sie blieb vor dem Fenster stehen. In dem langärmeligen Kleid mit dem hohen Stehkragen wirkte ihr Gang anmutiger als sonst, und ihr Lächeln hatte an Wärme gewonnen. Eine gewisse Unbeholfenheit aber konnte sie nicht ablegen. Sie blieb steif stehen, als er näherkam. Es war seltsam, doch er spürte, wie von ihr eine gewisse Anziehungskraft ausging. Vielleicht stellte sie eine Herausforderung dar, oder vielleicht war sie auch nur ein wohlgeformtes Wesen.

Er klopfte seine Pfeife aus. »Hoffentlich hat mein Verhalten niemanden brüskiert«, sagte er.

»Aber keineswegs. Ich kann Sie voll und ganz verstehen. Die Aussicht hier ist einmalig, nicht?« Sie hantierte an einem Schaltbrett, und plötzlich war die Beleuchtung gedämpft. Die geisterhafte Mondlandschaft war nun in allen Einzelheiten zu erkennen.

Aha, jetzt hütet man sich, Druck auszuüben, dachte Falkayn zynisch. Im Gegenteil. Je länger ich den Bericht an den guten alten Nick hinauszögere, desto genehmer ist es ihnen. Nun, im Moment habe ich keine Einwände. Die Sache interessiert mich. Und meine Neugierde ist unersättlich.

»Wundervoll ist es da draußen«, flüsterte sie.

Falkayn mustere Thea verstohlen. Das Erdenlicht hob ihr Gesicht aus dem Schatten und umschmeichelte ihren Körper. Sterne schimmerten in ihren Augen. Sie starrte voll Verlangen in das kalte Gefunkel hinaus.

»Sie fühlen sich im Raum zu Hause?« Diese einem gewissen Mitgefühl entspringende Frage war ihm fast gegen seinen Willen herausgerutscht.

»Ich bin da nicht so sicher.« Noch immer starrte sie zum Himmel empor. »Jedenfalls nicht hier, das muß ich eingestehen. Sie müssen uns nachsehen, wenn wir keine amüsante Gesellschaft sind. Das kommt von unserer Schüchternheit, Unwissenheit ... wohl auch von einer gewissen Furcht. Wir leben allein und arbeiten mit Daten – abstrakten Symbolen, weil wir zu nichts anderem fähig sind.«

Falkayn wußte nicht, warum sie sich ihm so offenbarte. Bei Tisch war Wein angeboten worden, da sich die Gastgeber sicher über die Gepflogenheiten in einem entsprechenden Protokoll-Buch informiert hatten. Der ungewohnte Alkohol war ihr nicht zu Kopf gestiegen.

»Ich würde sagen, Sie haben sich großartig gemacht, wenn man bedenkt, daß Sie als völlig Fremde angefangen haben«, sagte er. »Das stimmt doch, oder nicht? Fremde der eigenen Gattung gegenüber.«

»Ja.« Sie seufzte. »Sie sollen alles wissen. Anfangs verschwiegen wir unsere Herkunft, weil wir nicht wußten, welche Reaktion wir damit auslösen würden. Und später, als wir schon vertrauter mit dieser Kultur waren, hatten wir keinen Grund mehr, davon zu sprechen. Niemand fragte uns mehr danach, und wir hatten bereits zu unserem einsiedlerischen Lebensstil gefunden. Außerdem wollten wir keine Publicity. Wir wollen sie auch jetzt nicht.« Sie sah ihn an. In dieser blauen, magischen Beleuchtung war aus der forschen Geschäftsfrau in mittleren Jahren wieder das junge Mädchen geworden, das ihn jetzt fast flehend fragte: »Sie ... Sie werden doch die Medien aus dem Spiel lassen?«

»Mein Ehrenwort.« Das meinte Falkayn ehrlich.

»Die Geschichte ist eigentlich ganz einfach«, fuhr sie gedämpft fort. »Ein Schiff, das einen der kolonisierten Planeten hinter sich läßt und zur Suche nach einer eigenen Welt aufbricht. Eine politische Meinungsverschiedenheit war vorausgegangen, soviel ich weiß. Ach, ich weiß eigentlich gar nichts. Die Sache erscheint mir aus jetziger Sicht völlig nebensächlich. Warum sollten vernunftbegabte Wesen in Streit geraten, weil ... egal. Die Familien verkauften ihre Habe, warfen das Geld in einen Topf, kauften ein großes Schiff und statteten es mit den vollständigsten und modernsten Robotereinrichtungen aus. Und dann kam der Start.«

»Einfach so, ins Unbekannte?« fragte Falkayn ungläubig. »Ohne vorherige Erkundungsflüge?«

»Ach, es gibt so viele Planeten, auf denen Menschen leben können. Sie waren überzeugt davon, daß sie einen finden würden. Man wollte den Gegnern keinerlei Hinweise hinterlassen, wohin die Reise ging . . .«

»Aber . . . sie mußten doch gewußt haben, mit welchen Schwierigkeiten sie auf fremden Welten zu kämpfen haben würden – da kann einem die Biochemie einen Streich spielen, Seuchen, Witterung, alles das kann lebensgefährlich werden, wenn man sich nicht vorsieht . . .«

»Ich sagte schon, daß es sich um ein modernst ausgerüstetes Schiff handelte. Man wollte in einer Umlaufbahn abwarten, bis alle Tests erledigt waren. Und das war für uns ein Glück. Denn unterwegs fiel die Strahlenabschirmeinrichtung in einem besonders wichtigen Teil aus. Mit Ausnahme der Kabinen für die Kinder, die einen Notgenerator hatten, bekam das ganze Schiff eine tödliche Dosis ab. Man hätte die Erwachsenen in einem Krankenhaus vielleicht retten können, aber das Schiff war zu weit von einem Planeten entfernt. Dazu kam, daß auch die automatische Steuerung nicht mehr funktionierte. Es gelang ihnen, ihr Leben gerade noch so zu verlängern, daß sie notdürftige Reparaturen machen und ein paar Roboter programmieren konnten. Dann starben sie. Die Maschinen sorgten für uns Kinder; sie zogen uns in einer lieblosen, mechanischen Art auf. Sie gaben denen, die das alles überlebten, eine gewisse Bildung mit, ein Durcheinander von hauptsächlich technischen Informationen, mit denen sie unsere Köpfe vollstopften. Es machte uns nichts aus. Das Schiff war eine so nüchterne Umgebung, daß wir froh über jede Ablenkung waren. Wir hatten ja nur einander.

Als man uns fand, waren wir zwischen zwölf und siebzehn. Das Schiff hatte sich unter schwachem Hyperdrive weiterbewegt. Man hatte es ihm einprogrammiert in der Hoffnung, es würde schließlich von Lebewesen aufgespürt werden. Diese Lebewesen, unsere

Retter, waren nichthumanoid. Sie waren aber gutherzig und taten für uns, was sie konnten. Natürlich war es zu spät, um noch normale Menschen aus uns zu machen. Wir blieben einige Jahre auf ihrem Heimatplaneten. Wo dieser liegt, braucht niemand zu wissen«, ergänzte sie hastig. »Die Liga ist dort jedenfalls bekannt. Es gab auch etliche kurze Begegnungen, aber die Führungsschicht will verhindern, daß ihre alte Kultur durch die Einflüsse des überspitzten Kapitalismus leidet. Man lebt dort sehr abgesondert und vermeidet es, die Aufmerksamkeit auf sich zu lenken.

Die Umweltbedingungen waren für uns nicht günstig. Außerdem wuchs in uns das Verlangen, Kontakte mit der eigenen Rasse aufzunehmen. Unsere Gasteltern hatten durch die technischen Einrichtungen unseres Schiffes viel Neues kennengelernt und es auch ausgenutzt. Als Gegenleistung verhalfen sie uns zu einem Start – ihre hohe Moral gebot es ihnen. Erst mit einer wertvollen Erzladung und später mit Computerteilen, die wir brauchten. Außerdem waren sie froh, einflußreiche Freunde in der Liga zu besitzen. Früher oder später wird sich ein Kontakt ohnehin nicht vermeiden lassen.«

Thea Beldaniel sah zu ihm auf. »Und das ist die Geschichte, die hinter *Serendipity* steckt.«

Ihr Lächeln war nur eine Maske. In ihrer Stimme schwang ein Hauch von Fanatismus mit, der ihm schon im Büro aufgefallen war.

Nur ein Hauch? Was sie eben berichtet hatte, war nicht irgendeine geschäftliche Transaktion, es war ihre Lebensgeschichte.

War sie das wirklich? Einiges von dem, was sie eben erzählt hatte, klang ihm falsch in den Ohren. Zumindest mußte er weitere Einzelheiten erfahren, ehe er entscheiden konnte, ob es die Wahrheit war. Zweifellos hatte sie sich auf Fakten gestützt. Aber wieviel davon war Wahrheit, und was war wichtig für seine Zwecke?

»Einzigartig«, sagte er. Mehr fiel ihm dazu nicht ein.

»Ich erwarte kein Mitleid«, sagte sie mit einer Festigkeit, die er bewunderte. »Es hätte uns viel schlimmer ergehen können. Ich dachte nur . . .«, sie senkte verlegen den Blick, »daß Sie, der Sie so weit herumgekommen sind und so viel erlebt haben, vielleicht Verständnis dafür aufbringen.«

»Ich würde es gern versuchen«, sagte Falkayn leise.

»Wirklich? Sie glauben, daß Sie es können? Ich meine . . . angenommen, Sie blieben eine Weile hier . . . wir könnten über alles sprechen, über Wichtiges und Unwichtiges, über alles Menschliche . . . und Sie könnten mich den Menschen näherbringen.«

»Ist es das, was Sie von mir wollen? Ich fürchte . . .«

»Nein, nein. Ich weiß, daß Ihre Arbeit vorgeht. Ich könnte mir vorstellen, daß wir – wir Firmenpartner insgesamt – mit Ihnen Gedanken austauschen und vielleicht etwas wirklich Großes und Wichtiges entwickeln. Da könnte es nicht schaden, wenn man eine Weile engen Kontakt hält, meinen Sie nicht auch?« Sie drehte sich halb um. Ihre Hand streifte die seine.

Einen Augenblick lang hätte Falkayn fast »Ja« gesagt. Zu gern hätte er gewußt, was hinter dieser kühlen Fassade steckte. Der Eisplanet konnte warten.

Der Eisplanet! Die Erkenntnis traf ihn wie ein Blitz! Man will mich hier festhalten, dachte er. Das ist es, was hinter Theas Getue steckt. Echte Vorschläge hatten sie nicht zu bieten, sondern nur vage Versprechungen, mit denen sie mich hinhalten. Das werde ich zu verhindern wissen.

Thea Beldaniel zuckte zurück. »Was ist denn? Sind Sie verärgert?«

»Wie?« Falkayn riß sich zusammen. Er lachte sie an, ganz locker, nahm die Pfeife vom Fenstersims und holte seinen Tabaksbeutel hervor. Er mußte seine Hände beschäftigen. »Nein, Bürgerin. Verärgert bin ich höchstens über die Umstände, die mich hindern, hierzubleiben. Aber ich habe keine andere Wahl. Ich muß morgen zeitig fort, widerwillig zwar, aber ich muß.«

»Es war die Rede von ein paar Tagen, die Sie bleiben wollten.«

»Wie ich Bürger Kim bereits erklärte, war das, ehe ich erfuhr, daß der alte van Rijn sich vor Ungeduld nach mir verzehrt.«

»Haben Sie je daran gedacht, für jemand anderen zu arbeiten? *Serendipity* könnte Ihnen ein gutes Angebot machen.«

»Van Rijn ist mein Chef, dem ich die Treue nicht brechen würde«, sagte Falkayn abweisend. »Tut mir leid. Tja, meinetwegen können wir die ganze Nacht verhandeln, aber morgen muß ich fort.« Er schob lässig die Schultern hoch, obwohl seine Haut prickelte. »Aber warum so eilig? Ich könnte ein anderes Mal wiederkommen, wenn ich mehr Zeit habe.«

Ihr Blick war verzweifelt. »Sie lassen sich also nicht überreden?«

»Leider nein.«

»Nun . . . dann folgen Sie mir bitte in den Aufenthaltsraum.« Sie drückte die Taste der Sprechanlage und äußerte ein paar Worte, die er nicht verstehen konnte. Sie gingen den hohen Korridor entlang. Theas Gang wirkte schleppend, sie hielt den Kopf gesenkt.

Kim kam ihnen auf halbem Weg entgegen. Er trat aus einem Seitengang, einen Betäuber in der Hand. »Hände hoch, Kapitän«, sagte er eiskalt. »Ihre Abreise wird sich verzögern.«

6

Delfinburg erstreckt sich von Djakarta aus entlang der Meerenge von Makassar und Celebes bis in die Gewässer des Pazifik. An dieser Stelle ließ sich Nicholas van Rijn von einem Luftgefährt absetzen. Ihm gehörte die Stadt nicht. Genaugenommen erschöpften sich seine Rechte im Besitz eines Hauses, eines Docks für eine größere Ketsch und dreiundsiebzig Prozent der Industrie. Bürgermeister und Kapitän hatten jedoch nichts gegen seinen Vorschlag eines Kurswechsels einzuwenden, damit man näher an die Marianen herankam, als es für gewöhnlich bei ihrer Rundfahrt geschah.

»Tut den armen Teufeln gut, wenn sie die hübschen Inselchen sehen«, strahlte er und rieb sich die behaarten Hände. »Könnte ja sein, daß sie einen Kurzurlaub einschieben und ihren Onkel ehrenhalber anfeuern kommen, wenn er beim Mikronesien-Cup mitmacht und die Regatta mitsegelt. Das heißt, wenn wir am Zweiundzwanzigsten Punkt zwölf vor Ort sind und ein paar Tage Zeit haben. Ich möchte niemandem zur Last fallen.«

Der Kapitän stellte rasch eine Berechnung an. »Ja, Sir«, meldete er, »es ergibt sich zufällig, daß wir am Einundzwanzigsten einlaufen.« Er gab Befehl, weitere drei Knoten dazuzulegen. »Und Sie haben ganz recht, eine kleine Pause schadet nie. Wir könnten die Tanks säubern oder dergleichen.«

»Gut, gut! Sie machen einen armen einsamen Mann überglücklich, der dringend Ruhe und Erholung braucht und hin und wieder einen Gin-Tonic, um den auch zu beruhigen.« Er schlug sich auf den Wanst. »Da ist viel Beruhigung nötig, wie?«

Während der nächsten Woche drillte er seine Besatzung, daß Kapitän Bligh vor Neid erblaßt wäre. Sehr viel machte das den Leuten nicht aus – weiße Segel über bewegtem, grenzenlosem, schaumgekröntem Blau, über dem die Sonne diamantsprühende Gischt warf; bis schwankende Schiffe, Salz auf den Lippen, immerwährender Wind einem die Lungen reinigte und füllte – bloß spielte er den Gekränkten, wenn sie nicht jeden Abend mit ihm zechten. Schließlich ließ er sie in Ruhe. Er wollte, daß sie für die Regatta in Top-Form waren, und wollte sie nicht überanstrengen. Außerdem gab es Probleme mit einer unternehmerischen Transaktion, die sich zweihundert Lichtjahre entfernt abspielte und seine persönliche Anwesenheit erforderte. Er stöhnte, fluchte und rülpste höchst mitleiderregend, was das Arbeitsvolumen aber nicht herabminderte.

»Pocken und Pestilenz! Nichts weiter als ein Schimpfwort! Warum kann ich nicht endlich meine Ruhe haben? Ich, der sich in meinem Alter darauf beschränken sollte, Jüngeren gute Ratschläge zu geben, muß schuften wie ein Maultier. Habe ich denn nicht einen einzigen Vertreter, dessen Verstand etwas wert ist?«

»Sie könnten Ihr Unternehmen verkaufen und würden mehr Geld dafür bekommen, als Sie in Jahrzehnten verbrauchen könnten«, antwortete sein Privatsekretär, der der Kriegerkaste einer Tigerrasse entstammte und keine Furcht kannte. »Und Sie könnten Ihre Arbeit doppelt so rasch erledigen, wenn Sie nicht dauernd jammern würden.«

»Ich soll ein Unternehmen aufgeben, das ich aus dem Nichts aufgebaut habe und das mir Millionen eingebracht hat? Das soll ich sausen lassen? Ich soll sitzen und stumm anhören, wenn Konkurrenten mit Vakuum-Hirnen Unsinn faseln? Wenn Interessengemeinschaften, Gewerkschaften oder« – van Rijn mußte erst Luft holen, ehe er diese Beinahe-Obszönität äußerte – »Bürokraten sich einmischen? Nein, nein, wenn ich auch alt und müde und ausgelaugt bin, so schwinge ich doch mein Schwert bis zum letzten Atemzug. Also, an die Arbeit!«

Er hatte sich sein Büro auf der in einem der oberen Stockwerke gelegenen Sonnenterrassen seines Hauses eingerichtet. Jenseits der Batterien von Telefonen, Computern, Aufnahmegeräten, Datenspeichern und anderen tragbaren Büromaschinen hatte man einen prächtigen Blick auf die Riesenflottille, in mehrreihigen Einheiten angeordnet, aus denen Delfinburg bestand. Von den Produktionsanlagen war nicht viel zu sehen. In der Nähe der Ventile der Mineralgewinnungsanlagen ein paar Wirbel im Wasser, mehr nicht, vielleicht die Schatten von U-Booten, die Fischherden zusammentrieben, oder die köstlichen Düfte von einer Fabrik, die Seetang in Gewürze verwandelte. Die unansehnlichen Anlagen wurden getarnt durch hängende Gärten, Einkaufszentren, Schulen, Freizeitanlagen. Nur wenige Sportboote waren auf dem Wasser. Der Ozean war ruppig, auch wenn man dies bei den stabilisierten Superbarken nicht so ohne weiteres feststellen konnte.

Van Rijn ließ seinen gewaltigen Umfang in einen Strecksessel gleiten. Seine Bekleidung bestand aus einem Sarong und einem Blumenkranz im Haar. Wenn er schon durch Arbeit leiden mußte, dann wenigstens möglichst bequem. »Anfangen!« knurrte er. Die Maschinen fingen zu rattern an und spuckten Fakten aus, Berechnungen, Schätzwerte, Summen und Vorschläge. Auf dem größten Video-Telefonschirm wurde der erste Anruf übertragen. Er kam von einem abgemagerten Menschen, der in einer Entfernung von zehn Parseks einem Krieg entronnen war. Gleichzeitig entströmte den Lautsprechern Mozarts Achte. Eine spärlich bekleidete Schöne holte Bier, eine andere zündete ihrem Herrn und Meister die Trichinopoloy-Zigarre an; eine dritte stellte ein Tablett mit frischen skandinavischen Häppchen vor ihn hin, falls er hungrig werden sollte. Sie kam ihm unvorsichtigerweise zu nahe, so daß er sie mit seinem Gorillaarm an sich ziehen konnte. Sie kicherte und fuhr ihm mit den Fingern durch die fettigen schwarzen Strähnen, die ihm bis auf die Schultern fielen.

»Wozu diese Aufregung?« kläffte van Rijn das Telefon-Bild an. »Irgend so ein wildgewordener Stammeskönig brennt unsere Plantagen nieder. Wir rüsten seine Feinde aus, die ihn schlagen, und handeln sodann Verträge aus, die uns einen winzigen Profit abwerfen. Kapiert?« Der Mann wollte widersprechen, worauf van Rijn fast die Augen aus dem Kopf sprangen. Er zupfte nervös an seinem Kinnbart. Der aufgezwirbelte Schnurrbart bebte. »Was heißt das, örtliche Truppen könnten die Lage nicht meistern? Was haben Sie denn in all den Jahren gemacht? Ihnen Mikado-Stäbchen als tödliche Waffen angedreht? – Okay, meinetwegen können Sie eine Division von außerplanetarischen Söldnern ins Spiel bringen. Versuchen Sie es auf Diomedes bei Großadmiral Delp. Der kann sich sicher noch an mich erinnern und hat ein paar abenteuer- und beutegierige Jungs an der Hand. In einem halben Jahr möchte ich hören, daß alles in allerschönster Ordnung ist, andernfalls werden Sie sich beim Latrinenreinigen wiederfinden!« Eine schroffe Handbewegung, und der Zweite Sekretär schaltete auf den nächsten Anrufer um. Indessen hatte van Rijn seine große Hakennase in seinen Bierhumpen versenkt, tauchte schnaubend und schaumsprühend wieder auf und reichte das Gefäß zum Nachfüllen weiter.

Auf dem Bildschirm erschien ein Nichthumanoider. Van Rijn antwortete ihm in seiner Sprache, die aus einer unheimlich klingenden Abfolge von Pfeiftönen und Schnalzern bestand. Hinterher meinte er mit gerunzelter Stirn: »Ich gebe es nur ungern zu, aber der Kerl scheint mir tüchtig zu sein. Wenn er seine gegenwärtigen Schwierigkeiten meistert, könnten wir ihn zum Sektorboß machen, ja?«

»Ich konnte der Diskussion nicht folgen«, sagte der Sekretär. »Wie viele Sprachen sprechen Sie eigentlich, Sir?«

»Dreiundzwanzig schlecht. Zehn bis fünfzehn gut. Anglic am besten.« Van Rijn entließ das Mädchen, das sein Haar kraulte, mit einem freundlich gemeinten Klaps, der allzu lautstark ausfiel und ihr einen Aufschrei entlockte. »Ach, tut mir leid. Na, lauf schon und kauf dir das Glitzerkleid, mit dem du mich quälst. Vielleicht gehen wir heute aus, und du kannst darin paradieren. Unverschämt, was die Banditen für ein paar Zentimeterchen Stoff verlangen!« Sie quiekte vor Freude und lief davon, ehe er es sich womöglich wieder anders überlegte. Er wandte sich den übrigen Insassinnen seines gegenwärtigen Harems zu. »Laßt euch nicht einfallen, mich auch zu bedrängen. Ihr wartet ja nur darauf, einem armen törichten alten Mann seine letzten Ersparnisse abzujagen und ihn der Bettelei auszuliefern ... Also, was kommt als nächstes?«

Der Sekretär hatte vor dem Telefon Aufstellung genommen. »Eine kleine Änderung, Sir. Ein Direktanruf, Dringlichkeitsstufe Zwei!«

»Hm.« Van Rijn kratzte seinen Brustpelz, stellte den Humpen ab und langte nach einem Happen, den er vertilgte. »Wen haben wir in dem Bereich, der zu Direktanrufen berechtigt ist?« Er schwemmte den Bissen mit Bier hinunter. Dann saß er ganz ruhig da, Zigarre zwischen den Lippen, und blinzelte im Rauch. »Stell die Verbindung her.«

Der Bildschirm flimmerte. Die Übertragung war alles andere als perfekt, da der verzerrte Strahl von einem in Bewegung befindlichen Raumschiff ausgeschickt wurde, die Atmosphäre durchdrang und von einer ganz bestimmten Relaisstation aufgefangen und entzerrt wurde. Van Rijn erkannte den Kontrollraum seines Pionierschiffes *Muddlin' Through,* Chee Lan im Vordergrund, dahinter Adzel. »Na, gibt es Ärger?« begrüßte er sie freundlich.

Während die elektromagnetische Strahlung die Entfernung überbrückte, entstand eine kurze, aber spürbare Pause. »Sieht ganz danach aus«, sagte Adzel. Störendes Knistern begleitete seine Worte. »Und wir können nichts dagegen tun. Ich gäbe viel darum, wenn die Maschinen und Lakaien, mit denen Sie sich umgeben, schon früher einen Kontakt zugelassen hätten ...«

»Jetzt rede ich«, warf Chee ein. »Du redest ja nur herum.« Zu van Rijn gewandt fuhr sie fort: »Sie wissen, daß wir uns bei *Serendipity* umsehen wollten.« Sie schilderte nun Falkayns Besuch bei der Firma und seinen anschließenden Besuch auf dem Schloß. »Das liegt jetzt zwei Wochen zurück. Bis jetzt ist er noch nicht zurück. Nach drei Standardtagen kam ein Anruf. Kein richtiges Gespräch, sondern eine Nachricht, die zu einer Zeit kam, da er wußte, daß wir schliefen. Natürlich haben wir sie gespeichert. Er sagte, wir sollten uns seinetwegen keine Sorgen machen. Er sei der vielversprechendsten Sache seines Lebens auf der Spur und würde eine gewisse Zeit dafür brauchen. Wir sollten nicht auf Luna bleiben, sondern zur Erde zurückkehren.« Ihr Fell sträubte sich und umgab sie wie eine Aureole. »Das war so gar nicht sein Stil. Wir ließen von einem Detektivbüro eine Stimm- und Wortanalyse machen. Es steht jetzt fest, daß er der Sprecher ist. Aber sein Stil ist es nicht.«

»Playback«, ordnete van Rijn an. »Jetzt gleich.« Er starrte wortlos den Bildschirm an, als der blonde junge Mann seine Nachricht durchgab. Dann ließ er abschalten. »Verdammt, du hast recht, Chee Lan. Falkayn hätte normalerweise gegrinst und Grüße an mindestens drei bis vier Mädchen aufgetragen.«

»Na, eine seiner Eroberungen hat uns ohnehin belästigt«, erklärte die Cynthierin. »Eine Spionin, die auf ihn angesetzt worden war und die seiner Technik oder was immer nicht widerstehen konnte. Beim letzten Anruf gab sie tatsächlich zu, daß sie ihn aushorchen sollte, und daß es ihr leid täte und sie nie wieder . . . Na, Sie können sich das Gespräch ja anhören . . .«

»Playback!« Die heulende Veronica erschien auf dem Bildschirm. »Ja, ein hübsches junges Ding. Vielleicht werde ich mich zu einem persönlichen Gespräch mit ihr entschließen. Jemand muß sich dahinterklemmen und herausbekommen, wer sie angeheuert hat!« Van Rijn wurde wieder ernst. »Und was war dann?«

»Wir machten uns große Sorgen«, entgegnete Chee. »Schließlich war es sogar diesem überdimensionalen Koloß von Heiligenstatue zuviel. Wir verlangten im *Serendipity*-Büro Aufklärung, andernfalls wollten wir die Computer eigenhändig zerlegen. Mit einem Schraubenschlüssel. Die faselten etwas von einem Vertrag und von Polizei, aber schließlich versprach man uns, daß er uns anrufen würde.« Grimmig setzte sie hinzu: »Hat er auch getan. Da ist die Aufzeichnung.«

Es war ein längeres Gespräch. Chee kreischte, Adzel wandte seine ganze Beredsamkeit auf, aber Falkayn blieb eisern und unerschütterlich. ». . . es tut mir leid. Ihr wißt gar nicht, wie leid, liebe Freunde. Aber wo der Blitz nun mal einschlägt . . . kurzum, ich habe die Frau meines Lebens gefunden, und damit basta.

Nach unserer Hochzeit werden wir wahrscheinlich zu einer Reise ins All aufbrechen. Ich werde für *Serendipity* tätig sein. Aber nur in technischem Sinn. Denn das, was wir eigentlich anstreben, was mich hier festhält, ist etwas Größeres, etwas Fundamentales, das für die Zukunft ... nein, mehr kann ich noch nicht sagen. Aber macht euch langsam mit dem Gedanken an eine Beziehung mit einer wirklich überlegenen Rasse vertraut. Eine Gattung von Überlegenen, von der wir seit Jahrhunderten träumen, die Älteren, Weisen, die uns entwicklungsgeschichtlich einen Schritt voraus sind ... Ja, natürlich wird *Serendipity* der Firma *Solar Spice & Liquors* alles zurückerstatten. Vielleicht sogar doppelt und dreifach. Denn eine von mir beigesteuerte Tatsache verursachte die ganze Kettenreaktion der Entdeckung. Also dann, lebt wohl.«

Schweigen machte sich breit, unterbrochen vom Rauschen der Wellen und Sternengeflüster. Schließlich schüttelte van Rijn sich wie ein Löwe. »Ihr seid also abgeflogen und habt versucht, mich zu erreichen.«

»Was hätten wir sonst tun sollen?« ächzte Adzel. »David steht vermutlich unter Psychokontrolle. Chee und ich sind unserer Sache fast sicher. Leider haben wir keine Beweise. Wer David nicht persönlich kennt, wird uns nie glauben, weil die Gegenseite so überzeugend glaubwürdig klingt. Ich habe keine Ahnung, was da eigentlich dahintersteckt. Es steht da mehr auf dem Spiel als der gute Ruf von *Serendipity*. Es geht um den Verstoß gegen das Übereinkommen. Mit Davids Entführung haben sie gegen die Gesetze der Liga verstoßen.«

»Wir wurden bei der Polizei auf Luna vorstellig«, sagte Chee, mit dem Schweif auf den Wodeniten zeigend. »Dieser Buddha hat darauf bestanden. Wir wurden bloß ausgelacht. Buchstäblich. Und wir können bei der Liga nicht auf eine Aktion dringen, wir nicht. Wir sind nicht im großen Rat. Sie sind es.«

»Ich könnte den Vorschlag einbringen«, sagte van Rijn bedächtig. »Und nach wochenlangem Hin und Her bekomme ich einen abschlägigen Bescheid. Man wird nicht glauben wollen, daß *Serendipity* aus reiner Gewinnsucht ein solches Verbrechen begeht.«

»Ein paar Wochen sind ohnehin zu lang«, meinte Chee darauf. »Überlegen Sie doch! Angenommen, David hat eine Gehirnwäsche über sich ergehen lassen müssen, damit er Ihnen nicht melden kann, was er von dieser verdammten Maschine erfuhr. Zwar wird man ihn auch dort um Informationen und Ratschläge anzapfen wollen. Na ja, jedenfalls stellte er einen Beweis gegen *Serendipity* dar. Jeder Arzt kann seinen Zustand erkennen und heilen. Man wird sich also so bald wie möglich – oder nötig – des Beweises entledigen. Vielleicht schickt man ihn in einem Raumschiff ins All, mit seiner Verlobten als Bewacherin. Vielleicht bringt man ihn um und beseitigt den Leichnam. Adzel und ich, wir hatten gar keine andere Alternative des Vorgehens. Ich fürchte nur, unsere Nachforschungen werden den für Kapitän Falkayn vorgesehenen Fahrplan beschleunigen.«

Van Rijn paffte seelenruhig an seiner Zigarre. »Euer Schiff ist tipptopp ausgerüstet«, sagte er schließlich. »Meint ihr, ihr könntet in die Festung eindringen und ihn herausholen?«

»Möglich«, sagte Adzel. »Wir wissen nicht, welche Verteidigungsanlagen man dort hat. Auf jeden Fall wäre es Piraterie.«

»Es sei denn, man hält ihn gefangen. In diesem Fall können wir uns hinterher mit Lorbeer bekränzen lassen.«

»Und wenn er freiwillig dort ist?«

»Dann seid Ihr die Dummen.«

»Wir setzen bei einer solchen Aktion sein Leben aufs Spiel«, wandte Adzel ein. »Vielleicht kostet es auch das Leben Unschuldiger, falls er nicht gefangengehalten wird. Es geht uns weniger um unsere eigene Sicherheit als die unseres Kameraden. So tief wir für ihn empfinden, wir gehören einer anderen Gattung und Zivilisation an, ja einer gänzlich anderen Evolution. Wir wissen nicht, ob er sich in normalen Zustand befand, als er uns anrief. Sicher, er verhielt sich sonderbar. Aber könnte das nicht auf den Liebe genannten Zustand zurückzuführen sein? Gekoppelt mit einem gewissen Schuldgefühl, weil er den Vertrag gebrochen hat? Sie sind Mensch, wir nicht. Wir erbitten Ihr Urteil.«

»Und ihr verwickelt mich alten, geplagten Kerl, der nur seine Ruhe und einen klitzekleinen Profit möchte, in die ganze Sache«, wehrte van Rijn sich.

Adzel sah ihn ruhig an. »Jawohl, Sir. Wenn Sie uns grünes Licht für den Angriff geben, dann setzen Sie sich und Ihren ganzen Besitz für einen Mann aufs Spiel, der Ihre Hilfe vielleicht gar nicht braucht. Das ist uns ganz klar.«

Van Rijn sog an seiner Zigarre, bis sie aufglühte wie ein Vulkan. Er warf sie zu Boden. »Na schön. Ein lausiger Boß ist der, der seinen Leuten nicht zur Seite steht. Also, planen wir einen Überfall.« Er schüttete den Rest Bier hinunter und warf den Humpen zu Boden. »Verdammt, ich wünschte, ich könnte persönlich mitmachen!« brüllte er.

7

Adzel blieb in der Luftschleuse stehen. »Du wirst doch auf dich achtgeben?« fragte er.

Chee sträubte das Fell. »Gib lieber auf dich acht, solange du ohne Wärter rumläufst. Also, aufgepaßt, du überdimensionierter Quatschkopf.« Sie zwinkerte. »Und jetzt raus mit dir!«

Adzel schloß die Sichtplatte des Helms. In seinem Raumanzug paßte er knapp in die Schleuse. Er mußte warten, bis er wieder draußen war, ehe er seine Ausrüstung auf dem Rücken befestigte. Sie beinhaltete eine kleine schwenkbare Kanone.

Das Schiff glitt knapp über der zerklüfteten Einöde dahin. Der fleckige Tarnanstrich machte es fast unsichtbar in dem dichten Wechsel von blendender Helle und tintenschwarzer Schatten. Erst unter dem Horizont gewann es an Höhe.

Adzel wartete geduldig, bis das Rauschen in seinem Kopfhörer durch Chees Stimme unterbrochen wurde: »Hallo, kannst du mich hören?«

»Tadellos.« In seinem Helm dröhnte das Echo. Er begann das Gewicht zu spüren, das er mit sich schleppte. Er spürte die Gerüche, maschinelle und organische, die sich sammelten. Er merkte die steigende Temperatur, die an seinen Schuppen juckte.

»Gut. Der Strahl bleibt auf dich eingestellt. Ich bin hier in hundertfünfzig Kilometern Höhe in einer fixen Position Der Radar hat mich noch nicht aufgespürt. Hoffentlich bleibt das so. Bei Ihnen alles klar, Sir?«

»Ja.« Van Rijns Worte, von einem gemieteten Maser in Lunograd übertragen, klangen weniger deutlich. »Ich habe hier mit dem Polizeichef gesprochen. Er ist ahnungslos. Meine Leute sind instruiert und werden lautstark für Ablenkung sorgen. Darüber hinaus habe ich einen Richter an der Hand, der einstweilige Verfügungen ausstellt, wenn ich es verlange. Leider kein sehr hoher Richter, obwohl er mich soviel kostet wie Beluga-Kaviar. Lange kann er die Dinge nicht hinauszögern. Wenn sich die Polizei von Luna einmischt, dann sitzen wir in der Tinte. Ed Garver würde seine nicht vorhandene Seele verkaufen, wenn er uns hinter Gitter bringen kann. Ihr müßt schnell sein, so schnell, als würdet ihr eine Viper küssen. Ich gehe jetzt an Bord meines Schiffes, Freunde, und zünde für euch Kerzen an auf meinem Hausaltar von St. Dismas, St. Nicholas und ganz besonders vor dem heiligen Georg.«

Von nun an zählte nur mehr Geschwindigkeit.

Adzel wäre mit einem Grav-Gleiter schneller und leichter weitergekommen. Aber die von einem solchen Gefährt ausgehende Strahlung hätte ihn verraten. Zu Fuß konnte er sich viel näher an das Schloß heranschleichen, ehe er mit Entdeckung rechnen mußte. Er rannte die steilen Hänge hinauf, überwand messerscharfe Grate, kletterte hinunter in Schluchten und auf der anderen Seite wieder hinauf, wich Kraterwänden und Spalten aus. Sein Herz hämmerte, und seine Lungen atmeten in einem tiefen beständigen Rhythmus.

Er machte sich die Vorwärtstendenz seiner Masse zunutze – große Trägheit bei geringem Gewicht – und dazu die natürliche Pendelbewegung seiner Beine, um noch schneller voranzukommen. Manchmal mußte er Hindernisse überspringen, in weitem Bogen und mit einem Aufprall, der ihm tief in die Knochen drang. Er hielt sich im Schatten, wo immer es ging. Doch die Temperatur in seinem Raumanzug stieg unerbittlich nach jedem Überqueren einer besonnten Fläche, schneller, als sein schwaches Kühlsystem sie ableiten konnte. Lichtfilter schützten seine Augen nur ungenügend vor der grellen Sonne. Kein Mensch, kein anderes Lebewesen hätte das ausgehalten, was dieser Sproß eines heißeren Sterns als der Sonne und eines größeren Planeten als der Erde schaffte.

Zweimal mußte er vor einem Patrouillenboot in Deckung gehen. Er arbeitete sich von Schatten zu Schatten vor, um einem Wachposten auszuweichen, dessen Radaranlage und Bewaffnung sich skelettartig vom Himmel abhoben. Ungehindert konnte er den letzten Gipfel erklimmen.

Die Burg ragte am Ende einer gewundenen Zufahrt auf, schwarze spitze Türme über Befestigungsmauern. Jetzt gab es keine Deckung mehr. Adzel ging offen den Weg entlang. Momentan legte sich das Schweigen des Raumes so beklemmend auf ihn, daß es Puls, Atem und Schritte dämpfte. Dann hörte er über die Standardfrequenz: »Halt! Wer da?«

»Ein Besucher«, erwiderte Adzel, ohne seinen gleichmäßigen Schrittrhythmus zu verlangsamen. »Ich komme in einer dringenden Angelegenheit und ersuche um Einlaß.«

»Wer sind Sie? Wie sind Sie hierhergekommen?« Es war eine weibliche Stimme, humanoid, akzentbehaftet und schrill. »Stehenbleiben! Sie befinden sich auf Privatbesitz. Eintritt verboten.«

»Ich bitte vielmals um Entschuldigung, aber ich muß darauf bestehen, daß ich empfangen werde.«

»Zurück! Unten ist ein Pförtnerhaus. Dort können Sie eintreten und mir sagen, was Sie wollen.«

»Vielen Dank für das freundliche Angebot.« Adzel hatte nicht innegehalten. »Bürgerin Beldaniel, wenn ich nicht irre? Soviel ich weiß, befinden sich Ihre Partner im Moment am Sitz der Firma. Korrigieren Sie mich, wenn ich mich irre.«

»Zurück, habe ich gesagt!« kreischte sie. »Oder ich eröffne das Feuer. Das Recht dazu habe ich. Sie sind gewarnt worden.«

»Eigentlich möchte ich Kapitän Falkayn sprechen«, fuhr Adzel fort. Jetzt war er knapp vor dem Haupteingang. Die Schleuse ragte aus der Steinmauer. »Würden Sie ihm wohl ausrichten, daß ich ihn persönlich sprechen möchte? Wir könnten uns im Freien unterhalten. Darf ich mich vorstellen . . . ich bin einer seiner Teamkameraden. Mein Verlangen, ihn zu sprechen, hat daher Vorrang vor Ihrem Verlangen nach Ruhe. Aber ich wollte nicht stören, Bürgerin.«

»Von Teamgefährte kann die Rede nicht sein. Er hat gekündigt. Er hat es Ihnen selbst gesagt. Er will Sie nicht sehen.«

»Ich bedaure es sehr und entschuldige mich zutiefst für die Unannehmlichkeiten, aber ich muß eine direkte Gegenüberstellung verlangen.«

»Er ... er ist nicht da. Er wird sich später mit Ihnen in Verbindung setzen.«

»Sie irren sich vielleicht im Hinblick auf seinen gegenwärtigen Aufenthalt, Bürgerin. Würden Sie mir liebenswürdigerweise gestatten, die Umgebung abzusuchen?«

»Nein! Das ist die allerletzte Warnung! Stehenbleiben, oder ich schieße!«

Adzel gehorchte. Doch seine Muskeln spannten sich unter dem Panzer an. Mit der Linken bediente er die Kanone. In der Handfläche lag ein winziger Bildschirm, dessen Fadenkreuz auf dasselbe Objekt gerichtet war wie der Lauf. Die Rechte holte den Strahler aus dem Halfter.

»Bürgerin, Zwang und Gewalt sind verachtenswert. Ist Ihnen klar, daß Sie die schwächere Position haben? Ich erbitte nur ...«

»Zurück!« Sie war der Hysterie nahe. »Ich gebe Ihnen zehn Sekunden Zeit zur Umkehr. Eins. Zwei ...«

»Das habe ich befürchtet.« Adzel seufzte. Und dann setzte er zum Sprung an – vorwärts. Seine Kanone spuckte drei Geschosse gegen das Hauptportal aus. Feuer zuckte, Rauch stieg auf, Splitter flogen, unheimlich geräuschlos. Der Boden erbebte.

Zwei Energiestrahlen schossen aus den Tortürmen auf ihn zu. Adzel war bereits ausgewichen. Seine Kanone hämmerte. Ein Wehrgang brach ein, Schutt und Geröll polterten nach. Staub und Rauch behinderten die Sicht. Als die Sicht sich gebessert hatte, war Adzel bis zur Mauer vorgedrungen und befand sich im toten Winkel. Die Waffen konnten ihn nicht erreichen.

Die äußere Schleusenöffnung bestand nur mehr aus verbogenem Metall. »Ich bin im Begriff einzudringen«, meldete er Chee Lan. Er zerstörte mit einem einzigen Geschoß die zweite, weniger massive Barriere. Luft strömte in einem Schwall aus, gefror weiß und löste sich unter der unbarmherzigen Sonne zu Dunst auf.

Das Licht fiel nun ungehindert in einen Vorraum, in dem ein großes Durcheinander herrschte. Adzel nahm flüchtig ein paar Bilder und eine ungeheure, massive Statue wahr. Die Kunstauffassung, die dahinter stand, war gänzlich fremd. Er hatte dergleichen noch nie zu sehen bekommen.

Wo mochte David stecken? Wie ein Spürhund suchte er Anhaltspunkte. Zwei Korridore zweigten in entgegengesetzten Richtungen ab. An dem einen lagen leere Räume, während die Räumlichkeiten, die sich auf den zweiten Gang öffneten, eingerichtet waren, wenn auch nur spärlich. Es sah ganz danach aus, als wäre geplant, die Bewohnerzahl der Anlage zu vergrößern. Aber wer sollte hier noch einziehen?

Adzel raste den bewohnten Korridor entlang. Plötzlich stand er vor einer Schutzwand, die sich automatisch geschlossen hatte, als vorhin der Druck abfiel.

Theo Beldaniels Gefolgsleute standen wahrscheinlich in Raumanzügen auf der anderen Seite bereit, um ihn mit einer vollen Salve zu empfangen. Sie selbst hing zweifellos am Video-Telefon und meldete ihren Partnern in Lunograd die Invasion. Mit Glück und Geschick konnte van Rijn die Polizei eine Zeitlang ablenken. Gelang es ihm nicht, dann würde sie gegen den Eindringling vorgehen. Gleichgültig, welche Anschuldigungen er vorbrachte, man würde das Schloß erst durchsuchen, wenn der entsprechende Haussuchungsbefehl vorlag. Und bis dahin konnte *Serendipity* sämtliche Spuren, die sich auf Falkayn bezogen, beseitigen.

Wenn Adzel nicht rasch handelte, würde Thea womöglich jetzt schon versuchen, Falkayn aus dem Weg zu schaffen. Der Wodenit zog sich in den Vorraum zurück und bereitete sein Arbeitsmaterial vor. Zweifellos befand sich jenseits der Wand ein Raum, der zur angrenzenden abgedichteten Zone gehörte. Diese Zwischenwände waren zwar für Gase nicht durchlässig, waren aber längst nicht so massiv wie die Außenwände. Jetzt galt es, unbemerkt zu bleiben.

Adzel breitete eine Plastikplane aus, stelle sich darauf und klebte die Kanten an der Wand fest. Sein Schneidbrenner flammte auf. Gleich darauf hatte er ein Loch gefräst und wartete nun darauf, daß Luft ausströmte und die Plane um ihn herum zu einem Zelt aufblähte. Er erweiterte das Loch, entfernte das Mauerwerk und stieg durch die Öffnung.

Der Raum, in dem er nun stand, war mit beklemmender Nüchternheit eingerichtet. Er gönnte sich einen Augenblick, um eine Schranktür aufzumachen – ja, weibliche Garderobe – und ein Bücherregal zu inspizieren.

Adzel öffnete den Helm und entfernte den Kopfhörer. Vorsichtig steckte er die Schnauze hinaus in den Gang. Um die Ecke, wo die Abdichtungswand liegen mußte, hörte man Geklapper und Geklirr, gefolgt von heiseren Worten. Die Angestellten hatten ihre Helme offenbar noch nicht geschlossen. Sie stammten von einigen kaum zivilisierten Planeten und waren zweifellos im Gebrauch moderner Waffen ebenso ausgebildet wie in der Bedienung moderner Haushaltsgeräte. Adzel schlug heimlich, still und leise die entgegengesetzte Richtung ein.

Dieser Raum, der nächste – nichts. Verwünscht ... fast hätte er sogar einen Fluch ausgestoßen. David mußte irgendwo in der Nähe sein ... Da ... Sein in der Wildnis geschultes Ohr hatte ein leises Geräusch vernommen. Er schlich in ein Boudoir und schaltete seinen Außen-Scanner ein.

Eine Frau ging vorüber, groß, schlank, in ihrem Hosenanzug sehr tatkräftig wirkend. Ihr Gesicht war blaß und angespannt, ihr Atem ging schnell. Adzel erkannte Thea Beldaniel nach der Beschreibung, die van Rijn ihm geliefert hatte. Sie ging weiter. Hätte sie sich umgedreht, so wäre der viereinhalb Meter lange drachenartige Koloß ihr sicher nicht entgangen, der ihr sozusagen auf Zehenspitzen folgte.

Sie kam zu einer Tür und stieß sie auf. Adzel warf verstohlen um den Türrahmen lugend einen Blick hinein. Falkayn saß zusammengesunken in einem Ruhesessel. Die Frau schüttelte ihn. »Wach auf! Rasch!«

»Hm? Was ist?« Falkayns Stimme klang dumpf, seine Miene war teilnahmslos.

»Komm, Liebling! Wir müssen hier rasch weg.«

»Ooooh.« Falkayn raffte sich mühsam auf.

»Komm schon!« Sie wollte ihn mit sich ziehen. Falkayn gehorchte wie ein Schlafwandler. »Der Tunnel führt zum Raumhafen. Wir wollen einen kleinen Ausflug unternehmen. Setz dich endlich in Bewegung!«

Adzel erkannte die Symptome der Drogen, die bei einer Gehirnwäsche angewandt wurden, in ihrer ganzen Scheußlichkeit. Man ließ das Opfer in einen grauen Traumzustand eintauchen, in dem es nur das war, was es sein sollte. In diesem Zustand konnte man einen Menschen dazu bringen, alles zu tun, was man von ihm verlangte, ohne daß Aussehen und Stimme sich änderten ... wenn man es geschickt anfing. Mit der Zeit konnte man sogar eine Persönlichkeitsveränderung durchführen.

Adzel trat nun ungeniert ein. »Das reicht jetzt!« dröhnte er.

Thea Beldaniel sprang zurück. Sie stieß einen Schrei aus, der nicht enden wollte. Falkayn stand in schlaffer Haltung da.

Draußen auf dem Korridor erklangen Rufe. Mein Fehler, dachte Adzel. Wahrscheinlich unvermeidlich. Bloß sind die Wachen besser ausgerüstet als ich. Am besten, wir machen uns aus dem Staub, solange das noch möglich ist.

Er hatte aber noch van Rijns laute und eindeutige Befehle im Ohr. »Sie machen Aufnahmen von dem jungen Mann, sofort, an Ort und Stelle, und Sie machen Blut- und Speichelproben. Andernfalls ergeht es Ihnen schlecht!«

Dem Wodeniten kam dieses angesichts der drohenden Gefahr sehr unklug vor, doch der Alte hatte selten einen so entschlossenen Befehl geäußert. Adzel beschloß zu gehorchen.

»Entschuldigen Sie bitte!« Mit dem Schwanz schob er die kreischende Frau beiseite und drückte sie sanft, aber entschieden gegen die Wand. Er stellte eine Kamera auf, richtete sie auf Falkayn und ließ sie filmen, während er sich mit Nadel und Pipette an seinem Kameraden zu schaffen machte. Da er die Sache in aller Ruhe anging, dauerte der ganze Vorgang nur wenige Sekunden. Adzel verstaute die Proben in einem besonderen Behälter, baute die Kamera ab und hob Falkayn hoch.

Kaum hatte er den Raum verlassen, als sich ihm ein halbes Dutzend Angreifer in den Weg stellten. Zurückschießen konnte er nicht, da er Falkayn mit seinen Armen schützen mußte. Er drängte sich wie ein Bulldozer hindurch und schleuderte mit seinem Schwanz zwei Gegner beiseite. Alle nur erdenklichen Geschosse wurden abgefeuert. Um ihn herum loderte das Chaos. Einige Schüsse prallten ab, andere durchstießen den Panzer, aber nicht sehr tief. Adzel konnte es verkraften.

Niemand konnte mit ihm mithalten, als er den Gang entlang und die nächste Rampe hinauf lief. Aber sie würden ihm auf den Fersen bleiben. Gegen Granaten oder Artillerie hatte er nichts einzusetzen. Falkayn würde in kürzester Zeit in Stücke gerissen werden. Er mußte daher unbedingt den Teufel aus seinem Schlupfloch locken.

Höher, immer höher! Er erreichte schließlich ein leeres Turmzimmer, in dem es unheimlich hallte. Durch die Sichtluken hatte man einen grandiosen Rundblick auf die wilde Mondlandschaft. Die Patrouillen waren inzwischen verständigt worden, denn mehrere Boote näherten sich rasch. Aus der Ferne sahen die Kanonen bleistiftdünn aus, doch war ihre Wirkung gewaltig. Adzel setzte Falkayn in einer Ecke ab. Vorsichtig bohrte er ein Loch in eine Sichtluke, durch die er die Sendeantenne seines Helms schieben konnte.

Da Chee Lans Verbindung mit ihm abgerissen war, sendete er auf breiterem Band mit Verstärkung: »Hallo, Adzel an Schiff! Bist du noch da?«

»Wo denkst du hin?« Ihre Antwort war spöttisch gemeint, klang aber mehr wie ein Schluchzen. »Ich bin auf dem Mars und führe den Vorsitz bei einer Wohltätigkeitsveranstaltung des dortigen Häkelvereins. Was hast du dort unten verpatzt?«

Adzel hatte sich an Hand veröffentlichter Fotos vom Schloß bereits orientiert, wo er sich befand, und gab nun seinen Standort mit Hilfe von van Rijns eigenwilliger Nomenklatur durch. »David und ich sind ganz oben im Dornröschenturm. Er steht tatsächlich unter Drogeneinfluß. Ich schätze, daß wir in fünf Minuten von der Rampe aus unter Beschuß genommen werden. Falls man sich entschließt, diesen Teil der Anlage ganz zu opfern, kann der Turm in drei Minuten in Schutt und Asche liegen. Kannst du uns vorher hier rausholen?«

»Schon unterwegs, du Idiot! Durchhalten!«

»Adzel, du gehst erst gar nicht an Bord«, mischte sich van Rijn ein. »Du bleibst draußen und wirst an der vereinbarten Stelle abgesetzt.«

»Wenn möglich«, warf Chee knapp ein. »Ruhe jetzt!«

»Na, na, bloß nicht die große Lippe riskieren. Ich halte nicht mal den Mund vor dem lieben Gott«, entgegnete van Rijn seelenruhig.

Adzel holte die Antenne herein und verklebte die Öffnung mit einer Abdichtung. Es war nur wenig Luft entwichen. Er warf einen Blick zu Falkayn hin. »Ich habe einen Raumanzug für dich dabei«, sagte er. »Kannst du ihn überziehen?«

Falkayn sah ihn mit verhangenem Blick an. Adzel seufzte. Es

blieb keine Zeit, den willenlosen Falkayn anzuziehen. Von der spiralenförmigen Rampe her drang barbarisches Geschrei an sein Ohr. Seine Kanone konnte er nicht verwenden. Auf diesem engen Raum konnte der Rückstoß dem ungepanzerten Falkayn gefährlich werden. Falkayn war durch die Umstände nicht so behindert. Und die Patrouillenboote schwärmten wie Hornissen heran.

Und dann kam die *Muddlin' Through* direkt vom Himmel.

Das Raumschiff war für alle erdenklichen unangenehmen Situationen ausgerüstet, wenn nötig auch für den Kampf. Chee Lee kannte überdies keine Skrupel. Blitze zuckten auf und verbargen momentan die Sonne. Die Boote regneten als geschmolzenes Metall auf den Berg hinunter. Das Raumschiff kam auf seinen Schwerefeldern neben dem Turm zu stehen. Es hätte das Mauerwerk durchschneiden können, doch damit wären die darin Befindlichen gefährlicher Strahlung ausgesetzt gewesen. Statt dessen zerlegte Chee das Mauerwerk mit Zug- und Schubstrahlen.

Luft schoß explosionsartig nach draußen. Adzel hatte seinen Helm geschlossen. Er feuerte in Richtung Rampe, um die heranstürmenden Gegner zu entmutigen. Dann nahm er Falkayn in die Arme. Dieser hatte das Bewußtsein verloren. Blut lief ihm aus der Nase. Aber ein momentaner Aufenthalt im Vakuum ist nicht allzu schädlich. Tiefseetaucher hatten schon viel größere Druckunterschiede auszuhalten gehabt, ohne daß die Körperflüssigkeit zu kochen begann. Adzel hielt Falkayn an die offene Schleuse. Ein Strahl erfaßte ihn und zog ihn an Bord. Die Schleuse klappte hinter ihm zu. Dann sprang Adzel los. Er wurde ebenso vom Strahl aufgefangen und gegen den Rumpf gedrückt.

Das Schiff stellte sich senkrecht auf und gewann an Höhe.

Adzel sah Schloß und Berge in der Tiefe zurückweichen. Er hörte van Rijns Anweisungen für Chee Lan mit:

»... du setzt Adzel wie vereinbart ab. Meine Jacht holt ihn innerhalb von fünf Minuten ab. Dann fliegen wir nach Lunagrad. Du fliegst mit Falkayn weiter. Und wenn er noch so benommen ist, er wird sagen können, in welche Richtung.«

»He, Moment mal!« protestierte Chee Lan. »Davon weiß ich ja gar nichts.«

»War ja keine Zeit für ausgetüftelte Pläne. Wußte ja nicht, wie alles ausgeht. Hätte auch schlecht ausgehen können. Okay. Du fliegst weiter.«

»Jetzt mal langsam, Sie fetter Pirat! Mein Kamerad ist von den Drogen benommen, er ist krank! Wenn Sie glauben, ich brächte ihn nicht in ein Krankenhaus, dann irren Sie sich gewaltig.«

»Immer mit der Ruhe, haarige Freundin, bloß nicht aufregen. Deiner Beschreibung nach läßt sich die Sache an Bord auskurieren. Wir haben dort eine vollständige Notausstattung samt Gebrauchsanweisung. Wenn du wüßtest, was das gekostet hat, würden dir vor Gram die Haare ausgehen, jedes einzeln. Hör gut zu: Es geht um eine große Sache. *Serendipity* setzt dafür seine Existenz aufs Spiel. Da dürfen wir nicht nachstehen.«

»Mir liegt Geld ebenso am Herzen wie Ihnen«, sagte Chee ungewohnt langsam. »Aber es gibt noch andere Werte im Leben.«

»Ja, zum Beispiel das, wonach *Serendipity* jagt. Muß mehr sein als bloß Geld. Denk mal scharf nach, Chee Lan. Weißt du, was für Schlüsse ich aus den Tatsachen ziehe? David Falkayn mußte mit Drogen gedopt werden, sonst hätte er doch nie diese leckere Veronica gegen den Eisberg Thea eingetauscht. Und was folgt daraus? Da *Serendipity* gegen die Gesetze der Liga verstößt, muß etwas Großes auf dem Spiel stehen, etwas, das alle Konsequenzen aufwiegt. Und was folgt wiederum daraus, du Wollknäuel? Es geht nicht um Geld, sondern um Krieg, Eroberung, Macht. Keine Kinderspiele jedenfalls. Die Liga hat sich vergewissert, daß *Serendipity* keine Industriespionage betreibt. Es gibt daneben aber andere Arten von Spionage ... für einen Außenseiter beispielsweise, für jemanden, der von außerhalb aller bekannten Zivilisationen kommt, jemanden der sich versteckt hält und daher sehr, sehr wahrscheinlich unser Gegner ist.«

»Für langes Gerede ist keine Zeit«, fuhr van Rijn fort. »Vor zwei Wochen wurde bereits ein Kurierschiff losgeschickt. Das hat die Flughafenkontrolle gemeldet. Zwei Partner waren an Bord. Vielleicht könnt ihr ihnen zuvorkommen. Du und Falkayn, ihr zwei seid im ganzen Solarsystem die Besten für diese Aufgabe. Wenn ihr aber nur eine Stunde abwartet, dann habt ihr die Polizei auf dem Hals.

Los jetzt. Bring Falkayn unterwegs auf die Beine. Und melde dich bei mir, wenn es etwas Neues gibt.«

»Ja«, antwortete Chee leise und nach langer Pause. Das Schiff hatte die Bergkette überquert und steuerte den vereinbarten Landeplatz an. Die Sonne stand tief im Süden. »Adzel und ich sind ein Team . . .«

»Er kann nicht mit«, sagte van Rijn. »Im Moment verstoßen wir selbst gegen die Vorschriften der Liga und das bürgerliche Gesetz. Schlimm genug, daß du mit Falkayn verschwindest. Es muß aber Falkayn sein und nicht Adzel, weil er große Erfahrung im Umgang mit anderen Rassen und neuen Kulturen und all dem Zeug hat. *Serendipity* wird hier auf Luna mit allen Mitteln um sich schlagen und kämpfen. Ich brauche Beweise gegen die Firma, Augenzeugen. Adzel hat alles gesehen. Er kann eindrucksvolle Beweise vorlegen.«

»Hm . . .« Der Wodenit hatte Chee Lan noch nie in so bedrückter Stimmung erlebt. Es war höchste Zeit, daß er selbst etwas zu der Sache äußerte. »Ich sehe es ein. Aber ich habe nicht damit gerechnet.«

»Was wäre ein Leben ohne Überraschungen?« hatte van Rijn darauf zu sagen.

Das Schiff setzte auf. Der Zug-Strahl ließ Adzel los. Er taumelte auf dem Lavaboden. »Leb wohl«, sagte Chee. Er war zu erschüttert, um eine vernünftige Antwort zu geben. Das Schiff stieg wieder auf. Er starrte ihm nach, bis es zwischen den Sternen verschwunden war.

Kurze Zeit später landete van Rijns Schiff. Inzwischen aber war bei Adzel die Reaktion auf das Geschehen voll da. Wie im Traum ging er an Bord, ließ sich von der Besatzung aus dem Raumanzug schälen und übergab van Rijn das Beweismaterial. Im Halbschlaf nahm er die Landung in Lunograd wahr und hörte kaum das Getobe seines Chefs. Er wollte Schlaf und nichts als Schlaf. Er nahm kaum wahr, daß er festgenommen und ins Gefängnis gebracht wurde.

Die Stimme am Video-Telefon kündigte an: »Sir, unser Zielobjekt hat das Büro von Mendez angerufen und eine sofortige Unterredung gefordert.«

»Genau, wie ich erwartet habe«, stellte Edward Garver befriedigt fest. »Und genau zu dem Zeitpunkt, den ich erwartete.« Er schob das Kinn vor. »Los, verbinden Sie mich mit ihm!«

Er war ein untersetzter Mann mit schütterem Haar über seinem Mopsgesicht. Die Schultern wirkten in dem schlichten grauen Uniformrock ungewöhnlich breit. Die Büromaschinen standen bei ihm nicht einfach da wie bei einem gewöhnlichen Manager oder Bürokraten. Sie erweckten ganz den Eindruck, als hielten sie Wache. Auf seinem Schreibtisch waren keine persönlichen Dinge zu entdecken – er hatte nie geheiratet . . ., doch an den Wänden hingen zahlreiche Bilder, die er oft einschaltete und zu Stereo-Leben erweckte und die ihn in Gesellschaft hoher Politiker oder Würdenträger zeigten.

Seine Worte wurden zu einem Computer übertragen, der sie aufnahm und danach handelte. Ein elektronisches Signal wurde in einen Maser-Strahl verwandelt und von einem über Selenopolis am Ringwall des Kopernikus schwebenden Sender ausgestrahlt. Er traf auf einen Satelliten des natürlichen Erdsatelliten auf, wurde nordwärts übertragen, über öde, sonnengebleichte Gebiete und schließlich einem Computer auf Plato eingespeichert, der die richtigen Kreise schloß. Der ganze Vorgang nahm einige Millisekunden in Anspruch.

Auf Garvers Bildschirm zeigte sich ein wahrer Hüne mit Schnurrbart und Spitzbart und einer Lockenmähne, die eine Generation zuvor modern gewesen war. Die kleinen schwarzen Augen, die eng an der gewaltigen Hakennase saßen, weiteten sich.

»Pocken und Pestilenz!« rief Nicholas van Rijn. »Ich möchte Hernando Mendez sprechen, den Polizeichef von Lunograd. Was haben Sie hier zu suchen? Gibt es in der Hauptstadt für Sie und Ihre Schnüffelnase nicht genug zu tun?«

»Ich bin in der Hauptstadt . . . noch«, sagte Garver. »Ich ordnete an, daß jedes Gespräch zwischen Ihnen und Mendez über mich laufen soll.«

Van Rijn lief puterrot an. »Dann sind Sie der Einfaltspinsel, der meinen Adzel verhaften ließ?«

»Kein anständiger Polizeibeamter würde einen so gefährlichen Verbrecher frei herumlaufen lassen.«

»Sie nennen ihn einen Verbrecher?« tobte van Rijn. »Adzel verfügt über mehr Milch frommer Denkungsart, als Sie je an dummen, säuerlichen Schweiß von sich geben können, verstanden?!«

»Hüten Sie Ihre Zunge!« Der Chef des Sicherheitsdienstes und der Polizei beherrschte sich mühsam. »Sie stecken selbst in ärgsten Schwierigkeiten.«

»Stimmt nicht. Wir sind selbst mit den Schwierigkeiten fertiggeworden. Selbstverteidigung nenne ich das! Und außerdem handelte es sich um einen örtlich begrenzten Donnerblitz. Etwas, das Sie gar nichts angeht.« Van Rijn bemühte sich um eine lammfromme Miene. »Wir landen in meiner Jacht, Adzel und ich, nachdem wir die Sache erledigt haben. Wir wollen pfeilschnell zu Polizeichef Mendez und Anzeige erstatten. Und was passiert? Adzel wird unter Bewachung abgeführt! Wer hat den Befehl dazu gegeben?«

»Ich«, sagte Garver. »Ehrlich gesagt, Bürger, hätte ich viel darum gegeben, Sie auch festnehmen zu können.«

Er machte eine Pause, ehe er ganz ruhig hinzusetzte: »Vielleicht bekomme ich das Nötige sehr bald zusammen. Ich werde nach Lunograd kommen und mich persönlich um die Sache kümmern. Seien Sie gewarnt! Verlassen Sie das Föderationsgebiet nicht! Halten Sie sich nicht daran, so genügt mir das als Beweis für eine Verhaftung. Vielleicht werden die terranischen Behörden Sie auf einen Antrag des Commonwealth hin nicht ausliefern. Wir werden jedenfalls alles Menschenmögliche versuchen. Gleichzeitig werden wir bis auf die letzte Wodkaflasche alle Bestände der *Solar Spice & Company* beschlagnahmen. Und Ihr Adzel wird eine längere Strafe aufgebrummt bekommen, das werden Sie nicht verhindern können, Bürger. Und ebenso seine Komplizen, falls sie es wagen sollten, in meine Reichweite zurückzukehren.«

Garver hatte sich in Hitze geredet. Dabei waren seine Gefühle in

Wallung geraten. Er wußte, daß er sich unklug, ja dumm benahm, aber jetzt, da ein kleiner Sieg in Sicht war, wollte er seinem über viele Jahre hinweg angestauten Ärger Luft machen. Er konnte einfach nicht anders, als er sich jetzt vorbeugte und dezidiert erklärte:

»Auf diese Gelegenheit habe ich gewartet. Jahrelang. Ich habe zusehen können, wie Sie und die anderen Plutokraten der Liga mit der Regierung Schindluder trieben und gegen die Gesetze verstießen. Intrigen, Bestechung, Nötigung, Korruption, Verstoß gegen unbequeme Gesetze, Schiebung, Einführung eines privaten ökonomischen Systems, Privatfehden . . . Sie haben so getan, als stünden Sie über dem Gesetz und könnten sich ganze Welten dienstbar machen. Ein Rückfall in die ärgsten Zeiten des Feudalismus und Kapitalismus! Diese sogenannte Freiheit, derer ihr euch rühmt und die dank eures Einflusses sogar in die Verfassung Eingang fand, ist nichts anderes als Zügellosigkeit. Es ist die Freiheit zu sündigen, zu spielen, sich dem Laster hinzugeben . . . und die Liga liefert euch die Mittel und machte Riesengewinne dabei.

Außerhalb des Commonwealth kann ich gegen euer Tun und Treiben nicht viel ausrichten. Außerhalb von Luna auch nicht. Aber hier gibt es jetzt wenigstens einen Anfang. Wenn es mir gelingt, der Liga hier eine Schlappe beizubringen, dann werde ich als glücklicher Mensch sterben. Denn dann darf ich mich rühmen, den Grundstein für eine anständige Gesellschaft gelegt zu haben. Und Sie, van Rijn, sind der Anfang des Anfangs. Sie sind diesmal zu weit gegangen. Jetzt habe ich Sie erwischt!«

Er lehnte sich schweratmend zurück.

Der Kaufmann hatte alles gleichmütig über sich ergehen lassen. Er öffnete nun gemächlich seine Schnupftabakdose, nahm eine Prise, nieste und versprühte eine Spur auf den Spitzenbesatz seiner Hemdbrust. »Okay«, sagte er schließlich. »Sie sagen mir, was ich falsch gemacht habe. In der Heiligen Schrift steht, daß ein Sünder geirrt hat. Vielleicht können wir herausfinden, wessen Irrtum es war.«

Garver hatte sich beruhigt. »Na schön! Warum soll ich mir nicht das Vergnügen leisten, Ihnen persönlich zu sagen, was Sie selbst schon längst herausgefunden haben könnten.

Ich lasse die Aktivitäten der Liga seit langem überwachen. Jedes ungewöhnliche Vorkommnis wird mir gemeldet. Vor knapp einer Woche wollten Adzel und seine Partnerin – ja, Chee Lan von Cynthia – einen Haftbefehl gegen die Informationsmakler *Serendipity & Co* erwirken. Angeblich würde ihr Kapitän, David Falkayn, unter Drogeneinfluß in dem Bergschloß festgehalten, das sich die Leute von *Serendipity* gebaut haben. Natürlich wurde der Antrag abgelehnt. Sicher, diese *Serendipity*-Typen sind geheimnisumwittert. Aber was soll's, ihr Kapitalisten habt ja Geheimhaltung und Privatleben zur heiligen Kuh erhoben. Und die Firma *Serendipity* ist nun mal das einzige Mitglied der Liga, gegen das nichts, aber auch gar nichts vorliegt. Das Unternehmen ist ein friedlicher und gesetzestreuer Umschlagplatz für Daten und Beratung.

Der Versuch aber weckte meinen Argwohn. Da ich euch Freibeuter kenne, rechnete ich mit Gewaltanwendung. Ich warnte die Firmenteilhaber und machte ihnen den Vorschlag, sie sollten sich beim ersten Anzeichen von Ärger an mich wenden. Als ich ihnen Bewacher anbot, hieß es, sie hätten ausreichende Verteidigungsanlagen.« Um Garvers Mund zeigte sich ein verkniffener Zug. »Wieder eine solche Einführung der Liga! Selbstverteidigung heißt das dann! Da das Gesetz es aber gestattet, daß jeder auf seinem Grund und Boden Waffen halten und benützen kann . . .« Er seufzte. »Ich muß zugeben, daß *Serendipity* das Privileg nie mißbraucht hat.«

»Na, haben die Typen Ihnen ihre eigene Version über Falkayn aufgetischt?« fragte van Rijn.

»Ja. Ich konnte sogar mit ihm sprechen, per Video-Telefon. Er erklärte, daß er Bürgerin Beldaniel heiraten und in ihr Unternehmen eintreten wollte. Gewiß, er könnte unter Drogeneinfluß gestanden haben. Ich kenne ja sein Normalverhalten nicht. Es ist mir auch gleichgültig. Mir erscheint es jedenfalls viel plausibler, daß Sie ihn in Sicherheit bringen wollen, ehe er seine neuen Freunde in Ihre schmutzigen Geheimnisse einweihen kann.«

Garver verschränkte die Hände. »Heute, vor etwa drei Stunden, erhielt ich einen Anruf von Bürger Kim aus dem *Serendipity*-Büro. Bürgerin Beldaniel hatte ihn eben davon unterrichtet, daß ein bewaffneter Wodenit, bei dem es sich um Adzel handeln muß, vor dem Schloß aufgetaucht sei und Falkayn zu sprechen verlangt habe. Als ihm dies verweigert wurde, sprengte er sich praktisch den Weg frei.

Ich gab Polizeichef Mendez Anweisung, eine Spezialeinheit hinauszuschicken. Er aber erklärte mir, daß er an anderer Stelle gebunden sei – ein Tumult oder Raufhandel unter Ihren Leuten, van Rijn, in einem Ihrer Lagerhäuser. Und jetzt behaupten Sie bloß nicht, das wäre ein Zufall!«

»War es aber«, gab van Rijn zurück. »Fragen Sie die Leute selbst. Richtig schlimme Jungen. Ich werde sie ausschelten müssen.«

»Und ihnen eine fette Belohnung zu stecken, sobald sie aus dem Gefängnis kommen.«

»Na ja, vielleicht als kleinen Trost. Dreißig Tage wegen einer kleinen Rauferei ... ihr Kummer ist so groß, daß mein altes steinernes Herz davon gerührt wird. Aber weiter ... was haben Sie unternommen?«

Garver wurde zornrot. »Als nächstes mußte ich eine völlig unbegründete Verfügung aufheben. Einer Ihrer bestochenen Richter? Einerlei, das hat Zeit. Die Sache kostete mich eine ganze Stunde. Danach konnte ich endlich ein paar Leute von meiner Abteilung in Lunograd losschicken. Sie kamen zu spät. Adzel hatte Falkayn bereits geschnappt. Der Schaden war nicht wiedergutzumachen.«

Wieder hatte er sich in Wut geredet und fuhr mit mühsamer Beherrschung voller Bitterkeit fort: »Soll ich die angerichteten Schäden aufzählen? Die privaten, aber rechtmäßig eingesetzten Patrouillenboote von *Serendipity* hielten Kurs auf den Turm, in den Adzel sich geflüchtet hatte. Plötzlich tauchte ein Raumschiff auf. Es muß voll bewaffnet gewesen sein und griff in koordinierter Aktion ein. Es setzte die Boote außer Gefecht, zerstörte den Turm und drehte ab. Falkayn ist verschwunden. Ebenso seine ehemalige Team-Partnerin Chee Lan. Auch das Schiff, das sie immer benutzten ... es ist vor mehreren Standard-Tagen vom Raumhafen Lunograd gestartet. Der Zusammenhang ist nicht zu übersehen. Bloß Adzel blieb zurück. Er muß Sie per Funk verständigt haben, da Sie ihn abholten und zurückbrachten. Ein Hinweis darauf, daß Sie an der ganzen Sache persönlich beteiligt waren, van Rijn! Ich weiß, daß Sie eine Armee von Anwälten an der Hand haben, deswegen möchte ich mehr Beweismaterial, ehe ich Sie festnehme. Aber das werde ich mir verschaffen, verlassen Sie sich darauf.«

»Auf Grund welcher Anklage?« fragte van Rijn ausdruckslos.

»Erst mal jene Punkte, die von den *Serendipity*-Leuten gegen Sie vorgebracht werden, wobei Bürgerin Beldaniel und die Schloßbediensteten Augenzeugen sind. Bedrohung, Körperverletzung, Hausfriedensbruch, vorsätzliche Sachbeschädigung, Entführung, Mord.«

»Nicht so hastig! Adzel sagte mir, daß er die Wachposten vielleicht ein bißchen härter angepackt hätte, aber er ist Buddhist und hat darauf geachtet, niemanden zu töten. Und der Turm, in den er eindrang, war leer. Dort stand nur ein ferngesteuertes Geschütz.«

»Die Patrouillenboote waren nicht ferngesteuert. Ein halbes Dutzend Einsitzer, von Energiestrahlen zerstört. Gewiß, die Piloten waren wie das übrige Schloßpersonal nichthumanoide Söldner ohne Bürgerstatus. Aber sie gelten als Sophonten, als intelligente Lebewesen. Wer sie tötet, begeht einen Mord. Wer Beihilfe leistet, ist ebenso schuldig. Damit kommen wir zum Anklagepunkt einer Verschwörung und . . .«

»Na, egal«, unterbrach ihn van Rijn. »Das alles erweckt in mir den Eindruck, daß Sie uns nicht sonderlich gewogen sind. Wann kommen Sie?«

»Ich starte, sobald ich hier alles geregelt habe. In ein paar Stunden.« Garver entblößte in einem Lächeln die Zähne. »Es sei denn, Sie legen jetzt ein Geständnis ab, auf der Stelle. Damit ersparen Sie uns viel Ärger, und das Urteil fällt vielleicht milder aus.«

»Nein, nein. Ich habe nichts zu gestehen. Das alles ist ein schrecklicher Irrtum. Sie haben ein schiefes Bild von der Situation mitbekommen. Adzel ist sanftmütig wie ein Baby, bloß kenne ich Babys, die richtige Biester sind. Und ich, ich armer alter Mann möchte bloß einen klitzekleinen Gewinn, damit ich nicht der Wohlfahrt zur Last falle.«

»Schluß mit dem Unsinn«, sagte Garver und wollte die Verbindung unterbrechen.

»Warten Sie!« rief van Rijn aus. »Ich sage Ihnen, alles ist verdreht! Ich werde jetzt alles klären, weil ich ein guter Mensch bin, der seine Mitmenschen liebt und nicht mitansehen will, wie Sie auf

Ihr garstiges eingedrücktes Gesicht fallen und ausgelacht werden, wie Sie es eigentlich verdienen. Ich werde mich mit Adzel beraten und auch mit *Serendipity*. Vielleicht läßt sich der Schlamassel klären, den Sie so blödsinnig zusammengebraut haben.«

Garvers Mundwinkel zuckte. »Ich warne Sie! Wenn Sie es mit Drohung, Bestechung, Erpressung versuchen . . .«

»Sie belegen mich mit Schimpfworten«, plusterte van Rijn sich auf. »Sie ziehen meine Moral in Zweifel. Ich brauche mir Ihre wüste Sprache nicht anzuhören. Ich wünsche einen guten Tag, Sie Käsehirn.« Auf dem Bildschirm war nur mehr Leere.

Da Luna Verkehrsknotenpunkt des Raumverkehrs ist, waren die Gefängniszellen der Föderationsstädte so ausgestattet, daß sie den jeweiligen Bedürfnissen einer Reihe von nichthumanoiden Gattungen angepaßt werden konnten. Adzels Gerechtigkeitssinn zwang ihn zu dem Eingeständnis, daß er sich in der Zelle heimischer fühlte als unter terranischen Bedingungen, was Beleuchtung, Temperatur, Luftfeuchtigkeit und Schwerkraft anging. Doch an die Erdbedingungen hatte er sich mit der Zeit gewöhnen können, während er sich an das Gefängnisessen nicht gewöhnen konnte. Es war ein pappiges Zeug, nach irgendeinem Handbuch zusammengestellt, in dem dies als biologisch verträglich für Wodeniten dargestellt wurde. Und noch ekelhafter fand er den Zustand des Eingeengtseins, der ihm nicht gestattete, den Schwanz auszustrecken, geschweige denn, Übungen zu machen.

Exemplare seiner Gattung waren außerhalb ihrer Heimatplaneten nur selten anzutreffen. Die meisten lebten als primitive Jäger. Als Adzel von einer Polizeieinheit unter verständlicher Nervosität eingeliefert wurde, war dem Gefängnisverwalter fast die Luft weggeblieben. »Allmächtiger! Wir sollen diese Kreuzung zwischen Kentaur und Krokodil unterbringen! Dabei sind alle elefantengroßen Zellen schon besetzt wegen dieser verdammten Konvention . . .«

So nahm Adzel es mit großer Erleichterung auf, als der wachhabende Sergeant ihm per Bildschirm meldete: »Du, dein . . . äh

Rechtsbeistand ist da. Möchte sich mit dir beraten. Einverstanden?«

»Aber sicher doch. Allerhöchste Zeit! Das soll keine Spitze gegen Sie sein, Sergeant«, beeilte er sich hinzuzufügen. »Ich wurde hier sehr korrekt behandelt. Sie tun nur Ihre Pflicht gemäß dem Rad des Karma.« Worauf der Sergeant sich beeilte, die Verbindung herzustellen.

Van Rijns Gesicht tauchte auf dem Schirm auf. Adzel war perplex.

»Aber . . . aber ich hatte einen Anwalt erwartet.«

»Hab' keine Zeit für diese Logik-Spalter. Das machen wir alles in Eigenregie. Ich wollte dir eigentlich nur einen Rat geben: Halte deinen Suppenschlitz ganz dicht, ja? Keinen Pieps, verstanden? Nicht mal die eigene Unschuld beteuern. Sollen sie doch ihre Plattfüßler ausschwärmen und nach Beweisen suchen lassen.«

»Aber was soll ich in diesem Käfig?« jammerte Adzel.

»Sitzen. Faulenzen. Ein fettes Gehalt beziehen. Während ich mir die müden alten Füße bis zum Knie ablaufe. Seit vier Stunden kein Glas mehr in der Hand, man stelle sich das vor! Und es sieht aus, als gäbe es für mich heute kein Abendessen. Limfjord-Austern und pazifische Krabben . . .«

Da legte Adzel los. Seine Schuppenplatten krachten gegen die harten Wände. »Ich gehöre aber nicht hierher!« rief er. »Die Beweise . . .«

Van Rijn brachte die für einen Menschen erstaunliche Leistung zustande, ihn zu überschreien. »Still! Habe ich nicht gesagt, du sollst die Klappe halten?« Leiser fuhr er fort: »Angeblich ist die Leitung abhörsicher, aber ich traue der Sache nicht. Wir wollen unsere Trümpfe nicht vorzeitig ausspielen.«

»Ha«, sagte Adzel hohl. »Ha.«

»Du hast jetzt Ruhe, um zu meditieren, kannst dich in Askese üben. Ich beneide dich richtig. Ich wünschte, ich könnte mich auch im heiligmäßigen Leben üben. Du sitzt bloß da, während ich mit *Serendipity* verhandeln muß. Also, bis später.« Van Rijns Bild verschwand.

Adzel kauerte lange Zeit reglos auf dem Boden.

Er hatte die Beweise mitgebracht. Die Fotos, die Blut- und Speichelproben ... genau, wie man es ihm aufgetragen hatte ... Beweise dafür, daß David einer Gehirnwäsche unterzogen worden war. Er hatte das Material Old Nick vor der Landung übergeben in der Annahme, er wüßte, was damit zu tun wäre. Denn damit war der Überfall auf das Schloß gerechtfertigt. Diese Zivilisation verdammte Gewaltanwendung gegen das Persönlichkeitsrecht. Aber van Rijn, dem er vertraut hatte, war über das Beweismaterial einfach hinweggegangen!

Wenn Chee Lan und ein bis dahin wiederhergestellter Falkayn endlich zurückkamen, dann konnten sie natürlich als Zeugen auftreten. Aber bis dahin blieb die Lage überaus schwierig. Und ob die beiden je zurückkommen würden, war sehr unsicher. Womöglich wurden sie von den Unbekannten, die mittels *Serendipity* ein Spionagenetz aufgebaut hatten, gefaßt und getötet.

Warum hat van Rijn mich nicht mitgehen lassen? fragte Adzel sich verzweifelt. Warum?

Dabei hatte er das Gefühl, van Rijn hielt mit den Bewiesen zurück und machte Anstalten, mit Falkayns Entführern zu verhandeln.

Die Wände schienen immer näher zu kommen. Adzel gehörte einer Gattung an, die viel Raum brauchte. In einem Raumschiff konnte es zwar auch ziemlich eng werden, aber man sah wenigstens die Sterne im All. Hier gab es nichts als Mauern.

Er dachte an seinen Heimatplaneten mit den weiten Ebenen, die unter wildem Hufschlag erbebten, Wind von den geisterhaft blauen Bergen! Und wenn es dunkelte, die Feuer und alten Gesänge und Tänze, die Verbundenheit, die über blutsmäßige Bindungen noch hinausgeht. Die Heimat bedeutete Freiheit. Schiffe, Ausflüge, Planeten und Lachen. Freiheit bedeutet Heimat. *Soll ich bei diesem Handel in die Sklaverei verkauft werden?*

Soll ich zulassen, daß er mich verrät? sann Adzel.

9

Schnaufend wie eine alte Dampflock betrat Nicholas van Rijn das Hauptbüro. Er hatte schon früher mit *Serendipity* zu tun gehabt, persönlich und durch Untergebene. Aber in diesem bestimmten Raum war er noch nie gewesen, und er kannte niemanden, der ihn betreten hatte – mit Ausnahme der Besitzer, versteht sich.

Zwar unterschied er sich nicht von den Beratungszellen, bis auf den Umstand, daß er größer war. Er war ähnlich kostbar und nüchtern-funktionell eingerichtet, und den Leuchtröhren entströmte dasselbe grelle weiße Licht. Statt eines Schreibtisches stand ein runder Tisch darin, um den einige Personen Platz fanden. Dieser Tisch war mit einer ganzen Batterie von Büromaschinen bestückt. Die Schwerkraft war auf Terra-Standard eingestellt, die Atmosphäre war eine Spur wärmer.

Die auf Luna verbliebenen Partner erwarteten ihn aufgereiht um den Tisch. Kim Yoon-Kun saß schmächtig, steif und unbewegt in der Mitte. Die gleiche wachsame, undeutbare Haltung nahmen Anastasia Herrera und Eve Latimer ein, die neben ihm saßen. Allein Thea Beldaniel zeigte einen Anflug von Müdigkeit und Erschütterung – dunkel geränderte Augen, flattrige Hände, tiefere Furchen im Gesicht –, aber auch sie zeigte sich viel gelassener, als man von einer Frau erwarten dürfte, die vor wenigen Stunden erlebt hatte, daß ihr Schloß von einem drachenähnlichen Monstrum erstürmt worden war.

Van Rijn blieb stehen. Sein Blick glitt zu den zwei Gestalten an der gegenüberliegenden Wand. Es waren schwanztragende Zweifüßler mit vier Armen, bedeckt mit einem grauen Fell. Sie steckten in alten Rüstungen und waren mit modernen Strahlern bewaffnet. Die gelben Augen unter den hornartigen Stirnwülsten starrten ihn aus derben Gesichtern drohend an.

»Ihre Gorzuni-Truppe hätten Sie nicht mitbringen müssen«, bemerkte er sarkastisch. Sein weiter Umhang wirbelte, als er die Hände ausbreitete und dann auf seine knappe blaue Kniehose klatschte. »Ich bin unbewaffnet, wie Sie sehen, und ich komme ohne Begleitung wie eine Friedenstaube. Man weiß ja, wie sich Friedenstauben benehmen.«

»Colonel Melkarsh ist Anführer der Patrouille und der Außenposten«, erklärte Kim. »Kapitän Urugu befehligt die Hauswache und das gesamte Schloßpersonal. Sie haben das Recht, ihre Leute zu vertreten, denen durch Ihre Agenten schwerer Schaden zugefügt wurde.«

Van Rijn nickte. Wenn man Nichthumanoide aus barbarischen Kulturen anwarb, war man sicher, daß Firmengeheimnisse gewahrt wurden. Die Fremden werden für ihre bestimmte Aufgabe ausgebildet und bekommen andere Aspekte der technischen Zivilisation gar nicht mit. Daher bleiben sie unter sich, haben keinen Kontakt mit Außenstehenden, plaudern nichts aus und kehren nach Ablauf ihrer Dienstzeit in die Heimat zurück, um in der Anonymität ihrer kaum besuchten Planeten aufzugehen. Ihre Sitten und Gebräuche mußten allerdings beachtet werden. Die Siturushi von Gorzun waren gute Söldner – ein wenig wild vielleicht –, und einer der Gründe dafür ist das gegenseitige Treueverhältnis zwischen Vorgesetzten und Truppen.

»Na schön«, sagte der Kaufmann. »Ist vielleicht am besten so. So ist sichergestellt, daß alle von der Vereinbarung, die wir treffen werden, etwas mitbekommen.« Er setzte sich, zog eine Zigarre heraus und biß die Spitze ab.

»Wir haben Ihnen das Rauchen nicht erlaubt«, äußerte Anastasia Herrera frostig.

»Schon gut, macht nichts, ich weiß, daß Sie im Moment viel um die Ohren haben.« Van Rijn zündete die Zigarre an, schlug die Beine übereinander und lehnte sich zurück. Bald war er in eine blaue Rauchwolke gehüllt. »Freut mich, daß Sie sich zu diesem Gespräch entschlossen haben. Ich wäre auch hinaus auf Ihr Schloß gekommen, aber hier ist es praktischer, nicht wahr? Draußen wimmelt es jetzt von Polizisten, die sich wichtig machen. Hier ist möglicherweise der einzige Ort in ganz Lunagrad, an dem wir garantiert nicht abgehört werden.«

Melkarsh ließ ein tiefes kehliges Knurren ertönen. Vielleicht kannte er ein paar Brocken Anglic.

»Bürger van Rijn, wir sind Ihnen entgegengekommen. Sie sollten unsere Geduld aber nicht zu sehr strapazieren«, sagte Kim. »Welches Abkommen wir auch treffen, die Bedingungen stellen wir, und Sie müssen zur Mitarbeit bereit sein. Wir können nicht garantieren, daß Ihre Handlanger ungestraft davonkommen.«

Der Besucher zog die Brauen so stark hoch, daß es aussah, als kröchen zwei Raupen über die gewölbte Stirn. »Habe ich richtig gehört?« Er schob eine Hand hinter die Ohrmuschel. »Vielleicht bin ich schon schwerhörig trotz der sündhaft teuren Verjüngungsmittel, die ich mir leiste? Ich kann nur hoffen, daß Sie alle noch bei Verstand sind. Außerdem hoffe ich, daß Ihnen klar ist, daß diese Unterredung Ihnen zuliebe stattfindet und nicht meinetwegen, weil ich Sie nicht am Boden zerstören möchte. Also, wir wollen nicht um den heißen Brei herumschleichen.« Er zog einen dicken Umschlag aus der Westentasche und warf ihn auf den Tisch. »Seht auch mal die hübschen Bildchen an. Natürlich nur Abzüge. Die Originale sind an einem sicheren Ort und werden der Polizei zugeschickt, wenn ich nicht in zwei Stunden zurückkomme. Dazu biologische Proben, die ihm vor wenigen Stunden entnommen wurden, wie Radioisotop-Tests beweisen können.«

Die Geschäftsteilhaber reichten einander die Aufnahmen weiter. Das Schweigen wurde lastender und kälter. Einmal knurrte Melkarsh und trat einen Schritt vor, aber Urugu hielt ihn zurück.

»Ihr habt mit Falkayn eine Gehirnwäsche veranstaltet«, sagte van Rijn mit drohend erhobenem Zeigefinger. »Sehr, sehr schlimm. Die Polizei wird gründlich gegen euch ermitteln. *Serendipity* ist erledigt. Allein der Verdacht, daß ihr euch danebenbenommen habt, wird euch um Kundschaft und Profit bringen.«

Sie erwiderten seinen Blick ausdruckslos. Nur Thea Beldaniel ließ so etwas wie Angst erkennen. »Wir wollten nicht . . . wir wollten nicht, daß ihm etwas zustößt. Wir hatten keine andere Wahl«, stieß sie mit erstickter Stimme hervor.

Kim brachte sie mit einer Handbewegung zum Schweigen. »Sie müssen einen Grund dafür haben, daß Sie das Material bis jetzt nicht offiziell gegen uns verwendet haben«, sagte er, überdeutlich jede Silbe artikulierend.

»Ja«, gab van Rijn zurück. »Es sieht so aus, als würde Falkayn keinen bleibenden Schaden davontragen. Und *Serendipity* hat der

Liga viele gute Dienste geleistet. Mein Groll hält sich also in Grenzen. Ich werde tun, was ich kann, damit euch das Ärgste erspart bleibt. Ganz ohne Verluste wird es für euch dabei nicht abgehen. Unmöglich. Aber ihr habt schließlich die Polizei ins Spiel gebracht und nicht ich.«

»Ich bin mir keiner Schuld bewußt«, sagte Kim, in dessen Augen es aufblitzte. »Wir dienen einem höheren Ziel als eurer schnöden Geldrafferei.«

»Ich weiß. Irgendwo draußen im Raum sitzen eure Bosse, die uns nicht mögen. Deshalb können wir nicht zusehen, daß eure Firma Spionage betreibt und eines Tages sogar Sabotage. Aus purer Gutmütigkeit möchte ich euch helfen, eure Fehler, die ihr aus Dummheit begangen habt, wiedergutzumachen. Als erstes werden wir die Polizei zurückpfeifen. Sobald sie unsere Angelegenheit aus den großen Zähnen lassen . . .«

»Ist das jetzt noch möglich?« flüsterte Thea Beldaniel.

»Ich denke schon, wenn wir gut zusammenarbeiten. Schließlich haben die Bediensteten im Schloß bei dem Zusammenstoß mit Adzel höchstens ein paar Schrammen oder Knochenbrüche abgekriegt, stimmt's? Wir werden Schadenersatzansprüche außergerichtlich regeln.« Van Rijn ließ nachdenklich einen Rauchring aufsteigen. »Die Bezahlung wird von euch geleistet. Und jetzt zu diesen Patrouillenbooten . . . wer hat eigentlich beobachtet, daß ein Raumschiff sie angriff? Wenn wir . . .«

Melkarsh schüttelte den Griff seines Kameraden ab, tat einen Sprung nach vorn und bedrohte van Rijn mit geballten Fäusten. »Beim ärgsten Dämon! Sollen unsere Toten nicht gerächt werden?«

»Ach, ihr bekommt Wehrgeld, das ihr den Angehörigen mitbringt«, sagte van Rijn. »Na, vielleicht legen wir ein hübsches Sümmchen für dich persönlich dazu.«

»Ihr glaubt, alles wäre käuflich«, rief Melkarsh. »Ehre kann man nicht kaufen. Ich selbst sah das Raumschiff kommen. Es griff an, ehe ich zur Stelle war. Ich erkannte den Schiffstyp, den eure Gesellschaft benutzt, und werde es der Polizei sagen.«

»Na, na. Niemand will dich zu einem Meineid verleiten.« Van Rijn lächelte. »Ihr haltet einfach den Mund. Niemand wird euch fragen, vor allem weil ihr mit dem nächsten Schiff nach Hause geschickt werdet. Mit dem Sold für die ganze Dienstzeit und einer hübschen Prämie obendrein.« Er nickte Urugu leutselig zu. »Ja, mein Freund, du auch. Wirklich großzügige Arbeitgeber!«

»Wenn Sie glauben, ich nehme Ihre dreckige Bestechung an«, sagte Melkarsh. »Wenn ich durch meine Aussage meine Leute rächen könnte . . .«

»Ich würde vorsichtig sein, mein Lieber«, unterbrach van Rijn ihn. »Mir kann man nicht so leicht ans Leder, ich habe ein dickes Fell. Aber du wirst mit Sicherheit deine Arbeitgeber vernichten, denen du eigentlich zu treuen Diensten verpflichtet bist. Außerdem wird man dich und deine Leute wegen Entführung und anderer Verbrechen unter Anklage stellen. Und wie willst du deinen Leuten helfen oder deine Ehre retten, wenn du hier auf Luna in einem Gefängnis sitzt? Ist es da nicht besser, du kommst mit einem Batzen Wehrgeld nach Hause und kannst berichten, daß deine Kameraden im Kampf einen Heldentod erlitten haben?«

Melkarsh rang nach Atem, konnte aber nicht weitersprechen. Thea Beldaniel stand auf und strich ihm beruhigend über die Mähne. »Er hat recht, mein lieber Freund. Er ist ein Teufel, aber er hat recht.«

Der Gorzuni nickte zögernd und trat zurück.

»Gut, gut.« Van Rijn rieb sich strahlend die Hände. »Wie ich mich freue, daß gesunder Menschenverstand und Friedfertigkeit den Sieg davongetragen haben. Und jetzt zu unseren gemeinsamen Plänen.« Er sah sich suchend um. »Leider habe ich schrecklichen Durst. Könnte man nicht ein paar Flaschen Bier kommen lassen?«

10

In Lunagrad angekommen, fuhr Edward Garver direkt zur obersten Polizeibehörde. »Dieser Wodenit soll in einem Verhörraum vorgeführt werden«, ordnete er an. Er deutete auf die drei rauhen Typen in seiner Begleitung: »Meine Leute und ich werden ihn uns persönlich vorknöpfen. Machen Sie seine Umgebung so unbehaglich, wie das Gesetz es zuläßt. Und wenn das Gesetz zu großzügig ausgelegt wird, dann halten Sie den Mund. Der Fall ist zu wichtig.«

Die ganze Sache war ihm sehr zuwider. Er war von Natur aus nicht grausam und verabscheute im Grunde genommen jede Gewaltanwendung. Die Schuld eines Angeklagten sollte auf Grund wissenschaftlich gesicherten Beweismaterials festgestellt werden. Aber was konnte man tun, wenn die Liga bessere Gehälter zahlte, als er bieten konnte, und sich dadurch die besseren Techniker und Juristen leisten konnte?

Der Ausbau der Zentrale zu einer effizienten und moralisch hochstehenden Organisation war sein Stolz und hatte seine ganze Karriere in Anspruch genommen. Er rühmte sich, wie klaglos sie im Hinblick auf gewöhnliche Verbrecher funktionierte. Wenn er aber erleben mußte, daß seine Mitarbeiter von einer zur Liga führenden Spur genarrt und entmutigt wurden, dann sank sein Stolz in sich zusammen.

Die Entschuldigungen, die für die Existenz der Liga immer wieder gefunden wurden, waren seiner Ansicht nach leeres Gewäsch.

So kam es, daß Adzel in einen Raum mit viel zu dünner und feuchter Luft kam. Es war so kalt, daß seine Schuppen sich beschlugen. Die Schwerkraft betrug das Doppelte seines Heimatplaneten. Das simulierte Licht einer fernen roten Zwergsonne war so schwach, daß er kaum etwas sehen konnte, vor allem nicht Garvers Team, das, von einem Vitryl-Paneel abgeschirmt, in einem Raum mit Erdbedingungen saß. Niemand brachte ihm eine Erfrischung, obwohl das Verhör sich in die Länge zog. Die ununterbrochen auf ihn einhämmernden Fragen klangen in seinen an eine andere Frequenz gewöhnten Ohren ungewöhnlich schrill.

Er ignorierte sie.

Nach einer halben Stunde merkte Garver, daß er endlos so weitermachen konnte. Er wappnete sich innerlich für die nächste Phase. Sie würde für keinen der Beteiligten angenehm sein, aber dieses Ungeheuer hatte es sich selbst zuzuschreiben.

»Antworte endlich, verdammt noch mal!« brüllte er mit voller Lautstärke. »Oder möchtest du neben allem anderen auch noch wegen Widerstand gegen die Staatsgewalt angeklagt werden?«

Adzel war zum ersten Mal zu einer Antwort bereit. »Meinetwegen«, sagte er darauf. »Da ich bloß auf meinem Recht der Aussageverweigerung bestehe, würde eine solche Anklage dem Verfahren die Krone der Lächerlichkeit aufsetzen.«

Garver drückte auf einen Knopf. Adzel zuckte zusammen. »Ist etwas?« fragte einer der Assistenten Garvers. Es war derjenige, der die Rolle des Mitfühlenden spielte.

»Ich habe durch den Boden eben einen starken elektrischen Schlag gespürt!«

»Du liebe Güte! Vielleicht ein Kontaktfehler. Oder es war alles nur Einbildung. Du mußt schon müde sein. Sollten wir nicht Schluß machen und uns Ruhe gönnen?«

»Wissen Sie, daß Sie einen verhängnisvollen Fehler begehen?« fragte Adzel ganz sanft. »Ich gebe zu, daß ich mich über meinen Arbeitgeber geärgert habe. Jetzt aber ärgere ich mich über Sie noch viel mehr. Ich bin unter keinen Umständen zur Mitarbeit bereit. Zum Glück bin ich durch meinen Beruf als Raumfahrer fremde Umgebungen gewöhnt. Ich sehe dies als Chance an, Schmerzüberwindung auf meditativem Weg zu erlernen.« Er nahm die Lotus-Stellung ein, bei einem Vierfüßler ein wahrhaft bemerkenswerter Anblick. »Sie entschuldigen mich jetzt sicher. Ich werde jetzt meine Gebete sprechen.«

»Wo warst du am Abend des ...«

»Om mani padme hum«

Einer des Verhör-Teams schaltete die Sprechanlage aus. »Ich weiß nicht, ob sich die Mühe lohnt, Chef.«

»Er ist auch nur ein Lebewesen«, knirschte Garver, »wenn auch ein sehr zähes. Wir werden weitermachen, bis er klein beigibt, und wenn wir in Schichten arbeiten müßten.«

Gleich darauf summte das Video-Telefon, und das Bild von Mendez zeigte sich. »Sir, ich bedaure, Sie unterbrechen zu müssen«, sagte der devot. »Aber wir haben eben einen Anruf von *Serendipity* bekommen.« Er schluckte. »Sie ... sie ziehen die Anzeige zurück.«

»Wie bitte?« Garver sprang hoch. »Nein! Unmöglich! Ich werde persönlich Anklage erheben!« Er hielt inne. Seine Gesichtsröte ließ nach. »Verbinden Sie mich mit den Leuten«, sagte er eisig.

Nun erschien Kim Yoon-Kun auf dem Bildschirm. Garver hatte

den Eindruck, daß der Mann weniger gefaßt war als sonst. Hinter ihm sah man van Rijn. Der Anblick allein genügte, um in Garver wieder Zorn aufwallen zu lassen. Er beherrschte sich. »Nun? Was soll der Unsinn?« herrschte er Kim an.

»Meine Partner und ich haben mit diesem Herrn hier verhandelt«, sagte Kum. Die Worte schienen ihm nicht zu munden. Es hörte sich an, als würde er sie ausspeien. »Wir stellten fest, daß alles nur ein beklagenswertes Mißverständnis war, das schleunigst aufgeklärt werden muß.«

»Und wie wollen Sie die Toten wieder lebendig machen?« schnaubte Garver. »Auch wenn er sie durch Bestechung gefügig gemacht hat – ich habe Beweise, daß ein Verbrechen begangen wurde. Ich warne Sie! Wenn Sie bei dem Versuch der Verschleierung mitmachen, wird man Sie wegen Mittäterschaft zur Verantwortung ziehen.«

»Es war kein Verbrechen«, sagte Kim. »Es war nur ein Unfall.«

Garver starrte an ihm vorbei van Rijn an. Wenn dieser alte Bastard jetzt so etwas wie Genugtuung zeigte ...! Aber van Rijn lächelte bloß und zog an seiner Zigarre.

»Ich will von vorne beginnen«, sagte Kim. »Meine Partner und ich möchten uns aus dem Geschäftsleben zurückziehen. Da aber *Serendipity* eine echte Marktlücke füllt, wird es bei dem Verkauf um eine große Summe und viele verschiedene Interessen gehen. Die Verhandlungen gestalten sich dementsprechend schwierig, vor allem, wenn man bedenkt, daß der Wert unseres Unternehmens in erster Linie auf seiner absoluten Neutralität beruht. Der leiseste Argwohn einer Unrechtmäßigkeit kann uns erledigen. Nun sind wir bekannterweise Fremde hier und nicht vertraut mit eventuellen emotionellen Komplikationen, die auftreten können. Bürger van Rijn hat sich großzügigerweise bereit erklärt, mit Rat und Tat zur Seite zu stehen. Dabei muß er natürlich mit äußerster Diskretion vorgehen, damit seine Konkurrenten nicht fälschlich meinen, er wolle *Serendipity* zu seinem ureigenen Werkzeug machen.«

»Sie ... Sie wollen verkaufen? An wen?« Garvers Ton ließ Schlüsse auf seine Gemütslage zu.

»Das ist nun das Problem, Sir«, sagte Kim. »Es muß jemand sein, der kapitalkräftig ist und so vertrauenswürdig, daß er das Unternehmen einwandfrei führen kann. Ein Konsortium von Nichthumanoiden? Wie dem auch sei, Bürger van Rijn wird den Makler spielen.«

»Zu einer hübschen Provision, wie sich denken läßt«, stöhnte Garver.

Kim erwiderte das Stöhnen. »Sehr hübsch.« Dann faßte er sich und fuhr fort: »Kapitän Falkayn kam als sein Vertreter zu Vorgesprächen. Der Geheimhaltung wegen führte er alle, auch seine Team-Gefährten, auf eine falsche Spur. Deswegen die Geschichte von der angeblichen Verlobung mit Bürgerin Beldaniel. Jetzt sehe ich ein, daß unser Vorgehen falsch war. Damit wurde das Mißtrauen seiner Freunde geweckt, und sie griffen zu verzweifelten Maßnahmen. Adzel hat sich, wie Sie wissen, gewaltsam Eintritt verschafft. Gottlob hat er nicht viel Schaden angerichtet, und nachdem Kapitän Falkayn ihm alles erklärt hatte, entschuldigte er sich bei uns. Die Schadensersatzansprüche werden außergerichtlich geregelt. Da Kapitän Falkayn seinen Auftrag bei uns abgewickelt hatte, flog er mit Chee Lan ab, um einen Käufer für uns zu suchen. Sein Abflug war eine ganz normale Sache, bei der kein Gesetz übertreten wurde. Unterdessen war Bürger van Rijn so freundlich, Adzel in seiner Privatjacht abzuholen.«

»Was heißt keine Gesetze verletzt? Was ist mit den Morden?« brüllte Garver. »Dafür werdet ihr zur Verantwortung gezogen!«

»Nein, nein«, versuchte Kim ihn zu beruhigen. »Ich gebe ja zu, daß die Sache nicht gut aussieht und daß wir vorschnell Anzeige erstattet haben. Mit ›wir‹ meine ich diejenigen von uns, die nicht Augenzeugen waren. Ein klärendes Gespräch mit Bürgerin Beldaniel und ein Lokalaugenschein ergaben, daß sich alles ganz anders abgespielt hat.

Wie Sie wissen, verfügen wir dort draußen über automatische und auch über bemannte Verteidigungsanlagen. Adzels gewaltsames Eindringen aktivierte die Roboter in einem Turm, die sodann unsere eigenen Patrouillenboote beschossen. Chee Lan versuchte vom Raumschiff aus den Turm zu zerstören, um unsere Leute zu retten. Ein heldenhafter Versuch, der leider zu spät kam.

Ein tragischer Unfall also. Wenn jemanden eine Schuld trifft, dann ist es der Techniker, der die Roboter mit ungenügenden

Unterscheidungselementen ausgerüstet hat. Leider gehört er einer nichthumanoiden Rasse an, die nicht unter die Rechtsprechung des Commonwealth fällt.«

Garver setzte sich.

»Lassen Sie Adzel lieber sofort frei«, sagte nun Kim. »Bürger van Rijn wird vielleicht davon absehen, wegen unrechtmäßiger Verhaftung öffentlich Skandal zu machen, wenn Sie sich in aller Öffentlichkeit bei ihm entschuldigen.«

»Sie haben sich mit van Rijn geeinigt?« äußerte Garver dumpf.

»Ja.« Kim sagte es wie einer, dem ein Bajonett in den Leib gerammt worden war.

Garver raffte die Reste seines Stolzes zusammen. »Meinetwegen«, brach er heraus.

Van Rijn schaltete die Verbindung aus.

Die Raumjacht stieg auf und nahm Kurs auf die Erde. Sterne glitzerten in allen Sichtluken. Van Rijn lehnte sich in seinem Ruhesessel zurück, stemmte einen schaumgekrönten Humpen hoch und sagte: »Verdammt, mit dem Feiern müssen wir uns beeilen. Nach der Landung werden wir beide uns vor Arbeit zerreißen müssen.«

Adzel hielt einen ähnlichen Krug in der Hand, der allerdings mit erstklassigem Whisky gefüllt war. Körperliche Größe bringt manchmal gewisse Vorteile mit sich. Mit seiner Stimmung war es nicht weit her. »Wollen Sie die *Serendipity*-Leute einfach laufen lassen? Sie sind schlecht.«

»Na ja, schlecht vielleicht nicht. Vielleicht sind sie bloß Feinde, was ein Unterschied ist. Wir werden es herausbekommen. Und von Laufenlassen kann nicht die Rede sein. Sie haben ihre Firma aufgeben müssen, ihr Spionage-Zentrum. Und aus diesem Verlust schlage ich Kapital, weil ich den Verkauf durchführe.«

»Aber Sie müssen neben dem Geld auch noch andere Ziele verfolgen!« rief Adzel aus.

»Aber ja. Hör zu, ich wußte ja nicht, was passieren würde, nachdem du unseren David gerettet hattest. Ich mußte mich auf mein Improvisationstalent verlassen. Es zeigte sich, daß *Serendipity* mit dem Gesetz zurückschlagen wollte. Das brachte besondere Gefahren, aber auch besondere Möglichkeiten mit sich.«

Van Rijn zählte die Punkte an seinen Fingern ab: »Erstens mußte ich dich und meine treuen Freunde loseisen. Das war wichtiger als Rache.

Zweitens mußte ich die Regierung heraushalten. Für eine Weile zumindest. Später werden wir sie vielleicht wieder brauchen. Aber eine Regierung ist zu groß und schwerfällig, um ein Problem mit so vielen unbekannten Größen zu lösen. Und wenn die Öffentlichkeit im Commonwealth erfährt, daß es irgendwo einen gefährlichen Feind gibt, dann wird sie hysterisch, was für eine vernünftige Politik und fürs Geschäft schlecht ist. Solange wir allein an der Sache arbeiten, ist die Chance größer, sich als Gegenleistung für unsere Schwierigkeiten die Kuchenstücke einzuverleiben, die im All herumschwirren.«

Er holte Atem und tat einen tiefen Schluck. Adzel starrte hinaus zu den Sternen, die ihm keinen Trost spendeten.

»Welchen anderen Zweck verfolgen Sie?« fragte er leise.

»Drittens«, fuhr van Rijn fort, »habe ich nicht schon klargemacht, daß *Serendipity* an und für sich eine nützliche Sache ist? Man sollte das Unternehmen nicht zerstören, sondern ehrlichen Händen übergeben. Oder meinetwegen Tentakeln oder Pfoten oder Flossen, was immer. Aber alles hübsch unauffällig. Aus diesem Grund mußte ich mich mit den Inhabern auf einen Handel einlassen.«

Sein Tonfall wurde ungewöhnlich ernst. »Viertens, der wichtigste Punkt. Wer sind diese Unbekannten? Was wollen sie? Warum die Heimlichtuerei? Könnte man mit ihnen vielleicht verhandeln? Kein normaler Mensch möchte einen Krieg. Wir müssen mehr über sie in Erfahrung bringen, damit wir uns für die beste Vorgangsweise entscheiden können. Und unser einziger Weg zu ihnen führt über *Serendipity*.«

Adzel nickte. »Verstehe. Haben Sie schon etwas erfahren?«

»Nein. Ich konnte aus ihnen nichts herausquetschen. Die würden eher sterben. Ich sagte, sie müßten die Sache ihren Bossen melden.« Er trank seinen Humpen leer. »Aber einen Kompromiß konnten wir erzielen. Sie fahren los, alle bis auf eine, in einem Schiff, das nicht verfolgt werden soll. Das können sie mit ihren eigenen Detektoren feststellen. Thea Beldaniel ist diejenige, die hierbleibt und den Verkauf des Unternehmens regelt. Ich schätze, sie hat viel mehr Menschliches an sich als ihre Freunde. Später wird sie uns an einen vorbestimmten Treffpunkt bringen, an einen neutralen Ort, wo wir mit ihren Bossen sprechen können. Müssen interessante Typen sein, die so ein Unternehmen wie *Serendipity* aufgezogen haben, nur um sich gründlich über uns zu informieren.«

Adzel sah auf. »Wie bitte? Ich höre immer ›wir‹. Soll das heißen, daß Sie persönlich und . . . ich . . .«

»Wer sonst? Mit ein Grund, warum ich dich zurückbehalten habe. Ich brauche jemanden, auf den ich mich verlassen kann. Es wird eine eiskalte Reise. Und es gibt ein altes nordisches Sprichwort: ›Nackt ist der Rücken, der keinen Bruder hat.‹« Er hieb auf den Tisch. »Wo bleibt mein Bier?«

11

In dem Jahrzehnt, das seit der Entdeckung durch die Lemminkainiten vergangen war, hatte sich der Eisplanet ein großes Stück weiterbewegt. Falkayn, der Beta Crucis durch den vorderen Sichtschirm betrachtete, stieß einen leisen Pfiff aus: »Können wir überhaupt näher heran?« fragte er.

Er saß vor der Konsole mit den aufleuchtenden und tickenden Instrumenten in der Kontrollkabine seines Schiffes. Kein Mensch konnte es aushalten, den Stern direkt anzusehen, so hell brannte er. Der Bildschirm reduzierte die Helligkeit und holte den Stern näher heran. Falkayn sah einen azurblauen gefleckten Kreis, umgeben von einem Filigranrand aus Rubin, Opal und Gold, der den Durchmesser um ein Mehrfaches übertraf und dessen perlfarbiger Schimmer sich weit über den Himmel erstreckte, ehe er in der Dunkelheit aufging.

Falkayn umklammerte die Armlehnen seines Sitzes. Er spürte, wie sein Herz aufgeregt klopfte. Um seiner aufkeimenden primitiven Angst Herr zu werden, riß er den Blick vom Schirm los und richtete ihn auf die vertraute Umgebung. Er sah eines von Chee Lans komplizierten Kunstwerken und Adzels Bonsai-Bäumchen auf einem Regal. Er selbst hatte das Foto eines Mädchens beigesteuert.

Schluß jetzt, ermahnte er sich. Du siehst Gespenster. Kein Wunder, wenn man bedachte, daß Chee Lan die Hälfte der Reisezeit dazu benötigt hatte, ihn aus seinem Dämmerzustand ins Leben zurückzuholen . . .

Seine Gedanken kamen zum Stillstand. Er rang nach Luft. Das Entsetzliche, das man ihm angetan hatte, kam ihm voll zu Bewußtsein. Die Sterne wichen in die Unendlichkeit zurück. Er kauerte allein in Schwärze und Eis.

Und doch war ihm keine klare Erinnerung daran geblieben, daß man ihm die Herrschaft über seinen Verstand geraubt hatte. Es war, als versuchte er, einen Fiebertraum zu rekonstruieren. Alles erschien ihm vage und grotesk. Die Zeit rieb wie eine Rauchschwade dahin, löste sich auf und nahm neue flüchtige Formen an. Er war in einem anderen Universum und in einem anderen Ich gefangen gewesen, und er brachte es nicht über sich, diese Dinge wieder ins Bewußtsein zurückzuholen, auch wenn er es gekonnt hätte. Er hatte Thea Beldaniel begehrt, wie im Leben noch keine. Er hatte das nicht näher definierte Geschlecht der Älteren angebetet wie keinen Gott zuvor. Er hatte eine kühle Oberfläche und einen scharfen logischen Verstand gezeigt und war danach wieder in den warmen, verschwommenen Abgrund zurückgekehrt. Aber irgendwie hatte nicht er diese Dinge getan, sondern andere. Man hatte ihn benutzt und war in ihn eingedrungen, um ihn zu steuern . . . Gab es überhaupt eine Rache für diese innerliche Vergewaltigung?

Der letzte Gedanke flammte wie ein einsamer Funke in seiner Nacht auf. Er ergriff ihn, hielt ihn an sich gedrückt, hauchte ihm seinen Geist ein und ließ ihn zur Flamme auflodern. Dann kam der Zorn verzehrend wie die große Sonne und verbrannte alles Unreine. Es war, als wären uralte Reinkarnationen seiner selbst entfesselt worden. Er schwang eine Wikingeraxt, jagte mit der Fackel in der Hand auf einem Tartarenpferd dahin, legte mit Kanonenkugeln Städte in Schutt und Asche. Das gab ihm Kraft, die ihm wiederum den Kopf klärte.

Der Anfall war in Minutenschnelle vorüber, und Falkayn hatte sich wieder beruhigt. Seine Muskeln entspannten sich, Puls und Atem gingen normal, der Schweißausbruch ließ nach.

Und jetzt an die Arbeit, dachte er. Und vor allem nicht mit so viel Bauchgrimmen. Ich habe schon größere und hellere Sonnen gesehen.

Allerdings nicht sehr viele, denn blaue Riesensonnen sind wahre Ungeheuer an Seltenheit. Und auch noch die kleinste bietet einen schrecklichen Anblick. Die Flecken, die man sah, waren Wirbel, von denen jeder einzelne einen Planeten wie Jupiter hätte verschlingen können. Der arabeskenhafte Rand wurde aus Protuberanzen gebildet, deren Masse ganzen Planeten entsprach, die verdampft, ionisiert, und in Plasma verwandelt, Millionen von Kilometern in den Raum hinausgeschleudert wurden. Die Strahlung betrug das Hundertfünfzigfache Sols und würde noch hundert Megajahre anhalten, ehe sie im Donnerschlag einer Supernova unterging. Falkayn überlief ein Schaudern bei dem Anblick.

Jetzt erst merkte er, daß der Schiffscomputer gesprochen hatte. »Wie bitte?«

»Man hat mir nicht einprogrammiert, beleidigt zu sein. Deshalb sind Entschuldigungen überflüssig«, sagte die künstliche Stimme. »Man hat mich jedoch angewiesen, so umsichtig mit Ihnen umzugehen, wie meine Datenspeicher und Ideen-Kreise es erlauben, bis Sie Ihr seelisches Gleichgewicht wiedererlangt haben.«

Falkayn staunte nicht schlecht. »Danke, Schlauköpfchen. Das habe ich gebraucht.« Und hastig setzte er hinzu: »Los, was hast du herausgefunden?«

»Nun, die Antwort auf Ihre Frage, ob wir näher herangehen können: Das hängt von der Definition des Wortes ›Nähe‹ ab. Aber aus dem Zusammenhang geht hervor, daß Sie wissen möchten, ob wir den Zielplaneten sicher erreichen können. Die Antwort ist positiv.«

Falkayn wandte sich Chee Lan zu, die rechts von ihm in ihrem eigenen Sessel hockte, der eigentlich eher einem Spinnennetz glich. Sie mußte gespürt haben, daß er wieder einen seiner Schreckenszustände erlebt hatte. Sie hatte sich zurückgehalten und nicht eingegriffen. Da er noch immer Ablenkung nötig hatte, sagte er:

»Ich kann mich ganz genau daran erinnern, daß ich Schlauköpfchen Anweisung gab, dieses dumme ›Positiv, Negativ‹ wegzulassen. Schließlich hat sich auch Churchill mit einem einfachen ›Ja‹ und ›Nein‹ begnügt. Warum hast du diese Anordnung rückgängig gemacht?«

»Habe ich nicht. Außerdem ist es mir einerlei. Glaubst du, daß die Nuancen des Anglic mir etwas bedeuten? Falls es diese überhaupt gibt. Nein, Adzel trifft die Schuld.«

»Wie kommt das?«

»Als wir das Schiff neu bekamen, bestand der Wortschatz des Computers aus Technikersprache. Erst während der Zusammenarbeit mit uns hat sich das geändert. Auf Luna ließen wir das Schiff generalüberholen. Du warst ja damals hinter dieser Veronica her, so daß Adzel und ich uns um alles kümmern mußten. Der gute Adzel mit seinem weichen Herzen fürchtete, die Techniker könnten gekränkt sein, wenn sie merkten, daß wir mit ihrem Jungen nichts anfangen können. Deswegen gab er Schlauköpfchen Anweisung ...«

»Schon gut«, sagte Falkayn. Die Ablenkung reichte jetzt für eine ganze Weile. »Benutze wieder das alte Sprachschema«, sagte er zum Computer. »Gib uns ein paar Daten zu unserem nächsten Manöver an.«

»Die Instrumente scheinen zu bestätigen, was man Ihnen vom Planeten berichtete«, sagte die Maschine. Falkayn nickte. Obwohl er erst in den letzten Tagen wieder ganz zu sich gekommen war, hatte Chee schon bei Antritt der Reise von ihm Antworten bekommen können, die einem lückenlosen Gedächtnis entsprangen. »Aus unserer gegenwärtigen Entfernung sind Messungen wegen des großen Lärmpegels nicht möglich. Allerdings konnte ich den Orbit mit ausreichender Genauigkeit berechnen. Die Umlaufbahn ist tatsächlich eine Hyperbel mit geringer Exzentrizität. Im Moment befindet sich der Eisplanet in der Nähe des Periastrons. Sein Vektorradius hat eine Länge von annähernd 1,75 astronomischen Einheiten. Sein kürzester Abstand, nämlich 0,93 astronomische Einheiten, wird er in etwa 27,37 Tagen erreicht haben. Im Anschluß daran wird er sich entlang des zweiten Hyperbelarmes wieder hinaus in den Raum bewegen. Bewiese für das Vorhandensein eines zweiten Planeten vergleichbarer Größe haben wir nicht. Daher ist von der Dynamik her kein Problem zu erwarten. Der Orbit ist fast perfekt symmetrisch.«

Chee steckte eine Zigarette in eine superlange Elfenbeinspitze und zündete sie an. Ihre Ohren zuckten; ihr Schnurrbart sträubte sich. »Einen ungünstigeren Zeitpunkt hätten wir nicht wählen können!« fauchte sie. »Hätten wir nicht kommen können, wenn der Planet von diesem Feuerball weiter entfernt ist? Nein! Das wäre zu einfach gewesen. Wir kommen ausgerechnet dann, wenn die Strahlung am stärksten ist.«

»Man hätte den Planeten gar nicht entdeckt, wenn er nicht nahe genug herangekommen wäre, so daß ausreichend Licht von seiner Kryosphäre abgestrahlt wurde. Und dazu kommt, daß die Nachrichtenübermittlung in der Galaxis immer hinterherhinkt . . .«

»Ach, ein paar Jahre eher hättest du es wissen können.«

»In diesem Fall«, mischte Schlauköpfchen sich ein, »hätte man nicht genau feststellen können, ob die Oberfläche für die Errichtung von Industrie-Basen geeignet ist. Das Problem ist zu komplex und beinhaltet zu viele unbekannte Größen.«

»Ach, halt die Klappe«, stöhnte Chee.

»Ich bin weder programmiert noch ausgerüstet, um . . .«

»Laß schon.« Chee wandte sich an Falkayn. »Ich verstehe deinen Standpunkt und auch den unseres Schlauköpfchens. Und natürlich gewinnt der Planet mit der Einwärtsbewegung an Geschwindigkeit. Vor ein paar Tagen, als du schliefst, ließ ich mir eine vorläufige Orbit-Berechnung machen, und die besagt, daß der Vektorradius in zehn Standard-Wochen von drei auf eins zurückgeht. Die Strahlungsintensität kann daher kaum das Neunfache erreichen, dafür ist die Zeit zu kurz! – Aber ich wünschte wirklich, wir hätten später kommen können, wenn der Planet sich schon entfernt und wieder abkühlt.«

»Obwohl ich für detaillierte meteorologische Berechnungen nicht ausgelegt bin«, meldete sich Schlauköpfchen, »läßt sich voraussagen, daß der Höhepunkt atmosphärischer Instabilität nach dem Durchschreiten des Periastrons erreicht wird. Im Moment wird die Strahlungsenergie größtenteils von Schmelzwärme, Verdampfung und dergleichen absorbiert. Sind diese Vorgänge einmal abgeschlossen, dann bleibt die Energiezufuhr unverändert groß. So wird beispielsweise der Planet in einem Abstand von dreißig astronomischen Einheiten so viel Strahlung wie die Erde abbekommen, und es wird Jahre dauern, bis der Planet so weit entfernt ist. Man muß damit rechnen, daß die Temperaturen in die Höhe gehen und daß gewaltige Stürme entstehen, die eine Landung unmöglich machen. Allenfalls wird eine Beobachtung der Oberfläche bei Beachtung größter Vorsicht möglich sein.«

Falkayn grinste. Er fühlte sich mit jeder Minute besser. Wenn er schon nicht den Kosmos in die Knie zwingen konnte, so wollte er doch nicht kampflos aufgeben. »Vielleicht haben wir das Glück auf unserer Seite«, meinte er.

»Würde mich gar nicht wundern«, gab Chee säuerlich zurück. »Na, Schlauköpfchen, wie wird die Annäherung vonstatten gehen?«

»Die Abwehrschirme können mehr Teilchenstrahlung abwehren, als wir überhaupt abbekommen, auch bei einem stellaren Sturm«, sagte der Computer. »Unser größtes Problem ist der Elektromagnetismus. Unsere Materieabschirmung reicht nicht aus, um die starke Röntgenstrahlung aufzuhalten, die uns während einer ausreichenden Studienperiode trifft. Längere Wellenbereiche könnten ebenfalls unsere Thermostaten überlasten. Deshalb schlage ich vor, daß wir mit Hyperdrive weiterfliegen.«

Falkayn holte seine Pfeife aus der Tasche seines grauen Coveralls. »Na, das wird aber eine gewagte Sache . . . die paar astronomischen Einheiten bei mehr als Lichtgeschwindigkeit.« Die anderen gefährlichen Möglichkeiten ließ er unerwähnt. Bei einem nicht präzise gesteuerten Eindringen in das Schwerefeld des Sterns konnte das Schiff auseinandergerissen werden; oder aber es konnte zu einer nuklearen Explosion kommen, wenn es mit einem festen Körper oder einigermaßen dichtem Gas zusammenstieß.

»Es liegt noch innerhalb der einprozentigen Sicherheitsgrenze, die ich und das Schiff haben«, erklärte Schlauköpfchen. »Und da wir weniger Zeit in der Übergangsphase verbringen, werden wir weniger mit Photonen oder Materiepartikeln zu tun bekommen.«

»Na also«, sagte Chee Lan. »Mir gehen die dummen kleinen Dinger auf die Nerven, die durch meine Zellen sausen. Aber was ist, wenn wir den Planeten erreichen? Wir können zwar in seinem Schattenkegel bleiben und uns von der Masse abschirmen lassen. Aber können wir dann noch die Oberfläche beobachten?«

»Die geeigneten Instrumente wären vorhanden. Als ausgebildeter Planetologe könnte Adzel sie natürlich optimal bedienen. Aber mit meiner Hilfe werdet ihr beiden es auch schaffen. Außerdem sind kurze Ausflüge auf die Tag-Seite sicher möglich.«

»Wundervoll«, sagte Falkayn. »Also, wir verproviantieren uns, legen uns aufs Ohr und starten dann.«

»Vollstopfen kannst du dich später und ausruhen auch«, sagte Chee. »Wir starten sofort.«

»Und warum?«

»Hast du schon vergessen, daß die Konkurrenz nicht schläft? Daß schon vor Wochen Kontaktleute aufgebrochen sind, um sie zu informieren? Ich weiß nicht, wie lange es gedauert hat, bis sie davon erfuhren, und wie lange sie brauchen, um eine Expedition loszuschicken, aber ich glaube nicht, daß sie lange zögern werden und daß unsere Anwesenheit ihr Wohlwollen erregt.« Chee zuckte mit der Schwanzspitze und breitete die Hände aus, was einem menschlichen Achselzucken nahekam. »Wir könnten es im Kampf vielleicht mit ihnen aufnehmen, vielleicht auch nicht. Mir wäre es lieber, wenn wir das Kämpfen einem Schlachtschiff der Liga-Flotte überließen. Lassen wir uns die Daten geben, und dann nichts wie weg.«

»Hm, ja. Mir soll's recht sein. Los, Schlauköpfchen. Und halte deine Sensoren bereit. Wir gehen unbekannten Gefahren entgegen.« Falkayn stopfte die Pfeife. »Außerdem bin ich nicht sicher, ob van Rijn ein Eingreifen der Flotte gern sehen würde«, murmelte er. »Dann müßte er seinen Anspruch auf den Planeten und damit den Profit teilen.«

»Er wird natürlich so viel herausquetschen wollen wie nur möglich«, sagte sie. »Aber diesmal geht es ihm um etwas Größeres als nur Geld. Und er hat Angst. Er glaubt, daß dem Commonwealth, vielleicht sogar der gesamten technischen Zivilisation ein Krieg droht, ohne daß jemand etwas ahnt. Und wenn der Eisplanet dem

Gegner so viel bedeutet, daß er den Verlust einer über fünfzehn Jahre hinweg sorgfältig aufgebauten Spionageorganisation riskiert, dann muß der Planet für uns ebenso wichtig sein. Er wird die Liga hineinziehen, sogar die Regierungen samt ihren Marineeinheiten, wenn es sein muß. Ich habe mit ihm darüber gesprochen, nachdem wir dich aus dem Schloß holten.«

Die Erwähnung seiner Gefangenschaft erweckte in Falkayn Bitterkeit. Er nahm sich zusammen und sagte mit erzwungener Leichtigkeit: »Na, das möchte ich erleben, wenn Old Nick sich mit einem Bruchteil des Profits zufrieden geben muß! Sein Gesicht wird bis in die Magellanschen Wolken zu sehen sein. Vielleicht können wir ihm den ganzen Kuchen retten. Fertig, Schlauköpfchen?«

»Fertig zum Hyperdrive«, meldete der Computer.

Das Summen des Antriebs vertiefte sich. Das Bild des Himmels auf dem Sichtschirm verschwamm. Dann hatte sich das System der neuen Dimension angepaßt. Die Gestirne nahmen wieder ihre ursprünglichen Farben und Formen an. Beta Crucis wurde immer größer, bis es aussah, als würde die Sonne mit ihren Flammen das Schiff rammen. Falkayn drückte sich in seinen Sitz. Chee Lan fletschte die Zähne.

Es dauerte nicht lange, und das Schiff kehrte wieder zum Normalzustand zurück. Es mußte die richtige Position und kinetische Geschwindigkeit rasch erreichen, damit die gesteigerte Strahlkraft der Sonne nicht die Abwehranlagen durchdrang. Der Computer stellte die inneren Schwerefelder so geschickt ein, daß die zwei an Bord befindlichen Lebewesen keine Gewichtsveränderung spürten. In Minutenschnelle war alles stabilisiert. Das Schiff lag zwei Radiuslängen vom Eisplaneten entfernt und glich die Schwerkraft und Zentrifugalkräfte mit seinem eigenen Schub aus. Die Insassen spähten gespannt hinaus.

Der Weitwinkelschirm zeigte einen gewaltigen schwarzen Kreis, von einem grell-weißen Schein gerahmt, wo sich das Licht des Sterns in der Atmosphäre brach. An der Rückseite der Scheibe glühten Corona und Zodialkallichter. Die Nachtseite des Planeten war nicht völlig dunkel. An den Polen flammten vielfarbige Auroras; an anderen Stellen zuckte es blau, wo die von der Sonne gespaltenen Moleküle sich auf sonderbare Weise wieder vereinten. Da und dort ein roter Funke, der Schlund eines speihenden Vulkans.

Auf dem Nachbarbildschirm sah man nur Ausschnitte des Globus, der immer mehr den Himmel verdrängte. Man sah ganz deutlich Stürme, aufragende Berge und neugeborene Meere. Falkayn glaubte beinahe das Heulen des Windes zu hören und das Erbeben der Landmasse unter sich zu spüren. Er konnte den Blick kaum abwenden.

Doch es gab viel Arbeit, und in den nun folgenden Stunden, als er inmitten der Instrumente saß und arbeitete, verlor er seine Scheu. Und mit ihr verflüchtigte sich auch die Schwäche, die ihm nach der Gefangenschaft geblieben war. Aber der tief in seinem Inneren sitzende Haß und Vergeltungsdrang blieb. Während er studierte und Berechnungen anstellte, verdrängte er diese Gefühle. Was er hier beobachtete, war wahrscheinlich einzigartig in der Galaxis, wahrscheinlich sogar im ganzen Kosmos, und nahm ihn total in Anspruch.

Wie die Lemminkainiten vermutet hatten, war dies eine alte Welt. Der Großteil ihrer natürlichen Radioaktivität war längst verbraucht. Die Kälte hatte sich bis ins Herz durchgefressen. Ein Teil des Kernes mußte sich aber im flüssigen Zustand erhalten haben, wie der vorhandene Magnetismus vermuten ließ. An der Oberfläche lag die Temperatur nicht viel über dem absoluten Nullpunkt.

Nun löste sich die Kryosphäre allmählich auf. Gletscher verwandelten sich in Sturzfluten, die sofort verdampften und sich wieder zu Gewittern zusammenballten. Seen und Meere schmolzen, gewaltige Massen wurden verlagert. Der Druck innerhalb des Planeten wurde verschoben. Das isostatische Gleichgewicht wurde gestört. Es wurden gewaltige Energien freigesetzt. Beben erschütterten die Landmassen und wühlten die Meere auf. Tausende Vulkane brachen aus. Geysire brachen durch den verbliebenen Eismantel. Stürme, Hagel und Regen peitschten die Welt immer heftiger. Falkayn und Chee Lan hatten das Gefühl, die Daten von Ragnarok zu errechnen.

Und dennoch ... was für eine Beute! Was für eine ungeheuere Schatzkammer!

»Ehrlich gesagt«, meinte Chee Lan, »und ohne jemanden kränken zu wollen, aber ich kann mir nicht vorstellen, was dieses unbewohnbare Stück halbaufgetauter Hölle jemandem bedeuten kann.«

»Das habe ich dir sicher schon während meiner Dusel-Periode erklärt«, antwortete Falkayn. »Hier könnte man eine Industrie für Kernumwandlungsprozesse aufziehen.«

»Das gibt es doch schon.«

»Viel zu wenige, verglichen mit dem potentiellen Markt.« Falkayn goß sich ein Glas Whisky ein und lehnte sich bequem zurück. Er hatte sich das bißchen Ruhe nach dem Essen verdient. Die Landung war für morgen geplant, die Berechnungen vom Orbit aus waren abgeschlossen. Hoffentlich klappte alles. »Wie wär's mit einer Partie Poker?«

Chee Lan, die auf dem Tisch hockte, schüttelte den Kopf. »Nein, danke. Ich habe die Lust verloren, seitdem Schlauköpfchen uns so ausgenommen hat. Ohne Adzel macht es keinen Spaß. Die verdammte Maschine ist uns voraus.« Sie fing an, ihr seidenweiches Fell zu bürsten. »Bleiben wir lieber beim Geschäft. Ich bin Xenologin. Für eure häßlichen Industrien habe ich mich nie mehr als unbedingt nötig interessiert. Ich möchte jetzt eine anständige Erklärung, warum ich dort unten Kopf und Kragen riskieren soll.«

Falkayn seufzte und trank einen Schluck. »Die genauen Zahlen habe ich nicht im Kopf«, mußte er gestehen. »Aber es genügt ja auch ein allgemeiner Situationsbericht. An bestimmten Elementen herrscht großer Mangel, weil sie in der Natur nicht so häufig vorkommen. Das treibt natürlich den Preis gewaltig in die Höhe.« Falkayn nahm noch einen Schluck. Da er in letzter Zeit wenig getrunken hatte, machte ihn dieser Whisky nach den zwei Aperitif-Cocktails und dem Tischwein redselig. »Aber es geht hier nicht nur um Seltenheit und um eigene Preise. Gewisse Projekte werden einfach blockiert, nur weil die Materialien nicht zur Verfügung stehen.«

»Heutzutage macht die Kernumwandlung doch keinerlei Schwierigkeiten mehr.«

»Im Prinzip stimmt das. Aber die bestehenden Anlagen sind zu klein und können den Bedarf nicht decken. Betreibt man die Sache aber im großen Stil, dann würden die radioaktiven Abfälle ganze Planeten verseuchen, ganz zu schweigen von der freiwerdenden Wärme. Du darfst nicht vergessen, daß es sich dabei um nukleare Prozesse handelt. E ist gleich c zum Quadrat. Ein Gramm Unterschied zwischen Rohmaterial und Endprodukt bedeutet neun mal zehn hoch dreizehn Joule. Eine Anlage, die ein paar Tonnen Elemente pro Tag umwandelt, würde einen Amazonas als Kühlwasser verbrauchen und Unmengen von Dampf abgeben. In kürzester Zeit wäre die Erde zu heiß für jede Lebensform. Deswegen benutzen wir keine Planeten dafür, auf denen sich Leben entwickelt hat. Dafür sind sie zu wertvoll, ganz abgesehen von den interplanetarischen Gesetzen, der öffentlichen Meinung und ganz gewöhnlicher Anständigkeit.«

»Das ist mir klar. Aus diesem Grund befinden sich die meisten Umwandlungsanlagen auf kleineren, atmosphärelosen Himmelskörpern.«

»Ja. Und das bedeutet, daß man Wärmeaustauscher einbauen muß, die in die kalte Masse des Planeten eingespeist werden müssen. Eine teure Angelegenheit. Noch ärgerlicher aber ist der Umstand, daß damit die Größe der Anlage begrenzt wird und daß einige Vorgänge gar nicht stattfinden können, die aber die Techniker liebend gern ausführen würden.«

»Warum benutzt man nicht sterile Welten, neue Welten beispielsweise, auf denen die Entwicklung des Lebens noch nicht eingesetzt hat? Welten mit ausreichender Hydrosphäre und Atmosphäre, um die Wärme abzuleiten?«

»Weil Planeten dieser Art immer zu einer Sonne gehören und diese in ziemlich naher Umlaufbahn umkreisen«, antwortete Falkayn. »Ist der Orbit größer, dann verbleiben Wasserstoff und Helium womöglich in gasförmigem Zustand. Mit dem Wasserstoff ist es besonders schlimm. Er durchdringt jede Materieabschirmung und stört die Kernreaktionen. Daher braucht man eine Welt ähnlich Terra oder Cynthia mit einigermaßen dichter Atmosphäre ohne freien Wasserstoff und mit reichlich Wasser. Wie gesagt, wenn eine Sonne ihre eigene Energie in die Atmosphäre schickt, würde eine Kernumwandlungsindustrie den Planeten praktisch zum Kochen bringen. Wie soll man einem Fluß Kühlwasser entnehmen, wenn er verdampft? Gewiß, es hat den Vorschlag gegeben, eine Staubwolke um eine solche Welt kreisen zu lassen, die die Albedo auf annähernd 100 steigert. Kosten-Nutzen-Studien haben ergeben, daß sich diese Methode nicht lohnt. Dazu kommt, daß neuausgebildete Sonnensysteme noch viel herumfliegende Trümmer enthalten. Ein großer Asteroid, der gegen den Planeten prallt, kann jede industrielle Tätigkeit dort zunichte machen.«

Falkayn benetzte seine Kehle. »Natürlich wollte man die ersten Einzelgängerplaneten, die man entdeckte, sofort für diese Zwecke benutzen. Aber sie waren zu kalt! Temperaturen um den absoluten Nullpunkt verändern die Eigenschaften der Materie. Man müßte daher eine ganz neue Technologie entwickeln, um eine Anlage auf einer solchen Welt zu schaffen. Und damit wäre es noch nicht getan. Man braucht ja flüssiges Wasser und eine Atmosphäre als Kühlmittel. Und es ist unmöglich, eine ganze Kryosphäre zu verflüssigen. Jedenfalls nicht in historisch meßbarer Zeit. Die dazu nötige Energie ist zu gewaltig. Das kannst du dir selbst ganz leicht ausrechnen.«

Falkayn stützte die Füße auf den Tisch und hob das Glas. »Unser Planet hier scheint mir genau das Richtige zu sein.«

»Das klingt ja sehr selbstzufrieden«, grollte Chee. »Aber dein Verdienst ist das alles nicht. Du bist nicht der Allmächtige, eine Tatsache, die mich mit dem Universum versöhnt.«

Falkayn lächelte. »Dir wäre Adzel wohl lieber, wie? Oder womöglich unser Schlauköpfchen oder Old Nick? Aber du siehst, welche Möglichkeiten sich jetzt bieten, wenn die verschiedenen Faktoren sich als das erweisen, was wir hoffen. Und es sieht mir ganz danach aus. In weiteren zehn Jahren hat der Planet sich beruhigt. Er wird dann nicht mehr Strahlung abbekommen als unsere Heimatwelten. Die Temperatur wird ein Mittelmaß erreicht haben und mit mäßiger Geschwindigkeit weiter fallen. Jetzt kann die Kernumwandlungstechnik ihre Anlagen bauen. Je weiter sich der Planet von der Sonne entfernt desto mehr kann produziert werden, da Wärmevorkommen und Wärmeverlust sich die Waage halten. Da die Arbeit fast völlig automatisiert sein wird, schafft der radioaktive Abfall keine größeren Probleme.

Man stelle sich das vor! Tonnen von ehemals seltenen Materialien werden täglich erzeugt und der Industrie zugeführt . . .« Er ließ sich von seiner Begeisterung hinreißen. »Und wir haben dabei mitgeholfen!« Er hieb mit der Faust gegen die andere Handfläche.

»Na, für ein hübsches Entgelt«, sagte Chee. »Ich hoffe jedenfalls, daß es hübsch sein wird.«

»Aber sicher doch.« Falkayn geriet ins Schwärmen. »Geld in Hülle und Fülle. Unsere Firma wird sich das Nutzungsrecht sichern und teuer weiterverkaufen.«

»Gegen wen sichern? Gegen die Konkurrenz oder gegen die unbekannten Feinde unserer Zivilisation? Ich glaube, die werden uns noch viel Ärger bereiten. Denn die Industrie, um die es sich hier handelt, erzeugt Kriegsgüter, wie du weißt.«

Der Planet hatte eine Umlaufzeit von etwas mehr als dreizehn Stunden. Seine Achse war zur Umlaufbahn elf Grad geneigt. Das Schiff hielt Kurs auf die arktische Zone, wo der Tag verhältnismäßig kurz war, wenn auch nicht ganz dunkel, und wo die Bedingungen weniger extrem waren als in anderen Gebieten.

Falkayn hielt den Atem an, als das Schiff in Satellitenhöhe den Planeten umkreiste und vorsichtig tieferging. Er hatte die Sonnenseite schon kurz gesehen, war aber zu sehr mit seinen Messungen beschäftigt gewesen. Und Beta Crucis war nicht so nahe gewesen. Planet und Sonne waren nicht weiter voneinander entfernt als Terra und Sol.

Viermal größer als Sol brannte diese Sonne am Horizont. Wolken ballten sich zusammen, einmal dampfendweiß, dann wieder grau, von Blitzen durchzuckt, schließlich schwarz vom Qualm der Vulkane, die man hin und wieder durch Risse in der Wolkendecke sehen konnte. Man sah Ebenen, mit Geröll bedeckt, von Stürmen gepeitscht, von Erdbeben geschüttelt; Berghänge, über die Gletscherwasser schoß. Ein halber Kontinent war in Nebel gehüllt, bis ein Sturm ihn auseinanderriß und vertrieb. In einem bleiernen Ozean prallten inselgroße Eisberge aufeinander; Strudel und Gischt der Riesenwellen verbargen das Walten der Zerstörungskräfte. Als das Raumschiff in die dünnen oberen Schichten der

Atmosphäre eindrang, wurde es von den Strömungen hin und her geschleudert. Die Außenverkleidung klirrte. Und vor ihnen dräuten geballte Unwetter.

Falkayn preßte zwischen zusammengebissenen Zähnen hervor: »Ich zerbreche mir schon seit geraumer Zeit den Kopf nach einem Namen für den Planeten. Jetzt weiß ich ihn.« Er konnte nicht weitersprechen, weil das Schiff in Dunkelheit und Tosen eintauchte.

Die inneren Schwerefelder sorgten dafür, daß das Gleichgewicht gewahrt blieb, doch einen gelegentlichen Stoß und den Lärm konnten sie nicht abhalten. Schlauköpfchen trug die Hauptlast des Steuerns, während das Team die Entscheidungen treffen mußte.

Falkayn hörte den Computer melden:

»Wetterbedingungen in den Polarregionen unverändert. In der Antarktis schwere Regenfälle, gelegentlich Wolkenbrüche. Nordpolgebiet verhältnismäßig kalt. Ich schlage vor, daß die Landung knapp unterhalb des arktischen Kreises stattfindet, Zeitpunkt: knapp vor Sonnenaufgang. Das Gebiet gehört zum großen Nordkontinent und scheint von Überschwemmungen frei zu sein. Die tektonischen Daten zeigen an, daß das Gelände dort stabil bleiben wird.«

»Na schön«, sagte Chee Lan. »Du suchst die Stelle aus. Gib bloß acht, daß die Instrumente mit ihren Daten deine logischen Kreise nicht überlasten. Ich schätze, daß du im Moment in phantastischer Geschwindigkeit Daten eingespeist bekommst. Im Moment hat es gar keinen Sinn, sie auszuwerten. Gib sie an die Datenspeicher weiter und sieh zu, daß das Schiff sicher aufsetzt.«

»Eine ununterbrochene Auswertung ist nötig, wenn ich eine fremde Umgebung richtig deuten und uns hindurchmanövrieren soll«, gab Schlauköpfchen zur Antwort. »Fakten, die unwichtig sind, präzise Reflektionsspektra verschiedener Eisfelder, stelle ich hintenan. Es ist aber bemerkenswert, daß . . .« Weiter konnte Falkayn nichts hören. Minutenlange Donnerschläge betäubten ihn beinahe.

Ein Schneesturm kam ihnen in die Quere, der das Schiff erbeben ließ. Um sie war eine weiße Hölle. Dann kam eine vergleichsweise windstille Zone. Es war dunkle Nacht. Ihre Scanner-Strahlen zeigten ihnen das Bild eines zerklüfteten Hochlandes, während das Schiff immer tiefer sank.

Und schließlich landete.

Falkayn saß einen Augenblick zusammengesunken da und holte ausgiebig Luft. »Felder ausschalten«, sagte er und löste seine Haltegurte. Die veränderte Schwerkraft machte ihm keine Schwierigkeiten. Sie kam bis auf fünf Prozent an die Erdschwerkraft heran, und er hatte sich schon an größere Unterschiede gewöhnen müssen. Die Stille hallte in seinen Ohren wider. Er stand da und rieb sich die steifen Muskeln, ehe er wieder zum Sichtschirm hinsah.

Das Schiff war in einem holprigen, von Kratern durchsetzten Gelände niedergegangen. Im Norden und Osten stiegen Gebirge auf. Gletscher schimmerten weiß. Sterne erhellten die Szene, denn das Schiff hatte in einem wolkenfreien Gebiet aufgesetzt. Fremde Konstellationen standen klar am kalten Himmel. Meteore blitzen durch die Dunkelheit. Nordlichter flackerten über den Klippen, und im Südosten stieg der erste helle Schein des Morgens empor.

Falkayn warf einen Blick auf die Außenmeßgeräte. Die Atmosphäre war giftig – Co, Co_2, CH_4, NH_3, H_2S und ähnliches. Eine Spur Sauerstoff war vorhanden, von der Sonnenbestrahlung aus den Wassermolekülen gelöst. Der leichtere Wasserstoff war entwichen, während der Sauerstoff sich mit den anderen Elementen nicht verbunden hatte. Die Menge reichte aber nicht aus. Es war eiskalt, nicht ganz minus 75 Grad Celsius, in Bodennähe sogar minus 200 Grad. An den Wendekreisen war es etwas wärmer. Auch eine blaue Riesensonne wie Beta Crucis brauchte lange Zeit, um einen Eisplaneten aufzutauen, und große Unterschiede würde es hier immer geben. Kein Wunder, daß das Wetter geradezu Amok lief.

»Ich gehe jetzt raus«, sagte er. Seine Stimme klang in der eiskalten Stille wie ein Flüstern.

»Oder ich.« Chee Lan war ähnlich bedrückt.

Falkayn schüttelte den Kopf. »Das haben wir schon besprochen. Es geht darum, daß ich mehr Ausrüstung schleppen und in der kurzen Zeit mehr schaffen kann. Außerdem muß für den Notfall jemand bereit sein. Du bist beim nächsten Mal dran, wenn wir mit einem Gleiter einen größeren Ausflug machen.«

»Ich wollte bloß meinen Anspruch auf eine Außenmission anmelden, ehe ich einen Gefängniskoller kriege«, erwiderte sie scharf.

Ja, das klingt schon besser, dachte Falkayn. Etwas aufgemuntert betrat er die Schleusenkammer. Anzug und Ausrüstung lagen bereit. Chee half ihm beim Anziehen. Er ließ sich durchschleusen und betrat eine neue Welt.

Er tat einen tiefen Atemzug aus der chemisch duftenden aufbereiteten Luft und setzte sich in Bewegung. Seine Bewegungen waren plump, und er stolperte mehrmals, bis er sich an die dicken Stiefelsohlen gewöhnt hatte. Aber ohne diese Stiefel wäre er vermutlich hilflos gewesen. Das Schiff konnte vom nuklearen Antrieb aus Wärme in die Stützen leiten, um sie auf einer Temperatur zu halten, die dem Metall nicht schadete. Seine gewöhnlichen Raumstiefel hätten hier nicht ausgereicht, weil der steinige Boden so extrem kalt war. Seine Füße konnten erfrieren, bevor er es merkte. Selbst mit seiner zusätzlich isolierten Sohle war sein Aufenthalt in der Kälte nur begrenzt.

Noch mehr störte ihn die Sonne. Der Tag gewann an Helligkeit. Feuer und lage Schatten fielen über die öde Felslandschaft. Die Abschirmung seines Anzugs war so, daß er sich eine halbe Stunde den Strahlen von Beta Crucis aussetzen konnte.

»Na, wie steht es da draußen?« hörte er Chee Lans Stimme schwach in den Kopfhörern. Das atmosphärische Knistern wurde daneben immer lauter.

»Ach, so so.« Falkayn löste einen Geigerzähler von seinem Rückenbehälter und tastete damit den Boden ab. Schwache Radioaktivität, die vermutlich vor der Bildung der Atmosphäre durch Sonnenwind hierhergelangt war. Falkayn schlug einen Stift zur Neutronenanalyse in den Boden ein und setzte den Weg fort.

Wenn er eine interessante Formation sah, brach er ein Stück ab und steckte die Gesteinsprobe ein.

Die Sonne schob sich immer mehr über den Horizont. Die Gesichtsplatte seines Helms verdunkelte sich automatisch. Windstöße fegten von den Bergen herunter, und von den Gletscherflächen stieg Nebel auf. Falkayn suchte eine Stelle für die Schallsonde aus und stellte den nötigen Dreifuß als Stativ auf. »Beeil dich«, mahnte Chees verzerrte Stimme. »Die Strahlung kann bald unerträglich werden.«

»Ja, ist mir klar«, sagte er. »Aber wir wollen doch etwas über die tieferen Schichten erfahren.« Seine Sicht wurde durch das Zusammenwirken von grellem Licht und den Schutz dagegen stark behindert, so daß er mit der Feineinstellung Schwierigkeiten hatte. Er fluchte drastisch und machte mühsam weiter. Als schließlich die Sonde funktionierte und Daten ans Schiff übermittelte, hatte er seine Zeit aufgebraucht.

Er machte sich auf den Rückweg. Vor dem Hintergrund der Berggipfel wirkte das Schiff ungewöhnlich klein. Beta Crucis jagte ihm eine Hitzewoge nach der anderen über den Rücken, daran konnten weder die Rückstrahlfarbe seines Anzugs noch sein Kühlaggregat etwas ändern. Schweiß durchnäßte sein Unterzeug. Gleichzeitig stahl sich Kälte in seine Stiefel, so daß die Zehennägel schmerzten. Er marschierte entschlossen weiter, beschwert vom Gewicht von Anzug und Ausrüstung.

Ein Aufschrei Chee Lans, der über den Kopfhörer zu ihm drang, ließ ihn herumfahren. Er sah die Explosion ganz oben am Bergkamm. Eine weiße Fontäne wurde hochgeschleudert. Dann hörte er das Dröhnen in seinem Helm widerhallen, und die Erde bebte unter ihm, so daß er auf das Knie fiel. Er richtete sich mühsam auf und wollte loslaufen. Eine Sturzflut aus Schlamm, Wasser und Geröll stürzte tosend in die Tiefe, hinter ihm her. Er hatte erst die halbe Strecke zum Schiff zurückgelegt, als sie ihn einholte.

13

Seine Reflexe waren so gut, daß er sich hinwarf und zusammenrollte, ehe die Lawine ihn erreichte. Dann war um ihn Dunkel und dumpfes Grollen. Er wurde von Gesteinsbrocken und Eis begraben, geschoben und mitgerissen.

Die Erschütterungen spürte er durch Metall und Anzugpolsterung hindurch. Der Kopf wurde innerhalb des Helms hin und her gestoßen. Schlag um Schlag prasselte auf ihn ein, bis er das Bewußtsein verlor.

Die Lawine kam zum Stillstand, Falkayn nahm noch immer halb benommen wahr, daß er begraben war. Er hatte die Knie angezogen, die Arme hielt er vor der Gesichtsplatte des Helms. Der Schmerz ließ ihn aufstöhnen. Er versuchte sich zu bewegen. Unmöglich. Entsetzen erfaßte ihn. Er schrie und versuchte sich freizukämpfen. Zwecklos. Er war in dieser Embryo-Stellung wie lebendig begraben.

Und dann kam die Kälte. Die Heizschlangen seines Anzugs hatten schon zu arbeiten aufgehört, ehe er zu sich gekommen war. Und bewegen konnte er sich nicht, um sich warmzuhalten. Er versuchte, über Funk die Verbindung mit Chee Lan wieder herzustellen. Ohne Erfolg. Stille, Dunkelheit und Kälte, waren die einzigen Empfindungen, die er hatte.

Ich bin hilflos, dachte er verzweifelt. Ich kann nichts tun. Schrecklich.

Dann regte sich der Trotz. Wenigstens mein Verstand funktioniert noch. Wie ein freier Mensch kann ich meine Gedanken und Erinnerungen wandern lassen. Aber es wollte ihm außer Schwärze, Stille und Kälte nichts einfallen.

Er preßte krampfhaft die Zähne zusammen und nahm sich verbissen vor, sich nicht wieder von Panik überwältigen zu lassen.

Dampfschwaden hüllten ihn ein, als er nur mehr halb bei Bewußtsein war. Die Sonne löste die Nebel auf und brannte heiß auf seinen Anzug. Er sah, daß um ihn herum die Lawine verdampfte. Über ihm schwebte das Schiff, das mit einem Energiestrahl das Schneefeld abtastete. Als die Scanner-Strahlen Falkayn entdeckten, wurde ein Zugstrahl ausgeschickt. Falkayn wurde hochgehoben, durch eine Frachtluke gehievt und landete auf Deck, um Chee Lans Hilfsdienste über sich ergehen zu lassen.

Zwei Stunden später saß Falkayn auf seiner Koje, eine Schüssel Suppe vor sich. »Mir geht es schon viel besser«, sagte er. »Eine tüchtige Portion Schlaf, und ich bin wieder der alte.«

»Na, ob das wünschenswert ist, bezweifle ich«, gab Chee spöttisch zurück. »Wenn ich so dämlich wäre, ohne Düsenaggregat loszugehen, würde ich mich lieber gegen ein jüngeres Modell eintauschen.«

Falkayn trug es mit Humor. »Du hast auch nicht daran gedacht. Und man kann nicht behaupten, daß ich zu wenig beladen war. Aber was ist eigentlich passiert?«

»Schlauköpfchen und ich sind zu dem Schluß gekommen, daß der Gletscher nicht aus Wasser bestand, sondern aus Trockeneis – aus festem Kohlendioxyd, vermischt mit ein paar anderen Gasen. Die Temperatur an dieser Stelle hatte den Sublimationspunkt erreicht oder überschritten. Und die Abkühlung kam sehr schnell. Die Sonne scheint nur ein paar Stunden. Außerdem entzogen die freien Komponenten der gefrorenen Masse Wärme. So entstand ein instabiles Gleichgewicht. Das Schicksal wollte es, daß der Großteil des Eises explosionsartig verdampfte, und der Rest stürzte mit Geröll in die Tiefe. Wenn wir bloß daran gedacht hätten, Reflexionsspektren aufzunehmen und Thermoelemente einzusetzen . . .«

»Du glaubst doch nicht, daß ich an Schuldgefühlen leide? Man kann doch nicht an alles denken. Wir lernen durch Irrtümer und Fehler.«

»Das ist auch nicht schwierig, wenn einer bereitsteht und einen aus dem Schlamassel zieht.«

»Recht hast du.« Falkayn lachte. »Wenigstens weiß ich jetzt, wie wir diesen Planeten nennen sollten. Der passendste Name wäre Satan.«

»Was bedeutet das?«

»Der Feind des Göttlichen. Quelle alles Bösen in einer unserer Religionen.«

»Aber jedes vernünftige Wesen kann sehen, daß das Göttliche selbst . . . na, lassen wir das. Ich dachte immer, euch wäre der Vorrat an mythologischen Namen für Planeten ausgegangen. Sicher ist schon ein Satan darunter.«

»Ich wüßte nicht. Und der Name paßt wunderbar hierher. Satan macht sich einen Spaß daraus, in einer ausgeklügelten Hölle die armen Seelen zu quälen.«

»Na, wenn er wie die anderen Antigötter ist, die ich kenne, dann kann er zwar reich machen, aber zu guter Letzt wirst du entdecken müssen, daß der Handel mit ihm nicht gut war.«

Falkayn tat die Sache mit einem Achselzucken ab. »Wir werden sehen. Wo befinden wir uns im Moment?«

»Wir kreuzen über die Nachtseite des Planeten, nehmen Messungen vor und machen Bilder. Ich halte es nicht für sinnvoll, wenn wir noch länger bleiben. Unsere Meßergebnisse deuten darauf hin, daß van Rijns geldgieriges Herz höher schlagen wird, wenn er sie sieht. Die ganze Kryosphäre steht tatsächlich im Begriff, sich zu verflüssigen, und in zehn Jahren kann man hier beginnen, Industrien aufzubauen. Im Augenblick wird die Lage aber immer brenzliger.«

Als sollten Chees Worte besondere Unterstreichung erfahren, tat das Schiff einen Satz, und die windgepeitschten Rumpfplatten ächzten. Es mußte ein höllisches Unwetter sein, das diesem für alle Situationen bestens ausgerüsteten Raumschiff so heftig zusetzte.

»Einverstanden«, sagte Falkayn. »Wir wollen in – sagen wir mal – den nächsten vierundzwanzig Stunden noch möglichst viele Daten sammeln, und dann gehen wir auf Heimatkurs. Um die Einzelheiten sollen sich die anderen kümmern. Um van Rijns Ansprüchen hier Geltung zu verschaffen, braucht man hier ohnehin eine Kampftruppe.«

»Je eher Old Nick erfährt, daß es sich lohnt, eine solche Truppe zu schicken, desto besser.« Chee ließ ihren Schwanz spielen. »Falls der Gegner inzwischen hier Stellung bezieht, wird es Ärger geben.«

»Keine Angst. Unsere unbekannten Gegner müssen in großer Entfernung leben, wenn sie bis jetzt nicht mal einen Aufklärer geschickt haben.«

»Bist du sicher, daß ihr Vortrupp nicht hier war und wieder verschwand, während wir unterwegs waren?« fragte Chee langsam.

»Dann wäre dieser Vortrupp noch irgendwie in der Nähe. Wir

waren zwei Wochen unterwegs und haben etwas länger als diese Zeit für unsere Arbeit gebraucht. Wir brechen deswegen früher auf, weil wir zu zweit nicht viel mehr ausrichten können und weil wir das Gefühl haben, unsere Rückkehr würde dringend erwartet. Die anderen, die keinen Grund haben zu vermuten, daß wir ihnen auf der Spur sind, werden sicher eine längere und gründlichere Aktion geplant haben.« Falkayn kratzte sich am Kinn. Seine Bartstoppeln erinnerten ihn daran, daß es wieder Zeit war, eine Dosis des Anti-Bartwuchsmittels zu nehmen. »Natürlich ist es durchaus möglich, daß ihre Schiffe bereits in der Gegend waren, unsere Annäherung bemerkten und schnell Papi herbeiholten. Der müßte dann aber schon mit einem ziemlich großen Knüppel unterwegs sein.« Er rief Schlauköpfchen scherzhaft zu: »Du hast keine Schiffe im Raum ausgemacht, oder?«

»Nein«, sagte der Computer.

»Sehr gut.« Falkayn ließ sich wieder in die Kissen sinken. Das Schiff war imstande, den ›Sog‹ eines im Hyperdrive befindlichen anderen Schiffes bis zur theoretischen Grenze von einem Lichtjahr festzustellen. »Ich habe es auch nicht ernsthaft erwartet . . .«

»Meine Detektoren sind ausgeschaltet«, erklärte Schlauköpfchen.

Falkayn fuhr mit einem Ruck auf. Die Suppe schwappte über und lief über Chee Lans Fell, die fauchend einen Satz machte. »Was?« rief Falkayn.

»Kurz bevor wir in den Orbit gingen, wurde ich instruiert, mich auf die unmittelbaren Gefahren zu konzentrieren«, erinnerte ihn Schlauköpfchen. »Daraus folgte, daß die Computerkapazität nicht durch interstellare Monitoren beeinträchtigt werden sollte.«

»Das hat man nun davon«, stöhnte Falkayn. »Und ich dachte, du könntest mehr Eigeninitiative entwickeln. Was hat man denn bei der Überholung mit dir angestellt?«

Chee schüttelte sich wie ein Hund, damit die Suppentropfen weggeschleudert wurden. »Dann schalt deine Detektoren jetzt schleunigst ein!« fauchte sie.

Es wurde ganz still im Schiffsinneren, so daß man das Kreischen des Windes ganz deutlich hörte. Chee und Falkayn saßen eng aneinandergedrückt da und warteten gespannt auf das Ergebnis.

»In Richtung Circinus sind dreiundzwanzig Vibrationsquellen auszumachen.«

Falkayn saß wie erstarrt da. Dort draußen lebte niemand. Das Ziel der Flotte stand unzweifelhaft fest.

»Dreiundzwanzig«, hörte er Chee Lan flüstern. »Eine ganze Flotte! Kann man schon nähere Berechnungen machen?«

»Sie sind etwa ein halbes Lichtjahr entfernt, wie die Lautstärke der Vibrationen verrät«, erläuterte der Computer in seinem üblichen nüchternen Ton. »Die Pseudogeschwindigkeit liegt höher, als es einer unserer Kapitäne bei der Annäherung an einen von Gas- und Materie umgebenen Stern wie Beta Crucis für ratsam halten würde. Das Verhältnis der einzelnen Signalamplituden stützt die Hypothese, daß es sich um einen Flottenverband handelt, bestehend aus einem großen Schlachtschiff, in der Größe etwa einem Ligaschlachtschiff entsprechend, drei leichten Kreuzern und neunzehn kleineren, wendigeren Schiffen. Es handelt sich dabei um vorläufige Ergebnisse, die von der Annahme ausgehen, daß es sich um eine bewaffnete Einheit handelt, die auf uns zusteuert. Für verläßliche Aussagen ist die Fehlerquelle noch zu groß.«

»Na, ich glaube erst, daß es keine von unseren Feinden ausgesandte Kriegsflotte ist, wenn der Kommandant uns zum Tee einlädt«, grollte Chee kehlig. Sie rückte von Falkayn ab. Ihre Augen funkelten. »Was nun?«

Falkayn holte tief Atem. Sein Herzklopfen ließ nach, der momentane Schweißausbruch ebenfalls. Jetzt war er wieder ganz Offizier. »In der Nähe von Satan können wir nicht bleiben. Unsere Antriebsaggregate würden von ihren Neutrinodetektoren ausgemacht. Wir könnten jetzt in eine engere Bahn um Beta Crucis gehen und hoffen, daß die Strahlung uns abschirmt, bis die Flotte verschwunden ist. Nur hat die Sache einen Haken: Wenn die Schiffe länger bleiben, bekommen wir eine tödliche Strahlendosis ab. Andererseits können wir auch in eine sehr große Umlaufbahn um Beta Crucis gehen. Eine gewisse minimale Emission wäre zwar feststellbar, aber wir könnten hoffen, daß sie ihre Instrumente nicht ausgerechnet auf uns richten. Aber auch diese Variante will mir nicht gefallen. Wir würden dort auf unbestimmte Zeit festgenagelt sein, ohne daß wir die Möglichkeit hätten, van Rijn eine Botschaft zukommen zu lassen.«

»Wir könnten einen Bericht in einer Kapsel losschicken. Wir haben ganze vier Stück an Bord. Nein, Irrtum, nur zwei.«

Falkayn schüttelte den Kopf. »Sie sind zu langsam. Und man könnte sie aufspüren ...«

»Ihre Strahlung ist gering. Sie haben keinen Nukleargenerator.«

»Die bei der Marine verwendeten Detektoren können eine Kapsel im Hyperdrive ausmachen, und zwar auf beachtliche Entfernung. Die Sonde ist ja nichts anderes als eine Röhre mit primitivem Antrieb und einem Robotpiloten, der es knapp schafft, das eingegebene Ziel anzusteuern und ein Signal abzugeben. Nein, jeder Verfolgte könnte sie einholen und sich aneignen oder sie vernichten.«

Chee hatte sich ein wenig beruhigt. Die Krisensituation war klar, und Chee ging jetzt so kühl und rational vor wie Falkayn. »Vermutlich denkst du an einen Durchbruch ins Sol-System«, sagte sie. »An sich keine üble Idee, wenn die Gegner uns nicht überholen.«

»Wir sind ziemlich schnell.«

»Es gibt Schlachtschiffe, die noch schneller sind. Wo bei uns der Frachtraum ist, haben die zusätzliche Antriebe und Oszillatoren.«

»Ich weiß. Es wird eine Hetzjagd mit unsicherem Ausgang.« Falkayn beugte sich vor. »Ob wir die längeren Beine haben oder der Gegner – bei einer Strecke von zweihundert Lichtjahren macht ein halbes Lichtjahr keinen Unterschied. Wir gehen kein größeres Risiko ein, wenn wir ihnen entgegenfliegen, meine ich. Und dabei könnten wir neue Erkenntnisse gewinnen oder etwas unternehmen oder – ach, was weiß ich. Das werden wir schon sehen. Aber das Wichtigste ist folgendes: Wenn wir mit kräftigem ›Sog‹ in den Hyperdrive übergehen, wird das Abfeuern einer kleinen Nachrichtenkapsel damit völlig überdeckt. Und ehe man feststellen kann, daß die Ausstrahlung von zwei Körpern stammt, ist sie längst außer Reichweite. Ganz gleich, was uns zustößt, unsere Nachricht wird van Rijn erreichen. Diesen Schaden können wir dem Gegner wenigstens zufügen.«

Chee betrachtete ihn schweigend. »Ich habe den Verdacht, daß du deine Gefühle sprechen läßt. Warum nicht, wenn sie sinnvoll sind?«

»Also, dann an die Arbeit«, mahnte Falkayn. Er stand schwungvoll auf und wurde momentan von einem Schwindelgefühl erfaßt, so daß er sich an die Wand lehnen mußte, bis es vorbei war. Schlappmachen konnte er sich jetzt nicht leisten. Notfalls mußte er eine Aufputschpille nehmen und würde seinen Körperhaushalt später dafür büßen lassen – falls er überlebte.

Chees letzte Worte wollten ihm nicht aus dem Sinn. Ja, sie hat recht. Meine Wut treibt mich an. Ich will mich rächen. Oder ist es Angst, daß man mir wieder dieses Schreckliche antun wird?

Da sterbe ich lieber. Und nehme vorher einige von ihnen mit – auf den Planeten Satan!

14

Sterne funkelten in allen Farben, aber der hellste war Beta Crucis. Jenseits der Milchstraße waren die fernen kalten Wirbel der Schwestergalaxien zu sehen.

Falkayn war auf der Brücke, umgeben von Außensichtschirmen und dem Summen der Maschinen. Chee Lan war bei den Geschützanlagen im Heck. Jeder der beiden hätte irgendwo im Schiff sein und die Informationen des Computers empfangen und Befehle an ihn weitergeben können. Ihre Trennung war eine Vorsichtsmaßnahme für den Fall eines Angriffs. Die Einsamkeit bedrückte Falkayn. Aus einer Art Trotz heraus und nicht so sehr aus diplomatischer Gepflogenheit hatte er seine Uniform unter dem Raumanzug angezogen.

Durch den offenen Helm starrte er die Bildschirme und die Instrumente an. Diese Vielzahl von Daten und Meßwerten konnte nur ein Computer richtig verarbeiten, aber seine Erfahrung ermöglichte es ihm, sich mit einem Blick über die ungefähre Lage zu informieren.

Das Schiff lag auf einem Kurs, der sich bald mit dem eines der

Außenschiffe der feindlichen Flotte kreuzen würde. Sicher hatte man es seit dem Übergang in den Hyperdrive geortet. Dennoch hatte der Gegner keine Kursänderung vorgenommen oder war mit der Geschwindigkeit heruntergegangen. Die Flotte setzte ihren Weg unbeirrt fort, in gefährlich enger Formation manövrierend.

Dies erweckte den Eindruck, als ließe der fremde Kommandant seinen Untergebenen nicht die geringste Handlungsfreiheit. Die ganze Flotte bewegte sich wie eine Einheit, wie ein Hammer, der gegen ein Ziel geschleudert wurde.

Falkayn benetzte die trockenen Lippen mit der Zunge. Er spürte, wie ihm der Schweiß über den Rücken lief. »Verdammt, warum reagieren die nicht? Möchten die nicht wenigstens herausbekommen, mit wem sie es zu tun haben?«

Das hatten sie natürlich nicht nötig. Sie konnten die *Muddlin' Through* einfach passieren lassen. Oder sie planten im richtigen Augenblick eine Phasenangleichung samt Angriff, so rasch, daß man selbst die Phase nicht mehr ändern konnte.

»Vielleicht erkennen sie unser Signal nicht als solches«, meinte Chee Lan nachdenklich. Falkayn, der ihre Stimme über die Sprechanlage hörte, versuchte sie sich am Geschütz vorzustellen. Sie hatte darauf bestanden, für den Fall eines Kampfes selbst ein Geschütz zu bedienen ...

»Sie wissen genug über uns, um eine Spionagezentrale in unserem Territorium zu führen. Also werden sie auch unseren Standardcode kennen«, gab Falkayn unwirsch zurück. »Schlauköpfchen, versuch es noch einmal!«

Die Bildschirme flimmerten, als die Hypergeschwindigkeit leicht verändert wurde, um Punkte und Striche auszustrahlen. Es war ein neues und noch nicht ausgefeiltes System – Falkayn wußte noch, wie er am Anfang seiner Karriere durch Ein- und Ausschalten des Antriebes Nachrichten übermittelt hatte – doch war die Botschaft sehr simpel. Dringend! Gehen Sie vom Hyperdrive in Normalzustand über und nehmen Sie Funkverbindung auf Standardfrequenz mit uns auf!

»Keine Reaktion«, erklärte der Computer nach einer Minute.

»Dann schalte ab«, ordnete Falkayn an. »Chee, kannst du dir ihr Verhalten erklären?«

»Ich hätte eine Menge verschiedener Erklärungen zur Hand«, antwortete sie. »Das ist ja das Schwierige an der Sache.«

»Hm, hast recht. Besonders wenn keine davon zutrifft. Die Denkweisen der verschiedenen Kulturen unterscheiden sich zu stark voneinander. Zwar möchte man meinen, daß eine Zivilisation, die es bis zur Raumfahrt gebracht hat . . . na, einerlei. Es besteht auf der Gegenseite offenbar kein Verlangen, ein Schiff zu Gesprächen loszuschicken. Meiner Meinung nach heißt es jetzt einer Falle ausweichen, Schlauköpfchen, Kursänderung. Wir halten uns parallel zu ihnen.«

Antriebe summten. An den Sichtschirmen zogen Sternenbilder vorbei. Dann lag das Schiff wieder ruhig. Falkayn spähte hinaus, dem unsichtbaren Gegner entgegen. Sie querten die nebelverhangene Pracht des Sagittarius. »Wenn wir ihren ›Sog‹ genauer analysieren, erfahren wir vielleicht nähere Einzelheiten«, sagte Falkayn. »Aber bis in die unmittelbare Nähe von Satan wäre eine Verfolgung nicht ratsam.«

»Mir gefällt das überhaupt nicht«, sagte Chee. »Ihr Tempo ist mir zu halsbrecherisch.«

Falkayn griff nach der Pfeife, die er auf den Tisch gelegt hatte. Sie war inzwischen kalt geworden. Sie wieder anzuzünden, war ziemlich umständlich. Der Rauchgeschmack liebkoste Zunge und Nase. »Sie gehen das größere Risiko ein als wir«, sagte er. »Wir kennen das Gebiet viel besser. Wir haben immerhin ein paar Asteroiden-Umlaufbahnen kartographiert.«

»Du glaubst also nicht, daß sie ein Spähschiff vorausgeschickt haben?«

»Nein. Das würde heißen, daß ihre Heimatsonne oder zumindest ein Teil ihres Einflußbereiches hier in der Nähe liegt. Nähe nach Maßstäben kosmischer Größenordnung, versteht sich. Nun handelt es sich bei der Gegend um Beta Crucis nicht um gründlich erforschtes Gebiet, aber einige Expeditionen sind hier schon durchgekommen – so wie die der Lemminkainiten. Und Forscher pflegen immer nach Anzeigen von technisch hochentwickelten Zivilisationen Ausschau zu halten. Sicher wären die Neutronen-Strahlungen eines solchen bewohnten Planeten wahrgenommen worden, wenn er innerhalb von fünfzig Lichtjahren von hier entfernt liegen würde. Sicher, diese Nuklear-Generatoren gab es vor fünfzig Jahren noch nicht, so daß die Neutrinos noch nicht angekommen sein könnten. Andererseits ist man doch viel weiter in den Raum vorgestoßen als bis Beta Crucis. Alles in allem sieht es so aus, als würden die Fremden aus großer Entfernung kommen. Das Kurierschiff von Luna muß es knapp geschafft haben, sie von der Existenz des Eisplaneten in Kenntnis zu setzen.«

»Und auf diesen Bericht hin wird ohne vorherige Überprüfung eine ganze Flotte ausgeschickt – mit Höchstgeschwindigkeit?«

Falkayn grinste. »Na, wenn du ein Vorgehen als überstürzt bezeichnest, dann muß etwas dran sein!«

»Aber diese Wesen ... höchstwahrscheinlich waren es die gleichen ... haben eine Organisation wie *Serendipity* aufgezogen ... ein Unternehmen, das viel Geduld und Ausdauer erforderte.«

»Dazu existieren Parallelen in der menschlichen Geschichte. Und schließlich haben Menschen – ohne Humanoide – bei der ganzen Sache eine große Rolle gespielt.«

Da unterbrach der Computer sie. »Antwort eingelangt.« Der Bildschirm blinkte in einer Codefolge, die Falkayn erkannte: »Ansuchen um Unterredung bestätigt. Einverstanden. Treffpunkt zehn astronomische Einheiten entfernt, Abstand fünfhundert Kilometer.«

Falkayn nahm sich nicht die Zeit, Chee die Nachricht zu übersetzen – das würde der Computer tun. Er nahm sich auch nicht die Zeit, sich Verwunderung zu gestatten. Die Zeit drängte. Befehle prasselten auf den Computer ein. Antwort bestätigen, Kursänderung vornehmen. Und achte darauf, daß wir nicht in eine Falle gelockt werden, weder von dem Schiff, das mit uns verhandeln will, noch von der übrigen Flotte, die unter Hyperdrive vielleicht auf anderen Kurs geht!

»Der gesamte Verband bleibt zusammen«, warf Schlauköpfchen ein. »Sie wollen uns wohl in voller Stärke empfangen.«

»Was? Das ist doch lächerlich!«

»Nein, gar nicht«, ließ sich Chee tonlos vernehmen. »Wenn dreiundzwanzig gleichzeitig auf uns feuern, sind wir tot.«

»Vielleicht auch nicht.« Falkayn klemmte die Pfeife entschlossen zwischen die Zähne. »Vielleicht meinen sie es ehrlich. In dreißig Sekunden werden wir mehr wissen.«

Die Schiffe schalteten ihre Quanten-Oszillatoren aus und gingen in den relativistischen Materie-Energie-Zustand über. Dann folgte das hastige Berechnen und Anwenden der nötigen Schubkraft, bis die kinetischen Geschwindigkeiten angeglichen waren. Falkayn überließ das alles Schlauköpfchen, während Chee an den Geschützen stand. Er selbst konzentrierte sich ganz darauf, die Unbekannten zu beobachten.

Viel gab es da nicht zu beobachten. Mit einem Scanner konnte er sich das Bild des Schiffes vergrößert heranholen. Dabei gingen aber die Einzelheiten auf den schwach beleuchteten Strecken verloren. Und gerade die Einzelheiten waren es, die zählten. Die Naturgesetze ließen keine grundlegenden Unterschiede zwischen den einzelnen Raumschiffstypen zu.

Falkayn fand, daß die neunzehn Zerstörer oder Begleitschiffe oder wie immer man sie nennen wollte stromlinienförmig, das heißt für den Eintritt in eine Atmosphäre ausgelegt waren. Sogar radikal stromlinienförmig. Dreimal so lang wie sein eigenes Schiff, ohne sichtlich breiter zu sein. Sie sahen aus wie steife Aale. Die Kreuzer hingegen ähnelten mit ihren flossenartigen Strukturen Haien. Es mußte sich bei diesen Aufbauten um Instrumenten- oder Geschützanlagen handeln. Das Schlachtschiff war vom Aufbau her eine riesige Kugel, doch wurde die Kugelform durch verschiedene Aufbauten verwischt.

Sämtliche Schiffstypen unterschieden sich von jenen der Liga. Sie starrten vor Geschützen, Raktenabschußanlagen, Energiestrahlprojektoren. Falkayn hatte noch nie zuvor so schwerbewaffnete Schiffe gesehen. Wo blieb bei dieser maschinellen Ausrüstung und den dafür benötigten Ersatzteillagern noch Platz für die Besatzung?

Die Instrumente zeigten an, daß der Gegner Abschirmfelder, Radar, Kernfusion und dergleichen verwendete. Das war für ihn keine Überraschung. Viel mehr Grund zum Staunen gab ihm die ungewöhnlich enge Formation. Warum gingen sie nicht auf

Abstand? Ein Sprengkopf von fünfzig Megatonnen, der in ihrer Mitte explodierte, würde zwei oder drei ganz zerstören und die übrigen mit Strahlen verseuchen. Ihre Computer und elektronischen Anlagen würden vielleicht weiter funktionsfähig bleiben –, das hing davon ab, ob sie so etwas wie Transistoren verwendeten – doch ein Großteil der Besatzung wäre dem Tod geweiht, während der Rest ärztlich behandelt werden müßte.

Es sei denn, den Fremden machten Neutronen- und Röntgenstrahlen nichts aus. Wenn dem so war, konnten sie kein Protoplasma besitzen. Mit oder ohne Medikamente, ein organisches Molekühl hält nur einem begrenzten Strahlenbeschuß stand, dann geht es zugrunde. Es sei denn, die Fremden hatten bislang unbekannte Abschirmanlagen gegen ungeladene Teilchen entwickelt. Es sei denn ...

»Hast du Verbindung mit einer ihrer Anlagen?« fragte Falkayn.

»Nein«, gab Schlauköpfchen zurück. »Sie gehen mit der Geschwindigkeit herunter, so als ob sie in eine Umlaufbahn um Satan einschwenken wollten. Die Geschwindigkeitsangleichung bleibt uns überlassen.«

»Ziemlich arrogant, diese Typen«, meinte Chee.

»Mit dieser Ausrüstung läßt es sich leicht arrogant sein.« Falkayn ließ sich auf seinem Sitz nieder. »Aber wir machen ihr Spiel mit. Schalte jetzt die Verbindung ab. Sollen die uns als nächstes ansprechen.« Er kam sich ein wenig albern vor mit der Pfeife, die aus der offenen Gesichtsplatte ragte. Einerlei. Er brauchte ein paar kräftige Züge. Ein Bier wäre ihm noch willkommener gewesen. Die Erregung hatte seine Kehle ausgedörrt.

Zu vieles an der Situation war ihm unerklärlich. Warum hatten die Fremden nicht sofort angegriffen, falls es ihre Absicht war, die *Muddlin' Through* zu vernichten? Und falls sie verhandeln wollten – warum hatten sie nicht eher geantwortet?

Als könne sie seine Gedanken lesen, sagte Chee Lan:

»Ich könnte mir denken, daß es sich bei unseren Gegnern um überaus impulsive Wesen handelt. Sie erfahren von der Existenz des Eisplaneten und schicken sofort eine Einheit los, um sich den Planeten zu sichern. Von *Serendipitys* Zusammenbruch können sie noch nichts wissen. Allerdings können sie auch nicht sicher sein, daß die Firma noch existiert.

Die meisten Sophonten würden sich unter diesen Umständen sehr vorsichtig verhalten. Sie würden einen Spähtrupp ausschicken, ehe sie aufs Ganze gehen. Diese Wesen hier sind anders. Die stürzen sich kopfüber hinein, schießen sich den Weg frei oder gehen unter.

Jetzt stoßen sie auf jemanden wie uns, der auf sie wartet. Wir, ein kleines Schiff, das sich erdreistet zu verhandeln. Du und ich, wir würden uns in diesem Fall Gedanken machen, ob noch weitere Schiffe, womöglich größere, irgendwo auf der Lauer liegen. Unser erster Gedanke wäre: verhandeln. Aber diese Fremden sind anders. Sie setzen den Weg unbeirrt fort. Entweder sind wir allein, und sie können uns mit Leichtigkeit aus dem Weg räumen, oder aber wir haben Verbündete, und es kommt zum Kampf. Die Möglichkeit eines Rückzuges oder von Verhandlungen wird gar nicht erst in Betracht gezogen. Auch eine Kursänderung kommt nicht in Frage. Schließlich halten wir direkt auf sie zu und gelangen bald in Reichweite ihrer Geschütze.

Wir könnten sie also reinlegen, indem wir auf Parallelkurs gehen. Vielleicht kommen sie auf die Idee, wir wollten ausreißen und auf der Erde Meldung machen, trotz allem. In diesem Fall müßten sie einen oder mehr Zerstörer aus dem Verband lösen und uns nachschicken. Ihre Formation deutet darauf hin, daß sie das aus irgendeinem Grund vermeiden möchten.

Kurzum, es würde wieder ein schneller Entschluß gefaßt, ungeachtet des Risikos.«

»Klingt verrückt«, wandte Falkayn ein.

»Für dich vielleicht. Vergiß nicht, daß du es mit einer fremdartigen Denkweise zu tun hast ...«

Falkayn unterbrach sie mit einer Handbewegung. Der Empfangsschirm erwachte flimmernd zum Leben.

»Sie nehmen Kontakt auf«, sagte er. Seine Bauchmuskeln verkrampften sich. »Möchtest du auf einem Monitor mithören?«

»Nein. Ich konzentriere mich auf die Geschütze. Ich erfahre später ohnehin alles.«

Die Maserstrahlen erreichten ihr Ziel. »Die Übertragung geht vom Hauptschiff aus«, meldete der Computer. Falkayn hörte es mit halbem Ohr. Seine Aufmerksamkeit galt in erster Linie dem Bild, das auf dem Schirm zu sehen war.

Falkayn fiel vor Überraschung fast die Pfeife aus dem Mund.

Ein Mensch! Ein hagerer, grauhaariger Mann mit eindringlichem Blick, bekleidet mit einem Coverall . . .*Hätte ich mir eigentlich denken können.* Vom Hintergrund war nicht viel zu sehen: eine Instrumentenkonsole, die nicht der Technischen Zivilisation entstammte, grelles, weißes Licht.

Falkayn schluckte nervös. »Hallo, Hugh Latimer«, sagte er leise.

»Ich wüßte nicht, wann wir einander begegnet sind«, tönte es in akzentbeladenem, nüchternem Anglic.

»Stimmt. Aber wer könnten Sie sonst sein?«

»Wer sind Sie?«

Falkayn überlegte. Sein Name war ein Trumpf, den er nicht zu früh verraten sollte, damit der Gegner möglichst lange im unklaren blieb. »Sebastian Tombs«, gab er zurück. »Handelskapitän der Polesotechnischen Liga.« Es konnte nicht schaden, wenn er seinen tatsächlichen Rang verriet. Vielleicht nützte es ihm sogar. »Sind Sie der Kommandant dieses Verbandes?«

»Nein.«

»Dann würde ich gern mit dem Kommandanten sprechen.«

»Das werden Sie«, sagte Latimer. »Er hat es befohlen.«

Falkayn tat so, als begriffe er nicht. »Gut, dann stellen Sie die Verbindung her.«

»Sie verstehen nicht«, sagte der andere tonlos. Seine Augen sahen starr aus dem hohlwangigen braunen Gesicht. »Gahood will, daß Sie herkommen.«

Fast wäre Falkayn die Pfeife aus dem Mund geglitten. Er legte sie beiseite: »Sie kommen wohl vom Ende der Welt! Erwarten Sie im Ernst . . .?«

Er beherrschte sich. »Ich hätte ein paar Vorschläge für Ihren Kommandanten, doch halte ich mich damit noch zurück, weil seine Anatomie dafür vielleicht ungeeignet ist. Fragen Sie ihn nur, ob er es für annehmbar hält, daß ich oder eines meiner Besatzungsmitglieder sich freiwillig in seine Gewalt begeben?«

War nicht eben ein Anflug von Angst über Latimers Gesicht

gehuscht? »Ich habe meine Befehle erhalten. Was nützt es, wenn ich Meldung erstatte und bestraft werde?« Er zögerte. »Sie haben zwei Möglichkeiten. Sie können sich weigern. In diesem Fall wird Gahood wohl Feuerbefehl geben. Sie werden vielleicht entkommen, vielleicht auch nicht. Das kümmert ihn nicht so sehr. Andererseits könnten Sie die Einladung annehmen. Er ist neugierig, einen... ein wildes menschliches Wesen kennenzulernen. Sie könnten vielleicht etwas erreichen. Ich weiß es nicht. Vielleicht könnten wir beide vorher Bedingungen aushandeln, die Ihnen eine gewisse Sicherheit geben. Lange darf es nicht dauern, sonst wird er ungeduldig. Und wütend.« Es war klar, daß er Angst hatte. »Und dann könnte alles mögliche passieren.«

15

Eine Annäherung war sehr gefährlich. Der Gegner konnte nicht nur Energiestrahlen, sondern ein festes Geschoß abfeuern, ehe man wirksame Gegenmaßnahmen ergreifen konnte. Doch bestand für die Gegenseite eine ähnliche Gefahr. Falkayns Schiff war zwar nicht annähernd so groß wie das Schlachtschiff, aber ebenso tückisch. Ein Abstand von fünfhundert Kilometern war Falkayn natürlich zu unsicher, aber Latimer bestand darauf.

»Vergessen Sie nicht, es war mein Lebensinhalt, mir ein umfassendes Wissen über die Technische Zivilisation anzueignen«, erklärte der Hagere. »Ich weiß, welche Eigenschaften ein Schiff wie das Ihre hat. Neben leichteren Waffen besitzt es vier schwere Strahlenkanonen und vier Torpedos mit nuklearen Sprengköpfen. Auf diese kurze Entfernung sind wir fast ebenbürtige Gegner. Bei einem Angriff könnten wir Sie zweifelsohne vernichten, aber dabei würden wir sicher einige Schiffe verlieren.«

»Und was hindert Sie daran, mich gefangenzunehmen, wenn meine Besatzung zu weit entfernt ist, um eingreifen zu können?« wollte Falkayn wissen.

»Nichts. Bloß der Mangel an Beweggründen. Ich vermute, das

Gahood Sie nur ausfragen möchte und daß er Ihnen vielleicht eine Botschaft an Ihre Vorgesetzten mitgibt. Wenn Sie lange zögern, wird er die Geduld verlieren und den Befehl zum Angriff geben.«

»Na schön«, sagte Falkayn hart. »Ich komme so rasch wie möglich. Wenn ich mich nach einer Stunde nicht bei meinen Leuten sehen lasse, wird man einen Verrat vermuten und sich entsprechend verhalten. Machen Sie sich in diesem Fall auf eine unangenehme Überraschung gefaßt.« Damit unterbrach er die Verbindung. Er saß einen Moment reglos da und umklammerte die Stuhllehnen, um ein Zittern zu unterdrücken.

Chee Lan kam herein und lagerte sich zu seinen Füßen. »Du willst nicht gehen«, sagte sie ungewohnt sanft. »Du hast Angst, daß man dir wieder Psychodrogen verpaßt.«

Falkayn nickte ruckartig. »Du kannst dir nicht vorstellen, wie das ist«, sagte er rauh.

»Ich kann an deiner Stelle gehen.«

»Nein, ich bin der Kapitän.« Er stand auf. »Jetzt muß ich mich fertig machen.«

»Wir können dir garantieren, daß sie dich nicht gefangennehmen.«

»Wie denn?«

»Der Preis dafür ist vielleicht der Tod. Aber du hast gelernt, diese Furcht zu unterdrücken.«

»Aha«, sagte er leise. »Jetzt weiß ich, was du meinst.« Er schnalzte mit den Fingern. »Warum habe ich nicht schon eher daran gedacht?«

Damit machte er sich an die Vorbereitungen.

Als er aufbrach, trug er ein Antriebsaggregat umgeschnallt, nur als Reserve. Er benutzte einen Gleiter, der bereits startklar war. Das Verdeck war geschlossen, das Cockpit mit Luft gefüllt, ebenfalls zur Reserve. Für den Fall, daß sein Helm undicht wurde, brauchte er sein Minimal-Fahrzeug nicht erst benutzbar machen. Atmosphäre oder nicht, er glitt in gespenstischer Stille dahin. Nicht einmal die Sterne waren zu sehen, weil das Licht vom Instrumentenbrett die Kabine mit grünem Schein erfüllte. Falkayn umklammerte den Steuerhebel fester und fing an, ein Lied vor sich hinzupfeifen, um die Einsamkeit erträglicher zu machen.

Latimers Stimme in seinem Kopfhörer unterbrach seine Pfeifkünste. »Ein Strahl auf 158,6 Megahertz wird Sie an eine Schleuse bringen. Lassen Sie den Gleiter in der Kammer zurück und warten Sie auf mich!«

»Was denn?« spottete Falkayn. »Ich werde ohne Ehrenbezeigungen empfangen?«

»Ich begreife wohl nicht ganz . . .«

»Schon gut. Vergessen Sie es.« Falkayn stellte die Frequenz ein und ließ den Gleiter durch den Energiestrahl lenken. Im Näherkommen machte er eifrig Aufnahmen vom Schlachtschiff. Er versuchte sich jede Einzelheit der festungsartigen Supergebilde einzuprägen und alles zu behalten. Das glückte nur zum Teil, da er andererseits aus dem Staunen nicht herauskam.

Dieser Latimer schien so etwas wie Mädchen für alles zu sein – Gahoods Stellvertreter, gleichzeitig Nachrichtenoffizier, Bootsmann . . . alles.

Wenn ein Schiff weitgehend automatisiert war, konnte man ohne große Besatzung auskommen. Aber gewisse Arbeiten konnte man nicht Computern überlassen, weil es ihnen an Motivation und Eigeninitiative fehlt. Besonders auf Expeditionen und im Kriegsfall, wenn man es immer wieder mit unvorhersehbaren Situationen zu tun hatte, braucht man eine ausreichende Mannschaft.

Warum also war Latimer der einzige, mit dem man Kontakt hatte?

Der Kurs seines Gleiters führte Falkayn dicht an einen der Kreuzer vorbei. Wieder war er sehr beeindruckt von der Bestückung. Die anmutig geformten Geschütztürme waren schmäler, als er zunächst vermutet hatte, und waren gespickt mit allen Arten von Instrumenten. Aber welches noch so winzige Lebewesen hatte Platz in einem dieser Türme, ganz zu schweigen von einiger Bewegungsfreiheit? Auch im Schiffsrumpf selbst konnte es mit dem Platz nicht zum Besten bestellt sein.

In Falkayn reifte ein Gedanke heran. Ganz langsam, Stück für Stück. Er stellte die Maserverbindung mit Chee Lan her.

»Hörst du mich, Chee Lan?« fragte er.

»Ja. Was ist?«

Falkayn bediente sich des Eriau, einer Sprache, die sie auf Merseia gelernt hatten. Latimer würde sie nicht verstehen können, auch wenn er sie belauschte. Falkayn schilderte nun seine Beobachtungen:

»Ich bin fast sicher, daß bis auf das große Schlachtschiff alles von Robotern gesteuert wird«, schloß er. »Damit wäre vieles erklärt – die Formation beispielsweise. Gahood kann die Schiffe nicht so von der Leine lassen wie unter einem Kapitän aus Fleisch und Blut. Eventuelle Verluste kann er leichter verschmerzen, es sind ja nur Maschinen. Wahrscheinlich ohnehin strahlensicher. Und wenn er nur ein einziges bemanntes Schiff hat, kann er sich dieses Wahnsinnstempo leisten. Natürlich kommt eine solche Flotte sehr teuer zu stehen, egal nach welchen ökonomischen Prinzipien dieses Volk lebt. Aber automatisch gesteuerte Schiffe sind leichter zu ersetzen als einige hundert oder tausend gutausgebildete Besatzungsmitglieder. Für ein Ziel wie Satan würde sich ein solcher Einsatz lohnen.«

»Hm, klingt plausibel, David. Besonders wenn Gahood so etwas wie ein unabhängiger Kriegsherr mit eigenen Gefolgsleuten ist. Dann kann er vielleicht ganz selbständige Entschlüsse fassen ... in mir regt sich ein Hoffnungsfunke. Der Gegner ist nicht so übermächtig, wie wir befürchteten.«

»Na, mir reicht es. Wenn ich mich nach einer Stunde nicht melde oder wenn du Verdacht schöpfen solltest, daß etwas nicht stimmt, dann spiel bloß nicht treue Gefolgschaft bis in den Tod. Dann verschwinde von hier so schnell wie der Leibhaftige.«

Sie wollte widersprechen, doch Falkayn ließ sie gar nicht zu Wort kommen: »In diesem Fall bin ich schon tot. Du könntest für mich nichts mehr tun. Sieh zu, daß van Rijn die nötigen Informationen bekommt – dann gibt es vielleicht Vergeltung für mich.«

»Ja, ich habe verstanden«, sagte sie nach einer Weile.

»Deine Chancen, davonzukommen, stehen fünfzig zu fünfzig. Wenn es sich bei den neunzehn Zerstörern um Roboter handelt, kannst du sie übertölpeln. Oder du kannst zumindest eine zweite Nachrichtenkapsel hinausbefördern, ohne daß sie etwas merken ... Na, ich bin jetzt schon ganz nahe. Ich unterbreche die Verbindung. Alles Gute, Chee.«

Ihre Antwort verstand er nicht, weil sie sich der alten Form ihrer

Muttersprache bediente. Er verstand nur ein paar Worte, wie »viel Glück«, die mit unsicherer Stimme geäußert wurden.

Das Schiff ragte bedrohlich vor ihm auf. Falkayn ging von automatischer Steuerung auf Handsteuerung über. Als er aus dem Schatten eines Geschützturmes kam, wurde er von grellem Licht geblendet. Es strömte aus einer großen kreisförmigen Öffnung im Rumpf, der Schleuse vermutlich, die er ansteuern sollte. Vorsichtig steuerte er die äußere Luke an, die innere war geschlossen. Die Schwerkraft des Schiffes erfaßte ihn und erschwerte die Landung, doch er setzte sicher auf. Dann verließ er durch die winzige Schleuse seines Gleiters das Cockpit.

Er hakte rasch das Ding von seinem Gürtel und bereitete es vor. Es verlieh ihm Mut, als er es zwischen den Fingern der linken Hand spürte. Während er auf Latimer wartete, warf er noch einen Blick auf das Instrumentenbrett seines Gleiters. Die Schwerkraft lag etwas über dem Erdstandard und betrug etwa 1,7. Das Licht war um ein Drittel heller, und das Spektrum ließ auf eine Sonne vom F-Typ schließen, obwohl man sich da sehr irren konnte.

Nun öffnete sich die innere Schleusentür. Luft strömte in geringer Menge ein. Die Schleuse war offenbar in mehrere Kammern geteilt. Eine Gestalt im Raumanzug trat ein. Hinter der Scheibe des Helms sah man Latimers hagere Züge. Das Licht- und Schattenspiel ließ ihn noch unheimlicher wirken. Er trug einen Strahler, eine ganz gewöhnliche Pistole, die er auf Luna erstanden hatte. Hinter ihm bewegte sich eine Metallfigur, groß und mächtig, deren zahlreiche Glieder einem zylindrischen Körper entsprangen und in Sensoren und Werkzeugen endeten. Ein Roboter.

»Das ist aber kein passender Empfang für einen Botschafter«, sagte Falkayn. Er hob die Hände nicht in die Höhe.

Latimer verlangte es auch nicht. »Eine reine Vorsichtsmaßnahme«, lautete seine in sachlichem Ton vorgebrachte Erklärung. »Sie dürfen das Schiff nicht bewaffnet betreten. Deswegen müssen wir Sie durchsuchen.«

»Na, dann los. In meinem Gleiter ist nichts, und ich habe wie vereinbart meine Schußwaffen nicht mitgenommen. Dafür habe ich das da bei mir.« Er hob die Linke und zeigte das Ding.

Latimer zuckte zurück. »Jagnath hamman! Was ist das?«

»Eine Granate. Keine Atomgranate, sondern eine ganz simple für die Infanterie. Die Füllung besteht aus Tordenit, gewürzt mit Kolloid-Phosphor. In einem Umkreis von ein bis zwei Metern kann das Ding hier ziemliche Zerstörung anrichten. Noch schlimmer ist die Wirkung natürlich in einer Sauerstoffatmosphäre. Ich habe den Splint herausgezogen und langsam bis fünf gezählt, bevor ich die Feder wieder hineindrückte. Nur mein Daumen verhindert, daß das Ding losgeht. Ja, und dann gibt es natürlich noch jede Menge Schrapnells.«

»Aber . . . Sie . . . nein!«

»Keine Angst, Freundchen. Ich kann die Feder auch eine Stunde lang niederdrücken. Ich möchte ja nicht in Stücke gerissen werden. Aber noch weniger möchte ich als Gefangener enden oder erschossen werden oder dergleichen. Halten Sie sich an die diplomatischen Gepflogenheiten, und wir haben keine Probleme mehr.«

»Das muß ich melden«, sagte Latimer mit belegter Stimme. Er schaltete sich in eine Sprechanlage ein. Der Roboter hatte unterdessen den Gleiter untersucht, wie man es ihm einprogrammiert hatte.

»Er will Sie sprechen«, sagte Laitmer. »Kommen Sie.« Er ging voraus. Seine heftigen Bewegungen waren Ausdruck der Empörung, die er empfand. Der Roboter bildete den Schluß.

Falkayn fühlte sich zwischen den beiden gefangen. Seine Handgranate stellte lediglich gegen Gefangennahme eine Waffe dar. Wenn die anderen wollten, konnten sie seinen Tod herbeiführen, ohne daß ihnen dabei allzuviel passierte. Und wenn sie ihr Schiff schonen wollten, brauchten sie ihn nur auf der Rückfahrt anzugreifen, wenn er sich in einiger Entfernung befand.

Er durfte sich nicht in diesen Gedankengängen verlieren. Er war gekommen, um möglichst viel über die Fremden zu erfahren. Held war er zwar keiner, doch es ging vielleicht um einen Krieg, in den ganze Welten hineingezogen werden konnten. Da durfte er die Chance, etwas zu tun, nicht einfach so vorbeigehen lassen.

Mit einem Lächeln auf den Lippen legte er den Rest des Weges zurück. Die zweite Schleusenkammer hatte sich geschlossen, der Druck war ausgeglichen. Dann öffnete sich die Innentür. Er trat hindurch.

Viel zu sehen gab es nicht. Sie befanden sich nun in einem Korridor mit kahlen Metallwänden und greller Beleuchtung. Schritte hallten wider. Das leise Dröhnen der Maschinen und das heisere Surren der Belüftung waren die einzigen Geräusche in dem Nichts. Man sah keine Türen, nur Gitter, Auslaßventile und hin und wieder Instrumente und Schalttafeln. Ein Roboter kreuzte ihren Weg in einer Entfernung von einigen Metern. Es war ein anderes Modell, scheibenförmig mit Tentakeln und Fühlern ausgestattet, zweifellos eigens für eine bestimmte Wartungstätigkeit an Bord geschaffen. Der Großteil der Schiffsfunktionen schien allerdings integriert zu sein, in noch größerem Ausmaß als bei einem von Menschen erbauten Schiff.

Trotz der erdrückenden Einsamkeit bekam Falkayn auch ein Gefühl brutaler, überwältigender Vitalität mit. Das machte allein schon die enorme Größe, die ungeheure Kraft signalisierte.

»Die Atmosphäre ist verträglich und entspricht in etwa irdischer Meereshöhe«, hörte er Latimers Stimme über Funk. Falkayn öffnete mit der freien Hand das Ausgleichsventil. Als der Druck ausgeglichen war, öffnete er die Helmplatte und atmete tief durch.

Er bereute es sofort. Die Luft war heiß und trocken wie in der Wüste, dazu mit so viel Ozon angereichert, daß es ihm unangenehm war. Dazu gesellten sich andere Gerüche, scharfe Düfte wie Leder, Blut und andere, die er nicht definieren konnte. Diese Gerüche wurden immer intensiver, je mehr die Gruppe sich dem Wohndeck näherte. Latimer schien das alles nichts auszumachen. Er war schließlich daran gewöhnt. Oder etwa nicht?

»Wieviel Mann Besatzung haben Sie an Bord?« fragte Falkayn.

»Die Fragen wird Gahood stellen.« Latimer sah unbeirrt geradeaus. Ein Muskel in seiner Wange zuckte. »Ich rate Ihnen dringend, ihm höflich und ausführlich zu antworten. Die Sache mit der Handgranate ist schon schlimm genug. Sie haben Glück, daß er sie unbedingt sprechen möchte und daß sein Zorn noch nicht gefährlich erregt wurde. Seien Sie vorsichtig, oder seine Vergeltung endet nicht mit Ihrem Tod – sie reicht darüber hinaus!«

»Na, da haben Sie es mit einem netten Boß zu tun.« Falkayn drängte sich näher heran, um Latimers Reaktion besser beobachten zu können. »An Ihrer Stelle hätte ich längst gekündigt. Sehr lautstark.«

»Würden Sie Ihre Welt im Stich lassen, Ihre Rasse mit allem, was damit zusammenhängt, nur weil es nicht ganz einfach ist, ihr zu dienen?« gab Latimer entrüstet zurück. Doch gleich darauf veränderte sich seine Miene, er senkte die Stimme. »Pst! Wir sind da!«

Falkayn erkannte einen vertikalen Gravschacht. Die beiden Männer und der Roboter wurden gut fünfzehn Meter in die Höhe befördert und am nächsten Deck abgesetzt.

Vorraum? Garten? Grotte? Falkayn sah sich verblüfft um. Die Kabine von den Ausmaßen eines Ballsaales war mit Pflanzgefäßen vollgeräumt. Die Pflanzen waren von großer Vielfalt. Winzige, süß duftende Blümchen, hohe, verästelte Sukkulenten, ganze Bäume mit bizarr geformten Blättern. Der vorherrschende Farbton war ein bräunliches Gold, es dominierte hier wie das Grün auf der Erde. In der Mitte plätscherte ein Springbrunnen, dessen verwittertes Becken vermuten ließ, daß es Jahrhunderte im Freien gestanden hatte. Form und Zierat ließen erkennen, daß es sich um ein erlesenes Kunstwerk handelte, wenn auch die Formen und Ornamente sehr fremdartig wirkten. Einen schreienden Kontrast bildeten die Wände, die mit grellen Farbmustern beschmiert waren und eine Beleidigung für das Auge darstellten.

Latimer ging voraus zu einem Bogeneingang am anderen Ende des Raumes. Dahinter lag der erste Raum einer ganzen Suite, der mit barbarischer Üppigkeit eingerichtet oder vielmehr vollgepfropft war. Das Fell auf dem Deck mußte von einem Angoratiger stammen. Eine Wand war mit gehämmertem Gold verkleidet, eine andere war bemalt wie der Vorraum, die dritte war mit Reptilienhaut überzogen, und die vierte war ein Bildschirm, auf dem sich zu Trommelschlag und Hörnerschall zackige abstrakte Formen bewegten. Über dem Eingang glotzte einen ein Tierschädel von Dinosauriergröße an. Von den vierfüßigen Becken, die im Raum verteilt waren, wehrte ein bitterer Duft.

Zwei dieser Räucherbecken waren alt und kunstvoll, ähnlich wie der Springbrunnen. Die restlichen waren kaum mehr als primitive Eisengestelle. Als Sitzgelegenheiten dienten zwei mit gestreiften Stoffen bezogene Plattformen, von denen jede einzelne für drei Personen Platz bot. Auf dem Boden lagen Kissen verstreut. Auf Regalen und an den sonderbarsten Stellen lag unordentlich hingeworfenes Zeug. Falkayn machte gar nicht erst den Versuch, diese Dinge zu identifizieren. Einige sahen aus wie Behälter, Musikinstrumente und Spielzeug, aber das waren nur Vermutungen, da er sich von dem Besitzer dieser Dinge kein Bild machen konnte.

Und dann war der Augenblick gekommen.

Die Innentür war durch eine Abschirmung aus transparentem Material, vermutlich Vitryl, geschützt. Jeder, der sich dahinter befand, war vor Granatsplittern sicher. Dieser Jemand wäre noch sicherer gewesen, wenn er sich über die Sprechanlage mit Falkayn unterhalten hätte. Aber das entsprach Gahoods Mentalität nicht. Er machte seinen Auftritt. Falkayn, der in bezug auf Nichthumanoide schon einige Überraschungen hinter sich hatte, unterdrückte einen Fluch. Er stand dem Minotaurus gegenüber.

16

Nein, das war ungenau. Ebensowenig konnte man Adzel als Ebenbild eines Drachen bezeichnen. Es war mehr der Eindruck, den er machte, als die Einzelheiten. Alles in allem wirkte er überwältigend.

Das Geschöpf war ein Zweifüßler wie ein Mensch. Natürlich stimmten die Proportionen nicht. Es gab geringfügige Abweichungen wie beispielsweise die Kürze der Beine oder aber sehr groteske, wie die Länge der Arme. Es war ein untersetztes und muskulöses Wesen, das an den Füßen drei Zehen und an den Händen vier Finger hatte. Es waren klobige Gliedmaßen mit grünlichen Nägeln. Von ähnlicher Farbe war die Haut, auf der bronzene Haare sproßten, aber nicht so dicht, daß man von einem Fell hätte sprechen können. Da der mit gelben Zähnen ausgestattete Mund beweglich war, Brustwarzen am Torso aber fehlten, konnte man nicht einwandfrei feststellen, ob es sich um einen Säuger im engeren Sinn handelte. Nicht zu übersehen war, daß es sich um ein männliches Wesen handelte, das einer Warmblüterrasse entstammte.

Der Schädel – Vergleiche zwischen Gattungen von verschiedenen Planeten fallen fast immer unvollständig aus. Aber dieser massige Kopf mit dem kurzen breiten Maul, dem faltigen Hals, den schwarzen, weit auseinanderstehenden Augen unter schweren Wülsten und der niedrigen Stirn, dazu die langen beweglichen Ohren – das alles war stierähnlicher als menschenähnlich. Es gab auch Unterschiede. Das Wesen hatte keine Hörner. Eine prächtige Mähne umrahmte das Antlitz und fiel fast bis auf die Hüften. Es war weißes Haar von besonderer Mikrostruktur, denn es schimmerte in allen Regenbogenfarben.

Falkayn und Latimer waren groß, aber Gahood überragte sie um ein stattliches Stück. Er maß mindestens zwei Meter dreißig, bei dieser Größe und Breite mußte er an die zweihundert Kilo wiegen.

Er trug nichts außer einer Kette mit kostbaren Steinen, mehreren Ringen und breiten Goldarmbändern, und um die Mitte einen Gürtel, an dem ein Beutel und ein Messer hingen. Sein Atem ging so laut wie die Belüftungsanlage. Ein strenger Geruch umgab ihn. Wenn er sprach, klang es wie sommerliches Donnergrollen.

Latimer hielt die Waffe an die Lippen – eine Art Gruß? –, senkte ihn wieder und wandte sich an Falkayn: »Sie sehen vor sich Gahood von Neshketh.« Seine Sprechorgane waren nicht geeignet, die Namen richtig auszusprechen. »Er wird Ihnen Fragen stellen. Ich habe ihm bereits berichtet, daß Sie Sebastian Tombs sind. Kommen Sie von der Erde?«

Falkayn nahm seinen Mut zusammen. Das Geschöpf hinter der Abschirmung war beängstigend, aber verdammt noch mal, es war sterblich. »Ich beantworte seine Fragen sehr gern, aber ich bin für Informationsaustausch auf Gegenseitigkeit. Ist Neshketh sein Heimatplanet?«

Latimer geriet außer sich. »Nicht«, flüsterte er. »Antworten Sie, ich rate es Ihnen in Ihrem Interesse.«

Falkayn zeigte die Zähne in einem Lächeln. »Sie Angsthase«, sagte er. »Mit Ihnen könnte er übel umspringen, während ich nichts zu verlieren habe. Sie wären besser beraten, wenn Sie mit mir zusammenarbeiten.«

Er bluffte natürlich nur, weil er keine Attacke provozieren wollte, bei der er den Kürzeren ziehen mußte. Dieser Gahood besaß offenbar ein empfindliches Temperament. Es war ein Balanceakt über einem geladenen Revolver.

»Früher oder später werden Sie mit der Liga zusammenstoßen, wenn nicht anders, dann in einem Krieg«, sagte Falkayn laut. »Warum machen Sie nicht mit mir einen Anfang? Ich bin billiger als eine ganze Kriegsflotte.«

Gahood brummte etwas. Latimer antwortete. Sein Gesicht glänzte vor Schweiß. Sein Herr faßte nach dem Messer, schnaubte wütend und sprach ein paar Silben.

»Tombs, Sie begreifen die Situation nicht«, sagte Latimer. »Gahood ist der Meinung, Sie wären in sein Territorium eingedrungen. Er muß sich sehr zurückhalten, um Sie und Ihr Schiff nicht auf der Stelle zu vernichten. Glauben Sie mir, kaum ein anderer seiner Rasse wäre so langmütig. Aber seine Langmut dauert nicht ewig.«

›Sein‹ Territorium, dachte Falkayn. *Er ist verrückt, aber er kann doch nicht so beschränkt sein und annehmen, ein Flottenverband könnte die Liga davon abhalten, sich Satan einzuverleiben.*

Wahrscheinlich hatte er nach den Gesetzen seines Volkes ein gewisses Recht auf den Eisplaneten, wenn er als erster hier eintraf. Bei seiner Gruppe aber konnte es sich nur um eine in aller Eile zusammengestellte Vorhut handeln. Die Schwester dieser Person – ja, Thea Beldaniels Schwester war sicher noch weiter vorgestoßen und hatte andere verständigt. Oder vielleicht hatte sie sich an einen anderen Minotaurus gewandt? Latimers Verhalten ließ darauf schließen, daß Gahood sozusagen sein Eigentümer war ... Falkayn bekam das Gefühl, daß auch er geblufft werden sollte. Gahoods natürliche Reaktion war es, ihn zu vernichten. *Und das machte Latimer nervös, weil er weiß, was ich in der Hand halte und weil er sich nicht dagegen schützen kann. Und jetzt hält Gahood seine Instinkte im Zaum in der Hoffnung, mich zum Reden zu bringen.*

»Sie als Dolmetscher könnten ja ein paar Antworten einfließen lassen«, sagte er. »Oder ist Ihnen das ausdrücklich untersagt worden?«

»N-nein. Ich ...« Latimer holte tief Luft. »Also, der vorhin erwähnte Name, bezieht sich auf ... auf eine Art Domäne« Gahood brummte. »Und jetzt rasch Ihre Antwort! Sie kamen direkt von der Erde?«

»Ja. Wir kamen mit dem Auftrag, den Eisplaneten zu erkunden.« Die Behauptung, er wäre mit seinem Schiff zufällig auf den Planeten gestoßen, war zu unglaubwürdig. Und außerdem sollte Gahood ruhig wissen, daß hinter ihm die ganze Liga stand.

Gahood fragte durch Latimer: »Wie haben Sie von der Existenz des Planeten erfahren?«

Falkayn lächelte. »Ach, das muß für Sie ein Schock gewesen sein, als sie merkten, daß wir Ihnen zuvorgekommen waren. Sie dachten wohl, sie hätten Jahre Zeit, um unüberwindliche Verteidigungsanlagen aufzubauen. Nun, Freunde, ich glaube, es gibt nichts in der Galaxis, das wir von der Polsotechnischen Liga nicht schaffen, wenn wir wollen. Wie heißt Ihr Heimatplanet?«

Gahood: »Sie geben ausweichende Antworten. Wie habt ihr davon erfahren? Wie viele seid ihr? Welche weiteren Pläne habt ihr?«

Falkayn beschränkte sich darauf, ihn stumm anzustarren.

Latimer schluckte. »Also . . . kann ja nicht schaden . . . Der Planet heißt Dathyna. Die Bewohner sind die Shenna. Das bedeutet so viel wie ›Welt‹ und ›Volk‹.«

Falkayn: »Ja, diese Bedeutungen sind häufig anzutreffen.«

Die Shenna mußten sich auf ihren Heimatplaneten oder allerhöchstens auf ein paar zusätzliche Kolonien beschränken. Das überraschte ihn nicht. Wäre es anders gewesen, dann hätten Forscher der Liga ihnen längst irgendwo begegnen müssen.

Das hieß aber nicht, daß sie nicht sehr gefährlich werden konnten. Die Informationen, die *Serendipity* ihnen jahrelang geliefert hatten, ganz zu schweigen von ihrer Fähigkeit, solche Schiffe zu bauen, ließen Schlüsse auf ihre Gefährlichkeit zu. Ein einziger schwerbewaffneter und klug geführter Planet konnte der Liga großen Schaden zufügen. Auch wenn er schließlich bezwungen wurde, so war er imstande, ganze Welten samt ihren Zivilisationen und denkenden Wesen zu vernichten.

Und wenn dieser Gahood typisch für seine Gattung war, dann hatten die Shenna tatsächlich Eroberung und Zerstörung im Sinn.

»Los!« herrschte Latimer ihn an. »Antworten Sie schon!«

»Wie? Ach so«, erwiderte Falkayn langsam. »Leider kann ich das nicht. Ich weiß nur, daß unsere Schiffe den Befehl erhielten, in dieses Gebiet zu kommen, die Situation auf dem Eisplaneten auszukundschaften und dann Meldung zu erstatten. Man warnte uns, daß auch andere mit Besitzansprüchen auftauchen könnten.« Er zwinkerte. »Warum sollten die Spione der Liga riskieren, daß ihr herausbekommt, wieviel sie über euch in Erfahrung gebracht haben . . . und vor allem wo und wie?«

Latimer fuhr herum und stieß hastig ein paar Worte hervor. Die Vorstellung, daß jemand in die Gesellschaft auf Dathyna eingedrungen war, mußte auch für Gahood einen Schock darstellen. Daß es gar nicht stimmte, würde er nicht anzunehmen wagen. Oder doch? Wie er sich jetzt verhalten würde, war nicht vorherzusehen. Falkayn stand mit lockeren Knien und gespannten Sinnen da.

Jetzt machte sich sein Training bezahlt. Auf eine gekläffte Anordnung Gahoods hin glitt der Roboter unauffällig zur Seite. Falkayn erfaßte die Bewegung gerade noch aus dem Augenwinkel. Aus seiner Karate-Haltung heraus brauchte er gar nicht richtig zu springen. Es genügte, die Spannung in einem Bein zu lockern, und man schnellte automatisch weg. Stahlfühler peitschten auf die Stelle ein, wo seine Linke gewesen war.

Er sprang in die nächste Ecke. »Wie unartig!« spottete er. Die Maschine kam surrend auf ihn zu. »Latimer, ich kann den Drücker loslassen, bevor das Ding meine Finger zusammenquetscht. Rufen Sie den Burschen zurück, oder wir beide sind geliefert!«

Der andere stieß ein paar Worte hervor, die den Roboter zum Stehen brachten. Offenbar billigte Gahood dieses Vorgehen, denn auf seinen Befehl hin zog sich der Roboter endgültig zurück, bis er Falkayn nicht mehr bedrängte. Falkayn konnte sehen, wie der Minotaurus wütend aufstampfte, die Fäuste schüttelte und mit geblähten Nüstern schnaubte.

Latimers Strahler war auf Falkayns Mitte gerichtet. Die Waffe schwankte, und dem Schützen war nicht wohl zumute. Er hatte sein Leben der Sache seines Herrn gewidmet und war zweifellos auch gewillt, es einzusetzen, doch hatte es ihn schockiert, als er merkte, wie Gahood es leichtsinnig aufs Spiel setzte. »Geben Sie auf, Tombs«, sagte er in flehendem Ton. »Sie können es nicht mit einem ganzen Schiff aufnehmen.«

»Ach, ich halte mich nicht schlecht«, widersprach Falkayn. Dabei hatte er Mühe, die Worte gelassen herauszubringen. »Außerdem bin ich nicht allein, wie Sie wissen.«

»Dieses eine schäbige Spähschiff ... Nein. Sie haben von anderen gesprochen? Wie viele sind es? Welche Typen? Wo?«

»Sie erwarten wohl nicht im Ernst, daß Sie von mir Einzelheiten erfahren? Jetzt hören Sie gut zu und übersetzen alles ganz genau. Als wir eure Flotte entdeckten, wurde mein Schiff zu Verhandlungen vorausgeschickt, weil die Liga Kämpfen lieber ausweicht. Sie mindern den Profit. Aber wenn ein Kampf nicht zu vermeiden ist, dann sorgen wir dafür, daß der Gegner unsere Buchhaltung nie wieder durcheinanderbringt. Sie waren lange im Commonwealth, Latimer, und wissen Bescheid. Ich habe für Sie folgende Botschaft: Unsere höheren Ränge sind bereit, mit den euren zu verhandeln. Zeit und Ort können durch eure Gesandten im Liga-Sekretariat ausgehandelt werden. Im Moment rate ich Ihnen, das Gebiet um Beta Crucis lieber zu meiden. Wir waren zuerst da, und unsere Flotte wird jeden Eindringling vernichten. Ich schlage vor, Sie lassen mich jetzt zu meinem Schiff zurückkehren, damit Sie selbst auf Heimatkurs gehen und sich alles ruhig überlegen können.«

Latimer war außer sich. »Ich kann ... ihm ... das nicht sagen!«

»Dann eben nicht.« Falkayn tat die Sache mit einem Achselzucken ab. Gahood stampfte und senkte den Schädel. »Aber wenn Sie mich fragen, zeigt er Anzeichen von Ungeduld.«

Latimer sprach stockend mit Gahood.

Falkayn argwöhnte, daß Latimer es mit der Übersetzung nicht zu genau nahm. Auf Luna hatte er sich durch kühnes Vorgehen ausgezeichnet. Hier aber war er nicht mehr als ein Sklave. Seine Situation war schlimmer als die Falkayns unter Einfluß des *Serendipity*-Clans. Ihn brauchte man nicht erst mit Drogen gefügig machen.

Gahood brüllte auf. Es war kein Wort, das er äußerte, sondern nur ein mißtönendes Geräusch, das Falkayns Ohren weh tat. Das Gebrüll hallte von den Wänden wider. Gahood warf sich gegen die abschirmende Wand, die bei dieser Schwerkraft eine Tonne oder mehr wiegen mußte. Dennoch glückte es ihm, sie ein wenig zu verschieben. Er lehnte sich dagegen und brüllte einen Befehl. Latimer kam gelaufen. Er war in seinem Raumanzug sehr ungeschickt.

Falkayn begriff sofort. Gahood wollte seinen Sklaven in Deckung bringen, die Platte wieder zurechtschieben und dann den Roboter auf Falkayn hetzen. Den Roboter und die in diesem Raum angehäuften Sachen konnte er verschmerzen ...

Falkayns Körper reagierte bereits. Er war vom Bogendurchgang weiter entfernt als Latimer und mußte dem Roboter ausweichen. Doch er war jung, in blendender Verfassung, gewöhnt, einen Raumanzug zu tragen ... und er kämpfte um sein Leben. Er erreichte die Abschirmung gleichzeitig mit Latimer, aber von der entgegengesetzten Seite. Die Platte stand nun fast vertikal, die Öffnung war einen Meter breit. Der blindwütige Gahood merkte zunächst gar nicht, was passiert war. Falkayn schlüpfte mit Latimer durch.

Gahood ließ die Platte wieder in die frühere Stellung fallen und wollte ihn packen. »Hände weg!« rief Falkayn. »Latimer, wenn er mich nicht losläßt, gibt es hier drei Tote!«

Der Sklave versuchte seinen Herrn zurückzuhalten und von Falkayn zu trennen. Der Stiermensch packte ihn und warf ihn zu Boden. Der Raumanzug schepperte. Jetzt erst kehrte Vernunft in den Mähnenschädel ein. Gahood hielt inne.

Sekundenlang tat sich gar nichts. Latimer lag benommen und mit blutender Nase da, alle viere von sich streckend, direkt unter den Säulenbeinen Gahoods. Gahood starrte Falkayn schweratmend an. Dieser trat ein paar Schritte zurück und schwenkte lächelnd die Handgranate.

»Schon besser. Viel besser. Bleibt stehen, ihr beiden. Latimer, Ihre Waffe!«

Der Sklave wollte nach der neben ihm liegenden Waffe greifen. Gahood stellte den Fuß darauf und äußerte schnaubend ein Verbot.

»Na, dann behalten Sie das Ding eben«, sagte Falkayn. Gahood mochte unbeherrscht sein, dumm aber war er nicht. Hätte Falkayn die Waffe in die Hand bekommen, so wäre es ihm möglich gewesen, die anderen zu töten, ohne sich selbst in Gefahr zu bringen. Jetzt hieß es, sich auf einen Kompromiß einigen. »Ihr beide begleitet mich jetzt zu meinem Gleiter. Wenn ihr die Roboter oder eure lustigen Brüder herbeiholt, dann geht diese Rübe sofort hoch, verstanden?«

Latimer kämpfte sich mühsam hoch. »Lustige Brüder . . .?« rätselte er verwirrt. »Ach . . . unsere Besatzung. Nein, wir werden sie nicht holen.« Er übersetzte es für Gahood.

Falkayn ließ sich keine Gefühlsregung anmerken, obwohl es in ihm brodelte. Latimers Reaktion bestätigte seinen Verdacht, der sich schon geregt hatte, als auf das Kampfgetümmel niemand nachsehen gekommen war oder wenigstens über die Sprechanlage nachgefragt hatte.

Gahood und Latimer befanden sich allein an Bord. Nicht nur die anderen Schiffe, auch das Flaggschiff war vollautomatisch!

Unmöglich!

Vielleicht doch nicht so unmöglich. Möglich, daß auf Gahoods Heimatplanet Mangel an Arbeitskräften herrschte. Und die Shenna hatten ja nicht erwartet, ein Liga-Schiff in der Nähe von Beta Crucis anzutreffen. Sie hatten auch keinen Grund anzunehmen, daß *Serendipity* aufgedeckt worden war. Man konnte sich also mit einer von Robotern betriebenen Flotte begnügen.

Stellte sich bloß die Frage, um was für eine Zivilisation es sich bei diesen Typen handelte, die so großen Mangel an ausgebildeten Kräften hatte und den Belangen wissenschaftlicher Erforschung eines neuen Planeten so gleichgültig gegenüberstand, während sie über alle Arten von Maschinen in reichem Maß verfügte?

Gahood riß die trennende Wand nieder. Die Roboter, die sie für ihn aufgestellt hatten, ließen sich nicht blicken, als sie jetzt dröhnend aufs Deck fiel. Der in der Kabine befindliche Roboter stand reglos da. Wortlos folgte Falkayn seinen Gefangenen . . . durch den Vorraum, den Grav-Schacht, den Gang und schließlich die Schleuse.

Hier blieben die anderen stehen und sahen ihn finster an. Inzwischen hatte Falkayn Zeit gehabt, sich einen Plan zurechtzulegen. »Ich könnte euch beide als Geiseln mitnehmen, aber mein Gleiter ist zu klein, und ich möchte nicht riskieren, daß Gahoods Gewicht ihm den Rest gibt. Sie allein kommen mit, Latimer.«

»Nein!« Der Mann war zu Tode erschrocken.

»Doch. Ich muß eine Gewähr dafür haben, daß ich unterwegs zu meinem Schiff nicht angegriffen werde.«

»Begreifen Sie nicht? Mein Wissen... sämtliche Informationen... Sie könnten alles erfahren... er wird mich opfern müssen...«

»Glauben Sie mir, das habe ich mir überlegt. Nein, er wird Ihnen nichts antun, Sie sind zu wertvoll für ihn, und zwar nicht nur als Dolmetscher. Andernfalls wären Sie gar nicht hier.« Falkayn verriet nicht, daß er wußte, wie es um die Schiffsbesatzung stand. Gahood konnte auf Latimers Dienste als Raumfahrer nicht verzichten. »Wenn es sich vermeiden läßt, wird er den Gleiter nicht angreifen, wenn Sie an Bord sind. Habe ich recht? Also, Sie haben Ihren Raumanzug schon an. Kommen Sie mit bis zu meinem Schiff. Dort lasse ich Sie frei, was er über Radar genau beobachten kann. Er kann Sie dann mit Leichtigkeit wieder heranholen. Sollte er nicht sehen, wie Sie aus meinem Gleiter aussteigen, dann kann er immer noch das Feuer eröffnen.«

Latimer zögerte. »Rasch!« drängte Falkayn. »Übersetzen Sie alles. Ich möchte schleunigst eine Antwort haben. Mein Daumen ist schon ganz steif.«

In Wahrheit wollte er den beiden keine Zeit zum Überlegen lassen. Der nun folgende Wortwechsel fiel dementsprechend kurz aus. »Also gut«, gab Latimer sich schließlich geschlagen. »Aber ich darf meinen Strahler behalten.«

»Und ich halte mich dank meiner Granate an den beiderseitigen Selbstmord-Pakt. Das ist nur recht und billig. Schleusen Sie uns durch.«

Latimer gab dem Schleusenmechanismus die entsprechenden Anweisungen. Bevor sich die innere Tür schloß, sah Falkayn noch, wie Gahood den Gang auf und ab stürmte und brüllend gegen die Wände trommelte.

Der Gleiter wartete. Falkayn ließ Latimer als ersten einsteigen und drückte sich hinter ihm in das winzige Cockpit. Das Steuern mit nur einer Hand erwies sich als schwierig, und der Start fiel entsprechend aus. Kaum war er in Bewegung, als er auch schon Kontakt mit seinem Schiff aufnahm.

»David!« ließ sich Chee Lans-Stimme erleichtert vernehmen. »Du bist frei ... Yan-tai-i-lirh-ju.«

»Du und ich, wir werden vielleicht ganz schnell verschwinden müssen«, sagte er auf Anglic, damit Latimer ihn verstehen konnte. »Stelle einen Leitstrahl auf meinen Gleiter ein. Gib genau acht, damit du mich sofort heranholen kannst, wenn ich in Reichweite bin. Ach, übrigens, ich muß vor dem Andocken noch einen Passagier absetzen.«

»Eine Geisel? Verstehe. Los, Schlauköpfchen, setz deine üppige Elektronik in Bewegung und stell den Strahl auf ihn ein!«

Eine Minute später konnte Falkayn den Steuerknüppel loslassen. Der Gleiter flog gleichmäßig dahin, und der drohende Schatten des Schlachtschiffes verschwand allmählich. Er warf dem neben ihn auf den Sitz gepferchten Latimer einen Blick zu. Im Licht der Sterne und des Instrumentenbrettes konnte er nur eine zusammengesunkene Gestalt und eine Gesichtsplatte erkennen. Die Strahlermündung berührte fast Falkayns Leib.

»Ich kann mir nicht denken, daß Gahood schießen wird«, sagte er leise.

»Nein, jetzt nicht mehr.« Latimers Antwort klang erschöpft.

»Puh, wie wär's wenn wir uns jetzt ein wenig entspannen? Wir haben einen ermüdenden Flug vor uns.«

»Entspannen – mit dem Ding in der Hand?«

»Na ja, unsere Abschreckungsmittel können wir nicht aus der Hand geben. Aber wir könnten unsere Helme öffnen, und eine Zigarette anzünden ...«

»Ich rauche nicht«, sagte Latimer. »Aber ...« Er fingerte an der Helmplatte herum und öffnete sie gleichzeitig mit Falkayn. »Ach, wie gut das tut«, seufzte er erleichtert.

»Ich habe persönlich nichts gegen Sie«, sagte Falkayn nicht ganz wahrheitsgemäß.

»Ich würde es gern sehen, wenn die Sache ohne Gewaltanwendung geregelt würde.«

»Ich auch. Und ich bewundere Ihren Mut. Sie haben sich wie ein Shenn benommen.«

»Wenn Sie mir andeutungsweise sagen könnten, um was es bei der Auseinandersetzung eigentlich geht ...«

»Nein«, seufzte Latimer. »Lieber nicht. Aber ... wie steht es auf Luna? Wie geht es meinen Freunden?«

»Nun ja ...

Latimer veränderte seine Position, und Falkayn erkannte sofort seine Chance. Er hatte auf diese Gelegenheit gewartet. Hätte sie sich nicht ergeben, dann hätte er auch nichts unternommen. Der Gleiter war jetzt vom Schlachtschiff so weit entfernt, daß kein Scanner feststellen konnte, was sich nun im Cockpit abspielte. Es bestand jetzt nach beiden Richtungen kein Kontakt mehr, abgesehen von Schlauköpfchens Strahl und Gahoods Verfolgungsradar. Latimer hing schlapp in seinen Haltegurten. Der Strahler lag lässig auf dem Knie, und der Kopf war im Helm ein wenig zur Seite gesunken, zu Falkayns rechter Schulter hin.

». . . das ist nämlich so«, fuhr Falkayn fort. Und dann . . .! Seine linke Faust, der die Handgranate noch Nachdruck verlieh, holte aus und fegte den Strahlerlauf beiseite. Seine Rechte schoß durch die offene Helmplatte auf Latimers Kehle zu.

17

Der Strahler flammte einmal auf, während Latimer sich zur Wehr setzte. Dann waren die Waffe und der Mann außer Gefecht.

Schweratmend lockerte Falkayn den Judo-Griff. »Jetzt aber rasch«, murmelte er, als müsse er die entweichende Luft ausgleichen. Doch das Loch schloß sich von selbst, während die Reservetanks den Druck wieder regulieren. Er steckte den Strahler in seinen Gürtel und starrte angestrengt hinaus. Nichts rührte sich in der Richtung, wo die Shenn-Flotte sich befand. Nun, er hatte auch nicht damit gerechnet, daß ein kleines Aufblitzen und das Entweichen einer kleinen Dampfwolke auf diese Entfernung bemerkt werden würden.

Sich der Handgranate zu entledigen, bereitete ihm größere Schwierigkeiten. Falkayn schaltete den Hauptantrieb aus und drehte den Gleiter quer, so daß die Mini-Schleuse vom Schlachtschiff abgewendet war. Es war eine vereinfachte Schleuse, bestehend aus einem Zylinder mit übereinandergreifenden Mebranen auf beiden Öffnungen. Dadurch gab es eine ständige Gas-Leckage und einen verhältnismäßig hohen Verlust beim Ein- und Aussteigen, doch der Vorgang des Durchausgleichs ging schneller, und außerdem war der Gleiter ohnehin nicht für weite Strecken gedacht. Falkayn schloß den Helm wieder, stemmte die Füße gegen die Cockpitwand und steckte Kopf und Schultern hinaus ins All. Er schleuderte die Granate hinaus. Sie detonierte in sicherer Entfernung vom Gleiter. Ein paar Schrapnellsplitter prallten vom Gleiter ab. Sie richteten keinen ernsthaften Schaden an.

»Erledigt!« Seine Linke schmerzte. Er bewegte die Finger, als er zu seinem Platz zurückkehrte. Latimer kam langsam wieder zu Bewußtsein. Widerstrebend wandte er – schließlich war es eine grobe Art, mit jemandem so umzuspringen – seinen Würgegriff an. Damit gewann er Zeit, um den Antrieb wieder einzuschalten, ehe Gahood etwas bemerkte und argwöhnisch wurde.

Er setzte sich mit geöffnetem Helm und schußbereiter Waffe Latimer gegenüber und wartete. Schließlich rührte sich der Gefangene, schlug die Augen auf und duckte sich unwillkürlich zum Sprung.

»Lieber nicht«, warnte Falkayn ihn, »oder Sie sind ein toter Mann. Raus aus dem Anzug und dann nach hinten!«

»Was? Sie elender Halunke . . .«

»Hören Sie, ich möchte Sie nicht töten. Ganz abgesehen von moralischen Bedenken, haben Sie als Geisel für mich einigen Wert. Deswegen werde ich nicht zulassen, daß Sie zu Gahood zurückkehren. Das Schicksal meines Volkes steht auf dem Spiel. Sollten Sie mir Schwierigkeiten machen, werde ich Sie töten – ohne Skrupel. Los, bewegen Sie sich.«

Benommen gehorchte Latimer. Diese Wendung hatte ihm ebenso zugesetzt wie die Handgreiflichkeiten Falkayns. Falkayn verlangte, daß er den Raumanzug dichtmachte. »Im richtigen Moment stoßen wir ihn aus der Schleuse, und Ihr Boß wird glauben, Sie sind es. Und während Gahood sich den Anzug holt, gewinnen wir einen ordentlichen Vorsprung.«

Durch das Dunkel klang ein Laut, der Abscheu ausdrückte. »Es stimmt also, was man über euch erzählt. Ihr seid böse und falsch . . .«

»Von wegen, Latimer. Ich habe keinen Vertrag unterzeichnet, keinen Eid geleistet. Und ihr habt euch auch nicht an die geltenden Regeln gehalten. Die Gastfreundschaft, die mir auf Luna zuteil wurde, war kein reines Vergnügen.«

Latimer zuckte zurück. »Falkayn?« Er war fassungslos.

»Ganz recht. David Falkayn, Kapitän der Polesotechnischen Liga, mit erbittertem persönlichem Groll im Herzen und der Überzeugung, daß ihr vor Verbrechen nicht zurückscheut. Oder ist das hier eine Kissenschlacht? Wenn ja, dann haben Sie Ziegel in Ihre Kissen verpackt. Da habe ich eben Nägel in die meinen gesteckt. Also kein Wort mehr, sonst packt mich der heilige Zorn!«

Der letzte Satz wurde im Brüllton geäußert. Latimer war sichtlich gedämpft, und Falkayn wunderte sich über die Wirkung, die sein Ausbruch gehabt hatte.

Die Zeit verging. Der Gegner blieb immer mehr in der Tiefe des Alls zurück, das eigene Schiff rückte näher. Als sie schon in unmittelbarer Nähe waren, befahl Falkayn Latimer, den leeren Raumanzug durch die Schleuse zu schieben. Eine unangenehme Arbeit, bei der es in den Ohren ordentlich knackte, wenn jemand keinen Raumanzug anhatte. Die Sache ging in mürrischem Schweigen über die Bühne.

»Chee, hol uns rein«, sagte Falkayn.

Ein Zugstrahl dockte an. Der Gleiterantrieb wurde ausgeschaltet. Eine Ladeluke öffnete sich. Kaum befand sich der Gleiter an Bord und wurde durch die Schwerekraftfelder vor dem Beschleunigungsdruck geschützt, als Chee voll durchstartete. Das Vibrieren des Schiffes ging ihnen durch Mark und Bein.

Chee Lan kam in den Frachtraum gelaufen. Falkayn und Latimer hatten sich erhoben und standen einander mit feindseligen Blicken gegenüber. Chee hob ihren Betäuber. »Das habe ich erwartet«, murmelte sie. Ihr Schwanz zuckte dabei. »Wohin bringen wir den Typ, David?«

»Auf die Krankenstation. Je eher wir ihn uns vorknöpfen, desto besser. Vielleicht wird man uns verfolgen und einholen, aber wenn es uns vorher noch gelingt, eine Nachrichtenkapsel samt Inhalt abzusenden . . .«

Er hätte nicht Anglic sprechen sollen. Latimer erriet seine Absicht und warf sich mit einem Aufschrei gegen Chee Lan, um ihr den Strahler zu entreißen. Falkayn, den sein Raumanzug behinderte, konnte nicht ausweichen. Schießen wollte er nicht, damit hätte er dem Gefangenen nur einen Gefallen getan. Beide stürzten zu Boden. Chee Lan drängte sich zwischen sie und konnte Latimer einen gezielten Schuß verpassen.

Latimer lag reglos da. Falkayn stand keuchend auf. Er zitterte am ganzen Körper. »Wie lange bleibt er ausgeschaltet?«

»Eine Stunde, vielleicht zwei. Ich brauche ohnehin eine gewisse Vorbereitungszeit. Du weißt, ich bin keine Psychotechnikerin. Unsere diesbezügliche Ausstattung ist auch nicht vollständig. Ich weiß nicht, wieviel ich aus ihm herausbekommen werde.«

»Ich bin sicher, daß du ihn zum Reden bringen kannst«, sagte Falkayn. »Du konntest bei mir Erfahrungen sammeln, als du mich behandelt hast. Es würden uns die Koordinaten des Planeten Dathyna schon genügen.«

»Trag ihn hinauf und schnall ihn fest. Und dann übernimmst du die Brücke, falls du es noch schaffst.«

Falkayn nickte müde. Die Müdigkeit machte ihm sehr zu schaffen. Latimer hing wie ein Bleigewicht über seiner Schulter. Sein schmales Gesicht hatte auch in der Bewußtlosigkeit nicht seinen verhärmten Ausdruck verloren. Ihn erwartete ein Dämmerbewußtsein ohne eigenen Willen. Ein schwerer Schlag, dachte Falkayn sarkastisch.

Eine Tasse Kaffee, ein Sandwich und eine hastig absolvierte Dusche, während er über die Sprechanlage sein Abenteuer berichtete, brachten ihn wieder auf die Beine. Die Pfeife zwischen die Lippen geklemmt, betrat er die Brücke. »Na, wie sieht die Lage aus, Schlauköpfchen?«

»Was uns betrifft, so steuern wir den Eisplaneten mit Höchstgeschwindigkeit an«, sagte der Computer. »Anders hätten wir den Bluff von einer Flotte im Hintergrund nicht aufrechterhalten können. Unsere Systeme arbeiten zufriedenstellend bis auf einen Spannungsregler in Schaltkreis 47, der demnächst ersetzt werden muß.«

»Repariert«, korrigierte Falkayn automatisch.

»Ersetzt«, beharrte Schlauköpfchen. »Obwohl Bürger van Rijn als knickriger Geizkragen zu bezeichnen ist, wenn man die Terminologie anwendet, die mir von Ihnen eingegeben wurde, so ist es doch unlogisch, daß meine Funktionen wenn auch nur geringfügig von . . .«

»Allmächtiger, in einer Stunde sind wir vielleicht schon eine radioaktive Gaswolke, und du willst einen neuen Spannungsregler? Soll er etwa auch noch vergoldet sein?«

»Diese Möglichkeit habe ich nicht in Betracht gezogen. Vergoldet könnte nur die Außenschicht sein. Ein hübscher Anblick, vorausgesetzt, daß alle Einheiten gleich ausgestattet werden.«

»Bei dir sind wohl die Gleichrichter durcheinander«, sagte Falkayn darauf. »Wie sieht es mit unserem Feind aus?«

»Ein Zerstörer hat einen Zug-Strahl auf den Anzug gerichtet und bringt ihn an das Schlachtschiff heran.«

»Das ihn an Bord nehmen wird«, konnte Falkayn mühelos voraussagen. Alles lief wie geplant . . . vorläufig. Die einzelnen Schiffe mußten für jedes Manöver erst genaue Instruktionen von Gahood einholen. Eine sehr zeitraubende Methode.

Während Falkayn über die Vor- und Nachteile einer ausschließlich computergesteuerten Flotte nachsann und Rauchringe in die Luft blies, riß ihn Chee Lans Stimme aus seinen Gedanken.

»Ich habe den Knaben vorbehandelt, Gehirn und Nervus vagus werden überwacht. Soll ich ihn jetzt mit einer Spritze aufwecken?«

»Nein, warte noch eine Weile. Vielleicht verträgt er die Behandlung noch nicht. Wir wollen ihn nicht schädigen, falls es sich vermeiden läßt.«

»Und warum nicht?«

Falkayn seufzte. »Das erkläre ich dir später. Aber in der Praxis sieht es so aus, daß wir mehr aus ihm herausbekommen, wenn wir ihn pfleglich behandeln.«

»Das alles läßt sich in einem vollständig ausgerüsteten Labor viel besser durchführen.«

»Ja, aber das wäre ungesetzlich. So verpönt ist es, daß wir vielleicht gar niemanden finden, der die Sache für uns erledigt. Nein, wir wollen es selbst versuchen. Zwar verstoßen wir damit ebenso gegen das Gesetz, aber darüber läßt sich reden ... wenn es weit außerhalb der Grenzen der Zivilisation geschieht ... Natürlich können wir nicht vorhersagen, ob Gahood uns so viel Zeit läßt, damit du ordentliche Arbeit leisten kannst.«

»Du kennst ihn. Wie schätzt du ihn ein?«

»Na ja, richtig vertraut bin ich mit ihm nicht geworden. Auch wenn ich über seine Psyche Bescheid wüßte, könnte ich nicht beurteilen, welche pragmatischen Überlegungen er in seine Entscheidungen miteinbeziehen muß. Ich weiß nur, daß er beim geringsten Zeichen von Widerstand jähzornig wird. Andererseits haben wir Latimer in unserer Gewalt, und er glaubt, daß in der Nähe von Satan Freunde auf uns warten. Er wird vielleicht kein Risiko eingehen, auf Heimatkurs gehen und Meldung machen. Andererseits läßt er sich vielleicht durch seinen Jähzorn verleiten, uns anzugreifen, nicht zuletzt, weil er befürchtet, Latimer könnte plaudern.«

»Und wenn er angreift?«

»Dann heißt es für uns schnell sein. Es wird eine langwierige Verfolgung. Vielleicht gelingt es uns, ihn abzuschütteln, im Pryor-Nebel etwa. Oder aber wir sind ohnehin schneller als sie und er sammelt seine Zerstörung – he, was ist das?«

Schlauköpfchen sprach aus, was über die Bildschirme flackerte. »Sie sind hinter uns her.«

»Ungefährer Treffpunkt?« wollte Chee wissen.

»Die genauen Werte können noch nicht angegeben werden, aber ...« Es summte. »... ja, die Zerstörer gehen auf Parallelkurs, ihre Beschleunigung ist größer als unsere. Unter diesen Bedingungen werden sie uns in einer knappen astronomischen Einheit eingeholt haben.«

»In Reichweite ihrer Geschütze kommen wir schon früher. Ich mache mit Latimer weiter«, sagte Chee darauf.

»Das mußt du wohl«, sagte Falkayn zögernd. Fast wäre es ihm lieber gewesen, er hätte den Mann nicht mitgenommen.

»Übergang in Hyperdrive«, befahl Chee von der Krankenstation aus.

»Nein, noch nicht«, widersprach Falkayn.

»Warum nicht?«

»Eine Weile sind wir noch sicher vor ihnen. Schlauköpfchen,

halte Kurs auf Satan. Vielleicht wollen sie überprüfen, wie es mit unserem Bluff wirklich steht.«

»Glaubst du wirklich?« fragte Chee.

»Nein. Aber was haben wir zu verlieren?«

Er wußte, daß die Chancen nicht gut standen. Das war nun mal nicht zu ändern.

Mut war ihm anerzogen worden, doch die Freude am Leben angeboren.

Er rief sich gewisse Dinge aus der Vergangenheit ins Gedächtnis: Vater, Mutter, Geschwister, Bediente, alte Haudegen und Gefolgsleute in den zugigen Hallen des Schlosses auf Hermes. Wanderungen durch die Wälder. Schwimmen in der Brandung. Pferde, Boote, Luftfahrzeuge, Raumschiffe. Erlesene Tafelfreuden. Ein Stück Schwarzbrot, Käse, eine Flasche billigen Wein, mit einer Gefährtin der Nacht geteilt ... Hatte es in seinem Leben wirklich so viele Frauen gegeben? Ja. Wie köstlich. In letzter Zeit allerdings war er allerdings immer mehr auf der Suche nach einem Mädchen, das ... nun ja, mit dem er so gut befreundet sein konnte wie mit Chee oder Adzel, ein Mädchen, das für ihn mehr war als nur eine Bettpartnerin ... aber waren die Abenteuer auf fernen Welten nicht herrlich gewesen? Dieses womöglich Letzte nicht ausgenommen? Hoffentlich hatten die Eroberer des Eisplaneten wenigstens Spaß an ihm.

Falkayn saß nachdenklich da und hatte seine Umwelt vergessen, bis Chee nervös wurde und über die Sprechanlage fragte: »Was ist denn?«

»Ach, nichts.« Falkayn schüttelte sich. »Na, wie kommst du mit Latimer voran?«

»Er antwortete mir, ist aber noch benommen. Sein Zustand ist ernster, als ich dachte.«

»Psychischer Streß«, diagnostizierte Falkayn. »Er wurde gezwungen, seinen Herrn zu verraten, seinen Besitzer, vielleicht sogar seinen Gott.«

»Ich glaube, ich werde ihn lange genug ins Bewußtsein zurückholen können, um ihm ein oder zwei Fragen stellen zu können. Was macht der Feind, Schlauköpfchen?«

»Die Zerstörer kommen näher. Wann sie das Feuer eröffnen,

hängt von der Reichweite ihrer Geschütze ab, doch halte ich es für geraten, bald damit zu rechnen.«

»Versuche, Verbindung mit dem Schlachtschiff herzustellen«, befahl Falkayn. »Vielleicht sind sie – ist er zu Verhandlungen bereit. Inzwischen bereite den Übergang in den Hyperdrive beim ersten Anzeichen von Feindseligkeiten vor. Wir steuern Satan an.«

Chee hatte ihn nicht gehört oder war zu beschäftigt, um ihre Meinung zu äußern. Über die Sprechanlage drang ihre leise Stimme und daneben Latimers unzusammenhängendes Gestammel.

»Soll ich zurück in den Normalzustand, sobald wir den Planeten erreicht haben?« fragte Schlauköpfchen.

»Ja. Und jetzt nimmst du eine Änderung der Beschleunigung vor. Ich möchte annähernd Null in bezug auf das Ziel«, sagte Falkayn.

»Das läuft auf einen Bremsvorgang hinaus«, warnte Schlauköpfchen. »Der Gegner wird entsprechend schneller in Schußposition kommen.«

»Einerlei. Glaubst du, daß sich auf dem Eisplaneten leicht ein Landeplatz finden läßt?«

»Das hängt von verschiedenen Umständen ab. Die Witterungsverhältnisse und geologischen Umschichtungen haben sich nicht gebessert und sind nicht weniger heftig.«

»Ach was, immerhin hast du einen ganzen Planeten zur Verfügung und kannst die geeignetste Stelle wählen. Und du besitzt Informationen über Satan. Ich möchte gar nicht wissen, wie viele einzelne Fakten du über den Planeten gespeichert hast. Stelle dich darauf ein, deine Computerkapazität auf diese Daten zu konzentrieren. Daneben darfst du aber neue Beobachtungen nicht vergessen. Ich werde dir allgemeine Anweisungen geben und die wichtigsten Entscheidungen noch während der Fahrt treffen. Alles klar?«

»Ich nehme an, Sie wollen wissen, ob Ihr Programm klar verstanden wurde. Ja.«

»Gut.« Falkayn schlug mit der flachen Hand auf die Steuerkonsole. Er lächelte trotz seiner inneren Anspannung. »Wenn wir es schaffen, dann sollst du deine vergoldeten Regler bekommen. Notfalls bezahle ich sie aus eigener Tasche.«

An Bord des Schiffes war nichts von der Kräfteverschiebung zu merken, und auch die Konstellation der viele Lichtjahre entfernten Sternbilder oder die Helligkeit von Beta Crucis änderten sich nicht. Doch die Meßgeräte zeigten an, daß das Schiff seine Fahrt verlangsamt hatte. Auf den Sichtschirmen wurden aus den Pünktchen, die Gahoods Schiffe waren, längliche Scheibchen, sodann kleine Spielzeugschiffe und schließlich Kriegsschiffe.

»Ich habe sie!« hörte man Chee ausrufen.

»Was denn?«

»Die Koordinaten. In Standardwerten. Latimer steht noch immer unter Schockeinwirkung. Ich muß mich jetzt voll darauf konzentrieren, daß er mir nicht endgültig zusammenklappt.«

»Tu das. Ach, übrigens, schnall dich gut an. Könnte sein, daß wir direkt in die Atmosphäre von Jupiter eintauchen und die Kompensatoren vielleicht überbeansprucht werden.«

Chee schwieg still und sagte erst nach einer Weile: »Ich durchschaue deinen Plan. Gar nicht so schlecht.«

Falkayn kaute an seiner Pfeife. Nun stand ihnen das Schlimmste bevor, nämlich das Warten. Gahood mußte die Änderung des Vektors bemerkt haben und war nun sicher der Meinung, sie versuchten, mit ihm Verbindung aufzunehmen. Aber seine Flotte setzte unbeirrt den Weg fort, und außer einem trockenen kosmischen Zischen hörte Falkayn nichts aus den Kopfhörern.

Wenn er nur ein Fünkchen guten Willens zeigen würde, nur den Versuch machen würde, zu verhandeln . . . an uns liegt es nicht, wir wollen keinen Kampf.

Plötzlich flackerte es auf den Bildschirmen weiß auf, und die Sternbilder waren verschwunden. Alarmsirenen schrillten. »Ein Energiestrahl hat uns getroffen«, meldete Schlauköpfchen. »Der Streuwinkel war dank der Entfernung so groß, daß der Schaden geringfügig ist. Jetzt hat die Flotte eine Anzahl von Geschossen abgefeuert, die sich verhalten, als hätten sie Zielsucheinrichtungen eingebaut.«

Von Falkayn fielen alle Zweifel, Ängste, Ärger ab. Er konzentrierte sich auf das Kampfgeschehen. »In den Hyperdrive, Kurs Satan«, sagte er tonlos. »Ein Zehntel Kraft voraus.«

Ein Schwanken des Himmels, schneidend-schrille Geräusche, Verlagern der Kräfte. Dann wieder Gleichgewicht und ein leises

Dröhnen. Beta Crucis schwoll an, als das Schiff schneller als das Licht darauf zuhielt.

»So langsam?« fragte Chee.

»Im Moment ja. Ich möchte die Flotte im Auge behalten.«

Darüber konnten nur die Instrumente Aufschluß geben, da die gegnerischen Schiffe Millionen Kilometer zurückgeblieben waren.

»Sie gehen nicht sofort in den Hyperantrieb über«, stellte Falkayn fest. »Ich denke, daß sie sich zuerst mehr oder weniger unserer kinetischen Geschwindigkeit anpassen werden. Das läßt darauf schließen, daß sie feuern werden, sobald sich die Gelegenheit dazu bietet.«

»Ungeachtet der Tatsache, daß wir auf Satan Verstärkung haben könnten?«

»Ja. Ich könnte mir denken, daß das Schlachtschiff hinten bleibt und abwartet, wie sich alles entwickelt, ehe es selbst eingreift.«

Falkayn legte die Pfeife aus der Hand. »Gahood mag zwar jähzornig sein, doch bezweifle ich, ob er sich zusammen mit seinen Robotern blindlings in unbekannte Gefahren begibt. Die Roboter sind leichter zu ersetzen als er. Unter den gegenwärtigen Umständen wirkt sich diese Tatsache zu unseren Gunsten aus.«

»Hyperdrive-Schwingungen entdeckt«, meldete der Computer wenig später.

Falkayn stieß einen leisen Pfiff aus. »Daß die im Normaldrive so schnell abbremsen können? Na schön, jetzt mit voller Kraft voraus. Die sollen uns nicht überholen und womöglich eine Phasenangleichung durchführen, ehe wir Satan erreichen.«

Das Dröhnen des Antriebs steigerte sich, wurde zu einem reißenden Strom, schließlich zu einem Katarakt. Die Flammen von Beta Crucis loderten höher. Der Computer sagte: »Alle Schiffe bis auf eines – vermutlich das größte – haben die Verfolgung aufgenommen. Die Kreuzer bleiben zurück, die Zerstörer kommen näher. Wir werden das Ziel aber wenige Minuten vor ihnen erreichen.«

»Wieviel Zeit brauchst du, um den Planeten nach einem Landeplatz abzusuchen und den Landeanflug zu berechnen?«

Klick. Klick. Klick. »Hundert Sekunden müßten reichen.«

»Jetzt gehen wir mit der Geschwindigkeit so weit herunter, daß wir, warte mal, drei Minuten vor dem ersten Zerstörer ankommen.

Beginne mit dem Landemanöver hundert Sekunden nach dem Übergang in den Normalzustand. Sieh zu, daß es möglichst rasch geht!«

Das Dröhnen der Antriebe ließ ein wenig nach. »Bist du angeschnallt, David?« fragte Chee.

»N-nein, noch nicht«, merkte Falkayn plötzlich.

»Na, dann aber rasch! Glaubst du, ich möchte den pappigen Haferschleim, den du als dein Gehirn bezeichnest, vom Deck schrubben? Also, gib acht auf dich!«

Falkayn lächelte. »Du auch, Kuschelfell!«

»Kuschel ...!« Flüche und wüste Beschimpfungen drangen an sein Ohr. Falkayn setzte sich und legte die Gurte an. Chee brauchte Ablenkung. Die Tatsache, daß sie in ihrer Situation hilflos war, machte ihr als Cynthierin mehr zu schaffen als einem Humanoiden.

Und dann hatten sie den Eisplaneten vor sich. Sie gingen in den Normalzustand über, und die Antriebe heulten und der Rumpf ächzte, während die letzten Angleichungen vorgenommen wurden.

Das Schiff war der Planetenoberfläche nun so nahe, daß sie nur mehr einen Teil der Tagseite sehen konnten. Satan füllte ihre Bildschirme aus, auf denen sich unbeschreibliche Naturkatastrophen abspielten: Gewitterstürme, Blitze, Vulkanausbrüche, berghohe Wellen auf den Ozeanen, Regen, dicht wie eine Wand, und das alles unter der Riesensonne Beta Crucis. Falkayn wagte nicht zu hoffen, daß es irgendwo eine zur Landung geeignete Stelle geben könnte. Er machte sich bereit, dem Tod ins Auge zu sehen.

Doch das Liga-Schiff hielt gezielt in einem großen Bogen wie ein Komet auf den Nordpol zu. Zunächst mußte es noch die obere Atmosphäre durchdringen. Es war eine dünne Schicht, die dennoch den Rumpf kräftig durchschüttelte.

Unter ihnen lag Dunkelheit, von Blitzen durchzuckt. Falkayn warf einen Blick zum Heck hin. Zeigten ihm die Sichtschirme wirklich die haifischförmigen Schiffe von Gahoods Zerstörerflotille? Oder war es nur Einbildung? Wolkenfetzen jagten vorüber, fegten über Sonne und Sterne. Donner und Heulen und das Knirschen von Metall erfüllten das Schiff, seinen Kopf, sein Bewußtsein. Die inneren Ausgleichsfelder waren nicht imstande, jeden Stoß aufzufangen, während das Schiff sich schwankend in die Tiefe bohrte. Das Deck hob und senkte sich, schwankte, kippte um und hob sich abermals. Etwas krachte gegen etwas anderes und zerbrach. Lichter flackerten.

Falkayn versuchte aus den Instrumenten klug zu werden. Nukleare Antriebe hinter ihnen, immer näher kommend ... ja, alle neunzehn feindlichen Schiffe, die ihre Beute verfolgten!

Sie waren nach aerodynamischen Gesichtspunkten konstruiert und dazu bestimmt, ein bestimmtes Schiff einzuholen und zu vernichten. Es waren Roboter.

Sie verfügten nicht über das Urteilsvermögen eines denkenden Wesens und hatten keine Daten zur Verfügung, mit deren Hilfe sie die Bedingungen hätten abwägen können. Es war ihnen auch nicht einprogrammiert worden, weitere Instruktionen abzuwarten, wenn die Situation sich zweifelhaft entwickeln würde. Sie hatten ein kleineres und schwächeres Schiff in der Luft ausgemacht.

Sie traten mit Höchstgeschwindigkeit in die Atmosphäre ein.

Schlauköpfchen hatte einen Wirbelsturm ausgemacht und dessen Dimensionen und Kurs bestimmt. Es war nur ein Wirbelsturm – Winde mit zwei- bis dreihundert Stundenkilometern –, ein Nebenwirbel oder Ausläufer des gewaltigen Sturmes, der über diesem Kontinent mit solcher Heftigkeit tobte, daß er einen halben Ozean vor sich hertrieb. Kein Schiff durfte sich darauf verlassen, sich lange in der verhältnismäßig sicheren Region des Wirbelsturms aufzuhalten, da nützten auch die gründlich ausgearbeiteten Computerprogramme und sämtliche sorgfältig gespeicherten Meßwerte nichts.

Die Zerstörer gerieten in die Hauptströmung, die sie packte wie ein Herbststurm das welke Laub in den nördlichen Erdregionen. Etliche tanzten spielerisch zwischen Wolkenboden und Winddach, ehe sie zur Seite geschleudert wurden. Andere wurden aufgerissen oder durch Meteoritbrocken zerbrochen, ehe sie ins Wasser fielen. Die meisten zerschellten an Bergflanken. Die Trümmer wurden verstreut, vom Wind verweht, begraben. Innerhalb weniger Wochen wurden sie zu Staub und wieder zu Atomen, die neue Feste Körper bildeten. Die neunzehn Kriegsschiffe waren für immer spurlos verschwunden.

»Rasch Höhe gewinnen!« befahl Falkayn. »Position der Zerstörer feststellen. Die Wolke als Deckung benutzen. Bei diesem Höllenlärm wird man uns nicht so leicht orten können.«

Das Schiff geriet momentan so ins Schlingern, daß er die Zähne zusammenbiß. Langsam, um jeden Zentimeter kämpfend, arbeitete es sich in die Höhe: Auf einer Stratosphärenströmung trieb es über dem ärgsten Unwetter dahin und wurde dabei von einer Dunstschicht verhüllt, die sich zu gewaltigen Wolkenmassen zusammenballte. Die eigenen Radaranlagen konnten diese Schicht durchdringen und Wahrnehmungen machen. Die drei Kreuzer setzten nicht zur Landung an. Sie sollten vielmehr bei einem eventuellen Angriff vom Raum her Deckung bieten. Ihre Aufmerksamkeit richtete sich daher fast ausschließlich hinaus ins All. Sie umkreisten den Planeten in einem gefährlich nahen Orbit in viel zu enger Formation. Auch sie waren nur Roboter. Ihre Erbauer hatten mehr von Stärke als von Strategie gehalten.

Falkayn schickte drei seiner Nuklear-Torpedos los. Zwei machten Treffer. Das dritte wurde von einem Abfanggeschoß zerstört. Falkayn zögerte, ehe er sein viertes und letztes Geschoß hinausschickte. Die Instrumente zeigten an, daß es schwere Schäden angerichtet hatte, wenn es den Gegner auch nicht zerstörte.

Da ... der Kreuzer trat den Rückzug an und nahm Kurs auf das Hauptschiff, dessen große Masse auf einem halben Dutzend Bildschirmen aufblinkte. Beide Schiffe gingen auf Hyperdrive über, wurden immer kleiner, bis sie schließlich in Richtung Circinus verschwanden, von wo sie aufgetaucht waren.

Falkayn triumphierte.

Nach einer Weile hatte er sich so weit beruhigt, daß er den Befehl geben konnte: »Schlauköpfchen, jetzt hinaus in den freien Raum. Knapp außerhalb der Atmosphäre. Geh mit gedrosselten Systemen in einen Orbit. Wir wollen Gahood nicht unbedingt auf uns aufmerksam machen. Womöglich überlegt er es sich noch und kehrt um.«

»Was glaubt der jetzt wohl, was passiert ist?« fragte Chee Lan so leise, daß man sie kaum verstehen konnte.

»Ich weiß es nicht. Ich habe ja keine Ahnung, wie seine Psyche funktioniert. Vielleicht glaubt er jetzt, wir hätten eine Geheimwaffe. Oder aber er glaubt, wir hätten die Zerstörer auf die Planetenoberfläche gelockt, wo sie dann von unserer Verstärkerflotte beschossen wurden. Ebenso möglich ist, daß er die Wahrheit ahnt und sich ausrechnet, daß er ohne eigene Flotte nichts ausrichten kann, noch dazu, wenn die Möglichkeit besteht, daß eine Liga-Flotte uns zu Hilfe kommen könnte. Ich glaube, er ist auf Heimatkurs gegangen, um Bericht zu erstatten.«

»Falls wir ihm nicht wieder ein Bein stellen, hm, was meinst du?« Bei Chee regten sich wieder die Lebensgeister.

Ebenso bei Falkayn. »Was soll das heißen? Was meinst du mit ›wir‹, weiße Pussi?«

»Immerhin habe ich jetzt die Koordinaten von Dathyna. Das wichtigste Ergebnis der ganzen Reise.«

»Richtig. Ich muß mich entschuldigen. Wie geht es übrigens Latimer?«

»Er ist tot.«

»Was? Wie ist das gekommen?« Falkayn war bestürzt.

»Der Apparat, an den er angeschlossen war, hat das Geholper in der Atmosphäre nicht ausgehalten. Dazu sein geschwächter Zustand, sein Organismus, der es nicht mehr schaffte . . . Für Wiederbelebungsversuche ist es jetzt zu spät.« Falkayn konnte sich gut vorstellen, welche Gedanken Chee durch den Kopf gingen.

Er selbst stellte fest, daß er nicht mehr an Rache dachte. Seine Schmach war getilgt, doch es war ihm nicht mehr wichtig.

Das Schiff trat ins All ein und damit in die Stille. Falkayn hielt sich nicht lange mit traurigen Gedanken auf. Er verspürte zwar Gewissensbisse deswegen, doch überwog die Erleichterung. Er wollte dem toten Gegner einen ehrenvollen Abgang verschaffen und ihn in einen Orbit um die schreckliche große Sonne schicken, ehe sie Kurs auf Terra nahmen.

Nein. Die Erkenntnis traf ihn wie ein Fausthieb. Noch nicht. Wir können noch nicht nach Hause.

Der Kampf ums Überleben hatte erst begonnen.

Feststehende Naturgesetze werden von neuen wissenschaftlichen Erkenntnissen nicht über den Haufen geworfen. Es kann sich allenfalls herausstellen, daß es sich um Schätzwerte oder Sonderfälle handelt oder um die Notwendigkeit einer Neuformulierung. Daher bleiben Einsteins Erkenntnisse gültig, wenngleich erweiterte Physikkenntnisse ehemals Unmögliches möglich machen, wie zum Beispiel das Überwinden eines Lichtjahres in weniger als zwei Stunden. Gleichgültig, wie hoch die erlangte Pseudo-Geschwindigkeit ist, sie ist begrenzt.

Dieses Argument brachte Adzel ins Spiel. »Korrekterweise dürften Sie nicht fragen, was unsere Freunde ›jetzt‹ machen, weil interstellare Entfernungen uns von ihnen trennen. Gewiß, wenn sie hier sind, können wir einen Zeitvergleich anstellen, und wir werden sehen, daß unsere Uhren dieselbe verstrichene Zeitspanne anzeigen. Wenn man aber einen Augenblick unseres gemessenen Zeitabschnittes mit einem solchen ihres Zeitabschnittes vergleicht, so ist das falsch, und man gelangt zu einer sinnlosen Feststellung.«

»Meinetwegen!« dröhnte van Rijn. Er ruderte mit den Armen. »Dann gib mir eben eine sinnlose Antwort! Vier Wochen sind sie schon unterwegs. Dabei braucht man höchstens zwei, um zu Beta Crucis zu kommen. Vielleicht haben sie getaute Gletscherströme voller Bier und Aquavit vorgefunden, weil wir bis jetzt nicht einen Mucks von ihnen gehört haben?«

»Ich kann verstehen, daß Sie sich Sorgen machen«, meinte Adzel ganz ruhig. »Ich mache mir auch meine Gedanken, glauben Sie mir. Aber die Tatsache läßt sich nicht leugnen, daß eine Nachrichtenkapsel viel langsamer ist als ein Raumschiff. Selbst wenn sie kurz nach der Landung eine Botschaft losgeschickt hätten, würde die jetzt erst im Sol-System eintreffen. Außerdem haben sie das sicher nicht getan. Denn David traut Ihnen gewiß zu, dem *Serendipity*-Computer so viele Informationen abzupressen wie er. Weshalb sollte er also eine Kapsel vergeuden, nur um eine Tatsache zu bestätigen, die Sie ohnehin schon wissen? Nein, er wird mit Chee Lan zuerst neue Daten sammeln. Vielleicht hatten sie Glück und brauchten gar nicht das Risiko eingehen, eine Kapsel loszuschicken. Ja, sie müßten bald kommen... wenn überhaupt.«

Er stemmte seine riesige schuppenbedeckte Gestalt vom Deck hoch. Dabei mußte er den Hals einziehen und den Schwanz krumm legen. Seine Hufe klapperten auf dem Metallboden, als er ein paar Runden auf der Brücke machte, ehe er vor dem Sichtschirm stehenblieb. Die Sterne funkelten an einem schwarzen Himmel.

Das Schiff befand sich im Normalzustand mit Kurs aufs All. Erde und Luna waren zu einem blau-goldenen Doppelgestirn zusammengeschrumpft, Sol war sichtlich kleiner geworden. Vor ihm schimmerten die Sterne des Südens. Ein X auf dem Schirm bezeichnete ein Gebiet in der Nähe des Sternbildes Circinus. Adzels Blick aber blieb an einem anderen funkelnden Gestirn hängen, dem zweithellsten im Kreuz.

»Wir könnten kehrtmachen und warten«, schlug er vor. »Vielleicht läßt sich Bürgerin Beldaniel umstimmen und zieht ihre Drohung, das Zusammentreffen zu vereiteln, zurück. Vielleicht war es ohnehin nur eine leere Drohung.«

»Nein«, sagte van Rijn. Seine Leibesfülle quoll über die Sesselränder. »Das glaube ich nicht. Sie ist steinhart, das mußte ich feststellen, als ich mit ihr feilschte. Am besten, wir glauben ihr, wenn sie sagt, ihre Bosse wären nicht erpicht darauf, mit uns zu verhandeln, so daß sie nicht garantieren könne, daß die Zusammenkunft stattfindet. Wenn wir etwas unternehmen, was ihnen nicht paßt – oder ihr nicht paßt –, dann wird sie von Verhandlungen abraten.«

Er sog an seiner Pfeife und ließ blauen Qualm aufsteigen, der den Raum noch mehr verräucherte. »Wir wissen praktisch nichts über sie, während sie sehr viel über uns wissen. Wenn es daher zu einem Treffen und Gedankenaustausch kommt, dann sind wir die Käufer auf einem Verkäufermarkt, und es bleibt uns nichts übrig, als höflich zu bitten, sie sollten uns pfleglich behandeln«, schloß er finster.

»Wenn Sie sich wegen David und Chee so große Sorgen machten, dann könnten Sie ja per Funk ein oder zwei Schiffe zur Verstärkung anfordern, ehe wir in den Hyperdrive gehen.«

»Sinnlos, ehe wir nicht einen Hilferuf von ihnen auffangen oder ehe sie wirklich überfällig sind. Schließlich handelt es sich um erfahrene Pioniere, die mit jedem Planeten selbst fertig werden. Und wenn ihnen etwas zugestoßen ist, dann ist es jetzt ohnehin zu spät, leider.«

»Ich dachte an Hilfe gegen feindliche Aktionen. Wäre ja möglich, daß sie auf Streitkräfte stoßen, die von den ersten zwei *Serendipity*-Partnern losgeschickt wurden.«

»Und wie viele Schiffe braucht man dazu? Schwer zu sagen, aber wenige werden es nicht sein.« Van Rijn schüttelte den Kopf. »Bei einem Kampf gibt es keinen zweiten Preis, Drachensproß. Wenn wir weniger Schiffe schicken als der Feind, dann sehen wir kein einziges wieder. Und so viele Schiffe können wir nicht entbehren, daß wir ganz sichergehen, diese unbekannten Halunken zu besiegen, die uns unseren schwerverdienten Gewinn abspenstig machen wollen.«

»Gewinn!« Adzels Schwanzspitze entlockte dem Deck einen harten Aufprall und ein trockenes Klappern. Sein Baß war von ungewohnter Entrüstung gefärbt. »Wir bekämen genug Schiffe, wenn Sie den Commonwealth einschalten, damit reguläre Marine eingreifen kann. Je mehr ich mir die Sache durch den Kopf gehen lasse, desto erschreckender wird mir klar, daß Sie ganze Planeten, ganze Zivilisationen, Milliarden denkender Wesen arglos und unvorbereitet lassen . . . nur damit Ihnen das Monopol nicht entgeht!«

»Nicht so hastig, Dicker.« Van Rijn hob die Hand. »So schlimm ist das nicht. Ich kann keinen Profit machen, wenn die ganze Gesellschaft absäuft. Stimmt doch, oder? Und außerdem habe ich so etwas wie Gewissen. Etwas verbogen und fleckig, aber immerhin ein Gewissen. Eines Tages werde ich vor Gott für mich Ärmsten einstehen müssen.« Er deutete auf die kleine Statuette des heiligen Dismas, die er immer mit sich führte. Die Kerzen hatte er diesmal vergessen, dafür steckten zahlreiche Schuldscheine unter dem Sockel. Er bekreuzigte sich.

»Nein«, fuhr er fort, »ich muß immer wieder entscheiden, wie die Sache am besten läuft. Dabei gibt es keine Sicherheit, sondern nur Chancen. Und das alles mit meinem müden alten Kopf, in dem es schon sehr langsam zugeht. Auch wenn ich jetzt entscheide, daß ich dir die Entscheidung überlasse, ist es eine Entscheidung, für die ich verantwortlich bin. Kann mir nicht denken, daß du mit mir tauschen möchtest.«

»Nein«, gestand Adzel. »Schrecklich. Aber es zeugt von gefährlichem Stolz, wenn man Verantwortung uneingeschränkt auf sich nimmt.«

»Wer wäre besser geeignet? Du bist zu naiv und vertrauensselig, beispielsweise. Die meisten anderen sind Dummköpfe oder Irre oder hängen einer verrückten politischen Theorie an, der zuliebe sie das Universum in Stücke hausen wollen, oder sie sind habgierig oder grausam. Ich, nun, ich kann meinen Freund da drüben bitten, für mich im Himmel den Fürsprecher zu machen. Und auch in diesem Leben pflege ich Kontakte, jawohl. Ich spiele nicht jede Karte allein aus, nein, ich habe jede Menge Leute in der Hinterhand, die so viel erfahren, wie sie wissen müssen.«

Van Rijn lehnte sich zurück. »Adzel, hol mir ein Bier vom Gang herein. Ich werde dir die ganze Sache berichten, weil du bei den Besprechungen nicht dabei warst. Du wirst sehen, daß eine Entscheidung sehr schwierig ist . . .«

Wer den Tod nicht fürchtet, auch nicht den von eigener Hand, besitzt Macht, die weit über die Körperkraft hinausreicht. Seine Unabhängigkeit ist nur sehr schwer zu erschüttern.

Die Teilhaber von *Serendipity* hatten keine totale Niederlage erlitten. Sie hatten noch einige Trümpfe in der Hand. Da war zunächst der gesamte Apparat, den sie aufgebaut hatten, die Organisation, die vielen Computer und Datenspeicher. Es war schwierig, wenn nicht gar unmöglich, sie daran zu hindern, das alles vor dem Verkauf zu zerstören, wenn sie wollten. Und dabei ging es um mehr als um Geld. Es hingen bereits zu viele Schlüsselunternehmen von ihrem Service ab. Viele andere waren knapp daran, in Abhängigkeit zu geraten. Der Schaden war zwar in erster Linie ökonomischer Natur, doch würden der Commonwealth und die Liga einen empfindlichen Schock erleiden, und die Produktivität vieler Jahre würde verloren sein.

Natürlich enthielt das System keine Informationen über seine obersten Herren und Meister. Ein paar Schlüssel hätte man vielleicht aus einem genauen Studium ihrer Schaltkreise ziehen können, doch würde es sich dabei um ungenaue und vor allem um unwichtige Punkte handeln. Eine Durchsicht der Datenspeicher aber konnte Hinweise darauf erbringen, was dieses fremde Volk an Minimalwissen über die technische Zivilisation besaß.

Die Partner konnten daher einen Preis für die Schonung der Maschinerie fordern. Dieser Preis beinhaltete freien Abzug, ohne daß ihnen jemand folgte, eine Tatsache, von der sie sich selbst überzeugen konnten.

Van Rijn seinerseits konnte eine Gegenleistung dafür verlangen, daß er ihren Abzug arrangierte. Natürlich lag ihm am meisten daran, etwas oder alles über die Shenna zu erfahren. (Den Namen kannte er bereits.) Er wollte eine Bewegung zwischen ihnen und seinem Volk herbeiführen. Ehe Kim Yoon-Kun, Anastasia Herrera und Eve Latimer das Sol-System verließen, versprachen sie ihm, ihre Herrscher zur Entsendung einer Delegation zu bewegen. Wohin man sie senden wollte, darüber ließen sie sich nicht näher aus. Thea Beldaniel, die zurückblieb, würde ihm den Ort nennen, wenn sie es für richtig hielt.

Ein weiteres beidseitiges Interesse lag darin, Diskretion walten zu lassen. Weder *Serendipity* noch van Rijn lag an einer Einmischung der Regierungen... im Moment jedenfalls noch nicht. Sollte jedoch eine der Gruppen schließlich die Nase voll haben von den internen Verhandlungen, konnte sie noch immer die Fakten der Öffentlichkeit übergeben. Da van Rijn bei einem solchen Vorgehen weniger zu verlieren hatte, war dies für Thea gegenüber ein Vorteil. Zumindest wußte er sie davon zu überzeugen. Sie erkaufte sich sein Schweigen, indem sie ihm die Informationen zugänglich machte, die Falkayn über Beta Crucis und den Eisplaneten bekommen hatte.

Die Verhandlungen zogen sich in die Länge, weil legale Formalitäten zu beachten waren und man die Nachrichtenagenturen abwimmeln mußte, die mehr über die Hintergründe wissen wollten. Zum Teil aber war die Verzögerung van Rijns Schuld. Er brauchte Zeit, Zeit, bis das Schiff zurückkam. Zeit, um zu entscheiden, wer was erfahren sollte und welche Vorbereitungen man gegen eine nur ungenau definierte Gefahr treffen sollte. Zeit, um diese Vorbereitungen im Geheimen, aber doch nicht zu geheim zu treffen . . .

Für Thea war es natürlich vorteilhafter, auf einen früheren Aufbruch zum Treffpunkt zu drängen. Inzwischen hatte Kims Gruppe die Shenna längst gewarnt. Van Rijn sollte nicht mehr Zeit zur Sammlung seiner Streitmacht gelassen werden.

Sie sagte ihm, daß die Shenna keinen besonderen Wert auf Verhandlungen im allgemeinen legten. Da ihre Spionagezentrale zerschlagen war, würden sie einen gut informierten Mann wie van Rijn vielleicht empfangen, um die veränderte Situation abzutasten und vielleicht zu einer Übereinkunft über die Aufteilung von Einflußsphären zu gelangen. Aber sicher war das nicht. Sie waren so mächtig, daß sie Zugeständnisse an eine unterlegene Rasse nicht nötig hatten. Sie schlug vor, van Rijn sollte ohne Begleitung in einem von ihr ausgewählten Raumschiff mit verhüllten Sichtscheiben aufbrechen. Er lehnte ab . . .

Da unterbrach sie die Verhandlungen und bestand auf einem Aufbruch innerhalb der nächsten Woche. Van Rijn tobte – vergeblich. Es sei dies der Termin, auf den sie sich mit ihren Partnern geeinigt hätte, als sie den Treffpunkt vereinbarten. Wenn van Rijn nicht akzeptierte, würde sie ihn nicht hinbringen.

Er drohte ihr mit dem Rückzug. Er hätte andere Mittel und Wege, die Shenna aufzuspüren, behauptete er. Das Hickhack ging hin und her. Thea hatte aus verschiedenen Gründen großes Interesse, daß die Expedition zustande kam. Sie war der Meinung, daß sie den Zielen ihrer Herren entgegenkäme. Zumindest bot sich ihnen damit eine zusätzliche günstige Alternative. Dazu kam die Überlegung, daß sie auf diese Weise in die Heimat gelangte, während sie im anderen Fall zum Selbstmord oder zu lebenslänglichem Exil verurteilt war. Aus diesen Gründen gab sie in verschiedenen Punkten nach.

Schließlich kamen sie überein, daß sie allein reisen sollte, während van Rijn Adzel mitnehmen durfte – sozusagen als Ausgleich dafür, daß während seiner Abwesenheit die Liga praktisch handlungsunfähig sein würde, wie er behauptete. Sie würden zu dem von ihr gewünschten Zeitpunkt aufbrechen, aber es sollte keine

Fahrt ins Blaue werden. Nach dem Übergang in den Hyperdrive würde sie die Koordinaten des Zieles angeben. Und dieses Ziel war ohnehin kein Planet der Shenna.

Thea wollte nicht riskieren, in einem von ihm ausgewählten und womöglich mit verschiedenen Fallen ausgestatteten Schiff zu reisen. Für van Rijn galt das gleiche umgekehrt. Man einigte sich darauf, ein Schiff fremder Herstellung mit kompletter Ausstattung zu kaufen. Das Handgepäck wurde an Bord gebracht – jeder hatte das Recht, die Sachen des anderen zu durchsuchen, und das Schiff startete.

Soviel wußte Adzel. An van Rijns anderen Aktivitäten hatte er keinerlei Anteil gehabt. Es überraschte ihn nicht weiter, als er erfuhr, daß geheime Kuriere den Einflußbereich der *Solar Spice & Liquor Company* von einem Ende zum anderen abklapperten und den verläßlichsten Distriktchefs und Filialleitern Befehle überbrachten. Daß van Rijn die anderen Handelsfürsten der Liga verständigt hatte, war allerdings eine Überraschung für ihn. Gewiß, sie erfuhren nicht alles. Der Grund dafür lag weniger darin, die Existenz des Eisplaneten zu verheimlichen, als sicherzustellen, daß nicht durch Habgier oder Übereifer seine Verteidigungspläne gefährdet wurden. Die Industriemagnaten wurden vor einer mächtigen, vermutlich feindlichen Zivilisation jenseits des erforschten Raumes gewarnt. Einige erfuhren Einzelheiten über die Rolle, die *Serendipity* gespielt hatte. Es reichte aus, daß sämtliche Streitkräfte mobil gemacht wurden.

Das wiederum reichte aus, die Regierungen aufmerksam zu machen! Eine Bewegung Polesotechnischer Verbände konnte nicht unbemerkt bleiben. Nachforschungen würden mehr oder weniger freundlich abgeschmettert werden. Daß aber etwas in der Luft lag, ließ sich nicht verheimlichen, und die offiziellen Truppen würden entsprechend in Bereitschaft sein. Die Tatsache, daß in der Umgebung bedeutender Planeten Schiffe zusammengezogen wurden, würde dazu führen, daß diese Planeten selbst Truppen entsandten.

Das alles würde aber zu nichts führen. Denn eine wirksame Zusammenarbeit der verschiedenen Kriegsherren war nicht zu erreichen. Die Rivalitäten würden sich als zu stark erweisen. Und die ganze Aktion konnte nicht schlagkräftig und schnell ablaufen, dazu waren die Entfernungen zu groß und der Nachrichtenaustausch zu schwierig. Es war noch nie zuvor gelungen, so viele Welten gleichzeitig zur Zusammenarbeit zu bewegen. Es war zwar noch nie nötig gewesen, sah aber auch in der jetzigen Situation nicht wahrscheinlich aus.

»Ich habe getan, was ich konnte«, sagte van Rijn, »ohne zu wissen, was ich sollte. Vielleicht in drei, vier Monaten, oder auch erst in drei, vier Jahren, ich weiß es nicht, wird der Schneeball Früchte tragen, den ich ins Rollen brachte. Vielleicht werden dann alle zu gemeinsamen Aktionen fähig sein. Oder auch nicht.

Alle Informationen, die ich noch nicht öffentlich weitergab, sind an einem geheimen Ort. Sollte ich nicht zurückkehren, werden sie nach einer gewissen Zeit veröffentlicht. Was dann passiert, kann ich nicht wissen. Hoho! Dann werden viele mitmachen wollen, während es jetzt nur ein paar sind. Das hat sich schon in früheren Zeiten gezeigt. Je mehr Spieler, desto unsicherer der Ausgang des Spieles.

Wir beide fahren jetzt gleich ab und versuchen unser Glück. Verdammt, ich wünschte, diese Beldaniel hätte nicht so gedrängt!«

19

Das Schiff ging in den Hyperdrive über und raste durch die Nacht. In drei Wochen würde es sein Ziel erreicht haben.

Anfangs zeigte Thea Beldaniel sich äußerst zurückhaltend und verbrachte die meiste Zeit in ihrer Kabine. Bei Tisch und bei zufälligen Begegnungen äußerte sie wenig mehr als höfliche Phrasen. Van Rijn drängte sie nicht. Aber er ließ den Gesprächsfaden nicht abreißen, zuerst während des Essens, später bei Wein und Brandy. Das alles hörte sich an wie müßiges Geplauder, Schwelgen in Erinnerungen, freie Assoziationen, zwanglos meist, wenn auch gelegentlich ein ernster Ton mitschwang, doch van Rijn schien davon auszugehen, daß ihm die schmale, nervöse Frau ohne Lächeln ebenso zuhörte wie der gutmütige Drachen-Kentaur.

Nach den ersten paar Mahlzeiten entschuldigte sie sich und zog sich rasch zurück. Bald aber blieb sie und hörte ihm stundenlang zu. Zu tun gab es eigentlich sehr wenig. Milliarden Lichtjahre der Einsamkeit umgaben den vibrierenden Metallrumpf, und van Rijn wußte so vieles, was sonst niemand wußte. In seinen Erzählungen mischten sich Wissenschaft und Sage.

». . . wir konnten nicht in die Nähe des weißen Zwergsternes, weil er so stark strahlte . . . ja, Röntgenstrahlen sprangen von ihm fort wie Flöhe, die einen stinkenden Hund verlassen . . . bloß mußten wir das Wrack holen, oder unsere arme kleine Firma, eben erst gegründet, wäre Bankrott gegangen. Damals dachte ich wirklich, das Schicksal hätte mich an der Harpune. Da fällt mir übrigens ein . . .«

Sie wußte ja nicht, daß Adzel vorher Anweisungen von seinem Boß erhielt. Was er fragen, sagen, einwenden, bestätigen sollte, bekam er vorher eingetrichtert. Auf diese Weise probierte er eine Reihe von genau geplanten Gesprächsthemen an Thea Beldaniel aus.

Er erkannte bald, welche Themen sie interessierten und was ihr Spaß machte, ebenso wie er wußte, was sie langweilte oder abstieß. Zweifellos verzeichnete sie genau alles, was für die Shenna von Nutzen sein konnte. Der Nutzen dieser Informationen war jedoch für sie gering, da sie ja nicht wissen konnte, ob seine Anekdoten auf Wahrheit beruhten. Ihre Reaktionen auf seine Plaudereien waren sehr persönlich und entsprangen ihren eigenen Gefühlen. Noch aufschlußreicher waren ihre Reaktionen auf die verschiedenen Erzählstile, die er benutzte. Ob er sich nun kalt und unpersönlich gab oder humorig, philosophisch oder gar poetisch – sie reagierte immer anders. Natürlich ging er nicht abrupt von einem Stil zum anderen über, sondern wechselte seine Methode sehr behutsam.

Die Reise war kaum zur Hälfte vorüber, als er schon wußte, welche Haltung er der Frau gegenüber einnehmen mußte. Danach konzentrierte er sich darauf, und Adzel wurde überflüssig. Thea antwortete ihm direkt und mit großer Lebhaftigkeit.

Sie waren Feinde. Doch van Rijn war ein Gegner geworden, den sie achten konnte – ja, mehr als das. Es war rührend, wie die Hoffnung in ihr keimte, daß zwischen ihm und ihren Herren ein Kampf vielleicht vermeidbar war.

»Natürlich will ich Frieden«, erklärte er gutmütig polternd. »Wozu sollten wir kämpfen? In unserer Galaxis gibt es zwei- bis dreihundert Milliarden Sterne. Eigentlich genügend Platz, wie?« Er gab Adzel einen Wink, der sofort wußte, daß er eine Flasche Kognak holen sollte. Van Rijn machte großes Theater, als er sie öffnete. »Puh! Nicht mal für ausgebrannte Chemosensoren gut genug, geschweige denn für unsere Freundin, die nur wenig trinkt und sich einen feinen Gaumen bewahrt hat. Bring sie zurück und hol etwas Anständiges! Nein, nicht wegschütten! Hast du auch im Hirn schon Schuppen? Wir nehmen sie mit und sorgen dafür, daß der Händler sie auf ungewöhnliche Weise konsumiert!« Die Flasche war tadellos, und er leerte sie später mit dem Woderiten mit großem Genuß. Die Szene gehörte zu der von ihm angestrebten Wirkung. Jupiter mußte gelegentlich mit Blitz und Donner arbeiten.

»Warum fürchten uns die Shenna?« fragte er sie bei einer anderen Gelegenheit.

Thea war entrüstet. »Sie fürchten euch nicht! Sie fürchten niemanden!« (Ihr Verhalten deutete auf ein sehr subitles Abhängigkeitsverhältnis, bei dem sie einer primitiven Herrscher-Figur anhing.) »Es geschah aus Vorsicht, aus Klugheit, als sie sich entschlossen, euch und eure Zivilisation zu beobachten.«

»Ach so. Bitte, beruhigen Sie sich. Aber woher soll ich über sie Bescheid wissen, wenn Sie mir nichts sagen?«

»Ich kann nicht.« Sie schluckte schwer und verkrampfte die Hände. »Ich darf nicht.« Damit entfloh sie in ihre Kabine.

Nach einiger Zeit folgte van Rijn ihr. Wenn er es darauf anlegte, konnte er wie auf Samtpfoten schleichen. Ihre massige Tür war verschlossen.

Van Rijn trug einen Knopf im Ohr, verborgen unter den Locken. Es war ein Schallverstärker, der wie eine altertümliche Hörhilfe aussah.

Eine Zeitlang hörte er sich ihr Schluchzen an. Dabei empfand er weder Schadenfreude noch Triumph. Er hatte sie psychologisch in den Rückzug gedrängt. Ergeben würde sie sich nicht, dazu war die

Zeit, die ihnen noch gemeinsam an Bord blieb, zu kurz. Wenn er geschickt vorging, würde sie sicher noch nachgeben.

Am nächsten Tag bemühte er sich, sie bei guter Laune zu halten. Und beim Abendessen gelang es ihm beim Dessert, sie ein wenig betrunken zu machen. Adzel empfahl sich still und brachte eine halbe Stunde an der Hauptschalttafel zu und veränderte Farbe und Intensität der Beleuchtung im Salon. Thea bemerkte gar nicht, daß der Raum allmählich in ein romantisches Licht getaucht wurde. Van Rijn hatte ein Tonbandgerät mitgebracht und hatte als Tafelmusik ein paar sorgfältig ausgesuchte Musikstücke mitgebracht. *The Last Spring, La', Ci Darm La Mano, Isoldes Liebestod, Londonderry Air, Evenstar Blues.* Er nannte ihr die Titel gar nicht. Die Ärmste war ihrer eigenen Gattung so entfremdet, daß ihr die Namen nichts bedeutet hätten. Doch ihr Einfluß sollte sich bemerkbar machen.

Er hatte nicht die Absicht, sie zu verführen. Nicht, daß er etwas dagegen gehabt hätte, denn sie war sehr anziehend, wenn auch nicht so wohlgerundet, wie er es liebte. Ihre feinen Züge und die wunderschönen grünen Augen ließen ihr Gesicht sehr lebendig wirken. Und ihre Stimme hörte sich angenehm heiser an. Nein, ein Versuch in dieser Richtung hätte ihre Abwehreinrichtungen auf den Plan gerufen. Er plante eine andere Art der Verführung.

»... sie haben uns aufgezogen«, sagte sie verträumt. »Ja, ich weiß, was man von uns hält. Ich weiß, daß wir anders sind. Aber, jetzt mal ehrlich, Nicholas, was ist die Norm? Gewiß, wir unterscheiden uns von anderen Menschen. Aber die menschliche Natur ist formbar. Ich glaube nicht, daß man uns verdreht nennen kann. Ebensogut könnte man euch so nennen, nur weil ihr in einer anderen Tradition erzogen wurdet. Wir sind gesund und glücklich.«

Van Rijn zog eine Braue hoch.

»Doch, wirklich!« sagte sie laut und richtete sich auf. »Wir sind stolz und froh, unseren ... unseren Rettern dienen zu können.«

»Mich dünkt, die Dame widerspricht zuviel«, murmelte er.

»Wie bitte?«

»Ach, aus einem alten Gedicht. Ich wollte eigentlich sagen, daß mich die Sache sehr interessiert. Sie haben mir noch nie von Ihrer Herkunft und von dem Schiffbruch erzählt.«

»Ich habe mit David Falkayn darüber gesprochen – als er bei uns war...« In ihren Augen schimmerten Tränen. Sie schüttelte den Kopf und trank ihr Glas leer. Van Rijn schenkte nach.

»Ein wirklich netter junger Mann. Ich wollte ihm keinen Schaden zufügen. Das wollte niemand von uns. Und es war nicht unsere Schuld, daß er sich in Gefahr begeben mußte. Sie haben es gewollt! Hoffentlich stößt ihm nichts zu.«

Van Rijn ging nicht näher auf den Punkt ein, den sie unabsichtlich bestätigte: daß nämlich Latimer und ihre Schwester die Shenna benachrichtigt hatten, die nun sicher eine eigene Expedition nach Beta ausrüsten würden. Das lag ohnehin auf der Hand. Van Rijn sagte nun gedehnt:

»Wenn Sie ihn als Freund ansehen, dann muß es Ihnen schwergefallen sein, ihn zu belügen.«

»Ich weiß nicht, was Sie meinen.« Sie sah ihn entsetzt an.

»Sie haben ihm ein hübsches Garn vorgesponnen, meine Liebe. Leider merkt man ihm an, daß es synthetisch ist.« Van Rijns Plauderton nahm seinen Worten die Schärfe. »Dieser Strahlungsunfall und das spätere Gefundenwerden ist mir ein zu haariger Zufall. Und wenn die Shenna euch bloß zu den eigenen Leuten schicken wollten, ohne Hintergedanken, dann hätten sie euch nicht als Spione eingesetzt. Außerdem seid ihr viel zu eigenwillig und von Natur aus zu loyal, als daß sie euch als Halbwüchsige noch hätten umformen können. In diesem Fall wäret ihr ihnen vielleicht dankbar für die geleistete Hilfe, aber ihr würdet euch nie als Spione gegen die eigene Gattung hergeben, gegen Menschen, die euch nichts getan haben. Nein, ihr seid schon als kleine Kinder in die Hände der Shenna gefallen. Sie haben euch viel früher beeinflußt, als ihr zugeben wollt. Na?«

»Nun...«

»Jetzt bloß nicht die Fassung verlieren.« Van Rijn hob sein Glas und begutachtete die Farbe der Flüssigkeit. »Ich verfüge über ein schlichtes Gemüt und ein gutes Herz und möchte den Dingen auf den Grund kommen, damit wir die Sache kampflos und gütlich regeln können. Ich erwarte gar nicht, daß sie die Geheimnisse der Shenna verraten. Aber beispielsweise den Namen ihrer Heimatwelt...«

»Dathyna«, flüsterte sie.

»Na also! Sehen Sie, das hat weder Ihnen noch den Shenna weh getan. Unsere Unterhaltung wird vereinfacht, weil wir auf Umschreibungen verzichten können. Gut, ihr wurdet also vom Babyalter an dort erzogen, vielleicht, weil die Shenna euch zu Botschaftern besonderer Art ausbilden wollten. Warum geben Sie das nicht zu? Für mich ist alles wichtig, jede kleinste Einzelheit – wie ihr erzogen wurdet, wie die Umgebung aussah, alles. Nur so werde ich euch und euer Volk besser verstehen, Thea.«

»Ich kann Ihnen die wichtigen Dinge nicht verraten.«

»Weiß ich doch. Sie können mir nicht sagen, wie die Sonne Dathynas beschaffen ist – das wäre ein zu handfester Hinweis. Aber wie haben Sie gelebt? Waren Sie glücklich als Kind?«

»Ja, das war ich. Meine erste Erinnerung ist ... Isthayan, der Sohn meines Herrn. Er nahm mich mit hinauf auf seine Erkundungsgänge, weil er jemanden brauchte, der ihm die Waffen trug ... dort trägt man Waffen, kaum daß man laufen kann ... Wir gingen aus dem bewohnten Teil des Hauses und drangen in den verfallenen Teil des großen Komplexes ein. In einem Turmzimmer hoch oben entdeckten wir eine Maschine. Sie war fast nicht verrostet, und die Sonne, die durch ein Loch im Dach fiel, spiegelte sich wie weißes Feuer in dem Metall, und ich lachte vor Entzücken ... Wir konnten weit in die Ferne sehen, über die Wüste hinweg ...« Ihre Augen weiteten sich. Sie legte die Finger auf die Lippen. »Nein, jetzt habe ich schon zuviel gesagt. Ich gehe jetzt zu Bett. Gute Nacht.«

»Nein, bleiben Sie noch auf ein Glas Madeira. Wir könnten uns über unverfängliche Dinge unterhalten. Woher seid ihr als Babys gekommen, wenn nicht von einem Kolonistenschiff?«

Thea erbleichte. »Gute Nacht!« stieß sie hervor und lief in ihre Kabine. Hätte er sie angeschrien, so wäre sie geblieben, denn er wußte, daß sie den Gehorsamreflex nicht abgelegt hatte. Er ließ sie laufen. Ein Verhör würde sie nur noch hysterischer machen.

Als er später auf einen Schlummertrunk zu Adzel in die Kabine ging, grollte er:

»Ich habe ihr ein paar winzige Details entreißen können. Kleine Hinweise darauf, mit welcher Art von Welt und Kultur wir zusammenstoßen. Es sind eher psychologische Tatsachen. Aber auch die können uns weiterhelfen.« Seine Schnurrbarthälften sträubten sich. »Wir haben es nicht mit einem schwierigen Volk zu tun, nein, mit einem schrecklichen. Grauenhaft.«

»Was konnten Sie erfahren?« Der Wodenit ließ sich nicht aus der Ruhe bringen.

»Die Shenna schufen sich Sklaven, ergebene Hunde, und zwar aus Menschen, die ihnen als Babys in die Hände fielen. Vielleicht auch andere Gattungen, aber immerhin Humanoide.«

»Und woher verschafften sie sich die Kinder?«

»Einen Beweis habe ich nicht, dafür aber eine Vermutung, die vielleicht zutreffender ist, als die Beldaniel und ihre Partner es mir zutrauen. Also, wir können davon ausgehen, daß unser Rendezvous-Planet in der Nähe von Dathyna liegt. Die Shenna haben also den Vorteil der Heimatnähe, während wir von unserer Heimat und unseren bewaffneten Freunden sehr weit entfernt sind.«

Adzel strich sich über den Kopf, was ein knöchernes Geräusch hervorrief. »Nähe ist ein relativer Begriff. Es gibt hier im Umkreis von fünfzig oder hundert Lichtjahren so viele Planeten, daß wir keine vernünftigere Chance haben, den Planeten unserer Gegner ausfindig zu machen, ehe sie ihre Operation, was immer das sein mag, in Gang gesetzt haben.«

»Ja, sicher. Aber ich meine folgendes: In der Nähe unseres Zieles müssen die Shenna sich schon lange aktiv betätigt haben. Ja? Also, zufällig erinnere ich mich, daß man vor etwa fünfzig Jahren dort draußen eine Kolonie gründen wollte. Es handelte sich um eine kleine Gruppe von Utopisten, wie es sie damals häufig gab. Dort draußen also gab es eine große Sonne vom G-Typ mit einem Planeten, den sie Leandra nannten. Die Kolonisten wollten sich dort ihr Paradies schaffen, und es glückte ihnen beinahe. Mit dem einzigen Schiff, das sie besaßen, fuhren sie einmal im Jahr nach Ifri oder Llynathawar, um alles Notwendige einzukaufen, denn Geld hatten sie ja. Dann blieb das Schiff lange Zeit aus. Man hielt Nachschau, weil man sich Sorgen machte. Leandra war verlassen. Die einzige Niederlassung war verbrannt – in kilometerweitem Umkreis hatte ein Waldbrand gewütet. Das Schiff war verschwunden. Es gab damals viel Kopfzerbrechen um das Geheimnis. Ich hörte davon, weil ich ein paar Jahre später zufällig auf Ifri zu tun hatte. Bis zur Erde ist die Geschichte niemals durchgesickert.«

»Vielleicht war es ein Piratenüberfall?« sagte Adzel.

»Ja, möglich. Aber warum sollten Piraten eine so kleine Niederlassung überfallen? Man glaubte damals, daß das Feuer alles vernichtete. Die Kolonisten brachen mit ihrem Schiff auf, um Hilfe zu holen, gerieten in Schwierigkeiten und gelangten nie wieder auf einen Planeten. Inzwischen ist die Sache längst vergessen. Kein Mensch hat mehr einen Gedanken an Leandra verschwendet. Es gibt jede Menge Planeten, die leichter zu erreichen sind.« Van Rijn starrte sein Glas so finster an, als wäre es sein Gegner. »Heute bin ich anderer Meinung. Ich vermute, daß alles das Werk der Shenna war. Zuerst landeten sie und gaben sich als harmlose Forscher aus einer Welt aus, die eben erst die Raumfahrt erfunden hatte. Dann eigneten sie sich Einzelheiten an und dachten sich eine Vorgangsweise aus. Sie entführten die Kolonisten und legten das Feuer, um alle Spuren zu vernichten.«

»Ja, ich könnte mir denken, was in weiterer Folge geschah«, sagte Adzel leise. »Der Versuch, die erwachsenen Gefangenen zu unterwerfen, war ein Fehlschlag, den diese mit dem Tod sühnen mußten, da die Kinder sich an natürliche Eltern erinnern können. Ohne Zweifel mußten auch viele Kinder ihr Leben lassen oder wurden als unbrauchbar getötet. Sehr wahrscheinlich ist das halbe Dutzend *Serendipity*-Leute der Rest, der überlebte. Das läßt mich daran zweifeln, daß auch Nichthumanoide ähnlich unterworfen wurden. Leandra bot sich als einmalige Chance.«

»Schrecklich«, sagte van Rijn. »Ich kann Thea Beldaniel nicht nach ihren Eltern fragen. Sie hat ein ungutes Gefühl, wagt aber nicht, darüber nachzudenken. Ihr ganzes Bewußtsein ist erfüllt davon, ein Geschöpf der Shenna zu sein. Ich habe sogar den Eindruck, daß sie der persönliche Besitz eines dieser Shenna ist – wie ein Hund.«

Er umklammerte das Glas. »Vielleicht wollen sie uns auch versklaven?« schnaubte er. »Nein, verdammt noch mal! Lieber tot als Sklave!« Er trank das Glas leer. »Das soll heißen, daß sie vor mir in der Hölle landen werden ... und wenn ich sie hinter mir herschleifen müßte!«

Das Glas traf mit der Heftigkeit eines Geschosses auf dem Deck auf.

20

Der Ort der Zusammenkunft war in den entsprechenden Katalogen verzeichnet. Der Schiffscomputer tastete seine Datenspeicher ab und meldete van Rijn, daß dieses System vor etwa hundert Jahren einmal angeflogen worden war. Eine oberflächliche Erforschung hatte nichts Interessantes ergeben, und der Versuch war auch niemals wiederholt worden. Nichts Interessantes bedeutete, daß das System sieben Planeten enthielt, sieben Welten mit ihren Monden und Rätseln, auf drei Planeten Leben und eine Gattung, die begonnen hatte, Steinwerkzeuge zu machen und sich beim Anblick des nächtlichen Himmels Fragen zu stellen. Es gab ja unzählige Systeme dieser Art.

»Das hätte ich Ihnen auch sagen können«, meinte Thea.

»Ach?« Van Rijn hatte gedankenversunken dagestanden, als sie die Brücke betrat.

Ihr Lächeln wirkte schüchtern, ihr Versuch, verbindlich zu sein, fiel aus Mangel an Übung linkisch aus. »Wir mußten eine Sonne auswählen, die keine Hinweise auf die Heimat der Shenna geben würde.«

»Hm.« Van Rijn zupfte an seinem Spitzbart. »Ich bin zwar kein Ungentleman, aber hatten Sie keine Angst, ich könnte Ihnen die Koordinaten von Dathyna gewaltsam entreißen?«

»Nein. Ich kenne sie selbst nicht. Nur die Männer, Latimer und Kim, erfuhren sie. Die beiden wurden einer Tiefenkonditionierung unterworfen und würden sie nie verraten.« Ihr Blick wanderte hinaus zu den Sternen. »Jetzt kann ich Ihnen verraten, was Sie vielleicht ohnehin ahnen: Die Konstellationen kommen mir langsam bekannt vor.«

Die Stimme versagte ihr den Dienst. Sie streckte in einer unbewußt sehnsüchtigen Geste die Arme aus. »Die Shenna werden mich holen. Moath selbst erwartet mich.« Sie ließ ein paar Worte in der Shenna-Sprache folgen . . .

Van Rijn riß sie aus ihrer Verzückung, indem er sagte: »Und wenn sie nicht kommen? Sie deuteten diese Möglichkeit an. Was dann?«

Sie holte tief Atem. Sie wirkte einsam und verloren, wie sie dastand, die Hände zu Fäusten geballt. Dann wandte sie sich zu ihm um und umfaßte seine Hand. »Dann werden Sie mir helfen, nicht wahr?« bat sie. Sie zog hastig ihre Hand zurück. »Aber Moath läßt mich nicht im Stich!« Sie drehte sich um und ging.

Van Rijn suchte Trost bei seiner Schnupftabakdose. Dabei ließ er den Planeten nicht aus den Augen, der vor seinen Blicken größer wurde.

Seine Vermutung war richtig. Thea hatte tatsächlich keinen Grund, sich Sorgen zu machen. Das Schiff fing bei der Annäherung an den Planeten Schwingungen einer ansehnlichen Flotte auf, die vor einigen Tagen angelangt sein mußte. Das bedeutete, daß ihr Ausgangspunkt nicht viel mehr als hundert Lichtjahre entfernt sein konnte, es sei denn, die Schiffe der Shenna waren um vieles schneller als die der Liga. Und das war aus verschiedenen Gründen sehr unwahrscheinlich.

Die Flotte beschleunigte im gleichen Augenblick, als van Rijns Schiff in Reichweite ihrer Detektoren kam. Einige schwärmten aus, um sich zu vergewissern, daß er allein kam. Die übrigen kamen auf ihn zu. Ein Code-Signal, das die Shenna von ihren menschlichen Sklaven gelernt haben mußten, blinkte auf. Van Rijn kam der Aufforderung nach, ging in den Normalzustand über, ging in einen Orbit um die Sonne und scherte sich keinen Deut darum, welche Position die Shenna selbst einnahmen.

Die drei hatten sich auf der Brücke vor der Außensprechanlage versammelt. Thea zitterte und wurde abwechselnd rot und blaß. Dabei ließ sie die Schiffe nicht aus den Augen, die stetig näher kamen.

Van Rijn drehte sich von ihr weg und flüsterte Adzel in einer fremden Sprache etwas zu. »Wenn ich sie so sehe, dann bekomme ich ein merkwürdiges Gefühl. Weiß nicht, warum.«

»Vielleicht ist es Verlegenheit«, meinte der Wodenit.

»Ach, das wäre zum ersten Mal.«

»Sie hat mit mir natürlich nichts gemeinsam, was Gefühle und Erziehung betrifft«, sagte Adzel. »Trotzdem empfinde ich es als unpeinlich, ein Wesen so unverhüllt zu sehen.«

Er wandte seine Aufmerksamkeit dem ersten Shenna-Schiff zu. Der schmale Rumpf mit den hohen, flossenartigen Aufbauten hob sich schwarz vor der Milchstraße ab, während sich die ferne orangefarbene Sonne darin spiegelte. »Sieht mir nicht sehr funktionell aus«, bemerkte er.

Van Rijn verfiel wieder ins Anglic. »Könnte für eine Roboterbesatzung konstruiert sein. Aber warum so viele – fünfzehn, wenn ich mich nicht irre – und so schwer bewaffnet? Dafür braucht man normalerweise eine Besatzung von einigen Hundert. Und das alles um einen kleinen, unbewaffneten Flitzer zu empfangen? Nein, die Schiffe werden von Robotern bedient. Auf diesem Gebiet müssen die Shenna wahre Zauberkünstler sein. Sie sind uns weit voraus. Das haben schon die Computersysteme von *Serendipity* gezeigt.«

Thea reagierte in ihrer Vorfreude, so wie er es erhofft hatte. Sie geriet ins Schwärmen, als sie von den fähigen und komplizierten Automaten sprach, die das Rückgrat der gesamten Shenn-Zivilisation bildeten. In dieser Flotte befänden sich allerhöchstens drei oder vier Herren. Mehr waren nicht nötig.

»Nicht mal für die Verhandlungen mit uns?« fragte Van Rijn.

»Sie sprechen nur für sich allein«, entgegnete Thea. »Sie selbst haben ja auch nicht Generalvollmacht, oder? Nach der Besprechung mit Ihnen werden sie mit ihren Gefährten beraten.« Ihr Ton wurde geistesabwesend, bis sie schließlich unwillkürlich in die gutturale Shenna-Sprache verfiel. Dabei hatte sie kein einziges Mal den Blick von der näherkommenden Flotte abgewendet.

»Sie werden mit den Gefährten beraten«, wiederholte Adzel langsam in der Sprache, die sie benutzten, wenn sie nicht belauscht werden sollten. »Dieser Satz deutet darauf hin, daß die Entscheidungsgewalt sich auf eine ganz kleine Gruppe beschränkt. Daraus folgt allerdings nicht unbedingt, daß es sich um eine Oligarchie handelt. In einer Oligarchie würde man nämlich lebende Besatzungen verwenden, aus denselben Gründen wie wir. Ein Roboter bleibt nämlich immer eine Maschine. Würde man ihn so weit entwickeln, daß er einem biologischen Organismus nahekommt, dann hätte es keinen Sinn mehr, ihn zu bauen.«

»Ja, das Argument ist mir bekannt. Die Natur hat uns bekanntlich mit viel billigeren und amüsanteren Möglichkeiten ausgestattet, lebende Organismen zu schaffen. So ein Super-Computer wäre einem Lebewesen aus Fleisch und Blut womöglich weit überlegen.«

»Ja, ein solcher Roboter würde herrschen und nicht dienen. Und die Shenna eignen sich offensichtlich nicht als Untergebene. Ihre Roboter mögen zwar sehr geschickt sein, haben aber ihre Grenzen. Sie verwenden sie in großer Zahl, um diese Begrenzungen möglichst auszugleichen. Aber warum verwenden sie die Roboter überhaupt?

»Möglich, daß die Bevölkerungszahl zu gering ist. Das würde auch erklären, warum sie so wenig Entscheidungsgewalt haben.«

»Ja, vielleicht. Obwohl ich mir nicht vorstellen kann, wie eine zahlenmäßige geringe Gesellschaft große und ausgeklügelte Produktionsanlagen bauen kann, wie sie auf Dathyna vorhanden sein müssen.«

Sie merkten sehr wohl, wie schwach es um ihre Logik bestellt war, und ließen das Gespräch nur deshalb nicht abreißen, damit ihre Anspannung gemildert würde. Als der Schiffscomputer meldete: »Einlangendes Signal empfangen!« schraken sie beide zusammen, und Thea unterdrückte einen Aufschrei. »Stellt die Verbindung her!« befahl van Rijn. Er wischte sich mit der Spitzenmanschette den Schweiß vom Gesicht.

Der Bildschirm flimmerte. Dann war plötzlich das Bild da. Eine Gestalt, annähernd menschlich, muskelbepackt, mit einem großen Bullenschädel, schimmernder Mähne und einer Donnerstimme, vor der selbst Adzel erschrocken einen Schritt zurückwich.

»Moath!« rief Thea. Sie fiel auf die Knie und hob die Hände dem Shenn entgegen. Tränen liefen ihr übers Gesicht.

Das Leben ist so schlecht eingeteilt, daß Kummer und Triumphe meist zu reichlich kommen und man damit nicht fertig wird. Und dazwischen liegen lange Durststrecken der Routine und Langeweile. Van Rijn hatte sich bei St. Dismas schon oft darüber ausgesprochen, ohne eine befriedigende Antwort zu erhalten.

Seine momentane Mission entsprach diesem Schema. Nachdem Thea von Bord gegangen war, weil ihr Gebieter ihre Anwesenheit auf seinem Schiff – dem größten der Flotte und gigantisch bestückt – wünschte und sie mit einem für sie bereitgestellten Gleiter abgeholt worden war, passierte siebenundvierzig Stunden und neunundzwanzig Minuten lang gar nichts. Die Shenna schickten keine weiteren Botschaften und reagierten nicht auf seine Kontaktversuche.

Van Rijn ächzte, fluchte, jammerte, stapfte durch die Korridore, vertilgte sechs komplette Mahlzeiten, schummelte bei der Patience, überlastete die Luft-Aufbereitungsanlage mit Qualm und den Abfallschacht mit leeren Flaschen und ließ sich nicht einmal von seinen Mozart-Symphonien ein wenig beruhigen. Schließlich war auch Adzels Geduld erschöpft. Der Wodenit zog sich mit Verpflegung und ein paar guten Büchern in seine Kabine zurück, aus der er nicht wieder auftauchte, bis van Rijn vor seiner Tür brüllte, daß dieser verdammte weibliche Eiszapfen mit dem geschmolzenen Gehirn endlich bereit sei zu dolmetschen und daß ihm vielleicht jetzt endlich eine Belohnung dafür winke, daß er sich in fast überirdischer Geduld geübt habe.

Trotz allem benahm sich der Kaufmann Thea gegenüber onkelhaft höflich, bis er mit ihr über Bildschirm sprach. »... dachte schon, Sie wollen uns sitzenlassen, nachdem wir den weiten Weg zu der Zusammenkunft zurückgelegt haben.«

Thea saß vor einer Empfängeranlage auf dem Schlachtschiff. Sie wirkte verändert. Sie trug ein loses weißes Gewand mit einem Burnus, dazu schwarze Kontaktlinsen zum Schutz gegen das grelle Licht in der Kabine. Ihre emotionalen Bedürfnisse hatten Erfüllung gefunden, so daß sie wieder völlig beherrscht war. Ihre Antwort lautete: »Meine Herren, die Shenna, haben mich als Vorbereitung für das Gespräch einer gründlichen Befragung unterzogen. Von *Serendipity* ist hier niemand dabei.«

Unterhalb des Bildausschnittes seiner eigenen Sendeanlage tippte van Rijn auf einer Konsole eine Nachricht ein. Seine Finger bewegten sich wie behaarte Würstchen über die Tasten. Adzel las vom Streifen ab: »Sehr töricht von ihnen. Woher wußten die, daß ihr unterwegs nichts passieren würde? Sie stellt die einzige Verbindung zu uns dar. Wieder ein Beweis dafür, daß sie unüberlegt handeln.«

Thea fuhr fort: »Ehe ich imstande war, ein vernünftiges Gespräch zu führen, mußte ich das *Haaderu* abwarten. Ich war so lange getrennt von meinem Gebieter Moath ... Nein, sie verstehen das *Haaderu* nicht.« Sie errötete leicht, ihre Stimme aber klang, als beschreibe sie die vorgenommene Änderung an einer Maschine. »Sie müssen sich darunter eine Zeremonie vorstellen, bei der er meine Treue anerkennt. Das braucht seine Zeit. Unterdessen haben die Spähschiffe bestätigt, daß uns niemand heimlich gefolgt war.«

Van Rijn tippte: Nicht Jupiter, sondern Minotaurus. Rohe Kraft und Männlichkeit.

»Der Zusammenhang ist mir nicht klar«, hauchte ihm Adzel ins Ohr.

Damit will ich ausdrücken, was diese Shenn-Bestie ihr wirklich bedeutet. Sklavin ist sie nur in gewissem Sinn. Ich kenne viele Frauen wie sie, alte Jungfern, ihrem Boß fanatisch ergeben. Kein Wunder, daß die *Serendipity*-Gruppe aus vier Frauen und zwei Männern bestand. Männer empfinden selten so, es sei denn, man konditioniert sie dazu und bricht ihnen das Rückgrat. Ich bezweifle, ob diese Leute je sexuelle Beziehungen hatten. Die Ehe der Latimer war nur eine Scheinehe, um dem Klatsch entgegenzutreten. Ihre Sexualität wurde in eine andere Bahn gelenkt – in den Dienst an den Shenna. Natürlich haben sie selbst keine Ahnung.

»Meine Gebieter wollen Sie jetzt anhören«, sagte Thea Beldaniel. Einen Augenblick gewann ihre Menschlichkeit die Oberhand. Sie beugte sich vor und sagte leise und drängend: »Nicolas, seien Sie vorsichtig! Ich kenne Sie jetzt gut und werde dolmetschen, was Sie meinen und nicht, was Sie sagen. Aber seien Sie auch vorsichtig mit dem, was Sie meinen. Ich werde die Shenna nicht belügen. Und sie geraten schneller in Zorn, als Sie sich vorstellen können. Ich . . .« Sie machte eine Pause. »Ich möchte, daß Sie heil nach Hause kommen. Sie waren der einzige Mensch, der mir mit Wärme begegnet ist.«

Unsinn, schrieb er für Adzel. *Ich spielte selbst Minotaurus, als ich merkte, daß sie darauf reagierte, obwohl ich damals noch glaubte, es wäre Jupiter. Und sie wußte gar nicht, wodurch sie bewegt wurde. Damit sage ich nicht, daß sie nicht verdienen würde, in die eigene Gattung wieder eingegliedert zu werden. Was man ihr angetan hat, ist schändlich.*

Thea winkte einem Roboter, der den Sichtschirm größer einstellte. Der Raum weitete sich zu einem großen Konferenzraum, in dem vier Shenna auf Kissen hockten. Van Rijn zuckte zusammen und stieß eine Schmähung aus, als er die Ausstattung sah. »Kein Geschmack nach Maßstäben des Universums und der Hölle! Die Zivilisation haben die doch glatt ausgelassen und sind von der Barbarei gleich zur Dekadenz übergegangen.«

Im Verlauf der Konferenz konnte Adzel allerdings ein paar hübsche Dinge in dem überladenen Raum entdecken, Dinge, die geschmackvoll waren und ein gewisses Alter hatten.

Einer zottigen Brust entrang sich eine tiefe Stimme, die Konferenz begann. Thea, die klein und verloren in dieser Runde wirkte, wandte den Blick nicht ein einziges Mal von dem Moath genannten Shenn. »Sie sind gekommen, um zwischen unseren Völkern ein Abkommen zu schaffen. Um was geht es dabei?«

»Wir könnten Handel miteinander treiben und voneinander lernen«, erklärte van Rijn.

Thea wurde mitten in ihrer Übersetzung gestört. Einer der Shenn stellte eine längere Frage, die sie wie folgt wiedergab:

»Welche Klage führt Ihr gegen uns?«

Gewiß hatte sie ihre Übersetzung auch von dieser Seite her gemildert, aber van Rijn und Adzel konnten Verblüffung und Ärger kaum verhehlen.

»Klage?« platze der Wodenit heraus. »Man weiß ja gar nicht, wie man anfangen soll!«

»Ich weiß es«, erklärte daraufhin van Rijn und stürzte sich in die Debatte.

Die Diskussion wogte hin und her. Thea war nervös und bleich, der Schweiß stand ihr auf der Stirn. Zunächst gab es ein sinnloses Hin und Her, aus dem van Rijn, hartnäckig und nicht gewillt, sich ausbooten zu lassen, schließlich gewisse Richtlinien herausarbeitete.

Einwand: *Serendipity* wurde einzig und allein zu dem Zweck gegründet, um die Liga und die gesamte technische Zivilisation zu beobachten und auszuspionieren.

Antwort: Die Shenna hatten damit der Liga einen Service zur Verfügung gestellt, den diese wegen Unfähigkeit niemals selbst hätte aufbauen können. Der erzwungene Verkauf stellt einen Banditenstreich dar, für den die Shenna Vergeltung fordern.

Einwand: David Falkayn wurde von Agenten der Shenna entführt und unter Einfluß von Psychodrogen gesetzt.

Antwort: Ein einziger minderwertiger Organismus ist nicht der Rede wert.

Einwand: Die Shenna haben Menschen versklavt und getötet.

Antwort: Diese Menschen durften ein Leben im Dienste einer höheren Sache führen, die ihnen sonst nicht zugänglich gewesen wäre. Fragt sie selbst.

Einwand: Die Shenna haben versucht, ihre Kenntnisse von einem neuen Planeten denen vorzuenthalten, die ein Anrecht darauf hatten.

Antwort: Die einzigen, die ein Recht darauf haben, sind die Shenna. Wer dagegen verstößt, wird bestraft.

Einwand: Trotz ihrer Spionageorganisation waren die Shenna nicht imstande, die Stärke der technischen Zivilisation und insbesondere der Liga richtig einzuschätzen, die nicht gewillt sind, Bedrohungen einfach hinzunehmen.

Antwort: Die Shenna auch nicht.

Zu diesem Zeitpunkt brach Thea Beldaniel zusammen. Das Wesen namens Moath erhob sich und beugte sich über sie. Seine Nüstern blähten sich, die Mähne war gesträubt. Er schnaubte einen Befehl. Daraufhin war die Übertragung beendet.

Und das war vielleicht gut so.

Van Rijn erwachte so schnell, daß er seinen letzten Schnarchton noch im Ohr hatte. Er fuhr auf. In der Kabine war es dunkel, nur die Belüftungsanlage surrte. In der Luft lag ein süßlicher Geruch, weil man vergessen hatte, daß Chemosystem umzustellen. Die mechanische Stimme wiederholte: »Einlangendes Signal empfangen!«

»Pocken und Pestilenz! Ich hab's ja schon gehört! Darf man denn nicht mal mehr in Ruhe aufstehen?!«

Das Deck war eiskalt unter seinen Füßen. Die Leuchtziffern seiner Uhr zeigten an, daß er knapp sechs Stunden geschlafen hatte. Das hieß, daß seit dem Abbruch der Konferenz über zwanzig Stunden vergangen waren. Wenn man diese heftigen Wortgefechte überhaupt als Konferenz bezeichnen konnte. Was fehlte diesen Superbullen eigentlich? Eine hochentwickelte, technisch orientierte Kultur, die Roboter und Raumschiffe hervorbringen konnte, setzte gewisse Grundeigenschaften voraus – ein Mindestmaß an Diplomatie, Vorsicht und klugem Eigeninteresse – andernfalls sich die Kultur selbst zerstörte, ehe sie überhaupt so weit kommen konnte. Nun, vielleicht war die Verbindung so lange unterbrochen, damit die Shenna ihren Unmut verrauchen lassen konnten. Van Rijn lief den Korridor entlang. Sein Nachthemd flatterte hinter ihm her.

Auf der Brücke war das Dröhnen des Antriebes noch stärker zu hören. Adzel, dessen Ohren an eine dichtere Atmosphäre gewöhnt waren, hatte von der Meldung des Computers nichts mitbekommen. Van Rijn war allein. Der Computer fuhr nun in seiner Meldung fort:

»Vor zwei Stunden wurde die Annäherung eines zweiten Raumschiffes aus dem Bereich Circinus entdeckt. Es schwenkt jetzt in den Orbit ein, hat aber bereits Kontakt mit den schon eingetroffenen Schiffen . . .«

»Halt die Klappe und verbinde mich!« verlangte van Rijn. Er spähte angestrengt hinaus. Ein langgestreckter Zerstörer und in weiterer Entfernung ein Kreuzer, ein Lichtpünktchen, das vielleicht das Flaggschiff der Shenna war, glitt über den Bildschirm. Nirgends eine Spur vom Neuankömmling. Er zweifelte aber nicht an der Wahrheit der Meldung.

Der Bildschirm wurde eingeschaltet. Thea Beldaniel stand allein in dem hellerleuchteten, höhlenartigen Konferenzraum, der von Maschinengeräuschen erfüllt war. So erregt hatte er sie noch nie gesehen. Um ihre Augen lagen Ränder, ihr Mund war verzerrt.

»Sie müssen schleunigst fort!« Auch ihre Stimme war kaum wiederzuerkennen. »Fliehen Sie! Die anderen haben eben eine Besprechung mit Gahood. Sie haben vergessen, Ihr Schiff durch Roboter bewachen zu lassen. Vielleicht gelingt Ihnen ein heimlicher Start und damit ein Vorsprung. Wenn sie bleiben, wird man Sie töten!«

Er rührte sich nicht. »Bitte, erklären Sie das genauer!« sagte er mit seinem rollenden Baß.

»Gahood. Er kam . . . allein. Hugh Latimer ist tot oder . . . ich schlafe in der Kabine meines Gebieters bei der Tür. Über die Sprechanlage bat Thellam ihn, auf die Brücke zu kommen, ihn und die anderen. Er sagte, Gahood wäre zurück, Gahood, der den Riesenstern ansteuerte, in dessen Nähe der Eisplanet ist. Irgend etwas ist passiert. Gahood verlor Latimer. Er hätte ihn holen sollen, sich seine Geschichte anhören, eine Entscheidung treffen . . .« Sie vollführte eine Geste der Hilflosigkeit. »Mehr weiß ich nicht. Moath hat mir nichts befohlen. Ich könnte ihn nie betrügen . . . niemals, aber was kann es schaden, wenn Sie am Leben bleiben? Ich hörte, wie seine Wut sich steigerte, spürte es. Ich kenne sie. Was auch vorgefallen sein mag, alle werden sie toben. Sie werden Schießbefehl geben. Fliehen Sie!«

Van Rijn hatte sich nicht von der Stelle gerührt. Er schwieg, bis sie ihre Fassung einigermaßen wiedererlangt hatte. Sie zitterte, und ihr Atem kam stoßweise, doch sie sah ihn mit gefaßtem Blick an. Schließlich fragte er: »Werden sie Adzel und mich sicher töten? Gut, sie sind wütend und haben keine Lust, weiter zu verhandeln. Aber wäre es nicht vernünftiger, wenn sie uns auf ihren Heimatplaneten mitnähmen? Wir haben Informationen. Wir sind wertvolle Geiseln.«

»Sie begreifen nicht. Man würde Sie nie mehr freilassen. Man würde Sie foltern oder mit Drogen behandeln, um Ihnen Ihr Wissen zu entreißen. Und ich müßte den Shenna dabei helfen. Und am Ende, wenn Sie keinen Wert mehr besitzen . . .«

»Dann bekomme ich eins über den Kopf. Ja, ist mir klar. Aber ich habe zum Glück eine harte Rübe.« Van Rijn beugte sich vor und stützte sich mit den Fingerspitzen leicht auf eine Sessellehne. Dabei ließ er Thea nicht aus den Augen. »Thea, wenn wir fliehen, schaffen wir es, vielleicht aber auch nicht. Unsere Chancen stehen nicht besonders. Ich schätze, daß diese Zerstörer mich mit Leichtigkeit einholen könnten. Wenn wir aber nach Dathyna gehen, sind vielleicht wieder Verhandlungen möglich, wenn die Shenna sich beruhigt haben. Vielleicht können wir uns sogar noch einigen. Sie haben nichts zu verlieren, wenn sie uns mitnehmen. Thea, könnten Sie die Shenna dazu bringen, uns nicht zu töten, sondern gefangenzunehmen?«

»Ich, also . . .«

»War sehr lieb von Ihnen, daß Sie mich gewarnt haben, Thea. Ich weiß, wieviel Überwindung es Sie gekostet hat. Wenn wir fliehen, würde man sofort auf Sie als die Schuldige tippen. Gehen Sie zu Moath und reden Sie mit ihm. Erinnern Sie ihn, daß wir noch hier sind und daß er seine Geschütze auf uns richten soll. Er soll uns gefangennehmen und nach Dathyna bringen. Glauben Sie, daß er das tut?«

Thea brachte kein Wort heraus. Sie nickte.

»Gut, dann nichts wie los!« Er warf ihr eine Kußhand zu, die weit wirkungsvoller ausgefallen wäre, wenn van Rijn sich dabei leiser betragen hätte. Der Bildschirm wurde dunkel. Van Rijn machte sich auf die Suche nach einer Flasche und nach Adzel, in dieser Reihenfolge. Zuvor aber verbrachte er ein paar Minuten mit St. Dismas. Wenn bei den Shenna Zorn über Vernunft siegte, dann würde er trotz der Bitte und Einwände Theas nicht mehr lange zu leben haben.

21

Bei voller Pseudogeschwindigkeit brauchten sie vom namenlosen Stern bis nach Dathyna eine volle Woche. Das Gefangenenschiff konnte nur mit Mühe mit der begleitenden Flotte mithalten. Doch sie schafften es, und der Erdenmensch und der Wodenit hatten damit wertvolle Erkenntnisse über die Raumfahrerfähigkeiten der Shenna gewonnen.

Unterwegs erfuhren sie auch eine Menge anderer Fakten. Nur über den Inhalt von Gahoods Botschaft und den Grund für die sofortige Umkehr sollten sie nichts erfahren.

Sie wurden in unregelmäßigen Abständen per Sprechanlage verhört.

Diese Verhöre waren unsystematisch und wurden von den Shenna oft aus einem Impuls heraus anberaumt. Sie endeten oft mit Prahlerein und Drohungen der Shenna. Van Rijn hielt sich bei seinen Antworten meist an die Wahrheit, weil die Fremden seine Antworten mit Hilfe Theas überprüfen konnten. Es ging dabei meist um Bevölkerungszahlen, Produktivität der wichtigsten Planeten, über die Natur und Aktivitäten der Liga, malerische Einzelheiten über die eine oder andere Lebensform, diese oder jene Kultur ... Thea war über das Verhalten ihrer Gebieter sichtlich bekümmert und versuchte ihre Worte geschönt wiederzugeben. Da van Rijn das Spiel mitmachte, gelang es ihm manchmal, sie auszuhorchen. Ein Beispiel:

»Lord Nimran möchte mehr über die Frühgeschichte der Erde erfahren«, übersetzte sie dem Kaufmann. »Er interessierte sich besonders für jene Fälle, wo eine Zivilisation das Erbe einer anderen antrat.«

»Wie die Griechen das der Minoer oder die Christenheit das des Römerreiches? Oder die Aufeinanderfolge von Byzanz und Türkenreich?« fragte van Rijn. »Das sind Fälle, die man nicht miteinander vergleichen kann. Und sie liegen weit zurück. Was kümmert ihn das alles?«

»Es genügt, daß er es wissen will.«

»Na, meinetwegen halte ich ihm einen Vortrag darüber. Ich habe ohnehin nichts anderes zu tun, als mir Bier nachzugießen. Ach, übrigens ...« Van Rijn beugte sich vor und tastete nach dem Eimer mit den Eiswürfeln, den Adzel auf der Brücke für ihn bereitgestellt hatte. »Na, endlich, hab' ich dich ...«

Der Computer verwandelte seine Worte in Hyperimpulse. Der Empfangscomputer war für eine Übersetzung nicht ausgerüstet, sein Datenspeicher aber beinhaltete schon ein Vokabular der

Anglic. Thea mußte Nimram gesagt haben, daß seine Antwort nicht ausreichend gewesen war. War der Minotaurus ungeduldig geworden? Sie bat mit angespannter Stimme: »Bitte, reizen Sie ihn nicht. Im Zorn kann er schrecklich sein.«

Van Rijn machte die Flasche auf und schenkte sich einen Humpen voll. »Ja, schon gut, ich wollte ihm nur helfen. Sagen Sie ihm, daß ich wissen muß, wo er seine Kenntnisse vertiefen möchte, ehe ich mich über das Thema verbreite. Und den Grund möchte ich auch erfahren. Ich habe nämlich den Eindruck, die Shenn-Kultur hat keine Wissenschaftler hervorgebracht, die aus reiner Neugierde fragen.«

»Menschen zeigen zu viel Neugierde. Ein Erbe ihrer Affen-Ahnen.«

»Hm, Sie könnten recht haben. Jede Gattung hat eigene Instinkte, die manchmal jenen einer anderen Gattung ähneln, manchmal aber auch nicht. Ich versuche nun festzustellen, welche grundlegenden Instinkte Ihre . . . Gebieter haben, weil ich andernfalls nicht weiß, was sie hören möchten. Also, Sie sagen mir, daß es auf Dathyna keine richtige Wissenschaft gibt. Nur Interesse an praktischen, verwertbaren Dingen.«

»Sie sehen die Dinge zu einfach.«

»Weiß ich. Man kann ein Einzelwesen nicht mit ein paar einfachen Worten beschreiben, ganz zu schweigen eine ganze intelligenzbegabte Rasse. Klar. Aber grob gesprochen habe ich doch recht, oder? Würden Sie nicht auch sagen, daß diese Gesellschaft keinen Sinn hat für abstrakte Wissenschaft und für merkwürdige kleine Tatsachen, die nicht relevant sind?«

»Hm, einverstanden.« Nun trat eine Pause ein, in der Thea vermutlich Nimram beruhigen mußte.

Van Rijn wischte sich Schaum von der Nase. »Daraus entnehme ich, daß es nur eine Shenn-Zivilisation gibt«, sagte er.

»Ja, aber jetzt muß ich mit ihm sprechen.« Und nach ein paar Minuten: »Wenn Sie nicht sofort antworten, wird es ernste Folgen haben.«

»Aber Schätzchen, ich habe Ihnen doch gesagt, daß mir nicht klar ist, was er wissen will. Ein wissenschaftliches Interesse hat er nicht, deswegen fragte er mich über die Abfolge von irdischen Kulturen aus, weil er sich etwas Nützliches für die gegenwärtige Situation auf Dathyna erhofft. Habe ich recht?«

Nach einigem Zögern bejahte sie.

»Na schön, dann wollen wir herausfinden, an welcher Kulturabfolge er interessiert ist. Meint er das Auftauchen einer Ersatzkultur, wie die der Hindu, oder eine Hybridkultur, wie die technische oder arabische, oder einen Übergang von einer Kultur in eine andere, wie bei der antiken in die byzantinische?«

Sie sah ihn verständnislos an. »Ich habe keine Ahnung von irdischer Geschichte.«

»Dann fragen Sie ihn. Oder vielmehr ich will ihn durch Sie fragen.«

Auf diese Weise wurde van Rijns Vermutung bestätigt. Die Shenna hatten die großartige kybernetische Kultur, die sie benutzten, nicht selbst geschaffen. Sie hatten sie zusammen mit anderen Dingen von einer früheren Rasse übernommen. Dabei schien sehr viel verlorengegangen zu sein, denn die Shenna, die als barbarische, wilde Eroberer auftraten, hatten sich in einem Haus niedergelassen, das zivilisierte Wesen errichtet hatten, die dann von ihnen vernichtet wurden. Wie war das nur möglich?

Da sie sich ausschließlich von pflanzlicher Kost ernährten, machte sie nicht weniger gefährlich. Welche Art von Evolution konnte kriegerische Vegetarier hervorbringen?

Sie besaßen so viel Verstand, die Angaben des *Serendipity*-Computers hinsichtlich des Planeten von Beta Crucis richtig zu deuten. Sie erkannten, welche industriellen Möglichkeiten er bot. Doch sie verwandten mehr Energie darauf, dies anderen vorzuenthalten, als sich den Planeten selbst zunutze zu machen. Sie waren weder Händler noch Erzeuger. Ihre Roboter produzierten die für sie notwendigen Güter, und sorgten selbst für Konstruktion und Wartung des Maschinenapparates. Es bestand kein Bedürfnis nach kommerziellen oder intellektuellen Beziehungen mit technischen Zivilisationen. Vielmehr glaubten sie, daß eine Koexistenz unmöglich wäre. Warum eigentlich?

Die Aktion *Serendipity* war typisch für sie. Als sie auf fremde Rassen stießen, die am Rande der technischen Zivilisation das All erforschten und kolonisierten, machten sie sich daran, diese zu studieren. Ihre Methoden waren uneinheitlich und wechselten von Fall zu Fall, waren aber nicht unbedingt mit Gewalt verknüpft. Ein Shenn konnte auch raffiniert vorgehen. Da sich niemand alle Planeten merken kann, deren Bewohner Raumfahrt betreiben, war es gar nicht nötig, daß er seine Herkunft enthüllte. Auf diese Weise konnte man sich mit Hilfe ganz harmlos klingender Fragen gründlich informieren.

Dennoch war es mit Hilfe dieser Zufallsmethoden nicht möglich, detailliertes Wissen zu sammeln. Ein besonders intelligenter Shenn entwickelte den Plan, Spione mitten ins Zentrum des feindlichen Territoriums zu schicken, Spione, die sich der eifrigen Mitarbeit ihrer Opfer versichern würden. Seine Gefährten waren bereit, bei diesem Unternehmen mitzumachen. Aber kein Shenn brachte die Geduld auf, die Firma in Lunograd zu leiten. Dazu konnte man Computer und versklavte Menschen benutzen.

Dennoch, die Computerprogramme und die Verhaltensweisen für die menschlichen Mitarbeiter waren von den Shenna entwickelt worden. Und dabei zeigte sich die Natur dieser Gattung besonders deutlich. Ihr Prinzip war es, in wichtigen und dringenden Angelegenheiten vorschnell und aggressiv zu reagieren. Die meisten Rassen hätten einer Firma wie *Serendipity* mehr Handlungsspielraum und Flexibilität gewährt. Die Shenna waren dazu nicht fähig. Sie waren von Natur aus so angelegt, daß sie in einer Krisensituation rasches Handeln einer Abwartetaktik vorzogen. Die Scherben konnte man später auslesen.

Die Shenna hatten einen Grund für ihr Mißtrauen gegenüber anderen raumfahrenden Rassen. (Es war dies ein Mißtrauen, das sich automatisch zu mörderischem Haß steigern konnte.) Sie waren ein zahlenmäßig kleines Volk und besaßen nur wenige und nicht allzu erfolgreiche Kolonien. Vier Fünftel ihrer Erwachsenbevölkerung zählten praktisch nicht – es waren die zahlenmäßig überlegenen Frauen, unterwürfige Wesen von geringer Intelligenz. Die politische Struktur war von geradezu lächerlicher Primitivstruktur. Riesige Besitzungen wurden von adligen Patriarchen wie kleine Königreiche verwaltet. Erhob sich die Notwendigkeit, dann traf man sich zu Beratungen, aber auf streng freiwilliger Basis. Diese Einzelbereiche bildeten den Staat. Die ökonomische Struktur war ähnlich primitiv. (Wie hatte ein solches Volk über das Steinzeitalter hinausgelangen können, geschweige denn ein anderes Volk verdrängen können, das über eine hochentwickelte Technik verfügte und die Raumfahrt beherrschte?)

Die Mitglieder der Liga hätten die Heimat der Shenna für einen Pappenstiel an sich bringen können. Die Besiedlungswelle der technischen Zivilisation würde die Shenna nicht unbedingt hinwegspülen, falls sie überhaupt so weit hinausreichte, aber sie würde mit Sicherheit jede andere begehrenswerte Welt in der Umgebung von Dathyna mit sich reißen. Die Shenna würden sich in diesem Fall mit großer Mühe als eine von vielen Raumfahrerrassen behaupten können. Für Naturen wie sie unerträgliche Aussichten.

Dennoch waren die Shenna nicht einfach als lächerlich abzutun, im Gegenteil. Sie waren so unheilvoll wie der Pestbazillus, als er in Europa zum ersten Mal wirksam wurde. Vielleicht sogar noch unheilvoller, denn Europa hatte ihn überlebt.

22

Die Sonne von Dathyna kam Adzel vertraut vor – ein mittlerer F-Typ, 5,4 mal die Leuchtkraft von Sol, mehr weiß als golden – bis er die Instrumente verwendete, die er zur Hand hatte. Verwundert wiederholte er die Messungen und erhielt die gleichen Ergebnisse. »Das ist kein normaler Stern«, stellte er fest.

»Wird er sich in eine Supernova verwandeln?« fragte van Rijn hoffnungsvoll.

»Nein, das auch wieder nicht.« Adzel vergrößerte das Bild und verminderte die Helligkeit, so daß man auf dem Bildschirm eine Scheibe sehen konnte. Die Korona war riesig, ein wunderschöner Perlmuttschimmer. Sie bildete den Hintergrund für züngelnde Flammen und Protuberanzen, die sich als dichte Flecken zeigten.

»Sehen Sie sich an, wie groß der Ausstoß ist! Und wie kompliziert das abläuft! Es muß sich um ein starkes, aber inkonstantes Magnetfeld handeln ... Aha!« Ein stecknadelkopfgroßes grelles

Lichtpünktchen flammte auf und erlosch. »Eine Nuklearexplosion in der Photosphäre. Stellen Sie sich vor, welche Übertragungsströme und Plasmawirkungen dazu nötig sind. Die Spektroskopie stimmt mit dem überein, was man sehen kann, ebenso die Strahlenwerte. Der Sonnenwind ist sogar bei unserer jetzigen Entfernung noch spürbar, und je näher wir kommen desto unberechenbarer wird er.« Während er die Szene betrachtete, verzogen sich seine gummiartigen Lippen zu einem Lächeln. »Ich habe von solchen Fällen gehört, aber sie sind sehr selten, und ich hätte nie zu hoffen gewagt, daß ich so etwas zu sehen bekäme.«

»Freut mich, daß es dir Spaß macht«, brummte van Rijn. »Und was soll das alles?«

»Es handelt sich hier um eine Sonne, die nicht nur sehr viel Masse besitzt, sondern von ungewöhnlicher Zusammensetzung ist . . . sie ist reich an Metallen. Vermutlich kondensierte sie vor nicht zu langer Zeit in der Nähe einer Supernova. Neben der normalen Hauptreihen-Evolution haben wir hier eine Menge anderer Fusionsketten, von denen einige zur Kernspaltung führen. Dadurch werden natürlich die inneren Vorgänge beeinflußt, die wiederum den Ausstoß bestimmen. Betrachten Sie die Sonne als veränderlichen Stern. Sie ist es in Wirklichkeit nicht, aber die Abläufe auf ihr sind so kompliziert, daß sie sich in Epochen nicht wiederholen. Wenn ich meine Messungen richtig deute, dann hat sie vor einigen tausend Jahren Spitzenwerte erreicht und sinkt jetzt wieder ab.«

»Wurde dabei das Leben auf Dathyna ausgelöscht?«

»Nein. Die Leuchtkraft wird nie so groß sein, bis die Sonne die Hauptreihe ganz verläßt. Dennoch muß das alles beträchtliche biologische Auswirkungen gehabt haben, da besonders die Partikelstrahlung einen Höhepunkt erreichte.«

Van Rijn lehnte sich brummend zurück und griff nach seiner Pfeife. Wenn er angestrengt nachdenken mußte, rauchte er meist.

Die Flottille näherte sich Dathyna. Die Computer des Gefangenenschiffes hielten alle Sensoren offen wie befohlen und meldeten viel Aktivität in der Umgebung – Schiffe im Orbit, Schiffe, die ein- und ausliefen, Schiffe, die gebaut wurden. Adzel beobachtete die Meßinstrumente.

Dathyna war der vierte Planet, von seiner Sonne aus gesehen. Er umkreiste sie bei einem mittleren Abstand von zwei astronomischen Einheiten in einem Zeitraum von 2,14 Standardjahren. Die Masse war ähnlich wie bei Mars 0,4333 der irdischen, der Durchmesser betrug nur 7950 Kilometer am Äquator. An Wärme und Licht empfing er ein Drittel dessen, was die Erde von Sol bekam. Die Atmosphäre war ein dichtes Sauerstoff-Stickstoff-Gemisch. Auf Meereshöhe war der Druck um eine Spur größer als auf der Erde. Diese Geschichte war mit Sicherheit auf die Zusammensetzung des Planeten zurückzuführen, dessen Kern reich an Schwermetallen war. Die spezifische Schwerkraft betrug 9,4, die Oberflächenbeschleunigung 1057 cm/sec.^{2}. Dieser metallreiche Kern mußte in den Jugendjahren des Planeten zu reicher Gasentwicklung und damit verbundener vulkanischer Tätigkeit geführt haben. Das starke Magnetfeld, das auf die schnelle Planetenumdrehung zurückzuführen war – eine Umdrehung dauerte 17¼ Stunden –, schirmte die Sonnenpartikel ab, die andernfalls Luftmoleküle freigesetzt hätten. Der Planet besaß keine Monde.

Auch dem freien Auge präsentierte der Planet Dathyna sich ungewöhnlich. Seine Hydrosphäre war kleiner als die der Erde, da die reichliche UV-Strahlung viele Wassermoleküle gespalten hatte. Da aber die Gebirge und Kontinentalmassen weniger scharf hervortraten und insgesamt die Landoberfläche flacher war, war etwa die Hälfte des Planeten mit Wasser bedeckt. Diese seichten, praktisch gezeitenlosen Meere waren mit einer Schicht aus algenähnlichen Organismen bedeckt, die wie rotbraune Matten aussahen und an manchen Stellen aufrissen und den Blick auf die Wellen freigaben, während sie sich da und dort praktisch zu kleinen Inseln verdichteten.

Dank der geringen Achsneigung und des verhältnismäßig geringen Randeffekts unterschieden sich die Pole nicht stark von den Äquatorzonen. Der starke Luftdruckgradient hatte bewirkt, daß die Hochplateaus ganz anders aussahen als die Täler, mit Gletschern durchsetzt, kahl, felsig. Ein Teil des Flachlandes, besonders in den Küstengebieten, schien fruchtbar zu sein. Die goldbraune Vegetationsfarbe war auf Wäldern, Wiesen und Äckern zu sehen. Daneben gab es riesige Wüstengebiete, wo die Sandstürme rote Felsen blankfegten. Und diese Trockengebiete mußten geologisch gesehen neueren Datums sein, möglicherweise waren sie sogar historisch noch nicht alt, weil man noch die Türme und halbversunkenen Mauern ehemaliger Städte erkennen konnte sowie Straßen und Leitungsnetze, die für die einst dichte Bevölkerung angelegt worden waren.

»Ob die Sonne das Land verbrannte, als der Strahlungshöhepunkt erreicht war?« Van Rijn stellte diese Frage im Flüsterton, was für ihn ungewöhnlich war.

»Nein, so einfach war das meiner Meinung nach nicht.«

»Warum nicht?«

»Eine höhere Temperatur hätte zu gesteigerter Verdunstung geführt, zu stärkerer Wolkenbildung und besserer Reflexion. Es hätte sich alles von selbst wieder eingependelt. Gewisse Gebiete wären vielleicht geschädigt worden, dafür aber andere begünstigt. Das Leben hätte sich in die Polarregionen und in die Höhen verlagert. Nun zeigt sich aber, daß sowohl hohe Breiten als auch große Höhen gelitten haben, wie andere Gebiete. Überdies hätte eine blühende technisierte Kultur Mittel und Wege finden müssen, mit einer Klimaverschiebung fertig zu werden – eine Veränderung, die ja nicht über Nacht gekommen sein kann.«

»Vielleicht kam es zu einem Atomkrieg?«

»Ich kann keine Anzeichen für den Mißbrauch von Nuklearenergie entdecken. Auch biologische und chemische Waffen würden nicht die gesamte Ökologie eines Planeten bis hinunter zu den Gräsern vernichten. Ich glaube vielmehr, daß die Ursache für diese Katastrophe schwerwiegender ist und tiefer liegt.«

Er hatte keine Möglichkeit mehr, sich darüber zu verbreiten, da das Schiff in die Atmosphäre eintrat. Zwei Zerstörer blieben ihnen dicht auf den Fersen. Moath und Thea befehligten die Robotschiffe. Die Gruppe landete in der Nähe einer großen palastartigen Anlage. Eine Schar Bewaffneter kam ihnen entgegengelaufen.

Während der nächsten drei Tage hatten van Rijn und Adzel Gelegenheit, sich in Thea Beldaniels Begleitung umzusehen.

»Mein Gebieter hat dies auf meine Empfehlung hin gestattet, während er an der Versammlung des Großen Rates teilnimmt«, erklärte sie. »Wenn Sie unsere Gesellschaft besser verstehen, dann werden Sie uns auch besser mit Informationen versorgen.« Dann setzte sie in flehendem Ton hinzu, ohne ihn anzusehen: »Sie werden uns doch helfen? Wenn nicht, dann müssen Sie sterben. Mein Gebieter wird Sie gut behandeln, wenn Sie ihm treu dienen.«

»Na, dann wollen wir mal sehen, wo wir den Rest unseres Lebens verbringen sollen«, äußerte van Rijn.

Die Gruppe wurde von Jugendlichen schwer bewacht – von den Söhnen, Neffen und Gefolgsleuten, die Moaths Kampftruppe bildeten. Dazu kamen Roboterwaffen, die ihnen auf Grav-Plattformen folgten. Adzels Format erregte allenthalben Furcht und Schrecken, obwohl er sich sehr zahm benahm. Kinder und Bedienstete bildeten den Schluß. Frauen und Arbeitskräfte machten große Augen, als die Fremden vorüberzogen. Den Shenna mangelte es nicht an Neugierde wie allen Wirbeltieren, bloß trat sie bei ihnen nicht so ausgeprägt auf wie beim Homo sapiens oder Dracocentaurus sapiens. Ihr Hunger nach Neuigkeiten aber war diesem menschlichen Zug sehr ähnlich.

Die gesamte Anlage hatte einst aus miteinander verbundenen Einzelkomplexen bestanden, die zusammen einen Riesenblock von fünf oder sechs Kilometern Seitenlänge bildeten. Die Höhe betrug etwa ein Zehntel dieses Wertes. Trotz dieser gewaltigen Ausdehnung wirkte der Bau anmutig und schön mit seinen Kristallsäulen, die keinem bestimmten Zweck dienten, sondern nur eine Augenweide sein sollten, mit Türmen, die die Mauern so weit überragten, daß die blütenblattförmigen Spitzen fast an den Himmel stießen. Hier hatten einst Millionen gelebt und gearbeitet, in einer technisierten, automatischen, nuklear betriebenen Gemeinschaft, durch Verkehrsverbindungen und Nachrichtenmedien an den ganzen Planeten angeschlossen.

Nun lag die Hälfte davon in Trümmern. Pfeiler waren eingestürzt, Löcher gähnten in den Dächern, Maschinen waren verrostet, vogelähnliche Wesen nisteten in den Türmen, rattenähnliche Wesen huschten durch die verlassenen Räume.

Obwohl die unversehrt gebliebenen Teile von geduldigen Robotern instandgehalten wurden, wirkten die hallende Leere der zahlreichen Korridore, die Kahlheit der Räume, Höfe und Terrassen viel bedrückender als die verfallenen Trakte.

Thea wollte ihnen nicht sagen, was damals vor Jahrhunderten geschehen war. »Hat man Ihnen verboten, darüber zu sprechen?« fragte Adzel.

Sie biß sich auf die Lippen. »Nein, das hat man nicht«, sagte sie bedrückt, »aber ich will es nicht. Sie würden es nicht begreifen. Später vielleicht, wenn Sie die Shenna besser kennen . . .«

Etwa die Hälfte der intakten Hälfte war bewohnt. Die Bewohner schienen von der Vergangenheit nicht bedrückt. Sie schienen diese überwältigenden Überreste als Teil der Landschaft zu betrachten. Die Ruinen dienten als Steinbruch, und die erhaltenen Reste würden mit dem Anwachsen der Bevölkerung wieder voll bewohnt werden.

Überall herrschte geschäftiges Leben und Treiben. Obwohl Roboter die Hauptarbeit verrichteten, hatten Moaths Leute eine Vielzahl von Pflichten zu erfüllen, von technischer Aufsicht angefangen bis zur Herstellung plumper handwerklicher Dinge. Ackerbau und Forstwirtschaft wurden ebenso betrieben wie Jagd. Das Erziehungswesen diente dazu, die Leute für eine Position in der hierarchischen Gesellschaft oder für das Kriegswesen heranzubilden. Flugzeuge brachten Besucher und Fracht aus anderen Herrschaftsgebieten. Auch zwischen den einzelnen Planeten des Systems herrschte reger Verkehr.

Schiffe mit Hyperdrive steuerten sogar neugegründete Kolonien an oder stießen zu Forschungs- und Eroberungszwecken weiter in den Raum vor.

Dennoch war es eine Welt, deren Lebensformen armselig waren. Reichtum herrschte nur an Metallen. Die Feldfrüchte wuchsen kärglich auf dürren Feldern. Ständig hing ein schwacher Geruch in der Luft, der vom Meer herangeweht wurde, wo die Algendecke abstarb und schneller verrottete, als sie nachwuchs. Die Hügel im Osten waren bewaldet mit kleinwüchsigen Bäumen, die zwischen den Resten umgestürzter Riesen wuchsen. Aus diesen Wäldern klang des Nachts ein Jagdhorn, einsamer als das Heulen des letzten Wolfes.

Adzel fand es erstaunlich, daß die Shenna jagten und Viehzucht betrieben. »Hatten Sie nicht behauptet, Sie ernährten sich ausschließlich pflanzlich?« fragte er.

»Ja, das tun sie«, antwortete Thea. »Unsere Sonne läßt Pflanzen mit besonderen Energieverbindungen wachsen, die aktiveren und intelligenteren Wesen als auf Planeten des Solsystems als Nahrung dienen.«

»Ich weiß«, meinte Adzel. »Ich komme selbst aus einem F6-System. Bei uns bringt überschüssige Energie bei Tieren meist Riesenwuchs hervor, während wir Sophonten Allesfresser sind. Ich nehme an, daß die Shenna das Fleisch vorbehandeln müssen, ehe es für sie genießbar wird?«

»Richtig. Sicher sind Sie besser als ich darüber informiert, wie verschwommen die Trennung zwischen ›Pflanzenfressern‹ und ›Fleischfressern‹ ist. Hier auf Dathyna gibt es daneben noch eine Zwischenvariante. Bestimmte Fruchtsäfte können Fleisch für alle vegetarisch lebenden Wesen genießbar machen, und zwar durch Enzymaktivität. Die Behandlung ist ganz einfach. Das Verfahren wurde entdeckt . . . ach, in uralten Zeiten, von den primitiven Vorfahren der heutigen Shenn. Oder sogar noch früher.«

»Auf einem Planeten, über den eine ökologische Katastrophe hinwegging, muß jede Nahrungsquelle nutzbar gemacht werden. Ich verstehe.« Adzels Wißbegierde war befriedigt.

So lange, bis van Rijn sagte: »Aber die Shenna gehen auf die Jagd, einfach so, aus Spaß. Ich irre mich nicht. Gestern sah ich einen jungen Kerl ganz stolz mit seiner Beute heimkehren. Dabei benutzte er einen Bogen, obwohl er eine Schußwaffe besitzt. Reiner Sport war das.«

Thea zog eine Braue hoch. »Und warum nicht? Soviel ich weiß, betreiben die intelligentesten Gattungen Jagd zum Vergnügen. Und den Kampf. Das ist bei Ihrer Rasse nicht anders.«

»Ja, gut, ich sage ja nicht, daß es schlecht ist – es sei denn, die Jagd richtet sich gegen mich. Aber woher kommt der Instinkt, der einen jagen und töten läßt?« Van Rijn bewegte den Zeigefinger. »Ich will es Ihnen sagen. Sie und ich stammen von Jägern ab. Die Vorfahren der Menschen waren Killer-Affen in Amerika. Aber die Vorfahren der Shenna waren reine Pflanzenfresser! Möglich, daß sie in der Brunftzeit miteinander kämpften, aber sie jagten nie andere Tiere. Und die heutigen Shenna tun es. Woher kommt das?«

Thea wechselte das Thema. Das war nicht weiter schwierig, weil die zahllosen Facetten eines Planeten und einer Zivilisation unendlichen Gesprächsstoff boten. Es war nicht zu leugnen, daß die Shenna eine technische Zivilisation hatten. Gewiß, sie waren die Erben einer früheren Kultur, aber sie hatten dieses Erbe vor dem Verfall bewahrt und zum Teil sogar weiterentwickelt. Ihre Führer strebten sogar weitere Ziele an. Irgendwo auf Dathyna trafen sie zu einer hitzigen Auseinandersetzung zusammen, um zu entscheiden – was zu entscheiden? Van Rijn überlief ein Frösteln. Die Nächte in dieser Halbwüste waren kühl. Es tat gut, sich in die Wärme und Helligkeit des Schiffes zurückzuziehen.

Dieses Zugeständnis hatte er sich nach der ersten Nacht erkämpft, die er und Adzel eingesperrt in einem Raum des Palastes verbracht hatten. Am nächsten Morgen war er in Höchstform gewesen. Er hatte geflucht, gehustet, geschnieft, geheult und geschworen, wenn er noch eine einzige Nacht schutzlos der Temperatur, der Strahlung, dem Staub, dem Einfluß der Schwermetalle ausgesetzt sein müsse, würde sein geplagter alter Körper . . . Thea hatte es mit der Angst zu tun bekommen und auf eigene Verantwortung veranlaßt, daß sie ins Schiff zurück durften. Zwei Ingenieure hatten mit Robot-Hilfe die Antriebsaggregate des Liga-Schiffes herausgenommen. Sie hatten gründliche Arbeit geleistet. Ohne Ersatzteile und Werkzeuge hatten die Gefangenen keine Möglichkeit, das Schiff zu starten. Also konnte man sie getrost an Bord übernachten lassen. Außerdem standen zwei bewaffnete Posten Wache. Am dritten Tag, ganz spät, kehrte Moath zurück.

Van Rijn und Adzel sahen aus einiger Entfernung zu, wie der Herr von seinen Gefolgsleuten empfangen wurde. Er begrüßte sie von der oberen Schleusenkammer seines Privat-Gleiters. Seine Stimme klang wie Brandung und Erdbeben gleichzeitig. Ihm antwortete ein wahrer Hurrikan. Die jungen Leute schrien, hüpften und tanzten, trommelten auf den Schiffsrumpf ein, schwenkten altertümliche Waffen und feuerten ihre Strahler in die Luft ab. Vom höchsten Turm wurde eine Fahne gehißt. Sie war blutrot.

»Was sagt er?« wollte van Rijn wissen. Thea stand reglos da, die

Augen vor Entsetzen geweitet. Sie war wie betäubt. Van Rijn faßte sie am Arm und schüttelte sie. »Los, reden Sie!« Ein Posten versuchte einzugreifen. Adzel drängte seine kolossale Masse dazwischen, so daß van Rijn laut wie Moath brüllen konnte: »Ich will wissen, was los ist!«

Sie gehorchte ganz automatisch.

Bald danach wurden die Gefangenen in ihr Schiff getrieben. Hinter ihnen schlossen sich zischend die Schleusenluken. Die Sichtschirme zeigten frostkalte Sterne über einem grauen Land voller Schatten. Im Palast brannten helle Lichter, im Freien davor loderten riesige Freudenfeuer. Das Heulen des Windes wurde von Gelärm und Trommelklang begleitet.

Van Rijn wandte sich an Adzel: »Eine Stunde lang vertreib dir die Zeit, wie du willst. Ich muß mit St. Dismas reden. Muß jemandem beichten.« Und er konnte es sich nicht verkneifen, hinzuzusetzen: »Haha, jede Wette daß er eine so heiße Beichte noch nie gehört hat!«

»Ich werde in Erinnerungen schwelgen und über gewisse Prinzipien meditieren«, sagte Adzel. »Wir treffen uns nach einer Stunde auf der Brücke.«

Dort hatte van Rijn ihm auseinandergesetzt, warum er sich im System der namenlosen Sonne dem Feind ergeben hatte.

»Vielleicht hätten wir es geschafft und wären entkommen«, hatte Adzel protestiert. »Sicher, unsere Chancen stehen nicht gut. Im schlimmsten Fall holen sie uns ein und vernichten uns. Ein rascher, säuberlicher Tod in Freiheit, fast ein beneidenswerter Tod. Ziehen Sie es wirklich vor, lieber Sklave auf Dathyna zu sein?«

»Hör zu«, hatte van Rijn mit ungewohntem Ernst geantwortet, »es ist unbedingt notwendig, daß unsere Leute erfahren, was diese Typen im Schilde führen und wie sie sind. Ich habe so ein Gefühl, daß sie auf Krieg aus sind. Und der Krieg kann so oder so ausgehen. Aber ein einziger überfallartiger Nuklear-Angriff auf einen dichtbesiedelten Planeten kann Millionen oder Milliarden Tote zur Folge haben. Dazu unzählige Blinde, Verkrüppelte, Verstümmelte . . . Ich bin ein alter Sünder, aber nicht so sündig, um nicht alles zu tun, damit dies nicht geschieht.«

Adzel zeigte sich ungewöhnlich ungeduldig. »Wenn wir entkommen, könnten wir eine zusätzliche Warnung vorausschicken, die sicher Beachtung findet. Aber wenn wir nach Dathyna wollen – gewiß, wir könnten dort wertvolle Informationen sammeln. Aber was würde das unseren Leuten nützen? Zu Raumschiffen wird man uns keinen Zutritt gewähren. Das große Problem militärischer Spionage besteht nicht sosehr im Sammeln von geheimen Material als vielmehr darin, es an seinen Bestimmungsort gelangen zu lassen. Das hier ist ein klassisches Beispiel.«

»Ja, normalerweise hättest du recht«, sagte van Rijn. »Aber siehst du, wir werden dort draußen nicht allein sein.«

Adzel ließ sich nieder, schlang den Schwanz um sich und wartete auf eine Erklärung.

»Also«, hatte van Rijn bei einem Glas Gin und einer Zigarre gesagt; »dieser Gahood war der Besitzer von Hugh Latimer. Das wissen wir von Thea. Wir wissen weiterhin, daß Latimer jetzt für ihn verloren ist. Die Nachricht, die Gahood mitbrachte, ist allen hier tüchtig in die Glieder gefahren. Das ist alles, was wir mit Sicherheit wissen. Aber Schlüsse ziehen lassen sich daraus jede Menge.

So muß zum Beispiel Dathyna von diesem Stern etwa eine Woche entfernt sein. Wir können von einer geraden Linie Sol-hier-her-zurück ausgehen. Beta Crucis ist etwa zwei Wochen von Sol entfernt. Ein wenig angewandte Trigonometrie, der Winkel zwischen Kreuz des Südens und Kompaß . . . sehr grob gerechnet, aber die Zeitangaben stimmen annähernd.

Latimer meldet sich direkt bei seinem Boß Gahood auf Dathyna. Gahood läuft direkt Beta Crucis an, um sich dort umzusehen, und Latimer ist mit von der Partie. Dazu brauchen sie zweieinhalb Wochen. Sie treffen ein, während David und Chee noch dort sind. Unsere Freunde haben es nicht eher geschafft, ausreichend Daten über den Planeten zu bekommen. Gahood kehrt sofort nach Dathyna zurück. Nun erfährt er von der Besprechung mit dir und mir. Er kommt gelaufen und berichtet seinen Artgenossen irgend etwas. Paßt alles zusammen.«

»Ja.« Adzels Schwanzspitze zuckte. »Gahood trifft in höchst aufgeregtem Zustand ein. Ohne Latimer. Der ist verschwunden.«

»Und zwar nahe Beta Crucis«, sagte darauf van Rijn. »Wäre er anderswo verlorengegangen, würde es niemanden kümmern. Möglich, daß Gahood seine Freunde reinlegen wollte. Hätte er sie aber übers Ohr gehauen, dann wäre er kaum gekommen und hätte sich gebrüstet.

Und wenn Latimer im Kampf gefallen wäre, dann würde das auch keine so große Rolle spielen. Er war ja nur ein Sklave. Wenn er aber in Gefangenschaft geraten wäre – ja, das ergäbe ein ganz anderes Bild! Dann hat man ihm viele Informationen abpressen können, unter anderem die Koordinaten von Dathyna. Kein Wunder, daß Gahood schleunigst zurückkam. Er mußte seine Leute von der veränderten Situation in Kenntnis setzen, ehe sie mit uns ein Abkommen aushandelten. Meinst du nicht auch?«

»Dann erscheint es mir wahrscheinlich, daß Davids Schiff samt ihrer Beute auf Heimatkurs ist.« Adzel nickte. »Und Sie glauben, daß uns die Streitkräfte der Liga hier herausholen werden?«

»Damit würde ich nicht unbedingt rechnen«, sagte van Rijn, »vor allem nicht bei diesem Volk, das seine Wut über eine Niederlage vielleicht an uns auslassen wird. Außerdem wissen wir nicht mit Sicherheit, ob ein Krieg vor der Tür steht. Wenn möglich, werden wir ihn verhindern. Ich glaube auch nicht, daß David auf dem Heimweg ist, aber ich hoffe, die Shenna sind derselben Meinung wie du.«

»Was sonst?« Adzel sah ihn verwirrt an.

»Du bist nicht humanoid und kannst menschlichen Gedankengängen nicht immer folgen. Wie die Shenna. Hast du vergessen, daß Falkayn eine Nachrichtenkapsel mit den gewonnenen Daten auf die Erde schicken kann? Er hat gesehen, daß Gahood verschwindet. Er weiß, daß Gahood auf Dathyna Alarm schlagen wird. Er weiß, daß es bald sehr schwer werden wird, den Planeten zu untersuchen. Aber wenn er direkt Dathyna ansteuert und sich beeilt, dann kann er sich vielleicht anschleichen, ehe die Shenna Wachtposten aufgestellt haben.«

»Und Sie glauben, er ist noch in der Nähe?«

»Ja, das vermute ich. Einen ganzen Planeten zu studieren, braucht seine Zeit. Natürlich muß er sich auch zurechtlegen, wie er hier wieder herauskommt.« Van Rijn hob den Kopf, straffte die Schultern und streckte den Bauch heraus. »Vielleicht kann er uns mitnehmen. Vielleicht auch nicht. So Gott will wird er zumindest die Informationen nach Hause bringen können, die wir ihm zusätzlich zukommen lassen. In meiner Logik stecken jede Menge ›Wenn‹ und ›Aber‹, das weiß ich. Die Chancen stehen nicht gut. Aber wir haben keine Wahl, als uns auf das Risiko einzulassen.«

»Nein, haben wir nicht«, sagte Adzel langsam.

Das Freudenfest neigte sich dem Ende zu, als Wodenit und Mensch sich auf der Brücke trafen. Die Feuer brannten niedrig, um so heller funkelten die kalten Sterne.

»Ein Glück, daß sie unsere Funksysteme nicht abmontiert haben«, meinte Adzel. Er hielt sich absichtlich an unpersönliche Themen. Ihr Vorhaben konnte ihnen den Tod bringen. Jeder hatte seinen Frieden mit sich und der Welt gemacht und hielt sich nicht mehr mit Sentimentalitäten auf. Doch als van Rijn sich setzte, legte ihm Adzel die große schuppenbedeckte Hand auf die Schulter. Van Rijn faßte flüchtig danach.

»Warum hätten sie das tun sollen?« antwortete van Rijn. »Sie ahnen ja nicht, daß David und Chee in der Nähe auf der Lauer liegen könnten. Außerdem redete ich Thea ein, mein Verständnis für die Shenna würde sich vertiefen, wenn ich ihre Programme mithören könnte.« Er spuckte aus. »Schreckliche Programme.«

»Welche Frequenz werden Sie benutzen?«

»Technik-Standard Nummer Drei, denke ich. Ich habe sie oft abgehört und festgestellt, daß die Shenna sie nicht oft benutzen. David wird einen Empfänger automatisch auf diese Frequenz eingestellt haben.«

»Falls sein Schiff tatsächlich frei, funktionstüchtig und in Reichweite ist. Und falls unser Funkspruch nicht zufällig unterbrochen wird.«

»Junge, man muß manchmal von ganz windigen Voraussetzungen ausgehen. Aber wenn ein Shenn-Funker zufällig unseren Spruch mitbekommt, wird er sich keinen Reim darauf machen können. Unser Code wurde entsprechend konzipiert. Mach mir eine Dose Bier auf, ja, und stopf mir die Pfeife. Ich mache mich an die Arbeit.«

Seine Finger bewegten sich geschickt über die Tasten.

Nicholas van Rijn, Kaufmann der Polesotechnischen Liga, ruft ...

Folgendes wurde über Dathyna und seine Bewohner in Erfahrung gebracht ...

Nachdem die Shenna erkannten, daß die Lage ihres Heimatplaneten aller Wahrscheinlichkeit nach kein Geheimnis mehr ist, haben sie nicht wie die meisten intelligenten Wesen mit einer Verstärkung ihrer Verteidigungsmöglichkeiten reagiert, in Verbindung mit einer Suche nach Möglichkeiten, sich mit uns zu einigen. Statt dessen wurde von ihrem Großen Rat beschlossen, eine Offensive zu wagen, bevor die weitauseinanderliegenden schlechtorganisierten Welten der technischen Sphäre sich einigen können.

Der Gedanke scheint militärisch nicht ganz unmöglich zu sein. Die Raumschiffe der Shenna sind hervorragend bewaffnet, wenn auch nicht so manövrierfähig wie die unseren. Dank *Serendipity* weiß ihr Geheimdienst genau über die verschiedenen Gattungen und Gesellschaften der technischen Welt Bescheid. Unter anderem wissen die Shenna, daß der Commonwealth das Herz der technischen Zivilisation ist und daß er schon lange keinen Krieg mehr geführt hat und mit einem Angriff von außen nicht rechnet. Feindliche Flotten könnten ungehindert das Territorium durchqueren. Sind sie erst einmal in Reichweite der Detektoren, ist es für eine unvorbereitete Welt zu spät.

Die Shenna planen eine Reihe von Überfällen auf die Schlüsselplaneten des Commonwealth und einige andere. Aus dem entstehenden Chaos hoffen sie ungeschlagen, wenn auch vielleicht nicht als Sieger hervorzugehen. Ob sie mit diesem Plan Erfolg haben oder nicht – es werden dabei ganze Zivilisationen ausgelöscht, Milliarden vernunftbegabter Wesen.

Sicher wird die Planung und Organisation noch einige Zeit in Anspruch nehmen. Die Überheblichkeit ihrer Herren und der halb anarchische Charakter dieser Gesellschaft werden aber dafür sorgen, daß die erforderliche Zeit um ein Minimum überzogen wird.

Andererseits ist bei der angeborenen Aggressivität der Shenna zu erwarten, daß man auf kürzestem Weg und trotz etlicher Mängel den Angriff starten wird.

Wenn die Liga rechtzeitig gewarnt wird, müßte sie imstande sein, geeignete Gegenmaßnahmen zu ergreifen, ohne die Regierungen zu Hilfe rufen zu müssen. Diese Warnung müßte ohne Verzug übermittelt werden. An David Falkayn, Chee Lan und – oder andere Wesen, die mithören: Verliert keine Minute! Kehrt sofort heim und informiert die Führung der Liga!

23

An der Stelle, wo Chee hockte, war die Nacht noch nicht so weit fortgeschritten. Die Wüste strahlte die Tageshitze rasch ins All ab. Das Licht der Sterne reichte aus, um die gespenstisch grauen Dünen und Felsen hervortreten zu lassen. Chee sträubte ihr Fell gegen die Kälte. Nach der Landung harrte sie minutenlang hinter dem stachligen Gebüsch aus, das sie sich aus der Luft ausgesucht hatte. Sie roch nichts außer dem scharfen Duft des Strauches, hörte nichts außer dem Heulen des Windes, sah nichts außer einem Staubschleier.

Ihre Vorsicht galt nur zum Teil den Raubtieren, die sich hier herumtreiben mochten. Sie war gut bewaffnet und konnte sich gegen jedes Tier behaupten. In einem Teil der Ruinen, die sie gesehen hatte, hausten Dathyner, die sie nicht weniger gefährlich einschätzte. Es waren kleine Gruppen, halb barbarische Jäger und Sammler, die jedoch über Feuerwaffen verfügten. Und was noch schlimmer war, Schlauköpfchen hatte das Vorhandensein elektronischer Sende- und Empfangsanlagen gemeldet, die sie zweifellos von Händlern aus dem Einflußbereich der ›Herren‹ bezogen hatten.

Die heimliche Landung war ohne Schwierigkeiten vonstatten gegangen. Die Shenna hatten nicht damit gerechnet, daß die Lage ihrer Welt entdeckt würde. Es waren daher keine Späherschiffe im

Orbit postiert. Eine Kontrollstation, die den Verkehr um den Planeten überwachte, gab es ebenfalls nicht. Aber wehe, einer dieser Halbwilden berichtete von einer Begegnung mit einem Fremden. Dann würde sich das alles schleunigst ändern. Deswegen gingen sie erst nach Einbruch der Dunkelheit auf Erkundung und versteckten sich tagsüber in der Einöde. Falkayn wagte sich nicht in die Nähe einer Ansiedlung. Er war zu groß und auffallend. Chee Lan aber konnte mit Hilfe ihres kleinen Antriebsaggreagts ganz nahe heran und im Schutz der Dunkelheit von einem günstigen Punkt aus alles beobachten.

Die Niederlassung, die sie momentan beobachtete, war verlassen. Sie hatte es nicht anders erwartet. Die untereinander verbundenen Gebäudeteile befanden sich in einer Gegend, die so kahl war, daß sie höchstens ein paar Nomaden Nahrung bieten konnte. Sie entdeckte Spuren der Bewohner, Asche, Unrat, doch handelte es sich um alte Spuren. Der Stamm, oder besser gesagt, die patriarchalisch organisierte Sippe, mußte weitergezogen sein. Um so besser. Falkayn konnte hier das Schiff landen und sich an die Arbeit machen. Dieser Fundort hier sah vielversprechender aus als der, den sie schon abgesucht hatten. Eines nämlich hatte sich langsam herauskristallisiert: der Schlüssel zu der Gegenwart und Zukunft von Dathyna lag in seiner jüngsten Vergangenheit, im Untergang einer mächtigen Zivilisation, ja im Untergang einer gesamten Gattung.

Chee verließ ihr Versteck und hielt vorsichtig auf die Ruinen zu. Mauerteile, zerbrochene Säulen, rostzerfressene Maschinen ragten wie Grabsteine aus dem Sand. Mauern türmten sich um sie auf, zerfallen, eingestürzt, mit blinden Fensteröffnungen und gähnenden Eingängen. Diese Siedlung war nicht verlassen worden, weil die Umgebung verödete. Nein, hier war geplündert und zerstört worden. Die Bewohner hatte man getötet.

Etwas bewegte sich im Schatten. Chee machte einen Buckel, schlang den Schwanz um sich und wollte nach der Waffe greifen. Aber es war nur ein Vierfüßler, der vor ihr flüchtete.

Die Eingangshalle oder der Empfangssaal, wie immer man den Bereich hinter dem Hauptportal nennen mochte, mußte großartig gewesen sein. Von der einstigen Pracht kündeten Säulen, Brunnen und Skulpturen aus fein geädertem Marmor und Malachit. Nun war alles eine hallende dunkle Höhle. Sand und Unrat bedeckten den Boden; Zierate waren abgebrochen, die großartigen Mosaike unter jahrhundertealten Ruß von Lagerfeuern verdeckt. Doch als Chee den Strahl ihrer Taschenlampe die Wände hinauf wandern ließ, schimmerte Farbe auf. Sie schaltete ihren Düsenantrieb ein und ließ sich nach oben tragen, um sich aus der Nähe alles ansehen zu können. Geflügelte Wesen flatterten mit dünnem Gezwitscher auf.

Die Wände waren bis zur Decke mit Mosaiken geschmückt. So fremdartig die künstlerischen Prinzipien auch waren, Chee konnte sich dem Erhabenen, das den Bildern innewohnte, nicht verschließen. Die Farben waren zugleich satt und matt, die Bilder heroisch und sanft. Welche Ereignisse oder Mythen hier dargestellt worden waren, wußte sie nicht. Sie würde es nie erfahren, und dieses Wissen schmerzte ein wenig. Chee wandte nun ihre ganze Aufmerksamkeit den Fakten zu, die sie erkennen konnte.

Und dabei stieg in ihr die Erregung. Denn sie mußte feststellen, daß es sich um Darstellungen der alten Dathyner handelte. Falkayn hatte an der Landestelle bereits Knochenfunde gemacht und entdeckt, daß eingeschlagene Schädel und zwischen den Rippen steckende Pfeilspitzen darunter waren. Hier aber, im schmalen Lichtstrahl der Lampe, umgeben von Nacht und Wind, schienen die Dathyner sie direkt anzusehen. Chee Lan spürte, daß ihre Nerven zum Zerreißen gespannt waren.

Die Erbauer dieser Anlage waren den Shenna ähnlich. Falkayn hatte aus seinen spärlichen Funden nichts Aussagefähiges rekonstruieren können. Diese Bilder hier aber sprachen eine deutliche Sprache.

Die alten Dathyner waren kleiner, das konnte man an Hand eines Vergleichs mit abgebildeten und noch existierenden Pflanzen und Tieren erkennen. Sie waren auch schlanker und dichter behaart, aber die Mähne der männlichen Shenna fehlte ihnen. Innerhalb dieser Grenzen gab es zahlreiche Unterschiede.

Chee hatte sogar den Eindruck, daß der Künstler es darauf angelegt hatte, möglichst viele Typen von Autochthonen darzustellen, im typischen Kostüm seiner Gegend, mit einem Ding in der Hand, das für den Dargestellten oder dessen Land bezeichnend war. Hier sah man einen stämmigen jungen Mann mit goldschimmerndem Fell, eine Sichel in der einen Hand, in der anderen einen Setzling. Dort stand in besticktem Gewand eine zierliche dunkle Frau mit geschlitzten Augen. Sie spielte auf einer Harfe. Weiter drüben hob ein Kahlkopf im Kilt mit breiter runder Schnauze seinen Stab schützend über ein Mondgesicht, das ihm Früchte darbot. Der Künstler, der diese Szene gemalt hatte, mußte über eine geschickte Hand und ein wissenschaftlich geschultes Auge verfügt haben.

Und heute existierte nur mehr eine einzige Art. Doch auf diesem Mosaik, auf dem alle vorkommenden Arten dargestellt waren, fehlten ausgerechnet die Shenna.

Handelte es sich um ein Tabu, eine Abneigung? Oder um eine Unterdrückung? Chee spuckte verächtlich aus. Alle Anzeichen deuteten darauf hin, daß die untergegangene Zivilisation einig und rationalistisch gewesen war. Eine bestimmte Bildfolge an der Wand stellte die Entwicklung von primitiver Wildheit an dar. Ein nackter Wilder verteidigte seine Gefährtin gegen ein großes Raubtier – mit einem abgebrochenen Ast. Später zeigten sich Metallwerkzeuge, aber nie Waffen. Man sah die Dathyner bei der Arbeit, niemals im Kampf. Bloß zwei Einzelkämpfe waren festgehalten. Es mußten Schlüsselereignisse aus der Geschichte oder Legende sein. Die Waffen waren Buschmesser und Holzbeile. Auf dem zweiten Bild waren die Feinde mit primitiven Gewehren ausgerüstet. Im Hintergrund sah man dampfgetriebene Fahrzeuge und elektrische Leitungen.

Auch die Tätigkeiten waren hier wiedergegeben. Manche waren zu erkennen, wie Ackerbau und Schreinerei. Bei anderen konnte man nur Vermutungen anstellen. Die Jagd war nicht dargestellt, auch nicht Viehzucht, mit Ausnahme von Tiergattungen, die Wolle lieferten. Man sah weder Fallenstellerei noch Fischerei.

Das alles deutete auf den wichtigsten Punkt überhaupt, nämlich die Ernährung. Auf Dathyna hatte sich die Intelligenz unter Pflanzenfressern entwickelt. Kein Einzelfall, aber auch nicht sehr häufig. Nun haben Vegetarier keine reineren Seelen als Fleischfresser oder Allesfresser. Ihre Sünden sind bloß anders. Während unter ihnen manchmal das Duell üblich ist und es eine verhältnismäßig hohe

Zahl an Affekthandlungen gibt, führen sie keine Kriege und finden die Jagd widerwärtig. Ihre sozialen Gruppen – Familien, Sippen, Stämme, Nationen oder weniger klar zu benennende Gruppen – schließen sich zusammen, wenn es die äußeren Bedingungen zulassen.

Die Shenna verstießen gegen jede dieser Regeln. Sie töteten zum Vergnügen, sie teilten den Planeten in Herrschaftsbereiche, sie hatten Waffen und Kriegsschiffe, sie bedrohen eine Nachbarzivilisation, die ihnen nichts getan hatte... Kurzum, sie verhalten sich wie Humanoide, dachte Chee.

Der Kommunikator riß sie aus ihren Überlegungen. Es war eine Vorrichtung, die direkt mit ihrem Kopf in Verbindung stand. Das Klicken des Codes hörte sich unnatürlich laut in ihrem Schädel an. »Komm sofort zurück!« Das klang nach einem Notfall. Chee schaltete ihr Antriebsaggregat ein und fegte durch die Tür ins Freie.

Über ihr funkelten kalt die Sterne, unter ihr erstreckte sich die Wüste. Chee schob die Gesichtsmaske vor und ging auf Höchstgeschwindigkeit. Der Wind heulte um sie und zerrte an ihr. Es wurden lange hundert Kilometer.

Das Schiff lag in einer trockenen, von Sträuchern überwachsenen Schlucht und konnte von oben nicht gesehen werden. Chee überflog die Reste der kleinen Ansiedlung, die Falkayn ausgegraben hatte. Als sie in den Schatten niederging, schaltete sie ihre Lampe und ihre Brille auf Infrarot um. Es lag kein Grund zu besonderer Vorsicht vor, doch sie tat es ganz instinktiv. Zweige rissen an ihr, Laub raschelte. Nach einer Weile teilte sie die Zweige und hielt vor einer Luftschleuse an. Schlauköpfchens Sensoren identifizierten sie, und die Schleuse öffnete sich.

»David!« rief sie. »Was um *Tsuschas* willen ist denn los?

»Eine ganze Menge.« Noch nie hatte seine Stimme so bedrückt geklungen. »Ich bin auf der Brücke.«

Jetzt bewegte sie sich mit eigener Muskelkraft und sauste mit aufgestelltem Schwanz durch das Schiff, um auf ihrem gewohnten Sitz zu landen.

Falkayn war noch nicht aus seinem Arbeits-Coverall herausgekommen, da er während ihrer Abwesenheit keine Schlafpause gemacht hatte. Eine helle Strähne hing ihm ins Gesicht. »Wir haben eine Nachricht bekommen«, informierte er sie.

»Was?« Sie erstarrte. »Von wem?«

»Von Old Nick höchstpersönlich. Er ist auf Dathyna – mit Adzel.« Falkayn wandte sich an den Computer. »Lies die Nachricht vor.«

Die Sätze waren knapp und sachlich. Als der Computer verstummte, trat längeres Schweigen ein. Schließlich fragte Chee: »Was schlägst du vor?«

»Wir werden tun, was er verlangt«, sagte Falkayn. Sein Ton war so ausdruckslos wie der des Computers. »Wir müssen die Nachricht schleunigst überbringen. Als erstes aber müssen wir uns überlegen, wie wir hier unauffällig starten. Schlauköpfchen registriert immer mehr Patrouillenschiffe. Die Shenna rechnen offenbar mit Spionen. Nun stellt sich folgende Frage: Sollen wir versuchen, mit gedrosselten Antrieben unbemerkt davonzukommen? Oder sollen wir mit voller Kraft voraus starten und uns auf den Überraschungseffekt verlassen? Vielleicht können wir sie draußen im All abschütteln?«

»Ich bin für die zweite Möglichkeit«, sagte Chee. »Unsere Rettungsaktion wird den Feind ohnehin alarmieren. Wenn wir den Zeitpunkt richtig wählen, können wir uns zwischen die Patrouillenschiffe und . . .«

»Wie bitte? Welche Rettungsaktion?«

»Adzel, natürlich«, sagte Chee. Ihre Haltung drückte Nachsicht aus, aber ihr Schnurrbart sträubte sich. »Und natürlich auch van Rijn. Mir geht es vor allem um Adzel.«

»Davon weiß ich nichts! Hör mal, du verdrehtes Affenkatzentier . . .«

»Wir sind uns zwar oft in die Haare geraten, Adzel und ich, aber er ist und bleibt mein Kamerad – und deiner auch.« Sie legte den Kopf schief und sah Falkayn an. »Und dich habe ich immer für einen anständigen Kerl gehalten.«

»Ja, aber . . . verdammt! Hast du nicht zugehört? Wir sollen direkt nach Hause!«

»Was hat das eine mit dem anderen zu tun? Möchtest du, daß Adzel hierbleibt?«

»Nein! Und wenn es mich mein Leben kostet, würde ich ... Aber ...«

»Du läßt sich von diesem dickwanstigen van Rijn einschüchtern?«

Falkayn holte tief Luft. »Hör mal, ich will es dir laut und deutlich erklären: Van Rijn will, daß wir aufbrechen – ohne ihn und Adzel. Er hat uns nicht einmal seinen Standort verraten. Da er notgedrungen eine Frequenz benutzte, die um den ganzen Planeten geht, kann er sich praktisch überall befinden.«

»Schlauköpfchen, kannst du feststellen, woher die Nachricht kam?« fragte Chee.

»Ja, annähernd, wenn ich den Reflexionsverlauf in der Ionosphäre auswerte«, antwortete der Computer. »Die Nachricht wurde in einer der größeren Siedlungen gesendet, nicht allzu weit von hier. Wir haben die Siedlung übrigens bei dem Eintritt in die Atmosphäre wahrgenommen.«

Chee wandte sich an Falkayn. »Na, siehst du?«

»Du bist diejenige, die nichts sieht!« widersprach Falkayn. »Adzel und van Rijn sind nicht wichtig, im Vergleich mit den Dingen, die auf dem Spiel stehen. Auch wir beide sind unwichtig. Der Zufall will es, daß wir in der Lage sind, die Liga zu warnen, und sie nicht!«

»Das werden wir auch tun – nachdem wir Adzel herausgeholt haben.«

»Und was ist mit dem Risiko? Man wird uns gefangennehmen oder töten ... Chee, du stammst entwicklungsgeschichtlich von Raubtieren ab, die allein oder in kleinen Gruppen operierten. Deine Instinkte sind entsprechend. In deiner Welt kennt man den Begriff Nation nicht. Die Vorstellung, daß es so etwas wie universellen Altruismus gibt, ist dir fremd. Dein Pflichtgefühl ist ebenso stark wie meines, vielleicht sogar stärker, aber es bezieht nur die Familie und Freunde mit ein. Schön und gut. Ich akzeptiere das. Nun streng mal deine Phantasie an und versuch dir vorzustellen, worauf ich hinauswill. Verdammt noch mal, das ist ein Rechenexempel. Ein Leben bedeutet nichts im Vergleich zu Milliarden Leben.«

»Natürlich«, antwortete Chee. »Aber damit sind wir unserer Pflichten nicht entbunden.«

»Ich sagte eben ...«

Weiter kam Falkayn nicht. Chee hatte ihre Betäubungspistole gezogen und zielte genau zwischen seine Augen. Er versuchte gar nicht erst, ihr die Waffe zu entreißen, weil er wußte, daß Chee flinker war als er. Er saß wie erstarrt da und hörte ihr zu.

»Mir wäre es lieber, wenn ich dich nicht betäuben und fesseln müßte. Ohne dich schaffe ich es nämlich vielleicht gar nicht, unsere Leute herauszuholen. Aber versuchen werde ich es. David, du mußt zugeben, daß unsere Chancen gar nicht so schlecht stehen. Wenn wir es mit diesen Hinterweltlern nicht aufnehmen können, dann sollten wir uns selbst ins nächste Heim für geistig Minderbemittelte einliefern.«

»Was willst du von mir?« fragte er leise.

»Versprichst du mir, daß wir unser Möglichstes tun werden, Adzel herauszuholen?«

»Vertraust du mir?«

»Wenn nicht, wird einer von uns den anderen umbringen müssen.« Die Waffe blieb unbewegt auf ihn gerichtet, aber Chee senkte den Kopf dabei. »David, es würde mir sehr schwerfallen.«

Er saß da, ohne sich zu rühren. Dann schlug er auf die Stuhllehne und lachte schallend. »Meinetwegen, du kleine Teufelin! Du hast mich herumgekriegt. Reine Erpressung ... aber ich bin froh darüber, das kannst du mir glauben!«

Sie steckte die Pistole ins Halfter. »Außerdem brauchen wir die Hilfe der beiden, angefangen von einer genauen Beschreibung ihres Standortes. Zuerst werden sie nicht darauf eingehen wollen. Bring ihnen bei, daß ihnen nichts übrigbleibt, als mit uns zusammenzuarbeiten. Entweder wir kehren gemeinsam zurück, oder keiner kehrt zurück.«

24

Wieder arbeitete Chee Lan allein. Das Schiff war jenseits des Horizonts gelandet. Man sah zwei Zerstörer, einen Gleiter und das fahruntüchtige Schiff, in dem die Gefangenen festgehalten wurden. Der Schiffsrumpf war mit schimmerndem Rauhreif überzogen. Dahinter ragte Moaths Festung wie ein Berg auf. Es war ganz still.

Chee huschte wie ein Gespenst dahin, Felsen, Gebüsch und Bodenwelle als Deckung nutzend. Es sollte zwei Wachtposten geben. Einen konnte sie erkennen, einen Schatten mit zottiger Mähne, der rastlos neben einer schwenkbaren Kanone auf und ab lief. Sein Atem dampfte, Metall klirrte. Sie strengte die Augen an, sog den Wind des frühen Morgens ein, lauschte, fühlte mit jedem Schnurrbarthaar. Nichts. Entweder hatten van Rijn und Adzel sich geirrt, oder der zweite Posten hatte sich entfernt, ohne für Ersatz zu sorgen — oder aber ihre Sinne taugten nichts in dieser fremden Umgebung!

Die Zeit wurde knapp. Die Bewohner der Anlage würden sicher bald erwachen.

Sie setzte langgestreckt über das letzte sandige Stück. Besser wäre es gewesen, von oben anzugreifen. Doch ihr Antrieb hätte einen Detektor auslösen können. Einerlei. Der Posten merkte nicht, daß ein weißer Schatten auf ihn zusprang. Kaum war Chee in Schußweite, als sie den Betäuber zog und abdrückte. Lieber wäre es ihr gewesen, sie hätte den Posten töten können, aber das wäre vielleicht zu laut geworden. Der Überschallpfeil traf den Shenn, der sich um die eigene Achse drehte und mit lautem Getöse zu Boden ging. Oder nicht? Es hatte ganz danach geklungen. Chee richtete den Strahl der Taschenlampe auf das Schiff. Blink-blink-blink. Hoffentlich saßen die beiden vor ihren Sichtschirmen!

Sie hatten das Zeichen bemerkt. Eine Schleusentür glitt auf, eine Gangway klappte herunter. Adzel kam aus der Öffnung, riesig und stahlgrau. Auf seinem Rücken saß Nicholas van Rijn. Chee sprang ihnen entgegen. Hoffnung keimte in ihr auf. Wenn es ihnen tatsächlich gelang, hier unbemerkt . . .

Ein Aufschrei drang von den Kriegsschiffen her. Gleich darauf zischte ein Energiestrahl. »Los . . . in diese Richtung!« schrie Chee. Der Strahl ihrer Taschenlampe wies den Weg zu Falkayns Schiff. Dann schaltete sie ihr Antriebsaggregat ein, ließ sich in die Höhe tragen und stellte die Verbindung zu David her. »David, wir sind entdeckt worden! Dieser verdammte Posten kam unerwartet zurück.«

Sie ging tiefer und flog dem Schützen entgegen.

»Soll ich euch holen?« fragte Falkayn.

»Noch nicht. Vielleicht . . .« Ein Strahl zischte an ihr vorbei. Also hatte man sie auch entdeckt. Chee zuckte zusammen. Sie spürte die sengende Hitze, roch den Ozon und die Ionen und war geblendet von der Helligkeit. Der Shenn hätte nun in Deckung gehen und sie abschießen können, aber das entsprach nicht seiner Natur. Statt dessen lief er ihr entgegen. Chee raste mit Höchstgeschwindigkeit auf ihn zu und feuerte aus der Nähe auf ihn. Er brach zusammen. Chee hätte beinahe das vor ihr liegende Schiff gerammt.

Im Palast wurde Alarm gegongt. Hunderte von Lichtern flammten auf und belebten die schwarzen Mauern. Shenna strömten aus dem Hauptportal, die meisten waren bewaffnet. Wahrscheinlich schliefen sie sogar damit. Vier Shenna schnallten sich Flugapparate um. Chee flog hinter dem dahingaloppierenden Adzel her. Er war zu langsam, um diesen Verfolgern entkommen zu können. Sie mußte ihm von der Luft aus Feuerschutz geben. »Was ist los?« hörte sie Falkayns Stimme rufen. »Soll ich nicht kommen?«

»Nein, noch nicht. Dich heben wir uns als letzte Überraschung auf.« Chee zog ihren Strahler. Mit dem Betäuber war jetzt nichts mehr zu machen. Die Verfolger waren dem Wodenit knapp auf den Fersen. Chee hatten sie noch nicht bemerkt. Sie gewann an Höhe und feuerte zweimal von oben auf sie. Einer stürzte in einer Staubwolke ab. Der andere flog weiter, offensichtlich getroffen, da er schlaff an seinen Gurten hing.

Der dritte steuerte auf Chee zu. Er war geschickter als die anderen. Chee ging zum Nahkampf über. Jetzt konnte sie sich nicht mehr um den vierten kümmern, der die Flüchtigen weiter verfolgte.

Adzel blieb so unvermittelt stehen, daß van Rijn herunterfiel und in dorniges Gestrüpp rollte. Der Wodenit hob einen Stein auf und zielte. Er traf klirrend sein Ziel. Mit zerstörtem Flugapparat trudelte der vierte Shenn zu Boden.

Seine Gefährten, die unglaublich schnell laufen konnten, waren nicht mehr weit. Sie eröffneten das Feuer. Adzel ging zum Angriff über, indem er ihnen im Zickzack entgegenlief. Gelegentlich traf ein Geschoß seinen Schuppenpanzer, der ernstere Verletzungen verhinderte. Natürlich war er nicht unverwundbar. Ein entsprechend plazierter Schuß konnte ihn töten. Doch Adzel hatte die Gegner erreicht. Mit Hufen, Händen, Schwanz und Zähnen ging er gegen sie vor.

Der abgestürzte Flieger war nicht schwer verletzt. Er sah seine Pistole auf dem Boden liegen und wollte sie aufheben. Van Rijn trat dazwischen. »Kommt nicht in Frage, Freundchen«, keuchte er. »Ich nehme das Ding mit. Mal sehen, ob da drinnen ein paar gute Ideen stecken, die ich patentieren lassen kann.« Der große, muskulöse Shenn sprang den fetten alten van Rijn an. Doch dieser war behende zur Seite gesprungen und setzte nun zu einem Karatetritt an. Der Shenn schrie auf. »Ach, eine empfindliche Stelle auch für euch?«

Der Dathynier ging auf Abstand und umkreiste ihn. Sie blieben Auge in Auge, und zwischen ihnen im Sand lag der Strahler. Der Shenn ging mit gesenktem Schädel zum Angriff über. Da er nun wußte, daß er es mit einem raffinierten Gegner zu tun hatte, hielt er die Hände schützend vor sich. Diesmal würde der Terraner ihm nicht entkommen. Van Rijn sprang ihm entgegen. Kurz vor dem Zusammenprall wich er wieder aus, drehte sich und befand sich überraschend im Rücken des weiterstürmenden Kriegers. »Gott steh mir bei!« keuchte van Rijn, langte in die Tasche, holte die Statue des St. Dismas hervor und hieb damit seinem Gegner über den Kopf. Der Shenn ging zu Boden.

»Puh.« Van Rijn blies die Backen auf. »Man merkt's, ich bin nicht mehr der Jüngste.« Damit steckte er die Heiligenstatue wieder ein, hob die Waffe auf und studierte sie, bis er durchschaut hatte, wie sie funktionierte. Jetzt sah er sich nach Gegnern um.

Im Moment waren keine zur Stelle. Chee Lan hatte ihren Gegner überwältigt. Adzel kam zurückgetrottet. Die Shenna hatten sich zerstreut und flohen zurück zum Palast. »Das hatte ich erhofft«, bemerkte der Wodenit. »Es entspricht ihrem Psychogramm. Der Instinkt, der sie Hals über Kopf zum Angriff drängt, ist mit einer Neigung zur Panik gekoppelt. Andernfalls hätten ihre Vorfahren nicht lange überlebt.«

Chee landete. »Los jetzt, ehe sie sich von ihrem Schrecken erholt haben.«

»Leider sind sie nicht so dumm, wie sie aussehen«, sagte van Rijn. »Wenn die erst ihre Roboter auf uns ansetzen . . .«

Ein tiefes Summen drang durch die Nacht. Einer der Zerstörer stand kurz vor dem Abheben. »Genau das haben sie getan«, rief Chee. Und an Falkayn gab sie durch: »Jetzt zeig, was du kannst!«

Die *Muddlin' Through* schob sich über den Horizont. »Runter, in Deckung!« befahl Adzel. Er schirmte die beiden mit seinem Körper ab, der gegen Hitze und Strahlung besser gewappnet war.

Energiestrahlen blitzten auf. Hätte es eines der feindlichen Schiffe geschafft, abzuheben, wären Falkayn und Schlauköpfchen ernsthaft in Schwierigkeiten geraten. Nach den Gefechten in der Nähe von Satan waren ihre Magazine fast leer. Dafür konnten sie sich die Überraschungstaktik zunutze machen. Der erste Zerstörer konnte nur einen schlecht gezielten Schuß abgeben, bevor Falkayn ihn traf. Der Schiffsrumpf kippte gegen das benachbarte Schiff und riß es um. Metall klirrte ohrenbetäubend laut. Dann setzte das Liga-Schiff Moaths Gleiter außer Gefecht. Es genügten dazu drei Schüsse. Dann landete Falkayn.

»Nichts wie rein!« rief van Rijn. Adzel nahm ihn unter den Arm, packte Chee am Schwanz und rannte auf die Luftschleuse zu.

Er blinzelte gegen die Helligkeit der Blitze und schnappte im Rauch nach Luft, denn das Schiff hatte den Angriff gegen den Palast eröffnet. Auf der Brücke protestierte Falkayn heftig.

»Wir wollen Nichtkombattanten keinen Schaden zufügen«, erwiderte Schlauköpfchen. »In Übereinstimmung mit ihren allgemeinen Richtlinien zerstöre ich als Vorsichtsmaßnahme Einrichtungen, deren Radioresonanzen vermuten lassen, daß es sich um schwere Geschütze und Raketenschußanlagen handelt.«

»Kannst du mich mit jemandem im Palast verbinden?« fragte Falkayn.

»Ich stelle mich auf die hier gebräuchliche Frequenz ein ... Ach, man versucht uns ohnehin zu erreichen.«

Der Bildschirm flackerte. Das vor Entsetzen verzerrte Gesicht Thea Beldaniels wurde sichtbar. Es war eine Maske des Schreckens. Der Raum, in dem sie sich befand, erbebte unter dem Geschützfeuer des Schiffes. Von den Außenmauern des Palastes war nicht mehr viel übrig. Man sah nur mehr Staub und Flammen.

Falkayn konnte hören, was Thea sagte. »David, du tust uns das an? Warum?«

Er umfaßte die Stuhllehne und sagte zähneknirschend. »Ihr habt uns dazu gezwungen. Und jetzt hör zu: Dies ist nur ein Vorgeschmack des Krieges. Die kleinste und ungefährlichste Dosis, eine harmlose Kostprobe sozusagen. Wir stehen kurz vor dem Start. Ich hoffte, ich würde schon weit weg sein, ehe ihr gemerkt hättet, was passiert. Aber vielleicht ist es so am besten. Ich glaube nicht, daß ihr uns einholen könnt, auch nicht mit fremder Hilfe, die ihr ohnehin nicht bekommen werdet. Jetzt wißt ihr wenigstens, was euch erwartet.«

»David ... mein Gebieter Moath ... er ist tot ... Er wurde getroffen und ist verbrannt ...« Sie konnte nicht weitersprechen.

»Du brauchst keine Gebieter. Das ist menschenunwürdig. Du mußt jetzt den anderen etwas sagen. Richte ihnen aus, daß die Liga keinen Kampf möchte. Wenn wir aber kämpfen müssen, dann leisten wir gründliche Arbeit. Euch Shenna würden wir dabei nicht ausrotten. Wir werden mit euch gnädiger umgehen als ihr mit den alten Dathyniern. Aber wenn sie sich uns widersetzen, werden wir ihnen die Maschinen wegnehmen und sie wieder zu Wüstennomaden machen. Sie sollen sich lieber überlegen, wie sie sich mit uns einigen. Zeig ihnen, was hier passiert ist, und sag ihnen, es wäre Wahnsinn, sich uns in den Weg zu stellen!«

Aus ihrem Blick sprach Erschütterung. Da regte sich bei Falkayn Mitgefühl. Aber ehe er etwas sagen konnte, waren Adzel, Chee Lan und van Rijn an Bord. Die Festung hatte schwere Schäden erlitten. Die Shenna hatten ihre Lektion abgekriegt. Er unterbrach die Verbindung. »Feuer einstellen!« befahl er. »Alles startklar machen. Wir nehmen Kurs auf Terra.«

25

»Seit vierundzwanzig Stunden kein Anzeichen eines fremden Hyperdrives«, meldete Schlauköpfchen.

Falkayn stieß einen erleichterten Seufzer aus und nahm seine liebste Position ein, tief zurückgelehnt, Füße auf dem Tisch.

»Geschafft«, sagte er mit einem Lächeln. »Bald werden wir zu Hause und in Sicherheit sein.«

Denn in der endlosen Weite und Einsamkeit zwischen den Sternen konnte ein einzelnes Schiff nicht mehr geortet werden, wenn es einmal entwischt war. Die Sonne von Dathyna war nur mehr ein heller Fleck unter vielen auf der Sichtscheibe. Die Maschinen summten, die Belüftung ließ Blumendüfte verströmen, der Tabak roch würzig, man würde den Monat an Bord, der noch bevorstand, in aller Ruhe verbringen.

Und diese Ruhepause hatten sie sich redlich verdient.

Vorerst aber mußte noch eine Sorge aus der Welt geschafft werden.

»Wie steht es mit der Strahlung, die ihr abbekommen habt?« fragte Falkayn.

»Habe ich dir nicht schon gesagt, daß ich uns bis zum letzten Chromosom untersucht habe?« fauchte Chee. »Wie du weißt, bin ich Xenologin, und dieses Schiff ist für solche Studien ausgerüstet. Adzel hat die größte Dosis abgekriegt, weil er uns deckte, aber auch das läßt sich mit Medikamenten behandeln.« Sie deutete mit der Zigarettenspitze auf den Wodeniten, der auf dem Deck lagerte. »Natürlich muß ich dich unterwegs behandeln, in der Zeit, in der ich lieber gemalt oder modelliert hätte ... du Puddingseele, du, warum hast du nicht ein Stück Blei als Abdeckung mitgebracht?«

Adzel warf ihr einen geringschätzigen Blick zu. »Das Blei hattest du bei dir. Und jetzt rate mal, wo!«

Chee sprühte Funken vor Zorn. Van Rijn schlug auf den Tisch, daß sein Bierglas tanzte. »Hört auf! Ihr glaubt wohl, das sei witzig?«

Falkayn warf ein: »Am liebsten würde ich ein richtiges Fest feiern. Leider ...«

»Ganz recht«, sagte van Rijn. »Erst die Arbeit, dann das Spiel. Wir sollten jetzt unsere Informationen über die Shenna ordnen, ganz rasch, ehe wir das Wichtigste vergessen.«

»Wie?« Falkayn sah ihn erstaunt an. »Was sollen wir?«

Van Rijn beugte sich vor und stützte sein Mehrfachkinn in die hohle Hand. »Wir brauchen einen Schlüssel zum Charakter der Shenna, damit wir besser mit ihnen fertig werden.«

»Ist das nicht die Sache von Experten?« meinte Adzel. »Wenn die Liga merkt, daß sie sich einer ernsten Bedrohung gegenüber sieht, wird sie sicher eine gründliche wissenschaftliche Studie über Dathyna anfertigen lassen. Die Ergebnisse werden vollständiger und sicherer sein als unsere, die auf unzulänglichen Daten beruhen.«

»Ja, ja«, entgegnete van Rijn gereizt, »aber das dauert mir zu lange. Wir wissen nicht, was die Shenna inzwischen tun werden. Könnte ja sein, daß sie sofort einen Gegenschlag führen, trotz der Lehre, die du ihnen erteilt hast. Schlauköpfchen.«

»Ich bin nicht programmiert, formale Belehrung zu erteilen«, protestierte der Computer. Van Rijn beachtete ihn nicht weiter.

»Vielleicht sind sie nicht so selbstmörderisch«, fuhr er fort. »Wir brauchen jedenfalls eine Theorie, auf der wir aufbauen können. Und erst wenn wir wissen, was die Shenna eigentlich wollen, können wir uns vernünftig mit ihnen unterhalten und zu einem Frieden gelangen.«

Er trank sein Glas leer und zündete seine Pfeife an. »Wir haben unsere Erfahrungen und Informationen. Und es gibt sicher analoge Fälle im All, die wir zu Vergleichen heranziehen können.«

Eigentlich hatten sie alle ähnliche Ansichten über die Shenna. In langen Diskussionen arbeiteten sie die wichtigsten Tatsachen heraus. Schließlich gelangten sie zu einem Ergebnis, das im großen und ganzen richtig sein mußte. Spätere xenologische Studien sollten bestätigen, daß sie sich nicht geirrt hatten.

Auch auf der Erde hatte es das Aussterben ganzer Gattungen gegeben. Veränderte Umweltbedingungen hatten Organismen zum Verschwinden gebracht, die über Jahrmillionen gelebt hatten.

Auf Dathyna waren die Bedingungen viel ungünstiger als auf der

Erde. So war die Sonnenbestrahlung schon immer viel stärker und zu den unregelmäßig auftretenden Spitzenzeiten um ein Vielfaches heftiger. Magnetfelder und Atmosphäre konnten nicht alles abschirmen. Es traten Mutationen auf, die schließlich eine Gattung von Pflanzenfressern hervorbrachten, die über Sprache verfügten und Werkzeuge kannten. Damit war eine grausame natürliche Auslese verknüpft, denn die Geschichte eines solchen Planeten war eine Abfolge von ökologischen Katastrophen.

Der nächste Strahlungssturm blieb aus, bis die Rasse eine fortgeschrittene Technik und Wissenschaft entwickelt hatte und sich ins All vorwagte. Dann flammte die Sonne wieder auf.

Schneedecken schmolzen, der Meeresspiegel stieg an. Küsten und tiefliegende Täler wurden überflutet, die Tropen verwandelten sich in Savannen oder Wüsten. Das alles überlebten die Bewohner. Vermutlich waren es eben diese unglücklichen Umstände, die einen Zusammenschluß technischer Kreativität und den Vorstoß ins All bewirkten.

Die Strahlung wurde stärker. In dieser Phase war es nicht so sehr eine Steigerung elektromagnetischer Energie, von Wärme- und Lichtintensität, die eine Veränderung bewirkte, sondern es wurde eine bestimmte ökologische Schwelle überschritten. Die unausgesetzte Strahlung rottete in kürzester Zeit viele Lebensformen aus. Andere folgten. Die ökologische Pyramide stürzte ein. Mutation ging wie eine Geißel über den Planeten, und alles brach zusammen.

So fortgeschritten die Zivilisation gewesen sein mochte, sie konnte sich nicht autonom behaupten und sämtliche Bedürfnisse synthetisch befriedigen. Ackerland verwandelte sich in Staubwüste, Obstbäume wurden entblättert, Meerespflanzen verrotteten, Wälder trockneten aus und verbrannten, neue Krankheiten traten auf. Schritt für Schritt nahm die Bevölkerung ab. Technische Vorhaben wurden wegen Mangels an Personal und Rohstoffen aufgegeben, das Wissen ging verloren, der Bereich des Möglichen schrumpfte immer mehr zusammen. Eine von Natur aus stärkere Gattung hätte die Schwierigkeiten vielleicht überwunden, die Dathynier aber waren der Situation nicht gewachsen. Die Überlebenden verfielen allmählich der Barbarei. Und unter diesen Barbaren entstand eine neue Mutation.

Eine günstige Mutation.

Pflanzenfresser können sich nicht über Nacht auf Fleischnahrung umstellen, selbst wenn es ihnen gelänge, das Fleisch so zu präparieren, daß es für sie genießbar wird. Doch sie können den Instinkt ablegen, der sie dazu treibt, in viel zu großen Gruppen ein verwüstetes Land zu durchstreifen. Sie können sich statt dessen einen Instinkt aneignen, der sie zwingt, die Tiere zu jagen, die ihnen die fehlende Pflanzennahrung ersetzen können. Sie werden schließlich fanatisch das Territorium verteidigen, das sie und die Ihren am Leben erhält, und sie werden weiterziehen, wenn das Gebiet nicht mehr bewohnbar ist, und sich neues Land erobern und die dazu nötigen Waffen, Organisationen, Mythen und Religionen entwickeln . . . und sich schließlich zu mordenden Pflanzenfressern zu entwickeln.

Dabei können sie sich sogar weiterentwickeln und die ursprünglichen Fleischfresser überflügeln, deren mit Reißzähnen und Klauen ausgestattete Vorfahren ihre Aggressivität in gewissen Grenzen hielten, damit der Bestand der Gattung nicht gefährlich verringert wurde.

Dies alles waren natürlich mehr oder weniger über den Daumen gepeilte Behauptungen, bei denen man viele Ausnahmen in Betracht ziehen mußte.

Die vorhandene Rasse hatte keine Chance. Sie wehrte sich verzweifelt, aber wirkungslos. Errang sie einen Sieg, wurde der Gegner nicht verfolgt. Erlitt sie eine Niederlage, dann zerstreute sie sich in alle Winde. Die Zivilisation war in Auflösung begriffen, die Bewohner demoralisiert, die wirtschaftspolitische Struktur zu einer Art Feudalismus herabgesunken. Wenn es ein paar Gruppen gelang, ins All zu entfliehen, so kehrten sie niemals zurück, um Rache zu üben.

Die Shenna drangen in die Gebiete der alten Dathynier ein, eroberten die Gebäude, töteten und verspeisten diejenigen ihrer Opfer, die sie nicht kastrierten und versklavten. Zweifellos wurden auch Stillhalteverträge geschlossen, an deren Gültigkeit die Besiegten sich klammerten. Doch nach wenigen Jahren rollte wieder eine Welle landhungriger Shenna heran.

Die Eroberung des Planeten war nicht Ergebnis gezielter Planung. Es war vielmehr so, daß die Shenna die Dathynier im Laufe mehrerer Jahrhunderte ausschalteten, weil sie besser angepaßt waren. Mit der Zeit besserten sich auch die Umweltbedingungen wieder, als die Strahlung nachließ. Neue Lebensformen entwickelten sich, alte kehrten aus Schlupfwinkeln zurück, in denen sie überlebt hatten. Es dauerte lange, bis Dathyna seine ursprüngliche Fruchtbarkeit wieder hatte. Aber eine technische Zivilisation konnte bald wieder Fuß fassen. Die Shenna begannen aufzubauen, was sie mitzerstört hatten. Relikte, Bücher, Traditionen, auch überlebende Sklaven der untergegangenen Rasse halfen ihnen dabei.

Und schließlich waren sie so weit, daß sie die Eroberung des Weltalls in Angriff nehmen konnten.

»Ja«, sagte van Rijn und nickte, »ich glaube, wenn es sich so verhält, werden wir mit ihnen fertig.«

»Indem wir sie zurück in die Steinzeit befördern und sie dort lassen«, grollte Chee Lan.

Adzel blickte auf. »Was sagst du da? Das werde ich nicht dulden!«

»Dann willst du sie also lieber schalten und walten lassen, noch dazu mit Atomwaffen«, antwortete sie giftig.

»Schon gut«, beendete van Rijn den Streit, »wir wollen nicht pauschal eine ganze Rasse verteufeln. Ich bin überzeugt, daß man viel mit ihnen anfangen könnte, wenn man die Sache richtig angeht.« Er rieb sich strahlend die Hände. »Vielleicht kann man sogar Geld mit ihnen machen.« Sein Lächeln wurde noch breiter und selbstzufrieden. »Freunde, ich glaube, für heute haben wir unsere Pflicht erfüllt. Wir haben uns die Köpfe zermartert, haben ein Ergebnis erarbeitet und uns eine kleine Feier verdient. David, mein Junge, wie wär's, wenn du mir eine Flasche Genever und ein zwei Kästen Bier . . .«

Falkayn atmete durch, ehe er das Unerhörte aussprach. »Ich wollte es Ihnen schon vorhin sagen, Sir. Was Sie eben getrunken haben, war unsere letzte Dose Bier.«

Van Rijn sprangen fast die Augen aus dem Kopf.

»Das Schiff ist von Luna gestartet, ohne Proviant zu fassen. Wir verfügen nur über die Standardrationen. Natürlich sind auch Getränke dabei ... und da ich nicht wußte, daß Sie uns beehren würden ...« Er sprach nicht weiter. Ein Gewitter braute sich zusammen.

»Was? Ein Monat im All und keine Getränke außer ... Nicht mal ein Bier?«

Nach einer halben Stunde hatte van Rijn sich ausgetobt.

26

Ein halbes Erdenjahr danach ...

Chandra Mahasvany, stellvertretender Minister für Auswärtige Angelegenheiten des Terrestrischen Commonwealth, warf einen Blick hinaus auf die ocker-goldene Welt, die das Kampfschiff umkreiste. »Das können Sie nicht tun!« sagte er empört. »Eine Allianz von Kapitalisten versklavt eine Rasse, eine ganze Welt ... und zieht Vorteile daraus!«

Flottenadmiral Wiaho von der Polesotechnischen Liga bedachte ihn mit einem frostigen Blick. »Was meinen Sie, was die Shenna mit uns vorhatten?« Er stammte von Ferra. Seine Stoßzähne behinderten ihn bei der Artikulation humanoider Sprachen. Seine Verachtung aber war unüberhörbar.

»Sie besaßen nicht einmal den Anstand, uns zu verständigen. Wenn Bürger Garvers Ermittlungen uns nicht Beweise geliefert hätten ...«

»Warum sollte die Liga den Commonwealth oder sonst eine Regierung konsultieren?« Wiaho deutete mit der Klaue auf den Bildschirm, auf dem Dathyna zu sehen war. »Wir stehen über ihrer Rechtsprechung. Jeder sollte froh sein, daß wir eine Bedrohung entschärfen, ohne daß wir der Regierung die Kosten berechnen.«

»Bedrohung entschärfen?« protestierte Mahasvany. »Sie kreuzen mit einer gewaltigen Flotte hier auf, ohne daß eine offene Provokation vorläge ... Sie zwingen diese armen ... Shenna, aufzugeben, was sie sich aufgebaut haben, ihre Raumflotte, die Schlüsselindustrien ... Sie greifen in ihre Selbständigkeit ein ... drängen sie praktisch in die Sklaverei ... und das nennen Sie ›Bedrohung entschärfen‹? Nein, Sir. Das Gegenteil ist der Fall. Damit schaffen Sie einen Haß, der sich bald zu einem größeren Konflikt ausweiten wird. Die Regierung des Commonwealth besteht auf einer Politik der Versöhnung. Vergessen Sie nicht, daß jeder zukünftige Krieg uns auch betrifft.«

»Es wird keinen Krieg geben«, entgegnete Wiaho. »Dafür werden wir sorgen. Und von ›Versklavung‹ kann keine Rede sein. Gewiß, wir haben den Shenna die Möglichkeit genommen, Kriege zu führen, wir überwachen ihre Industrie, wir verknüpfen ihre Wirtschaft so eng mit der unseren, daß sie mit der Zeit nicht mehr selbständig funktionieren kann. Mit allen diesen Maßnahmen wollen wir verhindern, daß ihr Vergeltungsdrang hochkommt. Das ist zwar ohnehin nicht zu erwarten, denn die Shenna haben nichts dagegen, beherrscht zu werden – wenn man ihnen bewiesen hat, daß man stärker ist.«

Eine Frau ging an der offenen Tür vorbei, ein Notiztonband in der Hand. Wiaho rief sie zu sich. »Hätten Sie eine Minute Zeit? Darf ich bekanntmachen ... Bürger Mahasvany von Terra ... Bürgerin Beldaniel. Sie ist unsere wertvollste Kontaktperson zu den Shenna. Sie ist bei ihnen aufgewachsen. Bürgerin, glauben Sie nicht auch, daß die Liga das Beste für die Shenna tut?«

Thea Beladaniel runzelte nachdenklich die Stirn. »Das weiß ich nicht«, antwortete sie offen. »Aber ich wüßte keine andere Möglichkeit, sie der technischen Zivilisation einzuverleiben. Die einzige Alternative wäre, sie zu vernichten.« Sie lächelte. Man konnte ihr ansehen, daß ihre Arbeit sie befriedigte. »Aber ich könnte mir denken, daß Sie, meine Herren, auch die friedliche Lösung vorziehen.«

»Und die wirtschaftliche Seite?« wollte Mahasvany wissen.

»Es liegt auf der Hand, daß wir nicht ohne Gewinn arbeiten können«, sagte Wiaho. »Deswegen sind wir aber keine Piraten. Wir investieren, und wir erwarten, daß uns aus diesen Investitionen Profit zufließt. Anders lassen sich Geschäfte nicht machen. Indem wir an der Weiterentwicklung der Welt mitwirken, nützen wir den Bewohnern.«

Mahasvany lief rot an ... »Wollen Sie damit sagen, daß Ihre ...

Ihre verdammte Liga die Dreistigkeit hat, sich Regierungsfunktionen anzumaßen?«

»Nicht ganz«, schnurrte Wiaho. »Eine Regierung könnte nie so effektiv arbeiten.« Er erhob sich von seinem Sofa. »Sie müssen Bürgerin Beldaniel und mich jetzt entschuldigen. Wir haben zu arbeiten.«

In einem Garten auf der Erde, umgeben von Palmen, blaues Wasser und weiße Brandung zu Füßen, saß Nicholas van Rijn vor einem Bildschirm, auf dem die Berichte der letzten Satan-Expedition gezeigt wurden. Hübsche Mädchen umschwirrten ihn und sorgten für sein leibliches Wohl. Auf einer Reihe kleinerer Bildschirme sah man die Gesichter humanoider und nichthumanoider Personen. Es waren die mächtigsten Industriebosse der Galaxis, die er in dieser Konferenzschaltung vereint hatte.

»Okay, Freunde«, sagte er mit selbstzufriedenem Lächeln, »ihr habt gesehen, um was es geht. Ihr wißt, daß ich Alleinanspruch auf den Planeten habe. Aber ich bin ein müder alter Mann, der am liebsten in der Sonne sitzt, in Erinnerungen schwelgt und sich am Abend noch einen Drink genehmigt – beeil dich damit, meine Liebe, und außerdem handle ich mit Zucker und Gewürzen und schönen Dingen und nicht mit Höllenfabriken auf diesem Planeten, wo man das Geld zentnerweise scheffelt. Nein, mir genügt es, wenn ich Konzessionen verkaufe, mit kleinem Gewinn, versteht sich, etwa dreißig bis vierzig Prozent vom Nettogewinn. Ich bin ja nicht unvernünftig. Na, wer möchte bieten?«

Die *Muddlin' Through* beschleunigte, als Luna in der Heckscheibe zusammenschrumpfte. »Was für ein Mädchen«, murmelte er.

»Wer? Etwa Veronica?« fragte Chee.

»Ja, die auch. Unter anderen.« Falkayn zündete die Pfeife an. »Ich weiß gar nicht, weshalb wir wieder auf große Fahrt gehen, obwohl wir steinreich sind. Ich weiß es wirklich nicht.«

»Dafür weiß ich es«, meinte Chee. »Noch eine Zeitlang von dem Leben, das du in den letzten Tagen führtest, und du hättest nur mehr auf allen vieren kriechen können.« Ihr Schwanz zuckte. »Und bei mir regte sich Langeweile. Es wird guttun, wenn man wieder fremde Himmel um sich sieht.«

»Und neue Erkenntnisse findet«, meldete sich Adzel.

»Ja, natürlich«, meinte Falkayn. »Ich habe nur Spaß gemacht. Ich will gar nicht abstreiten, daß ich mich an den Grenzen des Raumes am wohlsten fühle. Aber die Behauptung klingt so großspurig.«

Schlauköpfchen ließ ein Päckchen Karten, dazu einen Stapel Poker-Chips mit seinem eigens für diesen Zweck eingebauten mechanischen Arm auf den Tisch knallen. »In diesem Fall, Kapitän, wollen wir das Programm absolvieren, das Sie für uns vorgesehen haben. Ich schlage vor, daß Sie jetzt den Mund halten und austeilen.«

Aus den Chroniken der Polesotechnischen Liga

Buch 4
MIRKHEIM

Ins Deutsche übertragen von
Ingrid Rothmann

Prolog

Y minus 500 000

Es war einmal ein großer stolzer Stern, hell wie hundert Sonnen. Vierhundert Millionen Jahre hindurch brannte stetig sein blauweißes Feuer, der Dunkelheit trotzend, eine Herausforderung für die anderen Sonnen, deren ferne Lichter sich am Himmel drängten. Ein Begleiter, würdig seiner Majestät, umkreiste ihn in einer weiten Umlaufbahn. Es war ein Planet, dessen Masse fünfzehnhundert Erden entsprach, rötlich glühend durch eigene Kontraktionswärme. Vielleicht gab es noch andere, kleinere Planeten und Monde. Das wissen wir nicht. Wir wissen bloß, daß Riesensterne nur selten Begleiter haben und daß dieser eine einer merkwürdigen Laune Gottes, des Schicksals oder des Zufalls zu verdanken war.

Die Riesen starben jung, so überheblich wie sie lebten. Es kam der Tag, an dem der Wasserstoffvorrat im Kern erschöpft war. Anstatt anzuschwellen und aufzuglühen wie kleinere, überalterte Sonnen, fiel diese in sich zusammen. Unvorstellbare Energien wurden frei. Atome gerieten aneinander und bildeten neue Elemente. Der Stern explodierte. Eine kurze Zeit lang leuchtete er so hell wie die gesamte Galaxis.

Ein gewöhnlicher Planet hätte den Feuerstürmen an Energie nicht standgehalten. Eine Welt von irdischer Größenordnung wäre untergegangen, der Eisenkern wäre verdunstet. Auch der große Begleiter der Riesensonne büßte den Großteil seiner Masse ein. Wasserstoff und Helium wurden in die Unendlichkeit hinausgeschleudert. So viel Energie ging auf diese Weise verloren, daß der Planetenkern nur zum Schmelzen gebracht wurde. Und um den Kern brodelte die von dem Riesenstern im Todeskampf abgegebene Masse.

Von dieser Materie entwich noch mehr ins All. Zehntausende von Jahren trieben die Trümmer von Sonne und Planet inmitten eines Nebels, der aus der Ferne gesehen wie Feenzierat schimmerte. Er löste sich auf und verlor sich über Lichtjahre hinweg. Die Dunkelheit brach herein. Die Planetenreste nahmen feste Gestalt an, im Glanz ferner Sternbilder schwach aufleuchtend.

Über eine Zeit von einer halben Million Jahre trieben diese Trümmer einsam durch den Raum.

Y minus 28

Die von den Menschen Babur genannte Welt wird ihnen nie Heimat sein. Beim Verlassen des Raumschiffes spürte Benoni Strang schmerzhaft sein Gewicht. Auf seinen Knochenbau drückte das Eineinhalbfache der Schwerkraft von Hermes, seiner Heimat, oder der Erde, der Heimat seiner Rasse. Sein Körper kämpfte gegen die Last des eigenen Gewichtes. Der Panzer, der ihn am Leben erhielt, drückte wie ein Mühlstein auf Schultern und Füße.

Er hätte sein Antriebsaggregat einschalten und aus der Schleuse direkt abheben können, doch er zog es vor, die Gangway herunterzuschreiten wie ein eintreffender König.

Zunächst konnte er kaum erkennen, daß er von Lebewesen erwartet wurde. Die Sonne Mogul stand hoch an einem dunkel purpurnen Himmel, an dem rote Wolken dahinzogen. Ihre Strahlungsintensität war größer als die Sols oder Maias, doch ließ die Entfernung sie winzig erscheinen. Der vom Reif weiße Boden strahlte Licht ab, ebenso eine Eisklippe und der darüber herabstürzende Katarakt aus flüssigem Ammoniak. Seine Sichtweite reichte nicht bis zum Horizont. Er glaubte zu seiner Linken eine Gruppe niedriger Bäume mit länglichem schwarzen Blattwerk auszumachen und auf der rechten Seite die schimmernde Stadt, von der er wußte, daß sie dort lag. Aber dies alles war so ungewiß wie der Empfang, der ihm bevorstand. Und jede Form, die er unterschied, war für ihn so fremdartig, daß er sie sofort vergaß, wenn er den Blick davon abwandte. Hier mußte er von neuem lernen, seine Augen zu benutzen.

Die Wasserstoff-Helium-Atmosphäre ließ das Rauschen der Fälle schrill ertönen, das Poltern der Stiefel auf der Gangway und dann ihr Knirschen auf dem Boden. Als Gegensatz dazu hörte er seinen Atem im Helm und das Dröhnen des Bluts in den Ohren wie dumpfe Trommelschläge. Den Schweißgeruch seiner Haut nahm er kaum wahr, so groß war seine Erregung über seine Ankunft.

Mit jedem Schritt wurde das Verschwommene vor ihm deutlicher, bis er endlich eine Gruppe von Lebewesen unterschied, es waren etwa ein Dutzend. Eine Gestalt kam ihm entgegen. Nach einem verlegenen Räuspern sagte er durch die Sprechanlage: »Ich bin Benoni Strang. Ihr wolltet, daß ich zu euch komme.«

Der Baburit hatte einen Vokalisator dabei, der sein Gesumm und Gemurmel in Anglic umwandelte. »Wir haben es unseret- als auch Ihretwegen verlangt. Wenn Sie an engen Beziehungen interessiert sind und Forschungsarbeit über uns betreiben wollen, dann müssen Sie häufig kommen und direkt mit uns zusammenarbeiten. Dieser Besuch soll Ihre Tauglichkeit testen.«

Diese war bereits in den verschiedenen Umwelt-Kammern der Schule getestet worden, auf der er seine Ausbildung genossen hatte. Strang ließ diese Tatsache lieber unerwähnt. Er wollte eine Verstimmung vermeiden. Trotz eines Kontaktes, der sich bereits über zwei Jahrzehnte erstreckte, und trotz der Handelsbeziehungen, als deren Höhepunkt bislang der Austausch von raumfahrttechnischen Einzelheiten gegen Schwermetalle und einige andere Güter galten, wußten die Menschen nur sehr wenig von den Baburiten. Und wir haben keine Ahnung, wieviel sie von uns wissen, ging es ihm durch den Kopf.

»Ich bedanke mich«, sagte er. »Leider müßt ihr mit mir Geduld haben. Mit der Zeit aber wird es mir möglich sein, mich für eure Bemühungen erkenntlich zu zeigen.«

»Wie?«

»Nun ja, wir hoffen, neue Gebiete ausfindig zu machen, auf denen wir zu beiderseitigem Nutzen Handel treiben können.« Strang verschwieg, daß seine Vorgesetzten diesbezüglich geringe Hoffnungen hegten. Er hatte es nur mit Mühe geschafft, diesen Auftrag zu bekommen, hauptsächlich um ihm ein paar Jahre Praxis zu verschaffen. Er war ein junger Xenologe, dessen Ausbildung sich auf die Beschäftigung mit den Jupiterplaneten beschränkte.

Er ließ kein Wort über das ehrgeizige Ziel fallen, das ihm vor

Augen schwebte. Der richtige Zeitpunkt würde erst gekommen sein, wenn er einen handfesten Beweis dafür hatte, daß der Plan durchführbar war – wenn überhaupt.

»Nach den auf Suleiman gemachten Erfahrungen«, ließ sich nun der Eingeborene vernehmen, »bezweifeln wir mit Fug und Recht, ob die Polesotechnische Liga für uns ein Vorteil wäre.«

Die tonlose künstliche Stimme konnte ihre Ablehnung nicht verhehlen. Aber lag tatsächlich ein solches Gefühl dahinter? Wer vermochte im Herzen eines Baburiten zu lesen? Ein Baburit besaß gar kein Herz.

»Die Solar Spice & Liquors Company stellt nicht die gesamte Liga dar«, gab Strang zurück. »Meine Firma ist wieder ganz anders. Die beiden haben nur ihre Mitgliedschaft gemeinsam, und die bedeutet heutzutage nicht mehr das, was sie einmal war.«

»Dies werden wir studieren«, sagte dazu das Wesen. »Aus diesem Grund wollen wir mit eurem wissenschaftlichen Team zusammenarbeiten. Wir wollen Informationen nicht nur weitergeben, sondern auch bekommen, Informationen, die wir dringend brauchen, ehe unsere Zivilisation ihren Platz neben der euren behaupten kann.«

Strangs Traum bekam Aufwind.

Y minus 24

Beide Monde von Hermes standen am Himmel. Caduceus war klein, aber fast voll im Aufgehen begriffen, während die breite Sichel Sandalions im Westen aufging. Hoch am dunklen Himmel schimmerte golden ein Schwingenpaar im Licht der untergehenden Sonne. Eine Tilirra sang im Laub des Millionenblatts, das in der sanften Brise raschelte. Am Grunde der tiefen Schlucht, die er sich in das Gelände eingeschnitten hatte, toste der Palomino-Fluß. Dieses Tosen war oben nur als leises Murmeln zu hören.

Sandra Tamarin und Peter Asmundsen traten auf die Terrasse des Landsitzes. An der Brüstung blieben sie stehen und blickten hinunter auf das Wasser, das in der Dämmerung aufblitzte. Dann sahen sie zu dem Wald hin, der Windy Rim umgab, und zu den

Umrissen des Arkadischen Hügellandes, das dahinter anstieg. Ihre Hände fanden einander.

»Ich wünschte, du müßtest nicht fort«, sagte sie.

»Ich auch. Es war wundervoll hier.«

»Kannst du die Sache nicht von hier abwickeln? Wir haben alles da, Kommunikationsmöglichkeiten, Computer, Datenbanken, alles.«

»Im Normalfall wäre das ganz in Ordnung. Aber so – meine Traver-Mitarbeiter haben handfeste Beschwerden. An ihrer Stelle würde ich selbst mit dem Streik drohen. Wenn es sich schon nicht umgehen läßt, daß man die Gefolgsleute bevorzugt fördert, so muß ich wenigstens versuchen, für die Traver ein paar Extra-Vergünstigungen herauszuschlagen, einen Zusatzurlaub etwa. Ihre Interessenvertreter werden sicher kompromißbereit sein, wenn ich die Mühe auf mich nehme, persönlich zu kommen.«

»Wahrscheinlich hast du recht. Du hast für diese Dinge das richtige Gespür.« Sie seufzte. »Ich wünschte, ich hätte es.«

Er sah sie an. »Du hast es. Mehr als du ahnst.« Und mit einem Lächeln setzte er hinzu: »Und du tust gut daran – als voraussichtliche zukünftige Großherzogin.«

»Ist das deine wahre Meinung?« Die Frage, die sie während des ganzen Urlaubs beiseite geschoben hatte, stand zwischen ihnen. »Ja, früher glaubte ich es selbst. Jetzt bin ich nicht mehr so sicher. Deswegen habe ich mich in mein Elternhaus zurückgezogen. Zu viele haben mir offen zu verstehen gegeben, was sie von mir halten, nachdem die Folgen meiner eigenen Dummheit nicht zu übersehen waren.«

»Laß den Unsinn«, sagte er darauf schärfer als beabsichtigt. »Hätte dein Vater nicht seine Geschäftsinteressen verfolgt, die ihn unannehmbar machten, dann wäre er mit Sicherheit gewählt worden. Du bist seine Tochter, unsere Zukunftshoffnung. Du bist wie er, nein, besser, und du weißt es. Du willst mir doch nicht weismachen, daß dich ein paar Tugendwächter und Snobs beleidigen können? Im Gegenteil, du solltest stolz sein auf Eric. Aus deinem Sohn kann der beste Großherzog werden, den Hermes jemals hatte.«

Sie richtete den Blick auf die dunkle Wildnis. Kaum hörbar sagte sie: »Wenn er den Teufel in sich, den er von seinem Vater mitbekommen hat, bezwingen kann.«

Sie straffte die Schultern und sagte laut: »Ach, ich bin Nick van Rijn schon längst nicht mehr böse. Er war mir gegenüber ehrlicher als ich zu ihm oder mir selbst. Und wie könnte ich bereuen, Eric in die Welt gesetzt zu haben? Aber in letzter Zeit . . . Pete, ich muß gestehen, ich wünschte, Eric wäre legitimer Herkunft. Und ich wünschte, sein Vater wäre ein Mann, der sich mit uns messen kann.«

»Das ließe sich arrangieren«, entfuhr es ihm. Dann brachte er kein Wort mehr heraus. Beide standen schweigend da, zwei hochgewachsene blonde Menschen, die einander in einer fast undurchdringlichen Dämmerung ins Angesicht sahen. Die Brise wehte sanft, die Tilirra sang, der Fluß floß lachend dem Meer zu.

Y minus 18

Ein Schiff jagte durch das All, bis es auf die erloschene Supernova stieß. Captain David Falkayn begutachtete den eine Kreisbahn beschreibenden Planetenkern und befand ihn für gut. Doch war der Anblick so furchterregend, daß er ihn Mirkheim, Sitz der Finsternis, nannte.

Es dauerte nicht lange, und er geleitete andere Schiffe hin, deren Insassen aus dieser Ödnis gewisse Hoffnungen verwirklichen wollten. Sie wußten, daß die ihnen zur Verfügung stehende Zeit knapp bemessen war, so daß sie hart arbeiten und viel wagen mußten.

Falkayn und seine Gefährten blieben nicht. Sie führten ihr eigenes Leben. Von Zeit zu Zeit kamen sie wieder, neugierig, wie es mit der Arbeit voranging. Und jedes Mal wurden sie von den Segenswünschen der Schwerarbeiter empfangen.

Nach der Landung auf Babur bewegte Strang sich sehr bequem in einem Gleiter fort, in dem er sich festgurtete. Die Eingeborenen wußten, daß er sich auf ihrer Welt recht gut zurechtfand, so gut, daß er sich ihre Achtung erworben hatte. Er hatte es wiederholt bewiesen, gelegentlich auch unter Lebensgefahr, wenn das Land unter einem Vulkanausbruch, einem Beben oder einer Lawine erbebte.

Heute saß er in einer Eiskammer und sprach stundenlang mit einem Eingeborenen namens Ronzal.

Das war nicht der wirkliche Name des Baburiten. Vielmehr wurden die Schwingungen von dem Computer im Vokalisator als ›Ronzal‹ wiedergegeben. Vermutlich handelte es sich dabei um gar keinen Namen. Strang war nie richtig dahintergekommen. Dessen ungeachtet waren er und sein Gegenüber im Laufe der Zeit Freunde geworden, so weit das möglich war. Und wer konnte unter diesen Umständen schon sagen, wie weit das reichte?

Welche Sprache sie bei ihrer Diskussion benutzten, hing davon ab, was sie sagen wollten. Anglic oder das Liga-Latein waren für gewisse Bereiche am besten geeignet, das sogenannte ›Siseman‹ für andere. (Diese drei Silben waren ebenfalls eine künstliche Schöpfung des Vokalisators.) Und immer wieder kam es vor, daß sie krampfhaft nach Ausdrucksmöglichkeiten suchten. Manchmal waren sie nicht mal ihrer Gedanken sicher. Sie hatten ihre gesamte Laufbahn darauf verwandt, Brücken zu bauen, über die Unterschiede ihrer Gehirne und ihrer geschichtlichen Entwicklung hinweg, und sie waren weit davon entfernt, ihr Ziel erreicht zu haben.

Nun aber sagte Ronzal etwas, das in Strang geradezu Fanfaren des Triumphes zum Ertönen brachte. »Der letzte Gegner hat sich ergeben. Der gesamte Planet steht unter Imperiumsherrschaft. Jetzt können wir den Blick nach außen richten.«

Endlich, endlich! Noch liegen Jahre vor uns, ehe wir – Babur und ich – mehr tun können, als nur den Blick nach außen richten. Ruhig Blut, Benoni, mein Junge, immer ruhig Blut! Der Mensch holte seine vorauseilenden Gedanken zurück. »Wunderbar«, sagte er. Mehr Begeisterung hielt er für unangebracht. Die zwei Gattungen empfanden die Freude zu unterschiedlich. »Meine Mitarbeiter und ich haben es erwartet. Ihr habt einen Sieg an den anderen gereiht, so daß es mich wunderte, warum gewisse Gesellschaftsformen euch überhaupt Widerstand entgegenzusetzen wagten. Ich komme übrigens eben von einer Konferenz mit . . .« – er zögerte – ». . . mit meinen Vorgesetzten.« *Eigentlich sind sie mir nicht übergeordnet. Jetzt nicht mehr. Seit hier alles ins Rollen kam und es immer wahrscheinlicher wurde, daß Babur zu jenem Instrument werden könnte, das mir vorschwebte. Jetzt stelle ich ihre wichtigste Verbindung mit Babur dar. Ich bin ihr Partner. Und mit der Zeit werde ich ihr Boß sein.*

Einerlei. Für Zukunftsvisionen ist keine Zeit. Bis ich wieder auf Hermes sein werde, liegt viel Arbeit vor mir.

»Man hat mich ermächtigt, mit euch über die Schaffung einer Raumflotte zu verhandeln«, sagte er.

»Wir haben selbst schon Überlegungen angestellt, wie man die ökonomischen Voraussetzungen schaffen könnte«, erwiderte Ronzal. »Wie können wir die erforderlichen Kosten aufbringen?«

Strang, der gegen seine Erregung mit Besonnenheit ankämpfte, entgegnete vorsichtig: »Möglicherweise wird sich unsere Beziehung über den bisherigen simplen Tauschhandel hinausentwickeln. Uns ist klar, daß ihr mit den euch zur Verfügung stehenden Rohstoffen keine hochentwickelte Waffentechnik kaufen könnt.«

Zu diesen Rohstoffen gehörten Gold und Silber, die auf Babur nicht viel wert waren, da man bei den herrschenden Temperaturen an ihrer Stelle in der Industrie Quecksilber in fester Form verwendete.

Weiters Pflanzensekrete, die als Ausgangsbasis für organische Halogen-Verbindungen dienten. Andere Materialien, die Glieder in der Handelskette von Planet zu Planet bildeten, bis die Händler endlich das Gewünschte bekamen. Der Handel zwischen so grundlegend andersgearteten Welten konnte sich über eine gewisse Stufe nicht hinausentwickeln.

»Unsere Rassen könnten Dienstleistungen austauschen«, sagte Strang.

Ronzal sagte nichts. Er überlegte. Wie weit konnte man Ungeheuern trauen, die Sauerstoff atmeten, flüssiges Wasser tranken und in ihren Panzern Hitze entwickelten? Strang glaubte Ronzals Überlegungen nachvollziehen zu können. Er hatte an einer ähnlichen Unsicherheit zu leiden. Er würde sich hier nie ganz sicher fühlen. Als wolle er sich in Erinnerung rufen, wie fehl am Platz er hier war, spähte er angestrengt durch die Dunkelheit zum Baburiten hinüber.

Standen beide aufrecht da, dann reichte Ronzal ihm bis zur Mitte. Hinter seinem aufrechten Torso erstreckte sich ein horizontaler walzenförmiger Leib, ohne Schwanz, auf acht kurzen Beinen ruhend. Dieser Leib wies Reihen von scheinbaren Kiemen auf. In Wirklichkeit handelte es sich um Kiemendeckel, die Tracheen schützten, die, eine dichte Wasserstoffatmosphäre vorausgesetzt, den Körper so wirksam beatmeten wie menschliche Lungen. Dem Torso entsproß ein Armpaar, das in Klauen auslief, die an Hummerscheren erinnerten. Oberhalb der Gelenke dieser Klauen wuchsen starke Fühler, die als Finger dienten. Der größte und auffallendste Teil des Kopfes war eine feuchte Schnauze. Darüber waren vier winzige Augen. Die glatte Haut war bunt gestreift – orange, blau, schwarz und weiß. Ein durchscheinendes Gewand bedeckte den Großteil des Körpers.

Der Baburit hatte keinen Mund. Er schaufelte die Nahrung mit den Klauen in einen Verdauungssack am Unterleib, wo sie verflüssigt wurde, ehe er sie mit der Schnauze aufnahm. Gehör und Geruchssinn hatten ihren Sitz in den Tracheen. Die Sprechorgane waren vibrierende Membranen seitlich am Kopf. Es gab drei Geschlechter, die einzelnen Individuen gingen in gewissen Zyklen von einer Form in die andere über. Über die Ursachen und Umstände dieser Verwandlungen hatte Strang sich nie richtig Klarheit verschaffen können.

Ein ungeschultes menschliches Auge hätte nur eine groteske Erscheinung ausmachen können. Strang aber, der das Wesen in seiner ihm gemäßen Umgebung sah, erkannte Würde, Macht und eine eigentümliche Schönheit.

Das Summen hinter dem Vokalisator fragte: »Und wer von uns beiden wird davon profitieren?«

»Beide.« Obwohl Strang wußte, daß die folgenden Worte für seinen Gesprächspartner bedeutungslos waren, sprach er sie aus: »Wir gewinnen Sicherheit, Meisterschaft, Ruhm, Gerechtigkeit.«

Y minus 9

Von dem eingeschalteten Transparentschirm in Nicholas van Rijns Penthouse auf dem Winged Cross aus gesehen, bot sich Groß-Chicago als Wunderland der Spitzen, Türme, vielfarbigen Wände aus kristallinem Vitryl dar, aus anmutig geschwungenen Verkehrswegen, flackernden Neonzeichen, da und dort einer Baumgruppe und Grün, während am Himmel und auf dem See ebensoviel lebhafte Bewegung herrschte wie auf dem Boden der Stadt. Sooft sie zu Besuch kamen, die Falkayns wurden des Schauspiels nicht überdrüssig. Für David war es verhältnismäßig neu. Er hatte den größeren Teil des Lebens nicht auf der Erde verbracht. Aber Coya, die ihren Großvater von Kindesbeinen an besucht hatte, empfand es stets als neu und erregend. Heute fesselte es ihrer beider Aufmerksamkeit noch mehr als sonst. Sie beide standen nämlich kurz vor Antritt ihrer ersten gemeinsamen Reise über das Sonnensystem hinaus.

Der alte Herr gab ihnen zu Ehren ein kleines, ganz intimes Abschiedsdinner. Seine Bedienten zählten nicht, da sie in Diskretion geübt waren, und seine beiden im Moment aktuellen Geliebten hatte er in sein Haus in Djakarta verbannt, wo sie seine Ankunft in einem oder zwei Tagen erwarteten. Da die Falkayns wußten, daß van Rijns kleine Dinner sich über mehrere Stunden erstreckten, angefangen vom ersten Beluga bis zum letzten herrlichen überreifen Käse, hatten sie tüchtig Appetit mitgebracht. Eine Mozartsonate hieß sie willkommen. Bierhumpen standen neben eisstarrenden Aquavitgläsern und Dutzenden Sorten geräucherter Meeresfrüchte. Räucherwerk aus Tai-Tu schwebte sachte in der Luft. Ihnen zu Ehren hatte der Gastgeber sich ungewöhnlich feingemacht. Er trug ein langärmliges Hemd, spitzenbesetzt an Hals und Manschetten, eine vielfarbig schimmernde Weste, pflaumenfarbene Hosen, aber an den bloßen Füßen simple Strohsandalen. Van Rijn war unübersehbar guter Laune.

Dann klingelte das Telefon.

»Was zum Teufel . . .« grollte er. »Ich habe Mortenson ausdrücklich gesagt, er dürfe keinen Anruf durchstellen, der nicht vom Erzengel Gabriel persönlich käme. Aber sein Puddinghirn schafft das wohl nicht mehr.« Die Riesengestalt latschte durch den Raum. »Dem werde ich es ordentlich zeigen.« Ein haariger Finger drückte die Empfangstaste.

»Bürgerin Lennart will Sie sprechen, Sir«, meldete das Gesicht auf dem Sichtschirm. »Sie haben gesagt, Sie stünden ihr jederzeit zu einem Gespräch zur Verfügung. Soll ich durchschalten?«

Van Rijn zögerte. Er zupfte an seinem Ziegenbärtchen, das sein Dreifachkinn zierte und von einem aufgezwirbelten Schnurrbart malerisch ergänzt wurde. Die schwarzen Knopfaugen unter einer hohen Stirn beidseits einer gewaltigen Hakennase warfen einen Blick zu den Gästen hin. Es stimmte gar nicht, was von vielen behauptet wurde, daß nämlich der Besitzer der Solar Spice & Liquor Company an Stelle einer Seele einen Computer hätte. Er war vernarrt in seine Lieblingsenkelin, deren frischgebackener Ehemann von seinem Schützling zu seinem Agenten aufgestiegen war.

»Ich kann mir schon denken, was sie mir wieder vorquasseln wird«, brummte er. »Grausliches Zeug. Gar nicht passend für unser Gastmahl.«

»Aber ist es nicht besser, du nimmst die Gelegenheit wahr, mit ihr zu sprechen, Gunung Tuan?« gab Coya zurück. »Los, sprich mit ihr. Davy und ich bewundern indessen die Aussicht.« Kein Gedanke, daß er den Anruf im Nebenzimmer entgegennahm. Er konnte ihnen vertrauen wie sich selbst. Während das Vertrauen in öffentliche Institutionen im Schwinden begriffen war, in jene des Commonwealth als der Polesotechnischen Liga gleichermaßen, baute man immer mehr auf persönliche Bindungen.

Van Rijns Seufzer ähnelte einem Minitaifun. Er ließ sich in einen Sessel nieder und lagerte seinen Wanst majestätisch auf seinem Schoß. »Es wird nicht lange dauern. Ich werde das Gespräch abkürzen«, versprach er. »Diese Lennart verursacht mir Übelkeit, ja, meine Magensäfte geraten durcheinander. Aber wir müssen leider Rücken an Rücken zusammenstehen, egal wie knochig der ihre ist . . . Also, los, stell durch«, wies er seinen Ersten Sekretär an.

Falkayn und Coya gingen mit ihren Drinks zum Transparentschirm und sahen hinaus. Ihre Blicke blieben nicht lange an der Aussicht haften, da sie den gegenseitigen Anblick anziehender fanden als alles andere.

Er war achtzehn Jahr älter und vielleicht nicht so heftig verliebt wie sie, da er als ruheloser Wanderer unzählige Frauen an vielen fremden Orten gekannt hatte. Alles in allem hatte er aber das Gefühl, daß er endlich in einen Hafen eingelaufen war, den er unwissentlich schon immer gesucht hatte.

Coya Conyon, die sich nach einer unter ihrer Generation immer beliebteren Sitte Coya Falkayn nannte, wirkte in ihrem knallroten Hosenanzug groß und schlank. Ihr dunkles Haar, das ihr bis auf die Schultern fiel, umrahmte ein ovales Gesicht, in dem die grünen Augen mit den Goldpünktchen das auffallendste Merkmal waren. Der Mund über dem festen Kinn war groß und sanft, die Nase kurz, ihre Hautfarbe sonnengebräuntes Elfenbein.

Sie konnte sich an ihm nicht satt sehen. David Falkayn war hochgewachsen. Der graue Anzug ließ seinen athletischen Körperbau ahnen. Das schmale Gesicht hatte ausgeprägte Wangenknochen, die Augen waren blau, das Haar blond, ein Kennzeichen adeliger Herkunft auf Hermes. Er trug die aufrechte Haltung seiner Klasse zur Schau. Seine Lippen aber schienen sein Erbe zu verleugnen, da sie fast immer lachbereit waren. Bislang hatte es keiner medizinischen Verjüngsmethoden bedurft, um ihn jugendlicher aussehen zu lassen als seine einundvierzig Jahre.

Sie ließen die Humpen aneinanderklingen und lächelten. Van Rijns Stimme riß sie aus ihren Gedanken.

»Was sagen Sie da?« Der Händler fuhr auf. Schwarze Ringellocken, eine Mode, die seit dreißig Jahren überholt war, fielen auf seine fleischigen Schultern. Falkayn fiel dabei ein, daß vor nicht allzu langer Zeit eine Konkurrenzfirma eine komplizierte Spionageaktion in Szene gesetzt hatte, nur um herauszubekommen, ob der Alte sein Haar färbte oder nicht. Man wollte sich mit allen Mitteln einen Hinweis darauf verschaffen, ob es mit seinen schier unerschöpflichen Kräften nicht bald bergab ginge. Der Versuch hatte sich als Fehlschlag erwiesen.

»Auf dumme Witze sollten Sie lieber verzichten, Lennart«,

kläffte Van Rijn. »Das verträgt sich nicht mit Ihrem Stil. Sie würden sogar in einer Clownmaske mit aufgemaltem Grinsen wie eine Moralpredigerin aussehen. Jetzt wollen wir ohne Drumherum beraten, wie wir dieser vermaledeiten Sache ein Ende bereiten können.«

Hanny Lennarts Blick durchbohrte ihn über mehrere tausend Kilometer hinweg. Sie war eine hagere bläßliche Blondine. Ihre goldbestickte Uniform wirkte höchst unpassend. »Sie sind derjenige, der sich wie ein Trottel benimmt, Bürger Van Rijn«, sagte sie. »Ich sage Ihnen ganz offen, daß die Heimatfirmen gegen den Antrag Garvers nichts einwenden werden. Und jetzt ein Rat zu Ihrem Wohl. Angesichts der herrschenden öffentlichen Meinung wären Sie schlecht beraten, wenn Sie Ihre offen agierende Lobby und Ihre heimlich arbeitenden Bestechungskünstler von der Leine lassen würden. Sie würden nichts erreichen, und Sie würden sich Unwillen zuziehen.«

»Aber . . . Hölle und Verdammnis! Begreifen Sie denn nicht, was das zur Folge haben wird? Wenn die Gewerkschaften so großen Anteil am Management bekommen, dann haben wir nicht bloß die Nase des Kamels in unserem Zelt, sondern seinen üblen Atem und die sandigen Fußspuren, und es trampelt ungeniert herein, und Sie wissen, was dann los ist!«

»Ich halte Ihre Befürchtungen für übertrieben«, sagte die Lennart. »Wie immer.«

»Niemals! Alle meine Befürchtungen haben sich bewahrheitet, Jahr für Jahr, bumm, bumm, bumm. Hören Sie: Eine Gewerkschaft ist eine auf Profit hinarbeitende Organisation, ähnlich wie eine Firma, egal wieviel Wind da von der Bruderschaft der Arbeitenden gemacht wird. Meinetwegen, das alles schadet nicht, solange die Habgier offen zutage tritt. Heutzutage aber geben sich die Gewerkschaften als politische Organisationen, die mit der Regierung verquickt sind wie siamesische Zwillinge und Polypen gleichzeitig. Läßt man sie an diesen Fonds heran, dann ist es so, als ließe man die Regierung ihre Nase ins Geschäft stecken.«

»Das könnte auf Gegenseitigkeit beruhen«, erklärte die Lennart. »Also, ehrlich gesagt – ich spreche als Privatperson und nicht als Stimme der Heimatgesellschaften – ehrlich gesagt halte ich Ihre

Ansicht, die Regierung sei ein natürlicher Feind allen intelligenten Lebens, für längst überholt. Wenn Sie wissen wollen, wohin diese Ansicht führt, dann werfen Sie einen Blick über das Sonnensystem hinaus. Sehen Sie sich an, was die Sieben tut, brutal und routinemäßig, auf einer Welt nach der anderen. Oder kümmert Sie das nicht?«

»Die Sieben möchte keine Konkurrenz . . .«

»Bürger van Rijn, wir beide sind sehr beschäftigt. Ich habe Ihnen den Gefallen erwiesen, Sie direkt anzurufen und Ihnen zu raten, Sie sollten gar nicht erst versuchen, die Heimatgesellschaften gegen den Garver-Antrag aufzuhetzen. Es ist uns damit ernst. Wir wollen, daß die Gesetzesvorlage durchgeht. Und wir sind sicher, daß es der Fall sein wird, egal, was Sie und Ihresgleichen dagegen unternehmen. Und jetzt wollen wir beide die Debatte beenden und uns unseren eigentlichen Aufgaben zuwenden.«

Van Rijn lief puterrot an. Er äußerte stammelnd ein paar Worte, die sie als Einverständnis nahm. »Leben Sie wohl«, sagte sie und unterbrach die Verbindung. Der leere Bildschirm summte.

Nach einer Weile näherte sich Falkayn. »Na, das hörte sich an wie eine sehr schlechte Nachricht.«

Die Ähnlichkeit van Rijns mit einem Vulkan knapp vor der Eruption ließ langsam nach. »Ganz schlechte Nachrichten«, brummte er. »Ungeheuerliche, unglaubliche, heimtückische, schlechte Nachrichten. Tun wir lieber so, als wären sie uns nie zu Ohren gekommen.«

Coya kam und strich ihm über die Mähne. »Nein, sag lieber, was passiert ist, Gunung Tuan«, bat sie leise. »Es wird dir Erleichterung bringen.«

Zwischen Flüchen und unverständlichen Äußerungen in verschiedenen Sprachen rückte Van Rijn mit der Neuigkeit heraus. Edward Garver, der Parlamentsabgeordnete von Lunograd, hatte einen Gesetzesantrag vorgelegt, demzufolge die Verwaltung des privaten Pensionsfonds jener Arbeitnehmer, die Bürger des Commonwealth waren, der Kontrolle der Gewerkschaften unterstellt werden sollte. Im Falle der Solar Spice & Liquor Company war es die Vereinigte Technikergewerkschaft. Die Heimatgesellschaft hatte beschlossen, nicht gegen den Antrag zu opponieren. Ihre Vertreter waren sogar bereit, mit den entsprechenden Ausschüssen zur beiderseitigen Zufriedenheit zusammenzuarbeiten. Das bedeutete, daß die Polesotechnische Liga als Ganzes nicht aktiv werden konnte. Die Heimatgesellschaften und deren Satelliten hatten zu viele Stimmen im Rat, über die sie verfügen konnten. Überdies würde die Sieben im All sich indifferent verhalten, da das Gesetz sie nur nebenbei betraf. Es waren vor allem die unnachgiebigen Firmen wie die Van Rijns, Firmen, die in interstellarem Maßstab agierten, deren Markt aber auch das Commonwealth umfaßte. Ihnen waren im Hinblick auf diese Gelder nun die Hände gebunden.

»Und wenn die Vereinigten Techniker bestimmten, wo wir investieren, dann ist das für sie ein Zuwachs an Macht«, schloß der Händler. »Und zwar nicht nur Macht über unsere Angelegenheiten, sondern über die Finanzen im allgemeinen, über Geschäfte, über die Regierung – und allmählich bekommt die Regierung sämtliche Fäden in die Hand. Ach, du liebe Zeit, eure Kinder beneide ich wirklich nicht.«

»Besteht keine Aussicht, dem allem zuvorzukommen?« fragte Falkayn. »Ich weiß ja, wie oft du alles, was sich dir in den Weg stellte, einfach wie Kegel umgelegt hast. Wie wär's, wenn du deine ausgezeichneten Verbindungen spielen ließest? Ein wenig Druck auf die richtigen Abgeordneten, ein paar Tricks, von denen du jede Menge auf Lager hast . . .«

»Nein, gegen die fünf Riesen haben wir keine Chance«, äußerte Van Rijn bekümmert. »Aber kann sein, daß ich mich irre. Leider habe ich dreißig Jahre mehr auf dem Buckel als du, mein Junge. Da nützen auch die lebensverlängernden Chromosome und die vielen Anti-Alterungsbehandlungen nichts. Mit der Zeit macht sich eine gewisse Müdigkeit bemerkbar. Ich werde in der Sache nicht viel unternehmen.«

Van Rijn schüttelte die Mißstimmung ab. »Was rede ich da für einen Unsinn? Wir wollen uns einen vergnügten Abend machen und uns vollaufen lassen, ehe Coya sich mit deinem Team auf den Weg macht und mir neue, wundervolle Profitmöglichkeiten erschließt.« Er sprang auf. »Getränke her! Wir sind marstrocken! Wo steckt dieser Schleichfuß von Butler? Bier her, sage ich! Aquavit! Mehr von allem, verdammt noch mal!«

Y minus 7

Die Sonne Elena war ein richtiger Zwerg, doch war der Planet Valya so nahe, daß die Sonnenscheibe groß und orangenrot am indigoblauen Himmel hing. Von Sonnenaufgang bis Sonnenuntergang waren es über vierzig Stunden. Der Ozean lag spiegelglatt da wie ein See. Das Land rollte hügelig unter der rostfarbigen Decke von Buschwerk und Gras dahin. Winzige, schimmernde Dinge durchflitzten die Luft auf einer warmen, leicht nach Eisen duftenden Brise. Insekten waren es nicht.

Vor dem Hauptquartier der wissenschaftlichen Basis machte Eric Tamarin-Asmundsen seiner Verärgerung Luft und ließ sich über seine Absichten seiner Vorgesetzten Anna Karagatzis gegenüber aus. Neben ihnen kauerte der Charlie genannte Eingeborene, ein langgliedriges, spindeldürres Wesen. Es war mit einem blauen Fell bedeckt, der tropfenförmige Kopf war mit Antennen bestückt.

»Ich sage Ihnen doch, daß Sie hier bloß Ihre Zeit verschwenden«, meinte die Frau. »Glauben sie mir, ich habe es mit Protesten, mit Bitten und Drohungen versucht. Wyler hat mich bloß ausgelacht, so lange, bis er wütend wurde und mir nun seinerseits drohte, wenn ich nicht endlich aufhörte, ihn zu belästigen.«

»Das wußte ich nicht!« Eric erstarrte, während ihm die Röte ins Gesicht stieg. Er bemühte sich, ruhig zu bleiben. »Alles nur Bluff. Die werden nicht wagen, einem von uns etwas anzutun. Und was könnten sie schon tun?«

»Na, da bin ich nicht so sicher«, seufzte Anna Karagatzis. »Aber ich war schließlich in ihrem Lager und weiß jetzt, wie gut bewaffnet sie sind. Und wir, was sind wir denn schon? Eine Gruppe von Wissenschaftlern samt Hilfspersonal, von denen noch niemand eine Schießerei mitgemacht hat. Die Leute von Stellar Metals können machen, was sie wollen. Und wir befinden uns außer Reichweite jeder zivilisierten Rechtsprechung.«

»Wie bitte? Das Commonwealth nimmt sich das Recht, von seinen Bürgern begangene Verfehlungen zu bestrafen, wo immer sich diese Bürger befinden.«

»Stimmt. Aber ich vermute, daß viele, wenn nicht gar alle in dieser Gruppe verschiedene Staatsbürgerschaften haben. Außerdem gibt es hier keine polizeilichen Ermittlungen, zweihundert Lichtjahre entfernt.«

»Hermes ist gar nicht so weit weg.«

Die Karagatzis sah ihn durchdringend an. Eric war groß. Seine wettergegerbten Züge ließen ihn älter erscheinen, als er es mit seinen einundzwanzig Standardjahren war – Römernase, kantiges Kinn, braune Augen, ein breites Gesicht von ansprechender Häßlichkeit, das im Moment wutverzerrt war. Nach Art der Männer seines Heimatplaneten und der Erde war er glattrasiert und trug die Haare kurz. Seine Kleidung war einfach: Coverall und Stiefel. Ein Abzeichen an der Schulter wies ihn als Angehörigen der herzöglichen Familie aus.

»Was könnte Hermes schon ausrichten?« sagte Anna Karagatzis nachdenklich. »Und was würde es tun? Valya ist Ihren Leuten sicher gar kein Begriff.«

»Die Firma Stellar Metals hat mit uns Handelsbeziehungen«, rief er ihr ins Gedächtnis. »Ich kann mir nicht denken, daß Wylers Vorgesetzte es zu schätzen wüßten, wenn er einen guten Handelspartner provoziert.«

»Ob das bißchen Aufregung auf einem Hinterwäldlerplaneten überhaupt jemanden interessiert? Wenn Sie nicht hier wären und die ganze Geschichte kennengelernt hätten, dann würden Sie sich deswegen vermutlich auch keine grauen Haare wachsen lassen. Machen Sie sich nichts vor.«

Er atmete tief durch. »Bürgerin, ich bin nun mal hier. Ich muß es versuchen. Oder nicht?«

»Tja . . .« Sie hatte sich zu einem Entschluß durchgerungen. »Also gut, Lord Eric«, sagte sie, indem sie ihn so anredete, als wäre der auf Hermes gesprochene Dialekt des Anglic ihre Muttersprache. »Fahren Sie los, und stellen Sie fest, ob Ihr Einfluß etwas ausrichten kann. Aber keine Extratouren! Spielen Sie nicht den Helden. Und keine Versprechungen an die Eingeborenen.« Sie konnte mit ihrem Kummer nicht mehr an sich halten. »Es hat weh getan, als sie ratlos zu uns kamen, in der Meinung, wir Humanoide wären ihre Freunde und . . . und wir mußten eingestehen, daß uns die Hände gebunden waren.«

Eric sah hinunter auf Charlie. Der Eingeborene hatte ihn bei seiner Rückkehr angesprochen. Sie hatten einander kennengelernt, als der Hermeter in den Bergen Feldarbeit leistete. Inzwischen war aus Charlie ein Flüchtling geworden. Einigermaßen erschütternd brachte Eric bloß heraus: »Bürgerin, ich habe die Hoffnungen dieses Jungen mit einer bestimmten Absicht genährt.«

Anna Karagatzis schenkte ihm ein trauriges Lächeln. »Na, meine haben Sie wenigstens nicht genährt.«

»Ich werde nicht lange ausbleiben«, sagte Eric. »Wünschen Sie was. Leben Sie wohl.« Er machte sich auf den Weg, Charlie an seiner Seite.

Einige winkten ihnen im Vorübergehen zu. Es waren keine frohen Grüße. Direkt oder indirekt störte die Invasion sämtliche Projekte. Noch schwerwiegender war vielleicht der Umstand, daß diese Arbeiter zu den Valyanern Zuneigung gefaßt hatten. Und da war es schon hart, einfach hilflos zusehen zu müssen, wie dieses Bergvolk ausgeraubt wurde.

Hilflos? dachte er. *Na, wir werden sehen.* Gleichzeitig aber wußte er, daß die Sache schon wochenlang lief. Hätte nicht schon längst jemand reagieren können, wenn es möglich war, der Stellar Metals eins aufs Dach zu geben?

Er und seine Mitarbeiter hatten sich auf verschiedenen Kontinenten aufgehalten, hauptsächlich, um die Tanzrituale zu beobachten. Die Choreographie war auf dem ganzen Planeten ein wichtiger und komplizierter Teil des Lebens. Um ihre Anwesenheit möglichst wenig spürbar zu machen, hatten sie ihr Fahrzeug stets in ziemlicher Entfernung geparkt. Das Risiko, auf diese Weise vom Funkkontakt abgeschnitten zu sein, war ihnen gering erschienen. Dann aber war etwas passiert, was leicht zu vermeiden gewesen wäre ...

Außerhalb der Basis stand ein halbes Dutzend primitiver und verkommener Unterkünfte, deren grelles Plastikmaterial sich unschön von den weichen Rot- und Brauntönen der Vegetation abhob. Anna Karagatzis hatte Eric geschildert, wie die Leute von Stellar Metals die wenigen unabhängigen Goldsucher von früher gejagt hatten, deren Tätigkeit ganz harmlos war, da sie ja nur in kleinem Rahmen schürften. Man hatte sie aus den Bergen verjagt, zusammen mit allen Eingeborenen, die Widerstand leisteten. Die

Opfer warteten auf das nächste Versorgungsschiff, das sie mitnehmen sollte.

Einer der verbittert und müßig dasitzenden Männer raffte sich auf und kam auf ihn zu. Eric war ihm schon begegnet. Es war Leandro Mendoza. »Hallo, Bürger Tamarin-Asmundsen«, sagte er ohne die Spur eines Lächelns.

Der Hermeter, der momentan aus seinen Gedanken gerissen wurde, war perplex. Wer? Familiennamen waren in seiner gesellschaftlichen Klasse nicht gebräuchlich. Er war ›Lord Eric‹ oder einfach ›Eric‹ für gute Freunde ›Gunner‹. Da fiel ihm ein, daß Mendoza sich des auf der Erde üblichen Anglic bediente. Er verwünschte seine Gedankenlosigkeit. »Heil«, sagte er, und blieb stehen.

»Sie waren wohl fort?« fragte Mendoza. »Sie haben es eben erst erfahren?«

»Ja. Sie müssen mich entschuldigen, ich bin in Eile.«

»Um zu Sheldon Wyler zu gehen? Was glauben Sie, daß Sie bei ihm ausrichten können?«

»Das wird sich herausstellen.«

»Na, dann geben Sie acht, daß Sie es nicht auf die harte Tour herausfinden. So wie wir nämlich.«

»Ach ja, stimmt. Ich hörte, daß er euch mit Waffengewalt vertreiben ließ. Wo ist eure Ausrüstung geblieben?«

»Verkauft. Anders ging es nicht. Ein jeder von uns hatte Unsummen investiert, und keiner hatte so viel verdient, um sich den Transport an einen anderen Ort leisten zu können. Er hat uns die Sachen zu einem Preis abgekauft, der uns halb ruiniert hat.

Eric machte ein finsteres Gesicht. »Ob das sehr klug war? Haben Sie sich damit nicht für den Fall kompromittiert, daß Sie die Sache vor Gericht bringen? Sie werden doch vor Gericht gehen, nehme ich an?«

Mendoza lachte blechern. »Vor ein Commonwealth-Gericht? Falls die Stellar Metals nicht selbst den Richter gekauft haben, dann hat es eine andere Gesellschaft getan. Und die sind nicht kleinlich. Unsere Klage würde abgewiesen, ehe wir alles vorgebracht haben.«

»Nein, ich meinte die Polesotechnische Liga. Das oberste Tribunal.«

»Soll das ein Scherz sein? Na, dann lassen Sie sich nicht aufhalten. Ich weiß Ihre guten Absichten sehr zu schätzen.« Mit hängendem Kopf wandte Mendoza sich ab.

Eric setzte den Weg fort. »Was hat dein anderes Ich gesagt?« fragte Charlie, besser gesagt, war dies in etwa der Inhalt seiner getrillerten Frage. Psychologen waren noch immer nicht ganz dahintergekommen, was es mit dem Ich-Du-Verhältnis in der Sprache der Bergbewohner auf sich hatte. Und jetzt war die gesamte Kultur des Berglandes in Gefahr, durch die Operationen in diesem Gebiet zerstört zu werden.

Sein eigener Wortschatz, das Ergebnis zahlreicher Sitzungen mit einem Induktiv-Instruktor, war sehr mager. »Er gehört zu denen, die Gold holten, ehe die Neuen sie vertrieben«, erklärte er mühsam.

»Ja, wir kennen ihn gut. Sie bezahlten großzügig mit Geräten und Kleidungsstücken für das Recht, ein paar Löcher zu graben. Die Neuen bezahlen gar nichts. Und was noch schlimmer ist, sie zerstreuen die Wald-Rinder.«

»Der Mann, mit dem ich sprach, erwartet nicht, daß ich Erfolg haben werde.« »Und du – erwartest du es?«

Eric gab keine Antwort.

In der Garage sucht er sich ein Gefährt aus und bedeutete Charlie, vor ihm einzusteigen. Die Antenne des Valyaners bebte. Er war noch nie zuvor geflogen. Doch als sich das Gefährt auf lautloser Nega-Schwerkraft in die Luft erhob, besah er sich die Landschaft durch die gewölbte Cockpitscheibe und sagte: »Ich kann dir den Weg zeigen. Steuere dort hinüber.« Er zeigte nach Nordosten.

Ein Mensch mit ähnlichem Hintergrund hätte sich beim ersten Mal in der Luft nicht so gut zurechtfinden können, dachte Eric. Bei seiner Ankunft vor einem Jahr war er darauf eingestellt gewesen, Lebewesen, die praktisch über die Bronzezeit nicht hinausgekommen waren, mit wohlwollender Gönnerhaftigkeit zu begegnen. Mit der Zeit aber hatte er gelernt, sie zu bewundern. In technischer Hinsicht konnten sie einer raumfahrenden Gattung nichts bieten. Doch der Einfluß, den Kunst und Philosophie ihres Planeten auf die technische Gesellschaft ausüben konnten, war nicht abzusehen.

Falls ihre Gesellschaftsordnung überlebte. Die Existenzgrundlagen erweisen sich nämlich oft als überaus verwundbar. Das naheliegende Beispiel dafür war das Verhältnis der Bergbewohner zu jenen pflanzenfressenden Tieren, die ihre hauptsächliche Nahrungsquelle darstellten. Diese Tiere, die weder wild noch gezähmt waren, und ein Leben führten, das zwischen diesen beiden Begriffen lag, wurden von den lärmenden, grabenden und schaufelnden Maschinen der Stellar Metals-Expedition aus ihren besten Weidegründen vertrieben. Ganze Herden wurden zerstreut. Die neuen Goldgräber waren deshalb mit der Heuschreckenplage der alten Erde zu vergleichen.

Bei allen drei wankelmütigen Schicksalsgöttinnen! durchfuhr es Eric, *warum muß ausgerechnet Gold ein wichtiger Rohstoff sein?* Sein vernünftiges Ich hielt ihm trocken entgegen: *Es ist sehr leitfähig, leicht formbar und chemisch inaktiv.* Er protestierte: *Warum muß eine Außenseiterfirma hier plündernd einfallen, wenn es auf Tausenden von unbewohnten Welten Gold gibt?* Die Antwort lautete: *Ein Planetologe sichtete ein reiches Vorkommen, der Fund wurde bekannt, es kam zu einem kleinen Goldrausch, von dem die Gesellschaft Wind bekam. Die genaue Lage des Vorkommens war schon bekannt, und auf Valya brauchten Menschen keine kostspieligen und zeitraubenden lebenserhaltenden Einrichtungen.*

Warum mußte dann das Vorkommen ausgerechnet hier an dieser Stelle liegen? Auf diese Frage gab es keine Antwort.

Das Luftgefährt überflog rasch die Küstenebene. Das Land stieg an, türmte sich zu einer baumbedeckten Bergkette auf. Ein häßlicher kahler Fleck neben einem See kam in Sicht. Charlie deutete hin, Eric ging tiefer.

Als er aufsetzte, kamen zwei Posten angelaufen, ein Mensch und ein Merseianer. »Was wollen Sie hier?« schnarrte der Mensch. »Hier ist Sperrgebiet.«

Eric konnte kaum an sich halten. »Wer hat euch Eigentumsrechte verliehen?«

»Egal. Wir haben sie, und wir werden sie durchsetzen. Los, marsch.«

»Ich möchte Sheldon Wyler sprechen.«

»Er hat genug von euch Schlappköpfen bei sich gehabt.« Der Posten tastete nach seiner Waffe. »Los jetzt, oder müssen wir deutlicher werden?«

»Ich kann mir nicht denken, daß er es billigt, wenn ihr den Thronerben von Hermes hart anfaßt«, sagte Eric.

Die Söldner zeigten Anzeichen von Nervosität. Das Großherzugtum lag nur einige Lichtjahre entfernt und verfügte über eine kleine Flotte. »Na schön, kommen Sie mit«, sagte schließlich der Mensch.

Während er durch den Staub stapfte, konnte Eric nur wenige Arbeiter sehen. Die meisten waren beim Roden der Wälder eingesetzt. Stellar Metals gab sich nicht damit zufrieden, Metalladern aufzuspüren und Flüsse durchzusieben. Es entriß das Erz ganzen Bergflanken, ließ es durch einen mobilen Extraktor laufen und hinterließ Halden giftiger Schlacke. Ganze Flüsse wurden durch hydraulische Separatoren geschickt, ohne Rücksicht auf die Zerstörung organischen Lebens darin.

Im Inneren einer Fertigteilhütte befand sich ein mönchisch schlichtes Büro. Hinter dem Schreibtisch Wyler. Der korpulente Mann mit dem Seehundschnurrbart gab sich zunächst unerwartet zugänglich. Er entließ die Posten und sagte: »Nehmen Sie Platz. Rauchen Sie? Die Zigarren enthalten Tabak von der Erde.« Eric lehnte mit einem Kopfschütteln ab und setzte sich. »Also, Sie werden eines Tages der Großherzog von Hermes sein«, fuhr Wyler fort. »Und ich dachte, der Großherzog würde gewählt.«

»Das wird er, doch fällt die Wahl meist auf den erstgeborenen Nachkommen.«

»Wie kommt es dann, daß Sie als Wissenschaftler tätig sind?«

»Das gehört zu meiner Vorbereitung auf das Regierungsamt. Als Großherzog habe ich auch mit Nichthumanoiden zu tun. Eine gewisse Erfahrung auf xenologischem Gebiet . . .« Erics Erläuterungen versandeten. *Verdammt! Dieser Typ hat mich bereits in die Defensive gedrängt!*

»Sie treten also gar nicht als Sprecher Ihrer Welt auf?«

»Nein, aber . . . ich erstatte schriftlich Bericht nach Hause. Und nach abgeleisteter Zeit kehre ich in meine Heimat zurück.«

Wyler nickte. »Klar, daß es uns lieb wäre, wenn Sie von uns

einen guten Eindruck gewinnen könnten. Wie wär's, wenn Sie sich mal den Fall aus unserer Sicht zu Gemüte führten?«

Eric beugte sich vor, die geballten Fäuste auf die Knie gestützt. »Bürgerin Karagatzis hat mir berichtet, was – hm, was Sie ihr berichtet haben. Ich weiß, wie Sie zu Ihrer ›Erkundungs- und Entwicklungserlaubnis‹ gekommen sind. Ich kenne Ihre Behauptung, Realbesitz wäre nicht an einen Ort gebunden, oder Sie verstießen daher gegen kein Gesetz. Und Sie behaupten außerdem, daß Sie nach Ablauf eines Jahres hier fertig wären und Ihre Sachen zusammenpacken und verschwinden. Sie können sich die Wiederholung sparen.«

»Dann können Sie sich ersparen, vor mir zu wiederholen, was Ihre Vorgesetzte sagte.«

»Ja, kümmert es Sie denn gar nicht, was Sie hier anrichten?«

Wyler zog die Schulter hoch. »Jedes Mal, wenn ein Raumschiff auf einem Planeten landet, hat das gewisse Konsequenzen. Wir wußten, daß niemand etwas gegen diese unabhängigen kleinen Goldgräber hatte, obwohl sie keine Erlaubnis hatten und von Rechts wegen gar nicht schürfen durften. Ich war sogar bereit, über eine Entschädigung für diese Springteufelchen ... für die Eingeborenen zu verhandeln. Dazu hätte ich die Hilfe von euch Fachleuten gebraucht. Statt dessen sah ich mich offener Gegnerschaft gegenüber.«

»Ja, weil es für den Raubbau an einem ganzen Land keine Entschädigung geben kann. Ach was, wozu rede ich überhaupt weiter?« schnaubte Eric. »Es ist Ihnen doch egal. Sie hatten von Anfang an die Absicht, hier als Räuber aufzutreten.«

»Sollen doch darüber die Gerichte entscheiden, meinen Sie nicht auch? Obwohl es zu keinem Prozeß kommen kann, wenn es keine ernsthaften Schäden gibt.« Wyler stützte die Ellbogen auf und verschränkte die Finger. »Ehrlich gesagt, Sie enttäuschen mich. Ich hatte gehofft, ich würde mir nicht dasselbe leere Gefasel anhören müssen. Ich kann von mir behaupten, daß ich auch Gutes tue. Die Industrie benötigt Gold. Sie stellen das Wohlergehen von ein paar tausend verdammter Wilder über die Bedürfnisse von Milliarden zivilisierter Wesen.«

»Ich ... ich ... also gut.« Eric sah auf. »Reden wir offen miteinander. Sie haben mich zu Ihrem Feind gemacht, und ich besitze Einfluß auf Hermes. Wollen Sie, daß es so bleibt oder nicht?«

»Natürlich möchte Stellar Metals Sie zum Freund gewinnen ... wenn möglich. Und was Ihre Drohung anlangt ... nun, ich weiß nicht viel über Ihr Volk. Aber ich glaube mich zu erinnern, daß es auch auf Hermes eine Klasse der Unzufriedenen gibt. Ob die wohl Lust haben, sich der Kümmernisse einer kleinen Gruppe verdammter Außenseiter anzunehmen, lange nachdem alles vorbei ist? Ich bezweifle es. Ich glaube, Ihre Mutter verfügt über mehr Verstand.

Schließlich mußte Eric den Rückzug antreten, ohne etwas erreicht zu haben. Es war die erste absolute Niederlage, die er erlitten hatte. Und wie Anna Karagatzis vorhergesagt hatte, war das Eingeständnis seiner Niederlage Charlie gegenüber um so schmerzlicher.

Y minus 5

Der Mond des Planeten Babur, von den Menschen Ayisha genannt, war annähernd von der Größe Lunas. Von einer Sichtscheibe in einer der Kolonie-Kuppeln sah Benoni Strang hinaus auf einen schwach erhellten Steinbrocken, aschfarben, pockennarbig durchsetzt von Kratern. Am schwarzen Himmel standen reglos die Sterne. Es fehlte die Luft, die sie funkeln ließ. Der Mond, in der Halbzeit zur Vollphase, war wie eine große amberfarbige Scheibe, von Wolkenstreifen gezeichnet, deren strahlendes Weiß von einem Hauch Ocker und Rot gemildert wurde. Am Horizont ragte skelettartig eine Startrampe für Raumschiffe auf, gleich einem Turm zur Belagerung des Universums.

Im Inneren der Kuppeln gab es nicht nur Wärme, Schwerkraft nach Erdstandard, für Menschen atembare Luft. Strang stand auf einem samtenen Grasboden inmitten blühender Sträucher. Im Park hinter ihm gab es einen Ballspielplatz, ein Schwimmbecken, Springbrunnen, Tische, an denen man sitzen und köstlich speisen und erlesene Weine trinken konnte. Darüber hinaus gab es auf der Basis Vergnügungseinrichtungen verschiedenster Art, angefangen von einem Kunstgewerbeladen und einem Amateurtheater bis hin zu Lasterhöhlen, so raffiniert wie anderswo auf bekannten Welten. Hier ging es nicht nur um Ablenkung nach anstrengender Arbeit. Man brauchte Ventile für die Tatsache, daß die Leute ganze Perioden ihres Lebens auf Ayisha und Babur und im umgebenden All verbringen mußten; daß es keine Urlaube gab, daß es nicht gestattet war, Besuche zu haben, und daß die Post zensiert wurde. Diejenigen, die es schließlich trotz beachtlich wachsender Konten in der Heimat nicht mehr aushielten, mußten sich vor dem Abflug einer Gedächtniswäsche unterziehen. Dieser Punkt war Bestandteil des Arbeitsvertrages. Die Polizei der Kolonie sorgte dafür, daß er eingehalten wurde.

Strangs Erinnerung wanderte zurück in die Anfangsjahre, als hier unter Mühen, Gefahren und Entbehrungen der erste Stützpunkt geschaffen wurde. Fast tat es ihm leid um die Zeit, da er damals jung gewesen war.

Wenngleich ich nie richtig fröhlich und ausgelassen war wie die anderen, dachte er. *Ich stand immer unter Druck.*

»Na, worüber zerbrechen Sie sich den Kopf?« fragte Emma Reinhardt.

Er wandte den Kopf und sah sie an. Emma war eine hübsche Person vom Planeten Germania, technische Assistentin, die vielleicht seine nächste Geliebte werden würde. Sie waren in letzter Zeit viel zusammen gewesen.

»Ach, ich dachte bloß, wie weit wir jetzt hier sind, und was noch zu tun ist«, sagte er.

»Denken Sie jemals an etwas anderes als Ihre . . . Ihre Mission?« fragte sie.

»Sie hat mir immer alles abverlangt«, gestand er.

Jetzt war es an ihr, ihn genau anzusehen. Er war schlank und mittelgroß, seine Bewegungen geschmeidig. Das kantige Gesicht mit den ebenmäßigen Zügen und dem dunklen Schnurrbart wurde von glattem, braunem Haar umrahmt. Die Augen waren graublau. In seiner Freizeit trug er einen erstklassig geschnittenen Trainingsanzug. »Manchmal frage ich mich, was aus Ihnen werden soll, wenn das Projekt beendet ist«, sagte sie halblaut.

»Bis dahin vergeht noch viel Zeit. Ich schätze, es dauert etwa sechs Standardjahre, bis wir den größeren Schritt wagen können.«

»Falls es keine Überraschungen gibt.«

»Ja, man muß mit unvorhergesehenen Ereignissen rechnen. Andererseits vertraue ich darauf, daß das, was wir gebaut haben, so stabil ist, daß es sich anpaßt... und daß es funktioniert.«

»Sie mißverstehen mich. Natürlich liegt vor Ihnen noch jede Menge Organisationsarbeit. Aber mit der Zeit wird die Sache Ihrem Zugriff entgleiten. Oder Sie müssen zumindest damit rechnen, daß auch andere Hände zupacken werden. Was dann?«

»Dann kehre ich nach Hause zurück... wenn nicht schon früher.«

»Nach Hermes?«

Er nickte. »Ja. In gewisser Weise war mir dieses Unternehmen nur Mittel zum Zweck. Sie wissen, was ich hier mitgemacht habe.«

»Ehrlich gesagt, erscheint es mir nicht so schlimm. Als geborener Traver waren Sie nicht stimmberechtigt, alles brauchbare Land gehörte den Aristokraten und... na ja, kein Wunder, daß ein ehrgeiziger Mensch unter diesen Umständen frustriert ist. Sie haben einfach den Planeten verlassen und anderswo Karriere gemacht. Daran hat Sie niemand hindern können.«

»Und diejenigen, die zurückbleiben mußten?«

»Ja, was ist mit denen? Sind sie wirklich so schlimm dran?«

»Sie sind unterprivilegiert, praktisch Untermenschen, auch wenn die äußeren Bedingungen nicht so hart erscheinen. Sie haben im öffentlichen Leben nichts zu sagen. Und die Große Sippe ist am Fortschritt nicht interessiert. Denen geht es einzig um ihre kostbaren Privilegien. Ich sage Ihnen, dieses ganze verrottete System hätte schon vor einem Jahrhundert gestürzt werden sollen. Nein, es hätte schon in den Anfängen...« Er hielt sich zurück. »Aber das können Sie nicht verstehen. Sie haben es nicht mitgemacht.«

Emma Reinhardt überlief ein leises Schaudern. Sie hatte sekundenlang den Fanatiker in ihm kennengelernt.

Y minus 1

Leonardo Grassi, irdischer Raumschiffkapitän, entdeckte die Welt, nach der mehrere Besatzungen suchten. Zu seiner Verwunderung mußte er feststellen, daß schon andere vor ihm da gewesen waren. Sie hatten den Planeten Mirkheim genannt.

Und dann kam das Jahr, das von Gott, der Vorsehung oder dem Zufall vorausbestimmt war.

1

Im Licht des Vollmonds glitt Delfinburg langsam über den westlichen Pazifik. Eine Vielfalt von Farben flammte und blitzte, Stimmen hallten, Fleisch an Fleisch drängten sich die Scharen durchs Vergnügungsviertel. Daneben aber gab es andere, die in der Stille Entspannung suchten. Einer der von ihnen bevorzugten Orte war der Dachgarten des Gondwana House. Von der Steuerbordseite der dorthin führenden Pontonbrücke hatte man einen Ausblick auf die Meeresstadt. Auf der anderen Seite war das Meer. Tagsüber wimmelte es auf dem Wasser vor Booten, während man bei Nacht bloß die dahingleitenden Lichter der Fischzüchterboote sah und in den tropischen Zonen die Pumpschiffe, die vom Meeresboden Minerale abhoben, um die Planktonplantagen zu düngen. Sie ähnelten Leuchtkäfern, die sich zu weit hinaus aufs Wasser gewagt hatten.

Heute waren die Beleuchtungskörper des Gartens gedämpft und das Orchester spielte nur leise Tanzmusik der klassischen Periode, Walzer, Mazurkas, Tangos, bei denen sich die Paare eng umschlungen hielten und anmutig dahinglitten. Die Tanzfläche war von Blumen und Sträuchern eingefaßt. Es roch nach Rosen, Jasmin und anderen Blüten. Die Sterne am Himmel waren zu Greifen nahe.

»Schade, daß es nicht ewig so bleiben kann«, flüsterte Coya Falkayn.

Ihr Mann lachte leise. »Nein, das meinst du nicht im Ernst, Liebling. Ich kenne niemanden, der das ewige Einerlei mehr haßt und gekonnter dagegen angeht.«

»Ach, ich wünschte, so manches würde ewig sein, aber gleichsam parallel nebeneinander.« Er spürte deutlich, daß sie sich um einen unbekümmerten Ton bemühte. »Das Leben sollte wie eine mathematische Gleichung sein. Eine Unendlichkeit an Unendlichkeiten, mein mathematischer Querkopf.«

Statt dessen bewegen wir uns durch ein einziges Raum-Zeit-Gefüge auf unseren ureigenen Geleisen, hundert Jahre oder mehr, wenn man sich die besten Verjüngungsmittel verschaffen kann, oder weniger natürlich, wenn ein Ereignis eintritt, das eine bestimmte Lebenslinie abrupt abschneidet. Meine eigene Sterblichkeit bekümmert mich nicht sonderlich, Coya. Deine aber um so mehr!

»Ach, ich träumte immer einen Tagtraum, in dem sich eine unendliche Zahl von Frauen herumtrieb, alle wunderschön und zugänglich. Dann aber entdeckte ich, daß du mir genügst.« Er schmiegte seine Wange an die ihre. In ihr Parfum mischte sich der saubere Duft ihres Haares. »Und jetzt komm, Mädchen. Da wir alles nacheinander tun müssen, wollen wir uns jetzt aufs Tanzen konzentrieren.«

Sie nickte. Ihre Bewegungen blieben geschmeidig, doch er spürte, wie angespannt sie war. Sie faßte ihn unnötig fest an.

Als die Nummer zu Ende war, schlug er vor: »Die nächste Runde vertrinken wir lieber.« Er führte sie an eine der Bars. Mit dem Champagnerglas in der Hand sagte sie: »Ich möchte jetzt die Aussicht genießen.«

Sie fanden einen ruhigen Platz am äußeren Geländer. Dichte Spalierranken schützten sie vor neugierigen Blicken. Luna stand steuerbords am Himmel und warf eine breite Lichtbahn aufs Wasser. Die Wellenkämme in unmittelbarer Nähe funkelten. Sonst war das Wasser wie flüssiger Obsidian. In der Dunkelheit schimmerten Blätter auf. Das Deck vibrierte leicht im Rhythmus der Maschinen, leicht wie der Pulsschlag des Blutes. Ein leises Rascheln war kaum vernehmbar. Eine Brise brachte linde Abkühlung.

Falkayn hob Coyas Kinn an. Seine linke Gesichtshälfte lächelte.

»Mach dir meinetwegen keine Sorgen. Die hast du dir sonst nie gemacht.«

»Doch, als ich noch ein Kind war«, antwortete sie. »Immer wenn ich vom neuesten Abenteuer der *Muddlin' Through* und ihrer Besatzung hörte, wurde mir eiskalt bei dem Gedanken, dir hätte etwas zustoßen können.«

»Aber als du dann zur Besatzung gestoßen warst, habe ich keine Anzeichen von Angst bei dir entdecken können. Und wir sind in ganz hübsche Turbulenzen geraten.«

»Genau das ist es! Wenn ich dabei bin, macht es mir nichts aus. Entweder hatten wir nichts zu befürchten, oder aber wir waren zu beschäftigt, um Angst zu haben. Ich brauchte nicht dazusitzen und mir die Frage zu stellen, ob ich dich jemals wiedersehen würde.«

Ihr Blick wanderte himmelwärts zur geisterhaften Milchstraße und heftete sich an einen weißen Stern. »Jede Nacht sehe ich empor zu Deneb und frage mich etwas«, sagte sie.

»Darf ich dich daran erinnern, daß sich in dieser Gegend neben Babur und Mirkheim auch Hermes befindet?« sagte er so unbeschwert wie möglich. »Wenn ich einmal unversehrt von dort zurückkommen konnte, wird sich das gewiß wiederholen lassen.«

»Wenn aber ein Krieg ausbricht . . .«

»Ich habe immer noch die Staatsbürgerschaft von Hermes und nicht des Commonwealth. Und ich befinde mich auf einer Mission, bei der es um gewisse Ermittlungen und um inoffizielle Diplomatie geht und um nichts anderes. Die Baburiten sind vielleicht nicht die entgegenkommendste Rasse des Universums, aber sie sind zumindest vernünftig. Die werden sich nicht unnötig Feinde schaffen.«

»Wenn aber deine Aufgabe so einfach und sicher ist, warum schickt man dann ausgerechnet dich?«

Falkayn stieß einen Seufzer aus. »Du weißt warum. Man braucht meine Erfahrung. Seit über dreißig Jahren arbeite ich mit Nichthumanoiden zusammen. Und wir drei, Adzel, Chee und ich, sind ein ausgezeichnetes Team.« Er lächelte. »Bescheidenheit ist jene Tugend, die bei der Überschätzung an zweiter Stelle steht. An erster Stelle steht die Aufrichtigkeit, falls es dich interessieren sollte. Aber jetzt im Ernst: Gunung Tuan tat gut daran, uns zu schicken. Wir haben die besten Chancen, etwas zu erreichen oder zumindest handfeste Informationen mitzubringen. Das alles weißt du sehr gut, mein Schatz. Wenn du Einwände erheben möchtest . . . warum erst am letzten Abend?«

Sie biß sich auf die Unterlippe. »Entschuldige. Ich dachte, ich könnte meine Befürchtungen verbergen . . . bis du fort sein würdest.«

»Sieh mal, ich meinte es ehrlich, als ich mich damals aufregte, weil du auf dieser Mission nicht mitkommen kannst. Meinst du, ich hätte dich dabei haben wollen, wenn auch nur annähernd Gefahr besteht? Die größte Unbekannte der Gleichung ist die Zeit, die wir getrennt sein müssen.«

Sie nickte. Sie beide hatten mit den weiten Raumfahrten aufgehört, als Juanita auf die Welt kam, weil sie längere Abwesenheit von der Erde vermeiden wollten. Eine ältere, selbstsüchtigere und unruhigere Generation als die Coyas hatte genügend Neurotiker hervorgebracht, um ihr das Gefühl zu verleihen, daß Kinder ein richtiges Zuhause brauchten und verdienten. Sie hatte ihren Mann zu dieser Ansicht bekehrt. Und jetzt war wieder Nachwuchs unterwegs.

»Ich sehe noch immer nicht ein, warum ausgerechnet du dabei sein mußt«, äußerte sie in einem letzten Anflug von Trotz. »Nach drei Jahren im Sonnensystem . . .«

». . . setzt man Rost an, ja«, schloß er an ihrer Stelle. »Aber du hast nur eine dreijährige Erfahrung in Handelsgeschäften, während ich mehr als zwanzig habe. Die Geschäftstricks sind mir praktisch in Fleisch und Blut übergegangen. Als mich der alte Herr fragte, konnte ich schlecht ablehnen.«

Nicht, als ich merkte, daß es um Mirkheim ging, jene Welt, die mich vor achtzehn Jahren veranlaßte, sein Vertrauen in mich zu enttäuschen, ging es ihm durch den Sinn. *Man hat mir verziehen, ich bin van Rijns Kronprinz, aber ich selbst habe mir nie verziehen. Jetzt bietet sich mir die Chance der Wiedergutmachung.*

Coya kannte seine Gedanken. Sie blickte zu ihm auf. »Sehr wohl, Sir. Ich muß mich entschuldigen. Wenn es zum Krieg kommt, werden viele Frauen viel schlimmer dran sein als ich.«

»Richtig. Außerdem besteht die Möglichkeit, daß mein Team etwas zur Erhaltung des Friedens beisteuern kann.«

»Und inzwischen bleiben uns noch viele Stunden.« Sie hob ihr Glas im Mondenschimmer. Die Musik war wieder zu hören. »Unsere vordringlichste Pflicht gilt diesem hervorragenden Champagner, meinst du nicht auch?«

»So ist's recht, Mädchen.« Falkayn lächelte ihr zu. Die Gläser klangen aneinander.

Als die zwei irdischen Mitglieder der Besatzung der *Muddlin' Through* sich zurückzogen, waren die zwei Nichthumanoiden getrennte Wege gegangen. Chee Lan heuerte als Xenobiologin bei einer anderen Handelspioniermannschaft an. Ihr war noch nicht nach Ruhestand zumute. Überdies wollte sie auf ihren Expeditionen so reich werden, daß sie sich später alle Wünsche erfüllen konnte, wenn sie auf den Planeten zurückkehren würde, den die Astronomen als O_2 Eridani AII nennen und den man auf Anglic Cynthia nennt. Als sich die Mirkheim-Krise abzuzeichnen begann, war sie zufällig auf der Erde, und dieser Umstand war es wahrscheinlich gewesen, der Nicholas van Rijn auf den Gedanken gebraucht hatte, das Dreierteam wieder zum Leben zu erwecken – obgleich er gewiß erst in den Unterlagen seiner Firma nachgesehen hatte, ob er sie sofort kontaktieren konnte.

»Was?« hatte sie ihn angefaucht, als er sie in ihrer Wohnung aufstöberte. »Ich? Ich soll spionieren und schnüffeln ... kein Wort mehr, ich weiß, daß Sie das ›Informationen sammeln‹ nennen und ›Anknüpfen von Geschäftsverbindungen‹. Sie vergeuden Silben wie ein besoffener Lexikograph.« Sie machte einen Katzenbuckel. »Sie wollen uns allen Ernstes nach Babur schicken ... mitten in einen möglichen Krieg hinein! Die Unmengen Butter, die Sie täglich vertilgen, müssen den Weg in Ihr Gehirn gefunden haben.«

Van Rijns Antlitz auf dem Bildschirm verdrehte fromm die Augen in Richtung Himmel. »Nur keine Aufregung, kleines Flauschkätzchen«, äußerte er in seinem salbungsvollen Ton. »Denk vielmehr daran, daß du wieder mit deinen alten Freunden auf Fahrt gehst und daß du mithilfst, Zwist zu verhindern, der Menschenleben kostet und vielleicht unseren Gewinn mindert. Denk auch an den Ruhm, den eine wagemutige Aktion einbringt, Ruhm, der sich auf die Kinder überträgt . . .«

»Ich denke höchstens an gutes hartes Bargeld«, unterbrach Chee ihn. »Nennen Sie eine Zahl.«

Van Rijn wehrte erschrocken ab. »So krasse Worte in dieser schlimmen Situation? Was bist du eigentlich?«

»Wir wissen, was ich bin. Und jetzt zu meinem Preis.« Chee machte es sich auf einem Kissen bequem. Anstelle einer alkoholischen Erfrischung, auf die ihr Nervensystem nicht ansprach, steckte sie eine schwach narkotisierende Zigarette in einen Elfenbeinhalter und zündete sie an. Die Verhandlung würde eine gewisse Zeit in Anspruch nehmen.

Unter lautstarkem Wehklagen seinerseits und verächtlichen Äußerungen ihrerseits und viel Spaß auf beiden Seiten wurde die Bezahlung für eine Mission ausgehandelt, die gefährlich werden konnte und mit Sicherheit keinen Gewinn bringen würde. Sie bestand darauf, daß Adzel das gleiche bekam. Sich selbst überlassen war der Wodenit viel zu nachgiebig. Die Wahrnehmung seiner Interessen konnte Chee bei sich als gute Tat des Monats verbuchen. Und van Rijn mußte zugeben, was sie bereits vermutet hatte, daß er nämlich Adzel mit einem schamlosen Appell an dessen Pflichtgefühl für die Mission angeworben hatte.

Adzel war noch in den Andes-Bergen und hatte die Absicht, erst am Tag des Abfluges zu erscheinen. Als der Zeitpunkt gekommen war, entdeckte Chee ihn in einem billigen Hotelzimmer in Terraport. Sie kannte den Namen des Hotels noch von früher. Es gehörte zu jener Kategorie, die über keine Einrichtungen verfügten, die für Nichthumanoide die ihnen gemäßen Umweltbedingungen schufen. Na ja, Adzel war nicht unbedingt auf die zweieinhalbfache Schwerkraft angewiesen, auf dichte, heiße Luft und das blendende Licht einer F_1-Sonne und auf die anderen Wonnen, die auf der den Menschen als Woden bekannten Welt existierten. Er hatte ohne diese Umweltbedingungen jahrelang an Bord der *Muddlin' Through* existiert, ganz zu schweigen von dem buddhistischen Kloster, in dem er die letzten drei Jahre als Laienbruder verbracht hatte. *Sicher spart er sein verdientes Geld für die Armen oder für irgendeinen anderen, ähnlich schrecklichen Zweck,* dachte Chee.

Sie nahm ein Taxi zum nächsten Flughafen und buchte den nächsten transozeanischen Flug.

An Bord zog sie viele Blicke auf sich. Auf der Erde stellte ein außerirdischer Mitpassagier noch immer eine Seltenheit dar, auch ein Wesen, das vom Planeten Cynthia stammte, dessen am weitesten entwickelte Kultur sich schon im Stadium der Raumfahrt befand. Chee war daran gewöhnt und ertrug die Neugierde mit Gelassenheit. Sollten die Menschen sehen, wie eine wirklich schöne Gattung beschaffen war! Chee war kleinwüchsig, höchstens neunzig Zentimeter groß. Dazu kam ein buschiger Schwanz von etwa fünfzig Zentimeter Länge. Die Beine waren verhältnismäßig lang, die Hände trugen sechs Finger. Aus dem runden Gesicht blickten große Smaragdaugen. Dazu gehörten Spitzohren, eine kurze Schnauze mit breiter Nase, ein kleiner Mund mit ausnehmend scharfen Zähnen, darüber drahtige Schnurrbarthaare. Der ganze Körper war mit Ausnahme von Hand- und Fußflächen, die graue glatte Haut zeigten, mit einem seidigen Fell bedeckt. Es war reinweiß bis auf die blaugraue Maske um die Augen. Sie hatte einmal gehört, wie man sie mit einer Mischung aus Angorakatze, Äffchen, Eichhörnchen und Waschbär verglich. Dabei ging ihr die Frage durch den Kopf, welches dieser Tiere nun auf welcher Seite der Familie vorkommen sollte. Diese Spekulation war ganz natürlich, da sie einer bisexuellen, lebendgebärenden Rasse wie Adzel entstammte, warmblütig wie er war, wenn auch keiner der beiden ein Säuger im engeren Sinn war.

Ein kleiner Junge rief: »Ach, ein Kätzchen!« und wollte sie streicheln. Sie blickte von ihrer Ausgabe der *London Times* auf und sagte zuckersüß: »Warum fressen Sie bloß Ihr Junges nicht auf?« Daraufhin ließ man sie in Ruhe.

Nach der Ankunft nahm sie sich wieder ein Taxi und ließ sich zum Hotel bringen. Hier war es nach Sonnenuntergang, und Adzel mußte auf seinem Zimmer sein. Hoffentlich war er nicht so in seine Meditationen vertieft, daß er das Summen an der Tür überhörte. Das trockene Scharren von Schuppen an Schuppen sagte ihr, daß er sich aufgerafft hatte und im Begriff stand, sie einzulassen. Sie freute sich, das alte Ungeheuer wiederzusehen.

Die Tür ging auf. Chee blickte hoch, immer höher. Adzels Schädel befand sich mehr als zwei Meter über dem Boden, am Ende eines dicken Schlangenhalses und eines pferdeähnlichen Torsos, dem zwei mächtige Arme mit vierfingrigen Händen entsprossen. Nach hinten erstreckte sich sein Kentaurenkörper über eine Länge von viereinhalb Meter, den Krokodilschwanz mitgerechnet. Auch sein Schädel erinnerte entfernt an ein Reptil: lange Schnauze, Gummilippen, Allesfresserzähne mit furchteinflößenden Fängen dazwischen, große bernsteinfarbene Augen unter dicken Augenwülsten, knochige Ohren. Eine Reihe dreieckiger Schildplatten verlief vom Kopf das Rückgrat entlang bis zum Schwanzende. Eine Platte hinter dem Torso war chirurgisch entfernt worden, damit seine Kameraden bequem auf ihm reiten konnten. Der ganze Leib war mit Schuppen bedeckt, oben dunkelgrün, an der Bauchseite goldfarbig.

»Chee Lan!« dröhnte er auf Anglic. »Was für eine köstliche Überraschung! Komm herein, meine Liebe.« Vier paarhufige Füße, die eine Last von einer Tonne zu tragen hatten, verursachten donnerartiges Gepolter, als er beiseite trat, um sie einzulassen. »Ich dachte, ich würde dich erst morgen begrüßen dürfen, ehe wir an Bord gehen«, fuhr er fort. »Ich hielt es für das beste, wenn ich . . .«

»Wir brauchen keine Vorbereitungen technischer Art, wir drei und Schlauköpfchen«, gab sie ihm recht.

». . . wenn ich versuche . . .«

»Aber wir sollten vielleicht vor dem Start unsere Unterlagen vergleichen. David kriegt man ja nicht mal mit einem Stemmeisen von seiner Familie los, aber du und ich, wir haben im Moment keine derartigen Neigungen.«

»Ich versuche aber . . .«

»Was?«

»Ich versuche, mich über die vorliegende Situation zu informieren.« Adzel zeigte auf das Video-Gerät. Ein Mann sagte eben:

». . . einen Blick auf den Hintergrund der Krise. Dieser reicht zurück bis vor die Entdeckung Mirkheims im vergangenen Jahr. Tatsächlich hat es sich um eine Wiederentdeckung gehandelt. Denn etwa fünfzehn Jahre vorher hatte bereits das Supermetals-Konsortium den Planeten in Besitz genommen und seine Bodenschätze ausgebeutet, ohne jemals bekanntwerden zu lassen, woher die

Metalle stammten. Man hat versucht, den Eindruck entstehen zu lassen, daß sie mittels geheimer Herstellungsverfahren erzeugt würden, die jenseits der Reichweite bekannter Technologien lägen. Dieser Kniff war bis zu einem gewissen Grad von Erfolg gekrönt. Aber schließlich kamen zahlreiche Wissenschaftler doch zu dem Schluß, daß diese Supermetalle wahrscheinlich von der Natur selbst erzeugt und gelagert worden waren . . .«

»Das weißt du doch schon!« Chee deutete mit dem Schwanz auf den Bildschirm.

»Ja, natürlich, aber ich hoffe, eine verständliche Zusammenfassung der jetzigen Ereignisse zu bekommen«,sagte Adzel. »Du darfst nicht vergessen, daß ich seit drei Jahren keine Nachrichten gehört und außer planetologischen Fachzeitschriften keine weltliche Literatur gelesen habe.« Chee freute sich zu hören, daß er seinen Beruf nicht vergessen hatte. Wahrscheinlich würden seine Kenntnisse auf dieser Expedition nicht gebraucht werden, aber man konnte nie wissen. Jedenfalls zeigt sein Bemühen, wissenschaftlich auf dem laufenden zu bleiben, daß er sich noch nicht ganz in seinen Meditationen verloren hatte. »Hin und wieder kamen Besucher«, fuhr der Drache fort. »Doch ich ging ihnen aus dem Weg, weil ich fürchtete, meine Erscheinung könnte ihren Seelenfrieden stören.«

»Diese Gefahr hätte beim Anblick deiner Lotusstellung sicher bestanden«, fauchte Chee zurück. »Hör mal, ich kann dich besser und rascher informieren, als dieser Hohlkopf.«

»Möchtest du ein Täßchen Tee?« fragte Adzel. Er deutete auf eine Fünf-Liter-Thermoskanne. »Ich ließ mir den Tee dort aufbrühen, wo ich aß. Hier, dieser Aschenbecher ist sauber.« Er stellte ihn auf den Boden, goß Tee hinein, damit Chee trinken konnte. Er selbst führte den Behälter an den Mund.

Unterdessen war der Mann auf dem Bildschirm bei der Grundlagenphysik angelangt.

Von der Actinidenreihe angefangen enthält die periodische Tafel der Elemente nur mehr radioaktive Elemente. Innerhalb der größten Atome ist die gegenseitige Abstoßung der Protonen so groß, daß sie die Anziehungskräfte innerhalb des Kerns übertrifft. Jenseits des Urans werden die Werte des Kernzerfalls so groß, daß die Forscher auf der Erde in ihren Anfängen solche Materialien in der Natur nicht entdecken konnten. Man mußte Neptunium und Plutonium künstlich erzeugen. Später zeigte es sich, daß Bruchteile von Mikromengen dieser Elemente im Gestein vorkommen. Doch stellt ihr Vorhandensein bloß eine technische Tatsache dar. Alles, was in den Anfängen vorhanden gewesen war, ist verschwunden und in einfachere Nuclei zerfallen. Und jenseits des Plutoniums sind die Halbwertzeiten so kurz, daß selbst die stärksten und kompliziertesten Apparate kaum ein Quantum erzeugen können, das ausreicht, um von ultraempfindlichen Instrumenten registriert zu werden. Und dann ist das Produkt auch schon verschwunden.

Und doch gab es in der Theorie Hinweise darauf, daß es eine ›Insel der Stabilität‹ geben mußte, beginnend mit der Nummer einhundertvierzehn und endend bei einhundertzweiundzwanzig. Neun Elemente, deren Isotopen größtenteils nur schwach radioaktiv sind. Unendlich kleine Mengen davon herzustellen, war ein Triumph des Labors. Um diese vielen Partikeln zur Fusion zu bringen, waren gigantische Energiemengen notwendig. Die Theorie ging nun weiter und deutete physikalische und chemische Eigenschaften der Materialien selbst an oder der festen Verbindungen jener Elemente, die isoliert frei auftreten. Es waren dies technische Träume bei Katalysatoren, Konduktoren oder Bestandteilen von Legierungen mit überlegener Kraft. Niemandem gelang es, einen Weg zur Verwirklichung dieses Traums zu finden . . . bis jemandem ein Gedanke kam.

Dieser Gedanke war zuerst David Falkayn vor achtzehn Jahren gekommen. Doch davon wußte der Vortragende nichts. Er trug nur die Überlegungen späterer Denker vor.

Wir sind der Meinung, daß die Materie als ein Chaos aus Wasserstoff, dem kleinsten Atom, begann. Ein Teil davon wurde im urzeitlichen Feuerball zu Helium fusioniert. Dieser Prozeß wiederholte sich später in der gewaltigen Hitze und unter dem Druck im Herzen der Sterne, die aus seinem Gas kondensierten. Dort wurden Schritt für Schritt die höheren Elemente geschaffen, als die Atome in Wechselwirkung traten. Indem sie Materie und Solarwind oder als sterbende rote Riesen oder als Novae und Supernovae verstreuten, reicherte die erste Sternengeneration das interstellare Medium mit solchem Nuclei an, aus denen sich dann spätere Generationen von Sonnen und Planeten ausformten. Der Kohlenstoff in unseren Proteinen, das Kalzium in unseren Knochen, der Sauerstoff, den wir atmen, wurde in jenen Hochöfen der ersten Urzeit geschmiedet.

Wäre es nicht zur Ausformung extrem großer Sterne gekommen, so hätte die Reihe der Elemente mit Eisen aufgehört. Es liegt ganz unten in der Energiekurve. Noch mehr Protonen und Neutronen zu vereinen, übersteigt die Kraft jeder beständig brennenden Sonne. Doch die Riesensterne sterben keines friedlichen Todes. Sie werden zu Supernovae und leuchten kurz in einer Stärke auf, die sich mit jener einer gesamten Galaxis vergleichen lassen. In diesem Augenblick unvorstellbarer Gewalt finden Reaktionen statt, die ansonsten unmöglich wären. Kupfer, Gold, Uran, alle Elemente oberhalb des Eisens entstehen und werden ins All geschleudert, um sich mit der Materie neuer Sterne, neuer Welten zu verbinden.

Unter den auf diese Weise entstandenen Substanzen befinden sich die Supermetalle der Insel der Stabilität. Da ihre Herstellung so schwer ist wie ihr Gewicht, kommen sie bloß in winzigen Mengen vor, so winzig, daß man sie zunächst in der Natur gar nicht fand, auch nicht als der Mensch das Sonnensystem und seine Ecke der Galaxis zu erforschen begann. Und doch mußten sie vorhanden sein. Das Problem bestand darin, eine meßbare Konzentration festzustellen.

Angenommen, ein Riesenstern hatte einen Riesenplaneten, so massiv, daß sein Kern die Explosion überlebte. Das war nicht unmöglich, wenn auch die Theorie es für unwahrscheinlich hielt. Die berstende Sonne würde nun einen Schwall von Elementen über den Kern ergießen. Jene Elemente, die schwer verdampfen, würden kondensieren oder sogar ausfallen.

Gewiß, sie würden bloß einen kleinen Bruchteil der Menge darstellen, die von der Supernova ins All gespuckt worden wäre. Doch dieser Bruchteil wäre gleichzusetzen mit Milliarden von Tonnen wertvoller Metalle und einer geringen Menge noch viel wertvollerer Supermetalle. In Anbetracht ihrer verhältnismäßig geringen

Radioaktivität müßte ein lohnender Happen der Supermetalle in paar Millionen Jahre ausreichen ...

»... offenbar hatten die Entdecker eine mathematische Analyse von einem mit den höchsten Fähigkeiten ausgestatteten Computer erstellen lassen«, sagte der Sprecher. »Unter Anwendung vorhandener Daten über die gegenwärtige Verteilung von Sternen und Umlaufbahnen in dieser Gegend der Galaxis plus ähnlicher Daten über interstellare Gas- und Staubvorkommen, Magnetfelder u. a. kann ein ausgefeiltes Programm die Wahrscheinlichkeit des Vorhandenseins einer Supernova samt Begleiter innerhalb der passenden Zeit- und Raumspanne berechnen und ungefähr aufzeigen, wo sich die Überreste in unserer Epoche befinden müßten. Genauer gesagt, der Computer erstellte eine Raum-Zeit-Verteilung von Wahrscheinlichkeiten, die wiederum ein optimales Vorgangsmuster für eine Suche lieferten. Die Chancen sahen am besten in der allgemeinen Richtung von Deneb aus, einem Bereich, der auf halbem Weg zu diesem Planeten lag.

Da den Wissenschaftlern diese Folgerung vor ein oder zwei Jahren geglückt war, lag die Vermutung nahe, daß die Firma Supermetals es viel früher geschafft hatte. Daher mußte dieser Schatz irgendwo existieren. Eine aufwendige Suche mußte zum Erfolg führen. Schiffe machten sich eifrig auf die Suche.

Kapitän Leonardo Rigassi von der Europäischen Forschungsstiftung war Erfolg beschieden.

Das Geheimnis war entdeckt. Die Geschöpfe, die für Supermetals sprachen, äußerten nun ganz offen, wie sie den Planeten bearbeitet hatten, den sie Mirkheim nannten. Sie hatten versucht, ihn legal in Besitz zu nehmen. Sofort erhob sich ein ganzer Schwarm von Fragen. Die erste und dringendste ist die Frage danach, in wessen Kompetenz die Rechtsprechung fällt und welche Regierung zuständig ist. Die Manager der Supermetals haben keine Regierung hinter sich, sie sind auf sich allein gestellt und ...«

»Würdest du diesen Dampfplauderer endlich zum Schweigen bringen? Was der sagt, weißt du ohnehin schon«, meinte Chee.

»Verzeih, aber diese Haltung ist ziemlich unbescheiden«, ermahnte Adzel sie. Trotzdem drückte er die Aus-Taste. Stille breitete sich im schäbigen Zimmer aus.

Stille und sein gewaltiger Leib. In einer von früher vertrauten Geste ließ er sich auf dem Boden nieder und rollte das Schwanzende so ein, daß Chee sich bequem darauf setzen konnte. Sie ging darauf ein und nahm Aschenbecher und Tee mit.

»Beispielsweise war ich erleichtert, als ich entdeckte, daß wir – du, David und ich – noch nicht als die eigentlichen Entdecker und Namensgeber von Mirkheim bekannt sind«, sagte er. »Ein gewisser Bekanntheitsgrad wäre unendlich lästig, meinst du nicht auch?«

»Ach, ich habe mit dem Gedanken gespielt, kräftig zu kassieren, sollte es einmal dazu kommen«, gab Chee zurück. »Da die Dinge sich aber in einem irren Halb-Gleichgewicht befinden, ist es zweifellos von Vorteil, daß die Leute von Supermetals den Mund gehalten haben.

Mal sehen, wie lange sie noch schweigen werden. Sie haben nämlich keinen Grund, unsere Anonymität zu wahren. Vermutlich tun sie es aus Gewohnheit – bloß nichts preisgeben, nicht mal eine blasse Erinnerung, und schon gar nicht an den Schleimer, der ihnen den Schatz rauben möchte.«

»Und alle ihre Hoffnungen«, meinte Adzel leise. »Glaubst du, daß man sie anständig entschädigen wird?«

»Wer sollte sie entschädigen? Die Regierung, die schließlich den Zuschlag bekommt, also das Commonwealth oder Babur? Haha, daß ich nicht lache! Kontrolle durch das Commonwealth bedeutet Kontrolle durch Firmen, die auf eine Goldgrube gestoßen sind, und durch Politiker und Bürokraten, die die Supermetals Company hassen, weil die bislang allein an der Goldader saßen. Sollte Mirkheim an Babur fallen, dann bedeutet das – wer weiß? Ich kann mir bloß nicht vorstellen, daß Babur auch nur einen Deut für die Rechte von ein paar Sauerstoffatmern übrig hat.«

»Glaubst du im Ernst, Babur könnte Mirkheim kriegen? Die Grundlage seiner Forderung, nämlich das Prinzip der ›Interessensphäre‹ ist ziemlich anmaßend.«

»Nicht mehr als das ›Recht des Eroberers‹, auf das das Commonwealth sich stützt. Ich behaupte, daß ein richtiger, flotter Krieg die Sache entscheiden wird.«

»Soll es tatsächlich zum Kampf kommen wegen eines ... eines elendigen Metallklumpens?« fragte Adzel entsetzt.

»Mein Freund, man wird einem Krieg nur schwer ausweichen können, es sei denn, Babur blufft bloß, was ich aber bezweifle.« Chee atmete tief durch. Die Luft roch nach Tee und nach der warmen, ein wenig strengen Ausdünstung des Wodeniten. »Dir ist es doch klar, warum van Rijn uns hinschickt? In der Hauptsache, um sich Informationen zu verschaffen, jede Art Informationen, so daß er sein weiteres Vorgehen planen kann. Im Moment ist alles in der Schwebe. Die Regierung des Commonwealth tappt im dunkeln wie alle anderen, weil sie nicht weiß, was von so fremdartigen Wesen wie den Baburiten zu halten ist. Daneben aber sollen wir, wenn möglich, versuchen, ein Abkommen zu treffen oder wenigstens vorzuschlagen. Auf Babur ist man in einer Position, die der Firma sehr schaden kann. Dort hegt man nämlich einen besonderen Groll gegen die Solar Spice & Liquors.«

»Warum das?«

»Du kennst die Geschichte nicht? Also, vor etwa dreißig Jahren versuchten sie sich in Geschäfte einzumischen, die Solar Spice & Liquor mit Kupfersulfat betrieb, und zwar auf einem Planet in ihrer Nähe. Für sie war die Sache lukrativer als für uns. Aber unser dortiger Niederlassungsboß wollte absolut nicht einsehen, warum wir einfach hinnehmen sollten, was schlicht Räuberei war. Er brachte sie mit einem Trick um ihren Gewinn und sorgte dafür, daß sie sich nicht mehr blicken ließen. Das war der erste aggressive Vorstoß von Babur ins All. Und jetzt sind sie wohl der Meinung, sie wären reif für eine richtige Aktion. Und der ganze Kosmos weiß, daß der Commonwealth schlecht vorbereitet ist.«

»Und so gehen wir wieder auf Fahrt, wir drei und unser Schiff, so als wären wir wieder jung«, seufzte Adzel. »Bloß führt uns die Mission diesmal nicht in hoffnungsvolles Neuland.«

2

Maia, die Sonne von Hermes, die sich noch knapp unter dem Horizont befand, ließ die Spitzen der Türme von Starfall aufleuchten, als wären sie vergoldet. Als die Sonne aus der Daybreak Bay hochstieg, fiel ihr Licht in westlicher Richtung auf den Palomino River, auf die Olympic Avenue und den Pilgrim Hill. Dort verlor sich ihre Helligkeit zwischen Bäumen, Gärten und Gebäuden, der grauen Gesteinsmasse des Old Keep, den fließenden Linien und vielflächigen Wänden des New Keep, der schlichten Aufrechtheit der Signal Station. Ein Strahl stahl sich über einen Balkon aus New Keep durch die dahinterliegende französische Tür und fiel auf das Bett von Sandra Tamarin-Asmundsen.

Sie erwachte aus ihren Träumen. »Pete, Liebling«, flüsterte sie und wollte nach ihm fassen. Da schlug sie die Augen auf und besann sich, daß sie allein war. Einen Moment lang wollte die Leere von ihr Besitz ergreifen.

Doch der Unfall, dem Pete Asmundsen (groß, überschwenglich, kraftvoll, von sanfter Gemütsart) zum Opfer gefallen war, lag schon vier Jahre zurück. Die Zeit hatte den Schmerz gemildert, die Zeit und ihre Stellung als Großherzogin, als Oberhaupt eines Planeten, auf dem fünfzig Millionen treuer Untertanen lebten. Sie setzte sich auf und genoß die kühle Luft und das sanfte Licht.

Wie gewöhnlich war sie erwacht, ehe ihr Wecker sich gemeldet hatte. Sie schaltete ihn aus, stand auf und ging hinaus auf den Balkon. Die Brise, die vom Tau und von den Blumenbeeten aufstieg, liebkoste ihre nackte Haut. Noch war niemand zu sehen. Ihr Blick glitt vom Gipfel des Hügels über die große Stadt zur Bucht und dem Ozean dahinter. Ein Nidiflex flog vorüber, nicht mehr als eine Handvoll farbigen Gefieders und ein Trillern.

Nach einer Weile ging Sandra wieder hinein. Sie schaltete den Bildschirm ein und begann ihre täglichen gymnastischen Übungen, für die sie eine halbe Stunde opferte. Sie hatte mehr Vertrauen in Gymnastik als in Verjüngungsmittel, obwohl sie als Mittfünfzigerin zu ihnen Zuflucht nahm. Ihr großer schlanker Körper hatte sich seit ihrer Jugend nur unmerklich verändert. Das breite Gesicht mit den hohen Backenknochen wies nur wenig Falten auf, bloß ein paar feine Linien um die unter dunklen Brauen liegenden grünen Augen. Das ehedem blonde Haar war jetzt silbern.

Während sie sich ganz automatisch bewegte, kämpfte sie gegen die Langeweile an, indem sie ihre Aufmerksamkeit den Frühnachrichten widmete. Als erstes kam die Mirkheim-Krise.

»Gerüchteweise verlautet, daß Babur eine neue Erklärung veröffentlicht hat, von der eine Kopie auf Hermes angelangt ist. Ein Sprecher des Thrones hat sich bislang nicht dazu geäußert, sondern eine baldige öffentliche Erklärung versprochen.

Grundlage der Gerüchte war die gestrige Landung eines Schnellschiffes der Navy auf dem Flughafen von Williamsburg. Das Schiff war auf Valya stationiert gewesen. Lassen Sie mich die Situation zusammenfassen: Die Baburiten hatten ihre drei letzten auf Anglic verfaßten Erklärungen dem primitiven Planeten Valya übermittelt. Dies geschah von einem Schiff aus, das in einen Orbit ging und die Nachricht an den dortigen wissenschaftlichen Vorposten funkte mit der Bitte, den Inhalt so weit als möglich zu verbreiten. Aus diesem Grund lassen einige Regierungen, darunter auch die unsere, Schiffe dort kreuzen, während sie dies den Nachrichtenmedien untersagen. Das ist alles, was bis jetzt an Kontakt mit der nichthumanoiden Rasse besteht. Offizielle Stellen befürchten, daß voreilige Schlüsse zu schlimmen Ergebnissen führen könnten.«

Die Gerüchte beruhten auf Wahrheit, obwohl die Wirklichkeit die Aufregung nicht wert war. ›Die Autarkie des Vereinten Babur‹, was immer das heißen mochte, hatte bloß ihre Forderung wiederholt. Weil Mirkheim so nahe war, nahe im interstellaren Maßstab, und weil die Supermetalle von nicht abschätzbarer strategischer Bedeutung waren, konnte und wollte Babur nicht dulden, daß der Planet von einer Macht in Besitz genommen wurde, die sich den legitimen Aktivitäten Baburs im All feindlich entgegengestellt hatte. Das einzig Neue daran war, daß diese Mächte diesmal plump beim Namen genannt wurden, nämlich das Commonwealth und die Polesotechnische Liga. Auf Drängen ihrer Berater hin hatte Sandra die Veröffentlichung dieser Note zurückgehalten, bis ein Xenologenausschuß sie gründlich nach allen Gesichtspunkten untersuchen konnte. Sie bezweifelte, ob die Xenologen bedeutende Erkenntnisse dabei gewinnen würden.

»Gestern erreichte uns dazu das Tonband der Rede Premierminister Lapierres des Commonwealth, die er am Parteitag der Gerechtigkeitspartei gehalten hatte. Der Premier hielt daran fest, daß seine Regierung gewillt sei zu verhandeln, daß aber Babur bislang nicht zu vorbereitenden Schritten, wie es beispielsweise der Austausch von Botschaften darstellen würde, bereit sei. Gleichzeitig betonte er, daß das Commonwealth keinesfalls ›nackter Gewalt‹ nachgeben würde, wie er sich ausdrückte. Weiters führte er aus, daß Babur allem Anschein nach über eine große und schlagkräftige Flotte verfüge. Er erinnerte an die Flottenkonzentration, zu deren Besichtigung Offiziere von der Erde eingeladen worden waren, kurz nachdem ein Schiff der Baburiten von einem Orbit um die Erde aus mit empörender Dreistigkeit den Anspruch auf Mirkheim angemeldet hatte. Der Premier erklärte, daß die vorhandenen Informationen noch unvollständig seien. Es deute jedoch alles darauf hin, daß es Babur irgendwie – und über lange Zeit unentdeckt – gelang, eine Flotte aufzubauen, die noch viel größer ist als die wenigen Verbände, die wir zu sehen bekamen. Dennoch beharrt das Commonwealth auf seinem Standpunkt und wird nötigenfalls – wir zitieren – ›wirksame Schritte‹ unternehmen.«

Sandra stieß eine Verwünschung aus. Es war immer dasselbe. Das schnellste Hyperdrive-Schiff brauchte mehr als zwei Wochen terrestischer Zeit, um von Sol zur Sonne Baburs, Mirkheims oder Hermes' zu gelangen. Zwischen diesen einzelnen Systemen wurde die Reisezeit in Tagen bemessen. Es lag daher durchaus im Bereich des Möglichen, daß die verschiedenen Gesellschaftssysteme aus reinem Informationsmangel auf Kollisionskurs gerieten. Sie wünschte sich sehnlichst, es würde bald Nachrichtenverbindungen geben, die der Lichtgeschwindigkeit voraus waren, obgleich man einwenden konnte, daß die ersten Kolonisten auf Hermes aufgrund dieser Isolation eine neue Zivilisation entwickelten, die sie im großen und ganzen bejahte . . .

Was aber nicht alle taten. Der nächste Programmpunkt war ein Bericht von der letzten Versammlung der Befreiungsfront. Sie war am Abend zuvor in einem Ferienort an der Küste abgehalten worden. Die Unduldsamkeit der Redner und die Begeisterung der Zuhörer waren beängstigend. Wenn so viele Traver an einem kühlen Küstenort zusammenströmten, wieviel mehr mochten zu Hause sitzen, zusehen und mitjubeln?

Nun folgten Ereignisse von geringerer Bedeutung. Sie schaltete um auf die Memoranden, die ihre Mitarbeiter für sie gespeichert hatten, während sie schlief. Ihre Aufmerksamkeit wurde schlagartig geweckt. Die gymnastischen Übungen waren vergessen. Sie hockte sich auf den Boden und starrte das Bild ihres Leitenden Sekretärs an.

»Um Mitternacht ist ein der Supermetals Company gehörendes Schiff auf dem Williams-Flugplatz gelandet«, hörte sie seine Stimme sagen. »Der Kapitän legitimierte sich vor den Flughafenbeamten und wurde mit mir verbunden. Er verlangte dringend ein Privatgespräch mit Ihnen, Madame. Zunächst erwog ich, Sie zu wecken, entschloß mich dann aber, ihm einen Termin für 0930 zu geben, Ihr Einverständnis vorausgesetzt. Unterdessen ordnete ich zur Vorsicht an, daß seine Besatzung die Maschine nicht verlassen dürfe.

Der Kapitän ist ein Wodenit mit Namen Nadi.« Das Bild zeigte seine inmitten von Menschen aufragende Riesengestalt. »Er befehligt die kleine Verteidigungsstreitkraft, die Supermetals in der Umgebung Mirkheims unterhält. Sie werden sich gewiß erinnern, daß Nadi, der das Schiff Leonardo Rigassis, des Wiederentdeckers, aufbrachte, dieses sehr bald wieder freigab, weil das Geheimnis nun entdeckt war und es nur böses Blut gemacht hätte, ohne das Unvermeidliche zu verhindern, wenn er die Gefangenen behalten hätte.

Statt dessen hätte man sich entschlossen, sagt er, sich an Hermes zu wenden, damit wir Mirkheim zum Protektorat erklären. Darüber möchte er mit Ihnen sprechen.«

Sandra war beinahe erstarrt. Wenn das keine heiße Kartoffel ist, die man ihr in die Hand gedrückt hat! Sie zwang sich, mit ihren Übungen fortzufahren. Damit erzwang sie eine gewisse Ruhe, die durch eine kalte Dusche noch gefestigt wurde. Dann nahm sie sich ausgiebig Zeit für ihr Haar und fürs Ankleiden. Sie wählte ihre Kleidung förmlicher als sonst. Der einzige Farbfleck an ihrem

Gewand war das bunte Schulteremblem der Familie Tamarin. Schon viel entspannter betrat sie das Frühstückszimmer.

Ihre zwei jüngeren Kinder, die sie von Pete hatte, waren noch im Bett. Eric war bei Tisch und trank seine Tasse hastig leer. Es roch köstlich von der Küche her. Die Westwand des Raumes war eine große Vitrylscheibe, die Aussicht auf diese Seite des Pilgrim Hills bot und auf die letzten Gebäude von Starfall. Dahinter erstreckte sich Farmland in sattem Grün. Über dem Horizont schwebte bleich der Schneegipfel des Cloudhelm.

Eric stand bei Sandras Eintreten auf. Das war eine auf Hermes gebräuchliche Geste der Höflichkeit Damen gegenüber. Er trug Tunika und Hosen. Seinem Aussehen nach zu schließen, hatte er die Nacht über kein Auge zugetan. Ob er durchgefeiert hatte? Ihr ältester Sohn und wahrscheinlich Nachfolger war in der Regel sehr solid, doch zuweilen schlug das Blut seines Vaters in ihm durch. *Nein,* entschied sie, nach einer kurzen Musterung, *diesmal nicht.*

»Guten Morgen, Mutter«, begrüßte er sie. »Ich habe von Nadi gehört und bin gleich hinaus und habe mit ihm und seiner Besatzung gesprochen ... Werden wir die Chance nutzen? Sie wird nämlich verdammt schnell vorbei sein.«

Sandra setzte sich und griff zur Kaffeekanne. »Komm lieber wieder herunter aus der Stratosphäre«, riet sie ihm.

»Aber wir könnten es schaffen!« Eric lief vor ihr auf und ab. Seine Sohlen dröhnten übers Parkett. »Babur, das Commonwealth, die Liga, sie alle bibbern trotz der großen Töne, die sie spucken. Ein jeder hat Angst, verwickelt zu werden. Ein einziger entscheidender Schritt ...«

Ein Diener erschien mit vollen Tabletts. »Setz dich und iß«, sagte Sandra.

»Aber ... Mutter, du weißt, daß ich nicht der verstiegenen Meinung bin, wir wären eine Großmacht. Wir könnten es mit keinem der anderen aufnehmen. Aber wenn wir Mirkheim hätten und uns mit den ersten Entdeckern zusammentäten, die das eindeutigste moralische Recht besitzen, dann würden die anderen sich gewiß zurückhalten, meinst du nicht auch?«

»Das kann ich nicht beurteilen. Heutzutage gilt das moralische Recht nicht viel. Setz dich endlich. Dein Essen wird kalt.«

Eric gehorchte. Seine Rechte vollführte abgehackte Bewegungen, während er die Linke zur Faust ballte. »Wir sind die natürlichen Schiedsrichter. Vor uns braucht niemand Angst zu haben. Wir könnten dafür sorgen, daß jeder seinen gerechten Anteil bekommt.« Hinter den vertrauten Zügen loderte das Feuer der Begeisterung. »Aber zuerst müssen wir uns behaupten, verdammt noch mal! Und zwar schnell!«

»Die Polesotechnische Liga wurde für dieselbe Rolle vorgeschlagen«, rief Sandra ihm in Erinnerung.

»Die?« Er tat den Einwand mit einer verächtlichen Geste ab. »Wenn sie zu zerfallen und zu korrupt ist, um die eigenen Mitglieder gemäß ihrer festgelegten Grundsätze ... Das war wohl ein Scherz?«

»Ich weiß nicht. In meiner Jugend stellte die Liga eine Friedenskraft dar, weil auf lange Sicht Frieden gewinnbringender ist als Krieg. Heutzutage aber ... zuweilen überkommt mich nacktes Grausen. Und manchmal gebe ich mich dem Tagtraum hin, man könne die Liga noch rechtzeitig informieren.«

Durch Männer wie Nicholas van Rijn, deinen Vater? fragte sie sich im stillen. Nicht daß er je das Gefühl bekommen würde, er müßte eine heilige Mission durchführen. Er würde immer nur für seine eigene Unabhängigkeit kämpfen, und zwar mit Mitteln, die dem Universum noch mehr Profit abpreßten.

Ob es dafür nicht schon zu spät ist?

Sie ließ ein Stück Geschichte Revue passieren, das ihr vertraut war wie das eigene Leben. Und doch wollte sie es Punkt für Punkt durchgehen in der vagen Hoffnung, etwas Hoffnung zu entdecken.

Unbegrenzte Kernenergie vorausgesetzt, dazu verhältnismäßig billige und leicht zu handhabende Hyperdrive-Schiffe und technischen Fortschritt auf verwandten Gebieten, mußte der interstellare Handel sich erfolgreich entwickeln. Theoretisch hätte jeder bewohnbare Planet auch autark sein sollen, imstande synthetisch herzustellen, was in der Natur nicht vorkam. In der Praxis aber erwies es sich oft viel ökonomischer, Güter zu importieren, besonders im Hinblick auf die verschiedenen Auflagen, die die Industrie aus Gründen des Umweltschutzes beachten mußte. Dazu kam, daß mit wachsendem Wohlstand der technischen Zivilisation der Bedarf an Luxusgütern, Kunstgegenständen, Dienstleistungen und anderen Annehmlichkeiten stieg, die zu Hause nicht beliebig vervielfacht werden konnten.

Private Unternehmungen, die oft größere Entfernungen im All überspannten als jede Regierung, noch dazu meist dort, wo es überhaupt keine funktionsfähigen Regierungen gab, wurden mit der Zeit reicher als die Staaten und hatten praktisch ökonomischen Belange der Technischen Zivilisation in der Hand. Diese Unternehmen bildeten in weiterer Folge die Polesotechnische Liga als eine Vereinigung zur gegenseitigen Unterstützung und bis zu einem gewissen Grad auch zur Wahrung der Disziplin. Die Pax Mercatoria, der Handelsfriede, verbreitete sich im All.

Wann hat sich dies alles zum Schlechten verändert? Hat die Liga sich die Laster ihrer Tugenden angewöhnt?

Das sie sehr oft als ihre eigenen Beamten, Gesetzeshüter, Marinekommandanten fungieren mußten und meist eigenwillige, besitzorientierte Individualisten mit überentwickelten Egos waren, ergab es sich mit der Zeit, daß die großen Kaufleute der Liga den Lebensstil der früheren Könige annahmen. Mißbräuche griffen um sich: Gewalt, Bestechung, rücksichtslose Ausbeutung. Die Größenordnung der Unternehmungen und der geradezu überwältigende Informationsstrom machten Gegenmaßnahmen geradezu unmöglich.

Nein, Moment mal. Die Liga hätte sich trotzdem weiter regenerieren können, hätte nicht das Streben nach Macht zwei mächtige Parteien geschaffen, die sich im Laufe der Jahre immer mehr voneinander unterschieden.

Es waren dies die Heimatgesellschaften, die hauptsächlich innerhalb des Solarsystems tätig waren, wie zum Beispiel Global Cybernetics, General Atomistics, Terran Synthetics und andere. Ihre Beziehung zu den führenden Gewerkschaften wurde immer enger.

Daneben gab es die Sieben im All: Galactic Developments, XT Systems, Interstar Transport, Sanchez Engineering, Stellar Metals, Timebinders Insurance, Abdallah Enterprises – das waren die Firmengiganten unter anderen Sonnen.

Die übrigen, wie Solar Spice & Liquors, legten Wert darauf,

selbständig zu bleiben und betrieben einen harten Konkurrenzkampf. Die meisten waren Ein-Mann- oder Familienunternehmen. *Ob die noch eine Zukunft vor sich haben? Sind das nicht bloß Fossilien eines vergangenen, freieren Zeitalter? Nick, du Ärmster ...*

»Lösen wir uns von der Philosophie der tönenden Phrase, und schaffen wir auf Mirkheim für Hermes einen Stützpunkt«, sagte Eric. »Überleg doch mal, welche Mittel uns das gegen die Sieben in die Hand gibt. Die haben uns lange genug das Leben schwer gemacht mit ihrer Preistreiberei. Und daß uns das Commonwealth den Krieg erklärt, brauchen wir nicht zu befürchten. Die öffentliche Meinung wird nicht zulassen, daß Menschen gegen Menschen kämpfen, während sich Babur im Hintergrund die Hände reibt.«

»Da bin ich nicht so sicher. Und ich bin auch nicht sicher, ob Babur passiv bleiben wird. Ehrlich gesagt, dieses Reich macht mir Angst.«

»Alles bloß Bluff!«

»Damit würde ich nicht rechnen. Man war immer der Meinung, Sauerstoffatmer und Wasserstoffatmer würden nie ernsthaft miteinander in Konflikt geraten, weil sie sich nicht für dieselben Objekte interessieren und weil sie für ideologische Meinungsverschiedenheiten zu verschieden sind. Aus diesem Grund hat man Babur nur wenig Beachtung geschenkt, und deswegen stellt es auch heute noch ein Rätsel dar. Doch das Informationsmaterial, das mir zur Verfügung steht, zeigt mir, daß das Imperium Sisema ein mächtiger Aggressor ist, der den gesamten Planeten unterworfen hat und noch immer nicht genug hat. Und Mirkheim ist ein Planet, den jeder besitzen möchte.«

Nicht bloß aus reiner Habgier, überlegte sie weiter. *Die Supermetalle stehen schon im Begriff, die Technik zu revolutionieren, und zwar in der Elektronik, der Metallurgie, in der Kerntechnik und auf anderen Gebieten. Gerät die einzige Quelle in die Hand Baburs, dann könnte Babur der Menschheit die Supermetalle vorenthalten.*

»Ich gebe zu, daß wir Menschen gut daran tun, unsere Zwistigkeiten für eine Weile zu vergessen«, sagte sie. »Vielleicht sollte Hermes nicht mit dem Commonwealth zusammenarbeiten.«

»Ja, vielleicht. Aber verstehst du denn nicht, Mutter, daß wir die

Bedingungen stellen können, wenn wir zuerst auf Mirkheim sind? Andernfalls müssen wir uns damit zufriedengeben, was andere für uns ausbrüten.«

Es war nicht der Funken Idealismus, den Sandra an seinen Vater erinnerte, sondern die wütende Ungeduld, endlich Handlungsfreiheit zu bekommen.

Ein Wodenit unter Humanoiden war nicht eben als unauffällig zu bezeichnen, daß in Starfall gewiß die Klatschmäuler Hochbetrieb gehabt hatten. Doch was sie und Nadi heute morgen zu besprechen hatten, würde niemand hören.

Der für die Begegnung vorgesehene Raum war für vertrauliche Gespräche geschaffen worden. Es war ein langgestreckter, dunkel getäfelter Raum, dessen Fenster sich zu einem Rasen hin öffneten, auf dem eine Mastiff-Dogge Wache hielt. Sandra hatte mit ihren während der Jugend auf außerplanetarischen Reisen gesammelten Souvenirs eine persönliche Atmosphäre geschaffen. An den Wänden hingen Bilder mit exotischen Szenen, merkwürdige Kunstwerke, Waffen, für nichthumanoide Hände bestimmt. Sandra, die einige Minuten vor der festgesetzten Zeit eintraf, heftete den Blick auf die vom Planeten Diomedes stammende Streitaxt. Ihre Gedanken wanderten Jahre zurück, zu Nicholas van Rijn.

Sie hatte den Kaufmann nie geliebt. Sogar in jener anspruchslosen Periode ihres Lebens hatte sie ihn fast unerträglich primitiv gefunden, in vielfacher Hinsicht. Diese rohe Vitalität aber war es gewesen, die ihnen beiden auf Diomedes das Leben gerettet hatte. Und sie war damals auf der Suche nach einem Mann, der ihr Partner sein würde, weder beherrschend noch unterwürfig ihr gegenüber, die die wahrscheinlichste Nachfolgerin auf den Thron von Hermes war. (Der kinderlose Herzog Robert war damals schon bejahrt. Seine Nichte Sandra war die natürlichste Kandidatin für die Wahl, was man von den anderen in Frage kommenden Tamarins nicht annähernd behaupten konnte.) Von ihren Bekannten auf Hermes hatte keiner sie beeindruckt, einer der Gründe für ihre ausgedehnten Reisen. Mochte er auch Fehler haben, van Rijn war kein Mann, der einem gleichgültig sein konnte. Keine ihrer vorherigen

Affären war so voller Gewitter und Erdbeben gewesen – und auch nicht voller Erinnerungen, über die man noch im nachhinein lachen oder sich aufregen konnte. Nach einem Jahr hatte sie gewußt, daß er an eine Ehe nicht dachte, ja daß er niemals ihr zuliebe etwas tun würde. Damals hatte sie bereits Eric unter dem Herzen getragen. Zu jener Zeit war sie eine glühende Verfechterin der Eugenik. Dennoch verließ sie ihn. Van Rijn unternahm nicht den Versuch, sie zurückzuhalten.

Ihr Abschied hatte nichts Bitteres an sich, und sie hatten in weiterer Folge rein geschäftliche Kontakte unterhalten, die in durchaus freundlichem Ton abgewickelt wurden. Im Laufe der Jahre wurde die Erinnerung an ihn immer positiver . . . falls sie überhaupt einen Gedanken an ihn verschwendete, weil sie bereits Peter Asmundsen kannte.

Er war ein Hermeter, zwar nicht zur Sippe gehörig, aber immerhin einer angesehenen Gefolgschaftfamile entstammend. Er hatte Unternehmungen auf den Schwesterplaneten des Maia-Systems organisiert und persönlich geleitet. Zahlreiche tollkühne Abenteuer hatten ihn zu einem Volkshelden gemacht. Als er Sandra Tamarin heiratete und Eric adoptierte, wurde endlich der Skandal, der ihre Heimkehr getrübt hatte, beseitigt. Unter dem Einfluß, von Liga und Commonwealth hatte die Aristokratie auf Hermes persönlichen Angelegenheiten gegenüber eine sehr duldsame Haltung einzunehmen gelernt, doch war der Einfluß, den ihr Gemahl auf ihre Wahl zur Herrscherin nach Herzog Roberts Tod ausgeübt hatte, nicht zu unterschätzen. Und als Pete starb – sie konnte sich nicht vorstellen, daß sie jemals wieder jemanden begehren würde.

Warum denke ich dann an Nick, wenn ich mir vielmehr den Kopf darüber zerbrechen sollte, was ich mit Nadi anfangen soll?

Erics wegen, nehme ich an. Eric wird diese Welt so erben, wie ich sie mitformte, zum Guten oder Schlechten. Joan und Sigurd natürlich auch, aber Eric wird man wahrscheinlich zum Herrscher wählen.

Wenn dann noch etwas zum Herrschen da ist.

Sie absolvierte eine nervöse Runde im Raum, blieb vor der Axt stehen und umfaßte den Griff. Wie gern wäre sie an diesem herrlichen Tag draußen gewesen, auf der Jagd, zu Pferd, auf Skiern, im

Segelboot, in ihrem Luftgefährt, dessen Geschwindigkeit ihre wohlmeinenden Untertanen das Fürchten lehrte. Oder aber sie hätte die Schauspielertruppe besuchen können, deren Schirmherr sie war. Das Theater hatte sie immer schon fasziniert. Oder ...

Die Tür ging auf. »Madame, Kapitän Nadi von der Supermetals Company«, sagte der Posten und schloß die Tür hinter dem gewaltigen Körper.

Sandra war noch nie einem Wodeniten begegnet. Die Bewohner des Planeten Woden lebten zum Großteil auf einem vom technischen Standpunkt primitiven Stadium, wenngleich sie einige höher stehende Kulturen hervorgebracht hatten. Einige Wodeniten, vor allem solche, die mit den Handelszentren der Liga in Verbindung geraten waren, hatten Stipendien bekommen oder sich auf andere Weise den Weg ins All gebahnt. Nadi streckte ihr ernst die Hand entgegen, die die ihre völlig umschloß. Die Wärme der Hand erregte ihre Verwunderung. Sie hatte unwillkürlich erwartet, eine Schuppenhand müßte kalt sein, wie sie es auf Hermes oder auf der Erde erlebt hatte.

»Willkommen«, sagte sie mit einer gewissen Unsicherheit.

»Ich danke, edle Frau«, Sein Anglic war fließend und verständlich, wenn auch durch den nichthumanoiden Sprechapparat mit einem nicht zu beschreibenden Akzent behaftet. »Ich werde mich bemühen, nicht zu viel Ihrer Zeit in Anspruch zu nehmen. Doch habe ich das Gefühl, daß mein Bericht auch für Ihr Volk von allergrößter Bedeutung ist.«

»Das mag sein. Tja ... es tut mir leid, daß wir hier nicht passend eingerichtet sind. Machen Sie es sich nach eigenem Gutdünken bequem.«

»Ich kann bei dieser geringen Schwerkraft unendlich lange stehen.« Die Schwerkraft auf Hermes betrug nur siebenundneunzig Prozent der Erdschwerkraft. »Ich weiß, daß die Humanoiden sich gern setzen.«

»Ja, ich setze mich jetzt. Wollen Sie rauchen? Nein? Stört es Sie, wenn ich rauche? Gut.« Sandra zündete sich eine Zigarre an und ließ sich in einen weichen Armsessel sinken. Das massiv geschnitzte Möbel wirkte irgendwie beruhigend. Und der Tabak schmeichelte ihrem Gaumen.

»Ich will sofort zur Sache kommen«, sagte Nadi im Brummton. »Wissen Sie, warum ich von Mirkheim aufbrach und unter welchen Umständen?«

Sandra nickte. Sie hatte sich nach dem Frühstück eine volle Stunde lang informieren lassen. »Sie schlagen vor, wir auf Hermes sollen einseitig vorgehen und uns zur amtsführenden Regierung aufschwingen.«

»Dem ausdrücklichen Wunsch der ersten Entdecker und rechtmäßigen Besitzer folgend, Gnädigste. Wir verstehen natürlich, daß Sie auch anderen Zutritt gewähren müssen. Aber Sie können dies so regeln, daß jede Interessengruppe einen angemessenen Anteil erhält, wir miteingeschlossen.«

»Wenn die Großmächte es zulassen.«

»Sie werden vielleicht sogar glücklich sein, wenn Sie ihnen einen solchen Plan unterbreiten. Bitte glauben Sie mir, daß es sich nicht um einen aus Verzweiflung geborenen Entschluß unsererseits handelt. Wir wußten von Anfang an, daß unser Monopol nur kurzlebig sein würde. Wir haben daher verschiedene Vorgehensweisen eingeplant, die wir anwenden könnten, wenn die Entdeckung einmal allgemein bekannt sein würde. David Falkayn selbst war es, der Hermes als eventuellen Interessenstatthalter vorgeschlagen hat. Gewiß, er dachte nur an das Commonwealth und die Liga als mögliche Rivalen um Mirkheim. Baburs Auftauchen konnte er nicht voraussehen. Nun, wir sind zu der Einsicht gelangt, daß seine Idee die beste ist, die uns zur Verfügung steht.«

»David – der Held von Shenna? Nannten Sie eben seinen Namen?«

»Sie kennen ihn nicht? Ich hielt es für sicher, daß die Geschichte mittlerweile allgemein bekannt geworden ist.« Nadi schwieg still. Sandra hatte fast das Gefühl, sie könne sehen, wie sich die Rädchen in seinem Kopf gewichtig drehten. Schließlich fuhr er fort:

»Nun, ich glaube, ich begehe jetzt keinen Vertrauensbruch mehr, wenn ich Ihnen die Geschichte erzähle. Vielleicht werden Sie unsere Haltung besser verstehen, wenn Sie ihre Ursprünge kennen.«

Sie lehnte sich zurück. Nadi hatte recht. Eine Hintergrunderklärung würde ihren Nerven Zeit gegen, sich zu entspannen und ihrem

Gehirn Gelegenheit, um sich zu sammeln. »Los, reden Sie schon«, ermunterte sie ihn.

»Vor achtzehn Standardjahren war David Falkayn, wie Sie sicher wissen, noch immer Handelspionier der Solar Spice & Liquor Company. Mit seinen Partnern war er stets in geheimer Mission unterwegs, auf der Suche nach einer Welt wie Mirkheim. Eine genaue Analyse astronomischer Daten zeigte ihm, daß eine solche Welt existieren mußte. Sie zeigte ihm auch ihren ungefähren Standort. Und er fand sie.

Anstatt nun seine Auftraggeber zu informieren, wie man es von einem Handelspionier erwartet, wenn er vielversprechendes neues Territorium entdeckt, wandte sich Falkayn an andere. Er wandte sich an ausgewählte Führer noch rückständiger Völker, armer Völker, deren Vernachlässigung und Mißbrauch durch die Liga seine Empörung geweckt hatte. Er war es, der sie dazu brachte, ein Konsortium zu gründen, das die Schätze Mirkheims abbaute und verkaufte, damit der Gewinn ihren Völkern zugute kommen sollte.«

Sandra nickte. Seit der Expedition Rigassis hatten die Sprecher von Supermetals ihren Fall mit ähnlicher Begründung vorgetragen. Sie erinnerte sich an einen, der vor seinen Zuhörern in Starfall gesagt hatte

»... Wie können Planeten wie Woden, Ikrananka, Ivanhoe, Vanessa – wie können die Bewohner dieser Planeten jemals bis zur Raumfahrt kommen? Wie sollen sie teilhaben an technischen Entwicklungen, die Schwerarbeit erleichtern, die Hygiene fördern, Hungersnöte verhindern, der Bildung dienen und die Beherrschung der gleichgültigen Natur ermöglichen? Diese Völker haben kaum etwas als Ware anzubieten – Gewürze, Felle, kunstgewerbliche Sachen, vielleicht ein paar Rohstoffe wie Öl oder leicht zu gewinnende Minerale. Damit können sie nicht genug verdienen, um Raumschiffe zu kaufen, Kraftwerke, Automaten, Forschungszentren, Schulen. Die Liga hat kein Interesse, ihnen unter die Arme zu greifen. Öffentliche und private Wohlfahrtseinrichtungen sehen sich größeren Aufgaben gegenüber, als sie bewältigen können. Müssen ganze Völker Jahrtausende von Plackerei hinter sich bringen, nur um alles das selbst zu entwickeln, was anderswo längst existiert?

Und die von Terranern oder Cynthiern oder anderen raumfahrenden Gattungen gegründeten Kolonien? Ich meine jetzt nicht die wohlhabenden blühenden Kolonien wie Hermes. Ich meine die armen, die weit entfernt liegenden, deren Siedler nicht viel mehr besitzen als den Stolz der Unabhängigkeit. Sie könnten die ihnen ungünstigen Umweltbedingungen verändern, wenn sie sich die Mittel dazu beschaffen könnten. Andernfalls riskieren sie völliges Ausgelöschtwerden.

Die Supermetals Company wurde von vertrauenswürdigen Bewohnern dieser Welten gegründet. Der mit einem vergleichsweise geringen Kapitaleinsatz zu gewinnende Profit war phantastisch. Würden aber die Führer der Liga ihre Eigentumsrechte respektieren? Würden die Regierungen ihre Unabhängigkeit unangetastet lassen? Die in Aussicht stehende Beute war zu groß . . .«

»Nun . . . Gnädigste?« hörte sie Nadis Stimme.

Sie riß sich aus ihren Erinnerungen los. »Verzeihen Sie. Ich ließ meine Gedanken schweifen.«

»Habe ich Sie gelangweilt?«

»Nein, keineswegs. Später möchte ich sogar ganz ausführlich hören, mit welchen Tricks Sie verhindert haben, daß Ihr Schatz verborgen blieb. Ausweichmanöver, wenn Ihre Schiffe von Spähern verfolgt wurden, Vorsichtsmaßnahmen gegen Bestechung, Entführung, Folter . . . Ein Wunder, daß Sie sich so lange halten konnten.« »Wir sahen das Ende nahen, als Falkayns Auftraggeber Nicholas van Rijn zu dem Schluß gelangte, die Supermetalle müßten von einem Planeten vom Typ Mirkheims stammen, und dieselbe Methode anwandte, um ihn zu finden . . . Habe ich Sie betrübt?«

»Nein, nein. Sie setzen mich in Erstaunen. Van Rijn? Wann war das?«

»Vor zehn Standardjahren. Falkayn und Falkayns künftige Frau überredeten ihn, Schweigen zu bewahren. Er half unseren Agenten sogar sehr zuvorkommend, die Verwirrung aufrechtzuerhalten und die schließliche Wiederentdeckung hinauszuschieben.«

»Hm ja. Das hat Nick sicher großen Spaß gemacht.« Sandra beugte sich vor. »Nun gut, das alles ist faszinierend, aber es gehört der Vergangenheit an. Wie Sie ganz richtig bemerkten, wußte ich das meiste ohnehin. Einzelheiten können wir später behandeln. Falls wir beide in Verbindung bleiben. Ich sympathisiere mit Ihnen, doch gilt meine allererste Pflicht Hermes, das muß Ihnen klar sein. Was kann unser Volk auf Mirkheim gewinnen, das die Kosten und das Risiko wettmacht?«

Das Riesengeschöpf machte nun einen hilflosen und verlorenen Eindruck. »Wir bitten um Ihren Beistand. Als Gegenleistung dafür, daß Sie uns Geschäfte ermöglichen, erwerben Sie Anteil an unserem Reichtum.«

»Und wir werden Zielscheibe für alle, die hinter diesem Anteil oder mehr her sind.« Sandra machte einen tiefen Zug an der Zigarre. »Vielleicht ist Ihnen nicht klar, daß ich keine absolute Herrschaft ausübe. Der Großherzog wird unter den Mitgliedern der Familie Tamarin gewählt, die keiner Domäne angehören darf. Und zwar wird der Herrscher von den Domänenpräsidenten von Hermes gewählt. Meine Macht ist eng begrenzt.«

»Ich verstehe. Soviel ich weiß, können Sie aber die gesetzgebende Versammlung einberufen, und zwar mit Hilfe der Elektronik innerhalb einer Stunde. Weiterhin ist mir bekannt, daß die hiesigen führenden Persönlichkeiten gewohnt sind, rasche Entscheidungen zu treffen, da sie in einer Welt leben, die noch an die Wildnis grenzt.

Ihre Intervention könnte den Zusammenstoß von Kriegsflotten verhindern. Leider ist die Zeit knapp. Wenn Sie nicht sehr bald etwas unternehmen, dann können Sie sich jeden weiteren Schritt sparen.«

Sandras Puls schlug schneller. *Beim Kosmos, er hat recht, er und Eric und ... und sonst niemand. Das Risiko ist nicht allzu groß, wenn wir Vorsicht walten lassen und wenn wir uns den Rückzug offen lassen. Ich brauche weitere Informationen, weitere Meinungen, ehe ich die Präsidenten in Bewegung setzen und ihnen eine Empfehlung vorlegen kann. Aber im Moment haben wir eine Chance, wenn mich nicht alles täuscht.*

Ja! Zu lange habe ich nüchterne Schwerarbeit geleistet. Schließlich habe ich das Oberkommando über die Marine. Wenn Hermes eine Expedition ausschickt, werde ich sie führen.

3

Der Rat der Polesotechnischen Liga trat in Lunograd zusammen, um die Situation auf Mirkheim näher zu beleuchten. Da sie in aller Eile einberufen wurde, waren nicht die Vertreter sämtlicher Mitglieder anwesend. Einige unabhängige Firmenbosse waren nicht rechtzeitig erreichbar gewesen oder konnten ihre Arbeit nicht kurzfristig im Stich lassen. Aber die Heimatgesellschaften und die Sieben im Raum zusammen waren beschlußfähig, und dazu traf eine ausreichende Zahl der Sprecher der Einzelorganisationen ein, so daß die Versammlung handlungsfähig war.

Nach einem vierundzwanzigstündigen Auf-der-Stelle-Treten lud Nicholas van Rijn zwei Delegierte in seine Suite im Hotel Universe ein. Sie nahmen die Einladung an, was sie bei einem anderen Unabhängigen wohl kaum getan hätten. Aber van Rijns Unternehmen war so weitgespannt und so groß, daß es ihn zum mächtigen Mann machte. Viele Beobachter fanden es erstaunlich, daß ein einziger Mann sich an der Spitze behaupten konnte und unabhängig blieb, was trotz der modernen Daten- und Logiksysteme ein Wunder war. Er war der natürliche Führer jener Unternehmen, die sich nicht in enge Verknüpfung zu anderen begeben hatten wie die sieben im Raum oder die fünf Heimatgesellschaften.

Was nun seine beiden Gäste betraf, so schien es sich bei Bayard Story um den führenden Kopf der ersten Gruppe zu handeln, während Hanny Lennart die zweite repräsentierte.

Es war kurz vor Mitternacht auf Luna. Vom Hauptraum der Suite hatte man durch die Transparent-Wand eine geradezu furchteinflößende Aussicht. Die Gebäude hielten Abstand voneinander und waren nicht hoch. Sie durften weder die Energiefelder berühren, durch die in dieser großen Blase die Luft gehalten wurde, noch die darunter liegende Ozonschicht. Zwischen den einzelnen Gebäuden lagen Parks, in denen die geringe Schwerkraft die Bäume emporschießen und Bogen bilden ließ, wie Springbrunnen inmitten knallbunter großer Blüten. Überall Leuchten auf weinrankenförmigen Stangen. Ihr Schein nahm einem nicht die Sicht auf den nackten Kraterboden jenseits der Felder, auf den Ringwall Platos, der über dem nahen Horizont in Klippen und Steilwänden aufragte, oder auf den Himmel. Auf einer unendlichen Dunkelheit strahlten die Myriaden von Sternen, deutlich und klar, edelsteinförmig und ohne zu funkeln. Die Milchstraße glich einem Quecksilberstrom, während die Erde rührend schön blau und weiß im Süden hing. Angesichts dieses Ausblicks wirkte der Luxus des Zimmers geradezu geschmacklos und kitschig.

Die Lennart und Story trafen gleichzeitig ein. Van Rijn glitt behende über den Boden dahin, um sie einzulassen. Er hatte die Anlage nicht eingeschaltet, die terrestrische Schwerkraft erzeugt hätte. »Hoho, sicher habt ihr euch gegen mich verschworen, ehe ihr gekommen seid, nicht?« dröhnte er, als er öffnete. »Nein, streitet es nicht ab, tischt einem armen alten einsamen dicken Mann, der schon mit einem Fuß im Grab steht, keine Lügen auf. Kommt herein und trinkt mit mir.«

Story musterte ihn mit einem Blick und sagte aufrichtig: »Bürger van Rijn, seitdem ich von Ihnen weiß, und das ist schon sehr viel länger her, als mir recht ist, höre ich die Leute sagen, daß Sie Ihr Alter und Ihre Schwäche bejammern. Ich möchte wetten, daß vor Ihnen noch zwanzig Jahre und mehr voller Teufelei liegen.«

»Ja, ich sehe gesund aus, weil ich gebaut bin wie ein Hochzeitskuchen. Hier hilft mir die geringe Schwerkraft natürlich mehr, als ihr beide ahnen könnt, die ihr mein Sohn und meine Tochter sein könntet, bloß hatte ich immer einen besseren Geschmack bei Frauen. Ach, wie sehne ich mich nach Ruhe! Ich möchte alle Ränke und Nichtigkeiten dieser bösen Welt hinter mir lassen und meine Seele von der Sünde reinwaschen, bis sie laut schreit.«

»Um Platz für neue und größere Sünden zu schaffen?«

»Schluß mit diesem Unsinn«, unterbrach die Lennart abrupt das Gespräch. »Wir sind zu einer ernsten Diskussion gekommen.«

»Wenn Sie unbedingt wollen, Bürgerin«, meinte Story. »Ich hätte Lust auf ein bißchen Spaß. Vielleicht leiste ich ihn mir noch. Die Versammlung ist nämlich nur eine Übung in Nutzlosigkeit. Ich frage mich, warum ich überhaupt gekommen bin.«

Die beiden anderen sahen ihn an, als stellten sie sich diese Frage ebenfalls. Sie waren ihm noch nie zuvor begegnet. Ihnen war als Ergebnis einer routinemäßigen Information bekannt, daß sein

Name seit zehn Jahren auf der Direktorenliste von Galactic Development stand und er in der Zentrale dieser Firma auf Germania residierte. Er mußte so reich sein und so viel Einfluß besitzen, daß er jedwede Publicity über sich im Keim ersticken konnte und fast unsichtbar operierte.

Er sah gut aus, ein mittelgroßer schlanker Mann, dessen sonnengebräuntes eckiges Gesicht regelmäßige Züge aufwies. Er hatte blaugraue Augen, Haar und Schnurrbart waren braun mit einem Hauch Grau durchsetzt. Sein elastischer Gang ließ vermuten, daß er seine Muskeln oft übte, sich vielleicht sogar anstrengende Übungen zumutete. Seine leise Redeweise verriet die Spur eines nichtterristrischen Akzents, wenn auch durch jahrelangen Sprachgebrauch zur Unkenntlichkeit abgeschliffen. Der teure Freizeitanzug in gedämpften Grüntönen paßte ihm wie angegossen. Neben ihm sah die dunkelgekleidete Lennart unscheinbar und ältlich aus. Van Rijn aber übertrumpfte in seiner Lieblingsgewandung, einer tabakbefleckten Rüschenbluse und einen Sarong, den er um seinen Äquator von jupiterhaften Ausmaßen gewickelt trug.

»Eßt, trinkt, raucht«, forderte der Gastgeber sie auf, auf eine gutbestückte Bar, voller Tabletts und Kistchen mit Zigarren und Zigaretten deutend. Er selbst hielt eine Meerschaumpfeife in der Hand, die schon jahrelang ihren Dienst tat und mit jedem Tag mehr Gestank ausströmte. »Ich möchte mich lieber hier unterhalten, nicht bloß über verschlüsselte Kreise, damit wir uns in entspannter Atmosphäre aufrichtig begegnen können und nicht bereuen müssen, wenn einem ein falsches Wort entschlüpft.«

Story nickte. Er nahm sich einen Scotch auf zivilisierte Art, nämlich pur, mit einem Schluck Wasser hinterher. Van Rijn schenkte für sich ein Glas Genever nach, dem er einen Spritzer Angostura bitter zusetzte. Man setzte sich. Die Lennart setzte sich stocksteif in ein Sofa, nachdem sie einen Drink abgelehnt hatte, während die Herren sich in bequeme Sessel niederließen.

»Nun«, fing sie an, »was stellen Sie sich vor?«

»Wir sollten mal überlegen, ob wir nicht zu einem Kompromiß gelangen könnten, und wenn nicht, dann wollen wir wenigstens unsere Konfliktbereiche näher kennzeichnen, nicht?« äußerte sich Story.

»Vielleicht könnte man auch wichtige Informationen austauschen«, sagte van Rijn.

»Kommt darauf an, was Sie darunter verstehen«, bemerkte Story.

»Hoffentlich ist es Ihnen klar, daß keiner von uns Versprechungen machen kann, Bürger van Rijn«, sagte die Lennart, jedes einzelne Wort präzise artikulierend. »Wir sind nur Angestellte unserer Firmen.« Sie selbst war Vizepräsidentin von Global Cybernetics. »Und es ist doch in Wahrheit so, daß weder die Heimatgesellschaften noch die Sieben einheitliche Blöcke sind. Sie werden nur durch gewisse geschäftliche Übereinkommen zusammengehalten.«

Das Aufzählen von Tatsachen, die jedem Schulkind bekannt waren, kränkte van Rijn keineswegs. »Und durch ineinander übergreifende Verwaltungen«, ergänzte er unverhohlen, während er nach einem winzigen Sandwich griff, das mit kaltem Rührei und geräuchertem Aal belegt war. »Außerdem habt ihr beide mehr zu sagen, als ihr zugeben wollt, jawohl, da könnt ihr noch so viel jammern. Und diese gewissen geschäftlichen Vereinbarungen bedeuten bloß, daß die Sieben ein Kartell bilden und die Heimatgesellschaften ein zweites, und daß beide jede Menge politischer Handlanger an höchster Stelle besitzen.«

»Wir im Commonwealth nicht«, sagte Story. »Das kommt höchstens in Ihrer Plutokratie vor, Bürgerin Lennart.«

Ihre hageren Wangen röteten sich. »Das trifft eher auf Ihre armseligen kleinen Marionettenstaaten auf Ihren lächerlichen kleinen Planeten zu«, erwiderte sie. »Im Commonwealth hatten wir in den letzten fünfzig Jahren eine Unzahl von Reformen zur Stärkung der Demokratie.«

»Verdammt«, murmelte van Rijn. »Das glauben Sie vielleicht auch noch.«

»Ich hoffe, wir sind nicht zusammengekommen, um Parteipolitik zu erörtern«, sagte Story.

»Ich auch«, antwortete van Rijn. »Und auf Parteipolitik wird es hinauslaufen, wenn wir auf den Rat keinen Einfluß nehmen. Die Mitglieder werden ihre Posititionen einnehmen, von denen sie dann nicht mehr abgehen, weil sie mit so viel Dreck um sich geworfen haben. Sie werden sich streiten, bis der Verputz vom

Himmel bröckelt. Sonst wird sich nichts tun ... es sei denn, ein paar führende Köpfe fassen einen Entschluß. Und genau das möchte ich besprechen.«

»Es geht um folgendes«, fing die Lennart an. Sie wiederholte nur, was sie schon mehrmals am Konferenztisch gesagt hatte. »Mirkheim ist eine zu wertvolle und strategisch zu bedeutsame Rohstoffquelle, als daß man zulassen darf, daß sie in die Klauen von Geschöpfen fällt, die uns ihre Feindseligkeit demonstriert haben. Dazu gehören auch bestimmte menschliche Wesen. Das Commonwealth hat einen gerechten Herrschaftsanspruch über den Planeten, da die ersten Entdecker keine Regierung repräsentierten, während die Expedition Rigassis aus Bürgern des Commonwealth bestand. Überdies hat das Commonwealth eine Pflicht der Menschheit, ja, der ganzen Zivilisation gegenüber, diesen Planeten abzusichern. Die Heimatgesellschaften unterstützen diese Bestrebungen. Es ist eine patriotische Pflicht, und ich bin ehrlich überrascht, daß Männer mit Ihrer Bildung dies nicht einsehen.«

»Meine Bildung bekam ich in einer Schule, in der harte Püffe ausgeteilt wurden« gab van Rijn zurück. »Bürger Story, Sie vermutlich auch? Sie und ich, wir sollten einander eigentlich gut verstehen.«

»Und ich verstehe, warum Sie das Thema wechseln«, schleuderte ihm die Lennart entgegen. »Eine Diskussion bei der es um Moral geht, bringt Sie bloß in Verlegenheit.«

»Meinetwegen, sprechen wir von Moral, aber vergessen wir dabei die Unmoral nicht«, sagte van Rijn. »Was ist mit den ursprünglichen Entdeckern von Mirkheim? Welche Rechte haben die wohl Ihrer Meinung nach?«

»Das sollen die Gerichte entscheiden, nachdem Mirkheim abgesichert wurde.«

»Ja, die Gerichte, deren Richter Sie kaufen und verkaufen wie Aktien. Aus dem Hintergrund dringt bereits leise an mein Ohr, daß ihr eure Anwälte anspitzt. Deswegen hat die Supermetals Company in aller Heimlichkeit agiert.«

Story zog die Brauen hoch. »Bürger van Rijn, wollen Sie uns weismachen, daß Sie ihnen ein Jahrzehnt lang aus einem abstrakten Gerechtigkeitsgefühl heraus Vorschub geleistet haben?«

»Was bringt Sie zu der Vermutung, ich, ein einfacher Genußmittelhändler, hätte jemals dunkle Dinge gedreht?«

»Es wurde nie öffentlich bekannt, aber Rigassi erfuhr von den Arbeitern auf Mirkheim, daß ein Mitglied der Polesotechnischen Liga mitgeholfen hatte, alles geheimzuhalten, nachdem er den Planeten entdeckte. Sie sagten ihm nicht, wer das war, und sie machten den geradezu mitleiderregenden Versuch, sich stärker zu geben, als sie waren . . .«

Die Lennart atmete hörbar ein. »Woher wissen Sie das?« rief sie aus.

Story grinste. Er hatte nicht die Absicht zu enthüllen, welches Spionagesystem seinem Block zur Verfügung stand. Zu van Rijn gewandt fuhr er fort: »Rückblickend muß man zu der Ansicht gelangen, daß Sie dieser Mann gewesen sein müssen. Und Sie haben hervorragende Arbeit geleistet. Damit meine ich speziell die Andeutung, die Sie fallen ließen, die Spuren, die Sie finden ließen, und die darauf hindeuteten, daß eine hochentwickelte Zivilisation, der unseren weit voraus, die Supermetalle produziert hätte. Expeditionen machten sich allen Ernstes auf die Suche . . . Sie haben die großartigste Täuschung der Geschichte inszeniert. Würden Sie uns sagen, warum das alles?«

»Nun, Sie würden mich Lügner nennen, wenn ich behaupte, ich hätte geglaubt, das einzig Richtige zu tun.« Van Rijn vertilgte eine Portion Limburger mit Zwiebeln auf Pumpernickel, stopfte seine Pfeife mit seinem verhornten Zeigefinger und sog Rauch ein. »Ich muß gestehen, daß ich mich von einer mir nahestehenden Person teilweise überreden ließ«, fuhr er fort, Rauchringe produzierend. »Zum anderen ist es für Unabhängige wie mich am besten, wenn die Supermetalle auf dem freien Markt gehandelt werden. Ich möchte verhindern, daß sich eines der beiden Kartelle durch ein Monopol auf Mirkheim zusätzliche Macht verschafft. Also kommen wir wieder dorthin zurück, wo wir angefangen haben: es ist einfach vernünftiger.«

Dafür war er auch vor dem Rat eingetreten. Die Polesotechnischen Liga sollte ihren Einfluß dahingehend geltend machen, daß Mirkheim zu einem unabhängigen Planeten unter dem Schutz der Liga erklärt würde, der die Firma Supermetals beitreten würde. Er wußte ganz genau, daß die Resolution nicht angenommen werden würde, ehe sich nicht ein paar eisern eingefahrene Köpfe zu einer anderen Ansicht bekehrt hätten. Die Heimatgesellschaften versteiften sich darauf, die Sache des Commonwealth zu unterstützen. Die Sieben traten für die gesamte Liga ein und gingen damit jedem Kampf aus dem Weg. Streng neutral gesinnt, waren sie gewillt, mit dem zu verhandeln, der aus dem Konflikt als Sieger hervorgehen würde.

Er verfolgte die Sache weiter. »Story, welchen Sinn hat es denn, wenn wir dasitzen und Däumchen drehen. Bürgerin Lennart hat in einem Punkt recht: Wenn Babur Mirkheim in die Finger kriegt, dann ist das für uns die denkbar schlechteste Lösung. Und Babur ist womöglich besser ausgerüstet als das Commonwealth. Fest steht, daß es kürzere Nachschublinien hat.«

»Wer hat denn alles so weit kommen lassen?« Die Stimme der Lennart war schrill vor Erregung. »Wer hat Handelsbeziehungen mit den Baburiten angefangen, wer hat ihnen die Technologie verkauft, die ihnen die Raumfahrt ermöglicht? Die Sieben ... für dreckigen Profit!«

»Ja, es bestanden Beziehungen«, erklärte Story gelassen. »Damals war das nichts Außergewöhnliches, wie Sie wissen. Niemand hatte etwas dagegen. In weiterer Folge ... nun, ich gebe zu, daß unsere Gesellschaften den Handel einschlafen ließen, weil er sich nicht mehr bezahlt machte, und nicht weil wir die Ausrüstung Baburs vorhersahen. Wir haben nichts vorhergesehen. Niemand hat das. Wie auch? Allein wenn man bedenkt, wieviel Forschung und Entwicklung nötig ist ... unglaublich, daß sie es in so kurzer Zeit geschafft haben.

Doch wir wissen dank unserer früheren Erfahrung, daß man mit den Baburiten Geschäfte machen kann. Die Aussicht, unseren Bedarf an Supermetallen von ihnen zu beziehen, ist nicht beängstigender als die Aussicht, sie von den Heimatgesellschaften zu bekommen, was auf uns zukäme, wenn das Commonwealth Mirkheim übernehmen würde. Wir verfügen immer noch über Handelsgüter, die Babur gut gebrauchen kann.«

»Wäre es nicht vorteilhafter und billiger, von den jetzigen Eignern zu kaufen und von anderen Gesellschaften, die auch auf

Mirkheim tätig werden und am freien Markt zu verkaufen?« fragte van Rijn.

»Die müssen nicht unbedingt billiger anbieten«, sagte Story. »Wir müssen damit rechnen, daß Sauerstoffatmer mit uns in direktem Wettbewerb treten.« Er verschränkte die Finger und sah erst die Lennart an und dann van Rijn. »Rundheraus gesagt glaube ich, daß die Angst vor Babur bloß kindliche Angst vor dem Unbekannten ist. Man hat sich nie die Mühe gemacht, mehr darüber zu erfahren, als es bloß einer unter vielen unbekannten Planeten am Rande des erforschten Raumes war. Zufällig bin ich Xenologe und habe mich auf Jupiterplaneten spezialisiert. Ich habe alle Berichte studiert, die die Sieben von ihren Beziehungen angelegt haben. Ich war selbst dort und habe mit den Führern verhandelt. Deswegen kann ich Ihnen jetzt sagen – und ich werde es dem gesamten Rat sagen –, daß Babur nicht die Brutstätte von Menschenfressern ist, als die man es gern ansieht. Es ist die Heimat einer Gattung, die ebenso vernunftbegabt ist wie wir.«

»Genau«, grollte van Rijn. »Gott schütze die Vernunft, wenn wir und die Baburiten ihren Gipfel darstellen sollen. Aber ich hatte früher selbst mit ihnen zu tun. Und erst unlängst habe ich überprüft, welche Daten über sie hier im System Sol greifbar sind. Alles in allem stellen sie ein flackerndes Licht der Vernunft dar.«

»Ihre Ansprüche auf Mirkheim sind einfach lächerlich«, warf die Lennart ein. »Sie sind im Grunde nur ein Deckmantel für territoriale Aggression.«

»Nicht nach den Maßstäben der auf Babur vorherrschenden Kultur«, sagte Story.

»Dann handelt es sich eben um keine Kultur, deren Erstarken wir uns leisten können. Nun gibt es keinen Zweifel, daß dort die Absicht besteht, ein ganzes Imperium zu errichten. Wenn dieses Imperium nur Welten vom Typ Babur beinhalten würde, dann könnte man vielleicht damit leben. Wenn ich aber ihre Erklärungen richtig verstehe und die Absichten richtig deute, dann ist geplant, die Vorherrschaft über diesen Abschnitt des Alls zu gewinnen. Das können wir nicht dulden.

»Und wie wollen Sie es verhindern?«

»Zunächst durch ein entsprechendes Vorgehen auf Mirkheim.

Rasch, entschieden. Unsere Informationen deuten daraufhin, daß Babur vor vollendeten Tatsachen zurückschrecken dürfte.«

»Unsere ›Informationen‹?« murmelte Story. »Wie gut sind Ihre Beziehungen zum Verteidigungsministerium?«

Van Rijn stieß dichte blaue Rauchschwaden aus. »Lennart, Sie haben eben eine Frage beantwortet, über die ich mir nicht im klaren war«, sagte er.

Sie starrte ihn an. Ein Ausdruck des Widerwillens huschte über ihre Züge. »Ich habe nicht . . . es war nur ein persönlicher Rat, das muß Ihnen klar sein . . .«

»Ich verfüge über eigene Informationen und Verbindungen. Zwar handelt es sich nicht um Zugang zu Geheimnissen, wie Sie ihn haben müssen. Nein, es handelt sich um so simple Tatsachen wie den Start von Zivilraumschiffen in den tiefen Raum . . . und dann plötzlich Schluß und Startverbot . . . auf diese Weise sammle ich Stück für Stück Fakten, bis ich ein ganzes Laubsägepuzzle beisammen habe. Und auch Ihre Art zu reden, Lennart, sagt mir nach so vielen Jahren der Bekanntschaft sehr viel.«

Van Rijn erhob sich. Die Bewegung fiel dank der geringen Schwerkraft sehr behende aus. Man hatte das Gefühl, der aufgehende Mond wolle der Anziehungskraft der Erde entfliehen. »Story, ich wette Rubine gegen Rhabarber, daß die Regierung des Commonwealth bereits eine Spezialeinheit nach Mirkheim geschickt hat. Und ich bin nicht sicher, ob Babur das so einfach hinnehmen wird.« Er wandte sich an die kleine Statuette des heiligen Dismas, die auf der Bar stand und sein ständiger Reisebegleiter war. »Heiliger Dismas, beeil dich und bitte für uns.«

4

Das Raumschiff *Muddlin' Through* nahm unter vollem Hyperdrive Kurs vom System Sol auf die Sonne, die von den Menschen Mogul benannt worden war. Impulsweise ausgesandte Schrödingerwellen trieben sie mit einer Pseudogeschwindigkeit an, die die wirkliche

Strahlungsgeschwindigkeit tausendfach überstieg. Nach galaktischen Begriffen waren diese Sterne enge Nachbarn. Doch die Uhr würde zweieinhalb Wochen anzeigen, wenn das Schiff sein Ziel erreicht haben würde. So groß ist das Universum. Denkende Wesen sprechen leichthin davon, Lichtjahre zurückzulegen, weil sie gar nicht erfassen, was sie da tun.

David Falkayn, Chee Lan, Adzel und Schlauköpfchen waren im Salon beim Pokern. Vielmehr waren es die drei Erstgenannten. Der Computer wurde durch einen audiovisuellen Sensor und ein Paar Metallarme repräsentiert. Es handelte sich um ein ausgereiftes Modell, das auf Bewußtseinsebene funktionierte und dessen Fähigkeiten unterwegs nur zum geringen Teil zur Steuerung und Überwachung des Schiffes benötigt wurden. Die Passagiere von Fleisch und Blut hatten noch weniger zu tun.

»Ich setze ein Credit«, sagte Chee. Ein blauer Chip fiel klappernd auf die Tischplatte.

»Du meine Güte.« Adzel legte sein Blatt auf den Tisch. »Darf ich jemandem eine Erfrischung bringen?«

»Ja, bitte.« Falkayn hielt ihm das leere Bierglas entgegen. »Ich erhöhe.« Er verdoppelte den Einsatz. Nach einer halben Minute, während der nur das leise Summen von Maschinen und Ventilatoren zu hören war, durchbrach er die Stille: »Na, Schlauköpfchen, was ist mit dir?«

»Die Wahrscheinlichkeiten für und gegen mich sind so berechenbar, als wären sie ausgeglichen«, sagte die tonlose künstliche Stimme. Das elektronische Überlegen dauerte noch Sekunden an. »Na gut«, hatte Schlauköpfchen sich endlich entschieden und ging mit Falkayn mit.

»Ki-yao?« ließ sich Chee vernehmen. Ihre Schnurrbarthaare bebten, ihr Schwanz schlug gegen den Hocker, auf dem sie saß. »Gut, wenn ihr unbedingt wollt.« Sie erhöhte ebenfalls.

Innerlich jubelte Falkayn. Er hatte full house. Nach außen tat er so, als müsse er überlegen, ehe er wieder erhöhte. Schlauköpfchen entging es nicht. »Bist du sicher, daß du nicht irgendwo eine gründliche Überholung brauchst?« fragte Falkayn ihn.

»Tja, wen die Götter vernichten wollen . . .« äußerte Chee selbstzufrieden. Wieder erhöhte sie. Unterdessen war Adzel, dessen Hufe über den Bodenbelag dröhnten, mit Falkayns Bier wieder zur Stelle. Der Wodenit mußte sich Bier während des Fluges versagen, weil kein Schiff solche Mengen hätte befördern können. Statt dessen nippte er an einem Martini in einem geeisten Ein-Liter-Glas.

Falkayn setzte noch einen Credit ein. Schlauköpfchen hielt mit. Chee und Falkayn sahen in seine Richtung, als könne man von der Vytril-Linse einen Gesichtsausdruck ablesen. Chee setzte gemächlich zwei Chips ein. Falkayn verkniff sich ein Grinsen und erhöhte noch einmal. Schlauköpfchen ebenfalls. Chees Fell sträubte sich. »Deine verdammten Transistoren sollen zur Hölle fahren!« schrie sie und knallte ihr Blatt hin.

Falkayn war unsicher. Schlauköpfchen hatte zwar durchblicken lassen, daß er ein mittelmäßiges Blatt hatte, aber ... er forderte den Gegner auf, die Karten zu zeigen. Vier Damen.

»Was zum Henker ...?« Falkayn erhob sich halb. »Du hast gesagt, die Wahrscheinlichkeit ...«

»Ich meinte damit die Wahrscheinlichkeit, euch reinzulegen«, erklärte Schlauköpfchen und heimste die Gewinne ein.

»Mir scheint, wir müssen uns nach der langen Pause wieder an die gemeinsame Spielweise gewöhnen«, bemerkte Adzel tröstend.

»Hört mal zu.« Chee war am Mischen. »Langsam bekomme ich genug vom gewöhnlichen Poker. Ich schlage vor, der Geber sagt an. Sieben-Karten-Poker, einverstanden?«

Falkayn verzog das Gesicht. »Wie häßlich!«

»Die Chancen bei offenen Partien sind ebenso bestimmbar wie bei der Standardversion«, erklärte Schlauköpfchen.

»Ja, bloß bist du ein Computer«, grollte Falkayn.

»Willst du ablehnen?« fragte Chee Adzel.

»Wie bitte?« Das Drachenwesen blinzelte. »Ach, verzeih. Ich nutzte eben die Gelegenheit zur Meditation.« Mit erstaunlicher Geschicklichkeit hob die Riesenpranke ab.

Die Niederlagen, die er bei dieser Runde einstecken mußte, schienen ihn nicht zu berühren. Doch als er zum Austeilen an die Reihe kam, kündigte er in aller Ruhe an: »Und jetzt kommt reinstes Baseball!«

»Nein!« Falkayn stöhnte. »Was ist in den drei Jahren bloß aus dir geworden?« Er legte die Karten hin und beschränkte sich aufs Trinken und Grübeln.

Dann kam er dran. »Ich werde es euch zeigen. Also, erste Runde. Sieben Karten hoch-niedrig. König und Zehner beliebig niedrig, Siebener und Zweier beliebig hoch.«

»Om mani padme hum«, flüsterte Adzel erschüttert.

Chee machte fauchend einen Buckel. Dann ließ sie sich auf ihr Kissen nieder und protestierte. »Bei Schlauköpfchen wird womöglich eine Sicherung durchbrennen.«

»Das Problem ist weniger kompliziert als die Berechnung eines Landungsorbits«, beruhigte der Schiffscomputer sie, »wenn auch viel unsinniger.«

Die Partie ging so ungewöhnlich weiter ... Falkayn gewann alles, weil alle ausstiegen. »Na, ich hoffe, wir haben unsere Lektion gelernt«, sagte er. »Du bist dran, Schlauköpfchen.«

»Ich glaube, mir steht jetzt auch ein unorthodoxes Spiel zu«, gab der Computer zurück.

Falkayn zuckte zusammen, Chee Lan zog den Schwanz ein, während Adzel bloß sagte: »Wo er recht hat, hat er recht. Aber dann ist Schluß.«

»Ich glaube, ihr werdet hinterher genug haben«, sagte Schlauköpfchen, der mischte. »Bei meiner Version hält jeder die Karten mit der Rückseite zu sich, so daß er das Blatt der Gegner, nicht aber sein eigenes sehen kann.« Nach einer schockierten Pause wollte Chee wissen: »Welche perversen Typen waren das, die deine letzte Generalüberholung gemacht haben?«

»Ich gehöre zum selbstprogrammierenden Typ innerhalb der Tätigkeitsbereiche, für die ich geschaffen bin«, rief ihr der Computer in Erinnerung. »Wenn ich nur zum Spaß aktiviert werde, dann reagiere ich so, daß ich einen kreativen Spaß daraus mache.«

»Meiner Meinung nach hat die manichäische Häresie eben einen Punkt für sich verzeichnen können«, bemerkte Adzel dazu. Van Rijn hätte die Anspielung verstanden, an Falkayn prallte sie ab, obwohl er einigermaßen belesen war.

Zumindest war die Partie angenehm kurz. Nachher stand Falkayn auf. »Macht ohne mich weiter. Ich möchte mich um das Essen kümmern.« Er vertrieb sich die Zeit an Bord als Hobbykoch, während Chee die bildenden Künste vorzog und Adzel sich der Musik und dem Studium terristrischer Geschichte widmete.

Nachdem er den Braten versorgt hatte, ging er nicht in den Salon zurück, sondern verzog sich mit seiner Pfeife auf die Brücke. Seine Schritte hallten laut wider. Es war jene mehrere Stunden zählende Periode des Vierundzwanzig-Stunden-Tages, während der Schiffsgenerator auf fünfundfünfzig Prozent über Erdschwerkraft eingestellt war, um die Besatzung an die Verhältnisse auf Babur einzustimmen. Die zusätzlichen vierundvierzig Kilo Gewicht machten ihm nichts aus. Sie verteilten sich über einen durchtrainierten Körper. Schwieriger und wichtiger war die Gewöhnung des Kreislaufs an die neue Umgebung. Trotzdem spürte er die Schwere in den Knochen.

Auf der Brücke projizierten optische Kompensatoren das exakte Bild der jeweils eingestellten Himmelshälfte. Falkayn hielt vor der Instrumentenkonsole. Jenseits der aufleuchtenden Instrumente war die Dunkelheit, die eine ganze Wildnis von Gestirnen barg. Sie glühten ihn von allen Seiten an. Nadelspitze Schwärme und dazu die Milchstraße als silberner Katarakt, die Magellansche Wolken und der Andromedanebel, die aus unüberwindlicher Entfernung klein und fremd aussahen. Er umklammerte den Pfeifenkopf, sein Lagerfeuer-Symbol, als spürte er die Kälte, die draußen herrschte. Jenseits des Dröhnens der Maschinen herrschte unendliche Stille.

Und doch waren die Sonnen dort in der Ferne nicht still. Sie standen in Flammen. Und im All wimmelte es von Materie, es brodelte vor Energie, neue Sonnen und neue Welten wurden unter Schmerzen geboren. Auch war das Universum nicht ewig. Es besaß eine seltsame Bestimmung. Ein Blick in diese Bestimmung, und man wußte um den Kummer und um die Herrlichkeit, am Leben zu sein.

Mehr als einmal hatte er Coyas Wunsch erfüllt und sie hier geliebt.

Falkayns Blick suchte Sol, die aber schon längst nicht mehr sichtbar war. Sein geübter Blick aber fand sich trotz der veränderten Konstellationen zurecht, inmitten von Sternbildern, die sich bis zur Unkenntlichkeit verändert hatten und in der Unzahl der Sterne fast untergingen. *Wie geht es dir im Moment, mein Schatz?* fragte er sich, wohl wissen, daß ›Moment‹ angesichts der interstellaren Entfernungen ein leeres Wort war. *Mit Heimweh hatte ich auf diesem Flug nicht gerechnet. Aber ich vergaß, daß meine Heimat dort ist, wo du bist.*

Er erkannte sein Bedauern als Schuldgefühl. Er war ihr gegenüber nicht aufrichtig gewesen. Seiner Beurteilung nach war die Mission gefahrvoller, als er zugegeben hatte. Aber schließlich hatte sie vor ihm zu verbergen versucht, daß sie ebenso dachte. Es war nicht zu leugnen, daß nach drei ruhigen Jahren sein Herz schneller geschlagen hatte, als van Rijn ihm den Vorschlag unterbreitete. Es war nicht zu leugnen, daß er an hoffnungsloser Unrast litt. Er tröstete sich damit, daß Coya und die Kinder ihn später begleiten konnten.

Falkayn gesellte sich wieder zur Kartenpartie. Nach dem Essen wollte er seine Violine hervorholen und den Gefährten etwas vorspielen, wenn die Stimmung danach war. Der Anblick der beiden bei einem Tänzchen war herzerfrischend.

5

Die Sonne Baburs war mehr als doppelt so hell als Sol. Doch befand sich der Planet mehr als sechsmal so weit von seiner Lichtquelle entfernt als die Erde. Mogul stand wie eine winzige, unerträgliche helle Scheibe am Himmel. Einer von Baburs vier Monden war so nahe, daß man Krater erkennen konnte. Die anderen sahen aus wie kleine scharfe Sicheln. Der Planet selbst war ein braungelber Globus, teils von Nacht verhüllt, teils von Nebelstreifen und -wirbeln, die in Gold, Braun oder Hellrot leuchteten. Dieser majestätische Anblick weckte in Falkayn Verständnis für den Entdecker, der den Planeten nach einem Eroberer genannt hatte, nach einem, den die indische Geschichte als Tiger kannte. Der Mann konnte gar nicht wissen, wie treffend der Name gewählt war, dachte er.

Auf der Brücke herrschte absolute Stille. Ein leiser Lufthauch von den Ventilatoren war das einzige Geräusch. Der Hyperdrive war ausgeschaltet, das Schiff wurde jetzt mit einer Sekundengeschwindigkeit von einigen Kilometern manövriert. Chee befand sich im Geschützturm, Adzel im Maschinenraum. Das waren die allergischen Punkte. Auf Falkayn lastete die Entscheidung darüber, ob eine Situation Kampf oder Flucht erforderte. Er bezweifelte sehr, ob diese beiden Möglichkeiten hier überhaupt möglich waren. Die zwei Kriegsschiffe, die das Schiff bei der Annäherung gestellt hatten und es jetzt eskortierten, glitten neben dem Rumpf dahin, wie Wölfe, die sich eine Beute nicht entgehen lassen wollten. Die Entfernung ließ sie ganz klein erscheinen, bis Falkayn das Bild vergrößerte. Er sah, daß sie die Größe eines Zerstörers der Technischen Zivilisation hatten, daß sie aber viel schwerer bestückt waren. Es waren fliegende Waffenarsenale.

Als Schlauköpfchen sich meldete, fuhr er auf, so daß sein Sicherheitsgurt sich straffte. »Analyse der Daten begonnen, die von Neutrino- und Massedetektoren geliefert wurden, vom Radar, von Schwerkraft- und Hyperdriveausstoßmeßgeräten und von den örtlichen interplanetarischen Feldern. Etwa fünfzig Schiffe befinden sich in weiter Umlaufbahn um Babur. Diese Zahl kann noch korrigiert werden. Nur eines hat die Größe eines Schlachtschiffes. Die anderen scheinen eher für den Transport bestimmt. Detailliertere Angaben sind in Kürze zu erwarten.«

»Fünfzig? Donnerwetter!« entfuhr es Falkayn. »Aber wir wissen – Babur hat diese Schau auch unweit von Valya abgezogen – wir wissen, daß die Flotte mindestens ebenso groß ist wie die des Commonwealth. Wo steckt die Hauptstreitmacht?«

Seine Gefährten hatten über Intercom mitgehört. Adzels tiefer Baß äußerte dröhnend: »Spekulationen sind nutzlos. Es fehlt uns an Tatsachen über die Pläne Baburs, und vor allem an Tatsachen über die Gesellschaft, deren Führer diese Pläne ausheckten.«

Niemand hat sich darum gekümmert, bis es zu spät war, dachte Falkayn. Niemand hat sich für diese Wasserstoffatmer interessiert, die so fremdartig sind und uns Sauerstoffatmern so wenig an Handelsgütern oder Rohstoffen bieten können, und mit denen sich aus diesem Grund keine Zwistigkeiten ergeben können. Es gab zu viele Planeten, die uns mit Schätzen lockten, mit neuen Siedlungsgebieten, mit Eingeborenen, die nicht so hoffnungslos verschieden von uns waren. Beinahe hätten wir ganz vergessen, daß Babur existiert – eine ganze Welt, die so alt und so vielfältig und voller Wunder ist wie die Erde.

»Ich glaube, ich weiß, wo die anderen Schiffe stecken«, sagte Chee. »Die läßt man nicht nur so als Schau in einem Orbit kreisen.«

Falkayns Gedanken bewegten sich entlang ausgefahrener Geleise: Wie hat Babur das bloß geschafft? Wie konnte in zwanzig oder dreißig Jahren eine solche Flotte entstehen? Es war ja nicht damit getan, die paar Handelsschiffe mit Waffen zu bestücken. Auch hatte man auf Babur unmöglich nach Plänen von menschlicher Hand erbauter Schiffe vorgehen können. Alles mußte ja den speziellen Bedingungen auf Babur angepaßt sein, an die besonderen Erfordernisse der dortigen Lebensformen.

Er dachte an die Formen der ihn begleitenden Schiffe, die ausgebaucht waren und schwanger aussahen. In diesem zusätzlichen Raum waren Kältetanks untergebracht. Einfache Luftwiederaufbereitung genügte bei den Wasserstoffatmern nicht, deren Atmosphäre langsam zwischen den Atomen des Schiffsrumpfes entwich und aus flüssigen Gasen ergänzt werden mußte. Eine dünne Schicht einer speziellen Metallegierung konnte das verhindern, aber kein Baburit hatte von der Existenz Mirkheims etwas gewußt, als man sich entschied, eine Flotte zu bauen. Und das Leckage-Problem war das einfachste und offensichtlichste Problem, dem sich die Techniker gegenübergesehen hatten.

Forschung und Entwicklung mußten ganze Arbeit geleistet haben, ehe man mit dem Bau der Schiffe hatte beginnen können. Wie hatten das die Baburiten in der kurzen Zeit geschafft? Sie, die ihre Heimatwelt noch nie verlassen hatten, als sie von den Menschen entdeckt wurden?

Ob sie Experten von auswärts angeheuert hatten? Wenn ja, wessen Experten, und womit wurden sie bezahlt?

Diese Wiederholung jener Fragen, die man sich gestellt hatte, seitdem die Bedrohung zum erstenmal aufgetaucht war, wurde unterbrochen. Schlauköpfchen lieferte einen seiner Beiträge zur Unterhaltung: »Es wäre denkbar, daß die Baburiten Kämpfe gegen andere Wasserstoffatmer voraussahen.«

»Nein«, wandte Adzel ein. »Es gibt keine Wasserstoffatmer mit vergleichbar entwickelter Technologie, jedenfalls nicht im erforschten Teil des Alls – bis auf die Ymiriten. Und die unterscheiden sich von den Baburiten so stark wie von uns.«

»Ich schlage vor, Sie entwerfen für mich ein Programm in politischer Wissenschaft«, sagte der Computer darauf.

»Werdet ihr zwei Quatschköpfe endlich still sein?« schalt Falkayn die beiden aus. »Tatsache ist, daß sie hier viel weniger Schiffe paradieren lassen, als sie besitzen. Und ich teile Chees ungute Vermutung, wohin die übrigen Schiffe verschwunden sein könnten. Wenn wir . . .«

Die Außensprechanlage summte. Er schaltete sie ein, und auf dem Bildschirm sah man das Bild eines Baburiten.

Um die gespenstische Raupen-Kentauren-Hummer-Gestalt, die keinem dieser Tiere wirklich ähnelte, flitzten schattenhafte Wesen durch die Dämmerung. Vier winzige Äuglein hinter einer schwammigen Schnauze blickten an ihm vorbei. Das Wesen summte sein Liga-Latein, Laute, die ein Vokalisator in die richtigen Phoneme verwandelte. »Wir haben den Imperiumsbund von Sisema benachrichtigt. Sie erhalten unsere Instruktionen.« Die Feststellung war weder höflich noch das Gegenteil. Es wurde eine Sachlage festgestellt, mehr nicht.

Dann verblaßte das Bild. Falkayn saß allein mit seinen Gedanken da. Wieder sichtete er die wenigen Fakten, die er wußte.

›Sisema‹ war bloß die Wiedergabe des Vokalisators. Im Original war das Wort ein dünnes Summen. ›Imperiumsbund‹ war der Versuch der Baburiten, eine Lebensform zu übersetzen, die auf der Erde nicht ihresgleichen hatte . . . Vermutlich ging dieser Versuch auf den Vorschlag der ersten menschlichen Besucher zurück. In Acarro, wie der Vokalisator ein Gebiet auf dem Planeten nannte, war die gesellschaftliche Einheit weder das Individuum, die Familie, die Sippe oder der Stamm. Es war vielmehr eine Vereinigung von Wesen, deren Bindung mächtiger und umfassender war als alle menschlichen Bindungen. Sie beinhaltete eine Gegenseitigkeit oder Ergänzung ihrer sexuellen Zyklen, erstreckte sich aber auf alle Lebensaspekte. Jeder Bund hatte eine eigene Personalität, die sich mehr von der anderer Bünde unterschied als die einzelnen Mitglieder untereinander. Doch die Informanten hatten den Xenologen erklärt, daß jedes einzelne Mitglied einzigartig wäre und einen ganz besonderen eigenen Beitrag leistete. Der Zusammenschluß bedeutete nicht Unterordnung, es war eine Kommunikation (Kommunio?) auf einer Stufe, die tiefer ging als das Bewußtsein. Telepathie? Schwer zu sagen, was dieses Wort auf dieser Welt bedeuten mochte. Die Informanten hatte nicht weiter sprechen können oder wollen. Ein Baburit gab auf Funkfrequenz eine Strahlung ab, die so stark war, daß sie von empfindlichen Instrumenten in der Umgebung registriert wurde. Wenn diese Strahlung eine neurochemische war, dann konnte ein anderes Nervensystem vielleicht als Empfänger fungieren. Womöglich gab es keine mündliche oder schriftliche Tradition, sondern eine direkt empfangene.

Ein Bund, der praktisch unsterblich war, gewann durch Adoption und Reproduktion immer wieder neue Mitglieder. Durch Quer-Adoptionen wurden verschiedene Gruppen so miteinander verbunden wie menschliche Familien durch Eheschließungen. Der Imperiumsbund hatte allem Anschein nach in diesem Fällen erste Wahl und dominierte auf diesem Gebiet. Mit der Zeit hatte er den gesamten Planeten in seinen Einflußbereich gebracht. Dabei handelte es sich nicht um eine richtige Monarchie oder um eine Diktatur. Die verschiedenen Bünde regelten ihre Angelegenheiten selbst und neigten nicht zu Konflikten mit der eigenen Gattung. Eine Regierung im terrestrischen Sinn war eigentlich nicht nötig.

Deswegen ist ihre plötzliche Aggressivität um so unerklärlicher, dachte Falkayn. Sie hatten zwar in diesem Sektor des Alls vor dreißig Jahren schon Stunk gemacht, doch war ihnen ihr Fehlverhalten vom Niederlassungsleiter der Solar Spice & Liquor Company ausgetrieben worden. Damals hatte es sich um einen unbedeutenden Zwischenfall gehandelt. Sie hatten keinen Grund, jetzt dauernd ihr ›Recht auf die Kontrolle des umgebenden Raums‹ hinauszuposaunen. Auch erschien ihm die Idee, die Sterne in Interessensphären aufzuteilen, nicht sehr sicherheitsfördernd. Die Liga konnte diesen Plan nicht dulden, wenn sie als Vereinigung von Unternehmen der freien Marktwirtschaft überleben wollte. Das Commonwealth konnte ja das Prinzip anwenden, aber keinesfalls, wenn damit der

Verlust Mirkheims verbunden war, und genau diesen hochexplosiven Antrag hatte Babur zur Auslösung der Krise gewählt.

Ich vermute, daß sogar die Agenten jener Unternehmen der Sieben, die früher hier Handel trieben, nicht voraussehen konnten, was diese Gehirne, die von den unsrigen so verschieden sind, als nächstes austüfteln.

Wieder erschien auf dem Bildschirm ein Baburit. Falkayn, dessen geübter Blick Unterschiede zwischen Nichthumaniden sehr wohl wahrzunehmen vermochte, erkannte nur an Farbe und Schnitt der Kleidung, daß es sich um ein anderes Individuum handelte. Die Fremdheit der Erscheinung überlagerte alle anderen Einzelheiten.

»Sie sind Kapitän Ah-kyeh?« fragte das Wesen ohne Einleitung. Mit der richtigen Aussprache von Falkayns Namen haperte es hörbar. »Dieses Mitglied spricht für den Imperiumsbund von Sisema zu Ihnen. Sie haben unseren Vorposten den Zweck Ihres Kommens erklärt. Wiederholen Sie alles, in allen Einzelheiten.« Falkayn spürte, wie sich die Muskeln in der Bauchgegend und zwischen den Schulterblättern verkrampften. Sterne, Planet, Monde und Sonne in der Hemisphäre über ihm waren ihm momentan näher als das Bild auf dem Schirm ihm gegenüber. Auf diese Weise unterzugehen, auf all diese Pracht verzichten zu müssen, Coya und Juanita und das Ungeborene verlieren zu müssen . . . Aber diese zwei Schiffe, die ihn begleiteten, würden nicht grundlos das Feuer eröffnen. Oder doch? Sein alter Mut gewann die Oberhand, und er antwortete mit Festigkeit:

»Sie werden verzeihen, wenn ich eine Begrüßung oder ähnliche Floskeln auslasse. Wie ich hörte, kennt Ihr Volk solche Phrasen nicht, zumindest nicht im Umgang mit fremden Arten.« Sehr vernünftig. Was für Rituale könnten uns schon gemeinsam sein? »Meine Gefährten und ich vertreten hier keine Regierung, wir vertreten ein Unternehmen der Polesotechnischen Liga, die Solar Spice & Liquor Company. Wir wissen, daß es zwischen Ihnen und uns Streit wegen des von uns Suleiman genannten Planeten gab. Das liegt nach Ihrer Zeitrechnung über zwei Jahre zurück. Hoffentlich wird Sie das nicht abhalten, uns jetzt anzuhören.«

Falkayn benutzte selbst einen Vokalisator, nicht weil er etwa eine

Ahnung von der Sprache des anderen gehabt hätte, sondern damit seine Worte in Laute verwandelt wurden, die sein Partner aufnehmen konnte. Dabei fragte er sich, wie stark verzerrt die Bedeutung seiner Worte ankommen mochte. Falls die Siseman-Sprache tonal war wie chinesisch, dann würde auf der anderen Seite bestenfalls unverständliches Kauderwelsch herauskommen. Der Baburit tat gut daran, auf Wiederholung zu bestehen.

»Wir hören«, sagte er.

»Leider habe ich keinen festumrissenen Plan vorzubringen. Der um Mirkheim entbrannte Konflikt beunruhigt uns zutiefst. Mit ›uns‹ meine ich das Unternehmen, für das meine Gefährten und ich arbeiten. Natürlich sind die Bosse der verbündeten Firmen der gleichen Meinung. Ein Krieg würde sich auf den Handel und auch auf alle anderen Gebiete verhängnisvoll auswirken. Abgesehen von wirtschaftlichen Erwägungen, gebietet die Anständigkeit, alles zu tun, um einen Krieg zu verhindern. Sie wissen zweifellos, daß die Polesotechnische Liga zwar keine Regierung ist, aber über vergleichbare Macht verfügt. Sie wird gern alles tun, um eine friedliche Lösung herbeizuführen.«

»Sie können nicht für die gesamte Liga sprechen. Sie besitzt keine geeinte Stimme mehr.«

Touchè, dachte Falkayn verblüfft. Er hatte das Gefühl, tatsächlich von einer Klinge getroffen zu werden. *Beim Kosmos, woher hatten die Baburiten diese Information? Wir hatten angenommen, sie hätten ebensowenig Ahnung von unserer Politik wie wir von der ihren.*

Sicher, wenn sie sich von langer Hand auf einen Kampf mit uns vorbereiteten, dann haben sie uns auch gründlich studiert. Aber wann und wie? Ein Baburit, der sich unter unseresgleichen bewegt und Fragen stellt, wäre aufgefallen, und van Rijn wäre die Sache zu Ohren gekommen. Und die gelegentlich landenden Handelsleute der Sieben konnten ihnen solche Informationen nicht liefern, um so weniger, als der Handel praktisch zum Erliegen gekommen war.

Die Tatsache, daß sie so gut informiert sind, stellt einen unheimlich wichtigen Umstand an sich dar. Van Rijn muß es schleunigst erfahren.

Zu diesem Schluß war er mit einem beinahe intuitiven Gedankensprung gelangt. Er durfte den Offizier(?) nicht merken lassen, wie enttäuscht er war. »Wir werden dies und alles andere gern mit Ihnen besprechen«, führte er aus. »Wenn wir bei Ihnen nur etwas Verständnis gefunden haben und andererseits selbst einiges verstehen lernen, dann ist unsere Mission schon ein Erfolg. Ich möchte noch einmal betonen, daß wir nicht das Commonwealth vertreten. Keiner von uns dreien ist Bürger des Commonwealth. Ganz gleich, wer schließlich Mirkheim bekommt, die Unternehmen der Liga werden mit dem Sieger Handel treiben«, – *es sei denn, Babur bekommt den Planeten und behält die Supermetalle für eigenen Gebrauch.* »Hoffentlich sehen Sie in uns eine Art von Botschafter« – *die sich in Spionage versuchen, wenn sich die Möglichkeit ergibt.* »Wir haben Erfahrung im Umgang mit anderen Rassen, deswegen stehen unsere Chancen für den Austausch von Ideen und Informationen vielleicht nicht so schlecht.«

Der Baburit schoß nun eine Reihe beunruhigend gewiefter Fragen ab, die Falkayn so ausweichend beantwortete, als er vertreten zu können glaubte. Da sein Gesprächspartner wußte, daß die Liga in sich selbst uneinig war, bemühte er sich, den Eindruck zu vermitteln, daß es sich um keine ernsthafte Differenz handle. Schließlich sagte der Baburit: »Man wird Sie zu einem Landeplatz auf Babur geleiten. Unterkünfte mit terranischen Umweltbedingungen stehen bereit.«

»Ach, wir können an Bord bleiben, in einen Orbit gehen und per Bildschirm verhandeln«, wandte Falkayn ein.

»Nein. Wir können nicht zulassen, daß ein bewaffnetes Schiff, das sicher auch mit Überwachungseinrichtungen bestückt ist, in unmittelbarer Nähe des Planeten kreist.«

»Hm, das sehe ich ein, aber . . . aber wir könnten ja auf einem der Monde landen.«

»Nein. Es wird sich wahrscheinlich als nötig erweisen, daß wir Sie gründlich studieren. Dabei dürfen Sie keinen Zugang zum Schiff haben. Sie könnten ja einen Fluchtversuch unternehmen, wenn der Prozeß einen unangenehmen Verlauf nimmt. Ein Geleitschiff ist unterwegs. Sie richten sich nach den Anweisungen des Anführers.« Das Bild verschwand.

Falkayn blieb reglos sitzen. Er hörte Chee fluchen. »Na ja, wenn schon sonst nichts, dann können wir uns den Planeten näher ansehen«, sagte er schließlich. »Schlauköpfchen, laß alle Beobachtungseinrichtungen auf vollen Touren laufen.«

»Schon geschehen«, beruhigte ihn der Computer. »Die Datenanalyse macht ebenfalls Fortschritte. Nun ist klar, daß die meisten Schiffe um Babur Sauerstoffatmern gehören.«

»Wie bitte?«

»Infrarotstrahlung zeigt an, daß ihre Innentemperatur zu hoch für Bewohner dieses Planeten ist.«

»Ja, ganz klar«, hörte man Chee. »Aber was für eine Besatzung bedient diese Schiffe? Sind es Söldner? Im Namen von Nick van Rijns behaartem Nabel, wie haben die Baburiten mit ihnen Kontakt aufgenommen, und wie haben sie sie für ihre Dienste gewonnen?«

»Das sind Fragen, die wir uns jetzt lieber nicht stellen sollten«, meinte Adzel dazu. »Aber die Antworten müssen wir finden, das steht fest.«

Das Geleitschiff kam in Sicht. Es war größer als Falkayns Schiff und schwerer bewaffnet. Falkayn ließ den Vorschlag eines Fluchtversuchs lieber unter den Tisch fallen.

Er empfing die Kursanweisungen und gab sie an Schlauköpfchen weiter. Dann widmete er seine Aufmerksamkeit der auf der Sichtscheibe auftauchenden Hemisphäre. Hin und wieder verstellte er den Blickwinkel oder schaltete den Vergrößerer ein. Er wollte alles ganz genau sehen, und nicht nur deswegen, weil sich auch der kleinste Punkt als bedeutsam erweisen konnte. Es war eine neue, gänzlich fremde Welt. Nach all den Jahren des Umherschweifens und trotz der begleitenden Bewacher spürte er, wie die alte Erregung ihn erfaßte.

Mit der Beschleunigung schwoll Babur vor ihm an. Die Annäherungskurve führte ihn um den gesamten Globus herum. Er sah die kleine feurige Sonne vergoldet untergehen und tiefrot über einem Ozean fein abschattierter Wolken aufgehen. Dann wurde heftig abgebremst, und der Planet war nun nicht mehr vor oder neben ihm, er war unter ihm. Beim Eindringen in die Atmosphäre hörte er ein leises Aufjaulen. Die Sterne verschwanden an einem purpurnen Himmel. Tief unter ihm tobten Gewitterblitze.

Die Oberfläche kam in Sicht. Berge schimmerten blau-weiß, schneebedeckt oder vergletschert. Das Wasser kam hier als festes Mineral vor. Die Flüssigkeit, die an seiner Stelle vorkam, war Ammoniak. Die Luft bestand aus einem Wasserstoff-Helium-Gemisch, die Spuren von Ammoniak-Dämpfen, Methan und komplexer organischer Verbindungen enthielt. Gewisse Stoffe hatten sich zu Lebensformen weiterentwickelt.

Unter rosigen Wolken wogte eine schwere See. Der Ozean war klein für einen Himmelskörper, dessen Masse zwölfmal größer war als die Erde und dessen Durchmesser um vier Fünftel größer war. Ammoniak nimmt nicht so viel Raum ein wie Wasser. Das Innere der gewaltigen Kontinente war trocken. Dort wuchs die schwarze Vegetation nur spärlich. Glitzernder Sand bildete den weiten Horizont, nirgends waren Spuren von Besiedelung zu sehen.

Ein Vulkan spie hoch Rauch und Flammen aus. Die Eruption erfolgte anders als auf der Erde. Es war eher ein Ausschmelzen bei dem Ströme mit großer Heftigkeit hervorquollen, zu spiegelglänzenden Adern und Flächen erstarrten. Die ganze Struktur Baburs war anders als die der Erde. Ein Metallkern war von Eis und felsigen Schichten umgeben. In den Tiefen vorhandenes Wasser wurde zu einer heißen festen Masse zusammengepreßt, die sich explosionsartig ausbreitete, wenn der Druck nachließ. Hier gab es echte Atlantis-Landmassen, Festland, das in kurzer Zeit in den Wellen verschwand. Neue Landmassen wurden ebenso schnell emporgehoben. Falkayn erspähte eine derartige Stelle, die noch unberührt von Leben war. Es waren öde, kahle Gebirgszüge und Ebenen, die noch von Beben erschüttert wurden.

Bei der Annäherung an den Planeten überflog das Schiff eine zweite Wüste und dann einen fruchtbaren Küstenstrich. Ein Wald bestand aus niedrigen Bäumen, an denen lange schwarze Blattfortsätze flatterten. Luftgeschöpfe trotzten mit stummeligen Flügeln einem Sturm. Ein Leviathan wälzte sich blau in einem grauen See unter peitschendem Ammoniakregen. Die Wildnis wich Anbaugebieten, dunklen Feldern in Sechseckform, Häusern aus schimmerndem Eis, die mit Kabeln gegen Stürme gesichert waren. Dank seines Vergrößerers konnte Falkayn Arbeiter samt ihren Zugtieren ausmachen. Dabei waren die beiden Gattungen kaum zu unterscheiden. Ob ein Baburit zwischen Mensch und Pferd auch so schlecht unterscheiden konnte?

An der Küste kam nun eine Stadt in Sicht. Da man hier nicht in die Höhe bauen konnte, war sie sehr ausgedehnt. Kilometer von Kuppeln, Würfeln, Pyramiden und dunklen Farben. In einem Neubauviertel standen nach aerodynamischen Gesichtspunkten erbaute Häuser, die Stürmen trotzen konnten, wie sie die Erde nicht kannte. Auf Rädern und Schienen fahrende Gefährte rollten dahin, darüber Luftfahrzeuge. Alles im allem bemerkswert wenig Verkehr für eine Siedlung dieser Größenordnung.

Die Stadt verschwand hinter der Planetenwölbung. »Steuern Sie auf das Flugfeld zu«, wies der Führer ihn an. Falkayn sah einen gepflasterten Landestreifen, mit großen runden Lukenöffnungen besetzt, die mit beweglichen Metallscheiben abgedeckt waren. Einige dieser Luken standen offen. Man sah, daß sie nach unten in hohle Zylinder übergingen, die tief in die Erde versenkt waren. Man hatte ihm erklärt, daß landende Raumschiffe aus Sicherheitsgründen in solchen Silos untergebracht würden. Sein Führer sagte ihm an, welches Silo er ansteuern sollte. Schlauköpfchen ließ den Schiffsrumpf vorsichtig hineingleiten.

»Da wären wir«, äußerte Falkayn überflüssigerweise. Seine Worte klangen dumpf und laut. Er war von fluorerhelltem Nichts umgeben. »Und jetzt rasch in die Anzüge. Vielleicht wollen unsere Gastgeber nicht lange warten . . . Schlauköpfchen, alle Systeme in Bereitschaft halten. Laß außer uns niemanden herein. Falls es deswegen zu einer Debatte kommt, dann verweise den Debattenführer an uns.«

»Wir sollten ein Kennwort oder dergleichen ausmachen«, hörte man Adzels Stimme.

»Gute Idee«, sagte Falkayn. »Hm . . . kennt ihr die Melodie?« Er pfiff ein paar Takte. »Das haben die Baburiten sicher noch nie gehört.« Hinter seiner Munterkeit verbarg sich der Gedanke: *Ist ohnehin einerlei. Wir sind ihnen auf Gedeih und Verderb ausgeliefert.* Und dann: *Nich unbedingt, bei Gott!*

Vor der Hauptschleuse schlüpften die drei in ihre Raumanzüge. Dann nahmen sie sich Zeit für eine komplette Überprüfung aller Systeme. Der vor ihnen liegende Weg war kurz, aber auch der kleinste Defekt konnte tödlich sein. »Leb wohl, Schlauköpfchen«, sagte Adzel, ehe er den Helm schloß.

»Und laß dir nicht einfallen, wieder neue Pokervarianten auszuknobeln«, setzte Chee hinzu.

»Wären Backgammonvarianten genehmer?« fragte der Computer.

»Kommt, raus jetzt«, mahnte Falkayn.

Jeder nahm eine abgepackte Notration mit und ließ sich durchschleusen. Eine Lift-Plattform, in einer Nische der Silowand eingelassen und mit einer einfachen Hebelsteuerung ausgestattet, brachte sie nach oben. Adzel mußte allein befördert werden, trotzdem quoll sein gewaltiges Volumen über den Plattformrand. Schon die Tatsache allein, daß das Ding ihn tragen konnte, war aufschlußreich. Dieser Aufzug diente ausschließlich der Personenbeförderung. Falkayn hatte auf dem Flugfeld auch Aufzüge zur Be- und Entladung von Schiffen gesehen. Die Baburiten erhielten also so häufig Besuch von Gästen, die größer waren als sie, daß diese Einrichtung gerechtfertigt war.

Beim Auftauchen aus der Siloröhre sah Falkayn sich die Vorrichtung und Automatik der Lukendeckel genauer an. Mit einem Steuerrad wurde ein kleiner Motor in Betrieb gesetzt, der wiederum das hydraulische System steuerte, das den schweren Metalldeckel auf und ab bewegte.

Schwere . . . Da jetzt das im Inneren des Schiffes vorhandene Ausgleichsschwerefeld fehlte, warf ihn die Schwerkraft fast um. Ohne optische Vergrößerung sah sein Auge die Welt im Dämmerlicht. Mogul hing tief über den Gebäuden auf der linken Seite. Auf Babur näherte sich der kurze Tag dem Ende. Wolken hingen bernsteinfarben am purpurnen Himmel Darunterliegende rötliche Wolken wurden erbarmungslos vom Sturm getrieben. Bei einem Druck, der mehr als das Dreifache der irdischen Atmosphäre ausmachte, erzeugte der Wind eine Bewegung, die das Gefühl hervorrief, man durchwate einen Strom. Das Heulen war schrill wie jeder Laut, der in dieser Luft übertragen wurde.

Einige Baburiten kamen ihm entgegen. Sie waren mit Strahlern bewaffnet. Mit einer Geste zeigten sie den Neuankömmlingen, daß es jetzt über die freie Fläche ging. Ein Komplex nahm die eine Seite ganz ein. Als er aus der Nähe ein paar Einzelheiten erkennen konnte, erkannte Falkayn den Bau. Es war keine Werkstätte oder Lagerhalle aus Eis, wie man sie an anderen Stellen aufblitzen sah, sondern eine von Menschenhand gefertigte Einheit mit entsprechenden Umweltbedingungen, ein aus Metall und Plastikmaterial gefertigter Block, auf Dauerhaftigkeit ausgelegt, mit dicken, dreifach isolierten Wänden. Aus einem der Spezialfenster schien Licht. Er wußte, daß im Innern die Luft warm und wiederaufbereitet war. Teil dieses Zyklus war es, den eindringenden Wasserstoff durch ein katalytisches Verfahren zu Wasser zu machen. Das eindringende Helium nahm die Stelle des entsprechenden Stickstoffanteils ein. Ein Fünftel des Gases war Sauerstoff. Ein Schwerkraftgenerator erzeugte terrestrische Schwerkraftverhältnisse.

»Unsere Heimat fern der Heimat«, murmelte er.

Chee machte ihrem Erstaunen Luft: »So groß? Wie viele werden da drinnen gleichzeitig untergebracht? Und warum?«

Ein Mitglied der Eskorte tönte in der Sprechanlage neben der Schleuse. Die äußere Schleusentür schwang auf. Die drei betraten die Schleusenkammer, nachdem man sie gestenreich dazu aufgefordert hatte. Sie hatten kaum Platz darin. Pumpen dröhnten und saugten die Luft Baburs ab. Durch eine Düse strömte Luft aus dem Inneren ein. Die innere Schleusentür ging auf.

Dahinter lag ein Eingangsraum, in dem sich nur ein Schrank für Raumanzüge befand. Sie wurden von zwei Wesen erwartet. Ihre Bekleidung war leicht, die Bewaffnung schwer. Der eine war ein Merseianer, ein Zweifüßler mit annähernd menschenähnlichem Gesicht, dessen grünhäutiger Leib im Verein mit der schiefen Haltung und dem gewichtigen Schwanz hingegen gar nicht menschenähnlich war. Der andere war ein Mensch männlichen Geschlechts.

Falkayn trat einen Schritt aus der Schleuse und fiel fast hin, als er die Schwerkraft spürte. Er öffnete den Helm. »Hallo«, hörte er. »Willkommen in der Einsiedelei.«

»Danke«, sagte er halblaut.

»Als erstes eine Warnung«, sagte der Mann. »Versuchen Sie bloß keine Extratouren, auch wenn Ihr Wodenit noch so furchteinflößend aussieht. Die Baburiten haben überall bewaffnete Beobachter. Arbeiten Sie mit mir zusammen, und ich werde Ihnen helfen, sich hier einzugewöhnen. Ihr Aufenthalt wird sich nämlich in die Länge ziehen.«

»Warum das?«

»Sie können wohl nicht erwarten, daß man Sie wieder gehen läßt, ehe der Krieg beendet ist, oder? Oder wissen Sie noch gar nichts? Die Hauptflotte Baburs ist unterwegs, um sich Mirkheim zu sichern. Und unsere Spähschiffe haben gemeldet, daß terranische Schiffe Kurs auf Babur genommen haben.«

6

Der große Mann mit den groben Zügen und dem dichten Schnurrbart stellte sich als Sheldon Wyler vor. »Ja, sicher, ich arbeite für die Baburiten«, sagte er mit einer gewissen Kühle. »Was bedeutet mir schon das Commonwealth oder die Liga? Nein, fragen Sie mich nicht nach Einzelheiten, ich würde Sie Ihnen doch nicht sagen.«

Seinen schweigsamen Gefährten stellte er als Blyndwyr aus dem Vach Ruethen vor. »In der Marine dienen ziemlich viel Merseianer«, erklärte er. »Die meisten gehören in ihrer Heimat der Adelspartei an und haben keine Sympathien für die Liga, was nicht unverständlich ist, wenn man bedenkt, wie sie ihre Interessengruppe einfach überging und mit den Gethfennu verhandelte. In der Liga muß es einige Leute geben, denen nicht klar ist, welchen Kosmos von Feinden sie sich selbst im Laufe der Jahre geschaffen haben.«

Nachdem die Neuankömmlinge sich ihrer Anzüge entledigt hatten, drängte er sich an Adzel vorbei zu einem an der Wand angebrachten Telefon. Kaum hatte er die Taste gedrückt, als auf der Bildscheibe ein Baburit erschien. »Sie sind da«, sagte Wyler auf Anglic und beschrieb die drei. »Wir weisen ihnen jetzt die Unterkünfte an.«

»Sind sie nach Waffen durchsucht worden?« hörte man die Vokalisatorstimme.

»Hm, nein. Warum aber – also gut. Bleiben Sie dran.« Und zu den Gefangenen gewandt: »Sie haben es gehört. Wir müssen Ihre Sachen durchsuchen.«

»Nur zu«, sagte Adzel dumpf. »Wir sind ja nicht so dämlich, innerhalb einer isolierten Wohneinheit Waffen zu benutzen. Deswegen haben wir keine dabei.«

Wyler lachte. »Blyndwyr und ich schießen so gut, daß wir euch glatt umblasen, ohne hier irgendwo ein Loch reinzumachen.« Er durchsuchte rasch das Gepäck. Der Merseianer stand indessen mit der Hand am Griff des Strahlers da. Chees Barthaare bebten vor Zorn, ihr Fell sträubte sich, die Augen funkelten eisig-grün. Falkayn spürte ein Würgen in der Kehle.

Nachdem er sich überzeugt hatte, daß das Gepäck bloß Werkzeugkästen in Kompaktausführung enthielt, unterbrach Wyler die Telefonverbindung. Er ging den beiden einen Gang entlang voraus. Ein davon abzweigender Raum enthielt vier Schlafkojen und ein Fenster, das sich mit Nacht füllte.

»Toilette und Bad dort drüben«, wies er sie ein. »Sie können selbst kochen. Es sind ausreichend Vorräte da. Blyndwyr und ich wohnen nicht hier, aber Sie werden uns häufig zu Gesicht bekommen, jede Wette. Wenn Sie sich anständig benehmen, wird Ihnen nichts passieren. Allerdings gehört zum Wohlverhalten, daß Sie sagen, was wir wissen wollen.«

Adzel schob seine Vorderpartie durch die Tür, und plötzlich füllte sich der Raum. »Herjeh, der Kerl schläft wohl besser draußen auf dem Gang«, sagte Wyler. »Wissen Sie was, wir gehen jetzt gleich in die Messe. Dort haben wir alle Platz und können reden.«

Falkayn packte seinen Lebensgeist, als hätte er es mit einem Ringer zu tun, der ihn umlegen wollte. Beim Gehen schmerzte ihn der Nacken vor Steifheit. *Führ ihn an der Nase herum*, sagte er sich. *Sammle Informationen, auch wenn es unwahrscheinlich ist, daß du sie jemals an jemanden weitergeben wirst, der sie brauchen kann.* »Wozu dient der Bau?« fragte er in einem Ton, der ihm gelassen vorkam.

»Hier waren die Techniker-Teams untergebracht«, erklärte Wyler. »Später wohnten hier die Offiziere der aus Sauerstoffatmern bestehenden Hilfstruppen, als sie indoktriniert wurden.«

»Du redest zu offen«, rügte Blyndwyr ihn.

Wyler preßte die Lippen zusammen. »Ich habe mich schließlich nicht als gottverdammter Verhörfachmann verpflichtet . . .« Er beruhigte sich wieder. »Außerdem habe ich ja kein großes Geheimnis verraten, oder? Und die beiden kommen damit ohnehin nicht weit . . . So, da wären wir.«

Die Messe war so groß, daß jeder Laut darin widerhallte. Die Einrichtung stand gestapelt an den Wänden, es roch schal, als wäre die Wiederaufbereitungsanlage länger ausgefallen. Adzel blieb reglos stehen wie die Statue eines urweltlichen Dämons. Chee ließ sich zu seinen Füßen nieder. Ihr Schwanz schlug gegen ihre Flanken und den Boden. Falkayn und Wyler holten sich Stühle, während Blyndwyr seitwärts stehenblieb und aufpaßte.

»Wie wär's, wenn Sie mir jetzt genau sagen, wer Sie schickte und aus welchem Grund«, sagte Wyler. »Darüber haben Sie sich nur vage geäußert.«

Unser Auftrag war vage formuliert, dachte Falkayn. *Van Rijn verläßt sich darauf, daß wir unterwegs improvisieren, so wie wir es gelernt haben. Statt dessen hat man uns gefangen wie Fische im Netz. Und ebenso hoffnungslos ist unsere Lage.* Laut aber mimte er den Herausforderer: »Vielleicht interessiert uns aber viel mehr, was Sie machen. Wie können Sie behaupten, es wäre nicht Verrat an Ihrer Rasse?«

Wylers Miene verfinsterte sich. »Wollen Sie mir eine Predigt halten? Das brauche ich mir nicht gefallen zu lassen.« Er überlegte. »Aber meinetwegen. Ich werde es Ihnen erklären. Was ist denn an den Baburiten so Schlimmes dran? Ohne Schiffe hätten sie ja keine Chance. Das Commonwealth würde sich Mirkheim aneignen und damit die gesamte gottverdammte industrielle Revolution, die Mirkheim bedeutet. Für alle anderen fallen bestenfalls ein paar Krümel ab. Oder die Liga kriegt Mirkheim. Die Baburiten denken da anders. Für sie ist es keine Frage von Profit oder Verlust. Nein, es stellt eine Gelegenheit für ihre Rasse dar. Mit Mirkheim können sie sich einen Weg in die erste Reihe erkaufen, sie können Schiffe erwerben, Expeditionen ausrüsten, Kolonien gründen, ganz zu schweigen von all dem, was sie zu Hause damit anfangen können – und zwar sofort.«

»Aber Mirkheim war nicht vorhersehbar«, wandte Falkayn ein. »Warum also hat Babur gerüstet? Warum wollte es kämpfen und gegen wen?«

»Das Commonwealth hatte eine Flotte. Und auch die Unternehmungen der Liga halten sich Kriegsschiffe. Schiffe, die eingesetzt wurden. Man weiß ja nicht, welcher Situation man sich schon morgen gegenübersieht. Falkayn, Sie sollten sich an die Shenna erinnern. Babur hat das Recht auf Selbstverteidigung.«

»Sie reden ja wie ein Bekehrter.«

»Und Sie reden nicht wie ein Geschäftsmann, Falkayn«, entgegnete Wyler wütend. »Mir scheint, Sie wollen mich ablenken. Das lasse ich mir nicht bieten, hören Sie? Sie bilden sich wohl ein, Ihr Ruhm wird Ihnen weiterhelfen? Vergessen Sie es. Hier sind Sie in einer Gegend, wo sich keiner um Ihren Ruf kümmert. Hier fühlt man sich nicht verpflichtet, Sie unversehrt zurückzuschicken – oder Sie überhaupt zurückzuschicken. Und wenn wir Sie zurückschicken müssen, dann pumpen wir Sie erst mit Plappersaft voll. Und falls das nicht so gut klappen sollte, dann das Ganze noch mal.«

Er hielt inne, schluckte, faßte sich und sagte: »Wir wollen nicht streiten. Ich nehme an, Sie sind vernünftig. Und Sie sagen, eine Ihrer Aufgaben sei es, für Ihren Boß ein bißchen Umschau zu halten. Könnte ja sein, daß ich Ihnen helfen könnte, wenn Sie mir erst die Hand geben. Erst eine Tasse Kaffee, und dann wollen wir vernünftig miteinander reden.«

Chee spuckte eine Silbenkette aus. »Was?« fragte Wyler verblüfft.

Es folgten Worte wie Geschosse: »Ich machte Bemerkungen über Ihre tiefgekühlten Zehnfüßler, die Sie bestimmt nicht übersetzt haben wollen.«

Falkayn saß reglos da. In seinen Ohren rauschte das Blut. Chee hatte sich der Jaijakatan-Sprache bedient, die sie drei kannten und die über Lichtjahre hinweg kein anderer sprach. »Wenn wir nicht fliehen können, werden wir hier früher oder später sterben. Sogar das wenige, das wir erfahren haben, ist wichtig für die zu Hause. Ich glaube, wir können diese beiden schaffen, und David verkleidet zum Schiff bringen«, hatte sie gesagt.

»Ihre Bemerkungen bedeuten aber das genaue Gegenteil«, warf der Wodenit ein. »Ich würde sogar so weit gehen und sagen –« Er ging zu Haijakatan über. »Chee, wenn du die Grünhaut übernimmst, packe ich den anderen.«

»Wie wahr.« Chee machte keinen Schritt, sie schnellte los, hin und her, wie eine spielende Katze, den Schwanz zu doppelter Größe gesträubt.

Wyler faßte nach seiner Waffe. Blyndwyr atmete zischend ein und wich zurück. Dabei wollte auch er zur Waffe greifen. Falkayn blieb ruhig. Er meinte zu wissen, was seine Freunde beabsichtigten, und er vertraute ihnen.

Ablenkung ist das wichtigste. »Sie können es meinen Freunden nicht übelnehmen, daß sie sich aufregen«, sagte er. »Es sind keine Commonwealth-Bürger. Ich übrigens auch nicht. Und wir kommen nicht von der Liga aus, sondern nur von einem Einzelunternehmen. Trotzdem sollen wir hier auf unbestimmte Zeit festgehalten werden und verhört werden, womöglich unter Anwendung von Drogen und Folter. Wyler, Sie tun gut daran, wenn Sie dafür sorgen, daß die oberen Ränge auf Babur auf uns hören. Sie sollten ihre blinde Feindseligkeit gegen die Liga aufgeben. Ihre unabhängigen Mitglieder wollen, daß sie auf Mirkheim die Macht übernimmt. Damit wird allen der Zugang zu den Supermetallen garantiert.«

»Ach?« schnaubte Wyler. »Die Liga ist zerfallen. Und die Baburiten wissen das.«

»Woher denn? Woher konnten sie sich dieses Wissen verschaffen? Wer hat es ihnen gesagt? Und warum stellen sie ihre gesamte Zukunft auf das Wort dieses Informanten ab?«

»Ich weiß ja nicht alles«, gestand Wyler. »Verdammt, dieser Planet hat die achtfache Erdoberfläche, und der Großteil ist Festland. Warum sollte der Imperiumsbund nicht zuversichtlich sein?« Er reckte das Kinn vor. »Und das war die letzte Frage, die Sie mir stellten, Falkayn. Von jetzt an frage ich.«

Chees innere Unruhe hatte sie in die Nähe des Merseianers geführt. Seine Aufmerksamkeit galt nun wieder den sitzenden Menschen. Plötzlich machte sie einen Satz, seitwärts, aber genau auf ihn zu. Sie landete auf seinem Bauch, klammerte sich mit den Zehen an seiner Bekleidung fest, während sie beide Arme um seine

Hand mit der Waffe schlang. Er schrie auf und versuchte, die Waffe zu ziehen. Chee war zu stark. Sie ließ sich nicht abschütteln. Er hämmerte mit der freien Faust auf sie ein. Sie schlug die Zähne tief in den Handrücken.

Adzel hatte einen einzigen Schritt gemacht. Damit hatte er Wyler in Reichweite, den er praktisch vom Stuhl pflückte und ihn dann hinterrücks über den Boden schlittern ließ. Mit dem Schwanz nagelte er den Mann fest. Indessen war Adzel in Bewegung geblieben. Er packte Blyndwyr im Genick, schüttelte ihn sorgfältig und setzte ihn in bewußtlosem Zustand wieder hin. Chee riß ihm den Strahler aus der Hand. Als Wyler nach seiner Waffe tastete, war Falkayn zur Stelle und nahm ihm den Strahler ab.

Adzel ließ Wyler los. Dieser sprang auf. Blyndwyr schnaufte schwer.

»Seid ihr verrückt geworden?« brüllte Wyler. »Was soll dieser Unsinn, ihr könnt doch nicht . . .«

»Vielleicht können wir doch.« Falkayn war wieder in Hochstimmung. Er wußte, daß er vorsichtiger hätte sein sollen, daß er den Angriff nicht hätte zulassen dürfen und daß er sich ruhig verhalten und eher hätte töten lassen müssen. Wenn auch keiner von uns dreien ein Erdengeborener ist, so ist es doch Coya. Und alles in allem war die Erde gut zu uns. Außerdem haben wir das einzige Schiff, das der alte Nick in dieser Gegend eingesetzt hat. Er hat uns ausgeschickt, damit wir ihm Informationen bringen, so daß er nicht blindlings lostappen muß. Und sein Wohl ist auch das Wohl von Tausenden seiner Arbeiter, von Millionen von Angehörigen der Planetenvölker, die mit ihm Handel treiben . . . Aber zur Hölle mit alle dem! Was allein zählt, ist die Freiheit! Das Feuer in seinem Blut toste so laut, daß es die Furcht übertönte.

Gleichzeitig war sein logisches Denken hellwach. »Ihr beide rührt euch nicht von der Stelle«, ordnete er an. »Adzel, Chee, ihr glaubt, ich könnte mich als Wyler verkleiden?«

»Klar.« Chee ließ sich auf die Hinterläufe nieder und fing an, sich zu kämmen. »Für einen Baburiten muß ein Mensch aussehen wie der andere.«

Adzel legte den Kopf schräg und rieb sich die Schnauze. Es klang, als führe er mit Sandpapier darüber. »Vielleicht nicht ganz«, meinte er. »Bürger Wyler hat dunkles Haar und einen Schnurrbart. Da müßte man sich etwas einfallen lassen.«

»Inzwischen runter mit den Sachen, Wyler«, befahl Chee. Der Merseianer, der wieder zu sich gekommen war, wollte aufstehen. Sie legte auf ihn an. »Keine Bewegung«, sagte sie auf Eriau, seiner Muttersprache. »Ich bin im Zielen auch nicht ungeübt.«

Der totenbleiche Wyler rief: »Ihr seid auf dem Holzweg, sage ich euch! Ihr kommt von hier nicht fort. Ihr werdet sterben, für nichts!«

»Ausziehen!« wiederholte Chee. »Oder muß Adzel nachhelfen?«

Mit einem Blick auf die Mündung der Waffe und Chees unbarmherzige Augen, fing Wyler an, sich auszuziehen. »Falkayn, haben Sie denn keinen Funken Verstand?« flehte er.

Er bekam eine Antwort, die nachdenklich klang. »Doch, ich überlege eben, wie wir Sie mitnehmen und ausquetschen können.«

Chee spitzte die Ohren. »David, was heißt ›wir‹?« Wie sollen Adzel und ich hier hinaus? Nein, du kannst uns später freipressen.«

»Ihr kommt mit«, sagte Falkayn. »Wir wissen ja nicht, wie es um die Rachsucht der Baburiten bestellt ist.«

»Aber . . .«

»Außerdem brauche ich eure Hilfe bei Wyler, besonders nach dem Start.«

Adzel kam aus der Küche, in der er herumgekramt hatte. »Hier ist so ein Zeug, das Haar und Schnurrbart dunkel färbt. Ein Behälter mit Schokoladensoße.«

Das war zwar kein Hilfsmittel, dessen sich ein wahrer Held bei einem Fluchtversuch bedienen würde, aber es mußte genügen. Während Falkayn sich auszog und in Wylers Sachen schlüpfte, ließ er sich bemalen und färben und besprach sich in aller Eile mit seinen Gefährten. Sie entwickelten so etwas wie einen Plan, der nicht viel gefährlicher war als die Vorgehensweise, die sie hierher geführt hatte.

Adzel zerriß Blyndwyrs Sachen und band ihn damit fest. Der nackte Wyler wurde nicht gefesselt. Es war ständig eine Waffe auf ihn gerichtet. Der Wodenit murmelte einen Segensspruch, das einzige Lebwohl, das Falkayn mitbekam. Vielleicht würden sie nie wieder zusammen auf Fahrt gehen, und er würde nie zu Coya und Juanita zurückkehren, aber daran wagte er jetzt nicht zu denken.

Er lief mit laut hallenden Schritten den Korridor entlang. An der Schleuse drückte er die Nummer ein, die er beobachtet hatte, und stand davor, als erwarte er, in einem Duell erschossen zu werden. Als ihn die vier Augen des Baburiten ansahen, mußte er erst seine trockenen Lippen mit der Zunge benetzen. Ein süßer Geschmack rief ihm in Erinnerung, wie primitiv seine Verkleidung war.

Er fing ohne Einleitung zu sprechen an wie Wyler. »Die Gefangenen scheinen den Widerstand aufgegeben zu haben. Ich soll ihnen Medikamente und ein paar andere Sachen aus dem Schiff holen. Ich glaube, es wird sie zur Mitarbeit bewegen, wenn man ihnen entgegenkommt.«

Er spekulierte darauf, daß hier die menschliche Psychologie ebenso oberflächlich bekannt war wie der menschliche Körper.

Zwei Herzschläge dauerte es, bis das Geschöpf antwortete: »Gut. Die Posten werden informiert.« Aus.

Falkayn entdeckte Wylers Raumanzug und die darunter zu tragenden Sachen in einem Schrank. Der Anzug trug eine auffallende Bemalung. Wahrscheinlich hatte jeder fremde Mitarbeiter ein besonders Muster, nach dem man ihn identifizieren konnte. Er mußte sich den Anzug erst zurechtmachen, weil er ihm zu klein war. Dabei hätte er Hilfe gut gebrauchen können, wagte aber niemanden in Reichweite des Telefon-Scanners zu rufen, für den Fall, daß der Baburit sich noch einmal melden sollte.

Er brachte die Schleuse hinter sich und trat hinaus ins Freie, wo er von der Schwerkraft wie von Bulldoggenkiefern gepackt wurde. Vor ihm erstreckte sich das leere, mit Lukendeckeln wie mit Pockennarben übersäte Feld. Da und dort sah er eine Raupengestalt, die irgendeiner nicht zu durchschauenden Tätigkeit nachging. Blau-weiße Lichter brannten an der Frontseite der Gebäude, so daß das Eis schimmerte wie sichtbar gemachte Kälte. Der Wind jaulte und zerrte. Zwei Monde schienen trübe, Sterne waren nicht zu sehen. Der Weg ans Ziel kam ihm unendlich lang vor.

Es war praktisch unmöglich, daß niemand ihm entgegentrat, während er den Silodeckel öffnete, und sich vom Aufzug hinuntertragen ließ. Vor dem Personeneingang seines Schiffes angekommen, brachte er kaum die Erkennungsmelodie über die Lippen, so heftig war der Schweißgeruch in seinem Helm. Aus den Tiefen seiner Kindheit erhob sich abergläubischer Pessimismus. *So kann es nicht weitergehen. Jetzt wird sich das Blatt wenden, und das Pech hat dich im Griff.*

Pech hatten wir schon, rechtfertigte er sich. *Wir sind zu spät gekommen – nachdem die Flotte schon weg war. Glaubst du, man hätte euch so nachlässig bewacht, wenn die Schiffe noch da gewesen wären?*

Die Schleuse öffnete sich. Während er in der Kammer den Luftaustausch abwartete, rief Falkayn sich Adzels buddhistische Techniken in Erinnerung und gewann seine Ruhe wieder. »Es soll kein Bogen sein, kein Pfeil, kein Schütze: Allein der Schuß.«

Er behielt den Raumanzug im Innern an, obwohl sich sofort eine weiße Frostschicht bildete. Ein Druck auf die Taste der Wärmeregulierung, und seine Sichtplatte klärte sich. Falkayn lief auf die Brücke. Während er sich mühsam auf den Schocksitz zwängte, erklärte er über Funk: »Schlauköpfchen, jetzt heißt es Adzel und Chee herausholen. Ich übernehme die Steuerung, weil du nicht weißt, wo sie sind. Wir landen vor einer Eingangsschleuse. Die wird sofort zerstört – die beiden haben ohnehin keine Zeit, sich regulär durchschleusen zu lassen. Die Außentür unseres Eingangs Nummer zwei muß offen sein. Wenn die beiden an Bord sind, dann ab ins All, mit sämtlichen Ausweichmanövern, die von den Instrumenten als Optimallösung angegeben werden. Dann nichts wie in den Hyperdrive, wenn wir genug Abstand haben. Den Sicherheitsspielraum kannst du diesmal vergessen. Alles klar?«

»Wie immer.«

Die Energieanlage erwachte summend zum Leben. Negafeldgeneratoren stemmten sich gegen das Gewebe physikalischer Beziehungen, das wir Raum nennen. Das Schiff glitt nach oben.

»Dort hinüber!« rief Falkayn ganz unnütz. Seine Finger, die über die Handsteuerung tanzten, wurden durch die Handschuhe behindert. Sollte ein feindlicher Treffer den Schiffsrumpf durchbohren, dann war ein ungeschützter Sauerstoffatmer verloren, deswegen behielt er den Anzug an. Luft entwich laut heulend. Er hatte den Beschleunigungskompensator nicht eingeschaltet, weil er für sein verzwicktes Manöver Fingerspitzengefühl brauchte. Er spürte, wie unheimliche Kräfte an ihm zerrten, ihn gegen die Sicherheitsgurte drückten und dann gegen den Sitz. Heißa!

Das Gebäude lag genau vor ihm. Er ging tiefer, verharrte im Schwebeflug darüber. Ein Geschütz feuerte ein Geschoß ab. Flammen loderten auf, die Außentür zerbarst. Mit geradezu chirurgischer Exaktheit ließ eine Energiekanone ihren Strahl über die Innentür spielen. Metall wurde weißglühend und zerfloß.

Raupengestalten flitzten auf dem Feld hin und her. Gab es hier keine Bodenabwehr? Na ja, wer hätte auch schon mit einem solchen Angriff gerechnet? Moment, dort oben – Umrisse im Mondenschein, die plötzlich herabstürzten – Raumschiffe.

Die letzte Schranke war überwunden. Eine Kältewolke qualmte, als Gase zweier Welten sich mischten. Falkayn empfand so etwas wie Erleichterung, daß automatische Türen die Einheit abschließen würden, in der Blyndwyr lag. Adzel, der in seinem Raumanzug doppelt gigantisch wirkte, stürmte heraus. Trug er Chee und Wyler unter dem Arm? Von oben zuckte ein Feuerstrahl herunter. Das Raumschiff feuerte zurück. Adzel war außer Sicht, unter der Rumpfwölbung. Was, um Gottes willen, war geschehen?

»Sie sind an Bord«, meldete Schlauköpfchen und ließ das Schiff ruckartig steigen.

Die Beschleunigung drückte Falkayn in den Stuhl zurück. »Kompensatoren!« befahl er heiser. Gleich darauf spürte er die stabilisierte Schwerkraft. Die vom Schiff durchschnittene Atmosphäre heulte, die ersten Sterne kamen in Sicht. Falkayn schob die Helmplatte hoch und drückte die Taste der Sprechanlage. »Alles in Ordnung?« rief er.

In unmittelbarer Nähe explodierte ein Geschoß. Aufblitzen, Getöse, Erschütterung. Das Schiff stieß weiter ins All vor.

Adzels Stimme übertönte das Chaos. »Chee und ich sind alles in allem wohlauf. Leider hat ein Schuß eines Raumschiffes unseren Gefangenen getroffen, den ich unter dem rechten Arm trug. Er durchdrang den Anzug und tötete ihn auf der Stelle. Ich mußte den Toten zurücklassen.«

Das war also unser Pech! tobte es in Falkayn. *Ich hätte ihn verhören können und hätte womöglich erfahren . . . verdammt!*

»Mein eigener Anzug wurde beschädigt, aber nur leicht, so daß die Selbstversiegelung funktionierte. Ich habe außer ein paar versengten Schuppen nichts abgekriegt«, fuhr Adzel fort. »Chee hatte ich unterm linken Arm . . . Ich möchte ein Gebet für Sheldon Wyler sprechen.«

Falkayn hatte seine Ruhe wiedergefunden. »Später. Erst müssen wir zusehen, daß wir entkommen. Überraschung und Geschwindigkeit haben wir auf unserer Seite, aber inzwischen ist sicher hinaus ins All Alarm gegeben worden. Ihr beide besetzt die Gefechtsstationen.«

Er wußte so gut wie seine Begleiter, daß sie bei einer Begegnung mit einem Schlachtschiff, das schwerer war als eine Korvette, keine Chance hatten. Sie waren imstande, eine gewisse Zeit Geschosse abzuwehren, aber das konnte der Feind ebensogut, und in der Zwischenzeit würden die gegnerischen Energiestrahlen, die von massiveren Generatoren erzeugt wurden, als die der *Muddlin' Through* es waren, sich durch Rumpfplatten bohren, die viel dünner waren. Immerhin hatten sie eine kleine Chance. Höchstwahrscheinlich hatte kein einziges Schiff der Baburiten in diesem Moment eine solche Position und Geschwindigkeit, daß es mit seinem Schwerkraftantrieb imstande war, die Vektoren am gleichen Punkt im Raum an Falkayn vehement·beschleunigendes Schiff anzugleichen. Die meisten Gefechte kamen nämlich nur zustande, weil die Gegner einander absichtlich ansteuerten.

Torpedos mit Zieleinrichtung, deren Masse so klein war, daß sie gewaltige Geschwindigkeits- und Richtungsänderungen vornehmen konnten, waren etwas anderes. Ebenso Strahlen, die sich mit Lichtgeschwindigkeit fortbewegten.

Sie hatten Babur hinter sich gelassen. Der Planet stand zwar noch immer am Himmel, wurde aber zusehends kleiner. Sterne brannten in allen Richtungen, einige in der Farbe des Blutes.

»Wann können wir in den Hyperdrive, Schlauköpfchen?« fragte Falkayn. Es sollte nicht lange dauern. Sie näherten sich bereits der Schwerkraftquelle Mogul, während Babur endgültig hinter ihnen lag. Bald würden die Schwingungen des Raums so flach sein, daß sie die empfindlich eingestellten Oszillatoren nicht störten. Sobald sie ihre höchste Pseudogeschwindigkeit erreicht hatten und die

Lichtgeschwindigkeit übertrafen, konnte es niemand mit ihnen aufnehmen.

»Eins-Komma-eins-sechs-Stunden bei unserem gegenwärtigen Vektor«, sagte der Computer. »Ich schlage vor, einige Minuten aufzuschlagen und transversalen Schub einzusetzen, damit wir dem Satelliten Ayisha näherkommen. Meine Instrumente zeigen eine eventuelle Strahlungsanomalie in dieser Richtung an.«

Falkayn zögerte. Falls es auf dem Mond schwere Bodeneinrichtungen gab . . . Dann entschied er: »Gut, mach so weiter.«

Die Zeit schlich dahin. Chee schrie zweimal gellend auf, als ihre Geschütze ein Geschoß auf Abfangkurs erwischten. Falkayn saß bloß da und gab sich seinen Gedanken hin. Meist waren es Erinnerungen, durcheinander und lückenhaft – Segeln mit Coya in Lunograd, eine ewige rote Sonne über einer Wüste auf Ikrananka, die strengen Ansichten seines Vaters in bezug auf *noblesse oblige*, die Angst, er könnte die neugeborene Juanita fallenlassen, als man sie ihm in die Arme legte. ›Der Streit zwischen Dunbar und Kennedie‹, seine erste Nacht mit Coya und seine letzte, Streitgespräche in Bierhallen, mit jugendlicher Hitzigkeit geführt, die sich um Gott und die Mädchen drehten, Rodins ›Bürger von Calais‹, der doppelte Widerschein des Mondes im Aurora-Ozean, ein Feuerregen zwischen zwei Sternen, Coya an seiner Seite in den Anblick der kühnen Türme einer Stadt auf einem Planeten versunken, der von den Menschen noch nicht benannt worden war, seine Mutter, die ihm mit Hilfe eines Prismas die Entstehung des Regenbogens erklärt, Coya und er bei einer Schneeballschlacht in einem Wintersportort in der Antarktis, vergnügt wie Kinder, die Anmut eines Ythrianers in der Luft, Coya, die ihn mit Sandwiches und Kaffee versorgt, während er auf Nachtwache den Datenaustausch einer neuen Welt studierte, die das Schiff umkreiste, Coya . . .

Die narbige Mondscheibe schwoll auf dem Schirm an. Falkayn vergrößerte das Bild, suchte angestrengt und fand das Gesuchte: einen weitläufigen Komplex von Türmen, Kuppeln, Schiffshangars, Raumflughafen, Testanlagen . . . »Speichern!« ordnete er automatisch an.

War Schlauköpfchen gekränkt? Unmöglich. »Natürlich«, meldete sich der Computer. »Die Infrarotzeichen deuten auf Lebewesen hin, die in thermodynamischer Hinsicht ähnlich oder identisch mit Humanoiden sind.«

»Diese Anlage ist also nicht für Baburiten ausgelegt? Wieso . . .«

»A-yu!« schrie Chee Lan. Eine weißglühend Flamme zuckte auf. »Näher, Freunde, näher!«

»Ich schlage vor, wir trödeln nicht herum«, sagte Adzel.

Die Kolonie oder was immer die Anlage darstellte, glitt vorüber und verschwand hinter einem Gebirgszug, als das Schiff an Ayisha vorüberraste. »Meine Instrumente zeigen an«, hörte man Schlauköpfchen, »daß die Bedingungen für uns immer bekömmlicher werden, wenn wir mit dieser Geschwindigkeit weiterfliegen.«

Das bedeutet, daß wir gerettet sind, dachte Falkayn. *Wir sind aus dem Schneider.* Die Anzeichen der Spannung ergriffen nun von seinem Gehirn Besitz.

»Welchen Kurs nehmen wir?« hörte er Chee fragen.

Er zwang sich zur Antwort. »Wir steuern Mirkheim an. Wir schaffen es vielleicht, vor den Baburiten rechtzeitig dort anzukommen, damit wir die nahenden Humanoiden noch warnen können, wer immer das sein mag, und die Arbeiter auf Mirkheim.«

»Das bezweifle ich«, sagte Chee. »Der Gegner hat einen zu großen Vorsprung. Sollen wir das Risiko auf uns nehmen? Wäre es nicht wichtiger, daß wir die gewonnene Information zu Hause abliefern, daß nämlich Babur sich ein stattliches Korps an Sauerstoffatmern zugelegt hat, Militärs und Techniker. Ein Kuriertorpedo würde vielleicht nicht durchkommen.«

»Nein, wir müssen versuchen, die Flotte zu warnen«, meinte Adzel. »Damit könnte ein Kampf verhindert werden. Ein einziger Toter wäre schon zuviel.«

Falkayn nickte matt. Sein Blick wanderte zu den gefühllosen Sternen. *Armer Wyler,* dachte er. *Armer irgendwer.*

7

Über die Sprechanlage meldete sich der Kapitän der *Alpha Cygni.*

»Madame, der Navigationsoffizier meldet, daß wir ein Lichtjahr von unserem Ziel entfernt sind.«

»Oh . . .« Sandra war überrascht. *So bald schon? Wieso hatte dann der Flug von Hermes so lange gedauert? Ein Lichtjahr,* ging es ihr durch den Sinn. *Die äußerste Entfernung, bei der noch Impulse unseres Hyperdrives aufzuspüren sind. Blitzartig. Jetzt weiß man auf dem Planeten, daß wir kommen. Und ›man‹ könnte ein Gegner sein.* »Alle Einheiten kampfbereit.«

»Gelbalarm auf allen Stationen, Aye, Madame.« Das Bild erlosch.

Sandra blickte sich um. Wären da nicht die Sichtschirme gewesen, die den Himmel zeigten, die Admiralsbrücke wäre ein schmales und finsteres Loch gewesen. Man spürte hier das Dröhnen der Antriebe ganz leise. Die warme Luft roch andeutungsweise nach Öl und Chemikalien. Plötzlich kam ihr alles unwirklich vor. Die Marineuniform war ein Kostüm, der ganze Vorgang lächerliche Schauspielerei.

Eric steckte in einem ähnlichen zweifarbigen Coverall, den man gut als Unterkleidung in einem Raumanzug tragen konnte. Er sah sie eindringlich an. »Jagdfieber?« fragte er. »Tröste dich, ich auch.« Er konnte sich offen äußern, da sie allein waren.

»Ja, vermutlich.« Sandra versuchte ein Lächeln. Sie schaffte es nicht.

»Eigentlich wundert es mich. Du gehörst hier zu den wenigen Menschen mit Kampferfahrung.«

»Ach, auf Diomedes war es ganz anders. Das war ein Krieg Mann gegen Mann. Und dann . . . na ja, damals hat man von mir keine Befehle erwartet.«

Warum habe ich nicht schon vor Jahren Söldner angeworben, die den Kern eines ansehnlichen Offizierskaders hätten bilden können?

Weil es so aussah, als würde der Friede, der auf Hermes immer geherrscht hatte, niemals bedroht. Hin und wieder flammten

Kämpfe auf Sternen auf, die zu weit entfernt waren, als daß es uns überhaupt aufgefallen wäre. Mehr war nicht los. Man warnte uns vor Unbekannten, die in den bekannten Raum eindrangen. Aber die waren nicht sehr gefährlich, nicht mal die Shenna, die schließlich von der Liga besiegt wurden, ehe sie großen Schaden anrichten konnten. Die Technische Zivilisation, die sich doppelt und dreifach abgesichert hatte, würde nie Kriege zwischen den eigenen Mitgliedsvölkern erleben. Kriege waren etwas, das die Menschheit längst hinter sich gelassen hatte wie Purdah, Tyrannei und Kannibalismus. Wir leisteten uns ein paar Kriegsschiffe mit Minimalbesetzung, die als Polizei- und Rettungstruppen eingesetzt werden konnten. Sie stellten eine Sicherheit gegen einen Notfall dar, den wir nicht für möglich hielten. Es war eine ungenügende Sicherheit, wie ich jetzt sehe. Ihre Manöver mit schweren Waffen sahen wir eher als Spaß an, bis sich die Steuerzahlerorganisationen aufzuregen begannen.

»Verdammt, ich hätte dich nicht kommen lassen sollen!« stieß sie hervor. »Du hättest daheim bleiben sollen, das Kommando über die Reservetruppen . . .«

»Das haben wir oft genug durchgesprochen, meinst du nicht auch, Mutter? Für diese Aufgabe gibt es keinen besseren als Mike Falkayn. Ich wünschte, ich hätte so viel Verstand gehabt, um eine Aufgabe zu bitten, die mich hier festhält. Dein Erster Offizier, das hörte sich großartig an. In Wirklichkeit ist es wie eine Rolle in einer komischen Oper.«

»Ach, hör auf, ich bin doch selbst nicht viel mehr als bloß Passagier, ehe wir nicht mit den Verhandlungen beginnen. Ich hoffe zu Gott, daß ich es schaffe. Komische Opern haben sich zuweilen in Tragödien verwandelt, wie die Geschichte lehrt.«

Wenn bloß Nadi mit wäre. Seine Anwesenheit beruhigt mich. Aber sie hatte den Anführer der Supermetals-Patrouille vorausgeschickt. Er sollte das ganze Unternehmen auf die Zusammenarbeit mit ihr vorbereiten.

Noch drei Stunden bis zur Ankunft, wenn sie die Spitzen-Pseudogeschwindigkeit beibehielten . . . Sie atmete mehrmals tief durch. Einem Kampf sah sie mit Gelassenheit entgegen. Wenn es so weit war, dann überließ sie alles ihren Kapitänen. Der Skipper dieses Flaggschiffes fungierte als Koordinator. Darüber hatte man sich zu Beginn geeinigt. Es galt nur, sich freizukämpfen und zu entkommen, denn über besondere Stärke verfügten sie nicht. Neben der *Alpha Cygni,* einem leichten Schlachtschiff, waren es zwei Kreuzer, vier Zerstörer und ein Trägerschiff für zehn Jäger der Meteor-Klasse. Zum Schutz der Heimat war nicht mehr viel zurückgeblieben.

Ihre Aufgabe war es, einen Zusammenstoß zu vermeiden und Hermes als unparteiische Interventionsmacht zu etablieren, die für Gerechtigkeit sorgte und die Ordnung wiederherstellte. Und sie verstand etwas vom Umgang mit Menschen. Sandra ließ sich in ihren Schocksitz nieder. Sie zündete sich eine Zigarette an und begann damit, sich bewußt zu entspannen, Muskel für Muskel. Eric lief auf und ab.

»Madame! Hyperdrive aufgespürt!« Die Worte kamen rauh und erregt. Sandra zwang sich, sitzenzubleiben. »Auf Kollisionskurs?« »Nein. Im vierten Quadranten. Soweit es sich extrapolieren läßt, steuern sie dasselbe Ziel an wie wir.«

Sie drehte den Kopf, ihr Blick wanderte von einem Bildschirm zum anderen. Die Sonne Mirkheims war noch immer im Dunklen. Um sie zu sehen, mußte man fast darauf stoßen. Der vierte Quadrant – was sie dort suchte, war nicht zu sehen. Es war nur ein winziger Funke, verloren unter Tausenden. Doch im vierten Quadranten lag Mogul.

Eric schlug mit der Faust gegen die flache Hand. »Die Baburiten!«

»Einen Moment, Sir«, sagte der Kapitän. »Ich bekomme eben eine vorläufige Datenanalyse ... eine große Streitmacht. Noch keine Einzelheiten auszumachen. Aber der Zahl nach überwältigend.«

Einen Augenblick lang wurde Sandra von Übelkeit erfaßt, so als hätte sie jemand in den Leib getreten. Dann aber stellte sich ihr Gehirn sofort auf die Situation ein. Die Selbstzweifel fielen ab. Entscheidungen drängten sich auf. »Das verändert die Lage«, sagte sie. »Am besten, wir versuchen es mit Verhandlungen. Von diesem Schiff aus, weil ich an Bord bin. Gehen Sie auf Abfangkurs. Die anderen Schiffe ... können sie Mirkheim vor den anderen erreichen? ... Gut. Sie sollen weiter Kurs auf Mirkheim nehmen, unter der Führung der Achilles. Sie sollen sich mit Nadi treffen und sich auf Kampfbereitschaft einstellen. Im Zweifelsfall – vor allem, wenn es so aussieht, als wäre uns hier auf der Alpha etwas zugestoßen – sollen sie sofort auf Heimatkurs gehen.«

»Aye, Madame.« Sandra tat der Kapitän leid. Er war noch jung und bemühte sich, angesichts des Untergangs kühl und forsch zu erscheinen. Er wiederholte ihre Instruktionen, sein Bild verschwand.

»Nein«, stöhnte Eric. »Was sollen wir bloß tun?«

»Ich fürchte, wir können sehr wenig tun. Laß mich jetzt in Ruhe, ich muß nachdenken.« Sie lehnte sich zurück und schloß die Augen.

Eine Stunde verging. Von Zeit zu Zeit wurde eine Meldung durchgegeben und riß Sandra aus dem Kreislauf ihrer Gedanken. Die Baburiten hielten Kurs bei mäßiger Pseudogeschwindigkeit. Ihre Selbstsicherheit wirkte fast beleidigend. Schließlich brach ein Schiff aus der Formation aus und hielt Kurs auf die näherkommenden Hermeter. Wenig später gingen Signale hin und her, Modulationen der Hyperdrive-Wellen. Wir möchten verhandeln. Wir werden verhandeln. Es waren genormte Signale, ein Kode, der mittels Ein- und Ausschalten übermittelt wurde. Der Nachrichtenaustausch war quälend langsam und mit einer großen Unsicherheit behaftet. Erst bei einem Abstand von ein paar tausend Kilometern war dann eine Tonübertragung möglich. Bildübertragungen funktionierten erst bei noch geringerer Distanz.

Deswegen gibt es zwischen den Sternen keinen direkten Nachrichtenaustausch, ging es Sandra durch den Kopf. Überbleibsel einer Physikstunde aus ihrer Kindheit. *Man hätte niemals die nötigen Relaisstationen schaffen können. Sie wären auch nie in richtiger Position geblieben. Deswegen müssen wir Kuriere einsetzen, und die Hölle kann irgendwo ausbrechen, ehe man erfährt, daß etwas schiefgelaufen ist.*

Die Instrumente lieferten immer genauere Werte, die von den Computern ausgewertet wurden, bis dann klar war, daß das fremde Schiff die ungefähre Größe der Alpha hatte und ebensogut bewaffnet war. Schließlich tauchte wieder das Gesicht des Kapitäns auf dem Bildschirm auf. »Madame, wir haben eine mündliche Nachricht erhalten. Sie lautet ... ich zitiere: Sie kommen nicht näher, sondern gleichen ihre Hypergeschwindigkeit an unsere an und erwarten unsere Befehle. Zitat Ende.«

Eric lief rot an. Sandra preßte die Lippen aufeinander. »Wir halten weiter unseren Kurs. Geben Sie durch, daß wir die Nachricht zur Kenntnis genommen haben. Sagen Sie: Wir werden tun, was Sie verlangen.«

»Danke, Euer Gnaden.« Die ganze Erscheinung des Kapitäns drückte Zustimmung aus, eine Haltung, die sich hoffentlich der ganzen Mannschaft mitteilen würde ... obwohl wahrscheinlich diese Nuance auf Anglic den Baburiten gar nicht auffallen würde.

Noch immer waren auf den Schirmen nur Sterne zu sehen. Sandra konnte sich das fremde Schiff gut vorstellen. Ein Spheroid wie die Alpha, nicht für eine Landung auf dem Planeten bestimmt, mit Geschütztürmen versehen, Raketenabschußeinrichtungen, Energiestrahlern, gepanzert mit Stahl und Energiefeldern, Magazine, die den Tod für halbe Kontinente in sich bargen. In Wirklichkeit würde sie all das nie sehen. Auch nicht, wenn es zum Kampf käme. Man würde sich gar nicht berühren, würde den gegenseitigen Untergang nicht sehen und nicht die Todesqualen der Verwundeten hören. Diese Abstraktheit war wie ein Alptraum. Peter Asmundsen, Nicholas van Rijn, sie selbst, sie alle hatten sich immer inmitten ihrer Taten befunden. Gefahren, die man heraufbeschworen, Schläge, die man ausgeteilt oder bekam, ein Wort, ein Händedruck, alles in Gegenwart des Handelnden. *Ist unsere Zeit vorbei? Ist das ganze wilde, glückliche Zeitalter der Pioniere vorbei? Überschreiten wir heute die Schwelle zur Zukunft?*

Verhandlungen mußten geführt worden sein, ehe der Kapitän ankündigte:

»Lady Sandra Tamarin-Asmundsen, Großherzogin von Hermes. Der Delegierte des Flottenoberbefehls des Imperiumsbundes Siseman.«

Der Klang des Vokalisators war seelenlos und von Unregelmäßigkeiten der Trägerwelle verzerrt. Aber klang nicht doch eine gewisse Schroffheit durch? »Ich begrüße Sie, Großherzogin. Warum sind Sie hier?«

Sie verdrängte ihre Verzweiflung und schoß sofort zurück. »Ich begrüße Sie, Admiral, oder wie immer Sie sich nennen wollen. Wir sind natürlich ebenso gespannt, welche Absichten Sie hier haben. Sie sind von der Heimat ebenso weit entfernt wie wir.«

»Wir sollen Mirkheim für die Autarkie des Vereinten Babur in Besitz nehmen.«

Teils wünschte sie, eine Bildübertragung wäre möglich gewesen. Es wäre ihr alles leichter gefallen, wenn sie in die vier Äuglein eines nichtmenschlichen Gesichtes geblickt hätte. Sie hätte dabei das Gefühl verloren, mit einem Gespenst zu verhandeln.

Aber die Entschlossenheit ist so fest wie die unsichtbare Sonne dort drüben, dachte sie, *und ebenso die Waffen, die dahinterstehen.* Sie fuhr vorsichtig fort: »Ist es denn nicht klar, warum wir Hermeter gekommen sind? Unser Ziel ist es . . . aufzupassen, als Hüter aufzutreten, während eine Regelung ausgearbeitet wird. Da wir weder dem Commonwealth, der Liga oder Babur angehören, hofften wir, alle Seiten von unbedachten Handlungen abhalten zu können, sie zum nochmaligen Überlegen zu bringen und einen Krieg abzuwenden. Admiral, dafür ist es nicht zu spät.«

»Doch, ist es«, sagte die künstliche Stimme. Und als sie ihre überraschende Nachricht anbrachte, glaubte Sandra, einen Anflug von Hohn herauszuhören. »Damit spiele ich nicht auf den Umstand an, daß der Imperiumsbund Sie um Ihre Intervention gar nicht gebeten hat, sondern auf die Tatsache, die uns von unseren Spähern gemeldet wurde, daß nämlich die Flotte des Commonwealth bereits einen Verband auf Mirkheim stationiert hat. Wir werden sie vernichten. Die Hermeter sind gut beraten, wenn sie sich vor Beginn der Kampfhandlungen zurückziehen.«

»Verdammter Schweinehund . . .« hörte man Eric keuchen. Sandra flüsterte nur: »Allmächtiger –!«

»Schließen Sie sich wieder Ihrem Verband an, und gehen Sie auf Heimatkurs«, sagte der Baburit. »Nach Eröffnung des Feuers greifen wir jedes humanoide Schiff an, dem wir begegnen.«

»Nein, warten Sie!« rief Sandra, sich halb erhebend. Es kam keine Antwort. Nach einer Weile sagte der Kapitän: »Der Fremde entfernt sich, er hält auf seine eigene Flotte zu.«

»Schlachtschiffe«, sagte Sandra. »Sie nehmen Kurs auf uns!«

Sterne glitten über die Schirme, als die Alpha den Kurs änderte. Das Antriebsgeräusch wurde stärker.

»Hat dieses Kriechtier gelogen?« brüllte Eric.

Als Antwort gab der Kapitän Meßwerte an. In der Nähe des Planeten waren zahlreiche aktive Hyperdrive geortet worden. Es gab dort jemanden, der eben erst den neuen Eindringling entdeckt hatte. Und das konnte nur ein Sonderkommando der Solaren Flotte sein.

»Verdammter Kosmos, was für elende Amateure wir doch sind.« Eric konnte sich kaum fassen. »Die Baburiten haben Mirkheim im Auge behalten. Sie wußten, wann die Terraner ankamen. Und wir, wir kommen daher wie ein hitziger Bulle.«

»Nein, wir haben uns darauf verlassen, daß Nadis Patrouille uns vor Gefahren warnen würde«, rief Sandra ihm in Erinnerung. »Die Terraner müssen sie gefangen haben – er war ja auch nicht besonders schnell oder kampfstark. Sie haben sie gefangen mit der Absicht, das Überraschungsmoment auszunutzen. Aber inzwischen hatten die Baburiten in der Nähe Beobachter installiert, die beachtlich schnell sind.« Sie verzog das Gesicht. »Mir scheint, die blutigsten Amateure sitzen in der Admiralität des Commonwealth.«

Die mußten ja auch nie einen Krieg auskämpfen. Kampfgeschick, Doktrin, militärische Denkweise, das alles ist schon vor Generationen verpufft. Diese Begriffe müssen in der vor uns liegenden Zeit wieder erlernt werden.

Es kamen weitere Nachrichten. Die Flotte verließ Mirkheim in Kampfformation. Sie war der Armada Baburs eindeutig unterlegen. Am vernünftigsten wäre es gewesen, einfach Reißaus zu nehmen. Zweifellos aber hatte der Oberfehlshaber von den Politikern zu Hause Order bekommen: »Nur nicht gleich aufgeben. Sicher versuchen es diese Käfer mit einem Bluff. Die können doch nicht im Ernst gegen uns kämpfen wollen.«

Und wie sie können, dachte Sandra. *Sie tun es schon.*

Eric blieb stehen. Man hatte das Gefühl, in ihm war eine Flamme entzündet. »Mutter . . . wenn wir uns den Commonwealth-Einheiten anschlössen . . . es sind unsere Menschenbrüder . . .«

Sie schüttelte den Kopf. »Nein. Es würde keinen großen Unterschied machen, aber wir würden Leute verlieren und Schiffe, die wir zur Heimatverteidigung brauchen. Ich will statt dessen allen unseren Einheiten Befehl geben, sofort auf Gegenkurs zu gehen.«

Er ahnte ihre Absicht. »Und wir? Die *Alpha Cygni?*«

»Wir nehmen weiter Kurs auf Mirkheim. Bis wir dort eintreffen, wird wahrscheinlich die gesamte Solar-Streitmacht schon fort sein, um auf die Baburiten zu stoßen. Mit unserem Schiff wird sich keiner leichtsinnig einlassen, dafür sind wir zu groß. Wir haben die Pflicht, Nadis Leute wenn möglich zu befreien. Sie sind unsere Verbündeten, in gewisser Weise jedenfalls. Die Techniker eingeschlossen.« Sie rang sich ein Lächeln ab. »Und außerdem bin ich neugierig auf Mirkheim, seit ich von seiner Existenz hörte.«

Der Planet war unbewacht. Die Patrouillenboote von Supermetals kreisten leer in einem Orbit. Ein Funkspruch bestätigte, daß die Besatzungen hinunter in die Abbaubasis geschafft worden waren, die die denkbar tiefsten Verliese barg. Das Schlachtschiff nahm einen Beobachtungsposten ein. Boote wurde ausgeschickt, um das Bergbaupersonal zu evakuieren. Sandra ließ den protestierenden Eric an Bord – sie übertrug ihm nominell das Kommando –, während sie sich mit einem Boot zum Planeten bringen ließ.

Mirkheim hing drohend vor ihr. Die glühenden Aschenmengen seiner Sonne waren aus dieser Entfernung nicht zu sehen. Beinahe hätte es ein Wanderplanet sein können, der zu keinem Stern gehörte und für ewige Zeiten zwischen winterhellen Konstellationen dahintrieb. Aber nur beinahe. Keine Schneedecke aus gefrorener Atmosphäre bedeckte ihn von Pol zu Pol. Nein, der Glanz war metallisch, hart, stellenweise spiegelglatt. Gebirge und Abgründe warfen Schatten. Dunkle Eisenvorkommen zeichneten dem Planeten ein Trollsgesicht auf.

Das Boot hatte bald die Oberfläche erreicht und ging nieder. Hinter Sandra erstreckte sich eine Ebene, so endlos, daß sie das Gefühl bekam, in grenzenloser Leere völlig allein zu sein. Der Untergrund war nicht kraterdurchsetzt und staubbedeckt wie der anderer atmosphäreloser Himmelskörper. Er war glatt, matt schimmernd, da und dort von phantastischen Erhebungen durchzogen, wo sich geschmolzenes Metall gestaut hatte. Seine Dunkelheit durchschnitt die Milchstraße sichtbar. Rechts und links sah man auf der Ebene Abbaustationen. Unglaublich, nein, eigentlich verständlich, daß die Arbeit weiterging. Ein Roboter-Traktor zog einen Zug mit Erz-Loren. Geradeaus ragte ein Steilhang auf, vor Urzeiten von einem Beben aufgeworfen, das eine Supernova hervorgerufen hatte, eine schwarze Wand, unter der die Kuppeln, Quader und Türme der Niederlassung wie zusammengedrückt wirkten. Der Radiomast an der höchsten Stelle sah aus wie von Spinnen gesponnen.

Die Szene kippte um und schien nach oben zu schnellen, als das Boot niederging. Landestützen stießen so heftig auf, daß Rumpf und Besatzung durchgeschüttelt wurden. Maschinengeräusche verstummten. Die Stille drückte auf das Schiff.

Sandra beendete die Stille. »Ich steige aus«, sagte sie und stand auf.

»Madame, die Schwerkraft beträgt über fünf Gee!« protestierte der Pilot.

»Das kann ich aushalten, ich bin kräftig.«

»Wir – Sie haben angeordnet – wir sollten die Leute nur an Bord nehmen und abhauen.«

»Sicher gibt es auch dabei Komplikationen. Ich möchte vor Ort sein und nicht bloß an einem Ende des Telefonstrahls.« *Laut darf ich es nicht sagen, aber ich habe das Bedürfnis, dieses . . . dieses Ding, dem zuliebe so viele Opfer gebracht wurden und für das bald so viel Blut vergossen wird, zu sehen und zu erleben. Ich brauche das, damit Mirkheim für mich Wirklichkeit wird.*

Zwei Männer der Besatzung begleiteten sie. Sie suchten den Raumanzug für sie mit großer Sorgfalt aus und nahmen sie beim Durchschreiten der Luftschleuse in die Mitte. Und das war gut so. Denn kaum traten sie ins Freie, da traf sie die Schwerkraft voll. Sandra wäre zu Boden gedrückt worden, hätten die Männer sie nicht gestützt. Alle drei aktivierten nun in aller Eile ihre Antriebe, die sie aufrecht hielten, als hingen sie in Gurten. Auf diese Weise schlurften sie über den stahlharten Boden dahin, zwangen bleierne Rippen, mühsam Luft ein- und auszuatmen, starrten zwischen fallenden Lidern mit Augäpfeln, deren Gewicht die Sicht beeinträchtigte, weil das Bild verschwommen und mit Flecken durchsetzt erschien. Unsichtbar und unspürbar drang radioaktive Strahlung in sie ein, von der Menge her ausreichend, um sie in wenigen Wochen zu töten.

Seit achtzehn Jahren arbeiten hier Menschen, dachte Sandra. *Liebe ich meine eigene Gattung wirklich so sehr?*

Sie kamen aus einer Kuppel hervor. Trotz ihrer verschiedenen Anzüge erkannte sie die einzelnen Gattungen von früheren Begegnungen her oder aus der Lektüre von Bildern. Nadi, der Wodenit, führte sie an. Dann kamen zwei rabengesichtige Ikranankas, ein vierarmiger zottelköpfiger Gorzuni, ein löwenhafter Ivanhoer, ein annähernd saurierähnlicher Vanesaner, zwei Cynthier (aus Völkerschaften, die weniger fortgeschritten waren als das raumfahrende Volk ihres Planeten, das keinerlei Verlangen gezeigt hatte, ihnen mit Entwicklungshilfe unter die Arme zu greifen), und vier Humanoiden (von Kolonieplaneten, deren Existenz man mit ausreichendem Kapitaleinsatz sehr viel angenehmer hätte gestalten können. Doch die Technische Zivilisation investierte lieber in lukrativere Projekte). Inmitten dieser toten Einöde wirkten sie wie groteske Symbole des Lebens. Sie hätten von Vigeland geschaffene Skulpturen sein können.

Daß es so wenige waren, war nicht weiter erstaunlich. Die Umweltbedingungen waren so ungünstig, daß die Arbeitsperioden sehr kurz ausfielen und die Arbeiter die Zeit größtenteils in den Unterkünften zubrachten. Sie waren nur da, um gewisse Wartungsarbeiten durchzuführen, Nachrichtenverbindungen aufrechtzuerhalten und Entscheidungen zu treffen, die aus der Routine herausfielen. Alles andere erledigten Maschinen: Sie spürten Metalle auf, bauten sie ab, erledigten den Transport, verluden die Erze, leisteten die grobe Arbeit und auch den Großteil der Feinarbeit. Einige Maschinen waren Sklaven der anderen, die von selbstprogrammierenden Computern gesteuert wurden, während der Zentralcomputer der Basis auf Bewußtseinsstufe stand. Das gesamte Unternehmen war ein Wunder technischen Erfindungsgeistes, ja mehr noch, dachte Sandra, ein Wunder an *sisu, esprit,* Unbezähmbarkeit, Selbstlosigkeit.

Ein Mann ging den anderen voran. Das Gesicht hinter der

Scheibe des Helms wirkte mitgenommen und verbraucht. »Großherzogin von Hermes?« fragte er in akzentbehaftetem Anglic. »Ich bin Henry Kittredge von Vixen, der Oberaufseher dieser Gruppe.«

»Freut mich . . . Sie kennenzulernen«, gab sie zwischen stoßweisen Atemzügen zurück.

Sein Lächeln war eher traurig. »Kann ich nicht behaupten, Gnädigste. Die Umstände sind nicht eben erfreulich, wie? Aber ich . . . hm, ich möchte sagen, wie dankbar wir sind. Wir haben unsere Zeit bereits überzogen. Man hätte uns schon vor Tagen ablösen sollen. Wenn wir noch bleiben müßten, und länger im Freien arbeiten würden, dann wäre die Strahlendosis gefährlich geworden. Nach einer gewissen Zeit wären wir alle gestorben.«

»Hättet ihr euch nicht drinnen aufhalten können?«

»Vielleicht hätten die Terraner es erlaubt. Die Baburiten gewiß nicht. Was geht sie das alles an? Man hat uns nur gebraucht, damit wir ihnen beibringen, wie das hier läuft.«

Sandra nickte. Es war eine mühsame Sache, den Kopf wieder aufzurichten. »Ihr verfügt über jahrelange intensive Erfahrung, die vielen das Leben gekostet hat, nicht?« sagte sie. »Das ist ein guter strategischer Grund, euch zu evakuieren. Ohne eure Hilfe wird jeder andere kostbare Zeit brauchen, um den Abbau wieder in Schwung zu bringen. Ihr alle – Sie und Ihre Mitarbeiter könnten zu einem wertvollen Faustpfand werden, wo immer ihr euch aufhaltet.«

»Ja, das haben wir selbst schon mal besprochen. Hören Sie zu.« Die matte Stimme war plötzlich von Interesse gefärbt. »Am besten, wir nehmen wichtige Ausrüstungsgegenstände mit. Oder wir könnten sie vernichten, Sabotage betreiben – wenn Sie so lange warten wollen.«

Sandra schwankte. An diese Möglichkeit hatte sie nicht gedacht, und jetzt wurde ihr die Entscheidung aufgedrängt. Ob sie es wagen sollte, ein paar Stunden zu warten?

Sie wagte es. Die Flotten würden den Kampf nicht so rasch aufgeben.

»Wir nehmen das Zeug mit«, sagte sie. Dabei fragte sie sich, ob sie klug oder verächtlich handelte.

8

»Wir kommen zu spät.«

Die Worte schienen in der summenden Stille der Brücke hängenzubleiben. Jeder der drei, Adzel, Chee Lan oder David Falkayn, hätte sie aus gemeinsam durchlittenem Schmerz und aus Zorn heraus äußern können. Alle drei starrten sie hinaus in die Dunkelheit, in der gefühllose Sonnen hingen. Draußen war ein Feuer aufgeflammt, das mittlerweile ziemlich zusammengeschmolzen war, aber noch immer von schrecklicher Großartigkeit war.

Wieder blitzte ein Funke auf und noch einer. Nukleare Sprengköpfe explodierten im All um Mirkheim.

Chee langte nach der Hyperwellen-Empfänger-Steuerung. Sie drehte daran herum, und aus dem Lautsprecher drang Gesumme, Geplapper und Geschnatter über Entfernungen hinweg, für deren Überwindung das Licht Stunden benötigt hätte. Die Vorhut der beiden Flotten hatte den Kampf begonnen. Sie waren in den Zustand der Normalgeschwindigkeit übergegangen, bewegten sich mit ihrer wirklichen Sekundengeschwindigkeit weiter und mit einer Beschleunigung von ein paar Einheiten und griffen einander mit Raketen, Energiestrahlen und Granaten an, als sie in entsprechender Entfernung waren.

Adzel studierte die Instrumente, führte ein leises Zwiegespräch mit Schlauköpfchen und kündigte an: »Der Kampf kann noch nicht sehr lange im Gang sein. Andernfalls würde man mehr Spuren von Fusionsexplosionen sehen, und die Antriebe hätten komplizertere Neutrino-Spuren hinterlassen. Wir sind um eine lächerliche Zeitspanne zu spät gekommen . . .«

»Na ja, ob unsere Warnung so viel ausgemacht hätte, ist fraglich«, seufzte Falkayn. »Nach diesen Daten zu urteilen« – er deutete auf eine Anordnung von Meßinstrumenten – »war die Commonwealth-Flotte als erste da, forderte die Baburiten zum Kampf heraus in der Hoffnung, diese würden sofort einen Rückzieher machen, mußte entdecken, daß es nicht der Fall war und kämpft jetzt ums nackte Überleben.«

»Warum ergreifen sie nicht die Flucht?«

Falkayn zog die Schulter hoch, als kümmere ihn dieser Punkt nicht die Bohne. »Sicher haben sie den Befehl, im Falle eines Kampfes möglichst viel Schaden anzurichten, einen Befehl, den Politiker geben, die gemütlich zu Hause sitzen und immer behauptet haben, Theorie und Praxis des Krieges sei ein so böses Thema, daß zivilisierte Menschen sich damit gar nicht befassen sollten.«

Der Kampf kann sich tagelang in die Länge ziehen, ehe der Commonwealth-Admiral zum Rückzug bläst, dachte er. *Schiffe werden beschleunigen, sie werden mit dem Tempo heruntergehen, sie werden Millionen von Kilometern zurücklegen, den Gegner suchen, ihm begegnen, in einem Taumel der Gewalt losfeuern, ehe die Geschwindigkeit sie wieder trennt, ehe es wieder zu einer Begegnung kommen kann, höchstwahrscheinlich mit einem neuen Gegner.*

Wir mußten den Versuch machen«, fuhr er tonlos fort. »Die Frage ist nur, was wir als nächstes versuchen.«

Sie hatten Pläne entworfen, Möglichkeiten ins Auge gefaßt, während ihr Schiff von Babur nach Mirkheim raste. »Keine Verbindung«, sagte Adzel. Vielleicht trafen sie auf ein Schiff der Solar-Flotte und konnten über dieses einen Kontakt mit dem Admiral bekommen. Doch sie hatten ihm ja nichts zu bieten, und das Risiko war beträchtlich.

»Sollen wir abwarten?« fragte Chee. Abwarten mit gedrosselten Antrieben, sich fast unauffindbar machen, irgendwo am Rande des Kriegsschauplatzes, bis sich zeigte, was überhaupt passiert war. Aber gewiß würde es Überlebende geben, die Nachrichten zur Erde brachten.

Doch die Zeiten hatten sich geändert, und es war nicht mehr sicher, ob die Commonwealth-Regierung der Öffentlichkeit einen ungeschminkten Bericht vorlegen würde. Und van Rijn brauchte einen vollständigen Bericht.

Es war nicht einmal sicher, ob er die Nachricht bekommen würde, die sie ihm nach ihrer Flucht in einem Kuriertorpedo zugeschickt hatten. Wenn das Ding im Solar-System eintraf und sein Signal ausschickte, würde der Weltraum-Service, der das Torpedo in Empfang nahm, den schriftlichen Inhalt vielleicht gar nicht weitergeben. Falkayn bezweifelte zwar, ob man den Code rechtzeitig würde knacken können. Aber van Rijn blieb indessen im Ungewissen.

Daher war die Sicherheit seiner Besatzung für ihn das wichtigste Kriterium, ganz zu schweigen von Coya, Juanita und dem Ungeborenen. Und dennoch – vernunftbegabte Wesen wurden hier getötet, verstümmelt oder befanden sich in Lebensgefahr. Und das Grauen würde kein Ende nehmen. Die Vorstellung, sich irgendwo auf sicheres Gebiet zurückzuziehen und dann nach Hause zu schleichen, hinterließ einen üblen Geschmack.

Und außerdem – »Bis jetzt haben wir ja nichts Großartiges vollbracht«, murmelte Falkayn. »Wir sind in die Gefangenschaft getappt und wieder raus, wobei es einen Toten zu beklagen gibt.«

»Bloß keine Schuldgefühle, David«, riet ihm Adzel. »Sicher, es war tragisch, aber Wyler hat mit dem Feind zusammengearbeitet.«

»Es ist so sinnlos!« Man sah Falkayn die Erregung an.

»Ihr beide müßt euer Gewissen im Zaum halten«, meinte Chee. »Es macht euch zu viel zu schaffen.« Ihre Fleischfresserinstinkte erwachten. Sie sprang auf die Konsole. Das weiße Fell hob sich von der Dunkelheit, den Sternen und den fernen Explosionen ab, in denen Schiffe untergingen. »Wir können aktiv und nicht nur passiv Informationen sammeln«, erklärte sie aufgeregt. »Worauf warten wir noch? Steuern wir Mirkheim an.«

»Welchen Sinn hätte eine Landung?« fragte Adzel. Es war zwar die Rede von der Rettung des Supermetals-Personals gewesen, das auf dem Planeten festsaß. Doch sie hätten ohnehin nur wenige Personen an Bord nehmen können, ohne ihre lebenserhaltenden Anlagen zu überlasten. »Wahrscheinlich gar keinen«, sagte Chee. »Aber der Kurs führt uns dorthin, wo etwas los ist. Wer weiß, was sich ergibt? Los!«

Unterwegs erhielten sie einen per Laser übermittelten Funkspruch. Das bedeutete, daß er ihnen und niemandem anderen zugedacht war. Sie waren aufgespürt worden. Es war der Commonwealth-Code. Falkayn erkannte es durch Vergleich verschiedener empfangener Signale. Er war nicht imstande, den Code zu entschlüsseln, doch war an der Bedeutung nicht zu rütteln: *Identifizieren Sie sich, oder wir greifen an.*

Schlauköpfchen ließ eine Datenanalyse abspulen. Das andere Schiff war aller Wahrscheinlichkeit nach ein Zerstörer der Continental-Klasse. Position, Geschwindigkeit und Beschleunigung waren eindeutiger. Das Schiff konnte nicht nahe genug heran, um mit freiem Auge gesichtet zu werden. Doch die Geschütze konnten die Entfernung überbrücken. Beide Schiffe waren der toten Sonne zu nahe, um in den Hyperdrive überzugehen.

»Ausweichen«, befahl Falkayn. Er übermittelte eine mündliche Antwort auf Anglic: »Wir sind keine Feinde, wir kommen von der Erde.«

Eine Minute später meldete Schlauköpfchen den Abschuß eines Geschosses in ihre Richtung. Das war nicht weiter verwunderlich. Die Männer drüben im anderen Schiff mußten total erschöpft sein vor Anstrengung und unterdrückter Angst. Es waren Befehlsmaschinen, die zu keinem eigenen Gedanken mehr imstande waren. Da er seine Antwort nicht verschlüsselt gegeben hatte, mußte er ein Baburit sein, der es mit einem Trick versuchte.

Auf diese Entfernung konnte ein Energiestrahl nicht mehr viel anrichten, weil er abgeschwächt auftraf. Ein Schiff, das so klein war wie seines, verfügte über keinen ausreichend starken Energiefeldgenerator, der einen superschnellen Sprengkopf abwehren konnte. Und trotz der geringen Masse würde das Schiff kaum einem Gegner entfliehen können, der sich nach seinem Energie-Kielwasser orientierte.

Doch die *Muddlin' Through* verfügte über Energien, die für die doppelte Größe ausgereicht hätten, und verwendete nichts davon für Energieschirme. Der Himmel drehte sich um Falkayns Kopf, als der Computer das Schiff einen Bogen beschreiben ließ, der einem gewöhnlichen Schiff nicht gut bekommen wäre. Es glitt an dem Torpedo vorüber, unversehrt, und eröffnete das Feuer darauf. Das Ding zersprang in einem Sprühregen von Flammen und weißen Funken. Das Schiff ging sofort auf den Kurs von vorhin. Ohne einen zweiten Versuch zu machen, zog sich das terrestrische Schiff zurück.

Falkayn versuchte sich einen Mann an Bord des gegnerischen

Zerstörers vorzustellen. Er stammte aus – ja woher? – sagen wir aus Japan. Die Erinnerung an seine schöne Heimat war stets in ihm lebendig, an alte, hohe geschwungene Dächer, an blühende Kirschbäume unter den reinen Hängen des Fuji, an einen Garten, in dem Gärtner und Bonsai einander ihr Leben lang Zuneigung bewahrten, an Tempelglocken in der Abendkühle, wenn er mit einem bestimmten Mädchen spazieren ging. Jetzt aber saß er angeschnallt vor den Idiotengesichtern der Instrumente, während er das Vibrieren des Antriebs in seinen Knochen spürte. Seine Zunge war aufgequollen vor Durst, er schwitzte vor Anspannung, so daß seine Sachen unangenehm rochen, Salz brannte ihm in den Augen und lag beißend auf seinen Lippen. Die Stunden schleppten sich dahin, warten, warten, warten, bis die Wirklichkeit auf dies zusammenschrumpfte und die Heimat nur mehr ein halbvergessener Fiebertraum war. Dann das Schrillen der Alarmanlagen, Geschöpfe, die ihm in seinen Alpträumen nie begegnet waren, befanden sich auf der anderen Seite, zumindest zeigten dies die Instrumente an, und er gab den Befehl, die Abschußparameter für ein Geschoß auszurechnen, feuerte es ab und saß dann wieder da und wartete, ob er getroffen hatte oder der Getroffene war, hoffte inbrünstig, sein Tod würde rasch und säuberlich über die Bühne gehen, ohne Geschrei und versengte Haut und geschmolzene Augäpfel, und vielleicht durchzuckte ihn ebenfalls die Frage, ob die Ungeheuer, auf die er feuerte, auch an eine schöne Heimat dachten.

Woher war Sheldon Wyler gekommen?

Falkayn sagte rauh: »Sieht aus, als wären wir diesmal davongekommen.«

Dieser Zwischenfall hätte jede andere Besatzung dazu bewogen, sich schleunigst in Sicherheit zu bringen. Statt dessen ließ er in Chee einen koboldartigen Gedanken erwachen. Adzel hörte sich die Sache an, überlegte und gab ihr recht, daß der mögliche Gewinn das Risiko aufwog. Falkayn war zuerst dagegen, gab dann aber seine Zustimmung. Der Teil seines Ichs, der Coyas Mann war, wurde von einem Teil überstimmt, den er mit seiner Jugend begraben zu haben glaubte.

Die Lage war so, daß ein rasches und fröhliches Abenteuer nicht zu erwarten war. Die Zeit verrann, während das Schiff sich vorsichtig weiterbewegte, während die Detektoren wachsam Ausschau hielten und Schlauköpfchen Daten sichtete und ablegte. Falkayn paffte an seiner Pfeife, bis seine Zunge wund war und er die Speisen nicht mehr schmeckte, die er sich zu schlucken zwang. Chee arbeitete an einer Statuette und bearbeitete den Ton, als wäre es ein lebensbedrohender Gegner. Adzel meditierte und schlief viel.

Schließlich hatte die Endlosigkeit ein Ende. »Ein Solar-Schiff hat eines der Baburiten zerstört«, meldete der Computer und gab die Koordinaten an.

Falkayn schreckte aus seinem Dösen auf. »Ist das sicher?« Er sprang auf.

»Dem charakteristischen Aufblitzen einer Detonation folgte das Versiegen der Neutrino-Strahlung aus einer oder zwei Quellen. Die zweite Quelle entfernt sich und wird mehr als einen Standardtag lang nicht zurückkehren können.«

»Das Schiff wird doch nicht ...«

»Wir können längsseits an das Wrack gehen und zwar in einer Zeit, die ich mit drei Komma sieben Stunden berechne, plus oder minus vierzig Minuten.«

Falkayn spürte Erregung. »Es steht fünfzig zu fünfzig, daß es ein Schiff der Baburiten ist.«

»Nein, es ist sogar absolut sicher. Ich habe die Emissions-Werte der thermonuklearen Reaktoren beider Flotten verglichen. Das besiegte Schiff weist ein Spektrum auf, das auf baburitische Herkunft hindeutet.«

Falkayn nickte. Fusionsantriebe, die für Betrieb unter jupiterähnlichen Bedingungen konstruiert waren, zeigten eine andere Strahlung als die von Sauerstoffatmern benutzten. Das hatte er gewußt, doch er hatte nicht gewußt, daß man genug Daten hereinbekommen konnte, auf die Verlaß war. »Klasse, Schlauköpfchen«, lobte er den Computer. »Ich kann nicht genug über deine Initiative staunen.«

»Außerdem habe ich drei neue Kartenspiele erfunden«, berichtete der Computer ... klang dabei ein hoffnungsvoller Ton durch?

»Damit laß uns jetzt in Frieden«, fauchte Chee ihn an. »Los, Kurs auf das Wrack!«

Die Antriebe legten mit verstärkter Energie los. »Damals, als wir zum erstenmal diesen Teil des Alls durchstreiften, waren wir viel glücklicher«, äußerte Adzel nachdenklich. »Aber damals waren wir auch viel jünger, achtzehn Erdenjahre jünger.« Wollte er besonderen Takt beweisen? Diese Zeitspanne stellte bei seiner Lebenserwartung einen viel geringeren Teil dar als bei Falkayn oder Chee.

»Und wie stolz wir waren«, sagte Falkayn. »Unsere Entdeckung würde vielen Rassen die dringend nötige Chance geben. Und jetzt . . .«

Adzel legte ihm die Hand auf die Schulter. Dabei mußte er sich bewußt gegen das Gee-Feld wappnen, um das Gewicht zu ertragen.

»Du bist nicht schuld, daß jetzt darum gekämpft wird, David«, tröstete ihn der Wodenit. »Was wir damals erreichten, war gut. Und es kann wieder gut werden.«

»Wir wußten, daß die Entdeckung nicht geheim bleiben würde«, meinte Chee dazu. »Es war ein reiner Glücksfall, daß Old Nick der erste war, der davon erfuhr und daß wir ihn zum Schweigen bewegen konnten. Früher oder später war ein Kampf zu erwarten.«

»Ja sicher«, sagte Falkayn. »Aber ein richtiger Krieg – ich dachte, die Zivilisation wäre über das Kriegführen längst hinaus.«

»Die Shenna waren es nicht, und die Baburiten sind es nicht«, schnaubte Chee. »Du brauchst nicht die Mitglieder der Technischen Zivilisation zu beschimpfen, wenn Außenseiter sich übler Sitten befleißigen. Die Vorstellung, daß man die Schuld auf beiden Seiten suchen muß, ist eine sonderbare Neigung deiner Gattung.«

»Irgendwie sehe ich die Fälle nicht parallel«, wandte Falkayn ein. »Verdammt, für die Shenna hatte der Angriff gegen uns einen Sinn, wenn auch einen merkwürdig verzerrten. Aber die Baburiten -- warum haben sie sich bis an die Zähne bewaffnet, wenn doch nicht vorauszusehen war, daß ein Mirkheim auftauchen würde, um das einmal gekämpft werden sollte? Und warum sollten sie überhaupt kämpfen? Wenn sie es sich leisten konnten, die Ausrüstung und die benötigte Technik zum Aufbau der Flotte zu kaufen, dann können sie sich auch leisten, alle benötigten Supermetalle zu kaufen, und zwar zu einem Bruchteil des Preises. Nein, in mir nagt der Verdacht, daß jemand von uns, jemand aus der Technischen Kultur, dahintersteckt.«

»Wyler hätte uns diesbezüglich Tips geben können, wenn er überlebt hätte. Aber hör auf, ihm nachzutrauern. David. Das war nun wirklich kein netter Mensch.«

»Wer kann sich heutzutage noch Nettigkeit leisten? . . . Ach, zur Hölle mit alledem.« Falkayn ließ sich in seinen Sessel sinken.

»Einverstanden. Zur Hölle, und zwar rasch. Ich mache mich wieder ans Modellieren.« Chee verließ die Brücke.

»Schlauköpfchen, wenn du Zerstreuung möchtest, dann könnte ich vielleicht mit dir Karten spielen«, bot Adzel sich an. »Bis zur Ankunft gibt es für uns herzlich wenig zu tun.«

Bis auf Dasitzen und Hoffen, daß nichts auf uns zukommt, mit dem wir nicht fertig werden, dachte Falkayn.

Furcht und zitternde Hoffnung,
Stille und Voraussicht.
Tod, das Skelett,
Und Zeit, der Schatten . . .

In seinem Raumanzug steckend ließ er sich von seinem leichten Antriebsaggregat die hundert Meter vom eigenen Schiff zum Wrack tragen.

Sterne und Stille umgaben ihn. Hier sah man keine Spur des Kampfes. Der Todeskampf hatte sich in den leeren Weiten des Alls verloren, bis auf ein verformtes Wrack, das inmitten kleinerer Metalltrümmer vor ihm dahintrieb. Er gestattete sich keinen Gedanken daran, wieviel Leben ausgelöscht worden waren – sicher hätten auch die Baburiten sich gefreut, ihre Heimatsonne wiederzusehen –, sondern widmete seine Aufmerksamkeit ganz der vor ihm liegenden Aufgabe.

Das Schiff hatte annähernd Kreuzerformat. Ein Geschoß war ihren Abwehreinrichtungen entgangen und hatte es zerstört. Ohne umgebende Atmosphäre war die Erschütterung zu gering, um das Schiff in viele Fragmente zu sprengen. Wenn es Überlebende gegeben hatte, dann hatten sie gewiß ein intaktes Rettungsboot in einem Schiffsteil gefunden, der sich bei Zusammenprall automatisch selbständig machte, und waren geflohen. Das größte Stück des Rumpfes war größer als die *Muddlin' Through* und mußte jede Menge Geräte enthalten, die sicher noch so intakt waren, daß man sie zu Studierzwecken verwenden konnte. Sein Meßgerät zeigte an, daß das Ausmaß an Radioaktivität erträglich war.

Er spürte und hörte den leisen Aufprall, als seine Stiefelsohlen gegen Platten stießen, und hielt sich fest. Chee war neben ihm. Adzel bildete eine riesige Silhouette im Hintergrund. »Ihr zwei bleibt hier, während ich mich umsehe«, wies er sie an und machte sich davon. Ein wenig hatte er das Gefühl, mit dem Kopf nach unten zu gehen, weil er schwerelos war und das tote Schiff sich langsam drehte. Sternbilder glitten an ihm vorüber, Schwärze flackerte um die Formen von Türmen und Gehäusen. Laut klang ihm der Atem in den Ohren.

An dem Rand angekommen, wo der Rumpf auseinandergerissen worden war, bahnte er sich den Weg vorsichtig durch ein Gewirr von vorragenden, ineinander verknoteten Streben. Zwischen zwei Stahlbändern war ein Körper gefangen. Er blieb stehen und besah ihn sich beim Licht der Taschenlampe. Eine Lichtpfütze, ganz undiffus, weil keine Luft vorhanden war, fiel auf eine Gestalt, die zu fremdartig war, um so grausig zu wirken wie menschliche Leichen nach einem gewaltsamen Tod. Der Baburit sah mitleiderregend klein und zart aus. *Ich vergeude Zeit, die ich noch habe, während er sie nicht mehr hat,* ging es Falkayn durch den Sinn, und er bewegte sich weiter, um die Kante herum ins Innere der Ruine.

Das Licht der Sterne und seiner Taschenlampe zeigte ihm surrealistisch komplizierte Formen halb versunken in der Finsternis. In ihm flammte ernste Freude auf. *Ein Glück für uns! Das hier sieht mir ganz nach dem Hauptmaschinenraum aus. Das bedeutet, daß hier auch die Steuereinrichtungen sind, wenn ihre Schiffe in etwa nach unserem Schema ausgelegt sind.*

Das konnte die Erfüllung der Hoffnung bringen, die ihn und seine Gefährten zur Suche bewogen hatte. Über das Volk, daß die Invasionsarmada gebaut hatte, war so wenig bekannt. Wer konnte ahnen, welche Hinweise ihre Technik bieten konnte?

Ob der Commonwealth-Admiral wohl denselben Gedanken

hatte und eine Rettungsaktion zur Sammlung von Informationen ausschickte? Wahrscheinlich nicht. Seine Flotte stand zu stark unter Druck. Außerdem kündete das gesamte Unternehmen von Idiotie – milder ausgedrückt von Ignorantentum – an höchster Regierungsstelle.

Man konnte aber davon ausgehen, daß die Trümmer zur Erde geschafft würden und daß die Regierung wohl kaum daran dachte, sie mit van Rijn zu teilen. Falkayns Verhalten entsprang nicht allein der Loyalität seinem Arbeitgeber gegenüber, sondern auch der Befürchtung, der Alte wäre der letzte fähige Kopf im gesamten Solar-System. Van Rijn konnte aus einem Beweisstückchen etwas machen, das für alle anderen wertlos war.

Und hier können wir keine ernsthafte Arbeit leisten, dachte Falkayn. *Es fehlt uns an den Einrichtungen. Außerdem ist es zu gefährlich, wenn wir uns zu lange hier aufhalten. Wir können uns aber ein paar Stunden zum Umsehen leisten und können einige ausgesuchte Stücke zur näheren Untersuchung mitnehmen. Vielleicht glückt uns eine einigermaßen nützliche Entdeckung. Vielleicht.*

Los, rühr dich! Er ruderte auf das nächste Gebilde zu, das vor ihm aufragte.

9

Am Abend vor seinem Abflug lud Bayard Story Nicholas van Rijn zum Essen ein. Der Rat der Liga war uneinig auseinandergegangen. Die Delegierten mußten sich jetzt ihrer eigenen Angelegenheiten annehmen, so gut es eben ging.

Der Saturn-Saal des Hotels Universe war fast voll, wenn es auch dank der großen Abstände zwischen den Tischen und der diskreten Beleuchtung nicht so aussah. Die überall auftauchenden Kriegsgerüchte hatten die Leute wohl bewogen, sich dem Vergnügen hinzugeben, solange es noch die Möglichkeit gab. Im Solar-System hatte es schon so lange keinen bewaffneten Konflikt gegeben, daß man nicht voraussehen konnte, wie die Allgemeinheit sich verhalten würde. Die Tanzpaare bewegten sich eng umschlungen über die Tanzfläche. Klang die Musik tatsächlich melancholischer als sonst? An der dunkelvioletten künstlichen Himmelskuppel, an der vier Monde zu sehen waren, wölbten sich die gewaltigen Halbkreise der Ringe, zarter im Farbton als Regenbögen. Lichtfunken leuchteten in den fließenden Bögen auf, und Meteore spalteten den Himmel. Dort, wo die kleine Sonne gedämpft von dicker Luft unterging, lagen rosige und falbe Wolken.

»Na, die Umgebung ist für romantische Liebespaare passender als für zwei müde Geschäftsleute«, bemerkte Story mit der Andeutung eines Lächelns.

»Ach was, jede Einigung, die wir erzielen, strotzt vor Romantik«, knurrte der in die Speisekarte vertiefte van Rijn. Mit der freien Hand führte er abwechselnd ein Aquavitglas und ein Glas Bier an den Mund. Story schlürfte Champagner und Rum. »Mal sehen – Tod und Teufel, hier ist es finster wie im Kopf eines Bürokraten – also, ich nehme erst ein Dutzend Limfjordaustern, Limfjord, Herr Ober, und zwar geeiste Krabbenbeine und Spargelspitzen, dann fünfzig Gramm Straßburger Gänseleberpastete. Während ich mir meine Appetitanreger zu Gemüte führe, könnten Sie mir eine hübsche Schüssel Zwiebelsuppe á la Ansa bringen. Story, die sollten Sie sich nicht entgehen lassen, denn darin kommen Gewürze vor, die wir nicht mehr bekommen werden, wenn es zu dem dummen Krieg kommen sollte. Der Wein zur Suppe . . .« So ging es minutenlang weiter.

»Bringen Sie mir die Tournedos halb durch«, sagte Story schließlich, »und dazu die Zwiebelsuppe, wenn sie mir so empfohlen wird.«

»Sie sollten Ihrem Essen mehr Beachtung schenken, mein Junge«, riet van Rijn.

Story reagierte mit einem Achselzucken. »Ich erhebe meinen Bauch nicht zum Gott.«

»Sie glauben wohl, ich täte das? Nein, verdammt, ich lasse meinen Bauch für mich arbeiten wie einen Sklaven. Meinen Gaumen, ja, den achte ich hoch. Und was ist so schlimm daran? Wem tut das weh? Das erste Wunder, das Unser Herr vollbrachte, war die Verwandlung von Wasser zu Wein, und es war ein erlesener Jahrgang.«

Van Rijn schüttelte den Kopf, so daß die Ringellocken flogen. »Die Unruhestifter sind es, die sich mit den Gaben Gottes nicht zufriedengeben, mit Essen, Trinken, Musik, Frauen, Profit. Nein, sie bringen Elend über die Welt, weil sie selbst Gott spielen und sich zu unseren Erlösern aufschwingen wollen.«

Story wurde ernst. »Sind Sie nicht zu selbstgerecht? Die Anträge, die Sie vor dem Rat einbrachten, hätten die Liga mit großer Sicherheit in einen Krieg getrieben.«

Van Rijns Augenbrauendickicht zog sich finster zusammen. »Das glaube ich nicht. Liga und Commonwealth zusammen wären für Babur zu viel. Es würde den Rückzug antreten.«

»Möglich – wenn das Commonwealth gewillt wäre, Mirkheim der Verwaltung durch die Liga zu überlassen. Aber sie wissen ja, daß die Heimatgesellschaften nie ihre Zustimmung dazu geben würden. Und eine Verwaltung durch die Commonwealth-Regierung würde bedeuten, daß die Regierung die Supermetalle verteilt. Das würde Operationen in einer Größenordnung erlauben, die eine Bedrohung für die Sieben und für die Unabhängigen darstellt und diese mit dem Rücken an die Wand treibt.«

»Indem diese verdammten Sieben die Verhandlungen auf einen toten Punkt brachten, wird erreicht, daß die Liga nichts unternimmt, ja, daß sie nicht einmal mehr richtig existiert.«

»Sie wollen damit ausdrücken, daß die Liga neutral bleiben will. Wollen Sie denn wirklich einen offenen, unwiderruflichen Bruch in der Liga? Da die Sieben mit Babur auf verhältnismäßig gutem Fuß stehen, wird die Liga als Ganzes eine Stimme haben, egal, welche Seite gewinnt. Sobald ich wieder in meiner Zentrale bin, werde ich dafür sorgen, daß die Sieben sich für eine Niederlassung einsetzen.« Story hob den Finger. »Deswegen wollte ich mit Ihnen sprechen, Bürger van Rijn. Es ist ein letztes Angebot. Wenn Sie mit uns zusammenarbeiten und versuchen würden, die Unabhängigen ebenfalls zur Mitarbeit . . .«

»Zusammenarbeiten?« Van Rijn holte seine Schnupfdose hervor und nahm eine Prise. »Wozu würde das führen? Daß ich nach Ihrer Pfeife tanzen muß?« (Hatschi!)

»Nun ja, man müßte sich natürlich auf eine zentrale Strategie einigen. Die würde ein Handelsembargo, offiziell oder nicht, nach beiden Seiten beinhalten. Wir könnten uns darauf ausreden, daß Handelsbeziehungen zu risikoreich wären. Damit zögen wird uns diplomatisch aus der Affäre. Beide Seiten würden mit einer Jagd nach Rohstoffen und militärischer Ausrüstung beginnen und eher bereit sein, eine Vermittlung der Liga anzunehmen.«

»Nicht der Liga, jedenfalls nicht der ganzen Liga. Wie würden denn da die Heimatgesellschaften hineinpassen? Sie und die Commonwealth-Regierung sind zwei Seiten derselben falschen Münze. Das waren sie schon seit – ja, wie lange – seit dem Kongreß von Hiawatha.«

»Das alles habe ich schon mehrmals geäußert«, fuhr Story fort. »Ich habe einfach – nun, ich würde es nicht Aussicht nennen, Sie zur Einsicht zu bringen. Sagen wir lieber, ich sehe es als eine Pflicht an, Sie bis zur letzten Minute zu überreden zu versuchen.«

»Aber ich sehe es nicht als Pflicht an, Ihnen zuzuhören. Ich habe immer wieder gesagt, daß ein Zusammenschluß der Unabhängigen mit den Sieben oder mit den Heimatgesellschaften das Ende der Liga bedeuten würde, weil wir Unabhängigen die letzten wirklich geistvollen Mitglieder sind.« Van Rijn lehnte sich zurück, führte das Glas an die Lippen und blickte zu dem mächtigen Scheinbild über ihm empor. Nun beherrschte die Nacht die Szene, die Monde wurden von eisigen Höfen umrahmt, und die Schatten des Saturns schoben sich über die Ringe. Es zeigten sich keine Sterne. Van Rijn seufzte. »Wir sind zu spät auf die Welt gekommen. Wäre ich beim Kongreß von Hiawatha dabei gewesen, ich hätte sie alle warnen können.«

»Damals hatte man eine logische Entscheidung getroffen.«

Van Rijn nickte. »Ja, und genau das war tödlich.«

Erst viel später sollte den Historikern die Ironie der Wahl des Versammlungsortes auffallen. Damals drückte sie einen gewissen Optimismus aus, falls der Wahl überhaupt ein Symbolwert beigemessen war. Schließlich waren die O'Neill-Kolonien nicht nur die ersten außerirdischen Stützpunkte gewesen. Die Entwicklung gänzlich neuer Industrien auf diesen Kolonien war für eine Wiederbelebung des freien Unternehmertums von großer Bedeutung gewesen. Diese Wiederbelebung war so tiefgreifend und hatte die Denk- und Lebensweise so nachhaltig verändert, daß im Verein mit dem Zusammenschluß ehemals getrennter terrestrischer Blöcke eine ganze Zivilisation wiedergeboren wurde – nämlich die Technische! Nach der Entwicklung des Hyperdrive und der geradezu explosionsartigen Ausbreitung über das Sol-System hinaus wurden diese kleinen künstlichen Welten überflüssig. Sie zogen zwar noch immer getreulich ihre Kreise um ihre Lagrangeschen Punkte, auf der Bahn von Luna, jedoch sechzig Grad davor oder dahinter, und wurden nicht einfach über Nacht aufgelassen. Insbesondere auf Hiawatha und seinem Begleiter Minnehaha lebte eine sehr zahlreiche, arbeitsame Bevölkerung, als die Polesotechnische Liga die schicksalsträchtigste ihrer Vorstandssitzungen einberief.

Das Problem, dem sie sich gegenübersah, war vielschichtig. Die Liga wurde selbstverständlicherweise von den meisten Regierungen abgelehnt. Obwohl sie den Satzungen gemäß nur eine auf Gegenseitigkeit beruhende Hilfsorganisation darstellte, gebot sie über mehr Macht als ein einzelner Staat. Sie behinderte und demütigte die Regierungen, als sie diese Entscheidungen ausschloß, die für den Binnenhandel schwerwiegende Folgen hatten, als die harte Credit-Währung die ungedeckte Papierwährung ersetzte; als die Versuche zur Einigung sabotiert oder offen abgetan wurden. Dabei handelte es sich nicht um bloßes Machtstreben der Offiziellen. Viele Einwände waren berechtigt, denn kein von Sterblichen geschaffenes System ist vollkommen. Alle fordern ihren Preis an Leben. Ein armer Junge oder ein ebensolches Mädchen oder auch ein Nichthumanoider konnten Gipfel erreichen, die ein gottähnliches Leben ermöglichten, und sie geboten über Kräfte, die die Vorstellung der Mythenschöpfer überstiegen hätte. Tüchtige Leute konnten es weit bringen. Aber immer würde es solche geben, denen es an speziellen Fähigkeiten oder an Glück mangelte. Die meisten gaben sich mit Routinearbeiten zufrieden, doch in manchen wuchs die Verbitterung. Vielleicht noch bedeutsamer war der große Prozentsatz der Menschheit, der nie wirklich nach Freiheit strebte. Die Mehrheit sehnte sich nach Sicherheit, die ihnen politische Kandidaten versprachen. Eine aktive Minderheit strebte danach, sich hinter großartigen Bestrebungen zu solidarisieren, und wollten, daß alle dasselbe Ziel anstreben sollten.

Die Liga hatte mit eigenen Schwierigkeiten zu kämpfen. Die

Größenordnung und Verschiedenheit der Unternehmungen, der geradezu überwältigende Informationsstrom untergruben die Verwaltung der großen Firmen. Mit den Geschäftsgebaren ging es bergab. Rücksichtslose Ausbeutung von Arbeitskräften und Rohstoffquellen war an der Tagesordnung. Ein besonders dunkles Kapitel war die Einführung moderner Technologien bei rückständigen Gattungen ohne vorherige gewissenhafte Überprüfung der Sachlage. Es zeugte von großer Verantwortungslosigkeit, wenn man auf Kredit diesen Kulturen Raumschiffe und Kernwaffen verschaffte, ohne Rücksicht auf die Folgen.

Schließlich wurde für das Commonwealth ein Parlament gewählt, das sich zu durchgreifenden Reformen verpflichtete. Sein Machtbereich war noch immer der größte Markt der Liga und ihre größte Nachschubquelle an Arbeitskräften. In den »Tausend Tagen« verabschiedete es eine erstaunliche Zahl radikaler neuer Gesetze und setzte deren Einhaltung und auch die vieler bewährter alter Gesetze durch.

Aus diesem Grund berief die Polesotechnische Liga den Großen Rat nach Hiawatha ein, um über geeignete Maßnahmen zu beraten.

Es wurden etliche Resolutionen verabschiedet, die eine humanere und weitblickendere Politik als bisher einleiteten. Als sehr schwierig sollten sich jedoch die Probleme erweisen, die durch Maßnahmen des Commonwealth entstanden. Diese beinhalteten einen zentralen Bankrat, eine Ober- und Untergrenze für Zinssätze, Einkommensteuer, ein Antitrustgesetz, Einsetzung eines Schiedsgerichts bei bestimmten Streitfällen, staatliche Kredite für gefährdete Unternehmen, Subventionen für kritische Industriezweige, bestimmte Produktionsquoten und vieles andere.

Ein paar Heißsporne unter den Delegierten waren dafür, zu den Waffen zu greifen. Sie wurden niedergeschrien. Während bestimmte Mitglieder der Liga zuweilen lokale Regierungen, die Schwierigkeiten machten, gestürzt hatten, hatte die Liga selbst keine Regierungsfunktion. Nun mußte eine Entscheidung getroffen werden: Sollte die Liga das Commonwealth boykottieren, bis die Gesetze rückgängig gemacht werden, oder sollte es sich nicht mit dem Solar-System einigen?

Man entschied sich für eine friedliche Einigung. Ein Boykott wäre sehr teuer gewesen und hätte etliche Mitglieder ruiniert und die übrigen stark angekratzt. Man wollte daneben auch die Entstehung des Schreckensbildes ›säbelzahnige Gier gegen altruistischen Staatsmann‹ verhindern. Vergeblich sprachen sich einige Sprecher dafür aus, fest zu den eigenen Prinzipien zu stehen, weil dies auf lange Sicht die beste Lösung wäre. Und das Prinzip, das der Liga ihre einzige Bedeutung und Berechtigung verlieh, war das der Freiheit. Die Gegner hielten ihnen entgegen, daß Freiheit häufig Kompromisse erfordere, und daß dies auf niedrigerer Ebene auch der gesunde Menschenverstand erfordere. Die Gesetze seien nicht gänzlich schlecht, sie wiesen sogar gewisse Seiten auf, die vom kaufmännischen Standpunkt aus erstrebenswert wären. Allein durch ihre Existenz konnte sich die Liga beträchtlichen Einfluß bewahren und obendrein auf Gesetzesänderungen hinarbeiten.

Dies sollte sich tatsächlich bewahrheiten. Überwachungskommissionen verwandelten sich rasch in Kreaturen der Industrie, die sie überwachen sollten, und entmutigten (anfangs) und erstickten (später) alle neuen Konkurrenten. Eine Steuergesetzgebung, die sich vor allem gegen die Mittelschicht richtete, leistete Schützenhilfe. Nach einer gewissen Zeit befaßten sich die großen Banker nicht bloß mit Geld, sie schufen es, mit verhülltem Interesse an Inflation. Gewerkschaftsführer, die über gewaltige Fonds zu verfügen hatten und Investitionen tätigen mußten, paßten bequem in dieses Konzept. Wurde man nicht Mitglied der Gewerkschaft, dann bekam man keine Arbeit, und die Gewerkschaftsführer einerseits und die Industriemanager andererseits setzten die Bedingungen fest, unter denen man arbeiten mußte. Antitrust-Aktionen belegten tüchtiges Management mit Strafen – zur Genugtuung der weniger Wagemutigen. Dieselbe Wirkung hatten Quoten, Tarife, Lohn- und Preisgrenzen und eine Politik der Vorzugsverträge. Eine Reihe von wirkungslosen aber nicht umzubringenden Sozialprogrammen brachten dem Firmenstaat die zum Weiterbestand nötigen Stimmen.

Denn genau dies war aus dem Commonwealth geworden. Die Bosse der Heimatgesellschaften, die von Politikern und Bürokraten nicht mehr zu unterscheiden waren, gewannen ein Mitspracherecht bei Entscheidungen, die mit Finanzen oder Technik nichts mehr zu tun hatten. Ihre natürliche Verbündeten wurden die Führer verschiedener anderer Bereiche – geographischer, kultureller, wissenschaftlicher Natur –, die auf diese Weise noch mehr unter den Einfluß der Regierung gerieten.

Unterdessen gerieten Unternehmen, die im Commonwealth ursprünglich keine sehr starke Stellung innegehabt hatten, in immer bedrängtere Lage. Dies führte dazu, daß sie versuchten, sich Märkte jenseits der Commonwealth-Grenzen zu erschließen. Sie steckten hinter den Unabhängigkeitserklärungen etlicher Kolonie-Planeten, in deren politischem Leben sie dann eine immer größere Rolle spielten. Einige von ihnen trafen Abkommen und schränkten den Wettbewerb untereinander ein – unter Ausschluß aller übrigen Ligamitglieder. So entstanden allmählich die Sieben im All...

Aus Angst, einfach vereinnahmt zu werden, scheuten kleinere Firmen den Beitritt zu einer der beiden Seiten und bildeten eine eigene Interessengemeinschaft. Das waren die Unabhängigen.

Keinesfalls brachte der Kongreß von Hiawatha diese Ergebnisse über Nacht hervor. Tatsächlich sah es aus, als würde die Zeit unmittelbar danach noch stärker von den Kapitalisten beherrscht werden. Es war die expansivste, die großartigste Zeit, die die Technische Zivilisation je erleben sollte. Zu Hause zeitigten die gegen die Unternehmerpolitik angewandten Mittel erst allmählich eine Wirkung, und ihre Nebeneffekte ließen noch länger auf sich warten. An der Sternengrenze aber jagte eine Entdeckung die andere, ein Triumph den anderen. Mit jedem Jahr wurde ein Übel besiegt, ein Vermögen gemacht. Konkurrenzkampf und Hoffnungen setzten die Latte sehr hoch an. Der Baum wuchs immer höher und bekam immer neue Blätter, obwohl schon die Schlange an den Wurzeln nagte. Aber so war es oft auf Erden gewesen, in der Epoche der Chun-Chiu, zur Zeit des Delischen Bundes, im Zeitalter der Renaissance.

Und als ein Jahrhundert vergangen war...

»Lassen wir die Vergangenheit«, sagte Story. »Wir leben jetzt und nicht damals. Wären Sie bereit, sich den Sieben bei ihren Friedensbemühungen anzuschließen?«

»Anschließen«. Van Rijn zupfte an seinem Kinnbart. »Das hieß Befehle von Ihnen anzunehmen und keine unhöflichen Fragen stellen.«

»Wir würden uns mit Ihnen zunächst beraten. Da aber die Nachrichtenübermittlung zu langsam ist im Vergleich zur Entstehung einer Krise, muß es eine eindeutige Befehlshierarchie geben.«

Van Rijn schüttelte den Kopf. »Nein, für ein Feedback bin ich zu hungrig.«

Story vollführte eine abschneidende Bewegung. »Wollen Sie sich denn gänzlich von den Friedensbeschlüssen abschneiden?«

»Es ist gar nicht sicher, daß es einen solchen Friedenskongreß geben wird, und um so unsicherer ist es, nach wessen Pfeife er tanzen wird . . . Ach, da kommen meine Appetithäppchen. Sie werden staunen, wieviel ich ganz allein vertilgen kann.«

10

Sandra Tamarin-Asmundsen weilte in den Arkasischen Hügeln zur Jagd, als die Nachricht sie erreichte. Sie hatte zwar ein schlechtes Gewissen, weil sie zu einer Zeit der Krise – einer heimischen und äußeren Krise, da der Aufstand in der Traver-Klasse der Arbeiter immer mehr um sich griff – Starfall den Rücken gekehrt hatte. Doch war diese kurze Flucht aus spannungsgeladener Atmosphäre wie frühlingsfrisches Wasser, das eine ausgedörrte Kehle durchfließt.

Ihre Hunde hatten die Fährte eines Cyanops aufgespürt. Ihr Gekläff erfüllte den Wald, ein wilder einstimmiger Gesang in grüner kathedralenähnlicher Dämmerung. Sie lief dem Lärm nach. Mit der Hand teilte sie Zweige und stacheliges Gestrüpp, ihre Beine übersprangen umgestürzte Bäume, ihre Lungen tranken einen würzigen Atemzug nach dem anderen, ihre Augen sahen hohe Stämme, gewölbte, reich belaubte Äste, Sonnenflecken im Schatten, die schillernden Schwingen eines Nidifex. Ihr Körper lebte auf.

Hinter ihr lief ein halbes Dutzend Männer vom Familiengut in Windy Rim. Ansonsten gehörte die Wildnis ihr.

Sie lief einen Hang hinauf und erreichte eine Wiese, die sich oberhalb eines Felsabsturzes erstreckte. Das Licht Maias fiel blendend auf das gelappte Kraut, das mit winzigen weißen Feldblumen durchsetzt war. Dahinter sah sie wieder einen Hügelzug, Stufe um stolze Stufe, und ganz in der Ferne den einsamen Gipfel des Cloudhelm, dessen Schneefelder vom Nebel umwallt wurden. Die Hunde hatten den Cyanop am Felsenabsturz gestellt. Diese gedrungene, mausgraue, beißlustige Rasse, die in dieser Gegend gezüchtet wurde, war zu intelligent, um gegen eisengraue Schuppen und scharfe Klauen anzukämpfen. Da sie aber gemeinsam imstande waren, das große Reptil zu Boden zu zerren, hatte es vor ihnen die Flucht ergriffen. Jetzt leistete es Widerstand und zischte wütend.

»Oh, sehr gut!« entfuhr es Sandra. Sie näherte sich vorsichtig, die Flinte im Anschlag. Ein voreilig abgegebener Schuß würde womöglich einen Hund treffen oder das wilde Tier noch rasender machen. Es ließ sich sehr schwer erlegen. Man mußte genau in eines dieser unheimlich unschuldig aussehenden blauen Augen treffen.

Da summte das tragbare Telefon an ihrem Gürtel.

Sie blieb ruckartig stehen. Das Gelärm der Hunde und Jagdleute entglitt ihrem Bewußtsein. Sie war über einen Relais-Satelliten mit dem New Keep verbunden. Wieder summte es. Sie hängte die kleine flache Schachtel aus und hielt sie ans Gesicht. »Ja?«

Eine Stimme legte los: »Andrew Baird, Euer Gnaden« – ihr Stellvertreter, dem sie während ihrer Abwesenheit die Amtsgeschäfte übertragen hatte. »Wir haben Nachricht von Admiral Michael« – Michael Falkayn, der stellvertretende Oberbefehlshaber der kleinen Flotte von Hermes. »Es wurde ein beträchtlicher Flottenverband geortet, der unter Hyperdrive Kurs auf Hermes nimmt und aus Richtung Mogul kommen muß. Die Entfernung läßt nur einfache Code-Signale zu. Die Unbekannten haben bis jetzt keines ausgesandt und unsere nicht beantwortet.«

Sandra hatte das Gefühl, zu ihr spräche eine Maschine, frei von jener Furcht, die sie durchzuckte: »Alle Einheiten ins All«, sagte sie. »Sie sollen sich unter Michael Falkayns Kommando stellen.

Halten Sie mich auf dem laufenden. In etwa ... neunzig Minuten kann ich bei meinem Fluggerät sein, dann dauert es noch eine Stunde, bis ich bei Ihnen bin.« Ohne sich seine Abschiedsphrase anzuhören, hängte sie den Apparat wieder an ihren Gürtel. Sie drehte sich um. Die Männer standen dicht beisammen. Aus ihren Blicken sprach Besorgnis. Die Hunde lärmten nicht mehr so stark, als ahnten auch sie etwas.

»Ich muß sofort zurück.« Sie spülte den Mund mit Wasser aus ihrer Feldflasche aus, ehe sie mit langen und kräftezehrenden Sprüngen in den Wald hinuntersetzte. Zwei Jäger riefen die Meute zurück. Der Cyanop starrte den Hunden nach. Er konnte sein Glück nicht fassen. Er war gerettet.

Sandras Flug ging nach Osten, den Palomino River entlang, der wie ein schimmernder Säbel das Tiefland durchschnitt. Es war landwirtschaftlich genutztes Gebiet der Runeberg-Domäne. Das Sommergrün der Weiden würde bald verblaßt sein. Noch aus der Höhe wirkten die grasenden Herden majestätisch. Üppige Getreidefelder wechselten mit Obstgärten und Waldungen. Unter roten Dächern, inmitten von Gärten standen adrett die Häuser der Nachfolger-Familien, die das Land bearbeiteten. In der Ferne konnte man den Herrensitz der Runebergs selbst sehen. Sandra war einmal dort zu Besuch gewesen und konnte sich gut an die schönen Räume mit den Ahnenporträts erinnern und an die Tradition, die dort gewahrt wurde. Fröhliches Kinderlachen hatte spüren lassen, daß aus diesen Dingen neues Leben aufstieg.

Es war nicht zum erstenmal, daß sie kurz so etwas wie Bedauern spürte. In die Sippe hineingeboren zu werden, in eine der tausend Familien, die die Domänen beherrschten ... Ihr eigene Ahnenreihe ging soweit zurück. Ihre Vorfahren hatten ebenfalls zu den ersten von der Erde eingewanderten Kolonisten gehört. Es war nur ein Zufall, daß die Tamarins nicht auch eine Gruppe um sich geschart hatten, um einen bestimmten Teil dieser Welt zu kultivieren. Statt dessen hatten sie als Wissenschaftler gearbeitet, als Techniker, Berater, Entdecker und Lehrer.

Für eine Änderung war es zu spät. Als die Konstruktion des

unabhängigen Hermes geschaffen wurde, legte man fest, daß die oberste Führungsschicht der Sippe der Tamarin entstammen müßte, daß aber die Tamarins keine eigene Domäne besitzen dürften. Ein sehr einsamer Ruhm.

Ich hätte die Wahl ja zurückweisen können, rief sie sich ins Gedächtnis. *Warum habe ich es nicht getan? Es war mein Stolz und ... ja, Pete war noch am Leben, mein erster Gemahl, der mir zur Seite stand. Aber angenommen, es hätte ihn nicht gegeben ... dann wäre ich wohl das geworden, was jeder Tamarin wurde, der nicht zum Großherzog oder zur Großherzogin gewählt wurde – ein gewöhnlicher Traver, bis auf den Namen und, ja, bis auf das Stimmrecht.* Als müsse sie sich vor einem Ankläger dieser Klasse rechtfertigen wie bei eine öffentlichen Diskussion, dachte sie: *Und was ist so schlimm am Traver-Status? Hat das Wort seine Wurzel nicht in »Travailleur«, Arbeiter, Abkömmling der Spätergekommenen, eines Angestellten oder selbständigen Geschäftsmannes?*

Ich hätte in eine Familie der Sippen einheiraten können. Das wäre wohl am besten gewesen. Ebenso hätte sie sich die Zwischenstellung der Gefolgsleute erheiraten können, indem sie ihren Blutsanteil mit einer Familie mischte, die unveräußerlichen Grundbesitz besaß und sozusagen Mitbesitzer einer Domäne war. Aber es wäre ihr wohl immer peinlich gewesen, den Hochgeborenen mit besonderer Förmlichkeit zu begegnen. Obwohl sie als Kind mit ihnen gespielt hatte. Ja, wenn sie zur Sippe gehört hätte – nicht unbedingt zu einer Familie von Großgrundbesitzern, sondern viel wahrscheinlicher zu einer der vielen Industriellenfamilien –, dann hätte sie auf diesem Planeten Wurzeln schlagen können und hätte gewußt, daß ihre Kinder gesichert waren und hierher gehörten.

Auf dem Bildtelefon erschien Erics Bild. »Mutter, hast du gehört ...« rief er. »Hör mal, ich habe eben ...«

»Mach die Leitung frei«, unterbrach sie ihn. »Baird kann mich jeden Augenblick wieder anrufen.« Weil er verlobt war und sie auf Enkel hoffte, fügte sie hinzu: »Sorge dafür, daß Lorna in Sicherheit gebracht wird. Du wirst sicher im Keep bleiben wollen.«

»Ganz recht. Ich ... warte im Saphir-Raum.« Sein Bilde erlosch.

Sie hörte, wie der Wind vorbeipfiff. Sandra richtete sich im Sitz auf. Es war unsinnig, sich zu wünschen, anders zu sein. Und wünschte sie es sich wirklich? Jemand mußte im Staat die Zügel in der Hand halten. Und dazu war sie besser als jeder andere befähigt, und sei es nur, weil sie über die nötige Erfahrung verfügte. *Warte,* schickte sie in Gedanken voraus. *Ich komme.*

Am Horizont tauchte Starfall auf, zunächst nur eine dunkle Fläche auf der hellen Daybreak Bay. Als sie niederging, wurden daraus Häuser, Straßen, Parks, Quais, Denkmäler, die sie seit jeher geliebt hatte. Dort drüben das Rathaus, würdig in rotem Backstein, daneben erhob sich der schlanke Turm der St.-Carls-Kirche. Das Hotel Zeus ragte über dem Phoenix Boulevard auf, Blumen umgaben wie bunter Banner die Elvander-Statue am Riverside Common. Am Constitution Square herrschte wie immer lebhafter Verkehr, und die Terrassencafés waren gut besucht. Sie konnte sogar die Jackboot Lane ausmachen, wo sich die Kneipe befand, in der sie getrunken, gesungen und diskutiert hatte, wie viele Generationen vor ihr ... und geradeaus der Pilgrim Hill. Über der Signal-Station schwebte ein Polizeiflieger. Sandra gab ihren Namen durch und steuerte das herzogliche Parkdach an. Die Vorstellung, daß dies alles in einer einzigen radioaktiven Explosion untergehen mußte, war unerträglich.

Der Insigniensaal war groß und streng. Den einzigen Schmuck bildeten die Embleme der Sippen an den Wänden. Sie waren sehr bunt, doch die Vielzahl, es waren an die tausend, machte die Unterscheidung fast unmöglich. Aus dieser Höhe sah man aus dem Fenster nur mehr Himmel, das Licht des langen Abends, ein Stück Ozean, einen vorüberflatternden Ornithoiden. An ihrem Schreibtisch sitzend empfand Sandra den Raum klein und anheimelnd im Gegensatz zur bedrohlichen dunklen Fläche ihr gegenüber.

Ein dreidimensionaler Bildschirm nahm die Hälfte der Wand am anderen Ende ein. Die Szene, die darauf zu sehen war, strahlte Kälte aus, die einem durch Mark und Bein ging. Der Baburit, den sie vor sich sah, war weder zwergenhaft noch bizarr. Es war mehr das Sinnbild von etwas Gigantischem und Triumphierendem. Das Bild zeigte einen Teil des Raumes an Bord des Schiffes, das im synchronen Orbit über der Stadt schwebte und einen starken Strahl ausschickte. Die Instrumente und Einrichtungsgegenstände waren so fremdartig, daß sie sie nicht als solche erkannte. Um das

Geschöpf herum dräute rötliche Dämmerung, in der sich undeutliche Schatten bewegten.

»Hört uns gut an«, sagte die Stimme des Vokalisators. »Wir repräsentieren den Imperiumsbund von Sisema und das vereinte Volk.

Zwischen der Autarkie von Babur und dem Solar-Commonwealth ist ein Krieg unvermeidlich. Uns sind Informationen dahin gehend zugegangen, daß das Commonwealth beabsichtigt, das Maia-System zu besetzen. Ihre Rohstoffquellen hätten in diesem Fall für die weit von der Heimat entfernt operierende Flotte einen unschätzbaren Wert. Der terrestroide Planet Hermes spielt in diesem Zusammenhang eine besondere Rolle. Dort kann man Basen errichten, Reparaturen durchführen, Nachschub lagern, die lebenserhaltenden Systeme der Schiffe entgiften. Die Besatzungen können sich erholen und ärztlich behandeln lassen, unter der Bevölkerung können Rekruten angeworben werden. Der Imperiumsbund kann dies nicht zulassen.«

»Wir sind neutral!« Sandra verkrampfte die Hände. Sie waren feucht, die Finger eiskalt.

»Ihre Neutralität würde man nicht respektieren«, sagte der Baburit. »Es folgt die Notwendigkeit, daß der Imperiumsbund dem Commonwealth zuvorkommt und ein Protektorat errichtet. Hört uns an: ein Flottenverband, der dem Ihren überlegen ist, wartet an der äußersten Grenze Ihres Planetensystems. Seine Aufgabe ist es, die Streitmacht des Commonwealth am Eindringen zu hindern.

Sie werden mit uns zusammenarbeiten. Der Großteil der Besatzung besteht aus Sauerstoffatmern, die auf Hermes stationiert werden. Wir garantieren, daß sie sich korrekt verhalten werden. Gegen sie gerichtetes feindseliges Vorgehen wird strengstens bestraft. Sie werden mit ihnen und dem Oberkommando der Baburiten durch unsere Militärbehörden Kontakt aufnehmen.

Sie haben nichts zu befürchten, wenn alle sich anständig benehmen. Das System Maia besitzt keinen Planeten, den Baburiten kolonisieren könnten. Unsere Lebensweisen unterscheiden sich so stark, daß es unwahrscheinlich ist, daß wir uns jemals ins Gehege kommen. Vielmehr sollten Sie den Imperialismus des Commonwealth fürchten, gegen den wir Sie schützen.«

Sandra hatte sich halb erhoben. »Aber wir brauchen Ihren Schutz nicht –« Sie verschluckte Worte wie ›schleimiger Wurm, du‹.

»Ihr Einverständnis ist keine Notwendigkeit«, sagte die gefühllose Stimme. »Widerstand Ihrerseits würde den Imperiumsbund zwar Verluste kosten, Sie aber würden die gesamte Streitmacht einbüßen. Hermes wäre einem Beschuß vom All aus hilflos preisgegeben. Denken Sie an das Wohl Ihres Volkes.«

Sandra ließ sich zurücksinken. »Wann wollen Sie kommen?« fragte sie im Flüsterton.

»Wir setzen uns in Bewegung, wenn diese Besprechung beendet ist.«

»Nein, warten Sie. Ihnen ist wohl nicht klar . . . Ich bin nicht befugt, einer ganzen Welt Befehle zu erteilen. Ich verfüge nicht über diktatorische Macht . . .«

»Sie werden genügend Zeit haben, allen unseren Standpunkt klarzumachen. Die Schiffe des Imperiumsbundes brauchen ohnehin eine gewisse Zeit, weil man im inneren Bereich des Sonnensystems nicht den Hyperdrive benutzen kann. Sie haben vier planetarische Rotationsperioden Zeit. Dann wird sich Ihre Flotte ergeben, und Sie müssen der Landung der ersten Einheit zustimmen.«

Es folgte noch mehr. Hitziger Protest und einige Forderungen, flehentliches Bitten und Ablehnung, Feilschen über Einzelheiten, Zorn und Verzweiflung, die auf ungerührte Gelassenheit stießen; doch dies alles ging viel schneller vor sich, als es zwischen zwei Humanoiden der Fall gewesen wäre. Den Baburiten kümmerten Phrasendrescherei, Wahren des Gesichtes, Alternativen, Kompromisse keinen Deut. Die Kluft zwischen den beiden Gattungen war zu groß. Sandra wurde unwillkürlich an den Cyanop erinnert, der am Felssturz stand, vor sich Meute und Jäger.

Als schließlich das Bild verschwand, bedeckte sie die Augen mit den Händen und verharrte so, ehe sie ihr Kabinett zusammenrief, um ihnen den Film vorzuspielen und seinen Rat zu erbitten.

Eric Tamarin-Asmundsen lief im Wohnsalon seiner Mutter auf und ab. Sie hatte das Licht gedämpft und die Türen zum Balkon offengelassen. Es war eine herrliche Nacht. Beide Monde standen fast voll am Himmel, auf Wiesen und Baumkronen schimmerte Tau, die kühle Luft war schwer vom Duft der Talblume und dem Trillern der Tilirra. Jenseits der Gartenmauer sah man ein paar Türme unter einem vom Großstadtlicht matt aufgehellten Himmel. Die Lichter der Luftfahrzeuge leuchteten wie Glühwürmchen.

Erics Stiefel trampelten über den Teppich. »Wir können doch nicht einfach nachgeben«, sagte er verzweifelt zum x-ten Mal. »Wir würden für immer versklavt werden.«

»Man hat uns eine selbständige Regierung für innere Angelegenheiten garantiert«, rief Sandra ihm ins Gedächtnis.

»Und wieviel ist dieses Versprechen wert?«

Sie zog an ihrer Zigarre. Der Rauch schmeckte bitter. Sie hatte in den vergangenen Stunden zu viel geraucht. »Ich weiß es nicht«, gestand sie tonlos. »Aber ich kann mir wirklich nicht vorstellen, welches Interesse die Baburiten an unserer Innenpolitik haben könnten.«

»Hast du die Absicht, die Hände in den Schoß zu legen und abzuwarten?«

»Kämpfen können wir nicht. Michael hat mir seine Meinung übermittelt, daß wir zahlenmäßig weit unterlegen sind. Warum also töten und getötet werden, wenn es nichts nützt?«

»Wir können einen Guerillakrieg anfangen.«

»Die armen Guerillas müßten ständig ums nackte Überleben kämpfen.« Hermes hatte einen einzigen Kontinent, Greatland, der so gewaltig war, daß das Innere größtenteils von einer Wüste eingenommen wurde, wo die Sonne sengend und die Winter eisig waren. »Schlimmer noch, sie würden Vergeltungsmaßnahmen gegen die Bevölkerung bewirken. Und niemals würden sie bestens ausgerüstete Bodentruppen besiegen können, die von Raumschiffen aus dem Orbit Feuerschutz bekommen.«

»Allein befreien können wir uns nicht.« Erics Arm vollführte eine Geste der Ungeduld. »Aber siehst du nicht ein, daß dem Commonwealth unser Schicksal völlig gleichgültig sein wird, wenn wir dem Gegner unsere Flotte zur Verfügung stellen und unsere Fabriken für ihn arbeiten lassen – wenn die Baburiten mit uns machen können, was sie wollen? Das Commonwealth wird uns als Teil eines Handels den Baburiten ganz überlassen. Agieren wir aber als Verbündete des Commonwealth, wenn auch als unbedeutende ...«

Sandra nickte. »Glaube mir, der Rat und ich haben das Problem gründlich diskutiert. Ich wage nicht, an Michael den Befehl durchzugeben, er solle mit der Flotte einfach abhauen. Man würde sich ihm in den Weg stellen, und er müßte sich den Weg freikämpfen.«

Eric blieb stehen. »Aber Hermes trägt doch nicht dafür die Verantwortung, wenn er und seine Offiziere sich deinen Befehlen widersetzen, oder?«

Sandra hielt sekundenlang seinem Blick stand. »Der Admiral und ich, wir haben uns verstanden«, sagte sie schließlich.

»Wie?« Eric war wie elektrisiert.

»Zwischen uns fiel kein unpassendes Wort. Mehr sage ich lieber nicht, auch nicht zu dir.«

»Und du wirst mitgehen!« rief er. »Eine Exilregierung, jawohl!«

»Meine Pflicht hält mich hier fest.«

»Nein.«

Sandra sackte zusammen. »Eric, ich bin total am Ende. Dräng mich nicht. Die solltest jetzt zu Lorna gehen.«

Er sah die hochgewachsene Frau an, die nun hinausblickte in die Nacht.

»Gut, ich verstehe. Wirst du Lorna helfen, mir zu verzeihen?«

Sie nickte müde. »Ich habe erwartet, daß du gehen würdest, und ich werde dich nicht zurückhalten. Du bist mein Sohn.«

»Und der Sohn meines Vaters.«

Sie schüttelte den Kopf. Der Anflug eines Lächelns huschte über ihre Züge. »Der würde jetzt nicht davonstürzen und den Helden spielen. Der würde bleiben und hier Ärger machen, bis sich die Baburiten wünschen, sie hätten sich von ihrem Planeten nie weggerührt.« Dann war es um ihre Fassung geschehen. »O Eric!« Sie stand mit ausgebreiteten Armen auf. Sie umarmten einander. Es gab nichts mehr zu sagen. Er gab ihr einen Kuß und ging.

Eric nahm nicht die herzogliche Raumjacht, sondern sein eigenes Schnellboot. Er konnte die hermetischen Schiffe kaum einholen.

Sie waren mit Höchstgeschwindigkeit unterwegs und hatten die Grenze des Sonnensystems bereits erreicht. Admiral Falkayn beorderte ihn nicht an Bord der *Alpha Cygni*, sondern teilte ihn vernünftigerweise dem Zerstörer *North Atlantis* zu.

Wie vorauszusehen, stießen sie wenig später auf jene Verbände der Baburiten, die nahe genug waren, um sich ihnen in den Weg zu stellen. Noch standen sie zu stark unter dem Schwerkrafteinfluß Maias, als daß sie in den Hyperdrive hätten gehen können. »Vektoren beibehalten«, sagte Falkayn. »Es wird nur diese eine Begegnung geben. Nach Gutdünken feuern.«

Der Kapitän der *North Atlantis* hatte Eric aus Höflichkeit auf die Brücke gebeten, unter der Voraussetzung, daß der Thronerbe sich absolut ruhig verhielt. Es war ein Befehl, der schwerer wog als eine Kette. Als die Gegner näher heranrückten, spürte er die Einschränkung immer quälender.

Er sah Tausende von Sternen, die Milchstraße, die über den Himmel schäumte, einen in der Ferne undeutlich wahrnehmbaren Nebel, der neue Sonnen und Welten gebären würde. Die Magellanschen Wolken und die Andromeda-Galaxis schimmerten geheimnisvoll. Das war ein Teil der Wirklichkeit. Der entgegensetzte Teil war die ihn umgebende Härte, das leise Dröhnen arbeitender Antriebe, das Surren der Belüftungsanlage, Männer vor Instrumenten und Steueranlagen, Nässe und Geruch seines eigenen Schweißes . . . und ein gemurmeltes: »Der erste Schuß kam von drüben. Ein Geschoß von der *Caduceus* muß ihn abgefangen haben.« In der Ferne eine Stichflamme.

Die kinetischen Geschwindigkeiten beider Gruppen waren zu hoch, als daß es mit dem einen Schlagabtausch getan gewesen wäre. Es kam zu einem minutenlangen Feuerwechsel. Dann war man wieder außer Reichweite. Eric sah eine schaurige Rose aufblühen, wo ein Geschütz seines Schiffes ein Geschoß des Gegners erwischt hatte. Die anderen Explosionen waren weit weg, Hunderte von Kilometern, und waren als winzige Fünkchen wahrnehmbar. Ein auf ein Ziel auftreffender Energiestrahl war überhaupt nicht sichtbar.

Der reglos dasitzende Kapitän hörte sich die Meldung des Gefechtsanalytikers an. »Sir, die Angriffe des Gegners richten sich fast ausschließlich auf die *Alpha Cygni.* Die haben es voll und ganz auf ihre Abwehranlagen abgesehen.«

»Das hatte ich befürchtet«, sagte der Kapitän dumpf. »Sie ist das einzige größere Schiff, das wir besitzen. Die Baburiten sind natürlich in erster Linie interessiert, die *Alpha Cygni* aufzuhalten, und nicht einen kleinen Brummkäfer wie uns.«

»Wenn wir in ihre Richtung beschleunigen, könnten wir vielleicht ein paar Geschosse abfangen.«

»Unser Befehl lautet, Vektor beibehalten.« Die Miene des Kapitäns ließ nichts erkennen. Er warf einen Blick zu Eric hinüber. »Wichtig ist, daß irgend jemand entkommt.«

Der Offizier schluckte. »Jawohl, Sir.«

Wenige Minuten später kam die Meldung. Die *Alpha Cygni* war entscheidend getroffen worden. Dann nichts mehr – man sah nur einen Blitz nach dem anderen. Die Sendeanlagen des getroffenen Schiffes waren zerstört, und es bestand die Gefahr, daß die Baburiten noch kurz vor dem Rückzug alles in Atome zertrümmern würden.

Der Kapitän sah nun Eric offen an. »Sir, jetzt sind Sie wohl unser neuer Kommandant«, sagte er.

»Machen Sie so weiter.« Der Sohn der Herzogin würgte einen Aufschrei hinunter.

Der Kampf war beendet. Endlich konnte die hermetische Flotte wagen, in den Hyperdrive überzugehen. Die Detektoren zeigten an, daß der Gegner nicht die Verfolgung aufgenommen hatte. Da sie ihre Hauptangriffskraft gegen das Kriegsschiff gerichtet hatten, hatten die Invasoren selbst Verluste hinnehmen müssen und waren vorübergehend zahlenmäßig unterlegen. Andere Verbände ihrer Flotte waren zu weit entfernt, um sie rechtzeitig unterstützen zu können. Außerdem war ein Kampf bei Über-Lichtgeschwindigkeit eine trickreiche Sache, bei der es vor allem um Längsseitsgehen und Phasenangleichnung ging. Ein Volltreffer war so unwahrscheinlich, daß sich das Risiko nicht lohnte, solange Hermes noch nicht unters Joch gebracht worden war.

Eric stand auf. Jeder einzelne Muskel schmerzte ihn. »Halten Sie mit Höchstgeschwindigkeit auf Sol zu«, sagte er. »Ich habe eine Nachricht an alle zu übermitteln, geben Sie das durch.« Sein

Lächeln war voller Bitterkeit. »Ich glaube, ein paar Worte wären nicht unangebracht.«

Auf diese Weise starb Michael Falkayn, Davids älterer Bruder, der seit dem Tod des Vaters vor zwei Jahren das Haupt der Falkayn-Domäne gewesen war.

11

Die *Muddlin' Trough*, die es an Geschwindigkeit mit jedem anderen Schiff in dem winzigen erforschten Teil der Galaxis aufnehmen konnte, traf fast gleichzeitig mit den ersten Nachrichten von der umkämpften Mirkheim-Expedition heim, deren Überlebende erst in zwei oder drei Wochen ankommen würden. Die Verkehrskontrolle ließ das Schiff stundenlang im Orbit kreisen. Der Besatzung gelang es, ein paar Worte mit van Rijn per Funk zu wechseln. »Wir treffen uns auf Ronga«, sagte der Händler, und wenig mehr, da man sicher sein konnte, daß das Gespräch abgehört wurde.

Der drohende Kriegsausbruch hatte die für die Sicherheit im All verantwortlichen Bürokraten zu Übereifer angespornt. Endlich kam die Freigabe. Schiff und Pilot durften an jedem beliebigen Ort auf dem Planeten landen, wo die entsprechenden Einrichtungen existierten. Schlauköpfchen bekam Anweisung, ein bestimmtes Atoll im südlichen Pazifik anzusteuern.

Von oben gesehen war die Szenerie von geradezu unglaublicher Schönheit. Das Wasser schimmerte in vielen Blau- und Grünschattierungen, während die Sonne die wellengekräuselte Unendlichkeit millionenfach funkeln ließ. Brecher überfluteten silbrig das Korallenhalsband der Insel, in deren Bogen wie ein Amethyst eine Lagune lag. Im Westen türmten sich Wolkengebirge, deren Reinheit von Azurblau abgegrenzt wurde, während der übrige Himmel sich wie eine helle Lichtkuppel wölbte. *Auf der Erde sind uns so wenige Orte dieser Art geblieben*, ging es Falkayn durch den Kopf. *Ist es das – und nicht Ehrgeiz, Abenteuerlust, nein, das Verlangen nach einem Frieden, an den sich nur mehr unsere Erbmasse erinnert – ist es das, was uns hinaus ins Universum treibt?*

Federleicht setzten die Landefüßchen auf die Oberfläche des kleinen asphaltierten Flugfeldes auf. Die große Luke ging auf, die Gangway wurde ausgeklappt. Falkayn hatte schon an der Luke gewartet, doch Chee Lan war schneller. Sie schlüpfte zwischen seinen Beinen hindurch und war als erste auf festem Boden. Sie vollführte einen Luftsprung, jagte an den Strand und rollte sich im warmen weißen Sand. Er folgte ihr gemessenen Schrittes, bis er sah, wer zur Begrüßung gekommen war. Da verfiel auch er in Laufschritt.

»David!« Coya warf sich ihm in die Arme. Sie küßten einander, während Adzel diskret vorüberparadierte. Wellen rauschten und murmelten, Seevögel kreischten.

»Ich habe versucht, dich gleich nach dem Boß zu erreichen«, brachte Falkayn mit Mühe heraus. Worte waren die armseligste Begrüßungsform.

»Er hat mich kontaktiert und mir gesagt, ich solle hierherkommen.« Sie lehnte sich glücklich an ihn.

»Und wie geht's Juanita und Unbekannt?« Er sah und spürte, wie das Ungeborene während seiner Abwesenheit gewachsen war.

»Alle beide dick und rund. Sieh mal, dort drüben. Komm.« Sie nahm seinen Arm.

Van Rijn stand am Rande des Flugfeldes, an der Hand seine Urenkelin. Die Kleine riß sich los und lief ihrem Vater entgegen, der sie in die Arme nahm und hochhob. Mit einem Blick auf Adzel zirpte sie: »Reiten lassen?«

Der Drache nahm sie auf den Rücken. Gemeinsam ging es zum Haus. Palmen flüsterten im Wind, dessen Salzgeruch vom Jasminduft versüßt wurde. Hibiskus- und Bougainvilleablüten loderten in glühender Farbenpracht. »Willkommen daheim, verdammt noch mal«, strahlte van Rijn. »Verdammt lange Wartezeit war das. Und nicht zu wissen, ob man dich in Stücke gehackt hat oder was.«

Falkayn blieb stehen. Seine Wiedersehensfreude war abgekühlt. »Unsere Nachricht ist nicht angekommen? Wir haben aus dem Bereich Mogul ein Torpedo abgeschickt.«

»Nein, nichts. Unsere Datenbank blieb leer wie der untere Teil einer Seejungfrau.«

Falkayn legte den Arm um Coyas Mitte. Diesmal mußte es für sie der eisige neunte Höllenkreis gewesen sein. »Das hatte ich befürchtet«, sagte er.

»Du meinst, daß jemand das Torpedo schnappte?« fragte Coya.

»Ja«, grollte van Rijn. »Der Raum-Service, wer sonst? Ist doch klar, die hatten den Geheimbefehl, alles, was an mich gerichtet war, umzudirigieren.«

»Aber das ist ungesetzlich!« protestierte sie.

»Dahinter stecken natürlich die Heimatgesellschaften. Die kümmern sich in einem solchen Fall nicht darum, ob es illegal ist oder nicht. Hoffentlich war alles verschlüsselt, David.«

»Ja, natürlich. Den Code haben die sicher nicht knacken können.«

»Nein, aber sie haben verhindert, daß ich in dieser verdammten Situation einen Vorsprung habe. Fast habe ich ohnehin damit gerechnet . . . So, da wären wir.« Die Gruppe stieg die Stufen hoch, querte eine Veranda und betrat einen luftig eingerichteten Raum, in dem auf einem Tisch Drinks und kleine Häppchen bereitstanden.

Chee sauste zu einem Stuhl, hockte sich darauf und plapperte los:

»Sicher hat man hier von dem Kampf gehört, der sich um Mirkheim entspinnt. Wir waren dort. Und vorher haben die *wan-yao jan-gwo chai reng pfs-s-st* Baburiten uns geschnappt . . .« Die in ihrer Muttersprache geäußerte Beschimpfung beschrieb Vorfahren, Moral, persönliche Sauberkeit und zukünftiges Schicksal der Baburiten, falls Chee freie Bahn gehabt hätte.

»O nein«, hauchte Coya.

»Halt, halt«, meldete sich van Rijn zu Wort. »Ich schlage vor, daß wir uns zuerst ein paar Schnäpse gönnen, die mit Bier hinuntergespült werden. Und als Ballast genehmigen wir uns ein paar Heringsfilets. Du willst doch sicher nicht, daß dein neues Baby adrenalinsüchtig wird, oder?«

»Und diese junge Dame auch nicht«, sagte Adzel, denn Juanitas munteres Gekicher war erschrockenem Schweigen gewichen. Er hob sie von den Schultern und warf sie nun scherzhaft von einer

Hand in die andere. Sie kreischte vor Entzücken. Ihre Eltern wußten sie bei Adzel in besten Händen. Bei ihm war sie sicherer als in Abrahams Schoß.

»Und was war inzwischen in der Heimat los?« Falkayn war nicht fähig, sich ganz zu entspannen.

»Gar nichts, bis auf das Ticken der Zeitbombe«, meinte van Rijn. »Story unternahm noch einen allerletzten Versuch, mich mit den Sieben zusammenzuspannen, was bedeutet hätte, daß ich unter deren Knute geraten wäre. Ich sagte ihm, er könne sich die Mühe sparen, darauf hat er sich getrollt. Ansonsten – bloß Gerüchte und Nachrichtenkommentatoren, denen ich gern ihre Hysterie rausoperieren lassen möchte.«

»Wer ist Story?« fragte Chee.

»Ein Boß bei Galactic Developments und Delegierter beim Kongreß von Lunograd«, sagte van Rijn. »Er trat als Sprecher der Sieben auf. Ich vermute, daß er überhaupt die treibende Kraft war.«

»Ach, jetzt erinnere ich mich. Ich habe seine Ankunft in den Nachrichten gesehen«, warf Falkayn ein. »Mir fiel auf, wie raffiniert er dem Reporter eine kurze, klare Erklärung abgab, die überhaupt nichts aussagte.« Er wandte sich an Coya. »Na, einerlei. Hast du nichts Besonderes zu sagen, meine Liebe?«

»Ach, die Danstrup Cargo Carriers hat mir ein Angebot gemacht«, sagte sie. Sie sprach von einer unabhängigen Firma innerhalb der Liga. Nachdem sie nicht mehr als Handelspionier tätig war, arbeitete sie freiberuflich als Computerprogrammiererin. »Man wollte eine Analyse der günstigsten Strategie im Kriegsfall. Alle haben Angst vor dem Krieg, und niemand weiß, welche Folgen er haben würde, niemand will den Krieg, aber die Situation ist in der Schwebe ... Schrecklich. Kannst du dir das vorstellen, David?«

Falkayn hauchte einen Kuß auf ihr Haar. »Hast du den Auftrag angenommen?«

»Nein, das konnte ich nicht. Ich wußte ja nicht, was aus dir geworden ist. Ich habe mir die Zeit mit Routinearbeiten vertrieben. Und ich habe fleißig Tennis gespielt, damit ich besser schlafen kann.« Sie teilte seine Abneigung gegen chemische Tröstungen.

In gewisser Weise teilte van Rijn die Absicht. Alkohol war für ihn keine Krücke sondern ein kleiner Ansporn. »Trinkt, ihr Schwachköpfe!« schimpfte er. »Oder muß ich euch das Zeug mit der Spritze injizieren? Ihr seid heil zurückgekommen, das ist das wichtigste. Also laßt uns jubeln. Und dann seht euch diese leckeren Häppchen an.«

Adzel ließ Juanita zu Boden gleiten. »Komm, wir machen in einer Ecke eine Tee-Gesellschaft, nur wir beide.« Die Kleine blieb stehen, um Chee zu streicheln. Die Cynthierin zeigte ihr Einverständnis mit einem Zucken der Schwanzspitze an.

Und doch war es allen unmöglich, so zu tun, als gäbe es kein Universum über dem strahlenden Blau. Bald steckte das Rückkehrer-Trio mitten in einem Erlebnisbericht. Van Rijn hörte gespannt zu und unterbrach viel weniger als Coya mit Fragen oder Ausrufen.

Am Ende aber fragte er: »Diese Ausrüstung, die ihr aus dem Kriegsschiff ergattert habt – habt ihr sie unterwegs schon näher studieren können?«

»Nur ganz flüchtig.« Falkayn rieb sich den Nacken. »Wir standen vor einem Rätsel. Das meiste von dem, was wir sahen, und auch von dem, was wir mitnahmen, ist nach Vorbildern der Technischen Zivilisation geschaffen, wie erwartet. Aber bestimmte Transistoren – bei denen können wir uns nicht vorstellen, wie man sie in einer Wasserstoffatmosphäre herstellen konnte. Der Wasserstoff hätte die Halbleiter zerstören müssen.«

»Vielleicht werden sie nicht auf Babur, sondern auf einem Satelliten hergestellt«, meinte Coya.

»Ja, möglich. Aber ich sehe eigentlich nicht ein, warum. Es gibt doch andere Arten von Transistoren, deren Herstellung viel einfacher ist. Dann gab es da eine Einheit, von der wir annehmen, daß es sich um einen Feldstärkenregler handelt. Sie beinhaltet einen mit hoher Temperatur arbeitenden Gleichrichter. Gut. Aber dieser spezielle Gleichrichter ist aus Kupferoxyd. Wasserstoff reduziert das Zeug, wenn es sich erhitzt. Man erhält Kupfer und Wasser. Gewiß, das Stück liegt innerhalb einer Schutzschicht aus Eisen. Aber Wasserstoff durchdringt Eisen. Die Baburiten haben also unnötigerweise einen Bestandteil, der wenig belastbar ist und oft ausgetauscht werden muß.«

»Eine schlechte technische Lösung aufgrund von Zeitmangel«,

bot Coya als Lösung an. »Es wäre nicht zum erstenmal in der Geschichte.«

»Stimmt«, sagte Falkayn. »Aber – sieh mal, die Baburiten hatten Hilfe von auswärts. Das haben sie uns gegenüber zugegeben. Und wir haben auf einem ihrer Monde eine Kolonie von Sauerstoffatmern entdeckt, wie du weißt. Und dann haben sie fremde Söldner, auch Sauerstoffatmer. Die Fremden haben sie angeheuert, damit sie ihnen bei Planung, Entwicklung und Produktion ihrer Militärmaschinerie halfen. Warum haben diese Außenseiter nicht bessere Arbeit geleistet?«

Van Rijn stampfte auf und ab, seinen Kinnbart zupfend und an einer spanischen Zwiebel kauend. »Viel interessanter ist die Frage, wie die Baburiten diese Leute gefunden haben und wie sie sie neben allen anderen Unkosten bezahlen konnten. Babur ist weder eine reiche noch eine sehr bevölkerte Welt im Verhältnis zu seiner Größe, und vor allem ist es industriell rückständig. Der Großteil der Landfläche ist Wüste, weil es zu wenig flüssiges Ammoniak gibt. Also, womit bezahlt Babur?«

»Es hat immerhin interstellare Handelsbeziehungen angeknüpft«, rief Falkayn ihm in Erinnerung. »Vielleicht hat da jemand einen günstigen Kontakt aufgetan oder . . . ach, was weiß ich. Du hast recht, eine ökonomische Erklärung für ihre Errungenschaften gibt es eigentlich nicht.«

»Und auch keine Erklärung für diese Aktivitäten, verdammt und zugenäht. Ich hätte euch nie losgeschickt, wenn ich geahnt hätte, was da auf euch zukommt. Ich dachte tatsächlich, die Baburiten würden mit euch reden, vielleicht nicht viel sagen, aber immerhin reden. Von ihrem Standpunkt aus wäre es am vernünftigsten für den Fall eines Konfliktes mit dem Commonwealth, wenigstens mit der Liga auf freundschaftlichen Fuß zu stehen oder sie sich wenigstens nicht zum aktiven Feind zu machen.«

»Der mikroskopisch kleine Kontakt, den wir mit ihnen hatten, ließ uns erkennen, daß sie die Liga sehr geringschätzen. Sie wissen, daß eine Kluft durch das Lager geht.«

»Und woher wollen sie das so bombensicher wissen? Kapieren wir denn alle Feinheiten ihrer Politik? Und warum nutzen sie diese Kluft nicht aus? Sie könnten beispielsweise die Sieben und die

Unabhängigen dazu bringen, miteinander in Konkurrenzstreit über Handelsbeziehungen mit Babur zu geraten ... natürlich muß man die Repräsentanten der Firmen halbwegs anständig behandeln.«

»Wäre es möglich, daß du es einfach mit einem übereifrigen Beamten zu tun hattest?« fragte Coya.

Falkayn schüttelte den Kopf. »Nach dem Wenigen zu schließen, das wir von den Baburiten wissen, wohl kaum. Ich habe nicht den Eindruck, daß ihre Organisation der unseren ähnelt. Sie haben keine Hierarchien, in denen Individuen bestimmte Positionen innehaben. In ihrer vorherrschenden Kultur – wenn auch nicht in allen – beruht die Gesellschaftsordnung auf Bünden, die einander überschneiden. Soundsoviel einzelne Wesen sind jeweils für den Bruchteil einer Aufgabe verantwortlich und besprechen sich mit ihren Partnern. Ein Wesen kann bei mehreren verschiedenen Gruppen tätig sein.«

»Daraus ergeben sich weniger Widersprüche«, meinte Adzel, »obwohl ich vermute, daß damit auch geringere Phantasie und eine langsamere Reaktion auf neue Entwicklungen verbunden ist.«

»Was darauf schließen läßt, daß man sich von vornherein darauf einigte, daß jeder ankommende Fremde sofort kaltgestellt wird«, sagte Chee. »Wir drei hatten genügend Zeit, darüber Vermutungen anzustellen.«

»Habt ihr auch überlegt, ob einige Gesellschaften der Sieben möglicherweise geheime Beziehungen zu Babur unterhalten?« fragte Coya.

»Ja.« Falkayn zog die Schultern hoch. »Wenn es der Fall ist, dann wird diese Tatsache unter den gegenwärtigen Umständen wohl kaum publik gemacht, das ist wohl klar. Außerdem hätte Babur die betreffende Firma jahrzentelang über die Absichten des Imperiumsbundes im unklaren lassen können.«

»Bist du sicher?«

»Hör mal, wie weit kann denn eine solche Beziehung gediehen sein? Das waren allerhöchstens ein paar gelegentliche Besuche eines oder mehrerer Agenten in einem streng begrenzten Gebiet eines Planeten, dessen Oberfläche zweiundzwanzigmal größer ist als die der Erde, noch dazu eines Planeten, der größtenteils aus Wüste besteht.«

»Na, ich weiß nicht«, murmelte Chee. »Das Gebiet, in dem eindeutige Aktivitäten stattfanden, war nicht sehr groß.« Ein Telefon schrillte. »*Kai-ju!* Von allen Tyranneien, die ihr Humanoiden euch aufgehalst habt, ist dieses Ding die lästigste!«

»Bloß mein Erster Sekretär weiß, daß ich da bin«, sagte van Rijn. Er tappte auf bloßen Füßen zum Apparat. Als er die Empfangstaste drückte, hörte man: »Edward Garver möchte Sie persönlich sprechen, Sir. Was soll ich ihm sagen?«

»Hm, was Sie ihm meiner Meinung nach sagen sollten, ist anatomisch unmöglich«, knurrte von van Rijn. »Stellen Sie durch. Und ihr drei bleibt möglichst außer Sicht. Garver braucht nicht alles zu wissen.«

Breite Schultern, ein Kahlkopf mit Mopsgesicht wurden auf der Bildfläche sichtbar. »Sie befinden sich sicher auf Ronga, wo auch ihr Schnüffelschiff ist«, sagte der Sicherheitsminister des Commonwealth ohne Umschweife.

»Hat man es Ihnen gesteckt, ja?« erwiderte von Rijn so ruhig wie das Zentrum eines Wirbelsturmes.

»Als ich vom Start des Schiffes erfuhr, gab ich Befehl, die Rückkehr genau zu beobachten.« Garver beugte sich vor, als wollte er durch das Vytril hindurch. »Sie sind für mich schon seit geraumer Zeit ein hochinteressantes Objekt.«

Falkayn und noch mehr Adzel, der nach einem bestimmten Vorfall verhaftet worden war, hatten dieses Interesse in unguter Erinnerung. Seit der Zeit, als er Oberster Polizeichef der Luna-Föderation war, haßte Garver van Rijn. Seine Arbeit im Commonwealth-Parlament hatte diesen Haß frisch geschärft. Es war ein lupenreiner Haß. Die zufälligen und nicht sehr zahlreichen Begegnungen mit van Rijn hatten bewirkt, daß er den Händler als Verkörperung all dessen sah, was er an der Polesotechnischen Liga verabscheute.

»Ich will jetzt wissen, wo die Besatzung gewesen ist, was sie getan hat und warum«, sagte er. »Ich rufe persönlich an, damit Sie wissen, wie es gemeint ist . . . persönlich, nämlich.«

»Nur zu, Sie können wollen, so viel es Ihnen beliebt.« Van Rijn strahlte richtig. »Wälzen Sie sich drin. Kratzen Sie sich den Wanst damit. Schlagen Sie Blasen. Versuchen Sie verschiedene Geschmacksrichtungen.« Hinter dem Rücken machte er einen Finger krumm. Falkayn seinerseits gab Chee und Adzel ein Zeichen. Beide stahlen sich hinaus. Falkayn blieb an Coyas Seite. Seine Partner würden das Logbuch und die erbeuteten Instrumente beiseite schaffen, ehe eine Abordnung mit einem Durchsuchungsbefehl für das Schiff eintrudelte. Ein Glück, daß der Gesundheitsinspektor sich um diese Dinge vor ihrer Landung nicht gekümmert hatte.

Ein zweites Logbuch war natürlich vorhanden, das ganz routinemäßig gefälscht worden war. Er mußte seine Frau und seinen Schwiegergroßvater schleunigst darüber informieren.

». . . mir reicht Ihr vertrotteltes Gefasel«, schnarrte Garver. »Ich darf annehmen, Sie wissen von dem Überfall der Baburiten auf unsere Schiffe. Das bedeutet mit Sicherheit Krieg. Innerhalb der nächsten Stunde wird das Parlament mittels Konferenzschaltung zusammentreten. Und ich weiß, wie die Entscheidung ausfallen wird.«

Ich auch, dachte Falkayn bekümmert, während Coya stille Tränen in die Augen stiegen. *Nicht, daß wir den Tod unserer Leute ungesühnt lassen sollten, aber diese Eile . . . Nun ja, die Heimatgesellschaften haben ein vitales Interesse an Mirkheim. Wenn das Commonwealth sich den Planeten aneignet, haben sie einen ersten Stützpunkt im All gegen die Sieben.*

»Und der Krieg wird für uns alle reinigend wirken«, sagte Garver.

Er wird der Regierung wie nie zuvor Macht über die freien Unternehmer geben. Man kann die Heimatgesellschaften nicht mehr als freie Unternehmen ansehen. Nein, sie sind Teil der Machtstruktur. Er verabscheut uns, weil wir uns dem Bündnis von Kartellen, Politikern und Bürokraten nicht angeschlossen haben und nicht vor ihm im Staub gekrochen sind. Für ihn sind wir die Verkörperung des Chaos.

Garver zügelte seine Neigung, in rednerisches Pathos zu verfallen. Er fuhr mit eisernem Vergnügen fort: »Vor einer Stunde hat der Premier den Notstand ausgerufen. Jetzt unterstehen alle Raumschiffe meiner Abteilung. Jetzt haben wir das Sagen, van Rijn. Kein Schiff darf ohne unsere Erlaubnis starten. Ich rufe Sie in der schwachen Hoffnung an, ich könnte Ihnen den Ernst der Lage begreiflich machen – und vor allem möchte ich Ihnen begreiflich machen, was mit Ihnen geschieht, wenn Sie nicht zur Mitarbeit bereit sind.«

»Ganz reizend von Ihnen«, gab der Händler ausdruckslos zurück. »Noch etwas? Also dann, bis bald.« Er beendete das Gespräch.

Zu den anderen gewandt sagte er: »Die Genugtuung wollte ich ihm nicht geben!« Er hüpfte vor Wut auf und nieder. Unter ihm donnerte der Boden. Er schlug die Luft mit Fäusten. »Verdammter Bockmist!« schrie er. »Gott soll ihn in Satans Nachttopf werfen! Ich weiß gar nicht, wie ich ihn benennen soll! Die Sprache reicht nicht aus . . . oohhh!«

Adzel, der eben das Haus betrat, ließ seine Last zu Boden, um Juanita die Ohren zuzuhalten. Chee nahm die Log-Spule und machte sich auf die Suche nach einem guten Versteck. Coya und Falkayn umarmten einander. Von draußen hörte man ein Heulen, als zwei Luftflitzer der Zentralpolizei über dem Horizont auftauchten und zur Landung niedergingen.

12

War das wirklich die Erde?

Eric hielt das Sitzen nicht mehr aus. Das Programm, das er sich ansah, war interessant – für einen Eingeborenen sicher banal, für ihn aber sehr exotisch. Doch es fehlte ihm die Ruhe dazu. Eric lief im Raum auf und ab und blieb dann an einem Fenster stehen.

Der Abend senkte sich über Groß-Rio-de-Janeiro. Von seinem hochgelegenen Aussichtspunkt aus ließ er den Blick über die fließenden Linien und satten Farben der Wolkenkratzer gleiten, über die kühne Silhouette des Zuckerhut und Corvovado, über die Bucht, die spiegelglatt schimmerte, die Niteroibrücke, ein ätherisches Gebilde. Der Verkehrsstrom floß durch Straßen und über erhöhte Autobahnen unter ihm. Mit einem Knopfdruck öffnete er das Fenster und füllte die Lungen mit ungekühlter feuchter Hitze.

Der Verkehrslärm war in dieser Höhe nicht zu hören, und doch spürte er ihn, das leise Dröhnen einer ungeheuren Maschine, fast wie das leise Vibrieren eines Raumschiffes. Allein die Existenz einer solchen Megalopolis war fast furchteinflößend, wenn man ihr praktisch Auge in Auge gegenüberstand.

Seine Rechte umklammerte das linke Handgelenk. *Ich bin kein Niemand,* trotzte er der Größe. *Ich habe eine Flotteneinheit hierher befehligt.*

An der Tür gongte es. Er drehte sich um, sein Herz pochte. »Herein.« Die Tür sprang von selbst weit auf.

Ein Mann, klein und dunkel wie anscheinend alle Brasilianer, stand in einer phantasievollen Uniform da, ein Päckchen in den Händen.

»Das ist für Sie gekommen, Sir«, sagte er in akzentbeladenem Anglic. Das Hotel Santos-Dumont beschäftigte Mitarbeiter aus Fleisch und Blut.

»Was?« Eric ging verwundert näher. »Wer sollte mir das schicken?«

»Das weiß ich nicht. Es ist vor wenigen Minuten zugestellt worden. Wir wußten, daß Sie noch da sind und dachten uns, Sie würden es vielleicht sofort haben wollen.«

»Ja, hm, vielen Dank.« Eric nahm das Päckchen in Empfang. Es war in einfaches Packpapier gewickelt und trug nur Namen und Adresse. Der Mann blieb einen Augenblick stehen und zog sich dann zurück. Die Tür schloß sich hinter ihm. *Verdammt, hätte ich ihm Geld geben sollen? Ist das nicht einer dieser terranischen Bräuche?* Er wurde rot.

Jetzt aber . . . Er legte das Päckchen auf den Tisch und schälte es aus seiner Verpackung. Ein Karton und ein Brief kamen zum Vorschein. Im Karton lag ein sorgfältig zusammengelegter Anzug. Der Umschlag enthielt zwei Bögen. Auf dem ersten stand: An Seine Exzellenz Eric Tamarin-Amundsen, in Würdigung seiner hervorragenden Verdienste, von einem Mitglied der Humanitätsvereinigung.

Wer – Moment, davon habe ich in Gesellschaft dieser Politiker und Offiziere gehört. Eine leicht rassistisch angehauchte Vereinigung, die natürlich wegen Babur aus dem Häuschen ist. Bei der

Publicity, die unsere Flucht von Hermes uns gebracht hat . . . ach, sieh da, ein zweiter Brief. Moment!

Mein Sohn,
lies diesen Brief und vernichte ihn. Den anderen laß herumliegen, damit die Neugierde derjenigen befriedigt wird, die Dich überwachen.

Ich kann es kaum erwarten, mit Dir zusammenzukommen, um Deinetwillen, aber auch um unserer beider Planeten willen und vielleicht vieler anderer. Das Treffen muß geheimgehalten werden, sonst ist es nutzlos. Ich will Dir jetzt sagen, daß die Gefahr besteht, daß man Dich und Deine Leute zu Geiseln macht.

Sag alle Termine ab, zieh den beiliegenden Anzug an und geh um 2000 Uhr – Erdzeit, nicht Hermes-Zeit – auf das Parkdeck. Nimm das Taxi mit der Nummer 7383 und folge den weiteren Instruktionen. Wenn es heute nicht geht, dann morgen um die gleiche Zeit.

Lange lebe die Freiheit! Tod den Ideologien!

Dein Vater
(Seismographengekritzel)
N. van Rijn

Eine lange Minute blieb Eric wie angewurzelt stehen. Der alte Nick persönlich, hämmerte es in seinem Kopf. Im ganzen All erzählt man sich Geschichten über ihn, als wäre er eine Mythengestalt. Natürlich hatte ich die Absicht, bei ihm vorbeizuschauen, aber . . .

In seinem Blut fing es zu singen an. Nach der zermürbenden Reise, dem Empfang voller Vorsichtsmaßnahmen, der anstrengenden Eintönigkeit zweier Verhandlungen mit hochgestellten Erdenbewohnern, Verhandlungen, die eher Verhören glichen, nach einem Fernsehinterview jetzt das . . . aber warum nicht?

Er hatte für diesen Abend eine Einladung zum Dinner des hermetischen Botschafters in Petropolis. An sich hätte er dort wohnen können, bloß war die Botschaft nicht auf Gäste eingestellt, weil sie nur über ein kleines Budget verfügte. Bislang hatte sie auch nicht viel zu tun gehabt. Daher hatte ihn die Commonwealth-Regierung ins Hotel eingeladen. Gut möglich, daß überall im Zimmer Abhöreinrichtungen angebracht waren. Man hatte ihn von seiner Besatzung getrennt, die man auf – wie hieß das doch gleich? – auf der Cap-Verde-Basis untergebracht hatte.

Aber warum sollte er dem Commonwealth mißtrauen? Er war überall nur Höflichkeit, wenn nicht gar Überschwenglichkeit begegnet.

Möglich, daß ich es heute erfahre. Er rief bei der Botschaft an, entschuldigte sich mit Übermüdung und versprach sein Kommen für den nächsten Tag. Das Zimmerservice brachte ihm Sandwiches und Milch. (Essen und Trinken hatten auf der Erde einen ausgesprochen seltsamen Geschmack.) Nach dem Essen zog er die neuen Sachen an. Unauffällig waren sie nicht zu nennen: eine schimmernde blaue Velvyl-Tunika samt Kniehosen, weiße irisierende Strümpfe, scharlachroter Umhang. Sogar hier, wo farbenfrohe Kleidung die Regel darstellte, würde er in dieser Aufmachung auffallen. Ob in seiner Situation unauffällige Bekleidung nicht vernünftiger gewesen wäre?

Irgendwie überstand er die Wartezeit. Es wurde langsam finster. Zur festgesetzten Zeit betrat er von einem Grav-Schacht aus das Dach. Es war noch immer ziemlich heiß. Der Regenbogen der Lichter, der sich über den ganzen Horizont erstreckte, hatte etwas Fieberhaftes an sich. Eine Reihe von Taxis wartete. An der Brüstung lehnte ein Mann, der so tat, als bewundere er die Aussicht. Ist das ein Beobachter? Die schnittigen tropfenförmigen Taxis waren numeriert. Erics Taxi stand in der Mitte. *Wie mache ich es bloß, daß es nicht zu auffällig aussieht, wenn ich nicht das erste nehme? Ach, jetzt weiß ich.* Er lief ein paar Schritte hin und her, als wäre er unsicher. Als er an Nummer 7383 vorüberkam, legte er augenscheinlich einem plötzlichen Entschluß folgend, die Hand auf die Tür.

Sie ging auf. Auf dem Boden hockte eine schattenhafte Gestalt. »Ruhig«, murmelte es ihm entgegen. Und laut zum Autopilot: »Palacete de Amor.« Das Taxi hob vertikal ab, peilte die vom Verkehrsüberwachungssystem zugeteilte Bahn an und fuhr westwärts.

Der Mann richtete sich auf. »Jetzt kann ich endlich wieder sitzen«, sagte er auf Anglic. »Man verfolgt uns zwar, aber in so großer Entfernung, daß man nicht durch unsere Scheiben sehen kann.« Er streckte die Hand aus. »Es ist eine Ehre, Sie kennenzulernen, Sir. Nennen Sie mich einfach Tom.«

Eric ergriff die dargebotene Hand ganz benommen. Er sah vor sich sein Ebenbild.

Nein, nicht ganz. Die Kleider waren identisch, der Körper ähnlich, der Kopf nicht so ähnlich, aber doch so, daß er einer oberflächlichen Musterung standhielt.

Tom grinste. »Ich bin hübsch zurechtgemacht, gefärbte Haare, künstliches Maskenfleisch im Gesicht und so weiter«, erklärte er. »Und ein auffallendes Kostüm, das von meinem Gesicht ablenkt. Und der Gang ... auch sehr wichtig. Wußten Sie, daß die Hermeter anders als die Erdenmenschen gehen? Lockerer. Das habe ich in den letzten Tagen mühsam erlernt.«

»Sie ... Sie sind einer von van Rijns Leuten?« fragte Eric. Sein Mund war wie ausgetrocknet.

»Ja, Sir. Von meiner Sorte hat er mehrere auf Lager. Und jetzt hören Sie gut zu. Ich steige vor dem Palacete aus, während Sie sich auf den Boden kauern wie ich vorhin. Bevor ich hineingehe, lasse ich mich von den Leuten begucken. Unterdessen geben Sie dem Taxi Anweisung: ›Zur Jacht.‹ Es ist nämlich kein richtiges Taxi, es sieht nur so aus. Na, jedenfalls wird es Sie sofort zu van Rijn bringen. Um 0600 Uhr morgens wird es sie zu mir zurückbringen. Der Geheimdienst wird der Meinung sein, Sie hätten die Nacht im Palacete verbracht.«

»Und was habe ich dort gemacht?«

Tom blinzelte erst und staunte dann offenen Mundes. »Sie haben dort nach der langen Fahrt eine herrliche Nacht mit ausgesucht schönen Mädchen verbracht. Keine Angst, ich werde dafür sorgen, daß Ihre Manneskraft gebührend besprochen wird. Das sind Gelegenheiten, bei denen ich meine Arbeit richtig genieße. Kein Mensch wird Ihnen gegenüber eine Bemerkung machen, das gilt hier auf der Erde als ungehörig. Aber Sie müssen auf ein gewisses Lächeln gefaßt sein, wenn Sie sagen, Sie wären müde, weil Sie schlecht geschlafen hätten.«

Eric wurde einer Antwort enthoben, da Tom sagte: »Landen.« Eine grell erleuchtete Fassade war in Sicht gekommen. Gleich darauf landeten sie, Tom stieg aus, das Taxi hob wieder ab.

Die ganze Episode war unwirklich. Eric drückte das Gesicht an eine Scheibe und starrte hinaus. Er ließ die Stadt hinter sich, die Bucht, die Küste, die von herrlicher Brandung gesäumt wurde. Jetzt war er über dem Ozean. Luna stand tief vor ihm, kurz vor der Vollphase. Das Mondlicht warf einen hellen Zauberschein auf die Wellen. Man sah nur wenig Sterne, weil es so hell war. War dieser helle dort Alpha Centauri, der Leuchtturm, nach dem die Menschen sich gerichtet hatten, als sie zum erstenmal das Solar-System hinter sich ließen? Waren diese vier das berühmte Kreuz des Südens, von dem er als Junge so viel gelesen hatte? Die Sternbilder waren ihm fremd. Maia war in der Ferne verschwunden.

Das Taxi ging in den Schrägflug über. Eric sah inmitten der riesigen Wasserfläche ein Schiff. Einen Windjammer, ein Dreimaster. Nur das Besansegel und ein Klüver waren gesetzt. Ihm wollte nicht einfallen, wie dieser Schiffstyp hieß. Auf Hermes gab es kein Vergnügungsschiff dieser Größe. Sicher verfügte das Schiff über einen zusätzlichen Antrieb . . . Was für ein Treffpunkt! Der Grund war wohl, daß man hier wirklich ungestört blieb – dennoch, wildromantisch, hier unter dem Erdenmond. Mondsüchtig?

Das falsche Taxi verharrte vor der Steuerbordreling im Schwebezustand. Eric stieg aus. Er landete auf dem Deck, das unter seinen Füßen erbebte. Die Luft war herrlich kühl. Ein Mann übernahm das Taxi, das davonflitzte und bis morgen irgendwo warten würde.

Eric sah mehrere Seeleute, erkannte den Kapitän aber auf den ersten Blick. Van Rijn wirkte im fahlen Mondlicht besonders mächtig. Er trug eine Bluse samt Wickelrock, an den Fingern funkelten Diamanten. »Mein Junge!« röhrte er und lief dem Ankömmling entgegen. Sein Händedruck renkte Eric fast den Arm aus, sein Rückenklopfen brachte ihn ins Wanken. »Haha, willkommen! Dafür bekommt St. Dismas eine ganze Batterie Kerzen, bis er glaubt, er würde in einem Wachsfeuer gemartert.« Er faßte seinen Sohn an den Schultern. »Ja, du hast viel von deiner Mutter, obwohl du in der Hauptsache natürlich mir nachgeraten bist. Eine hinreißende Erscheinung! Was für einen hübschen Sohn wir doch haben! Wie oft habe ich mir gewünscht, ich wäre für sie nicht ein so unmöglicher Ehemann gewesen. Aber du, du bist mir ein richtig hübscher Bastard geworden. Komm hinunter, damit wir uns unterhalten können.« Er schob Eric weiter.

Ein schlanker Mann in mittleren Jahren und eine schwangere Frau, die jünger aussah, standen an der Kabinentür. Van Rijn blieb stehen.

»Das ist David Falkayn, du hast von ihm sicher nach der Shenna-Affäre gehört. Und seine Frau Coya – he, was ist denn, mein Junge?«

David Falkayn, damit hätte ich eigentlich rechnen müssen. Eric vollführte eine Verbeugung, wie sie unter Gleichgestellten üblich ist. »Angenehm«, sagte er förmlich, während er sich fragte, wie er das anbringen konnte, was er wußte.

»Hinunter, hinunter, der Aquavit wartet«, drängte van Rijn.

Der Salon war ganz Mahagoni und spiegelblankes Messing. Der Tisch bog sich unter den Erfrischungen. Die vier setzten sich. Van Rijn schenkte mit einer Geschicklichkeit ein, die man ihm auf den ersten Blick gar nicht zugetraut hätte. »Wie stand es um Lady Sandras Befinden?« fragte er schon ruhiger.

»Na, sie hält sich.«

»Prost!« Van Rijn hob sein Glas. Die anderen taten es ihm gleich und ließen den Aquavit durch die Kehlen fließen – auf einen Schluck. Es folgte Bier. Über seinen Humpen hinweg studierte Eric die Gesichter. Coya hatte fein geschnittene Züge, die aber zu ausgeprägt waren, als daß man sie bloß als hübsch hätte bezeichnen können. Davids Gesicht war scharf geschnitten, seine Miene verschlossen und stolz. *Halt, ich muß ihn ›Falkayn‹ nennen. Die meisten Erdenmenschen benutzen Fremden gegenüber den Familiennamen wie bei uns die Traver und nicht den Vornamen wie die Sippenmitglieder, und er hat Hermes schon lange verlassen.*

Van Rijns Gesicht, an das er sich gut erinnern konnte, weil er damals nach der Shenna-Affäre oft in den Nachrichtensendungen gezeigt worden war – war das bewegteste Gesicht und das undurchschaubarste. Was halte ich wirklich von ihm? Was sollte ich von ihm halten?

Sandra hatte von dieser Verbindung nie viel gesprochen. Es war nicht Reue, die sie daran hinderte, nein, sie dachte nur sehr selten an die Vergangenheit. Und sie hatte Peter Amundsen geheiratet, als

Eric vier Jahre alt gewesen war. Der Stiefvater hatte die ganze Liebe des Jungen gewinnen können. Aus diesem Grund hatte Eric nie daran gedacht, van Rijn aufzusuchen. Er hatte bis vor kurzem kaum an ihn gedacht. Es wäre ihm fast als unloyal vorgekommen. Doch seine Erbmasse stammte zur Hälfte aus diesem gewaltigen Leib dort drüben.

Ach . . . verdammt, warum sollte er diese Eskapade nicht richtig genießen!

Falkayn fing zu sprechen an. Sofort fielen Eric die schlechten Nachrichten ein, die er zu überbringen hatte, und mit dem Vergnügen war es aus. »Am besten, wir machen uns gleich an die Arbeit. Sicher wundern Sie sich über diese Geheimhaltung. Nun, wir hätten uns offen treffen können, aber man hätte uns beobachten lassen und zwar ziemlich offen. Auf diese Weise aber halten wir Ihnen eine oder zwei Möglichkeiten offen.«

»Ich wußte, daß du kommen würdest«, sagte van Rijn. »Das hat mir deine Mutter auf Diomedes schon vor deiner Geburt bewiesen.«

»Wir hatten keine Ahnung, ob Ihre Informationen über das Commonwealth vollständig sind«, setzte Coya hinzu. Ihre Stimme war angenehm und leise. »Tatsache ist, daß wir bei der Regierung in Ungnade gefallen sind.«

Ich muß Zeit gewinnen, damit ich mir zurechtlegen kann, wie ich es Falkayn beibringe. »Bitte, fahren Sie fort«, sagte Eric laut.

Sie sah von einem zum anderen. Alle bedeuteten ihr fortzufahren. Coya sprach schnell, und sie sprach unpersönlich, vielleicht, um ihre Nervosität zu überspielen.

»Im allgemeinen war es im Solar-System lange Zeit so, daß es ungeachtet aller Schlagworte und Gegenströmungen einzig darum ging, bei wem die letzte Entscheidung liegen sollte. Beim Staat, der sich letzten Endes auf physischen Zwang stützt; oder auf eine auswechselbare Gruppe von Individuen, deren einzige Macht auf ökonomischen Gebiet liegt . . . Ja, ich weiß, so einfach ist das nicht. Jeder der beiden Führungsansprüche spricht beispielsweise ein Gefühl an, weil im Grunde genommen die Entscheidung von der eigenen Empfindungsweise und vom Weltbild abhängt. Natürlich gehen beide Richtungen auch ineinander über. So gibt es auf Hermes beispielsweise die interessante Situation, daß sich der Staat praktisch aus Privatunternehmen entwickelt hat. Andererseits sind im Solar-System die Heimatgesellschaften eine inoffizielle, aber sehr reale Komponente der Regierung geworden. Sie haben sehr zur Stärkung der Regierung beigetragen und dafür gesorgt, daß seine Kontrolle über das Leben des einzelnen zugenommen hat. Und die Regierung schützt die Heimatgesellschaften vor unerwünschter Konkurrenz und verschafft ihnen mancherlei Vergünstigungen.« Sie runzelte die Stirn. »Dahinter steht keine gezielte Absicht, keine Verschwörung. Es . . . es hat sich einfach so ergeben. Die Konferenz von Hiawatha . . . na, einerlei.«

»Das erinnert mich an die Schlußprüfung in Philosophie, meine Liebe«, sagte van Rijn. »Die einzige Frage lautete ›Warum?‹. Man bekam eine Eins, wenn man antwortete ›Warum nicht?‹, eine Zwei, wenn man antwortete ›Weil‹. Auf jede andere Antwort bekam man die Note drei.«

Es wurde gelächelt. Coya begegnete Erics Blick und fuhr fort:

»Sie wissen sicher genug über Solar Spice & Liquors und die anderen Unabhängigen, um zu begreifen, warum wir im Kapitol so unbeliebt sind. Eigentlich ganz natürlich, daß sie uns fürchten. Da wir das Recht auf Handlungsfreiheit fordern, besteht die Möglichkeit, daß wir alles mögliche tun, und daher stellt die Forderung allein schon eine Bedrohung für die Regierung dar. Als Gunung Tuan – Bürger van Rijn, meinen Mann auf eine Privatexpedition schickte, bedeutete dies den letzten Anstoß. Agenten des Commonwealth durchsuchten das Schiff nach der Rückkehr und beschlagnahmten es. Man fand keine ausreichenden Beweise für eine Verurteilung – nicht daß David überhaupt etwas Ungesetzliches getan hat. Aber wie allen anderen ist es uns verboten, die Erde mit anderen Schiffen als gewöhnlichen Verkehrsraumschiffen zu verlassen. Und man hält uns ständig unter Beobachtung.«

Eric rückte sich zurecht. Seine Worte kamen zögernd. »Und angenommen, es käme zum Krieg – sind Ihre Interessen nicht auch die des Commonwealth?«

»Wenn Sie die Regierung des Commonwealth meinen, nein. Das gilt auch für Sie. Vergessen Sie nicht, daß ich selbst Bürger von Hermes bin.«

Und jetzt bist du der Falkayn.

»Ich habe natürlich meine Beziehungen«, sagte van Rijn. »Deswegen weiß ich, daß man auch dich seit der Ankunft beobachtet. Man ist der Meinung, du kämest als Verbündeter. Aber man will testen, wie vertrauenswürdig du bist. Und überdies liegt es in der Natur der Regierungen, neugierig zu sein.«

»Keine Angst«, meinte nun Falkayn. »Sicher wird man Sie als das nehmen, was Sie sind und Ihnen einen höheren Rang zuschreiben, als Ihnen vielleicht lieb ist. Und wir, wir verlangen von Ihnen keinen Verrat. Im Moment bin ich gar nicht sicher, was wir von Ihnen wollen. Vielleicht nur, daß Sie den Einfluß benutzen, den Sie einmal haben werden – als Volksheld mit besonderem Status. Ja, wir brauchen Ihren Einfluß, um unsere Beweglichkeit einigermaßen zurückzugewinnen. Wenn Sie einmal überlegen, was wir in der Vergangenheit getan haben, dann werden Sie sicher zu dem Schluß kommen, daß wir keine so schrecklichen Schurken sind.«

Die Arbeiter auf Mirkheim. Ihre hochgespannten Hoffnungen. Eric nickte.

»Unsere Gruppe wiederum könnte als Gegenleistung mithelfen, daß aus Hermes nicht eine Spielfigur wird. Weil Babur und das Commonwealth nicht kämpfen werden, bis einer am Boden liegt. Das ist unmöglich. Nach ein paar Schlägen und Gegenschlägen wird man verhandeln, wobei derjenige am Konferenztisch die Oberhand hat, der sie auch im Kampf hatte. Heute sieht es so aus, als würde es eine Baburitenklaue sein – weil alles darauf hindeutet, daß ihre gegenwärtige Streitmacht mit der des Commonwealth zumindest gleichgezogen hat und weil ihre Nachschublinien kurz sind, die des Commonwealth aber lang. Einer jährlichen Quote an Supermetallen zuliebe könnte das Commonwealth sehr wohl imstande sein, aus Hermes ein sogenanntes Protektorat werden zu lassen. Die Befreiung Ihres Heimatplaneten stellt bestimmt kein wichtiges Kriegsziel dar.«

Lorna. Das gemeinsame Zuhause, das wir haben wollten.

»Was ich gern tun würde, ist folgendes«, meldete sich nun van Rijn. »Ich möchte den Spitzen der unabhängigen Unternehmen eine Nachricht zukommen lassen. Ich möchte sie zu einer gemeinsamen Aktion zusammenbringen. Im Moment fehlt es ihnen an einer Führerpersönlichkeit, und ich kenne sie und ihr dummes Getue. Falls Sie es fertigbrächten, Leute von und mit ihnen zusammenzubringen, wäre das ein echter *coup de peng.*«

»Coup de main«, berichtigte Coya ihn leise.

Van Rijn schwenkte die Aquavitflasche. »Noch ein Glas, mein Sohn«, bot er ihm an. »Die Nacht wird lang.«

Eric nahm an, goß den ersten feurigen Schluck hinunter und sagte, ehe ihn wieder der Mut verließ. »Ja, es gibt viel zu bereden, aber zuerst ... Soviel ich weiß, kam es nicht in die Nachrichten. Als man meine Leute und mich interviewte, sagten wir nichts, weil wir schon unterwegs übereingekommen waren, möglichst wenig Namen zu nennen, um zu Hause keine Strafmaßnahmen in Gang zu setzen, aber – nun, wie Sie wissen, haben wir draußen unser Schlachtschiff verloren. Es stand unter dem Kommando von Michael Falkayn. Soviel ich weiß, war er Ihr Bruder, Captain.«

Der blonde Mann saß reglos da. Seine Frau faßte nach seinem Arm. »Mein Beileid.« Eric brachte die Worte kaum heraus. »Er war ein tapferer Offizier.«

»Mike ...« Falkayn schüttelte den Kopf. »Entschuldigt mich.«

»O mein Liebling«, flüsterte Coya.

Falkayn hieb mit der Faust auf die Tischplatte, einmal. Dann blinzelte er angestrengt, suchte van Rijns Blick und hielt ihm unbeirrt stand.

»Dir ist klar, was das bedeutet, Gunung Tuan?« fragte er tonlos. »Ich bin das neue Familienoberhaupt und Präsident der Domäne. Dort liegt jetzt in erster Linie meine Pflicht.«

13

Das Telefon-Bild Irwin Milners sagte: »Meinen Gruß, Euer Gnaden. Hoffentlich sind Sie wohlauf.«

Den Teufel hoffst du, dachte Sandra sich. Sie nickte ruckartig, brachte es aber nicht über sich, dem Kommandanten der auf Hermes stationierten Besatzungsmacht der Baburiten alles Gute zu wünschen.

War ihm ein, wenn auch kaum merkliches Erstarren anzusehen? Sie unterzog sein Äußeres einer genaueren Betrachtung. Er war ein untersetzter Mann mit rotem Haar, dessen graue Uniform sich nur geringfügig von jener der niedrigsten Charge seiner Truppen unterschied. Er war auf der Erde geboren und sprach Anglic mit Akzent, der nordamerikanisch war, wie man ihr erklärt hatte. Er war auf Germania eingebürgert worden, wie er behauptet hatte. Das war ein entfernter, neutraler Planet, somit stellte sein Dienst bei den Baburiten keinen Verrat dar.

Behauptet er.

»Was möchten Sie diskutieren, General?« fragte sie in herablassendem Ton.

»Eine notwendige Veränderung«, entgegnete er. »Bislang hatten wir alle Hände voll zu tun, das Protektorat funktionsfähig zu machen, das heißt, die militärische Seite.«

Im Orbit um den Planeten Kriegsschiffe, deren Besatzung den Humanoiden unähnlicher war als ein Hai oder ein Nachtschattengewächs. Sie waren in Bereitschaft, um ihre nuklear bestückten Sprengköpfe abzuschießen. Auf dem Planeten sauerstoffatmende Söldner, Menschen, Merseianer, Gorzuni, Donarrianer – Abenteurer, der Abschaum des Alls, bislang aber noch diszipliniert. Und viel bekommen wir von ihnen nicht zu sehen. Sie haben unsere verlassenen Flotteneinrichtungen übernommen, dazu das Hotel Zeus und ein paar andere Gebäude in Starfall. Er sagt, daß in allen bewohnten Teilen von Hermes Garnisonen eingerichtet werden sollten. Er konnte mir keine befriedigende Antwort geben, als ich ihn fragte warum, da doch die Raumschiffe im Orbit ausreichen müßten, um unser friedfertiges Verhalten sicherzustellen.

»Diese Arbeit wird fortgesetzt«, fuhr Milner fort. »Daneben aber wollen wir damit beginnen, eine gesunde, hm, Infrastruktur zu schaffen. Sicher wird die Bevölkerung verstehen, daß sie unseren Schutz nicht umsonst genießen kann. Alle müssen ihren Anteil leisten, fleißig produzieren, Nahrungsmittel, Rohmaterialien, Sie verstehen, was ich meine, Madame.« Seine Miene verfinsterte sich.

»Ich sagte Ihnen schon, daß der Angriff ihrer Schiffe auf unsere, ihre Nichtbeachtung unserer Befehle ... ja, schon gut, nicht Ihre Schuld, Madame. Aber wenn schon die Flotte so viel subversive Kräfte in ihren Reihen hatte, wie steht es dann erst mit den Zivilisten? Bald sehen wir uns vielleicht mit Sabotage, Spionage, Hilfeleistungen für fremde Agenten konfrontiert. Dagegen muß man sich schützen, meinen Sie nicht auch?«

Er machte eine Pause. »Weiter«, sagte Sandra. Das Wort klang ihr ganz fern in den Ohren. Sie machte sich bereit, einen Schlag zu empfangen.

Die ersten paar Tage der Besatzung waren beängstigend glatt verlaufen. Waren die Leute wie betäubt und vollbrachten mechanisch Routinearbeiten? Wieviel vom normalen Leben war weitergelaufen – Erziehung, Freizeit, Liebe, ja Lachen? Sie selbst hatte sich voller Verwunderung dabei ertappt, daß ihr eine Mahlzeit schmeckte, daß sie sich Sorgen machte, wenn ihr Lieblingspferd hinkte, und daß irgendeine ungewöhnliche triviale Nachricht ihr Interesse erweckte. Natürlich hatte dazu der Umstand viel beigetragen, daß nur wenige Planetenbewohner einen Besatzer gesehen hatten. Und außerdem wiegte sie sich gern in dem Glauben, daß ihre Reden ihre Wirkung gehabt hatten – die erste über Konferenzschaltung an das Parlament und die Präsidenten der Domänen. Hernach eine Rede übers Fernsehen an alle. »Uns bleibt keine andere Wahl, wenn wir nicht für uns und unsere Kinder einen sinnlosen Tod wollen ... Wir geben nur unter Protest nach und beten um Gerechtigkeit ... Unsere Vorfahren drangen in eine Wildnis ein, deren Lebensform ihnen unbekannt war, viele mußten leiden oder sie kamen um, aber zu guter Letzt wurde die Wildnis bezwungen. In dieser Stunde müssen wir uns ihrer würdig erweisen ... Besonnenheit ... Geduld ... Ausharren ...«

»Wir müssen auf lange Sicht unsere Vorkehrungen treffen«, hörte sie Milner sagen. »Nun bin ich nur ein einfacher Soldat. Ich kenne die hiesige Gesellschaft nicht mit allen Besonderheiten und Feinheiten. Ich weiß nur, daß es ihresgleichen nicht auf einem von Menschen besiedelten Planeten gibt. Wir werden daher einen Hochkommissar einsetzen. Er und sein Stab werden eng mit Ihnen zusammenarbeiten, um, hm, den Übergang zu erleichtern und die erforderlichen Reformen durchzuführen. Er ist gebürtiger Hermeter, müssen Sie wissen, er heißt Benoni Strang.«

Strang? Also keiner der Tausend Familien entstammend. Vielleicht ein Gefolgsmann, obwohl ich es bezweifle. Den hätte ich mir gemerkt. Dann muß er ein . . .

»Er ist heute eingetroffen und möchte möglichst bald mit Ihnen zwanglos zusammenkommen«, sagte Milner. »Damit man einander kennenlernt und damit Sie sehen, daß es auch seine Welt ist und ihm das Wohl von Hermes am Herzen liegt. Wann würde es Ihnen passen, Madame?«

Man ist zu den Gefangenen richtig höflich, oder nicht?

Während der Wartezeit wanderte sie allein mit einem ihrer Jagdhunde über den Gipfel des Pilgrim Hill hinüber zum Old Keep. Im Inneren der massiven Steinmauern war nur ein Archiv und ein Museum. In den konventionell gestalteten Gartenanlagen, die ihn umgaben, war kein Mensch. Die Stille ließ ihre Schritte auf den Kieswegen noch lauter klingen.

Blumenbeete und niedrige Hecken formten komplizierte Muster, deren Mittelpunkt die wenigen Bäume bildeten. Das meiste war verblüht. Die einzigen Farbtupfer im Grün waren die roten Talblumen und die Weißfüßchen, die zu leuchtendem Blau heranreifenden Himmelsbeeren an den Sträuchern und das erste Gelb der Birkenblätter und die roten Fallcronblätter. Maia schien gedämpft an einem dunstigen Himmel. In der milden Luft lag der Anflug eines Geruchs. Winde zogen in der Höhe dahin. Der Herbst ist mild in der Gegend um Starfall, trotz des Breitengrades. Die Achse von Hermes ist weniger geneigt als die Erdachse. Unten schimmerte der Fluß, die Stadt erstreckte sich nach Osten mit Dächern und Türmen bis an die Bucht, nach Westen wich sie bald Ackerland und Weiden, die von Cloudhelms geisterhaftem Gipfel überragt wurden. Vom Verkehr war wenig zu sehen und nichts zu hören. Es hätte Sabbath auf Hermes sein können.

Doch es gab nichts, was ihre Arbeit aufhalten konnte, am allerwenigsten die Kräfte der Zerstörung. Sie mußte bald wieder zurück und um Freiheiten für ihr Volk feilschen. Sandra erinnerte sich, daß es diese Jahreszeit und genau dieses Wetter gewesen war, als sie mit Pete nach Whistle Creek fuhr, weil es dort Schwierigkeiten gab. Pete – ihre Gedanken wanderten zweiundzwanzig Hermes-Jahre zurück.

Es war schon einige Zeit vergangen, seitdem sie sich kennengelernt hatten. Eine Ehe war weder von ihm aus noch von ihr zur Sprache gekommen, das lag noch in der Zukunft. (Und sie waren nicht sicher, wer den ersten Schritt tun sollte.) Aber sie waren schon sehr viel beisammen. Er hatte vorgeschlagen, sie sollte ihn zu irgendeinem Sport begleiten. Sie ließ Eric in der Obhut ihrer Mutter und flitzte von Windy Rim aus nach Nordosten übers Apollo-Tal nach Brightwater im Vorgebirge der Thunderhead Mountains.

Das Gut gehörte nicht ihm. Die Asmundsen waren Gefolgsleute der Runebergs, deren Domäne in diesem Gebiet, an der Küste und noch anderswo Besitzungen hatte. Die Asmundsen waren jedoch seit Generationen auf dem Brighwater genannten Gut ansässig und arbeiteten als Betriebsleiter der Kupfermine und Bearbeitungsanlage, welche die einzige Industrie des Gebietes ausmachte. Pete überließ die Arbeit seinem älteren Bruder, während er sich selbständig machte und die Planeten des Systems Maia erkundete und ihre Rohstoffvorkommen nutzbar machte. (Natürlich war die Domäne am Gewinn beteiligt, aber schließlich hatte sie die anfänglichen Investitionen getätigt, nachdem er dem Präsidenten und dessen Beratern eingeredet hatte, daß es sich um eine vernünftige Idee handle.)

Die Familie hieß Sandra willkommen, zunächst mit der Förmlichkeit, die einer Person ihres Ranges zustand, sehr bald aber mit Wärme und Fröhlichkeit. Da sie auf ihren Reisen die verschiedensten Kulturen kennengelernt hatte, fiel ihr jetzt auf, was sie früher als selbstverständlich angesehen hatte, nämlich das Fehlen jeglicher Unterwürfigkeit. Das Geburtsrecht billigte ihnen in Domänen-Angelegenheiten je eine Stimme zu, während jeder erwachsene Runeberg deren zehn hatte, aber was machte das schon? Ihre Rechte waren unantastbar. Sie genossen erbliche Privilegien, wie beispielsweise die Nutzbarmachung dieser lukrativen Gegend. Mühsame Detailarbeit im Zusammenhang mit benachbarten

Domänen blieb ihnen erspart. Wurde einer von ihnen vom Unglück getroffen, so war es die Pflicht der Präsidentenfamilie, alles Nötige zur Hilfe zu mobilisieren. Es war in der Tat so, daß sie so hinter den Runebergs standen wie die Runebergs hinter jedwedem Staatsoberhaupt, das von der gesetzgebenden Versammlung aus der Familie Tamarin gewählt wurde. Mit der Zeit wuchs bei ihr dieses Bewußtsein noch mehr, und Sandra sollte sich sehr oft fragen, ob sie die Angehörigen der Sippe oder die Gefolgsleute mehr beneidete.

An dem Tag, der ihr noch lange im Gedächtnis bleiben sollte, war sie mit Pete nach Whistle Creek, der Industrieansiedlung, geritten. Sie hatten dort die Anlage besuchen wollen, um nach einem Imbiß wieder nach Hause zu reiten. Es war ein herrlicher Ausflug, ein Ritt über Hügelrücken hinunter in Täler, in denen sich die grünen Wälder goldene, bronzene, türkise, amethystfarbene und silbrige Töne zulegten, über muntere Bächlein, über Wiesen unter einem unendlichen Himmelsdach. Meist ritten sie in einem Schweigen, das ihnen mehr bedeutete als Unterhaltung. Doch eine Stunde lang erleichterte Pete sich und erzählte ihr von gewissen Sorgen. Der alte und gebrechliche Großherzog Robert hatte damit angefangen, seine Meinung über gewisse Fragen interplanetarischer Entwicklung einzuholen und war in letzter Zeit dazu übergegangen, eine Vielzahl von Themen mit ihm zu besprechen. Nun hatte Pete kein Verlangen, zu einer grauen Eminenz aufzusteigen. Sandra bemühte sich nun, ihm zu versichern, daß er für den Großherzog bloß ein wertvoller Ratgeber sei. Insgeheim aber fürchtete sie, daß er dieser Rolle nie entgehen würde, falls es irgendwie dazu käme, daß man sie zur Nachfolgerin wählte.

Ganz plötzlich waren sie in der Stadt, da diese nicht von landwirtschaftlich genutztem Umland oder Vorstädten umgeben war. Eine einzige gepflasterte Straße zur Mine, das war alles. Der übrige Verkehr ging durch die Luft. Das Herz der Niederlassung war die moderne, größtenteils automatisierte Raffinerie, die äußerst umweltschonend konzipiert worden war. Um diese Raffinerie drängten sich die Läden, die Wohnhäuser und öffentlichen Gebäude der paar tausend Einwohner. In den Straßen roch es nach Wald.

An jenem Tag waren sie merkwürdig leer. »Was ist da los?« hatte Pete gefragt, und sein Pferd zum Trab angespornt. Plötzlich wurde menschlicher Lärm hörbar, der Aufschrei einer Menge. Die Reiter ritten dem Getöse nach und blieben schließlich vor einem kleinen Park stehen. Drei- oder vierhundert Menschen waren darin versammelt. Die meisten steckten in Coveralls ohne Abzeichen, ein Zeichen dafür, daß sie hier beschäftigte Traver waren. In einer Gruppe abseits standen Leute, die an den Schulterstücken als Runeberg-Gefolgsleute zu erkennen waren. Sie machten keinen glücklichen Eindruck. Ebenfalls Gefolgsleute waren die an den Ecken des Parks postierten Polizisten. Man rechnete offenbar mit Zwischenfällen.

Das Ende der Mittagspause war nahe. Die Versammlung würde sich bis in die Arbeitszeit hinziehen, und die Verwaltung hatte sich entschlossen, die Sache laufen zu lassen. Die Veranstalter hatten den Zeitpunkt sehr geschickt gewählt. Petes Bruder war nicht vor Ort, da er die Inbetriebnahme einer neuen Mine überwachen mußte.

Auf der Ladefläche eines Lasters stand eine Frau und sprach in ein Megaphon. Sandran hatte sie in Nachrichtensendungen gesehen. Sie erkannte die drahtige Figur, die lebendigen dunklen Züge, den Anzug im Militärschnitt – es war Christa Broderick, aus der Schicht der Traver stammend, aber Erbin eines Vermögens, das ihre Eltern mit einer Meer-Ranch gemacht hatten. Ihre Worte tosten wie der Sturm.

». . . höchste Zeit, die Regierung der Tausend Familien und ihrer Lakaien zu beenden. Was sind denn die Domänen anderes als Aktiengesellschaften, deren Anteil dank entsprechender nützlicher Gesetze von einer Generation an die nächste weitervererbt werden? Was waren denn die Unternehmen anderes als Organisationen jener Gruppen, die hier zufällig die ersten waren und sich das beste Land eines ganzen Planeten aneignen konnten? Was war denn die Unabhängigkeitserklärung anderes als ein Versuch, sich der Demokratisierung zu entziehen, die sich im Commonwealth regte, ein Versuch, eine Adelskaste abzusichern, die sich für das neue Staatsoberhaupt sogar einen Titel aus dem Mittelalter borgen mußte?

Und was seid ihr Traver denn anderes als Arbeiter und

Geschäftsleute, die man von erheblichen Privilegien ausgeschlossen hat, denen man das Stimmrecht vorenthält, die aber dennoch die Energie aufbringen, die den Fortschritt auf Hermes vorantreibt? Was seid ihr denn, als jener Teil der Bevölkerung, der nicht in einem Netz von Bräuchen und Aberglauben gefangen ist, jener Teil, dessen Vitalität diesen stagnierenden Planeten ins moderne Zeitalter und an die vorderste Front der Zukunft befördern könnte, wäret ihr nicht von diesen Ahnenkultanhängern an Händen und Füßen gebunden worden? Was seid ihr denn mehr als eine Mehrheit von drei Fünfteln?

O ja, ich gebe zu, daß die Feudalisten sehr klug sind. Sie stellen euch ein, sie kaufen von euch und verkaufen an euch, sie mischen sich nicht in euer Privatleben und nehmen zuweilen einen von euch in ihren Stand auf, und vor allem seid ihr von Steuern befreit. Wie oft habe ich von einem Traver gehört, er oder sie sei glücklich mit dem gegenwärtigen Zustand. Aber fragt euch doch selbst: Ist eben dieser Punkt nicht eine subtile Art der Sklaverei? Verweigert man euch nicht das Recht, für öffentliche Anliegen Steuern zu zahlen, die von euren demokratisch gewählten Vertretern durchgesetzt wurden? Gebt ihr euch zufrieden mit der untätigen Regierung einer dekadenten Aristokratie, oder wollt ihr euren Kindern nicht lieber ein Staatswesen hinterlassen – ja, ich sage jetzt lieber Gemeinwesen –, in dem alles möglich ist? Antwortet!«

Ein Teil der Zuhörer äußerte sich beifällig, andere buhten, die meisten blieben stumm. Es war das erste Mal, daß die Befreiungsfront einen Sprecher – in diesem Fall sogar die Vorsitzende – nach Whistle Creek geschickt hatte. Sandra war klar, daß die hier Versammelten natürlich im Fernsehen Versammlungen gesehen und Reden gehört hatten. Manche hatten sicher darüber gelesen, und einige wenige hatten vielleicht sogar dem Hauptquartier der Bewegung in Starfall einen Besuch abgestattet. Plötzlich aber überfiel sie die Erkenntnis, daß es nichts Wirkungsvolleres gab als eine richtige Versammlung, in der man den Sprecher leibhaftig vor sich sah und in der man dicht von der Menge umdrängt wurde. Dann erwachte der Urinstinkt. Damit verknüpft kam ihr kurz und zynisch der Gedanke, ob Sippe und Gefolgsleute aus diesem Grund so viel bunte Anzüge und ähnliches liebten.

Bei einer zufälligen Kopfdrehung erspähte die Broderick Sandra und Pete hoch zu Roß. Beide waren einigermaßen bekannt. Sie kannte sie vom Sehen. Sie schlug auch sofort zu, doch ihr Spott war subtil.

»Ach, wen muß ich denn da begrüßen! Seht alle, wer gekommen ist. Pete Asmundsen, der Bruder eures Generaldirektors, und Sandra Tamarin, möglicherweise eure nächste Großherzogin. Sir, Madame« – der zweite Titel verriet denen, die von Erics Existenz wußten, daß er dereinst vielleicht fremdes Blut auf den Thron bringen würde – »hoffentlich habe ich Sie mit meinen Vorschlägen zu einigen Reformen nicht beleidigt.«

»Nein«, rief Pete, »keineswegs. Machen Sie ruhig weiter.«

»Vielleicht möchten Sie darauf antworten?«

»Sie haben jetzt das Wort!«

Aus den Reihen der Gefolgsleute und der Hälfte der Traver erklang Gelächter. Die Broderick wußte, daß der Bann gebrochen war. Männer und Frauen begannen auf die Uhr zu sehen. Die meisten waren hochspezialisierte Techniker, deren langes Fortbleiben von der Arbeit gewisse Probleme schuf. Um ihr Interesse von neuem zu wecken, mußte sie von vorne anfangen.

»Es freut mich, daß Sie zur Stelle sind«, sagte sie. »Nur wenige Ihrer Klasse würden sich der Mühe einer Diskussion über jene Punkte unterziehen, die von der Befreiungsbewegung angeprangert werden. Ich danke Ihnen, daß Sie so viel Gemeinschaftsgefühl entwickelt haben. Möchten Sie nicht darauf antworten?«

Erwartungsvolle Blicke hefteten sich auf die zwei Reiter. Sandra spürte, wie ihr die Zunge den Dienst versagte. Der Himmel schien auf sie herunterzudrücken. Da ließ Pete sein Pferd einen Schritt tun, nur einen. Er saß elegant im Sattel, das Licht fiel auf sein blondes Haar und ließ die blauen Augen leuchten. Mit tiefer Stimme, die im ganzen Park zu hören war, rief er: »Vielen Dank, aber wir sind nur zu Besuch hier. Wer an einer gründlichen Diskussion aller Für und Wider dieses Themas interessiert ist, möge die Nummer zwölf des Starfall Weekly Meteor einsehen. Überdies gibt es darüber jede Menge Bücher, Reden und was weiß ich noch.

Und jetzt möchte ich dazu noch etwas sagen. Ich glaube nicht, daß Demokratie oder Feudalherrschaft oder irgendein anderes politisches Übereinkommen Selbstzweck sein sollte. Diese Regierungsformen sind doch nur Mittel zum Zweck. Fragt euch selbst, ob unsere Regierungsform nicht wenigstens erreicht hat, Hermes als schöne Welt zu erhalten, in der man gern lebt.

Und wenn euch Unruhe überkommen sollte – nun, wahrscheinlich wissen die meisten, daß ich an der Spitze einer Unternehmung stehe, die es sich zum Ziel gesetzt hat, andere Planeten zu erforschen und zu nutzen, damit diese unsere Heimat nicht überbeansprucht wird. Diese Tätigkeit ist hart und oft gefährlich, wenn man es aber überlebt, hat man gute Aussichten, reich zu werden. Dazu kommt die Genugtuung, erreicht zu haben, was nicht viele erreicht haben. Wir leiden unter einem chronischen Mangel an Arbeitskräften. Ich würde mich freuen, Ihre Bewerbungen zu bekommen.« Er machte eine Pause. »Mein Bruder wird sich weniger freuen.«

Damit hatte er die Lacher auf seiner Seite.

»Macht weiter!« übertönte er ihr Gelächter und ritt mit Sandra weiter.

Später, als sie ohne gegessen zu haben durch die Wälder zurückritten, entschuldigte er sich: »Das alles tut mir leid. Wir müssen ein anderes Mal hin. Ich hatte keine Ahnung, was da passieren würde.«

»Ich bin froh darüber«, gab sie zurück. »Es war sehr interessant. Mehr als das.«

Damals habe ich ein klein wenig dazugelernt, erinnerte sich Sandra Tamarin-Asmundsen. *Und ein wenig später habe ich gemerkt, daß ich dich liebe, Pete.*

In den seither verflossenen Jahren hatte die Befreiungsfront an Boden gewonnen. Die Suche nach einem Kompromiß hatte Sandra viel Kraft gekostet. Die Traver besaßen jetzt das Stimmrecht bei Kommunalwahlen. Die Broderick und ihre Gesinnungsgenossen behaupteten, daß dies bloß Augenwischerei wäre. Und es sah aus, als hätte sie immer mehr Zulauf. *Wie Benoni Strang wohl sein würde?*

Als sie ihn in ihrem Raum für Privataudienzen empfing, sollte sie eine Überraschung erleben. Er war mittelgroß, die angenehmen

Züge seines eckigen Gesichts waren sonnenbraun und von einem adretten Schnurrbart geziert. Seine Redeweise war so geschmeidig wie seine Bewegungen. Die Kleidung war aus erstklassigem Material, in den Farben gedämpft, doch nach der neuesten terranischen Mode. Er verbeugte sich vor ihr, wie es einem Traver zukam. (Ein Mitglied der Sippe hätte mit der Großherzogin einen Händedruck gewechselt, einer der Gefolgschaft salutiert.) »Meinen Gruß, Euer Gnaden. Ich danke für die Ehre, die mir erwiesen wird.« Diese Worte entsprachen der Tradition, doch die auf Hermes übliche Betonung war verwischt. Er mußte viele Jahre getrennt von den Strangs verbracht haben, die in einem Adreßbuch der Stadt als Mitglieder seiner Klasse geführt wurden.

Ihre Kehle wurde eng, als müsse verhindert werden, daß ihr das Herz heraussprang. *Verräter, Verräter.* Sie brachte kaum die Worte heraus: »Nehmen Sie Platz« und ließ sich in ihrem eigenen reich mit Schnitzwerk verzierten Armsessel nieder.

Er kam der Aufforderung nach. »Ein köstliches Gefühl, wieder da zu sein, Madame. Fast hatte ich vergessen, wie schön es hier ist.«

»Wo waren Sie?« *Ich muß alles über ihn herausfinden. Zu diesem Zweck muß ich ihm zulächeln.*

»An vielen Orten, Madame. Eine sehr bunte Laufbahn liegt hinter mir. Wenn Sie es wünschen, werde ich gern in meinen Erinnerungen kramen. Aber heute werden Sie sicher lieber gleich zur Sache kommen wollen.«

»Ja. Warum arbeiten Sie für die Baburiten?«

»Das tue ich nicht wirklich. Ich hoffe mein Bestes für Hermes tun zu können. Die Heimat war nicht immer gut zu mir, aber es ist immerhin die Welt meiner Väter.«

»Eine besetzte Welt!«

Strang runzelte gekränkt die Stirn. »Madame, Ihr Kummer geht mir zu Herzen. Aber Babur ist nur dem Commonwealth zuvorgekommen. Unser Geheimdienst hat entdeckt, daß im Generalstab des Feindes ein Plan entwickelt wurde, in diesem System die Macht zu übernehmen. Erste Schritte in diese Richtung wurden eingeleitet.«

Das behauptest du, dachte Sandra. Aber neugierig war sie doch.

»Sie können es Babur nicht verübeln, daß es zur Tat geschritten ist«, fuhr Strang fort. »Und ist es von Ihrem Standpunkt aus nicht das geringere Übel? Babur will hier nicht herrschen, wäre dazu auch nicht imstande. Die Vorstellung an sich ist lächerlich. Für Babur kommen höchstens Zusammenarbeit zur gegenseitigen Verteidigung und Handelsbeziehungen in Frage. Das Commonwealth hingegen hat stets die Tatsache ganz offen beklagt, daß sich einige Kolonien aus seinem Verband lösten.«

Das stimmt. Unsere Vorfahren machten sich selbständig, weil sie Gesellschaftsformen, Interessen und Philosophie in ihrer neuen Heimat entwickelt hatten, die zu neu waren, um sich mit den Gesetzen und Sitten von Erde, Luna oder Venus zu vertragen. Das Commonwealth hat das Unabhängigkeitsstreben damals nicht mit Waffengewalt verhindert. Viele Bürger aber waren der Meinung, es hätte mit Gewalt vorgehen sollen.

»Madame«, sagte Strang ernst, »ich habe als Xenologe gearbeitet und mich auf die Jupiterplaneten und im besonderen auf Babur spezialisiert. Ich kenne seine Bevölkerung und die verschiedenen Kulturen besser als jeder Humanoide. Damit will ich mich nicht rühmen, es ist eine simple Feststellung von Tatsachen. Dazu kommt, daß ich, wie schon gesagt, Hermeter bin, ein sehr patriotischer Hermeter. Gott weiß, daß ich meine Fehler habe. Aber ich bin der Überzeugung, daß ich als Hochkommissar eine sehr realistische Wahl darstelle. Deswegen habe ich meine Dienste angeboten.«

»Aber gewiß keinem plötzlichen Impuls folgend«, meinte Sandra verächtlich. »Die ganze Operation muß von langer Hand vorbereitet worden sein.«

»Das stimmt, Madame. In gewisser Hinsicht mein Leben lang. Seit meiner Kindheit hier in Starfall war mir bewußt, daß es hier um gewisse Dinge schlecht bestellt ist, und ich habe nachgedacht, wie das Schlechte gutgemacht werden könnte.«

Sandra spürte den Anflug von Furcht. Sie ließ sich hinreißen und sagte scharf: »Ich möchte gar nicht wissen, wieviel Zeit ich damit vertan habe, mir das vor Selbstmitleid triefende Gejammer der Befreiungsfront anzuhören. Also, was haben Sie vorzubringen?«

Sie sah sich kaltem Zorn gegenüber. »Wenn Sie es bis jetzt nicht begriffen haben, dann werden Sie es niemals begreifen. Haben Sie denn gar keine Phantasie? Stellen Sie sich vor, Sie wären ein Kind, hineingepfercht in eine öffentliche Schule, während andere, privilegierte Kinder individuellen Unterricht bei den besten Lehrern des Planeten erhalten. Stellen Sie sich vor, Sie hätten ehrgeizige Tagträume, Sie strebten danach, sich einen unsterblichen Namen zu machen, nur um entdecken zu müssen, daß alles brauchbare Land, alle Rohstoffquellen, alle Schlüsselunternehmen den Domänen gehören – also der Sippe und den Gefolgsleuten –, die natürlich jeden Drang nach Veränderung im Keim ersticken, damit sie nicht ihre Privilegien verlieren und ihr Gehirn benützen müssen. Stellen Sie sich eine Liebesaffäre vor, die zur Ehe hätte führen sollen oder könne, bis ihre Eltern dazwischentraten, weil ein Traver als Schwiegersohn ihrem gesellschaftlichen Ansehen schaden könnte und eine finanzkräftige Verbindung der Tochter ausschloß ...«

Strang machte eine Pause. Stille erfüllte den Raum. Dann setzte er wieder zum Sprechen an, nun schon viel ruhiger.

»Ganz abgesehen von Gerechtigkeit muß Hermes reorganisiert werden, so daß es zu seiner Verteidigung selbst beitragen kann. Diese halbfeudalistische archaische Gesellschaftsordnung ist zu unbeweglich, zu unproduktiv ... und vor allem zu entfremdet. Die Meuterei innerhalb der Flotte und der Flug zur Erde haben bewiesen, daß nicht einmal die Regierung vor der Unverschämtheit und dem Ungehorsam eines aus Aristokraten bestehenden Offizierskorps sicher ist. Sie müssen sich sowohl aus praktischen als auch moralischen Gründen die Loyalität der Traver-Mehrheit sichern. Aber was kümmert es die Traver, was aus der Sippe und den Gefolgsleuten wird? Was für Aussichten bietet ihnen der Planet als Ganzes? Die Produktion kann nicht mehr gesondert für sich in den einzelnen Domänen erfolgen. Sie muß auf globaler Ebene integriert werden. Ebenso die Güterverteilung, Gerichtsbarkeit, Polizei, Erziehungswesen, Wohlfahrtseinrichtungen, einfach alles. Zu diesem Zweck müssen die Domänen aufgelöst werden. An ihrer Stelle brauchen wir die gesamte Bevölkerung.

Und nach dem Krieg werden wir es mit einem ganz veränderten Universum zu tun haben. Die Polesotechnische Liga wird ihre Vorrangstellung verloren haben. Das Commonwealth wird nicht mehr der mächtigste Staat sein. Streitigkeiten zwischen Nationen und Rassen werden nicht mehr allein durch Verhandlungen beigelegt. Hermes wird sich anpassen müssen oder untergehen. Ich möchte, daß mit der Anpassung sofort begonnen wird.

Madame, wir stehen hier vor einer Revolution. Ich kann nur hoffen, daß Sie und die Oberschicht sie willig unterstützen. Wie dem auch sei, die Revolution wird stattfinden.«

14

Hanny Lennart, die für ein Credit pro Jahr dem Commonwealth als Minister mit Sonderauftrag für Außersolare Beziehungen diente, erklärte über einen Kontinent und einen Ozean hinweg: »Sie sehen gewiß ein, in welch schwierige Lage uns Ihre Ankunft versetzt hat, Admiral Tamarin-Asmundsen. Wir wissen Ihr Angebot zu schätzen, Ihre Streitmacht mit der unseren zu vereinen. Sie müssen aber zugeben, daß Ihre Regierung, die wir noch immer anerkennen, Sie nicht dazu ermächtigt hat.«

»Das hat man mir schon mehrfach gesagt«, erklärte Eric in seinem trockensten Ton, während es in ihm tobte: *Wirst du endlich etwas Richtiges sagen, du Mumie?!*

Sie tat es, und das Ende der Spannung raubte ihm fast den Atem.

»Ich rufe Sie inoffiziell an, um Ihnen mitzuteilen, daß ich mich entschieden habe, die von Ihrem Botschafter unterstützte Position einzunehmen, das heißt, daß die Regierung auf Hermes unter Druck steht und daß daher nur jene Vertreter sie repräsentieren können, die sich in Freiheit befinden. Ich erwarte, daß das Kabinett dazu seine Zustimmung gibt.«

»Ich danke Ihnen . . . herzlich«, stieß er hervor.

»Es wird zumindest einen Monat dauern«, warnte sie ihn. »Das Kabinett hatte eine Unmenge von dringenden Problemen zu behandeln. Ihr Fall eilt nicht besonders, weil unsere Flotte sich nicht rühren wird, ehe wir nicht verläßliche Informationen über die Flotte der Baburiten und ihre Absichten haben. Wir wollen kein zweites Mirkheim.«

»Wenn man den Nachrichten glauben will«, meinte darauf Eric, »dann wäre es im Sinn sehr vieler Ihrer Bürger, wenn Ihre Flotte sich überhaupt nicht vom Fleck rührt. Sie wollen Friedensverhandlungen.«

Die Lennart runzelte die spärlichen Brauen. »Ja, diese Narren. Das ist noch der glimpflichste Ausdruck, mit dem ich sie belegen kann – Narren.« Sie wurde wieder ganz sachlich. »Vorausgesetzt, meine Vorschläge finden Zustimmung, so liegt es an mir, Ihren gegenwärtigen Status festzusetzen. Ehrlich gesagt, begreife ich nicht, warum Botschafter Runeberg sich so heftig dagegen wehrt, daß man Sie als Internierten betrachtet. Es handelt sich um eine reine Formalität von begrenzter Dauer.«

Weil Nicholas van Rijn ihn dagegen aufgehetzt hat. Das Wissen, daß er im Begriff stand, diese Runde zu gewinnen, durchflutete Eric. Doch sie war noch nicht vorüber, und der Kampf hatte noch viele Runden. Verstand und Zunge traten mit Höchstgeschwindigkeit in Aktion.

»Ich bin sicher, daß er Ihnen seinen Standpunkt erklärte, Bürgerin. Nach dem Krieg werden wir uns vor unserer Regierung verantworten müssen. Wenn wir die Internierung akzeptieren, dann würde das bedeuten, daß die Stellung der Regierung angezweifelt wurde. Auch können wir uns nicht Ihrem Befehl unterstellen, ehe wir nicht als Verbündete voll anerkannt werden.«

Die Lennart preßte die Lippen zusammen. »Eines schönen Tages werde ich euer Rechtssystem studieren müssen, Admiral. Also gut. Ich gehe davon aus, daß Sie gewillt sind, inoffiziell mit der Ausarbeitung von Plänen zu beginnen, wie Ihre Flottille in unsere Flotte einbezogen werden soll.«

»Wie unsere Flotte mit der Ihrigen vereint werden soll, wenn Sie gestatten, Bürgerin.« Die Woge des Selbstvertrauens stieg in Eric. »Ja, sicher, abgesehen von der Zeit, die ich darauf verwende, mich um das Befinden meiner Leute zu kümmern. Man hat sie übrigens bereits sehr wirkungsvoll interniert. Das muß aufhören. Ich verlange eine schriftliche Erklärung, daß es ihnen gestattet wird, sich frei zu bewegen und ihren harmlosen Geschäften nachzugehen.«

Die nun folgende Debatte dauerte weniger lange, als er befürchtet hatte. Die Lennart gab seinen Forderungen nach. Schließlich waren sie sehr bescheiden. Und die Commonwealth-Regierung war unerfahren im Kriegführen und dazu unsicher, wie sie die eigenen Bürger behandeln sollte. Sie wollte vermeiden, die Helden des Tages, die von Hermes gekommen waren, grundlos zu kränken. Van Rijns Publicity-Leute hatten ganze Arbeit geleistet.

Schließlich betätigte Eric die Taste, lehnte sich zurück und stieß einen Seufzer aus, der in eine Verwünschung überging. Sein Blick wanderte vom Bildschirm auf seinem Schreibtisch zu einem Fenster, hinter dem grüne Wiesen zu Schneefeldern und schimmernden Gletschern anstiegen. Seine neue Bleibe und gleichzeitig sein Hauptquartier war ein Chalet in den südlichen Alpen von Neuseeland, das in aller Eile mit Fernsprechanlagen und Datenspeichern ausgestattet worden war. Es war spionage- und abhörsicher, jedenfalls mit ziemlicher Sicherheit. Der reiche ›Sympathisant‹, der es zur Verfügung gestellt hatte, war van Rijns Strohmann.

Erics Hochstimmung wich der Wut. Feilschen, dachte er. Planen. Warten. Warten. Und wann kämpfen wir endlich, um Gottes willen?

Um Lornas willen. Vor ihm stand das Bild seiner Verlobten, schärfer, als jedes elektronische Gespenst, aber sprachlos. Zweihundertzwanzig Lichtjahre hinter diesem milden Himmel lebte sie unter den Waffen Baburs. Er hatte ihr keinen Abschiedskuß geben können. Eine Feder war plötzlich zwischen seinen Fingern.

Aus dem angrenzenden Raum kam van Rijn. Er hatte alles mitgehört. »Na, wir haben bekommen, was wir wollten.« Sein Ton war trotz des winzigen Sieges nicht aufgehellt. »Am liebsten würde ich jubeln und den Hut in die Luft werfen, aber so ganz ist mein Herz nicht dabei. Es heißt immer noch rasch sein. Wir wollen gleich jetzt einen Plan entwickeln.«

Eric richtete seine Aufmerksamkeit mühsam auf den Händler. »Ach, das habe ich bereits getan.«

»Ja?« Die schwarzen Äuglein zwinkerten. »Ich bin zu dir gekommen, damit wir uns in Sicherheit unterhalten können.«

Eric verdrängte seinen Frust. Vor ihm lag jetzt wieder ein Schritt, der ihn seinem Ziel näherbrachte. »Ich habe ihn ausgearbeitet, während Sie unterwegs waren. Und gleich nach Ihrer Ankunft kam der Anruf der Lennart, wie erhofft.

Sie begeben sich unauffällig mit Ihrem Stab nach Ronga, als wollten sie sich von den Unannehmlichkeiten erholen, die Ihnen die Regierung zweifellos bereitete.«

Van Rijns Schnurrbart geriet ins Zittern. »Wer hat dir von Ronga erzählt?«

Eric fühlte sich mit jedem Wort wohler. »David Falkayn. Sie erinnern sich gewiß noch an den Abend an Bord Ihrer Jacht. Gegen Morgen, als alles gesagt war, wollte ich mit David Luft schnappen, ehe mich das Taxi abholte. Dabei beschrieb er mir Ihre verschiedenen privaten Landeplätze, für alle Fälle. Ronga erscheint mir am günstigsten.«

Das war aber nicht alles, was er sagte, dachte er sich. *Schon damals wußte er, was er vorhatte, und hatte auch schon eine Ahnung, wie er die Sache angehen wollte. Was ich heute getan habe und noch tue, geschah auf seinen Wunsch hin wie auch auf meinen.*

»Also«, fing er an, van Rijns Garnelenblick begegnend, »jeder meiner Kreuzer trägt ein Schnellboot – eines, das für interstellare Fahrten ausgerüstet ist. Ich werde persönlich anordnen, daß eines auf Ronga landet. Irgendein Flottenfunktionär des Commonwealth wird die Landeerlaubnis geben. Ich rechne damit, daß er sich bloß darüber informieren wird, wie das Flugfeld von Ronga aussieht. Er wird sicher nicht weiterfragen, nach dem Besitzer der Insel beispielsweise. Er wird es nicht wagen, mich zu lange warten zu lassen. Ich habe den Empfindlichen gemimt – sicher haben Sie mitgekriegt, wie ich die Lennart zusammenstauchte – und das alles in der Hoffnung, es würde sich herumsprechen, daß ich mit Velvyl-Handschuhen anzufassen sei.

Um nicht abgehört zu werden, schlage ich vor, daß Sie zu meinem Botschafter gehen und ihn nötigenfalls aus dem Bett holen. Ihm geben Sie die Offizierspatente Ihrer Agenten, die sie als Angehörige der Marine von Hermes ausweisen. Sie schaffen die Leute dann auf die Insel und übergeben ihnen meinen Befehl, sie hätten das Solar-System zu verlassen gemäß den mündlich erteilten Instruktionen. Sie werden das Schnellboot gleich nach der Landung besteigen. Sie können dem Piloten sagen, daß er zurück zum Schiff soll. Das Boot hat Proviant und Vorräte für mehrere Wochen geladen. Können Sie dafür sorgen, daß für die Nichthumanoiden die nötigen Nahrungsmittel beschafft werden?

Ich kann mir nicht denken, daß das Boot beim Start Schwierigkeiten haben wird. Der diensthabende Beamte wird annehmen, daß ich meine im Orbit kreisenden Schiffe besuchen möchte. Kaum aber hat es die Erde hinter sich, wird es Kurs aufs All nehmen. Und der Raum ist so groß, daß eine unliebsame Begegnung unwahrscheinlich ist, wenn Ihr Mann sein Geschäft versteht. Die Commonwealth-Flotte ist nicht auf eventuelle Bewegungen hinaus ins All gefaßt – ebensowenig wie die Baburiten auf Hermes.«

Ein Lachen hinderte ihn am Weitersprechen. »Ja, ich werde jede Menge Donnerwetter erleben«, schloß Eric nach einer Weile. »Und ich werde alle mit Hochgenuß darauf verweisen, daß ich meine Rechte nicht überschritten habe. Wir sind nicht interniert und wir stehen noch nicht unter dem Oberbefehl des Commonwealth. Was kann ich dafür, wenn Ihr Offizier glaubte, ich wollte selbst eine Spritztour machen? Ich bin nicht verpflichtet, an meine Besatzung gerichtete Befehle zu erklären – obwohl es eigentlich zu erwarten ist, daß ich Späher losschicke, die von weitem nachsehen sollen, wie alles auf Hermes läuft. Ja, der Wirbel wird der erste Spaß sein, den ich hatte, seitdem Sie mich aus Rio herausschmuggelten.«

Van Rijn stand sekundenlang regungslos da. Dann legte er los. »Hohoho!« bellte er. »Du bist wirklich mein Sohn, der nicht weit vom Stamm gefallen ist, ja, du bist richtig durchgemendelt in deiner Erbmasse! Ich suche rasch die Flasche Genever, die mit der Büroausstattung kommen sollte. Dann trinken wir einen und wünschen dem Gegner was – ex!«

»Ja, später«, antwortete Eric, der so etwas wie Wärme verspürte. »Ja, ich freue mich darauf, mir mit dir einen Riesenrausch anzutrinken ... Dad. Aber im Moment heißt es in Bewegung bleiben. Ich verlasse mich auf dein Wort, daß niemand dich hierher verfolgt hat. Aber wenn du länger wegbleibst und deine Beobachter dich vermissen, wird es doch auffallen?«

Er griff nach Schreibmaterial. »Gib mir noch einmal die Namen der Partner Falkayns an«, bat er.

Van Rijn erstarrte augenblicklich. »Falkayns? Davids? Nein, nein, mein Junge. Da habe ich andere an der Hand.«

Eric war erstaunt. »Natürlich zögerst du, ihn wieder mit einer gefährlichen Mission zu betrauen. Aber hast du einen anderen, der geeigneter wäre?«

»Nein.« Van Rijn fing an, gewichtig auf und ab zu schreiten. »Ach, wie ich es hasse, Coyas Bemühungen zu sehen, sich während seiner Abwesenheit nichts anmerken zu lassen. Trotzdem würde ich ihn schicken, wenn nicht ... nun ja, du hast es ja damals auf dem Boot gehört. Er will keine Zusammenkunft der unabhängigen Firmenspitzen arrangieren, wie er es eigentlich sollte. Er lügt mich nicht an. Wenn man ihm eine Chance gibt, wird er nach Hermes fahren.«

»Aber ja ... sollte ich es ihm verwehren?«

»Verdammt und zugenäht!« stieß van Rijn hervor. »Was kann er dort schon ausrichten? Soll er sich töten lassen? Welchen Sinn haben denn diese vielen Manöver?«

»Ich hatte den Eindruck, es war keine Angeberei, als er damals sagte, er und seine Besatzung könnten ungesehen auf dem Planeten landen«, sagte Eric. »Wenn er dort ist, ja, dann wird er wohl länger bleiben müssen. Von meiner Warte aus ist das gut, weil sein Rat und seine Führungsqualitäten unbezahlbar sind. Er hat überdies gesagt, es wäre viel schwieriger, von Hermes wieder ins All zu kommen, aber seine Partner hätten eine gute Chance, es zu schaffen, nachdem sie ihn dort abgeladen haben. Sie sind für solche Kunststücke bekannt. Sie werden die Zusammenkunft der freien Unternehmer arrangieren. Obwohl ich, ehrlich gesagt, keine Ahnung habe, was dabei herausschauen könnte.«

»Vielleicht nur wenig, und ich, ich habe so eine Nase, mein Sohn ... Und diese Nase sagt mir, wir sollten uns durch die Überreste der Liga durcharbeiten, dann werden wir vielleicht auf die Gründe für Baburs Aktivitäten stoßen. Und auf einen Weg, wie wir sie ändern können. Weil sie nur so vom Hinsehen wenig Sinn ergeben.« Er hob seine schwere Hand. »O ja, ich weiß, Kriege erscheinen oft sinnlos. Trotzdem höre ich nicht auf, mich zu fragen, was die Führer der Baburiten durch ihr imperialistisches Vorgehen gegen uns zu gewinnen hoffen.« Er schlug sich gegen die

Stirn. »Irgendwo in dieser harten alten Birne schlummert eine Idee . . .

David wird unbedingt zuerst nach Hermes wollen. Dann könnte es aber sein, daß Adzel und Chee nicht weiter können. Der Leopard ändert seine Flecken nicht. Ich möchte lieber jemanden anderen schicken. Bitte.«

Daß sein Vater ihm gegenüber dieses Wort benutzte, gab Eric einen sonderbaren Stich. »Es tut mir leid«, sagte er. »Es muß Falkayn sein, egal welche Bedingungen er stellt. Sieh mal, ich muß meinen eigenen Leuten zuliebe sehr vorsichtig sein. Falkayn hat meine Nationalität. Und seine Partner sind nicht Bürger des Commonwealth. In diesem Fall bin ich befugt, sie in meinen Dienst zu stellen. Hast du andere ähnlich qualifizierte Raumfahrer zur Verfügung?«

Van Rijn wirkte verfallen. »Nein«, sagte er leise.

Er ist alt, durchzuckte es Eric, *er ist müde und einsam.* Am liebsten hätte er die gebeugten Schultern umfangen. Doch er brachte bloß heraus: »Macht es denn so viel aus? Im besten Fall werden wir Verbindungen herstellen, zuerst mit meiner Heimat und dann mit deinen Geschäftsfreunden. Hoffentlich nützt es etwas.« Und laut setzte er hinzu: »Entscheidend wird sein, wie wir uns im Kampf behaupten.«

Van Rijn bedachte ihn mit einem langen Blick. »Du begreifst nicht, Junge. Ob Sieg, Niederlage oder Patt, ein längerer Krieg bedeutet das Ende des Commonwealth, wie wir es kennen, der Liga und auch das Ende für Hermes. Bete zu allen Heiligen, daß wir nicht um das kämpfen müssen, was man so Entscheidung nennt.« Er schwieg. »Vielleicht sind wir ohnehin schon zu spät dran. Gut, gehen wir den Weg, den du dir ausgedacht hast.«

Der Sonnenuntergang ergoß sein Füllhorn farbenprächtig über den Ozean, von brennendem Orange angefangen bis zu flüssigem Gold und einer breiten korallenfarbigen Palette. Licht überspannte das Wasser vom Horizont bis zur Brandung. Hoch im Westen stand Venus. Auf Ronga war es still. Nur die Wellen plätscherten einschläfernd. Der Blumenduft des Tages wurde mit dem Kühlerwerden der Luft merklich schwächer.

Adzel kam einen Strand entlang, der sich an der Außenseite des Atolls dahinzog. Zu seiner Linken hob sich eine Palmengruppe vor dem Violett des östlichen Himmels ab. Auf seiner rechten Flanke schimmerten die Schuppen. Chee Lan ritt auf seinem Nacken. Ihr Fell glänzte wie vergoldet. Es war ihre letzte Stunde vor der Rückkehr ins All.

Sie sagte in das Schweigen hinein, das beide umfangen hielt: »Wenn alles erledigt ist und wir mit dem Leben davongekommen sind, werde ich für immer in meine Heimat zurückkehren.«

Adzel ließ ein fragendes Grollen ertönen.

»Ich habe mich dazu entschlossen, seitdem der Wirbel anfing«, sagte sie zu ihm – oder sagte sie es zu sich? »Und heute ... die Schönheit hier beunruhigt mich. Es ist Cynthia zu ähnlich und zugleich zu unähnlich. Ich versuche, mir die lebenden Wälder von Daolai ins Gedächtnis zu rufen, blühende Mandelbäume und die Vögel, überall Gefieder. Aber ich sehe immer nur das hier. Ich versuche, mir Artgenossen ins Gedächtnis zu rufen, die mir etwas bedeuteten, und entdecke, daß ich außer ihren Namen nichts mehr weiß. Ich spüre Kälte um mich.«

»Freut mich, daß dein Hunger nach Reichtum gesättigt ist«, sagte Adzel.

Ihr Fell sträubte sich. »Warum beim Chaos habe ich dir jemals Geständnisse gemacht, du übergroßer Grunzosaurier? Du weißt nicht, was Heimweh ist. Du kannst deine alberne Erleuchtung suchen, wo immer du bist, bis das dumme Ding abgenutzt ist.«

Der große Kopf wurde geschüttelt. Adzel meinte ›nein‹, eine Geste, die er unter den Humanoiden gelernt hatte. Auf Woden war sie unbekannt.

»Tut mir leid, Chee. Das war nicht überheblich gemeint, ich freute mich deinetwegen wirklich.« Sie beruhigte sich so rasch, wie sie aufgebraust war, und schnurrte behaglich. Er fuhr mit einer gewissen Verbissenheit fort: »In meinem eitlen Wahn dachte ich, ich wäre tatsächlich frei von geburtsbedingten Bedingungen. Aber diese Sonne hier ist schwach, der Horizont eng. Im Traum galoppiere ich oft mit Gefährten über Ebenen, auf denen der Wind singt.

Und ich sehne mich nach einem weiblichen Wesen, ich, der solches Verlangen nur haben sollte, wenn ein brünstiges Weibchen in der Nähe ist. Oder wünsche ich mir Nachwuchs, Sprößlinge, die um meine Beine krabbeln, bis ich sie in die Arme nehme?«

»Ja, genau«, murmelte Chee. »Ein Geliebter, dem ich für immer gut sein kann.«

Der Strand verengte sich bei der Biegung um eine Palmengruppe. Sie sahen Falkayn und Coya, die einander gegenüberstanden, Hand in Hand, und für ihre Umgebung keinen Blick hatten. Adzel verlangsamte den Schritt nicht, und er und Chee sahen nicht eigens hin und sahen auch nicht weg. Die drei Rassen entstammenden Gefährten, die zu einer Vierergemeinschaft verschmolzen waren, hatten voreinander nicht viel zu verbergen.

»Ach, andererseits bereue ich nichts«, sagte der Wodenit. »Es waren gute Jahre. Ich wünschte nur, meine Kinder werden ebenfalls das Glück haben, Wunder kennenzulernen.«

»Ich auch, obwohl ich fürchte . . . ich fürchte, wir haben noch den besten Teil abbekommen. Die Zeit, die nun kommt . . .« Sie sprach nicht weiter.

»Aber du brauchst die Zukunft nicht heute zu ertragen«, rief Adzel. »Wir wollen unser letztes Abenteuer genießen und abwarten, was auf uns zukommt.«

Die Cynthierin schüttelte sich, als wäre sie eben aus einem Gletscherbach gestiegen, und ging abrupt zu ihrem gewohnten Stil über. »Abenteuer?« fauchte sie verächtlich. »Zusammengepfercht in einem Schiff, das nur halb so groß ist wie unser eigenes, ohne unsere Lieblingsbeschäftigungen? Nicht einmal ein Computer an Bord, der Poker spielen kann!«

15

Zunächst präsentierte Hermes sich als blauer Stern. Dann schwoll er zu einer saphirfarbenen Scheibe an, von weißen Wolken marmoriert, etwas dunkler dort, wo der einzige große Kontinent lag.

Die Ozeane waren sonnenhell oder mondmatt. Die Zeit verging, und Hermes füllte das halbe Firmament aus. Der Planet lag nun nicht mehr vorne, sondern unten.

Das war der gefährlichste Punkt. Das Schiff *Streak* war von der Besatzung in einen hyperbolischen Orbit gesteuert worden, wobei man in das System Maia in großer Entfernung von der ekliptischen Ebene eindrang. Bei diesem Vorgang wurde die Kernenergieanlage abgeschaltet, und die lebenserhaltenden Systeme mußten auf Minimalstärke laufen. Wurde das Schiff von einem Patrouillenschiff der Baburiten geortet, würde man es als Meteoriten aus dem interstellaren Raum einschätzen, Objekte, die hier häufig auftraten. Nun aber war der Moment gekommen, Falkayn brauchte jetzt eine gewisse Schubkraft, damit das Schiff die richtige Geschwindigkeit bekam, um nicht in der Atmosphäre zu verglühen.

Vor ihm glitten Meßwerte vorüber, Angaben über Luftdichte und deren Gradienten, über Schwerkraft, Höhe, Planetenwölbung, die sich ständig verändernden Vektoren des Schiffes. Eine Berechnung wurde angegeben: In dreißig Sekunden war ein Niedergehen möglich, vorausgesetzt, das Schiff ging mit der Geschwindigkeit herunter. Es folgte die Angabe des Landepunktes. Er mußte nun entscheiden, ob er diese Gelegenheit nützen oder auf die nächste warten wollte. Wenn er mit der Landung noch wartete, würde er weniger Negagrav-Kraft brauchen, doch der Rumpf würde viel heißer werden und der Landepunkt wäre ein anderer. Teils der Vernunft, teils seinem geübten Instinkt folgend, drückte er den Knopf, der die sofortige Landung einleitete.

Der Bremsvorgang drückte ihn gegen die Haltegurte, da kein inneres Schwerefeld zum Ausgleich da war. Das Gewicht zerrte an seinem Körper, es wurde ihm schwarz vor den Augen, in seinem Schädel ertönte ein Donnern. Nach einigen Minuten schaltete sich der Antrieb aus, das Schiff flog frei in flachem Anflug dahin. Sie waren noch so hoch in der Stratosphäre, daß die Sterne an einem schwarzblauen Himmel standen.

»Alles klar, dort hinten?« krächzte er in die Sprechanlage.

»So klar wie eine zerquetschte Tomate nur sein kann«, grollte Chee von ihrem Geschützturm her.

»Ach, nach so langer Schwerelosigkeit war das Manöver herzerfrischend«, meldete Adzel sich im Maschinenraum. »Ich kann es kaum erwarten, von Bord zu kommen und mir die Beine zu vertreten.« An Bord der *Streak* konnte er aus Platzmangel nur isometrische Übungen und Kniebeugen machen. Immer wenn seine Kameraden sich tummeln wollten, mußte er den Freizeitraum verlassen, den einzigen, in dem er sich richtig ausstrecken konnte – wenn er nicht riskieren wollte, als Abprallwand für einen Handball zu dienen.

»Du wirst noch mehr Bewegung bekommen, als dir lieb ist«, sagte Chee düster. »Dann nämlich, wenn irgendwo ein Detektor unseren Energieausstoß ortet.«

»Wir waren eben mitten über dem Corybantic-Ozean«, beruhigte Falkayn sie. »Unsere Chancen stehen nicht schlecht . . . Hopp, jetzt wird es ruppig.«

Das Schiff traf auf die Schicht zwischen Stratosphäre und Troposphäre in einem kleinen, berechneten Winkel auf. Wie ein Stein über Wasser hüpft, so prallte es vom dichteren Gas ab. Der Schock ließ den Rumpf erbeben. Eine Weile flog es fast frei weiter, wieder höher und Richtung All, um dann erneut in einem Bogen nach unten zu stoßen, um aufzuprallen und hochgeworfen zu werden . . . immer wieder. Mit jedem Mal drang das Schiff tiefer in die Atmosphäre ein und wurde abgebremst. Der Himmel war nun blau auf der Tagseite, und sternenbestückt nur, wenn sie auf die Nachtseite kamen. Das Heulen der vom Schiff gespaltenen Luft schwoll zum Hurrikan an. Land und Meer nahmen nun mehr vom Sichtschirm ein als der Himmel.

Schließlich waren es nur mehr wenige Kilometer bis zur Oberfläche. Das Schiff verhielt sich wie ein Auftriebskörper. Falkayn rief mit einem Knopfdruck die geographischen Koordinaten ab, die an Hand der ununterbrochen eingehenden Signale der Navigationssatelliten erstellt wurden. Er verglich die Angaben neugierig mit der Karte. Sie befanden sich über Greatland, die Landung war für die Thunderhead Mountains geplant. Unter ihm erstreckte sich die sonnenbestrahlte Wüste, die das Innere des Kontinents einnahm. Rote Erde erhob sich zu phantastischen, vom Wind geformten Yardangs, die spärlich bewachsen waren. Das Gebiet war menschenleer. Wenn er bis jetzt nicht entdeckt worden war, würde er auch weiterhin unbehelligt bleiben. Er konnte also den Antrieb einschalten, um das Schiff in die Nähe von Horneck, dem Stammsitz der Falkayns, zu manövrieren.

Chees Mitteilung durchhieb wie ein Schwert seine Hoffnungen. »Yao leng! Zwei Schiffe, aus Nordosten und Südost, die auf uns zuhalten.«

»Ist das sicher?« Falkayn schrie es fast heraus.

»Radar und ... ja, Hölle und Teufel, Neutrinoemissionen, Kernantrieb. Keine Raumschiffe, aber groß und vor allem schnell, jede Wette.«

O nein, durchfuhr es Falkayn. *Man hat uns aufgespürt. Aber wie? Die Besatzungsmacht muß zahlreicher sein und weiter verstreut, als Eric glaubte, aus welchem Grund auch immer. Schließlich war er ja schon weg, als sie hier richtig anrückten ... Jemand bemerkte einen Energieauspuff irgendwo hoch oben und fragte bei einem Zentrum nach, das die Auskunft gab, es wäre wahrscheinlich kein Schiff der Baburiten. Daraufhin wurde das weitgespannte Detektorennetz aktiv, wir wurden entdeckt, und die am nächsten stationierten Militärflieger wurden auf uns gehetzt.*

Er verdrängte seine Enttäuschung und fragte: »Haben wir Chancen, sie abzuschießen, wenn sie näherkommen?«

»Elende Chancen«, gab Chee zurück.

Falkayn nickte. Tja, die *Streak* war nicht seine *Muddlin' Through.* In einer Atmosphäre und unter Einfluß eines starken Schwerkraftfeldes war sie viel weniger wendig als Schiffe, die für diese Bedingungen ausgelegt waren. Sie verfügte über keinen Kraftfeldgenerator, der Geschosse abwehren konnte, und ihre ungepanzerten Seitenteile waren unter Strahlenbeschuß sehr verwundbar. Ehe sie ein Schlachtschiff der ersten Klasse überhaupt angreifen konnte, war sie höchstwahrscheinlich schon atomisiert.

Der Versuch, hinaus ins All zu entwischen, war ebenso sinnlos wie ein Gefecht. Man hatte sie bereits in der Zange. Die im Orbit kreisenden Schlachtschiffe waren sicher schon informiert.

Unterwegs hatten die drei diese und jede andere denkbare Notsituation durchdiskutiert. »Na denn«, sagte Falkayn. »Wo treffen wir aufeinander, Chee?«

»In etwa fünfhundert Kilometer Entfernung, wenn alle Beteiligten ihre gegenwärtigen Vektoren beibehalten.«

»Das nenne ich Glück! Dann sind wir über den Thunderheads, und zwar über einer Gegend, die ich als Junge gut kannte. Ich werde kurz vor unserem Ziel niedergehen, und nichts wie ab in die Wälder. Ihr zwei könnt eure Posten jetzt gleich verlassen. Es hat keinen Zweck mehr, wenn ihr aufpaßt. Chee, kümmere dich lieber um unsere Notrationen.« Sie konnten sich zwar von dem ernähren, was das Land bot, doch fehlten gewisse Vitamine und Spurenelemente. »Adzel, du suchst die Ausrüstung zusammen.« Ein ganzer Sack davon war schon im voraus vorbereitet worden. Dazu gehörten Mini-Antriebe, mit deren Hilfe sie fliegen konnten, falls es ihnen überhaupt glückte, den Feinden zu entkommen. »Stellt euch an die Besatzungsschleuse, schnallt euch aber an den Rungen fest. Ich werde bald bremsen, und zwar heftig!«

Entlang eines Schallstrahles, der den Boden erzittern ließ, setzte die *Streak* ihren langen Landeanflug fort. Das Gebirge ragte gespenstisch blau am Horizont auf, dann abweisend grau und bräunlich, und dann sah man aus der Nähe Felsen, Spalten, Geröllhalden, ewigen Schnee. Gipfel ragten dem Schiff entgegen, als er den Hauptkamm überflog. Die östlichen Höhen waren sanfter und fielen in langgestreckten Hängen gegen das Apollo-Tal ab, das auf der anderen Seite von den Arkadischen Hügeln begrenzt wurde, die dann in die Küstenebene übergingen, in der Starfall lag. Auf dieser Seite war die Luft feuchter. Gewölk trieb dahin, Alpenmatten leuchteten in herbstlicher Blässe, die niedriger gelegenen Hänge waren bewaldet.

Los geht's! Falkayn benutzte wieder den Antrieb. Von einer Energiewoge gepackt, blieb das Schiff momentan fast stehen, kippte zu einer vertikalen Lage um, sank tiefer und traf auf. Die Landestützen gruben sich ins Erdreich, fanden Halt und stellten sich so ein, daß das Schiff im Gleichgewicht gehalten wurde. Falkayn war bereits aufgesprungen. Eine Dosis Equilibrol hatte seinen Gleichgewichtssinn für die unter Null Gee verbrachte Zeit ersetzt. Er schwang sich eine Treppe hinunter, raste einen Gang entlang und durch die offene Schleuse seinen Gefährten nach.

Sie überließen ihm die Führung. Er setzte über die Lichtung, auf der sie gelandet waren, auf die Bäume zu. Der klare Himmel brachte den Tod. Zwischen den Stämmen wucherte Buschwerk und Weidengestrüpp, das sie am Weiterkommen hinderte. Falkayn hatte sich bald wieder die Geschicklichkeit seiner Kinderzeit angeeignet. Er teile die Zweige mit sparsamen Bewegungen von Armen und Beinen. Adzel mußte ihm vorsichtiger folgen, damit er nicht zuviel Spuren hinterließ. Jeder seiner Schritte war länger als Falkayns. Chee kam mühelos sich von Ast zu Ast schwingend weiter.

Falkayns Schätzung nach hatten sie drei Kilometer hinter sich gebracht, als über ihnen ein pfeifendes Geräusch ertönte. Ein Blick nach oben zeigte, daß es eines der Schiffe war, das auf die *Streak* zuhielt. Der schlanke Körper war ein Avelan-Schiff. Dieser Typ war nach der Bedrohung durch die Shenna für Planeten konstruiert worden, die von Menschen bewohnt waren. Die hatten sich damals bis zu einem bestimmten Grad bewaffnen müssen. Es war die bedrohliche Kriegsmaschine, die er befürchtet hatte. Als Emblem waren die verschlungenen Achter der vereinten Babur angebracht. Dieses und die anderen Schiffe mußten schon vor Jahren durch Strohmänner angekauft worden sein und von humanoiden Söldnern bedient worden sein.

Erleichterung schoß in Falkayn hoch, als das Schiff außer Sicht verschwand. Es hatte sie nicht bemerkt.

»Laß mich sehen!« rief Chee. Adzel warf ihr ein Fernglas zu, das für ihre Augen einstellbar war. Sie schwang sich weiter nach oben.

Falkayn kam die kurze Rast nicht ungelegen. Müde war er noch nicht. Auf offener Strecke hätte er ohne Beschwerden noch lange durchgehalten. Aber hier bot sich ihm die Chance, seine Sinne schweifen zu lassen, ein Teil dieser Welt zu werden, anstatt sie als eine Reihe von Hindernissen zu sehen.

Die Spätnachmittagssonne bohrte ihre Strahlen zwischen Stämme und Äste. Bis auf ein paar Wölkchen prangte der Himmel makellos blau. An Bäumen standen hier meist Steinborken, die jetzt unbelaubt waren, und Regendachbäume, deren Wipfel sich gelb gefärbt hatten, die aber gut Deckung boten, wenn man den Weg mit Bedacht wählte. Der Boden war hier weniger bewachsen als dort, wo sie gelandet waren. Das Laub knirschte bei jedem Schritt und duftete würzig und feucht. Ornithoide flitzten zwischen kahlen Zweigen hin und her, und Brummkäfer tanzten auf den Sonnenstrahlen wie Motten. Plötzlich wurde Falkayn von – nein, nicht Heimatgefühl – von Sehnsucht gepackt. War das noch sein Land, oder hatte er sich ihm im Laufe der Jahre entfremdet?

Keine Zeit, sich darüber den Kopf zu zerbrechen. Chee kam wieder herunter.

»Einen sah ich niedergehen, der andere schwebt offenbar genau über unserem Schiff«, meldete sie. »Die werden bald merken, daß wir ausgeflogen sind.«

»Jetzt heißt es schnell sein«, mahnte Adzel.

»Nein«, entschied Falkayn. »Nicht, ehe wir wissen, wie gründlich sie vorzugehen gedenken. Verstecken wir uns erst mal, besonders du, alter Bulligator.«

Chee nahm ihren Ausguckposten wieder ein, während Adzel sich ins Dickicht verdrückte. Falkayn nahm seinen Strahler zu Hilfe, um Buschwerk und Zweige abzuschneiden, die er über den vorstehenden Schwanz des Wodeniten legte. Er selbst fand leichter ein Versteck ...

Chee glitt zu Boden und schnellte auf ihn zu. »Jetzt ist der Ofen aus«, erklärte sie. »Sie kommen mit Mini-Antrieben geflogen, vier Mann, die eine Suchspirale fliegen. Und weißt du, was sie bei sich haben? Ein Schnüffelgerät!«

Falkayn erstarrte. Vor diesem Instrument, das auf Atem- und Körpergeruch reagierte, gab es kein Entkommen. Nur eine Höhle hätte Unterschlupf bieten können. Wilde Tiere konnten das Gerät mit falschem Alarm ablenken, aber das nützte den Gejagten nicht viel.

Nach unserer jahrelangen Glückssträhne könnte das das Ende sein. Ein sonderbarer Gedanke. Laut fragte er ganz überflüssig: »Wie kommen denn die an einen Schnüffler?«

»Ach, den brauchen sie aus Vorsicht gegen eventuelle Guerillas, oder aber die Guerillas sind schon aktiv«, sagte Chee. »Aber nur einer der Flieger ist mit einem Schnüffelgerät ausgerüstet. Ansonsten hätte man sicher zwei Partien ausgeschickt.«

»Ob wir nicht selbst in die Luft sollten?«

»Wo denkst du hin! Hast du jetzt den Verstand verloren? Dann wären wir nicht zu übersehen aus dieser Nähe!«

Adzel meldete sich aus seinem Versteck. »Meine Ausdünstung wird am ehesten registriert. Seht zu, daß ihr beide weiterkommt. Ich bleibe hier und lenke sie ab.«

»Ist dein Gehirn schon zu Haferbrei erweicht?« fauchte Chee. »Hört, Freunde, ich schaffe es keinesfalls . . .«

Da rammte sich die Vernunft wieder wie ein Schwert in Falkayns Hirn. »Schluß mit dem Unsinn!« rief er. »Den Gedanken schlag dir aus dem Kopf. Adzel, du bleibst, wo du bist. Chee, du kommst mit. Führ mich einen Kurs, daß sie uns beide als erste ausmachen.«

Sie spitzte die Ohren. »Was hast du vor?«

»Schnell, beweg dich, du Quasselkopf! Erklärungen gibt es im Laufschritt!«

Er stand unter einem Regendachbaum am Rand einer Steinborkengruppe, deren Äste und Zweige ein Skelettmuster auf jenen Teil des Himmels zeichneten, den er sehen konnte. Über ihm summte es. Die Jäger kamen ins Blickfeld, hoch über den Wipfeln. Sie waren humanoid, sahen aber nicht so aus, da die auf den Rücken geschnallten Antriebsaggregate wie ein Flossenpaar aussahen, die Kopfhelme wie blankes Gebein, da das Metall in der Sonne schimmerte. Sie trugen unbekannte graue Uniformen. Drei waren mit Energiestrahlern bewaffnet, deren lange Läufe von großer Zerstörungskraft zeugten. Der Anführer, der niedriger flog als die anderen, trug eine Box mit Scannern und Einlaßventilen auf der Vorderseite und Meßgeräte an der Rückseite. Ja, es war ein sogenannter Schnüffler. Der Mann deutete in ihre Richtung. Ein Strahl durchschnitt das Geäst. Man roch bitteren Rauch. Über einen Lautsprecher dröhnte es in akzentschwerem Anglic: »Kommt heraus oder wir verbrennen euch den Boden unter den Füßen!«

Falkayn trat vor, die leeren Hände erhoben. Er war bar jeder Furcht. Doch waren alle Sinne aufs äußerste gespannt. Er nahm jedes einzelne Blatt unter seinem Fuß wahr, hörte das Rascheln, spürte es unter seinem Schritt nachgeben, merkte, wie der Wind ihm den Schweiß von den Wangen wehte, roch die Düfte von Wachstum und Verfall und hielt es für unmöglich, daß Chees Gegenwart unbemerkt blieb.

Die Soldaten blieben stehen. »Gut so, bleib stehen«, befahl die Stimme. Die vier Verfolger beratschlagten. Natürlich dachten sie an die Möglichkeit eines Hinterhalts. Doch ihr Instrument hatte nur diesen Mann angezeigt ...

Ein Klettertier, das an einem hochgelegenen Ast hing, zählte nicht. Das graue Fell mit den schwarzen Flecken machte es unauffällig. Seine Haltung war die eines vor Angst erstarrten Geschöpfes. Chee hatte sich rasch in Laub und Humus gewälzt. Die Verfolger stammten nicht von Hermes, sie kannten die auf dem Planeten vorkommenden Tiere nicht. Wahrscheinlich hatte keiner sie auch nur bemerkt.

Einer blieb in der Luft. Seine Kameraden gingen nieder, um den Gefangenen zu holen. Als sie an Chee vorbeikamen, holte sie blitzschnell ihren Strahler unter dem Bauch hervor und eröffnete das Feuer.

Der erste Strahl traf den Schnüffel-Apparat, durchschlug das Gehäuse und traf die Schaltkreise. Der Mann schrie auf und ließ das Ding fallen. Der Schuß ging durch ihn hindurch und versiegelte sengend die tödliche Wunde. Sein Leichnam sank weiter, hilflos am Antrieb hängend.

Der zweite Strahl traf nicht. Er erwischte das Ziel nur am Bein. Zumindest war er außer Gefecht gesetzt. Er floh in die Höhe, seine Schreie waren schrecklich anzuhören.

Der dritte legte auf Chee an. Sie aber hatte flink hinter einem Baumstamm Deckung gesucht und glitt nach unten auf den Boden zu, wobei sie aber immer wieder von Ast zu Ast sprang und viele Meter überwand. Er wollte nun auf Falkayn anlegen, der aber hatte bereits Deckung im dichten Gebüsch gesucht. Hermeter und Cynthierin schossen nun los, was die Waffen hergaben. Der Soldat trat den Rückzug an. In blinder Wut ließen er und seine unverletzt gebliebenen Kameraden eine Flamme nach der anderen losschnellen. Wo sie auftrafen, splitterte Holz und rauchte Erde. Hunderte Flügelpaare schwirrten erschrocken davon, und das Gezwitscher übertönte beinahe das tonlose Donnern der Waffen.

Es nützte nichts. Falkayn, der von Deckung zu Deckung schlüpfte, war in Sekundenschnelle außer Reichweite. Chee hatte es noch leichter, da sie sich ungesehen fortbewegte. Bei Adzel angelangt, kletterte sie sofort ganz hoch und hielt Ausschau. Keine Feinde zu sehen, nur das eine Schiff im Schwebezustand. Die Söldner mußten ihren verwundeten Gefährten zurückgeschafft haben.

»Und jetzt haben sie keinen Schnüffler, bis irgend jemand ihnen Ersatz bringt«, sagte Falkayn. So wie es ihm vorhin an Furcht gemangelt hatte, so verspürte er jetzt auch keinen Überschwang. Er wußte bloß, was er zu tun hatte, und dieser Antrieb ließ ihn nicht ruhen.

»Bis dahin müssen wir schon weit fort sein. Wir machen uns sofort auf den Weg, langsam und mit äußerster Vorsicht. Nach Einbruch der Dunkelheit, gottlob sehr bald, können wir schneller vorwärts. Und mit schnell meine ich wirklich schnell.« Und zum Wodeniten sagte er noch: »Wie wär's jetzt mit ein wenig Selbstaufopferung? Wenn du mich und Chee auf den Rücken nimmst, kommen wir hübsch voran und brauchen keine Ruhepausen.« Ja, das alte Team funktionierte gemeinsam noch immer tadellos. Er deutete auf eine Landmarke, die zwischen den Bäumen hindurchschimmerte, ein schneebedeckter Gipfel. »Dorthin. In dieser Richtung sind meine Leute.«

16

Hornbeck lag auf einem Plateau, das einer Flanke des Mount Nivis vorgelagert war. Hinter einem Wald ging es im Norden steil hinauf bis zum ewigen Schnee. Auch im Westen zogen sich Bergrücken dahin, während man nach Osten und Süden nur Himmel und Ackerland sah. Das Herrenhaus aus grauem Stein stand in einiger Entfernung von einer Gruppe kleinerer Häuser und anderer Gebäude, einem Dörfchen. Hier lag der Ursprung der Falkayn-Domäne, in Holz und Eisen. Hatten sich die Unternehmen auch inzwischen über den ganzen Planeten ausgebreitet, so lag doch hier das Herz.

Der Weg wand sich zwischen den Feldern hindurch. Falkayn sah, wie leer sie um diese Jahreszeit waren, nichts als Stoppeln und nackte braune Erde. Auf den Weiden zupften die Rinder die letzten mageren Gräser aus, die der Herbst zurückgelassen hatte. Der Tag war klar und windstill. Die Stille war so gewaltig, daß ihm das Knirschen seiner Stiefel auf dem Weg schicksalsträchtig in den Ohren klang. Hoch über ihm schwebte ein Eisenflügel, gierig auf Beute lauernd. Weder in der Luft noch auf dem Boden gab es Verkehr, der ihn hätte stören können. Die ganze Ansiedlung hatte sich eingeigelt. An die Außenwelt drangen nur selten Nachrichten. Nur wenige Bewohner wurden ausgeschickt, und wenn, dann bloß kurz. Besucher wurden nicht eingeladen. Es war die Ruhe vor dem Sturm.

Und der würde bald losbrechen, und zwar in gefährlicherer Form als ein physischer Angriff, dachte Falkayn.

Er unternahm mit seiner Mutter diesen kleinen Spaziergang am Morgen nach seiner Ankunft. Man wollte sich in aller Ruhe nach dem liebevollen Wirbel vom vergangenen Abend aussprechen. Und doch gingen sie eine halbe Stunde wortlos nebeneinander her. Nach all den Jahren, die vergangen waren, wußte er nicht mehr, was sie dachte. Er selbst stellte fest, daß er nicht imstande war, Pläne zu schmieden. Sein ganzer Körper war mit Erinnerungen beschäftigt.

Schließlich fing Athena Falkayn zu sprechen an. Sie war eine große Frau, noch immer hübsch und lebhaft. Das weiße Haar fiel ihr in aller Fülle auf die Schulter. Wie ihr Sohn trug auch sie einen Coverall mit dem Familienabzeichen. Dazu hatte sie ein hübsches Halstuch umgelegt.

»David, mein Lieber, ich war so glücklich, dich wiederzusehen, so erschrocken über die Gefahren, die du auf dich genommen hast, ehe mir klar wurde, daß du sie heil überstanden hast . . . aus diesem Grund konnte ich es bis jetzt nicht fragen: Warum bist du gekommen?«

»Das sagte ich schon.«

»Ja, du übernimmst Michaels Stellung, wie es dir zukommt.«

»Und wie es meine Pflicht ist.«

»Nein, David. Du weißt es besser. John und Vicki« – ihre beiden Jüngsten, die anderswo lebten – »und ihre Ehepartner sind diesbezüglich ganz auf dem laufenden. Nach dem Tod deines Vaters habe ich dafür gesorgt, daß sie in alles Einblick bekamen, nicht zuletzt auch deswegen, weil Michael so viel unterwegs war. Oder bist du uns so fremd geworden, daß du uns nicht mehr zutraust, wir könnten die Situation meistern?«

Falkayn fuhr sich mit der Hand übers Gesicht. Es war eingefallen von der tagelangen harten Wanderung, auf der sie sich von dem ernährt hatten, was das Land bot. Sie hatten nicht gewagt, ihre Antriebsaggregate zu benutzen. »Aber keine Spur«, widersprach er. »Aber bei meiner Erfahrung . . .«

»Hättest du deine Erfahrung nicht nützlicher draußen im All anwenden können, indem du mithilfst, den Krieg zu organisieren?« Der Blick, den sie nach oben schickte, wo in großer Höhe Schiffe patrouillierten, glich einer geballten Faust.

»Das bezweifle ich«, gab er schroff zurück. »Glaubst du denn, die Commonwealth-Regierung möchte auch nur flüchtig mit mir zu tun haben? Und was van Rijn angeht . . . tja, da habe ich vielleicht einen bösen Fehler begangen. Vielleicht auch nicht. Aber . . . sieh mal, auf Hermes hat stets Frieden geherrscht. Die Wechselfälle der Geschichte sind dir fremd – übrigens allen Bewohnern dieses Planeten –, sie sind für euch nicht mehr als eine Kette von Namen und Daten, die man in der Schule lernt und dann vergißt, weil sie einem nichts bedeuten. Aber ich kenne Krieg, Gewaltherrschaft, Eroberung, Aufruhr, und dies alles unter einer Vielzahl von Rassen. Ich habe auf der Erde Schauplätze besichtigt von Jericho und den Thermopylen angefangen bis zu Hiroshima und Wladiwostok, und da gibt es noch viele, für die kein Mensch die Zeit aufbringt . . . Ich weiß, wie es zu diesen schrecklichen Dingen kommt. Ich weiß zwar nicht viel – die Liga verfügt über ebensogut oder besser informierte Leute –, aber ich verstehe mehr davon als die meisten Hermeter.«

Er faßte nach ihrem Arm. »Bevor ich wieder gehe, laß bitte etwas Luft in dieses Vakuum, in das ich hineingeredet habe«, bat er drängend.

»Sag mir, wie es hier aussieht. Ich hörte von einer von den Besatzungsbehörden geförderten sozialen Revolution, kenne aber keine Einzelheiten. Gestern war alles so aufgeregt – eine richtig sentimentale Angelegenheit, findest du nicht? Und dazu Verwünschungen gegen die Verräter, die die Traver aufwiegelten. So einfach kann es doch nicht sein.«

»Nein, ist es nicht. Vielleicht kannst du da etwas anderes erkennen, als ich sehen kann.«

»Also, schieß los.«

»Du liebe Zeit, ich bin Lichtjahre davon entfernt, alles zu wissen, und die wenigen Fakten, die ich habe, werden vielleicht durch meine Vorurteile verfärbt. Du solltest lieber andere fragen, dir Nachrichten anhören . . .«

»Ja, natürlich.« Falkayn lachte bekümmert auf. »Mutter, ich bin fünfzig, das heißt fünfundvierzig nach Hermes-Zeit.«

Ihr Lächeln war ebenso bitter. »Und ich spüre nicht, daß es so lange her ist, daß der Arzt dich mir auf den Leib legte und ich hörte, was für prächtige Lungen du hast.«

Sie gingen weiter. Die Straße war an einer Stelle durch eine Plankenbrücke unterbrochen, die den Hornbeck querte. In der Mitte blieben sie stehen und sahen auf das Geländer gestützt hinunter, durchs Wasser auf die Steine, die Wellen und Wirbel verursachten. Der Strom gluckste.

»Also«, begann sie leise und monoton, »du weißt, daß die Baburiten in unser System eindrangen und uns zu ihrem Protektorat erklärten. Sie wollten sich unsere wenigen Kriegsschiffe aneignen, doch Michael konnte sie entführen. Michael . . .«, setzte sie voll stolzer Trauer hinzu.

Insekten tanzten über dem Wasser und ließen ihre goldenen Schleierflügel aufblitzen.

»Ich kann mir denken, daß Lady Sandra damals eiserne Nerven brauchte«, fuhr sie fort. »Die Flotte verschwunden, ihr ältester Sohn ebenfalls – ein prächtiger Vorwand, um sie als Herrscherin auszuschalten. Sie hat sich gegen diese Kreaturen behaupten müssen und hat sie überzeugt, daß allein sie regierungsfähig sei, weil andernfalls die Baburiten sich totaler Anarchie auf einem Planeten gegenübersehen würden, über den sie praktisch nichts wußten. Und das stimmte. Ihr Ziel ist es, unser aller Leben zu retten, unsere Lebensweise. Wenn sie zu diesem Zweck Kompromisse schließen muß, nun, wir werden ihr dafür Dank zu sagen haben, was sie erhalten konnte.«

Falkayn nickte. »Mutter, du bist sehr vernünftig. Wenn ich da an die Hitzköpfe von gestern denke... Du mußt mir helfen, ihnen klarzumachen, daß Krieg und Politik nichts Romantisches sind.«

Athena ließ ihren Blick zu einem Gletscher schweifen, der zwischen den Schneehängen des Mount Nivis schimmerte. »Bald darauf brachten die Baburiten sauerstoffatmende Söldner herein, meist Humanoide«, sagte sie. »Zufällig bin ich darüber ein wenig informiert, weil mich die Herzogin ersuchte, ich solle über Vertraute Erkundigungen einholen, da unsere Domäne geschäftlich mit den Besetzern zu tun bekommen würde, und Lady Sandra wußte, daß ich mit unseren wichtigsten Gefolgsleuten immer ein sehr gutes Verhältnis hatte.

Die Humanoiden und Nichthumanoiden sind ein buntgemischter Haufen, im Laufe der Jahre angeworben unter den Gebrochenen, Verbitterten, den Gierigen, den außerhalb des Gesetzes Stehenden, den Amoralischen und den rücksichtslosen Abenteurern.«

Falkayn nickte. Die Technische Zivilisation, die sich mit der Geschwindigkeit und Blindheit einer Naturgewalt im All verbreitete, hatte eine Unmenge dieser Existenzen hervorgebracht. »Die Rekrutierung allein muß eine ansehnliche Organisation erfordert haben, die aus vielerlei Quellen gespeist wurde«, sagte er.

»Das liegt auf der Hand«, antwortete seine Mutter. »Ich glaube, daß die höheren Ränge die Wahrheit zum Teil kannten. Die unteren Ränge wußten nichts. Ihnen hat man folgende Geschichte aufgetischt: Ein Investorenkonsortium, das anonym bleiben will, rüstete in aller Stille eine hochqualifizierte Armee aus, die zu Höchstpreisen für jeden kämpfen soll, der sie bezahlen kann. Das konnten Welten sein, die sich gegen eine Bedrohung wie die Shenna zur Wehr setzen mußten, oder aber Möchtegern-Imperialisten, die sich über den erforschten Raum hinauswagten. Es gab starke Hinweise dafür, daß die Ymiriten im besonderen sich für solche Söldner interessierten und sauerstoffatmende Hilfstruppen auf kleineren Planeten gut gebrauchen konnten – beispielsweise, um Tribut in Form von Artikeln zu erpressen, die nach Wunsch angefertigt werden mußten...«

Falkayn verzog einen Mundwinkel. »Diese Kühnheit muß ich

bewundern«, sagte er. »Ymir war aber die natürliche Wahl. Es ist ein Lieblingsobjekt des Aberglaubens.«

Weil wir so wenig darüber wissen, dachte er. *Für uns ist es nicht mehr als ein Name für einen Riesenplaneten, neben dem Babur der reinste Zwerg ist und dessen Bewohner durch den Raum fahren und Kolonien errichten, aber an engeren Kontakten mit uns nicht interessiert sind – oder aber sie sind zu dem Schluß gelangt, daß wir hoffnungslos andersartig sind.*

»Mich wundert bloß, daß die Liga keine Ahnung von der Rekrutierung hatte«, sagte seine Mutter. »Meiner Einschätzung nach, die sich auf Berichte über Gespräche mit den Besatzern stützt und auf – ja, unter uns gesagt, auf Verhöre von ein paar gekidnappten Soldaten – hat leichte Guerillatätigkeit begonnen. Öffentlich wird es abgestritten, aber es läßt sich nicht leugnen . . .« Sie mußte tief durchatmen. »Einerlei. Was das wichtigste ist, so haben meine Leute sich einen Eindruck von der zahlenmäßigen Stärke der Besatzer verschafft, so gut es ging. Es ist etwa eine Million hier stationiert. Andere Informationen halten es für möglich, daß noch einmal soviel in Reserve gehalten werden.«

Falkayn stieß einen Pfiff aus.

Und dennoch – »Eigentlich klar, warum uns nicht die Andeutung einer Information darüber erreichte«, meinte er. »Zwei Millionen Individuen, die an Zehntausenden von Orten auf Dutzenden von Planeten angeworben werden, machen keine besonders auffallende Statistik aus. Aber Intrigen gibt es überall. Vielleicht haben Agenten von ein oder zwei Unternehmen Wind davon bekommen. Wenn ja, dann haben sie oder ihre Bosse es nicht für wichtig genug befunden, um die Information an die anderen weiterzugeben und eine gründliche Untersuchung zu fordern. Die Kommunikation zwischen den Liga-Mitgliedern ist auch nicht mehr das, was sie mal war.«

Der Weltraum ist zu groß, und wir sind zu weit voneinander getrennt.

Seine Mutter seufzte. »Das dachte ich mir. Also, man hat die Soldaten vorgewarnt, daß sie jahrelang praktisch isoliert leben müßten. Doch die auflaufende Bezahlung war enorm, und außerdem wurden ziemlich luxuriöse, verlockende Freizeiteinrichtungen geboten, praktisch alles von Bierhallen und Bordellen angefangen bis zu multidimensionalen Bibliotheken. Daneben verfügt der Planet, auf den man sie schickte, über eine wundervolle Natur, die man erforschen konnte, obwohl die Bedingungen hart waren, annähernd terrestrisch, heiß, schwül, ständig bewölkt.«

»Bewölkt?« fragte Falkayn. »Ach, natürlich. Damit niemand, der nicht zu den obersten Rängen gehörte, sich ausrechnen konnte, wo der Planet liegt.«

»Unter sich nannten sie den Planeten Pharao. Sagt dir das etwas?«

»Nein.«

»Vielleicht liegt er außerhalb des erforschten Raumes.«

»Hm, das möchte ich bezweifeln. Die Entdecker dringen immer weiter vor und könnten sehr wohl schon auf ihn gestoßen sein. Ich schätze, Pharao wurde einmal aufgesucht und ist in den Katalogen mit einer Nummer und nicht mit einem Namen registriert, im Vergleich zu anderen kein besonders interessanter Planet. Na schön. Die Armee wurde dort ausgebildet, bis sie vor kurzem verschifft wurde und entdeckte, daß sie für Babur gegen das Commonwealth und möglicherweise gegen die Liga eingesetzt würde. Ob dadurch die Moral untergraben wurde?«

»Das weiß ich nun wirklich nicht. Meine Leute sind wie alle Hermeter nicht auf vertrautem Fuß mit den Besatzern. Ich habe den Eindruck, daß die meisten sich hier völlig sicher fühlen. Sie holen nicht ungern zu einem Schlag gegen die Technische Zivilisation aus, die sie verstoßen hat. In diesem Punkt bin ich bei den Merseianern ganz sicher. Und wenn ein Individuum irgendwelche Bedenken hat, dann sorgt die Disziplin dafür, daß es den Mund hält. Denn diszipliniert sind sie, diese Soldaten.«

Seine Mutter senkte den Kopf. »Leider kann ich dir nicht mehr berichten«, schloß sie.

Falkayn legte seine Hand auf die ihre, die auf dem Geländer ruhte, und drückte sie fest. »Mutter, du wirst dich doch nicht entschuldigen! Ich stelle fest, daß du deinen Beruf verfehlt hast. Du solltest Nick van Rijns Spionageabteilung leiten.«

Dabei ging es ihm nicht aus dem Sinn, was für eine gewaltige

Angelegenheit das Zusammenziehen dieses Heeres war. Da war eine sehr hochgestellte Persönlichkeit am Werk gewesen.

»Laß uns weiter laufen. Ich muß meinen Kummer abreagieren«, sagte sie.

Falkayn stolperte fast, als er seinen Schritt dem ihren anglich. »Ja, es muß die richtige Hölle sein, hilflos dazusitzen, Tag für Tag, während – gehe ich recht in der Annahme, daß die Baburiten anfangs versprachen, sich nicht in die inneren Angelegenheiten einzumischen?«

»Mehr oder weniger.«

»Und als sie sich fest hier eingenistet hatten, war das Versprechen vergessen. Sie haben zusätzlich Truppen eingeflogen, haben sie über den ganzen Planeten verteilt, um jeder Revolte zuvorzukommen.«

»Richtig. Sie haben uns einen Hochkommissar vor die Nase gesetzt, der praktisch nach Ermessen und Belieben vorgeht. Wenn Lady Sandra ihm nicht wenigstens mit einem Minimum an Mitarbeit entgegenkommt, wird er sie absetzen und uns unter Kriegsrecht stellen. Aber die Ärmste harrt aus unter weiß Gott wieviel Kämpfe in der Hoffnung, wenigstens irgendeine Vertretung für die Sippe, Gefolgsleute und loyale Traver darzustellen... und für einen Teil unserer Institutionen.«

»Gleichzeitig aber verleiht sie seinen Erlassen einen gewissen Anstrich von Legitimität, wenn sie Großherzogin bleibt... Ach was, Kritik steht mir wirklich nicht zu. Ich sitze nicht auf dem Thron. Und jetzt erzähl mir etwas über diesen Hochkommissar.«

»Von dem weiß man nicht viel. Er heißt Benoni Strang. Der Name sagt dir wohl auch nichts, oder? Nun, er behauptet, hier von Hermes zu stammen. Angeblich ein Traver. Ich konnte mir Einblick in Geburts- und Schulregister verschaffen, und die bestätigen seine Behauptung. In der Jugend gemachte schlechte Erfahrungen scheinen ihn zum Revolutionär gemacht zu haben. Anstatt sich der Befreiungsfront anzuschließen, kehrte er dem Planeten den Rücken – dank eines Stipendiums der Galaktischen Entwicklungsgesellschaft konnte er Xenologie studieren. In den nächsten drei Jahrzehnten hat kein Mensch etwas von ihm gehört, nicht einmal seine Angehörigen, bis er plötzlich mit den Baburiten auftauchte. Er geht mit ihnen sehr vertraut um – so weit das für einen Sauerstoffatmer möglich ist. Ebenso aber hat er in höchsten Kreisen der Humanoiden verkehrt. Er ist sehr gewandt.«

Falkayn blickte mit düsterer Miene über die Felder. Ein Springwiesel kam aus einer Hecke und huschte über die Stoppeln, eine kleine pelzige Gestalt, deren Freiheit von Schiffen und Soldaten nicht angetastet wurde.

»Und jetzt nimmt er die Chance wahr, sich zu rächen. Oder altes Unrecht zu korrigieren, wie er sagen würde. Kommt auf das gleiche heraus. Jubelt ihm die Befreiungsfront zu?«

»Nein, nicht richtig. Ihre Anführerin, eine gewisse Christa Broderick, hielt eine Rede übers Fernsehen, nachdem der Kommissar angekündigt hatte, er beabsichtige gewisse grundlegende Reformen durchzuführen. Das begrüßte sie. Ganz wenige ihrer Anhänger traten aus der Bewegung aus und erklärten, sie wären in erster Linie Hermeter. Später hat er keinen Versuch unternommen, ihre Organisation anzuerkennen. Er übergeht sie einfach. Und sie ist natürlich empört. Die Zensur läßt nicht zu, daß sie ihm öffentlich ans Leder geht, aber ihr Schweigen zeigt an, wo sie steht. Seine Traver-Anhänger sind im Begriff, eine neue Partei zu gründen.«

»Strangs Verhalten wundert mich nicht«, bemerkte Falkayn. »Er kann eine starke Eingeborenenorganisation als Verbündeten nicht brauchen. Er müßte ihr nämlich eine Stimme verleihen, und diese Stimme würde nicht immer sein Echo spielen. Wenn man eine Gesellschaft umformen möchte, dann fängt man am besten damit an, sie zu atomisieren.«

»Durch den Thron hat er wissen lassen, daß es eine repräsentative Versammlung geben würde, die eine neue Konstitution schaffen sollte – wie es in unserer gegenwärtigen Konstitution vorgesehen ist, wie du weißt –, sobald man geeignete Maßnahmen für die Wahl von Delegierten ergreifen kann.«

»Aha. Das heißt, bis er alles so arrangieren kann, daß es nicht zu auffällig im Schatten der Raketenabschußbasen geschieht. Weiß man, welche Veränderungen er plant?«

»Definitive Versprechungen hat er nicht gemacht, bloß, daß er alle Privilegien abschaffen will. Aber man hört so viel über einen ›Vorschlag‹, daß er ihn sicher zu geeigneter Zeit vorbringen wird.

Die Domänen werden ›demokratisiert‹. Sie sollen unter eine zentrale Handelsbehörde gestellt werden.«

»Eine gute Ausgangsbasis für einen totalitären Staat«, sagte Falkayn. »Mutter, es war goldrichtig, daß ich zurückgekommen bin.«

Sie sah ihn an. »Was für Absichten hast du?«

»Um das genau zu wissen, muß ich mehr erfahren und mir einiges überlegen. Aber im Grunde genommen übernehme ich den Vorsitz über diese Domäne, wie es mir zusteht. Alles andere wird sich finden.«

Sie war entsetzt. »Man wird dich augenblicklich festnehmen, wenn du dich zu erkennen gibst.«

»Das halte ich für unwahrscheinlich. Nein, ich werde mit Pauken und Trompeten auftreten. Was habe ich denn Ungesetzliches getan? Kein Mensch kann mir nachweisen, wie oder wann ich hier ankam. Ebensogut könnte ich seit der Zeit vor Kriegsbeginn in einer Einsiedelei im Hinterland meditiert haben. Außerdem hat mich die Shenna-Episode zum Volkshelden gemacht. Ohne falsche Bescheidenheit – es ist eine Tatsache, die mir oft sehr lästig war. Wenn Strang so vorsichtig vorgeht, wie du sagst, wird er gegen mich nichts unternehmen, wenn ich ihn nicht grob provoziere, und das werde ich nicht tun. Ich glaube, ich werde imstande sein, die Sippen und Gefolgsleute um mich zu sammeln und sie aus ihrer Entmutigung zu reißen, und ich werde auch viele Traver ansprechen. Wenn die Große Versammlung zusammentritt, dann werden wir darin ein gewichtiges Wort mitzureden haben. Wir müssen versuchen, ein paar grundlegende bürgerliche Freiheiten zu bewahren. Hermes muß zu einem Symbol für diese Freiheiten werden, damit das Commonwealth uns nicht einfach verschachern kann.«

»David, ich fürchte, da bist du zu optimistisch«, warnte sie.

»Ich weiß«, gab er zurück. »Die nächsten Jahre werden schrecklich sein, ohne Coya und die Kinder, und dazu das Wissen, daß ich ihnen ebenso fehle ... Aber einen Versuch wagen muß ich. Unsere Hoffnung können wir nur verlieren, wenn wir sie ganz aufgeben.«

Falkayn hatte Adzel und Chee im Wald zurückgelassen, als er sich zu Fuß die letzten Kilometer zum Haus auf den Weg machte. Seine größte Sorge war es, daß sie ein sicheres Versteck fanden und daß möglichst wenig Menschen von ihrer Anwesenheit erfuhren.

Seine Mutter hatte die Sache in die Hand genommen. Als die Baburiten ihre Okkupationsabsichten zu erkennen gegeben hatten, hatte Herzogin Sandra die geretteten Supermetall-Mitarbeiter aus Mirkheim auf vertrauenswürdige Häuser verteilt. Athena Falkayn hatte Henry Kittredge, den Chef der Bodenoperationen, übernommen. Sie hatte ihn in einer Jagdhütte in der Wildnis untergebracht. Nur sie wußte, wo er war, sie und ein paar verläßliche Untergebene, die ihm das Nötigste brachten. Er war sehr froh, als man den Wodeniten und die Cynthierin zu ihm dirigierte – sie kamen nach Einbruch der Dunkelheit mit ihren Antriebsaggregaten geflogen. Sie würden ihm Gesellschaft leisten.

Am nächsten Morgen setzten sich die drei zu einem ernsten Gespräch zusammen. Kittredge hatte sich auf der Veranda niedergelassen, Chee hockte auf einem Stuhl neben ihm, während Adzel es sich draußen im Freien auf dem Boden bequem gemacht hatte und mit dem Kopf das Geländer überragte. Die Sonne fiel zwischen den Bäumen ein und ließ das spärliche Laub aufleuchten in Gelb, Rostrot, Weiß, Blau. Das tierische Leben machte sich durch ein gelegentliches entferntes Trommeln und Flöten bemerkbar, das durch den gesprenkelten Schatten drang. Sonst war es still, die Luft prickelnd kühl.

»Bücher, Musik, Fernsehen«, sagte Kittredge. »Ein bißchen Geplauder, wenn mir jemand Proviant brachte. Ich fühlte mich einsam. Schlimmer noch, ich langweilte mich. Ich ertappte mich bei dem Wunsch, etwas sollte passieren, irgendwas, ob gut oder schlecht.«

»Haben Sie nicht in den Wald gehen und dort ausspannen können?« fragte Adzel.

»Ich wagte mich nicht weit fort. Ich hätte mich verirren oder auf hundert unvorhergesehene Arten zu Schaden kommen können. Dieser Planet ist meinem Heimatplaneten so unähnlich.«

Chee schnippte die Zigarettenasche ab. »Vixen hat eine für Humanoide bewohnbare Hemisphäre«, sagte sie, »samt Waldgebieten.«

»Aber nicht solche wie diese hier, höchstens ganz oberflächlich gesehen«, erwiderte Kittredge. »Hören Sie, das müßten Sie doch wissen, Sie haben doch schon so viele Welten gesehen.« Und ein wenig betrübt setzte er hinzu: »Was mich betrifft, so wäre mir nichts lieber, als wieder auf Vixen zu sein. Ich würde meinen Allerwertesten von dort niemals wieder wegrühren.«

»Und auch alles andere nicht, nehme ich an«, murmelte Chee.

»Kann ich Ihnen nachfühlen«, sagte Adzel leise. »Heimat bleibt Heimat, egal, wie hart das Leben dort ist.«

»Ach, auf Vixen läßt es sich heute auch schon besser leben«, erklärte Kittredge mit einem Anflug von Stolz. »Unser Anteil an Supermetall hat ausgereicht, um ein Netz von Wetterstationen zu errichten, das wir dringend brauchten und ... nun ja, wir haben immerhin so viel erreicht, was immer aus Mirkheim wird.«

Chee wurde unruhig. »Das Schicksal Mirkheims würde vielleicht nicht unwesentlich beeinflußt werden, wenn Adzel und ich unsere Mission fortsetzen könnten«, erklärte sie. »Haben Sie keine Ahnung, wie wir uns ein Schiff verschaffen könnten?«

Kittredge zuckte mit den Achseln. »Tut mir leid, nein. Mirkheims Schicksal hängt zweifellos davon ab, wie sich die Dinge anderswo entwickeln.«

»Sie müßten doch eine Ahnung in dieser Richtung haben«, drängte Adzel. »Sie haben hier ausgiebig Nachrichten gesehen und müssen sich auch eingehend mit Einheimischen unterhalten haben.«

Kittredge zog die Brauen hoch. »Unterhalten, wie denn?«

»Schon gut«, sagte Chee. »Hören Sie nicht auf ihn. Hin und wieder ist er so.«

»Ich bin hier auf dem Planeten völlig fremd«, fuhr Kittredge fort. »Und ihr beide, was wißt ihr von Hermes, angefangen mit der Gesellschaftsform?«

»Wir sind gut informiert«, versicherte Adzel. »David Falkayn hat darüber häufig mit uns gesprochen. Das mußte er.«

»Ja, kann ich mir denken«, sagte Kittredge voller Mitgefühl. »Also, soviel ich weiß, wollen die Baburiten mittels ihrer humanoiden Werkzeuge auf Hermes eine Revolution anzetteln – von oben her, obwohl sie zweifellos Unterstützung von unten erwarten. Die Rechts- und Besitzverhältnisse sollen geändert werden, die Aristokratie wird abgeschafft, eine ›teilnehmende Republik‹ errichtet, was immer das bedeutet.«

Adzel zuckte den Hals, und Chee setzte sich steif hin. Ihre Barthaare zitterten. »Warum, zum Kosmos, kümmert es die Baburiten, welche Regierung Hermes hat, solange sie hier das Sagen haben?«

»Ich glaube, sie haben nicht die Absicht, die Zügel aus der Hand zu geben«, antwortete Kittredge. »Auch nach dem Krieg nicht – und zu diesem Zweck brauchen sie ein heimisches Regime, das pro Babur eingestellt ist, da ansonsten hier zuviel von ihrer Streitmacht gebunden wird.« Er strich sich übers Kinn. »Ich könnte mir denken, daß ihr Auftauchen als Besatzer hier nicht nur dazu dienen soll, zu verhindern, daß das Commonwealth dasselbe tut.«

»Was ohnehin eine verdammte Lüge war!« fauchte Chee. »Das Commonwealth hatte niemals die Absicht, und die Baburiten können nicht so dumm sein, dies nicht zu wissen.«

»Sind Sie sicher?«

»Ganz sicher. Van Rijn hätte wenigstens einen diesbezüglichen Wink bekommen müssen und hätte es uns weitergesagt. Außerdem kommen wir direkt aus dem System Sol. Wir haben gesehen, wie schlecht es dort um die Kriegsbemühungen bestellt ist – man ist unvorbereitet, es gibt politische Schwierigkeiten, eine wichtige Partei schlottert vor Angst und will Frieden um jeden Preis ... Das Commonwealth ist und war nie in der Verfassung, Imperialismus auszuüben.«

»Warum zum Donnerwetter haben dann die Baburiten Hermes besetzt? Und warum wollen sie es unter allen Umständen in dem Imperium behalten, das sie um Mirkheim aufgebaut haben?«

»Das ist eines unter mehreren Geheimnissen, von denen das größte der Grund für Baburs Eroberungsgelüste ist. Was hofft es zu gewinnen? Als Welt, als Sophontenrasse kann Babur nur verlieren, wenn es friedliche Handelsbeziehungen durch Unterjochung ersetzt. Napoleon hat einmal gesagt, daß man mit Bajonetten alles machen kann, bloß nicht auf ihnen sitzen. Natürlich mag es auf Babur vielleicht eine kleine herrschende Klasse geben, die sich Profit herausschlägt. *Hro-o-oh!*«

Er sprang auf. Chee faßte nach ihrem Strahler, den sie im Halfter trug. Über den Bäumen war ein Flieger aufgetaucht.

»Immer mit der Ruhe«, sagte Kittredge lachend, der selbst aufgestanden war. »Der bringt bloß zusätzlich Fressalien für euch beide.«

Adzels Haltung entspannte sich. Chee brauchte länger. »Ist das nicht riskant?« fragte sie. »Das könnte doch einer Besatzerpatrouille auffallen?«

»Diese Frage habe ich auch gestellt«, beruhigte Kittredge sie. »Aber es hieß, die Familie Falkayn stellt diese Hütte ihren Bediensteten für die Freizeit zur Verfügung, wenn sie nicht anderweitig gebraucht wird. Es ist also nicht weiter ungewöhnlich, wenn jemand für ein paar Stunden herausflitzt.«

Der Flieger landete auf der freien Fläche vor der Hütte. »Der Pilot stieg aus. Kittredge wich zurück. »Den kenne ich nicht!« Wieder wollte Chee nach ihrer Waffe fassen.

»Ich komme als Freund!« rief der Fremde. »Lady Athena schickt mich. Ich bringe euch Lebensmittel.« Er kam näher, ein kleiner, untersetzter, wettergegerbter Kerl, schlicht gekleidet, mit leicht wiegendem Gang. »Ich bin Sam Romney von Longstrands.«

Man machte sich einander bekannt, Hände wurden geschüttelt. Kittredge holte Bier, alle setzten sich.

»Ich bin Fischer«, berichtete Romney. »Unabhängiger Schiffseigner. Ich arbeite schon jahrelang mit den Falkayns zusammen, wir stehen sehr gut miteinander. Einer eurer Jungs aus Mirkheim ist momentan als Superfracht bei mir auf einem Pott. Übrigens, Adzel, Sie können aus der Speisekammer von Hornbeck nicht verpflegt werden, Ihre Rationen würden auffällige Lücken hinterlassen. Deswegen schickte Lady Athena gestern einen Boten und bat mich, mit entsprechenden Vorräten zu kommen. Sie erklärte nur ungefähr, wie die Dinge stünden. Sie ist der Meinung und ich auch, daß Kontakte nach außen für uns sehr nützlich sein könnten, da jetzt niemand weiß, was als nächstes passieren wird.«

»Ja, wahrscheinlich«, murmelte Chee. Sie rollte sich auf einem Kissen zusammen und zündete sich eine frische Zigarette an. Falls Romneys Ankunft ihnen Soldaten bringen würde, dann war jetzt nichts mehr zu machen.

Adzel sah den Neuankömmling fragend an. »Entschuldigen Sie, gehören Sie der Traver-Klasse an?«

»Ja sicher.«

»Ich möchte Ihre Loyalität nicht in Zweifel ziehen, aber soviel ich weiß, existieren auf Hermes große Konflikte.«

»Die Traver auf diesem Besitz sind vertrauenswürdig«, hob Kittredge hervor. »Wäre es anders, hätte man mich schon vor Wochen geschnappt.«

Der Seemann spuckte aus. »Na, ich weiß nicht«, gestand er. »Das Verdammte ist, niemand getraut sich offen zu sprechen, weil wir den Feind mitten unter uns haben. Aber eines kann ich Ihnen sagen. Viele Traver haben diesen Schmarrn von der Befreiungsfronst nie geschluckt. So wie ich. Ich neide der Sippe und den Gefolgsleuten nicht ein einziges Atom. Ihre Vorfahren haben sich alles errungen, und auch wenn sie es nicht wahrhaben wollen, so können sie doch jederzeit alles wieder verlieren. Und außerdem – wenn mal die Regierung mit dem Besitzverteilen anfängt, wo hört das auf? Ich habe hart gearbeitet für das, was ich jetzt habe, und das sollen meine Kinder nach mir bekommen – und nicht ein Haufen Schwachköpfe, die selbst nichts anzufangen wissen, als gleichzeitig und laut einen Furz loszulassen, wenn ihre großartige Führerin es befiehlt.«

Er holte Pfeife und Tabaksbeutel hervor. »Und noch etwas«, fuhr er fort. »Ein paar von den Befreiungstypen haben mir anvertraut, daß sie auch nicht gerade glücklich sind. Sie haben ganz vertraulich gesprochen, wie das manchmal so ist. Sie wollen nicht, daß die Reformen uns von diesen Kriechlingen praktisch in die Kehle gerammt werden. Und weil Babur einen Verräter wie diesen Strang vorschiebt, wird die Sache nur noch ekelhafter. Und die Typen von der Befreiungsfront hat man gar nicht zu den Beratungen hinzugezogen. Strang lobt sie zwar über den grünen Klee wegen der hohen Ideale, für die sie so lange gekämpft haben, wie er sagt – daß ich nicht lache – also, jede Menge schöne Phrasen wie ein Knochen, den man einem elenden Köter zuwirft, und damit hat's sich.« Er zündete die Pfeife an, ehe er sagte: »Klar, wir haben eine ansehnliche Minderheit elender Köter, die sich über die Aussichten vor Freude nicht fassen konnten. Christa Broderick gehört übrigens nicht dazu, das muß man zu ihrer Ehre sagen. Aber was heißt das schon, wenn sie nur mehr einem lächerlichen Rumpf ihrer Organisation vorsteht? Möglich, daß die Herzogin sich eine kleine

Stimme erhalten kann, wenn der Große Rat zusammentritt. Aber bestimmt nicht die Broderick, nein, niemals.«

Adzels und Chees Blicke begegneten einander. »Wir müssen dafür sorgen, daß David mit Lady Sandra spricht, ehe er sich verrät oder sonst etwas anstellt«, sagte er.

17

Das Fernsehbild Benoni Strangs erklärte: »Madame, ich rufe Sie wegen Elvanders Geburtstag an.«

Einen Augenblick lang hatte Sandra das Gefühl, sie könne nicht mehr an sich halten. Sie hatte sich zu oft zügeln müssen. Dann aber lehnte sie sich zurück und wartete erschöpft auf den nächsten Schlag. Von draußen hörte man Donnergrollen und Sturmgeheul, begleitet von Regengeprassel. Es war, als ritte Pete vorüber. Sie richtete sich steif auf und fragte: »Was ist damit? Bis zu dem Datum ist noch ein Monat Zeit.«

»Wir müssen vorsorgen, Madame«, sagte Strang. »Meine Bitte lautet dahingehend, daß Sie ankündigen, es würde dieses Jahr wegen der Krisensituation keine öffentlichen Feierlichkeiten geben, und alle Demonstrationen, welcher Art auch immer, würden verboten.«

»Wie bitte? An unserem Planetenfeiertag?«

»Genau das, Madame. Die Gefahr, daß es dabei zu Gefühlsausbrüchen kommt, die sich nicht eindämmen lassen, ist zu groß. Die Bürger dürfen zu Hause feiern, wenn sie wollen. Aber wir können auch große private Feiern nicht gestatten. Die Kirchen bleiben geschlossen.«

Eigentlich keine Überraschung, dachte Sandra. Und dennoch – zu ihren frühesten Erinnerungen gehörte das Erlebnis, von ihrem Vater hochgehoben zu werden, über eine Menschenmenge am Riverside Common, damit sie das Feuerwerk sehen konnte, das von einer flaggengeschmückten Barke abgeschossen wurde. Das Wasser spiegelte die Lichter wider.

»Und was ist, wenn ich Ihre Verlautbarung nicht weitergebe?«

Strang runzelte die Stirn. »Sie müssen. Ihrem Volk zuliebe. Aufruhr, der zu Umsturzversuchen führen könnte ... dem Militär bliebe keine andere Wahl, es müßte schießen. Wenn Sie die Ankündigung nicht machen, dann werde ich es tun. Das würde Ihre Autorität ernsthaft untergraben.«

Welche Autorität?

Aber dieses höfliche und dabei grausige Spiel, das wir miteinander spielen, ist das einzige, was noch verhindert, daß — ja, was?

»Ein Massaker würde Sie eines großen Teils Ihres Rückhalts berauben«, sagte sie warnend.

Sein Mund unter dem adretten Schnurrbart wirkte verkniffen. »Der Gebrauch eins emotionsgeladenen Wortes Ihrerseits zeigt, daß ein entsprechender Zwischenfall extreme Maßnahmen seitens meines Amtes nötig machen würde.«

»Schon gut, ich werde sämtliche Festlichkeiten absagen lassen. Wahrscheinlich wäre ohnehin niemand richtig in Stimmung.«

»Danke, Madame. Ach ... Sie werden sich doch wegen des Wortlauts noch mit mir in Verbindung setzen?«

»Ja. Guten Tag.«

»Guten Tag, Euer Gnaden.«

Sandra stand auf und stellte sich vor ein offenes Fenster. Sie hatte die Fluoro-Beleuchtung nicht eingeschaltet, so daß das Gewitter den Raum in ein unheimliches Dunkel tauchte. Er war wie eine Höhle, in der man nur ein paar Dinge ausmachen konnte, ein Stück schimmernde Holzvertäfelung, die gedämpften Farben eines Bildes, die Biegung der Streitaxt von Diomedes. Von draußen fegte laut und rauh frische Luft herein. Regen stieß mit Speerspitzen auf den Garten herab und verbarg die Welt jenseits der Gartenmauern. Ein Blitz durchzuckte die Wolken und ließ jeden einzelnen Zweig auf den Sträuchern unter dem metallenen Himmel erbeben. Donner rollte bis in unendliche Fernen, während sich die Dunkelheit wieder zusammenbraute.

Nein, heute wollte sie nicht ausreiten. Sie hatte sich den Morgenritt täglich zur Gewohnheit gemacht. Auf ihrem Lieblingspferd war sie über den Pilgrim Hill an den Riverway geritten, die Palomino entlang zur Silver Street, dann zur Olympic Avenue und zurück, eine Strecke von mehreren Kilometern, immer allein, um sich den Leuten zu zeigen, was für beide Teile vielleicht ein wenig Trost bedeuten mochte. Oft geschah es, daß die Menschen sie mit einer Verbeugung grüßten oder ihr Kußhände zuwarfen. Aber bei diesem Wetter würden zu wenige unterwegs sein, und die Geste hatte sich nicht gelohnt.

Aber ich möchte hinaus, ich bin durchdrungen von diesem Verlangen. Aber nicht nach Starfall. Lieber nach Westen, auf der Canyon Road hinaus aufs Land, im Galopp gegen Wind und Regen, galoppieren, ohne Pause, und die Hufe zerstrampeln die Schädel von Strang und seinen Leuten, und dann durch die Hügel, die Berge, die Wüste, ein Absprung vom Horizont ins All zwischen die Sterne.

Es summte. Sie ging zur Sprechanlage und drückte die Taste. »Ja?«

»Madame«, hörte sie die Stimme des Sekretärs. »Martin Schuster wartet darauf, empfangen zu werden.«

»Was?« Jetzt war sie wieder in der Wirklichkeit. »Ach ja, schicken Sie ihn herein.«

Wer immer das sein mag. Ich weiß bloß, daß Athena Falkayn mir einen Brief schickte und mich bat, ihn privat zu empfangen. Und deswegen war ich auch zufällig da, als Strang anrief.

Die Tür ging auf und schloß sich wieder. Er war wie sie groß, blond und in mittleren Jahren. Als sie seine hagere Erscheinung mit einem zweiten Blick näher unter die Lupe nahm, unterdrückte sie einen Aufschrei und blieb wie erstarrt stehen.

Er verneigte sich. »Guten Gruß, Euer Gnaden. Ich danke euch, daß ich empfangen werde.« Er hatte noch eine Spur hermetischen Akzents, wenn auch nicht mehr die entsprechende Wortwahl, da er, wie sie wohl wußte, im Laufe der Jahre ständig zwischen Welten gependelt hatte, wo Anglic gesprochen wurde. »Was ich vorzubringen habe, ist streng vertraulich.«

»Ganz recht.« Ihr Herz flatterte. »Der Raum ist abhörsicher.« Und als er zögerte, fügte sie hinzu: »Seit der Besetzung habe ich Wachen und Techniker beauftragt, rund um die Uhr dafür zu sorgen, daß ich hier sicher bin.«

»Sehr gut.« Ihre Blicke trafen einander. »Ich denke, Sie müßten mich kennen.«

»David Falkayn?«

»Ja.«

»Warum sind Sie zurückgekommen?«

»Um hier nach besten Kräften zu helfen. Ich hatte gehofft, Sie würden da für mich ein paar Möglichkeiten parat haben, Madame.«

Sandra bot ihm mit einer ruckartigen Geste Platz an. »Seien Sie mir willkommen. Wollen Sie eine Erfrischung?«

»Nein, danke.« Falkayn blieb stehen, bis sie Platz genommen hatte. Sie entnahm einem Spezialbehälter eine Zigarre, biß das Ende ab und zündete sie an.

»Berichten Sie mir«, sagte sie.

»Eric ist unversehrt im Sol-System angekommen«, begann er und berichtete alles. Sie unterbrach ihn nur selten mit einer Frage.

Als er fertig war, schüttelte sie den Kopf und seufzte. »Captain Falkayn, ich kann Ihren Mut und Ihre Erfindungsgabe nur bewundern. Ja, vielleicht können Sie uns helfen. Aber leider ist das schrecklich unsicher. Ich fürchte, daß wir mit unserer Mitarbeit bestenfalls einen Aufschub erreichen und von Strang vorübergehende Zugeständnisse erkaufen, während er die Grundlagen für seine Gewaltherrschaft legt. Nur ein Sieg über Babur könnte Hermes wirklich retten.«

»Und der würde Jahre der Vorbereitung brauchen, falls es überhaupt möglich ist. Daneben würde er Menschenleben, Geld und soziale Unruhen in unvorstellbarem Ausmaß kosten«, entgegnete er. »Das Commonwealth zeigt sich verwirrt und enttäuscht und leidet an Willensschwäche. Die Liga ist durch ihre inneren Fehden gelähmt. Aber ich glaube, daß das Commonwealth sich zum Kampf aufraffen wird, weil die Heimatgesellschaften dazu drängen. Sie sehen Mirkheim als Eintrittspforte ins All an, und zwar in einer Größenordnung, die sie gegen die Sieben konkurrenzfähig macht. Aber über Nacht läßt sich keine entschlossene Bevölkerung und eine mächtige Flotte aus dem Boden stampfen. Inzwischen wird Babur – ja, was wird es? Madame, ich bezweifle sehr, ob wir mit Hilfe von außen rechnen dürfen.«

»Wozu würden Sie dann raten?« Sie zog heftig an ihrer Zigarre. Der Rauch brannte ihr auf der Zunge.

»Ich rate zu politischen Schachzügen, wie Sie sie bis jetzt ausgeführt haben. Vielleicht kann ich Ihnen zur Seite stehen. Gleichzeitig aber rate ich zur heimlichen Organisation bewaffneten Widerstandes, der von unserem riesigen Hinterland aus agieren soll. Vielleicht werden die Kosten der Stützung Strangs den Baburiten bald zuviel werden, weil sie hier nichts zu gewinnen haben.«

»Was immer der wirkliche Grund für das Eindringen der Baburiten war – wird dieser Grund nicht weiterhin bestehen?« wandte sie ein. »Sie dürfen vor allem Strang nicht unterschätzen. Sicher hat er längst vorausgesehen, daß wir versuchen könnten, was Sie da vorschlagen. Sicher hat er bereits Gegenmaßnahmen ergriffen. Auf seine bösartige Weise – nicht daß er sich selbst als so bösartig sähe – er ist nämlich ein Genie.«

Falkayn starrte an ihr vorüber aus dem regennassen Fenster. »Sie müssen ihn besser kennen als jeder andere hier auf dem Planeten.«

»Ich kenne ihn nicht gut genug. Er ist wie eine Maschine, man kommt ihm schwer nahe. Ich bezweifle, ob er jemals schläft. Ach, vorhin kam ein Anruf von ihm, kurz, ehe Sie kamen. Er rief mich persönlich an. Ich sollte alle öffentlichen Feiern an Elvanders Geburtstag untersagen. Er hätte ja einen Untergebenen damit beauftragen können, aber nein, er mußte sich selbst darum kümmern.«

Falkayn lächelte. »Ich muß ihn studieren, damit ich eine Ahnung von seinem Stil, seiner Vorgehensweise bekomme. Es heißt, daß er keine Ansprachen hält und selten eine Erklärung im eigenen Namen herausgibt.«

»Das stimmt. Er ist kein Egoist. Oder ... es interessiert ihn die Macht an sich mehr als das Gepränge.«

»Ich weiß nicht mal, wie er aussieht.«

»Ach, da kann ich Ihnen unsere Unterhaltung vorspielen.« Für Sandra war es eine Erleichterung, aufstehen zu können, zum Telefon zu gehen und die Taste zu drücken. Sie wußte nicht recht, wie sie auf diesen hier geborenen, aber weitgereisten Mann reagieren sollte, der zwar bemüht, aber ein Unbekannter war und praktisch mit dem Sturm zu ihr gekommen war.

Die Scheibe erhellte sich, das allzu vertraute, verhaßte Gesicht wurde sichtbar. Strang sagte: »Guten Morgen . . .«

»Nein!!«

Der Aufschrei tat ihrem Trommelfell weh. Sie drehte sich um und sah Falkayn, der aufgesprungen war und gebückt dastand. »Das darf nicht wahr sein!« rief er ungehemmt. Und dann im Flüsterton: »Es ist wahr.«

»Madame, ich rufe Sie wegen Elvanders Geburtstag an . . .«

»Abschalten«, befahl Falkayn heiser. »Allmächtiger!« Er sah sich um, als vermute er jemanden in den dunklen Winkeln. »Mir fehlen die Worte!«

Sandra hatte das Gefühl, ein Ausläufer des Blitzes liefe ihr das Rückgrat entlang, aber kalt, eiskalt. Steifbeinig ging sie zu ihrem Sessel. »Erzählen Sie, David.«

»Dieser . . .« Er schüttelte sich. »Hat Strang einen Zwillingsbruder, einen Doppelgänger oder dergleichen?«

»Nein, ganz sicher nicht.«

Er fing an auf und ab zu laufen, die Hände hinter dem Rücken verschränkt. »Ein Teilstück des Puzzles, ein Hauptstück, eine Antwort?« murmelte er. »Lassen Sie mich nachdenken.« Keinem fiel auf, daß er jede Förmlichkeit außer acht ließ.

Sie wartete im kalten Luftzug vom Fenster her, während er auf und ab lief und unhörbare Worte formulierte oder hin und wieder eine Verwünschung ausstieß. Als er schließlich innehielt und sie anblickte, war es ein sonderbarer Zufall, daß es unter der Streitaxt war.

»Das ist eine Information, die unverzüglich auf die Erde gelangen muß«, stieß er hervor. »Van Rijn muß davon erfahren. Sofort. Und unter größter Geheimhaltung. Wie könnten Sie eine Nachricht hinausschmuggeln?«

Sie schüttelte den Kopf. »Ich sehe keine Möglichkeit.«

»Es muß aber eine geben.«

»Nein. Glauben Sie, ich habe es nicht versucht und mich mit meinen Offizieren beraten? Der Planet ist eingehüllt in ein Netz von Radarstrahlen, umschwirrt von Schiffen mit Detektoren. Ihre Freunde würden es niemals schaffen, hier wieder lebendig rauszukommen. Sie konnten landen, indem Sie sich als Meteorit tarnten.

Aber Sie wissen, was hinterher geschah. Und außerdem . . . Meteoriten können nicht aufsteigen.«

Falkayn hieb mit der Faust gegen die Wand. »Hören sie, was ich jetzt erfahren habe, könnte den Verlauf des Krieges bestimmen. Falls wir van Rijn rechtzeitig davon in Kenntnis setzen. Das wiegt praktisch jedes Opfer auf, das es uns kosten wird.«

Sie faßte nach seinem Arm. »Warum?«

Er sagte es ihr.

Sandra reagierte mit Schweigen. »Ich habe keine Lösung für das Rätsel zur Hand«, sagte er dazu. »Das soll Old Nick herausbekommen. Der ist auf dem Gebiet großartig. Ich könnte mich ja auch geirrt haben, und in diesem Fall ist das Ergebnis unserer Bemühungen gleich Null. Aber wir müssen es versuchen. Sehen Sie das nicht ein?«

»Doch.« Sie nickte. »Es ist ein reines Glücksspiel. Wenn es schiefgeht, haben wir mehr verloren als bloß das Leben.«

»Ja, natürlich. Trotzdem – versuchen müssen wir es«, hämmerte er auf sie ein. »Gleichgültig, wie phantastisch unser Plan ist, er ist besser als gar nicht. Sicher steht Strang mit dem Oberkommando der Baburiten in ständiger Verbindung. Wenn es uns gelänge, eines dieser Nachrichtenschiffe zu kapern . . .«

»Unmöglich.« Sandra ging ans Fenster. Der Wind heulte, der Regen prasselte, der Donner rollte wie eine Anordnung riesiger Räder. Der Winter hatte sich auf den Weg nach Starfall gemacht.

Falkayn trat hinter sie. »Sie wissen etwas«, beschuldigte er sie.

»Ja«, sagte sie, ohne sich umzuwenden. »Das tue ich. Gott, meine Familie, und Ihre auch – und die Gefährten vom Raumschiff, alle müßten wir zurücklassen . . .«

Jetzt schwieg er still und rang sich nach einer Weile ab: »Weiter.«

»Die herzogliche Raumjacht hat man mir gelassen«, sagte sie. »Strang hat mir wiederholt den Vorschlag gemacht, ich sollte eine Erholungsreise unternehmen. Meine Antwort war immer ein Nein. Ich weiß, was er insgeheim anstrebt. Ihm käme meine Flucht sehr gelegen. Er würde sich nicht dagegen stellen.«

»Nein, das würde er nicht«, gab Falkayn ihr leise recht. »Damit hätte er den besten Vorwand, mit Unterstützung der Befreiungsfront alles ganz an sich zu reißen. Zitat: ›Die Großherzogin hat sich wie ihr Sohn zum Feind abgesetzt mit der Absicht, eine fremde Macht anzuführen, die unsere glorreiche Revolution zerschmettern soll.«

»Sippe, Gefolgsleute und loyale Traver wären ohne Führung. Sie hätten das Gefühl, ich hätte sie betrogen ... und sie würden einem Schreckensregime zum Opfer fallen.«

»Lady Sandra, Sie haben Ihre Geschichtslektion gelernt.«

Wieder trat Schweigen ein.

»Ich wäre noch da«, sagte er schließlich. »Ich würde einen Aufruf erlassen und tun, was ich kann.«

Sie drehte sich um. »Nein. Nein, keinesfalls, David. Ich werde meine engere Familie mitnehmen, und auch Erics Verlobte, weil auf diese Weise für Strang meine Flucht glaubwürdig erscheint. Aber Sie ... Sie müßten unter falschem Namen mitkommen, an Stelle eines meiner Besatzungsmitglieder. Ich kann Sie nicht zurücklassen.«

»Warum nicht?«

»Wenn Sie inkognito blieben, wären Sie hier nutzlos, und draußen im All brauchen wir Sie. Oder aber Sie könnten Ihren Einfluß hier geltend machen, versuchen, meine Rolle zu übernehmen ... und mit Sicherheit Terror provozieren. Strang würde rasch und heftig zuschlagen. Wenn Sie aber nicht zur Stelle sind, wenn der Adel führungslos und enttäuscht ist, wird er ihm aus politischer Klugheit vielleicht das Ärgste ersparen.«

»Und wenn nicht ...«

»Ich sagte schon, David. Auf Hornbeck müssen alle bleiben – bis auf Sie.«

Er senkte den Blick. Nachdem er lange den Boden angestarrt hatte, sagte er kaum vernehmbar: »Wenn wir mithelfen, einen totalen Krieg zu verhindern, retten wir Hunderte Millionen Menschenleben von Unbekannten.«

Er sah auf. »Meinetwegen. Sind Sie bereit, Sandra?«

Früher Schnee bedeckte das Land, als die Jacht *Castle Catherine* vom Williams Field abhob. Jenseits des Eisenbetons, der Rampen, Gebäude und Maschinen lag das Land weiß mit blau abschattiert, gedämpft unter der Schneedecke und erstreckte sich sanft gewellt westwärts zur Pantherform der Arkadischen Hügel. Der Himmel war unaussprechlich blau. Der Atem dampfte, Schritte hallten.

Hochkommissar Benoni Strang hatte der Herzogin eine Ehrenwache seiner Soldaten zugeteilt. Sie präsentierten das Gewehr, während sie und ihre Besatzung die Reihe abschritt. Sie salutierte. Alles ganz korrekt.

Ebenso korrekt war der diesem Tag vorangehende Papierkrieg gewesen. Die Herzogin hatte den Wunsch geäußert, den äußeren Planeten Chronos zu besuchen, um die Schönheit seiner Ringe zu genießen und auf seinem Mond Ida Berg- und Skitouren zu unternehmen. Der Start wurde selbstverständlich genehmigt.

Sie ging mit ihren Kindern, mit Lorna Stanton und ihren Männern an Bord. Niemand schenkte den Männern weiter Beachtung, obgleich es an ihren Mienen abzulesen war, daß sie wußten, wohin die Reise ging. Die Gangway wurde eingezogen, die Schleuse geschlossen. Antriebe heulten auf. Die Negagravität trat in Aktion, der Rumpf erhob sich wie eine Schneeflocke auf einer Brise, bis das Schiff in der Höhe blinkte wie ein Stern und verschwand.

Nachdem sie die Patrouillenschiffe passiert hatte, beschleunigte die *Castle Catherine* immer weiter hinaus in der ekliptischen Ebene. Die Sonne wurde kleiner, die Milchstraße winkte. In ausreichender Entfernung kam der Übergang in den Hyperdrive. Jetzt war sie schneller als das Licht, das Maia ausschickte.

Es gab keine Verfolger.

Als es feststand, daß sie die Freiheit erreichen würde, suchte Sandra Falkayn allein auf. Sie legte den Kopf an seine Brust und weinte sich aus.

18

Hanny Lennart fühlte sich unbehaglich. Eric vermutete, daß daran weniger der Umstand schuld war, ihm die Leviten lesen zu müssen als vielmehr die Umgebung, in der sie das tun mußte. Als Kommandant der Flotte einer Welt, die das Commonwealth noch immer als Souverän ansah, konnte man ihm keine förmliche Ermahnung erteilen. Sie hatte ihn gebeten, mit ihr essen zu gehen, und er hatte sich prompt für das Tjina-Haus entschieden, an Hand einer Liste, die van Rijn ihm gegeben hatte.

Der letzte von einundzwanzig Boys setzte sein Schälchen würziger Zutaten ab, verneigte sich mit gefalteten Händen und zog sich zurück. Die beiden Gäste würden läuten, wenn sie wieder Bedienung wünschten. Es war ein schöner Tag an der Sundastraße. Man hatte eine Wand zurückgeschoben, damit die meergekühlte tropische Luft herein konnte. Die Gartenanlagen fielen in tausendfach farblich abschattierten Stufen zum Wasser ab, Palmen rauschten, Bambus schwankte. Draußen auf der kobaltblauen Fläche glitt ein torpedoförmiges Frachtschiff vorüber und die flügelartigen Segel eines Sportseglers. Ein unsichtbarer Musiker ließ eine Flöte weich ertönen.

Eric nahm einen tiefen Schluck von seinem Bier und machte sich daran, reichlich Curry auf sein Gericht zu streuen. Die Lennart warf ihm einen mißbilligenden Blick zu. »Dieser Luxus – in Kriegszeiten einfach ungehörig«, sagte sie.

»Kriegszeiten?« gab er zurück. »Wenn wir uns endlich rühren würden, dann könnte ich Ihnen recht geben.«

»Nur Geduld, Admiral Tamarin-Asmundsen. Aber ich fürchte, diese Eigenschaft fehlt Ihnen ganz. Darüber möchte ich mit Ihnen sprechen.«

»Nur zu, Bürgerin.« Der Gedanke an Lorna, an seine Mutter und den Heimatplaneten ließ das Essen plötzlich fad schmecken. »Ich möchte endlich wissen, welche Strategie sich das Sol-System zunutze macht, falls es überhaupt eine hat. Ich muß nicht unbedingt hier sitzen und mich vollstopfen. Lieber wäre ich draußen und könnte kämpfen.«

»Die Regierung kann nicht dulden, daß Sie eigenmächtig vorgehen.«

»Dann soll sie ihre Streitmacht mit uns vereinen und uns Arbeit geben!«

Die Lennart schürzte die Lippen. »Ehrlich gesagt, Admiral, trifft Sie die Schuld an dieser Verzögerung. Nachdem Sie David Falkayns Flucht ermöglicht haben . . .«

»Welche Flucht? Langsam habe ich es satt, ständig zu wiederholen, daß er und seine Kameraden auf meinen Befehl hin als Offiziere der Armee von Hermes starteten, um Informationen zu sammeln ... weil das Commonwealth diese grundlegende Tätigkeit beharrlich vernachlässigt hat.«

Die Lennart gab eine Handbreit nach. »Wir wollen uns nicht streiten.« Sie rang sich eine Miene ab, die an ein Lächeln erinnerte. »Ich habe mich Ihretwegen schon auf genug Diskussionen eingelassen. Ich brachte vor, daß man es Ihnen nicht verdenken könne, wenn Sie Nachrichten aus der Heimat bekommen wollten und mit Ihrem Vater Beziehungen angeknüpft hätten. Ja, ich wollte, daß man Sie sobald als möglich in ein vereintes Oberkommando miteinbezieht.«

Damit ich vor ein Kriegsgericht gestellt werden kann, wenn ich mich wieder daneben benehme, wußte Eric.

»Also, Admiral«, fuhr die Lennart fort, »ich möchte heute vor allem über die zusätzlichen Schwierigkeiten diskutieren, die Sie seither für mich und für alle Ihre Freunde geschaffen haben. Ihr Erscheinen vor Bürgergruppen, Ihre Rede im Fernsehen, dies alles hat hohe Beamte sehr befremdet. Sie erwecken den Eindruck eines chronischen Unruhestifters, wenn Sie den Ausdruck entschuldigen wollen.«

»Aber natürlich, Bürgerin, ich bin einer oder hoffe zumindest, einer zu sein«, sagte er. »Für die Baburiten hauptsächlich. Ich habe auf ein Losschlagen gedrängt. Wenn wir auch nicht für einen richtigen Kampf gerüstet sind, so können wir doch dem Gegner das Leben sehr sauer machen. Wir können seine Handelsbeziehungen stören, wir können Megatonnen auf seine Basen fallen lassen, bis er einsieht, daß es sich bezahlt macht, wenn er sich von Hermes zurückzieht und sich zu Verhandlungen über Mirkheim einläßt.«

Die Miene der Lennart wurde ausdruckslos. »Nein, einen Kompromiß wird es nicht geben. Andernfalls würde ja Babur mit seinem aggressiven Vorgehen etwas erreicht haben. Nein, es muß Punkt für Punkt nachgeben – ganz besonders bei Mirkheim, das ja den ganzen Krieg heraufbeschworen hat. Aus diesem Grund müssen wir unsere Streitmacht ausbauen. Das kann nicht über Nacht geschehen. Inzwischen müssen wir unsere Armee zum

Schutz gegen die von Ihnen beschriebenen Taktiken verwenden.«

Eric dachte an Menschenmengen, rasend vor Angst, die zugunsten eben dieser Politik demonstrierten, sowie einflußreiche Kommentatoren, Geschäftsleute, Politiker ... Druck auf die Regierung, ja. Aber wieviel Druck wurde ausgeübt? Die Heimatgesellschaften hatten ein alles andere als überragendes Interesse, ihre Besitzungen vor einem Angriff zu schützen, unbegrenzt Waffen zu fettem Profit erzeugen zu können, die Bürger an ein vom Staat gesteuertes Leben zu gewöhnen; und in diesem Staat strebten sie einen großen Anteil an der Macht an. Wenn es nach ihnen gegangen wäre, dann hätte Hermes der Teufel holen können.

Warum hat Dad mich in diese Reden und Auftritte gehetzt, durch die ich mir die Behörden zum Feind machte? Er verfolgte damit einen eigenen Zweck. Damals war ich zu ungeduldig und zu aufgebracht, um deswegen in ihn zu dringen. Der Protest kam bei mir dann selbstverständlich. Jetzt erst sehe ich, daß wir uns weiter unterhalten müssen, er und ich.

Er konnte dieses stumme Selbstgespräch nicht fortsetzen. »Bürgerin«, grollte er, »diese Argumente wurden hin und her geschmettert, bis ihnen die Bedeutung ausging. Es sind daraus bloße Slogans geworden. Also lassen wir sie fallen. Sind Sie und ich hoffnungslos überkreuz, oder können wir eine Einigung erzielen?«

»Na, sehr diplomatisch drücken Sie sich nicht aus.«

»Mein Essen wird kalt.« Eric machte sich über seine Teller her.

Die Lennart stocherte in ihrem Essen. »Nun ... wenn Sie auf einer unverblümten Anwort bestehen ...«

»Deswegen sind wir ja hier. Also, los.«

»Also, dann will ich mich ganz kurz fassen: Wenn Sie sich diskret verhalten, sich öffentlicher Äußerungen enthalten, sich mit Ihren Leuten auf eine Mitarbeit mit uns einstellen – und wenn Sie dies alles unter Beweis stellen, dann glaube ich – ohne etwas versprechen zu können –, dann glaube ich, daß ich in absehbarer Zeit das Oberkommando überreden kann, Sie zu den ursprünglich vorgeschlagenen Bedingungen mit einer Aufgabe zu betrauen.«

Eine weitere Verzögerung. Und Dad hat mich hineingeritten. Warum?

»Und die Alternative?« fragte er.

Die Lennart lief rot an. »Sie können nicht erwarten, daß das Commonwealth für unbestimmte Zeit jemandem Schutz und Beistand gewährt, der seine Gastfreundschaft verletzt.«

Eric machte ein finsteres Gesicht. »Ich nehme mir erst gar nicht die Zeit, diesen Satz zu analysieren, Bürgerin. Aber ich werde laut meiner Verwunderung darüber Ausdruck verleihen, was ›das Commonwealth‹ eigentlich ist. Ein Individuum, das ein anderes als Gast empfängt? Oder eine Regierung? In diesem Fall frage ich mich, wer ist eigentlich die Regierung, nämlich die wirkliche Macht, und warum hat man uns empfangen? Außerdem frage ich mich, warum man es hier so ungern sieht, wenn ich meinen Standpunkt, der von dem der Regierung abweicht, den Leuten hier erkläre? Ich dachte, wir wären in einer Demokratie?«

Er hob die Hand. »Genug jetzt. Ich hatte nicht die Absicht, Ihren Unwillen zu erregen. Und ich bin realistisch. Sie werden zugeben, daß meine Pflicht in erster Linie Hermes gilt, das heißt, wenn die Befreiung von Hermes kein Kriegsziel darstellt, dann sind ich und meine Leute in diesem Krieg fehl am Platz. Aber ich bin gewillt, für mein Ziel in aller Stille zu arbeiten und meine Bestrebungen Ministern, Vorstandsmitgliedern und Gewerkschaftsführern vorzulegen und nicht der Öffentlichkeit.«

Die Lennart entspannte sich sichtlich. »Das wäre wahrscheinlich annehmbar.«

»Eine Kleinigkeit noch«, fuhr Eric fort. »Die Marine hat ein Raumschiff beschlagnahmt, das der Firma meines Vaters gehört. Ich möchte, daß es freigegeben und meiner Streitmacht unterstellt wird.«

Sie war erstaunt. »Warum das?«

»Ach, nur so. Das Schiff gehört meinem Vater, und ich fühle mich ihm verpflichtet.«

Eigentlich war es Coya, die mich darum bat. Das Schiff gehört nicht van Rijn, sondern David.

Oder ... hat etwa Old Nick sie zu dieser sentimentalen Geste angestiftet? Davids Raumschiff ist nämlich raffinierter und besser ausgestattet als die meisten Schiffe.

Die Lennart umfaßte ihre Gabel fester. »Da ist noch ein Punkt, den wir beide heute behandeln müssen. Wir auf der Erde wußten von Ihrer verwandtschaftlichen Beziehung zu van Rijn, hofften aber, daß er für Sie keinerlei Anziehungskraft hätte. Sie haben ihn ja nie kennengelernt. Zunächst schienen sich unsere Hoffnungen zu erfüllen. Plötzlich aber arbeiteten Sie mit ihm Hand in Hand, zweifelsohne nachdem sie heimlich Kontakte mit ihm knüpften. Wir sind ziemlich enttäuscht.«

»Warum? Hätte ich ihn verleugnen sollen? Hat man denn von mir verlangt, ich solle über mein Kommen und Gehen und meine Verabredungen Rechenschaft ablegen? Ist mein Vater denn kein Bürger, der im Commonwealth gut angeschrieben ist?«

»Nur technisch, Admiral Tamarin-Asmundsen. Er stellt einen gefährlichen Einfluß dar.«

Was heißen soll, daß er im Kampf gegen das Anwachsen des Dirigismus in vorderster Front steht. Und zuweilen hat er die Heimatgesellschaften um saftige Geschäfte gebracht und sie selbst getätigt.

»Bürgerin, die Gründe können Sie mir nennen oder auch nicht«, sagte Eric resignierend. »Aber zuerst möchte ich wegen des Schiffes Bescheid wissen. Schreiben Sie meine Bitte dem primitiven Verlangen eines Kolonisten nach Greifbarem zu.«

Sie überlegte. »Das Schiff wäre in Ihrem Besitz, nicht in seinem?«

»Richtig. Ich werde dafür sorgen, daß es in die Flotte von Hermes eingegliedert wird. Damit kommt es unter das Oberkommando des Commonwealth, wenn unsere Streitmacht integriert wird. Wenn.«

»Hm . . . ich sehe nichts, was dagegen spräche. Es fällt zwar nicht in mein Ressort, aber ich könnte entsprechende Empfehlungen abgeben. Als Gegenleistung . . .«

»Ja, ja, ich werde aufhören, mich auffällig zu benehmen.« Eric nahm wieder einen Bissen. Jetzt schmeckte das Essen. Die Lennart würde ihm zwar die Leviten lesen, solange sie bei Tisch saßen, aber darauf brauchte er nicht mehr zu achten. Statt dessen konnte er sich einem Tagtraum hingeben, wie er Lorna hierher schaffen würde . . . irgendwann.

Nicholas Falkayn wurde im Haus seines Urgroßvaters in Delfinburg geboren, das zu diesem Zeitpunkt über den Trümmern eines alten Schlachtfeldes dahin durch das Korallenmeer glitt. Die Geburt dauerte lange, weil er groß war und seine Mutter sehr schmal. Da ihr Mann nicht anwesend war, ließ sie niemanden zu sich, bis auf die Ärzte, und denen fiel auf, daß sich auf ihrem Gesicht zuweilen ein halbes Lächeln sehen ließ, als wolle sie dem Universum sagen, es solle seinen Stolz preisgeben.

Als alles vorbei war, nahm sie ihr neugeborenes Kind glücklich in Empfang. Als van Rijn wie ein Wirbelwind in ihr Zimmer stürmte, stillte sie den Kleinen.

»Hallo, hallo!« dröhnte der Alte gut gelaunt. »Meine gottverdammt besten Glückwünsche! Ist das der kleine Welpe? Donnerwetter, was für ein Kerl! Paßt in die Familie – egal in welche, in die von Adam und Eva womöglich. In diesem Alter sind sie alle verschrumpelte rote Würmer. Und was ist mit dir?«

»Ich bin voller Unruhe«, klagte Coya. »Man will mir erst morgen das Aufstehen erlauben.«

»Ich hab' ein Trösterchen dabei«, teilte van Rijn ihr im Bühnenflüsterton mit. Er holte unter seiner Jacke eine Whiskyflasche hervor.

»Na, ich weiß nicht recht . . . vielleicht nicht schlecht, wenn er es zeitig lernt. Danke, Gunung Tuan.« Sie nahm einen herzhaften Schluck.

Er sah sie an. Sie war blaß, die Augen wirkten viel zu groß in dem schmalen Gesicht. Das dunkle Haar lag ausgebreitet auf dem Kissen. »Tut mir leid, daß ich nicht früher kommen konnte. Geschäfte.«

»Das muß aber wichtig gewesen sein.«

»Für den anderen. Ein kleiner Händler, der mich mit einem bestimmten außerplanetarischen Gewürz versorgt. Jula . . . schon mal was davon gehört? Schmeckt meiner Meinung nach wie Schokoladenseife, aber auf Cynthia mögen sie es. Der Krieg, das Reiseverbot, ihm droht der Bankrott. Ich konnte ihm doch nicht einfach per Telefon ein Darlehen geben wegen dieser hirnrissigen Anti-Trust-Gesetze. Besser, er kriecht zur Regierung und bittet um ein paar Krumen, nicht? Also, wir kamen zusammen und unterhielten uns ganz persönlich. Und jetzt läuft die Sache so lala.«

»Gut für dich.«

»Nein, nein, die Zeiten sind schlecht, und sie werden noch schlechter. Wenn wir nicht zusammenstehen, wird es nichts mehr geben, zu dem wir stehen können. Aber kümmere dich nicht um solchen Quatsch. Wie geht's dir, Vögelchen?« Sie hatte sich schon längst mit der Tatsache abgefunden, daß er sie stets bei dem Kosenamen nennen würde, den er ihr gegeben hatte, als sie noch ein Baby war. »Tadellos. Meine Eltern haben vor einer Stunde angerufen. Sie lassen dich grüßen.«

»Danke gleichfalls.« Van Rijn machte eine Runde im Zimmer. Die schräg einfallenden Sonnenstrahlen warfen wellenförmige Spiegelbilder auf die Wand hinter ihm. »Nette Leute«, sagte er, »aber wie ihre gesamte Generation kapieren sie nicht, daß ein Image nicht ausreicht. Hier auf der Erde war man viel zu lange viel zu intellektuell.«

Coya sagte nichts dazu. Nicholas sog gierig an ihrer Brust.

»Entschuldige«, sagte van Rijn, »Ich hätte nicht kritisieren sollen. Jeder tut sein oder ihr Bestes. Doch eine zärtliche Berührung – besonders da David nicht da ist . . .«, er stupste den Säugling mit dem Finger an. Der Kleine, der momentan gesättigt war, drehte den Kopf in seine Richtung und blies Milchblasen von den Lippen. »Hah, er hat schon erfaßt, wie man politische Reden hält!«

»David«, flüsterte Coya. Laut sagte sie: »Nein, ich will nicht klagen, gleichgültig, wie man ihn betrogen hat. Was glaubst du, was ihm passieren kann, Gunung Tuan?«

Van Rijn zupfte erbarmungslos an einer seiner Locken. »Woher soll ich das wissen, ich alter Vielfraß? Zu viele unbekannte Größen, viel zu viele.«

Sie hob halb den freien Arm. »Hast du nicht schon überlegt, welche Antwort es geben könnte? Eine vorläufige Antwort, aber immerhin eine Antwort?«

Van Rijn zog eine Grimasse, knallte seine riesige Kehrseite in einen Sessel und nahm einen ausgiebigen Zug aus der Flasche, die er auch Coya hinterher anbot. Sie lehnte mit einer Handbewegung ab, ohne ihn aus den Augen zu lassen.

»Wir haben es hier mit einem Geheimnis zu tun«, sagte er. »Manches ist klar zu erkennen und häßlich. Anderes wiederum ...« Sein Achselzucken wirkte, als würde ein Berg eine Ladung Schnee abwerfen. »Anderes wiederum ergibt keinen Sinn. Wir haben es mit vielen Paradoxen und keinen Paradoktern zu tun. Du hast schon mal gehört, was ich dazu zu sagen habe.«

»Ja, aber ich machte mir solche Sorgen um David und dann um dieses Kind hier ... Sprich weiter, bitte. Es schadet nichts, wenn du dich wiederholst. Ich brauche einfach die Vorstellung, daß ich irgendwie für David etwas tue.«

»Na schön«, seufzte er. »Gehen wir die Punkte durch.« Er zählte sie an seinen haarigen Fingern einzeln auf.

»Erstens: Wie hat Babur sich für einen Krieg aufrüsten können? Und warum? Kein Mensch hat Mirkheim voraussehen können. Das war nur das auslösende Moment für den Erdrutsch, der auch Babur überraschte und es womöglich zu vorzeitigem Handeln zwang.

Zweitens: Ein paar Gesellschaften der Sieben haben seit Jahren Handelsbeziehungen mit Babur. Wie kommt es, daß sie von dieser Aufrüstung nichts mitbekommen haben? Ja, sicher, die Beziehungen waren unbedeutend und unregelmäßig, und der Planet ist riesengroß und unbekannt. Aber dennoch ...

Drittens: Wieso ist Babur so siegessicher? Und wie kommt es, daß es die Liga so geringschätzt und deinen Mann einfach schnappt, wenn er doch in friedlicher Absicht kam? So mächtig ist Babur auch wieder nicht. Der größte Teil ist Wüste.

Viertens: Sieht aus, als hätte sich Babur jede Menge Sauerstoffatmer als Söldner zugelegt. Und jetzt erklär mir, wie Wasserstoffatmer sie heimlich über Jahre und Welten hinweg rekrutieren konnten. Nein, Babur hatte Hilfe von außen, auch auf dem Gebiet der Forschung und Entwicklung und vor allem der Produktion für die Kriegsmaschinerie – aber wessen Hilfe, und warum wurde sie gewährt?

Fünftens: Wie kommt Babur zu der Meinung, es wüßte genug über uns Andersartige, um uns besiegen und einen Frieden mit uns aushandeln zu können? Wer redet denen solche Sachen ein?

Sechstens: Warum hat Babur einen neutralen, dünnbesiedelten terrestroiden Planeten besetzt...«

Der Telefon neben dem Bett klingelte. Coya stieß eine Verwünschung aus und nahm den Anruf entgegen. Auf dem Bildschirm erschien van Rijns Sekretär. »Sir, es ist eine Nachricht gekommen... ein Schiff von Hermes, an Bord die Herzogin. Sie hat die Ankündigung verbreitet, daß sie die Exilregierung darstellt... und David Falkayn begleitet sie!«

Jubel erfüllte den Raum.

Später kam der Grimm, als sie nämlich anfingen, sich Fragen zu stellen.

19

Mehr als dreißig Jahre hatten Sandras Erinnerungen an die Erde getrübt. Sie hatte noch die Riesenhaftigkeit der gewaltigen Großstädte in Erinnerung, hatte aber inzwischen vergessen, wie furchteinflößend sie sein konnten. Sie hatte eine völlig synthetische, völlig gesteuerte Umwelt erlebt, doch in diesem Augenblick kam ihr der Gedanke, daß dies auf seine Art fremder war als die äußeren Planeten von Maia. Und bei ihrem ersten Besuch war sie als Touristin gekommen und hatte sich ungehindert bewegen können. Damals war sie für alle Abenteuer offen gewesen, die ihr begegneten. Sie hatte nicht gewußt, wie schwer die Ketten waren, die die Erde den Prominenten auferlegte. Jede Stunde war festgelegt, jede Zusammenkunft ein ritueller Tanz der Worte, jedes Lächeln nach der öffentlichen Wirkung gemessen. Man zeigte ihr die noch vorhandenen Naturwunder, doch sie durfte sie bloß besichtigen, sie durfte den Pfad in den Grand Canyon nicht hinunterklettern oder einfach ihre Kleider ablegen und im Baikalsee baden. Und überall, buchstäblich überall wurde sie von Bewachern begleitet.

»Wer würde hier um diesen Preis nach Macht streben?« rief sie einmal aus.

David Falkayn hatte mit ironischem Lächeln gesagt: »Die Politiker verfügen gar nicht über so viel Macht. Sie tun nur so, während die wirklichen Entscheidungen von Besitzern, Managern, Bürokraten, Gewerkschaftsführern getroffen werden, von Menschen, die nicht auffallen und daher keinen Schutz benötigen und auch keine peinlich genau eingeteilten Tagesabläufe ... Natürlich bilden sich die Politiker ein, sie stünden an der Spitze.«

Es tat richtig gut, wenn sie sich an Bord ihres Flaggschiffes, des Kreuzers *Chronos*, zurückziehen konnte, trotz des beengten und vollgestopften Inneren. Die in einer Umlaufbahn um Sol kreisende Flotte von Hermes galt als Staatsgebiet von Hermes. Nach einer unangenehmen Debatte hatte sie es sogar geschafft, den Geheimdienst loszuwerden. Und die Männer und Frauen an Bord entstammten demselben Land wie sie, waren unter demselben Himmel geboren worden, schritten mit demselben lockeren Gang einher und sprachen mit demselben gutturalen Klang wie sie. Sie waren hier einer Einsamkeit ausgeliefert, die sie teilte.

Und doch hatte sie Herzklopfen. Heute würde sie Nicholas van Rijn wiederbegegnen. Obwohl die Begegnung auf ihrem Territorium stattfinden würde – um nicht abgehört zu werden, in erster Linie –, empfand sie so etwas wie Angst und haßte sich deswegen. Eric, der neben ihr stand, hätte ihr hochgewachsener Trost sein müssen, war ihr aber wie ein Fremder, Fleisch von diesem Fremden, den sie empfangen mußte und nur zögernd zu ihr gestoßen, weil es Trennung von Lorna bedeutete. Die Raumfahrer in den weißen Uniformen, die in zwei Reihen vor der Schleuse Aufstellung genommen hatten, waren ihr ebenfalls fremd geworden. Welche Gedanken lauerten hinter ihren glatten Gesichtern? Die Luftaufbereitungsanlage murmelte und wehte ihr Kühle ins Gesicht, ein Zeichen, daß ihre Haut feucht war. Die innere Schleuse ging auf. Da stand er.

Ihr erster Gedanke war ein erstauntes ›*Wie unvorteilhaft er aussieht!*‹ Sie hatte ihn eher stämmig und kantig in Erinnerung als korpulent. Und er gehörte ganz entschieden nicht in diese spitzenbesetzte Bluse, in die irisierende Weste und purpurne Kniehose, die er zu dieser Gelegenheit gewählt hatte. Der hinter ihm stehende Falkayn in seiner grauen Uniformjacke bildete einen geradezu schmerzhaften Kontrast dazu. *Und alt ist er geworden.* Sandras

Befangenheit fiel von ihr ab. Der Fremde war nun nicht mehr ihr Sohn, sondern das Mädchen, das damals so eigensinnig gewesen war.

»Ich begrüße Sie, meine Herren«, sagte sie, als wären die beiden beliebige Gesprächspartner.

Und dann war van Rijn, sein schwarzes Herz sei verwünscht, nicht mehr bemitleidenswert, sondern faßte ihre Hand, pflanzte einen schmatzenden Kuß darauf und schüttelte sie wie einen Pumpenschwengel. »Guten Tag«, polterte er, »und auch gute Nacht, Hoch, Heil, Hurra, Euer Gnadenhaftigkeit, und möge Freude Euer Leben aufpulvern. Ach, welch ein Anblick für wundgelaufene Augen! Sie werden ja mit der Zeit immer besser, wie ein guter Käse. Ich möchte mich fast bei den Baburiten bedanken, weil sie der Grund waren, daß Sie gekommen sind und uns mit Ihrem Glanz beehren. Bloß brachten die Baburiten Ihnen Kummer. Dafür werden wir ihnen Entschädigung aus der Nase ziehen, die sie nicht haben. Sie werden bei uns kaufen . . . zu einem fünfhundert Prozent erhöhten Preis, nicht wahr?«

Sie machte sich los. Starr vor Empörung stellte sie den Kapitän und die Offiziere vor. Eric übernahm es, ihnen Sandras Entschuldigung zu überbringen, weil sie nicht vor dem Essen in die Offiziersmesse zu einem Drink geladen wurden. Aber das wußten sie ohnehin schon. Van Rijn hatte ausdrücklich um eine geheime Unterredung gebeten. Mechanisch nahmen sie die ihnen gebührende Höflichkeit zur Kenntnis, während ihre ganze Aufmerksamkeit dem Händler galt, der lebenden Legende. Das sollte er sein? Und welche Hoffnungen für Hermes hatte er mitgebracht?

Er nahm Sandras Arm, als sie ihren gemeinsamen Sohn und Falkayn mitnahm. Sie lehnte die Vertraulichkeit ab, wußte aber nicht, wie sie sich losmachen sollte, ohne eine Szene zu verursachen. Mit leiser Stimme sagte er: »Ich möchte sagen ›Weowar arronach‹«, diesen Satz aus der Sprache der Lannachska auf Diomedes, den sie sich während ihres ersten gemeinsamen Jahres zu eigen gemacht hatten – »aber es ist lange schon zu spät. Laß mich bloß daran Freude haben, daß du nachher glücklich warst.«

»Danke.« Wieder war sie ein wenig aus dem Gleichgewicht geraten.

Sie betraten die Messe. Es war kein großer Raum, doch war er mit Steinborkenholz getäfelt, und die Sessel mit Cyanopleder gepolstert, als Erinnerung an die Heimat. Ein schwacher Duft kündete davon. An den Wänden hingen Bilder mit Motiven von Hermes – Cloudhelm von einem bewaldeten Hügel aus gesehen. Dünen in der Regenbodenwüste, der Corybantische Ozean mit nächtlicher Phosphoreszenz. Die Sichtschirme bildeten einen wilden Kontrast dazu. Man sah den Weltraum, der den Schiffsrumpf umgab, Millionen von Sternen, die Milchstraße, die Erde als kleine Scheibe, fast verloren in dieser Einöde, zerbrechlich wie blaues Glas. Eric stellte sich hinter die kleine Bar. »Ich spiele jetzt Meßboy. Was wird gewünscht?«

Damit war die gespannte Atmosphäre aufgelockert. *Ob er diese Gabe von seinem Vater hat?* ging es Sandra durch den Sinn. *Mir ist es nie so zwanglos gelungen, die Stimmung einer Gruppe zu lenken.* Als sie merkte, daß die Männer auf sie warteten, entschied sie sich für einen Wein aus dem Apollo Valley. Van Rijn wollte es mit einem Gin von Hermes probieren. Falkayn und Eric nahmen einen Scotch. Es erschien Sandra als komisch – oder symbolisch oder so –, daß das Zeug von Edinbourgh nach Starfall und wieder zurück gebracht worden war.

Sie nahmen auf der Bank Platz, die den Tisch umrundete. Sie, Eric, Falkayn, und zu ihrer Erleichterung van Rijn am anderen Ende. Doch als sie ihre Zigarre hervorholte, tat es der Händler ihr gleich und bestand darauf, daß sie eine echte Havanna rauchte. Sie entdeckte, daß sie auch vergessen hatte, wie gut das schmeckte.

Schweigen senkte sich auf die Runde.

Nach einer Weile rückte Eric sich zurück, nahm einen Schluck und sagte rauh: »Wollen wir nicht zur Sache kommen? Wir sind hier, weil Bürger van Rijn uns etwas zu sagen hat. Ich bin neugierig, was das ist.«

Sandra spürte eine gewisse Spannung. Sie begegnete dem Blick des Alten und hatte das Gefühl, daß Funken sprühten. »Ja«, sagte sie. »Wir dürfen nicht trödeln. Bitte fangen Sie an.« Sie suchte Falkayns Blick. *Wir wissen es.* Dann sah sie Eric an. *Du und ich, wir haben darüber gesprochen, als wir uns auf der Erde begrüßt hatten.*

Van Rijn ließ Rauch aus seinen Nüstern strömen. »Wir sollten eine Szene wie in einem Roman hinlegen, in dem ich ein Kilo Spuren auf dem Teppich leere, und wir setzen daraus die Gestalt des Bösewichts zusammen«, fing er an. »Aber Sie alle haben eine Ahnung, wie die Antwort lauten muß. Viel wichtiger ist die Entscheidung, was wir tun sollen.

Ich will alles aufzählen, damit wir sicher sind, daß wir alle gleicher Meinung sind.«

Ein paar Atemzüge lang sagte er nichts. Das Summen des Schiffes klang Sandra in den Ohren wie das Summen einer zum Zerreißen gespannten Saite.

Dann sagte van Rijn: »Bayard Story von Galactic Developments, Delegationsführer der ›Sieben im All‹ beim Rat in Lunograd, ist Benoni Strang, Hochkommisar von Babur auf Hermes. Das ist die Tatsache, die alles andere an seinen Platz rückt.«

»Aufgrund der Bilder und anderer Beweise, die Mutter mitbrachte, nehme ich nicht an, daß dies falsch sein könnte«, sagte nun Eric mit einer Vorsicht, die sie nicht an ihm kannte.

Van Rijn schüttelte den Kopf. »Nein. Die Ähnlichkeit ist zu groß. Außerdem erklärt die Identität so vieles andere auch.«

»Besonders die Hilfe, die Babur von außen bekam«, warf Falkayn ein. Sein Ton war der eines Richters, der ein Urteil fällt. »Bewaffnung, militärische und politische Informationen, Anwerbung von Söldnern, die Leitung der gesamten bisherigen Kampagne – alles die Sieben.«

»Aber sicher nicht alle Mitglieder«, protestierte Eric, als käme der Schock jetzt erst über ihn.

»O nein«, meinte van Rijn. »Dieses Geheimnis hätte man nie bewahren können, es hätte durch die gesamte Galaxis gestunken, wenn es über den Kreis einiger Top-Manager hinausgedrungen wäre – und über die terranischen Techniker, die sie anheuerten und streng isoliert haben. Von den Baburiten waren gewiß nur sehr wenige eingeweiht.«

Er legte die Faust auf den Tisch, eine große, behaarte, knotige Faust mit der Kraft zuzuschlagen. »Einerlei. Politik und Befehle kommen von oben. Die Baburiten behandeln die Liga voller Verachtung, weil die obersten Ränge wissen, daß die Liga zerfallen ist.«

»Was für gewaltige Anstrengungen«, wunderte Eric sich. »Forschung, Entwicklung, Bau, ein Jahrzehnt nach dem anderen, bis ein ganzer riesiger Planet seine Horden ausschicken konnte – wie konnte das alles geheim bleiben? Die Kosten müssen sich doch irgendwo niedergeschlagen haben.«

»Sie unterschätzen die Größenordnung von Operationen von interstellarem Maßstab«, sagte Falkayn. »Kein Mitarbeiter, nicht mal ein Mitarbeiter auf höherer Ebene, weiß über alle Machenschaften eines großen Unternehmens Bescheid. Über mehrere Unternehmen verteilt, hat man die Kosten leicht als statistische Fluktuation ausweisen können. Und überwältigend groß waren diese Kosten sicher nicht. Babur hat wohl in erster Linie Arbeitskraft beigesteuert. Auch Rohstoffe, die auch von unbewohnten Planeten und Asteroiden gewonnen wurden. Und als die ersten wichtigen Maschinen vorhanden waren, war nur sehr wenig vom Anfangskapital der Sieben gebunden. Bestimmte Personen müssen ein Vermögen bekommen haben, weil sie eine stattliche Zeitspanne ihres Lebens abgeschnitten von der eigenen Zivilisation verleben mußten. Aber was für einen einzelnen ein Vermögen ist, bedeutet für ein großes Unternehmen bloß Kleingeld.«

Und mit Bedacht setzte er hinzu: »Schon vor einiger Zeit stießen wir auf einen wichtigen Hinweis. Die Kriegsschiffe der Baburiten haben elektronische Systeme, von denen bestimmte Bestandteile nicht auf Babur hergestellt werden können, und andere, die in einer Wasserstoffatmosphäre sehr rasch kaputtgehen. Das müßte nicht sein. Man könnte sie anders und besser machen. Damals schoben wir die Schuld auf Schlamperei in der Erzeugung, auf Eile, und wahrscheinlich sind die Herren von Babur noch immer der Meinung, dies wären wirklich die Gründe, falls sich ein technisch gebildeter Kopf auf diesen Planeten überhaupt Gedanken über die Sache gemacht hat. Aber in Wirklichkeit ... die Sieben wollten ihre Verbündeten im Griff behalten, sie brauchten etwas, um sie in der Hand zu haben, bis sie ihr Ziel erreicht hatten. Es bot sich geradezu an, einen chronischen Mangel an Ersatzteilen, die von außen geliefert werden mußten, zu schaffen.«

»Die Entdeckung von Mirkheim führte zu einer vorgezogenen Aktion«, sagte Sandra. »Dieser Preis war zu verlockend, den konnte man sich nicht entgehen lassen. Aber was ist das wirkliche Ziel, das hinter den Bemühungen Baburs und der Sieben steckt? Warum der Krieg? Das begreife ich immer noch nicht.«

»Ich bin nicht sicher, ob man je richtig begreifen wird, warum die Sterblichen Kriege entfesseln«, antwortete van Rijn ernst. »Vielleicht entdecken wir einmal eine Gattung von Sophonten, die noch im Stande der Gnade sind, und die können es uns dann erklären.«

Falkayn wandte sich an Sandra: »Gehen wir logisch vor: Erfolgreicher Imperialismus macht sich für seine Befürworter bezahlt, und zwar durch Reichtum, Macht, Ruhm ... ja, und vielleicht auch durch das Gefühl, man hätte seine Pflicht, das auferlegte Schicksal erfüllt.«

»Bleiben wir lieber bei ehrlicher Habgier«, bemerkte van Rijn.

»Im Falle der Baburiten«, fuhr Falkayn fort, »müssen wir intensive xenologische Forschungen abwarten, bis man über die Motive Gewißheit hat. Wir müssen uns Strangs Unterlagen über sie verschaffen. Aber wir wissen immerhin, daß es ihnen nicht gefiel, im Rennen um einen Platz an der vorderen Grenze beiseite geschoben zu werden. Die Einflußreichen mögen zu der Meinung gelangt sein, daß sie ihrer Gattung nur mit Gewalt Geltung verschaffen könnten. Dabei darf man auch nicht vergessen, daß Babur erst vor kurzem geeinigt wurde, und zwar durch den siegreichen Imperiumsbund. Ich vermute, daß der Eroberungsdrang der Baburiten damit erst geweckt worden war, wie das bei Humanoiden auch zu beobachten ist. Zudem vermute ich – wieder gibt es dafür zahlreiche Beispiele aus der Geschichte –, daß die Herrscher ein ausländisches Abenteuer als bestes Mittel ansahen, für das Imperium ein gemeinsames Ziel zu schaffen. Damit festigten sie den Halt in den vor kurzem erworbenen Gebieten.

Sei dem wie es sei, Babur war reif für einen Überfall auf seine stellaren Nachbarn, noch dazu wenn man ihm Aufmunterung und Hilfe bot. Würde mich nicht wundern, wenn Benoni Strang der Mann gewesen wäre, der auf diese Idee kam und die Leitung der Sieben überredete, in die Sache einzusteigen. Wenn mich nicht alles täuscht, hat seine Karriere als Wissenschaftler auf Babur begonnen.«

Sandra nickte. Vor ihrem geistigen Auge stand das Bild ihres

Gegners, das Feuer unter dem Panzer der Höflichkeit, der entrückte Blick, die Worte, die ihm zuweilen entschlüpft waren.

»Und die Motive der Sieben?« fragte sie, obwohl sie sich mit Falkayn auf der Fahrt solwärts stundenlang darüber unterhalten hatte.

»Ich habe bereits versucht, ein paar Gründe anzuführen, warum Humanoide Amok laufen«, erinnerte er sie. »Dazu kommt noch eines«, sagte van Rijn. »Die Heimatgesellschaften haben sich fast zur Commonwealth-Regierung aufgeschwungen. Zumindest tut die Regierung nichts, was ihnen gegen den Strich ginge. Sie tut aber alles, was sie wollen. Ich, ein Unabhängiger, sehe die darin liegende Bedrohung. Selbst strebe ich nicht nach Macht, ich möchte nur, daß man mich meine kleinen Spielchen treiben läßt.

Die Unternehmer der Sieben sind da anders. Ansonsten wären sie nicht das geworden, was sie sind. Sie müssen den Tag fürchten, an dem die Heimatgesellschaften hinaus in den Raum drängen. Welches Gegenmittel wäre da besser, als eine starke, eigene Regierung draußen an der Hand zu haben? Aber da draußen existiert nichts, wenn man es nicht selbst schafft. Deswegen mußten sie ein Imperium schaffen. Und dann können sie es sich leisten, die ganze Verschwörung bekannt werden zu lassen.«

»Als Verbündeter Baburs ... ja, das ergibt einen grausigen Sinn«, sagte Eric. »Die beiden Gattungen werden sich nicht leicht ins Gehege kommen, sie streben Territorien an, die gänzlich anders geartet sind, bis auf Mirkheim, das ist die Ausnahme. Und darüber kann man sich einig werden. Inzwischen wird aus Hermes unter einem totalitären Regime die humanoide Machtbasis in diesem Bereich.«

Er schlug auf den Tisch. »Nein, niemals!«

»Einverstanden«, meint van Rijn. »Wir sind hier beisammen, um auszubrüten, was man am besten tun könnte. Ist allen klar, auf was die Lage hinausführt? Gut, also dann in die Hände gespuckt und an die Arbeit.«

Sandra nippte an ihrem Wein, als würde der Geschmack nach der verlorenen Sonne ihr Kraft verleihen. »Das Commonwealth soll wahrscheinlich nicht informiert werden«, wußte sie im voraus.

»Bestimmt nicht«, erwiderte van Rijn. »Die sehen die Schwäche, sie schlagen zu, sie gewinnen – und wer kriegt dann Mirkheim? Die Heimatgesellschaften.«

»Man würde die Sieben am Boden zerstören«, warf Falkayn ein. »Ich glaube nicht, daß das Weltallimperium, das sie gewinnen würden, weniger übel sein würde ... und daß es vor allem gewillt wäre, Hermes die Freiheit zu geben. Sicher, man würde Babur zum Rückzug von Hermes zwingen. Aber man könnte wahrscheinlich kaum der Versuchung widerstehen, eine ›Schutz‹-Regierung einzusetzen, die einen Unionsstaat nach dem Vorbild des Commonwealth errichten würde und in den Außenbeziehungen entsprechend unterwürfig auftritt.«

Van Rijn wandte sich an Eric. »Deswegen wollte ich, daß du die Eingliederung deiner Flotte in die des Commonwealth verhinderst«, erklärte er. »Ich hatte so eine Ahnung, daß du besser dran sein würdest, wenn du dir Handlungsfreiheit bewahrst. Und jetzt wissen wir, daß es stimmt.«

Auch das hatte endlose Tage lang auf Sandras Seele gelastet. Und als sie es aussprach, hatte sie noch immer das Gefühl, eine Brücke zu betreten, die unter ihrem Schritt zusammenbrechen mußte. »Du schlägst also vor, wir sollten starten, um unseren privaten Feldzug zu führen.«

»Ja, genau. Keine direkten Angriffe auf Babur. Wir schlagen auf den Niederlassungen der Sieben zu. Dort gibt es kaum Abwehreinrichtungen. Wir werden sie vor die Wahl stellen: entweder sie entziehen ihren Verbündeten die Unterstützung, so daß beide mit uns Frieden schließen müssen, oder aber wir vernichten sie.«

»Nur nichts überstürzen«, mahnte Falkayn. »So würde es sich beispielsweise bezahlt machen und viele Leben auf lange Sicht retten, wenn man so viele unabhängige Liga-Mitglieder als möglich einweiht und sie überredet, ihre Kampfschiffe zur Verfügung zu stellen.«

»Dann werden sie bei den Friedensbedingungen mitdiktieren wollen«, wandte Eric ein.

»Ja«, meinte Falkayn. »Aber halten Sie es nicht für das Beste, wenn sie dies tun? Auf diese Art könnten wir ein Quentchen Stabilität, ein Quentchen Anstand halten.«

Und in der Zwischenzeit geht der Todeskampf auf Hermes weiter, dachte Sandra. *Ich selbst wage nicht, mich dagegen auszusprechen. Ich bin nicht so klug, einen anderen Weg zu erkennen.*

Ob jemand einen Ausweg weiß?

Wieder standen sie in Delfinburg, David und Coya, und blickten von einem Balkon an van Rijns Haus über das nächtliche Meer. Im Raum dahinter schliefen die Kinder. Vor ihnen lag tief unten im Schatten der Jachthafen, in dem phantomgleich die Schiffe an den Piers lagen. Jenseits des Hafens fegten unter hohem Wind Wogen dahin, schäumten weiß auf und rollten weiter. Darüber wölbte sich ein mondloser Himmel, an dem Sterne zwischen Wolkenfetzen aufblitzten.

»Zum drittenmal gehst du fort«, sagte sie. »Muß es wirklich sein?«

Er nickte. »Ich kann doch nicht Adzel und Chee allein auf meinem Planeten kämpfen lassen, oder?«

»Aber uns kannst du allein lassen —« Sie faßte sich. »Nein, entschuldige. Vergiß, daß ich es sagte.«

»Es ist das letzte Mal«, gelobte er und zog sie an sich. Keiner sprach es aus: *Das letzte Mal, ja, wenn man nicht mehr heimkehrt.*

Statt dessen sagte sie: »Richtig. Weil du nachher mich mitnimmst, wann und wo du auch hinfährst. Mich und die Kinder.«

»Wenn ich überhaupt noch fortgehe, Liebes. Nach all dem Wirbel werde ich zufrieden sein, mich auf der Erde häuslich einzurichten und mir in den Tropen die Knochen rösten zu lassen.«

Sie schüttelte den Kopf so heftig, daß das dunkle Haar flog. »Wirst du nicht. Und ich auch nicht. Das ist keine Welt für Juanita und den Kleinen. Du glaubst doch nicht etwa, der Krieg würde reinigend wirken? Nein, das Übel wird immer größer. Wir wollen trachten wegzukommen, solange es noch geht.«

»Hermes . . .« Er schwieg still. »Vielleicht«, sagte er dann. »Wir werden sehen. Das Universum ist groß.«

Der Wind pfiff kalt. Ebenso kalt und bitter war der Wasserstaub, der vom stürmischen Meer heraufgeweht wurde.

Die Firma Abdallah Enterprise, Mitglied der Sieben im All, bewachte ihre Zentrale auf Hopewell gegen eventuelle Überfälle von außen und Sabotage von innen. Ersteres aber schien so unwahrscheinlich, daß eine einzige Korvette den Planeten umkreiste. Die einander ablösenden Besatzungen hatten sich nie einem größeren Problem gegenübergesehen, als sich die Zeit zu vertreiben.

Der Zerstörer *North Atlantis* hielt direkt auf die Korvette zu. Trotz des Risikos glaubte Eric einen warnenden Funkspruch ausschicken zu müssen. »Aus dem Weg, ehe wir angreifen.« Ein erstauntes Fluchen war die Antwort, gefolgt von einem Geschoßhagel und einem Energiestrahl.

Erics Schiff glitt dank der Schubkraft seitlich weg. Die Torpedos manövrierten noch gewandter, doch jetzt hatte er sie richtig im Blickfeld. Ein wahres Gewitter von Blitzen brach los. Die Geschosse lösten sich in Feuerfontänen auf, so hell, daß sie die Sterne und die stille Scheibe der Welt überstrahlten. Eric feuerte keine Geschosse ab, weil er Munition, die nicht sofort ersetzbar war, sparen wollte. Statt dessen verlangte er eine Annäherung an den Gegner, bis er in Reichweite für Energiewaffen kam. »Und jetzt Volltreffer«, sagte er. Die von Kernenergie gespeiste Flamme schoß hinaus.

Die Korvette beschleunigte und wollte fliehen. Mit ihrer geringeren Masse war sie imstande, die Geschwindigkeit rascher zu wechseln. Die *North Atlantis* folgte hartnäckig, während sie ununterbrochen Geschosse abwehrte oder vernichtete und die Schüsse der Strahlerkanonen dank der Panzerung verkraftete, und jedesmal, wenn die Kampfbewegungen es von der Entfernung her zuließen, selbst Flammen lodern ließ. Es dauerte Stunden, bis die Überlebenden an Bord eines Wracks wußten, daß eine Flucht aussichtslos war. Sie gaben sich geschlagen und signalisierten ihre Niederlage.

»Mein Kompliment für Ihren Mut«, antwortete Eric, »obwohl Sie sich jetzt natürlich die Frage stellen, ob es die Sache wert war.

Nehmt Rettungsboote und setzt euch nach Hopewell ab. Ich rate, nicht in Abdallah City zu landen.«

Er wußte bereits, was dort geschehen war. Die *Muddlin' Through*, die ihn auf der Fahrt begleitet hatte, war ausgeschert und in die Atmosphäre eingedrungen.

Falkayn gab nun den Aufruf durch, der ihn in Lebensgefahr bringen würde. »Achtung, Achtung ... Eure Firmenleitung hat in Verschwörung mit den Herrschern von Babur einen Krieg angezettelt ... Die Freie Flotte von Hermes steht im Begriff, alle Firmeneinrichtungen zu vernichten. Alles sofort evakuieren ...«

Luftgefährte schwärmten aus. Aber die *Muddlin' Through* war nicht der hochspezialisierte Flitzer durch den leeren Raum, fast hilflos in Planetennähe, der die *Streak* gewesen war. Handelspioniere mußten auf Schwierigkeiten unter allen möglichen Bedingungen gefaßt sein. Das Raumschiff ging in großen Spiralen tiefer, aus denen es immer wieder ausbrach, um ein Geschoß außer Gefecht zu setzen oder einen Gegner mit Feuer einzudecken.

Vor Falkayn, der im Pilotensitz saß, drehte sich Land und Meer wie irre, Wolken wechselten mit taghellem Azurblau, Kampfmaschinen flitzten vorüber wie vom Wind geschleuderte Regentropfen. Das war kein Kampf im leeren Raum, der nur von Computern gesteuert werden konnte. Die Bewegungen waren zu schnell, die Aktionen zu überraschend. Er verband seine Intuition mit Schlauköpfchens Logik, versenkte sich mit seiner ganzen Persönlichkeit in sein Schiff und steuerte. Antriebe donnerten, die Luft schrillte. Es roch nach Ozon wie bei einem Gewitter.

»Hojotoho!« ertönte van Rijns Stimme vom Geschützturm her. Mit Wonne nahm er die Ziele ins Visier, zielte, feuerte, bediente allein alle Abschußeinrichtungen, schickte ein Schiff nach dem anderen ins Meteorengrab. »Hoho! Hast gedacht, ich bin deine Zielscheibe, wie? Irrtum, ich komm dir gleich mit einem nassen Handtuch! He, beinahe, gut gezielt Junge, aber nicht so gut wie ich, verdammt! Wumm! Hölle und Schwefel, wieder einer erledigt!«

Schließlich war die *Muddlin' Through* allein übrig. Und am Himmel war im Umkreis von einer halben Stunde Stille.

Unter ihr erstreckte sich Land, das ehedem reich gewesen war.

Bergbau, Industrie und allgemeine Bautätigkeit hatten es ausgebeutet und verdreckt, bis seine Flüsse vergiftet zwischen Mülldeponien und Schlackenhalden, verpflastertem Gelände und Abflußrohren dahinflossen und Tod in den Ozean hinausschwemmten. Nur wenige der humanoiden Kolonisten hatten dagegen protestiert. Dies war nicht die Erde, man hatte noch immer genug Platz, niemand mußte ausgerechnet dort leben, wo der Boden Reichtum lieferte. Außerdem war die Regierung praktisch Eigentum von Abdallah Enterprises. Mitten in der Wüste, die sie geschaffen hatte, erhob sich die Zentrale mit prachtvollen Türmen über vielfarbiger Glätte. Bei einem Blick nach unten dachte Falkayn: *In gewisser Weise eine großartige Zeit. Mir wird sie fehlen.*

Luftgefährte flohen scharenweise. Aus dieser Höhe wirkten sie wie Spielzeug. Er rief sich mühsam in Erinnerung, daß jedes einzelne Angst mit sich trug, Entsetzen, vernichtete Hoffnungen, Sehnsucht nach den Lieben, die anderswo waren, und die Angst um sie. Der Krieg pflegte dieses Wissen auszulöschen. Er hatte nicht das Herz, noch einmal zu dieser Welt zu sprechen, doch ließ er eine Aufnahme ablaufen. »Das Freie Hermes greift die Sieben an, die Verbündeten Baburs. Unser Kampf wird erst zu Ende sein, wenn der Krieg gegen das Commonwealth und die Besetzung von Hermes und Mirkheim beendet ist. Verbreiten Sie diese Nachricht.« Er stellte sich vor, daß seine Frau mit den Kindern eines Tages ebenso würde fliehen müssen, denn wann würde in Zukunft die Zivilisation Sicherheit finden?

Die gewährte Frist war großzügig. Fünfzehn Minuten lang hatte sich nichts gerührt, als er den Abschuß eines Torpedos befahl.

Fünfzig Kilotonnen reichten. Ein Feuerball blühte auf und stieg hoch, Rauch und Staub erhoben sich und stiegen zu einer gewaltigen Säule auf, die sich zu einem Pilz mit Eisrand ausformten, während das Raumschiff von den Druckwellen erschüttert wurde. Und als man wieder etwas sehen konnte, war unten ein Krater, aus dem ein paar verbogene Metallgerippe wie die Finger eines Toten ragten.

»In einen Orbit von zehn Radien«, gab Falkayn Anweisung, »wir warten dort, bis die *North Atlantis* ihre Sache erledigt hat.«

Als Hopewell wieder als blau-weiße liebliche Scheibe zwischen den Sternen hing, kam er mit seinem Team zusammen, mit van Rijn und dem Ingenieur Tetsuo Yoshida. Der Händler war noch immer in Hochstimmung.

»Hallo, hurra!« flohlockte er. »Ich fühle mich richtig verjüngt! Wir haben das erlebt, was Aristoteles eine Katharsis nannte, eine richtige Reinigungskur, jawohl, davon habe ich einen ungeheuren Appetit. Wie wär's mit einem ganz rasch gebratenen Schinken und dazu Kartöffelchen und Salat – worauf habt ihr beide eigentlich Lust?«

»Später. Ich bin nicht hungrig«, sagte Falkayn.

Van Rijn sah ihn forschend an. »Dein Gewissen plagt dich wohl, wie? Das ist ganz schön dumm, mein Junge. Wir haben viel von der Bestie in uns losgelassen, indem wir auf das einschlugen, was Prügel verdiente. Ist es eine Sünde, wenn einen das freut? Ich, ich wünschte, wir könnten mehr solcher Überfälle starten.«

Yoshida zog die Brauen hoch. »Persönlich hätte ich nichts dagegen«, sagte er, »aber wenn ich mich nicht irre, Bürger van Rijn, so haben Sie Ihren Mitplanern das Versprechen gegeben, sich auf diese einzige Aktion zu beschränken, damit sie Ihnen überhaupt eine gestatteten.«

Er ist zu wertvoll, als daß man ihn dieser Gefahr aussetzen könnte, dachte Falkayn sich. *Erstens als Führer unserer übergeordneten Strategie, und dann als unser Verhandlungsleiter. Von jetzt an wird es meine Aufgabe sein, ihn sicher in das zu errichtende Hauptquartier zu schaffen und ihm dort als Sonderberater und Stellvertreter zu dienen.*

Aber recht hat er, verdammt noch mal. Selbst zu kämpfen war etwas, was wir dringend brauchten. Sogar ich.

»Ja, das stimmt«, grollte van Rijn. »Wir werden also Wochen, vielleicht sogar Monate nichts tun und nur zufrieden im eigenen Fett hocken. Habt ihr Vorschläge, wie man den Verstand zwischen den Ereignissen nützen könnte?«

»Poker«, meldete sich Schlauköpfchen.

Die Experten waren sich einig, daß es einige Zeit und viel Geld und dazu etliche Leben kosten würde, bis auf Mirkheim die Produktion wieder lief. Ungeheuer wertvolle Vorräte an Metallen und Supermetallen lagen jedoch schon in Barrenform zum Abtransport bereit. Die Besatzungsmacht der Baburiten erhielt die Anweisung, diese Vorräte der Stellar Metals Corporation auf Gewinnbeteiligungsbasis zu überlassen. Stellar Metals wiederum verpflichtete Interstar Transport, das Zeug auf die verschiedenen Märkte zu verfrachten.

In den Tiefen des Alls lagen Schiffe auf der Lauer, die nun die Hyperdrive-Phase anglichen und längsgingen. Sie signalisierten den Frachtern den Wunsch, Leute an Bord schicken zu dürfen. Die nichts Böses ahnenden Kapitäne kamen dem Wunsch nach. Die Leute aber, die dann grinsend an Bord kamen, waren gepanzert und bewaffnet. Sie ergriffen jedesmal sehr schnell Besitz von dem Schiff.

Die Besatzungen wurden in Rettungsboote verfrachtet. Sie sollten ausrichten, daß das Freie Hermes Fracht und Schiffe beschlagnahmt hätte. Die Verluste für die Timebinders Insurance waren fürchterlich – und ebenso für die Stellar und Interstellar, denn der Verlust war nur zur Hälfte durch die Versicherung abgedeckt.

Menschen landeten in Wildnisgebieten des Planeten Ramanujan und eilten heimlich zum Treffpunkt in der Stadt Marahajah. Zum verabredeten Zeitpunkt in der Nacht kamen sie bei einer Gruppe von Türmen zusammen, dem Herz des XT-Systems. Sie überwältigten die Wachen, sie legten Sprengkörper aus, die die jahrelang nicht zu ersetzende Ausstattung vernichten würden, und dazu Datenspeicher, die niemals wieder ersetzt werden würden. Gefangene, die sie später wieder freiließen, sagten aus, daß sie sich als Kommando Freies Hermes zu erkennen gegeben hätten.

XT hatte eine Verknüpfung der globalen Wirtschaft dargestellt. Als solche hatte es sich die Regierung dienstbar gemacht. Jetzt folgten massive Arbeitslosigkeit, Pleiten, Verschiebungen, Aufruhr der Bürger. Der Ruf nach einer Regierung erhob sich, deren Loyalität allein Ramanujan galt. Das Parlament wurde auf einen Mißtrauensantrag hin aufgelöst.

Die Firma Sanchez Engineering hatte sich auf ein ehrgeiziges Projekt auf dem unfruchtbaren, aber an Mineralien reichen Planeten St. Jacques eingelassen. Die Rohstoffe würden den auf der Schwesterwelt Experance lebenden irdischen Siedlern zugänglich gemacht werden. Die leitenden Köpfe der Kolonie, die niemandem verpflichtet waren, hatten für den Fall der Nichteinhaltung eine empfindliche Geldbuße in den Vertrag hineingenommen.

Plötzlich traten die Techniker in einen Streik und behaupteten, der Krieg stelle ein zu großes Risiko dar. Vergeblich enthüllten ihnen die Direktoren von Sanchez, was sie von Spitzeln erfahren hatten, daß nämlich die Gewerkschaftsbosse mit enormen Summen bestochen worden waren. Ein handfester Beweis war nicht zu erbringen, zumindest nicht ohne katastrophal ausgedehnte Prozesse. Und falls sich der Fall ungünstig entwickelte, brauchte der Beklagte sich bloß der Rechtssprechung Experances zu entziehen.

»Die Antwort ist ganz einfach«, sagte der Sprecher um seine Zigarre herum zu dem Vorstandsvorsitzenden von Sanchez. »Benutzen Sie Ihren Einfluß, und machen Sie dem Kampf ein Ende.«

Die Firma würde bestenfalls mit schweren Verlusten davonkommen.

Galactic Developments besaß einen der Monde Germanias, der als Stützpunkt für diesen stellaren Bereich diente. Dort landeten nach einem kurzen heftigen Gefecht Schiffe, deren Besatzung die Schätze sehr gekonnt plünderten, ehe sie wieder abflogen und die Einrichtungen bombardierten.

Sie taten nicht mal so, als kämen sie von Hermes. Sie kamen von den unabhängigen Unternehmungen Sindbad Prospecting und Society of Venturers und waren ausgeschickt worden, um die Sieben wegen ihrer unheiligen Allianz mit Babur zu züchtigen.

Die Raumpolizei von Germania rührte sich die ganze Zeit über nicht. Hinterher stritt die Regierung eine Mittäterschaft ab, erklärte, daß sie überrumpelt worden sei, und übernahm die übriggebliebenen Aktiva, die Galactic Developments in diesem System noch besaß – bis es zu einem Arrangement kommt, das angesichts des herrschenden Notstands mehr im Interesse der Öffentlichkeit liegt.

Die Sieben schlugen zurück. Kriegsschiffe der Baburiten begleiteten ihre Schiffe. Offiziell hieß es, Babur hätte das Recht und die Pflicht, dem Piratenunwesen entgegenzutreten. Das glaubten nur wenige.

Hammerschläge fielen auf die Niederlassung gegnerischer Firmen. Zum Glück waren diese meist vorgewarnt und hatten die Niederlassungen verlassen. Der Schaden blieb daher verhältnismäßig gering. Der Charakter des typischen Unabhängigen war so beschaffen, daß er ihn als Investition abbuchte – wäre seine Einstellung anders gewesen, wäre er wohl schon längst bei den Großen untergekrochen. Es bestand die Möglichkeit, daß er eine Pleite erlebte. Wenn nicht, dann machte sich das Risiko für ihn sehr gut bezahlt. Ein Anteil an Mirkheim verringerte die Konkurrenz der Sieben, ein bißchen Gewinn so nebenbei unterwegs ... er sah Chancen und griff zu.

Privatkämpfer und Hermeter gleichermaßen konnten sich auf hundert verschiedenen Welten Nachschub verschaffen, zuschlagen, wo es ihnen beliebte, und wieder im All verschwinden. Babur hatte diesen Vorteil nicht. Als das Commonwealth merkte, daß die Streitmacht des Imperiums unter Beschuß geriet und sich zerstreute, wagte es auf eigene Faust Angriffe, die mit der Zeit verstärkt wurden, als eine wirksame Gegenwehr ausblieb. Und die Sieben mußten mitansehen, wie die ganze komplizierte Struktur, auf die sie ihre Macht gründeten, am Zusammenbrechen war. Als die Versicherungen die Zahlungen einstellten, wußten sie, daß sie unter allen Bedingungen zu einer Vereinbarung kommen mußten.

Der Frühling stand in voller Blüte, als die Armee der Patrioten praktisch hereinstürmte. Der Angriff hatte zwei Spitzen. Die Anhänger Christa Brodericks in Stadt und Land, die sich den Winter über als Heckenschützen und Saboteure betätigt hatten, während sie Kräfte sammelten, tauchten nun in den Straßen auf. Sie fielen über alle Söldner her, die ihnen über den Weg liefen, umzingelten solche Festungen wie das Hotel Zeus und bombardierten es. Inzwischen drangen die von Adzel und Chee Lan in den Bergen angeworbenen Guerillas von Westen ein und rückten gegen den Pilgrim Hill vor. Mit einer bunten Vielfalt von Wagen, Lastern und Bussen waren sie aus ihren Schlupfwinkeln über den Tälern gekommen, gedeckt von Raumschiffen, die von der herzoglichen Flotte abkommandiert worden waren. Und jetzt lag die Flotte mit den Patrouillenschiffen des Gegners im Kampf – hinter einem grausam sanften blauen Himmel –, und der Kampf um die Stadt mußte auf dem Boden ausgetragen werden.

Mußte. Solange die Besatzungsstreitmacht sich nicht ergeben wollte, mußte man sie ausgraben, Mann für Mann. Ein atomwaffenbestückter Sprengkopf aus dem Orbit abgefeuert, hätte sie im Falle eines Sieges der Freien Armee von Hermes ausgelöscht, aber das hätte auch die Auslöschung der Stadt bedeutet. Die Hoffnung, daß ihre Seite den Kampf im All gewinnen würde und dann den ganzen Planeten als Geisel halten konnte, ließ Benoni Strangs Leute weiterkämpfen, dies und die Angst vor Vergeltung unter denjenigen, die von Hermes stammten und dem Revolutionsregime freiwillig gedient hatten.

Adzel trottete die Esplanade entlang. Der Boden dröhnte unter seinen Hufen. In einer Armbeuge trug er einen Strahler. Die auf seinen Schultern hockende Chee bediente ein schwereres Geschütz. Der Großteil der hinter ihnen laufenden Truppe war mit Jagdgerät bewaffnet, wie es jeder Haushalt draußen in der Wildnis besaß. Die Artillerie, die sie mit sich führte – Kanonen, Mörser, Raketenwerfer –, benutzte chemische Sprengköpfe. Sie waren heimlich in Hunderten kleinen Betrieben und Heimwerkstätten angefertigt worden, nach Plänen, die man öffentlichen Datenbanken entnommen hatte, noch ehe der erste Soldat der Baburiten gelandet war.

Das Koordinieren aller dieser Bemühungen auf dem ganzen Planeten und schließlich mit der bewaffneten Rückkehr der Großherzogin, war das schwierigste gewesen. Der Wunsch loszuschlagen war vorhanden, unter den Travern ebenso wie unter Gefolgsleuten und Sippe. Eine Gewaltherrschaft funktioniert nicht bei freiheitsgewohnten Menschen, noch dazu, wenn Hoffnung auf Befreiung besteht. Und auch die allerstrengste Zensur, die Strang ausüben mochte, konnte die Tatsache nicht verschleiern, daß die Sache Baburs zum Untergang verdammt war.

Oben am Himmel kam es im Sonnenlicht zu Duellen der Flieger. Von unten gesehen wirkten sie wie helle Flecken, unwirklich wie Sterne. Wirklichkeit war der harte Boden, Schweiß, keuchender Atem, die Tatsache, daß vielen der Tod bevorstand und daß es kein Zurück gab. Auf der rechten Seite strömte der Palomino dahin, braun und schäumend, auf dessen jenseitigem Ufer über einer steilen grünen Böschung verstreut Villen lagen und die Fallaron-Bäume golden blühten. Zur linken standen ältere Häuser, verlassen, mit blinden Fenstern. Geradeaus stieg der Hügel in Steilstücken und Terrassen an, mit Gärten und baumüberdachten Wegen, bis zur grauen Masse des Old Keep. Dahinter ragte das Fahnenwerk der Signalstation auf und ein Farbfleck des New Keep. Von Osten her hörte man Geschützfeuer.

»Du zitterst ja«, sagte Chee zu Adzel.

»Heute muß ich mich zum Töten zwingen«, antwortete der Wodenit.

John Falkayn beschleunigte den Schritt und kam auf gleiche Höhe. Wie die anderen Hermeter war er ungewaschen und verlottert, abgemagert, bekleidet mit zusammengewürfelten Stücken. Die Andeutung einer Uniform stellte das blaue Band um den linken Bizeps dar. Er trug das Rangabzeichen eines Colonels, ein Stück ausgestanztes Metall, das man auf das Band genäht hatte.

»Dort vorne müssen wir abbiegen«, sagte er. »Wir kommen zu einem Waldstück, das uns Deckung bietet.«

»In Ordnung.« Adzel schlug die angegebene Richtung ein.

Geschosse pfiffen vorüber, gefolgt vom Knallen der Gewehre. Ein Mann schrie auf, hielt die Hände an den Leib, brach in die Knie. Die Kämpfer rückten weiter auseinander und bewegten sich geduckt weiter, im Zickzack, wie Chee es ihnen eingedrillt hatte. Einige warfen sich zu Boden und feuerten, ehe sie weiterstürmten. Als sie das Waldstück erreichten, wurde das Feuer dichter. Es war ein Jaulen, das durchs Laub fegte, ins Holz schlug und manchmal Kämpfer traf. Energiestrahlen zuckten vom Old Keep her und zurück, in ihrem Sog Donner und beißender Gestank. Adzel trottete hin und her, beruhigte seine Leute und verteilte sie neu. Gelegentlich prallte von seinen Schuppen ein Geschoß ab. Chee duckte sich auf seinen Rücken und stellte ein winziges Ziel dar. Auf diese Entfernung verschwendete sie keine Schüsse.

»Der Gegner konzentriert sich in dem festen Steinbau«, sagte Adzel. »Unser Ziel ist es, ihn zu neutralisieren.«

»Zerstören, meinst du wohl?« sagte John Falkayn. »Allmächtiger, bloß nicht! Die vielen Berichte, Aufzeichnungen – dort liegt unsere halbe Vergangenheit.«

»Nein, eure ganze verdammte Zukunft«, fauchte Chee.

Aus der geeigneten Position schlug die Artillerie los. Gewehre donnerten, Raketen zischten, Sprengköpfe detonierten in Rauch, Splitter und Getöse. Langsam fiel der Old Keep in sich zusammen. Schließlich trat ein Merseianer mit wehender weißer Fahne hervor.

»Kittredge, deine Einheit soll den Bau absichern«, rief Adzel. »Alle anderen – auf zum New Keep.« Er hob die Waffe und ging zum Angriff über. Die Truppen folgten ihm unter lautem Geschrei. »Namu Amida Butsu«, flüsterte er.

»Ya-ah!« schrie Chee. Sie feuerte. Die Geschosse schlugen um die Barrikade ein, die den Haupteingang blockierte. Ein Geschütz ballerte als Antwort los. Adzel geriet ins Taumeln. Chee drehte ihre Waffe so, daß sie rechts an seinem Torso vorbeischießen konnte und konzentrierte das Feuer. Flammen schossen hoch. Ein brennender Mann kam über die Barrikade, er schrie wie wahnsinnig, fiel nach außen auf den Rasen und schlug um sich wie ein umgedrehter Käfer. Er brannte noch immer. Adzel hatte sich gefaßt und stürmte weiter.

Er erreichte die kunterbunt zusammengewürfelte Verteidigungslinie. Holz, Tische, Sandsäcke, Steine flogen unter seinen wirbelnden Hufen nach allen Seiten. Er schlug mit einem Strahler um sich. Von seinem Rücken aus sandte Chee Strahlen aus, die exakt auftrafen. Überlebende Verteidiger brachen aus und flohen.

Adzel verfolgte sie durch hallende Gänge. Aus einem Raum stürzte eine Abteilung. Er mähte sie mit seinem Schwanz nieder. »Kommt, Jungs!« rief John Falkayn seinen Truppen zu. »Sollen wir ihm die ganze Arbeit überlassen?« Sie brachen wie eine Woge in das Gebäude ein.

Erbitterte kleine Gefechte entspannen sich innerhalb des ganzen Baues. Die Angreifer zogen sich aus der Rotunde zurück. Dort hatte jeder Eingang eine Barrikade, hinter denen Schulter an Schulter die Schützen hockten und feuerten – Strangs Leute. In den Gängen stapelten sich nach diesem Angriff die Toten. Verwundete flehten um Hilfe, die ihnen niemand bringen konnte.

In dem Raum, in dem die Sitzungen stattgefunden hatten, versammelte Adzel und Chee ihre Offiziere um sich. Die Schuppen des Wodeniten waren blutverschmiert, Blut tropfte dazwischen hervor, verbrannte Stellen schwärzten seine Flanken, sein Kopf war ebenfalls schwarz vom Rauch. »Ich glaube, wir sollten ihnen freies Geleit anbieten, wenn sie die Waffen niederlegen«, sagte er.

John Falkayn spuckte aus. »Wenn vielleicht mein Schwager in ihrer Haft gestorben ist, unter Gott weiß welchen Umständen? Niemals!«

»Außerdem«, bemerkte Chee, »werdet ihr nach dem Krieg ohne sie in der Politik genug Ärger haben, wenn ich mich in menschlichen Belangen nicht sehr irre.«

Zustimmung wurde laut. »Na schön«, sagte Adzel. »Ich weigere mich aber, Infanterie ohne Deckung loszuschicken. Und wenn wir den Bau von außen zerstören wie den Old Keep, dann vergeuden wir Munition, die wir dringend in den unteren Stadtteilen brauchen, ganz zu schweigen von unseren Verwundeten, die dabei draufgehen. Andere Vorschläge?«

Chee hüpfte in ihrem Sattel. »Ja.«

Der Gegner hielt die Galerien unter der Kuppel besetzt, aber nicht die Außenwände. Die Cynthierin kletterte hoch und brachte eine Ladung an, die ein Loch in die Wand riß. Von der Kante aus belegte sie das Innere mit Feuer. Die Soldaten in ihren grauen Uniformen mußten sich nun Deckung suchen, ihre Brustwehr nützte nichts mehr. Adzel führte nun einen Angriff von innen, und es entwickelte sich ein Kampf Mann gegen Mann.

Der Wodenit selbst entdeckte den sterbenden Benoni Strang, der einen Bauchschuß abbekommen hatte. Er kannte ihn von Bildern her. Adzel beugte sich zu ihm nieder, um seine letzten Worte zu hören und ihm Trost zu spenden. Von den riesigen Armen umfangen starrte der Mann mit trüben Blick vor sich hin und keuchte:

»Hör zu. Sag es weiter. Warum auch nicht? Du bist nicht humanoid, also kann es dir nichts bedeuten. Ich habe alles angezettelt ... ich, von Anfang an ... Hermes zuliebe, nur für Hermes. Ein neuer Tag auf dieser Welt, die ich so liebe. Sag es ihnen. Sie sollen daran denken. Es wird andere Tage geben.«

Die herzogliche Flotte blieb in ihrem Heimatsektor siegreich, weil sie von den Unabhängigen nicht unbeträchtlich unterstützt wurde und weil Babur große Teile seiner Streitkräfte ins System Mogul zurückbeordert hatte. Dies geschah, nachdem die Sieben sich als Alliierte zurückgezogen hatten, Stück für Stück, chaotisch.

Von da an wäre die Niederlage Baburs eine Frage der Zeit und der Entschlossenheit gewesen. Und der fehlende Nachschub an Ersatzteilen für die sich sehr rasch abnützenden Schiffsbestandteile hätte die Zeit erheblich verkürzt. Für van Rijn war es keine Überraschung, daß der Imperiumsbund sich keinem letzten Gefecht stellte. Dreißig Jahre zuvor hatte er so viel Klugheit bewiesen, die Verluste auf Suleiman nicht noch zu vergrößern. Dennoch rang er sich verwunderten Respekt ab, als die Unterhändler direkt zu ihm kamen. Hatten die von Anfang an über die Technische Zivilisation so gut Bescheid gewußt?

Die Begegnung fand nahe Mirkheim zwischen zwei Schiffen statt. Die *Chronos* kam kampfbereit mit ihm und Sandra an Bord. David und Eric waren bei der vereinigten Flotte geblieben, zu einem eventuellen Vergeltungsschlag bereit. Das Schiff der Baburiten kam demütig und unbewaffnet. Die Schiffe kreisten inmitten von Millionen Sternen und unzähligen diamantengleichen Sonnen, während Bilder hin und her gefunkt wurden.

Das kleine Wesen hatte sich standhaft vor der Scanner-Anordnung aufgebaut und sprach in einen Vokalisator. Für Sandra war es nun nicht mehr häßlich. War es nur Einbildung, als sie aus den tonlosen Silben Besorgnis herauszuhören vermeinte?

»... man hat uns benutzt. Uns ist klar, daß wir selbst unter denen waren, die uns benutzten ... Laßt uns Frieden schließen.«

»Und was ist mit dem Commonwealth?« fragte sie.

»Es rüstet zu einem großangelegten Angriff, obwohl es noch nicht stark genug ist.«

»Halt«, sagte van Rijn und unterbrach die Tonübertragungen. Er wandte sich an Sandra. »Der Kerl hat ja recht. Die Heimatgesellschaften würden sich auch auf einen totalen Krieg einlassen, nur um das zu gewinnen, was die Sieben verloren haben. Wenn aber wir, Hermes und die Unabhängigen, den Kampf beenden, und wenn wir unseren Einfluß gegen weitere Kämpfe geltend machen, wenn wir andeuten, daß wir gemeinsam mit Babur Widerstand leisten – die Öffentlichkeit wird weiter Leben und Geld opfern wollen, auf der Erde und auf Luna, bis auch die Commonwealth-Regierung nicht weitermachen kann.«

Beunruhigt sagte sie: »Ich halte nichts davon, wenn wir plötzlich mit diesen ... diesen Wesen gemeinsame Sache machen. Nach allem, was sie getan haben.«

Seine Worte klangen frisch geschärft. »Dann hältst du mehr davon, wenn es noch mehr Tote gibt? Und es handelt sich ja nicht darum, daß wir Hintern an Hintern mit den Baburiten zusammenrücken. Dabei würden wir erfrieren und sie sich anbrennen. Es handelt sich darum, daß wir die Feindseligkeiten rasch beenden, zu Bedingungen, die für jeden annehmbar sind, und dann das Commonwealth dazu bringen, daß es diesen Hohlköpfen, die immer von ›bedingungsloser Kapitulation‹ faseln, endlich das Maul stopfen.«

Sandra lief auf der Brücke auf und ab. Ihre Muskeln sehnten sich nach einem Pferd, nach Brandung, nach einem Gletscherpfad. Auf den Sichtschirmen war nur unendliche Weite. Van Rijn hockte da wie eine Spinne und paffte an seiner Tonpfeife, deren Geruch Sandra scharf in die Nase stieg. Auf dem Bildschirm wartete geduldig die nichthumanoide Gestalt.

»Mit welchem Vorschlag sollen wir heute herausrücken?« fragte Sandra.

»Das haben wir oft genug besprochen«, gab er zurück. »Da wir jetzt sehen, wie sehr Babur daran liegt, mit uns einig zu werden, würde ich sagen, wir sollten ein bißchen Spreu vom Weizen trennen.

Das Commonwealth kann die Unabhängigen als rechtmäßige

Verhandlungspartner nicht anerkennen, ebensowenig, wie es die Liga als Bevollmächtigten anerkennen könnte. Nur eine andere Regierung darf als Bevollmächtigte auftreten, alles andere wäre zu gefährlich, wo käme man da hin! Womöglich kommen die Leute in der Heimat auf den Gedanken, sich zu fragen, ob sie wirklich Politiker und Bürokraten über sich brauchen.

Also: Du als Herrscherin über Hermes wirst für uns sprechen. Wie du ursprünglich vorgeschlagen hast, wird Hermes Mirkheim übernehmen, wobei vertraglich festgelegt wird, daß du an Unternehmen überall Lizenzen ausgibst. Eine vernünftige Steuer auf diese Lizenzen soll quasi eure Kriegsentschädigung sein. Dabei bleibt noch ein hübsches Sümmchen übrig, mit dem ihr euch außerplanetarische Sächelchen wie Industrieanlagen und Genever leisten könnt. Babur rüstet ab. Seine Flotte wird ohnehin bald unbrauchbar sein, wenn der Nachschub von draußen nicht mehr rollt. Und das Commonwealth ist zum Friedensschluß nicht bereit, wenn Babur aufrüsten sollte. Aber Hermes garantiert die Sicherheit plus einem anständigen Anteil an Mirkheim.« Van Rijn lachte. »Babur wird euer Protektorat! Das werden wohltönende gemeinsame Sitzungen.«

Sandra blieb mit verschränkten Armen vor ihm stehen und fragte mit eindringlichem Blick: »Und was wird aus dir und deinen Freibeutergesellschaften?« *Pete, steh mir jetzt bei!*

Er stellte keinerlei Forderungen. Mit einem entrückten Blick auf die Milchstraße sagte er heiser: »Das ist nicht dein Problem. Gib den von uns Unabhängigen, die es wollen, eine Chance auf Mirkheim. Alles andere ist ein Knochen, den wir gemeinsam abnagen. Viele Knochen müssen abgenagt werden, ehe alles aufersteht, was jetzt tot ist.«

Er schlug sich aufs Knie. »Na, kann man auf dieser Grundlage verhandeln?«

Sie nickte benommen. Van Rijn drehte sich wieder zu dem Baburiten um.

21

Inmitten von Triumph und Schwerarbeit, Einigkeit und Hader, Fröhlichkeit und Trauer wurde auf Windy Rim eine Privatparty gegeben. Es sollte eine Abschiedsfeier sein.

Zwei der Anwesenden würden bald gemeinsam wieder aufbrechen nach Sol an Bord der *Chronos*, nämlich David Falkayn und Eric Tamarin-Asmundsen. Sie waren wochenlang getrennt gewesen. Jeder hatte sich mit verschiedenen Scherben des großen Chaos befassen müssen. Jetzt ergab sich für sie nach dem Waffenstillstand die erste Gelegenheit zu einem Gespräch. Nach dem Essen zogen sie sich eine Weile von den anderen zurück.

Sie suchten sich dazu ein Arbeitszimmer aus, holzgetäfelt, mit Reihen ledergebundener Bücher und Ahnenporträts an den Wänden. Ein Gewehrständer stand da und ein Schreibtisch, auf dem bedeutende Entscheidungen entworfen worden waren. Das Fenster war offen, es war früher Abend. Die Luft war kühl und duftete nach Blüten. Man hörte das Rauschen des Flusses von unten.

Falkayn hob sein Glas. »Cheers.« Sie stießen an. Dann setzten sie sich in tiefe Sessel und tranken den Torfrauchduft von der Heimatwelt ihrer Gattung.

»Also du bist der neue Botschafter von Hermes auf der Erde«, sagte Falkayn.

»Nein, nein«, wehrte Eric ab. »Runeberg hat auch während des Krieges für uns sehr gute Arbeit geleistet. Wir wollen ihn behalten. Ich werde als Sonderbeauftragter da sein und als Delegationsleiter an den Verhandlungen mit dem Commonwealth teilnehmen.«

»Warum ausgerechnet du? Nimmst es mir nicht übel, aber hast du auch die entsprechenden Erfahrungen?«

Eric grinste verlegen. »Ich habe mich selbst gewundert. Ehrlich gesagt, ich habe mich ziemlich lautstark gewehrt. Aber Mutter hat sich nicht erweichen lassen. Es ist rein politisch. Ich bin der Thronerbe, die wichtigste Person nach ihr, die Hermes schicken konnte, und Mutter selbst hat hier alle Hände voll zu tun. Das müßte auf der Erde einiges Gewicht haben. Es soll als Zeichen dafür genommen werden, daß wir uns von unseren Friedensbedingungen nicht abbringen lassen. Weiteres soll es hier auf Hermes als Zeichen dafür verstanden werden, daß das Herrscherhaus sich mit lebenswichtigen Angelegenheiten selbst befaßt.«

»Verstehe.« Falkayn betrachtete die vertraute, kraftvolle Erscheinung. »Ohne dir schmeicheln zu wollen, du bist eine gute Wahl. Du wirst mehr sein als bloß eine Galionsfigur. Aus dem Blut von Sandra Tamarin und Nicholoas van Rijn ... jawohl.«

Eric errötete. »Mag ja sein. Aber ich bin als Diplomat völlig ungeübt, ich kenne keine Winkelzüge und Umwege ... David, mein Freund, wirst du mir dabei helfen? Kannst du mir dabei helfen?«

»Wie denn?«

»Ach, mit deinem Rat und – ich weiß nicht. Du weißt schon.« Eric sah zu Boden. »Wenn du selbst nicht zu stark eingespannt bist.«

»Na, ich werde soviel zu tun haben, daß ich nicht auf dumme Gedanken kommen kann. Ich muß die Solar Spice & Liquors Company übernehmen und sie sicher durch alle Wirbel steuern, die auf uns zukommen.« Falkayn stellte sein Glas ab und langte nach seiner Pfeife. »Wenn ich es recht überlege, könnte ich dabei auf dumme Gedanken kommen.«

Eric starrte ihn verblüfft an. »Und was wird aus van Rijn?«

»Dieser verdammte Kerl wird durchs All rasen, jahrelang wahrscheinlich und kaputte Zäune reparieren und zweifellos neue errichten, aus Stücken, die er bei der Konkurrenz geklaut hat. Ich wünschte – ach was, das kann ich nicht mehr als Familienvater.« Falkayn stopfte die Pfeife, ehe er fortfuhr: »Ja, sicher, Eric, ich werde hin und wieder Zeit und Energie finden und dir beistehen. Deine Aufgabe ist wichtiger als meine. Offen gesagt, würde ich meine Arbeit gar nicht übernehmen, wenn ich nicht der Meinung wäre, sie wäre für dich von einigem Wert – ich meine damit, daß eine gewisse Stabilität wieder in dem Bereich eintritt, den wir gern Zivilistation nennen. Eine starke Privatgesellschaft unter der richtigen Leitung kann zu diesem Ziel beitragen.« Er paffte an seiner Pfeife. »Eine Weile zumindest«, schloß er.

»Worauf willst du hinaus?

Falkayn zog die Schultern hoch. »Ich habe mich zu van Rijns

Meinung bekehrt. Die alte Ordnung hat eine zu tiefe Wunde abbekommen, und ich sehe weit und breit nichts, was diese alte Ordnung ersetzen könnte. Wir können Zeit kaufen, du und ich, vielleicht sogar ein paar Jahrzehnte, ehe die Schienen und Bandagen endgültig nachgeben. Inzwischen kannst du auf Hermes Aufbauarbeit leisten. Und ich . . . ich kann mir ein Plätzchen für einen Neubeginn suchen.«

»David, so pessimistisch kenne ich dich gar nicht«, sagte Eric bekümmert.

Falkayn lächelte. Es war ein richtiges Lächeln, wenn auch nicht mehr das Lächeln eines jungen Mannes. »Ach was, im Grunde genommen bin ich Optimist, wie du es auch sein solltest. Sollte es nötig sein, dann erwarte ich, daß wir und unsere Lieben wie echte Überlebens-Typen reagieren werden. Bis dahin kann es für uns viel Glück geben.« Er beugte sich vor und versetzte Eric einen leichten Schlag auf die Schulter. »Überleg mal: Du gehst jetzt zu Lorna und heiratest sie. Und ich gehe zu Coya und den Kindern.« Er hob sein Glas. »Auf das, was wir lieben!«

»Auf ihr Wohl«, antwortete Eric in alter Frische.

»Sie machen das Leben eigentlich aus, nicht?« sagte Falkayn und trank sein Glas leer.

Van Rijn und Sandra schlenderten hinaus auf die Terrasse. Aus dem Haus drang warmes Licht, das sich in der klaren Dunkelheit verlor. Über den Wölbungen der Wipfel und Berggipfel erstreckte sich ein Himmel voller Sterne, mit der Milchstraße, dem Schimmer von Spiralnebeln und einer Schwestergalaxis. Sie traten an die Brüstung. Unter ihnen strömte der Fluß dahin, man sah den schimmernden Verlauf und spürt einen Hauch heraufwehen. Das Wasser toste.

Van Rijn schlürfte aus seinem Bierhumpen. Dabei warf er Sandra von der Seite einen Blick zu. Sie wirkte noch größer als sonst in dem tiefblauen Gewand, das sie fast mit der Nacht verschmelzen ließ. Das Haar fiel ihr offen bis über die Schultern und hüllten sie mit ihrem Schimmer ein. »Verdammt, du bist noch immer eine Augenweide!«, rief er aus. »Viel zu hübsch, um bloß Herrscherin zu sein.«

Sie wich ihm aus, indem sie ihm mit abgewandtem Blick antwortete:

»Vielleicht werde ich das nicht mehr lange sein.«

»Wie ich höre, hat man dir eine hirnverbrannte Liste von Forderungen hingeknallt.« Er war erst kürzlich von Babur zurück, wo er die Demontage der Einrichtungen der Sieben überwacht hatte. Sie hatte darauf bestanden, da sie wußte, daß nur wenige imstande waren, mit Sicherheit festzustellen, ob nicht irgendwo im Planetensystem etwas raffiniert auf die Seite gebracht wurde.

»Es war eigentlich eine Petition. Aber die wirkliche Bedeutung ist nicht mißzuverstehen. Die Organisation der Christa Broderick hat vom Sieg gekostet und hat Anspruch auf unsere Dankbarkeit. Dazu kommt, daß die Schrecken der Revolution Sippen und Gefolgsleute ebenso wie die gesamte Struktur der Domänen geschwächt haben.«

»Du hast doch noch viele, die dir loyal ergeben sind, nicht? Die Flotte miteingerechnet.«

»Ja, zweifellos. Aber wer möchte Hermes als Polizeistaat sehen, der über eine Bevölkerung von Heloten herrscht? Ich nicht. Die Oberschicht würde ihre Freiheit opfern müssen, um einen solchen Staat am Leben zu erhalten.

Jede Seite wird feilschen und manövrieren und Reden schwingen und die einzelnen Punkte so verzerren, daß man gar nicht mehr die ursprüngliche Gestalt erkennen wird. Weil nicht nur zwei Parteien beteiligt sind. Ich kann gar nicht abschätzen, wieviel Cliquen sich bilden werden. Die Streitigkeiten werden sich vielleicht über viele Jahre erstrecken. Am Ende aber ... nun ja, es erfüllt mich mit Hoffnung, daß die Broderick mit mir dahingehend übereinstimmt, daß wir ohne gefestigten Frieden keine konstitutionelle Versammlung einberufen können. Dann aber wird es nicht mehr zu umgehen sein. Im Moment glaube ich, daß Hermes nominell ein Herzogtum bleiben wird, während es in der Praxis zu einer Republik umgestaltet wird. Vielleicht ist es besser so. Wer weiß?«

»Ich bezweifle, ob das auf lange Sicht einen großen Unterschied ausmacht«, meinte van Rijn. »Autokraten, Plutokraten, Timokraten, Bürokraten, Technokraten, Demokraten, sie alle sagen allen anderen haargenau, was sie tun sollen. Wir leben im Zeitalter der

Kraten.« Er seufzte wie eine Woge auf dem Rückzug. »War aber eine richtig schöne Zeit, damals, als es anders war, nicht? Bis die Menschheit hinging und alles verdarb. Marsch, zurück in die Schule, Adams Kinder! Nach ein paar Schlägen mit dem Rohrstock werdet ihr endlich lernen, daß Wasser nicht bloß bergab fließt, sondern daß es auch unten ankommt.«

Sie drehte sich zu seinem Profil um, das die Form eines Vogelgebirges hatte. »Glaubst du, daß die Polesotechnische Liga erledigt ist?«

Er nickte bedächtig. »Ja. Den Namen werden wir beibehalten, das ist klar. Das ist auch der Grund, warum ich herumrasen werde wie eine Kröte im Pott, damit ich den alten Fetzen noch flicke. Er soll die kältesten Winde abhalten, bis alle, die mir nahestehen, einen sicheren Hafen erreicht haben, in dem sie nicht so viele Metaphern brauchen. Nachher werden wohl noch ein Jahrhundert lang bierernste Sitzungen der Liga abgehalten werden, bis irgendein Kerl vom Typ Napoleon ohne einen Funken Humor daherkommt und der Farce ein Ende macht.«

Fast von allein berührte ihre Rechte seine Linke, die auf der Brüstung lag. »Nick, wie kannst du so sicher sein?« fragte sie halblaut. »Sicher, die Sieben ist nur mehr ein Verein von Krüppeln, die wahrscheinlich dem Untergang geweiht sind. Aber die Heimatgesellschaften sind womöglich stärker als zuvor, und ihr Unabhängigen doch auch, oder?«

Er sah sie mit einem merkwürdigen Blick an. »Und woher kommt diese Stärke? Bei den Heimatgesellschaften ist es die Regierung, die man zwang, eine große Militärmaschine aufzuziehen, und die diesen Zwang nie vergessen wird. Und die Unabhängigen sind mit dir verbündet. In beiden Fällen haben sie das gemacht, was die Sieben versuchten, sich nämlich hinter einer Regierung zu verstecken.

Die Liga war einmal eine freie Vereinigung von Unternehmern, die Güter und Dienstleistungen anbot, sie aber niemandem aufzwang. Es sind keine Privatunternehmen, die Kriege anzetteln und Konzentrationslager bauen, nein, es sind Regierungen, weil Regierungen jene Organisationen sind, die das Recht beanspruchen, den zu töten, der nicht tut, was sie verlangen. Unternehmen, Gewerkschaften, politische Parteien, Kirchen, und Gott weiß, welche Organisationen immer sich der Regierungsmaschinerie bemächtigen, werden sie benutzen, immer wieder.

Ach, wir Sterblichen sind der Macht nicht gewachsen.

Die Liga . . . die war schon zerrissen, ehe diese Kalamitäten an die Öffentlichkeit drangen. Und jetzt hat sie einen Bürgerkrieg hinter sich. Den ersten. Strang hat die Sieben dazu verführt, doch wäre es ihm nicht gelungen, hätten sie nicht schon die Beine gespreizt. Vorübergehend können wir noch so tun, als wäre der Schatten da, aber der Körper existiert nicht mehr. Und der Geist war schon lange vorher erloschen, damals, als ehemals freie Menschen nach der Macht über andere strebten.«

Van Rijns Blick verlor sich in der Nacht. »Keine privaten Entscheidungen von Bedeutung«, sagte er voraus. »Statt dessen Autorität von oben. Schlagworte ersetzen das Denken, bei den Intellektuellen angefangen, aber bald dringt alles bis zum einfachen Arbeiter durch. Politiker ernennen sich zu Zauberkünstlern, die allen eine angenehme Fahrt durchs Leben garantieren, indem sie Gesetze erlassen, Steuern hochtreiben und Geld aus dünner Luft zaubern. Die bevorzugten Unternehmen und Institutionen teilen sich den Kuchen und treten jeden hinaus, der womöglich mit einer neuen Idee kommen könnte. Für jedes Wrack, das auf Konto der Regierung geht, heißt die Medizin mehr Regierung. Die Machtfülle wächst, bis der Appetit so groß ist, daß ein einziger Planet nicht mehr genügt. Vielleicht lassen sich heimische Schwierigkeiten auf Bajonettspitzen exportieren. Aber irgendwie sind die wirklichen Barbaren nie diejenigen, die kämpfen, bis es zu spät ist . . .

Krieg, Krieg, Krieg.

Ich würde anraten, zu allen Heiligen zu beten, wenngleich ich mich frage, ob die Heiligen uns nicht schon längst abgeschrieben haben.«

Er trank einen Humpen leer. »Puuu, das war eine lange Rede! So wie der Fluß dort unten, der ins Meer hineingurgelt, das so salzig bleibt wie zuvor.« Er lachte. »Wir sollten nicht die schöne Zeit vergeuden, die Gott uns zum Trinken gegeben hat. Sieh mal, ein Mond geht auf.«

Sandra zupfte an seinem Ärmel. »Glaubst du das alles, was du eben sagtest?«

»Na ja, für die nächsten zwei Generationen wird es auf Hermes ganz gut laufen, wenn du das neue Regime am kurzen Zügel hältst.«

»Ich meine im allgemeinen ... Siehst du«, sagte sie mühsam, »ich hatte in etwa die gleichen Gedanken und ... was gedenkst du zu unternehmen?«

»Sagte ich schon. Flicken, so gut es geht.«

Er wurde von Verlegenheit übermannt und sah weg. »Weiß nicht. Ich nehme an, daß die Flickarbeit auch Spaß machen wird, wenn du weißt, was ich meine. Andernfalls würde ich die Sache erst gar nicht angehen, ich müder alter Mann. Später ... ja, eine interessante Frage. Vielleicht werde ich mit Schlauköpfchen noch einige hitzige Pokerpartien hinter mich bringen ... ich werde natürlich die *Muddlin' Through* benutzen. Vielleicht wird es noch eine Expedition über den erforschten Raum hinaus geben, auf der wir etwas Interessantes finden.«

»Da beneide ich dich aber«, platzte sie heraus.

Er drehte sich um. »Warum kommst du nicht mit, Süße?«

Sie hob abwehrend die Hände. »Nein, unmöglich.«

»Pa!« Er tat ihren Einwand ab. »Würdest du denn damit das Gesetz von der Erhaltung der Energie verletzen? Dann schon eher jenes von der Erhaltung der Bedeutsamkeit. Aber stell dir vor, du dankst in fünf oder zehn Jahren ab. Soll Eric den Laden übernehmen, ehe er senil wird. Und du kommst mit auf große Fahrt!« Er trank den Humpen leer, pflanzte ihn auf die Brüstung und versetzte ihr einen Klaps auf die Kehrseite. Mit der rechten Hand beschrieb er eine weitausholende Bewegung, die den Himmel umfaßte. »Ein Universum, bei dem alle Wege in die Weite führen. Das Leben läßt uns nie im Stich. Wir lassen es im Stich, wenn wir nicht hinausstreben.«

Sie rückte von ihm ab und lachte leise. »Nein, hör auf. Wir sind nicht zusammengekommen, um absurde Pläne zu diskutieren oder über Politik und Philosophie, sondern nur, um zusammen zu sein. Ich brauche einen Drink.«

»Ich auch. Also gut, wir trinken den Mond runter und die Sonne rauf, wir werden wüste Lieder singen und werden versuchen, zu einem Bach-Oratorium eine Galliarde zu tanzen, wir werden keine ernsten Narren sein, sondern ehrliche, aber du wirst nicht vergessen, was wir gesprochen haben.« Er bot ihr seinen Arm an. Sie nahm ihn, und sie gingen zurück ins Haus ihrer Väter.

Adzel torkelte einen Pfad entlang, der an einem Felsenabsturz zum Fluß führte. Er hielt den Fünf-Liter-Krug in der Hand, den die Freiheitskämpfer ihm verehrt hatten. Diesen hatte er wiederholte Male mit Martinis gefüllt. Man konnte ihn kilometerweit singen hören. Es klang wie ein fröhliches Gewitter. Am Ufer sah er Chee auf einem Stein sitzen. Er blieb stehen. »Dachte ich mir's doch, daß ich dich hier finden würde.«

Die Cynthierin schnippte ihre Zigarette ab. Das glühende Ende tanzte wie ein Kometenschweif. »Und ich rechnete fest damit, daß du kommen würdest, sobald du dir soviel eingeflößt hättest, daß deine Sentimentalität sich zeigt«, schnurrte sie. »Du großer Poltergeist du!«

Adzel ragte ein wenig unsicher vor Wald, Wasser und Himmel auf. Es dämmerte schon. Über den Wäldern des Canyons, zwischen denen noch die Nacht herrschte, verblaßten die Sterne, und im Osten stieg es hell herauf. Der Fluß schimmerte, glänzte, wirbelte über Hindernisse, schäumte an Steinen vorbei, zwischen Geröll und knorrigen Bäumen. Seine Stimme widerhallte wie Gelächter von Klippe zu Klippe. Er holt tief Atem und sog die kalte feuchte Luft ein, die über dem Wasser schwebte samt allen Düften des Hochlandsommers.

»Ja, unsere letzte Chance«, sagte er. »Morgen treten wir unsere Freifahrt heim zu unseren Planeten an. Ich freue mich, klar ... aber es waren gute Jahre. Findest du nicht? Ihr werdet mir fehlen. Das sagte ich auch zu David. Auch von Schlauköpfchen habe ich mich telefonisch verabschiedet. Der antwortete mir, daß er nicht programmiert wäre, Rührung zu zeigen. Aber ich bin da nicht so sicher ... Und jetzt bist du dran, kleine Person.« Eine Hand senkte sich. Sie war viel zu groß, um Chee zu umfangen. Als Vierfüßlerin wölbte sie den Rücken, um sich streicheln zu lassen. Dabei hing ihr die Zigarettenspitze keck zwischen den Zähnen.

»Besuch mich mal auf Woden«, bat er. »Ich habt doch Raumschiffe. Wenn du in solche Expeditionen ein wenig investierst, wirst du steinreich. Also, komm auf Besuch.«

»Ich soll mich bei eurer Schwerkraft und eurer Helligkeit wohl fühlen?« schnaubte sie.

»Die wilde helle Weite, wo der Wind sich austobt, vor uns endloser Horizont, aber unter den Füßen Blumen, ein Land, das für mich das lebendige Nirwana darstellt – Chee, ich weiß, daß ich ein Schwärmer bin. Aber ich möchte dies alles mit dir teilen.«

»Warum besuchst du mich nicht? Wir könnten dir ein Gebilde aus mehreren Antriebsaggregaten zurechtbasteln, damit du eine Ahnung von den Wonnen des Baumwipfelwandern bekommst.«

»Meinst du denn, es würde mir gefallen?«

»Ich hoffe, du bringst so viel Witz und Verstand mit. Licht über einem Meer von Laub, doch darunter Gestalten und Geheimnisse, ein farbiger Aufschrei auf Schwingen und Blütenblättern, ein Tal, wo ein Bächlein munter fließt . . .« Chee schüttelte sich. »Verdammt, jetzt hast du mich wirklich dazu gebracht!«

Adzel lächelte um seine Fangzähne herum. »Na, wenigstens sind wir uns einig, daß wir uns gelegentlich treffen müssen, um Lügen über alte Zeiten auszutauschen.«

Chee warf den Zigarettenstummel weg und zertrat ihn auf dem Stein, auf dem sie hockte. Sie überlegte, ob sie sich noch ein Narkotikum leisten sollte. Ihre Augen, die smaragdgrün aus der Gesichtsmaske leuchteten, wanderten zu Adzels Humpen. Mit einem Schwanzzucken tat sie die Zurückhaltung ab und holte aus einem Beutel an ihrer Mitte Nachschub für den Zigarettenhalter.

Nachdem sie sich Feuer gegeben hatte, bemerkte sie hastig: »Jetzt wollen wir einen Augenblick vernünftig sein. Wenn du mir den Ausdruck gestattest. Ich glaube, wir werden in den vor uns liegenden Jahren nicht viel Gelegenheit zur Muße haben. Die Umstände werden uns zwingen, wieder unsere Kräfte zu vereinigen. Wir können jetzt noch nicht in die Heimat unserer Jugend zurückkehren, so etwas gibt es nicht. Es mag die Heimat zwar noch geben, aber wir haben uns geändert. Wir sind wohlhabend, mächtig, ich in absoluter Hinsicht, du mehr im Verhältnis zu eurer Gesellschaft ... während draußen die Wertordnung, die das Erdenvolk brachte, in die Flammenhölle eben dieses Erdenvolkes stürzt.

Old Nick weiß es. Er wird tun, was in seinen Kräften steht, und sei es nur deswegen, weil er nie einem Spiel den Rücken kehrte, solange er noch etwas einzusetzen hatte, aber immerhin – er wird etwas gegen die bösen Zeiten unternehmen.

Cynthia, Woden ... sollen wir dasitzen und zulassen, wie sie untergehen, nachdem wir bereits gemütlich tot sind? Oder werden wir unser Vermögen und Wissen dafür einsetzen, damit unsere Welten bereit sind?«

Sie blies dem großen Haupt Rauch entgegen. »Die Aussicht gefällt mir gar nicht« gestand sie. »Ich verfluche sie, weil ich mich auf häuslichen Komfort und teure Vergnügungen gefreut habe. Aber wir werden in Kontakt bleiben, Adzel, für den Rest unserer Tage.«

Den Drachen überlief ein Frösteln. »Ich fürchte, du hast recht. Ich selbst hatte auch solche Vorahnungen, obwohl ich sie zu verdrängen suchte, weil sie einen an das Rad binden ... Na ja, es gibt eben gewisse Dinge, die wichtiger sind als die eigene unmittelbare Erlösung.«

Chee grinste. Es war wie ein Blitz im heller werdenden Licht. »Wir beide wollen jetzt nicht die edlen Seelen mimen«, meinte sie. »Wir haben das Spiel mit den Handelsreisen genossen. Das Spiel mit der Macht ist weniger amüsant und dient bestenfalls dazu, etwas noch Schlimmeres abzuwehren. Trotzdem könnten wir es genießen. Und, wer weiß, vielleicht werden unsere Völker uns Denkmäler errichten, nachdem alle Planeten in der Geschichte einen neuen Kurs eingeschlagen haben.«

»Na, wir dürfen den Sinn für Proportionen nicht verlieren«, warnte Adzel. »Vielleicht könnten wir mithelfen, daß sie überleben. Was sie aber in tausend Jahren machen werden – da müßte man wiederkommen und nachsehen. Die Wirklichkeit ist größer als unsere Phantasie.«

»Ja, natürlich«, sagte Chee Lan. »Wie wär's, wenn wir jetzt das Thema fallenlassen, wieder zu den anderen gehen und vor dem Frühstück noch eine Runde Fröhlichkeit hinter uns bringen?«

»Ausgezeichneter Gedanke, alter Schiffskamerad«, gab Adzel zurück. »Komm an Bord.« Sie sprang auf seinen ausgestreckten Arm und dann weiter auf seinen Nacken. Über den Klippen färbten sich im Osten die Wolken rot.

ENDE

BASTEI LÜBBE
Science Fiction
Bücher mit Zukunft
Die größten Erzähler der SF holen Ihnen die Sterne vom Himmel
ISAAC ASIMOV
ROBOTER-TRÄUME
und 20 andere SF-Geschichten
ISBN 3-404-24144-4
DM 10,–
IAN McDONALD
REBELLIN DES GLÜCKS
Science Fiction Roman
ISBN 3-404-24147-9
DM 9,80
MARGARET WEIS
DIE STERNENHÜTER
DER LETZTE KÖNIG
Science Fiction Roman
ISBN 3-404-24156-8
DM 12,80
LARRY NIVEN
STEVEN BARNES
DIE WAHL DES ACHILL
Science Fiction
ISBN 3-404-24157-6
DM 8,80
ORSON SCOTT CARD
XENOZID
Der Sprecher für die Toten kämpft um seinen Planeten
ISBN 3-404-24153-3
DM 12,80
ALLEN STEELE
MONDHUNDE
ISBN 3-404-23129-5
DM 9,80